ARSÈNE LUPIN
GRAND COLLECTION:

8 LIVRES EN 1

Arsène Lupin gentleman-cambrioleur
/ Arsène Lupin contre Herlock Sholmès
/ Arsène Lupin
/ L'Aiguille creuse
/ 813
/ Une aventure d'Arsène Lupin
/ Le Bouchon de cristal
/ Les Confidences d'Arsène Lupin

Maurice Leblanc

- ARSENE LUPIN GENTLEMAN CAMBRIOLEUR 3
- ARSENE LUPIN CONTRE HERLOCK SHOLMES 87
- ARSENE LUPIN 162
- L'AIGUILLE CREUSE 224
- 813 313
- UNE AVENTURE D'ARSÈNE LUPIN 485
- LE BOUCHON DE CRISTAL 495
- LES CONFIDENCES D'ARSENE LUPIN 601

ARSÈNE LUPIN
GENTLEMAN CAMBRIOLEUR

À Pierre LAFITTE.

Mon cher ami,
Tu m'as engagé sur une route où je ne croyais point que je dusse jamais m'aventurer, et j'y ai trouvé tant de plaisir et d'agrément littéraire qu'il me paraît juste d'inscrire ton nom en tête de ce premier volume, et de t'affirmer ici mes sentiments d'affectueuse et fidèle reconnaissance.

M. L.

PRÉFACE

— Racontez-nous donc, vous qui contez si bien, une histoire de voleurs…

— Soit, dit Voltaire (ou un autre philosophe du XVIIIe siècle, car l'anecdote est attribuée à plusieurs de ces causeurs incomparables).

Et il commença :

— Il était une fois un fermier général…

L'auteur des Aventures d'Arsène Lupin, qui sait si joliment conter, lui aussi, eût commencé tout autrement :

— Il était une fois, un gentilhomme cambrioleur…

Et ce début paradoxal eût fait dresser les têtes effarées des auditrices. Les aventures d'Arsène Lupin, aussi incroyables et entraînantes que celles d'Arthur Gordon Pym, ont fait mieux. Elles n'ont pas seulement intéressé un salon, elles ont passionné la foule. Depuis le jour où cet étonnant personnage a fait son apparition dans Je sais tout, il a effrayé, il a charmé, il a amusé des lecteurs par centaines de mille et, sous la forme nouvelle du volume, il va entrer triomphalement dans la bibliothèque, après avoir conquis le magazine.

Ces histoires de détectives et d'apaches du high life ou de la rue ont toujours eu une singulière et puissante attraction. Balzac, en quittant Mme de Morsauf, vivait l'existence dramatique d'un limier de police. Il laissait là le lys de la vallée pour le réfractaire du ruisseau. Victor Hugo inventait Javert, donnant la chasse à Jean Valjean comme l'autre « inspecteur »

poursuivait Vautrin. Et tous deux songeaient à Vidocq, cet étrange loup-cervier devenu chien de garde, dont le poète des Misérables et le romancier de Rubempré avaient pu recueillir les confidences. Plus tard, et dans un ordre inférieur, Monsieur Lecoq avait éveillé la curiosité des fervents du roman judiciaire, et M. de Bismarck et M. de Beust, ces deux adversaires, l'un farouche, l'autre spirituel, avaient trouvé, avant et après Sadowa, ce qui les divisait le moins : les récits de Gaboriau.

Il arrive ainsi à l'écrivain de rencontrer sur son chemin un personnage dont il fait un type et qui, à son tour, fait la fortune littéraire de son inventeur. Heureux qui crée de toutes pièces un être qui semblera bientôt aussi vivant que les vivants : Delobelle ou Priola ! Le romancier anglais Conan Doyle a popularisé Sherlock Holmes. M. Maurice Leblanc a trouvé, lui, son Sherlock Holmes, et je crois bien que depuis les exploits de l'illustre détective anglais, pas une aventure au monde n'a aussi vivement excité la curiosité que les exploits de cet Arsène Lupin, cette succession de faits devenus aujourd'hui un livre.

Le succès des récits de M. Leblanc a été, on peut le dire, foudroyant dans la revue mensuelle où le lecteur, qui se contentait jadis des vulgaires intrigues du roman feuilleton, va chercher (évolution significative) une littérature qui le divertisse, mais qui reste pourtant de la littérature.

L'auteur avait débuté, il y a une douzaine d'années, si je ne me trompe, dans l'ancien Gil Blas, où ses nouvelles originales, sobres, puissantes, le placèrent du premier coup au meilleur rang des conteurs. Normand, Rouennais, l'auteur était visiblement de la bonne lignée des Flaubert, des Maupassant, des Albert Sorel (qui fut, lui aussi, un novellière à ses heures). Son premier roman, Une Femme, fut très remarqué, et, depuis, plusieurs études psychologiques, l'Œuvre de Mort, Armelle et Claude, l'Enthousiasme, une pièce en trois actes, applaudie chez Antoine, la Pitié, étaient venues s'ajouter à ces petits romans en deux cents lignes où excelle M. Maurice Leblanc.

Il faut avoir un don particulier d'imagination pour trouver de ces drames en raccourci, de ces nouvelles rapides qui enserrent la substance même de volumes entiers, comme telles vignettes magistrales contiennent des tableaux tout faits. Ces rares qualités d'inventeur devaient nécessairement, un jour, trouver un cadre plus large, et l'auteur d'Une Femme allait bientôt se concentrer après s'être dispersé en tant d'originales histoires.

C'est alors qu'il fit la connaissance du délicieux et inattendu Arsène Lupin. On sait l'histoire de ce bandit du XVIIIe siècle qui volait les gens avec des manchettes, comme Buffon écrivait son Histoire Naturelle. Arsène Lupin est un petit neveu de ce scélérat qui faisait peur à la fois et souriait aux marquises épouvantées et séduites.

— Vous pouvez comparer, me disait M. Marcel L'Heureux en m'apportant les épreuves de l'œuvre de son confrère et les numéros où Je sais tout illustrait les exploits d'Arsène Lupin, vous pouvez comparer Sherlock Holmes à Lupin et Maurice Leblanc à Conan Doyle. Il est certain que les deux écrivains ont des points de contact. Même puissance de récit, même habileté d'intrigue, même science du mystère, même enchaînement rigoureux des faits, même sobriété de moyens. Mais quelle supériorité dans le choix des sujets, dans la qualité même du drame ! Et remarquez ce tour de force : avec Sherlock Holmes on se trouve chaque fois en face d'un nouveau vol et d'un nouveau crime ; ici, nous savons d'avance qu'Arsène Lupin est le coupable ; nous savons que, lorsque nous aurons débrouillé les fils enchevêtrés de l'histoire, nous nous trouverons en face du fameux gentleman-cambrioleur ! Il y avait là un écueil, certes. Il est évité, il était même impossible de l'éviter avec plus d'habileté que ne l'a fait Maurice Leblanc. À l'aide de procédés que le plus averti ne distingue pas il vous tient en haleine jusqu'au dénouement de chaque aventure. Jusqu'à la dernière ligne on reste dans l'incertitude, la curiosité, l'angoisse, et le coup de théâtre est toujours inattendu, bouleversant et troublant. En vérité, Arsène Lupin est un type, un type déjà légendaire, et qui restera. Figure vivante, jeune, pleine de gaîté, d'imprévu, d'ironie. Voleur et cambrioleur, escroc et filou, tout ce que vous voudrez, mais si sympathique, ce bandit ! Il agit avec une si jolie désinvolture ! Tant d'ironie, tant de charme et tant d'esprit ! C'est un dilettante. C'est un artiste ! Remarquez-le bien : Arsène Lupin ne vole pas ; il s'amuse à voler. Il choisit. Au besoin, il restitue. Il est noble et charmant, chevaleresque, délicat, et je le répète, si sympathique, que tout ce qu'il fait semble juste, et qu'on se prend malgré soi à espérer le succès de ses entreprises, que l'on s'en réjouit, et que la morale elle-même a l'air de son côté. Tout cela, je le répète, parce que Lupin est la création d'un artiste, et parce qu'en composant un livre où il a donné libre cours à son imagination, Maurice Leblanc n'a pas oublié qu'il était avant tout, et dans toute l'acception du terme, un écrivain ! »

Ainsi parla M. Marcel L'Heureux, si bon juge en la matière et qui sait la valeur d'un roman pour en avoir écrit de si remarquables. Et me voici de son avis après avoir lu ces pages ironiquement amusantes, point du tout amorales malgré le paradoxe qui prête tant de séduction au gentleman détrousseur de ses contemporains. Certes je ne donnerais pas un prix Montyon à ce très séduisant Lupin. Mais eût-on couronné pour sa vertu le Fra Diavolo qui charma nos grand-mères à l'Opéra-Comique, au temps lointain où les symboles d'Ariane et Barbe Bleue n'étaient pas inventés ?

Le voilà qui s'avance

La plume rouge à son chapeau…

Arsène Lupin, c'est un Fra Diavolo armé non d'un tromblon, mais d'un revolver, vêtu non d'une romantique veste de velours, mais d'un smoking de forme correcte, et je souhaite qu'il ait le succès plus que centenaire de l'irrésistible brigand que fit chanter M. Auber.

Mais quoi ! il n'y a rien à souhaiter à Arsène Lupin. Il est entré vivant dans la popularité. Et la vogue qu'a si bien commencée le magazine, le livre va la continuer.

Jules Claretie.

L'ARRESTATION D'ARSÈNE LUPIN

L'étrange voyage ! Il avait si bien commencé cependant ! Pour ma part, je n'en fis jamais qui s'annonçât sous de plus heureux auspices. La Provence est un transatlantique rapide, confortable, commandé par le plus affable des hommes. La société la plus choisie s'y trouvait réunie. Des relations se formaient, des divertissements s'organisaient. Nous avions cette impression exquise d'être séparés du monde, réduits à nous-mêmes comme sur une île inconnue, obligés, par conséquent, de nous rapprocher les uns des autres.

Et nous nous rapprochions…

Avez-vous jamais songé à ce qu'il y a d'original et d'imprévu dans ce groupement d'êtres qui, la veille encore, ne se connaissaient pas, et qui, durant quelques jours, entre le ciel infini et la mer immense, vont vivre de la vie la plus intime, ensemble vont défier les colères de l'Océan, l'assaut terrifiant des vagues, la méchanceté des tempêtes et le calme sournois de l'eau endormie ?

C'est, au fond, vécue en une sorte de raccourci tragique, la vie elle-même, avec ses orages et ses grandeurs, sa monotonie et sa diversité, et voilà pourquoi, peut-être, on goûte avec une hâte fiévreuse et une volupté d'autant plus intense ce court voyage dont on aperçoit la fin au moment même où il commence.

Mais, depuis plusieurs années, quelque chose se passe qui ajoute singulièrement aux émotions de la traversée. La petite île flottante dépend encore de ce monde dont on se croyait affranchi. Un lien subsiste, qui ne se dénoue que peu à peu en plein Océan, et peu à peu, en plein Océan, se renoue. Le télégraphe sans fil ! appel d'un autre univers d'où l'on recevrait des nouvelles de la façon la plus mystérieuse qui soit ! L'imagination n'a plus la ressource d'évoquer des fils de fer au creux desquels glisse l'invisible message. Le mystère est plus insondable encore, plus poétique aussi, et c'est aux ailes du vent qu'il faut recourir pour expliquer ce nouveau miracle.

Ainsi, les premières heures, nous sentîmes-nous suivis, escortés, précédés même par cette voix lointaine, qui, de temps en temps, chuchotait à l'un de nous quelques paroles de là-bas. Deux amis me parlèrent. Dix autres, vingt autres nous envoyèrent à tous, au travers de l'espace, leurs adieux attristés ou souriants.

Or, le second jour, à cinq cents milles des côtes françaises, par une après-midi orageuse, le télégraphe sans fil nous transmettait une dépêche dont voici la teneur :

« Arsène Lupin à votre bord, première classe, cheveux blonds, blessure avant-bras droit, voyage seul, sous le nom de R… »

À ce moment précis, un coup de tonnerre violent éclata dans le ciel sombre. Les ondes électriques furent interrompues. Le reste de la dépêche ne nous parvint pas. Du nom sous lequel se cachait Arsène Lupin, on ne sut que l'initiale.

Il se fût agi de toute autre nouvelle, je ne doute point que le secret en eût été scrupuleusement gardé par les employés du poste télégraphique, ainsi que par le commissaire du bord et par le commandant. Mais il est de ces événements qui semblent forcer la discrétion la plus rigoureuse. Le jour même, sans qu'on pût dire comment la chose avait été ébruitée, nous savions tous que le fameux Arsène Lupin se cachait parmi nous.

Arsène Lupin parmi nous ! l'insaisissable cambrioleur dont on racontait les prouesses dans tous les journaux depuis des mois ! l'énigmatique personnage avec qui le vieux Ganimard, notre meilleur policier, avait engagé ce duel à mort dont les péripéties se déroulaient de façon si pittoresque ! Arsène Lupin, le fantaisiste gentleman qui n'opère que dans les châteaux et les salons, et qui, une nuit, où il avait pénétré chez le baron Schormann, en était parti les mains vides et avait laissé sa carte, ornée de cette formule : « Arsène Lupin, gentleman-cambrioleur, reviendra quand les meubles seront authentiques ». Arsène Lupin, l'homme aux mille déguisements : tour à tour chauffeur, ténor, bookmaker, fils de famille, adolescent, vieillard, commis-voyageur marseillais, médecin russe, torero espagnol !

Qu'on se rende bien compte de ceci : Arsène Lupin allant et venant dans le cadre relativement restreint d'un transatlantique, que dis-je ! dans ce petit coin des premières où l'on se retrouvait à tout instant, dans cette salle à manger, dans ce salon, dans ce fumoir ! Arsène Lupin, c'était peut-être ce monsieur… ou celui-là… mon voisin de table… mon compagnon de cabine…

— Et cela va durer encore cinq fois vingt-quatre heures ! s'écria le lendemain miss Nelly Underdown, mais c'est intolérable ! J'espère bien qu'on va l'arrêter.

Et s'adressant à moi :

— Voyons, vous, monsieur d'Andrézy, qui êtes déjà au mieux avec le commandant, vous ne savez rien?

J'aurais bien voulu savoir quelque chose pour plaire à miss Nelly ! C'était une de ces magnifiques créatures qui, partout où elles sont, occupent aussitôt la place la plus en vue. Leur beauté autant que leur fortune éblouit. Elles ont une cour, des fervents, des enthousiastes.

Élevée à Paris par une mère française, elle rejoignait son père, le richissime Underdown, de Chicago. Une de ses amies, lady Jerland, l'accompagnait.

Dès la première heure, j'avais posé ma candidature de flirt. Mais, dans l'intimité rapide du voyage, tout de suite son charme m'avait troublé, et je me sentais un peu trop ému pour un flirt quand ses grands yeux noirs rencontraient les miens. Cependant elle accueillait mes hommages avec une certaine faveur. Elle daignait rire de mes bons mots et s'intéresser à mes anecdotes. Une vague sympathie semblait répondre à l'empressement que je lui témoignais.

Un seul rival peut-être m'eût inquiété, un assez beau garçon, élégant, réservé, dont elle paraissait quelquefois préférer l'humeur taciturne à mes façons plus « en dehors » de Parisien.

Il faisait justement partie du groupe d'admirateurs qui entourait miss Nelly, lorsqu'elle m'interrogea. Nous étions sur le pont, agréablement installés dans des rocking-chairs. L'orage de la veille avait éclairci le ciel. L'heure était délicieuse.

— Je ne sais rien de précis, mademoiselle, lui répondis-je, mais est-il impossible de conduire nous-mêmes notre enquête, tout aussi bien que le ferait le vieux Ganimard, l'ennemi personnel d'Arsène Lupin?

— Oh ! oh ! vous vous avancez beaucoup !

— En quoi donc ? Le problème est-il si compliqué ?

— Très compliqué.

— C'est que vous oubliez les éléments que nous avons pour le résoudre.

— Quels éléments ?

— 1° Lupin se fait appeler monsieur R...

— Signalement un peu vague.

— 2° Il voyage seul.

— Si cette particularité vous suffit !

— 3° Il est blond.

— Et alors ?

— Alors nous n'avons plus qu'à consulter la liste des passagers et à procéder par élimination.

J'avais cette liste dans ma poche. Je la pris et la parcourus.

— Je note d'abord qu'il n'y a que treize personnes que leur initiale désigne à notre attention.

— Treize seulement ?

— En première classe, oui. Sur ces treize messieurs R..., comme vous pouvez vous en assurer, neuf sont accompagnés de femmes, d'enfants ou de domestiques. Restent quatre personnages isolés : le marquis de Raverdan...

— Secrétaire d'ambassade, interrompit miss Nelly, je le connais.

— Le major Rawson...

— C'est mon oncle, dit quelqu'un.

— M. Rivolta...

— Présent, s'écria l'un de nous, un Italien dont la figure disparaissait sous une barbe du plus beau noir.

Miss Nelly éclata de rire.

— Monsieur n'est pas précisément blond.

— Alors, repris-je, nous sommes obligés de conclure que le coupable est le dernier de la liste.

— C'est-à-dire ?

— C'est-à-dire, M. Rozaine. Quelqu'un connaît-il M. Rozaine ?

On se tut. Mais miss Nelly, interpellant le jeune homme taciturne dont l'assiduité près d'elle me tourmentait, lui dit :

— Eh bien, monsieur Rozaine, vous ne répondez pas ?

On tourna les yeux vers lui. Il était blond.

Avouons-le, je sentis comme un petit choc au fond de moi. Et le silence gêné qui pesa sur nous m'indiqua que les autres assistants éprouvaient aussi cette sorte de suffocation. C'était absurde d'ailleurs, car enfin rien dans les allures de ce monsieur ne permettait qu'on le suspectât.

— Pourquoi je ne réponds pas ? dit-il, mais parce que, vu mon nom, ma qualité de voyageur isolé et la couleur de mes cheveux, j'ai déjà procédé à une enquête analogue, et que je suis arrivé au même résultat.

Je suis donc d'avis qu'on m'arrête.

Il avait un drôle d'air, en prononçant ces paroles. Ses lèvres minces comme deux traits inflexibles s'amincirent encore et pâlirent. Des filets de sang strièrent ses yeux.

Certes, il plaisantait. Pourtant sa physionomie, son attitude nous impressionnèrent. Naïvement, miss Nelly demanda :

— Mais vous n'avez pas de blessure ?

— Il est vrai, dit-il, la blessure manque.

D'un geste nerveux il releva sa manchette et découvrit son bras. Mais aussitôt une idée me frappa. Mes yeux croisèrent ceux de miss Nelly : il avait montré le bras gauche.

Et ma foi, j'allais en faire nettement la remarque, quand un incident détourna notre attention. Lady Jerland, l'amie de miss Nelly, arrivait en courant.

Elle était bouleversée. On s'empressa autour d'elle, et ce n'est qu'après bien des efforts qu'elle réussit à balbutier :

— Mes bijoux, mes perles !… on a tout pris !…

Non, on n'avait pas tout pris, comme nous le sûmes par la suite ; chose bien plus curieuse : on avait choisi !

De l'étoile en diamants, du pendentif en cabochons de rubis, des colliers et des bracelets brisés, on avait enlevé, non point les pierres les plus grosses, mais les plus fines, les plus précieuses, celles, aurait-on dit, qui avaient le plus de valeur tout en tenant le moins de place. Les montures gisaient là, sur la table. Je les vis, tous nous les vîmes, dépouillées de leurs joyaux comme des fleurs dont on eût arraché les beaux pétales étincelants et colorés.

Et pour exécuter ce travail, il avait fallu, pendant l'heure où lady Jerland prenait le thé, il avait fallu, en plein jour, et dans un couloir fréquenté, fracturer la porte de la cabine, trouver un petit sac dissimulé à dessein au fond d'un carton à chapeau, l'ouvrir et choisir !

Il n'y eut qu'un cri parmi nous. Il n'y eut qu'une opinion parmi tous les passagers, lorsque le vol fut connu : c'est Arsène Lupin. Et de fait, c'était bien sa manière compliquée, mystérieuse, inconcevable… et logique cependant, car s'il était difficile de recéler la masse encombrante qu'eût formée l'ensemble des bijoux, combien moindre était l'embarras avec de petites choses indépendantes les unes des autres, perles, émeraudes et saphirs.

Et au dîner, il se passa ceci : à droite et à gauche de Rozaine, les deux places restèrent vides. Et le soir on sut qu'il avait été convoqué par le commandant.

Son arrestation, que personne ne mit en doute, causa un véritable soulagement. On respirait enfin. Ce soir-là on joua aux petits jeux. On dansa. Miss Nelly, surtout, montra une gaieté étourdissante qui me fit voir que, si les hommages de Rozaine avaient pu lui agréer au début, elle ne s'en souvenait guère. Sa grâce acheva de me conquérir. Vers minuit, à la clarté sereine de la lune, je lui affirmai mon dévouement avec une émotion qui ne parut pas lui déplaire.

Mais le lendemain, à la stupeur générale, on apprit que, les charges relevées contre lui n'étant pas suffisantes, Rozaine était libre.

Fils d'un négociant considérable de Bordeaux, il avait exhibé des papiers parfaitement en règle. En outre, ses bras n'offraient pas la moindre trace de blessure.

— Des papiers ! des actes de naissance ! s'écrièrent les ennemis de Rozaine, mais Arsène Lupin vous en fournira tant que vous voudrez ! Quant à la blessure, c'est qu'il n'en a pas reçu… ou qu'il en a effacé la trace !

On leur objectait qu'à l'heure du vol, Rozaine — c'était démontré — se promenait sur le pont. À quoi ils ripostaient :

— Est-ce qu'un homme de la trempe d'Arsène Lupin a besoin d'assister au vol qu'il commet ?

Et puis, en dehors de toute considération étrangère, il y avait un point sur lequel les plus sceptiques ne pouvaient épiloguer : Qui, sauf Rozaine, voyageait seul, était blond, et portait un nom commençant par R ? Qui le télégramme désignait-il, si ce n'était Rozaine ?

Et quand Rozaine, quelques minutes avant le déjeuner, se dirigea audacieusement vers notre groupe, miss Nelly et lady Jerland se levèrent et s'éloignèrent.

C'était bel et bien de la peur.

Une heure plus tard, une circulaire manuscrite passait de main en main parmi les employés du bord, les matelots, les voyageurs de toutes classes : M. Louis Rozaine promettait une somme de dix mille francs à qui démasquerait Arsène Lupin, ou trouverait le possesseur des pierres dérobées.

— Et si personne ne me vient en aide contre ce bandit, déclara Rozaine au commandant, moi, je lui ferai son affaire.

Rozaine contre Arsène Lupin, ou plutôt, selon le mot qui courut, Arsène Lupin lui-même contre Arsène Lupin, la lutte ne manquait pas d'intérêt !

Elle se prolongea durant deux journées. On vit Rozaine errer de droite et de gauche, se mêler au personnel, interroger, fureter. On aperçut son ombre, la nuit, qui rôdait.

De son côté, le commandant déploya l'énergie la plus active. Du haut en bas, en tous les coins, la Provence fut fouillée. On perquisitionna dans toutes les cabines, sans exception, sous le prétexte fort juste que les objets étaient cachés dans n'importe quel endroit, sauf dans la cabine du coupable.

— On finira bien par découvrir quelque chose, n'est-ce pas ? me demandait miss Nelly. Tout sorcier qu'il soit, il ne peut faire que des diamants et des perles deviennent invisibles.

— Mais si, lui répondais-je, ou alors il faudrait explorer la coiffe de nos chapeaux, la doublure de nos vestes, et tout ce que nous portons sur nous.

Et lui montrant mon kodak, un 9 × 12 avec lequel je ne me lassais pas de la photographier dans les attitudes les plus diverses :

— Rien que dans un appareil pas plus grand que celui-ci, ne pensez-vous pas qu'il y aurait place pour toutes les pierres précieuses de lady Jerland ? On affecte de prendre des vues et le tour est joué.

— Mais cependant j'ai entendu dire qu'il n'y a point de voleur qui ne laisse derrière lui un indice quelconque.

— Il y en a un : Arsène Lupin.

— Pourquoi ?

— Pourquoi ? parce qu'il ne pense pas seulement au vol qu'il commet, mais à toutes les circonstances qui pourraient le dénoncer.

— Au début, vous étiez plus confiant.

— Mais, depuis, je l'ai vu à l'œuvre.

— Et alors, selon vous ?

— Selon moi, on perd son temps.

Et de fait, les investigations ne donnaient aucun résultat, ou du moins, celui qu'elles donnèrent ne correspondait pas à l'effort général : la montre du commandant lui fut volée.

Furieux, il redoubla d'ardeur et surveilla de plus près encore Rozaine avec qui il avait eu plusieurs entrevues. Le lendemain, ironie charmante, on retrouvait la montre parmi les faux-cols du commandant en second.

Tout cela avait un air de prodige, et dénonçait bien la manière humoristique d'Arsène Lupin, cambrioleur, soit, mais dilettante aussi. Il travaillait par goût et par vocation, certes, mais par amusement aussi. Il donnait l'impression du monsieur qui se divertit à la pièce qu'il fait jouer, et qui, dans la coulisse, rit à gorge déployée de ses traits d'esprit et des situations qu'il imagina.

Décidément, c'était un artiste en son genre, et quand j'observais Rozaine, sombre et opiniâtre, et que je songeais au double rôle que tenait sans doute ce curieux personnage, je ne pouvais en parler sans une certaine admiration.

Or, l'avant-dernière nuit, l'officier de quart entendit des gémissements à l'endroit le plus obscur du pont. Il s'approcha. Un homme était étendu, la tête enveloppée dans une écharpe grise très épaisse, les poignets ficelés à l'aide d'une fine cordelette.

On le délivra de ses liens. On le releva, des soins lui furent prodigués.

Cet homme, c'était Rozaine.

C'était Rozaine assailli au cours d'une de ses expéditions, terrassé et dépouillé. Une carte de visite fixée par une épingle à son vêtement portait ces mots : « Arsène Lupin accepte avec reconnaissance les dix mille francs de M. Rozaine. »

En réalité, le portefeuille dérobé contenait vingt billets de mille.

Naturellement, on accusa le malheureux d'avoir simulé cette attaque contre lui-même. Mais, outre qu'il lui eût été impossible de se lier de cette façon, il fut établi que l'écriture de la carte différait absolument de l'écriture de Rozaine, et ressemblait au contraire, à s'y méprendre, à celle d'Arsène Lupin, telle que la reproduisait un ancien journal trouvé à bord.

Ainsi donc, Rozaine n'était plus Arsène Lupin. Rozaine était Rozaine, fils d'un négociant de Bordeaux !

Et la présence d'Arsène Lupin s'affirmait une fois de plus, et par quel acte redoutable !

Ce fut la terreur. On n'osa plus rester seul dans sa cabine, et pas davantage s'aventurer seul aux endroits trop écartés. Prudemment on se groupait entre gens sûrs les uns des autres. Et encore, une défiance instinctive divisait les plus intimes. C'est que la menace ne provenait pas d'un individu isolé, surveillé, et par là même moins dangereux. Arsène Lupin, maintenant, c'était… c'était tout le monde. Notre imagination surexcitée lui attribuait un pouvoir miraculeux et illimité. On le supposait capable de prendre les déguisements les plus inattendus, d'être tour à tour le respectable major Rawson, ou le noble marquis de Raverdan, ou même, car on ne s'arrêtait plus à l'initiale accusatrice, ou même telle ou telle personne connue de tous, ayant femme, enfants, domestiques.

Les premières dépêches sans fil n'apportèrent aucune nouvelle. Du moins le commandant ne nous en fit point part, et un tel silence n'était pas pour nous rassurer.

Aussi, le dernier jour parut-il interminable. On vivait dans l'attente anxieuse d'un malheur. Cette fois, ce ne serait plus un vol, ce ne serait plus une simple agression, ce serait le crime, le meurtre. On n'admettait pas qu'Arsène Lupin s'en tînt à ces deux larcins insignifiants. Maître absolu du navire, les autorités réduites à l'impuissance, il n'avait qu'à vouloir, tout lui était permis, il disposait des biens et des existences.

Heures délicieuses pour moi, je l'avoue, car elles me valurent la confiance de miss Nelly. Impressionnée par tant d'événements, de nature déjà inquiète, elle chercha spontanément à mes côtés une protection, une sécurité que j'étais heureux de lui offrir.

Au fond, je bénissais Arsène Lupin. N'était-ce pas lui qui nous rapprochait ? N'était-ce pas grâce à lui que j'avais le droit de m'abandonner aux plus beaux rêves ? Rêves d'amour et rêves moins chimériques, pourquoi ne pas le confesser ? Les Andrézy sont de bonne souche poitevine, mais leur blason est quelque peu dédoré, et il ne me paraît pas indigne d'un gentilhomme de songer à rendre à son nom le lustre perdu.

Et ces rêves, je le sentais, n'offusquaient point Nelly. Ses yeux souriants m'autorisaient à les faire. La douceur de sa voix me disait d'espérer.

Et jusqu'au dernier moment, accoudés aux bastingages, nous restâmes l'un près de l'autre, tandis que la ligne des côtes américaines voguait au-devant de nous.

On avait interrompu les perquisitions. On attendait. Depuis les premières jusqu'à l'entrepont où grouillaient les émigrants, on attendait la minute suprême où s'expliquerait enfin l'insoluble énigme. Qui était Arsène Lupin ? Sous quel nom, sous quel masque se cachait le fameux Arsène Lupin ?

Et cette minute suprême arriva. Dussé-je vivre cent ans, je n'en oublierai pas le plus infime détail.

— Comme vous êtes pâle, miss Nelly, dis-je à ma compagne qui s'appuyait à mon bras, toute défaillante.

— Et vous ! me répondit-elle, ah ! vous êtes si changé !

— Songez donc ! cette minute est passionnante, et je suis si heureux de la vivre auprès de vous, miss Nelly. Il me semble que votre souvenir s'attardera quelquefois…

Elle n'écoutait pas, haletante et fiévreuse. La passerelle s'abattit. Mais avant que nous eûmes la liberté de la franchir, des gens montèrent à bord, des douaniers, des hommes en uniforme, des facteurs.

Miss Nelly balbutia :

— On s'apercevrait qu'Arsène Lupin s'est échappé pendant la traversée que je n'en serais pas surprise.

— Il a peut-être préféré la mort au déshonneur, et plonger dans l'Atlantique plutôt que d'être arrêté.

— Ne riez pas, fit-elle, agacée.

Soudain je tressaillis, et comme elle me questionnait, je lui dis :

— Vous voyez ce vieux petit homme debout à l'extrémité de la passerelle ?

— Avec un parapluie et une redingote vert-olive ?

— C'est Ganimard.

— Ganimard ?

— Oui, le célèbre policier, celui qui a juré qu'Arsène Lupin serait arrêté de sa propre main. Ah ! je comprends que l'on n'ait pas eu de renseignements de ce côté de l'Océan. Ganimard était là ! et il aime bien que personne ne s'occupe de ses petites affaires.

— Alors Arsène Lupin est sûr d'être pris ?

— Qui sait ? Ganimard ne l'a jamais vu, paraît-il, que grimé et déguisé. À moins qu'il ne connaisse son nom d'emprunt…

— Ah ! dit-elle, avec cette curiosité un peu cruelle de la femme, si je pouvais assister à l'arrestation !

— Patientons. Certainement Arsène Lupin a déjà remarqué la présence de son ennemi. Il préférera sortir parmi les derniers, quand l'œil du vieux sera fatigué.

Le débarquement commença. Appuyé sur son parapluie, l'air indifférent, Ganimard ne semblait pas prêter attention à la foule qui se pressait entre les deux balustrades. Je notai qu'un officier du bord, posté derrière lui, le renseignait de temps à autre.

Le marquis de Raverdan, le major Rawson, l'Italien Rivolta, défilèrent, et d'autres, et beaucoup d'autres… Et j'aperçus Rozaine qui s'approchait.

Pauvre Rozaine ! il ne paraissait pas remis de ses mésaventures !

— C'est peut-être lui tout de même, me dit miss Nelly… Qu'en pensez-vous ?

— Je pense qu'il serait fort intéressant d'avoir sur une même photographie Ganimard et Rozaine. Prenez donc mon appareil, je suis si chargé.

Je le lui donnai, mais trop tard pour qu'elle s'en servît. Rozaine passait. L'officier se pencha à l'oreille de Ganimard, celui-ci haussa légèrement les épaules, et Rozaine passa.

Mais alors, mon Dieu, qui était Arsène Lupin ?

— Oui, fit-elle à haute voix, qui est-ce ?

Il n'y avait plus qu'une vingtaine de personnes. Elle les observait tour à tour, avec la crainte confuse qu'il ne fût pas, lui, au nombre de ces vingt personnes.

Je lui dis :

— Nous ne pouvons attendre plus longtemps.

Elle s'avança. Je la suivis. Mais nous n'avions pas fait dix pas que Ganimard nous barra le passage.

— Eh bien, quoi ? m'écriai-je.

— Un instant, monsieur, qui vous presse ?

— J'accompagne mademoiselle.

— Un instant, répéta-t-il d'une voix plus impérieuse.

Il me dévisagea profondément, puis il me dit, les yeux dans les yeux :

— Arsène Lupin, n'est-ce pas ?

Je me mis à rire.

— Non, Bernard d'Andrézy, tout simplement.

— Bernard d'Andrézy est mort il y a trois ans en Macédoine.

— Si Bernard d'Andrézy était mort, je ne serais plus de ce monde. Et ce n'est pas le cas. Voici mes papiers.

— Ce sont les siens. Comment les avez-vous, c'est ce que j'aurai le plaisir de vous expliquer.

— Mais vous êtes fou ! Arsène Lupin s'est embarqué sous le nom de R.

— Oui, encore un truc de vous, une fausse piste sur laquelle vous les avez lancés, là-bas. Ah ! vous êtes d'une jolie force, mon gaillard. Mais cette fois, la chance a tourné. Voyons, Lupin, montrez-vous beau joueur.

J'hésitai une seconde. D'un coup sec, il me frappa sur l'avant-bras droit. Je poussai un cri de douleur. Il avait frappé sur la blessure encore mal fermée que signalait le télégramme.

Allons, il fallait se résigner. Je me tournai vers miss Nelly. Elle écoutait, livide, chancelante.

Son regard rencontra le mien, puis s'abaissa sur le kodak que je lui avais remis. Elle fit un geste brusque, et j'eus l'impression, j'eus la certitude qu'elle comprenait tout à coup. Oui, c'était là, entre les parois étroites de chagrin noir, au creux du petit objet que j'avais eu la précaution de déposer entre ses mains avant que Ganimard ne m'arrêtât, c'était bien là que se trouvaient les vingt mille francs de Rozaine, les perles et les diamants de lady Jerland.

Ah ! je le jure, à ce moment solennel, alors que Ganimard et deux de ses acolytes m'entouraient, tout me fut indifférent, mon arrestation, l'hostilité des gens, tout, hors ceci : la résolution qu'allait prendre miss Nelly au sujet de ce que je lui avais confié.

Que l'on eût contre moi cette preuve matérielle et décisive, je ne songeais même pas à le redouter, mais cette preuve, miss Nelly se déciderait-elle à la fournir ?

Serais-je trahi par elle ? perdu par elle ? Agirait-elle en ennemie qui ne pardonne pas, ou bien en femme qui se souvient et dont le mépris s'adoucit d'un peu d'indulgence, d'un peu de sympathie involontaire ?

Elle passa devant moi, je la saluai très bas, sans un mot. Mêlée aux autres voyageurs, elle se dirigea vers la passerelle, mon kodak à la main.

Sans doute, pensai-je, elle n'ose pas, en public. C'est dans une heure, dans un instant, qu'elle le donnera.

Mais, arrivée au milieu de la passerelle, par un mouvement de maladresse simulée, elle le laissa tomber dans l'eau, entre le mur du quai et le flanc du navire.

Puis, je la vis s'éloigner.

Sa jolie silhouette se perdit dans la foule, m'apparut de nouveau et disparut. C'était fini, fini pour jamais.

Un instant, je restai immobile, triste à la fois et pénétré d'un doux attendrissement, puis je soupirai, au grand étonnement de Ganimard :

— Dommage, tout de même, de ne pas être un honnête homme…

C'est ainsi qu'un soir d'hiver, Arsène Lupin me raconta l'histoire de son arrestation. Le hasard d'incidents dont j'écrirai quelque jour le récit avait noué entre nous des liens… dirai-je d'amitié ? Oui, j'ose croire qu'Arsène Lupin m'honore de quelque amitié, et que c'est par amitié qu'il arrive parfois chez moi à l'improviste, apportant, dans le silence de mon cabinet de travail, sa gaieté juvénile, le rayonnement de sa vie ardente, sa belle humeur d'homme pour qui la destinée n'a que faveurs et sourires.

Son portrait ? Comment pourrais-je le faire ? Vingt fois j'ai vu Arsène Lupin, et vingt fois c'est un être différent qui m'est apparu… ou plutôt le même être dont vingt miroirs m'auraient renvoyé autant d'images déformées, chacune ayant ses yeux particuliers, sa forme spéciale de figure, son geste propre, sa silhouette et son caractère.

— Moi-même, me dit-il, je ne sais plus bien qui je suis. Dans une glace je ne me reconnais plus.

Boutade, certes, et paradoxe, mais vérité à l'égard de ceux qui le rencontrent et qui ignorent ses ressources infinies, sa patience, son art du maquillage, sa prodigieuse faculté de transformer jusqu'aux proportions de son visage, et d'altérer le rapport même de ses traits entre eux.

— Pourquoi, dit-il encore, aurais-je une apparence définie ? Pourquoi ne pas éviter ce danger d'une personnalité toujours identique ? Mes actes me désignent suffisamment.

Et il précise avec une pointe d'orgueil :

— Tant mieux si l'on ne peut jamais dire en toute certitude : Voici Arsène Lupin. L'essentiel est qu'on dise sans crainte d'erreur : Arsène Lupin a fait cela.

Ce sont quelques-uns de ces actes, quelques-unes de ces aventures que j'essaie de reconstituer, d'après les confidences dont il eut la bonne grâce de me favoriser, certains soirs d'hiver, dans le silence de mon cabinet de travail…

ARSÈNE LUPIN EN PRISON

Il n'est point de touriste digne de ce nom qui ne connaisse les bords de la Seine, et qui n'ait remarqué, en allant des ruines de Jumièges aux ruines de Saint-Wandrille, l'étrange petit château féodal du Malaquis, si fièrement campé sur sa roche, en pleine rivière. L'arche d'un pont le relie à la route. La base de ses tourelles sombres se confond avec le granit qui le supporte, bloc énorme détaché d'on ne sait quelle montagne et jeté là par quelque formidable convulsion. Tout autour, l'eau calme du grand fleuve joue parmi les roseaux, et des bergeronnettes tremblent sur la crête humide des cailloux.

L'histoire du Malaquis est rude comme son nom, revêche comme sa silhouette. Ce ne fut que combats, sièges, assauts, rapines et massacres. Aux veillées du pays de Caux, on évoque en frissonnant les crimes qui s'y commirent. On raconte de mystérieuses légendes. On parle du fameux souterrain qui conduisait jadis à l'abbaye de Jumièges et au manoir d'Agnès Sorel, la belle amie de Charles VII.

Dans cet ancien repaire de héros et de brigands, habite le baron Nathan Cahorn, le baron Satan, comme on l'appelait jadis à la Bourse où il s'est enrichi un peu trop brusquement. Les seigneurs du Malaquis, ruinés, ont dû lui vendre, pour un morceau de pain, la demeure de leurs ancêtres. Il y a installé ses admirables collections de meubles et de tableaux, de faïences et de bois sculptés. Il y vit seul, avec trois vieux domestiques. Nul n'y pénètre jamais. Nul n'a jamais contemplé dans le décor de ces salles antiques les trois Rubens qu'il possède, ses deux Watteau, sa chaire de Jean Goujon, et tant d'autres merveilles arrachées à coups de billets de banque aux plus riches habitués des ventes publiques.

Le baron Satan a peur. Il a peur non point pour lui, mais pour les trésors accumulés avec une passion si tenace et la perspicacité d'un amateur que les plus madrés des marchands ne peuvent se vanter d'avoir induit en erreur. Il les aime, ses bibelots. Il les aime âprement, comme un avare ; jalousement, comme un amoureux.

Chaque jour, au coucher du soleil, les quatre portes bardées de fer qui commandent les deux extrémités du pont et l'entrée de la cour d'honneur, sont fermées et verrouillées. Au moindre choc, des sonneries électriques vibreraient dans le silence. Du côté de la Seine, rien à craindre : le roc s'y dresse à pic.

Or, un vendredi de septembre, le facteur se présenta comme d'ordinaire à la tête-de-pont. Et, selon la règle quotidienne, ce fut le baron qui entrebâilla le lourd battant.

Il examina l'homme aussi minutieusement que s'il ne connaissait pas déjà, depuis des années, cette bonne face réjouie et ces yeux narquois de paysan, et l'homme lui dit en riant :

— C'est toujours moi, monsieur le baron. Je ne suis pas un autre qui aurait pris ma blouse et ma casquette.

— Sait-on jamais ? murmura Cahorn.

Le facteur lui remit une pile de journaux. Puis il ajouta :

— Et maintenant, monsieur le baron, il y a du nouveau.

— Du nouveau ?

— Une lettre… et recommandée, encore.

Isolé, sans ami ni personne qui s'intéressât à lui, jamais le baron ne recevait de lettre, et tout de suite cela lui parut un événement de mauvais augure dont il y avait lieu de s'inquiéter. Quel était ce mystérieux correspondant qui venait le relancer dans sa retraite ?

— Il faut signer, monsieur le baron.

Il signa en maugréant. Puis il prit la lettre, attendit que le facteur eût disparu au tournant de la route, et après avoir fait quelques pas de long en large, il s'appuya contre le parapet du pont et déchira l'enveloppe. Elle portait une feuille de papier quadrillé avec cet en-tête manuscrit : Prison de la Santé, Paris. Il regarda la signature : Arsène Lupin. Stupéfait, il lut :

« Monsieur le baron,

« Il y a, dans la galerie qui réunit vos deux salons, un tableau de Philippe de Champaigne d'excellente facture et qui me plaît infiniment. Vos Rubens sont aussi de mon goût, ainsi que votre plus petit Watteau. Dans le salon de droite, je note la crédence Louis XIII, les tapisseries de Beauvais, le guéridon Empire signé Jacob et le bahut Renaissance. Dans celui de gauche, toute la vitrine des bijoux et des miniatures.

« Pour cette fois, je me contenterai de ces objets qui seront, je crois, d'un écoulement facile. Je vous prie donc de les faire emballer convenablement et de les expédier à mon nom (port payé), en gare des Batignolles, avant huit jours… faute de quoi, je ferai procéder moi-même à leur déménagement dans la nuit du mercredi 27 au jeudi 28 septembre. Et, comme de juste, je ne me contenterai pas des objets sus-indiqués.

« Veuillez excuser le petit dérangement que je vous cause, et accepter l'expression de mes sentiments de respectueuse considération.

« ARSÈNE LUPIN. »

« P.-S. — Surtout ne pas m'envoyer le plus grand des Watteau. Quoique vous l'ayez payé trente mille francs à l'Hôtel des Ventes, ce n'est qu'une copie, l'original ayant été brûlé, sous le Directoire, par Barras, un soir d'orgie. Consulter les Mémoires inédits de Garat.

« Je ne tiens pas non plus à la châtelaine Louis XV dont l'authenticité me semble douteuse. »

Cette lettre bouleversa le baron Cahorn. Signée de tout autre, elle l'eût déjà considérablement alarmé, mais signée d'Arsène Lupin !

Lecteur assidu des journaux, au courant de tout ce qui se passait dans le monde en fait de vol et de crime, il n'ignorait rien des exploits de l'infernal cambrioleur. Certes, il savait que Lupin, arrêté en Amérique par son ennemi Ganimard, était bel et bien incarcéré, que l'on instruisait son procès — avec quelle peine ! — Mais il savait aussi que l'on pouvait s'attendre à tout de sa part. D'ailleurs, cette connaissance exacte du château, de la disposition des tableaux et des meubles, était un indice des plus redoutables. Qui l'avait renseigné sur des choses que nul n'avait vues ?

Le baron leva les yeux et contempla la silhouette farouche du Malaquis, son piédestal abrupt, l'eau profonde qui l'entoure, et haussa les épaules. Non, décidément, il n'y avait point de danger. Personne au monde ne pouvait pénétrer jusqu'au sanctuaire inviolable de ses collections.

Personne, soit, mais Arsène Lupin ? Pour Arsène Lupin, est-ce qu'il existe des portes, des ponts-levis, des murailles ? À quoi servent les obstacles les mieux imaginés, les précautions les plus habiles, si Arsène Lupin a décidé d'atteindre tel but ?

Le soir même, il écrivit au procureur de la République à Rouen. Il envoyait la lettre de menaces et réclamait aide et protection.

La réponse ne tarda point : le nommé Arsène Lupin étant actuellement détenu à la Santé, surveillé de près, et dans l'impossibilité d'écrire, la lettre ne pouvait être que l'œuvre d'un mystificateur. Tout le démontrait, la logique et le bon sens, comme la réalité des faits. Toutefois, et par excès de prudence, on avait commis un expert à l'examen de l'écriture, et, l'expert déclarait que, malgré certaines analogies, cette écriture n'était pas celle du détenu.

« Malgré certaines analogies » le baron ne retint que ces trois mots effarants, où il voyait l'aveu d'un doute qui, à lui seul, aurait dû suffire pour que la justice intervînt. Ses craintes s'exaspérèrent. Il ne cessait de relire la lettre. « Je ferai procéder moi-même au déménagement. » Et cette date précise : la nuit du mercredi 27 au jeudi 28 septembre !…

Soupçonneux et taciturne, il n'avait pas osé se confier à ses domestiques, dont le dévouement ne lui paraissait pas à l'abri de toute épreuve. Cependant, pour la première fois depuis des années, il éprouvait le besoin de parler, de prendre conseil. Abandonné par la justice de son pays, il n'espérait plus se défendre avec ses propres ressources, et il fut sur le point d'aller jusqu'à Paris et d'implorer l'assistance de quelque ancien policier.

Deux jours s'écoulèrent. Le troisième, en lisant ses journaux, il tressaillit de joie. Le Réveil de Caudebec publiait cet entrefilet :

« Nous avons le plaisir de posséder dans nos murs, voilà bientôt trois semaines, l'inspecteur principal Ganimard, un des vétérans du service de la Sûreté. M. Ganimard, à qui l'arrestation d'Arsène Lupin, sa dernière prouesse, a valu une réputation européenne, se repose de ses longues fatigues en taquinant le goujon et l'ablette. »

Ganimard ! voilà bien l'auxiliaire que cherchait le baron Cahorn ! Qui mieux que le retors et patient Ganimard saurait déjouer les projets de Lupin?

Le baron n'hésita pas. Six kilomètres séparent le château de la petite ville de Caudebec. Il les franchit d'un pas allègre, en homme que surexcite l'espoir du salut.

Après plusieurs tentatives infructueuses pour connaître l'adresse de l'inspecteur principal, il se dirigea vers les bureaux du Réveil, situés au milieu du quai. Il y trouva le rédacteur de l'entrefilet qui, s'approchant de la fenêtre, s'écria :

— Ganimard ? mais vous êtes sûr de le rencontrer le long du quai, la ligne à la main. C'est là que nous avons lié connaissance, et que j'ai lu par hasard son nom gravé sur sa canne à pêche. Tenez, le petit vieux que l'on aperçoit là-bas, sous les arbres de la promenade.

— En redingote et en chapeau de paille ?

— Justement ! Ah ! un drôle de type, pas causeur et plutôt bourru.

Cinq minutes après, le baron abordait le célèbre Ganimard, se présentait et tâchait d'entrer en conversation. N'y parvenant point, il aborda franchement la question et exposa son cas.

L'autre écouta, immobile, sans perdre de vue le poisson qu'il guettait, puis il tourna la tête vers lui, le toisa des pieds à la tête d'un air de profonde pitié, et prononça :

— Monsieur, ce n'est guère l'habitude de prévenir les gens que l'on veut dépouiller. Arsène Lupin, en particulier, ne commet pas de pareilles bourdes.

— Cependant…

— Monsieur, si j'avais le moindre doute, croyez bien que le plaisir de fourrer encore dedans ce cher Lupin l'emporterait sur toute autre considération. Par malheur, ce jeune homme est sous les verrous.

— S'il s'échappe ?…

— On ne s'échappe pas de la Santé.

— Mais, lui…

— Lui, pas plus qu'un autre.

— Cependant…

— Eh bien, s'il s'échappe, tant mieux, je le repincerai. En attendant, dormez sur vos deux oreilles, et n'effarouchez pas davantage cette ablette.

La conversation était finie. Le baron retourna chez lui, un peu rassuré par l'insouciance de Ganimard. Il vérifia les serrures, espionna les domestiques, et quarante-huit heures encore se passèrent pendant lesquelles il arriva presque à se persuader que, somme toute, ses craintes étaient chimériques. Non, décidément, comme l'avait dit Ganimard, on ne prévient pas les gens que l'on veut dépouiller.

La date approchait. Le matin du mardi, veille du 27, rien de particulier. Mais à trois heures, un gamin sonna. Il apportait une dépêche.

« Aucun colis en gare Batignolles. Préparez tout pour demain soir.

« ARSÈNE. »

De nouveau, ce fut l'affolement, à tel point qu'il se demanda s'il ne céderait pas aux exigences d'Arsène

Lupin.

Il courut à Caudebec. Ganimard pêchait à la même place, assis sur un pliant. Sans un mot, il lui tendit le télégramme.

— Et après ? fit l'inspecteur.
— Après ? mais c'est pour demain !
— Quoi ?
— Le cambriolage ! le pillage de mes collections !

Ganimard déposa sa ligne, se tourna vers lui, et, les deux bras croisés sur sa poitrine, s'écria d'un ton d'impatience :

— Ah ! ça, est-ce que vous vous imaginez que je vais m'occuper d'une histoire aussi stupide !
— Quelle indemnité demandez-vous pour passer au château la nuit du 27 au 28 septembre ?
— Pas un sou, fichez-moi la paix.
— Fixez votre prix, je suis riche, extrêmement riche.

La brutalité de l'offre déconcerta Ganimard qui reprit, plus calme :

— Je suis ici en congé et je n'ai pas le droit de me mêler…
— Personne ne le saura. Je m'engage, quoi qu'il arrive, à garder le silence.
— Oh ! il n'arrivera rien.
— Eh bien, voyons, trois mille francs, est-ce assez ?

L'inspecteur huma une prise de tabac, réfléchit, et laissa tomber :

— Soit. Seulement, je dois vous déclarer loyalement que c'est de l'argent jeté par la fenêtre.
— Ça m'est égal.
— En ce cas… Et puis, après tout, est-ce qu'on sait avec ce diable de Lupin ! Il doit avoir à ses ordres toute une bande… Êtes-vous sûr de vos domestiques ?
— Ma foi…
— Alors, ne comptons pas sur eux. Je vais prévenir par dépêche deux gaillards de mes amis qui nous donneront plus de sécurité… Et maintenant, filez, qu'on ne nous voie pas ensemble. À demain, vers les neuf heures.

*
**

Le lendemain, date fixée par Arsène Lupin, le baron Cahorn décrocha sa panoplie, fourbit ses armes, et se promena aux alentours de Malaquis. Rien d'équivoque ne le frappa.

Le soir, à huit heures et demie, il congédia ses domestiques. Ils habitaient une aile en façade sur la route, mais un peu en retrait, et tout au bout du château. Une fois seul, il ouvrit doucement les quatre portes. Après un moment, il entendit des pas qui s'approchaient.

Ganimard présenta ses deux auxiliaires, grands gars solides, au cou de taureau et aux mains puissantes, puis demanda certaines explications. S'étant rendu compte de la disposition des lieux, il ferma soigneusement et barricada toutes les issues par où l'on pouvait pénétrer dans les salles menacées. Il inspecta les murs, souleva les tapisseries, puis enfin il installa ses agents dans la galerie centrale.

— Pas de bêtises, hein ? On n'est pas ici pour dormir. À la moindre alerte, ouvrez les fenêtres de la cour et appelez-moi. Attention aussi du côté de l'eau. Dix mètres de falaise droite, des diables de leur calibre, ça ne les effraye pas.

Il les enferma, emporta les clefs, et dit au baron :

— Et maintenant, à notre poste.

Il avait choisi, pour y passer la nuit, une petite pièce pratiquée dans l'épaisseur des murailles d'enceinte, entre les deux portes principales, et qui était, jadis, le réduit du veilleur. Un judas s'ouvrait sur le pont, un autre sur la cour. Dans un coin on apercevait comme l'orifice d'un puits.

— Vous m'avez bien dit, monsieur le baron, que ce puits était l'unique entrée des souterrains, et que, de mémoire d'homme, elle est bouchée ?
— Oui.
— Donc, à moins qu'il n'existe une autre issue ignorée de tous, sauf d'Arsène Lupin, ce qui semble un peu problématique, nous sommes tranquilles.

Il aligna trois chaises, s'étendit confortablement, alluma sa pipe et soupira :

— Vraiment, monsieur le baron, il faut que j'aie rudement envie d'ajouter un étage à la maisonnette où je dois finir mes jours, pour accepter une besogne aussi élémentaire. Je raconterai l'histoire à l'ami Lupin, il se tiendra les côtes de rire.

Le baron ne riait pas. L'oreille aux écoutes, il interrogeait le silence avec une inquiétude croissante. De temps en temps il se penchait sur le puits et plongeait dans le trou béant un œil anxieux.

Onze heures, minuit, une heure sonnèrent.

Soudain, il saisit le bras de Ganimard qui se réveilla en sursaut.

— Vous entendez ?
— Oui.
— Qu'est-ce que c'est ?
— C'est moi qui ronfle !
— Mais non, écoutez…
— Ah ! parfaitement, c'est la corne d'une automobile.
— Eh bien ?
— Eh bien, il est peu probable que Lupin se serve d'une automobile comme d'un bélier pour démolir votre château. Aussi, monsieur le baron, à votre place, je dormirais… comme je vais avoir l'honneur de le faire à nouveau. Bonsoir.

Ce fut la seule alerte. Ganimard put reprendre son somme interrompu, et le baron n'entendit plus que son ronflement sonore et régulier.

Au petit jour, ils sortirent de leur cellule. Une grande paix sereine, la paix du matin au bord de l'eau fraîche, enveloppait le château. Cahorn radieux de joie, Ganimard toujours paisible, ils montèrent l'escalier. Aucun bruit. Rien de suspect.

— Que vous avais-je dit, monsieur le baron ? Au fond, je n'aurais pas dû accepter… Je suis honteux…

Il prit les clefs et entra dans la galerie.

Sur deux chaises, courbés, les bras ballants, les deux agents dormaient.

— Tonnerre de nom d'un chien ! grogna l'inspecteur.

Au même instant, le baron poussait un cri :

— Les tableaux !… la crédence !…

Il balbutiait, suffoquait, la main tendue vers les places vides, vers les murs dénudés où pointaient les clous, où pendaient les cordes inutiles. Le Watteau, disparu ! les Rubens, enlevés ! les tapisseries, décrochées ! les vitrines, vidées de leurs bijoux !

— Et mes candélabres Louis XVI !… et le chandelier du Régent !… et ma Vierge du douzième !…

Il courait d'un endroit à l'autre, effaré, désespéré. Il rappelait ses prix d'achat, additionnait les pertes subies, accumulait des chiffres, tout cela pêle-mêle, en mots indistincts, en phrases inachevées. Il trépignait, il se convulsait, fou de rage et de douleur. On aurait dit un homme ruiné qui n'a plus qu'à se brûler la cervelle.

Si quelque chose eût pu le consoler, c'eût été de voir la stupeur de Ganimard. Contrairement au baron, l'inspecteur ne bougeait pas lui. Il semblait pétrifié, et d'un œil vague il examinait les choses. Les fenêtres ? fermées. Les serrures des portes ? intactes. Pas de brèche au plafond. Pas de trou au plancher. L'ordre était parfait. Tout cela avait dû s'effectuer méthodiquement, d'après un plan inexorable et logique.

— Arsène Lupin… Arsène Lupin, murmura-t-il, effondré.

Soudain, il bondit sur les deux agents, comme si la colère enfin le secouait, et il les bouscula furieusement et les injuria. Ils ne se réveillèrent point !

— Diable, fit-il, est-ce que par hasard ?…

Il se pencha sur eux et, tour à tour, les observa avec attention : ils dormaient, mais d'un sommeil qui n'était pas naturel.

Il dit au baron :

— On les a endormis.
— Mais qui ?
— Eh lui, parbleu !… ou sa bande, mais dirigée par lui. C'est un coup de sa façon. La griffe y est bien.
— En ce cas, je suis perdu, rien à faire.
— Rien à faire.
— Mais c'est abominable, c'est monstrueux.
— Déposez une plainte.
— À quoi bon ?
— Dame ! essayez toujours… la justice a des ressources…

— La justice ! mais vous voyez bien par vous-même… Tenez, en ce moment, où vous pourriez chercher un indice, découvrir quelque chose, vous ne bougez même pas.

— Découvrir quelque chose avec Arsène Lupin ! Mais, mon cher monsieur, Arsène Lupin ne laisse jamais rien derrière lui ! Il n'y a pas de hasard avec Arsène Lupin ! J'en suis à me demander si ce n'est pas volontairement qu'il s'est fait arrêter par moi, en Amérique !

— Alors, je dois renoncer à mes tableaux, à tout ! Mais ce sont les perles de ma collection qu'il m'a dérobées. Je donnerais une fortune pour les retrouver. Si on ne peut rien contre lui, qu'il dise son prix !

Ganimard le regarda fixement.

— Ça, c'est une parole sensée. Vous ne la retirez pas ?

— Non, non, non. Mais pourquoi ?

— Une idée que j'ai.

— Quelle idée ?

— Nous en parlerons si l'enquête n'aboutit pas… Seulement, pas un mot de moi, si vous voulez que je réussisse.

Il ajouta entre ses dents :

— Et puis, vrai, je n'ai pas de quoi me vanter.

Les deux agents reprenaient peu à peu connaissance avec cet air hébété de ceux qui sortent du sommeil hypnotique. Ils ouvraient des yeux étonnés, ils cherchaient à comprendre. Quand Ganimard les interrogea, ils ne se souvenaient de rien.

— Cependant, vous avez dû voir quelqu'un ?

— Non.

— Rappelez-vous ?

— Non, non.

— Et vous n'avez pas bu ?

Ils réfléchirent, et l'un d'eux répondit :

— Si, moi, j'ai bu un peu d'eau.

— De l'eau de cette carafe ?

— Oui.

— Moi aussi, déclara le second.

Ganimard la sentit, la goûta. Elle n'avait aucun goût spécial, aucune odeur.

— Allons, fit-il, nous perdons notre temps. Ce n'est pas en cinq minutes que l'on résout les problèmes posés par Arsène Lupin. Mais, morbleu ! je jure bien que je le repincerai. Il gagne la seconde manche. À moi la belle !

Le jour même, une plainte en vol qualifié était déposée par le baron de Cahorn contre Arsène Lupin, détenu à la Santé !

*
**

Cette plainte, le baron la regretta souvent quand il vit le Malaquis livré aux gendarmes, au procureur, au juge d'instruction, aux journalistes, à tous les curieux qui s'insinuent partout où ils ne devraient pas être.

L'affaire passionnait déjà l'opinion. Elle se produisait dans des conditions si particulières, le nom d'Arsène Lupin excitait à tel point les imaginations, que les histoires les plus fantaisistes remplissaient les colonnes des journaux et trouvaient créance auprès du public.

Mais la lettre initiale d'Arsène Lupin, que publia l'Écho de France (et nul ne sut jamais qui en avait communiqué le texte), cette lettre où le baron Cahorn était effrontément prévenu de ce qui le menaçait, causa une émotion considérable. Aussitôt des explications fabuleuses furent proposées. On rappela l'existence des fameux souterrains. Et le parquet influencé poussa ses recherches dans ce sens.

On fouilla le château du haut en bas. On questionna chacune des pierres. On étudia les boiseries et les cheminées, les cadres des glaces et les poutres des plafonds. À la lueur des torches, on examina les caves immenses où les seigneurs du Malaquis entassaient jadis leurs munitions et leurs provisions. On sonda les entrailles du rocher. Ce fut vainement. On ne découvrit pas le moindre vestige de souterrain. Il n'existait point de passage secret.

Soit, répondait-on de tous côtés, mais des meubles et des tableaux ne s'évanouissent pas comme des fantômes. Cela s'en va par des portes et par des fenêtres, et les gens qui s'en emparent, s'introduisent et s'en vont également par des portes et des fenêtres. Quels sont ces gens ? Comment se sont-ils introduits ?

Et comment s'en sont-ils allés ?

Le parquet de Rouen, convaincu de son impuissance, sollicita le secours d'agents parisiens. M. Dudouis, le chef de la Sûreté, envoya ses meilleurs limiers de la brigade de fer. Lui-même fit un séjour de quarante-huit heures au Malaquis. Il ne réussit pas davantage.

C'est alors qu'il manda l'inspecteur principal Ganimard dont il avait eu si souvent l'occasion d'apprécier les services.

Ganimard écouta silencieusement les instructions de son supérieur, puis, hochant la tête, il prononça :

— Je crois que l'on fait fausse route en s'obstinant à fouiller le château.
La solution est ailleurs.
— Et où donc ?
— Auprès d'Arsène Lupin.
— Auprès d'Arsène Lupin ! Supposer cela, c'est admettre son intervention.
— Je l'admets. Bien plus, je la considère comme certaine.
— Voyons, Ganimard, c'est absurde. Arsène Lupin est en prison.
— Arsène Lupin est en prison, soit. Il est surveillé, je vous l'accorde. Mais il aurait les fers aux pieds, des cordes aux poignets et un bâillon sur la bouche, que je ne changerais pas d'avis.
— Et pourquoi cette obstination ?
— Parce que, seul, Arsène Lupin est de taille à combiner une machine de cette envergure, et de la combiner de telle façon qu'elle réussisse… comme elle a réussi.
— Des mots, Ganimard !
— Qui sont des réalités. Mais voilà, qu'on ne cherche pas de souterrain, de pierres tournant sur un pivot, et autres balivernes de ce calibre. Notre individu n'emploie pas des procédés aussi vieux jeu. Il est d'aujourd'hui, ou plutôt de demain.
— Et vous concluez ?
— Je conclus en vous demandant nettement l'autorisation de passer une heure avec lui.
— Dans sa cellule ?
— Oui. Au retour d'Amérique nous avons entretenu, pendant la traversée, d'excellents rapports, et j'ose dire qu'il a quelque sympathie pour celui qui a su l'arrêter. S'il peut me renseigner sans se compromettre, il n'hésitera pas à m'éviter un voyage inutile.

Il était un peu plus de midi lorsque Ganimard fut introduit dans la cellule d'Arsène Lupin. Celui-ci, étendu sur son lit, leva la tête et poussa un cri de joie.

— Ah ! ça, c'est une vraie surprise. Ce cher Ganimard, ici !
— Lui-même.
— Je désirais bien des choses dans la retraite que j'ai choisie… mais aucune plus passionnément que de vous y recevoir.
— Trop aimable.
— Mais non, mais non, je professe pour vous la plus vive estime.
— J'en suis fier.
— Je l'ai toujours prétendu : Ganimard est notre meilleur détective. Il vaut presque, — vous voyez comme je suis franc ! — il vaut presque Sherlock Holmès. Mais, en vérité, je suis désolé de n'avoir à vous offrir que cet escabeau. Et pas un rafraîchissement ! pas un verre de bière ! Excusez-moi, je suis là de passage.

Ganimard s'assit en souriant, et le prisonnier reprit, heureux de parler :

— Mon Dieu, que je suis content de reposer mes yeux sur la figure d'un honnête homme ! J'en ai assez de toutes ces faces d'espions et de mouchards qui passent dix fois par jour la revue de mes poches et de ma modeste cellule, pour s'assurer que je ne prépare pas une évasion. Fichtre, ce que le gouvernement tient à moi !…
— Il a raison.
— Mais non ! je serais si heureux qu'on me laissât vivre dans mon petit coin !
— Avec les rentes des autres.
— N'est-ce pas ? Ce serait si simple ! Mais je bavarde, je dis des bêtises, et vous êtes peut-être pressé. Allons au fait, Ganimard ! Qu'est-ce qui me vaut l'honneur d'une visite ?
— L'affaire Cahorn, déclara Ganimard, sans détour.
— Halte-là ! une seconde… C'est que j'en ai tant d'affaires ! Que je trouve d'abord dans mon cerveau le

dossier de l'affaire Cahorn... Ah ! voilà, j'y suis. Affaire Cahorn, château du Malaquis, Seine-Inférieure... Deux Rubens, un Watteau, et quelques menus objets.

— Menus !

— Oh ! ma foi, tout cela est de médiocre importance. Il y a mieux ! Mais il suffit que l'affaire vous intéresse... Parlez donc, Ganimard.

— Dois-je vous expliquer où nous en sommes de l'instruction ?

— Inutile. J'ai lu les journaux de ce matin. Je me permettrai même de vous dire que vous n'avancez pas vite.

— C'est précisément la raison pour laquelle je m'adresse à votre obligeance.

— Entièrement à vos ordres.

— Tout d'abord ceci : l'affaire a bien été conduite par vous ?

— Depuis A jusqu'à Z.

— La lettre d'avis ? le télégramme ?

— Sont de votre serviteur. Je dois même en avoir quelque part les récépissés.

Arsène ouvrit le tiroir d'une petite table en bois blanc qui composait avec le lit et l'escabeau tout le mobilier de sa cellule, y prit deux chiffons de papier et les tendit à Ganimard.

— Ah ! ça mais, s'écria celui-ci, je vous croyais gardé à vue et fouillé pour un oui ou pour un non. Or vous lisez les journaux, vous collectionnez les reçus de la poste...

— Bah ! ces gens-là sont si bêtes ! Ils décousent la doublure de ma veste, ils explorent les semelles de mes bottines, ils auscultent les murs de cette pièce, mais pas un n'aurait l'idée qu'Arsène Lupin soit assez niais pour choisir une cachette aussi facile. C'est bien là-dessus que j'ai compté.

Ganimard, amusé, s'exclama :

— Quel drôle de garçon vous faites ! Vous me déconcertez. Allons, racontez-moi l'aventure.

— Oh ! oh ! comme vous y allez ! Vous initier à tous mes secrets... vous dévoiler mes petits trucs... C'est bien grave.

— Ai-je eu tort de compter sur votre complaisance ?

— Non, Ganimard, et puisque vous insistez...

Arsène Lupin arpenta deux ou trois fois sa chambre, puis s'arrêtant :

— Que pensez-vous de ma lettre au baron ?

— Je pense que vous avez voulu vous divertir, épater un peu la galerie.

— Ah ! voilà, épater la galerie ! Eh bien, je vous assure, Ganimard, que je vous croyais plus fort. Est-ce que je m'attarde à ces puérilités, moi, Arsène Lupin ! Est-ce que j'aurais écrit cette lettre si j'avais pu dévaliser le baron sans lui écrire ? Mais comprenez donc, vous et les autres, que cette lettre est le point de départ indispensable, le ressort qui a mis toute la machine en branle. Voyons, procédons par ordre, et préparons ensemble, si vous voulez, le cambriolage du Malaquis.

— Je vous écoute.

— Donc, supposons un château rigoureusement fermé, barricadé, comme l'était celui du baron Cahorn. Vais-je abandonner la partie et renoncer à des trésors que je convoite, sous prétexte que le château qui les contient est inaccessible ?

— Évidemment non.

— Vais-je tenter l'assaut comme autrefois, à la tête d'une troupe d'aventuriers ?

— Enfantin !

— Vais-je m'y introduire sournoisement ?

— Impossible.

— Reste un moyen, l'unique à mon avis, c'est de me faire inviter par le propriétaire du dit château.

— Le moyen est original.

— Et combien facile ! Supposons qu'un jour, ledit propriétaire reçoive une lettre, l'avertissant de ce que trame contre lui un nommé Arsène Lupin, cambrioleur réputé. Que fera-t-il ?

— Il enverra la lettre au procureur.

— Qui se moquera de lui, puisque le dit Lupin est actuellement sous les verrous. Donc, affolement du bonhomme, lequel est tout prêt à demander secours au premier venu, n'est-il pas vrai ?

— Cela est hors de doute.

— Et s'il lui arrive de lire dans une feuille de chou qu'un policier célèbre est en villégiature dans la localité voisine…

— Il ira s'adresser à ce policier.

— Vous l'avez dit. Mais, d'autre part, admettons qu'en prévision de cette démarche inévitable, Arsène Lupin ait prié l'un de ses amis les plus habiles de s'installer à Caudebec, d'entrer en relations avec un rédacteur du Réveil, journal auquel est abonné le baron, de laisser entendre qu'il est un tel, le policier célèbre, qu'adviendra-t-il ?

— Que le rédacteur annoncera dans le Réveil la présence à Caudebec du dit policier.

— Parfait, et de deux choses l'une : ou bien le poisson — je veux dire Cahorn — ne mord pas à l'hameçon, et alors rien ne se passe. Ou bien, et c'est l'hypothèse la plus vraisemblable, il accourt, tout frétillant. Et voilà donc mon Cahorn implorant contre moi l'assistance de l'un de mes amis !

— De plus en plus original.

— Bien entendu, le pseudo-policier refuse d'abord son concours. Là-dessus, dépêche d'Arsène Lupin. Épouvante du baron qui supplie de nouveau mon ami, et lui offre tant pour veiller à son salut. Ledit ami accepte, amène deux gaillards de notre bande, qui, la nuit, pendant que Cahorn est gardé à vue par son protecteur, déménagent par la fenêtre un certain nombre d'objets et les laissent glisser, à l'aide de cordes, dans une bonne petite chaloupe affrétée ad hoc. C'est simple comme Lupin.

— Et c'est tout bêtement merveilleux, s'écria Ganimard, et je ne saurais trop louer la hardiesse de la conception et l'ingéniosité des détails. Mais je ne vois guère de policier assez illustre pour que son nom ait pu attirer, suggestionner le baron à ce point.

— Il y en a un, et il n'y en a qu'un.

— Lequel ?

— Celui du plus illustre, de l'ennemi personnel d'Arsène Lupin, bref, de l'inspecteur Ganimard.

— Moi !

— Vous-même, Ganimard. Et voilà ce qu'il y a de délicieux : si vous allez là-bas et que le baron se décide à causer, vous finirez par découvrir que votre devoir est de vous arrêter vous-même, comme vous m'avez arrêté en Amérique. Hein ! la revanche est comique : je fais arrêter Ganimard par Ganimard !

Arsène Lupin riait de bon cœur. L'inspecteur, assez vexé, se mordait les lèvres. La plaisanterie ne lui semblait pas mériter de tels accès de joie.

L'arrivée d'un gardien lui donna le loisir de se remettre. L'homme apportait le repas qu'Arsène Lupin, par faveur spéciale, faisait venir du restaurant voisin. Ayant déposé le plateau sur la table, il se retira. Arsène s'installa, rompit son pain, en mangea deux ou trois bouchées et reprit :

— Mais, soyez tranquille, mon cher Ganimard, vous n'irez pas là-bas. Je vais vous révéler une chose qui vous stupéfiera : l'affaire Cahorn est sur le point d'être classée.

— Hein !

— Sur le point d'être classée, vous dis-je.

— Allons donc, je quitte à l'instant le chef de la Sûreté.

— Et après ? Est-ce que M. Dudouis en sait plus long que moi sur ce qui me concerne ? Vous apprendrez que Ganimard — excusez-moi — que le pseudo-Ganimard est resté en fort bons termes avec le baron. Celui-ci, et c'est la raison principale pour laquelle il n'a rien avoué, l'a chargé de la très délicate mission de négocier avec moi une transaction, et, à l'heure présente, moyennant une certaine somme, il est probable que le baron est rentré en possession de ses chers bibelots. En retour de quoi, il retirera sa plainte. Donc, plus de vol. Donc il faudra bien que le parquet abandonne…

Ganimard considéra le détenu d'un air stupéfait.

— Et comment savez-vous tout cela ?

— Je viens de recevoir la dépêche que j'attendais.

— Vous venez de recevoir une dépêche ?

— À l'instant, cher ami. Par politesse, je n'ai pas voulu la lire en votre présence. Mais si vous m'y autorisez…

— Vous vous moquez de moi, Lupin.

— Veuillez, mon cher ami, décapiter doucement cet œuf à la coque. Vous constaterez par vous-même que je ne me moque pas de vous.

Machinalement Ganimard obéit, et cassa l'œuf avec la lame d'un couteau. Un cri de surprise lui échappa. La coque, vide, contenait une feuille de papier bleu. Sur la prière d'Arsène, il la déplia. C'était un télégramme, ou plutôt une partie de télégramme auquel on avait arraché les indications de la poste. Il lut :

« Accord conclu. Cent mille balles livrées. Tout va bien. »

— Cent mille balles ? fit-il.

— Oui, cent mille francs ! C'est peu, mais enfin les temps sont durs… Et j'ai des frais généraux si lourds ! Si vous connaissiez mon budget… un budget de grande ville !

Ganimard se leva. Sa mauvaise humeur s'était dissipée. Il réfléchit quelques secondes, embrassa d'un coup d'œil toute l'affaire, pour tâcher d'en découvrir le point faible. Puis il prononça d'un ton où il laissait franchement percer son admiration de connaisseur :

— Par bonheur, il n'en existe pas des douzaines comme vous, sans quoi il n'y aurait plus qu'à fermer boutique.

Arsène Lupin prit un petit air modeste et répondit :

— Bah ! il fallait bien se distraire, occuper ses loisirs… d'autant que le coup ne pouvait réussir que si j'étais en prison.

— Comment ! s'exclama Ganimard, votre procès, votre défense, l'instruction, tout cela ne vous suffit donc pas pour vous distraire ?

— Non, car j'ai résolu de ne pas assister à mon procès.

— Oh ! oh !

Arsène Lupin répéta posément :

— Je n'assisterai pas à mon procès.

— En vérité !

— Ah ! ça, mon cher, vous imaginez-vous que je vais pourrir sur la paille humide ? Vous m'outragez. Arsène Lupin ne reste en prison que le temps qu'il lui plaît, et pas une minute de plus.

— Il eût peut-être été plus prudent de commencer par ne pas y entrer, objecta l'inspecteur d'un ton ironique.

— Ah ! monsieur raille ? monsieur se souvient qu'il a eu l'honneur de procéder à mon arrestation ? Sachez, mon respectable ami, que personne, pas plus vous qu'un autre, n'eût pu mettre la main sur moi, si un intérêt beaucoup plus considérable ne m'avait sollicité à ce moment critique.

— Vous m'étonnez.

— Une femme me regardait, Ganimard, et je l'aimais. Comprenez-vous tout ce qu'il y a dans ce fait d'être regardé par une femme que l'on aime ? Le reste m'importait peu, je vous jure. Et c'est pourquoi je suis ici.

— Depuis bien longtemps, permettez-moi de le remarquer.

— Je voulais oublier d'abord. Ne riez pas : l'aventure avait été charmante, et j'en ai gardé encore le souvenir attendri… Et puis, je suis quelque peu neurasthénique ! La vie est si fiévreuse de nos jours ! Il faut savoir, à certains moments, faire ce que l'on appelle une cure d'isolement. Cet endroit est souverain pour les régimes de ce genre. On y pratique la cure de Santé dans toute sa rigueur.

— Arsène Lupin, observa Ganimard, vous vous payez ma tête.

— Ganimard, affirma Lupin, nous sommes aujourd'hui vendredi. Mercredi prochain, j'irai fumer mon cigare chez vous, rue Pergolèse, à quatre heures de l'après-midi.

— Arsène Lupin, je vous attends.

Ils se serrèrent la main comme deux bons amis qui s'estiment à leur juste valeur, et le vieux policier se dirigea vers la porte.

— Ganimard !

Celui-ci se retourna.

— Qu'y a-t-il ?

— Ganimard, vous oubliez votre montre.

— Ma montre ?

— Oui, elle s'est égarée dans ma poche.

Il la rendit en s'excusant.

— Pardonne-moi… une mauvaise habitude… Mais ce n'est pas une raison parce qu'ils m'ont pris la mienne pour que je vous prive de la vôtre. D'autant que j'ai là un chronomètre dont je n'ai pas à me plaindre, et qui satisfait pleinement à mes besoins.

Il sortit du tiroir une large montre en or, épaisse et confortable, ornée d'une lourde chaîne.

— Et celle-ci, de quelle poche vient-elle ? demanda Ganimard.

Arsène Lupin examina négligemment les initiales.

— J. B... Qui diable cela peut-il bien être ?... Ah ! oui, je me souviens, Jules Bouvier, mon juge d'instruction, un homme charmant...

L'ÉVASION D'ARSÈNE LUPIN

Au moment où Arsène Lupin, son repas achevé, tirait de sa poche un beau cigare bagué d'or et l'examinait avec complaisance, la porte de la cellule s'ouvrit. Il n'eut que le temps de le jeter dans le tiroir et de s'éloigner de la table. Le gardien entra, c'était l'heure de la promenade.

— Je vous attendais, mon cher ami, s'écria Lupin, toujours de bonne humeur.

Ils sortirent. Ils avaient à peine disparu à l'angle du couloir, que deux hommes à leur tour pénétrèrent dans la cellule et en commencèrent l'examen minutieux. L'un était l'inspecteur Dieuzy, l'autre l'inspecteur Folenfant.

On voulait en finir. Il n'y avait point de doute : Arsène Lupin conservait des intelligences avec le dehors et communiquait avec ses affidés. La veille encore le Grand Journal publiait ces lignes adressées à son collaborateur judiciaire :

« Monsieur,

« Dans un article paru ces jours-ci vous vous êtes exprimé sur moi en des termes que rien ne saurait justifier. Quelques jours avant l'ouverture de mon procès, j'irai vous en demander compte.

« Salutations distinguées,

« Arsène Lupin. »

L'écriture était bien d'Arsène Lupin. Donc il envoyait des lettres. Donc il en recevait. Donc il était certain qu'il préparait cette évasion annoncée par lui d'une façon si arrogante.

La situation devenait intolérable. D'accord avec le juge d'instruction, le chef de la Sûreté M. Dudouis se rendit lui-même à la Santé pour exposer au directeur de la prison les mesures qu'il convenait de prendre. Et, dès son arrivée, il envoya deux de ses hommes dans la cellule du détenu.

Ils levèrent chacune des dalles, démontèrent le lit, firent tout ce qu'il est habituel de faire en pareil cas, et finalement ne découvrirent rien. Ils allaient renoncer à leurs investigations, lorsque le gardien accourut en toute hâte et leur dit :

— Le tiroir... regardez le tiroir de la table. Quand je suis entré, il m'a semblé qu'il le repoussait.

Ils regardèrent, et Dieuzy s'écria :

— Pour Dieu, cette fois, nous le tenons, le client.

Folenfant l'arrêta.

— Halte-là, mon petit, le chef fera l'inventaire.

— Pourtant, ce cigare de luxe...

— Laisse le Havane, et prévenons le chef.

Deux minutes après, M. Dudouis explorait le tiroir. Il y trouva d'abord une liasse d'articles de journaux découpés par l'Argus de la Presse et qui concernaient Arsène Lupin, puis une blague à tabac, une pipe, du papier dit pelure d'oignon, et enfin deux livres.

Il en regarda le titre. C'était le Culte des héros de Carlyle, édition anglaise, et un elzévir charmant, à reliure du temps, le Manuel d'Épictète, traduction allemande publiée à Leyde en 1634. Les ayant feuilletés, il constata que toutes les pages étaient balafrées, soulignées, annotées. Était-ce là signes conventionnels ou bien de ces marques qui montrent la ferveur que l'on a pour un livre ?

— Nous verrons cela en détail, dit M. Dudouis.

Il explora la blague à tabac, la pipe. Puis, saisissant le fameux cigare bagué d'or :

— Fichtre, il se met bien, notre ami, s'écria-t-il, un Henri Clet !

D'un geste machinal de fumeur, il le porta près de son oreille et le fit craquer. Et aussitôt une exclamation lui échappa. Le cigare avait molli sous la pression de ses doigts. Il l'examina avec plus d'attention et ne tarda pas à distinguer quelque chose de blanc entre les feuilles de tabac. Et délicatement, à l'aide d'une épingle, il attirait un rouleau de papier très fin, à peine gros comme un cure-dent. C'était un billet. Il le déroula et lut ces mots, d'une menue écriture de femme :

« Le panier a pris la place de l'autre. Huit sur dix sont préparées. En appuyant du pied extérieur, la plaque se soulève de haut en bas. De douze à seize tous les jours, H-P attendra. Mais où ? Réponse immédiate. Soyez tranquille, votre amie veille sur vous. »

M. Dudouis réfléchit un instant et dit :

— C'est suffisamment clair… le panier… les huit cases… De douze à seize, c'est-à-dire de midi à quatre heures…

— Mais ce H-P, qui attendra ?

— H-P en l'occurrence, doit signifier automobile, H-P, horse power, n'est-ce pas ainsi qu'en langage sportif, on désigne la force d'un moteur ? Une vingt-quatre H-P, c'est une automobile de vingt-quatre chevaux.

Il se leva et demanda :

— Le détenu finissait de déjeuner ?

— Oui.

— Et comme il n'a pas encore lu ce message ainsi que le prouve l'état du cigare, il est probable qu'il venait de le recevoir.

— Comment ?

— Dans ses aliments, au milieu de son pain ou d'une pomme de terre, que sais-je ?

— Impossible, on ne l'a autorisé à faire venir sa nourriture que pour le prendre au piège, et nous n'avons rien trouvé.

— Nous chercherons ce soir la réponse de Lupin. Pour le moment, retenez-le hors de sa cellule. Je vais porter ceci à monsieur le juge d'instruction. S'il est de mon avis, nous ferons immédiatement photographier la lettre, et dans une heure vous pourrez remettre dans le tiroir, outre ces objets, un cigare identique contenant le message original lui-même. Il faut que le détenu ne se doute de rien.

Ce n'est pas sans une certaine curiosité que M. Dudouis s'en retourna le soir au greffe de la Santé en compagnie de l'inspecteur Dieuzy. Dans un coin, sur le poêle, trois assiettes s'étalaient.

— Il a mangé ?

— Oui, répondit le directeur.

— Dieuzy, veuillez couper en morceaux très minces ces quelques brins de macaroni et ouvrir cette boulette de pain… Rien ?

— Non, chef.

M. Dudouis examina les assiettes, la fourchette, la cuiller, enfin le couteau, un couteau réglementaire à lame ronde. Il en fit tourner le manche à gauche, puis à droite. À droite le manche céda et se dévissa. Le couteau était creux et servait d'étui à une feuille de papier.

— Peuh ! fit-il, ce n'est pas bien malin pour un homme comme Arsène. Mais ne perdons pas de temps. Vous, Dieuzy, allez donc faire une enquête dans ce restaurant.

Puis il lut :

« Je m'en remets à vous, H-P suivra de loin, chaque jour. J'irai au-devant. À bientôt, chère et admirable amie. »

— Enfin, s'écria M. Dudouis, en se frottant les mains, je crois que l'affaire est en bonne voie. Un petit coup de pouce de notre part, et l'évasion réussit… assez du moins pour nous permettre de pincer les complices.

— Et si Arsène Lupin vous glisse entre les doigts ? objecta le directeur.

— Nous emploierons le nombre d'hommes nécessaire. Si cependant il y mettait trop d'habileté… ma foi, tant pis pour lui ! Quant à la bande, puisque le chef refuse de parler, les autres parleront.

*
**

Et de fait, il ne parlait pas beaucoup, Arsène Lupin. Depuis des mois M. Jules Bouvier, le juge d'instruction, s'y évertuait vainement. Les interrogatoires se réduisaient à des colloques dépourvus d'intérêt entre le juge et l'avocat maître Danval, un des princes du barreau, lequel d'ailleurs en savait sur l'inculpé à peu près autant que le premier venu.

De temps à autre, par politesse, Arsène Lupin laissait tomber :

— Mais oui, Monsieur le juge, nous sommes d'accord : le vol du Crédit Lyonnais, le vol de la rue de Babylone, l'émission des faux billets de banque, l'affaire des polices d'assurance, le cambriolage des châteaux d'Armesnil, de Gouret, d'Imblevain, des Groseillers, du Malaquis, tout cela c'est de votre serviteur.

— Alors, pourriez-vous m'expliquer…

— Inutile, j'avoue tout en bloc, tout et même dix fois plus que vous n'en supposez.

De guerre lasse, le juge avait suspendu ces interrogatoires fastidieux. Après avoir eu connaissance des deux billets interceptés, il les reprit. Et, régulièrement, à midi, Arsène Lupin fut amené, de la Santé au Dépôt, dans la voiture pénitentiaire, avec un certain nombre de détenus. Ils en repartaient vers trois ou quatre heures.

Or, un après-midi, ce retour s'effectua dans des conditions particulières. Les autres détenus de la Santé n'ayant pas encore été questionnés, on décida de reconduire d'abord Arsène Lupin. Il monta donc seul dans la voiture.

Ces voitures pénitentiaires, vulgairement appelées « paniers à salade », sont divisées dans leur longueur par un couloir central sur lequel s'ouvrent dix cases, cinq à droite et cinq à gauche. Chacune de ces cases est disposée de telle façon que l'on doit s'y tenir assis, et que les cinq prisonniers, par conséquent, sont assis les uns sur les autres, tout en étant séparés les uns des autres par des cloisons parallèles. Un garde municipal, placé à l'extrémité, surveille le couloir.

Arsène fut introduit dans la troisième cellule de droite, et la lourde voiture s'ébranla. Il se rendit compte que l'on quittait le quai de l'Horloge et que l'on passait devant le Palais de Justice. Alors, vers le milieu du pont Saint-Michel, il appuya, du pied extérieur, c'est-à-dire du pied droit, ainsi qu'il le faisait chaque fois, sur la plaque de tôle qui fermait sa cellule. Tout de suite quelque chose se déclencha, et la plaque de tôle s'écarta insensiblement. Il put constater qu'il se trouvait juste entre les deux roues.

Il attendit, l'œil aux aguets. La voiture monta au pas le boulevard Saint-Michel. Au carrefour Saint-Germain, elle s'arrêta. Le cheval d'un camion s'était abattu. La circulation étant interrompue, très vite ce fut un encombrement de fiacres et d'omnibus.

Arsène Lupin passa la tête. Une autre voiture pénitentiaire stationnait le long de celle qu'il occupait. Il souleva davantage la tôle, mit le pied sur un des rayons de la grande roue et sauta à terre.

Un cocher le vit, s'esclaffa de rire, puis voulut appeler. Mais sa voix se perdit dans le fracas des véhicules qui s'écoulaient de nouveau. D'ailleurs Arsène Lupin était loin déjà.

Il avait fait quelques pas en courant ; mais sur le trottoir de gauche, il se retourna, jeta un regard circulaire, sembla prendre le vent, comme quelqu'un qui ne sait encore trop quelle direction il va suivre. Puis, résolu, il mit les mains dans ses poches, et de l'air insouciant d'un promeneur qui flâne, il continua de monter le boulevard.

Le temps était doux, un temps heureux et léger d'automne. Les cafés étaient pleins. Il s'assit à la terrasse de l'un d'eux.

Il commanda un bock et un paquet de cigarettes. Il vida son verre à petites gorgées, fuma tranquillement une cigarette, en alluma une seconde. Enfin, s'étant levé, il pria le garçon de faire venir le gérant.

Le gérant vint, et Arsène lui dit, assez haut pour être entendu de tous :

— Je suis désolé, Monsieur, j'ai oublié mon porte-monnaie. Peut-être mon nom vous est-il assez connu pour que vous me consentiez un crédit de quelques jours : Arsène Lupin.

Le gérant le regarda, croyant à une plaisanterie. Mais Arsène répéta :

— Lupin, détenu à la Santé, actuellement en état d'évasion. J'ose croire que ce nom vous inspire toute confiance.

Et il s'éloigna, au milieu des rires, sans que l'autre songeât à réclamer.

Il traversa la rue Soufflot en biais et prit la rue Saint-Jacques. Il la suivit paisiblement, s'arrêtant aux vitrines et fumant des cigarettes. Boulevard de Port-Royal, il s'orienta, se renseigna, et marcha droit vers la rue de la Santé. Les hauts murs moroses de la prison se dressèrent bientôt. Les ayant longés, il arriva près du garde municipal qui montait la faction, et retirant son chapeau :

— C'est bien ici la prison de la Santé ?
— Oui.
— Je désirerais regagner ma cellule. La voiture m'a laissé en route et je ne voudrais pas abuser…

Le garde grogna :

— Dites donc, l'homme, passez votre chemin, et plus vite que ça.
— Pardon, pardon, c'est que mon chemin passe par cette porte. Et si vous empêchez Arsène Lupin de la franchir, cela pourrait vous coûter gros, mon ami.
— Arsène Lupin ! qu'est-ce que vous me chantez là !
— Je regrette de n'avoir pas ma carte, dit Arsène, affectant de fouiller ses poches.

Le garde le toisa des pieds à la tête, abasourdi. Puis, sans un mot, comme malgré lui, il tira une sonnette. La porte de fer s'entrebâilla.

Quelques minutes après, le directeur accourut jusqu'au greffe, gesticulant et feignant une colère violente. Arsène sourit :

— Allons, Monsieur le directeur, ne jouez pas au plus fin avec moi. Comment ! on a la précaution de me ramener seul dans la voiture, on prépare un bon petit encombrement, et l'on s'imagine que je vais prendre mes jambes à mon cou pour rejoindre mes amis. Eh bien, et les vingt agents de la Sûreté qui nous escortaient à pied, en fiacre et à bicyclette ? Non, ce qu'ils m'auraient arrangé ! Je n'en serais pas sorti vivant. Dites donc, Monsieur le directeur, c'est peut-être là-dessus que l'on comptait ?

Il haussa les épaules et ajouta :

— Je vous en prie, Monsieur le directeur, qu'on ne s'occupe pas de moi. Le jour où je voudrai m'échapper, je n'aurai besoin de personne.

Le surlendemain, l'Écho de France, qui décidément devenait le moniteur officiel des exploits d'Arsène Lupin — on disait qu'il en était un des principaux commanditaires — l'Écho de France publiait les détails les plus complets sur cette tentative d'évasion. Le texte même des billets échangés entre le détenu et sa mystérieuse amie, les moyens employés pour cette correspondance, la complicité de la police, la promenade du boulevard Saint-Michel, l'incident du café Soufflot, tout était dévoilé. On savait que les recherches de l'inspecteur Dieuzy auprès des garçons du restaurant n'avaient donné aucun résultat. Et l'on apprenait en outre cette chose stupéfiante, qui montrait l'infinie variété des ressources dont cet homme disposait : la voiture pénitentiaire dans laquelle on l'avait transporté était une voiture entièrement truquée, que sa bande avait substituée à l'une des six voitures habituelles qui composent le service des prisons.

L'évasion prochaine d'Arsène Lupin ne fit plus de doute pour personne. Lui-même d'ailleurs l'annonçait en termes catégoriques, comme le prouva sa réponse à M. Bouvier, au lendemain de l'incident. Le juge raillant son échec, il le regarda et lui dit froidement :

— Écoutez bien ceci, Monsieur, et croyez-m'en sur parole : cette tentative d'évasion faisait partie de mon plan d'évasion.

— Je ne comprends pas, ricana le juge.

— Il est inutile que vous compreniez.

Et comme le juge, au cours de cet interrogatoire qui parut tout au long dans les colonnes de l'Écho de France, comme le juge revenait à son instruction, il s'écria d'un air de lassitude :

— Mon Dieu, mon Dieu, à quoi bon ! toutes ces questions n'ont aucune importance !

— Comment, aucune importance ?

— Mais non, puisque je n'assisterai pas à mon procès.

— Vous n'assisterez pas…

— Non, c'est une idée fixe, une décision irrévocable. Rien ne me fera transiger.

Une telle assurance, les indiscrétions inexplicables qui se commettaient chaque jour, agaçaient et déconcertaient la justice. Il y avait là des secrets qu'Arsène Lupin était seul à connaître, et dont la divulgation par conséquent ne pouvait provenir que de lui. Mais dans quel but les dévoilait-il ? et comment ?

On changea Arsène Lupin de cellule. Un soir, il descendit à l'étage inférieur. De son côté, le juge boucla son instruction et renvoya l'affaire à la chambre des mises en accusation.

Ce fut le silence. Il dura deux mois. Arsène les passa étendu sur son lit, le visage presque toujours tourné contre le mur. Ce changement de cellule semblait l'avoir abattu. Il refusa de recevoir son avocat. À peine échangeait-il quelques mots avec ses gardiens.

Dans la quinzaine qui précéda son procès, il parut se ranimer. Il se plaignit du manque d'air. On le fit sortir dans la cour, le matin, de très bonne heure, flanqué de deux hommes.

La curiosité publique cependant ne s'était pas affaiblie. Chaque jour on avait attendu la nouvelle de son évasion. On la souhaitait presque, tellement le personnage plaisait à la foule avec sa verve, sa gaieté, sa diversité, son génie d'invention et le mystère de sa vie. Arsène Lupin devait s'évader. C'était inévitable, fatal. On s'étonnait même que cela tardât si longtemps. Tous les matins le Préfet de police demandait à son secrétaire :

— Eh bien, il n'est pas encore parti ?

— Non, Monsieur le Préfet.

— Ce sera donc pour demain.

Et, la veille du procès, un monsieur se présenta dans les bureaux du Grand Journal, demanda le collaborateur judiciaire, lui jeta sa carte au visage, et s'éloigna rapidement. Sur la carte, ces mots étaient inscrits : « Arsène Lupin tient toujours ses promesses. »

***

C'est dans ces conditions que les débats s'ouvrirent.

L'affluence y fut énorme. Personne qui ne voulût voir le fameux Arsène Lupin et ne savourât d'avance la façon dont il se jouerait du président. Avocats et magistrats, chroniqueurs et mondains, artistes et femmes du monde, le Tout-Paris se pressa sur les bancs de l'audience.

Il pleuvait, dehors le jour était sombre, on vit mal Arsène Lupin lorsque les gardes l'eurent introduit. Cependant son attitude lourde, la manière dont il se laissa tomber à sa place, son immobilité indifférente et passive, ne prévinrent pas en sa faveur. Plusieurs fois son avocat — un des secrétaires de Me Danval, celui-ci ayant jugé indigne de lui le rôle auquel il était réduit — plusieurs fois son avocat lui adressa la parole. Il hochait la tête et se taisait.

Le greffier lut l'acte d'accusation, puis le président prononça :

— Accusé, levez-vous. Votre nom, prénom, âge et profession ?

Ne recevant pas de réponse, il répéta :

— Votre nom ? Je vous demande votre nom ?

Une voix épaisse et fatiguée articula :

— Baudru, Désiré.

Il y eut des murmures. Mais le président repartit :

— Baudru, Désiré ? Ah ! bien, un nouvel avatar ! Comme c'est à peu près le huitième nom auquel vous prétendez, et qu'il est sans doute aussi imaginaire que les autres, nous nous en tiendrons, si vous le voulez bien, à celui d'Arsène Lupin, sous lequel vous êtes plus avantageusement connu.

Le président consulta ses notes et reprit :

— Car, malgré toutes les recherches, il a été impossible de reconstituer votre identité. Vous présentez ce cas assez original dans notre société moderne de n'avoir point de passé. Nous ne savons qui vous êtes, d'où vous venez, où s'est écoulée votre enfance, bref, rien. Vous jaillissez tout d'un coup, il y a trois ans, on ne sait au juste de quel milieu, pour vous révéler tout d'un coup Arsène Lupin, c'est-à-dire un composé bizarre d'intelligence et de perversion, d'immoralité et de générosité. Les données que nous avons sur vous avant cette époque sont plutôt des suppositions. Il est probable que le nommé Rostat qui travailla, il y a huit ans, aux côtés du prestidigitateur Dickson n'était autre qu'Arsène Lupin. Il est probable que l'étudiant russe qui fréquenta, il y a six ans, le laboratoire du docteur Altier, à l'hôpital Saint-Louis, et qui souvent surprit le maître par l'ingéniosité de ses hypothèses sur la bactériologie et la hardiesse de ses expériences dans les maladies de la peau, n'était autre qu'Arsène Lupin. Arsène Lupin, également, le professeur de lutte japonaise qui s'établit à Paris bien avant qu'on n'y parlât du jiu-jitsu. Arsène Lupin, croyons-nous, le coureur cycliste qui gagna le Grand Prix de l'Exposition, toucha ses 10 000 francs et ne reparut plus. Arsène Lupin peut-être aussi celui qui sauva tant de gens par la petite lucarne du Bazar de la Charité… et les dévalisa.

Et, après une pause, le président conclut :

— Telle est cette époque, qui semble n'avoir été qu'une préparation minutieuse à la lutte que vous avez entreprise contre la société, un apprentissage méthodique où vous portiez au plus haut point votre force, votre énergie et votre adresse. Reconnaissez-vous l'exactitude de ces faits ?

Pendant ce discours, l'accusé s'était balancé d'une jambe sur l'autre, le dos rond, les bras inertes. Sous la lumière plus vive, on remarqua son extrême maigreur, ses joues creuses, ses pommettes étrangement saillantes, son visage couleur de terre, marbré de petites plaques rouges, et encadré d'une barbe inégale et rare. La prison l'avait considérablement vieilli et flétri. On ne reconnaissait plus la silhouette élégante et le jeune visage dont les journaux avaient publié si souvent le portrait sympathique.

On eût dit qu'il n'avait pas entendu la question qu'on lui posait. Deux fois elle lui fut répétée. Alors il leva les yeux, parut réfléchir, puis, faisant un effort violent, murmura :

— Baudru, Désiré.

Le président se mit à rire.

— Je ne me rends pas un compte exact du système de défense que vous avez adopté, Arsène Lupin. Si c'est de jouer les imbéciles et les irresponsables, libre à vous. Quant à moi, j'irai droit au but sans me soucier de vos fantaisies.

Et il entra dans le détail des vols, escroqueries et faux reprochés à Lupin. Parfois il interrogeait l'accusé. Celui-ci poussait un grognement ou ne répondait pas.

Le défilé des témoins commença. Il y eut plusieurs dépositions insignifiantes, d'autres plus sérieuses, qui toutes avaient ce caractère commun de se contredire les unes les autres. Une obscurité troublante enveloppait les débats, mais l'inspecteur principal Ganimard fut introduit, et l'intérêt se réveilla.

Dès le début, toutefois, le vieux policier causa une certaine déception. Il avait l'air, non pas intimidé — il en avait vu bien d'autres — mais inquiet, mal à l'aise. Plusieurs fois, il tourna les yeux vers l'accusé avec une gêne visible. Cependant, les deux mains appuyées à la barre, il racontait les incidents auxquels il avait été mêlé, sa poursuite à travers l'Europe, son arrivée en Amérique. Et on l'écoutait avec avidité, comme on écouterait le récit des plus passionnantes aventures. Mais, vers la fin, ayant fait allusion à ses entretiens avec Arsène Lupin, à deux reprises il s'arrêta, distrait, indécis.

Il était clair qu'une autre pensée l'obsédait. Le président lui dit :

— Si vous êtes souffrant, il vaudrait mieux interrompre votre témoignage.

— Non, non, seulement…

Il se tut, regarda l'accusé longuement, profondément, puis il dit :

— Je demande l'autorisation d'examiner l'accusé de plus près. Il y a là un mystère qu'il faut que j'éclaircisse.

Il s'approcha, le considéra plus longuement encore, de toute son attention concentrée, puis il retourna à la barre. Et là, d'un ton un peu solennel, il prononça :

— Monsieur le président, j'affirme que l'homme qui est ici, en face de moi, n'est pas Arsène Lupin.

Un grand silence accueillit ces paroles. Le président, interloqué d'abord, s'écria :

— Ah ! ça, que dites-vous ! vous êtes fou.

L'inspecteur affirma posément :

— À première vue, on peut se laisser prendre à une ressemblance, qui existe en effet, je l'avoue, mais il suffit d'une seconde d'attention. Le nez, la bouche, les cheveux, la couleur de la peau… enfin quoi : ce n'est pas Arsène Lupin. Et les yeux donc ! a-t-il jamais eu ces yeux d'alcoolique ?

— Voyons, voyons, expliquons-nous. Que prétendez-vous, témoin ?

— Est-ce que je sais ! Il aura mis en son lieu et place un pauvre diable que l'on allait condamner en son lieu et place… À moins que ce ne soit un complice.

Des cris, des rires, des exclamations partaient de tous côtés dans la salle qu'agitait ce coup de théâtre inattendu. Le président fit mander le juge d'instruction, le directeur de la Santé, les gardiens, et suspendit l'audience.

À la reprise, M. Bouvier et le directeur, mis en présence de l'accusé, déclarèrent qu'il n'y avait entre Arsène Lupin et cet homme qu'une très vague similitude de traits.

— Mais alors, s'écria le président, quel est cet homme ? D'où vient-il ? comment se trouve-t-il entre les mains de la justice ?

On introduisit les deux gardiens de la Santé. Contradiction stupéfiante, ils reconnurent le détenu dont ils avaient la surveillance à tour de rôle ! Le président respira.

Mais l'un des gardiens reprit :

— Oui, oui, je crois bien que c'est lui.

— Comment, vous croyez ?

— Dame, je l'ai à peine vu. On me l'a livré le soir, et, depuis deux mois, il reste toujours couché contre le mur.

— Mais, avant ces deux mois ?

— Ah ! avant, il n'occupait pas la cellule 24.

Le directeur de la prison précisa ce point :

— Nous avons changé le détenu de cellule après sa tentative d'évasion.

— Mais vous, monsieur le directeur, vous l'avez vu depuis deux mois ?

— Je n'ai pas eu l'occasion de le voir… il se tenait tranquille.

— Et cet homme-là n'est pas le détenu qui vous a été remis ?

— Non.

— Alors, qui est-il ?

— Je ne saurais dire.

— Nous sommes donc en présence d'une substitution qui se serait effectuée il y a deux mois. Comment l'expliquez-vous ?

— C'est impossible.

— Alors ?

En désespoir de cause, le président se tourna vers l'accusé et, d'une voix engageante :

— Voyons, accusé, pourriez-vous m'expliquer comment et depuis quand vous êtes entre les mains de la justice ?

On eût dit que ce ton bienveillant désarmait la méfiance ou stimulait l'entendement de l'homme. Il essaya de répondre. Enfin, habilement et doucement interrogé, il réussit à rassembler quelques phrases, d'où il ressortait ceci : deux mois auparavant, il avait été amené au Dépôt. Il y avait passé une nuit et une matinée. Possesseur d'une somme de soixante-quinze centimes, il avait été relâché. Mais, comme il traversait la cour, deux gardes le prenaient par le bras et le conduisaient jusqu'à la voiture pénitentiaire. Depuis, il vivait dans la cellule 24, pas malheureux… on y mange bien… on n'y dort pas mal… Aussi n'avait-il pas protesté…

Tout cela paraissait vraisemblable. Au milieu des rires et d'une grande effervescence, le président renvoya l'affaire à une autre session pour supplément d'enquête.

***

L'enquête, tout de suite, établit ce fait consigné sur le registre d'écrou : huit semaines auparavant, un nommé Baudru Désiré avait couché au Dépôt. Libéré le lendemain, il quittait le Dépôt à deux heures de l'après-midi. Or, ce jour-là, à deux heures, interrogé pour la dernière fois, Arsène Lupin sortait de l'instruction et repartait en voiture pénitentiaire.

Les gardiens avaient-ils commis une erreur ? Trompés par la ressemblance, avaient-ils eux-mêmes, dans une minute d'inattention, substitué cet homme à leur prisonnier ? Il eût fallut vraiment qu'ils y missent une complaisance que leurs états de service ne permettaient pas de supposer.

La substitution était-elle combinée d'avance ? Outre que la disposition des lieux rendait la chose presque irréalisable, il eût été nécessaire en ce cas que Baudru fût un complice, et qu'il se fût fait arrêter dans le but précis de prendre la place d'Arsène Lupin. Mais alors, par quel miracle un tel plan, uniquement fondé sur une série de chances invraisemblables, de rencontres fortuites et d'erreurs fabuleuses, avait-il pu réussir ?

On fit passer Désiré Baudru au service anthropométrique : il n'y avait pas de fiches correspondant à son signalement. Du reste on retrouva aisément ses traces. À Courbevoie, à Asnières, à Levallois, il était connu. Il vivait d'aumônes et couchait dans une de ces cahutes de chiffonniers qui s'entassent près de la barrière des Ternes. Depuis un an cependant il avait disparu.

Avait-il été embauché par Arsène Lupin ? Rien n'autorisait à le croire. Et quand cela eût été, on n'en eût pas su davantage sur la fuite du prisonnier. Le prodige demeurait le même. Des vingt hypothèses qui tentaient de l'expliquer, aucune n'était satisfaisante. L'évasion seule ne faisait pas de doute, et une évasion incompréhensible, impressionnante, où le public, de même que la justice, sentait l'effort d'une longue préparation, un ensemble d'actes merveilleusement enchevêtrés les uns dans les autres, et dont le dénouement justifiait l'orgueilleuse prédiction d'Arsène Lupin : « Je n'assisterai pas à mon procès. »

Au bout d'un mois de recherches minutieuses, l'énigme se présentait avec le même caractère indéchiffrable. On ne pouvait cependant pas garder indéfiniment ce pauvre diable de Baudru. Son procès eût été ridicule : quelles charges avait-on contre lui ? Sa mise en liberté fut signée par le juge d'instruction. Mais le chef de la Sûreté résolut d'établir autour de lui une surveillance active.

L'idée provenait de Ganimard. À son point de vue, il n'y avait ni complicité, ni hasard. Baudru était un instrument dont Arsène Lupin avait joué avec son extraordinaire habileté. Baudru libre, par lui on remonterait jusqu'à Arsène Lupin ou du moins jusqu'à quelqu'un de sa bande.

On adjoignit à Ganimard les deux inspecteurs Folenfant et Dieuzy, et un matin de janvier, par un temps brumeux, les portes de la prison s'ouvrirent devant Baudru Désiré.

Il parut d'abord assez embarrassé, et marcha comme un homme qui n'a pas d'idées bien précises sur l'emploi de son temps. Il suivit la rue de la Santé et la rue Saint-Jacques. Devant la boutique d'un fripier, il enleva sa veste et son gilet, vendit son gilet moyennant quelques sous, et, remettant sa veste, s'en alla.

Il traversa la Seine. Au Châtelet un omnibus le dépassa. Il voulut y monter. Il n'y avait pas de place. Le contrôleur lui conseillant de prendre un numéro, il entra dans la salle d'attente.

À ce moment, Ganimard appela ses deux hommes près de lui, et, sans quitter de vue le bureau, il leur dit en hâte :

— Arrêtez une voiture… non, deux, c'est plus prudent. J'irai avec l'un de vous et nous le suivrons.

Les hommes obéirent. Baudru cependant ne paraissait pas. Ganimard s'avança : il n'y avait personne dans la salle.

— Idiot que je suis, murmura-t-il, j'oubliais la seconde issue.

Le bureau communique, en effet, par un couloir intérieur, avec celui de la rue Saint-Martin. Ganimard s'élança. Il arriva juste à temps pour apercevoir Baudru sur l'impériale de Batignolles-Jardin des Plantes qui tournait au coin de la rue de Rivoli. Il courut et rattrapa l'omnibus. Mais il avait perdu ses deux agents. Il était seul à continuer la poursuite.

Dans sa fureur, il fut sur le point de le prendre au collet sans plus de formalité. N'était-ce pas avec préméditation et par une ruse ingénieuse que ce soi-disant imbécile l'avait séparé de ses auxiliaires ?

Il regarda Baudru. Il somnolait sur la banquette, et sa tête ballottait de droite et de gauche. La bouche un peu entr'ouverte, son visage avait une incroyable expression de bêtise. Non, ce n'était pas là un adversaire capable de rouler le vieux Ganimard. Le hasard l'avait servi, voilà tout.

Au carrefour des Galeries-Lafayette l'homme sauta de l'omnibus dans le tramway de la Muette. On suivit le boulevard Haussmann, l'avenue Victor-Hugo. Baudru ne descendit que devant la station de la Muette. Et d'un pas nonchalant il s'enfonça dans le bois de Boulogne.

Il passait d'une allée à l'autre, revenait sur ses pas, s'éloignait. Que cherchait-il ? Avait-il un but ?

Après une heure de ce manège, il semblait harassé de fatigue. De fait, avisant un banc, il s'assit. L'endroit, situé non loin d'Auteuil, au bord d'un petit lac caché parmi les arbres, était absolument désert. Une demi-heure s'écoula. Impatienté, Ganimard résolut d'entrer en conversation.

Il s'approcha donc et prit place aux côtés de Baudru. Il alluma une cigarette, traça des ronds sur le sable du bout de sa canne, et dit :

— Il ne fait pas chaud.

Un silence. Et soudain, dans ce silence un éclat de rire retentit, mais un rire joyeux, heureux, le rire d'un enfant pris de fou rire, et qui ne peut pas s'empêcher de rire. Nettement, réellement, Ganimard sentit ses cheveux se hérisser sur le cuir soulevé de son crâne. Ce rire, ce rire infernal qu'il connaissait si bien!...

D'un geste brusque, il saisit l'homme par les parements de sa veste et le regarda profondément, violemment, mieux encore qu'il ne l'avait regardé aux Assises, et en vérité ce ne fut plus l'homme qu'il vit. C'était l'homme, mais c'était en même temps l'autre, le vrai.

Aidé par une volonté complice, il retrouvait la vie ardente des yeux, il complétait le masque amaigri, il apercevait la chair réelle sous l'épiderme abîmé, la bouche réelle à travers le rictus qui la déformait. Et c'étaient les yeux de l'autre, la bouche de l'autre, c'était surtout son expression aiguë, vivante, moqueuse, spirituelle, si claire et si jeune !

— Arsène Lupin, Arsène Lupin, balbutia-t-il.

Et subitement, pris de rage, lui serrant la gorge, il tenta de le renverser. Malgré ses cinquante ans, il était encore d'une vigueur peu commune, tandis que son adversaire semblait en assez mauvaise condition. Et puis, quel coup de maître s'il parvenait à le ramener !

La lutte fut courte. Arsène Lupin se défendit à peine, et, aussi promptement qu'il avait attaqué, Ganimard lâcha prise. Son bras droit pendait inerte, engourdi.

— Si l'on vous apprenait le jiu-jitsu au quai des Orfèvres, déclara Lupin, vous sauriez que ce coup s'appelle udi-shi-ghi en japonais.

Et il ajouta froidement :

— Une seconde de plus je vous cassais le bras, et vous n'auriez eu que ce que vous méritez. Comment, vous, un vieil ami, que j'estime, devant qui je dévoile spontanément mon incognito, vous abusez de ma confiance ! C'est mal... Eh bien, quoi, qu'avez-vous ?

Ganimard se taisait. Cette évasion dont il se jugeait responsable — n'était-ce pas lui qui, par sa déposition sensationnelle, avait induit la justice en erreur ? — cette évasion lui semblait la honte de sa carrière. Une larme roula vers sa moustache grise.

— Eh ! mon Dieu, Ganimard, ne vous faites pas de bile : si vous n'aviez pas parlé, je me serais arrangé pour qu'un autre parlât. Voyons, pouvais-je admettre que l'on condamnât Baudru Désiré ?

— Alors, murmura Ganimard, c'était vous qui étiez là-bas ? c'est vous qui êtes ici !

— Moi, toujours moi, uniquement moi.

— Est-ce possible ?

— Oh ! point n'est besoin d'être sorcier. Il suffit, comme l'a dit ce brave président, de se préparer pendant une douzaine d'années pour être prêt à toutes les éventualités.

— Mais votre visage ? Vos yeux ?

— Vous comprenez bien que si j'ai travaillé dix-huit mois à Saint-Louis avec le docteur Altier, ce n'est pas par amour de l'art. J'ai pensé que celui qui aurait un jour l'honneur de s'appeler Arsène Lupin, devait se soustraire aux lois ordinaires de l'apparence et de l'identité. L'apparence ? Mais on la modifie à son gré. Telle injection hypodermique de paraffine vous boursoufle la peau juste à l'endroit choisi. L'acide pyrogallique vous transforme en mohican. Le suc de la grande chélidoine vous orne de dartres et de tumeurs du plus heureux effet. Tel procédé chimique agit sur la pousse de votre barbe et de vos cheveux, tel autre sur le son de votre voix. Joignez à cela deux mois de diète dans la cellule n° 24, des exercices mille fois répétés pour ouvrir ma bouche selon ce rictus, pour porter ma tête selon cette inclinaison et mon dos selon cette courbe. Enfin cinq gouttes d'atropine dans les yeux pour les rendre hagards et fuyants, et le tour est joué.

— Je ne conçois pas que les gardiens…

— La métamorphose a été progressive. Ils n'ont pu en remarquer l'évolution quotidienne.

— Mais Baudru Désiré ?

— Baudru existe. C'est un pauvre innocent, que j'ai rencontré l'an dernier, et qui vraiment n'est pas sans offrir avec moi une certaine analogie de traits. En prévision d'une arrestation toujours possible, je l'ai mis en sûreté, et je me suis appliqué à discerner dès l'abord les points de dissemblance qui nous séparaient, pour les atténuer en moi autant que cela se pouvait. Mes amis lui ont fait passer une nuit au Dépôt, de manière qu'il en sortît à peu près à la même heure que moi, et que la coïncidence fût facile à constater. Car, notez-le, il fallait qu'on retrouvât la trace de son passage, sans quoi la justice se fût demandé qui j'étais. Tandis qu'en lui offrant cet excellent Baudru, il était inévitable, vous entendez, inévitable qu'elle sauterait sur lui, et que malgré les difficultés insurmontables d'une substitution, elle préférerait croire à la substitution plutôt que d'avouer son ignorance.

— Oui, oui, en effet, murmura Ganimard.

— Et puis, s'écria Arsène Lupin, j'avais entre les mains un atout formidable, une carte machinée par moi dès le début : l'attente où tout le monde était de mon évasion. Et voilà bien l'erreur grossière où vous êtes tombés, vous et les autres, dans cette partie passionnante que la justice et moi nous avions engagée, et dont l'enjeu était ma liberté : vous avez supposé encore une fois que j'agissais par fanfaronnade, que j'étais grisé par mes succès ainsi qu'un blanc-bec. Moi, Arsène Lupin, une telle faiblesse ! Et, pas plus que dans l'affaire Cahorn, vous ne vous êtes dit : « Du moment qu'Arsène Lupin crie sur les toits qu'il s'évadera, c'est qu'il a des raisons qui l'obligent à le crier. » Mais, sapristi, comprenez donc que, pour m'évader… sans m'évader, il fallait que l'on crût d'avance à cette évasion, que ce fût un article de foi, une conviction absolue, une vérité éclatante comme le soleil. Et ce fut cela, de par ma volonté. Arsène Lupin s'évaderait, Arsène Lupin n'assisterait pas à son procès. Et quand vous vous êtes levé pour dire : « cet homme n'est pas Arsène Lupin » il eût été surnaturel que tout le monde ne crût pas immédiatement que je n'étais pas Arsène Lupin. Qu'une seule personne doutât, qu'une seule émît cette simple restriction : « Et si c'était Arsène Lupin ? » à la minute même, j'étais perdu. Il suffisait de se pencher vers moi, non pas avec l'idée que je n'étais pas Arsène Lupin, comme vous l'avez fait vous et les autres, mais avec l'idée que je pouvais être Arsène Lupin, et malgré toutes mes précautions, on me reconnaissait. Mais j'étais tranquille. Logiquement, psychologiquement, personne ne pouvait avoir cette simple petite idée.

Il saisit tout à coup la main de Ganimard.

— Voyons, Ganimard, avouez que huit jours après notre entrevue dans la prison de la Santé, vous m'avez attendu à quatre heures, chez vous, comme je vous en avais prié ?

— Et votre voiture pénitentiaire ? dit Ganimard, évitant de répondre.

— Du bluff ! Ce sont mes amis qui ont rafistolé et substitué cette ancienne voiture hors d'usage et qui voulaient tenter le coup. Mais je le savais impraticable sans un concours de circonstances exceptionnelles. Seulement j'ai trouvé utile de parachever cette tentative d'évasion et de lui donner la plus grande publicité. Une première évasion audacieusement combinée donnait à la seconde la valeur d'une évasion réalisée d'avance.

— De sorte que le cigare…

— Creusé par moi ainsi que le couteau.

— Et les billets ?

— Écrits par moi.

— Et la mystérieuse correspondante ?

— Elle et moi nous ne faisons qu'un. J'ai toutes les écritures à volonté.

Ganimard réfléchit un instant et objecta :

— Comment se peut-il qu'au service d'anthropométrie, quand on a pris la fiche de Baudru, on ne se soit pas aperçu qu'elle coïncidait avec celle d'Arsène Lupin ?

— La fiche d'Arsène Lupin n'existe pas.

— Allons donc !

— Ou du moins elle est fausse. C'est une question que j'ai beaucoup étudiée. Le système Bertillon comporte d'abord le signalement visuel — et vous voyez qu'il n'est pas infaillible — et ensuite le signalement par mesures, mesure de la tête, des doigts, des oreilles, etc. Là-contre rien à faire.

— Alors ?

— Alors il a fallu payer. Avant même mon retour d'Amérique, un des employés du service acceptait tant pour inscrire une fausse mesure au début de ma mensuration. C'est suffisant pour que tout le système dévie, et qu'une fiche s'oriente vers une case diamétralement opposée à la case où elle devait aboutir. La fiche Baudru ne devait donc pas coïncider avec la fiche Arsène Lupin.

Il y eut encore un silence, puis Ganimard demanda :

— Et maintenant, qu'allez-vous faire ?

— Maintenant, s'exclama Lupin, je vais me reposer, suivre un régime de suralimentation et peu à peu redevenir moi. C'est très bien d'être Baudru ou tel autre, de changer de personnalité comme de chemise et de choisir son apparence, sa voix, son regard, son écriture. Mais il arrive que l'on ne s'y reconnaît plus dans tout cela et que c'est fort triste. Actuellement j'éprouve ce que devait éprouver l'homme qui a perdu son ombre. Je vais me rechercher… et me retrouver.

Il se promena de long en large. Un peu d'obscurité se mêlait à la lueur du jour. Il s'arrêta devant Ganimard.

— Nous n'avons plus rien à nous dire, je crois ?

— Si, répondit l'inspecteur, je voudrais savoir si vous révélerez la vérité sur votre évasion… L'erreur que j'ai commise…

— Oh ! personne ne saura jamais que c'est Arsène Lupin qui a été relâché. J'ai trop d'intérêt à accumuler autour de moi les ténèbres les plus mystérieuses, pour ne pas laisser à cette évasion son caractère presque miraculeux. Aussi, ne craignez rien, mon bon ami, et adieu. Je dîne en ville ce soir, et je n'ai que le temps de m'habiller.

— Je vous croyais si désireux de repos !

— Hélas ! il y a des obligations mondaines auxquelles on ne peut se soustraire. Le repos commencera demain.

— Et où dînez-vous donc ?

— À l'ambassade d'Angleterre.

LE MYSTÉRIEUX VOYAGEUR

La veille, j'avais envoyé mon automobile à Rouen par la route. Je devais l'y rejoindre en chemin de fer, et, de là, me rendre chez des amis qui habitent les bords de la Seine.

Or, à Paris, quelques minutes avant le départ, sept messieurs envahirent mon compartiment ; cinq d'entre eux fumaient. Si court que soit le trajet en rapide, la perspective de l'effectuer en une telle compagnie me fut désagréable, d'autant que le wagon, d'ancien modèle, n'avait pas de couloir. Je pris donc mon pardessus, mes journaux, mon indicateur, et me réfugiai dans un des compartiments voisins.

Une dame s'y trouvait. À ma vue, elle eut un geste de contrariété qui ne m'échappa point, et elle se pencha vers un monsieur planté sur le marchepied, son mari, sans doute, qui l'avait accompagnée à la gare. Le monsieur m'observa et l'examen se termina probablement à mon avantage, car il parla bas à sa femme, en souriant, de l'air dont on rassure un enfant qui a peur. Elle sourit à son tour, et me glissa un œil amical, comme si elle comprenait tout à coup que j'étais un de ces galants hommes avec qui une femme peut rester enfermée deux heures durant, dans une petite boîte de six pieds carrés, sans avoir rien à craindre.

Son mari lui dit :

— Tu ne m'en voudras pas, ma chérie, mais j'ai un rendez-vous urgent, et je ne puis attendre.

Il l'embrassa affectueusement, et s'en alla. Sa femme lui envoya par la fenêtre de petits baisers discrets, et agita son mouchoir.

Mais un coup de sifflet retentit. Le train s'ébranla.

À ce moment précis, et malgré les protestations des employés, la porte s'ouvrit, et un homme surgit dans notre compartiment. Ma compagne, qui était debout alors et rangeait ses affaires le long du filet, poussa un cri de terreur et tomba sur la banquette.

Je ne suis pas poltron, loin de là, mais j'avoue que ces irruptions de la dernière heure sont toujours pénibles. Elles semblent équivoques, peu naturelles. Il doit y avoir quelque chose là-dessous, sans quoi…

L'aspect du nouveau venu cependant, et son attitude, eussent plutôt atténué la mauvaise impression produite par son acte. De la correction, de l'élégance presque, une cravate de bon goût, des gants propres, un visage énergique… Mais, au fait, où diable avais-je vu ce visage ? Car, le doute n'était point possible, je l'avais vu. Du moins, plus exactement, je retrouvais en moi la sorte de souvenir que laisse la vision d'un portrait plusieurs fois aperçu et dont on n'a jamais contemplé l'original. Et, en même temps, je sentais l'inutilité de tout effort de mémoire, tellement ce souvenir était inconsistant et vague.

Mais, ayant reporté mon attention sur la dame, je fus stupéfait de sa pâleur et du bouleversement de ses traits. Elle regardait son voisin — ils étaient assis du même côté — avec une expression de réel effroi, et je constatai qu'une de ses mains, toute tremblante, se glissait vers un petit sac de voyage posé sur la banquette à vingt centimètres de ses genoux. Elle finit par le saisir et nerveusement l'attira contre elle.

Nos yeux se rencontrèrent, et je lus dans les siens tant de malaise et d'anxiété, que je ne pus m'empêcher de lui dire :

— Vous n'êtes pas souffrante, Madame ?… Dois-je ouvrir cette fenêtre?

Sans me répondre, elle me désigna d'un geste craintif l'individu. Je souris comme avait fait son mari, haussai les épaules et lui expliquai par signes qu'elle n'avait rien à redouter, que j'étais là, et d'ailleurs que ce monsieur semblait bien inoffensif.

À cet instant, il se tourna vers nous, l'un après l'autre nous considéra des pieds à la tête, puis se renfonça dans son coin et ne bougea plus.

Il y eut un silence, mais la dame, comme si elle avait ramassé toute son énergie pour accomplir un acte désespéré, me dit d'une voix à peine intelligible :

— Vous savez qu'il est dans notre train ?
— Qui ?
— Mais lui… lui… je vous assure.
— Qui, lui ?
— Arsène Lupin !

Elle n'avait pas quitté des yeux le voyageur et c'était à lui plutôt qu'à moi qu'elle lança les syllabes de ce nom inquiétant.

Il baissa son chapeau sur son nez. Était-ce pour masquer son trouble ou, simplement, se préparait-il à dormir ?

Je fis cette objection :

— Arsène Lupin a été condamné hier, par contumace, à vingt ans de travaux forcés. Il est donc peu probable qu'il commette aujourd'hui l'imprudence de se montrer en public. En outre, les journaux n'ont-ils pas signalé sa présence en Turquie, cet hiver, depuis sa fameuse évasion de la Santé ?

— Il se trouve dans ce train, répéta la dame, avec l'intention de plus en plus marquée d'être entendue de notre compagnon, mon mari est sous-directeur aux services pénitentiaires, et c'est le commissaire de la gare lui-même qui nous a dit qu'on cherchait Arsène Lupin.

— Ce n'est pas une raison…
— On l'a rencontré dans la salle des Pas-Perdus. Il a pris un billet de première classe pour Rouen.
— Il était facile de mettre la main sur lui.
— Il a disparu. Le contrôleur, à l'entrée des salles d'attente, ne l'a pas vu, mais on supposait qu'il avait passé par les quais de banlieue, et qu'il était monté dans l'express qui part dix minutes après nous.
— En ce cas, on l'y aura pincé.
— Et si, au dernier moment, il a sauté de cet express pour venir ici, dans notre train… comme c'est probable… comme c'est certain ?
— En ce cas, c'est ici qu'il sera pincé. Car les employés et les agents n'auront pas manqué de voir ce passage d'un train dans l'autre, et, lorsque nous arriverons à Rouen, on le cueillera bien proprement.
— Lui, jamais ! il trouvera le moyen de s'échapper encore.
— En ce cas, je lui souhaite bon voyage.

— Mais d'ici là, tout ce qu'il peut faire !
— Quoi ?
— Est-ce que je sais ? il faut s'attendre à tout !

Elle était très agitée, et de fait la situation justifiait jusqu'à un certain point cette surexcitation nerveuse. Presque malgré moi, je lui dis :

— Il y a en effet des coïncidences curieuses... Mais tranquillisez-vous. En admettant qu'Arsène Lupin soit dans un de ces wagons, il s'y tiendra bien sage, et, plutôt que de s'attirer de nouveaux ennuis, il n'aura pas d'autre idée que d'éviter le péril qui le menace.

Mes paroles ne la rassurèrent point. Cependant elle se tut, craignant sans doute d'être indiscrète.

Moi, je dépliai mes journaux et lus les comptes rendus du procès d'Arsène Lupin. Comme ils ne contenaient rien que l'on ne connût déjà, ils ne m'intéressèrent que médiocrement. En outre, j'étais fatigué, j'avais mal dormi, je sentis mes paupières s'alourdir et ma tête s'incliner.

— Mais, Monsieur, vous n'allez pas dormir !

La dame m'arrachait mes journaux et me regardait avec indignation.

— Évidemment non, répondis-je, je n'en ai aucune envie.
— Ce serait de la dernière imprudence, me dit-elle.
— De la dernière, répétai-je.

Et je luttai énergiquement, m'accrochant au paysage, aux nuées qui rayaient le ciel. Et bientôt tout cela se brouilla dans l'espace, l'image de la dame agitée et du monsieur assoupi s'effaça dans mon esprit, et ce fut en moi le grand, le profond silence du sommeil.

Des rêves inconsistants et légers bientôt l'agrémentèrent, un être qui jouait le rôle et portait le nom d'Arsène Lupin y tenait une certaine place. Il évoluait à l'horizon, le dos chargé d'objets précieux, traversait des murs et démeublait des châteaux.

Mais la silhouette de cet être, qui n'était d'ailleurs plus Arsène Lupin, se précisa. Il venait vers moi, devenait de plus en plus grand, sautait dans le wagon avec une incroyable agilité, et retombait en plein sur ma poitrine.

Une vive douleur... un cri déchirant... Je me réveillai. L'homme, le voyageur, un genou sur ma poitrine, me serrait à la gorge.

Je vis cela très vaguement, car mes yeux étaient injectés de sang. Je vis aussi la dame qui se convulsait dans un coin, en proie à une attaque de nerfs. Je n'essayai même pas de résister. D'ailleurs, je n'en aurais pas eu la force : mes tempes bourdonnaient, je suffoquais... je râlais... Une minute encore... et c'était l'asphyxie.

L'homme dut le sentir. Il relâcha son étreinte. Sans s'écarter, de la main droite, il tendit une corde où il avait préparé un nœud coulant, et, d'un geste sec, il me lia les deux poignets. En un instant, je fus garrotté, bâillonné, immobilisé.

Et il accomplit cette besogne de la façon la plus naturelle du monde, avec une aisance où se révélait le savoir d'un maître, d'un professionnel du vol et du crime. Pas un mot, pas un mouvement fébrile. Du sang-froid et de l'audace. Et j'étais là, sur la banquette, ficelé comme une momie, moi, Arsène Lupin !

En vérité, il y avait de quoi rire. Et, malgré la gravité des circonstances, je n'étais pas sans apprécier tout ce que la situation comportait d'ironique et de savoureux. Arsène Lupin roulé comme un novice ! dévalisé comme le premier venu — car, bien entendu, le bandit m'allégea de ma bourse et de mon portefeuille ! Arsène Lupin, victime à son tour, dupé, vaincu... Quelle aventure !

Restait la dame. Il n'y prêta même pas attention. Il se contenta de ramasser la petite sacoche qui gisait sur le tapis et d'en extraire les bijoux, porte-monnaie, bibelots d'or et d'argent qu'elle contenait. La dame ouvrit un œil, tressaillit d'épouvante, ôta ses bagues et les tendit à l'homme comme si elle avait voulu lui épargner tout effort inutile. Il prit les bagues et la regarda : elle s'évanouit.

Alors, toujours silencieux et tranquille, sans plus s'occuper de nous, il regagna sa place, alluma une cigarette et se livra à un examen approfondi des trésors qu'il avait conquis, examen qui parut le satisfaire entièrement.

J'étais beaucoup moins satisfait. Je ne parle pas des douze mille francs dont on m'avait indûment dépouillé : c'était un dommage que je n'acceptais que momentanément, et je comptais bien que ces douze mille francs rentreraient en ma possession dans le plus bref délai, ainsi que les papiers fort importants que renfermait mon portefeuille : projets, devis, adresses, listes de correspondants, lettres compromettantes. Mais, pour le moment, un souci plus immédiat et plus sérieux me tracassait :

Qu'allait-il se produire ?

Comme bien l'on pense, l'agitation causée par mon passage à travers la gare Saint-Lazare ne m'avait pas échappé. Invité chez des amis que je fréquentais sous le nom de Guillaume Berlat, et pour qui ma ressemblance avec Arsène Lupin était un sujet de plaisanteries affectueuses, je n'avais pu me grimer à ma guise, et ma présence avait été signalée. En outre, on avait vu un homme, Arsène Lupin sans doute, se précipiter de l'express dans le rapide. Donc, inévitablement, fatalement, le commissaire de police de Rouen, prévenu par télégramme, et assisté d'un nombre respectable d'agents, se trouverait à l'arrivée du train, interrogerait les voyageurs suspects, et procéderait à une revue minutieuse des wagons.

Tout cela, je le prévoyais, et je ne m'en étais pas trop ému, certain que la police de Rouen ne serait pas plus perspicace que celle de Paris, et que je saurais bien passer inaperçu, — ne me suffirait-il pas, à la sortie, de montrer négligemment ma carte de député, grâce à laquelle j'avais déjà inspiré toute confiance au contrôleur de Saint-Lazare ? — Mais combien les choses avaient changé ! Je n'étais plus libre. Impossible de tenter un de mes coups habituels. Dans un des wagons, le commissaire découvrirait le sieur Arsène Lupin qu'un hasard propice lui envoyait pieds et poings liés, docile comme un agneau, empaqueté, tout préparé. Il n'aurait qu'à en prendre livraison, comme on reçoit un colis postal qui vous est adressé en gare, bourriche de gibier ou panier de fruits et légumes.

Et pour éviter ce fâcheux dénouement, que pouvais-je, entortillé dans mes bandelettes ?

Et le rapide filait vers Rouen, unique et prochaine station, brûlait Vernon, Saint-Pierre.

Un autre problème m'intriguait, où j'étais moins directement intéressé, mais dont la solution éveillait ma curiosité de professionnel. Quelles étaient les intentions de mon compagnon ?

J'aurais été seul qu'il eût eu le temps, à Rouen, de descendre en toute tranquillité. Mais la dame ? À peine la portière serait-elle ouverte, la dame, si sage et si humble en ce moment, crierait, se démènerait, appellerait au secours !

Et de là mon étonnement ! pourquoi ne la réduisait-il pas à la même impuissance que moi, ce qui lui aurait donné le loisir de disparaître avant qu'on se fût aperçu de son double méfait ?

Il fumait toujours, les yeux fixés sur l'espace qu'une pluie hésitante commençait à rayer de grandes lignes obliques. Une fois cependant il se détourna, saisit mon indicateur et le consulta.

La dame, elle, s'efforçait de rester évanouie, pour rassurer son ennemi. Mais des quintes de toux, provoquées par la fumée, démentaient cet évanouissement.

Quant à moi, j'étais fort mal à l'aise, et très courbaturé. Et je songeais... je combinais...

Pont-de-l'Arche, Oissel... Le rapide se hâtait, joyeux, ivre de vitesse.

Saint-Étienne... À cet instant, l'homme se leva, et fit deux pas vers nous, ce à quoi la dame s'empressa de répondre par un nouveau cri et par un évanouissement non simulé.

Mais quel était son but, à lui ? Il baissa la glace de notre côté. La pluie maintenant tombait avec rage, et son geste marqua l'ennui qu'il éprouvait à n'avoir ni parapluie ni pardessus. Il jeta les yeux sur le filet : l'en-cas de la dame s'y trouvait. Il le prit. Il prit également mon pardessus et s'en vêtit.

On traversait la Seine. Il retroussa le bas de son pantalon, puis se penchant, il souleva le loquet extérieur.

Allait-il se jeter sur la voie ? À cette vitesse c'eût été la mort certaine. On s'engouffra dans le tunnel percé sous la côte Sainte-Catherine. L'homme entr'ouvrit la portière et, du pied, tâta la première marche. Quelle folie ! Les ténèbres, la fumée, le vacarme, tout cela donnait à une telle tentative une apparence fantastique. Mais, tout à coup, le train ralentit, les westinghouse s'opposèrent à l'effort des roues. En une minute l'allure devint normale, diminua encore. Sans aucun doute des travaux de consolidation étaient projetés dans cette partie du tunnel, qui nécessitaient le passage ralenti des trains, depuis quelques jours peut-être, et l'homme le savait.

Il n'eut donc qu'à poser l'autre pied sur la marche, à descendre sur la seconde et à s'en aller paisiblement, non sans avoir au préalable rabattu le loquet et refermé la portière.

À peine avait-il disparu que du jour éclaira la fumée plus blanche. On déboucha dans une vallée. Encore un tunnel et nous étions à Rouen.

Aussitôt la dame recouvra ses esprits et son premier soin fut de se lamenter sur la perte de ses bijoux. Je l'implorai des yeux. Elle comprit et me délivra du bâillon qui m'étouffait. Elle voulait aussi dénouer mes liens, je l'en empêchai.

— Non, non, il faut que la police voie les choses en l'état. Je désire qu'elle soit édifiée sur ce gredin.

— Et si je tirais la sonnette d'alarme ?

— Trop tard, il fallait y penser pendant qu'il m'attaquait.

— Mais il m'aurait tuée ! Ah ! Monsieur, vous l'avais-je dit qu'il voyageait dans ce train ! Je l'ai reconnu tout de suite, d'après son portrait. Et le voilà parti avec mes bijoux.

— On le retrouvera, n'ayez pas peur.

— Retrouver Arsène Lupin ! Jamais.

— Cela dépend de vous, Madame. Écoutez. Dès l'arrivée, soyez à la portière, et appelez, faites du bruit. Des agents et des employés viendront. Racontez alors ce que vous avez vu, en quelques mots, l'agression dont j'ai été victime et la fuite d'Arsène Lupin. Donnez son signalement, un chapeau mou, un parapluie — le vôtre — un pardessus gris à taille.

— Le vôtre, dit-elle.

— Comment, le mien ? Mais non, le sien. Moi, je n'en avais pas.

— Il m'avait semblé qu'il n'en avait pas non plus quand il est monté.

— Si, si… à moins que ce ne soit un vêtement oublié dans le filet. En tout cas, il l'avait quand il est descendu, et c'est là l'essentiel… un pardessus gris, à taille, rappelez-vous… Ah ! j'oubliais… dites votre nom, dès l'abord. Les fonctions de votre mari stimuleront le zèle de tous ces gens.

On arrivait. Elle se penchait déjà à la portière. Je repris d'une voix un peu forte, presque impérieuse, pour que mes paroles se gravassent bien dans son cerveau.

— Dites aussi mon nom, Guillaume Berlat. Au besoin, dites que vous me connaissez… Cela nous gagnera du temps… il faut qu'on expédie l'enquête préliminaire… l'important c'est la poursuite d'Arsène Lupin… vos bijoux… Il n'y a pas d'erreur, n'est-ce pas ? Guillaume Berlat, un ami de votre mari.

— Entendu… Guillaume Berlat.

Elle appelait déjà et gesticulait. Le train n'avait pas stoppé qu'un monsieur montait, suivi de plusieurs hommes. L'heure critique sonnait.

Haletante, la dame s'écria :

— Arsène Lupin… il nous a attaqués… il a volé mes bijoux… Je suis madame Renaud… mon mari est sous-directeur des services pénitentiaires… Ah ! tenez, voici précisément mon frère, Georges Ardelle, directeur du Crédit Rouennais… vous devez savoir…

Elle embrassa un jeune homme qui venait de nous rejoindre, et que le commissaire salua, et elle reprit, éplorée :

— Oui, Arsène Lupin… tandis que Monsieur dormait, il s'est jeté à sa gorge… M. Berlat, un ami de mon mari.

Le commissaire demanda :

— Mais où est-il, Arsène Lupin ?

— Il a sauté du train sous le tunnel, après la Seine.

— Êtes-vous sûre que ce soit lui ?

— Si j'en suis sûre ! Je l'ai parfaitement reconnu. D'ailleurs on l'a vu à la gare Saint-Lazare. Il avait un chapeau mou…

— Non pas… un chapeau de feutre dur, comme celui-ci, rectifia le commissaire en désignant mon chapeau.

— Un chapeau mou, je l'affirme, répéta madame Renaud, et un pardessus gris à taille.

— En effet, murmura le commissaire, le télégramme signale ce pardessus gris, à taille et à col de velours noir.

— À col de velours noir, justement, s'écria madame Renaud triomphante.

Je respirai. Ah ! la brave, l'excellente amie que j'avais là !

Les agents cependant m'avaient débarrassé de mes entraves. Je me mordis violemment les lèvres, du sang coula. Courbé en deux, le mouchoir sur la bouche, comme il convient à un individu qui est resté longtemps dans une position incommode, et qui porte au visage la marque sanglante du bâillon, je dis au commissaire, d'une voix affaiblie :

— Monsieur, c'était Arsène Lupin, il n'y a pas de doute… En faisant diligence on le rattrapera… Je crois que je puis vous être d'une certaine utilité…

Le wagon qui devait servir aux constatations de la justice fut détaché. Le train continua vers le Havre. On nous conduisit vers le bureau du chef de gare, à travers la foule des curieux qui encombrait le quai.

À ce moment, j'eus une hésitation. Sous un prétexte quelconque, je pouvais m'éloigner, retrouver mon automobile et filer. Attendre était dangereux. Qu'un incident se produisît, qu'une dépêche survînt de Paris, et j'étais perdu.

Oui, mais mon voleur ? Abandonné à mes propres ressources, dans une région qui ne m'était pas très familière, je ne devais pas espérer le rejoindre.

— Bah ! tentons le coup, me dis-je, et restons. La partie est difficile à gagner, mais si amusante à jouer! Et l'enjeu en vaut la peine.

Et, comme on nous priait de renouveler provisoirement nos dépositions, je m'écriai :

— Monsieur le commissaire, actuellement Arsène Lupin prend de l'avance. Mon automobile m'attend dans la cour. Si vous voulez me faire le plaisir d'y monter, nous essaierions…

Le commissaire sourit d'un air fin :

— L'idée n'est pas mauvaise… si peu mauvaise même, qu'elle est en voie d'exécution.

— Ah !

— Oui, monsieur, deux de mes agents sont partis à bicyclette… depuis un certain temps déjà.

— Mais où ?

— À la sortie même du tunnel. Là, ils recueilleront les indices, les témoignages, et suivront la piste d'Arsène Lupin.

Je ne pus m'empêcher de hausser les épaules.

— Vos deux agents ne recueilleront ni indice, ni témoignage.

— Vraiment !

— Arsène Lupin se sera arrangé pour que personne ne le voie sortir du tunnel. Il aura rejoint la première route et, de là…

— Et de là, Rouen, où nous le pincerons.

— Il n'ira pas à Rouen.

— Alors, il restera dans les environs où nous sommes encore plus sûrs…

— Il ne restera pas dans les environs.

— Oh ! oh ! Et où donc se cachera-t-il ?

Je tirai ma montre.

— À l'heure présente, Arsène Lupin rôde autour de la gare de Darnétal. À dix heures cinquante, c'est-à-dire dans vingt-deux minutes, il prendra le train qui va de Rouen, gare du Nord, à Amiens.

— Vous croyez ? Et comment le savez-vous ?

— Oh ! c'est bien simple. Dans le compartiment, Arsène Lupin a consulté mon indicateur. Pour quelle raison ? Y avait-il, non loin de l'endroit où il a disparu, une autre ligne, une gare sur cette ligne, et un train s'arrêtant à cette gare ? À mon tour je viens de consulter l'indicateur. Il m'a renseigné.

— En vérité, monsieur, dit le commissaire, c'est merveilleusement déduit. Quelle compétence !

Entraîné par ma conviction, j'avais commis une maladresse en faisant preuve de tant d'habileté. Il me regardait avec étonnement, et je crus sentir qu'un soupçon l'effleurait. — Oh ! à peine, car les photographies envoyées de tous côtés par le parquet étaient trop imparfaites, représentaient un Arsène Lupin trop différent de celui qu'il avait devant lui, pour qu'il lui fût possible de me reconnaître. Mais, tout de même, il était troublé, confusément inquiet.

Il y eut un moment de silence. Quelque chose d'équivoque et d'incertain arrêtait nos paroles. Moi-même, un frisson de gêne me secoua. La chance allait-elle tourner contre moi ? Me dominant, je me mis à rire.

— Mon Dieu, rien ne vous ouvre la compréhension comme la perte d'un portefeuille et le désir de le retrouver. Et il me semble que si vous vouliez bien me donner deux de vos agents, eux et moi, nous pourrions peut-être…

— Oh ! je vous en prie, monsieur le commissaire, s'écria madame Renaud, écoutez M. Berlat.

L'intervention de mon excellente amie fut décisive. Prononcé par elle, la femme d'un personnage influent, ce nom de Berlat devenait réellement le mien et me conférait une identité qu'aucun soupçon ne pouvait atteindre. Le commissaire se leva :

— Je serais trop heureux, monsieur Berlat, croyez-le bien, de vous voir réussir. Autant que vous je tiens à l'arrestation d'Arsène Lupin.

Il me conduisit jusqu'à l'automobile. Deux de ses agents, qu'il me présenta, Honoré Massol et Gaston Delivet, y prirent place. Je m'installai au volant. Mon mécanicien donna le tour de manivelle. Quelques secondes après nous quittions la gare. J'étais sauvé.

Ah ! j'avoue qu'en roulant sur les boulevards qui ceignent la vieille cité normande, à l'allure puissante de ma trente-cinq chevaux Moreau-Lepton, je n'étais pas sans concevoir quelque orgueil. Le moteur ronflait harmonieusement. À droite et à gauche, les arbres s'enfuyaient derrière nous. Et libre, hors de danger, je n'avais plus maintenant qu'à régler mes petites affaires personnelles, avec le concours des deux honnêtes représentants de la force publique. Arsène Lupin s'en allait à la recherche d'Arsène Lupin !

Modestes soutiens de l'ordre social, Delivet Gaston et Massol Honoré, combien votre assistance me fut précieuse ! Qu'aurais-je fait sans vous ? Sans vous, combien de fois, aux carrefours, j'eusse choisi la mauvaise route ! Sans vous, Arsène Lupin se trompait, et l'autre s'échappait !

Mais tout n'était pas fini. Loin de là. Il me restait d'abord à rattraper l'individu, et ensuite à m'emparer moi-même des papiers qu'il m'avait dérobés. À aucun prix, il ne fallait que mes deux acolytes ne missent le nez dans ces documents, encore moins qu'ils ne s'en saisissent. Me servir d'eux et agir en dehors d'eux, voilà ce que je voulais et qui n'était point aisé.

À Darnétal, nous arrivâmes trois minutes après le passage du train. Il est vrai que j'eus la consolation d'apprendre qu'un individu en pardessus gris, à taille, à collet de velours noir, était monté dans un compartiment de seconde classe, muni d'un billet pour Amiens. Décidément mes débuts comme policier promettaient.

Delivet me dit :

— Le train est express et ne s'arrête plus qu'à Montérolier-Buchy, dans dix-neuf minutes. Si nous n'y sommes pas avant Arsène Lupin, il peut continuer sur Amiens, comme bifurquer sur Clères, et de là gagner Dieppe ou Paris.

— Montérolier, quelle distance ?

— Vingt-trois kilomètres.

— Vingt-trois kilomètres en dix-neuf minutes… Nous y serons avant lui.

La passionnante étape ! Jamais ma fidèle Moreau-Lepton ne répondit à mon impatience avec plus d'ardeur et de régularité. Il me semblait que je lui communiquais ma volonté directement, sans l'intermédiaire des leviers et des manettes. Elle partageait mes désirs. Elle approuvait mon obstination. Elle comprenait mon animosité contre ce gredin d'Arsène Lupin. Le fourbe ! le traître ! aurais-je raison de lui ? Se jouerait-il une fois de plus de l'autorité, de cette autorité dont j'étais l'incarnation ?

— À droite, criait Delivet !… À gauche !… Tout droit !…

Nous glissions au-dessus du sol. Les bornes avaient l'air de petites bêtes peureuses qui s'évanouissaient à notre approche.

Et tout à coup, au détour d'une route, un tourbillon de fumée, l'express du Nord.

Durant un kilomètre, ce fut la lutte, côte à côte, lutte inégale dont l'issue était certaine. À l'arrivée, nous le battions de vingt longueurs.

En trois secondes nous étions sur le quai, devant les deuxièmes classes. Les portières s'ouvrirent. Quelques personnes descendaient. Mon voleur point. Nous inspectâmes les compartiments. Pas d'Arsène Lupin.

— Sapristi, m'écriai-je, il m'aura reconnu dans l'automobile tandis que nous marchions côte à côte, et il aura sauté.

Le chef de train confirma cette supposition. Il avait vu un homme qui dégringolait le long du remblai, à deux cents mètres de la gare.

— Tenez, là-bas… celui qui traverse le passage à niveau.

Je m'élançai, suivi de mes deux acolytes, ou plutôt suivi de l'un d'eux, car l'autre, Massol, se trouvait être un coureur exceptionnel, ayant autant de fond que de vitesse. En peu d'instants, l'intervalle qui le séparait du fugitif diminua singulièrement. L'homme l'aperçut, franchit une haie et détala rapidement vers un talus qu'il grimpa. Nous le vîmes encore plus loin : il entrait dans un petit bois.

Quand nous atteignîmes ce bois, Massol nous y attendait. Il avait jugé inutile de s'aventurer davantage, dans la crainte de nous perdre.

— Et je vous en félicite, mon cher ami, lui dis-je. Après une pareille course, notre individu doit être à bout de souffle. Nous le tenons.

J'examinai les environs, tout en réfléchissant aux moyens de procéder seul à l'arrestation du fugitif, afin de faire moi-même des reprises que la justice n'aurait sans doute tolérées qu'après beaucoup d'enquêtes désagréables. Puis je revins à mes compagnons.

— Voilà, c'est facile. Vous, Massol, postez-vous à gauche. Vous, Delivet, à droite. De là, vous surveillez toute la ligne postérieure du bosquet, et il ne peut en sortir, sans être aperçu de vous, que par cette cavée, où je prends position. S'il ne sort pas, moi j'entre, et, forcément, je le rabats sur l'un ou sur l'autre. Vous n'avez donc qu'à attendre. Ah ! j'oubliais : en cas d'alerte, un coup de feu.

Massol et Delivet s'éloignèrent chacun de son côté. Aussitôt qu'ils eurent disparu, je pénétrai dans le bois, avec les plus grandes précautions, de manière à n'être ni vu ni entendu. C'étaient des fourrés épais, aménagés pour la chasse, et coupés de sentes très étroites où il n'était possible de marcher qu'en se courbant comme dans des souterrains de verdure.

L'une d'elles aboutissait à une clairière où l'herbe mouillée présentait des traces de pas. Je les suivis, en ayant soin de me glisser à travers les taillis. Elles me conduisirent au pied d'un petit monticule que couronnait une masure en plâtras, à moitié démolie.

— Il doit être là, pensai-je. L'observatoire est bien choisi.

Je rampai jusqu'à proximité de la bâtisse. Un bruit léger m'avertit de sa présence, et, de fait, par une ouverture, je l'aperçus qui me tournait le dos.

En deux bonds je fus sur lui. Il essaya de braquer le revolver qu'il tenait à la main. Je ne lui en laissai pas le temps, et l'entraînai à terre, de telle façon que ses deux bras étaient pris sous lui, tordus, et que je pesais de mon genou sur sa poitrine.

— Écoute, mon petit, lui dis-je à l'oreille, je suis Arsène Lupin. Tu vas me rendre, tout de suite et de bonne grâce, mon portefeuille et la sacoche de la dame… moyennant quoi je te tire des griffes de la police, et je t'enrôle parmi mes amis. Un mot seulement : oui ou non ?

— Oui, murmura-t-il.

— Tant mieux. Ton affaire, ce matin, était joliment combinée. On s'entendra.

Je me relevai. Il fouilla dans sa poche, en sortit un large couteau et voulut m'en frapper.

— Imbécile ! m'écriai-je.

D'une main, j'avais paré l'attaque. De l'autre, je lui portai un violent coup sur l'artère carotide, ce qui s'appelle le « hook à la carotide »… Il tomba, assommé.

Dans mon portefeuille, je retrouvai mes papiers et mes billets de banque. Par curiosité, je pris le sien. Sur une enveloppe qui lui était adressée, je lus son nom : Pierre Onfrey.

Je tressaillis. Pierre Onfrey, l'assassin de la rue Lafontaine, à Auteuil ! Pierre Onfrey, celui qui avait égorgé Mme Delbois et ses deux filles. Je me penchai sur lui. Oui, c'était ce visage qui, dans le compartiment, avait éveillé en moi le souvenir de traits déjà contemplés.

Mais le temps passait. Je mis dans une enveloppe deux billets de cent francs, avec une carte et ces mots : « Arsène Lupin à ses bons collègues Honoré Massol et Gaston Delivet, en témoignage de reconnaissance. » Je posai cela en évidence au milieu de la pièce. À côté, la sacoche de Mme Renaud.

Pouvais-je ne point la rendre à l'excellente amie qui m'avait secouru ? Je confesse cependant que j'en retirai tout ce qui présentait un intérêt quelconque, n'y laissant qu'un peigne en écaille, un bâton de rouge Dorin pour les lèvres et un porte-monnaie vide. Que diable ! Les affaires sont les affaires. Et puis, vraiment son mari exerçait un métier si peu honorable !…

Restait l'homme. Il commençait à remuer. Que devais-je faire ? Je n'avais qualité ni pour le sauver ni pour le condamner.

Je lui enlevai ses armes et tirai en l'air un coup de revolver.

— Les deux autres vont venir, pensai-je, qu'il se débrouille ! Les choses s'accompliront dans le sens de son destin.

Et je m'éloignai au pas de course par le chemin de la cavée.

Vingt minutes plus tard, une route de traverse, que j'avais remarquée lors de notre poursuite, me ramenait auprès de mon automobile.

À quatre heures je télégraphiais à mes amis de Rouen qu'un incident imprévu me contraignait à remettre ma visite. Entre nous, je crains fort, étant donné ce qu'ils doivent savoir maintenant, d'être obligé de la remettre indéfiniment. Cruelle désillusion pour eux !

À six heures, je rentrais à Paris par l'Isle-Adam, Enghien et la porte Bineau.

Les journaux du soir m'apprirent que l'on avait enfin réussi à s'emparer de Pierre Onfrey.

Le lendemain, — ne dédaignons point les avantages d'une intelligente réclame — l'Écho de France publiait cet entrefilet sensationnel :

« Hier, aux environs de Buchy, après de nombreux incidents, Arsène Lupin a opéré l'arrestation de Pierre Onfrey. L'assassin de la rue Lafontaine venait de dévaliser sur la ligne de Paris au Havre Mme Renaud, la femme du sous-directeur des services pénitentiaires. Arsène Lupin a restitué à Mme Renaud la sacoche qui contenait ses bijoux, et a récompensé généreusement les deux agents de la Sûreté qui l'avaient aidé au cours de cette dramatique arrestation. »

LE COLLIER DE LA REINE

Deux ou trois fois par an, à l'occasion de solennités importantes, comme les bals de l'ambassade d'Autriche ou les soirées de lady Billingstone, la comtesse de Dreux-Soubise mettait sur ses blanches épaules « le Collier de la Reine ».

C'était bien le fameux collier, le collier légendaire que Böhmer et Bassenge, joailliers de la couronne, destinaient à la Du Barry, que le cardinal de Rohan-Soubise crut offrir à Marie-Antoinette, reine de France, et que l'aventurière Jeanne de Valois, comtesse de la Motte, dépeça un soir de février 1785, avec l'aide de son mari et de leur complice Rétaux de Villette.

Pour dire vrai, la monture seule était authentique. Rétaux de Villette l'avait conservée, tandis que le sieur de la Motte et sa femme dispersaient aux quatre vents les pierres brutalement desserties, les admirables pierres si soigneusement choisies par Böhmer. Plus tard, en Italie, il la vendit à Gaston de Dreux-Soubise, neveu et héritier du cardinal, sauvé par lui de la ruine lors de la retentissante banqueroute de Rohan-Guéménée, et qui en souvenir de son oncle, racheta les quelques diamants qui restaient en la possession du bijoutier anglais Jefferys, les compléta avec d'autres de valeur beaucoup moindre, mais de même dimension, et parvint à reconstituer le merveilleux « collier en esclavage », tel qu'il était sorti des mains de Böhmer et Bassenge.

De ce bijou historique, pendant près d'un siècle, les Dreux-Soubise s'enorgueillirent. Bien que diverses circonstances eussent notablement diminué leur fortune, ils aimèrent mieux réduire leur train de maison que d'aliéner la royale et précieuse relique. En particulier le comte actuel y tenait comme on tient à la demeure de ses pères. Par prudence, il avait loué un coffre au Crédit Lyonnais pour l'y déposer. Il allait l'y chercher lui-même l'après-midi du jour où sa femme voulait s'en parer, et l'y reportait lui-même le lendemain.

Ce soir-là, à la réception du Palais de Castille, la comtesse eut un véritable succès, et le roi Christian, en l'honneur de qui la fête était donnée, remarqua sa beauté magnifique. Les pierreries ruisselaient autour du cou gracieux. Les mille facettes des diamants brillaient et scintillaient comme des flammes à la clarté des lumières. Nulle autre qu'elle, semblait-il, n'eût pu porter avec tant d'aisance et de noblesse le fardeau d'une telle parure.

Ce fut un double triomphe, que le comte de Dreux goûta profondément, et dont il s'applaudit quand ils furent rentrés dans la chambre de leur vieil hôtel du faubourg Saint-Germain. Il était fier de sa femme, et tout autant peut-être du bijou qui illustrait sa maison depuis quatre générations. Et sa femme en tirait une vanité un peu puérile, mais qui était bien la marque de son caractère altier.

Non sans regret elle détacha le collier de ses épaules et le tendit à son mari qui l'examina avec admiration, comme s'il ne le connaissait point. Puis l'ayant remis dans son écrin de cuir rouge aux armes du Cardinal, il passa dans un cabinet voisin, sorte d'alcôve plutôt que l'on avait complètement isolée de la chambre, et dont l'unique entrée se trouvait au pied de leur lit. Comme les autres fois, il le dissimula sur une planche assez élevée, parmi des cartons à chapeau et des piles de linge. Il referma la porte et se dévêtit.

Au matin, il se leva vers neuf heures, avec l'intention d'aller, avant le déjeuner, jusqu'au Crédit Lyonnais. Il s'habilla, but une tasse de café et descendit aux écuries. Là, il donna des ordres. Un des chevaux l'inquiétait. Il le fit marcher et trotter devant lui dans la cour. Puis il retourna près de sa femme.

Elle n'avait point quitté la chambre et se coiffait, aidée de sa bonne. Elle lui dit :

— Vous sortez !

— Oui… pour cette course…

— Ah ! en effet… c'est plus prudent…

Il pénétra dans le cabinet. Mais, au bout de quelques secondes, il demanda, sans le moindre étonnement d'ailleurs :

— Vous l'avez pris, chère amie ?

Elle répliqua :

— Comment ? mais non, je n'ai rien pris.

— Vous l'avez dérangé.

— Pas du tout… je n'ai même pas ouvert cette porte.

Il apparut, décomposé, et il balbutia, la voix à peine intelligible :

— Vous n'avez pas ?… Ce n'est pas vous ?… Alors…

Elle accourut, et ils cherchèrent fiévreusement, jetant les cartons à terre et démolissant les piles de linge.

Et le comte répétait :
— Inutile… tout ce que nous faisons est inutile… C'est ici, là, sur cette planche, que je l'ai mis.
— Vous avez pu vous tromper.
— C'est ici, là, sur cette planche, et pas sur une autre.

Ils allumèrent une bougie, car la pièce était assez obscure, et ils enlevèrent tout le linge et tous les objets qui l'encombraient. Et quand il n'y eut plus rien dans le cabinet, ils durent s'avouer avec désespoir que le fameux collier, « le Collier en esclavage de la Reine », avait disparu.

De nature résolue, la comtesse, sans perdre de temps en vaines lamentations, fit prévenir le commissaire, M. Valorbe, dont ils avaient eu déjà l'occasion d'apprécier l'esprit sagace et la clairvoyance. On le mit au courant par le détail, et tout de suite il demanda :

— Êtes-vous sûr, Monsieur le comte, que personne n'a pu traverser la nuit votre chambre.
— Absolument sûr. J'ai le sommeil très léger. Mieux encore : la porte de cette chambre était fermée au verrou. J'ai dû le tirer ce matin quand ma femme a sonné la bonne.
— Et il n'existe pas d'autre passage qui permette de s'introduire dans le cabinet ?
— Aucun.
— Pas de fenêtre ?
— Si, mais elle est condamnée.
— Je désirerais m'en rendre compte…

On alluma des bougies, et aussitôt M. Valorbe fit remarquer que la fenêtre n'était condamnée qu'à mi-hauteur, par un bahut, lequel en outre ne touchait pas exactement aux croisées.

— Il y touche suffisamment, répliqua M. de Dreux, pour qu'il soit impossible de le déplacer sans faire beaucoup de bruit.
— Et sur quoi donne cette fenêtre ?
— Sur une courette intérieure.
— Et vous avez encore un étage au-dessus de celui-là ?
— Deux, mais au niveau de celui des domestiques, la courette est protégée par une grille à petites mailles. C'est pourquoi nous avons si peu de jour.

D'ailleurs, quand on eut écarté le bahut, on constata que la fenêtre était close, ce qui n'aurait pas été si quelqu'un avait pénétré du dehors.

— À moins, observa le comte, que ce quelqu'un ne soit sorti par notre chambre.
— Auquel cas, vous n'auriez pas trouvé le verrou de cette chambre poussé.

Le commissaire réfléchit un instant, puis se tournant vers la comtesse :
— Savait-on dans votre entourage, Madame, que vous deviez porter ce collier hier soir ?
— Certes, je ne m'en suis pas cachée. Mais personne ne savait que nous l'enfermions dans ce cabinet.
— Personne ?
— Personne… À moins que…
— Je vous en prie, Madame, précisez. C'est là un point des plus importants.

Elle dit à son mari :
— Je songeais à Henriette.
— Henriette ? Elle ignore ce détail comme les autres.
— En es-tu certain ?
— Quelle est cette dame ? interrogea M. Valorbe.
— Une amie de couvent, qui s'est fâchée avec sa famille pour épouser une sorte d'ouvrier. À la mort de son mari, je l'ai recueillie avec son fils, et
leur ai meublé un appartement dans cet hôtel.

Et elle ajouta avec embarras :
— Elle me rend quelques services. Elle est très adroite de ses mains.
— À quel étage habite-t-elle ?
— Au nôtre, pas loin du reste… à l'extrémité de ce couloir… Et même, j'y pense… la fenêtre de sa cuisine…
— Ouvre sur cette courette, n'est-ce pas ?
— Oui, juste en face de la nôtre.

Un léger silence suivit cette déclaration.

Puis M. Valorbe demanda qu'on le conduisît auprès d'Henriette.

Ils la trouvèrent en train de coudre, tandis que son fils Raoul, un bambin de six à sept ans, lisait à ses côtés. Assez étonné de voir le misérable appartement qu'on avait meublé pour elle, et qui se composait au total d'une pièce sans cheminée et d'un réduit servant de cuisine, le commissaire la questionna. Elle parut bouleversée en apprenant le vol commis. La veille au soir, elle avait elle-même habillé la comtesse et fixé le collier autour de son cou.

— Seigneur Dieu ! s'écria-t-elle, qui m'aurait jamais dit ?

— Et vous n'avez aucune idée ? pas le moindre doute ? Il est possible cependant que le coupable ait passé par votre chambre.

Elle rit de bon cœur, sans même imaginer qu'on pouvait l'effleurer d'un soupçon :

— Mais je ne l'ai pas quittée, ma chambre ! je ne sors jamais, moi. Et puis, vous n'avez donc pas vu ?

Elle ouvrit la fenêtre du réduit.

— Tenez, il y a bien trois mètres jusqu'au rebord opposé.

— Qui vous a dit que nous envisagions l'hypothèse d'un vol effectué par là ?

— Mais... le collier n'était-il pas dans le cabinet ?

— Comment le savez-vous ?

— Dame ! j'ai toujours su qu'on l'y mettait la nuit... on en a parlé devant moi...

Sa figure, encore jeune, mais que les chagrins avaient flétrie, marquait une grande douceur et de la résignation. Cependant elle eut soudain, dans le silence, une expression d'angoisse, comme si un danger l'eût menacée. Elle attira son fils contre elle. L'enfant lui prit la main et l'embrassa tendrement.

— Je ne suppose pas, dit M. de Dreux au commissaire, quand ils furent seuls, je ne suppose pas que vous la soupçonniez ? Je réponds d'elle. C'est l'honnêteté même.

— Oh ! je suis tout à fait de votre avis, affirma M. Valorbe. C'est tout au plus si j'avais pensé à une complicité inconsciente. Mais je reconnais que cette explication doit être abandonnée... d'autant qu'elle ne résout nullement le problème auquel nous nous heurtons.

Le commissaire ne poussa pas plus avant cette enquête, que le juge d'instruction reprit et compléta les jours suivants. On interrogea les domestiques, on vérifia l'état du verrou, on fit des expériences sur la fermeture et sur l'ouverture de la fenêtre du cabinet, on explora la courette de haut en bas... Tout fut inutile. Le verrou était intact. La fenêtre ne pouvait s'ouvrir ni se fermer du dehors.

Plus spécialement, les recherches visèrent Henriette, car, malgré tout, on en revenait toujours de ce côté. On fouilla sa vie minutieusement, et il fut constaté que, depuis trois ans, elle n'était sortie que quatre fois de l'hôtel, et les quatre fois pour des courses que l'on put déterminer. En réalité, elle servait de femme de chambre et de couturière à Madame de Dreux, qui se montrait à son égard d'une rigueur dont tous les domestiques témoignèrent en confidence.

— D'ailleurs, disait le juge d'instruction, qui, au bout d'une semaine, aboutit aux mêmes conclusions que le commissaire, en admettant que nous connaissions le coupable, et nous n'en sommes pas là, nous n'en saurions pas davantage sur la manière dont le vol a été commis. Nous sommes barrés à droite et à gauche par deux obstacles : une porte et une fenêtre fermées. Le mystère est double ! Comment a-t-on pu s'introduire, et comment, ce qui était beaucoup plus difficile, a-t-on pu s'échapper en laissant derrière soi une porte close au verrou et une fenêtre fermée ?

Au bout de quatre mois d'investigations, l'idée secrète du juge était celle-ci : M. et Mme de Dreux, pressés par des besoins d'argent, qui, de fait, étaient considérables, avaient vendu le Collier de la Reine. Il classa l'affaire.

Le vol du précieux bijou porta aux Dreux-Soubise un coup dont ils gardèrent longtemps la marque. Leur crédit n'étant plus soutenu par la sorte de réserve que constituait un tel trésor, ils se trouvèrent en face de créanciers plus exigeants et de prêteurs moins favorables. Ils durent couper dans le vif, aliéner, hypothéquer. Bref, c'eût été la ruine si deux gros héritages de parents éloignés ne les avaient sauvés.

Ils souffrirent aussi dans leur orgueil, comme s'ils avaient perdu un quartier de noblesse. Et, chose bizarre, ce fut à son ancienne amie de pension que la comtesse s'en prit. Elle ressentait contre elle une véritable rancune et l'accusait ouvertement. On la relégua d'abord à l'étage des domestiques, puis on la congédia du jour au lendemain.

Et la vie coula, sans événements notables. Ils voyagèrent beaucoup.

Un seul fait doit être relevé au cours de cette époque. Quelques mois après le départ d'Henriette, la comtesse reçut d'elle une lettre qui la remplit d'étonnement :

« Madame,

« Je ne sais comment vous remercier. Car c'est bien vous, n'est-ce pas, qui m'avez envoyé cela ? Ce ne peut être que vous. Personne autre ne connaît ma retraite au fond de ce petit village. Si je me trompe, excusez-moi, et retenez du moins l'expression de ma reconnaissance pour vos bontés passées... »

Que voulait-elle dire ? Les bontés présentes ou passées de la comtesse envers elle se réduisaient à beaucoup d'injustices. Que signifiaient ces remerciements ?

Sommée de s'expliquer, elle répondit qu'elle avait reçu par la poste, en un pli non recommandé ni chargé, deux billets de mille francs. L'enveloppe, qu'elle joignait à sa réponse, était timbrée de Paris et ne portait que son adresse, tracée d'une écriture visiblement déguisée.

D'où provenaient ces deux mille francs ? Qui les avait envoyés ? La justice s'informa. Mais quelle piste pouvait-on suivre parmi ces ténèbres ?

Et le même fait se reproduisit douze mois après. Et une troisième fois ; et une quatrième fois ; et chaque année pendant six ans, avec cette différence que la cinquième et la sixième année, la somme doubla, ce qui permit à Henriette, tombée subitement malade, de se soigner comme il convenait.

Autre différence : l'administration de la poste ayant saisi une des lettres sous prétexte qu'elle n'était point chargée, les deux dernières lettres furent envoyées selon le règlement, la première datée de Saint-Germain, l'autre de Suresnes. L'expéditeur signa d'abord Anquety, puis Péchard. Les adresses qu'il donna étaient fausses.

Au bout de six ans, Henriette mourut. L'énigme demeura entière.

*
**

Tous ces événements sont connus du public. L'affaire fut de celles qui passionnèrent l'opinion, et c'est un destin étrange que celui de ce collier, qui, après avoir bouleversé la France à la fin du dix-huitième siècle, souleva encore tant d'émotion un siècle plus tard. Mais ce que je vais dire est ignoré de tous, sauf des principaux intéressés et de quelques personnes auxquelles le comte demanda le secret absolu. Comme il est probable qu'un jour ou l'autre elles manqueront à leur promesse, je n'ai, moi, aucun scrupule à déchirer le voile et l'on aura ainsi, en même temps que la clef de l'énigme, l'explication de la lettre publiée par les journaux d'avant-hier matin, lettre extraordinaire qui ajoutait encore, si c'est possible, un peu d'ombre et de mystère aux obscurités de ce drame.

Il y a cinq jours de cela. Au nombre des invités qui déjeunaient chez M. de Dreux-Soubise, se trouvaient ses deux nièces et sa cousine, et, comme hommes, le président d'Essaville, le député Bochas, le chevalier Floriani que le comte avait connu en Sicile, et le général marquis de Rouzières, un vieux camarade de cercle.

Après le repas, ces dames servirent le café, et les messieurs eurent l'autorisation d'une cigarette, à condition de ne point déserter le salon. On causa. L'une des jeunes filles s'amusa à faire les cartes et à dire la bonne aventure. Puis on en vint à parler de crimes célèbres. Et c'est à ce propos que M. de Rouzières, qui ne manquait jamais l'occasion de taquiner le comte, rappela l'aventure du collier, sujet de conversation que M. de Dreux avait en horreur.

Aussitôt chacun donna son avis. Chacun recommença l'instruction à sa manière. Et, bien entendu, toutes les hypothèses se contredisaient, toutes également inadmissibles.

— Et vous, Monsieur, demanda la comtesse au chevalier Floriani, quelle est votre opinion ?

— Oh ! moi, je n'ai pas d'opinion, Madame.

On se récria. Précisément le chevalier venait de raconter très brillamment diverses aventures auxquelles il avait été mêlé avec son père, magistrat à Palerme, et où s'étaient affirmés son jugement et son goût pour ces questions.

— J'avoue, dit-il, qu'il m'est arrivé de réussir alors que de plus habiles avaient renoncé. Mais de là à me considérer comme un Sherlock Holmes... Et puis, c'est à peine si je sais de quoi il s'agit.

On se tourna vers le maître de la maison. À contre-cœur, il dut résumer les faits. Le chevalier écouta, réfléchit, posa quelques interrogations, et murmura :

— C'est drôle... à première vue il ne me semble pas que la chose soit si difficile à deviner.

Le comte haussa les épaules. Mais les autres personnes s'empressèrent autour du chevalier, et il reprit d'un ton un peu dogmatique :

— En général, pour remonter à l'auteur d'un crime ou d'un vol, il faut déterminer comment ce crime ou ce vol ont été commis, ou du moins ont pu être commis. Dans le cas actuel, rien de plus simple selon moi, car nous nous trouvons en face, non pas de plusieurs hypothèses, mais d'une certitude, d'une certitude unique, rigoureuse, et qui s'énonce ainsi : l'individu ne pouvait entrer que par la porte de la chambre ou par la fenêtre du cabinet. Or, on n'ouvre pas, de l'extérieur, une porte verrouillée. Donc il est entré par la fenêtre.

— Elle était fermée et on l'a retrouvée fermée, déclara nettement M. de Dreux.

— Pour cela, continua Floriani sans relever l'interruption, il n'a eu besoin que d'établir un pont, planche ou échelle, entre le balcon de la cuisine et le rebord de la fenêtre, et dès que l'écrin…

— Mais je vous répète que la fenêtre était fermée ! s'écria le comte avec impatience.

Cette fois Floriani dut répondre. Il le fit avec la plus grande tranquillité, en homme qu'une objection aussi insignifiante ne trouble point.

— Je veux croire qu'elle l'était, mais n'y a-t-il pas un vasistas ?

— Comment le savez-vous ?

— D'abord c'est presque une règle dans les hôtels de cette époque. Et ensuite il faut bien qu'il en soit ainsi, puisque, autrement, le vol est inexplicable.

— En effet, il y en a un, mais il était clos, comme la fenêtre. On n'y a même pas fait attention.

— C'est un tort. Car si on y avait fait attention, on aurait vu évidemment qu'il avait été ouvert.

— Et comment ?

— Je suppose que, pareil à tous les autres, il s'ouvre au moyen d'un fil de fer tressé, muni d'un anneau à son extrémité inférieure ?

— Oui.

— Et cet anneau pendait entre la croisée et le bahut ?

— Oui, mais je ne comprends pas…

— Voici. Par une fente pratiquée dans le carreau, on a pu, à l'aide d'un instrument quelconque, mettons une baguette de fer pourvue d'un crochet, agripper l'anneau, peser et ouvrir.

Le comte ricana :

— Parfait ! parfait ! vous arrangez tout cela avec une aisance ! seulement vous oubliez une chose, cher Monsieur, c'est qu'il n'y a pas eu de fente pratiquée dans le carreau.

— Il y a eu une fente.

— Allons donc ! on l'aurait vue.

— Pour voir il faut regarder, et l'on n'a pas regardé. La fente existe, il est matériellement impossible qu'elle n'existe pas, le long du carreau, contre le mastic… dans le sens vertical, bien entendu…

Le comte se leva. Il paraissait très surexcité. Il arpenta deux ou trois fois le salon d'un pas nerveux, et, s'approchant de Floriani :

— Rien n'a changé là-haut depuis ce jour… personne n'a mis les pieds dans ce cabinet.

— En ce cas, Monsieur, il vous est loisible de vous assurer que mon explication concorde avec la réalité.

— Elle ne concorde avec aucun des faits que la justice a constatés. Vous n'avez rien vu, vous ne savez rien, et vous allez à l'encontre de tout ce que nous avons vu et de tout ce que nous savons.

Floriani ne sembla point remarquer l'irritation du comte, et il dit en souriant :

— Mon Dieu, Monsieur, je tâche de voir clair, voilà tout. Si je me trompe, prouvez-moi mon erreur.

— Sans plus tarder… J'avoue qu'à la longue votre assurance…

M. de Dreux mâchonna encore quelques paroles, puis, soudain, se dirigea vers la porte et sortit.

Pas un mot ne fut prononcé. On attendait anxieusement, comme si, vraiment, une parcelle de la vérité allait apparaître. Et le silence avait une gravité extrême.

Enfin, le comte apparut dans l'embrasure de la porte. Il était pâle et singulièrement agité. Il dit à ses amis d'une voix tremblante :

— Je vous demande pardon… les révélations de Monsieur sont si imprévues… je n'aurais jamais pensé…

Sa femme l'interrogea avidement :

— Parle… je t'en supplie… qu'y a-t-il ?

Il balbutia :

— La fente existe… à l'endroit même indiqué… le long du carreau…

Il saisit brusquement le bras du chevalier et lui dit d'un ton impérieux :

— Et maintenant, Monsieur, poursuivez… je reconnais que vous avez raison jusqu'ici, mais maintenant…

Ce n'est pas fini… répondez… que s'est-il passé selon vous ?

Floriani se dégagea doucement et après un instant prononça :

— Eh bien, selon moi, voilà ce qui s'est passé. L'individu, sachant que Mme de Dreux allait au bal avec le collier, a jeté sa passerelle pendant votre absence. Au travers de la fenêtre il vous a surveillé et vous a vu cacher le bijou. Dès que vous êtes parti, il a coupé la vitre et a tiré l'anneau.

— Soit, mais la distance est trop grande pour qu'il ait pu, par le vasistas, atteindre la poignée de la fenêtre.

— S'il n'a pu l'ouvrir, c'est qu'il est entré par le vasistas lui-même.

— Impossible ; il n'y a pas d'homme assez mince pour s'introduire par là.

— Alors ce n'est pas un homme.

— Comment !

— Certes. Si le passage est trop étroit pour un homme, il faut bien que ce soit un enfant.

— Un enfant !

— Ne m'avez-vous pas dit que votre amie Henriette avait un fils !

— En effet… un fils qui s'appelait Raoul.

— Il est infiniment probable que c'est ce Raoul qui a commis le vol.

— Quelle preuve en avez-vous ?

— Quelle preuve !… il n'en manque pas de preuves… Ainsi par exemple…

Il se tut et réfléchit quelques secondes. Puis il reprit :

— Ainsi, par exemple, cette passerelle, il n'est pas à croire que l'enfant l'ait apportée du dehors et remportée sans que l'on s'en soit aperçu. Il a dû employer ce qui était à sa disposition. Dans le réduit où Henriette faisait sa cuisine, il y avait, n'est-ce pas, des tablettes accrochées au mur où l'on posait les casseroles?

— Deux tablettes, autant que je m'en souvienne.

— Il faudrait s'assurer si ces planches sont réellement fixées aux tasseaux de bois qui les supportent. Dans le cas contraire nous serions autorisés à penser que l'enfant les a déclouées, puis attachées l'une à l'autre. Peut-être aussi, puisqu'il y avait un fourneau, trouverait-on le crochet à fourneau dont il a dû se servir pour ouvrir le vasistas.

Sans mot dire le comte sortit, et cette fois les assistants ne ressentirent même point la petite anxiété de l'inconnu qu'ils avaient éprouvée la première fois. Ils savaient, ils savaient de façon absolue, que les prévisions de Floriani étaient justes. Il émanait de cet homme une impression de certitude si rigoureuse qu'on l'écoutait non point comme s'il déduisait des faits les uns des autres, mais comme s'il racontait des événements dont il était facile de vérifier au fur et à mesure l'authenticité.

Et personne ne s'étonna lorsqu'à son retour le comte déclara :

— C'est bien l'enfant, c'est bien lui, tout l'atteste.

— Vous avez vu les planches… le crochet ?

— J'ai vu… les planches ont été déclouées… le crochet est encore là.

Mais Mme de Dreux-Soubise s'écria :

— C'est lui… Vous voulez dire plutôt que c'est sa mère. Henriette est la seule coupable. Elle aura obligé son fils…

— Non, affirma le chevalier, la mère n'y est pour rien.

— Allons donc ! ils habitaient la même chambre, l'enfant n'aurait pu agir à l'insu d'Henriette.

— Ils habitaient la même chambre, mais tout s'est passé dans la pièce voisine, la nuit, tandis que la mère dormait.

— Et le collier ? fit le comte, on l'aurait trouvé dans les affaires de l'enfant.

— Pardon ! il sortait, lui. Le matin même où vous l'avez surpris devant sa table de travail, il venait de l'école, et peut-être la justice, au lieu d'épuiser ses ressources contre la mère innocente, aurait-elle été mieux inspirée en perquisitionnant là-bas, dans le pupitre de l'enfant, parmi ses livres de classe.

— Soit, mais ces deux mille francs qu'Henriette recevait chaque année, n'est-ce pas le meilleur signe de sa complicité ?

— Complice, vous eût-elle remerciés de cet argent ? Et puis, ne la surveillait-on pas ? Tandis que l'enfant est libre, lui, il a toute facilité pour courir jusqu'à la ville voisine, pour s'aboucher avec un revendeur quelconque et lui céder à vil prix un diamant, deux diamants, selon le cas… sous la seule condition que l'envoi d'argent sera effectué de Paris, moyennant quoi on recommencera l'année suivante.

Un malaise indéfinissable oppressait les Dreux-Soubise et leurs invités. Vraiment il y avait dans le ton, dans l'attitude de Floriani, autre chose que cette certitude qui, dès le début, avait si fort agacé le comte. Il y avait comme de l'ironie, et une ironie qui semblait plutôt hostile que sympathique et amicale ainsi qu'il eût convenu.

Le comte affecta de rire.

— Tout cela est d'un ingénieux qui me ravit, mes compliments. Quelle imagination brillante !

— Mais non, mais non, s'écria Floriani avec plus de gravité, je n'imagine pas, j'évoque des circonstances qui furent inévitablement telles que je les montre.

— Qu'en savez-vous ?

— Ce que vous-même m'en avez dit. Je me représente la vie de la mère et de l'enfant, là-bas, au fond de la province, la mère qui tombe malade, les ruses et les inventions du petit pour vendre les pierreries et sauver sa mère ou tout au moins adoucir ses derniers moments. Le mal l'emporte. Elle meurt. Des années passent. L'enfant grandit, devient un homme. Et alors — et pour cette fois, je veux bien admettre que mon imagination se donne libre cours — supposons que cet homme éprouve le besoin de revenir dans les lieux où il a vécu son enfance, qu'il les revoie, qu'il retrouve ceux qui ont soupçonné, accusé sa mère... pensez-vous à l'intérêt poignant d'une telle entrevue dans la vieille maison où se sont déroulées les péripéties du drame ?

Ses paroles retentirent quelques secondes dans le silence inquiet, et sur le visage de M. et Mme de Dreux, se lisait un effort éperdu pour comprendre, en même temps que la peur, que l'angoisse de comprendre. Le comte murmura :

— Qui êtes-vous donc, Monsieur ?

— Moi ? mais le chevalier Floriani que vous avez rencontré à Palerme, et que vous avez été assez bon de convier chez vous déjà plusieurs fois.

— Alors que signifie cette histoire ?

— Oh ! mais rien du tout ! C'est un simple jeu de ma part. J'essaie de me figurer la joie que le fils d'Henriette, s'il existe encore, aurait à vous dire qu'il fut le seul coupable, et qu'il le fut parce que sa mère était malheureuse, sur le point de perdre la place de... domestique dont elle vivait, et parce que l'enfant souffrait de voir sa mère malheureuse.

Il s'exprimait avec une émotion contenue, à demi levé et penché vers la comtesse. Aucun doute ne pouvait subsister. Le chevalier Floriani n'était autre que le fils d'Henriette. Tout, dans son attitude, dans ses paroles, le proclamait. D'ailleurs n'était-ce point son intention évidente, sa volonté même d'être reconnu comme tel ?

Le comte hésita. Quelle conduite allait-il tenir envers l'audacieux personnage ? Sonner ? Provoquer un scandale ? Démasquer celui qui l'avait dépouillé jadis ? Mais il y avait si longtemps ! Et qui voudrait admettre cette histoire absurde d'enfant coupable ? Non, il valait mieux accepter la situation, en affectant de n'en point saisir le véritable sens. Et le comte, s'approchant de Floriani, s'écria avec enjouement :

— Très amusant, très curieux, votre roman. Je vous jure qu'il me passionne. Mais, suivant vous, qu'est-il devenu ce bon jeune homme, ce modèle des fils ? J'espère qu'il ne s'est pas arrêté en si beau chemin.

— Oh ! certes, non.

— N'est-ce pas ! Après un tel début ! Prendre le Collier de la Reine à six ans, le célèbre collier que convoitait Marie-Antoinette !

— Et le prendre, observa Floriani, se prêtant au jeu du comte, le prendre sans qu'il lui en coûte le moindre désagrément, sans que personne ait l'idée d'examiner l'état des carreaux ou s'avise que le rebord de la fenêtre est trop propre, ce rebord qu'il avait essuyé pour effacer les traces de son passage sur l'épaisse poussière... Avouez qu'il y avait de quoi tourner la tête d'un gamin de son âge. C'est donc si facile ? Il n'y a donc qu'à vouloir et à tendre la main ?... Ma foi, il voulut...

— Et il tendit la main.

— Les deux mains, reprit le chevalier en riant.

Il y eut un frisson. Quel mystère cachait la vie de ce soi-disant Floriani ? Combien extraordinaire devait être l'existence de cet aventurier, voleur génial à six ans, et qui, aujourd'hui, par un raffinement de dilettante en quête d'émotion, ou tout au plus pour satisfaire un sentiment de rancune, venait braver sa victime chez elle, audacieusement, follement, et cependant avec toute la correction d'un galant homme en visite !

Il se leva et s'approcha de la comtesse pour prendre congé. Elle réprima un mouvement de recul. Il sourit.

— Oh ! Madame, vous avez peur ! aurais-je donc poussé trop loin ma petite comédie de sorcier de salon !

Elle se domina et répondit avec la même désinvolture un peu railleuse :

— Nullement, Monsieur. La légende de ce bon fils m'a au contraire fort intéressée, et je suis heureuse que mon collier ait été l'occasion d'une destinée aussi brillante. Mais ne croyez-vous pas que le fils de cette… femme, de cette Henriette, obéissait surtout à sa vocation ?

Il tressaillit, sentant la pointe, et répliqua :

— J'en suis persuadé, et il fallait même que cette vocation fût sérieuse pour que l'enfant ne se rebutât point.

— Et comment cela ?

— Mais oui, vous le savez, la plupart des pierres étaient fausses. Il n'y avait de vrais que les quelques diamants rachetés au bijoutier anglais, les autres ayant été vendus un à un selon les dures nécessités de la vie.

— C'était toujours le Collier de la Reine, Monsieur, dit la comtesse avec hauteur, et voilà, me semble-t-il, ce que le fils d'Henriette ne pouvait comprendre.

— Il a dû comprendre, Madame, que, faux ou vrai, le collier était avant tout un objet de parade, une enseigne.

M. de Dreux fit un geste. Sa femme aussitôt le prévint.

— Monsieur, dit-elle, si l'homme auquel vous faites allusion a la moindre pudeur…

Elle s'interrompit, intimidée par le calme regard de Floriani.

Il répéta :

— Si cet homme a la moindre pudeur…

Elle sentit qu'elle ne gagnerait rien à lui parler de la sorte, et malgré elle, malgré sa colère et son indignation, toute frémissante d'orgueil humilié, elle lui dit presque poliment :

— Monsieur, la légende veut que Rétaux de Villette, quand il eut le Collier de la Reine entre les mains et qu'il en eut fait sauter tous les diamants avec Jeanne de Valois, n'ait point osé toucher à la monture. Il comprit que les diamants n'étaient que l'ornement, que l'accessoire, mais que la monture était l'œuvre essentielle, la création même de l'artiste, et il la respecta. Pensez-vous que cet homme ait compris également ?

— Je ne doute pas que la monture existe. L'enfant l'a respectée.

— Eh bien, Monsieur, s'il vous arrive de le rencontrer, vous lui direz qu'il garde injustement une de ces reliques qui sont la propriété et la gloire de certaines familles, et qu'il a pu en arracher les pierres sans que le Collier de la Reine cessât d'appartenir à la maison de Dreux-Soubise. Il nous appartient comme notre nom, comme notre honneur.

Le chevalier répondit simplement :

— Je le lui dirai, Madame.

Il s'inclina devant elle, salua le comte, salua les uns après les autres tous les assistants et sortit.

***

Quatre jours après, Mme de Dreux trouvait sur la table de sa chambre un écrin de cuir rouge aux armes du Cardinal. Elle ouvrit. C'était le Collier en esclavage de la Reine.

Mais comme toutes choses doivent, dans la vie d'un homme soucieux d'unité et de logique, concourir au même but — et qu'un peu de réclame n'est jamais nuisible — le lendemain l'Écho de France publiait ces lignes sensationnelles :

« Le Collier de la Reine, le célèbre bijou historique dérobé autrefois à la famille de Dreux-Soubise, a été retrouvé par Arsène Lupin. Arsène Lupin s'est empressé de le rendre à ses légitimes propriétaires. On ne peut qu'applaudir à cette attention délicate et chevaleresque. »

LE SEPT DE CŒUR

Une question se pose, et elle me fut souvent posée :

— Comment ai-je connu Arsène Lupin ?

Personne ne doute que je le connaisse. Les détails que j'accumule sur cet homme déconcertant, les faits irréfutables que j'expose, les preuves nouvelles que j'apporte, l'interprétation que je donne de certains actes dont on n'avait vu que les manifestations extérieures sans en pénétrer les raisons secrètes ni le mécanisme invisible, tout cela prouve bien, sinon une intimité, que l'existence même de Lupin rendrait impossible, du moins des relations amicales et des confidences suivies.

Mais comment l'ai-je connu ? D'où me vient la faveur d'être son historiographe ? Pourquoi moi et pas un autre ?

La réponse est facile : le hasard seul a présidé à un choix où mon mérite n'entre pour rien. C'est le hasard qui m'a mis sur sa route. C'est par hasard que j'ai été mêlé à l'une de ses plus étranges et de ses plus mystérieuses aventures, par hasard enfin que je fus acteur dans un drame dont il fut le merveilleux metteur en scène, drame obscur et complexe, hérissé de telles péripéties que j'éprouve un certain embarras au moment d'en entreprendre le récit.

Le premier acte se passe au cours de cette fameuse nuit du 22 au 23 juin dont on a tant parlé. Et, pour ma part, disons-le tout de suite, j'attribue la conduite assez anormale que je tins en l'occasion, à l'état d'esprit très spécial où je me trouvais en rentrant chez moi. Nous avions dîné entre amis au restaurant de la Cascade, et, toute la soirée, tandis que nous fumions et que l'orchestre de tziganes jouait des valses mélancoliques, nous n'avions parlé que de crimes et de vols, d'intrigues effrayantes et ténébreuses. C'est toujours là une mauvaise préparation au sommeil.

Les Saint-Martin s'en allèrent en automobile. Jean Daspry, — ce charmant et insouciant Daspry qui devait, six mois après, se faire tuer de façon si tragique sur la frontière du Maroc, — Jean Daspry et moi nous revînmes à pied par la nuit obscure et chaude. Quand nous fûmes arrivés devant le petit hôtel que j'habitais depuis un an à Neuilly, sur le boulevard Maillot, il me dit :

— Vous n'avez jamais peur ?

— Quelle idée !

— Dame, ce pavillon est tellement isolé ! pas de voisins... des terrains vagues... Vrai, je ne suis pas poltron, et cependant...

— Eh bien, vous êtes gai, vous !

— Oh ! je dis cela comme je dirais autre chose. Les Saint-Martin m'ont impressionné avec leurs histoires de brigands.

M'ayant serré la main il s'éloigna. Je pris ma clef et j'ouvris.

— Allons ! bon, murmurai-je, Antoine a oublié de m'allumer une bougie.

Et soudain je me rappelai : Antoine était absent, je lui avais donné congé.

Tout de suite l'ombre et le silence me furent désagréables. Je montai jusqu'à ma chambre à tâtons, le plus vite possible, et, aussitôt, contrairement à mon habitude, je tournai la clef et poussai le verrou.

La flamme de la bougie me rendit mon sang-froid. Pourtant j'eus soin de tirer mon revolver de sa gaine, un gros revolver à longue portée, et je le posai à côté de mon lit. Cette précaution acheva de me rassurer. Je me couchai et, comme à l'ordinaire, pour m'endormir, je pris sur la table de nuit le livre qui m'y attendait chaque soir.

Je fus très étonné. À la place du coupe-papier dont je l'avais marqué la veille, se trouvait une enveloppe, cachetée de cinq cachets de cire rouge. Je la saisis vivement. Elle portait comme adresse mon nom et mon prénom, accompagnés de cette mention : « Urgente ».

Une lettre ! une lettre à mon nom ! qui pouvait l'avoir mise à cet endroit ? Un peu nerveux, je déchirai l'enveloppe, et je lus :

« À partir du moment où vous aurez ouvert cette lettre, quoi qu'il arrive, quoi que vous entendiez, ne bougez plus, ne faites pas un geste, ne jetez pas un cri. Sinon, vous êtes perdu. »

Moi non plus je ne suis pas un poltron, et, tout aussi bien qu'un autre, je sais me tenir en face du danger réel, ou sourire des périls chimériques dont s'effare notre imagination. Mais, je le répète, j'étais dans une situation d'esprit anormale, plus facilement impressionnable, les nerfs à fleur de peau. Et d'ailleurs, n'y avait-il pas dans tout cela quelque chose de troublant et d'inexplicable qui eût ébranlé l'âme du plus intrépide ?

Mes doigts serraient fiévreusement la feuille de papier, et mes yeux relisaient sans cesse les phrases menaçantes... « Ne faites pas un geste... ne jetez pas un cri... sinon, vous êtes perdu... » Allons donc ! pensai-je, c'est quelque plaisanterie, une farce imbécile.

Je fus sur le point de rire, même je voulus rire à haute voix. Qui m'en empêcha ? Quelle crainte indécise me comprima la gorge ?

Du moins je soufflerais la bougie. Non, je ne pus la souffler. « Pas un geste, ou vous êtes perdu », était-il écrit.

Mais pourquoi lutter contre ces sortes d'autosuggestions plus impérieuses souvent que les faits les plus précis ? Il n'y avait qu'à fermer les yeux. Je fermai les yeux.

Au même moment, un bruit léger passa dans le silence, puis des craquements. Et cela provenait, me sembla-t-il, d'une grande salle voisine où j'avais installé mon cabinet de travail et dont je n'étais séparé que par l'antichambre.

L'approche d'un danger réel me surexcita, et j'eus la sensation que j'allais me lever, saisir mon revolver et me précipiter dans cette salle. Je ne me levai point : en face de moi, un des rideaux de la fenêtre de gauche avait remué.

Le doute n'était pas possible : il avait remué. Il remuait encore ! Et je vis — oh ! je vis cela distinctement — qu'il y avait entre les rideaux et la fenêtre, dans cet espace trop étroit, une forme humaine dont l'épaisseur empêchait l'étoffe de tomber droit.

Et l'être aussi me voyait, il était certain qu'il me voyait à travers les mailles très larges de l'étoffe. Alors je compris tout. Tandis que les autres emportaient leur butin, sa mission à lui consistait à me tenir en respect. Me lever ? Saisir un revolver ? Impossible... il était là ! au moindre geste, au moindre cri, j'étais perdu.

Un coup violent secoua la maison, suivi de petits coups groupés par deux ou trois, comme ceux d'un marteau qui frappe sur des pointes et qui rebondit. Ou du moins voilà ce que j'imaginais, dans la confusion de mon cerveau. Et d'autres bruits s'entrecroisèrent, un véritable vacarme qui prouvait que l'on ne se gênait point, et que l'on agissait en toute sécurité.

On avait raison : je ne bougeai pas. Fut-ce lâcheté ? Non, anéantissement plutôt, impuissance totale à mouvoir un seul de mes membres. Sagesse également, car enfin pourquoi lutter ? Derrière cet homme, il y en avait dix autres qui viendraient à son appel. Allais-je risquer ma vie pour sauver quelques tapisseries et quelques bibelots ?

Et toute la nuit ce supplice dura. Supplice intolérable, angoisse terrible ! Le bruit s'était interrompu, mais je ne cessais d'attendre qu'il recommençât. Et l'homme ! l'homme qui me surveillait, l'arme à la main ! Mon regard effrayé ne le quittait pas. Et mon cœur battait ! et de la sueur ruisselait de mon front et de tout mon corps !

Et tout à coup un bien-être inexprimable m'envahit : une voiture de laitier dont je connaissais bien le roulement, passa sur le boulevard, et j'eus en même temps l'impression que l'aube se glissait entre les persiennes closes et qu'un peu de jour dehors se mêlait à l'ombre.

Et le jour pénétra dans la chambre. Et d'autres voitures passèrent. Et tous les fantômes de la nuit s'évanouirent.

Alors je sortis un bras du lit, lentement, sournoisement. En face rien ne remua. Je marquai des yeux le pli du rideau, l'endroit précis où il fallait viser, je fis le compte exact des mouvements que je devais exécuter, et, rapidement, j'empoignai mon revolver et je tirai.

Je sautai hors du lit avec un cri de délivrance, et je bondis sur le rideau. L'étoffe était percée, la vitre était percée. Quant à l'homme, je n'avais pu l'atteindre... pour cette bonne raison qu'il n'y avait personne.

Personne ! Ainsi, toute la nuit, j'avais été hypnotisé par un pli de rideau ! Et pendant ce temps, des malfaiteurs... Rageusement, d'un élan que rien n'eût arrêté, je tournai la clef dans la serrure, j'ouvris ma porte, je traversai l'antichambre, j'ouvris une autre porte, et je me ruai dans la salle.

Mais une stupeur me cloua sur le seuil, haletant, abasourdi, plus étonné encore que je ne l'avais été de l'absence de l'homme : rien n'avait disparu. Toutes les choses que je supposais enlevées, meubles, tableaux, vieux velours et vieilles soies, toutes ces choses étaient à leur place !

Spectacle incompréhensible ! Je n'en croyais pas mes yeux ! Pourtant ce vacarme, ces bruits de déménagement... Je fis le tour de la pièce, j'inspectai les murs, je dressai l'inventaire de tous ces objets que je connaissais si bien. Rien ne manquait ! Et ce qui me déconcertait le plus, c'est que rien non plus ne révélait le passage des malfaiteurs, aucun indice, pas une chaise dérangée, pas une trace de pas.

— Voyons, voyons, me disais-je en me prenant la tête à deux mains, je ne suis pourtant pas un fou ! J'ai bien entendu !...

Pouce par pouce, avec les procédés d'investigation les plus minutieux, j'examinai la salle. Ce fut en vain. Ou plutôt... mais pouvais-je considérer cela comme une découverte ? Sous un petit tapis persan, jeté sur le parquet, je ramassai une carte, une carte à jouer. C'était un sept de cœur, pareil à tous les sept de cœur des jeux de cartes français, mais qui retint mon attention par un détail assez curieux. La pointe extrême de chacune des sept marques rouges en forme de cœur, était percée d'un trou, le trou rond et régulier qu'eût pratiqué l'extrémité d'un poinçon.

Voilà tout. Une carte et une lettre trouvée dans un livre. En dehors de cela, rien. Était-ce assez pour affirmer que je n'avais pas été le jouet d'un rêve ?

***

Toute la journée, je poursuivis mes recherches dans le salon. C'était une grande pièce en disproportion avec l'exiguïté de l'hôtel, et dont l'ornementation attestait le goût bizarre de celui qui l'avait conçue. Le parquet était fait d'une mosaïque de petites pierres multicolores, formant de larges dessins symétriques. La même mosaïque recouvrait les murs, disposée en panneaux, allégories pompéiennes, compositions bizantines, fresque du moyen âge. Un Bacchus enfourchait un tonneau. Un empereur couronné d'or, à barbe fleurie, tenait un glaive dans sa main droite.

Tout en haut, un peu à la façon d'un atelier, se découpait l'unique et vaste fenêtre. Cette fenêtre étant toujours ouverte la nuit, il était probable que les hommes avaient passé par là, à l'aide d'une échelle. Mais, ici encore, aucune certitude. Les montants de l'échelle eussent dû laisser des traces sur le sol battu de la cour : il n'y en avait point. L'herbe du terrain vague qui entourait l'hôtel aurait dû être fraîchement foulée : elle ne l'était pas.

J'avoue que je n'eus point l'idée de m'adresser à la police, tellement les faits qu'il m'eût fallu exposer étaient inconsistants et absurdes. On se fût moqué de moi. Mais, le surlendemain, c'était mon jour de chronique au Gil Blas, où j'écrivais alors. Obsédé par mon aventure, je la racontai tout au long.

L'article ne passa pas inaperçu, mais je vis bien qu'on ne le prenait guère au sérieux, et qu'on le considérait plutôt comme une fantaisie que comme une histoire réelle. Les Saint-Martin me raillèrent. Daspry, cependant, qui ne manquait pas d'une certaine compétence en ces matières, vint me voir, se fit expliquer l'affaire et l'étudia… sans plus de succès d'ailleurs.

Or, un des matins suivants, le timbre de la grille résonna, et Antoine vint m'avertir qu'un monsieur désirait me parler. Il n'avait pas voulu donner son nom. Je le priai de monter.

C'était un homme d'une quarantaine d'années, très brun, de visage énergique, et dont les habits propres, mais usés, annonçaient un souci d'élégance qui contrastait avec ses façons plutôt vulgaires.

Sans préambule, il me dit — d'une voix éraillée, avec des accents qui me confirmèrent la situation sociale de l'individu :

— Monsieur, en voyage, dans un café, le Gil Blas m'est tombé sous les yeux. J'ai lu votre article. Il m'a intéressé… beaucoup.

— Je vous remercie.

— Et je suis revenu.

— Ah !

— Oui, pour vous parler. Tous les faits que vous avez racontés sont-ils exacts ?

— Absolument exacts.

— Il n'en est pas un seul qui soit de votre invention ?

— Pas un seul.

— En ce cas j'aurais peut-être des renseignements à vous fournir.

— Je vous écoute.

— Non.

— Comment, non ?

— Avant de parler, il faut que je vérifie s'ils sont justes.

— Et pour les vérifier ?

— Il faut que je reste seul dans cette pièce.

Je le regardai avec surprise.

— Je ne vois pas très bien…

— C'est une idée que j'ai eue en lisant votre article. Certains détails établissent une coïncidence vraiment extraordinaire avec une autre aventure que le hasard m'a révélée. Si je me suis trompé, il est préférable que je garde le silence. Et l'unique moyen de le savoir, c'est que je reste seul…

Qu'y avait-il sous cette proposition ? Plus tard je me suis rappelé qu'en la formulant l'homme avait un air inquiet, une expression de physionomie anxieuse. Mais, sur le moment, bien qu'un peu étonné, je ne trouvai rien de particulièrement anormal à sa demande. Et puis une telle curiosité me stimulait !

Je répondis :

— Soit. Combien vous faut-il de temps ?

— Oh ! trois minutes, pas davantage. D'ici trois minutes, je vous rejoindrai.

Je sortis de la pièce. En bas, je tirai ma montre. Une minute s'écoula. Deux minutes… Pourquoi donc me sentais-je oppressé ? Pourquoi ces instants me paraissaient-ils plus solennels que d'autres ?

Deux minutes et demie… Deux minutes trois quarts… Et soudain un coup de feu retentit.

En quelques enjambées j'escaladai les marches et j'entrai. Un cri d'horreur m'échappa.

Au milieu de la salle l'homme gisait, immobile, couché sur le côté gauche. Du sang coulait de son crâne, mêlé à des débris de cervelle. Près de son poing, un revolver, tout fumant.

Une convulsion l'agita, et ce fut tout.

Mais plus encore que ce spectacle effroyable, quelque chose me frappa, quelque chose qui fit que je n'appelai pas au secours tout de suite, et que je ne me jetai point à genoux pour voir si l'homme respirait. À deux pas de lui, par terre, il y avait un sept de cœur !

Je le ramassai. Les sept extrémités des sept marques rouges étaient percées d'un trou…

*
* *

Une demi-heure après, le commissaire de police de Neuilly arrivait, puis le médecin légiste, puis le chef de la Sûreté, M. Dudouis. Je m'étais bien gardé de toucher au cadavre. Rien ne put fausser les premières constatations.

Elles furent brèves, d'autant plus brèves que tout d'abord on ne découvrit rien, ou peu de chose. Dans les poches du mort aucun papier, sur ses vêtements aucun nom, sur son linge aucune initiale. Somme toute, pas un indice capable d'établir son identité. Et dans la salle le même ordre qu'auparavant. Les meubles n'avaient pas été dérangés, et les objets avaient gardé leur ancienne position. Pourtant cet homme n'était pas venu chez moi dans l'unique intention de se tuer, et parce qu'il jugeait que mon domicile convenait mieux que tout autre à son suicide ! Il fallait qu'un motif l'eût déterminé à cet acte de désespoir, et que ce motif lui-même résultât d'un fait nouveau, constaté par lui au cours des trois minutes qu'il avait passées seul.

Quel fait ? Qu'avait-il vu ? Qu'avait-il surpris ? Quel secret épouvantable avait-il pénétré ? Aucune supposition n'était permise.

Mais, au dernier moment, un incident se produisit qui nous parut d'un intérêt considérable. Comme deux agents se baissaient pour soulever le cadavre et l'emporter sur un brancard, ils s'aperçurent que la main gauche, fermée jusqu'alors et crispée, s'était détendue, et qu'une carte de visite, toute froissée, s'en échappait.

Cette carte portait : Georges Andermatt, rue de Berry, 37.

Qu'est-ce que cela signifiait ? Georges Andermatt était un gros banquier de Paris, fondateur et président de ce Comptoir des métaux qui a donné une telle impulsion aux industries métallurgiques de France. Il menait grand train, possédant mail-coach, automobiles, écurie de course. Ses réunions étaient très suivies et l'on citait Mme Andermatt pour sa grâce et pour sa beauté.

— Serait-ce le nom du mort ? murmurai-je.

Le chef de la Sûreté se pencha.

— Ce n'est pas lui. M. Andermatt est un homme pâle et un peu grisonnant.

— Mais alors pourquoi cette carte ?

— Vous avez le téléphone, Monsieur ?

— Oui, dans le vestibule. Si vous voulez bien m'accompagner.

Il chercha dans l'annuaire et demanda le 415.21.

— M. Andermatt est-il chez lui ? — Veuillez lui dire que M. Dudouis le prie de venir en toute hâte au 102 du boulevard Maillot. C'est urgent.

Vingt minutes plus tard, M. Andermatt descendait de son automobile. On lui exposa les raisons qui nécessitaient son intervention, puis on le mena devant le cadavre.

Il eut une seconde d'émotion qui contracta son visage, et prononça à voix basse, comme s'il parlait malgré lui :

— Étienne Varin.

— Vous le connaissiez ?

— Non… ou du moins oui… mais de vue seulement. Son frère…

— Il a un frère ?

— Oui, Alfred Varin… Son frère est venu autrefois me solliciter… je ne sais plus à quel propos…

— Où demeure-t-il ?

— Les deux frères demeuraient ensemble… rue de Provence, je crois.

— Et vous ne soupçonnez pas la raison pour laquelle celui-ci s'est tué ?

— Nullement.

— Cependant cette carte qu'il tenait dans sa main ?... Votre carte avec votre adresse !

— Je n'y comprends rien. Ce n'est là évidemment qu'un hasard que l'instruction nous expliquera.

Un hasard en tout cas bien curieux, pensai-je et je sentis que nous éprouvions tous la même impression.

Cette impression, je la retrouvai dans les journaux du lendemain, et chez tous ceux de mes amis avec qui je m'entretins de l'aventure. Au milieu des mystères qui la compliquaient, après la double découverte, si déconcertante, de ce sept de cœur sept fois percé, après les deux événements aussi énigmatiques l'un que l'autre dont ma demeure avait été le théâtre, cette carte de visite semblait enfin promettre un peu de lumière. Par elle on arriverait à la vérité.

Mais, contrairement aux prévisions, M. Andermatt ne fournit aucune indication.

— J'ai dit ce que je savais, répétait-il. Que veut-on de plus ? Je suis le premier stupéfait que cette carte ait été trouvée là, et j'attends comme tout le monde que ce point soit éclairci.

Il ne le fut pas. L'enquête établit que les frères Varin, Suisses d'origine, avaient mené sous des noms différents une vie fort mouvementée, fréquentant les tripots, en relations avec toute une bande d'étrangers dont la police s'occupait, et qui s'était dispersée après une série de cambriolages auxquels leur participation ne fut établie que par la suite. Au numéro 24 de la rue de Provence où les frères Varin avaient en effet habité six ans auparavant, on ignorait ce qu'ils étaient devenus.

Je confesse que, pour ma part, cette affaire me semblait si embrouillée que je ne croyais guère à la possibilité d'une solution, et que je m'efforçais de n'y plus songer. Mais Jean Daspry, au contraire, que je vis beaucoup à cette époque, se passionnait chaque jour davantage.

Ce fut lui qui me signala cet écho d'un journal étranger que toute la presse reproduisait et commentait :

« On va procéder en présence de l'empereur, et dans un lieu que l'on tiendra secret jusqu'à la dernière minute, aux premiers essais d'un sous-marin qui doit révolutionner les conditions futures de la guerre navale. Une indiscrétion nous en a révélé le nom : il s'appelle Le Sept-de-cœur. »

Le Sept de cœur ! était-ce là rencontre fortuite ? ou bien devait-on établir un lien entre le nom de ce sous-marin et les incidents dont nous avons parlé ? Mais un lien de quelle nature ? Ce qui se passait ici ne pouvait aucunement se relier à ce qui se passait là-bas.

— Qu'en savez-vous ? me disait Daspry. Les effets les plus disparates proviennent souvent d'une cause unique.

Le surlendemain, un autre écho nous arrivait :

« On prétend que les plans du Sept-de-cœur, le sous-marin dont les expériences vont avoir lieu incessamment, ont été exécutés par des ingénieurs français. Ces ingénieurs, ayant sollicité en vain l'appui de leurs compatriotes, se seraient adressés ensuite, sans plus de succès, à l'Amirauté anglaise. Nous donnons ces nouvelles sous toute réserve. »

Je n'ose pas trop insister sur des faits de nature extrêmement délicate, et qui provoquèrent, on s'en souvient, une émotion si considérable. Cependant, puisque tout danger de complication est écarté, il me faut bien parler de l'article de l'Écho de France, qui fit alors tant de bruit, et qui jeta sur l'affaire du Sept de cœur, comme on l'appelait, quelques clartés... confuses.

Le voici, tel qu'il parut sous la signature de Salvator :

L'affaire du Sept-de-cœur. Un coin du voile soulevé.

« Nous serons brefs. Il y a dix ans, un jeune ingénieur des mines, Louis Lacombe, désireux de consacrer son temps et sa fortune aux études qu'il poursuivait, donna sa démission, et loua, au numéro 102 du boulevard Maillot, un petit hôtel qu'un comte italien avait fait récemment construire et décorer. Par l'intermédiaire de deux individus, les frères Varin, de Lausanne, dont l'un l'assistait dans ses expériences comme préparateur, et dont l'autre lui cherchait des commanditaires, il entra en relations avec H. Georges Andermatt, qui venait de fonder le Comptoir des Métaux.

« Après plusieurs entrevues, il parvint à l'intéresser à un projet de sous-marin auquel il travaillait, et il fut entendu que, dès la mise au point définitive de l'invention, M. Andermatt userait de son influence pour obtenir du ministère de la marine une série d'essais.

« Durant deux années, Louis Lacombe fréquenta assidûment l'hôtel Andermatt et soumit au banquier les perfectionnements qu'il apportait à son projet, jusqu'au jour où, satisfait lui-même de son travail, ayant trouvé la formule définitive qu'il cherchait, il pria M. Andermatt de se mettre en campagne.

« Ce jour-là, Louis Lacombe dîna chez les Andermatt. Il s'en alla, le soir, vers onze heures et demie. Depuis on ne l'a plus revu.

« En relisant les journaux de l'époque, on verrait que la famille du jeune homme saisit la justice et que le parquet s'inquiéta. Mais on n'aboutit à aucune certitude, et généralement il fut admis que Louis Lacombe, qui passait pour un garçon original et fantasque, était parti en voyage sans prévenir personne.

« Acceptons cette hypothèse… invraisemblable. Mais une question se pose, capitale pour notre pays : que sont devenus les plans du sous-marin ? Louis Lacombe les a-t-il emportés ? Sont-ils détruits ?

« De l'enquête très sérieuse à laquelle nous nous sommes livrés, il résulte que ces plans existent. Les frères Varin les ont eus entre les mains. Comment ? Nous n'avons encore pu l'établir, de même que nous ne savons pas pourquoi ils n'ont pas essayé plus tôt de les vendre. Craignaient-ils qu'on ne leur demandât comment ils les avaient en leur possession ? En tout cas cette crainte n'a pas persisté, et nous pouvons en toute certitude affirmer ceci : les plans de Louis Lacombe sont la propriété d'une puissance étrangère, et nous sommes en mesure de publier la correspondance échangée à ce propos entre les frères Varin et le représentant de cette puissance. Actuellement le Sept-de-cœur imaginé par Louis Lacombe est réalisé par nos voisins.

« La réalité répondra-t-elle aux prévisions optimistes de ceux qui ont été mêlés à cette trahison ? Nous avons, pour espérer le contraire, des raisons que l'événement, nous voudrions le croire, ne trompera point.»

Et un post-scriptum ajoutait :

« Dernière heure. — Nous espérions à juste titre. Nos informations particulières nous permettent d'annoncer que les essais du Sept-de-cœur n'ont pas été satisfaisants. Il est assez probable qu'aux plans livrés par les frères Varin, il manquait le dernier document apporté par Louis Lacombe à M. Andermatt le soir de sa disparition, document indispensable à la compréhension totale du projet, sorte de résumé où l'on retrouve les conclusions définitives, les évaluations et les mesures contenues dans les autres papiers. Sans ce document les plans sont imparfaits ; de même que, sans les plans, le document est inutile.

« Donc il est encore temps d'agir et de reprendre ce qui nous appartient. Pour cette besogne fort difficile, nous comptons beaucoup sur l'assistance de M. Andermatt. Il aura à cœur d'expliquer la conduite inexplicable qu'il a tenue depuis le début. Il dira non seulement pourquoi il n'a pas raconté ce qu'il savait au moment du suicide d'Étienne Varin, mais aussi pourquoi il n'a jamais révélé la disparition des papiers dont il avait connaissance. Il dira pourquoi, depuis six ans, il fait surveiller les frères Varin par des agents à sa solde.

« Nous attendons de lui, non point des paroles, mais des actes. Sinon… »

La menace était brutale. Mais en quoi consistait-elle ? Quel moyen d'intimidation Salvator, l'auteur… anonyme de l'article, possédait-il sur M. Andermatt ?

Une nuée de reporters assaillit le banquier, et dix interviews exprimèrent le dédain avec lequel il répondit à cette mise en demeure. Sur quoi, le correspondant de l'Écho de France riposta par ces trois lignes :

« Que M. Andermatt le veuille ou non, il est dès àprésent notre collaborateur dans l'œuvre que nous entreprenons. »

*
**

Le jour où parut cette réplique, Daspry et moi nous dînâmes ensemble. Le soir, les journaux étalés sur ma table, nous discutions l'affaire et l'examinions sous toutes ses faces avec cette irritation que l'on éprouverait à marcher indéfiniment dans l'ombre et à toujours se heurter aux mêmes obstacles.

Et soudain, sans que mon domestique m'eût averti, sans que le timbre eût résonné, la porte s'ouvrit et une dame entra, couverte d'un voile épais.

Je me levai aussitôt et m'avançai. Elle me dit :

— C'est vous, Monsieur, qui demeurez ici ?

— Oui, Madame, mais je vous avoue…

— La grille sur le boulevard n'était pas fermée, expliqua-t-elle.

— Mais la porte du vestibule ?

Elle ne répondit pas, et je songeai qu'elle avait dû faire le tour par l'escalier de service. Elle connaissait donc le chemin ?

Il y eut un silence un peu embarrassé. Elle regarda Daspry. Malgré moi, comme j'eusse fait dans un salon, je le présentai. Puis je la priai de s'asseoir et de m'exposer le but de sa visite.

Elle enleva son voile et je vis qu'elle était brune, de visage régulier, et, sinon très belle, du moins d'un charme infini, qui provenait de ses yeux surtout, des yeux graves et douloureux.

Elle dit simplement :

— Je suis Mme Andermatt.

— Madame Andermatt ! répétai-je, de plus en plus étonné.

Un nouveau silence. Et elle reprit d'une voix calme, et de l'air le plus tranquille :

— Je viens au sujet de cette affaire… que vous savez. J'ai pensé que je pourrais peut-être avoir auprès de vous quelques renseignements…

— Mon Dieu, Madame, je n'en connais pas plus que ce qu'en ont dit les journaux. Veuillez préciser en quoi je puis vous être utile.

— Je ne sais pas… Je ne sais pas…

Seulement alors j'eus l'intuition que son calme était factice, et que, sous cet air de sécurité parfaite, se cachait un grand trouble. Et nous nous tûmes, aussi gênés l'un que l'autre.

Mais Daspry, qui n'avait pas cessé de l'observer, s'approcha et lui dit :

— Voulez-vous me permettre, Madame, de vous poser quelques questions ?

— Oh ! oui, s'écria-t-elle, comme cela je parlerai.

— Vous parlerez… quelles que soient ces questions ?

— Quelles qu'elles soient.

Il réfléchit et prononça :

— Vous connaissiez Louis Lacombe ?

— Oui, par mon mari.

— Quand l'avez-vous vu pour la dernière fois ?

— Le soir où il a dîné chez nous.

— Ce soir-là, rien n'a pu vous donner à penser que vous ne le verriez plus ?

— Non. Il avait bien fait allusion à un voyage en Russie, mais si vaguement !

— Vous comptiez donc le revoir ?

— Le surlendemain, à dîner.

— Et comment expliquez-vous cette disparition ?

— Je ne l'explique pas.

— Et M. Andermatt ?

— Je l'ignore.

— Cependant…

— Ne m'interrogez pas là-dessus.

— L'article de l'Écho de France semble dire…

— Ce qu'il semble dire, c'est que les frères Varin ne sont pas étrangers à cette disparition.

— Est-ce votre avis ?

— Oui.

— Sur quoi repose votre conviction ?

— En nous quittant, Louis Lacombe portait une serviette qui contenait tous les papiers relatifs à son projet. Deux jours après, il y a eu entre mon mari et l'un des frères Varin, celui qui vit, une entrevue au cours de laquelle mon mari acquérait la preuve que ces papiers étaient aux mains des deux frères.

— Et il ne les a pas dénoncés ?

— Non.

— Pourquoi ?

— Parce que, dans la serviette, se trouvait autre chose que les papiers de Louis Lacombe.

— Quoi ?

Elle hésita, fut sur le point de répondre, puis, finalement, garda le silence. Daspry continua :

— Voilà donc la cause pour laquelle votre mari, sans avertir la police, faisait surveiller les deux frères. Il espérait à la fois reprendre les papiers et cette chose… compromettante grâce à laquelle les deux frères exerçaient sur lui une sorte de chantage.

— Sur lui… et sur moi.

— Ah ! sur vous aussi ?

— Sur moi principalement.

Elle articula ces trois mots d'une voix sourde. Daspry l'observa, fit quelques pas, et revenant à elle :

— Vous avez écrit à Louis Lacombe ?

— Certes… mon mari était en relations…

— En dehors de ces lettres officielles, n'avez-vous pas écrit à Louis Lacombe… d'autre lettres. Excusez mon insistance, mais il est indispensable que je sache toute la vérité. Avez-vous écrit d'autres lettres ?

Toute rougissante, elle murmura :

— Oui.

— Et ce sont ces lettres que possédaient les frères Varin ?

— Oui.

— M. Andermatt le sait donc ?

— Il ne les a pas vues, mais Alfred Varin lui en a révélé l'existence, le menaçant de les publier si mon mari agissait contre eux. Mon mari a eu peur… il a reculé devant le scandale.

— Seulement, il a tout mis en œuvre pour leur arracher ces lettres.

— Il a tout mis en œuvre… du moins, je le suppose, car, à partir de cette dernière entrevue avec Alfred Varin, et après les quelques mots très violents par lesquels il m'en rendit compte, il n'y a plus eu entre mon mari et moi aucune intimité, aucune confiance. Nous vivons comme deux étrangers.

— En ce cas, si vous n'avez rien à perdre, que craignez-vous ?

— Si indifférente que je lui sois devenue, je suis celle qu'il a aimée, celle qu'il aurait encore pu aimer ; — oh ! cela, j'en suis certaine, murmura-t-elle d'une voix ardente, il m'aurait encore aimée, s'il ne s'était pas emparé de ces maudites lettres…

— Comment ! il aurait réussi… Mais les deux frères se défiaient cependant ?

— Oui, et ils se vantaient même, paraît-il, d'avoir une cachette sûre.

— Alors ?…

— J'ai tout lieu de croire que mon mari a découvert cette cachette !

— Allons donc ! où se trouvait-elle ?

— Ici.

Je tressautai.

— Ici !

— Oui, et je l'avais toujours soupçonné. Louis Lacombe, très ingénieux, passionné de mécanique, s'amusait, à ses heures perdues, à confectionner des coffres et des serrures. Les frères Varin ont dû surprendre et, par la suite, utiliser une de ces cachettes pour dissimuler les lettres… et d'autres choses aussi sans doute.

— Mais ils n'habitaient pas ici, m'écriai-je.

— Jusqu'à votre arrivée, il y a quatre mois, ce pavillon est resté inoccupé. Il est donc probable qu'ils y revenaient, et ils ont pensé en outre que votre présence ne les gênerait pas le jour où ils auraient besoin de retirer tous leurs papiers. Mais ils comptaient sans mon mari qui, dans la nuit du 22 au 23 juin, a forcé le coffre, a pris… ce qu'il cherchait, et a laissé sa carte pour bien montrer aux deux frères qu'il n'avait plus à les redouter et que les rôles changeaient. Deux jours plus tard, averti par l'article du Gil Blas, Étienne Varin se présentait chez vous en toute hâte, restait seul dans ce salon, trouvait le coffre vide… et se tuait.

Après un instant, Daspry demanda :

— C'est une simple supposition, n'est-ce pas ? M. Andermatt ne vous a rien dit ?

— Non.

— Son attitude vis-à-vis de vous ne s'est pas modifiée ? Il ne vous a pas paru plus sombre, plus soucieux ?

— Non.

— Et vous croyez qu'il en serait ainsi s'il avait trouvé les lettres ! Pour moi il ne les a pas. Pour moi, ce n'est pas lui qui est entré ici.

— Mais qui alors ?

— Le personnage mystérieux qui conduit cette affaire, qui en tient tous les fils, et qui la dirige vers un but que nous ne faisons qu'entrevoir à travers tant de complications, le personnage mystérieux dont on sent l'action visible et toute-puissante depuis la première heure. C'est lui et ses amis qui sont entrés dans cet hôtel le 22 juin, c'est lui qui a découvert la cachette, c'est lui qui a laissé la carte de M. Andermatt, c'est lui qui détient la correspondance et les preuves de la trahison des frères Varin.

— Qui, lui ? interrompis-je, non sans impatience.

— Le correspondant de l'Écho de France, parbleu, ce Salvator ! N'est-ce pas d'une évidence aveuglante ? Ne donne-t-il pas dans son article des détails que, seul, peut connaître l'homme qui a pénétré les secrets des deux frères ?

— En ce cas, balbutia Mme Andermatt, avec effroi, il a mes lettres également, et c'est lui à son tour qui menace mon mari ! Que faire, mon Dieu !

— Lui écrire, déclara nettement Daspry, se confier à lui sans détours ; lui raconter tout ce que vous savez et tout ce que vous pouvez apprendre.

— Que dites-vous !

— Votre intérêt est le même que le sien. Il est hors de doute qu'il agit contre le survivant des deux frères. Ce n'est pas contre M. Andermatt qu'il cherche des armes, mais contre Alfred Varin. Aidez-le.

— Comment ?

— Votre mari a-t-il ce document qui complète et qui permet d'utiliser les plans de Louis Lacombe?

— Oui.

— Prévenez-en Salvator. Au besoin, tâchez de lui procurer ce document. Bref, entrez en correspondance avec lui. Que risquez-vous ?

Le conseil était hardi, dangereux même à première vue, mais Mme Andermatt n'avait guère le choix. Aussi bien, comme disait Daspry, que risquait-elle ? Si l'inconnu était un ennemi, cette démarche n'aggravait pas la situation. Si c'était un étranger qui poursuivait un but particulier, il devait n'attacher à ces lettres qu'une importance secondaire.

Quoi qu'il en soit, il y avait là une idée, et Mme Andermatt, dans son désarroi, fut trop heureuse de s'y rallier. Elle nous remercia avec effusion, et promit de nous tenir au courant.

Le surlendemain, en effet, elle nous envoyait ce mot qu'elle avait reçu en réponse :

« Les lettres ne s'y trouvaient pas. Mais je les aurai, soyez tranquille. Je veille à tout. S. »

Je pris le papier. C'était l'écriture du billet que l'on avait introduit dans mon livre de chevet, le soir du 22 juin.

Daspry avait donc raison, Salvator était bien le grand organisateur de cette affaire.

*
**

En vérité, nous commencions à discerner quelques lueurs parmi les ténèbres qui nous environnaient et certains points s'éclairaient d'une lumière inattendue. Mais que d'autres restaient obscurs, comme la découverte des deux sept de cœur ! Pour ma part, j'en revenais toujours là, plus intrigué peut-être qu'il n'eût fallu par ces deux cartes dont les sept petites figures transpercées avaient frappé mes yeux en de si troublantes circonstances. Quel rôle jouaient-elles dans le drame ? Quelle importance devait-on leur attribuer ? Quelle conclusion devait-on tirer de ce fait que le sous-marin construit sur les plans de Louis Lacombe portait le nom de Sept-de-cœur ?

Daspry, lui, s'occupait peu des deux cartes, tout entier à l'étude d'un autre problème dont la solution lui semblait plus urgente : il cherchait inlassablement la fameuse cachette.

— Et qui sait, disait-il, si je n'y trouverais point les lettres que Salvator n'y a pas trouvées... par inadvertance peut-être. Il est si peu croyable que les frères Varin aient enlevé d'un endroit qu'ils supposaient inaccessible, l'arme dont ils savaient la valeur inappréciable.

Et il cherchait. La grande salle n'ayant bientôt plus de secrets pour lui, il étendait ses investigations à toutes les autres pièces du pavillon : il scruta l'intérieur et l'extérieur, il examina les pierres et les briques des murailles, il souleva les ardoises du toit.

Un jour, il arriva avec une pioche et une pelle, me donna la pelle, garda la pioche et, désignant le terrain vague :

— Allons-y.

Je le suivis sans enthousiasme. Il divisa le terrain en plusieurs sections qu'il inspecta successivement. Mais, dans un coin, à l'angle que formaient les murs de deux propriétés voisines, un amoncellement de moellons et de cailloux, recouverts de ronces et d'herbes, attira son attention. Il l'attaqua.

Je dus l'aider. Durant une heure, en plein soleil, nous peinâmes inutilement. Mais lorsque, sous les pierres écartées, nous parvînmes au sol lui-même, et que nous l'eûmes éventré, la pioche de Daspry mit à nu des ossements, un reste de squelette autour duquel s'effiloquaient encore des bribes de vêtements.

Et soudain je me sentis pâlir. J'apercevais fichée en terre une petite plaque de fer, découpée en forme de rectangle et où il me semblait distinguer des taches rouges. Je me baissai. C'était bien cela : la plaque avait les dimensions d'une carte à jouer, et les taches rouges, d'un rouge de minium rongé par places, étaient au nombre de sept, disposées comme les sept points d'un sept de cœur, et percées d'un trou à chacune des sept extrémités.

— Écoutez, Daspry, j'en ai assez de toutes ces histoires. Tant mieux pour vous si elles vous intéressent.

Moi, je vous fausse compagnie.

Était-ce l'émotion ? Était-ce la fatigue d'un travail exécuté sous un soleil trop rude, toujours est-il que je chancelai en m'en allant, et que je dus me mettre au lit où je restai quarante-huit heures, fiévreux et brûlant, obsédé par des squelettes qui dansaient autour de moi et se jetaient à la tête leurs cœurs sanguinolents.

Daspry me fut fidèle. Chaque jour il m'accorda trois ou quatre heures, qu'il passa, il est vrai, dans la grande salle, à fureter, cogner, et tapoter.

— Les lettres sont là, dans cette pièce, venait-il me dire de temps à autre, elles sont là. J'en mettrais ma main au feu.

— Laissez-moi la paix, répondais-je horripilé.

Le matin du troisième jour, je me levai assez faible encore, mais guéri. Un déjeuner substantiel me réconforta. Mais un petit bleu que je reçus vers cinq heures contribua, plus que tout, à mon complet rétablissement, tellement ma curiosité fut, de nouveau et malgré tout, piquée au vif.

Le pneumatique contenait ces mots :

« Monsieur,

« Le drame dont le premier acte s'est passé dans la nuit du 22 au 23 juin, touche à son dénouement. La force même des choses exigeant que je mette en présence l'un de l'autre les deux principaux personnages de ce drame et que cette confrontation ait lieu chez vous, je vous serais infiniment reconnaissant de me prêter votre domicile pour la soirée d'aujourd'hui. Il serait bon que, de neuf heures à onze heures, votre domestique fût éloigné, et préférable que vous-même eussiez l'extrême obligeance de bien vouloir laisser le champ libre aux adversaires. Vous avez pu vous rendre compte, dans la nuit du 22 au 23 juin, que je poussais jusqu'au scrupule le respect de tout ce qui vous appartient. De mon côté, je croirais vous faire injure si je doutais un seul instant de votre absolue discrétion à l'égard de celui qui signe

« Votre dévoué,

« Salvator. »

Il y avait dans cette missive un ton d'ironie courtoise, et, dans la demande qu'elle exprimait, une si jolie fantaisie, que je me délectai. C'était d'une désinvolture charmante, et mon correspondant semblait tellement sûr de mon acquiescement ! Pour rien au monde je n'eusse voulu le décevoir ou répondre à sa confiance par de l'ingratitude.

À huit heures, mon domestique, à qui j'avais offert une place de théâtre, venait de sortir quand Daspry arriva. Je lui montrai le petit bleu.

— Eh bien ? me dit-il.

— Eh bien, je laisse la grille du jardin ouverte, afin que l'on puisse entrer.

— Et vous vous en allez ?

— Jamais de la vie !

— Mais puisqu'on vous demande…

— On me demande la discrétion. Je serai discret. Mais je tiens furieusement à voir ce qui va se passer.

Daspry se mit à rire.

— Ma foi, vous avez raison, et je reste aussi. J'ai idée qu'on ne s'ennuiera pas.

Un coup de timbre l'interrompit.

— Eux déjà ? murmura-t-il, et vingt minutes en avance ! Impossible.

Du vestibule, je tirai le cordon qui ouvrait la grille. Une silhouette de femme traversa le jardin : Mme Andermatt.

Elle paraissait bouleversée, et c'est en suffoquant qu'elle balbutia :

— Mon mari… il vient… il a rendez-vous… on doit lui donner les lettres…

— Comment le savez-vous ? lui dis-je.

— Un hasard. Un mot que mon mari a reçu pendant le dîner.

— Un petit bleu ?

— Un message téléphonique. Le domestique me l'a remis par erreur. Mon mari l'a pris aussitôt, mais il était trop tard… j'avais lu.

— Vous aviez lu…

— Ceci à peu près : « À neuf heures, ce soir, soyez au boulevard Maillot avec les documents qui concernent l'affaire. En échange, les lettres. » Après le dîner, je suis remontée chez moi et je suis sortie.

— À l'insu de M. Andermatt ?

— Oui.

Daspry me regarda.

— Qu'en pensez-vous ?

— Je pense ce que vous pensez, que M. Andermatt est un des adversaires convoqués.

— Par qui ? et dans quel but ?

— C'est précisément ce que nous allons savoir.

Je les conduisis dans la grande salle.

Nous pouvions à la rigueur tenir tous les trois sous le manteau de la cheminée, et nous dissimuler derrière la tenture de velours. Nous nous installâmes. Mme Andermatt s'assit entre nous deux. Par les fentes du rideau la pièce entière nous apparaissait.

Neuf heures sonnèrent. Quelques minutes plus tard la grille du jardin grinça sur ses gonds.

J'avoue que je n'étais pas sans éprouver une certaine angoisse et qu'une fièvre nouvelle me surexcitait. J'étais sur le point de connaître le mot de l'énigme ! L'aventure déconcertante dont les péripéties se déroulaient devant moi depuis des semaines, allait enfin prendre son véritable sens, et c'est sous mes yeux que la bataille allait se livrer.

Daspry saisit la main de Mme Andermatt et murmura :

— Surtout, pas un mouvement ! Quoi que vous entendiez ou voyiez, restez impassible.

Quelqu'un entra. Et je reconnus tout de suite, à sa grande ressemblance avec Étienne Varin, son frère Alfred. Même démarche lourde, même visage terreux envahi par la barbe.

Il entra de l'air inquiet d'un homme qui a l'habitude de craindre des embûches autour de lui, qui les flaire et les évite. D'un coup d'œil il embrassa la pièce, et j'eus l'impression que cette cheminée masquée par une portière de velours lui était désagréable. Il fit trois pas de notre côté. Mais une idée, plus impérieuse sans doute, le détourna, car il obliqua vers le mur, s'arrêta devant le vieux roi de mosaïque, à la barbe fleurie, au glaive flamboyant, et l'examina longuement, montant sur une chaise, suivant du doigt le contour des épaules et de la figure, et palpant certaines parties de l'image.

Mais brusquement il sauta de sa chaise et s'éloigna du mur. Un bruit de pas retentissait. Sur le seuil apparut M. Andermatt.

Le banquier jeta un cri de surprise.

— Vous ! Vous ! C'est vous qui m'avez appelé ?

— Moi ? mais pas du tout, protesta Varin d'une voix cassée qui me rappela celle de son frère, c'est votre lettre qui m'a fait venir.

— Ma lettre !

— Une lettre signée de vous, où vous m'offrez…

— Je ne vous ai pas écrit.

— Vous ne m'avez pas écrit !

Instinctivement Varin se mit en garde, non point contre le banquier, mais contre l'ennemi inconnu qui l'avait attiré dans ce piège. Une seconde fois ses yeux se tournèrent de notre côté, et, rapidement, il se dirigea vers la porte.

M. Andermatt lui barra le passage.

— Que faites-vous donc, Varin ?

— Il y a là-dessous des machines qui ne me plaisent pas. Je m'en vais. Bonsoir.

— Un instant !

— Voyons, Monsieur Andermatt, n'insistez pas, nous n'avons rien à nous dire.

— Nous avons beaucoup à nous dire et l'occasion est trop bonne…

— Laissez-moi passer.

— Non, non, non, vous ne passerez pas.

Varin recula, intimidé par l'attitude résolue du banquier, et il mâchonna :

— Alors, vite, causons, et que ce soit fini !

Une chose m'étonnait, et je ne doutais pas que mes deux compagnons n'éprouvassent la même déception. Comment se pouvait-il que Salvator ne fût pas là ? N'entrait-il pas dans ses projets d'intervenir ? et la seule confrontation du banquier et de Varin lui semblait-elle suffisante ? J'étais singulièrement troublé. Du fait de son absence, ce duel, combiné par lui, voulu par lui, prenait l'allure tragique des événements que suscite et commande l'ordre rigoureux du destin, et la force qui heurtait l'un à l'autre ces deux hommes impressionnait d'autant plus qu'elle résidait en dehors d'eux.

Après un moment, M. Andermatt s'approcha de Varin et, bien en face, les yeux dans les yeux :

— Maintenant que des années se sont écoulées, et que vous n'avez plus rien à redouter, répondez-moi franchement, Varin. Qu'avez-vous fait de Louis Lacombe ?

— En voilà une question ! Comme si je pouvais savoir ce qu'il est devenu !

— Vous le savez ! Vous le savez ! Votre frère et vous, vous étiez attachés à ses pas, vous viviez presque chez lui, dans la maison même où nous sommes. Vous étiez au courant de tous ses travaux, de tous ses projets. Et le dernier soir, Varin, quand j'ai reconduit Louis Lacombe jusqu'à ma porte, j'ai vu deux silhouettes qui se dérobaient dans l'ombre. Cela, je suis prêt à le jurer.

— Et après, quand vous l'aurez juré ?

— C'était votre frère et vous, Varin.

— Prouvez-le.

— Mais la meilleure preuve, c'est que, deux jours plus tard, vous me montriez vous-même les papiers et les plans que vous aviez recueillis dans la serviette de Lacombe, et que vous me proposiez de me les vendre. Comment ces papiers étaient-ils en votre possession ?

— Je vous l'ai dit, Monsieur Andermatt, nous les avons trouvés sur la table même de Louis Lacombe le lendemain matin, après sa disparition.

— Ce n'est pas vrai.

— Prouvez-le.

— La justice aurait pu le prouver.

— Pourquoi ne vous êtes-vous pas adressé à la justice ?

— Pourquoi ? Ah ! pourquoi…

Il se tut, le visage sombre. Et l'autre reprit :

— Voyez-vous, Monsieur Andermatt, si vous aviez eu la moindre certitude, ce n'est pas la petite menace que nous vous avons faite qui eût empêché…

— Quelle menace ? Ces lettres ? Est-ce que vous vous imaginez que j'aie jamais cru un instant ?…

— Si vous n'avez pas cru à ces lettres, pourquoi m'avez-vous offert des mille et des cents pour les ravoir ? Et pourquoi, depuis, nous avez-vous fait traquer comme des bêtes, mon frère et moi ?

— Pour reprendre des plans auxquels je tenais.

— Allons donc ! c'était pour les lettres. Une fois en possession des lettres, vous nous dénonciez. Plus souvent que je m'en serais dessaisi !

Il eut un éclat de rire qu'il interrompit tout d'un coup.

— Mais en voilà assez. Nous aurons beau répéter les mêmes paroles, que nous n'en serons pas plus avancés. Par conséquent nous en resterons là.

— Nous n'en resterons pas là, dit le banquier, et puisque vous avez parlé des lettres, vous ne sortirez pas d'ici avant de me les avoir rendues.

— Je sortirai.

— Non, non.

— Écoutez, Monsieur Andermatt, je vous conseille…

— Vous ne sortirez pas.

— C'est ce que nous verrons, dit Varin avec un tel accent de rage que Mme Andermatt étouffa un faible cri.

Il dut l'entendre, car il voulut passer de force. M. Andermatt le repoussa violemment. Alors je le vis qui glissait sa main dans la poche de son veston.

— Une dernière fois !

— Les lettres d'abord.

Varin tira un revolver et visant M. Andermatt :

— Oui, ou non ?

Le banquier se baissa vivement.

Un coup de feu jaillit. L'arme tomba.

Je fus stupéfait. C'était près de moi que le coup de feu avait jailli ! Et c'était Daspry qui, d'une balle de pistolet, avait fait sauter l'arme de la main d'Alfred Varin !

Et dressé subitement entre les deux adversaires, face à Varin, il ricanait :

— Vous avez de la veine, mon ami, une rude veine. C'est la main que je visais, et c'est le revolver que j'atteins.

Tous deux le contemplaient, immobiles et confondus. Il dit au banquier:

— Vous m'excuserez, monsieur, de me mêler de ce qui ne me regarde pas. Mais vraiment vous jouez votre partie avec trop de maladresse. Permettez-moi de tenir les cartes.

Se tournant vers l'autre :

— À nous deux, camarade. Et rondement, je t'en prie. L'atout est cœur, et je joue le sept.

Et, à trois pouces du nez, il lui colla la plaque de fer où les sept points rouges étaient marqués.

Jamais il ne m'a été donné de voir un tel bouleversement. Livide, les yeux écarquillés, les traits tordus d'angoisse, l'homme semblait hypnotisé par l'image qui s'offrait à lui.

— Qui êtes-vous ? balbutia-t-il.

— Je l'ai déjà dit, un monsieur qui s'occupe de ce qui ne le regarde pas… mais qui s'en occupe à fond.

— Que voulez-vous ?

— Tout ce que tu as apporté.

— Je n'ai rien apporté.

— Si, sans quoi, tu ne serais pas venu. Tu as reçu ce matin un mot te convoquant ici pour neuf heures, et t'enjoignant d'apporter tous les papiers que tu avais. Or, te voici. Où sont les papiers ?

Il y avait dans la voix de Daspry, il y avait dans son attitude, une autorité qui me déconcertait, une façon d'agir toute nouvelle chez cet homme plutôt nonchalant d'ordinaire et doux. Absolument dompté, Varin désigna l'une de ses poches

— Les papiers sont là.

— Ils y sont tous ?

— Oui.

— Tous ceux que tu as trouvés dans la serviette de Louis Lacombe et que tu as vendus au major von Lieben?

— Oui.

— Est-ce la copie ou l'original ?

— L'original.

— Combien en veux-tu ?

— Cent mille.

Daspry s'esclaffa.

— Tu es fou. Le major ne t'en a donné que vingt mille. Vingt mille jetés à l'eau, puisque les essais ont manqué.

— On n'a pas su se servir des plans.

— Les plans sont incomplets.

— Alors, pourquoi me les demandez-vous ?

— J'en ai besoin. Je t'en offre cinq mille francs. Pas un sou de plus.

— Dix mille. Pas un sou de moins.

— Accordé.

Daspry revint à M. Andermatt.

— Veuillez signer un chèque, Monsieur.

— Mais… c'est que je n'ai pas…

— Votre carnet ? Le voici.

Ahuri, M. Andermatt palpa le carnet que lui tendait Daspry.

— C'est bien à moi… Comment se fait-il ?

— Pas de vaines paroles, je vous en prie, cher Monsieur, vous n'avez qu'à signer.

Le banquier tira son stylographe et signa. Varin avança la main.

— Bas les pattes, fit Daspry, tout n'est pas fini.

Et s'adressant au banquier :

— Il était question aussi de lettres, que vous réclamez ?

— Oui, un paquet de lettres.

— Où sont-elles, Varin ?

— Je ne les ai pas.

— Où sont-elles, Varin ?

— Je l'ignore. C'est mon frère qui s'en était chargé.
— Elles sont cachées ici, dans cette pièce.
— En ce cas, vous savez où elles sont.
— Comment le saurais-je ?
— Dame, n'est-ce pas vous qui avez visité la cachette ? Vous paraissez aussi bien renseigné… que Salvator.
— Les lettres ne sont pas dans la cachette.
— Elles y sont.
— Ouvre-la.

Varin eut un regard de défiance. Daspry et Salvator ne faisaient-ils qu'un réellement, comme tout le laissait présumer ? Si oui, il ne risquait rien en montrant une cachette déjà connue. Si non c'était inutile…

— Ouvre-la, répéta Daspry.
— Je n'ai pas de sept de cœur.
— Si, celui-là, dit Daspry, en tendant la plaque de fer.

Varin recula, terrifié :
— Non… non… je ne veux pas…
— Qu'à cela ne tienne…

Daspry se dirigea vers le vieux monarque à la barbe fleurie, monta sur une chaise, et appliqua le sept de cœur au bas du glaive, contre la garde, et de façon que les bords de la plaque recouvrissent exactement les deux bords de l'épée. Puis, avec l'aide d'un poinçon, qu'il introduisit alternativement dans chacun des sept trous pratiqués à l'extrémité des sept points de cœur, il pesa sur sept des petites pierres de la mosaïque. À la septième petite pierre enfoncée, un déclenchement se produisit, et tout le buste du roi pivota, démasquant une large ouverture aménagée comme un coffre, avec des revêtements de fer et deux rayons d'acier luisant.

— Tu vois bien, Varin, le coffre est vide.
— En effet… Alors c'est que mon frère aura retiré les lettres.

Daspry revint vers l'homme et lui dit :
— Ne joue pas au plus fin avec moi. Il y a une autre cachette. Où est-elle ?
— Il n'y en a pas.
— Est-ce de l'argent que tu veux ? Combien ?
— Dix mille.
— Monsieur Andermatt, ces lettres valent-elles dix mille francs pour vous ?
— Oui, fit le banquier d'une voix forte.

Varin ferma le coffre, prit le sept de cœur, non sans une répugnance visible, et l'appliqua sur le glaive, contre la garde, et juste au même endroit. Successivement il enfonça le poinçon à l'extrémité des sept points de cœur. Il se produisit un second déclenchement, mais cette fois, chose inattendue, ce ne fut qu'une partie du coffre qui pivota démasquant un petit coffre pratiqué dans l'épaisseur même de la porte qui fermait le plus grand.

Le paquet de lettres était là, noué d'une ficelle et cacheté. Varin le remit à Daspry. Celui-ci demanda :
— Le chèque est prêt, Monsieur Andermatt ?
— Oui.
— Et vous avez aussi le dernier document que vous tenez de Louis Lacombe, et qui complète les plans du sous-marin ?
— Oui.

L'échange se fit. Daspry empocha le document et le chèque, et offrit le paquet à M. Andermatt.
— Voici ce que vous désiriez, Monsieur.

Le banquier hésita un moment, comme s'il avait peur de toucher à ces pages maudites qu'il avait cherchées avec tant d'âpreté. Puis, d'un geste nerveux, il s'en empara.

Auprès de moi j'entendis un gémissement. Je saisis la main de Mme Andermatt : elle était glacée.

Et Daspry dit au banquier :
— Je crois, Monsieur, que notre conversation est terminée. Oh ! pas de remerciements, je vous en supplie. Le hasard seul a voulu que je pusse vous être utile.

M. Andermatt se retira. Il emportait les lettres de sa femme à Louis Lacombe.

— À merveille, s'écria Daspry d'un air enchanté, tout s'arrange pour le mieux. Nous n'avons plus qu'à boucler notre affaire, camarade. Tu as les papiers ?

— Les voilà tous.

Daspry les compulsa, les examina attentivement et les enfouit dans sa poche.

— Parfait, tu as tenu parole.

— Mais…

— Mais quoi ?

— Les deux chèques ?… l'argent ?…

— Eh bien, tu as de l'aplomb, mon bonhomme. Comment, tu oses réclamer !

— Je réclame ce qui m'est dû.

— On te doit donc quelque chose pour des papiers que tu as volés ?

Mais l'homme paraissait hors de lui. Il tremblait de colère, les yeux injectés de sang.

— L'argent… les vingt mille… bégaya-t-il.

— Impossible… j'en ai l'emploi.

— L'argent !…

— Allons, sois raisonnable, et laisse donc ton poignard tranquille.

Il lui saisit le bras si brutalement que l'autre hurla de douleur, et il ajouta :

— Va-t'en, camarade, l'air te fera du bien. Veux-tu que je te reconduise ? Nous nous en irons par le terrain vague, et je te montrerai un tas de cailloux sous lequel…

— Ce n'est pas vrai ! Ce n'est pas vrai !

— Mais oui, c'est vrai. Cette petite plaque de fer aux sept points rouges vient de là-bas. Elle ne quittait jamais Louis Lacombe, tu te rappelles ? Ton frère et toi vous l'avez enterrée avec le cadavre… et avec d'autres choses qui intéresseront énormément la justice.

Varin se couvrit le visage de ses poings rageurs. Puis il prononça :

— Soit. Je suis roulé. N'en parlons plus. Un mot cependant… un seul mot… je voudrais savoir…

— J'écoute.

— Il y avait dans ce coffre, dans le plus grand des deux, une cassette ?

— Oui.

— Quand vous êtes venu ici, la nuit du 22 au 23 juin, elle y était ?

— Oui.

— Elle contenait ?…

— Tout ce que les frères Varin y avaient enfermé, une assez jolie collection de bijoux, diamants et perles, raccrochés de droite et de gauche par lesdits frères.

— Et vous l'avez prise ?

— Dame ! Mets-toi à ma place.

— Alors… c'est en constatant la disparition de la cassette que mon frère s'est tué ?

— Probable. La disparition de votre correspondance avec le major von Lieben n'eût pas suffi. Mais la disparition de la cassette… Est-ce là tout ce que tu avais à me demander ?

— Ceci encore : votre nom ?

— Tu dis cela comme si tu avais des idées de revanche.

— Parbleu ! La chance tourne. Aujourd'hui vous êtes le plus fort. Demain…

— Ce sera toi.

— J'y compte bien. Votre nom ?

— Arsène Lupin.

— Arsène Lupin !

L'homme chancela, assommé comme par un coup de massue. On eût dit que ces deux mots lui enlevaient toute espérance. Daspry se mit à rire.

— Ah ! ça, t'imaginais-tu qu'un M. Durand ou Dupont aurait pu monter toute cette belle affaire ? Allons donc, il fallait au moins un Arsène Lupin. Et maintenant que tu es renseigné, mon petit, va préparer ta revanche. Arsène Lupin t'attend.

Et il le poussa dehors, sans un mot de plus.

*
**

— Daspry, Daspry, criai-je, lui donnant encore, et malgré moi, le nom sous lequel je l'avais connu.

J'écartai le rideau de velours.

Il accourut.

— Quoi ? Qu'y a-t-il ?

— Mme Andermatt est souffrante.

Il s'empressa, lui fit respirer des sels et, tout en la soignant, m'interrogeait :

— Eh bien, que s'est-il donc passé ?

— Les lettres, lui dis-je… les lettres de Louis Lacombe que vous avez données à son mari !

Il se frappa le front.

— Elle a cru que j'avais fait cela !… Mais oui, après tout, elle pouvait le croire. Imbécile que je suis !

Mme Andermatt, ranimée, l'écoutait avidement. Il sortit de son portefeuille un petit paquet en tous points semblable à celui qu'avait emporté M. Andermatt.

— Voici vos lettres, madame, les vraies.

— Mais… les autres ?

— Les autres sont les mêmes que celles-ci, mais recopiées par moi, cette nuit, et soigneusement arrangées. Votre mari sera d'autant plus heureux de les lire qu'il ne se doutera pas de la substitution, puisque tout a paru se passer sous ses yeux…

— L'écriture…

— Il n'y a pas d'écriture qu'on ne puisse imiter.

Elle le remercia, avec les mêmes paroles de gratitude qu'elle eût adressées à un homme de son monde, et je vis bien qu'elle n'avait pas dû entendre les dernières phrases échangées entre Varin et Arsène Lupin.

Moi, je le regardais non sans embarras, ne sachant trop que dire à cet ancien ami qui se révélait à moi sous un jour si imprévu. Lupin ! c'était Lupin ! mon camarade de cercle n'était autre que Lupin ! Je n'en revenais pas. Mais, lui très à l'aise :

— Vous pouvez faire vos adieux à Jean Daspry.

— Ah !

— Oui, Jean Daspry part en voyage. Je l'envoie au Maroc. Il est fort possible qu'il y trouve une fin digne de lui. J'avoue même que c'est son intention.

— Mais Arsène Lupin nous reste ?

— Oh ! plus que jamais. Arsène Lupin n'est encore qu'au début de sa carrière, et il compte bien…

Un mouvement de curiosité irrésistible me jeta sur lui, et l'entraînant à quelque distance de Mme Andermatt :

— Vous avez donc fini par découvrir la seconde cachette, celle où se trouvait le paquet de lettres ?

— J'ai eu assez de mal ! C'est hier seulement, l'après-midi, pendant que vous étiez couché. Et pourtant, Dieu sait combien c'était facile ! Mais les choses les plus simples sont celles auxquelles on pense en dernier.

Et me montrant le sept de cœur :

— J'avais bien deviné que, pour ouvrir le grand coffre, il fallait appuyer cette carte contre le glaive du bonhomme en mosaïque…

— Comment aviez-vous deviné cela ?

— Aisément. Par mes informations particulières, je savais en venant ici, le 22 juin au soir…

— Après m'avoir quitté…

— Oui, et après vous avoir mis par des conversations choisies dans un état d'esprit tel, qu'un nerveux et un impressionnable comme vous devait fatalement me laisser agir à ma guise, sans sortir de son lit.

— Le raisonnement était juste.

— Je savais donc, en venant ici, qu'il y avait une cassette cachée dans un coffre à serrure secrète, et que le sept de cœur était la clef, le mot de cette serrure. Il ne s'agissait plus que de plaquer ce sept de cœur à un endroit qui lui fût visiblement réservé. Une heure d'examen m'a suffi.

— Une heure !

— Observez le bonhomme en mosaïque.

— Le vieil empereur ?

— Ce vieil empereur est la représentation exacte du roi de cœur de tous les jeux de cartes, Charlemagne.

— En effet… Mais pourquoi le sept de cœur ouvre-t-il tantôt le grand coffre et tantôt le petit ? Et pourquoi n'avez-vous ouvert d'abord que le grand coffre ?

— Pourquoi ? mais parce que je m'obstinais toujours à placer mon sept de cœur dans le même sens. Hier seulement je me suis aperçu qu'en le retournant, c'est-à-dire en mettant le septième point, celui du milieu, en l'air au lieu de le mettre en bas, la disposition des sept points changeait.

— Parbleu !

— Évidemment, parbleu, mais encore fallait-il y penser.

— Autre chose : vous ignoriez l'histoire des lettres avant que Mme Andermatt…

— En parlât devant moi ? Oui. Je n'avais découvert dans le coffre, outre la cassette, que la correspondance des deux frères, correspondance qui m'a mis sur la voie de leur trahison.

— Somme toute, c'est par hasard que vous avez été amené, d'abord à reconstituer l'histoire des deux frères, puis à rechercher les plans et les documents du sous-marin ?

— Par hasard.

— Mais dans quel but avez-vous recherché ?…

Daspry m'interrompit en riant :

— Mon Dieu ! comme cette affaire vous intéresse !

— Elle me passionne.

— Eh bien, tout à l'heure, quand j'aurai reconduit Mme Andermatt et fait porter à l'Écho de France le mot que je vais écrire, je reviendrai et nous entrerons dans le détail.

Il s'assit et écrivit une de ces petites notes lapidaires où se divertit la fantaisie du personnage. Qui ne se rappelle le bruit que fit celle-ci dans le monde entier ?

« Arsène Lupin a résolu le problème que Salvator a posé dernièrement. Maître de tous les documents et plans originaux de l'ingénieur Louis Lacombe, il les a fait parvenir entre les mains du ministre de la marine. À cette occasion il ouvre une souscription dans le but d'offrir à l'État le premier sous-marin construit d'après ces plans. Et il s'inscrit lui-même en tête de cette souscription pour la somme de vingt mille francs. »

— Les vingt mille francs des chèques de M. Andermatt ? lui dis-je, quand il m'eut donné le papier à lire.

— Précisément. Il était équitable que Varin rachetât en partie sa trahison.

*
**

Et voilà comment j'ai connu Arsène Lupin. Voilà comment j'ai su que Jean Daspry, camarade de cercle, relation mondaine, n'était autre qu'Arsène Lupin, gentleman-cambrioleur. Voilà comment j'ai noué des liens d'amitié fort agréables avec notre grand homme, et comment, peu à peu, grâce à la confiance dont il veut bien m'honorer, je suis devenu son très humble, très fidèle et très reconnaissant historiographe.

LE COFFRE-FORT DE MADAME IMBERT

À trois heures du matin, il y avait encore une demi-douzaine de voitures devant un des petits hôtels de peintre qui composent l'unique côté du boulevard Berthier. La porte de cet hôtel s'ouvrit. Un groupe d'invités, hommes et dames, sortirent. Quatre voitures filèrent de droite et de gauche et il ne resta sur l'avenue que deux messieurs qui se quittèrent au coin de la rue de Courcelles où demeurait l'un d'eux. L'autre résolut de rentrer à pied jusqu'à la Porte-Maillot.

Il traversa donc l'avenue de Villiers et continua son chemin sur le trottoir opposé aux fortifications. Par cette belle nuit d'hiver, pure et froide, il y avait plaisir à marcher. On respirait bien. Le bruit des pas résonnait allègrement.

Mais au bout de quelques minutes il eut l'impression désagréable qu'on le suivait. De fait, s'étant retourné, il aperçut l'ombre d'un homme qui se glissait entre les arbres. Il n'était point peureux ; cependant il hâta le pas afin d'arriver le plus vite possible à l'octroi des Ternes. Mais l'homme se mit à courir. Assez inquiet, il jugea plus prudent de lui faire face et de tirer son revolver de sa poche.

Il n'en eut pas le temps. L'homme l'assaillait violemment, et tout de suite une lutte s'engagea sur le boulevard désert, lutte à bras-le-corps où il sentit aussitôt qu'il avait le désavantage. Il appela au secours, se débattit, et fut renversé contre un tas de cailloux, serré à la gorge, bâillonné d'un mouchoir que son adversaire lui enfonçait dans la bouche. Ses yeux se fermèrent, ses oreilles bourdonnèrent, et il allait perdre connaissance, lorsque, soudain, l'étreinte se desserra, et l'homme qui l'étouffait de son poids se releva pour se défendre à son tour contre une attaque imprévue.

Un coup de canne sur le poignet, un coup de botte sur la cheville… l'homme poussa deux grognements de douleur, et s'enfuit en boitant et en jurant.

Sans daigner le poursuivre, le nouvel arrivant se pencha et dit :

— Êtes-vous blessé, Monsieur ?

Il n'était pas blessé, mais fort étourdi et incapable de se tenir debout. Par bonheur, un des employés de l'octroi, attiré par les cris, accourut. Une voiture fut requise. Le monsieur y prit place accompagné de son sauveur, et on le conduisit à son hôtel de l'avenue de la Grande-Armée.

Devant la porte, tout à fait remis, il se confondit en remerciements.

— Je vous dois la vie, Monsieur, veuillez croire que je ne l'oublierai point. Je ne veux pas effrayer ma femme en ce moment, mais je tiens à ce qu'elle vous exprime elle-même, dès aujourd'hui, toute ma reconnaissance.

Il le pria de venir déjeuner et lui dit son nom : Ludovic Imbert, ajoutant:

— Puis-je savoir à qui j'ai l'honneur…

— Mais certainement, fit l'autre.

Et il se présenta :

— Arsène Lupin.

***

Arsène Lupin n'avait pas alors cette célébrité que lui ont value l'affaire Cahorn, son évasion de la Santé, et tant d'autres exploits retentissants. Il ne s'appelait même pas Arsène Lupin. Ce nom auquel l'avenir réservait un tel lustre fut spécialement imaginé pour désigner le sauveur de M. Imbert, et l'on peut dire que c'est dans cette affaire qu'il reçut le baptême du feu. Prêt au combat il est vrai, armé de toutes pièces, mais sans ressources, sans l'autorité que donne le succès, Arsène Lupin n'était qu'apprenti dans une profession où il devait bientôt passer maître.

Aussi quel frisson de joie à son réveil, quand il se rappela l'invitation de la nuit ! Enfin il touchait au but ! Enfin il entreprenait une œuvre digne de ses forces et de son talent ! Les millions des Imbert, quelle proie magnifique pour un appétit comme le sien !

Il fit une toilette spéciale, redingote râpée, pantalon élimé, chapeau de soie un peu rougeâtre, manchettes et faux-cols effiloqués, le tout fort propre, mais sentant la misère. Comme cravate, un ruban noir épinglé d'un diamant de noix à surprise. Et, ainsi accoutré, il descendit l'escalier du logement qu'il occupait à Montmartre. Au troisième étage, sans s'arrêter, il frappa du pommeau de sa canne sur le battant d'une porte close. Dehors il gagna les boulevards extérieurs. Un tramway passait. Il y prit place, et quelqu'un qui marchait derrière lui, le locataire du troisième étage, s'assit à son côté.

Au bout d'un instant, cet homme lui dit :

— Eh bien, patron ?

— Eh bien, c'est fait.

— Comment ?

— J'y déjeune.

— Vous y déjeunez !

— Tu ne voudrais pas, j'espère, que j'eusse exposé gratuitement des jours aussi précieux que les miens ? J'ai arraché M. Ludovic Imbert à la mort certaine que tu lui réservais. M. Ludovic Imbert est une nature reconnaissante. Il m'invite à déjeuner.

Un silence, et l'autre hasarda :

— Alors, vous n'y renoncez pas ?

— Mon petit, fit Arsène, si j'ai machiné la petite agression de cette nuit, si je me suis donné la peine, à trois heures du matin, le long des fortifications, de t'allonger un coup de canne sur le poignet et un coup de pied sur le tibia, risquant ainsi d'endommager mon unique ami, ce n'est pas pour renoncer maintenant au bénéfice d'un sauvetage si bien organisé.

— Mais les mauvais bruits qui courent sur la fortune…

— Laisse-les courir. Il y a six mois que je poursuis l'affaire, six mois que je me renseigne, que j'étudie, que je tends mes filets, que j'interroge les domestiques, les prêteurs et les hommes de paille, six mois que je vis dans l'ombre du mari et de la femme. Par conséquent je sais à quoi m'en tenir. Que la fortune provienne du vieux Brawford, comme ils le prétendent, ou d'une autre source, j'affirme qu'elle existe. Et puisqu'elle existe, elle est à moi.

— Bigre, cent millions !

— Mettons-en dix, ou même cinq, n'importe ! il y a de gros paquets de titres dans le coffre-fort. C'est bien le diable si, un jour ou l'autre, je ne mets pas la main sur la clef.

Le tramway s'arrêta place de l'Étoile. L'homme murmura :

— Ainsi, pour le moment ?

— Pour le moment, rien à faire. Je t'avertirai. Nous avons le temps.

Cinq minutes après, Arsène Lupin montait le somptueux escalier de l'hôtel Imbert, et Ludovic le présentait à sa femme. Gervaise était une bonne petite dame, toute ronde, très bavarde. Elle fit à Lupin le meilleur accueil.

— J'ai voulu que nous soyons seuls à fêter notre sauveur, dit-elle.

Et dès l'abord on traita « notre sauveur » comme un ami d'ancienne date. Au dessert l'intimité était complète, et les confidences allèrent bon train. Arsène raconta sa vie, la vie de son père, intègre magistrat, les tristesses de son enfance, les difficultés du présent. Gervaise, à son tour, dit sa jeunesse, son mariage, les bontés du vieux Brawford, les cent millions dont elle avait hérité, les obstacles qui retardaient l'entrée en jouissance, les emprunts qu'elle avait dû contracter à des taux exorbitants, ses interminables démêlés avec les neveux de Brawford, et les oppositions ! et les séquestres ! tout enfin !

— Pensez donc, Monsieur Lupin, les titres sont là, à côté, dans le bureau de mon mari, et si nous en détachons un seul coupon, nous perdons tout ! Ils sont là, dans notre coffre-fort, et nous ne pouvons pas y toucher !

Un léger frémissement secoua Monsieur Lupin à l'idée de ce voisinage. Et il eut la sensation très nette que Monsieur Lupin n'aurait jamais assez d'élévation d'âme pour éprouver les mêmes scrupules que la bonne dame.

— Ah ! ils sont là, murmura-t-il, la gorge sèche.

— Ils sont là.

Des relations commencées sous de tels auspices ne pouvaient que former des nœuds plus étroits. Délicatement interrogé, Arsène Lupin avoua sa misère, sa détresse. Sur-le-champ, le malheureux garçon fut nommé secrétaire particulier des deux époux, aux appointements de cent cinquante francs par mois. Il continuerait à habiter chez lui, mais il viendrait chaque jour prendre les ordres de travail et, pour plus de commodité, on mettait à sa disposition, comme cabinet de travail, une des chambres du deuxième étage.

Il choisit. Par quel excellent hasard se trouva-t-elle au-dessus du bureau de Ludovic ?

*
**

Arsène ne tarda pas à s'apercevoir que son poste de secrétaire ressemblait furieusement à une sinécure. En deux mois, il n'eut que quatre lettres insignifiantes à recopier et ne fut appelé qu'une fois dans le bureau de son patron, ce qui ne lui permit qu'une fois de contempler officiellement le coffre-fort. En outre, il nota que le titulaire de cette sinécure ne devait pas être jugé digne de figurer auprès du député Anquety, ou du bâtonnier Grouvel, car on omit de le convier aux fameuses réceptions mondaines.

Il ne s'en plaignit point, préférant de beaucoup garder sa modeste petite place à l'ombre, et se tint à l'écart, heureux et libre. D'ailleurs il ne perdait pas son temps. Il rendit tout d'abord un certain nombre de visites clandestines au bureau de Ludovic, et présenta ses devoirs au coffre-fort, lequel n'en resta pas moins hermétiquement fermé. C'était un énorme bloc de fonte et d'acier, à l'aspect rébarbatif, et contre quoi ne pouvaient prévaloir ni les limes, ni les vrilles, ni les pinces monseigneur.

Arsène Lupin n'était pas entêté.

— Où la force échoue, la ruse réussit, se dit-il. L'essentiel est d'avoir un œil et une oreille dans la place.

Il prit donc les mesures nécessaires, et après de minutieux et pénibles sondages à travers le parquet de sa chambre, il introduisit un tuyau de plomb qui aboutissait au plafond du bureau entre deux moulures de la corniche. Par ce tuyau, tube acoustique et lunette d'approche, il espérait voir et entendre.

Dès lors il vécut à plat ventre sur son parquet. Et de fait il vit souvent les Imbert en conférence devant le coffre, compulsant des registres et maniant des dossiers. Quand ils tournaient successivement les quatre boutons qui commandaient la serrure, il tâchait, pour savoir le chiffre, de saisir le nombre des crans qui passaient. Il surveillait leurs gestes, il épiait leurs paroles. Que faisaient-ils de la clef ? La cachaient-ils ?

Un jour, il descendit en hâte, les ayant vus qui sortaient de la pièce sans refermer le coffre. Et il entra résolument. Ils étaient revenus.

— Oh ! excusez-moi, dit-il, je me suis trompé de porte.

Mais Gervaise se précipita, et l'attirant :

— Entrez donc, Monsieur Lupin, entrez donc, n'êtes-vous pas chez vous ici ? Vous allez nous donner un conseil. Quels titres devons-nous vendre ? De l'Extérieure ou de la Rente ?

— Mais, l'opposition ? objecta Lupin, très étonné.

— Oh ! elle ne frappe pas tous les titres.

Elle écarta le battant. Sur les rayons s'entassaient des portefeuilles ceinturés de sangles. Elle en saisit un. Mais son mari protesta.

— Non, non, Gervaise, ce serait de la folie de vendre de l'Extérieure. Elle va monter… Tandis que la Rente est au plus haut. Qu'en pensez-vous, mon cher ami ?

Le cher ami n'avait aucune opinion, cependant il conseilla le sacrifice de la Rente. Alors elle prit une autre liasse, et, dans cette liasse, au hasard, un papier. C'était un titre 3% de 1.374 francs.

Ludovic le mit dans sa poche. L'après-midi, accompagné de son secrétaire, il fit vendre ce titre par un agent de change et toucha quarante-six mille francs.

Quoi qu'en eût dit Gervaise, Arsène Lupin ne se sentait pas chez lui. Bien au contraire, sa situation dans l'hôtel Imbert le remplissait de surprise. À diverses occasions, il put constater que les domestiques ignoraient son nom. Ils l'appelaient monsieur. Ludovic le désignait toujours ainsi : « Vous préviendrez monsieur… Est-ce que monsieur est arrivé ? » Pourquoi cette appellation énigmatique ?

D'ailleurs, après l'enthousiasme du début, les Imbert lui parlaient à peine, et, tout en le traitant avec les égards dûs à un bienfaiteur, ne s'occupaient jamais de lui ! On avait l'air de le considérer comme un original qui n'aime pas qu'on l'importune, et on respectait son isolement, comme si cet isolement était une règle édictée par lui, un caprice de sa part. Une fois qu'il passait dans le vestibule, il entendit Gervaise qui disait à deux messieurs :

— C'est un tel sauvage !

Soit, pensa-t-il, nous sommes un sauvage. Et renonçant à s'expliquer les bizarreries de ces gens, il poursuivait l'exécution de son plan. Il avait acquis la certitude qu'il ne fallait point compter sur le hasard ni sur une étourderie de Gervaise que la clef du coffre ne quittait pas, et qui, au surplus, n'eût jamais emporté cette clef sans avoir préalablement brouillé les lettres de la serrure. Ainsi donc il devait agir.

Un événement précipita les choses, la violente campagne menée contre les Imbert par certains journaux. On les accusait d'escroquerie. Arsène Lupin assista aux péripéties du drame, aux agitations du ménage, et il comprit qu'en tardant davantage, il allait tout perdre.

Cinq jours de suite, au lieu de partir vers six heures comme il en avait l'habitude, il s'enferma dans sa chambre. On le supposait sorti. Lui, s'étendait sur le parquet et surveillait le bureau de Ludovic.

Les cinq soirs, la circonstance favorable qu'il attendait ne s'étant pas produite, il s'en alla au milieu de la nuit, par la petite porte qui desservait la cour. Il en possédait une clef.

Mais le sixième jour il apprit que les Imbert, en réponse aux insinuations malveillantes de leurs ennemis, avaient proposé qu'on ouvrît le coffre et qu'on en fît l'inventaire.

— C'est pour ce soir, pensa Lupin.

Et en effet, après le dîner, Ludovic s'installa dans son bureau. Gervaise le rejoignit. Ils se mirent à feuilleter les registres du coffre.

Une heure s'écoula, puis une autre heure. Il entendit les domestiques qui se couchaient. Maintenant il n'y avait plus personne au premier étage. Minuit. Les Imbert continuaient leur besogne.

— Allons-y, murmura Lupin.

Il ouvrit sa fenêtre. Elle donnait sur la cour, et l'espace, par la nuit sans lune et sans étoile, était obscur. Il tira de son armoire une corde à nœuds qu'il assujettit à la rampe du balcon, enjamba et se laissa glisser doucement, en s'aidant d'une gouttière, jusqu'à la fenêtre située au-dessous de la sienne. C'était celle du bureau, et le voile épais des rideaux molletonnés masquait la pièce. Debout sur le balcon, il resta un moment immobile, l'oreille tendue et l'œil aux aguets.

Tranquillisé par le silence, il poussa légèrement les deux croisées. Si personne n'avait eu soin de les vérifier, elles devaient céder à l'effort, car lui, au cours de l'après-midi, en avait tourné l'espagnolette de façon qu'elle n'entrât plus dans les gâches.

Les croisées cédèrent. Alors, avec des précautions infinies, il les entrebâilla davantage. Dès qu'il put glisser la tête, il s'arrêta. Un peu de lumière filtrait entre les deux rideaux mal joints : il aperçut Gervaise et Ludovic assis à côté du coffre.

Ils n'échangeaient que de rares paroles et à voix basse, absorbés par leur travail. Arsène calcula la distance qui le séparait d'eux, établit les mouvements exacts qu'il lui faudrait faire pour les réduire l'un après l'autre à l'impuissance, avant qu'ils n'eussent le temps d'appeler au secours, et il allait se précipiter, lorsque Gervaise dit :

— Comme la pièce s'est refroidie depuis un instant ! Je vais me mettre au lit. Et toi ?

— Je voudrais finir.

— Finir ! Mais tu en as pour la nuit.

— Mais non, une heure au plus.

Elle se retira. Vingt minutes, trente minutes passèrent. Arsène poussa la fenêtre un peu plus. Les rideaux frémirent. Il poussa encore. Ludovic se retourna, et, voyant les rideaux gonflés par le vent, se leva pour fermer la fenêtre…

Il n'y eut pas un cri, pas même une apparence de lutte. En quelques gestes précis, et sans lui faire le moindre mal, Arsène l'étourdit, lui enveloppa la tête avec le rideau, le ficela, et de telle manière que Ludovic ne distingua même pas le visage de son agresseur.

Puis, rapidement, il se dirigea vers le coffre, saisit deux portefeuilles qu'il mit sous son bras, sortit du bureau, descendit l'escalier, traversa la cour, et ouvrit la porte de service. Une voiture stationnait dans la rue.

— Prends cela d'abord, dit-il au cocher, et suis-moi.

Il retourna jusqu'au bureau. En deux voyages ils vidèrent le coffre. Puis Arsène monta dans sa chambre, enleva la corde, effaça toute trace de son passage. C'était fini.

Quelques heures après, Arsène Lupin, aidé de son compagnon, opéra le dépouillement des portefeuilles. Il n'éprouva aucune déception, l'ayant prévu, à constater que la fortune des Imbert n'avait pas l'importance qu'on lui attribuait. Les millions ne se comptaient pas par centaines, ni même par dizaines. Mais enfin le total formait encore un chiffre très respectable, et c'étaient d'excellentes valeurs, obligations de chemins de fer, Villes de Paris, fonds d'État, Suez, mines du Nord, etc.

Il se déclara satisfait.

— Certes, dit-il, il y aura un rude déchet quand le temps sera venu de négocier. On se heurtera à des oppositions, et il faudra plus d'une fois liquider à vil prix. N'importe, avec cette première mise de fonds, je me charge de vivre comme je l'entends… et de réaliser quelques rêves qui me tiennent au cœur.

— Et le reste ?

— Tu peux le brûler, mon petit. Ces tas de papiers faisaient bonne figure dans le coffre-fort. Pour nous, c'est inutile. Quant aux titres, nous allons les enfermer bien tranquillement dans le placard, et nous attendrons le moment propice.

Le lendemain Arsène pensa qu'aucune raison ne l'empêchait de retourner à l'hôtel Imbert. Mais la lecture des journaux lui révéla cette nouvelle imprévue : Ludovic et Gervaise avaient disparu.

L'ouverture du coffre eut lieu en grande solennité. Les magistrats y trouvèrent ce qu'Arsène Lupin avait laissé… peu de chose.

*
**

Tels sont les faits, et telle est l'explication que donne à certains d'entre eux l'intervention d'Arsène Lupin. J'en tiens le récit de lui-même, un jour qu'il était en veine de confidence.

Ce jour-là, il se promenait de long en large dans mon cabinet de travail, et ses yeux avaient une petite fièvre que je ne leur connaissais pas.

— Somme toute, lui dis-je, c'est votre plus beau coup ?

Sans me répondre directement, il reprit :

— Il y a dans cette affaire des secrets impénétrables. Ainsi, même après l'explication que je vous ai donnée, que d'obscurités encore ! Pourquoi cette fuite ? Pourquoi n'ont-ils pas profité du secours que je leur apportais involontairement ? Il était si simple de dire : « Les cent millions se trouvaient dans le coffre. Ils n'y sont plus parce qu'on les a volés » !

— Ils ont perdu la tête.

— Oui, voilà, ils ont perdu la tête… D'autre part, il est vrai…

— Il est vrai ?...
— Non, rien.

Que signifiait cette réticence ? Il n'avait pas tout dit, c'était visible, et ce qu'il n'avait pas dit, il répugnait à le dire. J'étais intrigué. Il fallait que la chose fût grave pour provoquer de l'hésitation chez un tel homme.

Je lui posai des questions au hasard.

— Vous ne les avez pas revus ?
— Non.
— Et il ne vous est pas advenu d'éprouver, à l'égard de ces deux malheureux, quelque pitié ?
— Moi ! proféra-t-il en sursautant.

Sa révolte m'étonna. Avais-je touché juste ? J'insistai :

— Évidemment. Sans vous, ils auraient peut-être pu faire face au danger... ou du moins partir les poches remplies.
— Des remords, c'est bien cela que vous m'attribuez, n'est-ce pas ?
— Dame !

Il frappa violemment sur ma table.

— Ainsi, selon vous, je devrais avoir des remords ?
— Appelez cela des remords ou des regrets, bref un sentiment quelconque...
— Un sentiment quelconque pour des gens...
— Pour des gens à qui vous avez dérobé une fortune.
— Quelle fortune ?
— Enfin... ces deux ou trois liasses de titres...
— Ces deux ou trois liasses de titres ! Je leur ai dérobé des paquets de titres, n'est-ce pas ? une partie de leur héritage ? voilà ma faute ? voilà mon crime ?

« Mais, sacrebleu, mon cher, vous n'avez donc pas deviné qu'ils étaient faux, ces titres ?... vous entendez ? ILS ÉTAIENT FAUX !

Je le regardai, abasourdi.

— Faux, les quatre ou cinq millions.
— Faux, s'écria-t-il rageusement, archi-faux ! les obligations, les Villes de Paris, les fonds d'État, du papier, rien que du papier ! Pas un sou, je n'ai pas tiré un sou de tout le bloc ! Et vous me demandez d'avoir des remords ? Mais c'est eux qui devraient en avoir ! Ils m'ont roulé comme un vulgaire gogo ! Ils m'ont plumé comme la dernière de leurs dupes, et la plus stupide !

Une réelle colère l'agitait, faite de rancune et d'amour-propre blessé.

— Mais, d'un bout à l'autre, j'ai eu le dessous ! dès la première heure ! Savez-vous le rôle que j'ai joué dans cette affaire, ou plutôt le rôle qu'ils m'ont fait jouer ? Celui d'André Brawford ! Oui, mon cher, et je n'y ai vu que du feu !

« C'est après, par les journaux, et en rapprochant certains détails, que je m'en suis aperçu. Tandis que je posais au bienfaiteur, au monsieur qui a risqué sa vie pour vous tirer de la griffe des apaches, eux, ils me faisaient passer pour un des Brawford !

« N'est-ce pas admirable ? Cet original qui avait sa chambre au deuxième étage, ce sauvage que l'on montrait de loin, c'était Brawford, et Brawford, c'était moi ! Et grâce à moi, grâce à la confiance que j'inspirais sous le nom de Brawford, les banquiers prêtaient, et les notaires engageaient leurs clients à prêter ! Hein, quelle école pour un débutant ! Ah ! je vous jure que la leçon m'a servi !

Il s'arrêta brusquement, me saisit le bras, et il me dit d'un ton exaspéré où il était facile cependant de sentir des nuances d'ironie et d'admiration, il me dit cette phrase ineffable :

— Mon cher, à l'heure actuelle, Gervaise Imbert me doit quinze cents francs !

Pour le coup, je ne pus m'empêcher de rire. C'était vraiment d'une bouffonnerie supérieure. Et lui-même eut un accès de franche gaîté.

— Oui, mon cher, quinze cents francs ! Non seulement je n'ai pas palpé le premier sou de mes appointements, mais encore elle m'a emprunté quinze cents francs ! Toutes mes économies de jeune homme ! Et savez-vous pourquoi ? Je vous le donne en mille... Pour ses pauvres ! Comme je vous le dis ! pour de prétendus malheureux qu'elle soulageait à l'insu de Ludovic !

« Et j'ai coupé là-dedans ! Est-ce assez drôle, hein ? Arsène Lupin refait de quinze cents francs, et refait par la bonne dame à laquelle il volait quatre millions de titres faux ! Et que de combinaisons, d'efforts et de ruses géniales il m'a fallu pour arriver à ce beau résultat !

« C'est la seule fois que j'aie été roulé dans ma vie. Mais fichtre, je l'ai bien été cette fois-là, et proprement, dans les grands prix !...

LA PERLE NOIRE

Un violent coup de sonnette réveilla la concierge du numéro 9 de l'avenue Hoche. Elle tira le cordon en grognant :

— Je croyais tout le monde rentré. Il est au moins trois heures !

Son mari bougonna :

— C'est peut-être pour le docteur.

En effet, une voix demanda :

— Le docteur Harel... quel étage ?

— Troisième à gauche. Mais le docteur ne se dérange pas la nuit.

— Il faudra bien qu'il se dérange.

Le monsieur pénétra dans le vestibule, monta un étage, deux étages, et, sans même s'arrêter sur le palier du docteur Harel, continua jusqu'au cinquième. Là, il essaya deux clefs. L'une fit fonctionner la serrure, l'autre le verrou de sûreté.

— À merveille, murmura-t-il, la besogne est considérablement simplifiée. Mais avant d'agir, il faut assurer notre retraite. Voyons... ai-je eu logiquement le temps de sonner chez le docteur, et d'être congédié par lui ? Pas encore... un peu de patience...

Au bout d'une dizaine de minutes, il redescendit et heurta le carreau de la loge en maugréant contre le docteur. On lui ouvrit, et il claqua la porte derrière lui. Or, cette porte ne se ferma point, l'homme ayant vivement appliqué un morceau de fer sur la gâche afin que le pène ne pût s'y introduire.

Il rentra donc, sans bruit, à l'insu des concierges. En cas d'alarme, sa retraite était assurée.

Paisiblement il remonta les cinq étages. Dans l'antichambre, à la lueur d'une lanterne électrique, il déposa son pardessus et son chapeau sur une des chaises, s'assit sur une autre, et enveloppa ses bottines d'épais chaussons de feutre.

— Ouf ! ça y est... Et combien facilement ! Je me demande un peu pourquoi tout le monde ne choisit pas le confortable métier de cambrioleur ? Avec un peu d'adresse et de réflexion, il n'en est pas de plus charmant. Un métier de tout repos... un métier de père de famille... Trop commode même... cela devient fastidieux.

Il déplia un plan détaillé de l'appartement.

— Commençons par nous orienter. Ici, j'aperçois le rectangle du vestibule où je suis. Du côté de la rue, le salon, le boudoir et la salle à manger. Inutile de perdre son temps par là, il paraît que la comtesse a un goût déplorable... pas un bibelot de valeur !... Donc, droit au but... Ah ! voici le tracé d'un couloir, du couloir qui mène aux chambres. À trois mètres, je dois rencontrer la porte du placard aux robes qui communique avec la chambre de la comtesse.

Il replia son plan, éteignit sa lanterne, et s'engagea dans le couloir en comptant :

— Un mètre... Deux mètres... trois mètres... Voici la porte... Comme tout s'arrange, mon Dieu ! Un simple verrou, un petit verrou, me sépare de la chambre, et, qui plus est, je sais que ce verrou se trouve à un mètre quarante-trois du plancher... De sorte que, grâce à une légère incision que je vais pratiquer autour, nous en serons débarrassé...

Il sortit de sa poche les instruments nécessaires, mais une idée l'arrêta.

— Et si, par hasard, ce verrou n'était pas poussé. Essayons toujours... Pour ce qu'il en coûte !

Il tourna le bouton de la serrure. La porte s'ouvrit.

— Mon brave Lupin, décidément la chance te favorise. Que te faut-il maintenant ? Tu connais la topographie des lieux où tu vas opérer ; tu connais l'endroit où la comtesse cache la perle noire... Par conséquent, pour que la perle noire t'appartienne, il s'agit tout bêtement d'être plus silencieux que le silence, plus invisible que la nuit.

Arsène Lupin employa bien une demi-heure pour ouvrir la seconde porte, une porte vitrée qui donnait sur la chambre. Mais il le fit avec tant de précaution, qu'alors même que la comtesse n'eût pas dormi, aucun grincement équivoque n'aurait pu l'inquiéter.

D'après les indications de son plan, il n'avait qu'à suivre le contour d'une chaise-longue. Cela le conduisait à un fauteuil, puis à une petite table située près du lit. Sur la table, il y avait une boîte de papier à lettres, et, enfermée tout simplement dans cette boîte, la perle noire.

Il s'allongea sur le tapis et suivit les contours de la chaise-longue. Mais à l'extrémité il s'arrêta pour réprimer les battements de son cœur. Bien qu'aucune crainte ne l'agitât, il lui était impossible de vaincre cette sorte d'angoisse nerveuse que l'on éprouve dans le trop grand silence. Et il s'en étonnait, car, enfin, il avait vécu sans émotion des minutes plus solennelles. Nul danger ne le menaçait. Alors pourquoi son cœur battait-il comme une cloche affolée ? Était-ce cette femme endormie qui l'impressionnait, cette vie si voisine de la sienne ?

Il écouta et crut discerner le rythme d'une respiration. Il fut rassuré comme par une présence amie.

Il chercha le fauteuil, puis, par petits gestes insensibles, rampa vers la table, tâtant l'ombre de son bras étendu. Sa main droite rencontra un des pieds de la table.

Enfin ! il n'avait plus qu'à se lever, à prendre la perle et à s'en aller. Heureusement ! car son cœur recommençait à sauter dans sa poitrine comme une bête terrifiée, et avec un tel bruit qu'il lui semblait impossible que la comtesse ne s'éveillât point.

Il l'apaisa dans un élan de volonté prodigieux, mais, au moment où il essayait de se relever, sa main gauche heurta sur le tapis un objet qu'il reconnut tout de suite pour un flambeau, un flambeau renversé ; et aussitôt, un autre objet se présenta, une pendule, une de ces petites pendules de voyage qui sont recouvertes d'une gaine de cuir.

Quoi ? Que se passait-il ? Il ne comprenait pas. Ce flambeau,... cette pendule... pourquoi ces objets n'étaient-ils pas à leur place habituelle ? Ah ! que se passait-il dans l'ombre effarante ?

Et soudain, un cri lui échappa. Il avait touché... oh ! à quelle chose étrange, innommable ! Mais non, non, la peur lui troublait le cerveau. Vingt secondes, trente secondes, il demeura immobile, épouvanté, de la sueur aux tempes. Et ses doigts gardaient la sensation de ce contact.

Par un effort implacable, il tendit le bras de nouveau. Sa main, de nouveau, effleura la chose, la chose étrange, innommable. Il la palpa. Il exigea que sa main la palpât et se rendît compte. C'était une chevelure, un visage... et ce visage était froid, presque glacé.

Si terrifiante que soit la réalité, un homme comme Arsène Lupin la domine dès qu'il en a pris connaissance. Rapidement, il fit jouer le ressort de sa lanterne. Une femme gisait devant lui, couverte de sang. D'affreuses blessures dévastaient son cou et ses épaules. Il se pencha et l'examina. Elle était morte.

— Morte, morte, répéta-t-il avec stupeur.

Et il regardait ces yeux fixes, le rictus de cette bouche, cette chair livide, et ce sang, tout ce sang qui avait coulé sur le tapis et se figeait maintenant, épais et noir.

S'étant relevé, il tourna le bouton de l'électricité, la pièce s'emplit de lumière, et il put voir tous les signes d'une lutte acharnée. Le lit était entièrement défait, les couvertures et les draps arrachés. Par terre, le flambeau, puis la pendule — les aiguilles marquaient onze heures vingt — puis, plus loin, une chaise renversée, et partout du sang, des flaques de sang.

— Et la perle noire ? murmura-t-il.

La boîte de papier à lettres était à sa place. Il l'ouvrit vivement. Elle contenait l'écrin. Mais l'écrin était vide.

— Fichtre, se dit-il, tu t'es vanté un peu tôt de ta chance, mon ami Arsène Lupin... La comtesse assassinée, la perle noire disparue... la situation n'est pas brillante ! Filons, sans quoi tu risques fort d'encourir de lourdes responsabilités.

Il ne bougea pas cependant.

— Filer ? Oui, un autre filerait. Mais, Arsène Lupin ? N'y a-t-il pas mieux à faire ? Voyons, procédons par ordre. Après tout, ta conscience est tranquille... Suppose que tu es commissaire de police et que tu dois procéder à une enquête... Oui, mais pour cela, il faudrait avoir un cerveau plus clair. Et le mien est dans un état !

Il tomba sur un fauteuil, ses poings crispés contre son front brûlant.

*
**

L'affaire de l'avenue Hoche est une de celles qui nous ont le plus vivement intrigués en ces derniers temps, et je ne l'eusse certes pas racontée si la participation d'Arsène Lupin ne l'éclairait d'un jour tout spécial. Cette participation, il en est peu qui la soupçonnent. Nul ne sait en tout cas l'exacte et curieuse vérité.

Qui ne connaissait, pour l'avoir rencontrée au Bois, Léontine Zalti, l'ancienne cantatrice, épouse et veuve du comte d'Andillot, la Zalti dont le luxe éblouissait Paris, il y a quelque vingt ans, la Zalti, comtesse d'Andillot, à qui ses parures de diamants et de perles valaient une réputation européenne ? On disait d'elle qu'elle portait sur ses épaules le coffre-fort de plusieurs maisons de banque et les mines d'or de plusieurs compagnies australiennes. Les grands joailliers travaillaient pour la Zalti comme on travaillait jadis pour les rois et pour les reines.

Et qui ne se souvient de la catastrophe où toutes ces richesses furent englouties ? Maisons de banque et mines d'or, le gouffre dévora tout. De la collection merveilleuse, dispersée par le commissaire-priseur, il ne resta que la fameuse perle noire. La perle noire ! c'est-à-dire une fortune, si elle avait voulu s'en défaire.

Elle ne le voulut point. Elle préféra se restreindre, vivre dans un simple appartement avec sa dame de compagnie, sa cuisinière et un domestique, plutôt que de vendre cet inestimable joyau. Il y avait à cela une raison qu'elle ne craignait pas d'avouer : la perle noire était le cadeau d'un empereur ! Et presque ruinée, réduite à l'existence la plus médiocre, elle demeura fidèle à sa compagne des beaux jours.

— Moi vivante, disait-elle, je ne la quitterai pas.

Du matin jusqu'au soir, elle la portait à son cou. La nuit, elle la mettait dans un endroit connu d'elle seule.

Tous ces faits rappelés par les feuilles publiques stimulèrent la curiosité, et, chose bizarre, mais facile à comprendre pour ceux qui ont le mot de l'énigme, ce fut précisément l'arrestation de l'assassin présumé qui compliqua le mystère et prolongea l'émotion. Le surlendemain, en effet, les journaux publiaient la nouvelle suivante :

« On nous annonce l'arrestation de Victor Danègre, le domestique de la comtesse d'Andillot. Les charges relevées contre lui sont écrasantes. Sur la manche en lustrine de son gilet de livrée, que M. Dudouis, le chef de la Sûreté, a trouvé dans sa mansarde, entre le sommier et le matelas, on a constaté des taches de sang. En outre, il manquait à ce gilet un bouton recouvert d'étoffe. Or ce bouton, dès le début des perquisitions, avait été ramassé sous le lit même de la victime.

« Il est probable qu'après le dîner, Danègre, au lieu de regagner sa mansarde, se sera glissé dans le cabinet aux robes, et que, par la porte vitrée, il a vu la comtesse cacher la perle noire.

« Nous devons dire que, jusqu'ici, aucune preuve n'est venue confirmer cette supposition. En tout cas, un autre point reste obscur. À sept heures du matin, Danègre s'est rendu au bureau de tabac du boulevard de Courcelles : la concierge d'abord, puis la buraliste ont témoigné dans ce sens. D'autre part, la cuisinière de la comtesse et sa dame de compagnie, qui toutes deux couchent au bout du couloir, affirment qu'à huit heures, quand elles se sont levées, la porte de l'antichambre et la porte de la cuisine étaient fermées à double tour. Depuis vingt ans au service de la comtesse, ces deux personnes sont au-dessus de tout soupçon. On se demande donc comment Danègre a pu sortir de l'appartement. S'était-il fait faire une autre clef ? L'instruction éclaircira ces différents points. »

L'instruction n'éclaircit absolument rien, au contraire. On apprit que Victor Danègre était un récidiviste dangereux, un alcoolique et un débauché, qu'un coup de couteau n'effrayait pas. Mais l'affaire elle-même semblait, au fur et à mesure qu'on l'étudiait, s'envelopper de ténèbres plus épaisses et de contradictions plus inexplicables.

D'abord une demoiselle de Sinclèves, cousine et unique héritière de la victime, déclara que la comtesse, un mois avant sa mort, lui avait confié dans une de ses lettres la façon dont elle cachait la perle noire. Le lendemain du jour où elle recevait cette lettre, elle en constatait la disparition. Qui l'avait volée ?

De leur côté, les concierges racontèrent qu'ils avaient ouvert la porte à un individu, lequel était monté chez le docteur Harel. On manda le docteur.

Personne n'avait sonné chez lui. Alors qui était cet individu ? Un complice ?

Cette hypothèse d'un complice fut adoptée par la presse et par le public. Ganimard, le vieil inspecteur principal Ganimard la défendait, non sans raison.

— Il y a du Lupin là-dessous, disait-il au juge.

— Bah ! ripostait celui-ci, vous le voyez partout, votre Lupin.

— Je le vois partout, parce qu'il est partout.

— Dites plutôt que vous le voyez chaque fois où quelque chose ne vous paraît pas très clair. D'ailleurs, en l'espèce, remarquez ceci : le crime a été commis à onze heures vingt du soir, ainsi que l'atteste la pendule, et la visite nocturne, dénoncée par les concierges, n'a eu lieu qu'à trois heures du matin.

La justice obéit souvent à ces entraînements de conviction qui font qu'on oblige les événements à se plier à l'explication première qu'on en a donnée. Les antécédents déplorables de Victor Danègre, récidiviste, ivrogne et débauché, influencèrent le juge, et bien qu'aucune circonstance nouvelle ne vînt corroborer les deux ou trois indices primitivement découverts, rien ne put l'ébranler. Il boucla son instruction. Quelques semaines après, les débats commencèrent.

Ils furent embarrassés et languissants. Le président les dirigea sans ardeur. Le ministère public attaqua mollement. Dans ces conditions, l'avocat de Danègre avait beau jeu. Il montra les lacunes et les impossibilités de l'accusation. Nulle preuve matérielle n'existait. Qui avait forgé la clef, l'indispensable clef sans laquelle Danègre, après son départ, n'aurait pu refermer à double tour la porte de l'appartement ? Qui l'avait vue, cette clef, et qu'était-elle devenue ? Qui avait vu le couteau de l'assassin, et qu'était-il devenu ?

— Et, en tout cas, concluait l'avocat, prouvez que c'est mon client qui a tué. Prouvez que l'auteur du vol et du crime n'est pas ce mystérieux personnage qui s'est introduit dans la maison à trois heures du matin. La pendule marquait onze heures, me direz-vous ? Et après ? ne peut-on mettre les aiguilles d'une pendule à l'heure qui vous convient ?

Victor Danègre fut acquitté.

***

Il sortit de prison un vendredi au déclin du jour, amaigri, déprimé par six mois de cellule. L'instruction, la solitude, les débats, les délibérations du jury, tout cela l'avait empli d'une épouvante maladive. La nuit, d'affreux cauchemars, des visions d'échafaud le hantaient. Il tremblait de fièvre et de terreur.

Sous le nom d'Anatole Dufour, il loua une petite chambre sur les hauteurs de Montmartre, et il vécut au hasard des besognes, bricolant de droite et de gauche.

Vie lamentable ! Trois fois engagé par trois patrons différents, il fut reconnu et renvoyé sur-le-champ.

Souvent il s'aperçut, ou crut s'apercevoir, que des hommes le suivaient, des hommes de la police, il n'en doutait point, qui ne renonçaient pas à le faire tomber dans quelque piège. Et d'avance il sentait l'étreinte rude de la main qui le prendrait au collet.

Un soir qu'il dînait chez un traiteur du quartier, quelqu'un s'installa en face de lui. C'était un individu d'une quarantaine d'années, vêtu d'une redingote noire de propreté douteuse. Il commanda une soupe, des légumes et un litre de vin.

Et quand il eut mangé la soupe, il tourna les yeux vers Danègre et le regarda longuement.

Danègre pâlit. Pour sûr cet individu était de ceux qui le suivaient depuis des semaines. Que lui voulait-il ? Danègre essaya de se lever. Il ne le put. Ses jambes chancelaient sous lui.

L'homme se versa un verre de vin et emplit le verre de Danègre.

— Nous trinquons, camarade ?

Victor balbutia :

— Oui… oui… à votre santé, camarade.

— À votre santé, Victor Danègre.

L'autre sursauta :

— Moi !… moi !… mais non… je vous jure…

— Vous me jurez quoi ? que vous n'êtes pas vous ? le domestique de la comtesse ?

— Quel domestique ? Je m'appelle Dufour. Demandez au patron.

— Dufour, Anatole, oui, pour le patron, mais Danègre pour la justice, Victor Danègre.

— Pas vrai ! pas vrai ! on vous a menti.

Le nouveau venu tira de sa poche une carte et la tendit. Victor lut : « Grimaudan, ex-inspecteur de la Sûreté. Renseignements confidentiels. » Il tressaillit.

— Vous êtes de la police ?

— Je n'en suis plus, mais le métier me plaisait, et je continue d'une façon plus… lucrative. On déniche de temps en temps des affaires d'or… comme la vôtre.

— La mienne ?

— Oui, la vôtre, c'est une affaire exceptionnelle, si toutefois vous voulez bien y mettre un peu de complaisance.

— Et si je n'en mets pas ?

— Il le faudra. Vous êtes dans une situation où vous ne pouvez rien me refuser.

Une appréhension sourde envahissait Victor Danègre. Il demanda :

— Qu'y a-t-il ?… parlez.

— Soit, répondit l'autre, finissons-en. En deux mots, voici : je suis envoyé par Mlle de Sinclèves.
— Sinclèves ?
— L'héritière de la comtesse d'Andillot.
— Eh bien ?
— Eh bien, Mlle de Sinclèves me charge de vous réclamer la perle noire.
— La perle noire ?
— Celle que vous avez volée.
— Mais je ne l'ai pas !
— Vous l'avez.
— Si je l'avais, ce serait moi l'assassin.
— C'est vous l'assassin.

Danègre s'efforça de rire.

— Heureusement, mon bon monsieur, que la Cour d'assises n'a pas été du même avis. Tous les jurés, vous entendez, m'ont reconnu innocent. Et quand on a sa conscience pour soi et l'estime de douze braves gens…

L'ex-inspecteur lui saisit le bras :

— Pas de phrases, mon petit. Écoutez-moi bien attentivement et pesez mes paroles, elles en valent la peine. Danègre, trois semaines avant le crime, vous avez dérobé à la cuisinière la clef qui ouvre la porte de service, et vous avez fait faire une clef semblable chez Outard, serrurier, 244, rue Oberkampf.

— Pas vrai, pas vrai, gronda Victor, personne n'a vu cette clef… elle n'existe pas.

— La voici.

Après un silence, Grimaudan reprit :

— Vous avez tué la comtesse à l'aide d'un couteau à virole acheté au bazar de la République, le jour même où vous commandiez votre clef. La lame est triangulaire et creusée d'une cannelure.

— De la blague, tout cela, vous parlez au hasard. Personne n'a vu le couteau.

— Le voici.

Victor Danègre eut un geste de recul. L'ex-inspecteur continua :

— Il y a dessus des taches de rouille. Est-il besoin de vous en expliquer la provenance ?

— Et après ?… vous avez une clef et un couteau… Qui peut affirmer qu'ils m'appartenaient ?

— Le serrurier d'abord, et ensuite l'employé auquel vous avez acheté le couteau. J'ai déjà rafraîchi leur mémoire. En face de vous, ils ne manqueront pas de vous reconnaître.

Il parlait sèchement et durement, avec une précision terrifiante. Danègre était convulsé de peur. Ni le juge ni le président des assises, ni l'avocat général ne l'avaient serré d'aussi près, n'avaient vu aussi clair dans des choses que lui-même ne discernait plus très nettement.

Cependant, il essaya encore de jouer l'indifférence.

— Si c'est là toutes vos preuves !

— Il me reste celle-ci. Vous êtes reparti, après le crime, par le même chemin. Mais, au milieu du cabinet aux robes, pris d'effroi, vous avez dû vous appuyer contre le mur pour garder votre équilibre.

— Comment le savez-vous ? bégaya Victor… personne ne peut le savoir.

— La justice, non, il ne pouvait venir à l'idée d'aucun de ces messieurs du parquet d'allumer une bougie et d'examiner les murs. Mais si on le faisait, on verrait sur le plâtre blanc une marque rouge très légère, assez nette cependant pour qu'on y retrouve l'empreinte de la face antérieure de votre pouce, de votre pouce tout humide de sang et que vous avez posé contre le mur. Or, vous n'ignorez pas qu'en anthropométrie, c'est là un des principaux moyens d'identification.

Victor Danègre était blême. Des gouttes de sueur coulaient de son front sur la table. Il considérait avec des yeux de fou cet homme étrange qui évoquait son crime comme s'il en avait été le témoin invisible.

Il baissa la tête, vaincu, impuissant. Depuis des mois il luttait contre tout le monde. Contre cet homme-là, il avait l'impression qu'il n'y avait rien à faire.

— Si je vous rends la perle, balbutia-t-il, combien me donnerez-vous ?

— Rien.

— Comment ! vous vous moquez ! Je vous donnerais une chose qui vaut des mille et des centaines de mille, et je n'aurais rien ?

— Si, la vie.

Le misérable frissonna. Grimaudan ajouta, d'un ton presque doux :

— Voyons, Danègre, cette perle n'a aucune valeur pour vous. Il vous est impossible de la vendre. À quoi bon la garder ?

— Il y a des recéleurs… et un jour ou l'autre, à n'importe quel prix…

— Un jour ou l'autre, il sera trop tard.

— Pourquoi ?

— Pourquoi ? mais parce que la justice aura remis la main sur vous, et, cette fois, avec les preuves que je lui fournirai, le couteau, la clef, l'indication du pouce, vous êtes fichu, mon bonhomme.

Victor s'étreignit la tête de ses deux mains et réfléchit. Il se sentait perdu, en effet, irrémédiablement perdu, et, en même temps, une grande fatigue l'envahissait, un immense besoin de repos et d'abandon.

Il murmura :

— Quand vous la faut-il ?

— Ce soir, avant une heure.

— Sinon ?

— Sinon, je mets à la poste cette lettre où Mlle de Sinclèves vous dénonce au procureur de la République.

Danègre se versa deux verres de vin qu'il but coup sur coup, puis, se levant :

— Payez l'addition, et allons-y… j'en ai assez de cette maudite affaire.

La nuit était venue. Les deux hommes descendirent la rue Lepic et suivirent les boulevards extérieurs en se dirigeant vers l'Étoile. Ils marchaient silencieusement, Victor, très las et le dos voûté.

Au parc Monceau, il dit :

— C'est du côté de la maison…

— Parbleu ! vous n'en êtes sorti, avant votre arrestation, que pour aller au bureau de tabac.

— Nous y sommes, fit Danègre, d'une voix sourde.

Ils longèrent la grille du jardin et traversèrent une rue dont le bureau de tabac faisait l'encoignure. Danègre s'arrêta quelques pas plus loin. Ses jambes vacillaient. Il tomba sur un banc.

— Eh bien ? demanda son compagnon.

— C'est là.

— C'est là ! qu'est-ce que vous me chantez ?

— Oui là, devant nous.

— Devant nous ! Dites donc, Danègre, il ne faudrait pas…

— Je vous répète qu'elle est là.

— Où ?

— Entre deux pavés.

— Lesquels ?

— Cherchez.

— Lesquels ? répéta Grimaudan.

Victor ne répondit pas.

— Ah ! parfait, tu veux me faire poser, mon bonhomme.

— Non… mais… je vais crever de misère.

— Et alors, tu hésites ? Allons, je serai bon prince. Combien te faut-il ?

— De quoi prendre mon billet d'entrepont pour l'Amérique.

— Convenu.

— Et un billet de cent pour les premiers frais.

— Tu en auras deux. Parle.

— Comptez les pavés, à droite de l'égout. C'est entre le douzième et le treizième.

— Dans le ruisseau ?

— Oui, en bas du trottoir.

Grimaudan regarda autour de lui. Des tramways passaient, des gens passaient. Mais bah ! qui pouvait se douter ?…

Il ouvrit son canif et le planta entre le douzième et le treizième pavé.

— Et si elle n'y est pas ?

— Si personne ne m'a vu me baisser et l'enfoncer, elle y est encore.

Se pouvait-il qu'elle y fût ! La perle noire jetée dans la boue d'un ruisseau, à la disposition du premier venu ! La perle noire… une fortune !

— À quelle profondeur ?

— Dix centimètres, à peu près.

Il creusa le sable mouillé. La pointe de son canif heurta quelque chose. Avec ses doigts il élargit le trou.

Il aperçut la perle noire.

— Tiens, voilà tes deux cents francs. Je t'enverrai ton billet pour l'Amérique.

Le lendemain, l'Écho de France publiait cet entrefilet, qui fut reproduit par les journaux du monde entier :

Depuis hier, la fameuse perle noire est entre les mains d'Arsène Lupin qui l'a reprise au meurtrier de la comtesse d'Andillot. Avant peu, des fac-similés de ce précieux bijou seront exposés à Londres, à Saint-Pétersbourg, à Calcutta, à Buenos-Ayres et à New York.

Arsène Lupin attend les propositions que voudront bien lui faire ses correspondants.

*
**

— Et voilà comme quoi le crime est toujours puni et la vertu récompensée, conclut Arsène Lupin, lorsqu'il m'eut révélé les dessous de l'affaire.

— Et voilà comme quoi, sous le nom de Grimaudan, ex-inspecteur de la Sûreté, vous fûtes choisi par le destin pour enlever au criminel le bénéfice de son forfait.

— Justement. Et j'avoue que c'est une des aventures dont je suis le plus fier. Les quarante minutes que j'ai passées dans l'appartement de la comtesse, après avoir constaté sa mort, sont parmi les plus étonnantes et les plus profondes de ma vie. En quarante minutes, empêtré dans la situation la plus inextricable, j'ai reconstitué le crime, j'ai acquis la certitude, à l'aide de quelques indices, que le coupable ne pouvait être qu'un domestique de la comtesse. Enfin, j'ai compris que, pour avoir la perle, il fallait que ce domestique fût arrêté — et j'ai laissé le bouton de gilet — mais qu'il ne fallait pas qu'on relevât contre lui des preuves irrécusables de sa culpabilité — et j'ai ramassé le couteau oublié sur le tapis, emporté la clef oubliée sur la serrure, fermé la porte à double tour, et effacé les traces des doigts sur le plâtre du cabinet aux robes. À mon sens, ce fut là un de ces éclairs…

— De génie, interrompis-je.

— De génie, si vous voulez, et qui n'eût pas illuminé le cerveau du premier venu. Deviner en une seconde les deux termes du problème — une arrestation et un acquittement — me servir de l'appareil formidable de la justice pour détraquer mon homme, pour l'abêtir, bref, pour le mettre dans un état d'esprit tel qu'une fois libre il devait inévitablement, fatalement, tomber dans le piège un peu grossier que je lui tendais !…

— Un peu ? dites beaucoup, car il ne courait aucun danger.

— Oh ! pas le moindre, puisque tout acquittement est chose définitive.

— Pauvre diable…

— Pauvre diable… Victor Danègre ! vous ne songez pas que c'est un assassin ? Il eût été de la dernière immoralité que la perle noire lui restât. Il vit, pensez donc, Danègre vit !

— Et la perle noire est à vous.

Il la sortit d'une des poches secrètes de son portefeuille, l'examina, la caressa de ses doigts et de ses yeux émus, et il soupirait :

— Quel est le boyard, quel est le rajah imbécile et vaniteux qui possédera ce trésor ? À quel milliardaire américain est destiné le petit morceau de beauté et de luxe qui ornait les blanches épaules de Léontine Zalti, comtesse d'Andillot ?…

Herlock Sholmès arrive trop tard.

C'est étrange ce que vous ressemblez à Arsène Lupin, Velmont !

— Vous le connaissez ?

— Oh ! comme tout le monde, par ses photographies, dont aucune n'est pareille aux autres, mais dont chacune laisse l'impression d'une physionomie identique… qui est bien la vôtre.

Horace Velmont parut plutôt vexé.

— N'est-ce pas, mon cher Devanne ! Et vous n'êtes pas le premier à m'en faire la remarque, croyez-le.

— C'est au point, insista Devanne, que si vous ne m'aviez pas été recommandé par mon cousin d'Estevan, et si vous n'étiez pas le peintre connu dont j'admire les belles marines, je me demande si je n'aurais pas averti la police de votre présence à Dieppe.

La boutade fut accueillie par un rire général. Il y avait là, dans la grande salle à manger du château de Thibermesnil, outre Velmont : l'abbé Gélis, curé du village, et une douzaine d'officiers, dont les régiments manœuvraient aux environs, et qui avaient répondu à l'invitation du banquier Georges Devanne et de sa mère. L'un d'eux s'écria :

— Mais est-ce que précisément Arsène Lupin n'a pas été signalé sur la côte, après son fameux coup du rapide de Paris au Havre ?

— Parfaitement, il y a de cela trois mois, et la semaine suivante je faisais connaissance au casino de notre excellent Velmont qui, depuis, a bien voulu m'honorer de quelques visites — agréable préambule d'une visite domiciliaire plus sérieuse qu'il me rendra l'un de ces jours… ou plutôt l'une de ces nuits !

On rit de nouveau et l'on passa dans l'ancienne salle des gardes, vaste pièce, très haute, qui occupe toute la partie inférieure de la tour Guillaume, et où Georges Devanne a réuni les incomparables richesses accumulées à travers les siècles par les sires de Thibermesnil. Des bahuts et des crédences, des landiers et des girandoles la décorent. De magnifiques tapisseries pendent aux murs de pierre. Les embrasures des quatre fenêtres sont profondes, munies de bancs, et se terminent par des croisées ogivales à vitraux encadrés de plomb. Entre la porte et la fenêtre de gauche, s'érige une bibliothèque monumentale de style Renaissance, sur le fronton de laquelle on lit, en lettres d'or, « Thibermesnil » et au-dessous, la fière devise de la famille : « Fais ce que veulx. »

Et comme on allumait des cigares, Devanne reprit :

— Seulement, dépêchez-vous, Velmont, c'est la dernière nuit qui vous reste.

— Et pourquoi ? fit le peintre qui, décidément, prenait la chose en plaisantant.

Devanne allait répondre quand sa mère lui fit un signe. Mais l'excitation du dîner, le désir d'intéresser ses hôtes, l'emportèrent.

— Bah ! murmura-t-il, je puis parler maintenant. Une indiscrétion n'est plus à craindre.

On s'assit autour de lui avec une vive curiosité, et il déclara, de l'air satisfait de quelqu'un qui annonce une grosse nouvelle :

— Demain, à quatre heures du soir, Herlock Sholmès, le grand policier anglais pour qui il n'est point de mystère, Herlock Sholmès, le plus extraordinaire déchiffreur d'énigmes que l'on ait jamais vu, le prodigieux personnage qui semble forgé de toutes pièces par l'imagination d'un romancier, Herlock Sholmès sera mon hôte.

On se récria. Herlock Sholmès à Thibermesnil. C'était donc sérieux ? Arsène Lupin se trouvait réellement dans la contrée ?

— Arsène Lupin et sa bande ne sont pas loin. Sans compter l'affaire du baron Cahorn, à qui attribuer les cambriolages de Montigny, de Gruchet, de Crasville, sinon à notre voleur national ? Aujourd'hui, c'est mon tour.

— Et vous êtes prévenu, comme le fut le baron Cahorn ?

— Le même truc ne réussit pas deux fois.

— Alors ?

— Alors ?… alors voici.

Il se leva, et désignant du doigt, sur l'un des rayons de la bibliothèque, un petit espace vide entre deux énormes in-folios :

— Il y avait là un livre, un livre du xvie siècle intitulé la Chronique de Thibermesnil, et qui était l'histoire du château depuis sa construction par le duc Rollon sur l'emplacement d'une forteresse féodale. Il contenait trois planches gravées. L'une représentait une vue cavalière du domaine dans son ensemble, la seconde le plan des bâtiments, et la troisième — j'appelle votre attention là-dessus — le tracé d'un souterrain dont l'une des issues s'ouvre à l'extérieur de la première ligne des remparts, et dont l'autre aboutit ici, oui, dans la salle même où nous nous tenons. Or, ce livre a disparu depuis le mois dernier.

— Fichtre, dit Velmont, c'est mauvais signe. Seulement cela ne suffit pas pour motiver l'intervention de Herlock Sholmès.

— Certes, cela n'eût point suffi s'il ne s'était passé un autre fait qui donne à celui que je viens de vous raconter toute sa signification. Il existait à la Bibliothèque nationale un second exemplaire de cette Chronique, et ces deux exemplaires différaient par certains détails concernant le souterrain, comme l'établissement d'un profil et d'une échelle, et diverses annotations, non pas imprimées, mais écrites à l'encre et plus ou moins effacées. Je savais ces particularités, et je savais que le tracé définitif ne pouvait être reconstitué que par une confrontation minutieuse des deux cartes. Or, le lendemain du jour où mon exemplaire disparaissait, celui de la Bibliothèque nationale était demandé par un lecteur qui l'emportait sans qu'il fût possible de déterminer les conditions dans lesquelles le vol était effectué.

Des exclamations accueillirent ces paroles.

— Cette fois, l'affaire devient sérieuse.

— Aussi, cette fois, dit Devanne, la police s'émut et il y eut une double enquête, qui, d'ailleurs, n'eut aucun résultat.

— Comme toutes celles dont Arsène Lupin est l'objet.

— Précisément. C'est alors qu'il me vint à l'esprit de demander son concours à Herlock Sholmès, lequel me répondit qu'il avait le plus vif désir d'entrer en contact avec Arsène Lupin.

— Quelle gloire pour Arsène Lupin ! dit Velmont ! Mais, si notre voleur national, comme vous l'appelez, ne nourrit aucun projet sur Thibermesnil, Herlock Sholmès n'aura qu'à se tourner les pouces ?

— Il y a autre chose, et qui l'intéressera vivement, la découverte du souterrain.

— Comment, vous nous avez dit qu'une des entrées s'ouvrait sur la campagne, l'autre dans ce salon même !

— Où ? En quel lieu de ce salon ? La ligne qui représente le souterrain sur les cartes, aboutit bien d'un côté à un petit cercle accompagné de ces deux majuscules « T. G. », ce qui signifie sans doute, n'est-ce pas, Tour Guillaume. Mais la tour est ronde, et qui pourrait déterminer à quel endroit du rond s'amorce le tracé du dessin?

Devanne alluma un second cigare et se versa un verre de bénédictine. On le pressait de questions. Il souriait, heureux de l'intérêt provoqué. Enfin il prononça :

— Le secret est perdu. Nul au monde ne le connaît. De père en fils, dit la légende, les puissants seigneurs se le transmettaient à leur lit de mort, jusqu'au jour où Geoffroy, dernier du nom, eut la tête tranchée sur l'échafaud, le 7 thermidor an II, dans sa dix-neuvième année.

— Mais, depuis un siècle, on a dû chercher ?

— On a cherché, mais vainement. Moi-même, quand j'eus acheté le château à l'arrière-petit-neveu du conventionnel Leribourg, j'ai fait faire des fouilles. À quoi bon ? Songez que cette tour, environnée d'eau, n'est reliée au château que par un point, et qu'il faut, en conséquence, que le souterrain passe sous les anciens fossés. Le plan de la Bibliothèque nationale montre d'ailleurs une suite de quatre escaliers comportant quarante-huit marches, ce qui laisse supposer une profondeur de plus de dix mètres. Et l'échelle, annexée à l'autre plan, fixe la distance à deux cents mètres. En réalité, tout le problème est ici, entre ce plancher, ce plafond et ces murs. Ma foi, j'avoue que j'hésite à les démolir.

— Et l'on n'a aucun indice ?

— Aucun.

L'abbé Gélis objecta :

— M. Devanne, nous devons faire état de deux citations.

— Oh ! s'écria Devanne en riant, M. le curé est un fouilleur d'archives, un grand liseur de mémoires, et tout ce qui touche à Thibermesnil le passionne. Mais l'explication dont il parle ne sert qu'à embrouiller les choses.

— Mais encore ?

— Vous y tenez ?

— Énormément.

— Vous saurez donc qu'il résulte de ses lectures que deux rois de France ont eu le mot de l'énigme.

— Deux rois de France !

— Henri IV et Louis XVI.

— Ce ne sont pas les premiers venus. Et comment M. l'abbé est-il au courant ?…

— Oh ! c'est bien simple, continua Devanne. L'avant-veille de la bataille d'Arques, le roi Henri IV vint souper et coucher dans ce château. À onze heures du soir, Louise de Tancarville, la plus jolie dame de Normandie, fut introduite auprès de lui par le souterrain avec la complicité du duc Edgard, qui, en cette occasion, livra le secret de famille. Ce secret, Henri IV le confia plus tard à son ministre Sully, qui raconte l'anecdote dans ses « Royales Œconomies d'État » sans l'accompagner d'autre commentaire que de cette phrase incompréhensible :

« La hache tournoie dans l'air qui frémit, mais l'aile s'ouvre, et l'on va jusqu'à Dieu. »

Il y eut un silence, et Velmont ricana :

— Ce n'est pas d'une clarté aveuglante.

— N'est-ce pas ? M. le curé veut que Sully ait noté par là le mot de l'énigme, sans trahir le secret des scribes auxquels il dictait ses mémoires.

— L'hypothèse est ingénieuse.
— Je l'accorde, mais quelle est cette hache qui tourne, et cet oiseau qui s'envole ?
— Et qu'est-ce qui va jusqu'à Dieu ?
— Mystère !
Velmont reprit :
— Et ce bon Louis XVI, fut-ce également pour recevoir la visite d'une dame, qu'il se fit ouvrir le souterrain?
— Je l'ignore. Tout ce qu'il est permis de dire, c'est que Louis XVI a séjourné en 1784 à Thibermesnil, et que la fameuse armoire de fer, trouvée au Louvre sur la dénonciation de Gamain, renfermait un papier avec ces mots écrits par lui : « Thibermesnil : 2-6-12. »
Horace Velmont éclata de rire :
— Victoire ! les ténèbres se dissipent de plus en plus. Deux fois six font douze.
— Riez à votre guise, Monsieur, fit l'abbé, il n'empêche que ces deux citations contiennent la solution, et qu'un jour ou l'autre viendra quelqu'un qui saura les interpréter.
— Herlock Sholmès d'abord, dit Devanne… À moins qu'Arsène Lupin ne le devance. Qu'en pensez-vous, Velmont ?
Velmont se leva, mit la main sur l'épaule de Devanne, et déclara :
— Je pense qu'aux données fournies par votre livre et par celui de la Bibliothèque, il manquait un renseignement de la plus haute importance, et que vous avez eu la gentillesse de me l'offrir. Je vous en remercie.
— De sorte que ?…
— De sorte que maintenant, la hache ayant tournoyé, l'oiseau s'étant enfui, et deux fois six faisant douze, je n'ai plus qu'à me mettre en campagne.
— Sans perdre une minute.
— Sans perdre une seconde ! ne faut-il pas que cette nuit, c'est-à-dire avant l'arrivée de Herlock Sholmès, je cambriole votre château.
— Il est de fait que vous n'avez que le temps. Voulez-vous que je vous conduise ?
— Jusqu'à Dieppe ?
— Jusqu'à Dieppe. J'en profiterai pour ramener moi-même M. et Mme d'Androl et une jeune fille de leurs amis qui arrivent par le train de minuit.
Et s'adressant aux officiers, Devanne ajouta :
— D'ailleurs, nous nous retrouverons tous ici demain à déjeuner, n'est-ce pas, Messieurs ? Je compte bien sur vous, puisque ce château doit être investi par vos régiments et pris d'assaut sur le coup de onze heures.
L'invitation fut acceptée, on se sépara, et un instant plus tard, une 20-30 Étoile d'or emportait Devanne et Velmont sur la route de Dieppe. Devanne déposa le peintre devant le casino, et se rendit à la gare.
À minuit ses amis descendaient du train. À minuit et demi, l'automobile franchissait les portes de Thibermesnil. À une heure, après un léger souper servi dans le salon, chacun se retira. Peu à peu toutes les lumières s'éteignirent. Le grand silence de la nuit enveloppa le château.

*
**

Mais la lune écarta les nuages qui la voilaient, et, par deux des fenêtres, emplit le salon de clarté blanche. Cela ne dura qu'un moment. Très vite la lune se cacha derrière le rideau des collines. Et ce fut l'obscurité. Le silence s'augmenta de l'ombre plus épaisse. À peine, de temps à autre, des craquements de meubles le troublaient-ils, ou bien le bruissement des roseaux sur l'étang qui baigne les vieux murs de ses eaux vertes.
La pendule égrenait le chapelet infini des secondes. Elle sonna deux heures. Puis, de nouveau, les secondes tombèrent hâtives et monotones dans la paix lourde de la nuit. Puis trois heures sonnèrent.
Et tout à coup quelque chose claqua, comme fait, au passage d'un train, le disque d'un signal qui s'ouvre et se rabat. Et un jet fin de lumière traversa le salon de part en part, ainsi qu'une flèche qui laisserait derrière elle une traînée étincelante. Il jaillissait de la cannelure centrale d'un pilastre où s'appuie, à droite, le fronton de la bibliothèque. Il s'immobilisa d'abord sur le panneau opposé en un cercle éclatant, puis il se promena de tous côtés comme un regard inquiet qui scrute l'ombre, puis il s'évanouit pour jaillir encore, pendant que toute une partie de la bibliothèque tournait sur elle-même et démasquait une large ouverture, en forme de voûte.
Un homme entra qui tenait à la main une lanterne électrique. Un autre homme et un troisième surgirent qui

portaient un rouleau de cordes et différents instruments. Le premier inspecta la pièce, écouta et dit :

— Appelez les camarades.

De ces camarades, il en vint huit par le souterrain, gaillards solides, au visage énergique. Et le déménagement commença.

Ce fut rapide. Arsène Lupin passait d'un meuble à un autre, l'examinait, et, suivant ses dimensions ou sa valeur artistique, lui faisait grâce ou ordonnait :

— Enlevez !

Et l'objet était enlevé, avalé par la gueule béante du tunnel, expédié dans les entrailles de la terre.

Et ainsi furent escamotés six fauteuils et six chaises Louis XV, et des tapisseries d'Aubusson, et des girandoles signées Gouthière, et deux Fragonard, et un Nattier, et un buste de Houdon, et des statuettes. Quelquefois Lupin s'attardait devant un magnifique bahut ou un superbe tableau et soupirait :

— Trop lourd, celui-là… trop grand… quel dommage !

Et il continuait son expertise.

En quarante minutes, le salon fut « désencombré » selon l'expression d'Arsène. Et tout cela s'était accompli dans un ordre admirable, sans aucun bruit, comme si tous les objets que maniaient ces hommes eussent été garnis d'épaisse ouate.

Il dit alors au dernier d'entre eux qui s'en allait, porteur d'un cartel signé Boulle :

— Inutile de revenir. Il est entendu, n'est-ce pas, qu'aussitôt l'auto-camion chargé, vous filez jusqu'à la grange de Roquefort.

— Mais vous, patron ?

— Qu'on me laisse la motocyclette.

L'homme parti, il repoussa, tout contre, le pan mobile de la bibliothèque, puis, après avoir fait disparaître les traces du déménagement, effacé les marques de pas, il souleva une portière, et pénétra dans une galerie qui servait de communication entre la tour et le château. Au milieu il y avait une vitrine, et c'était à cause de cette vitrine qu'Arsène Lupin avait poursuivi ses investigations.

Elle contenait des merveilles, une collection unique de montres, de tabatières, de bagues, de châtelaines, de miniatures du plus joli travail. Avec une pince il força la serrure, et ce lui fut un plaisir inexprimable que de saisir ces joyaux d'or et d'argent, ces petites œuvres d'un art si précieux et si délicat.

Il avait, passé en bandoulière autour de son cou, un large sac de toile spécialement aménagé pour ces aubaines. Il le remplit. Et il remplit aussi les poches de sa veste, de son pantalon et de son gilet. Et il refermait son bras gauche sur une pile de ces réticules en perles si goûtés de nos ancêtres, et que la mode actuelle recherche si passionnément… lorsqu'un léger bruit frappa son oreille.

Il écouta : il ne se trompait pas, le bruit se précisait.

Et soudain il se rappela : à l'extrémité de la galerie, un escalier intérieur conduisait à un appartement, inoccupé jusqu'ici, mais qui était, depuis ce soir, réservé à cette jeune fille que Devanne avait été chercher à Dieppe, avec ses amis d'Androl.

D'un geste rapide, il pressa du doigt le ressort de sa lanterne : elle s'éteignit. Il avait à peine gagné l'embrasure d'une fenêtre qu'au haut de l'escalier la porte fut ouverte et qu'une faible lueur éclaira la galerie.

Il eut la sensation — car, à demi-caché par un rideau, il ne voyait point — qu'une personne descendait les premières marches avec précaution. Il espéra qu'elle n'irait pas plus loin. Elle descendit cependant et avança de plusieurs pas dans la pièce. Mais elle poussa un cri. Sans doute avait-elle aperçu la vitrine brisée, aux trois quarts vide.

Au parfum, il reconnut la présence d'une femme. Ses vêtements frôlaient presque le rideau qui le dissimulait, et il lui sembla qu'il entendait battre le cœur de cette femme, et qu'elle aussi devinait la présence d'un autre être, derrière elle, dans l'ombre, à portée de sa main… Il se dit :

« Elle a peur… elle va partir… il est impossible qu'elle ne parte pas. » Elle ne partit point. La bougie qui tremblait dans sa main, s'affermit. Elle se retourna, hésita un instant, parut écouter le silence effrayant, puis, d'un coup, écarta le rideau.

Ils se virent.

Arsène murmura, bouleversé :

— Vous… vous… Mademoiselle.

C'était miss Nelly.

Miss Nelly ! la passagère du Transatlantique, celle qui avait mêlé ses rêves aux rêves du jeune homme durant cette inoubliable traversée, celle qui avait assisté à son arrestation, et qui, plutôt que de le trahir, avait eu ce joli geste de jeter à la mer le kodak où il avait caché les bijoux et les billets de banque… Miss Nelly ! la chère et souriante créature dont l'image avait si souvent attristé ou réjoui ses longues heures de prison !

Le hasard était si prodigieux qui les mettait en présence l'un de l'autre dans ce château et à cette heure de la nuit, qu'ils ne bougeaient point et ne prononçaient pas une parole, stupéfaits, comme hypnotisés par l'apparition fantastique qu'ils étaient l'un pour l'autre.

Chancelante, brisée d'émotion, miss Nelly dut s'asseoir.

Il resta debout en face d'elle. Et peu à peu, au cours des secondes interminables qui s'écoulèrent, il eut conscience de l'impression qu'il devait donner en cet instant, les bras chargés de bibelots, les poches gonflées, et son sac rempli à en crever. Une grande confusion l'envahit, et il rougit de se trouver là, dans cette vilaine posture du voleur qu'on prend en flagrant délit. Pour elle, désormais, quoi qu'il advînt, il était le voleur, celui qui met la main dans la poche des autres, celui qui crochète les portes et s'introduit furtivement.

Une des montres roula sur le tapis, une autre également. Et d'autres choses encore allaient glisser de ses bras, qu'il ne savait comment retenir. Alors, se décidant brusquement, il laissa tomber sur le fauteuil une partie des objets, vida ses poches et se défit de son sac.

Il se sentit plus à l'aise devant Nelly, et fit un pas vers elle avec l'intention de lui parler. Mais elle eut un geste de recul, puis se leva vivement, comme prise d'effroi, et se précipita vers le salon. La portière se referma sur elle, il la rejoignit. Elle était là, interdite, tremblante, et ses yeux contemplaient avec terreur l'immense pièce dévastée.

Aussitôt il lui dit :

— À trois heures, demain, tout sera remis en place… Les meubles seront rapportés…

Elle ne répondit point, et il répéta :

— Demain, à trois heures, je m'y engage… Rien au monde ne pourra m'empêcher de tenir ma promesse… Demain, à trois heures…

Un long silence pesa sur eux. Il n'osait le rompre, et l'émotion de la jeune fille lui causait une véritable souffrance. Doucement, sans un mot, il s'éloigna d'elle.

Et il pensait :

— Qu'elle s'en aille !… Qu'elle se sente libre de s'en aller !… Qu'elle n'ait pas peur de moi !…

Mais soudain elle tressaillit et balbutia :

— Écoutez… des pas… j'entends marcher…

Il la regarda avec étonnement. Elle semblait bouleversée, ainsi qu'à l'approche d'un péril.

— Je n'entends rien, dit-il, et quand même…

— Comment ! mais il faut fuir… vite, fuyez…

— Fuir… pourquoi ?

— Il le faut… il le faut… Ah ! ne restez pas…

D'un trait elle courut jusqu'à l'entrée de la galerie et prêta l'oreille. Non, il n'y avait personne. Peut-être le bruit venait-il du dehors ?… Elle attendit une seconde, puis, rassurée, se retourna.

Arsène Lupin avait disparu.

*
**

À l'instant même où Devanne constata le pillage de son château, il se dit : c'est Velmont qui a fait le coup, et Velmont n'est autre qu'Arsène Lupin. Tout s'expliquait ainsi, et rien ne s'expliquait autrement. Cette idée ne fit d'ailleurs que l'effleurer, tellement il était invraisemblable que Velmont ne fût point Velmont, c'est-à-dire le peintre connu, le camarade de cercle de son cousin d'Estevan. Et lorsque le brigadier de gendarmerie, aussitôt averti, se présenta, Devanne ne songea même pas à lui communiquer cette supposition absurde.

Toute la matinée ce fut, à Thibermesnil, un va-et-vient indescriptible. Les gendarmes, le garde champêtre, le commissaire de police de Dieppe, les habitants du village, tout ce monde s'agitait dans les couloirs, ou dans le parc, ou autour du château. L'approche des troupes en manœuvre, le crépitement des fusils, ajoutaient au pittoresque de la scène.

Les premières recherches ne fournirent point d'indice. Les fenêtres n'ayant pas été brisées ni les portes fracturées, sans nul doute le déménagement s'était effectué par l'issue secrète. Pourtant, sur le tapis, aucune trace de pas, sur les murs, aucune marque insolite.

Une seule chose, inattendue, et qui dénotait bien la fantaisie d'Arsène Lupin : la fameuse Chronique du xvie siècle avait repris son ancienne place, et, à côté, se trouvait un livre semblable, qui n'était autre que l'exemplaire volé de la Bibliothèque nationale.

À onze heures, les officiers arrivèrent. Devanne les accueillit gaiement — quelque ennui que lui causât la perte de telles richesses artistiques, sa fortune lui permettait de la supporter sans mauvaise humeur. — Ses amis d'Androl et Nelly descendirent.

Les présentations faites, on s'aperçut qu'il manquait un convive, Horace Velmont. Ne viendrait-il point?

Son absence eût réveillé les soupçons de Georges Devanne. Mais à midi précis, il entrait. Devanne s'écria :

— À la bonne heure ! Vous voilà !

— Ne suis-je pas exact ?

— Si, mais vous auriez pu ne pas l'être... après une nuit si agitée ! car vous savez la nouvelle ?

— Quelle nouvelle ?

— Vous avez cambriolé le château.

— Allons donc !

— Comme je vous le dis. Mais offrez tout d'abord votre bras à Miss Underdown, et passons à table... Mademoiselle, permettez-moi...

Il s'interrompit, frappé par le trouble de la jeune fille. Puis, soudain, se rappelant :

— C'est vrai, à propos, vous avez voyagé avec Arsène Lupin, jadis... avant son arrestation... La ressemblance vous étonne, n'est-ce pas ?

Elle ne répondit point. Devant elle, Velmont souriait. Il s'inclina, elle prit son bras. Il la conduisit à sa place et s'assit en face d'elle.

Durant le déjeuner on ne parla que d'Arsène Lupin, des meubles enlevés, du souterrain, de Herlock Sholmès. À la fin du repas seulement, comme on abordait d'autres sujets, Velmont se mêla à la conversation. Il fut tour à tour amusant et grave, éloquent et spirituel. Et tout ce qu'il disait, il semblait ne le dire que pour intéresser la jeune fille. Très absorbée, elle ne paraissait point l'entendre.

On servit le café sur la terrasse qui domine la cour d'honneur et le jardin français du côté de la façade principale. Au milieu de la pelouse, la musique du régiment se mit à jouer, et la foule des paysans et des soldats se répandit dans les allées du parc.

Cependant Nelly se souvenait de la promesse d'Arsène Lupin : « À trois heures tout sera là, je m'y engage.»

À trois heures ! et les aiguilles de la grande horloge qui ornait l'aile droite marquaient deux heures quarante. Elle les regardait malgré elle à tout instant. Et elle regardait aussi Velmont qui se balançait paisiblement dans un confortable rocking-chair.

Deux heures cinquante... deux heures cinquante-cinq... une sorte d'impatience, mêlée d'angoisse, étreignait la jeune fille. Était-il admissible que le miracle s'accomplît, et qu'il s'accomplît à la minute fixée, alors que le château, la cour, la campagne étaient remplis de monde, et qu'en ce moment même le procureur de la République et le juge d'instruction poursuivaient leur enquête ?

Et pourtant... pourtant, Arsène Lupin avait promis avec une telle solennité ! Cela sera comme il l'a dit, pensa-t-elle, impressionnée par tout ce qu'il y avait, en cet homme, d'énergie, d'autorité et de certitude. Et cela ne lui semblait plus un miracle, mais un événement naturel qui devait se produire par la force des choses.

Une seconde, leurs regards se croisèrent. Elle rougit et détourna la tête.

Trois heures... Le premier coup sonna, le deuxième coup, le troisième... Horace Velmont tira sa montre, leva les yeux vers l'horloge, puis remit sa montre dans sa poche. Quelques secondes s'écoulèrent. Et voici que la foule s'écarta, autour de la pelouse, livrant passage à deux voitures qui venaient de franchir la grille du parc, attelées l'une et l'autre de deux chevaux. C'étaient de ces fourgons qui vont à la suite des régiments et qui portent les cantines des officiers et les sacs des soldats. Ils s'arrêtèrent devant le perron. Un sergent-fourrier sauta de l'un des sièges et demanda M. Devanne.

Devanne accourut et descendit les marches. Sous les bâches, il vit, soigneusement rangés, bien enveloppés, ses meubles, ses tableaux, ses objets d'art.

Aux questions qu'on lui posa, le fourrier répondit en exhibant l'ordre qu'il avait reçu de l'adjudant de service, et que cet adjudant avait pris, le matin, au rapport. Par cet ordre, la deuxième compagnie du quatrième bataillon devait pourvoir à ce que les objets mobiliers déposés au carrefour des Halleux, en forêt d'Arques, fussent portés à trois heures à M. Georges Devanne, propriétaire du château de Thibermesnil. Signé : le colonel Beauvel.

— Au carrefour, ajouta le sergent, tout se trouvait prêt, aligné sur le gazon, et sous la garde… des passants. Ça m'a semblé drôle, mais quoi ! l'ordre était catégorique.

Un des officiers examina la signature : elle était parfaitement imitée, mais fausse.

La musique avait cessé de jouer, on vida les fourgons, on réintégra les meubles.

Au milieu de cette agitation, Nelly resta seule à l'extrémité de la terrasse. Elle était grave et soucieuse, agitée de pensées confuses qu'elle ne cherchait pas à formuler. Soudain, elle aperçut Velmont qui s'approchait. Elle souhaita de l'éviter, mais l'angle de la balustrade qui borde la terrasse l'entourait de deux côtés, et une ligne de grandes caisses d'arbustes, orangers, lauriers-roses et bambous, ne lui laissait d'autre retraite que le chemin par où s'avançait le jeune homme. Elle ne bougea pas. Un rayon de soleil tremblait sur ses cheveux d'or, agité par les feuilles frêles d'un bambou. Quelqu'un prononça très bas :

— J'ai tenu ma promesse de cette nuit.

Arsène Lupin était près d'elle, et autour d'eux il n'y avait personne.

Il répéta, l'attitude hésitante, la voix timide :

— J'ai tenu ma promesse de cette nuit.

Il attendait un mot de remerciement, un geste du moins qui prouvât l'intérêt qu'elle prenait à cet acte. Elle se tut.

Ce mépris irrita Arsène Lupin, et, en même temps, il avait le sentiment profond de tout ce qui le séparait de Nelly, maintenant qu'elle savait la vérité. Il eût voulu se disculper, chercher des excuses, montrer sa vie dans ce qu'elle avait d'audacieux et de grand. Mais, d'avance, les paroles le froissaient, et il sentait l'absurdité et l'insolence de toute explication. Alors il murmura tristement, envahi d'un flot de souvenirs :

— Comme le passé est loin ! Vous rappelez-vous les longues heures sur le pont de la Provence. Ah ! tenez… vous aviez, comme aujourd'hui, une rose à la main, une rose pâle comme celle-ci… Je vous l'ai demandée… vous n'avez pas eu l'air d'entendre… Cependant, après votre départ, j'ai trouvé la rose… oubliée sans doute… Je l'ai gardée…

Elle ne répondit pas encore. Elle semblait très loin de lui. Il continua :

— En mémoire de ces heures, ne songez pas à ce que vous savez. Que le passé se relie au présent ! Que je ne sois pas celui que vous avez vu cette nuit, mais celui d'autrefois, et que vos yeux me regardent, ne fût-ce qu'une seconde, comme ils me regardaient… Je vous en prie… Ne suis-je plus le même ?

Elle leva les yeux, comme il le demandait, et le regarda. Puis sans un mot, elle posa son doigt sur une bague qu'il portait à l'index. On n'en pouvait voir que l'anneau, mais le chaton, retourné à l'intérieur, était formé d'un rubis merveilleux.

Arsène Lupin rougit. Cette bague appartenait à Georges Devanne.

Il sourit avec amertume :

— Vous avez raison. Ce qui a été sera toujours. Arsène Lupin n'est et ne peut être qu'Arsène Lupin, et entre vous et lui, il ne peut même pas y avoir un souvenir… Pardonnez-moi… J'aurais dû comprendre que ma seule présence auprès de vous est un outrage…

Il s'effaça le long de la balustrade, le chapeau à la main. Nelly passa devant lui. Il fut tenté de la retenir, de l'implorer. L'audace lui manqua, et il la suivit des yeux, comme au jour lointain où elle traversait la passerelle sur le quai de New-York. Elle monta les degrés qui conduisent à la porte. Un instant encore sa fine silhouette se dessina parmi les marbres du vestibule. Il ne la vit plus.

Un nuage obscurcit le soleil. Arsène Lupin observait, immobile, la trace des petits pas empreinte dans le sable. Tout à coup, il tressaillit : sur la caisse de bambou contre laquelle Nelly s'était appuyée gisait la rose, la rose pâle qu'il n'avait pas osé lui demander… Oubliée sans doute, elle aussi ? Mais oubliée volontairement ou par distraction ?

Il la saisit ardemment. Des pétales s'en détachèrent. Il les ramassa un à un comme des reliques…

— Allons, se dit-il, je n'ai plus rien à faire ici. Songeons à la retraite. D'autant que si Herlock Sholmès s'en mêle, ça pourrait devenir mauvais.

*
* *

Le parc était désert. Cependant, près du pavillon qui commande l'entrée, se tenait un groupe de gendarmes. Il s'enfonça dans les taillis, escalada le mur d'enceinte et prit, pour se rendre à la gare la plus proche, un sentier qui serpentait parmi les champs. Il n'avait point marché durant dix minutes que le chemin se rétrécit, encaissé entre deux talus, et comme il arrivait dans ce défilé, quelqu'un s'y engageait qui venait en sens inverse.

C'était un homme d'une cinquantaine d'années peut-être, assez fort, la figure rasée, et dont le costume précisait l'aspect étranger. Il portait à la main une lourde canne, et une sacoche pendait à son cou.

Ils se croisèrent. L'étranger dit, avec un accent anglais à peine perceptible :

— Excusez-moi, Monsieur… est-ce bien ici la route du château ?

— Tout droit, Monsieur, et à gauche dès que vous serez au pied du mur. On vous attend avec impatience.

— Ah !

— Oui, mon ami Devanne nous annonçait votre visite dès hier soir.

— Tant pis pour M. Devanne s'il a trop parlé.

— Et je suis heureux d'être le premier à vous saluer. Herlock Sholmès n'a pas d'admirateur plus fervent que moi.

Il y eut dans sa voix une nuance imperceptible d'ironie qu'il regretta aussitôt, car Herlock Sholmès le considéra des pieds à la tête, et d'un œil à la fois si enveloppant et si aigu, qu'Arsène Lupin eut l'impression d'être saisi, emprisonné, enregistré par ce regard, plus exactement et plus essentiellement qu'il ne l'avait jamais été par aucun appareil photographique.

— Le cliché est pris, pensa-t-il. Plus la peine de me déguiser avec ce bonhomme-là. Seulement… m'a-t-il reconnu ?

Ils se saluèrent. Mais un bruit de pas résonna, un bruit de chevaux qui caracolent dans un cliquetis d'acier. C'étaient les gendarmes. Les deux hommes durent se coller contre le talus, dans l'herbe haute, pour éviter d'être bousculés. Les gendarmes passèrent, et comme ils se suivaient à une certaine distance, ce fut assez long. Et Lupin songeait :

— Tout dépend de cette question : m'a-t-il reconnu ? Si oui, il y a bien des chances pour qu'il abuse de la situation. Le problème est angoissant.

Quand le dernier cavalier les eut dépassés, Herlock Sholmès se releva et, sans rien dire, brossa son vêtement sali de poussière. La courroie de son sac était embarrassée d'une branche d'épines. Arsène Lupin s'empressa. Une seconde encore ils s'examinèrent. Et, si quelqu'un avait pu les surprendre à cet instant, c'eût été un spectacle émouvant que la première rencontre de ces deux hommes, si étranges, si puissamment armés, tous deux vraiment supérieurs, et destinés fatalement par leurs aptitudes spéciales à se heurter comme deux forces égales que l'ordre des choses pousse l'une contre l'autre à travers l'espace.

Puis l'Anglais dit :

— Je vous remercie, Monsieur.

— Tout à votre service, répondit Lupin.

Ils se quittèrent. Lupin se dirigea vers la station Herlock Sholmès vers le château.

Le juge d'instruction et le procureur étaient partis après de vaines recherches, et l'on attendait Herlock Sholmès avec une curiosité que justifiait sa grande réputation. On fut un peu déçu par son aspect de bon bourgeois, qui différait si profondément de l'image qu'on se faisait de lui. Il n'avait rien du héros de roman, du personnage énigmatique et diabolique qu'évoque en nous l'idée de Herlock Sholmès. Devanne, cependant, s'écria plein d'exubérance :

— Enfin, Maître, c'est vous ! Quel bonheur ! Il y a si longtemps que j'espérais… Je suis presque heureux de tout ce qui s'est passé, puisque cela me vaut le plaisir de vous voir. Mais, à propos, comment êtes-vous venu ?

— Par le train !

— Quel dommage ! Je vous avais cependant envoyé mon automobile au débarcadère.

— Une arrivée officielle, n'est-ce pas ? avec tambour et musique ! Excellent moyen pour me faciliter la besogne, bougonna l'Anglais.

Ce ton peu engageant déconcerta Devanne qui, s'efforçant de plaisanter, reprit :

— La besogne, heureusement, est plus facile que je ne vous l'avais écrit.

— Et pourquoi ?

— Parce que le vol a eu lieu cette nuit.

— Si vous n'aviez pas annoncé ma visite, Monsieur, il est probable que le vol n'aurait pas eu lieu cette nuit.

— Et quand donc ?

— Demain, ou un autre jour.

— Et en ce cas ?

— Lupin eût été pris au piège.

— Et mes meubles ?
— N'auraient pas été enlevés.
— Mes meubles sont ici.
— Ici ?
— Ils ont été ramenés à trois heures.
— Par Lupin ?
— Par deux fourgons militaires.

Herlock Sholmès enfonça violemment son chapeau sur sa tête et rajusta son sac ; mais Devanne, aux cent coups, s'écria :

— Que faites-vous ?
— Je m'en vais.
— Et pourquoi ?
— Vos meubles sont là, Arsène Lupin est loin. Mon rôle est terminé.
— Mais j'ai absolument besoin de votre concours, cher monsieur. Ce qui s'est passé hier peut se renouveler demain, puisque nous ignorons le plus important, comment Arsène Lupin est entré, comment il est sorti, et pourquoi, quelques heures plus tard, il procédait à cette restitution.
— Ah ! vous ignorez…

L'idée d'un secret à découvrir adoucit Herlock Sholmès.

— Soit, cherchons. Mais vite, n'est-ce pas ? et, autant que possible, seuls.

La phrase désignait clairement les assistants. Devanne comprit et introduisit l'Anglais dans le salon. D'un ton sec, en phrases qui semblaient comptées d'avance, et avec quelle parcimonie ! Sholmès lui posa des questions sur la soirée de la veille, sur les convives qui s'y trouvaient, sur les habitués du château. Puis il examina les deux volumes de la Chronique, compara les cartes du souterrain, se fit répéter les citations relevées par l'abbé Gélis, et demanda :

— C'est bien hier que, pour la première fois, vous avez parlé de ces deux citations ?
— Hier.
— Vous ne les aviez jamais communiquées à M. Horace Velmont ?
— Jamais.
— Bien. Commandez votre automobile. Je repars dans une heure.
— Dans une heure !
— Arsène Lupin n'a pas mis davantage à résoudre le problème que vous lui avez posé.
— Moi !… je lui ai posé…
— Eh ! oui, Arsène Lupin et Velmont, c'est la même chose.
— Je m'en doutais… ah ! le gredin !
— Or, hier soir, à dix heures, vous avez fourni à Lupin les éléments de vérité qui lui manquaient et qu'il cherchait depuis des semaines. Et, dans le courant de la nuit, Lupin a trouvé le temps de comprendre, de réunir sa bande et de vous dévaliser. J'ai la prétention d'être aussi expéditif.

Il se promena d'un bout à l'autre de la pièce en réfléchissant, puis s'assit, croisa ses longues jambes et ferma les yeux.

Devanne attendit, assez embarrassé.

— Dort-il ? Réfléchit-il ?

À tout hasard il sortit pour donner des ordres. Quand il revint il l'aperçut au bas de l'escalier de la galerie, à genoux, et scrutant le tapis.

— Qu'y a-t-il donc ?
— Regardez… là… ces taches de bougie…
— Tiens, en effet… et toutes fraîches…
— Et vous pouvez en observer également sur le haut de l'escalier, et davantage encore autour de cette vitrine qu'Arsène Lupin a fracturée, et dont il a enlevé les bibelots pour les déposer sur ce fauteuil.
— Et vous en concluez ?
— Rien. Tous ces faits expliqueraient sans aucun doute la restitution qu'il a opérée. Mais c'est un côté de la question que je n'ai pas le temps d'aborder. L'essentiel, c'est le tracé du souterrain.
— Vous espérez toujours…
— Je n'espère pas, je sais. Il existe, n'est-ce pas, une chapelle à deux ou trois cents mètres du château ?

— Une chapelle en ruines, où se trouve le tombeau du duc Rollon.

— Dites à votre chauffeur qu'il nous attende auprès de cette chapelle.

— Mon chauffeur n'est pas encore de retour… On doit me prévenir… Mais, d'après ce que je vois, vous estimez que le souterrain aboutit à la chapelle. Sur quel indice…

Herlock Sholmès l'interrompit :

— Je vous prierai, Monsieur, de me procurer une échelle et une lanterne.

— Ah ! vous avez besoin d'une lanterne et d'une échelle ?

— Apparemment, puisque je vous les demande.

Devanne, quelque peu interloqué par cette rude logique, sonna. Les deux objets furent apportés.

Les ordres se succédèrent alors avec la rigueur et la précision de commandements militaires.

— Appliquez cette échelle contre la bibliothèque, à gauche du mot Thibermesnil…

Devanne dressa l'échelle et l'Anglais continua :

— Plus à gauche… à droite… Halte !… Montez… Bien… Toutes les lettres de ce mot sont en relief, n'est-ce pas ?

— Oui.

— Occupons-nous de la lettre H. Tourne-t-elle dans un sens ou dans l'autre ?

Devanne saisit la lettre H, et s'exclama :

— Mais oui, elle tourne ! vers la droite, et d'un quart de cercle ! Qui donc vous a révélé ?…

Sans répondre, Herlock Sholmès reprit :

— Pouvez-vous, d'où vous êtes, atteindre la lettre R ? Oui… Remuez-la plusieurs fois, comme vous feriez d'un verrou que l'on pousse et que l'on retire.

Devanne remua la lettre R. À sa grande stupéfaction, il se produisit un déclanchement intérieur.

— Parfait, dit Herlock Sholmès. Il ne vous reste plus qu'à glisser votre échelle à l'autre extrémité, c'est-à-dire à la fin du mot Thibermesnil… Bien… Et maintenant, si je ne me suis pas trompé, si les choses s'accomplissent comme elles le doivent, la lettre L s'ouvrira ainsi qu'un guichet.

Avec une certaine solennité, Devanne saisit la lettre L. La lettre L s'ouvrit, mais Devanne dégringola de son échelle, car toute la partie de la bibliothèque située entre la première et la dernière lettre du mot, pivota sur elle-même et découvrit l'orifice du souterrain.

Herlock Sholmès prononça, flegmatique :

— Vous n'êtes pas blessé ?

— Non, non, fit Devanne en se relevant, pas blessé, mais ahuri, j'en conviens… ces lettres qui s'agitent… ce souterrain béant…

— Et après ? Cela n'est-il pas exactement conforme à la citation de Sully ?

— En quoi, Seigneur ?

— Dame ! L'H tournoie, l'R frémit et l'L s'ouvre… et c'est ce qui a permis à Henri IV de recevoir Mlle de Tancarville à une heure insolite.

— Mais Louis XVI ? demanda Devanne abasourdi.

— Louis XVI était grand forgeron et habile serrurier. J'ai lu un « Traité des serrures de combinaison » qu'on lui attribue. De la part de Thibermesnil, c'était se conduire en bon courtisan que de montrer à son maître ce chef-d'œuvre de mécanique. Pour mémoire, le roi écrivit : 2-6-12, c'est-à-dire, H. R. L., la deuxième, la sixième et la douzième lettre du mot.

— Ah ! parfait, je commence à comprendre… Seulement, voilà… Si je m'explique comment on sort de cette salle, je ne m'explique pas comment Lupin a pu y pénétrer. Car, remarquez-le bien, il venait du dehors, lui.

Herlock Sholmès alluma la lanterne et s'avança de quelques pas dans le souterrain.

— Tenez, tout le mécanisme est apparent ici, comme les ressorts d'une horloge, et toutes les lettres s'y retrouvent à l'envers. Lupin n'a donc eu qu'à les faire jouer de ce côté-ci de la cloison.

— Quelle preuve ?

— Quelle preuve ? Voyez cette flaque d'huile. Lupin avait même prévu que les rouages auraient besoin d'être graissés, fit Herlock Sholmès non sans admiration.

— Mais alors il connaissait l'autre issue ?

— Comme je la connais. Suivez-moi.

— Dans le souterrain ?

— Vous avez peur ?
— Non, mais êtes-vous sûr de vous y reconnaître ?
— Les yeux fermés.

Ils descendirent d'abord douze marches, puis douze autres, et encore deux fois douze autres. Puis, ils enfilèrent un long corridor dont les parois de briques portaient la marque de restaurations successives et qui suintaient par places. Le sol était humide.

— Nous passons sous l'étang, remarqua Devanne, nullement rassuré.

Le couloir aboutit à un escalier de douze marches, suivi de trois autres escaliers de douze marches qu'ils remontèrent péniblement, et ils débouchèrent dans une petite cavité taillée à même le roc. Le chemin n'allait pas plus loin.

— Diable, murmura Herlock Sholmès, rien que des murs nus, cela devient embarrassant.
— Si l'on retournait, murmura Devanne, car, enfin, je ne vois nullement la nécessité d'en savoir plus long. Je suis édifié.

Mais, ayant levé la tête, l'Anglais poussa un soupir de soulagement : au-dessus d'eux se répétait le même mécanisme qu'à l'entrée. Il n'eut qu'à faire manœuvrer les trois lettres. Un bloc de granit bascula. C'était, de l'autre côté, la pierre tombale du duc Rollon, gravée des douze lettres en relief « Thibermesnil ». Et ils se trouvèrent dans la petite chapelle en ruines que l'Anglais avait désignée.

— « Et l'on va jusqu'à Dieu », c'est-à-dire jusqu'à la chapelle, dit-il, rapportant la fin de la citation.
— Est-ce possible, s'écria Devanne, confondu par la clairvoyance et la vivacité de Herlock Sholmès, est-ce possible que cette simple indication vous ait suffi ?
— Bah ! fit l'Anglais, elle était même inutile. Sur l'exemplaire de la Bibliothèque nationale, le trait se termine à gauche, vous le savez, par un cercle, et à droite, vous l'ignorez, par une petite croix, mais si effacée qu'on ne peut la voir qu'à la loupe. Cette croix signifie évidemment la chapelle où nous sommes.

Le pauvre Devanne n'en croyait pas ses oreilles.

— C'est inouï, miraculeux, et cependant d'une simplicité enfantine ! Comment personne n'a-t-il jamais percé ce mystère ?
— Parce que personne n'a jamais réuni les trois ou quatre éléments nécessaires, c'est-à-dire les deux livres et les citations… Personne, sauf Arsène Lupin et moi.
— Mais, moi aussi, objecta Devanne, et l'abbé Gélis… Nous en savions tous deux autant que vous, et néanmoins…

Sholmès sourit.

— Monsieur Devanne, tout le monde n'est pas apte à déchiffrer les énigmes.
— Mais voilà dix ans que je cherche. Et vous, en dix minutes…
— Bah ! l'habitude…

Ils sortirent de la chapelle, et l'Anglais s'écria :
— Tiens, une automobile qui attend !
— Mais c'est la mienne !
— La vôtre ? mais je pensais que le chauffeur n'était pas revenu.
— En effet… et je me demande…

Ils s'avancèrent jusqu'à la voiture, et Devanne, interpellant le chauffeur :
— Édouard, qui vous a donné l'ordre de venir ici ?
— Mais, répondit l'homme, c'est M. Velmont.
— M. Velmont ? Vous l'avez donc rencontré ?
— Près de la gare, et il m'a dit de me rendre à la chapelle.
— De vous rendre à la chapelle ! mais pourquoi ?
— Pour y attendre monsieur… et l'ami de monsieur.

Devanne et Herlock Sholmès se regardèrent. Devanne dit :
— Il a compris que l'énigme serait un jeu pour vous. L'hommage est délicat.

Un sourire de contentement plissa les lèvres minces du détective. L'hommage lui plaisait. Il prononça, en hochant la tête :
— C'est un homme. Rien qu'à le voir, d'ailleurs, je l'avais jugé.
— Vous l'avez donc vu ?
— Nous nous sommes croisés tout à l'heure.

— Et vous saviez que c'était Horace Velmont, je veux dire Arsène Lupin ?
— Non, mais je n'ai pas tardé à le deviner... à une certaine ironie de sa part.
— Et vous l'avez laissé échapper ?
— Ma foi, oui... j'avais pourtant la partie belle... cinq gendarmes qui passaient.
— Mais, sacrebleu ! c'était l'occasion ou jamais de profiter...
— Justement, Monsieur, dit l'Anglais avec hauteur, quand il s'agit d'un adversaire comme Arsène Lupin, Herlock Sholmès ne profite pas des occasions... il les fait naître...

Mais l'heure pressait et, puisque Lupin avait eu l'attention charmante d'envoyer l'automobile, il fallait en profiter sans retard. Devanne et Herlock Sholmès s'installèrent au fond de la confortable limousine. Édouard donna le tour de manivelle et l'on partit. Des champs, des bouquets d'arbres défilèrent. Les molles ondulations du pays de Caux s'aplanirent devant eux. Soudain les yeux de Devanne furent attirés par un petit paquet posé dans un des vide-poches.

— Tiens, qu'est-ce que c'est que cela ? Un paquet ! Et pour qui donc ? Mais c'est pour vous.
— Pour moi ?
— Lisez : « M. Herlock Sholmès, de la part d'Arsène Lupin. »

L'Anglais saisit le paquet, le déficela, enleva les deux feuilles de papier qui l'enveloppaient. C'était une montre.

— Aoh ! dit-il, en accompagnant cette exclamation d'un geste de colère...
— Une montre, fit Devanne, est-ce que par hasard ?...

L'Anglais ne répondit pas.

— Comment ! c'est votre montre ! Arsène Lupin vous renvoie votre montre ! Mais s'il vous la renvoie, c'est qu'il l'avait prise... Il avait pris votre montre ! Ah ! elle est bonne, celle-là, la montre de Herlock Sholmès subtilisée par Arsène Lupin ! Dieu, que c'est drôle ! Non, vrai... vous m'excuserez... mais c'est plus fort que moi.

Il riait à gorge déployée, incapable de se contenir. Et quand il eut bien ri, il affirma, d'un ton convaincu :

— Oh ! c'est un homme, en effet.

L'Anglais ne broncha pas. Jusqu'à Dieppe, il ne prononça pas une parole, les yeux fixés sur l'horizon fuyant. Son silence fut terrible, insondable, plus violent que la rage la plus farouche. Au débarcadère, il dit simplement, sans colère cette fois, mais d'un ton où l'on sentait toute la volonté et toute l'énergie du personnage :

— Oui, c'est un homme, et un homme sur l'épaule duquel j'aurai plaisir à poser cette main que je vous tends, Monsieur Devanne. Et j'ai idée, voyez-vous, qu'Arsène Lupin et Herlock Sholmès se rencontreront de nouveau un jour ou l'autre... Oui, le monde est trop petit pour qu'ils ne se rencontrent pas... et ce jour là...

FIN

ARSÈNE LUPIN CONTRE HERLOCK SHOLMÈS

(La Dame blonde suivi de La Lampe juive)

LA DAME BLONDE

Arsène Lupin, l'escroc de génie, était resté quelque temps sans faire parler de lui. Le voici qui reprend cours de ses exploits. Nos lecteurs constateront dans *La Dame blonde*, le roman dont nous commençons la publication, qu'il n'a rien perdu de l'extraordinaire maîtrise qui l'a rendu universellement célèbre.

I. — LE NUMERO 514-SERIE 23.

LE 8 mars de l'an dernier, M. Gerbois, professeur de mathématiques au lycée de Versailles, dénicha dans le fouillis d'un marchand de bric-à-brac, un petit secrétaire en acajou qui lui plut par la multiplicité de ses tiroirs.

— Voilà bien ce qu'il me faut pour l'anniversaire de Suzanne, pensa-t-il.

Et comme il s'ingéniait, dans la mesure de ses modestes ressources, à faire plaisir à sa fille, il débattit le prix et versa la somme de soixante-cinq francs.

Au moment où il donnait son adresse, un jeune homme, élégant de tournure et de mise, et qui furetait déjà de droite et de gauche, aperçut le meuble et demanda :

— Combien ?

— Il est vendu, répliqua le marchand.

— Ah !... à Monsieur peut-être ?

M. Gerbois salua. L'inconnu lui dit :

— J'ignore le prix que vous l'avez payé, monsieur. Je vous en offre le double.

M. Gerbois est un homme entêté, et d'assez mauvais caractère. Il répondit sèchement :

— Je regrette, monsieur, il n'est pas à vendre.

Le jeune homme le regarda fixement, puis tourna sur ses talons sans mot dire, et se retira. Et M. Gerbois fut d'autant plus heureux d'avoir son meuble qu'un de ses semblables l'avait convoité.

Une heure après, on le lui apportait dans la maisonnette qu'il occupe sur la route de Viroflay. Suzanne s'extasia devant son cadeau. Le soir même, elle rangea ses papiers, sa correspondance, ses collections de cartes postales, et quelques souvenirs furtifs qu'elle conservait en l'honneur de son cousin Maxime. Et M. Gerbois s'endormit d'un sommeil léger.

Le lendemain à sept heures et demie, il se rendit au lycée. À dix heures, Suzanne, suivant une habitude quotidienne, l'attendait à la sortie. Il s'en revinrent ensemble. Avant le déjeuner, la jeune fille monta dans sa chambre. *Le secrétaire n'y était plus...*

...Ce qui étonna le juge d'instruction, c'est l'admirable simplicité des moyens employés. En l'absence de Suzanne, et tandis que la bonne faisait son marché, un commissionnaire muni de sa plaque — des voisins la virent — avait arrêté sa charrette devant le jardin qui précède la maison, et sonné par deux fois. Les voisins, ignorant que la bonne était dehors, n'eurent aucun soupçon, de sorte que l'individu effectua sa besogne dans la plus absolue quiétude.

À remarquer ceci : aucune armoire ne fut fracturée, aucune pendule dérangée. Bien plus, le porte-monnaie de Suzanne, qu'elle avait laissé sur le marbre du secrétaire, se retrouva sur la table voisine avec les pièces d'or qu'il contenait. Le mobile du vol était donc nettement déterminé, ce qui rendait le vol d'autant plus inexplicable, car, enfin, pourquoi courir tant de risques pour un butin si minime ?

Le seul indice que put fournir le professeur fut l'incident de la veille.

— J'ai eu l'impression, dit-il, que lors de mon refus ce jeune homme avait réprimé un mouvement de contrariété.

On interrogea le marchand. Il ne connaissait ni l'un ni l'autre de ces deux messieurs. Quand à l'objet, il l'avait acheté quarante francs, à Chevreuse, dans une vente après décès, et croyait bien l'avoir revendu à sa juste valeur. L'enquête poursuivie n'apprit rien de plus.

Mais M. Gerbois resta persuadé qu'il avait subi un dommage énorme. Une fortune devait être dissimulée dans le double-fond d'un tiroir, et c'était la raison pour laquelle le jeune homme, connaissant la cachette, avait agi avec une telle décision.

— Cette fortune, disait-il à Suzanne, je te l'aurais réservée. Avec une pareille dot, tu pouvais prétendre aux plus hauts partis.

Suzanne, qui bornait ses prétentions à son cousin Maxime, lequel était un parti pitoyable, soupirait amèrement.

Deux mois se passèrent. Et soudain, coup sur coup, les événements les plus graves, une suite imprévue d'heureuses chances et de catastrophes !

Le premier mai, à cinq heures et demie, M. Gerbois lut dans un journal du soir :

« Troisième tirage de la loterie des Associations de la Presse.

« Le numéro 514, série 23, gagne un million… »

M. Gerbois eut un étourdissement. Les murs vacillèrent devant ses yeux, et son cœur cessa de battre. Le numéro 514, série 23, c'était son numéro ! Il l'avait acheté, plutôt pour rendre service à l'un de ses amis, car il ne croyait guère aux faveurs du destin, et voilà qu'il *gagnait* !

Vite, il tira son calepin. Le numéro 514, série 23, était bien inscrit, pour mémoire, sur la page de garde. Mais le billet ?

Il bondit vers son cabinet de travail pour y chercher la boîte d'enveloppes parmi lesquelles il avait glissé le précieux billet, et dès l'entrée il s'arrêta net, chancelant de nouveau et le cœur contracté : la boîte d'enveloppes ne se trouvait pas là, et, chose terrifiante, il se rendait subitement compte qu'il y avait des semaines qu'elle n'était pas là !

— Suzanne ! Suzanne !

Elle arrivait de course. Elle monta précipitamment. Il balbutia d'une voix étranglée :

— Suzanne… la boîte… la boîte d'enveloppes ?…

— Laquelle ?

— Celle du Louvre… que j'avais rapportée un jeudi… et qui était au bout de cette table.

— Mais rappelle-toi, père… c'est ensemble que nous l'avons rangée…

— Où ? réponds ! tu me fais mourir.

— Où ? mais… dans le secrétaire.

— Dans le secrétaire qui a été volé ?

— Oui.

— Dans le secrétaire qui a été volé !

Il répéta ces mots tout bas, avec une sorte d'épouvante. Puis il lui saisit la main, et d'un ton plus bas encore :

— Elle contenait un million, ma fille…

— Ah ! père, pourquoi ne me l'as-tu pas dit ? murmura-t-elle
naïvement.

— Un million ! reprit-il, c'était le numéro gagnant des bons de la presse.

Elle réfléchit et prononça :

— Mais, père, on te le paiera tout de même.

— Pourquoi ? sur quelles preuves ?

— Tu n'en as pas ?

— Si, une, qui était dans la boîte !

— Et alors ?

— Alors, c'est l'autre qui touchera.

— Mais ce serait abominable ! Voyons, père, tu pourras t'y opposer ?

— Est-ce qu'on sait ! est-ce qu'on sait ! cet homme doit être si fort ! il dispose de telles ressources… Souviens-toi… l'affaire de ce meuble…

Il se releva dans un sursaut d'énergie, et frappant du pied :

— Eh bien non, non, il ne l'aura pas, ce million, il ne l'aura pas ! Pourquoi l'aurait-il ? Après tout, si habile qu'il soit, lui non plus ne peut rien faire. S'il se présente pour toucher, on le coffre !... on le coffre ! Ah ! nous verrons bien, mon bonhomme !

Quelques minutes plus tard, il expédiait cette dépêche :
« Gouverneur Crédit Foncier,
« rue Capucines, Paris
« *Suis possesseur du numéro 514, série 23, mets opposition par toutes voies légales à toute réclamation étrangère.*

GERBOIS. »

Presque en même temps parvenait au Crédit Foncier cet autre télégramme :
« *Le numéro 514, série 23, est en ma possession. — Arsène Lupin.* »

ARSENE LUPIN PREND UN AVOCAT POUR SOUTENIR SES DROITS

Chaque fois que j'entreprends de raconter quelqu'une des innombrables aventures dont se compose la vie d'Arsène Lupin, j'éprouve une véritable confusion, tellement il me semble que la plus banale de ces aventures est connue de tous ceux qui vont me lire. De fait, il n'est pas un geste de notre « voleur national », comme on l'a si joliment appelé, qui n'ait été signalé de la façon la plus retentissante, pas un exploit que l'on n'ait étudié sous toutes ses faces, pas un acte qui n'ait été commenté avec cette abondance de détails que l'on réserve d'ordinaire au récit des actions héroïques.

Qui ne connaît, par exemple, cette étrange histoire de « La Dame blonde », avec ces épisodes curieux que les reporters intitulaient en gros caractères : *Le numéro 514, série 23 ! La tapisserie mystérieuse ! Le diamant bleu !...* Quel bruit autour de l'intervention de Sherlock Holmes ! Quel vacarme sur les boulevards, le jour où les camelots vociféraient : « L'arrestation d'Arsène Lupin ! »

Mon excuse, c'est que j'apporte du nouveau : j'apporte le mot de l'énigme. Il reste toujours de l'ombre autour de ces aventures ; je la dissipe. Je reproduis des articles lus et relus, je recopie d'anciennes interviews : mais tout cela, je le coordonne, je le classe et je le soumets à l'exacte vérité. Mon collaborateur, c'est Arsène Lupin dont la complaisance à mon égard est inépuisable. Et c'est aussi, en l'occurrence, l'ineffable Watson, l'ami et le confident de Sherlock Holmes.

On se rappelle le formidable éclat de rire qui accueillit la publication de la double dépêche. Le nom seul d'Arsène Lupin était un gage d'imprévu, une promesse de divertissement pour la galerie. Et la galerie, c'était le monde entier.

Des recherches opérées aussitôt par le Crédit Foncier, il résulta que le numéro 514, série 23, avait été délivré par l'intermédiaire du Crédit Lyonnais, succursale de Versailles, au commandant d'artillerie Bessy. Or, le commandant était mort d'une chute de cheval, et quelque temps avant sa mort il avait cédé son billet à un ami.

— Cet ami, c'est moi, affirma M. Gerbois, j'avais avec le commandant des relations suivies, et pour l'obliger, dans un moment de gêne, je lui ai repris ce billet.

— Qu'est-ce qui le prouve ?
— La lettre qu'il m'a écrite à ce sujet.
— Quelle lettre ?
— Une lettre qui était épinglée avec le billet.
— Montrez-la.
— Mais elle se trouvait dans le secrétaire volé !
— Retrouvez-la.

Arsène Lupin la communiqua, lui. Une note insérée par l'*Écho de France* — lequel a l'honneur d'être son organe officiel, et dont il est, paraît-il, un des principaux actionnaires — une note annonça qu'il remettait entre les mains de Me Detinan, son avocat-conseil, la lettre que le commandant Bessy lui avait écrite, à lui personnellement.

Toute la presse, se rua chez Me Detinan, député radical influent, homme de haute probité en même temps que d'esprit fin, un peu sceptique, volontiers paradoxal.

Me Detinan n'avait jamais eu le plaisir de rencontrer Arsène Lupin, mais il venait en effet de recevoir ses instructions, et cela lui semblait la chose du monde la plus délicieuse que d'être le conseil d'Arsène Lupin !

Il exhiba la lettre du commandant. Elle prouvait bien la cession du billet, mais ne mentionnait pas le nom de l'acquéreur. « Mon cher ami… » disait-elle simplement.

Et Arsène Lupin prétendait à son tour :

— « Mon cher ami », c'est moi.

La nuée des reporters s'abattit immédiatement chez M. Gerbois qui ne put que répéter :

— « Mon cher ami » n'est autre que moi, Arsène Lupin a volé la lettre avec le billet, puisque c'est lui qui a volé le secrétaire.

— Qu'il le prouve, répliqua Lupin.

Et ce fut un spectacle d'une fantaisie charmante que ce duel public entre les deux possesseurs du numéro 514, série 23, que ces allées et venues des journalistes, que le sang-froid d'Arsène Lupin en face de l'affolement de ce pauvre M. Gerbois.

Le malheureux, la presse était remplie de ses lamentations !

— C'est la dot de Suzanne que ce gredin me dérobe !… Je savais bien que le secrétaire contenait un trésor ! s'écriait le professeur…

On avait beau lui objecter que son adversaire, en emportant le meuble, ignorait la présence d'un billet de loterie, et que nul en tous cas ne pouvait prévoir que ce billet gagnerait le gros lot, il gémissait :

— Allons donc, il le savait !… sinon, pourquoi se serait-il donné la peine de prendre ce misérable meuble ?

ARSÈNE LUPIN PROPOSE UNE TRANSACTION A M. GERBOIS

Mais le douzième jour, M. Gerbois reçut d'Arsène Lupin une lettre assez inquiétante :

« *Monsieur, la galerie s'amuse à nos dépens. N'estimez-vous pas le moment venu d'être sérieux ? J'y suis, pour ma part, fermement résolu.*

« *La situation est nette : je possède un billet que je n'ai pas le droit de toucher, et vous avez le droit de toucher un billet que vous ne possédez pas. Donc nous ne pouvons rien l'un sans l'autre.*

« *Or, ni vous ne consentiriez à me céder votre droit, ni moi à vous céder mon billet.*

« *Que faire ?*

« *Je ne vois qu'un moyen, séparons. Un demi-million pour vous, un demi-million pour moi. N'est-ce pas équitable ? Et ce Jugement de Salomon ne satisferait-il pas à ce besoin de justice qui est en chacun de nous ?*

« *Solution juste, mais solution immédiate. Ce n'est pas une offre que vous ayez le loisir de discuter, mais une nécessité à laquelle les circonstances vous contraignent à vous plier. Je vous donne trois jours pour réfléchir. Vendredi matin, j'aime à croire que je lirai, dans les petites annonces de l'*Écho de France*, une note discrète adressée à M. Ars. Lup. et contenant, en termes voilés, votre adhésion pure et simple au pacte que je vous propose. Moyennant quoi, vous rentrez en possession immédiate du billet et touchez le million — quitte à me remettre cinq cent mille francs par la voie que je vous indiquerai ultérieurement.*

« *En cas de refus, j'ai pris mes dispositions pour que le résultat soit identique, mais, outre les ennuis très graves que vous causerait une telle obstination, vous auriez à subir une retenue de vingt-cinq mille francs pour frais supplémentaires.*

« *Veuillez agréer, etc…* »

Exaspéré, M. Gerbois commit la faute énorme de montrer cette lettre et d'en laisser prendre copie. Son indignation le poussait à toutes les sottises.

— Rien ! il n'aura rien ! s'écria-t-il devant l'assemblée des reporters. Partager ce qui m'appartient ? Jamais. Qu'il déchire son billet, s'il le veut !

— Cependant cinq cent mille francs valent mieux que rien.

— Il ne s'agit pas de cela, mais de mon droit, et ce droit je l'établirai devant les tribunaux.

— Attaquer Arsène Lupin ? ce serait drôle.

— Non, mais le Crédit Foncier. Il doit me délivrer le million.

— Contre le dépôt du billet ou du moins contre la preuve que vous l'avez acheté.

La preuve existe, puisque Arsène Lupin avoue qu'il a volé le secrétaire.

— La parole d'Arsène Lupin suffira-t-elle aux tribunaux ?

— N'importe ! je poursuis.

La galerie trépignait de joie. Des paris furent engagés, les uns tenant que Lupin réduirait M. Gerbois, les autres qu'il en serait pour ses menaces. Et l'on éprouvait une sorte d'appréhension, tellement les forces étaient inégales entre les deux adversaires, l'un si rude dans son assaut, l'autre effaré comme une bête que l'on traque.

Le vendredi, on s'arracha l'*Écho de France*, et on scruta fiévreusement la cinquième page à l'endroit des petites annonces. Pas une ligne n'était adressée à M. *Ars. Lup.* Aux injonctions d'Arsène Lupin, M. Gerbois répondait par le silence. C'était la déclaration de guerre.

Le soir, on apprenait par les journaux l'enlèvement de Mlle Gerbois.

LA MAISON B. W., SPECIALITE D'ENLEVEMENTS

Ce qui nous réjouit dans ce qu'on pourrait appeler les spectacles Arsène Lupin, c'est le rôle éminemment comique de la police. Tout se passe en dehors d'elle. Il parle, lui, il écrit, prévient, commande, menace, exécute, comme s'il n'existait ni chef de la Sûreté, ni agents, ni personne enfin qui pût l'entraver dans ses desseins. Tout cela est considéré comme nul et non avenu, L'obstacle ne compte pas.

Et pourtant elle se démène, la police. Dès qu'il s'agit d'Arsène Lupin, du haut en bas de l'échelle, tout le monde prend feu, bouillonne, écume de rage. C'est l'ennemi, et l'ennemi qui vous nargue, vous provoque, vous méprise, ou, qui pis est, vous ignore.

Et que faire contre un pareil ennemi ? À dix heures moins vingt, selon le témoignage delà bonne, Suzanne partait de chez elle. À dix heures cinq minutes, en sortant du lycée, son père ne l'apercevait pas sur le trottoir où elle avait coutume de l'attendre. Qu'était-elle devenue ?

Deux voisins affirmèrent l'avoir croisée à trois cents pas de la maison. Une dame avait vu marcher le long de l'avenue une jeune fille dont le signalement correspondait au sien. Et après ? Après on ne savait pas. En plein jour, sur une route extrêmement fréquentée, l'enlèvement avait eu lieu sans éveiller l'attention. Pas un cri ne fut entendu, pas un mouvement suspect ne fut observé.

On perquisitionna de tous côtés, on interrogea les employés des gares et de l'octroi. Ils n'avaient rien remarqué ce jour-là qui pût se rapporter à l'enlèvement d'une jeune fille. Cependant, à Ville-d'Avray, un épicier déclara qu'il avait fourni de l'huile à une automobile qui arrivait de Paris. Sur le siège se tenait un mécanicien, à l'intérieur une dame blonde. Une heure plus tard l'automobile revenait de Versailles. Un embarras de voiture l'obligea de ralentir, ce qui permit à l'épicier de constater la présence d'une autre dame.

Il donna le signalement de l'automobile, une limousine 24 chevaux de la maison Peugeon, à carrosserie bleu foncé. À tout hasard, on s'informa auprès de la directrice du Grand-Garage, Mme Bob-Walthour, qui s'est fait une spécialité d'enlèvements par automobile. Le vendredi matin, en effet, elle avait loué pour la journée une limousine Peugeon à une dame blonde qu'elle n'avait du reste point revue.

— Mais le mécanicien ?

— C'était un nommé Ernest, engagé la veille sur la foi d'excellents certificats.

— Il est ici ?

— Non, il a ramené la voiture, et il n'est plus revenu.

On se rendit chez les personnes dont le mécanicien s'était recommandé. Aucune d'elles ne connaissait le nommé Ernest.

Ainsi donc, quelque piste que l'on suivît pour sortir des ténèbres, on aboutissait à d'autres ténèbres, à d'autres énigmes.

Désespéré, M. Gerbois capitula. Une petite annonce parue à l'*Écho de France*, et que tout le monde commenta, affirma sa soumission pure et simple, sans arrière-pensée.

C'était la victoire, la guerre terminée en quatre fois vingt-quatre heures.

MONSIEUR GERBOIS TOUCHE LE MILLION ET GANIMARD ENTRE EN SCENE

Deux jours après, M. Gerbois traversait la cour du Crédit Foncier. Introduit auprès du gouverneur, il tendit le numéro 514, série 23. Le gouverneur sursauta.

— Ah ! vous l'avez ? il vous a été rendu ?

— Je l'avais égaré, le voici, répondit M. Gerbois. Le reste n'est que racontars et mensonges.

— Vous avez aussi la lettre du commandant ?

— La voici.

— C'est bien. Veuillez laisser ces pièces en dépôt. Il nous est donné quinze jours pour vérification. Je vous préviendrai dès que vous pourrez vous présenter à notre caisse.

Ainsi donc, Arsène Lupin avait eu l'audace de renvoyer à M. Gerbois le numéro 514, série 23 ! La nouvelle fut accueillie avec une admiration stupéfaite. Décidément c'était un beau joueur que celui qui jetait sur la table un atout de cette importance, le précieux billet ! Certes, il ne s'en était dessaisi qu'à bon escient et pour une carte qui rétablissait l'équilibre. Mais si la jeune fille s'échappait ? Si l'on réussissait à reprendre l'otage qu'il détenait ?

La police sentit le point faible de l'ennemi et redoubla d'efforts. Arsène Lupin désarmé, dépouillé par lui-même, pris dans l'engrenage de ses combinaisons, ne touchant pas un traître sou du million convoité… du coup les rieurs passaient dans l'autre camp.

Mais il fallait retrouver Suzanne. Et on ne la retrouvait pas, et pas davantage, elle ne s'échappait !

Soit, disait-on, le point est acquis, Arsène gagne la première manche. Mais le plus difficile est à faire ! Mlle Gerbois est entre ses mains, nous l'accordons, et il ne la remettra que contre cinq cent mille francs. Mais où et comment s'opérera l'échange ? Pour que cet échange s'opère, il faut qu'il y ait rendez-vous, et alors qui empêche M. Gerbois d'avertir la police et, par là, de reprendre sa fille tout en gardant l'argent ?

On interviewa le professeur. Très abattu, désireux de silence, il demeura impénétrable.

— Je n'ai rien à dire, j'ai déposé mon billet, j'attends.

— Et Mlle Gerbois ?

— Les recherches continuent.

— Mais Arsène Lupin vous a écrit ? Quelles sont ses instructions ?

— Je n'ai rien à dire.

On assiégea Me Detinan. Même discrétion.

— M. Lupin est mon client, répondait-il avec une affectation de gravité, vous comprendrez que je sois tenu à la réserve la plus absolue.

Tous ces mystères irritaient la galerie. Évidemment des plans se tramaient dans l'ombre. Arsène Lupin disposait et resserrait les mailles de ses filets, pendant que la police organisait autour de M. Gerbois une surveillance de jour et de nuit. Et l'on examinait les trois seuls dénouements possibles : l'arrestation, le triomphe, ou l'avortement ridicule et piteux.

Le mardi 5 juin, M. Gerbois reçut l'avis du Crédit Foncier.

Le jeudi, à une heure, il prenait le train pour Paris. À deux heures, les mille billets de mille francs lui furent délivrés.

Tandis qu'il les feuilletait, un à un, en tremblant, — cet argent, n'était-ce pas la rançon de Suzanne ? — deux hommes s'entretenaient dans une voiture arrêtée à quelque distance du grand portail. Et l'inspecteur principal Ganimard, le vieux Ganimard, l'ennemi implacable de Lupin, disait au brigadier Folenfant :

— Nous sommes prêts ?

— Oui, il y en a huit à bicyclette et moi.

— Et moi qui compte pour trois. Il ne faut pas que le Gerbois nous échappe… sinon bonsoir : il rejoint Lupin au rendez-vous fixé, on troque la demoiselle contre le demi-million, et le tour est joué.

— Mais pourquoi donc le bonhomme ne marche-t-il pas avec nous ?

— Il a peur. S'il essaye de mettre l'autre dedans, il n'aura pas sa fille.

— Quel autre ?

— Lui.

Ganimard prononça ce mot d'un ton grave, un peu craintif, comme s'il parlait d'un être surnaturel qui lui aurait joué déjà de mauvais tours.

— Attention, fit-il.

M. Gerbois sortait. À l'extrémité de la rue des Capucines, il prit les boulevards, du côté gauche. Il s'éloignait lentement, le long des magasins, et regardait les étalages. Puis il se dirigea vers un kiosque, acheta des journaux, et, soudain, d'un bond il se jeta dans une automobile qui stationnait au bord du trottoir. Le moteur était en marche, car elle partit rapidement, doubla la Madeleine et disparut.

— Nom de nom ! s'écria Ganimard, encore un coup de sa façon !

Mais il éclata de rire. À l'entrée du boulevard Malesherbes, l'automobile était arrêtée, en panne, et M. Gerbois en descendait.

— Vite, Folenfant…, le mécanicien… c'est peut-être le nommé Ernest.

Folenfant s'occupa du mécanicien. C'était un nommé Charles, employé à la Société des fiacres automobiles ; dix minutes auparavant, un monsieur l'avait retenu et lui avait dit d'attendre « sous pression », près du kiosque, jusqu'à l'arrivée d'un autre monsieur.

— Et le second client, demanda Folenfant quelle adresse a-t-il donnée ?

— Aucune adresse… « Boulevard Malesherbes… avenue de Messine… double pourboire »… Voilà tout.

Mais, pendant ce temps, M. Gerbois avait sauté dans la première voiture qui passait.

— Cocher, au métro de la Concorde.

Il sortit du métro place du Palais-Royal, courut vers une autre voiture et se fit conduire place de la Bourse. Deuxième voyage en métro, puis, avenue de Villiers, troisième voiture.

— Cocher, 25, rue Clapeyron.

Le 25 de la rue Clapeyron est séparé du boulevard des Batignolles par la maison qui fait l'angle. Il monta au premier étage et sonna. Un monsieur lui ouvrit :

— Me Detinan ?

— M. Gerbois, sans doute ? Je vous attendais, Monsieur.

L'ENTREVUE — LES HONORAIRES DE M^E DETINAN

Ils entrèrent dans le salon de l'avocat. La pendule marquait trois heures.

— Il n'est pas là ? demanda M. Gerbois.

— Pas encore.

— Viendra-t-il ?

— Vous m'interrogez, Monsieur, sur la chose du monde que je suis le plus curieux de savoir. Jamais je n'ai ressenti pareille impatience. En tout cas, s'il vient, il risque gros, cette maison est très surveillée depuis quinze jours… On se méfie de moi.

— Et de moi encore davantage, reprit le professeur. Aussi je n'affirme pas que les agents, attachés à ma personne, aient perdu ma trace.

— Mais alors…

— Ce ne serait point de ma faute. J'ai obéi aveuglément à ses ordres, j'ai touché l'argent à l'heure fixée par *lui*, et je me suis rendu chez vous de la façon qu'*il* m'a prescrite. Responsable du malheur de ma fille, j'ai tenu mes engagements en toute loyauté. À lui de tenir les siens.

Et il ajouta, la voix anxieuse :

— Il ramènera ma fille, n'est-ce pas ?

— Je l'espère.

— Cependant… vous l'avez vu ?

— Moi ? mais non ! Il m'a simplement demandé par lettre de vous recevoir tous deux, de congédier mes domestiques avant trois heures, et de n'admettre personne dans mon appartement entre votre arrivée et son départ. Si je ne consentais pas à cette proposition, il me priait de l'en prévenir par deux lignes à l'*Écho de France*, Mais je suis trop heureux de rendre service à Arsène Lupin et je consens à tout.

M. Gerbois gémit :

— Hélas ! comment tout cela finira-t-il ?

Il tira de sa poche les billets de banque, les étala sur une table et en fit deux paquets de même nombre. Puis ils se turent. De temps à autre M. Gerbois prêtait l'oreille… n'avait-on pas sonné ?

Avec les minutes son angoisse augmentait. Et Me Detinan aussi éprouvait une impression presque douloureuse.

Il se leva brusquement :

— Nous ne le verrons pas… Comment voulez-vous ?… ce serait de la folie de sa parti Qu'il ait confiance en nous, soit, mais le danger n'est pas seulement ici…

Et M. Gerbois, écrasé, les deux mains sur les billets, balbutiait : — Qu'il vienne, mon Dieu, qu'il vienne ! Je donnerais tout cela pour retrouver Suzanne.

La porte s'ouvrit.

— La moitié suffira, M. Gerbois.

Le professeur bondit vers celui qui entrait.

— Et Suzanne ? Où est ma fille ?

Arsène Lupin ferma la porte soigneusement et répondit :

— Dans un instant, Monsieur, mademoiselle votre fille sera dans vos bras.

Me Detinan, stupéfait, murmura :

— Mais vous n'avez pas sonné… je n'ai pas entendu la porte…

— Me voilà tout de même, c'est l'essentiel.

Et s'adressant au professeur :

— M. Gerbois, je vous remercie, vous avez fait l'impossible. Si l'automobile n'avait pas eu cette panne absurde, on se retrouvait tout simplement à l'Étoile, et l'on épargnait à Mᵉ Detinan l'ennui de cette visite... Enfin ! c'était écrit.

Il saisit l'une des deux liasses, compta vingt-cinq billets, et les tendant à l'avocat :

— La part d'honoraires de M. Gerbois, mon cher maître. Je n'ose pas espérer que vous acceptiez celle d'Arsène Lupin ?

Mᵉ Detinan réfléchit et dit :

— Pourquoi pas ?

Lupin parut très étonné, puis, renonçant à comprendre le motif secret auquel obéissait l'avocat, il répéta l'opération sur l'autre liasse et tendit de nouveau vingt-cinq billets.

— Avec tous mes remerciements.

Et il empocha l'un des paquets.

— Mais, dit Mᵉ Detinan, Mˡˡᵉ Gerbois n'est pas encore arrivée.

— Si vous n'avez pas confiance, répliqua Lupin, ouvrez donc votre fenêtre et appelez. Il y a bien une douzaine d'agents dans la rue.

— Vous croyez ?

Arsène Lupin souleva le rideau.

— Je crois M. Gerbois incapable de dépister Ganimard... Que vous disais-je ? Le voici, ce brave ami ! Et Folenfant que j'aperçois !... Et Gréaume !...

Mᵉ Detinan le regardait avec surprise. Quelle tranquillité ! Il riait d'un rire heureux, comme s'il se divertissait à quelque jeu d'enfant. On eut cru vraiment qu'aucun danger ne le menaçait. Ils parlèrent de toute cette aventure, et l'avocat lui dit :

— Il y a un point que je n'aperçois pas nettement. Est-il indiscret de vous demander pour quelles raisons le secrétaire fut l'objet de vos soins ?

Sur ces mots, M. Gerbois releva la tête.

L'HISTOIRE DU PETIT SECRETAIRE EN ACAJOU

— Rassurez-vous, M. Gerbois, s'écria Lupin, je n'y ai découvert aucun trésor. C'est pour des raisons plutôt... historiques que j'y tenais et que je le recherchais depuis longtemps. Ce secrétaire, en bois d'if et d'acajou, décoré de chapiteaux à feuilles d'acanthe, fut retrouvé dans la petite maison discrète qu'habitait à Boulogne, Marie Walewska, et il porte sur l'un de ses tiroirs l'inscription : « Dédié à Napoléon Iᵉʳ, Empereur des Français, par son très fidèle serviteur, Mancion ». Et, en-dessous, ces mots, gravés à la pointe d'un couteau : « À toi, Marie. » Par la suite, Napoléon le fit recopier pour l'impératrice Joséphine — de sorte que le secrétaire qu'on admirait à la Malmaison, et que l'on admire aujourd'hui au Garde-Meuble, n'est qu'une copie imparfaite de celui qui désormais fait partie de mes collections.

M. Gerbois soupira :

— Hélas ! si j'avais su, chez le marchand, comme je vous l'aurais cédé !

Arsène Lupin dit en riant :

— Et vous auriez eu, en outre, cet avantage appréciable de conserver, pour vous seul, le numéro 514, série 23.

— Ce qui ne vous aurait pas conduit à enlever ma fille que tout cela a dû bouleverser.

— Tout cela ?

— Cet enlèvement...

— Mais, mon cher Monsieur, vous faites erreur. Mˡˡᵉ Gerbois n'a pas été enlevée. C'est de son plein gré qu'elle m'a servi d'otage.

— De son plein gré, répéta M. Gerbois confondu.

— De son plein gré ! Elle tenait à conquérir sa dot, et il a été facile de lui faire comprendre qu'il n'y avait pas d'autre moyen de vaincre votre obstination.

— Mais comment avez-vous pu vous entendre avec elle ?

— Oh ! ce n'est pas moi. Je n'ai même pas l'honneur de la connaître. C'est une personne de mes amies qui a bien voulu entamer les négociations.

— La dame blonde de l'automobile, sans doute ? interrompit Mᵉ Detinan.

— Justement. Dès la première entrevue aux abords du lycée, tout était réglé. Depuis, Mˡˡᵉ Gerbois et sa nouvelle amie ont voyagé, visitant la Belgique et la Hollande, de la manière la plus agréable et la plus instructive pour une jeune fille. Du reste elle-même va vous expliquer...

On sonnait à la porte du vestibule, trois coups rapides, puis un coup isolé. Sur un signe d'Arsène Lupin, Me Detinan se précipita.

LA DAME BLONDE APPARAIT — GANIMARD SE MONTRE — ARSENE LUPIN S'EN VA

Deux jeunes femmes entrèrent. L'une se jeta dans les bras de M. Gerbois. L'autre s'approcha de Lupin. Elle était de taille élevée, le buste harmonieux, la figure assez pâle, et ses cheveux blonds se divisaient en deux bandeaux ondulés et très lâches.

Arsène Lupin lui dit quelques mots, et saluant la jeune fille :

— Je vous demande pardon, Mademoiselle, de toutes ces tribulations, mais j'espère cependant que vous n'avez pas été trop malheureuse...

— Malheureuse ! J'aurais été très heureuse, s'il n'y avait pas eu mon pauvre père.

Elle embrassa de nouveau M. Gerbois. Arsène Lupin se dirigea vers la fenêtre.

— Ce bon Ganimard est-il toujours là ?.. Il aimerait tant assister à ces touchantes effusions de famille !... Plus personne... ni lui ni les autres... Diable ! Ils doivent être sous la porte cochère, chez le concierge, dans l'escalier même.

M. Gerbois laissa échapper un mouvement. Maintenant que sa fille lui était rendue, le sentiment de la réalité lui revenait. Instinctivement il fit un pas. Comme par hasard, Lupin se trouva sur son chemin.

— Où allez-vous, M, Gerbois ? Me défendre contre eux ? Bah ! je vous jure qu'ils sont plus embarrassés que moi.

Et il continua en réfléchissant :

— Au fond que savent-ils ? Que vous êtes ici, et peut-être que Mlle Gerbois y est également, car ils ont dû la voir arriver avec une dame inconnue. Mais moi ? ils ne s'en doutent pas. Comment me serais-je introduit dans une maison qu'ils ont fouillée ce matin de la cave au grenier ? Non, ils m'attendent pour me saisir au vol... à moins qu'ils ne devinent que la dame inconnue est envoyée par moi et qu'ils ne la supposent chargée de procéder à l'échange... Auquel cas ils s'apprêtent à l'arrêter à son départ...

Un coup de timbre retentit.

D'un geste brusque, Lupin immobilisa M. Gerbois, et la voix sèche, impérieuse :

— En place, Monsieur, pensez à votre fille et soyez raisonnable... Quant à vous, Me Detinan, j'ai votre parole.

Sans la moindre hâte, il prit son chapeau, ouvrit doucement la porte du salon, et, s'adressant à la dame blonde :

— Vous venez, chère amie ?

Ils sortirent.

Un coup de timbre, puis des coups répétés et des bruits de voix sur le palier.

Résolument, M. Gerbois passa dans le vestibule. Arsène Lupin et la dame blonde n'y étaient pas. Il ouvrit.

Ganimard se rua.

— Cette dame... où est-elle ? Et Lupin ?

— Il était là... il est là.

Ganimard poussa un cri de triomphe.

— Nous le tenons... la maison est cernée.

Me Detinan objecta :

— Mais l'escalier de service ?

— L'escalier de service aboutit à la cour, et il n'y a qu'une issue : la grand'porte : dix hommes la gardent.

— Mais il n'est pas entré par la grand'porte... Il ne s'en ira pas par là...

— Et par où donc ? riposta Ganimard... À travers les airs ?

Il écarta un rideau. Un long couloir s'offrit qui conduisait à la cuisine. Là, Ganimard constata que la porte de l'escalier de service était fermée à double tour.

De la fenêtre, il appela l'un de ses agents.

— Personne ?

— Personne.

— Alors, s'écria-t-il, ils sont dans l'appartement !... ils sont cachés dans l'une des chambres !... il est matériellement impossible qu'ils se soient échappés... Ah ! mon petit Lupin, cette fois ; c'est la revanche.

Arsène Lupin s'échappe, mais Ganimard, dans une nouvelle affaire retentissante, retrouve son tour de main.

II. — L'HISTOIRE DU DIAMANT BLEU.

À sept heures du soir, M. Dudouis, chef de la Sûreté, étonné de n'avoir point de nouvelles, se présenta rue Clapeyron. Il interrogea les agents qui gardaient l'immeuble, puis monta chez Me Detinan qui le conduisit dans sa chambre. Là, il aperçut un homme, ou plutôt deux jambes qui s'agitaient sur le tapis, tandis que le torse auquel elles appartenaient était engagé dans les profondeurs de la cheminée.

— Ohé !… ohé !… glapissait une voix étouffée.

Et une voix plus lointaine, qui venait de tout en haut, répondait :

— Ohé !… Ohé !…

M. Dudouis s'écria en riant :

— Eh bien ! Ganimard, qu'avez-vous donc à faire le fumiste ?

L'inspecteur s'exhuma des entrailles de la cheminée. Le visage noirci, les vêtements couverts de suie, les yeux brillants de fièvre, il était méconnaissable.

— Je *le* cherche, grogna-t-il.

— Qui ?

— Arsène Lupin… Arsène Lupin et son amie.

— Ah ça ! mais, vous imaginez-vous qu'ils se cachent dans les tuyaux de la cheminée ?

Ganimard se releva, appliqua sur la manche de son supérieur cinq doigts couleur de charbon, et sourdement, rageusement :

— Où voulez-vous qu'ils soient, chef ? Il faut bien qu'ils soient quelque part. Ce sont des êtres comme vous et moi, en chair et en os. Ces êtres-là ne s'en vont pas en fumée.

— Non, mais ils s'en vont tout de même.

— Par où ? par où ? la maison est entourée ! il y a des agents sur le toit !

— La maison voisine ? — Pas de communication avec elle.

— Les appartements des autres étages ?

— Je connais tous les locataires. Ils n'ont vu personne. Ils n'ont entendu personne.

— Êtes-vous sûr de les connaître tous ?

— Tous. La concierge répond d'eux. D'ailleurs, pour plus de précaution, j'ai posté un homme dans chacun de ces appartements.

— Il faut pourtant bien qu'on mette la main sur eux.

— C'est ce que je dis, chef, c'est ce que je dis. Il le faut, et ça sera, parce qu'ils sont ici tous deux… ils ne peuvent pas ne pas y être. Soyez tranquille, chef, si ce n'est pas ce soir, je les aurai demain… J'y coucherai !… J'y coucherai !…

SUR LA PISTE D'UN AUTRE FORFAIT

De fait il y coucha, et le lendemain aussi, et le surlendemain également. Et, lorsque trois jours entiers et trois nuits se furent écoulés, non seulement il n'avait pas découvert l'insaisissable Lupin et sa non moins insaisissable compagne, mais il n'avait même pas relevé le plus petit indice qui lui permît d'établir la plus petite hypothèse.

Et c'est pourquoi son opinion de la première heure ne variait pas.

— Du moment qu'il n'y a aucune trace de leur fuite, c'est qu'ils sont là !

Peut-être, au fond de sa conscience, était-il moins convaincu. Mais il ne voulait pas se l'avouer. Non, mille fois non, un homme et une femme ne s'évanouissent pas ainsi que les mauvais génies des contes d'enfants. Et sans perdre courage, il continuait ses fouilles et ses investigations comme s'il avait espéré les découvrir, dissimulés en quelque retraite impénétrable, incorporés aux pierres de la maison.

Mais le treizième jour, revenant à la Préfecture de police, il rencontra sur le quai des Orfèvres M. Dudouis, qui montait en voiture et qui l'appela :

— Vite, Ganimard, assez de bêtises et de temps perdu. Laissez-moi tranquille avec votre Lupin et votre dame blonde, et travaillons d'un autre côté. Il y a de l'ouvrage. Cocher, 134, avenue Henri-Martin.

— Ah ! dit l'inspecteur, c'est pour l'assassinat de cette nuit ? Folenfant m'en a parlé. Ça n'a pas l'air bien intéressant.

— Beaucoup moins évidemment que vos histoires de Lupin. Mais que ça vous intéresse ou non, l'assassinat du baron d'Hautois a quelque importance.

Ils arrivèrent à l'hôtel qu'habitait le baron. Le juge d'instruction était en train de reconstituer la scène du crime, et il y avait là beaucoup de personnes, des agents, deux médecins, des domestiques qui remplissaient la chambre et le couloir.

Contrairement à ses habitudes de bon policier que passionne et que stimule le premier examen d'une affaire encore neuve, Ganimard était distrait. L'esprit toujours en proie à la même obsession, il allait et venait au hasard, écoutait sans entendre, regardait sans voir, lorsque, soudain, il avisa, sur une table où l'on avait déposé les pièces à conviction, quelque chose qui le frappa vivement. C'était une poignée de cheveux, des cheveux blonds, mais d'un blond particulier, étincelant comme de l'or. Il demanda à l'un de ses collègues, l'inspecteur Dieuzy :

— Où a-t-on pris cela ?
— Dans la main du mort.
— Dans la main du mort, ces cheveux de femme ! C'est donc une femme qui a tué le baron.
— Oui, la demoiselle de compagnie, la lectrice.
— Elle est arrêtée ?
— Non, elle a disparu.
— Comment ?
— On ne sait pas.
— Mais il faut savoir, s'écria Ganimard, très ému.

Et les yeux ouverts cette fois, les oreilles attentives, il se mit à étudier l'affaire pour son compte.

OU IL EST QUESTION D'UN DIAMANT BLEU, D'UN STYLET D'ACIER ET DE CHEVEUX D'OR.

Ce crime, on s'en souvient puisqu'il est tout récent, est un des drames les plus mystérieux de notre époque. J'en emprunte le récit aux journaux.

« Le général baron d'Hautois, ambassadeur à Berlin sous le second Empire, a été assassiné cette nuit dans l'hôtel qu'il occupait depuis la mort de son frère, et que celui-ci lui avait légué, au n°134 de l'avenue Henri-Martin.

« Affaibli par l'âge et la maladie, il vivait dans la retraite la plus absolue, sous la garde d'une religieuse, la sœur Auguste, et d'une demoiselle de compagnie, Mlle B… plus spécialement engagée comme lectrice.

« Hier soir, en l'absence de la sœur Auguste, Mlle B… s'offrit à passer la nuit sur la chaise-longue du cabinet de toilette. À dix heures, le domestique vint prendre les ordres et se retira, laissant son maître avec Mlle B… qui, à ce moment, lisait à haute voix.

« Ce domestique dormait à peine, lorsque, un peu avant minuit, il fut réveillé par le bruit de la sonnette électrique qui relie sa chambre à celle de M. d'Hautoîs. Il descendit en hâte et poussa vivement la porte. Au milieu de la pièce, entre la table et l'armoire à glace, gisait le corps de son maître. Mlle B… n'était plus là.

« Il donna aussitôt l'alarme. Le cocher courut chez le commissaire du 16e arrondissement, M. Chevalot, qui, sans plus tarder, fit les premières constatations.

« Une seule blessure avait occasionné la mort, une blessure au cou par où le sang avait giclé violemment, mouchetant de taches noires les livres qui encombraient la table. Mais auparavant une lutte terrible avait dû se produire, comme le montrent le désordre de la pièce, les chaises renversées, un grand flambeau de cristal cassé en mille morceaux. Du reste, le visage du baron conservait une expression d'épouvante folle, et son corps était crispé, recroquevillé sur lui-même.

« Au creux de sa main, à la pointe de ses ongles qu'un effort convulsif avait entrés dans sa chair, on a découvert une poignée de cheveux blonds, des cheveux de femme d'un blond éclatant, lumineux connue des fils d'or. Et, près du cadavre, se trouvait un petit stylet très fin, à lame d'acier et à manche d'ivoire qui, le sang dont il est encore souillé l'indique suffisamment, fut l'instrument du crime.

« Or, ce stylet appartenait à Mlle B… qui s'en servait de façon constante pour découper et marquer les pages du livre en lecture. En outre, les cheveux de Mlle B… sont, paraît-il, de ce blond métallique à reflets d'or. Le doute ne semble donc pas possible, quant à l'auteur de l'assassinat.

« Les motifs du crime sont plus obscurs. Le portefeuille du baron n'ayant pas été touché, on pourrait supposer que le vol est étranger à l'affaire. Mais le nom même du général baron d'Hautois rend cette hypothèse inadmissible. Qu'on se rappelle, en effet, l'histoire ou plutôt, — puisque la série de ses aventures à travers le monde ne paraît pas terminée, — qu'on se rappelle la première histoire du diamant bleu, — le diamant bleu, joyau delà couronne royale de France, donné par S. A. R. le prince de X... à Mme de B... et, à la mort de celle-ci, racheté par le baron d'Hautois en mémoire de la brillante mondaine qu'il avait passionnément admirée.

« Le diamant bleu aux mains du baron, la clef du mystère n'est-elle pas là ? Et si, comme il est tout permis de le croire, le diamant bleu ne se retrouve point, ne peut-on dire que le crime de la rue Saint-Dominique est expliqué ? »

Il ne l'était nullement, et ces extraits d'un journal du lendemain montrent bien l'incertitude des résultats obtenus.

« L'énigme se complique. Trois points principalement déconcertent la police et le parquet. D'abord, quel est le motif du crime ? Contrairement à ce qui a été dit, *le diamant bleu n'a pas été volé !* Il était, il est encore au doigt, à l'index du baron d'Hautois, le chaton retourné en dedans, ce qui a pu faire croire qu'il n'y avait là qu'un simple agneau d'or. Mais Antoinette Bréhat, — c'est le nom de la demoiselle de compagnie, — Antoinette Bréhat connaissait évidemment l'existence de la bague. Alors, pourquoi ne l'a-t-elle pas prise ? Doit-on supposer qu'en voyant le baron appuyer sur la sonnette électrique elle ait perdu la tête et se soit enfuie sans penser au diamant bleu ?

« Cette version n'est guère probable, car, entre le signal de la sonnerie et l'instant où le domestique a pénétré dans la chambre, il s'est écoulé tout au plus trois minutes. Or, à ce moment, le baron gisait sur le tapis, inanimé, et loin du bouton d'appel. Il faudrait donc, ou bien que M. d'Hautois eût sonné *pendant* la lutte, ce qui est impossible, vu que le signal fut long, ininterrompu, et nullement saccadé, — ou bien qu'il eût sonné *avant*, ce qui est également impossible, vu que la lutte, l'assassinat, l'agonie et la fuite n'ont pu se dérouler dans ce court espace de trois minutes.

« Par conséquent, seule, Antoinette Bréhat était en mesure de sonner. Mais alors, — et c'est là le second problème, — qui l'empêchait, ayant le temps de sonner, de prendre le temps d'enlever le bijou du doigt de sa victime. ? Et pourquoi d'ailleurs a-t-elle sonné ?

« Enfin, troisièmement, par où s'est-elle enfuie ? Le cocher affirme que, quand il s'est rendu chez le commissaire, il a dû tirer le verrou qui barrait la porte du vestibule, et décrocher la chaîne de sûreté tendue d'un battant à l'autre. En outre, toute la nuit du crime, il a plu. Pourtant, dehors, sur le sable mouillé du petit jardin qui précède l'hôtel, aucun vestige de pas.

« Dans ces conditions, il est difficile de prévoir la réponse que pourra faire la police aux différents problèmes qui lui sont posés. L'unique certitude, c'est que le crime a été commis par Antoinette Bréhat. Mais qui est cette Antoinette Bréhat ? Il y a une dizaine de jours, elle se présentait à la sœur Auguste, qui, sur la seule foi de sa bonne mine et de ses propos réservés, l'engageait au service du baron. De certificats, la sœur Auguste l'avoue, il ne lui en fut pas réclamé.

« Dans la chambre qu'elle occupait, on n'a trouvé que du linge marqué aux initiales A. B., deux robes et un chapeau achetés au Louvre, beaucoup de romans, la plupart français, quelques-uns anglais, allemands ou espagnols, et non traduits, — mais point de papiers. »

Telle est, brièvement racontée, l'affaire de l'avenue Henri-Martin. Je n'entrerai pas dans de plus amples détails, pour cette excellente raison qu'elle n'en comporte pas un de plus. Si compliquées qu'elles soient, les énigmes proposées dans ces diverses aventures sont très précises. Elles se composent de faits inexplicables, mais de faits peu nombreux. Les éléments du procès sont étranges, mais rares. On voit ce qu'il y a, on constate ce que les yeux peuvent constater, et c'est tout. Si l'on suit une piste, aussitôt, à droite, à gauche, devant soi, derrière soi, c'est l'obscurité, l'inconnu.

UNE VENTE SENSATIONNELLE. — QUI L'EMPORTERA, LA COMTESSE OU LE FINANCIER ?

Les héritiers du baron d'Hautois ne pouvaient que bénéficier d'une pareille réclame. Ils organisèrent avenue Henri-Martin, dans l'hôtel même, sur le lieu du crime, une exposition des meubles et objets qui devaient se vendre à la salle Drouot. Meubles modernes et de goût médiocre, objets sans valeurs artistique... mais au centre de la pièce, sur un socle tendu de velours grenat, protégée par un globe de verre, et gardée par deux agents, étincelait la bague au diamant bleu.

Diamant magnifique, énorme, d'une pureté incomparable, et de ce bleu indéfini que l'eau claire prend au ciel qu'il reflète, de ce bleu que l'on devine dans la blancheur du linge. On admirait, on s'extasiait... et l'on regardait avec effroi la chambre de la victime, l'endroit où gisait le cadavre, le parquet démuni de son tapis ensanglanté, et les murs surtout, les murs infranchissables au travers desquels avait passé la criminelle. On s'assurait que le marbre de la cheminée ne basculait pas, que telle moulure de la glace ne cachait pas un ressort destiné à la faire pivoter. On imaginait des trous béants, des orifices de tunnel, des communications avec les égouts, avec les catacombes...

La vente du diamant bleu eut lieu le 30 janvier. La foule s'étouffait dans la salle et la fièvre des enchères s'exaspéra jusqu'à la folie.

Il y avait là le Tout-Paris des grandes occasions, tous ceux qui achètent et tous ceux qui veulent faire croire qu'ils peuvent acheter, des boursiers, des artistes, des dames de tous les mondes, deux ministres, un ténor italien, un roi en exil qui, pour consolider son crédit, se donna le luxe de pousser, avec beaucoup d'aplomb et une voix vibrante, jusqu'à cent mille francs. Cent mille francs ! il pouvait les offrir sans se compromettre. Le ténor italien en risqua cent cinquante, une sociétaire des Français cent soixante-quinze.

À deux cent mille francs néanmoins, les amateurs se découragèrent. À deux cent cinquante mille, il n'en resta plus que deux, Herschmann, le célèbre financier, le roi des mines d'or, et la comtesse de Crozon, la richissime Espagnole dont la collection de diamants et de pierres précieuses est réputée.

— Deux cent soixante mille... deux cent soixante-dix mille... soixante-quinze... quatre-vingt... proférait le commissaire, interrogeant successivement du regard les deux compétiteurs... Deux cent quatre-vingt mille pour madame... Personne ne dit mot ?...

— Trois cent mille, murmura Herschmann.

Un silence. On observait la comtesse de Crozon. Debout, souriante, mais d'une pâleur qui dénonçait son trouble, elle s'appuyait au dossier de la chaise placée devant elle. En réalité, elle le savait et tous les assistants le savaient aussi, l'issue du duel n'était pas douteuse : logiquement, fatalement, il devait se terminer à l'avantage du financier, dont les caprices étaient servis par une fortune de plus d'un demi-milliard. Pourtant elle prononça :

— Trois cent cinq mille.

Un silence encore. On se retourna vers le roi des mines, dans l'attente de l'inévitable surenchère. Il était certain qu'elle allait se produire, forte, brutale, définitive.

Elle ne se produisit point. Herschmann restait impassible, les yeux fixés sur une feuille de papier que tenait sa main droite, tandis que l'autre gardait les morceaux d'une enveloppe déchirée.

— Trois cent cinq mille, répétait le commissaire... une fois ?... deux fois ?...

Herschmann ne broncha pas. Le marteau tomba.

— Quatre cent mille, clama Herschmann, sursautant, comme si le bruit du marteau l'arrachait de sa torpeur.

Il était trop tard.

On s'empressa autour de lui. Que s'était-il passé ? Pourquoi n'avait-il pas parlé plus tôt ?

Il se mit à rire.

— Que s'est-il passé ? Ma foi, je n'en sais rien. J'ai eu une minute de distraction.

— Est-ce possible ?

— Mais oui, une lettre qu'on m'a remise, et qui m'a troublé sur le moment.

Ganimard était là. Il avait assisté à la vente de la bague. Il s'approcha d'un des garçons de service.

— C'est vous, sans doute, qui avez remis une lettre à M. Herschmann ?

— Oui.

— De la part de qui ?

— De la part d'une dame.

— Où est-elle ?

— Où est-elle ?... Tenez, Monsieur, là-bas... cette dame qui a une voilette épaisse.

— Et qui s'en va ?

— Oui.

Ganimard se précipita vers la porte et aperçut la dame qui descendait l'escalier. Il courut. Un flot de monde l'arrêta près de l'entrée. Dehors il ne la retrouva pas.

Il revint dans la salle, aborda Herschmann, se fit connaître, et l'interrogea sur la lettre. Herschmann la lui donna. Elle contenait, écrits au crayon, à la hâte, et d'une écriture que le financier ignorait, ces simples mots :

« Le diamant bleu porte malheur. Souvenez-vous du baron d'Hautois. »

Six mois après, au château de Crozon, en Picardie, on volait à la comtesse la bague au diamant bleu. Résumons cette curieuse affaire dont nous avons tous suivi les amusantes et dramatiques péripéties, et sur laquelle il m'est enfin permis de jeter quelque lumière.

Le soir du 10 août, les hôtes de M. et Mme de Grozon étaient réunis dans le salon du magnifique château qui domine la baie de Somme. On fit de la musique. La comtesse se mit au piano et posa sur un petit meuble, près de l'instrument, ses bijoux, parmi lesquels se trouvait la bague du baron d'Hautois.

Au bout d'une heure le comte se retira, ainsi que ses deux cousins, les d'Andelle, et Mme de Réal, une amie intime de la comtesse de Crozon. Celle-ci resta seule avec M. Bleichen, consul autrichien, et sa femme.

Ils causèrent, puis la comtesse éteignit une grande lampe située sur la table du salon. Au même moment, M. Bleichen éteignait les deux lampes du piano. Il y eut un instant d'obscurité, un peu d'effarement, puis le consul alluma une bougie, et tous trois gagnèrent leurs appartements. Mais, à peine chez elle, la comtesse se souvint de ses bijoux et enjoignit à sa femme de chambre d'aller les chercher. Celle-ci revint et les déposa sur la cheminée. Le lendemain, Mme de Crozon constatait qu'il manquait une bague, la bague au diamant bleu.

Elle avertit son mari. Leur conclusion fut immédiate : la femme de chambre étant au-dessus de tout soupçon, le coupable ne pouvait être que M. Bleichen.

Le comte prévint le commissaire central d'Amiens qui ouvrit une enquête et discrètement, organisa la surveillance la plus active pour que le consul autrichien ne pût ni vendre ni expédier la bague.

Jour et nuit des agents entourèrent le château.

Deux semaines s'écoulèrent sans le moindre incident. M. Bleichen annonce son départ. Ce jour-là une plainte est déposée contre lui. Le commissaire intervient officiellement et ordonne la visite des bagages. Dans un petit sac dont la clé ne quitte jamais le consul, on trouve un flacon de poudre de savon ; dans ce flacon, la bague !

Mme Bleichen s'évanouit. Son mari est mis en état d'arrestation.

On se rappelle le système de défense adopté par l'inculpé. Il ne peut s'expliquer, disait-il, la présence de la bague que par une vengeance de M. de Crozon. « Le comte est brutal et rend sa femme malheureuse. J'ai eu un long entretien avec celle-ci et l'ai vivement engagée au divorce. Mis au courant, le comte s'est vengé. »

Entre l'explication du consul et celle de ses hôtes, toutes deux également possibles, également probables, le public n'avait qu'à choisir. Aucun fait nouveau ne fit pencher l'un des plateaux de la balance. Un mois de bavardages, de conjectures et d'investigations n'amena pas un seul élément de certitude.

Ennuyés par tout ce bruit, impuissants à produire la preuve évidente de culpabilité qui eût justifié leur accusation, M. et Mme de Crozon demandèrent qu'on leur envoyât de Paris un agent de la sûreté capable de débrouiller les fils de l'écheveau. On envoya Ganimard.

UNE ENQUETE QUI FAIT GRNAD HONNEUR A L'INSPECTEUR PRINCIPAL.

Ganimard n'est pas un de ces policiers de grande envergure dont les procédés font école, et dont le nom restera dans les annales judiciaires.

Il lui manque ces éclairs de génie qui illuminent les Dupin, les Lecoq et les Holmes. Mais il a d'excellentes qualités moyennes, de l'observation, de la sagacité, de la persévérance, et même de l'intuition, une intuition un peu confuse, qui ne sait pas relier les faits entre eux. Son mérite est de travailler avec l'indépendance la plus absolue. Rien, si ce n'est peut-être l'espèce de fascination qu'Arsène Lupin exerce sur lui, rien ne le trouble ni ne l'influence.

Il arriva donc sans idée préconçue, et reprit l'enquête à son début comme s'il ignorait tout ce qui avait été fait et tout ce qui avait été dit. Mais il ne tarda pas à s'apercevoir qu'on ne l'avait demandé que dans l'espérance qu'il fournirait, et très rapidement, la preuve si longtemps attendue. Au lieu de trouver des auxiliaires, il se heurtait à des gens que les événements avaient exaspéré jusqu'au parti pris, violent et irréfléchi.

Sans s'émouvoir, il continua de s'informer et d'interroger. Presque aussitôt il dut mettre les domestiques hors de cause, mais les invités lui inspirèrent une défiance plus durable, et il se renseigna sur leurs moyens d'existence et leur moralité. Qu'était-ce que ces messieurs d'Andelle, et pourquoi avaient-ils quitté le château ? Et Mme de Réal ?

À la fin, le comte, impatienté, s'écria :

— Mme de Réal est une amie de ma femme. Voici son adresse : hôtel des Rives d'Or, à Monte-Carlo. Quant à mes cousins d'Andelle, ce sont les plus honnêtes gens du monde. Et, maintenant, parlons du sieur Bleichen, ou restons-en là.

Et comme Ganimard insistait, il lui tourna le dos.

Durant quatre jours l'inspecteur fureta, potina, se promena dans le parc, eut de longues conférences avec la bonne, avec le chauffeur, les jardiniers, les employés des bureaux de poste voisins, visita les appartements qu'occupaient le ménage Bleichen, les cousins d'Andelle et Mme de Réal. Puis, un matin, il prit congé de ses hôtes et s'exprima ainsi :

— Je ne puis rien dire de définitif, car, au fond, je ne sais rien. Il y a dans tout cela des points incompréhensibles. Mais j'ai recueilli des indices de la plus haute importance et qui m'obligent à suivre une piste tout à fait nouvelle. Il me faudra peut-être une semaine…

— Soit, fit le comte. Vendredi prochain nous retournons à Paris. Le samedi, nous vous attendrons.

Une conversation qui ne manque pas d'interet.

Le vendredi, à leur arrivée, M. et Mme de Crozon trouvaient ce télégramme, envoyé de Bordeaux :

« Vous prie venir demain onze heures préfecture police. — Ganimard. »

À onze heures exactement, leur automobile s'arrêtait au quai des Orfèvres, et, tout de suite, le vieux policier les conduisit dans le bureau du chef de la Sûreté.

— Eh bien ! Ganimard, s'écria M. Dudouis, quand on se fut assis, qu'avez-vous d'intéressant à nous dire ? Nous vous écoutons.

Ganimard hésita, puis prononça en cherchant ses mots :

— J'ai désiré que cet entretien eût lieu ici parce que j'apporte des conclusions… ou plutôt une opinion… qui n'est pas conforme…

— Parlez net : nous apportez-vous des preuves ?

— Non.

— Alors ?

— Alors, j'affirme que M. Bleichen n'est pour rien dans le vol de la bague.

— Oh ! oh ! fit M. Dudouis, l'affirmation est grave.

Très maître de lui, le comte déclara :

— Nul plus que nous ne souhaite l'innocence de M. Bleichen, mais cette innocence n'aurait-elle pas besoin d'être établie sur des faits précis ?

— C'est plutôt, répliqua le policier, sa culpabilité qu'il faudrait établir. Or, il résulte de mon enquête que M. Bleichen n'ignorait aucune des mesures vexatoires qui furent prises contre lui. Toute cette surveillance, exercée soi-disant de la façon la plus discrète, fut au contraire maladroite et brutale. Par conséquent, est-il admissible qu'un homme, sous le coup d'une accusation aussi formelle, ne se débarrasse pas de l'objet qu'il a volé, avant d'affronter une perquisition dont l'issue n'est pas douteuse ?

— Comment l'aurait-il pu, épié, traqué comme il l'était ?

— On peut toujours ! La nuit, on ouvre sa fenêtre et on jette la bague à trente mètres de sa chambre. On la cache dans un coin quelconque du château, bref on fait n'importe quoi, mais on ne se laisse pas pincer d'une façon aussi stupide.

Après un silence, le comte demanda :

— Est-ce à cette… découverte que se bornent vos efforts ?

— Non, monsieur. Le surlendemain du vol, les hasards d'une excursion en automobile ont mené trois de vos invités jusqu'au bourg de Crécy. Tandis que deux de ces personnes allaient visiter le fameux champ de bataille, la troisième se rendait en hâte au bureau de poste et expédiait une petite boîte ficelée, cachetée selon les règlements, et déclarée pour la valeur de cent francs.

M. de Crozon objecta :

— Il n'y a rien là que de naturel.

— Peut-être vous semblera-t-il moins naturel que cette personne, au lieu de donner son nom véritable, ait fait l'expédition sous le nom de Rousseau, et que le destinataire, un monsieur Reloux, demeurant à Paris, ait déménagé le soir même du jour où il recevait la boîte, c'est-à-dire la bague.

— Il s'agit peut-être, interrogea le comte, d'un de mes cousins d'Andelle ?

— Il ne s'agit pas de ces messieurs.
— Donc de Mme de Réal ?
— Oui.
La comtesse s'écria, stupéfaite :
— Vous accusez mon amie Mme de Réal ?
— Mme de Réal, répliqua posément Ganimard, n'est que votre amie occasionnelle, Madame, et non pas votre amie intime, comme les journaux l'ont imprimé, ce qui a écarté d'elle les soupçons. Vous ne la connaissez que depuis cet hiver. Or, je me fais fort de vous démontrer que tout ce qu'elle vous a raconté sur elle, sur son passé, sur ses relations, est absolument faux, que Mme Blanche de Réal n'existait pas avant de vous avoir rencontrée, et qu'elle n'existe plus à l'heure actuelle.
— Cependant l'adresse qu'elle m'a laissée : hôtel des Rives d'Or ?
— Une lettre que j'ai envoyée à cette adresse m'a été retournée avec la mention : « destinataire inconnu. »
Et Ganimard ajouta :
— Une simple question, Madame : avez-vous écrit à Mme de Réal depuis son départ ?
— Non, il était convenu que j'attendrais une lettre d'elle.
— J'ai bien peur que vous ne l'attendiez toujours. Autre chose : vous connaissiez Mme de Réal au moment de la vente du diamant bleu ?
-Oui.
— Elle assistait à cette vente ?
— Oui, mais de son côté. Nous n'étions pas ensemble.
— Elle vous avait engagée à acheter la bague ?
La comtesse rassembla ses souvenirs.
— Oui… en effet… je crois même que c'est elle qui m'en a parle la première…
Il y eut un instant de silence, puis M. Dudouis repartit :
— Et après ?
— Après ? fit Ganimard.
— Oui, après… Toute cette histoire est très curieuse, mais en quoi s'applique-t-elle à notre cas ? Si Mme de Réal a pris la bague, pourquoi l'a-t-on retrouvée dans la poudre dentifrice de M. Bleichen ? Que diable ! quand on se donne la peine de dérober le diamant bleu, on le garde. Qu'avez-vous à répondre à cela ?
Ganimard se tut. M. Dudouis insista :
— Voyons, Ganimard, il est certain que cette objection vous a frappé. D'ailleurs, moi qui vous connais à fond, depuis le début de cet entretien j'ai l'impression que vous nous cachez quelque chose. Soyez catégorique. Quelle est votre idée de derrière la tête ?

DÉCIDEMENT GANIMARD EST HANTE PAR LES CHEVEUX D'OR D'UNE CERTAINE DAME.
Ganimard se leva, visiblement embarrassé, marcha de droite et de gauche dans la pièce ; puis, s'arrêtant devant M. Dudouis, il débita, d'un ton qui s'affermissait peu à peu :
— C'est vrai, chef, il y a quelque chose… Si j'hésite, c'est qu'on me blague toujours là-dessus… on dit que je vois Arsène Lupin dans tout et au fond de tout. Dieu sait pourtant que, cette fois, l'animal était loin de ma pensée.
— Comment ! s'exclama M. Dudouis, abasourdi, voilà qu'Arsène Lupin a volé le diamant bleu !
— Je ne dis pas cela, je ne le dis pas, balbutia Ganimard décontenancé… Non, ce n'est pas précisément Arsène Lupin…
— Alors, qui ?
— La dame blonde.
— La dame blonde, qu'est-ce que vous me chantez ?
— Oui, chef, s'écria Ganimard, recouvrant subitement son aplomb sous l'influence d'une foi ardente ; oui, l'amie d'Arsène Lupin, la dame blonde qui enlève Mlle Gerbois, la ramène au 25 de la rue Clapeyron et disparaît avec Arsène Lupin, — la dame blonde qui, sous le nom d'Antoinette Bréhat, assassine le général baron d'Hautois, — la dame blonde, enfin, qui, sous le nom de Mme de Réal dérobe la bague au diamant bleu !
— Des preuves, des preuves, exigea M. Dudouis.
— Je n'en ai qu'une, répondit Ganimard en sortant de son portefeuille un papier qu'il déplia ; la voici : ce sont quelques cheveux d'Antoinette Bréhat, arrachés par le baron et recueillis dans la main du mort. J'arrive de

Bordeaux, où habite maintenant la fille de M. Gerbois ; elle a reconnu la couleur des cheveux de la dame blonde. La comtesse éclata de rire.

— Pardonnez-moi, mon cher Monsieur Ganimard, mais c'est vraiment trop drôle : mon amie, Mme de Réal, est brune !

L'inspecteur ne se démonta pas et répliqua :

— Après l'assassinat du baron d'Hautois, alors que l'on possédait contre elle une arme aussi terrible qu'une poignée de ses cheveux, il aurait été fou de conserver cette couleur qui l'eût immanquablement dénoncée. Elle a changé, tout simplement. Une semaine plus tard, Madame, vous entriez en relations avec une Mme de Réal dont les cheveux étaient bruns et qui n'est autre que la dame blonde.

— La preuve ? dit à son tour la comtesse.

— Mme de Réal a eu l'imprudence — les élèves d'Arsène Lupin n'atteignent pas à la perfection de leur maître — de laisser au château un flacon d'odeur, sans étiquette, il est vrai, et vide, mais encore assez imprégné de son odeur, pour que Mlle Gerbois puisse y distinguer le parfum de cette dame blonde, qui fut sa compagne de voyage durant deux semaines.

LE PROBLEME EST INSOLUBLE, DONC ARSENE LUPIN EST LE COUPABLE.

Cette fois la comtesse parut ébranlée. Son mari ne disait rien. Ce fut le chef de la Sûreté qui, après une minute de réflexion, prit la parole et conclut :

— Il y a dans tout cela des coïncidences assez bizarres, je l'avoue. Mais, en supposant que vos hypothèses soient justes, Ganimard, le mystère n'en est que plus indéchiffrable. Premièrement, votre dame blonde assassine le baron d'Hautois et ne vole pas la bague au diamant bleu, qu'il lui était facile d'enlever. Deuxièmement, elle réussit dans les circonstances les plus difficiles à voler la bague de Mme de Crozon, et voilà qu'elle s'ingénie, à travers mille autres obstacles, à remettre ladite bague dans le flacon d'un consul autrichien. Comment expliquez-vous une telle anomalie ?

Ganimard répondit ingénument :

— Je ne l'explique pas, chef, pas plus que je n'explique la manière dont le diamant bleu a été dérobé à la comtesse, puis introduit dans le flacon de M. Bleichen, et c'est justement parce que je ne trouve pas d'explication que je crois être en présence d'Arsène Lupin.

M. Dudouis réprima un mouvement d'impatience. Le nom seul de Lupin l'exaspérait.

— Il faudra pourtant bien, s'écria-t-il, qu'on arrive à le mâter, ce monsieur-là, un jour ou l'autre.

— Ce sera plutôt l'autre, murmura Ganimard.

L'entretien était terminé. Accompagnés de l'inspecteur, M. et Mme de Crozon redescendirent les escaliers et traversèrent la cour. Au moment de monter dans son automobile, la comtesse, qui semblait soucieuse, se retourna vers le policier et lui dit à brûle-pourpoint :

— M. Ganimard, vous serait-il désagréable que je sollicite l'aide de Herlock Sholmès ?

Il fut un peu déconcerté.

— Mais non… seulement… je ne comprends pas bien…

— Voilà… tous ces mystères m'agacent. Je veux voir clair. Alors j'ai pensé qu'en m'adressant au célèbre détective…

— Vous avez raison, Madame, prononça l'inspecteur avec une loyauté qui n'était pas sans quelque mérite, vous avez raison ; le vieux Ganimard n'est pas de force à lutter contre Arsène Lupin. Herlock Sholmès y réussira-t-il ? Je le souhaite, car j'ai pour lui la plus grande admiration. Cependant… cependant… En tout cas soyez sûre, Madame, que mon concours lui est entièrement assuré.

— Vous connaissez son adresse ?

— Oui, Parker street, 219.

Le soir même, le comte et la comtesse de Crozon, après avoir retiré leur plainte contre M. Bleichen, écrivirent à Herlock Sholmès.

III. — HERLOCK SHOLMES OUVRE LES HOSTILITES.

Que désirent ces messieurs ?

— Ce que vous voulez, répondit Arsène Lupin, en homme que ces détails de nourriture intéressaient peu… ce que vous voulez, mais ni viande ni alcool.

Le garçon s'éloigna, dédaigneux.

— Comment, encore végétarien ? m'écriai-je.

— De plus en plus, affirma Lupin.

Nous dînions tous deux dans un petit restaurant des environs de la gare du Nord où Arsène Lupin m'avait convoqué. Il se plaît ainsi, de temps à autre, à me fixer le matin, par télégramme, un rendez-vous en quelque coin de Paris. Il s'y montre toujours d'une verve intarissable, heureux de vivre, simple et bon enfant, et toujours c'est une anecdote imprévue, un souvenir, le récit d'une aventure que j'ignorais.

Il me dit ;

— Vous avez lu le *Temps* d'aujourd'hui ?

— Ma foi, non.

— Herlock Sholmès a dû traverser la Manche cet après-midi.

— Diable ! Et pourquoi ?

— Un petit voyage que lui offrent le comte et la comtesse de Crozon. En ce moment ils confèrent tous trois avec Ganimard.

Jamais, malgré la formidable curiosité qu'il m'inspire, je ne me permets d'interroger Arsène Lupin sur les actes de sa vie privée. Il y a là, de ma part, une question de réserve sur laquelle je ne transige point. À ce moment d'ailleurs, son nom n'avait pas encore été prononcé au sujet du diamant bleu. Je patientai donc. Il reprit :

— Le *Temps* publie également une interview de ce bon Ganimard, d'après laquelle une certaine dame blonde, qui serait mon amie, aurait assassiné le baron d'Hautois et tenté de soustraire à Mme de Crozon sa fameuse bague. Et bien entendu, il m'accuse d'être l'instigateur de ces forfaits.

Un léger frisson m'agita. Était-ce vrai ? Devais-je croire que l'habitude du vol, son genre d'existence, la logique même des événements, avaient entraîné cet homme jusqu'au crime ? Je l'observai. Il semblait si calme ! Ses yeux vous regardaient si franchement ! J'examinai ses mains ; elles avaient une délicatesse de modelé infinie, des mains inoffensives vraiment, des mains d'artiste… Je murmurai :

— Ganimard est un halluciné.

— Mais non, mais non, Ganimard a de la finesse… parfois même de l'esprit. Ainsi cette interview est un coup de maître. Premièrement il annonce l'arrivée de son rival anglais pour me mettre en garde et lui rendre la tâche plus difficile. Deuxièmement il précise le point exact où il a mené l'affaire ; pour que Sholmès t n'ait que le bénéfice de ses propres découvertes. C'est de bonne guerre, et j'avoue…

Il s'interrompit subitement, secoué par une quinte de toux, et il se cacha la figure dans sa serviette, comme quelqu'un qui a avalé de travers.

— Une miette de pain ? lui demandai-je… buvez donc un peu d'eau.

— Non, ce n'est pas ça, dit-il, d'une voix étouffée… Le besoin d'air… Vite, donnez-moi mon pardessus et mon chapeau, je file…

— Ah ! ça mais, que signifie ?…

— Ces deux messieurs qui viennent d'entrer… vous voyez le plus grand… eh bien, en sortant, marchez à ma gauche de manière à ce qu'il ne puisse m'apercevoir.

— Celui qui s'asseoit derrière vous ?… Qui est-ce donc ?

— Herlock Sholmès.

Il fit un violent effort sur lui-même, comme s'il avait honte de son agitation, reposa sa serviette, avala un verre d'eau, et me dit en souriant, tout à fait remis :

— C'est drôle, hein ? je ne m'émeus pourtant pas facilement, mais cette vision inattendue…

— Qu'est-ce que vous craignez, puisque personne ne peut vous reconnaître, au travers de toutes vos transformations ? Moi-même, chaque fois que je vous retrouve, Il me semble que je suis en face d'un individu nouveau.

— Lui me reconnaîtra, dit Arsène Lupin. Lui, il ne m'a vu qu'une fois[1], mais j'ai senti qu'il me voyait pour la vie, et qu'il voyait, non pas mon apparence, toujours modifiable, mais l'être même que je suis… Le mieux serait d'agir franchement… de m'en remettre à lui… sans quoi… Tenez, j'ai l'impression que ses yeux se posent sur ma nuque, sur mes épaules… et qu'il cherche… qu'il se rappelle…

Il réfléchit. J'avisai un sourire de malice au coin de ses lèvres, puis, obéissant, je crois, à une fantaisie de sa nature prime-sautière plus encore qu'aux nécessités de la situation, il se leva brusquement, fit volte-face, et s'inclinant, tout joyeux :

— Par quel hasard ? C'est vraiment trop de chance… Permettez-moi de vous présenter un de mes amis…

Une seconde ou deux, l'Anglais fut déconcerté. D'instinct, il tourna la tête de droite et de gauche, tout près à se jeter sur Arsène Lupin. Qui l'en empêcha ? Ne voulut-il pas se montrer moins, beau joueur que son adversaire, ou plutôt se dit-il qu'il n'avait point qualité pour mettre la main sur lui ?

Froidement, il fit les présentations.

— Monsieur Wilson, mon ami et collaborateur. — Monsieur Arsène Lupin.

La stupeur de Wilson provoqua l'hilarité. Ses yeux écarquillés et sa bouche large ouverte barraient de deux traits sa figure épanouie, à la peau luisante et tendue comme une porfime, et autour de laquelle des cheveux en brosse et une barbe courte étaient plantés comme des brins d'herbe, drus et vigoureux.

— Allons, Wilson, vous ne cachez pas assez votre ahurissement devant les événements les plus naturels de ce monde, ricana Herlock Sholmès avec une nuance imperceptible de raillerie. Mais asseyez-vous, M. Lupin… Puis-je me permettre de vous offrir un verre de whisky ? Du porto ? Non ? Et votre ami est-il aussi sobre que vous ?

J'acceptai son offre, et bientôt, tous quatre, assis à la même table, nous causâmes tranquillement

UN PORTRAIT D'HERLOCK SHOLMES

Herlock Sholmès est un homme… comme on en rencontre tous les jours. Âgé d'une cinquantaine d'années, il ressemble à un brave bourgeois qui aurait passé sa vie, devant un bureau, à tenir des livres de comptabilité. Rien ne le distingue d'un honnête citoyen de Londres, ni ses favoris roussâtres, ni son menton rasé, ni son aspect un peu lourd rien, si ce n'est ses yeux terriblement aigus, vifs et pénétrants.

Et puis, c'est Herlock Sholmès, c'est-à-dire une sorte de phénomène d'intuition, d'observation, de clairvoyance et d'ingéniosité. On croirait que la nature s'est amusée à prendre les deux types de policier les plus extraordinaires que l'imagination ait produits, le Dupin d'Edgard Poë, et le Lecoq de Gaboriau, pour en construire un à sa manière, plus extraordinaire encore et plus irréel. Et l'on se demande vraiment, quand on entend le récit de ces exploits qui l'ont rendu célèbre dans l'univers entier, on se demande si lui-même, ce Herlock Sholmès, n'est pas un personnage légendaire, un héros sorti vivant du cerveau d'un romancier génial, d'un Conan Doyle, par exemple.

Tout de suite, il mit la conversation sur son véritable terrain, et comme Arsène Lupin l'interrogeait sur la durée de son séjour, il répondit :

— Cela dépend de vous, M. Lupin.

— Oh ! s'écria l'autre en riant, si cela dépendait de moi, je vous prierais de reprendre votre paquebot dès ce soir.

— Ce soir, c'est un peu tôt. Mais j'espère que dans huit ou dix jours… J'ai tant de choses en train, le vol de la banque anglo-chinoise, l'enlèvement de Lady Egerton… Voyons, M. Lupin, croyez-vous que cela suffira ?

— Largement, si vous vous en tenez à la double affaire du diamant bleu. C'est, du reste, le laps de temps qu'il me faut pour prendre mes précautions, au cas où la solution de cette double affaire vous donnerait sur moi certains avantages dangereux pour ma sécurité.

— Eh mais, dit l'Anglais, c'est que je compte bien prendre ces avantages en l'espace de huit à dix jours.

— Et me faire arrêter le onzième peut-être ?

— Le dixième, dernière limite.

Lupin réfléchit et, hochant la tête :

— Difficile, difficile…

— Difficile, oui, mais possible, donc certain…

— Absolument certain, dit Wilson, comme si lui-même eût distingué nettement la longue série d'opérations qui conduirait son collaborateur au résultat annoncé.

Herlock Sholmès sourit :

— Wilson, qui s'y connaît, est là pour vous l'attester.

Et il reprit :

— Évidemment, je n'ai pas tous les atouts entre les mains, puisqu'il s'agit d'affaires déjà vieilles de plusieurs mois. Il me manque les éléments, les indices sur lesquels j'ai l'habitude d'appuyer mes enquêtes.

— Comme les taches de boue et les cendres de cigarette, articula Wilson avec importance.

— Mais outre les remarquables conclusions de M. Ganimard, j'ai à mon service tous les articles écrits à ce sujet, toutes les observations recueillies, et, conséquence de tout cela, quelques idées personnelles.

— Quelques vues qui nous ont été suggérées soit par analyse, soit par hypothèse, ajouta Wilson sentencieusement.

— Est-il indiscret, fit Arsène Lupin, de ce ton déférent qu'il employait pour parler à Sholmès, est-il indiscret de vous demander l'opinion générale que vous avez su vous former ?

Vraiment c'était la chose la plus passionnante que de voir ces deux hommes en présence, les coudes sur la table, discutant gravement et posément comme s'ils avaient à résoudre un problème ardu ou à se mettre d'accord sur un point de controverse. Et c'était aussi d'une ironie supérieure, dont ils jouissaient tous deux profondément, en dilettantes et en artistes. Wilson, lui, se pâmait d'aise.

Herlock bourra lentement sa pipe, l'alluma et s'exprima de la sorte :

— J'estime que cette affaire est infiniment moins complexe qu'elle ne le paraît.

— Beaucoup moins en effet, fit Wilson, écho fidèle.

— Je dis l'affaire, car, pour moi, il n'y en a qu'une. La mort du baron d'Hautois, l'histoire de la bague, et, ne l'oublions pas, le mystère du numéro 514, série 23, ne sont que les faces diverses de ce qu'on pourrait appeler l'énigme de la dame blonde. Or, à mon sens, il s'agit tout simplement de découvrir le lien qui réunit ces trois épisodes de la même histoire, le détail qui prouve l'unité des trois méthodes. Ganimard, dont le jugement est un peu superficiel, voit cette unité dans la faculté de disparition, dans le pouvoir d'aller et de venir tout en restant invisible. Cette intervention du miracle ne me satisfait pas.

— Et alors ?

— Alors, selon moi, énonça nettement Sholmès, la caractéristique de ces trois aventures, c'est votre dessein manifeste, évident, quoique inaperçu jusqu'ici, d'amener l'affaire sur le terrain préalablement choisi par vous. Il y a là, de votre part, plus qu'un plan, une nécessité, une condition *sine qua non* de réussite. Dès le début de votre conflit avec M. Gerbois, vous désignez le lieu où l'on se réunira, l'appartement de Me Detinan. Il n'en est pas un qui vous paraisse plus sûr, à tel point que vous y donnez rendez-vous, publiquement pourrait-on dire, à la dame blonde et à Mlle Gerbois.

— La fille du professeur, précisa Wilson.

— Pour le diamant bleu, que le baron d'Hautois possédait depuis des années, aviez-vous essayé de vous l'approprier ? Non. Mais le baron prend l'hôtel de son frère : six mois après, première tentative… Le diamant vous échappe. On le vend à l'hôtel Drouot. La vente sera-t-elle libre ? Non. Au moment où le banquier Herschmann va l'emporter, une dame lui fait passer une lettre de menaces, et c'est la comtesse de Crozon, préparée, influencée par cette même dame, qui achète le diamant… Disparaît-il aussitôt ? Non : les moyens vous manquent. Mais la comtesse s'installe dans son château. C'est ce que vous attendiez. La bague disparaît.

— Pour reparaître dans la poudre dentifrice du conseiller Bleichen, anomalie bizarre, objecta Lupin.

— Allons donc, s'écria Herlock, en frappant la table du poing, ce n'est pas à moi qu'il faut conter de telles sornettes. Que les imbéciles s'y laissent prendre, soit, mais pas le vieux renard que je suis.

— Ce qui veut dire ?

Sholmès se pencha vers Arsène Lupin, murmura quelques mots à son oreille, et se redressa. Arsène Lupin demeura un instant silencieux, puis, très simplement, les yeux fixés sur l'Anglais :

— Vous êtes un rude homme, monsieur.

— Un rude homme, n'est-ce pas, souligna Wilson, béant d'admiration.

— Peuh ! fit l'Anglais, flatté de ce double hommage si spontané, il suffisait de réfléchir. De même, maintenant que le champ des suppositions est plus restreint, je crois qu'avec un peu d'attention, il me sera facile de découvrir pourquoi les trois aventures se sont dénouées au 25 de la rue Clapeyron, au 134 de l'avenue Henri-Martin, et entre les murs du château de Crozon. Toute l'affaire est là. Le reste n'est que balivernes et charade pour enfant.

— Et je suis tellement sûr du résultat, dit Arsène Lupin en se levant, que je vais hâter mes dispositions de retraite… sans quoi je risquerais d'être pris au gîte.

— Dépêchez-vous, fit Wilson, plein de sollicitude pour un individu auquel Sholmès inspirait tant de considération et de crainte, ne perdez pas une minute.

— Pas une minute, M. Wilson, le temps seulement de vous dire combien je suis heureux de cette rencontre, et combien j'envie le maître d'avoir un collaborateur aussi précieux que vous.

Ainsi prit fin cette étrange entrevue. On se salua cordialement. Arsène me saisit le bras, et nous sortîmes tous deux.

Mais, à peine dehors, il franchit en courant la chaussée. Deux hommes se tenaient sur le trottoir opposé. Il s'entretint quelques minutes avec eux, puis revint à moi :

— Je vous demande pardon, ce satané Sholmès va me donner du fil à retordre. Mais, je vous jure, qu'il n'en a pas fini avec Lupin... Au revoir...

L'ineffable Wilson a raison, je n'ai pas une minute à perdre.

Il s'éloigna rapidement.

Au même instant, Herlock tirait sa montre et se levait à son tour.

— Neuf heures moins vingt. À neuf heures je dois retrouver le comte et la comtesse à la gare. Donc, en route... Surtout, Wilson, ne tournez pas la tête... Peut-être sommes-nous suivis ; en ce cas, agissons comme s'il ne nous importait point de l'être... Dites donc, Wilson, donnez-moi votre avis : pourquoi Lupin était-il dans ce restaurant ?

Wilson n'hésita pas.

— Pour manger.

— Wilson, plus nous travaillons ensemble, et plus je m'aperçois de vos progrès. Ma parole, vous devenez étonnant.

Dans l'ombre, Wilson rougit de plaisir, et Sholmès reprit :

— Pour manger, soit, et ensuite, tout problablement, pour s'assurer si je vais bien à Crozon comme l'annonce Ganimard. Je pars donc afin de ne pas le contrarier. Mais comme il s'agit de gagner du temps sur lui, je ne pars pas.

— Ah ! fit Wilson, interloqué.

— Vous, mon ami, filez par cette rue, prenez une voiture, deux, trois voitures. Revenez plus tard chercher les valises que nous avons laissées à la consigne, et, au galop, jusqu'à l'Elysée-Palace, où vous vous coucherez bien tranquillement, dormirez, et attendrez mes instructions.

HERLOCK SHOLMES ENTRE EN CAMPAGNE

Wilson, tout fier du rôle important qui lui était assigné, s'en alla. Herlock Scholmès prit son billet et se rendit à l'express d'Amiens où le comte et la comtesse de Crozon étaient déjà installés.

Il se contenta de les saluer, alluma une seconde pipe, et fuma paisiblement, debout, dans le couloir.

Le train s'ébranla. Au bout de dix minutes, il vint s'asseoir auprès de la comtesse et lui dit :

— Vous avez là votre bague, madame ?

— Oui.

— Ayez l'obligeance de me la prêter.

Il la prit et l'examina.

— C'est bien ce que je pensais, c'est du diamant reconstitué.

— Reconstitué ?

— Un nouveau procédé qui consiste à soumettre de la poussière de diamant à une température énorme, de façon à la réduire en fusion... et à n'avoir plus qu'à la reconstituer en une seule pierre.

— Comment ! Mais mon diamant est vrai.

— Le vôtre, oui, mais celui-là n'est pas le vôtre.

— Où donc est le mien ?

— Entre les mains d'Arsène Lupin.

— Et alors celui-là ?

— Celui-là a été substitué au vôtre et glissé dans le flacon de M. Bleichen où vous l'avez retrouvé.

— Il est donc faux ?

— Absolument faux.

Interdite, bouleversée, la comtesse se taisait, tandis que son mari, incrédule, tournait et retournait le bijou en tous sens. Elle finit par balbutier :

— Est-ce possible ! Mais pourquoi ne l'a-t-on pas volé tout simplement ? Et puis comment l'a-t-on pris ?

— C'est précisément ce que je vais tâcher d'éclaircir.

— Au château de Crozon ?

— Non, je descends à Creil, et je retourne à Paris. C'est là que doit se jouer la partie entre Arsène Lupin et moi. Les coups vaudront pour un endroit comme pour l'autre, mais il est préférable que Lupin me croie en voyage.

— Cependant...

— Que vous importe, madame ? l'essentiel, c'est votre diamant, n'est-ce pas ? Eh bien, soyez tranquille, foi de Herlock Sholmès, je vous le rendrai.

Le train ralentissait. Il mit le faux diamant dans sa poche et ouvrit la portière, Le comte s'écria :

— Mais vous descendez à contre-voie ! Un employé protesta. L'Anglais se dirigea vers le bureau du chef de gare. Cinquante minutes après il sautait dans un train qui le ramenait à Paris un peu avant minuit— Cocher, rue Clapeyron.

Il fit arrêter sa voiture au 23, étudia la maison qui porte ce numéro, ainsi que la maison de Me Detinan, et que celle qui est située à l'angle du boulevard des Batignolles, mesura certaines distances à l'aide d'enjambées égales, et inscrivit des notes et des chiffres sur son carnet.

— Cocher, avenue Henri-Martin.

Au coin de l'avenue et de la rue de la Pompe il régla sa voiture, suivit le trottoir jusqu'au 134, et recommença les mêmes opérations devant l'ancien hôtel du baron d'Hautois et les deux immeubles de rapport qui l'encadrent, mesurant la largeur des façades respectives et calculant la profondeur des petits jardins qui précèdent la ligne de ces façades.

L'avenue était déserte et très obscure sous ses quatre rangées d'arbres entre lesquels, de place en place, un bec de gaz semblait lutter vainement contre des épaisseurs de ténèbres. L'un d'eux projetait une pâle lumière sur une partie de l'hôtel, et Sholmès vit la pancarte « à louer » suspendue à la grille, les deux allées incultes qui encerclaient la menue pelouse, et les vastes, fenêtres vides de la maison inhabitée.

— Si je pouvais entrer, se dit-il, et faire cette nuit une première visite !

La hauteur de la grille rendant impossible toute tentative d'escalade, il tira de sa poche une lanterne électrique et une clef passe-partout qui ne le quittait pas. Mais, à son grand étonnement, il s'avisa qu'un des battants était entr'ouvert. Il se glissa donc dans le jardin en ayant soin de ne pas refermer le battant. Il n'avait pas fait trois pas qu'il s'arrêta. À l'une des fenêtres du second étage une lueur avait passé.

— Et la lueur repassa à une deuxième fenêtre et à une troisième, sans qu'il pût voir autre chose qu'une silhouette qui se profilait sur les murs des chambres. Et du second étage la lueur descendit au premier, et longtemps erra de pièce en pièce.

— Qui diable peut se promener à une heure du matin dans la maison où le baron d'Hautois a été tué ? se demanda Herlock, prodigieusement intéressé.

fl n'y avait qu'un moyen de le savoir, c'était de s'y introduire soi-même. Il n'hésita pas. Mais au moment où il traversait, pour gagner le perron, la bande de clarté que lançait le bec de gaz, l'homme dut, l'apercevoir, car la lueur s'éteignit soudain et Herlock Sholmès ne la revit plus.

Doucement il appuya sur la porte qui commandait le perron. Elle était ouverte également. N'entendant aucun bruit, il se risqua dans l'obscurité, rencontra la pomme de la rampe et monta un étage. Et toujours le même silence, les mêmes ténèbres.

Arrivé sur le palier, il pénétra dans une pièce et s'approcha de la fenêtre que blanchissait un peu la lumière de la nuit. Alors il avisa dehors l'homme qui, descendu sans doute par un autre escalier, et sorti par une autre porte, se faufilait à gauche, le long des arbustes qui bordent le mur de séparation entre les deux jardins.

— Fichtre, s'écria Sholmès, il va m'échapper !

Il dégringola l'étage et franchit le perron afin de lui couper toute retraite. Mais il ne vit plus personne, et il lui fallut quelques secondes pour distinguer dans le fouillis des arbustes une masse plus sombre qui n'était pas tout à fait immobile.

L'Anglais réfléchit. Pourquoi l'individu n'avait-il pas essayé de fuir alors qu'il l'eût, pu si aisément ? Demeurait-il là pour surveiller à son tour l'intrus qui l'avait dérangé dans sa mystérieuse besogne ?

— En tous cas, pensa-t-il, ce n'est pas Lupin, Lupin serait plus adroit. C'est quelqu'un de sa bande.

De longues minutes s'écoulèrent. Herlock ne bougeait pas, l'œil fixé sur l'adversaire qui l'épiait. Mais comme cet adversaire ne bougeait pas davantage, et que l'Anglais n'était pas homme à se morfondre dans l'inaction, il vérifia si le barillet de son revolver fonctionnait, dégagea son poignard de sa gaine, et marcha droit sur l'ennemi avec cette audace froide et ce mépris du danger qui le rendent si redoutable.

Une lutte terrible dans la nuit

Un bruit sec : l'individu armait son revolver. Herlock se jeta brusquement dans le massif. L'autre n'eut pas le temps de se retourner : l'Anglais était déjà sur lui. Il y eut une lutte violente, désespérée, au cours de laquelle Herlock devinait l'effort de l'homme pour tirer son couteau. Mais Sholmès, qu'exaspérait l'idée de sa victoire prochaine, le désir fou de s'emparer, dès la première heure, de ce complice d'Arsène Lupin, sentait en lui des forces irrésistibles. Il renversa son adversaire, pesa sur lui de tout son poids, et l'immobilisant de ses cinq doigts plantés dans la gorge du malheureux comme les griffes d'une serre, de sa main libre il chercha sa lanterne électrique, en pressa le bouton et projeta la lumière sur le visage de son prisonnier.

— Wilson ! hurla-t-il, terrifié.
— Herlock Sholmès ! balbutia une voix étranglée, caverneuse.

Ils demeurèrent longtemps l'un près de l'autre sans échanger une parole, tous deux anéantis, le cerveau vide. La corne d'une automobile déchira l'air. Un peu de vent agita les feuilles. Puis Herlock, envahi d'une colère subite, empoigna son ami, et, le secouant :

— Que faites-vous là ? Est-ce que je vous ai dit de vous fourrer dans les massifs et de m'espionner ?
— Vous espionner, gémit Wilson, mais je ne savais pas que c'était vous.
— Alors quoi ? Que faites-vous là ? Vous deviez vous coucher et dormir !
— Je me suis couché... j'ai dormi... Mais votre lettre ?
— Ma lettre ?
— Eh oui, celle qu'un commissionnaire m'a apportée de votre part à l'hôtel...
— De ma part ? vous êtes fou !
— Je vous jure.
— Où est-elle cette lettre ?

À la clarté de sa lanterne, il lut sur une feuille de papier que son ami lui tendait : « Wilson, hors du lit, et filez avenue Henri-Martin. La maison est vide. Entrez, inspectez, dressez un plan exact, et retournez vous coucher — Herlock Sholmès. »

— J'étais en train de mesurer les pièces, dit Wilson, quand j'ai aperçu une ombre dans le jardin. Je n'ai eu qu'une idée...
— C'est de vous emparer de l'ombre... L'idée était excellente... Seulement, voyez-vous, dit Sholmès en aidant son compagnon à se relever et en l'entraînant, une autre fois, Wilson, lorsque vous recevrez une lettre de moi, assurez-vous d'abord que mon écriture n'est pas imitée.
— La lettre n'est donc pas de vous ? fit Wilson, commençant à entrevoir la vérité.
— Hélas ! non.
— De qui ?
— D'Arsène Lupin.
— Mais dans quel but l'a-t-il écrite ?
— Ah ! ça, je n'en sais rien, et c'est justement ce qui m'inquiète. Pourquoi diable s'est-il donné la peine de vous déranger ? S'il s'agissait encore de moi...

Enfermes ! Les prevenances d'Arsene Lupin

Ils arrivaient à la grille. Wilson, qui se trouvait en tête, saisit un barreau et tira.

— Tiens, dit-il, vous avez fermé ?
— Mais nullement, j'ai laissé le battant tout contre.
— Cependant...

Herlock tira à son tour, puis, effaré, se précipita sur la serrure. Un juron lui échappa.

— Tonnerre de D... elle est fermée ! fermée à clef !

Il ébranla la porte de toute sa vigueur, puis, comprenant la vanité de ses efforts, laissa tomber ses bras, découragé, et il articula d'une voix saccadée :

— Je m'explique tout maintenant, c'est lui ! Il a prévu que je descendrais à Creil et il m'a tendu ici une jolie petite souricière pour le cas où je viendrais commencer mon enquête le soir même. En outre il a eu la gentillesse de m'envoyer un compagnon de captivité. Tout cela pour me faire perdre un jour, et aussi, sans doute, pour me prouver que je ferais bien mieux de me mêler de mes affaires...

Une main s'abattit sur son épaule, la main de Wilson.

— Là-haut… regardez… une lumière…

En effet l'une des fenêtres du premier étage était illuminée.

Ils s'élancèrent tous deux au pas de course, chacun par son escalier, et se retrouvèrent en même temps à l'entrée de la chambre éclairée. Au milieu de la pièce brûlait un bout de bougie. À côté, il y avait un panier, et de ce panier émergeaient le goulot d'une bouteille, les cuisses d'un poulet et la moitié d'un pain.

Sholmès éclata de rire.

— À merveille, on nous offre à souper. C'est le palais des enchantements. Allons, Wilson, ne faites pas cette figure d'enterrement. Tout cela est très drôle.

— Êtes-vous sûr que ce soit, très drôle ? gémit Wilson, lugubre.

— Si j'en suis sûr, s'écria Holmès, avec une gaîté un peu trop bruyante pour être naturelle, c'est-à-dire que je n'ai jamais rien vu de plus drôle. C'est du bon comique… Quel maître ironiste que cet Arsène Lupin !… Il vous roule, mais si gracieusement !… Je ne donnerais pas ma place à ce festin pour tout l'or du monde… Wilson, mon vieil ami, vous me chagrinez. Me serais-je mépris, et n'auriez-vous point cette noblesse de caractère qui aide à supporter l'infortune ! De quoi vous plaignez-vous ? A cette heure vous pourriez avoir mon poignard dans la gorge… ou moi le vôtre dans la mienne… car c'était bien ce que vous cherchiez, mauvais ami.

Il parvint à force d'humour et de sarcasmes à ranimer ce pauvre Wilson, et à lui faire avaler une cuisse de poulet et un verre de vin. Mais quand la bougie eût expiré, qu'ils durent s'étendre, pour dormir, sur le parquet, et accepter le mur comme oreiller, le côté pénible et ridicule de la situation leur apparut. Et leur sommeil fut triste.

Au matin Wilson s'éveilla, courbaturé et transi de froid. Un léger bruit attira son attention : Herlock Sholmès, à genoux, courbé en deux, observait à la loupe des grains de poussière et relevait des marques de craie blanche, presque effacées, qui formaient des chiffres, lesquels chiffres il inscrivait sur son carnet.

Escorté de Wilson que ce travail intéressait d'une façon particulière, il étudia chaque pièce, et dans deux autres il constata les mêmes signes à la craie. Et il nota également deux cercles sur des panneaux de chêne, une flèche sur un lambris, et quatre chiffres sur quatre degrés d'escalier.

Au bout d'une heure, Wilson lui dit ;

— Les chiffres sont exacts, n'est-ce pas ?

— Exacts, je n'en sais rien, répondit Herlock, à qui de telles découvertes avaient rendu sa belle humeur, en tous cas ils signifient quelque chose.

— Quelque chose de très clair, ils représentent le nombre des lames de parquet.

-Ah !

— Oui. Quant aux deux cercles, ils indiquent que les panneaux sonnent faux, comme vous pouvez vous en assurer, et la flèche est dirigée dans le sens de l'ascension du monte-plats.

Herlock Sholmès le regarda, émerveillé.

— Ah ! ça mais, mon bon ami, comment savez-vous tout cela ? Votre clairvoyance me rend presque honteux.

— Ohl c'est bien simple, dit Wilson, gonflé de joie, c'est moi qui ai tracé ces marques hier, suivant vos instructions… ou plutôt suivant celles de Lupin, puisque la lettre que vous m'avez adressée est de lui.

Peut-être Wilson courut-il, à cette minute, un danger plus terrible que pendant sa lutte dans le massif avec Sholmès. Celui-ci eut une envie féroce de l'étrangler. Se dominant, il esquissa une grimace qui voulait être un sourire et prononça :

— Parfait, parfait, voilà de l'excellente besogne et qui nous avance beaucoup. Cependant comme c'est vous outrager que de refaire ce que vous avez déjà fait, dites-moi tout de suite si votre admirable esprit d'analyse et d'observation ne s'est pas exercé sur d'autres points. Je profiterai des résultats acquis.

— Ma foi, non, j'en suis resté là.

— Dommage ! Le début promettait. Mais, puisqu'il en est ainsi, nous n'avons plus qu'à nous en aller.

— Nous en aller ! Et comment ?

— Selon le mode habituel des honnêtes gens qui s'en vont : par la porte. Veuillez appeler ces deux policemen qui déambulent sur l'avenue. Nous leur déclinerons nos noms et qualités, et les prierons de nous procurer la clef que détient le notaire dont l'adresse est inscrite sur la pancarte.

— Mais…

— Mais quoi ?

— C'est fort humiliant… Que dira-t-on quand on saura que vous, Herlock Sholmès et moi, Wilson, nous avons été prisonniers d'Arsène Lupin ?

— Que voulez-vous, mon cher, on rira à se tenir les côtes, répondit Herlock, la voix sèche, le visage contracté. Mais pouvons-nous, élire domicile dans cette maison ?

— Et vous ne tentez rien ?

— Rien.

— Cependant l'homme qui nous a apporté le panier de provisions n'a traversé le jardin ni à son arrivée, ni à son départ. Il existe donc une autre issue. Cherchons-la et nous n'aurons pas besoin de recourir aux agents.

— Puissamment raisonné. Seulement vous oubliez que, cette issue, toute la police de Paris l'a cherchée depuis six mois, et que, moi-même, tandis que vous dormiez, j'ai visité l'hôtel du haut en bas. Ah ! mon bon Wilson, Arsène Lupin est un gibier dont nous n'avons pas l'habitude. Il ne laisse rien derrière lui, celui-là…

Si, Cependant, reprit Herlock… cette bouteille de Château-Berliquet 1884, toute poussiéreuse et tissée de toiles d'araignée.

Il saisit la bouteille, l'engloutit dans une de ses poches, et s'approchant de la grille, héla les deux agents.

ARSENE LUPIN DONNE UNE NOUVELLE LEÇON A HERLOCK SHOLMES

… À onze heures Herlock Sholmès et Wilson furent délivrés… et conduits au poste de police le plus proche, où le commissaire, après les avoir sévèrement interrogés, les relâcha avec une affectation d'égards tout à fait exaspérante.

Une voiture les mena jusqu'à l'Élysée-Palace. Au bureau, Wilson demanda la clef de sa chambre.

Après quelques recherches, l'employé répondit, très étonné :

— Mais, monsieur, vous avez donné congé de cette chambre.

— Moi ! Et comment ?

— Par votre lettre de ce matin, que votre ami nous a remise.

— Quel ami ?

— Le monsieur qui nous a remis votre lettre… Tenez, votre carte de visite y est encore jointe. Les voici.

Wilson les prit. C'était bien une de ses cartes de visite, et, sur la lettre, c'était bien son écriture. Il dit anxieusement :

— Et les bagages ?

— Mais votre ami les a emportés.

— Ah !

Ils s'en allèrent tous deux, à l'aventure, par les Champs-Élysées, silencieux et lents. Au rond-point, Herlock alluma sa pipe.

— Je ne vous comprends pas, Sholmès, s'écria Wilson, vous êtes d'un calme ! On se moque de vous, on joue avec vous comme un chat joue avec une souris… Et vous ne soufflez pas mot !

Sholmès s'arrêta et lui dit :

— Wilson, je pense à votre carte de visite.

— Eh bien ?

— Eh bien, voilà un homme qui, en prévision d'une lutte possible avec nous, s'est procuré des spécimens de votre écriture et de la mienne, et qui possède, toute prête dans son portefeuille, une de vos cartes. Songez-vous à ce que cela représente de précaution, de volonté perspicace, de méthode et d'organisation ?

— C'est-à-dire ?…

— C'est-à-dire, Wilson, que pour combattre un ennemi si formidablement armé, si merveilleusement préparé — et pour le vaincre — il faut être… il faut être moi. Et encore, comme vous le voyez, Wilson, on ne réussit pas du premier coup.

À six heures, l'*Écho de France*, dans son édition du soir, publiait cet entrefilet :

« *Ce matin, M. Thénard, commissaire de police du XVIe arrondissement, a libéré MM. Herlock Sholmès et Wilson, enfermés par les soins d'Arsène Lupin dans l'hôtel du défunt baron d'Hautois, où ils avaient d'ailleurs passé une excellente nuit.*

« *Allégés en outre de leurs valises, ils ont déposé une plainte contre Arsène Lupin.*

« *Arsène Lupin qui, pour cette fois, s'est contenté de leur infliger une petite leçon, les supplie de ne pas le contraindre à des mesures plus graves.* »

— Bah ! fit Herlock Sholmès, en froissant le journal, des gamineries ! C'est le seul reproche que j'adresse à

Lupin… un peu trop d'enfantillages… La galerie compte trop pour lui… Il y a du gavroche dans cet homme !

— Ainsi donc, Herlock, toujours le même calme ?

— Toujours le même calme, répliqua Sholmès avec un accent où grondait la plus effroyable colère. À quoi bon m'irriter : *je suis tellement sûr d'avoir le dernier mot !*

IV. — QUELQUES LUEURS DANS LES TENEBRES.

Le besoin de repos, l'achat de vêtements, et la préparation d'un plan de campagne mieux approprié à l'adversaire qu'il avait à combattre, tout cela entraîna, comme l'avait prévu Herlock Sholmès, la perte d'une journée complète. Ce n'est que le lendemain qu'il commença ses opérations.

Il eut trois longues entrevues — avec Me Detinan d'abord, dont il étudia l'appartement dans ses moindres détails ; avec la sœur Auguste, retirée au couvent des Visitandines ; avec Suzanne Gerbois, enfin, qui se trouvait de passage à Paris et qu'il interrogea sur la Dame Blonde.

Puis il s'occupa des deux immeubles qui encadraient l'hôtel de l'avenue Henri-Martin. Aucun des locataires du 132 ne rentrant à Paris avant la fin d'octobre, il s'informa auprès de la concierge du 136, qui lui donna tous les renseignements nécessaires.

À la suite de cet entretien, Herlock monta au quatrième étage, et fut reçu par M. Dalbret, gros industriel de Saint-Denis, auquel il expliqua nettement l'objet de sa visite.

— En deux mots, Monsieur, conclut-il, reconnaissez-vous, comme vous ayant appartenu, cette bouteille de Château-Berliquet 1884 ?

M. Dalbret répondit :

— Je possède du Château-Berliquet 1884 dont les bouteilles sont identiques à celle-ci. Mais comment pourrais-je affirmer que celle-ci est une des miennes ?

— Vous n'en savez pas le compte ?

— Si, et c'est bien le hasard qui nous sert. Avant-hier, j'avais quelques amis à dîner, et j'ai monté moi-même trois bouteilles de Château-Berliquet. Il doit en rester deux dans le buffet de la salle à manger. Si vous voulez vous en assurer avec moi…

Sholmès l'accompagna. Dans le buffet se trouvaient les deux bouteilles. Après un examen minutieux, Sholmès déboucha l'une d'elles, et remplit un verre à bordeaux. M. Dalbret le dégusta et s'écria aussitôt :

— Il n'y a pas de doute, on a changé ce vin.

— Impossible, le bouchon était intact. C'est l'étiquette qu'on a changée. On a collé une étiquette « Château-Berliquet » sur la première bouteille venue.

— Qui ?

— Un de vos domestiques.

— J'ai la même cuisinière depuis cinq ans. Quant au valet de chambre, qui me servait depuis un an, j'en étais fort satisfait.

— Il vous a donc quitté ?

— Oui.

— Quand ?

— Hier.

— Ah ! et pour quelle raison ?

— Une dépêche qu'il a reçue… Sa mère est malade.

— Il vous a laissé son adresse ?

— Ma foi, non.

Wilson fait la douloureuse experience des dangers des rues

Herlock prit congé de M. Dalbret. Dehors, Wilson l'attendait. Il lui dit, comme si Wilson avait assisté à l'entretien.

— L'indice est sérieux… cette bouteille, ce départ subit du domestique…

— L'indice est sérieux en effet, dit Wilson comme quelqu'un qui sait de quoi il s'agit.

— Mais n'oublions pas que l'appartement de M. Dalbret est situé au quatrième étage, c'est-à-dire plusieurs mètres au-dessus de l'hôtel du baron. Par conséquent, s'il existe un passage secret, et il en existe un, il ne peut être situé… que là où je le suppose.

— Évidemment, murmura Wilson, méditatif.

Ils s'en allèrent jusqu'à la rue Clapeyron, et tandis qu'il examinait la façade du numéro 25, Sholmès continuait :

— Quel motif a conduit Arsène Lupin à choisir la maison habitée par Me Detinan ? Quel rapport doit-on établir… ?

Au fond de lui, et pour la première fois, Wilson douta de la toute-puissance de son génial collaborateur. Pourquoi parlait-il tant et agissait-il si peu ?

— Pourquoi ? s'écria Sholmès, répondant aux pensées intimes de Wilson, parce que, avec ce diable de Lupin, on travaille dans le vide, au hasard, et qu'au lieu d'extraire la vérité de faits précis, on doit la tirer de son propre cerveau, pour vérifier ensuite si elle s'adapte bien aux événements. Vous comprenez ?

— Si je comprends ! répliqua Wilson, c'est-à-dire que vous êtes un peu désorienté.

Il n'avait pas achevé cette phrase qu'il recula, avec un cri. Quelque chose venait de tomber à leurs pieds, un sac à moitié rempli de sable, qui eut pu les blesser grièvement.

Sholmès leva la tête, au-dessus d'eux : des ouvriers travaillaient sur un échafaudage accroché au balcon du cinquième étage.

— Eh bien ! vrai, nous avons de la chance, s'écria-t-il, un pas de plus et nous recevions sur le crâne le sac d'un de ces maladroits.

Le lendemain, le programme ne varia pas. Ils s'assirent sur le même banc de l'avenue Henri-Martin, et ce fut, au grand désespoir de Wilson qui ne s'amusait nullement, une interminable station vis-à-vis des trois immeubles. Un seul incident en rompit la monotonie, mais de façon plutôt désagréable.

Le cheval d'un monsieur, qui suivait l'allée cavalière située entre les deux chaussées de l'avenue, fit un écart et vint heurter le banc où ils étaient assis, en sorte que sa croupe effleura l'épaule de Sholmès.

— Eh ! eh ! ricana celui-ci en regardant le monsieur se débattre avec son cheval, puis s'en aller au galop, un peu plus j'avais l'épaule fracassée !

Cette petite alerte le laissa pensif. Au déjeuner il ne desserra pas les dents. Wilson eut beau lui soumettre quelques considérations générales sur l'affaire, rien ne le sortit de son mutisme.

Vers cinq heures, comme ils faisaient les cent pas dans la rue Clapeyron, Sholmès s'écria à brûle-pourpoint :

— Wilson, vous ne tirez aucune conclusion des deux… accidents auxquels nous venons d'échapper ?

— Certes.

— Laquelle ?

Wilson se gratta le front. Sholmès reprit :

— Hier, Wilson, le sac rempli de sable qui nous est presque tombé sur la tête a été lancé par un complice d'Arsène Lupin.

— Est-ce croyable ?

— Ce matin, Wilson, le cheval qui s'est écroulé presque sur nous était monté par un complice d'Arsène Lupin.

À ce moment, trois jeunes ouvriers qui chantaient et se tenaient par le bras, les heurtèrent et voulurent continuer leur chemin sans se désunir. Sholmès, qui était de mauvaise humeur, s'y opposa. Il y eut une courte bousculade. Sholmès repoussa vigoureusement deux des trois jeunes gens qui, sans insister davantage, s'éloignèrent, bientôt rejoints par leur compagnon.

Mais, apercevant Wilson appuyé contre le mur, il lui dit :

— Eh quoi ! qu'y a-t-il, vieux camarade, vous êtes tout pâle.

Le vieux camarade montra son bras qui pendait inerte, et balbutia :

— Je ne sais pas ce que j'ai… une douleur au bras.

Malgré tous ses efforts il ne parvenait pas à le remuer. Herlock le palpa, puis, assez inquiet, entra dans une pharmacie voisine où Wilson éprouva le besoin de s'évanouir.

Le pharmacien et ses aides s'empressèrent. On constata que le bras était cassé, et tout de suite il fut question de chirurgien, d'opération et de maison de santé. En attendant, on déshabilla le patient qui, secoué par la souffrance, se mit à pousser des hurlements.

— Bien… bien… parfait, disait Sholmès qui s'était chargé de tenir le bras… un peu de patience, mon vieux camarade… dans cinq ou six semaines, il n'y paraîtra plus…

Il s'interrompit brusquement, lâcha le bras, ce qui causa à Wilson un tel sursaut de douleur que l'infortuné s'évanouit de nouveau… et, se frappant le front, il articula :

— Wilson, j'ai une idée… est-ce que par hasard ?… mais oui, c'est cela… tout s'expliquerait…

Et laissant le vieux camarade en plan, il sauta dans la rue et courut jusqu'au numéro 25.

Au-dessus et à droite de la porte, il y avait, inscrit sur l'une des pierres : *Destange, architecte, 1875.*

Au 23, même inscription.

Une voiture passait.

— Cocher, avenue Henri-Martin, n° 134.

Une véritable angoisse l'envahit au détour de la rue de la Pompe. Avait-il raisonné logiquement ? Était-ce un peu de la vérité qu'il avait entrevu ?

Sur l'une des pierres de l'hôtel, ces mots étaient gravés : *Destange, architecte 1874.*

Sur les immeubles voisins, même inscription.

Sholmes a fait un grand pas dans la recherche de la verite

Le contre coup de ces émotions fut tel qu'il s'affaissa quelques minutes au fond de sa voiture, tout frissonnant de joie. Enfin une petite lueur vacillait au milieu des ténèbres !

Dans un bureau de poste, il demanda la communication téléphonique avec le château de Crozon. La comtesse lui répondit elle-même. Le château de Crozon avait été construit en 1877 par Lucien Destange.

Destange ! Lucien Destange ! ce nom ne lui était pas inconnu. Ayant aperçu un cabinet de lecture, il consulta un dictionnaire de biographie moderne, et copia la note consacrée à « Lucien Destange, né en 1840, Grand-Prix de Rome, officier de la Légion d'honneur, auteur d'ouvrages très appréciés sur l'architecture…, etc. »

Il se rendit alors à la pharmacie, et, de là, à la maison de santé où l'on avait transporté Wilson. Sur son lit de torture, le bras emprisonné dans une gouttière, grelottant de fièvre, le vieux camarade divaguait :

— Victoire ! victoire ! s'écria Sholmès, je tiens une extrémité du fil.

— De quel fil ?

— Celui qui me mènera au but ! Je vais marcher sur un terrain solide, où il y aura des empreintes, des indices…

— De la cendre de cigarette ? demanda Wilson, que l'intérêt de la situation ranimait

— Et bien d'autres choses ! Pensez donc, Wilson, j'ai dégagé le lien mystérieux qui unissait entre elles les différentes aventures de la Dame Blonde. Je sais que les trois demeures où elles se sont toutes trois dénouées ont été bâties par le même architecte ! Je sais que le même architecte, en combinant des plans analogues, a rendu possible l'accomplissement de trois actes, en apparence miraculeux, en réalité simples et faciles.

— Quel bonheur !

— Et il était temps, vieux camarade, je commençais à perdre patience… C'est que nous en sommes déjà au quatrième jour.

— Sur dix.

— Oh ! maintenant !…

Il ne tenait pas en place, exubérant et joyeux contre son habitude.

— Non, mais quand je pense que, tantôt, dans la rue, ces gredins-là auraient pu casser mon bras tout aussi bien que le vôtre. Qu'en dites-vous, Wilson ?

Wilson se contenta de frissonner à cette horrible supposition.

— Allons, reprit Sholmès, je vous quitte, Avant tout, il faut que j'échappe à la surveillance de Lupin. En plein jour, à visage découvert, je suis vaincu. Libre et dans l'ombre, j'ai l'avantage, quelles que soient ses forces.

— Ganimard pourrait vous aider.

— Jamais ! Le jour où il me sera permis de dire : Arsène Lupin est là, voici son gîte, et voici comme il faut s'emparer de lui, j'irai relancer Ganimard à l'une des deux adresses qu'il m'a données. D'ici là, j'agis seul.

Il s'approcha du lit, posa sa main sur l'épaule de Wilson — sur l'épaule malade naturellement — et il lui dit avec une grande affection :

— Soignez-vous, mon vieux camarade. Votre rôle consiste désormais à occuper deux ou trois des hommes d'Arsène Lupin, qui attendront vainement, pour retrouver ma trace, que je vienne prendre de vos nouvelles. C'est un rôle de confiance.

— Je vous en remercie, répliqua Wilson, pénétré de gratitude… Mais ne pourriez-vous me donner à boire ?

— Comment donc ! s'écria Sholmès, sans même entendre la prière de son ami.

Et il s'en alla, pendant que le vieux camarade tendait son unique bras vers un verre d'eau inaccessible.

Pour échapper à la surveillance de Lupin et pour pénétrer dans l'hôtel que Lucien Destange habitait avec sa fille Clotilde, au coin de la place Malesherbes et de la rue Montchanin, ce fut un véritable plongeon dans l'inconnu que dut faire Sholmès. Il en sortit, après quarante-huit heures de stratagèmes, d'investigations et de combinaisons, il en sortit méconnaissable, changé en M. Stickmann, bonhomme claudicant et contrefait, mal rasé et d'une propreté douteuse, qui se présenta un matin chez M. Destange avec une lettre d'introduction. L'architecte le manda dans une immense pièce en rotonde qui occupait une des ailes et où il a installé ses bibliothèques, et lui dit :

— M. Stickmann, mon secrétaire m'annonce qu'il est malade et qu'il vous envoie pour continuer le catalogue général de mes livres qu'il a commencé sous ma direction, et plus spécialement le catalogue des livres allemands. Vous avez l'habitude de ces sortes de travaux ?

— Oui, Monsieur, une longue habitude, répondit le sieur Stickmann avec un fort accent tudesque.

Tout de suite M. Destange le mit au courant et l'installa devant un pupitre.

Herlock Sholmès était dans la place. Comme renseignement il savait ceci : M. Destange, de santé médiocre, et désireux de repos, s'était retiré des affaires et vivait parmi les collections de livres qu'il a réunies sur l'architecture. Nul plaisir ne l'intéresse hors le spectacle et le maniement des vieux tomes poudreux.

Quant à sa fille Clotilde, elle passait pour originale. Toujours enfermée, comme son père, mais dans une autre partie de l'hôtel, elle ne sortait jamais. Herlock la vit une fois. C'était une femme d'une trentaine d'années, brune, de visage grave, et silencieuse. Elle sembla ne pas apercevoir Sholmès. À certains mots, il comprit qu'elle ignorait ce changement de secrétaire.

Le matin du deuxième jour, Herlock Sholmès n'avait encore fait aucune découverte intéressante. Mais, avec son flair prodigieux, avec cet instinct qui lui est si particulier, il sentait un mystère qui rôdait autour de lui. Que de problèmes passionnants ! M. Destange pouvait-il être le complice d'Arsène Lupin ? Et, en admettant cette complicité, comment avait-il pu prévoir, trente ans auparavant, les évasions d'Arsène Lupin, alors en nourrice ?

Or, l'après-midi, vers cinq heures, M. Destange annonça qu'il sortait. Sholmès resta seul sur la galerie circulaire accrochée à mi-hauteur de la rotonde. Le jour s'atténua. Il se disposait, lui aussi, à partir, quand un craquement se fit entendre, et, en même temps, il eut la sensation qu'il y avait quelqu'un dans la pièce. De fait, le bruit se précisa du côté d'une grande armoire de chêne qu'il s'était déjà proposé d'explorer.

Dissimulé derrière des étoffes qui pendaient à la rampe de la galerie, à genoux, il regarda : un homme fouillait parmi des papiers qui encombraient l'armoire. Et cet homme, il lui sembla — mais ce fut plutôt un pressentiment qu'une certitude — il lui sembla que c'était Arsène Lupin. Même silhouette, même décision de gestes. Que cherchait-il ?

Cela dura environ dix minutes, et voilà soudain que la porte s'ouvrit et que Mlle Destange entra vivement, en disant à quelqu'un qui la suivait :

— Alors tu ne sors pas, père ?… En ce cas, j'allume… Une seconde…

SHOLMES VOIT DES CHOSES QUI L'INTERESSENT

L'homme repoussa les battants de l'armoire et se cacha dans l'embrasure d'une large fenêtre dont il tira les rideaux sur lui. Comment Mlle Destange ne le vit-elle pas ? Comment ne l'entendit-elle pas ? Très calmement, elle tourna le bouton de l'électricité et livra passage à son père. Ils s'assirent l'un près de l'autre. Elle prit un volume qu'elle avait apporté et se mit à lire.

Au bout d'un moment la tête de M. Destange ballotta de droite et de gauche. Il dormait.

Les rideaux s'écartèrent. L'homme — Arsène Lupin, Sholmès le reconnut — se glissa le long du mur, vers la porte, mouvement qui le faisait passer derrière M. Destange, mais juste en face de Clotilde. Elle ne bougea pas. Cependant était-il admissible qu'elle ne remarquât rien ?

Lupin arriva près de la porte. Mais un objet tomba d'une table, frôlé par lui. M. Destange se réveilla en sursaut. Arsène Lupin était déjà devant lui, le chapeau à la main, et souriant.

— Maxime Bermond, s'écria M. Destange avec joie… ce cher Maxime !… Quel bon vent vous amène ?

— Le désir de vous voir, ainsi que Mlle Destange.

— Vous êtes donc revenu de voyage ?

— Hier.

— Et vous nous restez à dîner ?

— Non, je dîne au restaurant avec des amis.

— Demain, alors. Clotilde, insiste pour qu'il vienne demain. Ah ! ce bon Maxime… justement je pensais à vous, ces jours-ci.

— C'est vrai ?

— Oui, je rangeais mes papiers d'autrefois, dans cette armoire, et j'ai retrouvé notre dernier compte.

— Quel compte ?

— Celui de l'avenue Henri-Martin.

Un petit salon attenait à la rotonde par une large baie. Ils s'y installèrent tous trois. Sholmès put alors observer Lupin. Mais était-ce bien Arsène Lupin ? Oui, en toute évidence, mais c'était un autre homme aussi, qui ressemblait à Arsène Lupin par certains points, et qui pourtant gardait son individualité distincte, ses traits personnels, Son regard, sa couleur de cheveux…

En habit, cravaté de blanc, la chemise souple moulant son torse, il parlait allègrement, racontant des histoires dont M. Destange riait de tout cœur et qui amenaient un sourire sur les lèvres de Clotilde. Et chacun de ces sourires paraissait une récompense que recherchait Arsène Lupin et qu'il se réjouissait d'avoir conquise. Il redoublait d'esprit et de gaîté, et insensiblement au son de cette voix heureuse et claire, le visage de Clotilde s'animait et perdait cette expression de froideur qui le rendait peu sympathique.

— Est-ce un commencement ou une fin d'amour, se demandait Sholmès ? Qu'y a-t-il entre Clotilde Destange et Maxime Bermond ? Sait-elle que Maxime n'est autre qu'Arsène Lupin ?

Jusqu'à sept heures, il écouta anxieusement, faisant son profit des moindres paroles. Puis, avec d'infinies précautions, il descendit et traversa le côté de la pièce où il ne risquait pas d'être vu du salon. Sur la table, machinalement, il examina le livre que lisait la jeune fille. *Les Fiancés*, de Manzoni.

— Et en italien, se dit-il, voilà une demoiselle bien instruite !

Dehors, Sholmès s'assura qu'il n'y avait ni automobile, ni fiacre en station, et s'éloigna en boitillant par le boulevard Malesherbes. Mais, dans une rue adjacente, il mit sur son dos le pardessus qu'il portait sur son bras, déforma son chapeau, se redressa et, ainsi métamorphosé, revint vers la place où il attendit, les yeux fixés à la porte de l'hôtel Destange.

Arsène Lupin sortit presque aussitôt, et par les rues de Constantinople et de Londres, se dirigea vers le centre de Paris. À cent pas derrière lui marchait Herlock.

Minutes délicieuses pour l'Anglais ! Il reniflait avidement l'air, comme un bon chien qui sent la piste toute fraîche. Vraiment cela lui semblait une chose infiniment douce que de suivre son adversaire. Ce n'était plus lui qui était surveillé, mais Arsène Lupin, l'invisible Arsène Lupin. Il le tenait pour ainsi dire au bout de son regard, comme attaché par des liens impossibles à briser. Et il se délectait à considérer, parmi les promeneurs, cette proie qui lui appartenait.

Mais un phénomène bizarre ne tarda pas à le frapper : au milieu de l'intervalle qui le séparait d'Arsène Lupin, d'autres gens s'avançaient dans la même direction, notamment deux grands gaillards en chapeau rond sur le trottoir de gauche, deux autres sur le trottoir de droite en casquette et la cigarette aux lèvres.

Cela n'était peut-être qu'un hasard. Mais Sholmès s'étonna davantage quand Lupin, ayant pénétré dans un bureau de tabac, les quatre hommes s'arrêtèrent — et davantage encore quand ils repartirent en même temps que lui, mais isolément, chacun suivant de son côté la Chaussée-d'Antin.

— Malédiction, pensa Sholmès, il est donc filé !

L'idée que d'autres étaient sur la trace d'Arsène Lupin, que d'autres lui raviraient non pas la gloire — il s'en inquiétait peu — mais le plaisir immense, l'ardente volupté de réduire, à lui seul, le plus redoutable ennemi qu'il eût jamais rencontré, cette idée l'exaspérait. Cependant l'erreur n'était pas possible : les hommes avaient cet air détaché, cet air trop naturel de ceux qui, tout en réglant leur allure sur l'allure d'une autre personne, ne veulent pas être remarqués.

Aux approches du boulevard, la foule, plus dense, rendit la poursuite plus malaisée. Sholmès pressa le pas et déboucha au moment où Lupin gravissait le perron du restaurant Hongrois, à l'angle de la rue du Helder. La porte en était ouverte. De l'autre côté de la rue, Herlock, assis sur un banc du boulevard, le vit qui prenait place à une table luxueusement servie, ornée de fleurs, et où se trouvaient déjà trois Messieurs en habit et deux dames d'une grande élégance, qui l'accueillirent avec des démonstrations de sympathie.

Herlock chercha des yeux les quatre individus et les aperçut, disséminés dans des groupes qui écoutaient l'orchestre de tziganes d'un café voisin. Chose curieuse, ils ne paraissaient pas s'occuper d'Arsène Lupin, mais beaucoup plus des gens qui les entouraient.

Tout à coup, l'un d'eux tira de sa poche une cigarette et aborda un Monsieur en redingote et en chapeau haut de forme. Le monsieur présenta son cigare, et Sholmès eut l'impression qu'ils causaient, et plus longtemps même que ne l'eut exigé le fait d'allumer une cigarette. Enfin le monsieur monta les marches du perron et jeta un coup d'œil dans la salle du restaurant. Avisant Lupin il s'avança, s'entretint quelques instants avec lui, puis il choisit une table voisine, et Sholmès constata que ce Monsieur n'était autre que le cavalier de l'avenue Henri-Martin.

Alors il comprit. Non seulement Arsène Lupin n'était pas filé, mais ces hommes faisaient partie de sa bande ! ces hommes veillaient à sa sûreté ! c'était sa garde du corps, ses satellites, son escorte attentive. Partout où le maître courait un danger, les complices étaient là, prêts à l'avertir, prêts à le défendre. Complices les quatre individus ! Complice le monsieur en redingote !

GANIMARD ARRIVE A LA RESCOUSSE

Un frisson parcourut l'Anglais, Se pourrait-il que jamais il réussit à s'emparer de cet être inaccessible ? Quelle puissance illimitée représentait une pareille association, dirigée par un tel chef !

Il déchira une feuille de son carnet, écrivit au crayon quelques lignes qu'il inséra dans une enveloppe, et dit à un gamin d'une quinzaine d'années qui s'était couché sur le banc :

— Tiens, mon garçon, prends une voiture et porte cette lettre à la caissière de la taverne Suisse, place du Châtelet. Et rapidement...

Il lui remit une pièce de cinq francs. Le gamin disparut.

Une demi-heure s'écoula. La foule avait grossi, et Sholmès ne distinguait plus que de temps en temps les acolytes de Lupin. Mais quelqu'un le frôla et une voix lui dit à l'oreille :

— Eh bien, qu'y a-t-il, Monsieur Sholmès ?

— C'est vous, Monsieur Ganimard ?

— Oui, j'ai reçu votre mot à la taverne. Qu'y a-t-il ?

— Il est là.

— Que dites-vous ?

— Là-bas... au fond du restaurant... penchez-vous à droite Vous le voyez ?

— Non.

— Il verse du champagne à sa voisine.

— Mais ce n'est pas lui.

— C'est lui.

— Moi, je vous réponds... Ah ! cependant... En effet il se pourrait... Ah ! le gredin, *comme il se ressemble* ! murmura Ganimard naïvement...

Et les autres, des complices ?

— Non, sa voisine c'est lady Cleathhorps, duchesse de Cleath, et, vis-à-vis, l'ambassadeur d'Espagne à Londres.

Ganimard fit un pas. Herlock le retint.

— Quelle imprudence ! Vous êtes seul.

— Lui aussi.

— Non, il a des hommes sur le boulevard qui montent la garde... Sans compter, à l'intérieur du restaurant, ce monsieur...

— Mais moi, quand j'aurais mis la main au collet d'Arsène Lupin en criant son nom, j'aurai toute la salle pour moi, tous les garçons.

— J'aimerais mieux quelques agents.

— C'est pour le coup que les amis de Lupin ouvriraient l'œil... Non, voyez-vous, Monsieur Sholmès, nous n'avons pas le choix.

Il avait raison, Sholmès le sentit. Mieux valait tenter l'aventure et profiter de circonstances exceptionnelles. Il recommanda seulement à Ganimard :

— Tâchez qu'on vous reconnaisse le plus tard possible...

Et lui-même se glissa derrière un kiosque de journaux, sans perdre de vue Arsène Lupin qui, là-bas, penché sur sa voisine souriait.

L'inspecteur traversa la rue, les mains dans ses poches, en homme qui va droit devant lui. Mais à peine sur le trottoir opposé, il bifurqua vivement et, d'un bond, escalada le perron.

Un coup de sifflet strident… Ganimard se heurta contre le maître d'hôtel, planté soudain en travers de la porte et qui le repoussa avec indignation, comme il eut fait d'un intrus dont la mise équivoque eût déshonoré le luxe du restaurant. Ganimard chancela. Au même instant, le Monsieur en redingote sortait. Il prit parti pour l'inspecteur, et tous deux, le maître d'hôtel et lui, disputaient violemment, tous deux d'ailleurs accrochés à Ganimard, l'un le retenant, l'autre le poussant et de telle manière que, malgré tous ses efforts, malgré ses protestations furieuses, le malheureux fut expulsé jusqu'au bas du perron.

Un rassemblement se produisit aussitôt. Deux agents de police, attirés par le bruit, essayèrent de fendre la foule, mais une résistance incompréhensible les immobilisait, sans qu'ils parvinssent à se dégager des épaules qui les pressaient, des dos qui leur barraient la route…

Et tout à coup, comme par enchantement, le passage est libre !… Le maître d'hôtel, comprenant son erreur, se confond en excuses, le monsieur en redingote renonce à défendre l'inspecteur, la foule s'écarte, les agents passent, Ganimard fonce sur la table aux six convives… Il n'y en a plus que cinq ! Il regarde autour de lui, pas d'autre issue que la porte.

— La personne qui était à cette place, crie-t-il aux cinq convives stupéfaits ?… Oui, vous étiez six… Où se trouve te sixième personne ?

— M. Destro ?

— Mais non, Arsène Lupin !

Un garçon s'approche :

— Ce monsieur vient de monter à l'entresol.

Ganimard se précipite. L'entresol est composé de salons particuliers et possède une sortie spéciale sur le boulevard.

— Allez donc le chercher maintenant, gémit Ganimard, il est loin !

Sʜᴏʟᴍᴇs ʟɪᴠʀᴇ ᴀ Gᴀɴɪᴍᴀʀᴅ ᴅᴇᴜx ᴅᴇs ᴄᴏᴍᴘʟɪᴄᴇs ᴅᴇ Lᴜᴘɪɴ

… Il n'était pas très loin, à deux cents mètres tout au plus, dans l'omnibus Madeleine-Bastille, lequel omnibus roulait paisiblement au petit trot de ses trois chevaux, franchissait la place de l'Opéra et s'en allait par le boulevard des Capucines. Sur la plate-forme deux grands gaillards à chapeau melon devisaient. Sur l'impériale, au haut de l'escalier somnolait un vieux petit bonhomme : Herlock Sholmès.

Et la tête dodelinante, bercé par le mouvement du véhicule, l'Anglais monologuait :

— Si mon brave Wilson me voyait, comme il serait fier de son collaborateur !… Bah ! il était facile de prévoir au coup de sifflet que la partie était perdue et qu'il n'y avait rien de sérieux à faire que de surveiller les alentours du restaurant. Mais, en vérité, la vie ne manque pas d'intérêt avec ce diable d'homme !

Au point terminus, Herlock s'étant penché, vit Arsène Lupin qui passait devant ses gardes du corps, et il l'entendit murmurer : « À l'Étoile ».

— À l'Étoile, parfait, on se donne rendez-vous. Donc laissons-le filer dans ce fiacre automobile, et suivons en voiture les deux compagnons.

Les deux compagnons s'en furent à pied, gagnèrent en effet l'Étoile et sonnèrent à la porte d'une étroite maison située au numéro 40 de la rue Chalgrin. Au coude que forme cette petite rue peu fréquentée, Sholmès put se cacher dans l'ombre d'un renfoncement.

Une des deux fenêtres du rez-de-chaussée s'ouvrit, un homme en chapeau rond ferma les volets. Au-dessus des volets, l'imposte s'éclaira.

Au bout de dix minutes, un monsieur vint sonner à cette même porte, puis, tout de suite après, un autre individu. Et enfin un fiacre automobile s'arrêta d'où Sholmès vit descendre deux personnes : Arsène Lupin et une dame enveloppée d'un manteau et d'une voilette épaisse.

— La Dame Blonde, sans aucun doute, se dit Sholmès, tandis que le fiacre s'éloignait.

Il laissa s'écouler un instant, s'approcha de la maison, escalada le rebord de la fenêtre, et, haussé sur la pointe des pieds, il put, par l'imposte, jeter un coup d'œil dans la pièce.

Arsène Lupin, appuyé à la cheminée, parlait avec animation. Debout autour de lui, les autres l'écoutaient attentivement. Parmi eux Sholmès reconnut le monsieur à la redingote, et crut reconnaître le maître d'hôtel du restaurant. Quand à la dame blonde, elle lui tournait le dos, assise dans un fauteuil.

— On tient conseil, pensa-t-il… les événements de ce soir… Ah ! les prendre tous à la fois, d'un coup !…

Mais la dame se leva, et la lumière la frappa en plein visage.

— Mlle Destange ! murmura Sholmès, stupéfait... Mlle Destange ici... avec ces hommes !...

Un des complices ayant bougé, il sauta à terre et se renfonça dans l'ombre, et 11 répétait en lui-même :

— La fille de M. Destange !... Clotilde ici !... Mais alors, la Dame Blonde et elle... Eh ! oui, parbleu, triple imbécile, j'oubliais que tes cheveux blonds étaient devenus noirs après l'affaire du baron d'Hautois... Et le livre italien de Clotilde, est-ce qu'Antoinette Bréhat ne lisait pas l'italien, elle-aussi ?

Cependant, le monsieur en redingote et le maître d'hôtel sortirent de la maison. Aussitôt le premier étage s'éclaira, quelqu'un tira les volets des fenêtres. Et ce fut l'obscurité en haut comme en bas.

Herlock attendit une partie de la nuit sans bouger, craignant qu'Arsène Lupin ne s'en allât pendant son absence. À quatre heures, apercevant deux agents de police à l'extrémité de la rue. Il les rejoignit, leur expliqua la situation et leur confia la surveillance de la maison.

Alors, il se rendit au domicile de Ganimard, rue Pergolèse, et le fit réveiller. Au seul nom d'Arsène Lupin, l'inspecteur principal se hâta d'accourir. Ils passèrent au commissariat le plus proche, recrutèrent une demi-douzaine d'hommes et s'en revinrent rue Ghalgrin.

— Du nouveau, demanda Sholmès ?

— Rien, affirmèrent les deux agents.

Le jour commençait à blanchir le ciel, lorsque Ganimard, ses dispositions prises, sonna et se dirigea vers la loge de la concierge. Effrayée par cette invasion, toute tremblante, cette femme répondit qu'il n'y avait pas de locataire au rez-de-chaussée.

— Comment, pas de locataire !

— Mais non, c'est ceux du premier, les Messieurs Leroux... ils ont meublé le bas pour des parents de province...

— Qui sont venus hier soir avec eux.

— Peut-être bien... je dormais... Pourtant, je ne crois pas, voici la clef... ils ne l'ont pas demandée...

Avec cette clef, Ganimard ouvrit la porte qui se trouvait de l'autre côté du vestibule. Le rez-de-chaussée ne contenait que deux pièces : elles étaient vides.

— Et le premier étage, souffla Sholmès à Ganimard, ils sont sans doute au premier étage.

— En effet, il faut voir ces Leroux.

L'inspecteur monta l'escalier. Au coup de sonnette, un individu, qui n'était autre qu'un des gardes du corps, apparut, en bras de chemise et l'air furieux.

— Eh bien, quoi ! en voilà du tapage...

Mais il s'arrêta, confondu :

— Dieu me pardonne... en vérité, je ne rêve pas ? c'est M. Ganimard.

Un éclat de rire formidable jaillit. Ganimard pouffait, dans une crise d'hilarité qui le courbait en deux et lui congestionnait la face.

— C'est vous, Leroux, bégayait-il... Oh ! que c'est drôle,.. Leroux, complice d'Arsène Lupin... Ah ! j'en mourrai... Et votre frère, Leroux, est-il visible ?

Un autre individu s'avança, dont la vue redoubla la gaîté de Ganimard.

— Est-ce possible ! on n'a pas idée de ça ! Ah ! mes amis, vous êtes dans de beaux draps... Qui se serait jamais douté ! heureusement que le vieux Ganimard veille, et surtout qu'il a des amis pour l'aider... des amis qui viennent de loin !

Et se tournant vers Sholmès, il présenta :

— Victor Leroux, inspecteur de la Sûreté, un des bons parmi les meilleurs de la brigade de fer... Édouard Leroux, commis principal au service anthropométrique...

V. — UN ENLEVEMENT

Herlock Sholmès ne broncha pas. Protester ? Accuser ces deux hommes ? C'était inutile. À moins de preuves qu'il n'avait point, et qu'il ne voulait pas perdre son temps à chercher, personne ne le croirait.

Tout crispé, les poings serrés, il ne songeait qu'à ne pas trahir, devant Ganimard triomphant, sa rage et sa déception. Il salua respectueusement les frères Leroux, soutiens de la Société, et se retira.

Dans le vestibule il fit un crochet vers une petite porte basse et ramassa une menue perle de jais qui tachait la blancheur d'une dalle. Dehors il se retourna et lut, près du n° 40 de la maison, cette inscription : « Lucien

Destange, architecte, 1877 ». Même inscription au n°42.

— Toujours la double issue, pensa-t-il. Comment n'y ai-je pas songé ? J'aurais dû rester avec les deux agents cette nuit.

Il dit à ces hommes :

— Deux personnes sont sorties par cette porte pendant mon absence, n'est-ce pas ?

Et il désignait la porte de la maison voisine.

— Oui, un monsieur et une dame.

Il prit le bras de l'inspecteur principal, et l'entraînant :

— Monsieur Ganimard, vous avez trop ri pour m'en vouloir beaucoup du petit dérangement que je vous ai causé. Maintenant ; n'êtes-vous pas d'avis qu'il faut en finir ? Nous voici au septième jour. Dans trois jours il est indispensable que je sois à Londres.

— Oh ! oh !

— J'y serai, Monsieur, et je vous prie de vous tenir prêt dans la nuit de mercredi à jeudi.

— Pour une expédition du même genre ? fit Ganimard, gouailleur.

— Oui, Monsieur, du même genre.

Il le salua et s'en fut prendre un peu de repos dans l'hôtel le plus proche ; après quoi, ragaillardi, confiant en lui-même, il retourna rue Chalgrin, apprit le nom du propriétaire, M. Harmingeat, et descendit à la cave par la petite porte auprès de laquelle il avait ramassé la perle de jais.

Au bas de l'escalier il en ramassa une autre, de forme identique.

— Je ne me trompais pas, pensa-t-il, c'est par là qu'on communique… Voyons, ma clef passe-partout ouvre-t-elle le caveau réservé au locataire du rez-de-chaussée ? Oui… parfait… examinons ces casiers de vin… Oh ! oh ! voici des places où la poussière a été enlevée… et, par terre, des empreintes de pas… Il faut qu'il y ait un peu d'effarement dans la bande pour qu'on ait négligé d'effacer toutes ces traces. Décidément, ça ne va pas trop mal. J'assiste aux événements… jusqu'à l'heure prochaine où ce sera moi qui les dirigerai.

Un moment après, il redevenait M. Stickmann, aide-bibliothécaire de M. Destange, et toute la journée il travailla, mais à sa manière, sans perdre de vue le but qu'il se proposait, épiant, furetant, écoutant, se renseignant.

Au dîner, le domestique annonça que M. Maxime Bermond attendait au grand salon avec Mademoiselle. Sholmès dit à M. Destange :

— Je reste encore quelques minutes…, j'ai presque fini ce rayon.

— Si je ne vous revois pas après le dîner, à demain, répliqua M. Destange.

— « Si je ne vous revois pas… » conclut Herlock, ça signifie que l'on reviendra ici. En tous cas, j'ai du temps devant moi. À mon tour, vérifions le contenu de cette armoire… C'est bien cela… les anciens papiers de l'architecte, dossiers, devis, registres, livres de comptabilité. Sûrement je vais trouver un document quelconque… celui dont j'ai besoin, parbleu ! La meilleure preuve, c'est que Lupin lui-même s'en est inquiété.

Mais comment s'y reconnaître dans ce chaos de paperasses ? Après de longues recherches il consultait sa montre, quand il aperçut, au second plan, une série de registres placés par ordre d'ancienneté. Il prit alternativement ceux des dernières années, et aussitôt il examinait la page de récapitulation, et, plus spécialement, la lettre H. Enfin, ayant découvert le mot Harmingeat, accompagné du chiffre 63, il se reporta à la page 63 et lut :

« Harmingeat, 40, rue Chalgrin. »

Suivait le détail de travaux exécutés pour ce client en vue de l'installation d'un calorifère dans son immeuble, rit en marge cette note : « Voir le dossier M B »

— Eh ! je le sais bien, murmura Sholmès, le dossier M B, c'est celui-là qu'il me faut. Quand je l'aurai, j'en saurai, sur le domicile actuel de M. Lupin, un peu plus qu'il ne le désire… Mais soyons prudent…

Il referma l'armoire, éteignit les ampoules électriques qui éclairaient la partie supérieure de la bibliothèque, et monta sur la galerie supérieure où il se dissimula derrière les étoffes de la rampe.

Herlock Sholmes entend une conversation edifiante

Clotilde entra, accompagnée de Maxime. Ils s'assirent et restèrent silencieux assez longtemps, l'attitude plutôt gênée. Puis elle dit :

— Vous excusez mon père, n'est-ce pas ? Il s'est senti un peu las.

— Il m'a semblé moins vaillant, M. Destange.

— Oh ! bien moins. Sa santé laisse beaucoup à désirer. Le médecin défend toute fatigue, toute émotion.

Ils parlèrent de choses indifférentes et se turent de nouveau.

La pendule sonna neuf heures.

— Il est tard, dit Maxime, est-ce que je ne devrais pas…

Clotilde se leva sans répondre, marcha de droite et de gauche avec agitation, puis tomba dans un fauteuil et se mit à sangloter, la figure entre les mains.

Maxime se jeta à ses genoux et l'attira contre lui.

— Voyons, ma chère Clotilde, ne pleurez pas… Pourquoi pleurez-vous ?

Peut-être y avait-il dans sa voix un peu de cet agacement que les larmes de femme causent à l'homme moins épris. Mais il y avait une grande pitié aussi, et le geste dont il enlaçait la jeune fille était infiniment tendre.

— Dites-moi votre chagrin… Ne suis-je pas toujours votre ami ? Pourquoi pleurez-vous, Clotilde ?

— Vous ne m'aimez plus, vous ne m'aimez plus ! balbutia-t-elle.

— Mais si, je vous aime.

— Non, non, tout me prouve que c'est fini… Vous vous ennuyez près de moi. Dès que nous sommes seuls, vous cherchez des prétextes pour vous éloigner. Vous ne m'aimez plus.

Il l'entoura de ses bras et la consola doucement.

— Vous êtes une enfant, ma chère Clotilde. Est-ce que je pourrais ne plus vous aimer ?

Malgré tout elle se laissait prendre au son de cette voix caressante, et elle écoutait, avide d'espoir et d'illusion. Un sourire amollit son visage, mais un sourire si triste encore ! Il la supplia :

— Ne soyez pas triste, Clotilde, vous ne devez pas l'être. Vous n'en avez pas le droit.

Elle lui montra ses mains blanches, fines et souples, et dit gravement :

— Tant que ces mains seront mes mains, je serai triste, Maxime.

— Mais pourquoi ?

— Elles ont tué.

Maxime s'écria :

— Taisez-vous, ne pensez pas à cela, le passé est mort, le passé ne compte pas.

Et il baisait ses longues mains pâles, et elle le regardait avec un sourire plus clair comme si chaque baiser eut effacé un peu de l'horrible souvenir.

— Il faut m'aimer, Maxime, il le faut parce qu'aucune femme ne vous aimera comme moi. Pour vous plaire, j'ai agi, non pas même selon vos ordres, mais selon vos désirs secrets. J'ai accompli des actes contre lesquels tous mes instincts et toute ma conscience se révoltaient, mais je n'ai pas pu résister… je ne sais plus ce que je fais… je n'existe plus… je suis vous… Il faut m'aimer, Maxime.

— Je ne vous aime pas parce qu'il le faut, Clotilde, mais pour l'unique raison que je vous aime.

— En êtes-vous sûr ? dit-elle tout heureuse.

— Je suis sûr de moi comme de vous Seulement, Clotilde, ma vie n'est pas la vôtre, vous le savez. Ma vie est violente et fiévreuse, et je ne puis pas toujours vous consacrer le temps que je voudrais.

Elle s'affola aussitôt.

— Qu'y a-t-il ? un danger nouveau ? Vite, parlez.

— Oh ! rien de grave encore. Pourtant…

— Pourtant ?

— Eh bien, il est sur nos traces.

— Sholmès ?

— Oui. C'est lui qui a lancé Ganimard dans l'affaire du restaurant Hongrois. C'est lui qui a posté, cette nuit, les deux agents de la rue Chalgrin. J'en ai la preuve : Ganimard a fouillé la maison ce matin, et Sholmès l'accompagnait.

— Oh ! Maxime, j'ai peur.

— Il n'y a pas de quoi s'effrayer. Mais j'avoue que la situation est énervante. Que sait-il ? Où se cache-t-il ? Sa force réside dans son isolement. Rien ne peut le trahir.

— Et alors que décidez-vous ?

— L'extrême prudence, Clotilde. Depuis longtemps je suis résolu à changer mon installation et à la transporter là-bas, dans l'asile inviolable que vous savez. L'intervention de Sholmès brusque les choses. Quand un homme comme lui est sur une piste, on doit se dire que fatalement il arrivera au bout de cette piste. Donc, j'ai tout préparé. Après-demain, mercredi, le déménagement aura lieu. À midi, ce sera fini. À deux heures, je pourrai moi-même quitter la place, après avoir enlevé les derniers vestiges de notre installation, ce qui n'est pas une petite affaire. D'ici là…

— D'ici là ?

— Nous ne devons pas nous voir, et personne ne doit vous voir, Clotilde. Ne sortez pas. Je ne crains rien pour moi. Je crains tout dès qu'il s'agit de vous.

Il ajouta pensivement :

— Ah ! Clotilde, pourquoi vous ai-je mêlée à ma vie aventureuse ? J'aurais dû rester le Maxime Bermond que vous avez aimé, il y a cinq ans, et ne pas vous faire connaître… l'autre homme que je suis.

Elle dit très bas :

— J'aime aussi cet autre… et je ne regrette rien.

Il la baisa au front.

— Allons, Clotilde, adieu, je vous verrai mercredi, à deux heures. Mais surtout ne bougez pas, je ne suis pas tranquille avec Sholmès. Je le sens qui rôde dans l'ombre et qui se rapproche de plus en plus…

Ils s'éloignèrent en causant, et Sholmès l'entendît encore qui disait :

— Avez-vous eu le temps de visiter cette armoire ? Il y a probablement des papiers dangereux…

Un moment se passa. Une femme de chambre vint fermer l'électricité. Herlock Sholmès, ne jugeant pas l'heure favorable, s'installa sur une pile d'in-folio, et s'assoupit. Vers minuit il fit jouer le ressort de sa lanterne et recommença ses investigations dans l'armoire de chêne. Ce n'est qu'au matin que, sur la seconde moitié d'un registre, il découvrit le fameux dossier M B.

Il comportait quinze pages. L'une reproduisait la page consacrée à M. Harmingeat de la rue Chalgrin. Une autre détaillait les travaux exécutes pour M. Vatinel, propriétaire, 25, rue Clapeyron. Une autre était réservée au baron d'Hautois, 134, avenue Henri-Martin, une autre au château de Crozon, et les onze autres à différents propriétaires de Paris.

Sholmès copia cette liste de onze noms et de onze adresses, puis il remit les choses en place, ouvrit une fenêtre, et sauta sur la place déserte, en ayant soin de repousser les volets.

LA DAME BLONDE ET HERLOCK SHOLMES SE TROUVENT EN PRESENCE

Dans sa chambre d'hôtel il alluma sa pipe avec la gravité qu'il apportait à cet acte, et, entouré de nuages de fumée, il étudia les conclusions que l'on pouvait tirer du dossier M B, ou pour mieux dire, du dossier Maxime Bermond, alias Arsène Lupin.

À huit heures, il envoyait à Ganimard ce pneumatique :

« Je passerai sans doute, ce matin, rue Pergolèse et confierai à vos soins une personne dont la capture est de la plus haute importance. En tous cas, soyez chez vous cette nuit et demain, mercredi, jusqu'à midi, et arrangez-vous pour avoir une trentaine d'hommes à votre disposition… »

Puis il choisit sur le boulevard un fiacre automobile dont le chauffeur lui plut par sa bonne figure réjouie et peu intelligente, et se fit conduire sur la place Malesherbes, cinquante pas plus loin que l'hôtel Destange.

— Mon garçon, fermez votre voiture, dît-il au mécanicien, relevez le col de votre fourrure, car le vent est froid, et attendez patiemment. Dans une heure et demie, vous mettrez votre moteur en marche. Dès que je reviendrai, en route pour la rue Pergolèse.

Il franchit le seuil de l'hôtel et gagna la bibliothèque. M. Destange l'y rejoignit, et ils travaillaient ensemble depuis un long moment lorsque Clotilde entra, dit bonjour à son père, s'assit dans le petit salon et se mît à écrire.

Sholmès attendit, puis, prenant un volume :

— Voici justement un livre que Mlle Destange m'a prié de lui remettre dès que je le trouverais.

Il se rendit dans le petit salon et dit à Clotilde :

— Je suis M. Stickmann, le nouveau secrétaire de M. Destange.

— Ah ! fit-elle sans se déranger.

— Oui, et je désirerais vous parler, Mademoiselle.

— Veuillez vous asseoir, Monsieur, j'ai fini.

Elle cacheta sa lettre, repoussa ses papiers, appuya sur la sonnerie d'un téléphone, obtint la communication avec sa couturière, pria celle-ci de hâter l'achèvement d'un manteau de voyage dont elle avait un besoin urgent, et enfin se tournant vers Sholmès :

— Je suis à vous, Monsieur. Mais notre conversation ne peut-elle avoir lieu devant mon père ?

— Non, Mademoiselle, et je vous supplierai même de ne pas hausser la voix. Il est préférable que M. Destange ne nous entende point.

— Pour qui est-ce préférable ?

— Pour vous, Mademoiselle, comme vous allez en juger. Pardonnez-moi si je me trompe sur certains points secondaires ; ce que je garantis, c'est l'exactitude générale des faits que j'expose. Il y a cinq ans, Monsieur votre père a eu l'occasion de rencontrer un M. Maxime Bermond, lequel s'est présenté à lui comme entrepreneur… ou architecte, je ne saurais préciser. Toujours est-il que M. Destange s'est pris d'affection pour ce jeune homme, et comme l'état de sa santé ne lui permettait plus de s'occuper de ses affaires, il confia à M. Bermond l'exécution de quelques commandes qu'il avait acceptées de la part d'anciens clients, et qui semblaient en rapport avec les aptitudes de son collaborateur.

Herlock s'interrompit. Il lui parut que la pâleur de la jeune fille s'était accentuée. Ce fut pourtant avec le plus grand calme qu'elle prononça :

— J'ignore absolument les faits dont vous m'entretenez, Monsieur, et surtout, je ne vois pas en quoi ils peuvent m'intéresser.

— En ceci, Mademoiselle, c'est que M. Maxime Bermond s'appelle de son vrai nom, vous le savez aussi bien que moi, Arsène Lupin.

Elle éclata de rire.

— Pas possible ! Arsène Lupin ?

— Comme j'ai l'honneur de vous le dire, Mademoiselle, et puisque vous refusez de me comprendre à demi-mot, j'ajouterai qu'Arsène Lupin a trouvé ici, pour l'accomplissement de ses projets, une amie, plus qu'une amie, une complice aveugle et… passionnément dévouée.

Elle se leva, et, sans émotion, ou du moins avec si peu d'émotion que Sholmès fut frappé d'une telle maîtrise, elle déclara :

— J'ignore le but de votre conduite, Monsieur, et je veux l'ignorer. Je vous prie donc de ne pas ajouter un mot et de sortir d'ici.

— Je n'ai jamais eu l'intention de vous imposer ma présence indéfiniment, répondit Sholmès, aussi paisible qu'elle. Seulement, j'ai résolu de ne pas sortir seul de cet hôtel.

— Et qui donc vous accompagnera, Monsieur ?

— Vous !

— Moi ?

— Oui, Mademoiselle, nous sortirons ensemble de cet hôtel, et vous me suivrez, sans une protestation, sans un mot.

Le faux M. Stickmann démasque ses batteries

Ce qu'il y avait d'étrange dans cette scène, c'était le calme absolu des deux adversaires. Plutôt qu'un duel implacable entre deux volontés puissantes, on eût dit, à leur attitude, au ton de leurs voix, le débat courtois de deux personnes qui ne sont pas du même avis.

Dans la rotonde, par la baie grande ouverte, on apercevait M. Destange.

Clotilde se rassit en haussant légèrement les épaules. Herlock tira sa montre.

— Il est dix heures et demie. Dans cinq minutes nous partons.

— Sinon ?

— Sinon, je vais trouver M. Destange, et je lui raconte…

— Quoi ?

— La vérité. Je lui raconte la vie mensongère de Maxime Bermond, et je lui raconte la double vie de sa complice.

— De sa complice ?

— Oui, de celle que l'on appelle la Dame blonde, de celle qui fut blonde.

— Et quelles preuves lui donnerez-vous ?

— Je l'emmènerai rue Chalgrin, et je lui montrerai le passage qu'Arsène Lupin, profitant des travaux dont il avait la direction, a fait pratiquer par ses hommes entre le 40 et le 42, le passage qui vous a servi à tous les deux, l'avant-dernière nuit, ainsi que le démontre la trace de vos pas sur la poussière.

— Après ?

— Après, j'emmènerai M. Destange chez Mᵉ Detinan, nous descendrons l'escalier de service par lequel vous êtes descendue avec Arsène Lupin pour échapper à Ganimard. Et nous chercherons tous deux la communication sans doute analogue qui existe avec la maison voisine, maison dont la sortie donne sur le boulevard des Batignolles et non sur la rue Clapeyron.

— Après ?

— Après, j'emmènerai M. Destange au château de Crozon, et il lui sera facile, à lui qui sait le genre de travaux exécutés par Arsène Lupin lors de la restauration de ce château, de découvrir les passages secrets qu'Arsène Lupin a fait pratiquer par ses hommes. Il constatera que ces passages ont permis à la Dame blonde de s'introduire, la nuit, dans la chambre de la comtesse et d'y prendre sur la cheminée le diamant bleu, puis, deux semaines plus tard, de s'introduire dans la chambre du conseiller Bleichen et de cacher ce diamant bleu au fond d'un flacon… acte assez bizarre, je l'avoue, petite vengeance de femme peut-être, je ne sais, cela n'importe point.

— Après ?

— Après, fit Herlock d'une voix plus grave, j'emmènerai M. Destange au 134 de l'avenue Henri-Martin, et nous chercherons comment le baron d'Hautois…

— Taisez-vous, taisez-vous, balbutia la jeune fille, avec un effroi soudain… je vous défends !… alors vous osez dire que c'est moi… vous m'accusez…

— De crime, non. Vous n'avez pas assassiné le baron d'Hautois. Il était sujet à des accès de folie que, seule, la sœur Auguste pouvait maîtriser. En l'absence de cette personne, il se sera jeté sur vous, et c'est au cours de la lutte, pour défendre votre vie, que vous l'avez frappé. Épouvantée par un tel acte, vous vous êtes enfuie sans même arracher du doigt de votre, victime ce diamant bleu que vous étiez venue prendre.

Elle garda longtemps sur son front ses deux mains croisées, puis découvrant son visage douloureux, elle murmura :

— Et c'est tout cela que vous avez l'intention de dire à mon père ?

— Oui, et je lui dirai que j'ai comme témoins Mˡˡᵉ Gerbois, qui reconnaîtra la Dame blonde, la sœur Auguste qui reconnaîtra Antoinette Bréhat, la comtesse de Crozon qui reconnaîtra Mᵐᵉ de Réal.
Voilà ce que je lui dirai.

— Vous n'oserez pas.

Il se leva et fit un pas vers la bibliothèque. Clotilde l'arrêta :

— Un instant, Monsieur.

Elle réfléchit et lui demanda :

— Vous êtes Herlock Sholmès, n'est-ce pas ?

— Oui.

— Que voulez-vous de moi ?

— Ce que je veux ? J'ai engagé contre Arsène Lupin un duel dont il faut que je sorte vainqueur. Dans l'attente d'un dénouement qui ne saurait tarder beaucoup, j'estime qu'un otage aussi précieux que vous me donne sur mon adversaire un avantage considérable. Donc, vous me suivrez, Mademoiselle, je vous confierai à quelqu'un de mes amis. Dès que mon but sera atteint, vous serez libre.

— C'est tout ?

— C'est tout. Je ne fais pas partie de la police de votre pays, et je ne me sens par conséquent aucun droit… de justicier.

HERLOCK SHOLMES S'ASSURE UN OTAGE

Elle semblait résolue. Cependant elle exigea encore un moment de répit. Ses yeux se fermèrent, et Sholmès la regardait, si tranquille, presque indifférente au danger qui la menaçait !

— Et même, songeait l'Anglais, se croît-elle menacée d'un danger ? Mais non, puisque Lupin la protège. Avec Lupin rien ne peut vous atteindre. Lupin est tout puissant, Lupin est infaillible.

— Mademoiselle, dit-il, j'ai parlé de cinq minutes, il y en a plus de trente !

— Me permettez-vous de monter dans ma chambre, Monsieur, et d'y prendre mes affaires ?

— Non, répliqua-t-il nettement, craignant qu'elle ne lui échappât.

Elle sourit.

— Vous avez raison… Je sonnerai donc…

On lui apporta son chapeau et son vêtement, et, s'avançant vers son père, elle lui dit :

— Je t'enlève M. Stickmann. Nous allons à la Bibliothèque nationale.

— Tu rentres déjeuner ?

— Peut-être… ou plutôt non… mais ne t'inquiète pas…

Et elle déclara fermement à Sholmès :

— Je vous suis, Monsieur.

Ensemble, comme il l'avait prédit, tous deux quittèrent l'hôtel.

Une excursion en automobile

Sur la place, l'automobile stationnait, tournée dans le sens opposé. On voyait le dos du mécanicien et sa casquette que recouvrait presque le col de sa fourrure. En approchant Sholmès entendit le ronflement du moteur. Il ouvrit la portière, pria Clotilde de monter et s'assit auprès d'elle.

La voiture démarra brusquement, gagna les boulevards extérieurs, l'avenue Hoche, l'avenue de la Grande-Armée.

Herlock, pensif, continuait ses plans.

— Ganimard est chez lui… je laisse la jeune fille entre ses mains… Lui dirai-je qui est cette jeune fille ? Non, il la mènerait droit au Dépôt, ce qui dérangerait tout. Une fois seul, je consulte la liste du dossier M B et je me mets en chasse. Et cette nuit, ou demain matin au plus tard, je vais trouver Ganimard comme il est convenu, et je lui livre Arsène Lupin et sa bande… Mais quel drôle de chemin nous prenons…

À ce moment, on sortait de Paris par la porte de Neuilly. Que diable ! pourtant, la rue Pergolèse n'était pas en dehors des fortifications.

Sholmès baissa la glace.

— Dites donc, chauffeur, vous vous trompez… rue Pergolèse !…

L'homme ne répondit pas. Il répéta, d'un ton plus élevé :

— Je vous dis d'aller rue Pergolèse.

L'homme ne répondit point. Une inquiétude effleura l'Anglais. Il regarda Clotilde : un sourire indéfinissable plissait les lèvres de la jeune fille.

Alors, il examina plus attentivement l'homme qui se trouvait sur le siège. Les épaules étaient plus minces, l'attitude plus dégagée… Une sueur froide le couvrit, ses mains se crispèrent, tandis que la plus effroyable conviction s'imposait à son esprit : cet homme c'était Arsène Lupin.

— Eh bien. M. Sholmès, que dites-vous de cette petite promenade ?

— Délicieuse, cher Monsieur, absolument délicieuse, riposta Sholmès.

Jamais peut-être il ne lui fallut faire sur lui-même un effort plus terrible que pour articuler ces paroles sans un frémissement dans la voix, sans rien qui pût indiquer le déchaînement de tout son être. Mais aussitôt, par une sorte de réaction formidable, un flot de rage et de haine brisa les digues, emporta sa volonté, et d'un geste brusque tirant son revolver, il le braqua sur Mlle Destange.

— À la minute même, à la seconde, arrêtez. Lupin, ou je fais feu sur Mademoiselle.

— Je vous recommande de viser la joue si vous voulez atteindre la tempe, répondit Lupin sans tourner la tête.

Clotilde prononça :

— Maxime, n'allez pas trop vite, le pavé est glissant, et je suis très peureuse.

Elle souriait toujours, les yeux fixés aux pavés, dont la route se hérissait devant la voiture.

— Qu'il arrête, qu'il arrête donc ! lui dit Sholmès, fou de colère, vous voyez bien que je suis capable de tout.

Le canon du revolver frôla les boucles de cheveux.

Elle murmura :

— Ce Maxime est d'une imprudence ! À ce train-là nous sommes sûrs de déraper.

Sholmès remit l'arme dans sa poche et saisit la poignée de la portière, prêt à s'élancer, malgré l'absurdité d'un pareil acte.

Clotilde lui dit :

— Prenez garde. Monsieur, il y a une automobile derrière nous.

Il se pencha. Une voiture les suivait en effet, énorme, farouche d'aspect avec sa proue aiguë, couleur de sang, et les quatre hommes en peau de bête qui la montaient.

— Allons, pensa-t-il, je suis bien gardé, attendons.

Il croisa ses bras sur sa poitrine, et, tandis que l'on traversait la Seine et que l'on brillait Suresnes, Rueil, Chatou, immobile, résigné, il se demandait par quel miracle Arsène Lupin s'était substitué au chauffeur. Il n'admettait pas que le brave garçon qu'il avait choisi le matin sur le boulevard pût être un complice placé là d'avance. Il fallait pourtant bien qu'Arsène Lupin eût été prévenu, et il ne pouvait l'avoir été qu'après le moment où, lui, Sholmès, avait menacé Clotilde, puisque personne, auparavant, ne soupçonnait son projet. Or, depuis ce moment, Clotilde et lui, ne s'étaient point quittés.

Un souvenir le frappa : la communication téléphonique demandée par la jeune fille, sa conversation avec la couturière.

Et tout de suite il comprit. Avant même qu'il eût parlé, à la seule annonce de l'entretien qu'il sollicitait comme nouveau secrétaire de M. Destange, elle avait flairé le péril, deviné le nom et le but du visiteur, et, froidement, naturellement, comme si elle accomplissait bien en réalité l'acte qu'elle semblait accomplir, elle avait appelé Lupin à son secours, sous le couvert d'un fournisseur, et en se servant de formules convenues entre eux.

Comment Arsène Lupin était venu, comment cette automobile dont le moteur trépidait lui avait paru suspecte, comment il avait soudoyé le mécanicien, tout cela importait peu. Ce qui passionnait Sholmès au point d'apaiser sa fureur, c'était l'évocation de cet instant, où une simple femme, une amoureuse il est vrai, domptant ses nerfs, écrasant son instinct, immobilisant les traits de son visage, soumettant l'expression de ses yeux, avait donné le change au vieux Herlock Sholmès.

Que faire contre un homme servi par de tels auxiliaires, et, qui par le seul ascendant de son autorité, insufflait à une femme de telles provisions d'audace et d'énergie ?

On franchit la Seine et l'on escalada la côte de Saint-Germain, mais à cinq cents mètres au delà de cette ville, le fiacre ralentit. L'autre voiture vint à sa hauteur, et toutes deux ensemble s'arrêtèrent. Il n'y avait personne aux alentours.

— Monsieur Sholmès, dit Lupin, ayez l'obligeance de changer d'automobile. La nôtre est vraiment ridicule de lenteur.

— Comment donc, s'écria Sholmès, d'autant plus empressé qu'il n'avait pas le choix.

— Vous me permettrez aussi de vous prêter cette fourrure, car nous irons assez vite, et de vous offrir ces deux sandwiches… Si, si, acceptez, qui sait quand vous dînerez ?

Les quatre hommes étaient descendus. L'un d'eux s'approcha, et comme il avait retiré les lunettes qui le masquaient, Sholmès reconnut le Monsieur en redingote du restaurant Hongrois. Lupin lui dit :

— Vous reconduirez ce fiacre au chauffeur. Il attend dans le premier débit de vins à droite de la rue Legendre. Vous lui ferez le second versement de mille francs promis. Ah ! j'oubliais, veuillez donner vos lunettes à M. Sholmès.

Il s'entretint avec Mlle Destange, puis s'installa au volant et partit, Sholmès à ses côtés, et derrière lui, un de ses hommes.

Lupin n'avait pas exagéré en disant qu'on irait « assez vite ». Dès le début ce fut une allure vertigineuse. L'horizon venait à leur rencontre, comme attiré par une force mystérieuse, et il disparaissait à l'instant comme absorbé par un abîme vers lequel d'autres choses aussitôt, arbres, maisons, plaines et forêts, se précipitaient avec la hôte tumultueuse d'un torrent qui sent l'approche du gouffre.

Sholmès et Lupin n'échangeaient pas une parole. Au-dessus de leurs têtes, les feuilles des peupliers faisaient un grand bruit dé vagues, bien rythmé par l'espacement régulier des arbres. Et des villes s'évanouirent : Mantes, Vernon, Gaillon. D'une colline à l'autre, de Bon-Secours à Canteleu, Rouen, sa banlieue, son port, ses kilomètres de quais, Rouen ne sembla que la rue d'une bourgade. Et ce fut Duclair, Caudebec, le pays de Caux dont ils effleurèrent les ondulations de leur vol puissant, et Lillebonne, et Quillebeuf. Et voilà qu'ils se trouvèrent soudain au bord de la Seine, à l'extrémité d'un petit quai, au bord duquel s'allongeait un yacht, sobre et robuste de lignes, et dont la cheminée lançait des volutes de fumée noire.

HERLOCK SHOLMES VOGUE MALGRE LUI VERS L'ANGLETERRE

La voiture stoppa. En deux heures, ils avaient parcouru plus de quarante lieues.

Un homme s'avança en vareuse bleue, la casquette galonnée d'or, et salua.

— Parfait, capitaine ! s'écria Lupin. Vous avez reçu la dépêche ?
— Je l'ai reçue.
— *L'Hirondelle* est prête ?
— *L'Hirondelle* est prête.
— En ce cas, Monsieur Sholmès ?

L'Anglais regarda autour de lui, vit un groupe de personnes à la terrasse d'un café, un autre plus près, hésita un instant, puis, comprenant qu'avant toute intervention, il serait happé, embarqué, expédié a fond de cale, il traversa la passerelle et suivit Lupin dans la cabine du capitaine.

Lupin referma la porte et, sans préambule, presque brutalement, il dit à Sholmès :
— Que savez-vous au juste ?
— Tout.
— Tout ? précisez.

Il n'y avait plus dans l'intonation de sa voix cette politesse un peu ironique qu'il affectait à l'égard de l'Anglais.

Ils se mesurèrent du regard, ennemis maintenant, ennemis déclarés et frémissants. Un peu énervé, Lupin reprit :
— Voilà plusieurs fois, Monsieur, que je vous rencontre sur mon chemin. C'est autant de fois de trop, et j'en ai assez de perdre mon temps à déjouer les pièges que vous me tendez. Je vous préviens donc que ma conduite avec vous dépendra de votre réponse. Que savez-vous au juste ?
— Tout, Monsieur, je vous le répète.

Arsène Lupin se contint et d'un ton saccadé.
— Je vais vous le dire, moi, ce que vous savez. Vous savez que sous le nom de Maxime Bermond, j'ai... *retouché* quinze maisons construites par M. Destange.
— Oui.
— Sur ces quinze maisons, vous en connaissez quatre.
— Oui.
— Et vous avez la liste des onze autres.
— Oui.
— Vous avez pris cette liste chez M. Destange, cette nuit sans doute.
— Oui.
— Et comme vous supposez que, parmi ces onze immeubles, il y en a fatalement un que j'ai gardé pour moi, pour mes besoins et pour ceux de mes amis, vous avec confié à Ganimard le soin de se mettre en campagne et de découvrir ma retraite.
— Non.
— Ce qui signifie ?
— Ce qui signifie que j'agis seul, et que j'allais me mettre, seul, en campagne.
— Alors, je n'ai rien à craindre, puisque vous êtes entre mes mains.
— Vous n'avez rien à craindre tant que je serai entre vos mains.
— C'est-à-dire que vous n'y resterez pas ?
— Non.
— Vous y resterez du moins le nombre d'heures que j'estime nécessaire à ma sécurité.
— Non.
— Nous verrons bien.

Lupin ouvrit la porte, appela le capitaine et deux matelots, puis se retournant vers Sholmès :
— Monsieur, donnez-moi votre parole d'honneur de ne pas chercher à vous échapper de ce bateau avant d'être dans les eaux anglaises.
— Je vous donne ma parole d'honneur de chercher par tous les moyens à m'échapper, repartit Sholmès, indomptable.

Sur un signe de Lupin, les deux matelots saisirent l'Anglais, et après l'avoir fouillé lui ficelèrent les jambes et l'attachèrent à la couchette du capitaine.
— Assez ! ordonna Lupin. En vérité, il faut votre obstination, Monsieur, et la gravité exceptionnelle des circonstances, pour que j'ose me permettre...

Les matelots se retirèrent. Lupin dit au capitaine :

— Capitaine, un homme d'équipage restera ici, à la disposition de M. Sholmès, et vous-même lui tiendrez compagnie autant que possible. Qu'on ait pour lui tous les égards. Ce n'est pas un prisonnier, mais un hôte. Quelle heure est-il à votre montre, capitaine ?

— Deux heures cinq.

Lupin consulta sa montre, puis une pendule accrochée à la cloison de la cabine.

— Deux heures cinq ?... nous sommes d'accord. Combien de temps vous faut-il pour aller à Southampton ?

— Neuf heures, sans nous presser.

— Vous en mettrez onze. Il ne faut pas que vous touchiez terre avant le départ du paquebot qui laisse Southampton à minuit et qui arrive au Hâvre à huit heures du matin. Vous entendez, n'est-ce pas, capitaine ? Il ne faut pas que vous arriviez à Southampton avant une heure du matin.

— C'est compris.

Quelques minutes plus tard Sholmès entendit l'automobile qui s'éloignait et sentit que l'*Hirondelle* démarrait.

Vers trois heures on avait franchi l'estuaire de la Seine et l'on entrait en pleine mer. À ce moment, étendu sur la couchette où il était lié, Herlock Sholmès dormait profondément.

Le lendemain matin, dixième et dernier jour de la guerre engagée par les deux grands rivaux, l'*Écho de France* publiait cet entrefilet :

« Hier, un décret d'expulsion a été pris a par Arsène Lupin contre Herlock Sholmès, détective anglais. Signifié à midi, le décret était exécuté le jour même. À une heure du matin, Sholmès a été débarqué à Southampton. »

VI. — LA SECONDE ARRESTATION D'ARSÈNE LUPIN

Dès huit heures du matin, douze voitures de déménagement encombrèrent la rue Crevaux, entre l'avenue du Bois de Boulogne et l'avenue Bugeaud. M. Félix Davey quittait l'appartement qu'il occupait au quatrième étage du n° 8. Et M. Dubreuil, expert, qui avait réuni en un seul appartement le cinquième étage de la même maison et le cinquième étage des deux maisons contiguës, expédiait le même jour — pure coïncidence, puisque ces messieurs ne se connaissaient pas — les collections de meubles pour lesquelles tant de correspondants étrangers lui rendaient quotidiennement visite.

Détails qui furent remarqués dans le quartier, mais dont on ne parla que plus tard : aucune des douze voitures ne portait le nom et l'adresse du déménageur, et aucun des hommes qui les accompagnaient ne s'attarda dans les débits avoisinants. Ils travaillèrent si bien qu'à onze heures tout était fini. Il ne restait plus rien que ces monceaux de papiers et de chiffons qu'on laisse derrière soi, aux coins des chambres vides.

M, Félix Davey s'en alla déjeuner tranquillement prés de la Porte-Dauphine, au Pavillon Chinois ; puis il retourna rue Crevaux et dit à la concierge :

— Je jette un coup d'œil là-haut, et je vous rends les clefs.

Il termina son inspection par la pièce qui lui servait de cabinet de travail. Là, il saisit l'extrémité d'un tuyau de gaz dont le coude était articulé, et qui pendait le long de la cheminée, enleva le bouchon de cuivre qui le fermait, adapta un petit appareil en forme de cornet, et souffla.

Un léger coup de sifflet lui répondit. Portant le tuyau à sa bouche, il murmura :

— Personne ?

— Personne.

— Je peux monter ?

— Oui.

Il fit pivoter sur elle-même une des moulures de marbre de la cheminée. Le marbre entier se déplaça, et la glace qui le surmontait s'abattit, démasquant une ouverture béante où reposaient les premières marches d'un escalier construit dans le corps même de la cheminée, tout cela bien propre, en fonte soigneusement astiquée et en carreaux de porcelaine blanche.

Il monta. Au cinquième étage, même orifice au-dessus de la cheminée. M. Dubreuil attendait. Tous deux continuèrent jusqu'à l'étage des domestiques et débouchèrent dans une mansarde où se trouvaient trois individus dont l'un regardait par la fenêtre.

— Rien de nouveau ?

— Rien, patron.

— La rue est calme ?
— Absolument.
— Encore dix minutes et je pars définitivement... D'ici là, au moindre mouvement suspect dans la rue, avertissez-moi.
— J'ai toujours le doigt sur la sonnerie d'alarme, patron.
— À merveille.

Ces deux messieurs redescendirent par le même chemin. Rentré dans son appartement, M. Davey rajusta la moulure de marbre, et, tout joyeux, il s'écria en riant :

— Je voudrais voir la tête de ceux qui découvriront tous ces admirables trucs, timbres d'avertissement, réseau de fils électriques et de tuyaux acoustiques, passages invisibles, lames de parquets qui glissent, escaliers dérobés... Une vraie machination pour féerie !

— Quelle réclame pour Arsène Lupin !

— Une réclame dont on se serait bien passé. Dommage de quitter une pareille installation. Peste soit du Sholmès !

— Toujours pas revenu, le Sholmès ?

— Et comment ? De Southampton, un seul paquebot, celui de minuit Du Havre, un seul train, celui de huit heures du matin qui arrive à onze heures onze. Du moment qu'il n'a pas pris le paquebot de minuit — et il ne l'a pas pris, les instructions données au capitaine étant formelles — il ne pourra être en France que ce soir, via Newhaven et Dieppe.

— S'il revient !

— Sholmès n'abandonne jamais la partie. Il reviendra, mais trop tard. Nous serons loin.

— Et Mlle Destange ?

— Je dois la retrouver dans une heure.

— Chez elle ?

— Oh ! non, elle ne rentrera chez elle que dans quelques jours, après la tourmente... Mais, vous, Dubreuil, il faut partir. L'embarquement de tous nos colis sera long, et votre présence est nécessaire.

Dubreuil se retira. Félix Davey fit un dernier tour, ramassa deux ou trois lettres déchirées, puis, apercevant un morceau de craie, il le prit, dessina sur le papier sombre de la salle à manger un grand cadre et inscrivit, ainsi que l'on fait sur une plaque commémorative :

« Ici habita, durant cinq années, au début du vingtième siècle, Arsène Lupin, gentilhomme-cambrioleur. »

Cette petite plaisanterie parut lui causer une vive satisfaction. Il la contempla en sifflotant un air d'allégresse, et s'écria :

— Maintenant que je suis en règle avec les historiens des générations futures, filons. Adieu, royaume d'Arsène Lupin ! Adieu les cinquante-cinq pièces des six appartements sur lesquels je régnais ! Adieu, ma chambrette, mon austère chambrette !

Un visiteur que Lupin n'attendait pas

Une sonnerie coupa net son accès de lyrisme, une sonnerie aiguë, rapide et stridente, qui s'interrompit deux fois, reprit deux fois et cessa. (Pétait la sonnerie d'alarme.

Qu'y avait-il donc ? Quel danger imprévu ? Ganimard ? Mais non...

Il fut sur le point de regagner son bureau et de s'enfuir. Mais d'abord il se dirigea du côté de la fenêtre. Personne dans la rue. L'ennemi serait-il donc déjà dans la maison ? Il écouta et crut discerner des rumeurs confuses. Sans plus hésiter, il courut jusqu'à son cabinet de travail, et comme il franchissait le seuil, il distingua le bruit d'une clef que l'on cherchait à introduire dans la porte du vestibule.

— Diable, murmura-t-il, il n'est que temps. La maison est peut-être cernée... L'escalier de service, impossible ! Heureusement que la cheminée...

Il poussa vivement la moulure : elle ne bougea pas. Il fit un effort plus violent : elle ne bougea pas.

Au même moment il eut l'impression que la porte s'ouvrait là-bas et que des pas résonnaient.

— Sacré nom, jura-t-il, je suis perdu si ce fichu mécanisme...

Ses doigts se convulsèrent autour de la moulure, de tout son poids il pesa. Rien ne bougea. Rien ! Par une malchance incroyable, par une méchanceté vraiment effarante du destin, le mécanisme, qui fonctionnait encore un instant auparavant, ne fonctionnait plus.

Il s'acharna, se crispa. Le bloc de marbre demeurait inerte, immuable. Malédiction ! Était-il admissible que cet obstacle stupide lui barrât le chemin ? Il frappa le marbre, il le frappa à coups de poing rageurs, il le martela, il l'injuria…

— Eh bien, quoi, M. Lupin, il y a donc quelque chose qui ne marche pas comme il vous plaît ?

Lupin se retourna, secoué d'épouvante, Herlock Sholmès était devant lui.

Herlock Sholmès ! Il le regarda en clignant des yeux, comme gêné par une vision cruelle. Herlock Sholmès à Paris ! Herlock Sholmès qu'il avait expédié la veille en Angleterre ainsi qu'un colis dangereux, et qui se dressait en face de lui, victorieux et libre ! Ah ! pour que cet impossible miracle se fût réalisé malgré la volonté d'Arsène Lupin, il fallait un bouleversement des lois naturelles, le triomphe de tout ce qui est illogique et anormal ! Herlock Sholmès en face de lui !

Et l'Anglais prononça, ironique à son tour, et plein de cette politesse dédaigneuse avec laquelle son adversaire l'avait si souvent cinglé :

— M. Lupin, je vous avertis qu'à partir de cette minute, je ne penserai plus jamais à la nuit que vous m'avez fait passer dans l'hôtel du baron d'Hautois, plus jamais aux mésaventures de mon ami Wilson, et plus jamais à mon enlèvement en automobile. Cette minute efface tout. Je suis payé.

Lupin garda le silence, l'Anglais reprit :

— N'est-ce pas votre avis ?

Il avait l'air d'insister comme s'il eut réclamé un acquiescement, une sorte de quittance à l'égard du passé.

Après un instant de réflexion, durant lequel l'Anglais se sentit pénétré, scruté jusqu'au plus profond de son âme, Lupin déclara :

— Je suppose, Monsieur, que votre conduite actuelle s'appuie sur des motifs sérieux ?

— Extrêmement sérieux.

— Le fait d'avoir échappé à mon capitaine et à mes matelots n'est qu'un incident secondaire de notre lutte. Mais le fait d'être ici, devant moi, seul, vous entendez, seul en face d'Arsène Lupin, me donne à croire que votre revanche est aussi complète que possible.

— Aussi complète que possible.

— Cette maison ?

— Cernée.

— Les deux maisons voisines ?

— Cernées.

— L'appartement au-dessus de celui-ci ? Les trois appartements du cinquième que M. Dubreuil occupait, cernés.

— De sorte que…

— De sorte que vous êtes pris, M. Lupin, irrémédiablement pris.

Les mêmes sentiments qui avaient agité Sholmès au cours de sa promenade en automobile, Lupin les éprouva, la même fureur concentrée, la même révolte — mais aussi, en fin de comptera même loyauté le courba, sous la force des choses. Tous deux également puissants, ils devaient pareillement accepter la défaite comme un mal provisoire auquel on doit se résigner.

Les affaires sont les affaires

— Nous sommes quittes, Monsieur, dit-il nettement.

L'Anglais sembla ravi de cet aveu. Ils se turent. Puis Lupin reprit, déjà maître de lui et souriant :

— Et je n'en suis pas fâché. Cela devenait fastidieux de gagner à tous coups.

Il s'approcha de l'Anglais.

— Et maintenant, qu'attendez-vous ?

— Ce que j'attends ?

— Oui, Ganimard est là, avec ses hommes. Pourquoi n'entre-t-il pas ?

— Je l'ai prié de ne pas entrer.

— Et il a consenti ?

— Je n'ai requis ses services qu'à la condition formelle qu'il se laisserait guider par moi. D'ailleurs il croit que M. Félix Davey n'est qu'un complice de Lupin.

— Alors je répète ma question sous une autre forme. Pourquoi êtes-vous entré seul ?

— J'ai voulu d'abord vous parler.

— Ah ! Ah ! vous avez à me parler.

Cette idée sembla plaire singulièrement à Lupin. Il y a telles circonstances où l'on préfère de beaucoup les paroles aux actes.

— M. Sholmès, je regrette de n'avoir point de fauteuil à vous offrir. Cette vieille caisse à moitié brisée vous agrée-t-elle ?

— Non, inutile. En quelques mots, voici. Je serai bref. Le but de mon séjour en France n'était pas votre arrestation. Si j'ai été amené à vous poursuivre, c'est qu'aucun autre moyen ne se présentait d'arriver à mon véritable but.

— Qui était ?

— De retrouver le diamant bleu.

— Le diamant bleu !

— Celui qu'on a découvert dans le flacon du conseiller Bleichen n'était pas le vrai. Le vrai, vous l'avez.

— Il se pourrait.

— Or ce diamant, il me le faut. Je l'ai promis à la comtesse de Crozon. Je l'aurai.

— Comment l'aurez-vous, puisqu'il est en ma possession ?

— Je l'aurai précisément parce qu'il est en votre possession.

— Je vous le rendrai donc ?

— Oui.

— Volontairement ?

— Je vous l'achète.

Lupin éclata de rire.

— Vous êtes bien de votre pays. Vous traitez ça comme une affaire.

— C'est une affaire.

— Et que m'offrez-vous ?

— La liberté de Mlle Destange.

— Sa liberté ? Mais je ne sache pas qu'elle soit en état d'arrestation.

— Je fournirai à M. Ganimard les indications nécessaires. Privée de votre protection, elle sera prise, elle aussi.

Lupin s'esclaffa de nouveau.

— Cher Monsieur, vous m'offrez ce que vous n'avez pas. Mlle Destange est en sûreté et ne craint rien. Je demande autre chose.

L'Anglais hésita, visiblement embarrassé, un peu de rouge aux pommettes. Puis, brusquement, il mit la main sur l'épaule de son adversaire :

— Et si je vous proposais…

— Ma liberté ?

— Non… mais enfin je puis sortir de cette pièce, me concerter avec M. Ganimard…

— Et me laisser réfléchir ?

— Oui.

— Eh ! mon Dieu, à quoi cela me servira-t-il ! Ce satané mécanisme ne fonctionne plus, dit Lupin en poussant avec colère la moulure de la cheminée.

Il étouffa un cri de stupéfaction : cette fois, caprice des choses, retour inespéré de la chance, le bloc de marbre avait bougé sous ses doigts.

Il marcha de droite et de gauche, comme s'il méditait sa réponse. Puis, à son tour, il posa sa main sur l'épaule de l'Anglais.

— Tout bien pesé, M. Sholmès, j'aime mieux faire mes petites affaires seul.

— Cependant…

— Non, je n'ai besoin de personne.

— Quand Ganimard vous tiendra, ce sera fini. On ne vous lâchera pas.

— Nous verrons bien.

— Et alors ?

— Alors je garde le diamant bleu.

Sholmès tira sa montre.

— Il est trois heures moins dix. À trois heures j'appelle Ganimard.

— Nous avons donc dix minutes devant nous pour nous amuser. Profitons-en, M. Sholmès, et dites-moi comment vous vous êtes procuré mon adresse et le nom de M. Félix Davey.

Tout en surveillant attentivement Lupin dont la bonne humeur l'inquiétait, Sholmès se prêta volontiers à cette petite explication et repartit :

— Votre adresse ? c'est la Dame blonde.

— Clotilde !

— Rappelez-vous… hier matin… quand j'ai voulu l'enlever en automobile, elle a téléphoné à sa couturière.

— En effet.

— Eh bien, j'ai compris plus tard que la couturière, c'était vous. Et, dans le bateau, cette nuit, j'ai fini par retrouver au fond de ma mémoire, les deux derniers chiffres de votre numéro de téléphone… 04. De la sorte, possédant la liste de vos maisons « retouchées », il m'a été facile, dès mon arrivée à Paris, ce matin, à onze heures, de chercher et de découvrir le nom et l'adresse de M. Félix Davey.

— Admirable ! de premier ordre ! Mais ce que je ne saisis pas, c'est que vous ayez pris le train du Havre. Comment avez-vous fait pour vous évader de l'*Hirondelle* ?

— Je ne me suis pas évadé.

— Cependant…

— Vous aviez donné l'ordre au capitaine de n'arriver à Southampton qu'à une heure du matin. On m'a débarqué à minuit. J'ai donc pu prendre le paquebot du Havre.

— Le capitaine m'aurait trahi ? C'est inadmissible.

— Il ne vous a pas trahi.

— Alors ?

— C'est sa montre.

— Sa montre ?

— Oui, sa montre que j'ai avancée d'une heure.

— Comment ?

— Comme on avance une montre, en tournant le remontoir. Nous causions, assis l'un près de l'autre, je lui racontais des histoires qui l'intéressaient… Ma foi, il ne s'est aperçu de rien.

— Bravo, bravo, le tour est joli, je le retiens. Mais la pendule, qui était accrochée à la cloison de sa cabine ?

— Ah ! la pendule, c'était plus difficile, car j'avais les jambes liées, mais le matelot qui me gardait pendant les absences du capitaine a bien voulu donner un coup de pouce aux aiguilles.

— Lui ? allons donc ! il a consenti ?…

— Oh ! il ignorait l'importance de son acte ! Je lui ai dit qu'il me fallait à tout prix prendre le premier train pour Londres, et… il s'est laissé convaincre…

— Moyennant…

— Moyennant un petit cadeau, que l'excellent homme d'ailleurs a l'intention de vous transmettre loyalement.

— Quel cadeau ?

— Presque rien.

— Mais encore ?

— Le diamant bleu.

— Le diamant bleu !

— Oui, le faux, celui que vous avez substitué au diamant de la comtesse, et qu'elle m'a confié…

Ce fut une explosion de rire, soudaine et tumultueuse. Lupin se pâmait, les yeux mouillés de larmes.

— Dieu, que c'est drôle ! Mon faux diamant repassé au matelot ! Et la montre du capitaine ! Et les aiguilles de la pendule…

Jamais encore Sholmès n'avait senti la lutte aussi violente entre Lupin et lui. Avec son instinct prodigieux, il devinait, sous cette gaîté excessive, une concentration de pensée formidable, comme un ramassement de toutes les facultés.

Peu à peu Lupin s'était rapproché. L'Anglais recula et, distraitement, glissa les doigts dans la poche de son gousset.

— Il est trois heures, M. Lupin.

— Trois heures déjà ? Quel dommage !… On s'amusait tellement !…

— J'attends votre réponse.

— Ma réponse ? Mon Dieu ! que vous êtes exigeant ! Alors c'est la fin de la partie que nous jouons. Et comme enjeu, ma liberté !

— Ou le diamant bleu.

— Soit… Jouez le premier. Que faites-vous ?

— Je marque le roi, dit Sholmès, en jetant un coup de revolver.

— Et moi le point, riposta Arsène en lançant son poing vers l'Anglais.

Sholmès avait tiré en l'air, pour appeler Ganimard, dont l'intervention lui semblait urgente. Mais le poing d'Arsène jaillit droit à l'estomac de Sholmès qui pâlit et chancela. D'un bond Lupin sauta jusqu'à la cheminée, et déjà la plaque de marbre s'ébranlait… Trop tard ! La porte s'ouvrit.

Le téléphone est une invention merveilleuse… mais que Lupin envoie a tous les diables

— Rendez-vous, Lupin. Sinon…

Ganimard, posté sans doute plus près que Lupin n'avait cru, Ganimard était là, le revolver braqué sur lui. Et derrière Ganimard, dix hommes, vingt hommes se bousculaient, de ces gaillards solides et sans scrupules, qui l'eussent abattu connue un chien au moindre signe de résistance.

Il fit un geste, très calme.

— Bas les pattes ! je me rends. Et il croisa ses bras sur sa poitrine.

Il y eut comme une stupeur. Dans la pièce dégarnie de ses meubles et de ses tentures, les paroles d'Arsène Lupin se prolongeaient ainsi qu'un écho. « Je me rends ! » Paroles incroyables ! On s'attendait à ce qu'il s'évanouît soudain par une trappe, ou qu'un pan de mur s'écroulât devant lui et le dérobât une fois de plus à ses agresseurs. Et il se rendait !

Ganimard s'avança, et, très ému, avec toute la gravité que comportait un tel acte, lentement, il étendit la main sur son adversaire, et il eut la jouissance infinie de prononcer :

— Je vous arrête, Lupin.

— Brrrr, frissonna Lupin, vous m'impressionnez, mon bon Ganimard. Quelle mine lugubre ! On dirait que vous parlez sur la tombe d'un ami. Voyons, ne prenez pas ces airs d'enterrement.

— Je vous arrête.

— Et ça vous épate ? Au nom de la loi dont il est le fidèle exécuteur, Ganimard, inspecteur principal, arrête le méchant Lupin. Minute historique, et dont vous saisissez toute l'importance… Et c'est la seconde fois que pareil fait se produit. Bravo, Ganimard, vous irez loin dans la carrière !

Et il offrit ses poignets au cabriolet d'acier… Ce fut un événement qui s'accomplit d'une manière un peu solennelle. Les agents, malgré leur brusquerie ordinaire et l'âpreté de leur ressentiment contre Lupin, agissaient avec réserve, étonnés qu'il leur fût permis de toucher à cet être intangible.

— Mon pauvre Lupin, soupira-t-il, que diraient tes amis du noble faubourg s'ils te voyaient humilié de la sorte !

Il écarta les poignets avec un effort progressif et continu de tous ses muscles. Les veines de son front se gonflèrent.

— Allons-y, fit-il.

La chaîne sauta, brisée.

— Une autre, camarades, celle-ci ne vaut rien.

On lui en passa deux. Il approuva :

— À la bonne heure ! vous ne sauriez prendre trop de précautions.

Puis, comptant les agents :

— Combien êtes-vous, mes amis ? Vingt-cinq ? Trente ? C'est beaucoup… rien à faire. Ah ! si vous n'aviez été que quinze !

Il avait vraiment de l'allure, une allure de grand acteur qui joue son rôle d'instinct et de verve, avec impertinence et légèreté. Sholmès le regardait, comme on regarde un beau spectacle dont on sait apprécier toutes les beautés et toutes les nuances.

— Eh bien, maître, lui dit Lupin, voilà votre œuvre. Grâce à vous, Lupin va pourrir sur la paille humide des cachots. Avouez que votre conscience n'est pas absolument tranquille, et que le remords vous ronge ?

Malgré lui l'Anglais haussa les épaules, avec l'air de dire : « Il ne tenait qu'à vous… »

— Jamais ! jamais ! s'écria Lupin… Le diamant bleu ? Ah ! non, il m'a coûté trop de peine déjà. J'y tiens.

Lors de la première visite que j'aurai l'honneur de vous faire à Londres, le mois prochain sans doute, je vous dirai les raisons…

Il tressaillit. Au plafond, soudain, résonnait un timbre. Et ce n'était plus la sonnerie d'alarme, mais l'appel du téléphone dont les fils aboutissaient à son bureau, entre les deux fenêtres, et dont l'appareil n'avait pas été enlevé.

Le téléphone ! Ah ! qui donc allait tomber dans le piège que tendait un abominable hasard ! Arsène Lupin eut un mouvement de rage vers l'appareil, comme s'il avait voulu le briser, le réduire en miettes, et, par là même, étouffer la voix mystérieuse qui demandait à lui parler. Mais Ganimard décrocha le récepteur et se pencha.

— Allô… allô… le numéro 325-04… oui, c'est ici. — Bien, j'attends.

Vivement, avec autorité, Sholmès l'écarta, saisit l'autre récepteur et appliqua son mouchoir sur la plaque pour rendre plus indistinct le son de sa voix.

À ce moment il leva les yeux sur Lupin. Et le regard qu'ils échangèrent leur prouva que la même pensée les avait frappés tous deux, et que tous deux ils prévoyaient jusqu'aux dernières conséquences de cette hypothèse possible, probable, presque certaine : c'était la Dame blonde qui téléphonait. Elle croyait téléphoner à Félix Davey, ou plutôt à Maxime Bermond, et c'est à Sholmès qu'elle allait se confier !

Et l'Anglais scanda : Allô !… allô !…

Un silence, et Sholmès :

— Oui, c'est moi, Maxime.

Tout de suite le drame se dessinait, avec une précision tragique. Lupin, l'indomptable et railleur Lupin, ne songeait même pas à cacher son anxiété, et, la figure pâlie d'angoisse, il s'efforçait d'entendre, de deviner. Et Sholmès continuait, en réponse à la voix mystérieuse :

— Allô… allô… Mais oui, tout est terminé, et je m'apprêtais justement à vous rejoindre, comme il était convenu…

— Où ?

— Mais à l'endroit où vous êtes. Ne croyez-vous pas que c'est encore là ?…

Il hésitait, cherchant ses mots, puis il s'arrêta. Il était clair qu'il tâchait d'interroger la jeune fille sans trop s'avancer lui-même et qu'il ignorait absolument où elle se trouvait. En outre la présence de Ganimard semblait le gêner… Ah ! si quelque miracle avait pu couper le fil de cet entretien diabolique ! Lupin l'appelait de toutes ses forces, de tous ses nerfs tendus !

Et Sholmès prononça :

— Allô !… allô !… Vous n'entendez pas ?… moi non plus… très mal… c'est à peine si je distingue… Vous écoutez ? Eh bien, voilà… en réfléchissant… il est préférable que vous rentriez chez vous… — Quel danger ? Aucun… — Mais il est en Angleterre ! j'ai reçu une dépêche de Southampton, me confirmant son arrivée.

L'ironie de ces mots ! Sholmès les articula avec un bien-être inexprimable. Et il ajouta :

— Ainsi donc, ne perdez pas de temps, chère amie, je vous rejoins.

Il accrocha le récepteur.

— M. Ganimard, je vous demanderai trois de vos hommes.

— C'est pour la Dame blonde n'est-ce pas ?

— Oui.

— Vous savez qui c'est, et où elle est ?

— Oui.

— Bigre ! jolie capture. Avec Lupin… la journée est complète. Folenfant, emmenez deux hommes, et accompagnez Monsieur.

L'Anglais s'éloigna, suivi des trois agents. C'était fini. La Dame blonde, elle aussi, allait tomber au pouvoir de Sholmès. Grâce à son admirable obstination, grâce à la complicité d'événements heureux, la bataille s'achevait pour lui en victoire, pour Lupin, en un désastre irréparable.

— M. Sholmès !

L'Anglais s'arrêta

— M. Lupin ?

Lupin semblait profondément ébranlé par ce dernier coup. Des rides creusaient son front. Il était las et sombre. Il se redressa pourtant. Et malgré tout, allègre, dégagé, il s'écria :

— Vous conviendrez que le sort s'acharne après moi. Tout à l'heure, il m'empêche de m'évader par cette cheminée et me livre à vous. Cette fois, il se sert du téléphone pour vous faire cadeau de la Dame blonde. Je m'incline devant ses ordres.

— Ce qui signifie ?

— Ce qui signifie que je suis prêt à rouvrir les négociations.

Sholmès prit à part l'inspecteur et sollicita, d'un ton d'ailleurs qui n'admettait point de réplique, l'autorisation d'échanger quelques paroles avec Lupin. Puis il s'avança vers Lupin. Colloque suprême ! Il s'engagea sur un ton sec et nerveux.

— Que voulez-vous ?

— La liberté de Mlle Destange.

— Vous savez le prix ?

— Oui.

— Et vous acceptez ?

— J'accepte toutes vos conditions.

— Ah ! fit l'Anglais, étonné... mais... vous avez refusé... pour vous...

— Il s'agissait de moi, M. Sholmès. Maintenant il s'agit d'une femme... et d'une femme que j'ai aimée. En France, voyez-vous, nous avons des idées très particulières sur ces choses-là. Et ce n'est pas parce que l'on s'appelle Lupin que l'on agit différemment... au contraire !

Il dit cela très simplement. Sholmès eut une imperceptible inclinaison de la tête et murmura :

— Alors le diamant bleu ?

— Prenez ma canne, là, au coin de la cheminée. Serrez d'une main la pomme, et, de l'autre, tournez la virole de fer qui termine l'extrémité opposée du bâton.

Sholmès prit la canne et tourna la virole, et, tout en tournant, il s'aperçut que la pomme se dévissait. À l'intérieur de cette pomme se trouvait une boule de mastic. Dans cette boule un diamant.

Il l'examina. C'était le diamant bleu.

— Mlle Destange est libre, M. Lupin.

— Libre dans l'avenir comme dans le présent ? Elle n'a rien à craindre de vous ?

— Ni de personne.

— Quoi qu'il arrive ?

— Quoi qu'il arrive. Je ne sais plus son nom ni son adresse.

— Merci. Et au revoir. Car on se reverra, n'est-ce pas, M. Sholmès ?

— Je n'en doute pas.

Il y eut entre l'Anglais et Ganimard une explication assez agitée à laquelle Sholmès coupa court avec une certaine brusquerie.

— Je regrette beaucoup, M. Ganimard, de n'être point de votre avis. Mais je n'ai pas le temps de vous convaincre. Je pars pour l'Angleterre dans une heure.

— Cependant... la Dame blonde ?

— Je ne connais pas cette personne.

— Il n'y a qu'un instant...

— C'est à prendre ou à laisser. Je vous ai déjà livré Lupin. Voici le diamant bleu... que vous aurez le plaisir de remettre vous-même à la comtesse. Il me semble que vous n'avez pas à vous plaindre.

— Mais la Dame blonde ?

— Trouvez-la.

Il enfonça son chapeau sur sa tête et s'en alla rapidement, comme un monsieur qui n'a pas coutume de s'attarder lorsque ses affaires sont finies.

— Bon voyage, maître ; cria Lupin.

Il n'obtint aucune réponse et ricana :

— C'est ce qui s'appelle filer à l'anglaise. Ah ! ce digne insulaire ne possède pas cette fleur de courtoisie par laquelle nous nous distinguons. Pensez un peu, Ganimard, à la sortie qu'un Français eut effectuée en de pareilles circonstances ! Sous quels raffinements de politesse il eut masqué son triomphe !... Mais, Dieu me pardonne, Ganimard, que faites-vous donc ? Allons bon, une perquisition ! Mais il n'y a plus rien, mon pauvre ami, plus un papier. Mes archives sont en lieu sûr.

— Qui sait ! Qui sait !

Lupin se résigna. Tenu par deux inspecteurs, entouré par tous les autres, il assista patiemment aux diverses opérations. Mais au bout de vingt minutes il soupira :

— Vite, Ganimard, vous n'en finissez pas.
— Vous êtes donc bien pressé ?
— Si je suis pressé ! un rendez-vous urgent !
— Au Dépôt ?
— Non, en ville.
— Bah ! et à quelle heure ?
— À deux heures.
— Il en est trois.
— Justement, je serai en retard, et il n'est rien que je déteste comme d'être en retard.
— Me donnez-vous cinq minutes ?
— Pas une de plus.
— Trop aimable… je vais tâcher…
— Ne parlez pas tant… Encore ce placard ? Mais il est vide !
— Cependant voici des lettres.
— De vieilles factures !
— Non, un paquet attaché par une faveur.
— Une faveur rose ? Oh ! Ganimard, ne dénouez pas, pour l'amour du ciel !
— C'est d'une femme ?
— Oui.
— Une femme du monde ?
— Du meilleur.
— Son nom ?
— Mme Gaminard.
— Très drôle ! très drôle ! s'écria l'inspecteur d'un ton pincé.

POUR SE RENDRE AU DEPOT, LUPIN COMMANDE SON BALLON DIRIGEABLE

À ce moment, les hommes envoyés dans les autres pièces, annoncèrent que les perquisitions n'avaient abouti à aucun résultat. Lupin se mit à rire.

— Parbleu ! est-ce que vous espériez découvrir la liste de mes camarades, ou la preuve de mes relations avec le tsar ? Ce qu'il faudrait chercher, Ganimard, ce sont les petits mystères de cet appartement. Ainsi ce tuyau de gaz est un tuyau acoustique. Cette cheminée contient un escalier. Cette muraille est creuse. Et l'enchevêtrement des sonneries ! Tenez, Ganimard, pressez ce bouton…

Ganimard obéit.

— Vous n'entendez rien ?
— Non.
— Moi non plus. Pourtant vous avez averti le commandant de mon parc aérostatique de préparer le ballon dirigeable qui va nous enlever bientôt dans les airs.
— Allons, dit Ganimard, qui avait terminé son inspection, assez de bêtises et en route !

Il fit quelques pas, les hommes le suivirent.

Lupin ne bougea pas.

Ses gardiens le poussèrent. En vain.

— Eh bien, dit Ganimard, vous refusez de marcher ?
— Pas du tout.
— En ce cas…
— Mais ça dépend.
— De quoi ?
— De l'endroit où vous me conduirez.
— Au Dépôt, parbleu.
— Alors je ne marche pas. Je n'ai rien à faire au Dépôt.
— Mais vous êtes fou !

— N'ai-je pas eu l'honneur de vous prévenir que j'avais un rendez-vous urgent ?

— Lupin !

— Comment, Ganimard, la Dame Blonde attend ma visite et vous me supposez assez grossier pour la laisser dans l'inquiétude ? Ce serait indigne d'un galant homme.

— Écoutez, Lupin, dit l'inspecteur que ce persiflage commençait à irriter, j'ai eu pour vous jusqu'ici des prévenances excessives. Mais il a des limites. Suivez-moi.

— Impossible. J'ai un rendez-vous, je serai à ce rendez-vous.

— Une dernière fois ?

— Im-pos-sible.

Ganimard fit un signe. Deux hommes enlevèrent Lupin sous les bras. Mais ils le lâchèrent aussitôt avec un gémissement de douleur ; de ses deux mains Arsène Lupin leur enfonçait dans la chair deux longues aiguilles.

Fous de rage, les autres se précipitèrent, leur haine enfin déchaînée, brûlants de venger leurs camarades et de se venger eux-mêmes de tant d'affronts, et ils frappèrent, et ils cognèrent à l'envi. Un coup plus violent l'atteignit à la tempe. Il tomba.

— Si vous l'abîmez, gronda Ganimard, furieux, vous aurez affaire à moi.

Il se pencha, prêt à le soigner. Mais, ayant constaté qu'il respirait librement, il ordonna qu'on le prît par les pieds et par la tête, tandis que lui-même le soutiendrait par les reins.

— Allez doucement surtout !... pas de secousses... Ah ! les brutes, ils me l'auraient tué. Eh ! Lupin, comment ça va ?

Lupin ouvrait les yeux. Il balbutia :

— Pas chic, Ganimard... vous m'avez laissé démolir.

— C'est de votre faute, nom d'un chien... avec votre entêtement ! répondit Ganimard, désolé... Mais vous ne souffrez pas ?

On arrivait au palier. Lupin gémit :

— Ganimard... l'ascenseur... l'escalier est si étroit... ils vont me casser les os...

— Bonne idée, excellente idée, approuva Ganimard.

Il fit monter l'ascenseur. On installa Lupin sur le siège avec toutes sortes de précautions. Ganimard prit place auprès de lui, et dit à ses hommes :

— Descendez en même temps que nous. Mais il avait à peine fermé la porte que des cris jaillirent. D'un bond l'ascenseur s'était élevé, comme un ballon dont on a coupé le câble. Un éclat de rire retentit, sardonique.

— Nom de D..., hurla Ganimard, cherchant frénétiquement dans l'ombre le bouton de descente.

Et comme il ne le trouva ? pas, il cria :

— Le cinquième ! gardez la porte du cinquième.

Quatre à quatre les agents grimpèrent l'escalier. Mais il se produisit ce fait étrange : l'ascenseur sembla crever le plafond du dernier étage, disparut aux yeux des agents, émergea soudain uàl'étage supérieur, celui des domestiques et s'arrêta. Trois hommes attendaient, qui ouvrirent la porte. Deux d'entre eux maîtrisèrent Ganimard, lequel, gêné dans ses mouvements, abasourdi, ne songeait guère à se défendre. Le troisième emporta Lupin.

— Je vous avais prévenu, Ganimard... l'enlèvement en ballon... et grâce à vous ! Une autre fois, soyez moins compatissant. Et surtout, rappelez-vous qu'Arsène Lupin ne se laisse pas frapper et mettre à mal sans des raisons sérieuses. Adieu...

La cabine était déjà refermée et l'ascenseur, avec Ganimard, réexpédié vers les étages inférieurs. Et tout cela s'exécuta si rapidement que le vieux policier rattrapa les agents près de la loge de la concierge.

Sans même se donner le mot, ils traversèrent la cour en toute hâte et remontèrent l'escalier de service, seul moyen d'arriver à l'étage des domestiques par où l'évasion s'était produite.

Un long couloir, à plusieurs coudes, et bordé de petites chambres numérotées, conduisait à une porte, que l'on avait simplement repoussée. De l'autre côté de cette porte, et par conséquent, dans une autre maison, partait un autre couloir, également à angles brisés et bordé de chambres semblables. Tout au bout, un escalier de service. Ganimard le descendit, traversa une cour, un vestibule et s'élança dans une rue, la rue Picot. Alors il comprit : les deux maisons, bâties en profondeur se touchaient, et leurs façades donnaient sur deux rues, non point perpendiculaires, mais parallèles, et distantes l'une de l'autre de plus de soixante mètres.

Il entra dans la loge de la concierge et montrant sa carte :

— Quatre hommes viennent de passer ?

— Oui, les deux domestiques du quatrième et du cinquième et deux amis.

— Qu'est-ce qui habite au quatrième et au cinquième ?

— Ces messieurs Fauvel et leurs cousins Provost... Ils ont déménagé aujourd'hui. Il ne restait que ces deux domestiques... Ils viennent de partir.

— Ah ! pensa Ganimard, qui s'effondra sur un canapé de la loge, quel beau coup nous avons manqué ! Toute la bande occupait ce pâté de maisons...

Au revoir, cher ami !... bon voyage !...

Quarante minutes plus tard, deux messieurs arrivaient en voiture à la gare du Nord et se hâtaient vers le rapide de Calais, suivis d'un homme d'équipe qui portait leurs valises.

L'un d'eux avait le bras en écharpe, et sa figure pâle n'offrait pas l'apparence de la bonne santé. L'autre semblait joyeux.

— Au galop, Wilson, il ne s'agit pas de manquer le train... Ah ! Wilson, je n'oublierai jamais ces dix jours.

— Moi non plus.

— Ah ! les belles batailles !

— Superbes.

— À peine, ça et là, quelques petits ennuis, mais de si peu d'importance !

— De si peu, en effet.

— Et finalement, le triomphe sur toute la ligne. Lupin arrêté ! Le diamant bleu reconquis !

— Mon bras cassé !

Des portières se fermaient.

— En voiture, s'il vous plaît. Pressons-nous, Messieurs.

L'homme d'équipe escalada les marches d'un compartiment vide, et disposa les valises dans le filet, tandis que Sholmès hissait l'infortuné Wilson.

— Mais qu'avez-vous, Wilson ? Vous n'en finissez pas !... Du nerf, vieux camarade...

Et tendant à l'homme une pièce de cinquante centimes :

— Bien, mon ami. Voici pour vous.

— Merci, M. Sholmès.

L'Anglais leva les yeux : Arsène Lupin.

— Vous !... vous ! balbutia-t-il, ahuri.

Et Wilson bégaya :

— Vous ! vous ! mais vous êtes arrêté ! Sholmès me l'a dit.

Lupin croisa ses bras et, d'un air indigné :

— Alors vous avez supposé que je vous laisserais partir sans vous dire adieu ! Après les excellentes relations que nous avons entretenues ! Pour qui me prenez-vous ?

Le train sifflait.

— Avez-vous tout ce qu'il vous faut ? Des journaux, du tabac, des allumettes... Oui... Eh bien, au revoir, et enchanté d'avoir fait votre connaissance...enchanté vraiment !... Jamais je n'oublierai... et je compte bien un jour ou l'autre...

Il sauta sur le quai et referma la portière.

— Adieu, fit-il encore, en agitant son mouchoir. Adieu... et surtout écrivez-moi... Comme adresse, Lupin, Paris... C'est suffisant... Et à bientôt !

LA LAMPE JUIVE

Premiere partie

Devant le succès considérable obtenu aussi bien dans *Je sais tout* qu'en librairie par les aventures d'Arsène Lupin, nous avons demandé à Maurice Leblanc de nous faire assister à une nouvelle lutte entre son héros et le grand policier anglais Herlock Sholmès.

Herlock Sholmès et Wilson étaient assis à droite et à gauche de la grande cheminée, les pieds allongés vers un confortable feu de coke.

La pipe de Sholmès, une courte bruyère à virole d'argent, s'éteignit. Il en vida les cendres, la bourra de nouveau, l'alluma, ramena sur es genoux les pans de sa robe de chambre, et sortit de sa pipe de longues bouffées, qu'il s'ingéniait à lancer au plafond en petits anneaux de fumée.

Wilson le regardait. Il le regardait comme le chien, couché en cercle sur le tapis du foyer, regarde son maître, avec des yeux ronds, sans battements de paupières, des yeux qui n'ont d'autre espoir que de refléter le geste attendu. Le maître allait-il rompre le silence ? Allait-il lui révéler le secret de sa songerie actuelle et l'admettre dans le royaume de la méditation dont il semblait à Wilson que l'entrée lui était interdite ?

Sholmès se taisait.

Wilson risqua :

— Les temps sont calmes. Pas une affaire à nous mettre sous la dent.

Sholmès se tut de plus en plus violemment, mais ses anneaux de fumée étaient de mieux en mieux réussis, et tout autre que Wilson eût observé qu'il en tirait cette profonde satisfaction que nous donnent ces menus succès d'amour-propre, aux heures où le cerveau est complètement vide de pensées.

Wilson, découragé, se leva et s'approcha de la fenêtre.

La triste rue s'étendait entre les façades mornes des maisons, sous un ciel noir d'où tombait une pluie méchante et rageuse. Un cab passa, un autre cab. Wilson en inscrivit les numéros sur son calepin. Sait-on jamais ?

— Tiens, s'écria-t-il, le facteur.

L'homme entra, conduit par le domestique.

— Deux lettres recommandées, Monsieur, si vous voulez bien signer ?

Sholmès signa le registre, accompagna l'homme jusqu'à la porte, et revint, tout en décachetant l'une des lettres.

— Vous avez l'air tout heureux, nota Wilson au bout d'un instant.

— Cette lettre contient une proposition fort intéressante. Vous qui réclamiez une affaire, en voici une. Lisez...

Wilson lut :

« MONSIEUR,

« *Je viens vous demander le secours de votre expérience. J'ai été victime d'un vol important, et les recherches effectuées jusqu'ici ne semblent pas devoir aboutir.*

« *Je vous envoie par ce courrier un certain nombre de journaux qui vous renseigneront sur cette affaire, et s'il vous agrée de la poursuivre, je mets mon hôtel à votre disposition et vous prie d'inscrire sur le chèque ci-inclus, signé de moi, la somme qu'il vous plaira de fixer pour vos frais de déplacement.*

« *Veuillez avoir l'obligeance de me télégraphier votre réponse, et croyez, Monsieur, à l'assurance de mes sentiments de haute considération.*

« BARON VICTOR D'IMBLEVALLE,
« 18, *rue Murillo.* »

— Hé ! Hé ! fit Sholmès, voilà qui s'annonce à merveille... un petit voyage à Paris, ma foi, pourquoi pas ? Depuis mon duel avec Arsène Lupin, je n'ai pas eu l'occasion d'y retourner. Je ne serais pas fâché de voir la capitale du monde dans des conditions un peu plus tranquilles.

Il déchira le chèque en quatre morceaux, et tandis que Wilson, dont le bras n'avait pas recouvré son ancienne souplesse, prononçait contre Paris des mots amers, il ouvrit la seconde enveloppe.

Tout de suite un mouvement d'irritation lui échappa, un pli barra son front pendant toute la lecture, et froissant le papier, il en fit une boule qu'il jeta violemment sur le parquet.

— Quoi, qu'y a-t-il ? s'écria Wilson effaré.

Il ramassa la boule, la déplia et lut avec une stupeur croissante :

« MON CHER MAÎTRE,

« *Je vous en supplie, si j'ai un conseil à vous donner, c'est de ne pas vous occuper de l'affaire pour laquelle on sollicite votre concours. Vous savez l'admiration que j'ai pour vous et l'intérêt que je prends à votre renommée. Eh bien, croyez-moi, votre intervention causera beaucoup de mal, tous vos efforts n'amèneront qu'un résultat pitoyable, et vous serez obligé de faire publiquement l'aveu de votre échec.*

« *Profondément désireux de vous épargner une telle humiliation, je vous conjure, au nom de l'amitié qui nous unit, de rester bien tranquillement au coin de votre feu.*

« *Mes bons souvenirs à M. Wilson, et pour vous, mon cher Maître, le respectueux hommage de votre dévoué*

« ARSÈNE LUPIN. »

— Arsène Lupin ! répéta Wilson, confondu...

Sholmès se mit à frapper la table à coups de poing.

— Ah ! mais, il commence à m'embêter, cet animal-là ! Il se moque de moi comme d'un gamin ! L'aveu public de mon échec ! Ne l'ai-je pas contraint à rendre le diamant bleu ?

— Il a peur, insinua Wilson.

— Vous dites des bêtises ! Arsène Lupin n'a jamais peur, et la preuve c'est qu'il me provoque.

— Mais comment a-t-il connaissance de la lettre que nous envoie le baron d'Imblevalle ?

— Qu'est-ce que j'en sais !

— Et vous décidez ?

— Je décide de partir.

— Quand ?

— Dans dix minutes.

— Sans attendre les journaux dont le baron vous annonce l'envoi ?

— À quoi bon ?

— J'expédie un télégramme ?

— Inutile. Arsène Lupin connaîtrait mon arrivée. Je n'y tiens pas.

— Et nous revenons ?

— Ah ! ah ! mon vieux camarade, vous partez aussi. Vous ne craignez donc pas que votre bras gauche ne partage le sort de votre bras droit ? À la

bonne heure ! Vous êtes un gaillard.

HERLOCK SHOLMES ET WILSON S'EMBARQUENT POUR LA FRANCE

L'après-midi, les deux amis s'embarquaient à Douvres. La traversée fut excellente. Dans le rapide de Calais à Paris, Sholmès s'offrit trois heures du sommeil le plus profond. Il s'éveilla heureux et dispos. La perspective d'un nouveau duel avec Arsène Lupin le ravissait, et devant ses compagnons de voyage, il se frotta les mains de l'air satisfait d'un homme qui se prépare à goûter des joies abondantes.

En gare, il saisit sa valise et son plaid, donna son ticket et sortit allègrement avec Wilson.

— Monsieur Sholmès, n'est-ce pas ?

Une femme marchait auprès de lui, une jeune fille plutôt, dont la mise très simple soulignait la silhouette distinguée ; Comme il se taisait, par habitude de prudence, elle répéta :

— Vous êtes bien Monsieur Sholmès ?

— Que me voulez-vous ? dit-il assez bourru, croyant à une rencontre douteuse.

Elle se planta devant lui.

— Écoutez-moi, Monsieur, c'est très grave, je sais que vous allez au 18 de la rue Murillo. Eh bien, il ne faut pas. Non, vous ne devez pas y aller, je vous assure que vous le regretteriez. Si je vous dis cela, ne pensez pas que j'y aie quelque intérêt. C'est par raison, c'est en toute conscience.

Il essaya de l'écarter. Elle insista :

— Oh ! je vous en prie, ne vous obstinez pas... Ah ! si je savais comment vous convaincre ! Regardez tout au fond de moi, tout au fond de mes yeux... ils sont sincères... ils disent la vérité...

Elle offrait ses yeux éperdûment, de ces beaux yeux graves et limpides, où semble se réfléchir l'âme elle-même. Wilson hocha la tête :

— Mademoiselle a l'air bien sincère.

— Mais oui, implora-t-elle, et il faut avoir confiance... et vous avez confiance, n'est-ce pas ?... je sens... j'en suis sûre... Ah ! comme je suis heureuse !... Tenez, Monsieur, il y a un train pour Calais dans vingt minutes... Eh bien, vous le prendrez... vite, suivez-moi... le chemin est de ce côté et vous n'avez que le temps...

Elle cherchait à l'entraîner. Sholmès lui saisit le bras et avec beaucoup de douceur :

— Excusez-moi, Mademoiselle, de ne pouvoir accéder à votre désir, mais je n'abandonne jamais une tâche que j'ai entreprise.

Et il passa outre, accompagné de Wilson, qui, au bout de quelques secondes, se retourna et salua profondément la jeune fille.

HERLOCK SHOLMÈS — ARSÈNE LUPIN

Ces mots qui se détachaient en grosses lettres noires avaient heurté l'Anglais dès les premiers pas. Il s'approcha ; une théorie d'hommes-sandwich déambulaient les uns derrière les autres, portant à la main de lourdes cannes ferrées dont ils frappaient le trottoir en cadence, et, sur le dos, d'énormes affiches où l'on pouvait lire :

LE MATCH HERLOCK SHOLMÈS-ARSÈNE LUPIN
ARRIVÉE DU CHAMPION ANGLAIS. LE GRAND DÉTECTIVE S'ATTAQUE AU MYSTÈRE DE LA RUE MURILLO. LIRE LES DÉTAILS DANS L'« ÉCHO DE FRANCE »

Le grand détective s'avança vers l'un de ces hommes avec l'intention très nette de le prendre entre ses mains puissantes et de le réduire en miettes, lui et son placard. La foule cependant s'attroupait autour des affiches. On plaisantait et l'on riait.

Réprimant un furieux accès de rage, il dit à l'homme :

— Quand vous a-t-on embauché ?

— Ce matin.

— Vous avez commencé votre promenade ?…

— Il y a une heure.

— Mais les affiches étaient prêtes ?

— Ah ! dame, oui. Lorsque nous sommes venus ce matin à l'agence, elles étaient là.

Ainsi donc, Arsène Lupin avait prévu que lui, Sholmès, accepterait la bataille. Bien plus, la lettre écrite par Lupin prouvait qu'il désirait cette bataille et qu'il entrait dans ses plans de se mesurer une fois de plus avec son rival.

Pourquoi ? Quel motif le poussait à recommencer la lutte ? Herlock eut une seconde d'hésitation. Il fallait vraiment que Lupin fût bien sûr de la victoire pour montrer tant d'insolence, et n'était-ce pas tomber dans le piège que d'accourir ainsi au premier appel ?

— Allons-y, Wilson ! Cocher, 18, rue Murillo, s'écria-t-il en un sursaut d'énergie.

Et les veines gonflées, les poings serrés comme s'il allait se livrer à un assaut de boxe, il sauta dans une voiture.

La rue Murillo est bordée de luxueux hôtels particuliers dont la façade postérieure à vue sur le parc Monceau. Au numéro 18, s'élève une des plus belles parmi ces demeures, et le baron d'Imblevalle qui l'habite avec sa femme et ses enfants, l'a meublée de la façon la plus somptueuse, en artiste et en millionnaire. Une cour d'honneur précède l'hôtel, et des communs le bordent à droite et à gauche.

Après avoir sonné, les deux Anglais franchirent la cour et furent reçus par un valet de pied qui les conduisit dans un petit salon situé sur l'autre façade.

Sholmès avait à peine pris le temps de s'asseoir et de jeter un coup d'œil sur les objets précieux qui encombraient cette pièce que la porte s'ouvrit et M. d'Imblevalle entra précipitamment, suivi de sa femme.

Ils étaient tous deux jeunes, de tournure élégante et très vifs d'allure et de paroles. Tous deux ils se confondirent en remerciements et demandèrent aussitôt à Sholmès ce qu'il pensait de l'affaire et s'il espérait la mener à bien.

— Pour la mener à bien il faudrait d'abord la connaître, et je ne sais rien. Je vous prie donc de m'expliquer les choses par le menu et sans rien omettre. Tout d'abord, quel jour le vol a-t-il eu lieu ?

— Samedi dernier, répliqua le baron, dans la nuit de samedi à dimanche.

— Il y a donc six jours. Maintenant je vous écoute.

— Il faut vous dire d'abord, Monsieur, que ma femme et moi, tout en nous conformant au genre de vie qu'exige notre situation, nous sortons peu. L'éducation de nos enfants, quelques réceptions, et l'embellissement de notre intérieur, voilà notre existence, et toutes nos soirées, ou à peu près, s'écoulent ici, dans cette pièce, qui est le boudoir de ma femme et où nous avons réuni quelques objets d'art. Samedi dernier donc, vers onze heures, j'éteignis l'électricité, et, ma femme et moi, nous nous retirâmes comme d'habitude dans notre chambre ?

— Qui se trouve ?…

— À côté, cette porte que vous voyez. Le lendemain, c'est à dire le dimanche, je me levai de bonne heure. Comme Suzanne, — ma femme, — dormait encore, je passai dans ce boudoir aussi doucement que possible pour ne pas la réveiller. Quel fût mon étonnement en constatant que cette fenêtre était ouverte, alors que la veille au soir, nous l'avions laissée fermée !

— Un domestique…

— Personne n'entre ici le matin. D'ailleurs je prends toujours la précaution de pousser le verrou de cette seconde porte, laquelle communique avec l'antichambre. Donc la fenêtre avait été bien ouverte du dehors. J'en eus d'ailleurs la preuve : le second carreau de la croisée de droite, — prés de l'espagnolette, — avait été découpé.

— Et cette fenêtre ?…

— Cette fenêtre, comme vous pouvez vous en rendre compte, donne sur une petite terrasse entourée d'un balcon de pierre. Nous sommes ici au premier étage, et vous apercevez le jardin qui s'étend derrière l'hôtel, et la grille qui le séparé du Parc Monceau. Il y a donc certitude que l'homme est venu du parc Monceau, a franchi la grille à l'aide d'une échelle, et est monté jusqu'à la terrasse.

— Il y a certitude, dites-vous ?

— On a trouvé de chaque côté de la grille, dans la terre molle des plates-bandes, des trous laissés par les deux montants de l'échelle et les deux mêmes trous existaient au bas de la terrasse. Enfin le balcon porte deux légères éraflures, causées évidemment par le contact des montants.

— Le parc Monceau n'est-il pas fermé la nuit ?

— Fermé, non, mais en tout cas au numéro 14, il y a un hôtel en construction. Il était facile de pénétrer par là.

Herlock Sholmès réfléchit quelques moments et reprit :

— Arrivons au vol. Il aurait donc été commis dans la pièce où nous sommes ?

— Oui. Il y avait ici, entre cette Vierge du XIIe siècle et ce tabernacle en argent ciselé, il y avait une petite lampe juive. Elle a disparu.

— Et c'est tout ?

— C'est tout.

— Ah !… et qu'appelez-vous une lampe juive ?

— Ce sont de ces lampes dont on se servait autrefois, composées d'une tige et d'un récipient où l'on mettait l'huile. De ce récipient s'échappaient deux ou plusieurs becs destinés aux mèches.

— Somme toute des objets sans grande valeur.

— Sans grande valeur en effet. Mais celle ci contenait une cachette où nous avions l'habitude de placer un magnifique bijou ancien, une chimère en or, sertie de rubis et d'émeraudes, qui était d'un très grand prix.

— La justice a été prévenue ?

— Sans doute. Le juge d'instruction a fait son enquête. Les chroniqueurs détectives attachés à chacun des grands journaux ont fait la leur. Mais, ainsi que je vous l'ai écrit, il ne semble pas que le problème ait la moindre chance d'être jamais résolu.

Sholmès se leva, se dirigea vers la fenêtre, examina la croisée, la terrasse, le balcon, se servit de sa loupe pour étudier les deux éraflures de la pierre et pria M. d'Imblevalle de le conduire dans le jardin.

Dehors, Sholmès s'assît tout simplement sur un fauteuil d'osier et regarda le toit de la maison d'un œil rêveur. Puis il marcha soudain vers deux petites caissettes en bois avec lesquelles on avait recouvert, afin d'en conserver l'empreinte exacte, les trous laissés au pied de la terrasse par les montants de l'échelle ; il enleva les caissettes, se mît à genoux sur le sol, et, le dos rond, le nez à vingt centimètres du sol, il scruta, prit des mesures. Même opération le long de la grille, mais moins longue.

C'était fini.

Tous deux s'en retournèrent au boudoir où les attendait Mme d'Imblevalle.

Sholmès garda le silence quelques minutes encore, puis prononça ces paroles :

— Dès le début de votre récit, Monsieur le Baron, j'ai été frappé par le côté vraiment trop simple de l'agression. Appliquer une échelle, couper un carreau, choisir un objet et s'en aller, non, les choses ne se passent point aussi facilement. Tout cela était trop clair, trop net.

— De sorte que ?…

— De sorte que le vol de la lampe juive a été commis sous la direction d'Arsène Lupin…

— Arsène Lupin ! s'exclama le baron.

— Mais il a été commis en dehors de lui, sans que personne n'entre dans cet hôtel… Un domestique peut-être qui sera descendu de sa mansarde sur la terrasse, le long d'une gouttière que j'ai aperçue du jardin.

— Mais sur quelles preuves ?...

— Arsène Lupin ne serait pas sorti du boudoir les mains vides.

— Les mains vides ! Et la lampe ?

— Prendre la lampe ne l'eût pas empêché de prendre cette tabatière enrichie de diamants, ou ce collier de vieilles opales. Il lui suffisait de deux gestes en plus. S'il ne les a pas accomplis, c'est qu'il ne l'a pas pu.

— Cependant les traces de l'échelle ?

— Comédie ! mise en scène pour détourner les soupçons !

— Les éraflures de la balustrade ?

— Mensonge ! Elles ont été produites avec du papier de verre. Tenez, voici quelques brins de papier que j'ai recueillis.

— Les traces laissées par les montants de l'échelle ?

— De la blague ! Examinez les deux trous rectangulaires du bas de la terrasse, et les deux trous situés près de la grille. Leur forme est semblable, mais parallèles ici, ils ne le sont plus là-bas. Mesurez la distance qui sépare chaque trou de son voisin : l'écart change selon l'endroit. Au pied de la terrasse il est de 23 centimètres. Le long de la grille fl est de 28 centimètrcs.

— Et vous en concluez ?

— J'en conclus que les quatre trous ont été faits à l'aide d'un même bout de bois convenablement taillé.

— Le meilleur argument serait ce bout de bois lui-même,

— Le voici, dit Sholmès, je l'ai ramassé dans le jardin, sous la caisse d'un laurier.

Le baron s'inclina. Il y avait quarante minutes que l'Anglais avait franchi le seuil de cette porte, et il ne restait plus rien de tout ce que l'on avait cru jusqu'ici sur le témoignage même des faits apparents. La réalité, une autre réalité, se dégageait, fondée sur quelque chose de beaucoup plus solide, le raisonnement d'un Herlock Sholmès.

— L'accusation que vous lancez contre notre personnel est bien grave, Monsieur, dit la baronne. Nos domestiques sont d'anciens serviteurs de la famille, et aucun d'eux n'est capable de nous trahir.

— Si l'un d'eux ne vous trahissait pas, comment expliquer que cette lettre ait pu me parvenir le jour même et par le même courrier que celle que vous m'avez écrite ?

Il tendit à la baronne la lettre que lui avait adressée Arsène Lupin.

Mme d'Imblevalle fut stupéfaite.

— Arsène Lupin... comment a-t-il su ?

— Vous n'avez mis personne au courant de votre lettre ?

— Personne, dit le baron, c'est une idée que nous avons eue l'autre soir à table.

— Devant les domestiques ?

— Non, il n'y avait que nos deux enfants et Mademoiselle.

— Mademoiselle ?

— La gouvernante, Mlle Alice Demun... et encore, non, Mademoiselle n'était pas à table, n'est-ce pas, Suzanne ?

Mme d'Imblevalle réfléchit et affirma :

— En effet, elle était sortie de table.

— Mais, insinua Wilson, vous avez donné votre lettre à porter ? À qui ?

— À Dominique, mon valet de chambre depuis vingt ans, répondit le baron. Toute recherche de ce côté serait du temps perdu.

— On ne perd jamais son temps quand on cherche, dit Wilson sentencieusement.

Sholmès demanda la permission de se retirer et exprima le désir que pendant son séjour il pût se mêler aux allées et venues des gens et participer librement à la vie commune.

Au dîner il vit Sophie et Henriette, les deux enfants des d'Imblevalle, deux jolies fillettes de huit et de six ans. Mademoiselle arriva après. Sholmès tressaillit C'était la jeune fille de la gare du Nord.

Au même moment un domestique entra qui apportait un télégramme. Sholmès s'excusa, ouvrit et lut :

Vous envoie mon admiration enthousiaste. Les résultats obtenus par vous en si peu de temps sont étourdissants. Je suis confondu.

ARPIN LUSENE.

Il eut un geste d'agacement et montrant la dépêche au baron :

— Commencez-vous à croire, Monsieur, que vos murs ont des yeux et des oreilles
— Je n'y comprends rien, murmura M. d'Imblevalle abasourdi.
— Mol non plus. Mais ce que je comprends, c'est que pas un mouvement ne se fait ici qui ne soit aperçu par *lui*. Pas un mot ne se prononce sans qu'il ne l'entende.

En disant ces mots, il regarda la jeune fille. Elle lui souriait doucement, de ses yeux charmants et graves.
— Non, pensa-t-il, deux yeux comme ceux-ci ne mentent pas, Mais alors quel rôle joue-t-elle ?

DES OMBRES QUI SE MEUVENT DANS LA NUIT

Ce soir-là, Wilson se coucha avec la conscience légère d'un homme qui a rempli son devoir et qui n'a plus d'autre besogne que de s'endormir. Aussi s'endormit-il très vite, et de beaux rêves le visitèrent où il poursuivait Lupin à lui seul et se disposait à l'arrêter, et la sensation de cette poursuite était si nette qu'il se réveilla.

Quelqu'un frôlait son lit. Il saisit son revolver.
— Un geste encore, Lupin, et je tire.
— Diable ! comme vous y allez, vieux camarade !
— Comment, c'est vous, Sholmès ! vous avez besoin de moi ?
— J'ai besoin de vos yeux. Levez-vous… non, non, n'allumez pas.

Il le mena vers la fenêtre.
— Regardez… de l'autre côté de la grille… dans le parc… Vous ne voyez rien ?
— Ah ! en effet, une ombre… deux même.
— N'est-ce pas ? contre la grille… tenez, elles remuent… Ne perdons pas de temps.

À tâtons, en se tenant à la rampe, ils descendirent l'escalier, et arrivèrent devant le perron qui dessert le jardin. À travers les vitres de la porte, ils aperçurent les deux silhouettes à la même place.
— C'est curieux, dit Sholmès, il me semble entendre du bruit dans la maison.
— Dans la maison ? Impossible ! tout le monde dort.
— Écoutez cependant…

À ce moment, un léger coup de sifflet vibra du côté de la grille, et ils aperçurent une vague lumière qui paraissait venir de l'hôtel.
— Les d'Imblevalle ont dû allumer, murmura Sholmès. C'est leur chambre qui est au-dessus de nous.
— C'est eux sans doute que nous avons entendus, fit Wilson. Peut-être sont-ils en train de surveiller la grille.

Un second coup de sifflet, plus discret encore.
— Je ne comprends pas, je ne comprends pas, dit Sholmès, agacé.

Il tourna la clef de la porte, ôta le verrou et poussa doucement le battant.

Un troisième coup de sifflet, un peu plus fort celui-ci, et modulé d'autre sorte. Et au-dessus de leur tête, le bruit s'accentua, se précipita.
— On croirait plutôt que c'est sur la terrasse du boudoir, souffla Sholmès.

Il passa la tête dans l'entrebâillement, mais aussitôt recula en étouffant un juron. À son tour, Wilson regarda. Tout près d'eux, une échelle se dressait contre le mur, appuyée au balcon de la terrasse.
— Eh parbleu, fit Sholmès, il y a quelqu'un dans le boudoir ! Voilà ce qu'on entendait. Vite, enlevons l'échelle.

Mais à cet instant, une forme glissa du haut en bas, l'échelle fut enlevée et l'homme qui la portait courut en toute hâte vers la grille, à l'endroit où l'attendaient ses complices. D'un bond, Sholmès et Wilson s'étaient élancés. Ils rejoignirent l'homme, alors qu'il posait l'échelle contre la grille. De l'autre côté, deux coups de feu jaillirent.
— Blessé ? cria Sholmès.
— Non, répondit Wilson.

Il saisit l'homme par le corps et tenta de l'immobiliser. Mais l'homme se retourna, l'empoigna d'une main, et de l'autre lui plongea son couteau en pleine poitrine. Wilson exhala un soupir, vacilla et tomba.
— Damnation ! hurla Sholmès, si on me l'a tué, je tue.

Il étendit Wilson sur la pelouse et se rua sur l'échelle. Trop tard… l'homme l'avait escaladée et, reçu par ses complices, s'enfuyait parmi les massifs.
— Wilson, Wilson, ce n'est pas sérieux, hein ? une simple égratignure.

Les portes de l'hôtel s'ouvrirent brusquement. Le premier, M. d'Imblevalle survint, puis des domestiques, munis de bougies.

— Quoi ! qu'y a-t-il, s'écria le baron, M. Wilson est blessé ?

— Rien, une simple égratignure, répéta Sholmès, cherchant à s'illusionner.

Le sang coulait en abondance, et la face était livide. Le docteur, vingt minutes après, constatait que la pointe du couteau s'était arrêtée à quatre millimètres du cœur.

— Décidément, conclut Sholmès, la chance le favorise. Il en sera quitte…

— Pour six semaines de lit et deux mois de convalescence, acheva le docteur… à moins de complications.

Pleinement rassuré, Sholmès rejoignit le baron au boudoir. Le mystérieux visiteur avait fait main basse sur la tabatière enrichie de diamants, sur le collier d'opales et, d'une façon générale, sur tout ce qui pouvait prendre place dans les poches d'un honnête cambrioleur.

La fenêtre était encore ouverte, un des carreaux avait été proprement découpé, et, au petit jour, une enquête sommaire, en établissant que l'échelle provenait de l'hôtel en construction, indiqua la voie que l'on avait suivie.

— Bref, dit M. d'Imblevalle avec une certaine ironie, c'est la répétition exacte du vol de la lampe juive, si l'on accepte la première version admise par la justice. Ce second vol n'ébranle-t-il pas votre opinion sur le premier ?

— Il la confirme, Monsieur.

— Vous persistez donc à soutenir que la lampe juive a été soustraite par quelqu'un de notre entourage ?

— Par quelqu'un qui habite cet hôtel.

— Alors comment expliquez-vous ?…

— Je n'explique rien, Monsieur, je constate des faits isolés les uns des autres, je les juge isolément, et je cherche le lien qui les unit.

— Mais nous allons prévenir le commissaire…

— À aucun prix ! s'écria vivement l'Anglais, à aucun prix ! j'entends ne m'adresser à ces gens que quand j'ai besoin d'eux.

— Cependant les coups de feu… votre ami…

— Il n'importe ! je réponds de tout.

Le baron n'insista pas, le sentant exaspéré de cette agression commise sous ses yeux.

Vers midi d'ailleurs, l'*Écho de France* dans une édition supplémentaire, publiait tous les détails de cette nouvelle affaire.

Durant deux jours Sholmès abandonnant Wilson aux soins de Mademoiselle, erra, sombre et morose, à travers l'hôtel et le jardin, s'entretint avec les domestiques et fit de longues stations à la cuisine et à l'écurie. Il ne recueillit aucun indice qui l'éclairât, aucun non plus qui infirmât ses suppositions.

CE QUE SHOLMES VOIT DANS UN ALBUM POUR ENFANTS

Mais le troisième jour, après le déjeuner, comme il entrait dans la pièce contiguë au boudoir, et qui servait de salles d'études aux enfants, il trouva Henriette, la plus petite des sœurs. Elle cherchait ses ciseaux.

— Tu sais, dit-elle à Sholmès, j'en fais aussi des papiers comme celui que t'as reçu l'autre soir.

— Des papiers ?

— Oui, comme des télégrammes, — avec des bandes qu'on colle dessus…

Elle sortit. Sholmès qui n'avait écouté que d'une oreille distraite, continua son inspection. Mais tout à coup il se mit à courir après l'enfant dont la dernière phrase le frappait subitement. Il la rattrapa au haut de l'escalier et lui dit :

— Alors, toi aussi, tu colles des bandes sur du papier ?

Henriette, très fière, déclara :

— Mais oui, je découpe des mots et je les colle.

— Et qui t'a montré ce petit jeu ?

— Mademoiselle… je lui en ai vu faire autant. Elle prend les mots sur des journaux et les colle… ça fait des télégrammes, des lettres qu'elle envoie.

Herlock Sholmès rentra dans la salle d'études, singulièrement intrigué par cette confidence et s'efforçant d'en extraire les déductions qu'elle comportait.

Des journaux, il y en avait un paquet sur la cheminée. Il les déplia, et vit en effet des groupes de mots ou des lignes qui manquaient, régulièrement et proprement enlevés. Mais il lui suffit de lire les mots qui précédaient ou qui suivaient, pour constater que les mots qui manquaient avaient été découpés au hasard des ciseaux, par Henriette évidemment. Il se pouvait que dans la liasse des journaux il y en eut un que Mademoiselle eût découpé elle-même. Mais comment s'en assurer ?

Machinalement, Herlock feuilleta les livres de classe empilés sur la table, puis d'autres qui reposaient sur les rayons d'un placard. Et soudain il eut un cri de joie. Dans un coin de ce placard, sous de vieux cahiers amoncelés, il avait trouvé un album pour enfants, un alphabet orné d'images, et, à l'une des pages de cet album, un vide lui était apparu.

Il vérifia. C'était la nomenclature des jours de la semaine. Lundi, mardi, mercredi, etc. Le mot samedi manquait. Or, le vol de la lampe juive avait eu lieu dans la nuit d'un samedi.

Il continua de feuilleter. Deux pages plus loin, autre surprise. C'était une page composée de lettres majuscules, suivies d'une ligne de chiffres.

Neuf de ces lettres, et trois de ces chiffres avaient été enlevés soigneusement.

Sholmès les inscrivit sur son carnet, dans l'ordre qu'ils eussent occupé, et obtint le résultat suivant :

CDEHNOPRZ — 237

— Fichtre, murmura-t-il, à première vue cela ne signifie pas grand-chose.

Pouvait-on, en mêlant ces lettres et en les employant toutes, former un, ou deux, ou trois mots complets ?

Sholmès le tenta vainement.

Une seule solution s'imposait à lui, qui revenait sans cesse sous son crayon, et qui, à la longue, lui parut la véritable, aussi bien parce qu'elle correspondait à la logique des faits que parce qu'elle s'accordait avec les circonstances générales.

Étant donné que la page de l'album ne comportait qu'une seule fois chacune des lettres de l'alphabet, il était probable, il était certain qu'on se trouvait en présence de mots incomplets et que ces mots avaient été complétés par des lettres empruntées à d'autres pages. Dans ces conditions, l'énigme se posait fatalement ainsi :

REPOND.Z — CH — 237

Le premier mot était clair : *répondez*, un E manquant parce que la lettre E, déjà employée, n'était plus disponible.

Quand au second mot inachevé, il formait indubitablement, avec le nombre 237, l'adresse que donnait l'expéditeur au destinataire de la lettre. On proposait d'abord de fixer le jour au samedi et l'on demandait une réponse à l'adresse CH.27.

Ou bien CH.237 était une formule de poste restante, ou bien les deux lettres C H faisaient partie d'un mot incomplet. Sholmès feuilleta l'album : aucune autre découpure n'avait été effectuée dans les pages suivantes.

— C'est amusant, n'est-ce pas ?

Henriette était revenue. Elle ajouta :

— Seulement, Mademoiselle m'a grondée.

— Pourquoi ?

— Parce que je vous ai dit des choses…

— Tu n'en as pas d'autres à me dire ?

Elle réfléchit, puis tira d'un menu sac de toile quelques loques, trois boutons et, finalement, un carré de papier qu'elle tendit à Sholmès.

— Tiens, je te le donne. C'est tombé de son porte-monnaie.

— Quand ?

— Dimanche, à la messe, comme elle prenait des sous pour la quête.

C'était un numéro de fiacre, le 8279.

M. d'Imblevalle entrait.

Nettement Sholmès l'interrogea sur Mademoiselle.

Le baron eut un haut-le-corps.

— Mademoiselle, est-ce que vous penseriez… c'est impossible.

— Depuis combien de temps est-elle à votre service ?

— Un an seulement, mais je ne connais pas de personne plus tranquille et en qui j'aie plus de confiance.

— Remarquez que je ne précise rien. J'ai simplement besoin de deux ou trois renseignements. Celui-ci par exemple : est-elle sortie dimanche matin ?

— Le lendemain du vol ?

— Oui.

Le baron appela sa femme et lui posa la question. Elle répondit :

— Mademoiselle est partie comme à l'ordinaire pour aller à la messe de onze heures avec les enfants.

— Mais, auparavant ?

— Auparavant ? Non... ou plutôt... mais j'étais si bouleversée par ce vol!... cependant je me souviens qu'elle m'avait demandé la veille l'autorisation de s'absenter le dimanche matin... pour voir une cousine de passage à Paris, je crois. Mais je ne suppose pas que vous la soupçonniez ?...

Sans plus d'explications, Sholmès s'éloigna et prenant l'automobile que M. d'Imblevalle avait mise à sa disposition, il se rendit à Levallois, au dépôt de voitures dont l'adresse était marquée sur le bulletin de fiacre livré par l'enfant. Le cocher Duprêt, qui conduisait le 8279 dans la matinée du dimanche, n'étant pas là, il dut l'attendre jusqu'à l'heure où il vint relayer.

Le cocher Duprêt raconta qu'il avait en effet « chargé » une dame aux environs du parc Monceau, une jeune dame en noir qui avait une grosse voilette et qui paraissait très agitée.

— Elle portait un paquet ?

— Oui, un paquet assez long.

— Et vous l'avez menée ?

— Avenue des Ternes, au coin de la place Saint-Ferdinand. Elle y est restée une dizaine de minutes, et puis on s'en est retourné au parc Monceau.

— Vous reconnaîtriez la maison de l'avenue des Ternes ?

— Parbleu ! Faut-il vous y conduire ?

— Tout à l'heure. Conduisez-moi d'abord au 36, quai des Orfèvres.

À la Préfecture de police il eut la chance de rencontrer l'inspecteur principal Ganimard.

— M. Ganimard, vous êtes libre ?

— Il s'agit de Lupin ?

— Oui.

— Je suis libre.

Tous deux montèrent dans le fiacre. Sur leur ordre, le cocher les arrêta un peu avant la maison et de l'autre côté de l'avenue, devant un petit café à la terrasse duquel ils s'assirent, entre des lauriers et des fusains. Le jour commençait à baisser.

— Garçon, fit Sholmès, de quoi écrire.

Il écrivit, et rappelant le garçon :

— Portez cette lettre au concierge de la maison qui est en face. C'est l'homme en casquette qui fume sous la porte cochère.

Le concierge accourut, et, Ganimard ayant décliné son titre d'inspecteur principal, Sholmès demanda si, le matin du dimanche, il était venu une jeune dame en noir.

— En noir ? oui, vers neuf heures — celle qui monte au second.

— Vous la voyez souvent ?

— Non, mais depuis quelque temps, davantage... la dernière quinzaine, presque tous les jours.

— Et depuis dimanche ?

— Une fois seulement... sans compter aujourd'hui.

— Comment ! elle est venue !

— Elle est là.

— Elle est là !

— Voilà bien dix minutes. Sa voiture attend sur la place Saint-Ferdinand, comme d'habitude. Elle, je l'ai croisée sous la porte.

— Et quel est ce locataire du second ?

— Il y en a deux, une modiste, Mlle Langeais, et un monsieur qui a loué deux chambres meublées, depuis un mois, sous le nom de Bresson.

— Pourquoi dites-vous « sous le nom ? »

— Une idée à moi que c'est un nom d'emprunt. Ma femme fait son ménage : eh bien, il n'a pas deux chemises avec les mêmes initiales.

— Comment vit-il ?
— Oh ! presque toujours dehors. Des trois jours, il ne rentre pas chez lui.
— Est-il rentré dans la nuit de samedi à dimanche ?
— Dans la nuit de samedi à dimanche ? Oui, il n'a pas bougé.
— Et quelle sorte d'homme est-ce ?
— Ma foi je ne saurais dire. Il est si changeant ! Il est grand, il est petit, il est gros, il est fluet... brun et blond. Je ne le reconnais toujours pas.

Ganimard et Sholmès se regardèrent.
— C'est lui, murmura Ganimard, c'est bien lui.

Il y eut vraiment chez le vieux policier un instant de trouble qui se traduisit par un bâillement et par une crispation de ses deux poings.

Sholmès aussi, bien que plus maître de lui, sentit une étreinte au cœur.
— Attention, dit le concierge, voici la jeune fille.

Mademoiselle en effet apparaissait au seuil de la porte et traversait la place.
— Et voici M. Bresson, le monsieur qui porte un paquet sous le bras.

La « FILATURE ». — UN SUICIDE

Les deux hommes se levèrent précipitamment et à la lueur des réverbères ils reconnurent la silhouette de Lupin, qui s'éloignait dans une direction opposée à la place et sans s'occuper de la jeune fille. L'institutrice regagna sa voiture.

À distance, et en utilisant l'abri momentané des passants et des kiosques, Ganimard et Sholmès se mirent à la poursuite de Bresson. Mais il ne se retournait pas et marchait rapidement avec une légère claudication delà jambe droite, si légère qu'il fallait l'œil exercé d'un observateur pour la percevoir. Ganimard dit :
— Il fait semblant de boiter.

Et il reprit :
— Ah ! si l'on pouvait ramasser deux ou trois agents et sauter sur notre individu ! Nous risquons de le perdre.

Mais aucun agent ne se montra avant la porte des Ternes, et, les fortifications franchies, ils ne devaient plus escompter le moindre secours.
— Séparons-nous, dit Sholmès, l'endroit est désert.

C'était le boulevard Victor-Hugo. Chacun d'eux prit un trottoir et s'avança selon la ligne des arbres.

Ils allèrent ainsi pendant vingt minutes jusqu'au moment où Bresson tourna sur la gauche et longea la Seine. Là, ils aperçurent Bresson qui descendait au bord du fleuve. Il y resta quelques secondes sans qu'il leur fût possible de distinguer ses gestes. Puis il remonta la berge et revint sur ses pas. Ils se collèrent contre les piliers d'une grille. Bresson passa devant eux. Il n'avait plus de paquet.

Et comme il s'éloignait, un autre individu se détacha d'une encoignure de maison et se glissa entre les arbres. Sholmès dit à voix basse :
— Il a l'air de suivre Bresson, celui-là.
— Oui, il m'a semblé déjà le voir en allant.

La chasse recommença, mais compliquée par la présence de cet individu. Bresson reprit le même chemin, traversa de nouveau la porte des Ternes, et rentra dans la maison de la place Saint-Ferdinand.

Le concierge fermait lorsque Ganimard se présenta.
— Vous l'avez vu, n'est-ce pas ?
— Oui, j'éteignais le gaz de l'escalier, il a poussé le verrou de sa porte.
— Il n'y a personne avec lui ?
— Personne, aucun domestique... il ne mange jamais ici.
— Il n'existe pas d'escalier de service ?
— Non.

Ganimard dit à Sholmès :
— Le plus simple est que je m'installe à la porte même de Bresson, tandis que vous allez chercher le commissaire de police de la rue Demours. Je vais vous donner un mot.

Sholmès objecta :
— Et s'il s'échappe pendant ce temps ?

— Puisque je reste !…

— Un contre un, la lutte est inégale avec lui.

— Je ne puis pourtant pas forcer son domicile, je n'en ai pas le droit, la nuit surtout.

Sholmès haussa les épaules.

— Quand vous aurez arrêté Lupin, on ne vous chicanera pas sur les conditions de l'arrestation. D'ailleurs, quoi ! il s'agit tout au plus de sonner. Nous verrons alors ce qui se passera.

Ils montèrent. Une porte à deux battants s'offrait à gauche du palier. Ganimard sonna.

Aucun bruit. Il sonna de nouveau. Personne ne bougea.

— Entrons, murmura Sholmès.

— Oui, allons-y.

Pourtant, ils demeurèrent immobiles, l'air irrésolu, comme des gens qui hésitent au moment d'accomplir un acte décisif, ils redoutaient d'agir, et il leur semblait soudain impossible qu'Arsène Lupin fût là, si près deux, derrière cette cloison fragile qu'un coup de poing pouvait abattre. L'un et l'autre, ils le connaissaient trop, le diabolique personnage, pour admettre qu'il se laissât pincer aussi stupidement. Non, non, mille fois non, il n'était plus là. Par les maisons contiguës, par les toits, par telle issue convenablement préparée, il avait dû s'évader, et une fois de plus, c'est l'ombre seule de Lupin qu'on allait étreindre.

Ils frissonnèrent. Un bruit imperceptible, qui venait de l'autre côté de la porte, avait comme effleuré le silence. Et ils eurent l'impression, la certitude, que tout de même il était là, séparé d'eux par la mince cloison de bois, et qu'il les écoutait, qu'il les entendait.

Violemment, de son poing, Ganimard ébranla la porte.

Un bruit de pas, maintenant, un bruit qui ne cherchait point à se dissimuler.

Ganimard secoua la porte. D'un élan irrésistible, Sholmès, l'épaule en avant, l'abattit, et tous deux se ruèrent à l'assaut.

Ils s'arrêtèrent net. Un coup de feu avait retenti dans la pièce voisine. Un autre encore, et le bruit d'un corps qui tombe…

Quand ils entrèrent, ils virent Bresson étendu, la face contre le marbre de la cheminée. Il eut une convulsion. Son revolver glissa de sa main.

Ganimard se pencha et tourna la tête du mort. Du sang la couvrait, qui giclait de deux larges blessures, l'une à la joue, et l'autre à la tempe.

— Est-ce lui ? murmura-t-il, il est méconnaissable.

— Ce n'est pas lui, fit Sholmès.

— Comment le savez-vous ?

L'Anglais ricana :

— Pensez-vous donc qu'Arsène Lupin est homme à se tuer ?

— Pourtant, nous avions bien cru le reconnaître dehors…

— Nous avions cru, parce que nous voulions croire. Cet homme nous obsède.

— Alors, c'est un de ses complices.

— Les complices d'Arsène Lupin ne se tuent pas.

— Alors, qui est-ce ?

Ils fouillèrent le cadavre. Dans une poche Herlock Sholmès trouva un portefeuille vide, dans une autre Ganimard trouva quelques louis. Au linge, point de marque, aux vêtements non plus. Dans les malles, — une grosse malle et deux valises, — rien que des effets. Sur la cheminée un paquet de journaux. Ganimard les déplia. Tous parlaient du vol de la lampe juive.

Une heure après, lorsque Ganimard et Sholmès se retirèrent, ils n'en savaient pas plus sur le singulier personnage que leur intervention avait acculé au suicide.

Qui était-ce ? Pourquoi s'était-il tué ? Par quel lien se rattachait-il à l'affaire de la lampe juive ? Qui l'avait filé au cours de sa promenade ? Autant de mystères ?

Herlock Sholmès se coucha de fort mauvaise humeur. À son réveil il reçut un pneumatique ainsi conçu :

Arsène Lupin a l'honneur de vous faire part de son tragique décès en la personne du sieur Cresson, et vous prie d'assister à ses convoi, service et enterrement qui auront lieu aux frais de l'État, le jeudi 25 juin.

VOYEZ-VOUS, mon vieux camarade, disait Sholmès à Wilson, en brandissant le pneumatique d'Arsène Lupin, ce qui m'exaspère dans cette aventure, c'est de sentir continuellement posé sur moi l'œil de ce satané gentleman. Aucune de mes pensées les plus secrètes ne lui échappe. J'agis comme un acteur dont tous les pas sont réglés par une mise en scène rigoureuse, qui va là et qui dit cela, parce que le voulut ainsi une volonté supérieure. Comprenez-vous, Wilson ?

Wilson eut certainement compris s'il n'avait dormi le profond sommeil d'un homme dont la température varie entre quarante et quarante et un degrés. Mais qu'il entendit ou non, cela n'avait aucune importance pour Sholmès qui continuait :

— Il me faut faire appel à toute mon énergie, et mettre en œuvre toutes mes ressources pour ne pas me décourager. Heureusement qu'avec moi, ces petites taquineries sont autant de coups d'épingle qui me stimulent. Le feu de la piqûre apaisé, la plaie d'amour-propre refermée, j'en arrive toujours à dire : « Amuse-toi bien, mon bonhomme. Un moment ou l'autre, c'est toi-même qui te trahiras. » Car enfin, Wilson, n'est-ce pas Lupin qui, par sa première dépêche et par la réflexion qu'elle a suggérée à la petite Henriette, n'est-ce pas lui qui m'a livré le secret de sa correspondance avec Alice Demun ? Vous oubliez ce détail, vieux camarade.

Mademoiselle entra dans la chambre de Wilson et dit à Sholmès :

— Monsieur Sholmès, je vais vous gronder si vous réveillez mon malade. Ce n'est pas bien à vous de le déranger. Le docteur exige le calme absolu. Mais qu'avez-vous à me regarder ainsi ?... Rien ? Mais si... vous semblez toujours avoir une arrière-pensée... Laquelle ? Répondez, je vous en prie.

Elle l'interrogeait de tout son clair visage, de ses yeux ingénus, de sa bouche qui souriait, et de toute son attitude aussi, de ses mains jointes, de son buste légèrement penché en avant. Et il y avait tant de candeur en elle que l'Anglais en éprouva de la colère. Il s'approcha et lui dit à voix basse :

— Bresson s'est tué hier soir.

— Ah ! fit-elle, sans avoir l'air de comprendre.

En vérité aucune contraction n'altéra son visage, rien qui révélât l'effort du mensonge.

— Elle était prévenue, pensa-t-il.

Et afin de la confondre, il saisit l'album à images qu'il venait de déposer sur une table voisine et l'ouvrant à la page découpée :

— Pourriez-vous me dire dans quel ordre on doit disposer les lettres qui manquent ici, pour connaître le sens exact du billet que vous avez envoyé à Bresson quatre jours avant le vol de la lampe juive ?

Cette question dut paraître infiniment drôle à la jeune fille, car elle éclata de rire :

— Mais on croirait vraiment que vous m'accusez d'être la complice du vol ? Alors selon vous, ce monsieur Bresson qui s'est tué aurait pris la lampe juive, et je serais... l'amie de ce monsieur Bresson ! Oh ! que c'est amusant !...

— Qui donc avez-vous été voir hier dans la soirée, au second étage d'une maison de l'avenue des Ternes ?

— Qui ? mais ma modiste, Mlle Langeais. Est-ce que ma modiste et mon ami monsieur Bresson ne feraient qu'une seule et même personne ?

Malgré tout, Sholmès douta. On peut feindre, de manière à donner le change, la terreur, la joie, l'inquiétude, tous les sentiments, mais non point l'indifférence, non point le rire heureux et insouciant.

— Nous disons bien des bêtises, s'écria-t-elle, et j'ai tant à faire ! Pour votre punition, Monsieur, vous garderez le malade pendant que je vais chez le pharmacien... Une ordonnance pressée !

Elle sortit.

— Je suis roulé, murmura Sholmès. Non seulement je n'ai rien tiré d'elle, mais c'est moi qui me suis découvert.

Et il se rappelait l'affaire du diamant bleu et l'interrogatoire qu'il avait fait subir à Clotilde Destange. N'était-ce pas la même sérénité que la Dame Blonde lui avait opposée, et ne se trouvait-il pas de nouveau en face d'un de ces êtres qui, protégés par Arsène Lupin ; sous l'action directe de son influence, gardaient dans l'angoisse même du danger le calme le plus inexplicable ?

— Sholmès... Sholmès...

Il s'approcha de Wilson qui l'appelait, et s'inclina vers lui.

— Qu'y a-t-il, vieux camarade ? on souffre ?

Wilson remua les lèvres sans pouvoir parler. Enfin, après de grands efforts, il bégaya :

— Non... Sholmès... ce n'est pas elle... il est impossible que ce soit elle...

— Eh ! qu'est-ce que vous en savez ? s'écria Sholmès avec brusquerie.

— Elle est si douce ! elle me soigne si bien !... et je vous assure...

Il devint tout pâle, une sueur abondante perla sur son front, et il s'évanouit.

— Allons bon, grogna son ami, en voilà une idée !... Non, Wilson, je vous en supplie... vous me mettez dans un embarras...

Il s'esquiva rapidement dans l'espoir de rejoindre Mademoiselle. Mais en arrivant au vestibule, il aperçut la jeune fille penchée sur le téléphone, un des récepteurs à la main. Elle dut l'entendre, ou du moins deviner sa présence, car elle s'en alla aussitôt.

— Je la dérange, se dit Sholmès. Eh parbleu, si je n'étais survenu, elle téléphonait à Lupin et le mettait au courant de notre entrevue.

Sans plus s'inquiéter de Wilson il quitta l'hôtel derrière la jeune fille, et, derrière elle, descendit l'avenue de Messine, persuadé qu'elle se dirigeait vers le bureau de poste du boulevard Haussmann. Mais elle entra chez un pharmacien, et quand elle reparut vingt minutes plus tard, elle portait des flacons et une bouteille enveloppés de papier blanc.

— Je me suis trompé, pensa Sholmès... la voilà qui retourne à l'hôtel tout tranquillement...

UNE « FILATURE » NOUVELLE QUI N'ABOUTIT PAS

Une idée le frappa. Il courut chez le pharmacien.

— Mademoiselle Demun, qui sort d'ici, a oublié son ordonnance.

— Mais non... je ne crois pas.

— Si, si, elle a téléphoné, n'est-ce pas ?

— En effet, pendant que je préparais les médicaments.

— C'est tout ce que je désirais savoir, monsieur, je vous remercie.

Il remonta jusqu'à la rue Murillo, se rendit dans sa chambre, s'y enferma, alluma sa pipe, confidente habituelle et conseillère aux moments difficiles, et, renversé dans un fauteuil, il s'enveloppa d'un nuage de fumée. Parfois il portait devant ses yeux le papier sur lequel il avait inscrit la phrase de l'album et tâchait d'en pénétrer le sens.

Le mot de l'énigme était là. Vingt fois il recommença les mêmes opérations, et, chaque fois il aboutit à la même solution, se heurtant ainsi chaque fois aux deux lettres mystérieuses, C. H. Que signifiaient-elles ? À quelles lettres devait-on les unir pour qu'elles prissent leur valeur exacte ? Elles gardèrent leur secret. Quand il rejoignît M. et Mme d'Imblevalle à l'heure du déjeuner il fut obligé de répondre à leurs questions :

— C'est long... plus long que je ne supposais.

Le repas fini, il se fit conduire avenue des Ternes où Ganimard l'attendait.

— Ça ne marche pas, lui dit l'inspecteur principal. On perquisitionne, mais on ne parvient pas à identifier ce Bresson, et ce sera d'autant plus difficile qu'il est absolument défiguré.

— C'est curieux qu'il n'ait laissé aucune trace.

— Aucune. Je vous signale cependant une lettre arrivée ce matin à l'adresse de Bresson et, par conséquent, mise à la poste hier.

— Avant que l'expéditeur de cette lettre ne sût la mort de Bresson ?

— Précisément. Elle est entre les mains du juge d'instruction, mais j'en ai retenu les termes exacts :

Il n'accepte aucune transaction. Il veut tout, la première chose aussi bien que celles de la seconde affaire. Sinon, il agit.

— Et pas de signature, ajouta Ganimard. Comme vous voyez, ces quelques lignes ne nous serviront guère.

— Je ne suis pas du tout de votre avis, Monsieur Ganimard, ces quelques lignes me semblent au contraire fort intéressantes.

— Et pourquoi, mon Dieu !

— Pour des raisons qui me sont personnelles... Mais nous sommes pressés, Monsieur Ganimard, et si vous m'en croyez, nous commencerons par nous enquérir du paquet dont le sieur Bresson s'est débarrassé hier soir.

— À votre disposition. J'ai donné rendez-vous là-bas à deux inspecteurs et au brigadier Folenfant. Mais, auparavant, j'aurais bien voulu savoir ce que fait là-bas cet individu en casquette, qui rôde sur l'avenue depuis ce matin. J'ai comme une idée que c'est le même qui filait Bresson.

— C'est le même, affirma Sholmès après un instant d'examen. Tenez, il prend le tramway.

— Le tramway de Neuilly. Nous pouvons le prendre aussi.

Ils sautèrent sur l'impériale, en ayant l'air de ne point se connaître, et s'assirent à droite et à gauche de l'individu. Il avait déplié un journal et lisait sans lever la tête, — ou du moins, Sholmès ne tarda pas à le constater, il affectait de lire, car ses yeux restaient obstinément fixés sur le même passage.

— Il sait qu'il est surveillé, pensa l'Anglais.

Il se rapprocha ostensiblement de Ganimard et lui dit :

— Attention. Ne le lâchons pas. C'est un complice de Lupin. S'il fait mine de filer, mettez la main dessus.

Le tramway s'arrêta rue du Château, au point terminus. L'individu descendit et s'en alla tranquillement, escorté de Ganimard et de Sholmès. L'inspecteur demanda :

— Et qui nous assure que c'est un complice de Lupin ?

— Mais il suffit de le regarder. Croyez-vous qu'un autre aurait ce calme et cette désinvolture ? Celui-là sait parfaitement qu'il n'a rien à craindre, puisque Lupin existe.

— Pourtant nous le serrons d'assez près !

— N'empêche qu'il va nous glisser entre les doigts avant peu. Il est trop sûr de lui.

— Et pourtant voici là-bas, à la porte de ce café, deux agents cyclistes, et avant peu nous allons aborder le personnage.

— Le personnage ne paraît pas s'émouvoir beaucoup de cette éventualité. C'est lui-même qui aborde !

— Nom d'un chien, proféra Ganimard, il a de l'aplomb !

L'individu en effet s'était avancé vers les deux agents au moment où ceux-ci se disposaient à enfourcher leurs bicyclettes. Il leur dit quelques mots, puis, soudain, sauta sur une troisième bicyclette, qui était appuyée contre le mur du café, et s'éloigna rapidement avec les deux agents.

L'Anglais s'esclaffa.

Un drame au milieu de la Seine

— Hein ! l'avais-je prévu ? Un, deux, trois, enlevé ! et par qui ? par deux de vos collègues, M. Ganimard. Ah ! il se met bien, Arsène Lupin ! des agents cyclistes à sa solde ! J'en ai vu de drôles, mais celle-là !…

Vexé, Ganimard partit à la recherche du brigadier Folenfant, tandis que Sholmès suivait les traces des bicyclettes, d'autant plus visibles sur la poussière de la route, que deux des machines étaient munies de pneumatiques striés. Et il s'aperçut bientôt que ces traces le conduisaient au bord de la Seine et que les trois hommes avaient tourné du même côté que Bresson, la veille au soir. Il parvint ainsi à la grille contre laquelle lui-même s'était caché avec Ganimard, et, un peu plus loin, il constata un emmêlement des lignes striées qui lui prouva qu'on avait fait halte à cet endroit. Juste en face il y avait une petite langue de terrain qui pointait dans la Seine et à l'extrémité de laquelle une vieille barque était amarrée.

C'est là que Bresson avait dû jeter son paquet, ou plutôt qu'il l'avait laissé tomber. Sholmès descendit le talus et vit que, la berge s'abaissant en pente très douce et l'eau du fleuve étant basse, il lui serait facile de retrouver le paquet… à moins que les trois hommes n'eussent pris les devants.

— Non, non, se dit-il, ils n'ont pas eu le temps… un quart d'heure tout au plus… et cependant pourquoi ont-ils passé par là ?

Un pêcheur était assis dans la barque. Sholmès lui demanda :

— Vous n'avez pas aperçu trois hommes à bicyclette ? Ils viennent de s'arrêter ici.

Le pêcheur mit sa ligne sous son bras, sortit de sa poche un carnet, écrivit sur une dès pages, la déchira et la tendit à Sholmès.

Un grand frisson secoua l'Anglais. D'un coup d'œil il avait vu, au milieu de la page qu'il tenait à la main, la série des lettres déchirées de l'album.

CDEHNOPRZEO-237

Un lourd soleil pesait sur la rivière. Le pêcheur avait repris sa besogne, abrité sous la vaste cloche d'un chapeau de paille, sa veste et son gilet pliés à côté de lui. Il pêchait attentivement, tandis que le bouchon de sa ligne flottait au fil de l'eau.

Il s'écoula bien une minute, une minute de solennel et terrible silence.

— Est-ce lui ? pensait Sholmès avec une anxiété presque douloureuse.

Et la vérité l'éclairant :

— C'est lui ! c'est lui ! lui seul est capable de rester ainsi sans un frémissement d'inquiétude, sans rien craindre de ce qui va se passer… Et quel autre saurait cette histoire de l'album ? Alice lui aura téléphoné.

Tout à coup l'Anglais sentit que sa main, que sa propre main avait saisi la crosse de son revolver, et que ses yeux se fixaient sur le dos de l'individu, un peu au-dessous de la nuque. Un geste, et tout le drame se dénouait, la vie de l'étrange aventurier se terminait misérablement.

Le pêcheur ne bougea pas.

Sholmès serra nerveusement son arme avec l'envie farouche de tirer et d'en finir, et l'horreur en même temps d'un acte qui déplaisait à sa nature. Mais un bruit de pas lui ayant fait tourner la tête, il avisa Ganimard qui s'en venait en compagnie des inspecteurs.

Alors, changeant d'idée, il prit son élan, d'un bond sauta dans la barque dont l'amarre se cassa sous la poussée trop forte, tomba sur l'homme et l'étreignit à bras-le-corps. Ils roulèrent tous deux au fond du bateau.

Dans la lutte, le revolver de Sholmès, sautant hors de sa poche, tomba.

— Et après ? s'écria Lupin, tout en se débattant, qu'est-ce que cela prouve ? Quand l'un de nous aura réduit l'autre à l'impuissance, il sera bien avancé ! Vous ne saurez pas quoi faire de moi, ni moi de vous.

Les deux rames glissèrent à l'eau. La barque s'en fut à la dérive. Des exclamations s'entrecroisaient le long de la berge, et Lupin continuait :

UNE FUSILLADE

— Que d'histoires, Seigneur ! Vous avez donc perdu la notion des choses ?.. De pareilles bêtises à votre âge ! et un grand garçon comme vous ! Fi, que c'est vilain !...

Il réussit à se dégager, et tâcha aussitôt de rattraper un des avirons afin de gagner le large, tandis que l'Anglais s'acharnait après l'autre, afin de gagner le bord. Mais les deux avirons leur échappèrent, et la chance sembla favoriser Lupin, car le bateau tendait à s'éloigner.

— Gare à vous, cria Lupin.

Quelqu'un, sur la rive, braquait un revolver. Il baissa la tête, une détonation retentit, un peu d'eau jaillit auprès d'eux. Lupin éclata de rire.

— Dieu me pardonne, c'est l'ami Ganimard !... Mais c'est très mal ce que vous faites là, Ganimard. Vous n'avez le droit de tirer qu'en cas de légitime défense... Ce pauvre Arsène vous rend donc féroce au point d'oublier tous vos devoirs ?.,. Allons bon, le voilà qui recommence !... Mais, malheureux, c'est mon cher maître que vous allez frapper.

Il fit à Sholmès un rempart de son corps, et, debout dans la barque, face à Ganimard :

— Bien ! maintenant je suis tranquille... Visez là, Ganimard, en plein cœur !... plus haut... à gauche... C'est raté... fichu maladroit... Encore un coup ?... Mais vous tremblez, Ganimard... Au commandement, n'est-ce pas ? et du sang-froid... Une, deux, trois, feu !... Raté ! Sacrebleu, le gouvernement vous donne donc des joujous d'enfant comme pistolets ?

Il exhiba un long revolver, massif et plat, et, sans viser, tira.

L'inspecteur porta la main à son chapeau : une balle l'avait troué.

— Qu'en dites-vous, Ganimard ? Ah ! cela vient d'une bonne fabrique.

Sholmès ne pouvait s'empêcher de sourire et d'admirer. Quel débordement de vie ! Quelle allégresse jeune et spontanée ! Et comme il paraissait s'amuser ! On eût dit que la sensation du péril lui causait une joie physique.

De chaque côté du fleuve, cependant, des gens s'étaient amassés, et Ganimard et ses hommes suivaient l'embarcation qui se balançait au large, très doucement, entraînée par le courant

— J'ai une question à vous poser, maître, s'écria Lupin en se retournant vers l'Anglais, et je vous supplie d'y répondre, afin qu'il n'y ait pas d'équivoque, par un oui ou un non. Renoncez à vous occuper de cette affaire. Il en est encore temps et je puis réparer le mal que vous avez fait. Plus tard je ne le pourrais plus. Est-ce convenu ?

— Non

La figure de Lupin se contracta. Visiblement cette obstination l'irritait. Il reprit :

— J'insiste. Pour vous encore plus que pour moi j'insiste, certain que vous serez le premier à regretter votre intervention. Une dernière fois, oui ou non ?

— Non.

Lupin s'accroupit, déplaça une des planches du fond et, durant quelques minutes exécuta un travail dont Sholmès ne put discerner la nature. Puis il se releva, s'assit auprès de l'Anglais, et lui tint ce langage :

— Je crois, maître, que nous sommes venus au bord de cette rivière pour des raisons identiques : Repêcher l'objet dont Bresson s'est débarrassé ? Pour ma part, j'avais donné rendez-vous à quelques camarades, et j'étais sur le point — mon costume sommaire l'indique — d'effectuer une petite exploration dans les profondeurs de la Seine, quand mes amis m'ont annoncé votre approche. Je vous confesse d'ailleurs que je n'en fus pas surpris, étant prévenu heure par heure, j'ose le dire, des progrès de votre enquête. C'est si facile ! Dès qu'il se passe, rue Murillo, la moindre chose susceptible de m'intéresser, vite, un coup de téléphone, et je suis averti ! Vous comprendrez que, dans ces conditions…

Il s'arrêta. La planche qu'il avait écartée se soulevait maintenant, et, tout autour, de l'eau filtrait par petits jets.

— Diable ! j'ignore comment j'ai procédé, mais j'ai tout lieu de penser qu'il y a une voie d'eau au fond de cette vieille embarcation. Vous n'avez pas peur, maître ?

Sholmès haussa les épaules. Lupin continua :

UNE BARQUE QUI PREND L'EAU

— Vous comprendrez donc que, dans ces conditions, et sachant par avance que vous rechercheriez le combat d'autant plus ardemment que je m'efforçais, moi, de l'éviter, il m'était plutôt agréable d'engager avec vous une partie dont l'issue est certaine puisque j'ai tous les atouts en main. Et j'ai voulu donner à notre rencontre le plus d'éclat possible, afin que votre défaite fût universellement connue, et qu'une autre comtesse de Crozon ou un autre baron d'Imblevalle ne fussent pas tentés de solliciter votre secours contre moi. Et ne voyez là, mon cher maître…

Il s'interrompit de nouveau, et, se servant de ses mains à demi-fermées comme de lorgnettes, il observa les rives.

— Bigre ! ils ont frété un superbe canot, un vrai navire de guerre, et les voilà qui font force rames. Avant cinq minutes, ce sera l'abordage, et je suis perdu. Monsieur Sholmès, un conseil : vous vous jetez sur moi, vous me ficelez et vous me livrez à la justice de mon pays… Ce programme vous plaît-il ?… À moins que d'ici là, nous n'ayons fait naufrage, auquel cas il ne nous resterait plus qu'à préparer notre testament. Qu'en pensez-vous ?

Leurs regards se croisèrent. Cette fois Sholmès s'expliqua la manœuvre de Lupin : il avait percé le fond de la barque. Et l'eau montait. Elle gagna les semelles de leurs bottines. Elle recouvrit leurs pieds.

Ils ne bougèrent pas.

Elle dépassa leurs chevilles.

L'Anglais saisit sa blague à tabac, roula une cigarette et l'alluma.

Lupin poursuivit :

— Et ne voyez là, mon cher maître, que l'humble aveu de mon impuissance à votre égard. C'est m'incliner devant vous que d'accepter les seules batailles où la victoire me soit acquise, afin d'éviter celles dont je n'aurais pas choisi le terrain. C'est reconnaître que Sholmès est l'unique ennemi que je craigne, et proclamer mon inquiétude tant que Sholmès ne sera pas écarté de ma route. Voilà, mon cher maître, ce que je tenais à vous dire, puisque le destin m'accorde l'honneur d'une conversation avec vous. Je ne regrette qu'une chose, c'est que cette conversation ait lieu pendant que nous prenons un bain de pieds… situation qui manque de gravité, je le confesse… Et que dis-je ! un bain de pieds !… un bain de siège plutôt !

L'eau en effet parvenait au banc où ils étaient assis, et de plus en plus la barque s'enfonçait.

Sholmès, imperturbable, la cigarette aux lèvres, semblait absorbé dans la contemplation du ciel. Pour rien au monde, en face de cet homme environné de périls, cerné par la foule, traqué par la meute des agents, et qui cependant gardait sa belle humeur, pour rien au monde il n'eût consenti à montrer, lui, le plus léger signe d'agitation.

Quoi ! avaient-ils l'air de dire tous deux, s'émeut-on pour de telles futilités ? N'advient-il pas chaque jour que l'on se noie dans un fleuve ? Est-ce là de ces événements qui méritent qu'on y prête attention ? Et l'un bavardait, et l'autre rêvassait, tous deux cachant sous un même masque d'insouciance le choc formidable de leurs deux orgueils.

Une minute encore, et ils allaient couler.

— L'essentiel, formula Lupin, est de savoir si nous coulerons avant ou après l'arrivée des champions delà justice. Tout est là. Mais, mon Dieu, qu'ils avancent vite, les champions de la justice ! Ah ! c'est vous, brigadier Folenfant ? Bravo ! L'idée du navire de guerre est excellente. Je vous recommanderai à vos supérieurs, brigadier Folenfant… Et votre camarade Dieuzy où est-il donc ? Sur la rive gauche, n'est-ce pas, au milieu d'une centaine d'indigènes… De sorte que, si j'échappe au naufrage, je suis recueilli à gauche par Dieuzy et ses indigènes, ou bien à droite par Ganimard et les populations de Neuilly. Fâcheux dilemme…

Il y eut un remous. L'embarcation vira sur elle-même, et Sholmès dut s'accrocher à l'anneau des avirons.

— Maître, dit Lupin, je vous supplie d'ôter votre veste. Vous serez plus à l'aise pour nager. Non ? Alors je remets la mienne.

Il enfila sa veste, la boutonna hermétiquement comme celle de Sholmès et soupira :

— Quel rude homme vous faites ! et qu'il est dommage que vous vous entêtiez dans une affaire…

— Monsieur Lupin, prononça Sholmès, sortant enfin de son mutisme, vous parlez beaucoup trop, et vous péchez souvent par excès de confiance et par légèreté.

— Le reproche est sévère.

— C'est ainsi que, sans le savoir, vous m'avez fourni, il y a un instant, le renseignement que je cherchais.

— Comment ! vous cherchiez un renseignement et vous ne me le disiez pas !

— Je n'ai besoin de personne. D'ici trois heures je donnerai le mot de l'énigme à Monsieur et Madame…

Il n'acheva pas sa phrase. La barque avait sombré d'un coup, les entraînant tous deux. Elle émergea aussitôt, retournée, la coque en l'air. Il y eut de grands cris sur les deux rives, puis un silence anxieux, et soudain de nouvelles exclamations : un des naufragés avait reparu.

C'était Herlock Sholmès.

Excellent nageur, il se dirigea à larges brassées vers le canot de Folenfant.

— Hardi, Monsieur Sholmès, hurla le brigadier, nous y sommes… faiblissez pas… on s'occupera de lui après… nous le tenons, allez… un petit effort, Monsieur Sholmès… prenez la corde…

L'Anglais saisit une corde qu'on lui tendait. Mais, pendant qu'il se hissait à bord, une voix, derrière lui, l'interpella :

— Le mot de l'énigme, mon cher maître, parbleu oui, vous l'aurez. Je m'étonne même que vous ne l'ayez pas déjà… Et après ? À quoi cela vous servira-t-il ? C'est justement alors que la bataille sera perdue pour vous…

À cheval sur la coque dont il venait d'escalader les parois tout en pérorant, confortablement installé maintenant, Arsène Lupin poursuivait son discours avec des gestes solennels, et comme s'il espérait convaincre son interlocuteur.

— Comprenez-le bien, mon cher maître, il n'y a rien à faire, absolument rien… Vous vous trouvez dans la situation déplorable d'un monsieur…

Folenfant l'ajusta :

— Rendez-vous, Lupin.

— Vous êtes un malotru, brigadier Folenfant, vous m'avez coupé au milieu d'une phrase. Je disais donc…

— Rendez-vous, Lupin.

— Mais sacrebleu, brigadier Folenfant, on ne se rend que si l'on est en danger. Or vous n'avez pas la prétention de croire que je coure le moindre danger !

— Pour la dernière fois, Lupin, je vous somme de vous rendre.

— Brigadier Folenfant, vous n'avez nullement l'intention de me tuer, tout au plus de me blesser, tellement vous avez peur que je n'échappe. Et si par hasard la blessure était mortelle ? Non, mais pensez à vos remords, malheureux ! à votre vieillesse empoisonnée !…

Le coup partit.

Lupin chancela, se cramponna un instant à l'épave, puis lâcha prise et disparut.

Après le naufrage — une entrevue émouvante

Il était exactement trois heures lorsque ces événements se produisirent. À six heures précises, ainsi qu'il l'avait annoncé, Herlock Sholmès, vêtu d'un pantalon trop court et d'un veston trop étroit qu'il avait empruntés à un aubergiste de Neuilly, coiffé d'une casquette et paré d'une chemise de flanelle à cordelière de soie, entra dans le boudoir de la rue Murillo, après avoir fait prévenir M. et Mme d'Imblevalle qu'il leur demandait un entretien.

Ils le trouvèrent qui se promenait de long en large, dans sa tenue bizarre, et l'air pensif. Parfois il saisissait un bibelot, l'examinait machinalement, puis reprenait sa promenade.

Enfin il s'arrêta et demanda :

— Mademoiselle est-elle ici ?

— Oui, dans le jardin, avec les enfants.

— Monsieur le baron, l'entretien que nous allons avoir étant définitif, je voudrais que Mlle Demun y assistât.

— Est-ce que, décidément… ?

— Ayez un peu de patience, monsieur. La vérité sortira clairement des faits que je vais exposer devant vous avec le plus de précision possible.

— Soit. Suzanne, veux-tu ?…

Mme d'Imblevalle se leva et revint presque aussitôt, accompagnée d'Alice Demun. Mademoiselle, un peu plus pâle que de coutume, resta debout, appuyée contre une table et sans même demander la raison pour laquelle on l'avait appelée.

Sholmès ne parut pas la voir, et se tournant brusquement vers M. d'Imblevalle, il articula d'un ton impérieux :

— Après plusieurs jours d'enquête, monsieur, et bien que certains événements aient modifié un instant ma manière de voir, je vous répéterai ce que je vous ai dit dès la première heure : la lampe juive a été volée par quelqu'un qui habite cet hôtel.

— Le nom du coupable ?

— Je le connais.

— Les preuves ?

— Celles que j'ai suffiront à le confondre.

— Il ne suffit pas qu'il soit confondu. Il faut encore qu'il nous restitue…

— La lampe juive ? Elle est en ma possession,

— Le collier d'opales ? la tabatière ?…

— Le collier d'opales, la tabatière, bref tout ce qui vous fut dérobé la seconde fois est en ma possession.

Sholmès aimait ces coups de théâtre et cette manière un peu sèche d'annoncer ses victoires.

Il reprit ensuite par le menu le récit de ce qu'il avait fait durant ces trois jours. Il dit la découverte de l'album, écrivit sur une feuille de papier la phrase formée par les lettres découpées, puis raconta l'expédition de Bresson au bord de la Seine et le suicide de l'aventurier, et enfin la lutte que lui, Sholmès, venait de soutenir contre Lupin, le naufrage de la barque et la disparition de Lupin.

Quand il eut terminé, le baron dit à voix basse :

— Il ne vous reste plus qu'à nous révéler le nom du coupable. Qui donc accusez-vous ?

— J'accuse la personne qui a découpé les lettres de cet alphabet, et communiqué au moyen de ces lettres avec Arsène Lupin.

— Comment savez-vous que le correspondant de cette personne est Arsène Lupin ?

— Par Lupin lui-même.

Il tendit un bout de papier mouillé et froissé. C'était la page que Lupin avait arrachée de son carnet, dans la barque, et sur laquelle il avait inscrit la phrase.

— Et remarquez, nota Sholmès avec satisfaction, que rien ne l'obligeait à me donner cette feuille, et, par conséquent, à se faire reconnaître. Simple gaminerie de sa part, et qui m'a renseigné.

— Qui vous a renseigné… dit le baron. Je ne vois rien cependant…

Sholmès repassa au crayon les lettres et les chiffres.

— CDEHNOPRZEO — 237.

— Eh bien ? fit M. d'Imblevalle, c'est la formule que vous venez de nous montrer vous-même.

— Si vous aviez tourné et retourné cette formule dans tous les sens, vous auriez vu du premier coup d'œil, comme je l'ai vu, qu'elle comprend deux lettres de plus que la première, un E et un O.

— En effet, je n'avais pas observé…

— Rapprochez ces deux lettres du C et de l'H qui nous restaient en dehors du mot « répondez » et vous constaterez que le seul mot possible est ECHO.

— Ce qui signifie ?

— Ce qui signifie l'*Écho de France*, le journal de Lupin, son organe officiel, celui auquel il réserve ses « communiqués ». Répondez à « l'*Écho de France*, rubrique de la petite correspondance, numéro 237 ». C'est là qu'il fallait chercher c'est là que je viens de chercher.

— Et vous avez trouvé ?

— J'ai trouvé toute l'histoire détaillée des relations d'Arsène Lupin et de… son complice.

Un roman par « lettres »

Et Sholmès étala sept journaux ouverts à la quatrième page et dont il détacha les sept lignes suivantes :

1° ARS. LUP. Dame impl. protect. 540.

2° 540. Attends explications. A. L.

3° A. L. Sous domin. ennemi. Perdue.

4° 540. Écrivez adresse. Ferai enquête.

5° A. L. Murillo.

6° 540. Parc trois heures. Violettes.

7° 237. Entendu sam. serai dim. mat. parc.

— Et vous appelez cela une histoire détaillée ! s'écria M. d'Imblevalle.

— Mon Dieu oui, et pour peu que vous y prêtiez attention, vous serez de mon avis. Le 10 mai, une dame qui signe 540, implore la protection d'Arsène Lupin, à quoi Lupin riposte par une demande d'explications. La dame répond qu'elle est sous la domination d'un ennemi, de Bresson sans aucun doute, et qu'elle est perdue si l'on ne vient à son aide. Lupin, qui se méfie, qui n'ose encore s'aboucher avec cette inconnue, exige l'adresse et propose une enquête. La dame hésite pendant quatre jours, — consultez les dates, — enfin, pressée par les événements, influencée par les menaces de Bresson, elle donne le nom de sa rue, Murillo. Le lendemain, Arsène Lupin annonce qu'il sera dans le parc Monceau à trois heures et prie son inconnue de porter un bouquet de violettes comme signe de ralliement. Là, une interruption de huit jours dans la correspondance. Arsène Lupin et la dame n'ont pas besoin de s'écrire par la voie du journal : ils se voient ou s'écrivent directement. Le plan est ourdi : pour satisfaire aux exigences de Bresson, la dame enlèvera la lampe juive. Reste à fixer le jour. La dame qui, par prudence, correspond à l'aide de mots découpés et collés, se décide pour le samedi et ajoute : *Répondez Echo 237*. Lupin répond que c'est entendu et qu'il sera en outre le dimanche matin dans le parc. Le vol a lieu. La dame sort le dimanche matin, rend compte à Lupin de ce qu'elle a fait et porte à Bresson la lampe juive. Les choses se passent alors comme Lupin l'avait prévu. La justice abusée par une fenêtre ouverte, quatre trous dans de la terre et deux éraflures sur un balcon, admet aussitôt l'hypothèse du vol par effraction. La dame est tranquille.

— Tout cela me semble logique, approuva le baron, mais le second vol...

— Le second vol fut provoqué par le premier. Les journaux ayant raconté comment la lampe juive avait disparu, quelqu'un eut l'idée de répéter l'agression et de s'emparer de ce qui n'avait pas été emporté. Et cette fois ce ne fut pas un vol simulé, mais un vol réel, avec effraction véritable, escalade, etc...

— Lupin, bien entendu...

— Non, Lupin n'agit pas aussi stupidement. Lupin ne tire pas sur les gens pour un oui ou un non.

— Alors qui est-ce ?

— Bresson. C'est Bresson qui est entré ici, c'est lui que j'ai poursuivi, c'est lui qui a blessé mon pauvre Wilson.

— En êtes-vous bien sûr ?

— Absolument. Un des complices de Bresson lui a écrit hier, avant son suicide, une lettre qui prouve que des pourparlers furent engagés entre ce complice et Lupin pour la restitution de tous les objets volés dans votre hôtel. Lupin exigeait tout, « la première chose (c'est-à-dire la lampe juive) *aussi bien que celles de la seconde affaire* ». En outre il surveillait Bresson. Quand celui-ci s'est rendu hier soir au bord de la Seine, un des compagnons de Lupin le filait en même temps que nous.

Herlock Sholmes continue son explication

— Qu'allait faire Bresson au bord de la Seine ?

— Averti par sa correspondante des progrès de mon enquête, il avait réuni en un seul paquet ce qui pouvait le compromettre, et il le jeta dans un endroit où il lui était possible de le reprendre, une fois le danger passé. C'est au retour que, traqué par Ganimard et par moi, ayant sans doute d'autres forfaits sur la conscience, il perdit la tête et se tua.

— Mais que contenait le paquet ?

— La lampe juive et vos autres bibelots.

— Ils ne sont donc pas en votre possession ?

— Aussitôt après la disparition de Lupin, j'ai profité du bain qu'il m'avait forcé de prendre, pour me faire conduire à l'endroit choisi par Bresson, et j'ai retrouvé, enveloppé de linge et de toile cirée, ce qui vous fut dérobé. Le voici, sur cette table.

Sans un mot le baron coupa les ficelles, déchira d'un coup les linges mouillés, en sortit la lampe, tourna un écrou placé sous le pied, fit effort des deux mains sur le récipient, le dévissa, l'ouvrit en deux parties égales et découvrit la chimère en or, rehaussée de rubis et d'émeraudes.

Elle était intacte.

Il y avait dans toute cette scène, si naturelle en apparence, et qui consistait en une simple exposition de faits, quelque chose qui la rendait effroyablement tragique, c'était l'accusation formelle, directe, irréfutable, que Sholmès lançait à chacune de ses paroles contre Mademoiselle. Et c'était aussi le silence impressionnant d'Alice Demun.

Pendant cette longue, cette cruelle accumulation de petites preuves ajoutées les unes aux autres, pas un muscle de son doux visage n'avait bougé, pas un éclair de révolte ou de crainte n'avait troublé la sérénité de son limpide regard. Que pensait-elle ? Et surtout qu'allait-elle dire à la minute solennelle où il lui faudrait répondre, où il lui faudrait se défendre et briser le cercle de fer dans lequel l'Anglais l'avait emprisonnée ?

— Parlez ! Parlez donc ! s'écria M. d'Imbleville qui s'était tourné vers elle avec l'espoir que d'un mot elle se justifierait.

Elle ne parla point.

Le baron traversa vivement la pièce, revint sur ses pas, recommença, puis s'adressant à Sholmès :

— Eh bien non, monsieur ! je ne peux croire que ce soit vrai ! Il y a de ces choses impossibles ! et celle-là est en opposition avec tout ce que je sais, tout ce que je vois depuis un an.

Il le saisit par l'épaule.

— Mais, vous-même, monsieur, êtes-vous absolument et définitivement certain de ne pas vous tromper ?

Sholmès hésita, comme un homme qu'on attaque à l'improviste et dont la riposte n'est pas immédiate. Pourtant il sourit et dit :

— Seule la personne que j'accuse pouvait, par la situation qu'elle occupe chez vous, savoir que la lampe juive contenait ce magnifique bijou.

— Je ne veux pas le croire, murmura le baron.

— Demandez-le lui.

HERLOCK SHOLMES VOIT QU'IL FAIT FAUSSE ROUTE

M. d'Imblevalle s'approcha d'Alice, et, les yeux dans les yeux :

— C'est vous, mademoiselle ? C'est vous qui avez pris le bijou ? c'est vous qui avez correspondu avec Arsène Lupin et simulé le vol ?

Elle répondit :

— C'est moi, monsieur.

Elle ne baissa pas la tête. Sa figure n'exprima ni honte ni gêne.

— Est-ce possible t balbutia M. d'Imblevalle… Je n'aurais jamais cru… vous êtes la dernière personne que j'aurais soupçonnée… Comment avez-vous fait, malheureuse ?

Elle dit :

— J'ai fait ce que M. Sholmès a raconté. La nuit du samedi au dimanche, je suis descendue dans ce boudoir, j'ai pris la lampe, et, le matin, je l'ai portée… à cet homme.

— Mais non, objecta le baron, ce que vous prétendez est inadmissible, puisque, le matin, j'ai retrouvé fermée la porte de ce boudoir.

Elle rougit, perdit contenance et regarda Sholmès comme si elle lui demandait conseil. Mais l'Anglais semblait frappé par cette objection et se taisait. Le baron reprit :

— Cette porte était fermée, je vous le répète. Si vous aviez passé par là, il eût fallu que quelqu'un vous l'ouvrît de l'intérieur. Or il n'y avait personne à l'intérieur de ces deux pièces, — le boudoir et la chambre, — il n'y avait personne que ma femme et que moi.

Sholmès se courba vivement et couvrit son visage de ses deux mains afin de masquer sa rougeur. Quelque chose comme une lumière trop brusque l'avait heurté, et, il en restait ébloui, mal à l'aise. Tout se dévoilait à lui ainsi qu'un paysage obscur d'où la nuit s'écarterait soudain.

Alice Demun était innocente. Il y avait là une vérité certaine, aveuglante, et c'était en même temps l'explication de la sorte de gêne qu'il éprouvait depuis le premier jour à diriger contre la jeune fille la terrible accusation. Il voyait clair maintenant. Il savait. Un geste, et sur-le-champ la preuve irréfutable s'offrirait à lui.

IL releva la tête et, après quelques secondes, aussi naturellement qu'il le put, il tourna les yeux vers Mme d'Imblevalle.

Elle était pâle, de cette pâleur inaccoutumée qui vous envahit aux heures implacables de la vie. Ses mains qu'elle s'efforçait de cacher, tremblaient imperceptiblement.

— Une seconde encore, pensa Sholmès, et elle se trahit.

Il se plaça entre elle et son mari. Celui-ci attendait toujours une réponse à sa question, et Sholmès ne savait que dire. Mais Alice repartit de sa voix calme :

— Vous avez raison, monsieur, et j'ignore pourquoi je mentais. En effet, je ne suis pas entrée par ici. Contrairement à la version de M. Sholmès, l'escalade ne fut pas simulée. J'ai passé par le vestibule et par le jardin, et c'est à l'aide d'une échelle qui me fut tendue au-dessus de la grille, que j'ai pénétré dans ce boudoir !

Elle mentait cette fois. Mais comme son mensonge était légitime ! Et comme il comprenait que la douce créature, soutenue par son dévouement, gardât ses yeux limpides et son air de sérénité !

Aussitôt il éprouva le désir impérieux d'écarter le danger qui, par sa faute, menaçait les deux femmes. Mais un fait se produisit qui le déconcerta : le domestique venait d'apparaître.

— Monsieur le baron, c'est M. Ganimard. Il prévient M. Sholmès qu'il désire lui parler.

— Qu'il entre, dit le baron.

— Non, s'écria Sholmès.

— Pourquoi ?

— Pourquoi ? parce que…

Il eût voulu converser avec Ganimard et l'éconduire de façon à ce que l'inspecteur ne devinât point que le nœud de l'intrigue se trouvait précisément à portée de sa main. Mais, d'autre part, il redoutait de laisser le baron et sa femme en présence d'Alice Demun. Celle-ci pousserait-elle jusqu'au bout son rôle héroïque ? et ne serait-elle pas tentée, avant que Ganimard n'intervînt, de révéler toute la vérité à M. d'Imblevalle ?

— Dites à M. Ganimard qu'il peut monter, répéta le baron.

Le domestique sortit.

— Si Ganimard entre, pensa Sholmès, le baron lui raconte tout, et Alice Demun est arrêtée. Cela, il ne le faut pas, il ne le faut à aucun prix.

Il marcha vers la porte. Le baron s'interposa :

— Vous rejoignez M. Ganimard ? Soit. Je vous accompagne.

Aucun soupçon ne le dirigeait ; rien que ces motifs obscurs qui nous poussent vers notre destin malgré les obstacles et les volontés adverses.

Un long silence, lourd d'angoisse, s'accumula. Tous, ils avaient conscience que l'inspecteur approchait et que l'irréparable était sur le point d'être consommé.

On entendit des pas.

— Une minute ! une seule minute ! oh ! je vous en prie, Monsieur Sholmès.

C'était la baronne qui s'était levée, les bras tendus en suppliante.

Sholmès entrouvrit la porte.

— Veuillez m'attendre en bas, Monsieur Ganimard.

Il ferma et poussa le verrou.

— Une minute ?… Que veux-tu dire, Suzanne, s'écria M. d'Imblevalle… Je ne vois aucun motif…

— Si, si, monsieur le baron, reprit Sholmès, il y a des motifs. Je suis tout à fait d'avis que cette affaire soit réglée ici, entre nous.

— Mais pourquoi ?

— Parce que, dit la baronne, la coupable n'est pas…

Alice se jeta sur Mme d'Imblevalle et lui mit la main sur la bouche.

— Taisez-vous, madame ! Ne dites pas des choses qui ne sont pas… À quoi bon ! je suis la coupable, puisque c'est moi qui ai tout combiné… puisque c'est moi qui ai correspondu…

La vraie coupable se denonce

Sholmès s'avança pour tenter un dernier effort. Le baron l'écarta et, s'adressant à sa femme :

— Parle ! explique-toi !… Je pressens…

— Tu pressens la vérité, mon pauvre ami, fit-elle, très bas et le visage tordu de désespoir... la vilaine et honteuse vérité.

— Alors... Mademoiselle...

— Mademoiselle m'a sauvée... par dévouement... par affection... et elle s'accusait...

— Sauvée de quoi ? de qui ?

— De cet homme.

— Bresson ?

— Oui, c'est moi qu'il tenait par ses menaces... Je l'ai connu chez une amie... et j'ai eu la folie de l'écouter... Oh ! rien que tu ne puisses pardonner... cependant j'ai écrit deux lettres... des lettres que tu verras... je les ai rachetées... tu sais comment... Oh ! aie pitié de moi... j'ai tant pleuré !

— Toi ! toi ! Suzanne !

Il leva sur elle ses poings serrés, prêt à la battre, prêt à la tuer. Mais ses bras retombèrent, et il murmura encore :

— Toi, Suzanne !... toi !... est-ce possible !...

Par petites phrases hachées, elle raconta la navrante et banale aventure, son réveil effaré devant l'infamie du personnage, ses remords, son affolement, et elle dit aussi la conduite admirable d'Alice, la jeune fille devinant le désespoir de sa maîtresse, lui arrachant sa confession, écrivant à Lupin, et organisant cette histoire de vol pour la sauver des griffes de Bresson.

— Toi, Suzanne, toi, répétait M. d'Imblevalle, courbé en deux, terrassé... Comment as-tu pu... ?

Sholmès ouvrit de nouveau la porte et s'effaça devant Alice. Mais la baronne saisit vivement la jeune fille par le cou et l'embrassa.

Elles échangèrent un long regard, un dernier regard de tendresse. Et ce fut tout. La porte se referma sur un de ces drames douloureux où les cœurs se déchirent jusqu'à l'heure apaisante du pardon...

Dans le couloir Sholmès s'arrêta.

— Il ne faut pas que M. Ganimard vous voie, Mademoiselle... sans quoi il reconnaîtrait en vous la jeune fille des Ternes. Montez dans votre chambre, faites vos malles et partez le plus tôt possible.

— Je partirai aujourd'hui.

Il la retint encore.

— Où irez-vous ?

— Je ne sais pas... je n'ai personne... je chercherai...

Il hésita, très ému, et reprit à voix basse :

— Je pars pour Londres ce soir. Voulez-vous m'accompagner ?...

— À Londres ?

— Oui... Je vous trouverai une place convenable... j'ai des amis...

Elle réfléchit et laissa tomber d'un ton de lassitude :

— Soit. Autant là qu'ailleurs... Mais jurez-moi que Mme d'Imblevalle ne sera pas inquiétée.

— Comment le serait-elle ? et par qui ?

— Que dira M. d'Imblevalle quand on saura qu'il est rentré en possession de la lampe juive et des autres bibelots ?

— On ne le saura pas. Il faut que ces objets soient définitivement perdus pour lui.

— Bien, dit-elle, dans une heure je serai à la gare du Nord.

ARSENE LUPIN FAIT SENTIR A SHOLMES LE POIDS DE LA NOUVELLE DEFAITE QU'IL LUI A FAIT SUBIR

Tandis qu'elle s'éloignait, le timbre du téléphone sonna dans l'antichambre. Elle décrocha le récepteur :

— Allô !... Monsieur Sholmès ?... oui, il est ici.

Elle tendit le récepteur à l'Anglais et s'en alla.

— Allô ! fit Sholmès... Oui, c'est moi... À qui ai-je l'honneur de parler ?

Il rejeta violemment l'appareil, en poussant un cri de colère. Une voix avait répondu :

— À qui vous avez l'honneur ?... Mais à Lupin, cher maître... À ce brave Lupin.

Sholmès ignorait ce qui s'était passé après la disparition de son adversaire. Stimulé par les événements, avide de reprendre la lampe juive, puis de courir à l'*Écho de France* et de déchiffrer le mot de l'énigme, il ne s'était point préoccupé de savoir si Lupin avait coulé au fond du fleuve, ou si Ganimard et ses hommes l'avaient recueilli vivant. Cinq cents personnes commandant les deux rives sur un espace d'un kilomètre, il n'admettait pas d'autre dénouement que la mort ou la capture, Et voilà qu'il entendait encore cette voix sardonique qui l'irritait si profondément, voix d'outre-tombe, lui semblait-il, que lui apportait, par un miracle horripilant, le fil mystérieux du téléphone. Pourtant, d'un geste instinctif, il saisit l'appareil. Lupin continuait :

— Blessé ? nullement. Je tiens trop à la vie. Elle me comble de tant de faveurs ! Mais avouez que mon sauvetage ne manque pas de pittoresque… Moi-même j'en suis tout étonné… Oh ! certes, je savais que mes amis veillaient puisqu'on s'était donné rendez-vous pour repêcher la lampe juive, et je savais qu'ils ne m'abandonneraient pas. N'importe ! c'est de la belle besogne… Mais nous avons à parler. Et la lampe juive, vous l'avez ?… Et le baron d'Imblevalle ? J'arrive trop tard, n'est-ce pas ? il est informé de tout ?… Eh bien, que vous disais-je ? Le mal est irréparable maintenant. N'eût-il pas mieux valu me laisser agir à ma guise ? Encore un jour ou deux, et je reprenais à Bresson la lampe juive et les bibelots, je les renvoyais aux d'Imblevalle, et ces deux braves gens eussent achevé de vivre paisiblement l'un auprès de l'autre… Mais non, il a fallu que Monsieur brouillât les cartes et portât la discorde au sein d'une famille que je protégeais !… Tant pis pour vous, mon cher maître ! vous paierez les pots cassés : demain matin l'*Écho de France* publiera les détails les plus humiliants sur votre défaite… À moins que, par une juste compréhension des choses, vous ne vous engagiez à limiter le théâtre de vos exploits au sol de la vieille Angleterre. Auquel cas, je consentirais de mon côté…

— Serait-ce par hasard le sieur Lupin qui vous téléphone ?

Ganimard était là et interrogeait Sholmès d'une voix railleuse.

— Et si je vous répondais que c'est Lupin ? fit l'Anglais en raccrochant le récepteur.

— Cela ne me surprendrait qu'à moitié.

— Il vous a donc encore brûlé la politesse ?

— Comme à vous, maître.

Sholmès saisit Ganimard par le bras, l'entraîna dans la rue et lui dit :

— En deux mots racontez-moi. Comment cela s'est-il fait ?

— Le plus bêtement du monde. Dix minutes après le naufrage, nous avons aperçu à trois cents mètres de l'épave…

— Impossible ! Il n'a pu rester dix minutes sous l'eau.

Epilogue

— Sous l'eau, non, mais à l'abri de l'épave tout probablement, et de telle façon qu'on ne le vît point. Toujours est-il, que c'est au bout de dix minutes seulement que nous avons aperçu une tête à la surface… Puis deuxième plongeon, et deuxième apparition cent cinquante mètres plus loin… Puis notre homme se met sur le dos et se laisse flotter… J'étais tranquille… Nous n'avions qu'à attendre que monsieur se fatiguât… D'ailleurs Folenfant revenait déjà avec sa barque… Que pouvait-il arriver ? Rien, n'est-ce pas ? Si, M. Sholmès, il est arrivé ceci, c'est que nous avons vu surgir du côté de Neuilly une barque beaucoup plus rapide que celle de Folenfant, qu'elle a filé devant nous comme une flèche, qu'elle a cueilli au passage, sous notre nez, l'ami Lupin, et qu'elle s'en est allée dans un bruit d'enfer et à quarante kilomètres à l'heure…

— Un canot automobile.

— Tout juste.

— Qu'est-il devenu ? Si vous n'avez pu le suivre, vous l'avez signalé.

— On l'a retrouvé à Saint-Ouen, une heure plus tard.

— Vide ?

— Parbleu !… Quatre hommes en étaient descendus. On les cherche.

— Et vous ?

— Moi ? Je suis revenu vous mettre au courant… J'ai besoin de conseils… je n'y vois plus clair… Cette affaire…

Sholmès l'arrêta, lui posa la main sur l'épaule et lui dit :

— Cette affaire est d'une simplicité enfantine, Monsieur Ganimard. Lupin a cambriolé deux fois l'hôtel d'Imblevalle, et ni vous, ni moi, ni personne ne retrouverons la lampe juive ni les bibelots du baron. Là-dessus bonsoir.

— Vous partez ?

— Je pars.

— C'est la défaite.

— Non. Lupin et moi nous sommes de force. Seulement…
— Seulement ?
— J'ai vingt ans de plus que lui… voilà tout. Et puis voulez-vous que je vous dise le fond de ma pensée, et que je vous révèle un grand secret ?

Il se pencha à l'oreille de l'inspecteur et murmura :

— *Lupin n'existe pas !*

Ayant dit ces mots d'un ton de plaisanterie ironique, qui n'était point sans amertume, il tourna sur ses talons et laissa Ganimard quelque peu déconcerté.

Maurice Leblanc.

ARSÈNE LUPIN

PERSONNAGES

Le duc de Charmerace, 29 ans, M. André Brulé.
Guerchard, inspecteur principal de la Sureté, M. Escoffier.
Gournay-Martin, M. Bullier.
Le Juge d'instruction, M. André Lefaur.
Charolais père, M. Bénédict.
Bernard Charolais, 17 ans, M. Félix Ander.
Boursin, agent de la Sureté, M. Clément.
Le Commissaire, M. Narbal.
Firmin, garde-chasse, M. Terof.
Dieusy, agent de la Sureté, M. Bosc
Bonavent, agent de la Sureté, M. Bertic.
Jean, chauffeur, M. Chartrettes.
L'Agent de police, en tenue, M. Ragoneau.
Le Concierge, M. Cousin.
Sonia Kritchnoff, 22 ans, demoiselle de compagnie, Mme Laurence Duluc
Germaine, fille de M. Gournay-Martin, Mme Jeanne Rosny
Victoire, Mme Germaine Ety.
La Concierge, Mme Ael.
Jeanne, amie de Germaine, Mme Maud Gauthier.
Marie, amie de Germaine, Mme Cézanne.
Irma, femme de chambre, Mme Erizac.
2e fils Charolais, M. Bonvalent.
3e fils Charolais, M. Bertrand.
Alfred, domestique, M. Marseille.
Le Serrurier, M. Masius.
Le Greffier, M. Tribois.

ARSÈNE LUPIN

ACTE Premier

Grand hall de château. Large baie vitrée dans le fond donnant sur une terrasse et sur un parc. Portraits historiques. La place d'un de ces portraits est occupée par une tapisserie. Porte à droite et à gauche. Piano.

Scène I
SONIA, puis GERMAINE, ALFRED, JEANNE, MARIE.

Sonia est seule, elle fait des adresses. Dehors, jouant au tennis, Germaine et ses deux amies. On entend leurs cris : « Trente ! Quarante !... Play ?... etc... etc... »

SONIA, *seule, lisant. D'un ton pensif.* — « Monsieur Gournay-Martin a l'honneur de vous faire part du mariage de sa fille Germaine avec le duc de Charmerace »... Avec le duc de Charmerace !

VOIX DE GERMAINE. — Sonia ! Sonia ! Sonia !

SONIA. — Mademoiselle ?

GERMAINE. — Le thé ! Commandez le thé !

SONIA. — Bien, mademoiselle. *(Elle sonne. Au domestique qui entre.)* Le thé...

ALFRED. — Pour combien de personnes, mademoiselle ?

SONIA. — Pour quatre, à moins que... Est-ce que M. Gournay-Martin est rentré ?

ALFRED. — Oh ! non, mademoiselle, il est allé déjeuner à Rennes avec l'auto... cinquante kilomètres. Monsieur ne sera pas ici avant une bonne heure.

SONIA. — Et M. le duc ? Il n'est pas rentré de sa promenade à cheval ?

ALFRED. — Non, mademoiselle.

SONIA. — Tout est emballé ? Vous partez tous aujourd'hui ?

ALFRED. — Oui, mademoiselle.

Sort Alfred.

SONIA, *reprenant lentement.* — « Monsieur Gournay-Martin a l'honneur de vous faire part du mariage de sa fille Germaine avec le duc de Charmerace »

GERMAINE, *entrant vite, sa raquette à la main.* — Eh bien, qu'est-ce que vous faites ? Vous n'écrivez pas ?

SONIA. — Si... si...

MARIE, *entrant presque aussitôt.* — Ce sont des lettres de faire part tout ça ?

GERMAINE. — Oui, et nous n'en sommes qu'à la lettre V.

JEANNE, *lisant.* — Princesse de Vernan, duchesse de Vauvineuse... Marquis et marquise... Ma chère, vous avez invité tout le faubourg Saint-Germain.

MARIE. — Vous ne connaîtrez pas beaucoup de monde à votre mariage.

GERMAINE. — Je vous demande pardon, mes petites. Mme de Relzières, la cousine de mon fiancé, a donné un thé l'autre jour dans son château. Elle m'a présenté la moitié de Paris, du Paris que je suis appelée à connaître et que vous verrez chez moi.

JEANNE. — Mais nous ne serons plus dignes d'être vos amies, quand vous serez la duchesse de Charmerace.

GERMAINE. — Pourquoi ? *(À Sonia.)* Sonia ! Sur tout n'oubliez pas Veauléglise, 33, rue de l'Université. *(Elle répète)* 33, rue de l'Université.

SONIA. — Veauléglise... a... u... ?

GERMAINE. — Comment ?

SONIA. — Duchesse de Veauléglise... v... a... u... ?

GERMAINE. — Non, avec un e.

JEANNE. — Comme veau.

GERMAINE. — Ma chère, c'est une plaisanterie bien bourgeoise. *(À Sonia.)* Attendez, ne fermez pas l'enveloppe. *(D'un ton réfléchi)* Je me demande si Veauléglise mérite une croix, une double croix, ou une triple croix.

JEANNE ET MARIE. — Comment ?

GERMAINE. — Oui, la croix simple signifie l'invitation à l'église, double croix invitation au mariage et au lunch, et triple croix, invitation au mariage, au lunch et à la soirée de contrat. Votre avis ?

JEANNE. — Mon Dieu, je n'ai pas l'honneur de connaître cette grande dame.

MARIE. — Moi non plus.

GERMAINE. — Moi non plus, mais j'ai là le carnet de visite de feu la duchesse de Charmerace, la mère de Jacques... Les deux duchesses étaient en relations ; de plus, la duchesse de Veauléglise est une personne un peu rosse, mais fort admirée pour sa piété : elle communie trois fois par semaine.

JEANNE. — Alors, mettez-lui trois croix.

MARIE. — À votre place, ma chérie, avant de faire des gaffes, je demanderais conseil à votre fiancé. Il connaît ce monde-là, lui.

GERMAINE. — Ah ! là ! là ! mon fiancé ! ça lui est bien égal. Ce qu'il a changé depuis sept ans ! *(Feuillette son carnet.)* Il ne prenait rien au sérieux, alors. Tenez, il y a sept ans, s'il est parti pour faire une expédition au pôle sud, c'était uniquement par snobisme… Enfin, quoi, un vrai duc !

JEANNE. — Et aujourd'hui ?

GERMAINE. — Ah ! aujourd'hui, il est pédant, le monde l'agace, et il a un air grave.

SONIA. — Il est gai comme un pinson.

GERMAINE. — Il est gai quand il se moque des gens, mais à part ça, il est grave.

JEANNE. — Votre père doit être ravi de ce changement ?

GERMAINE. — Oh ! naturellement ! Papa s'appellera toujours M. Gournay-Martin. Non, quand je pense que papa déjeune aujourd'hui à Rennes avec le ministre, dans le seul but de faire décorer Jacques !…

MARIE. — Eh bien, la Légion d'honneur, c'est beau, cela.

GERMAINE. — Ma pauvre petite, c'est beau rue du Sentier, mais ça ne va pas avec un duc ! *(S'arrêtant au moment de partir.)* Tiens, cette statuette, pourquoi est-elle ici ?

SONIA, *étonnée.* — En effet, quand nous sommes entrées, elle était là, à sa place habituelle…

GERMAINE., *au domestique qui entre avec le thé* — Alfred, vous êtes venu dans le salon pendant que nous étions dehors ?

ALFRED. — Non, mademoiselle.

GERMAINE. — Mais quelqu'un est entré ?

ALFRED. — Je n'ai entendu personne, j'étais dans l'office.

GERMAINE. — C'est curieux. *(À Alfred qui va pour sortir.)* Alfred, on n'a pas encore téléphoné de Paris ?

ALFRED. — Pas encore, mademoiselle.

Il sort. Sonia sert le thé aux jeunes filles.

GERMAINE. — On n'a pas encore téléphoné. C'est très embêtant. Ça prouve qu'on ne m'a pas envoyé de cadeaux aujourd'hui.

SONIA. — C'est dimanche, les magasins ne font pas de livraisons ce jour-là.

JEANNE. — Le beau duc ne vient pas goûter ?

GERMAINE. — Mais si, je l'attends à quatre heures et demie. Il a dû sortir à cheval avec les deux frères Dubuit. Les Dubuit viennent goûter aussi.

MARIE. — Il est sorti à cheval avec les Dubuit ? Quand ça ?

GERMAINE. — Mais cet après-midi.

MARIE. — Ah ! non… Mon frère est allé après déjeuner chez Dubuit pour voir André et Georges. Ils étaient sortis depuis ce matin en voiture, et ils ne devaient rentrer que tard dans la soirée.

GERMAINE. — Tiens, mais… qu'est-ce qu'il m'a raconté ?

IRMA, *entrant.* — On est là de Paris, mademoiselle.

GERMAINE, *vivement.* — Chic, c'est le concierge.

IRMA. — C'est Victoire, la femme de charge.

GERMAINE, *au téléphone.* — Allô, c'est vous, Victoire ?… Ah ! on a envoyé quelque chose… Eh bien, qu'est-ce que c'est ? Un coupe-papier… encore ! Et l'autre ? Un encrier Louis XVI… encore ! Oh ! là ! là ! De qui ? *(Fièrement, aux autres jeunes filles.)* Comtesse de Rudolphe et baron de Valéry… oui, et c'est tout ? Non, c'est vrai ? *(À Sonia.)* Sonia, un collier de perles ! *(Au téléphone.)* Il est gros ? Les perles sont grosses ? Oh ! mais c'est épatant ! Qui a envoyé ça ?… *(Désappointée.)* Oh ! oui, un ami de papa. Enfin, c'est un collier de perles… Fermez bien les portes, n'est-ce pas ? et serrez-le dans l'armoire secrète… Oui, merci, ma bonne Victoire, à demain. *(À Jeanne et Marie.)* C'est inouï, les relations de papa me font des cadeaux merveilleux et tous les gens chics m'envoient des coupe-papier. Il est vrai que Jacques est au-dessous de tout. C'est à peine si, dans le faubourg, on sait que nous sommes fiancés.

JEANNE. — Il ne fait aucune réclame ?

GERMAINE. — Vous plaisantez, mais c'est que c'est vrai. Sa cousine, Mme de Relzières, me le disait encore l'autre jour au thé qu'elle a donné en mon honneur, n'est-ce pas, Sonia ?

JEANNE, *bas, à Marie.* — Elle en a plein la bouche de son thé.

MARIE. — À propos de Mme de Relzières, vous savez qu'elle est aux cent coups. Son fils se bat aujourd'hui.

SONIA. — Avec qui ?

MARIE. — On ne sait pas, mais elle a surpris une lettre des témoins…

GERMAINE. — Je suis tranquille pour Relzières. Il est de première force à l'épée, il est imbattable.

JEANNE. — Il était intime avec votre fiancé, autrefois.

GERMAINE. — Intime. C'est même par Relzières que nous avons connu Jacques.

MARIE. — Où ça ?

GERMAINE. — Dans ce château.

MARIE. — Chez lui, alors ?

GERMAINE. — Oui. Est-ce drôle, la vie ! Si, quelques mois après la mort de son père, Jacques ne s'était pas trouvé dans la dèche et obligé, pour les frais de son expédition au pôle sud, de bazarder ce château ; si papa et moi, nous n'avions pas eu envie d'avoir un château historique et, enfin, si papa n'avait pas souffert de rhumatismes, je ne m'appellerais pas, dans un mois, la duchesse de Charmerace.

JEANNE. — Quels rapports ont les rhumatismes de votre père ?…

GERMAINE. — Un rapport direct. Papa craignait que ce château ne fût humide. Pour prouver à papa qu'il n'avait rien à craindre, Jacques, en grand seigneur, lui a offert l'hospitalité, ici, à Charmerace, pendant trois semaines ; par miracle, papa s'y est guéri de ses rhumatismes. Jacques est tombé amoureux de moi ; papa s'est décidé à acheter le château, et moi, j'ai demandé la main de Jacques.

MARIE. — Mais vous aviez seize ans ?

GERMAINE. — Oui, seize ans, et Jacques partait pour le pôle sud.

JEANNE. — Alors ?

GERMAINE. — Alors, comme papa trouvait que j'étais beaucoup trop jeune pour me marier, j'ai promis à Jacques d'attendre son retour. Seulement, entre nous, si j'avais su qu'il devait rester si longtemps au pôle sud…

MARIE. — C'est vrai. Partir pour trois ans et rester sept ans là-bas.

JEANNE. — Toute votre belle jeunesse…

GERMAINE, *piquée*. — Merci…

JEANNE. — Dame ! vous avez vingt-trois ans, c'est d'ailleurs la fleur de l'âge.

GERMAINE. — Vingt-trois ans à peu près… Enfin, j'ai eu tous les malheurs, le duc est tombé malade, on l'a soigné à Montevideo. Une fois bien portant, comme personne n'est plus entêté que lui, il a voulu reprendre son expédition, il est reparti pour deux ans, et, brusquement, plus de nouvelles, plus aucune nouvelle. Vous savez que pendant six mois nous l'avons cru mort ?

SONIA. — Mort ! Mais vous avez dû être très malheureuse !

GERMAINE. — Ah ! ne m'en parlez pas. Je n'osais plus mettre une robe claire.

JEANNE, *à Marie*. — C'est un rien.

GERMAINE. — Heureusement, un beau jour, les lettres ont réapparu : il y a trois mois un télégramme a annoncé son retour et, enfin, depuis deux mois, le duc est revenu.

JEANNE, *à part, imitant le ton affecté de Germaine*. — Le duc !

MARIE. — C'est égal. Attendre un fiancé pendant près de sept ans, quelle fidélité !

JEANNE. — L'influence du château.

GERMAINE. — Comment ?

JEANNE. — Dame ! Posséder le château de Charmerace, et s'appeler Mlle Gournay-Martin, ça n'est pas la peine.

MARIE, *sur un ton de plaisanterie*. — N'empêche que, d'impatience, Mlle Germaine, pendant ces sept ans, a failli se fiancer avec un autre.

Sonia se retourne.

JEANNE, *sur le même ton*. — Qui n'était que baron.

SONIA. — Comment ! C'est vrai, mademoiselle.

JEANNE. — Vous ne saviez pas, mademoiselle Sonia ? Mais oui, avec le cousin du duc, précisément, M. de Relzières. Baronne de Relzières, c'était moins bien.

SONIA. — Ah !

GERMAINE. — Mais, étant le cousin et le seul héritier du duc, Relzières aurait relevé le titre et les armes, et j'aurais été tout de même duchesse, mes petites.

JEANNE. — Évidemment, c'était l'important. Sur ce, je me sauve, ma chérie.

GERMAINE. — Déjà ?

MARIE, *avec emphase*. — Oui, nous avons promis à la vicomtesse de Grosjean de lui faire un bout de visite. *(Négligemment.)* Vous connaissez la vicomtesse de Grosjean ?

GERMAINE. — De nom. Papa a connu son mari à la Bourse quand il s'appelait encore simplement Grosjean. Papa, lui, a préféré garder son nom intact.

JEANNE, *sortant, à Marie*. — Intact. C'est une façon de parler. Alors, à Paris ? Vous partez toujours demain ?...

GERMAINE. — Oui, demain.

MARIE, *l'embrassant*. — À Paris, n'est-ce pas ?

GERMAINE. — Oui, à Paris.

Sortent les deux jeunes filles.

ALFRED, *entrant*. — Mademoiselle, il y a là deux messieurs : ils ont insisté pour voir mademoiselle.

GERMAINE. — Ah ! oui, MM. Dubuit.

ALFRED. — Je ne sais pas, mademoiselle.

GERMAINE. — Un monsieur d'un certain âge et un plus jeune ?

ALFRED. — C'est cela même, mademoiselle.

GERMAINE. — Faites entrer.

ALFRED. — Mademoiselle n'a pas d'ordres pour Victoire ou pour les concierges de Paris ?

GERMAINE. — Non. Vous partez tout à l'heure ?

ALFRED. — Oui, mademoiselle, tous les domestiques... par le train de sept heures. Et il est bien de ce pays-ci : on n'est rendu à Paris qu'à neuf heures du matin.

GERMAINE. — Tout est emballé ?

ALFRED. — Tout. La charrette a déjà conduit les gros bagages à la gare. Ces messieurs et ces demoiselles n'auront plus qu'à se préoccuper de leurs valises.

GERMAINE, *à la porte*. — Parfait. Faites entrer MM. Dubuit. *(Il sort.)* Oh !

SONIA. — Quoi ?

GERMAINE. — Un des carreaux de la baie a été enlevé juste à la hauteur de l'espagnolette... on croirait qu'il a été coupé.

SONIA. — Tiens ! Oui, juste à la hauteur de l'espagnolette.

GERMAINE. — Est-ce que vous vous en étiez aperçue ?

SONIA. — Non ! Mais il doit y avoir des morceaux par terre, et... *(À Germaine.)* Mademoiselle, deux messieurs.

GERMAINE. — Ah ! Bonjour, messieurs Dub... Hein ? *(Elle aperçoit devant elle Charolais et son fils. Un silence embarrassé.)* Pardon, messieurs, mais, qui êtes vous ?

Scène II
Les mêmes, CHAROLAIS père, CHAROLAIS, premier fils.

CHAROLAIS PERE, *avec une bonhomie souriante*. — Monsieur Charolais... Monsieur Charolais... ancien brasseur, chevalier de la Légion d'honneur, propriétaire à Rennes. Mon fils, un jeune ingénieur. *(Le fils salue.)* Nous venons de déjeuner ici, à côté, à la ferme de Kerlor : nous sommes arrivés de Rennes ce matin : nous sommes venus tout exprès...

SONIA, *bas, à Germaine*. — Faut-il leur servir du thé ?

GERMAINE, *bas, à Sonia*. — Ah ! non, par exemple. *(À Charolais.)* Vous désirez, messieurs ?

CHAROLAIS PERE. — Nous avons demandé monsieur votre père, on nous a dit qu'il n'y avait que mademoiselle sa fille. Nous n'avons pas résisté au plaisir...

Tous deux s'assoient. Germaine et Sonia se regardent interloquées.

CHAROLAIS FILS, *à son père*. — Quel beau château, papa !

CHAROLAIS PERE. — Oui, petit, c'est un beau château. *(Un temps. À Germaine et Sonia.)* C'est un bien beau château, mesdemoiselles.

GERMAINE. — Pardon, messieurs, mais que désirez-vous ?

CHAROLAIS PERE. — Voilà. Nous avons vu dans *l'Éclaireur de Rennes* que M. Gournay-Martin veut se défaire d'une automobile. Mon fils me dit toujours : « Papa, je voudrais une auto qui bouffe les côtes », comme qui dirait une soixante-chevaux.

GERMAINE. — Nous avons une soixante-chevaux, mais elle n'est pas à vendre ; mon père s'en est même servi aujourd'hui.

CHAROLAIS PERE. — C'est peut-être l'auto que nous avons vue devant les communs.

GERMAINE. — Non, celle-là est une trente-quarante, elle est à moi. Mais si monsieur votre fils, comme vous dites, aime bouffer les côtes, nous avons une cent-chevaux dont mon père désire se défaire. Tenez, Sonia, la photographie doit être là.

Toutes deux cherchent sur la table. Pendant ce temps, Charolais fils s'est emparé d'une petite statuette.

CHAROLAIS PERE, *à mi-voix*. — Lâche ça, imbécile ! *(Germaine se retourne et tend la photo.)* Ah ! la voilà. Ah ! ah ! Une cent-chevaux. Eh bien, nous pouvons discuter cela. Quel serait votre dernier prix ?

GERMAINE. — Je ne m'occupe pas du tout de ces questions-là, monsieur. Revenez tout à l'heure, mon père sera rentré de Rennes, vous vous arrangerez avec lui.

CHAROLAIS PERE. — Ah !... Alors, nous reviendrons tout à l'heure. *(Saluant.)* Mesdemoiselles, mes civilités.

Ils sortent avec des saluts profonds.

GERMAINE. — Eh bien ! En voilà des types ! Enfin, s'ils achètent la cent-chevaux, papa sera rudement content... C'est drôle que Jacques ne soit pas encore là. Il m'a dit qu'il serait ici entre quatre heures et demie et cinq heures.

SONIA. — Les Dubuit ne sont pas venus non plus, mais il n'est pas encore cinq heures.

GERMAINE. — Oui, au fait, les Dubuit ne sont pas venus non plus. *(À Sonia.)* Eh bien, qu'est-ce que vous faites ? Complétez toujours la liste des adresses en attendant.

SONIA. — C'est presque fini.

GERMAINE. — Presque n'est pas tout à fait. *(Regardant la pendule.)* Cinq heures moins cinq. Jacques en retard ! Ce sera la première fois.

SONIA, *tout en écrivant*. — Le duc a peut-être poussé jusqu'au château de Relzières pour voir son cousin, bien qu'au fond je ne croie pas que le duc aime beaucoup M. de Relzières. Ils ont l'air de se détester.

GERMAINE. — Ah ! Vous l'avez remarqué ? Maintenant, du côté de Jacques... il est si indifférent ! Pourtant il y a trois jours, quand nous avons été voir les Relzières, j'ai surpris Paul et le duc qui se querellaient.

SONIA, *inquiète*. — Vrai ?

GERMAINE. — Oui, ils se sont même quittés très drôlement.

SONIA, *vivement*. — Mais ils se sont donné la main ?

GERMAINE, *réfléchissant*. — Tiens ! non.

SONIA, *s'effarant*. — Non ! mais alors !

GERMAINE. — Alors quoi ?

SONIA. — Le duel... le duel de M. de Relzières...

GERMAINE. — Oh ! vous croyez ?

SONIA. — Je ne sais pas, mais ce que vous me dites... L'attitude du duc ce matin... Cette promenade en voiture.

GERMAINE, *étonnée*. — Mais... Mais oui... C'est très possible... c'est même certain...

SONIA, *très agitée*. — C'est horrible... Pensez-vous, mademoiselle... S'il arrivait quelque chose... Si votre fiancé...

GERMAINE, *plus calme*. — Ainsi, ce serait pour moi que le duc se battrait ?

SONIA. — Et avec un adversaire de première force, vous l'avez dit, imbattable ! *(Elle s'est dirigée vers la terrasse.)* Que faire ?... Et l'on ne peut rien... *(Brusquement.)* Ah ! Mademoiselle !

GERMAINE. — Quoi ?

SONIA. — Un cavalier, là-bas...

GERMAINE, *accourant*. — Oui... il galope...

SONIA, *battant des mains*. — C'est lui !... C'est lui !...

GERMAINE. — Vous croyez ?

SONIA. — J'en suis sûre ! C'est lui !...

GERMAINE. — Il arrive juste pour le thé ! Il sait que je n'aime pas attendre. Cinq heures moins une minute... Il m'a dit : à cinq heures tapant je serai là, et il sera là.
SONIA. — Impossible, mademoiselle, il faut qu'il fasse tout le tour du parc. Il n'y a pas de route directe... La rivière est là.
GERMAINE. — Pourtant, il vient en droite ligne.
SONIA, *inquiète*. — Non, non, ce n'est pas possible.
GERMAINE. — Il traverse la pelouse. Tenez, il va sauter... Regardez-le, Sonia.
SONIA. — Mais c'est affreux. *(Se cachant les yeux.)* Ah !
GERMAINE, *criant*. — Bravo, ça y est ! Il a sauté ! Bravo, Jacques ! C'est un cheval de sept mille francs ! Vite, une tasse de thé... Il était admirable en sautant. Ah ! un duc !... voyez-vous ! Vous étiez là quand il m'a donné son dernier cadeau... ce pendentif entouré de perles ?
SONIA, *regardant le pendentif dans son écrin*. — Oui, merveilleux.
LE DUC, *entrant, et gaiement*. — Si c'est pour moi, beaucoup de thé, très peu de crème et trois morceaux de sucre. *(Regardant sa montre.)* Cinq heures ! Ça va bien.

Scène III
GERMAINE, SONIA, LE DUC

GERMAINE. — Vous vous êtes battu ?
LE DUC. — Ah ! vous saviez ?...
GERMAINE. — Pourquoi vous êtes-vous battu ?
SONIA. — Vous n'êtes pas blessé, monsieur le duc ?
GERMAINE. — Sonia, je vous en prie, les adresses. *(Au duc.)* C'est pour moi ?
LE DUC. — Ça vous ferait plaisir que ce fût pour vous ?
GERMAINE. — Oui, mais ça n'est pas vrai, c'est pour une femme.
LE DUC. — Si ça avait été pour une femme, ça n'aurait pu être que pour vous.
GERMAINE. — Évidemment, ça ne pouvait pas être pour Sonia ni pour ma femme de chambre. Mais, peut-on savoir le motif ?
LE DUC. — Oh ! Un motif puéril... J'étais de méchante humeur et Relzières m'avait dit un mot désagréable.
GERMAINE. — Alors, mon cher, si ce n'était pas pour moi, ce n'était vraiment pas la peine.
LE DUC. — Oui, mais si j'avais été tué, on aurait dit : « Le duc de Charmerace a été tué pour Mlle Gournay-Martin ». Ç'aurait eu beaucoup d'allure...
GERMAINE. — N'allez pas recommencer à m'agacer...
LE DUC. — Non, non.
GERMAINE. — Et Relzières, est-ce qu'il est blessé ?
LE DUC. — Six mois de lit.
GERMAINE. — Ah ! mon Dieu !
LE DUC. — Ça lui fera beaucoup de bien... Il a une entérite... et, pour l'entérite, le repos, c'est excellent. Ah ! nom d'un chien, ce sont des invitations, tout ça ?
GERMAINE. — Ça n'est que la lettre V.
LE DUC. — Et il y en a vingt-cinq dans l'alphabet, mais vous allez inviter la terre entière, il faudra faire agrandir la Madeleine.
GERMAINE. — Ce sera un mariage très bien. On s'écrasera ! Il y aura sûrement des accidents.
LE DUC. — À votre place, j'en organiserais... Mademoiselle Sonia, voulez-vous être un ange ? Jouez-moi un peu de Grieg. Je vous ai entendue hier. Personne ne joue du Grieg comme vous.
GERMAINE. — Pardon, mon cher, mais Mlle Kritchnoff a à travailler.
LE DUC. — Cinq minutes d'arrêt, quelques notes, je vous en prie.
GERMAINE. — Soit, mais j'ai une chose très importante à vous dire.
LE DUC. — Tiens ! au fait, moi aussi. J'ai là le dernier cliché que j'ai pris de vous et de Mlle Sonia. *(Germaine hausse les épaules.)* Avec vos robes claires en plein soleil, vous avez l'air de deux grandes fleurs.

GERMAINE. — Et vous trouvez que c'est important ?
LE DUC. — C'est important comme tout ce qui est puéril. Tenez, admirez.
GERMAINE. — Affreux ! Nous faisons des grimaces épouvantables.
LE DUC. — Vous faites des grimaces, mais elles ne sont pas épouvantables. Mademoiselle Sonia, je vous fais juge… Les figures, je ne dis pas… mais les silhouettes… Regardez le mouvement de votre écharpe ?…
GERMAINE, *gravement.* — Mon cher…
LE DUC. — C'est vrai… La chose importante…
GERMAINE. — Victoire a téléphoné de Paris.
LE DUC. — Ah ! ah !
GERMAINE. — Nous avons reçu un encrier Louis XVI et un coupe-papier.
LE DUC. — Bravo.
GERMAINE. — Et un collier de perles.
LE DUC. — Bravo.
GERMAINE. — Je vous dis un collier de perles, vous dites « Bravo ». Je vous dis un coupe-papier, vous dites « Bravo ». Vous n'avez vraiment pas le sentiment des nuances.
LE DUC. — Pardon. Ce collier de perles est d'un ami de votre père, n'est-ce pas ?
GERMAINE. — Oui, pourquoi ?
LE DUC. — Mais l'encrier Louis XVI et le coupe-papier doivent être extrêmement gratin ?
GERMAINE. — Oui. Eh bien ?
LE DUC. — Eh bien, alors, ma petite Germaine, de quoi vous plaignez-vous ? Ça rétablit l'équilibre… On ne peut pas tout avoir.
GERMAINE. — Vous vous fichez de moi.
LE DUC. — Je vous trouve adorable.
GERMAINE. — Jacques, vous m'agacez. Je finirai par vous prendre en grippe.
LE DUC, *en riant.* — Attendez que nous soyons mariés. *(Un temps. À Sonia qui regarde un portrait.)* Vous regardez ce Clouet… Il a du caractère, n'est-ce pas ?…
SONIA. — Oui, beaucoup. C'est un de vos ancêtres, n'est-ce pas ?
GERMAINE. — Naturellement, tout ça, c'est des portraits d'ancêtres, il n'y a ici que des Charmerace, et papa a tenu à ce qu'on ne déplace aucun des portraits de cette salle.
LE DUC. — Aucun, sauf le mien. *(Sonia et Germaine le regardent étonnées.)* Oui, à la place de cette tapisserie il y avait un portrait de moi, jadis. Qu'est-ce qu'il est devenu ?
GERMAINE. — C'est une blague, n'est-ce pas ?
SONIA. — C'est vrai, monsieur le duc, vous n'êtes pas au courant ?
GERMAINE. — Nous vous avons écrit tous les détails et envoyé tous les journaux. Il y a trois ans de cela. Vous n'avez donc rien reçu ?
LE DUC. — Il y a trois ans… j'étais perdu dans les terres polaires.
GERMAINE. — Mais c'est tout un drame, mon cher, tout Paris en a parlé. On l'a volé, votre portrait.
LE DUC. — Volé ? Qui ça ?
GERMAINE. — Tenez, vous allez comprendre. *(Elle écarte la tapisserie. On voit écrit à la craie le nom d'Arsène Lupin.)* Que dites-vous de cet autographe ?
LE DUC, *lisant.* — Arsène Lupin.
SONIA. — Il a laissé sa signature… il paraît que c'est ce qu'il fait toujours…
LE DUC. — Ah ! Qui ça ?
GERMAINE. — Mais, Arsène Lupin ! Je pense que vous savez qui est Arsène Lupin ?
LE DUC. — Ma foi non.
GERMAINE. — On n'est pas pôle sud à ce point-là ! Vous ne savez pas qui est Lupin ? le plus fantaisiste, le plus audacieux, le plus génial des filous.
SONIA. — Depuis dix ans, il met la police aux abois. C'est le seul bandit qui ait pu dépister notre grand policier Guerchard.
GERMAINE. — Enfin, quoi ! notre voleur national. Vous ne le connaissez pas ?
LE DUC. — Pas même assez pour l'inviter au restaurant. Comment est-il ?
GERMAINE. — Comment est-il ? Personne n'en sait rien. Il a mille déguisements. Il a dîné deux soirs de suite à l'ambassade d'Angleterre.

Le Duc. — Si personne ne le connaît, comment l'a-t-on su ?

Germaine. — Parce que le second soir, vers dix heures, on s'est aperçu qu'un des convives avait disparu, et avec lui, tous les bijoux de l'ambassadrice.

Le Duc. — Hein ?

Germaine. — Lupin a laissé sa carte avec ces simples mots : « Ce n'est pas un vol, c'est une restitution. Vous nous avez bien pris la collection Wallace. »

Le Duc. — C'est une blague, n'est-ce pas ?

Sonia. — Non, monsieur le duc ! Et il a fait mieux. Vous vous souvenez de l'affaire de la banque Daroy, l'épargne des petits.

Le Duc. — Le financier qui avait triplé sa fortune au détriment d'un tas de pauvres diables, deux mille personnes ruinées ?

Sonia. — Parfaitement. Eh bien, Lupin a dévalisé l'hôtel de Daroy et lui a pris tout ce qu'il avait en caisse. Et il n'a pas gardé un sou de l'argent.

Le Duc. — Qu'est-ce qu'il en a fait ?

Sonia. — Il l'a distribué à tous les pauvres diables que Daroy avait ruinés.

Le Duc. — Mais c'est un grand philanthrope que votre Lupin.

Germaine. — Oh ! pas toujours. Exemple : l'histoire arrivée à papa.

Le Duc. — Ce vol-là n'est pas digne de votre héros. Mon portrait n'avait aucune valeur.

Germaine. — Aussi, si vous croyez qu'il s'en est contenté. Toutes les collections de papa ont été pillées.

Le Duc. — Les collections de votre père, mais elles sont mieux gardées qu'au Louvre. Votre père y tient comme à la prunelle de ses yeux.

Germaine. — Justement, il y tenait trop. C'est pourquoi Lupin a réussi.

Le Duc. — Il avait donc des complices dans la place ?

Germaine. — Oui… un complice.

Le Duc. — Qui ça ?

Germaine. — Papa.

Le Duc. — Hein ? Je ne comprends plus du tout.

Germaine. — Vous allez voir. Un matin, papa reçoit une lettre… attendez… *(À Sonia.)* Sonia, dans le secrétaire, le dossier Lupin.

Sonia. — Je vous l'apporte.

Elle va au secrétaire.

Le Duc, *en riant*. — Vous avez un dossier Lupin ?

Germaine. — Naturellement, une affaire pareille, nous avons tout gardé.

Sonia, *qui a tiré du secrétaire un carton-chemise et qui en a sorti une enveloppe*. — Voici l'enveloppe : « Monsieur Gournay-Martin, collectionneur, en son château de Charmerace. Ille-et-Vilaine. », Germaine remet l'enveloppe au duc.

Le Duc. — L'écriture est curieuse.

Germaine. — Lisez la lettre, lisez à haute voix.

Le Duc, *lisant*. — « Monsieur, excusez-moi de vous écrire sans que nous ayons été présentés, mais je me flatte que vous me connaissiez au moins de nom… Il y a dans la galerie qui réunit vos deux salons, un Murillo, d'excellente facture, et qui me plaît infiniment. Vos Rubens sont aussi de mon goût, ainsi que votre Van Dick. Dans le salon de droite, je note la crédence Louis XIII, la tapisserie de Beauvais, le guéridon Empire, la pendule signée Boulle et divers objets sans grande importance. Je tiens sur tout à ce diadème que vous avez acheté à la vente de la marquise de La Ferronaye et qui fut porté naguère par la malheureuse marquise de Lamballe. Ce diadème a pour moi un grand intérêt… d'abord, les souvenirs charmants et tragiques qu'il évoque pour un poète épris d'histoire, ensuite, mais est-ce la peine de parler de ces choses-là, sa valeur intrinsèque ? J'estime en effet que les pierres de votre diadème valent, au bas mot, cinq cent mille francs.

Germaine. — Au moins.

Le Duc, *continuant*. — « Je vous prie, monsieur, de faire emballer convenablement ces divers objets, et de les expédier en mon nom, port payé, en gare des Batignolles, avant huit jours. Faute de quoi je ferai procéder moi-même à leur déménagement dans la nuit du mercredi 27 au jeudi 28 septembre. Veuillez excuser le petit dérangement que je vous cause, et agréez, je vous prie, monsieur, l'expression de mon entier dévouement. Signé Arsène Lupin. » C'est drôle ! j'avoue que c'est drôle ! Et votre père n'a pas ri ?

GERMAINE. — Ri ! Ah ! si vous aviez vu sa tête... Il a pris cela au tragique.
LE DUC. — Pas au point d'expédier les objets en gare des Batignolles, j'espère.
GERMAINE. — Non, mais au point de s'affoler, et comme nous avions lu dans un journal de Rennes que Guerchard, le célèbre policier, le seul adversaire vraiment digne d'Arsène Lupin se trouvait dans cette ville, papa nous y entraîne ; en dix minutes on tombe d'accord, la nuit du 27 arrive, Guerchard avec deux inspecteurs de confiance s'installe dans ce hall où se trouvaient alors les collections. La nuit se passe très tranquille... rien d'insolite... pas un seul bruit... Dès l'aurore nous nous précipitons.
LE DUC. — Eh bien ?
GERMAINE. — Eh bien, c'était fait.
LE DUC. — Quoi ?
SONIA. — Tout !
LE DUC. — Comment tout ? Les tableaux ?
GERMAINE. — Enlevés !
LE DUC. — Les tapisseries ?
SONIA. — Plus de tapisseries.
LE DUC. — Et le diadème ?
GERMAINE. — Ah ! non ! Il était au Crédit lyonnais, celui-là. C'est sans doute pour se dédommager, qu'il a pris votre portrait, car Lupin n'avait pas annoncé ce vol-là dans sa lettre.
LE DUC. — Mais voyons, c'est invraisemblable. Il avait donc hypnotisé Guerchard, ou il lui avait fait respirer du chloroforme.
GERMAINE. — Guerchard ? Mais ça n'avait jamais été Guerchard.
LE DUC. — Comment ?
SONIA. — C'était un faux Guerchard. C'était Lupin.
LE DUC. — Alors, ça, vraiment, ce n'est pas mal. Quand il a appris cette histoire, qu'a fait le vrai Guerchard ?
SONIA. — Il en a fait une maladie.
GERMAINE. — Et c'est depuis ce temps-là qu'il a voué à Lupin une haine mortelle.
LE DUC. — Et l'on n'a jamais pu remettre la main sur le faux Guerchard ?
GERMAINE. — Jamais. Pas l'ombre d'une trace. Nous n'avons de lui qu'une lettre et cet autographe... Elle désigne la signature de Lupin derrière la tapisserie écartée.
LE DUC. — Fichtre ! C'est un habile homme.
GERMAINE, *riant*. — Très habile ! et quand il serait dans le voisinage, cela ne me surprendrait qu'à moitié.
LE DUC. — Oh !
GERMAINE. — Je plaisante, mais on a changé des objets de place ici. Tenez, cette statuette... Et on ne sait pas qui... Et de plus, on a cassé ce carreau, juste à la hauteur de l'espagnolette.
LE DUC. — Tiens ! Tiens !
FIRMIN, *entrant*. — Mademoiselle reçoit ?
GERMAINE. — Firmin ! C'est vous qui êtes à l'anti-chambre ?
FIRMIN. — Dame, faut ben, mademoiselle. Tous les domestiques sont partis pour Paris... La visite peut-elle pénétrer ?
LE DUC, *riant*. — Pénétrer ! Firmin, vous êtes épatant !
GERMAINE. — Qui est-ce ?
FIRMIN. — Deux messieurs. Ils ont dit qu'ils avaient prévenu.
GERMAINE. — Deux messieurs ? Qui ça ?
FIRMIN. — Ah ! je n'ai pas la mémoire des noms.
LE DUC, *riant*. — C'est commode...
GERMAINE. — Ce n'est pas les deux Charolais au moins ?
FIRMIN. — Ça ne doit pas être ça.
GERMAINE. — Enfin, faites entrer.
Firmin sort.
LE DUC. — Charolais ?
GERMAINE. — Oui. Figurez-vous que tout à l'heure, on nous a annoncé deux messieurs, j'ai cru que

c'était Georges et André Dubuit, oui, ils nous avaient promis de venir prendre le thé tout à l'heure. Je dis à Alfred de les introduire... et nous avons vu surgir... *(Elle se retourne et voit Charolais et son fils.)* Oh !

Scène IV
Les mêmes, CHAROLAIS et ses trois fils

CHAROLAIS PERE. — Mademoiselle, mes civilités !
Il salue. Le fils salue également et démasque un troisième individu.
SONIA, *à Germaine*. — Tiens, il y en a un de plus
CHAROLAIS PERE, *présentant*. — Mon second fils, établi pharmacien.
Le second fils salue.
GERMAINE. — Monsieur, je suis désolée... Mon père n'est pas encore rentré.
CHAROLAIS PERE. — Ne vous excusez pas... il n'y a pas de mal.
Ils s'installent.
GERMAINE, *un instant de stupeur et un coup d'œil à Sonia*. — Il ne rentrera peut-être que dans une heure. Je ne voudrais pas vous faire perdre votre temps.
CHAROLAIS PERE. — Oh ! il n'y a pas de mal. *(Avisant le duc.)* Maintenant, en attendant... si monsieur est de la famille, on pourrait peut-être discuter avec lui le dernier prix de l'automobile.
LE DUC. — Je regrette, ça ne me regarde en aucune façon.
FIRMIN, *entrant, et s'effaçant devant un nouveau visiteur*. — Si monsieur veut pénétrer par ici...
CHAROLAIS. — Comment ! Te voilà ! Je t'avais dit d'attendre à la grille du parc.
BERNARD CHAROLAIS. — Je voulais voir l'auto aussi.
CHAROLAIS PERE. — Mon troisième fils. Je le destine au barreau.
Bernard salue.
GERMAINE. — Ah çà ! mais combien sont-ils ?
LA FEMME DE CHAMBRE. — Monsieur vient d'arriver, mademoiselle.
GERMAINE. — Eh bien, tant mieux. *(À Charolais.)* Si vous voulez me suivre, messieurs, vous allez pouvoir parler à mon père tout de suite.
Pendant ce temps, Charolais et ses fils se sont levés. Bernard est resté debout près de la table. Germaine sort suivie par Charolais et ses deux fils. Bernard, qui parait admirer le salon, empoche deux objets qui sont sur la table et va pour sortir.
LE DUC, *vivement, à Bernard*. — Non, pardon, jeune homme.
BERNARD CHAROLAIS. — Quoi ?
LE DUC. — Vous avez pris un porte-cigarettes.
BERNARD CHAROLAIS. — Moi, mais non. *(Le duc empoigne le bras du jeune homme et fouille dans la casquette qu'il tient à la main. Il en sort le porte-cigarettes. Feignant la stupeur.)* C'est... C'est... par mégarde.
Il veut sortir.
LE DUC, *le retenant, sortant un écrin de la poche intérieure de Bernard*. — Et ça, c'est par mégarde aussi ?
SONIA. — Mon Dieu ! le pendentif !
BERNARD CHAROLAIS, *avec égarement*. — Pardonnez-moi, je vous en supplie, ne me trahissez pas.
LE DUC. — Vous êtes un petit misérable !
BERNARD CHAROLAIS. — Je ne recommencerai plus jamais... par pitié... si mon père savait... par pitié...
LE DUC. — Soit !... pour cette fois... *(Le poussant vers la porte.)* Allez au diable !
BERNARD, *sort en répétant*. — Merci... merci... merci...

Scène V
SONIA, LE DUC

Le Duc. — C'est en effet là qu'il ira ce petit... il ira loin. Ce pendentif... c'eût été dommage !... *Il le pose sur le chiffonnier.)* Ma foi, j'aurais dû le dénoncer.

Sonia, *vivement.* — Non, non, vous avez bien fait de pardonner.

Le Duc. — Qu'avez-vous donc ? Vous êtes toute pâle !

Sonia. — Ça m'a bouleversée... le malheureux enfant !

Le Duc. — Vous le plaignez ?

Sonia. — Oui, c'est affreux. Il avait des yeux si terrifiés et si jeunes... et puis être pris là... en volant... sur le fait... Oh ! c'est odieux.

Le Duc. — Voyons, voyons... que vous êtes impressionnable !...

Sonia, *toute émue.* — Oui. c'est bête... seulement... vous avez remarqué ses yeux, ses yeux traqués ? Vous avez eu pitié, n'est-ce pas ? Vous êtes très bon, au fond.

Le Duc, *souriant.* — Pourquoi... au fond ?

Sonia. — Je dis « au fond », parce que votre apparence est ironique, et votre abord si froid ! Mais souvent c'est le masque de ceux qui ont le plus souffert, et ce sont les plus indulgents.

Le Duc. — Oui.

Sonia, *très lentement, avec des silences, des hésitations.* — Parce que quand on souffre, n'est-ce pas, alors on comprend... enfin on comprend...

Un temps.

Le Duc. — Vous souffrez donc bien ici ?

Sonia. — Moi ? Pourquoi ?

Le Duc. — Votre sourire est désolé, vous avez des yeux inquiets et peureux... vous êtes comme un petit enfant qu'on voudrait protéger... *(Il s'avance de deux pas vers Sonia et lentement, doucement.)* Vous êtes toute seule dans la vie ?

Sonia. — Oui.

Le Duc. — Et vos parents... vos amis ?

Sonia. — Oh !

Le Duc. — Vous n'en avez pas ici à Paris... mais chez vous, en Russie ?

Sonia. — Non, personne...

Le Duc. — Ah !

Sonia, *avec une résignation souriante.* — Mais ça ne fait rien... j'ai été habituée si jeune *(Un temps.)* si jeune. Ce qui est dur... Mais vous allez vous moquer de moi.

Le Duc. — Non... non...

Sonia, *souriante, sans coquetterie, mais avec un trouble heureux.* — Eh bien, ce qui est dur, c'est de ne jamais recevoir de lettres... une enveloppe qu'on ouvre... quelqu'un qui pense à vous... un souvenir... Mais je me fais une raison, vous savez... j'ai une grande dose de philosophie.

Le Duc. — Vous êtes drôle quand vous dites ça : « J'ai une grande dose de philosophie »... *(Après l'avoir regardée, il ajoute encore une fois.)* philosophie...

Ils continuent de se regarder.

Germaine, *entrant.* — Sonia, vous êtes vraiment impossible. Je vous avais pourtant bien recommandé d'emballer vous-même dans ma valise mon petit buvard en maroquin ? Naturellement, j'ouvre au hasard un tiroir... Qu'est-ce que je vois ? mon petit buvard en maroquin.

Sonia. — Je vous demande pardon... je vais...

Germaine. — Oh ! ça n'est plus la peine... je m'en charge, mais, ma parole, vous seriez une invitée au château, vous n'en prendriez pas plus à votre aise... Vous êtes la négligence en personne.

Le Duc. — Germaine... voyons, pour une petite distraction.

Germaine. — Ah ! mon cher, je vous en prie... vous avez la fâcheuse habitude de vous mêler des affaires de maison... l'autre jour encore !... Je ne peux plus faire une observation à un domestique...

Le Duc, *protestant.* — Germaine !

Germaine, *désignant à Sonia un paquet d'enveloppes et de lettres que Bernard Charolais a fait tomber de la table en s'en allant.* — Vous ramasserez les enveloppes et les bouquins, et vous porterez le

tout dans ma chambre… *(Avec impatience.)* Eh bien ?
Germaine sort.
SONIA. — Oui, mademoiselle.
Elle se baisse.
LE DUC. — Je vous en prie… non… non… je vous en prie… *(Il ramasse les enveloppes. Ils sont à genoux l'un près de l'autre.)* Vous savez, Germaine est bonne au fond. Il ne faut pas trop lui en vouloir, si parfois elle est un peu… brusque…
SONIA. — Je n'ai pas remarqué…
LE DUC. — Ah ! tant mieux… parce que j'avais cru…
SONIA. — Non, non.
LE DUC. — Vous comprenez… elle a toujours été très heureuse, alors, n'est-ce pas, elle ne sait pas… *(Ils se relèvent.)* elle ne réfléchit pas… C'est une petite poupée… un petit être très gâté par la vie… Je serais désolé si sa sortie de tout à l'heure devait vous faire de la peine.
SONIA. — Ah ! ne croyez pas ça… non… non…
LE DUC, *lui tendant le petit paquet d'enveloppes et le retenant.* — Voilà… Ce ne sera pas trop lourd ?
SONIA. — Non… non… merci.
LE DUC, *retenant toujours les enveloppes, les yeux dans ses yeux.* — Vous ne voulez pas que je vous aide ?
SONIA. — Non, monsieur le duc.
Il lui saisit vivement la main et l'embrasse dans un geste irréfléchi. Elle défaille une seconde, puis s'éloigne. À la porte, elle se retourne et lui sourit.

Scène VI
LE DUC, GOURNAY-MARTIN, *arrivant par la terrasse avec* CHAROLAIS *père et ses fils.*

Ils s'arrêtent à la porte du salon.
GOURNAY-MARTIN, *bruyant, un peu vulgaire, important.* — Non, c'est mon dernier prix… c'est à prendre ou à laisser. Dites-moi adieu ou dites-moi oui.
CHAROLAIS PERE. — C'est bien cher.
GOURNAY-MARTIN. — Cher ! Je voudrais vous en voir vendre des cent-chevaux à dix-neuf mille francs en ce moment-ci ! Mais, mon cher monsieur, vous m'entôlez.
CHAROLAIS PERE. — Mais non, mais non.
GOURNAY-MARTIN. — Vous m'entôlez littéralement ! Une machine superbe que j'ai payée trente trois mille francs et que je laisse partir à dix-neuf mille. Vous faites une affaire scandaleuse.
CHAROLAIS PERE. — Mais non, mais non.
GOURNAY-MARTIN. — D'ailleurs, quand vous aurez vu comme elle tient la route !
CHAROLAIS PERE. — Dix-neuf mille francs, c'est cher !
GOURNAY-MARTIN. — Allons ! allons ! vous êtes un roublard. *(À Jean.)* Jean, accompagnez ces messieurs au garage. Vous vous mettrez à leur entière disposition. *(À Charolais.)* Et vous savez, vous êtes un homme redoutable en affaires ; vous êtes rudement fort. *(Les quatre Charolais sortent, il rentre dans le salon et au duc.)* Je l'ai roulé comme dans un bois.
LE DUC. — Ça ne m'étonne pas de vous.
GOURNAY-MARTIN. — L'auto date d'il y a quatre ans. Il me l'achète dix-neuf mille francs et ça ne vaut plus une pipe de tabac. Dix-neuf mille francs, c'est le prix du petit Watteau que je guigne depuis longtemps. Il n'y a pas de sottes économies. *(S'asseyant.)* Eh bien, on ne me demande pas des nouvelles du déjeuner officiel, on ne me demande pas ce qu'a dit le ministre ?
LE DUC, *indifférent.* — Au fait, vous avez du nouveau ?
Pendant la scène, le jour commence à tomber, Firmin est entré et a allumé.
GOURNAY-MARTIN. — Oui, votre décret sera signé demain. Vous pouvez vous considérer comme décoré. Eh bien, vous êtes un homme heureux, j'espère ?
LE DUC. — Certainement.
GOURNAY-MARTIN. — Moi, je suis ravi. Je tenais à ce que vous fussiez décoré. Et après ça… après un

ou deux volumes de voyages, après que vous aurez publié les lettres de votre grand-père avec une bonne préface, il faudra songer à l'Académie.

LE DUC, *souriant*. — L'Académie ! Mais je n'y ai aucun titre.

GOURNAY-MARTIN. — Comment aucun titre ! Mais vous êtes duc !

LE DUC. — Oui, évidemment.

GOURNAY-MARTIN. — Je veux donner ma fille à un travailleur, mon cher. Je n'ai pas de préjugés, moi ! Je veux pour gendre un duc qui soit décoré et de l'Académie française… parce que ça c'est le mérite personnel ? Moi, je ne suis pas snob. Pourquoi riez-vous ?

LE DUC. — Pour rien, je vous écoute. Vous êtes plein de surprises.

GOURNAY-MARTIN. — Je vous déroute, hein ? Avouez que je vous déroute. Et c'est vrai, je comprends tout, je comprends les affaires et j'aime l'art, les tableaux, les belles occasions, les bibelots, les belles tapisseries, c'est le meilleur des placements. Enfin, quoi, j'aime ce qui est beau… et, sans me vanter, je m'y connais… j'ai du goût, et j'ai quelque chose de supérieur encore au goût : j'ai du flair.

LE DUC. — Vos collections de Paris le prouvent.

GOURNAY-MARTIN. — Et encore vous n'avez pas vu ma plus belle pièce, ma meilleure affaire, le diadème de la princesse de Lamballe, il vaut cinq cent mille francs.

LE DUC. — Fichtre ! Je comprends que le sieur Lupin vous l'ait envié.

GOURNAY-MARTIN, *sursautant*. — Ah ! ne me parlez pas de cet animal-là, le gredin !

LE DUC. — Germaine m'a montré sa lettre. Elle est drôle.

GOURNAY-MARTIN. — Sa lettre ! Ah ! le misérable ! J'ai failli en avoir une apoplexie. J'étais dans ce salon où nous sommes, à bavarder tranquillement, quand tout à coup Firmin entre et m'apporte une lettre…

FIRMIN, *entrant*. — Une lettre pour monsieur.

GOURNAY-MARTIN. — Merci… et m'apporte une lettre *(Il met son lorgnon.)* dont l'écriture… *(Il regarde l'enveloppe.)* Ah ! nom de Dieu !

Il tombe assis.

LE DUC. — Hein ?

GOURNAY-MARTIN, *la voix étranglée*. — Cette écriture… c'est la même écriture.

LE DUC. — Vous êtes fou, voyons !

GOURNAY-MARTIN, *décachette l'enveloppe et lit, haletant, effaré*. — « Monsieur. Ma collection de tableaux que j'ai eu le plaisir, il y a trois ans, de commencer avec la vôtre, ne compte en fait d'œuvres anciennes qu'un Vélasquez, un Rembrandt et trois petits Rubens. Vous en avez bien davantage. Comme il est pitoyable que de pareils chefs-d'œuvre soient *(Il tourne la page.)* entre vos mains, j'ai l'intention de me les approprier et me livrerai demain dans votre hôtel de Paris à une respectueuse perquisition. »

LE DUC. — C'est une blague, voyons.

GOURNAY-MARTIN, *continuant*. — « Post-Scriptum. *(Il s'éponge.)* Bien entendu, comme depuis trois ans vous détenez le diadème de la princesse de Lamballe, je me restituerai ce joyau par la même occasion. » Le misérable ! le bandit ! J'étouffe ! Ah !

Il arrache son col. À partir de cet instant, toute la fin de l'acte doit être jouée dans un mouvement très rapide, une sorte d'affolement.

LE DUC. — Firmin ! Firmin ! *(À Sonia qui entre à droite.)* Vite un verre d'eau, des sels. M. Gournay-Martin se trouve mal.

SONIA. — Ah ! mon Dieu !

Elle sort précipitamment.

GOURNAY-MARTIN, *étouffant*. — Lupin !… Préfecture de police… téléphonez !

GERMAINE, *entrant à droite*. — Papa, si vous voulez arriver à l'heure pour dîner chez nos voisins… *(Voyant son père.)* Eh bien, qu'est-ce qu'il y a ?

LE DUC. — C'est cette lettre, une lettre de Lupin.

SONIA, *entre par le fond avec un verre d'eau et un flacon de sels*. — Voilà un verre d'eau.

GOURNAY-MARTIN. — Firmin d'abord, où est Firmin ?

FIRMIN, *entrant*. — Est-ce qu'il faut encore un verre d'eau ?

GOURNAY-MARTIN, *se précipitant sur lui*. — Cette lettre, d'où vient-elle ? Qui l'a apportée ?

FIRMIN. — Elle était dans la boîte de la grille du parc. C'est ma femme qui l'a trouvée.

GOURNAY-MARTIN, *affolé*. — Comme il y a trois ans. C'est le même coup qu'il y a trois ans ! Ah ! mes enfants, quelle catastrophe !

LE DUC. — Voyons, ne vous affolez pas. Si cette lettre n'est pas une fumisterie…

GOURNAY-MARTIN, *indigné*. — Une fumisterie ! Est-ce que c'était une fumisterie, il y a trois ans ?

LE DUC. — Soit ! Mais alors, si ce vol dont on vous menace est réel, il est enfantin et nous pouvons le prévenir.

GOURNAY-MARTIN. — Comment ça ?

LE DUC. — Voyons : dimanche 3 septembre… Cette lettre est donc écrite d'aujourd'hui ?

GOURNAY-MARTIN. — Oui. Eh bien ?

LE DUC. — Eh bien ! Lisez ceci : « Je me livrerai demain matin dans votre hôtel de Paris à une respectueuse perquisition »… Demain matin !…

GOURNAY-MARTIN. — C'est vrai ? Demain matin.

LE DUC. — De deux choses l'une, ou bien c'est une fumisterie, et il n'y a pas à s'en occuper, ou bien la menace est réelle et nous avons le temps.

GOURNAY-MARTIN, *tout joyeux*. — Oui, mais oui, c'est évident.

LE DUC. — Pour cette fois, le bluff du sieur Lupin et sa manie de prévenir les gens auront joué au bonhomme un tour pendable.

GOURNAY-MARTIN, *vivement*. — Alors ?

LE DUC, *de même*. — Alors, téléphonons.

TOUS — Bravo !

GERMAINE, *de même*. — Ah ! mais non, c'est impossible…

TOUS — Comment ?

GERMAINE, *de même*. — Il est six heures. Le téléphone avec Paris ne fonctionne plus. C'est dimanche.

GOURNAY-MARTIN, *s'effondrant*. — C'est vrai. C'est épouvantable !

GERMAINE. — Mais pas du tout, il n'y a qu'à télégraphier.

GOURNAY-MARTIN, *tout joyeux*. — Nous sommes sauvés !

SONIA — Ah ! mais non, impossible.

TOUS — Pourquoi ?

SONIA — La dépêche ne partira pas. C'est dimanche. À partir de midi, le télégraphe est fermé.

GOURNAY-MARTIN, *effondré*. — Ah ! quel gouvernement !

LE DUC. — Voyons, il faut en sortir… Eh bien, voilà, il y a une solution.

GOURNAY-MARTIN, *vivement*. — Laquelle ?

LE DUC. — Quelle heure est-il ?

GERMAINE. — Sept heures.

SONIA. — Sept heures moins dix.

GOURNAY-MARTIN. — Sept heures douze.

LE DUC. — Oui. enfin, dans les sept heures… Eh bien, je vais partir. Je prendrai l'auto. S'il n'y a pas d'accroc, je peux être à Paris vers deux ou trois heures du matin.

Il sort.

GOURNAY-MARTIN, *même jeu*. — Mais, nous aussi, nous allons partir. Pourquoi attendre à demain ? Nos bagages sont expédiés, partons ce soir. J'ai vendu la cent-chevaux, mais il reste le landaulet et la limousine, nous prendrons la limousine. Où est Firmin ?

FIRMIN, *apparaissant*. — Monsieur ?

GOURNAY-MARTIN, *vivement*. — Jean, le mécanicien, appelez-moi Jean.

GERMAINE, *même jeu*. — Nous arriverons avant les domestiques. Arriver dans une maison pas installée…

GOURNAY-MARTIN, *même jeu*. — J'aime mieux ça que d'arriver dans une maison cambriolée. Ah ! Et les clefs de la maison ? Il faut pouvoir rentrer chez nous.

JEAN, *qui est entré*. — Monsieur m'a demandé ?

GERMAINE. — Tu les as enfermées dans le secrétaire.

GOURNAY-MARTIN. — Oui, c'est vrai. Allez vous apprêter, maintenant. Allez vite. *(Elles sortent.)* Jean, nous partons, nous partons tout de suite pour Paris.

JEAN. — Bien, monsieur. Dans la limousine ou le landaulet ?

GOURNAY-MARTIN. — Dans la limousine. Dépêchez-vous. Ah ! ma valise !

Il sort à droite. Jean resté seul siffle. Apparait Charolais père suivi du troisième fils. Scène très rapide jouée sourdement.

Scène VII

CHAROLAIS PERE, *à voix basse.* — Eh bien ?

JEAN, *même jeu.* — Eh bien, quoi, ils partent, ils partent pour Paris. Naturellement !… chaque fois qu'on fait un coup, on a la manie d'avertir. C'était si simple de cambrioler l'hôtel à Paris sans envoyer de lettre. Ça les a tous affolés.

CHAROLAIS PERE, *même jeu, il fouille les meubles.* — Imbécile ! Qu'est-ce u'on risque ? C'est dimanche. Et les affoler, c'est ce qu'on a voulu. On a besoin de leur affolement pour demain, pour la suite et pour le diadème. Oh ! ce diadème ! mettre la main dessus.

JEAN. — Le diadème est à Paris.

CHAROLAIS PERE. — Je commence à le croire. Voilà trois heures que nous fouillons le château. En tout cas, je ne m'en vais pas sans les clefs.

JEAN. — Elles sont là, dans le secrétaire.

CHAROLAIS PERE, *courant au secrétaire.* — Animal ! Et tu ne le disais pas !

JEAN. — Mais le secrétaire est fermé.

CHAROLAIS PERE. — Poussière !

BERNARD CHAROLAIS, *entre.* — C'est fait, papa.

CHAROLAIS PERE. — Ton frère ?

BERNARD CHAROLAIS. — Il est aux communs. Il attend Jean.

CHAROLAIS PERE, *à Jean.* — Vas-y. Ah ! comment est la route pour Paris ?

JEAN. — Bonne. Mais avec le temps qu'il fait, il faudra prendre garde aux dérapages.

Il sort.

CHAROLAIS, *troisième fils, prenant le pendentif sur le chiffonnier.* — Oh ! papa, ce bijou ?

CHAROLAIS PERE, *vivement.* — Ne touche pas à ça. Ne touche pas à ça.

CHAROLAIS, *troisième fils.* — Pourtant… papa…

CHAROLAIS PERE — Ne touche pas à ça ! *(Le fils repose le bijou.)* Qu'est-ce que fait le pante ?

CHAROLAIS, *troisième fils, se dressant sur la pointe des pieds et regardant au-dessus des rideaux de la porte vitrée de droite.* — Il fait sa valise.

BERNARD CHAROLAIS. — Les autres doivent en faire autant.

CHAROLAIS PERE. — On a quelques minutes… *(Essayant de forcer le secrétaire.)* Pourtant, il nous faut ces clefs.

BERNARD CHAROLAIS. — On pourrait peut-être s'en passer.

CHAROLAIS PERE. — Nous verrons ça quand nous les aurons. Ah ! ça y est ! T'as les clefs de rechange ?

BERNARD CHAROLAIS. — Voilà. Il lui jette un trousseau de clefs.

CHAROLAIS PERE. — Oui, ça ressemble. *(Il met les clefs dans le tiroir qu'il referme.)* Filons, maintenant.

CHAROLAIS, *troisième fils.* — Attention ! Le pante.

Précipitamment, il se colle contre le mur à côté de la porte de droite. Charolais père et Bernard se collent contre le mur du côté du battant de gauche de la baie et derrière le piano. Gournay-Martin entre avec sa valise. Dès qu'il est entré, Charolais troisième fils sort de derrière la porte, entre dans la chambre et ferme la porte. Gournay-Martin, ahuri, se retourne. Au même instant, Charolais père se glisse en dehors, suivi de son troisième fils qui ramène violemment sur lui le battant de la baie. Un temps. Effarement de Gournay-Martin.

Scène VIII

Le Duc, *entrant de gauche avec sa valise, puis Germaine.* — Eh bien, nous partons. Germaine n'est pas encore descendue ? Allons, bon, qu'est-ce que vous avez encore ?

Gournay-Martin, *ahuri.* — Je ne sais pas… je ne sais pas… Il m'a semblé entendre… *(Il ouvre avec précaution la porte de droite.)* non, il n'y a personne. *(Il ferme la porte.)* Je vis dans un cauchemar, dans un cauchemar ! Ah ! mes clefs !

Il va au secrétaire, prend ses clefs et les met dans sa poche.

Firmin, *accourant, bouleversé.* — Monsieur ! Monsieur !

Tous. — Qu'est-ce qu'il y a ?

Firmin. — Jean, le mécanicien, il avait un bâillon sur la bouche… il était ligoté.

Tous. — Qu'est-ce que vous dites ?

Jean, *arrivant, il est dans un état effrayant, col arraché, cheveux en désordre.* — Enlevées… volées… les autos.

Tous. — Quoi ?

Gournay-Martin. — Parle… mais parle

Le Duc. — Qui les a volées ?

Jean. — Les quatre messieurs.

Gournay-Martin, *s'effondrant.* — Les Charolais !

Jean. — Il n'y a que la cent-chevaux qu'ils n'ont pas prise.

Le Duc. — Heureusement !

Gournay-Martin. — Ah ! c'est trop, cette fois c'est trop !

Germaine. — Mais comment n'avez-vous pas crié, appelé quelqu'un ?

Jean. — Appeler ! Est-ce que j'ai eu le temps ? Et puis quand même… tous les domestiques sont partis.

Gournay-Martin. — Épouvantable !

Le Duc, *à Gournay-Martin, vivement.* — Allons, allons, ce n'est pas le moment de manquer d'énergie. Puisqu'il reste la cent-chevaux, je vais la prendre.

Germaine, *vivement.* — Nous allons tous la prendre.

Gournay-Martin, *vivement.* — Voyons, tu es folle, il n'y a que deux baquets. *(On entend l'orage qui gronde. La pluie commence à tomber.)* Et puis regarde ça, regarde ce qu'il va tomber.

Germaine. — Oui, tu as raison.

Sonia. — Mais le train, il doit y avoir un train.

Gournay-Martin. — Un train, mais nous sommes à douze heures de Paris. À quelle heure arriverons-nous ?

Germaine. — L'important est de filer d'ici.

Gournay-Martin. — Ça, évidemment.

Le Duc. — Qu'ai-je fait de l'indicateur ? Ah ! oui, il est là !… *(Feuilletant.)* Paris ! Paris !

Gournay-Martin. — Eh bien, il y a un train ?

Le Duc. — Attendez ! *(À Gournay-Martin.)* Quelle heure est-il ?

Germaine, *vivement.* — Sept heures dix.

Sonia, *vivement.* — Sept heures moins vingt-quatre.

Gournay-Martin, *vivement.* — Sept heures.

Le Duc, *vivement.* — Oui… enfin… toujours dans les sept heures… Eh bien, vous avez le temps, vous avez un train à huit heures et demie.

Germaine. — Il y a un wagon-restaurant ?

Le Duc. — Oui, il y en a un, parfaitement, et vous arrivez à… cinq heures du matin.

Germaine. — On va être frais.

Gournay-Martin. — Tant pis. Tu veux partir ? Eh bien, il faut partir. *(À Jean.)* Vous êtes en état de mettre la cent-chevaux en marche ?

Jean, *qui est resté à l'écart et qui écoute avec attention.* — Ah ! pour ce qui est de l'état, monsieur, ça va bien, mais pour ce qui est de l'auto…

Gournay-Martin. — Comment ?

Jean. — Monsieur sait bien… les pneus d'arrière sont crevés. Il faut bien une demi-heure…

Gournay-Martin. — Isolés ! c'est l'isolement ! plus moyen d'arriver à la gare.

Jean. — Si monsieur et ces demoiselles veulent bien se contenter, on peut faire atteler.

Tous. — Ah !

Jean. — Il y a la charrette.

Tous. — Ah !

Gournay-Martin. — Tant pis. À aucun prix il ne faut passer la nuit ici. Vous savez atteler, vous ?

Jean. — Dame, une charrette ! Seulement je ne sais pas conduire.

Gournay-Martin. — Je conduirai moi-même.

Germaine. — Oh ! papa ! Eh bien, ça va être du propre.

Gournay-Martin. — Voyons, partez partez, *(Les poussant dehors, il revient.)* c'est la meilleure solution… Ah ! mais non.

Le Duc. — Quoi ?

Gournay-Martin. — Et le château ? Qui gardera le château ? Il faut au moins barricader… fermer les volets. J'ai bien confiance en Firmin, mais qui me dit qu'une fois que je serai parti, il s'en occupera, plutôt que d'aller boire la goutte ?

Le Duc. — Ne vous inquiétez pas, je resterai.

Gournay-Martin. — Et comment reviendrez vous ? J'ai besoin de vous à Paris.

Le Duc. — Eh bien, et la cent-chevaux ?

Gournay-Martin. — Les pneus !… les pneus sont crevés. Ah ! l'acharnement du sort.

Le Duc. — Ne vous affolez pas comme ça. Pendant qu'on vous conduira à la gare, Jean changera les pneus.

Entre Firmin.

Gournay-Martin, *vivement.* — Ah ! Firmin ! Justement… Voilà ! nous partons. Vous allez garder le château avec Jean.

Firmin. — Bien, monsieur.

Gournay-Martin. — Je m'attends à tout, Firmin. À un cambriolage, à n'importe quoi ! Souvenez-vous que vous étiez garde-chasse.

Firmin. — Que monsieur n'ait pas peur. J'ai vu la guerre de 1870. Seulement, où c'est que monsieur et ces dames s'en vont comme ça sur la charrette ?

Gournay-Martin. — À la gare, naturellement.

Firmin. — À la gare !

Gournay-Martin, *précipitamment.* — Mon Dieu ! Sept heures et demie, nous n'avons plus qu'une demi-heure. *(À Germaine qui entre avec sa valise à la main.)* Eh bien, tu es prête ? Où est Sonia ?

Germaine, *même jeu.* — Elle descend. Jacques, je ne peux pas fermer ma valise.

Le Duc. — Voilà… Eh bien, il est matériellement impossible de la fermer. Qu'est-ce que vous avez mis là dedans ?

Germaine, *même jeu.* — Eh bien, j'en ai mis trop, *(À Irma.)* portez-la comme ça dans la voiture.

Irma, *sortant.* — Quelle affaire, mon Dieu !

Firmin, *entrant en courant.* — La charrette de monsieur est attelée.

Sonia, *arrivant à droite.* — Ah ! je suis prête. Mais je ne sais pas comment j'ai mis mon chapeau.

Elle va vers le chiffonnier et se regarde dans la glace qui le surmonte.

Firmin. — Seulement, monsieur, il n'y a pas de cocher.

Gournay-Martin. — Alors ? Je conduirai moi-même.

Firmin. — Il n'y a pas de lanterne non plus.

Germaine. — Pourvu qu'il y ait un train.

Gournay-Martin, *vivement.* — Au revoir, mon bon Jacques, arrivez à l'aube, et tout de suite, réveillez Guerchard… la préfecture… Je me fie à vous.

Germaine, *vivement.* — Au revoir, Jacques. Si vous pouvez emporter dans la cent-chevaux mes trois cartons à chapeaux…

Gournay-Martin, *vivement.* — Il s'agit bien de chapeaux ! Veux-tu venir ! Nous n'arriverons jamais.

Germaine, *vivement.* — Nous avons vingt-cinq minutes.

Gournay-Martin, *vivement.* — Oui, mais c'est moi qui conduis.

Ils sortent.
GERMAINE, *déjà dehors*. — Mon écrin ! J'ai oublié mon écrin !
GOURNAY-MARTIN, *dans la coulisse*. — Il n'y a plus le temps.
GERMAINE, *dans la coulisse*. — Jacques, sur le chiffonnier… je crois… mon écrin… cherchez-le.
LE DUC, *dehors*. — Oui, oui, dépêchons.
La scène reste vide un instant.

Scène IX
LE DUC, puis FIRMIN

LE DUC, *rentrant*. — Quel chien de temps ! *(Il sifflote.)* Et il y a encore de fameux éclairs. Voyons… L'écrin… Elle m'a dit : « Sur le chiffonnier ». *(Il le prend et l'ouvre, stupéfait.)* Hein ? Comment ! il est vide ! *(il revient vers la porte.)* Germaine ! Ah ! il est trop tard ! Ça, par exemple, vide !… Oh ! que je suis bête ! C'est Sonia ou la femme de chambre qui aura emporté les bijoux pour Germaine.
FIRMIN, *entrant. Il a un fusil en bandoulière, un ceinturon de garde-chasse, une gourde et un panier de provisions avec une bouteille qui surgit*. — Voilà mon fusil, mon picotin et ma gourde de rhum. Avec ça, le malandrin peut venir.
LE DUC. — Bravo, Firmin.
FIRMIN, *résolu*. — Le premier qui arrive, je lui tire dessus… Ah ! mais…
LE DUC. — En attendant, fermez les volets, je vais vous aider.
FIRMIN, *allant à la terrasse et fermant les volets avec le duc*. — Drôle d'idée tout de même qu'a eue le patron ! Pourquoi qu'il est allé à la gare !
LE DUC. — Probablement pour prendre le train.
FIRMIN. — Pas pour Paris, toujours, il n'y en a point.
LE DUC, *du dehors*. — Tirez donc plus fort… Il y a un train à huit heures douze.
FIRMIN. — Non point. Nous sommes le 3 septembre, c'est fini à partir de septembre.
LE DUC. — Vous radotez. J'ai consulté l'indicateur.
FIRMIN. — Et il y a ça dans l'indicateur ?
JEAN, *entrant*. — Les pneus sont posés, monsieur le duc. Seulement… il ne fait pas un temps de chrétien.
LE DUC. — Ah ! j'en ai bien vu d'autres. *(Il met son manteau d'automobile, aidé par Jean.)* Vous resterez ici. Vous vous installerez dans l'aile gauche du château.
JEAN. — Oui, M. Gournay-Martin m'a expliqué. Il y a donc du danger pour cette nuit ?
LE DUC. — Oh ! Je ne crois pas. M. Gournay-Martin était un peu affolé… mais enfin, à tout hasard, il vaut mieux être armé.
JEAN. — J'ai là mon revolver, monsieur le duc.
LE DUC. — Parfait. Vous pouvez allumer les phares. J'arrive tout de suite. *(Jean sort.)* Voyons, j'ai tout ?… Eh bien, Firmin, je vous laisse… Vous avez votre gourde, votre fusil et votre picotin. Vous êtes un vieux militaire. Vous n'avez pas peur, hein ?
FIRMIN. — Non, pas encore.
LE DUC. — Firmin, vous êtes épatant ! Allons, bon courage, hein ! bon courage.
Il sort.

Scène X
FIRMIN, seul.

FIRMIN, *seul, à jouer, lentement, sensation de la peur*. — Huit heures douze ! Qu'est-ce que ça prouve, moi je sais bien qu'à partir de septembre… Il y a trop de lumière, ça se glisse à travers les volets… ça peut attirer le malandrin… *(Il baisse l'électricité.)* C'est égal, ça n'est pas prudent de laisser comme ça un homme tout seul, dans un château… Ils n'auraient qu'à venir et me bâillonner comme Jean tout à l'heure. Il y a du danger… J'aurais dû demander à ma femme de me tenir compagnie… Enfin, j'ai mon picotin, et j'ai le talon dans l'estomac. *(Il déploie tout sur la table et, se versant un verre de vin.)* Mais quel orage ! C'est-y permis de tonner comme ça ! C'est à peine si, avec le bruit du ciel, on entendrait venir le

malandrin. *(Il commence à manger. On entend un bruit lointain. Il se lève effaré.)* Nom de nom ! le voilà, le malandrin ! On marche, là ! *(Il prend son fusil. On frappe au volet.)* On a frappé. *(On frappe.)* Oh ! que j'ai peur : je n'ai pas eu peur comme ça depuis la guerre de 70… Nom de nom ! Ils n'auront pas ma peau. *(On essaye d'ouvrir la porte.)* Les malandrins, ils vont crocheter les volets. Qui va là ?
UNE VOIX. — Ouvrez.
FIRMIN. — Allez-vous-en ou je tire !
UNE VOIX. — Firmin, voulez-vous ouvrir ?
FIRMIN. — Comment qu'ils connaissent mon nom ?
UNE VOIX. — Voulez-vous ouvrir, nom de nom ! il tombe des seaux d'eau, ouvrez donc !
FIRMIN. — Comment, mais c'est la voix du patron !
Il donne la lumière et va ouvrir.

Scène XI
GOURNAY-MARTIN, GERMAINE, SONIA KRITCHNOFF, IRMA, *avec un parapluie retourné.*

Tous sont mouillés, dans un état lamentable.
GOURNAY-MARTIN, *se précipitant.* — L'indicateur ! Où est l'indicateur ? je vais porter plainte.
Il éternue.
GERMAINE. — Ah ! quelle soirée ! Pas de train avant minuit. Il va falloir passer quatre heures ici. Enfin, il y a à manger.
Elle s'assoit.
GOURNAY-MARTIN. — Huit heures douze, tenez, huit heures douze. Ça y est bien. Vous êtes témoins. Et c'est là dans l'indicateur officiel. Je vais porter plainte.
GERMAINE. — Oh ! quelle horreur ! On a bu dans ce verre-là !
FIRMIN. — Dame, c'est mon picotin.
GOURNAY-MARTIN, *qui examine toujours l'indicateur.* — Nom de nom !
GERMAINE et SONIA, *cette dernière s'est à son tour attablée et a tiré de sa valise un gobelet et un couvert de voyage.* — Hein ?
GOURNAY-MARTIN. — Cet indicateur, savez-vous de quand il date ?
FIRMIN. — Moi je le sais, monsieur.
GOURNAY-MARTIN, *furieux.* — Comment, vous le savez ?
FIRMIN. — Bien sûr, c'est mon indicateur, il date de l'Exposition.

ACTE II
Un grand salon dévasté dans un hôtel ancien. À gauche, premier plan, une porte par laquelle entreront les gens qui viennent du dehors ; au fond, à gauche, en pan coupé, grande baie vitrée donnant sur un autre salon dévasté Au milieu de la pièce, une échelle double qui a servi aux cambrioleurs. Au fond, face au public, une fenêtre grande ouverte dont les volets sont brisés. L'un des volets est à moitié arraché et pend. Sur le rebord de la fenêtre, les montants supérieurs d'une échelle apparaissent. Un guéridon enjambe la fenêtre. La fenêtre donne sur les jardins de l'hôtel et sur une maison en construction. Au fond, à droite, en pan coupé, une grande cheminée en bois sculpté que masque un écran de tapisserie et des chaises renversées. À droite, deux portes : l'une au deuxième plan, condamnée, et devant laquelle est posé le coffre-fort : l'autre porte praticable, au premier plan. Aux murs, à gauche et à droite, galerie de tableaux, mais avec des vides. Dans chaque vide le nom d'Arsène Lupin est inscrit à la craie bleue.

Scène I
LE COMMISSAIRE, LE DUC, LE JUGE, LE SERRURIER

La scène est vide.
LE COMMISSAIRE, *entrant vivement.* — Oui, vous avez raison, monsieur le duc, c'est dans cette pièce que les cambrioleurs ont le mieux travaillé.

Le Duc. — Ce n'est pas étonnant, monsieur le commissaire, c'est ici que M. Gournay-Martin avait réuni ses plus précieuses collections. Puis il y avait aux portes des tapisseries flamandes du quinzième siècle, des merveilles, une composition charmante, de vieilles teintes fondues et colorées à la fois.

Le Commissaire, *respectueux et empressé*. — On voit que vous les aimez, monsieur le duc.

Le Duc. — Fichtre… d'autant plus que je les considérais déjà comme à moi. C'était le cadeau de noces personnel que m'offrait mon beau-père.

Le Commissaire. — Nous les retrouverons : soyez persuadé qu'un jour ou l'autre… Oh ! je vous en prie, monsieur le duc, ne touchez à rien. Il est nécessaire que le juge d'instruction se rende compte par lui-même… Le moindre objet dérangé peut le dérouter.

Le Duc, *remonte au fond*. — Vous avez raison. Ce qui m'inquiète, c'est la disparition de Victoire, la femme de charge.

Le Commissaire. — Moi aussi.

Le Duc, *tirant sa montre*. — Neuf heures et demie. Le juge d'instruction ne peut plus tarder.

Le Commissaire. — Non, il sera ici dans quelques minutes. Dès votre arrivée au commissariat, j'ai envoyé un exprès au parquet, avec un rapport sommaire, la lettre d'Arsène Lupin ou du soi-disant tel, l'escroquerie des automobiles, bref le résumé de vos déclarations et de vos premières découvertes. À l'heure qu'il est, le juge d'instruction en sait presque autant que nous. Évidemment, j'ai téléphoné aussi à la préfecture de police.

Le Duc. — Et à la Sûreté ?

Le Commissaire, *souriant*. — La Sûreté est un des services de la Préfecture.

Le Duc. — Ah ! je ne savais pas… Vous ne voyez pas d'inconvénients à ce que de mon côté je téléphone à Guerchard ?

Le Commissaire. — L'inspecteur principal ?

Le Duc. — Oui, mon futur beau-père m'en avait prié. *(Cherchant dans l'annuaire.)* Guerchard… Guerchard…

Le Commissaire. — 673-45.

Le Duc. — Merci. *(Téléphonant.)* Allô, 673-45. Alors, vous ne croyez pas que Lupin soit l'auteur du vol ?

Le Commissaire. — Non… et d'ailleurs j'espère bien que non.

Le Duc. — Pourquoi ?

Le Commissaire. — Parce que si, par malheur, c'était Lupin, je craindrais fort qu'on ne retrouve pas la piste de ce gaillard-là.

Le Duc, *au téléphone*. — Pas libre ? Veuillez me resonner, mademoiselle. Et qui est-ce qui vous fait croire que ce n'est pas Lupin ?

Le Commissaire. — Lupin ne laisse pas de traces et ces traces-là sont très grossières.

Le Duc. — Mais la lettre qu'a reçue hier soir mon futur beau-père ? Et ces signatures à la craie bleue ? À la craie bleue, car c'est de la craie de savon.

Le Commissaire. — Oh ! monsieur le duc, ça peut être imité. Un moyen pour dépister les soupçons. Voilà trois fois qu'on nous fait le coup.

L'Agent, *entrant avec le serrurier*. — C'est fini, monsieur le commissaire, nous avons ouvert toutes les portes.

Le Commissaire, *au serrurier*. — Et vous les avez refermées ?

Le Serrurier. — Voici les clefs.

Le Duc. — Les serrures des portes qui étaient fermées à clef vous ont-elles paru intactes ?

Le Serrurier. — À moins qu'on ait eu des clefs de rechange, je réponds qu'on n'y a pas touché.

Le Duc. — Donc il n'y a rien de fracturé !

Le Serrurier. — Rien.

Le Duc. — Bizarre ! En tout cas les cambrioleurs connaissaient la place. Ils semblent n'avoir pénétré que dans les parties de l'hôtel où ils étaient sûrs de trouver des objets de prix.

Le Commissaire, *congédiant le serrurier*. — Bon !

L'agent et le serrurier se retirent.

Le Duc. — Je vous demande pardon… quel est encore le numéro de Guerchard ?

Le Commissaire. — 673-45.

Le Duc, *prenant l'appareil*. — Merci… 673-45. Guerchard va être stupéfait quand il saura… Allô ! Je suis chez M. Guerchard ? M. Guerchard lui-même ? Le duc de Charmerace. On a cambriolé l'hôtel de mon futur beau-père. Hein ! Comment ?… Vous savez déjà… ? Vous vous prépariez à venir ? Ah ! mais… parfait… Oui… le nom de Lupin, mais le commissaire a des doutes… Je vous en prie, n'est-ce pas ?

Il remet le récepteur.

L'AGENT, *annonçant.* — M. le juge d'instruction va monter.

LE COMMISSAIRE. — Le juge d'instruction, c'est M. Formery.

LE DUC. — Oui, c'est un juge d'instruction remarquable, paraît-il.

LE COMMISSAIRE, *étonné.* — On vous a dit qu'il était remarquable ?

LE DUC. — Il ne l'est pas ?

LE COMMISSAIRE. — Si… si… Seulement, jusqu'ici, il n'a pas eu beaucoup de veine ; chacune de ses instructions s'est transformée en erreur judiciaire ; tenez, le voici.

Le juge entre très important et très affairé.

LE COMMISSAIRE, *présentant.* — Monsieur le duc de Charmerace.

LE JUGE. — Monsieur le duc, je suis désolé, je suis tout à fait désolé. Fichtre, le volet brisé ! Ah ! ah ! *(Comme s'il faisait une découverte imprévue.)* On est entré et sorti par là.

LE DUC. — Oui, c'est certain.

LE JUGE, *regardant autour de lui.* — Hein, on vous a bien dévalisé, monsieur le duc… Tst… Tst… Oui, c'est bien ce que vous m'avez écrit, commissaire. Arsène Lupin, pss… *(À part, au commissaire.)* Ça va recommencer alors, cette plaisanterie.

LE COMMISSAIRE. — Je crois que cette fois, monsieur le juge, plaisanterie est le mot, car c'est un cambriolage pur et simple… escalade… effraction…

LE JUGE, *allant vers la fenêtre puis vers le coffre-fort.* — Souhaitons-le… Oui, en effet, les traces sont trop grossières. On n'a pas touché au coffre-fort, à ce que je vois.

LE DUC. — Non, heureusement. C'est là, je crois, du moins ma fiancée le croit, que mon beau-père enferme la pièce la plus précieuse de sa collection… un diadème.

LE JUGE. — Son fameux diadème de la princesse de Lamballe ?

LE DUC. — En effet.

LE JUGE. — Mais d'après votre rapport, commissaire, la lettre signée Lupin annonçait pourtant ce vol-là ?

LE DUC. — Formellement.

LE COMMISSAIRE. — C'est une preuve de plus, monsieur le juge, que nous n'avons pas affaire à Lupin. Ce bandit-là aurait mis sa menace à exécution.

LE JUGE, *au duc.* — Qui donc gardait la maison ?

LE DUC. — Les deux concierges et une femme de charge.

LE JUGE. — Oui, pour les deux concierges, je sais, je les ai interrogés tout à l'heure. Vous les avez trouvés ficelés et bâillonnés dans leur loge ?

LE COMMISSAIRE. — Oui, monsieur le juge, et toujours l'imitation de Lupin… bâillon jaune, corde bleue et, sur un bout de carton, cette devise : « Je prends, donc je suis. »

LE JUGE, *à part, au commissaire.* — On va encore se payer notre tête dans les journaux. Ah ! je voudrais bien voir la femme de charge… où est-elle ?

LE COMMISSAIRE. — C'est que, monsieur le juge…

LE JUGE. — Quoi ?

LE DUC — Nous ne savons pas où elle est.

LE JUGE. — Comment vous ne savez pas ?

LE DUC — Non, nous ne l'avons trouvée nulle part.

LE JUGE, *vivement.* — Mais, c'est excellent, ça, c'est excellent !… Nous tenons un complice.

LE DUC — Oh ! je ne crois pas… Tout au moins mon futur beau-père et ma fiancée avaient en elle la plus grande confiance… Hier encore, Victoire nous téléphonait au château, elle avait la garde de tous les bijoux.

LE JUGE. — Eh bien, ces bijoux, ils ont été volés, cambriolés ?

LE DUC — On n'y a pas touché. On n'a cambriolé que les deux salons et cette pièce-ci.

LE JUGE, *au duc.* — Ça, c'est très embêtant.

LE DUC. — Je ne trouve pas.

LE JUGE. — Oui, enfin je me plaçais à un point de vue professionnel… On n'a pas bien cherché. Elle doit être quelque part, la femme de charge ! A-t-on regardé dans toutes les pièces ?

Le Commissaire. — Oh ! dans toutes les pièces, monsieur le juge.

Le Juge. — Diable ! Diable ! Pas de lambeaux de vêtements ? pas de traces de sang ? pas de crime ? Rien d'intéressant ?

Le Commissaire. — Rien, monsieur le juge.

Le Juge, *entre ses dents.* — Regrettable !... Où couchait-elle ?... Son lit est défait ?

Le Commissaire. — Elle couchait en haut, au dessus de la lingerie. Le lit est défait et il semble qu'elle n'ait pas emporté de vêtements.

Le Juge, *grave.* — Extraordinaire !... Cette affaire là m'a l'air compliqué.

Le Duc. — Aussi, ai-je téléphoné à Guerchard, il va venir.

Le Juge, *vexé.* — Oui, oh ! oui... oh ! vous avez bien fait ! M. Guerchard est un bon collaborateur... un peu énervant, un peu fantaisiste, un peu visionnaire, bref, un toqué. Mais quoi, c'est Guerchard... Seulement, comme Lupin est sa bête noire, il trouvera encore moyen de nous embêter avec cet animal-là. Vous allez voir encore mêler Lupin à tout cela.

Le Duc. — Dame ! *(Regardant les signatures.)* On l'y mêlerait à moins.

Le Commissaire. — Monsieur le juge, croyez-moi. C'est surtout en matière criminelle qu'il faut se défier des apparences... Oh ! non, je vous en prie, ne touchez à rien.

Le Duc, *qui s'est baissé.* — Oh ! ce n'est qu'un livre. *(Le remettant.)* Tiens !

Le Juge. — Quoi donc ?

Le Duc. — Ça n'a peut-être pas d'importance, mais c'est certainement un livre que les voleurs ont fait choir de cette table.

Le Juge. — Eh bien ?

Le Duc. — Eh bien, il y a une trace de pas sous ce livre.

Le Juge, *incrédule.* — Une trace de pas sur un tapis ?

Le Duc. — Oui, le plâtre se voit sur un tapis.

Le Juge, *se baisse. Le commissaire reste accroupi près de lui.* — Du plâtre... pour quelles raisons ?

Le Duc. — Supposez que les voleurs venaient du jardin ?

Le Juge, *se relevant.* — Je le suppose.

Le Duc. — Eh bien, au bout du jardin il y a une maison en construction.

Le Juge. — C'est vrai... Dites toute notre pensée, continuez.

Le Duc. — Si les cambrioleurs ont essayé d'effacer les traces de pas sur le tapis, ils ont oublié de les effacer là où se trouvaient les objets que dans leur hâte ils avaient fait tomber.

Le Juge. — Oui.

Le Duc. — Et si, en effet, les cambrioleurs sont entrés par la fenêtre, ou sortis par là... je ne serais pas étonné que... sous ce coussin...

Le Juge, *vivement et reprenant la direction de l'enquête.* — Vous ne seriez pas étonné de trouver une trace de pas ?

Le Duc. — Non.

Le Juge. — Vous ne seriez pas étonné, mais moi je suis sûr !

Le Duc. — Oh !

Le Juge. — J'en suis sûr. Et la preuve. *(Il se baisse et soulève lentement le coussin.)* Regardez... *(Un silence. Il regarde le duc et d'un ton convaincu.)* Vous vous êtes trompé, monsieur le duc, il n'y a rien.

Le Duc. — Enfin, il y a toujours un guéridon qui enjambe cette fenêtre.

Le Juge. — Et une échelle, monsieur ! Et cette échelle vient de la maison en construction ! Je poursuivrai l'enquête de ce côté.

L'Agent, *entrant.* — Monsieur le juge, ce sont les domestiques qui arrivent de Bretagne.

Le Juge. — Qu'ils attendent dans la cuisine et dans les offices. *(L'agent sort. Le juge à qui le greffier a remis des papiers qu'il consulte, au duc.)* Ah ! j'ai quelques petites questions à vous poser, monsieur le duc... *(Les yeux sur le rapport.)* J'ai vu qu'hier soir, au château, avant même l'escroquerie des automobiles, vous aviez déjà surpris un vol, tout au moins une tentative de vol... Un des escrocs avait voulu prendre un pendentif.

Le Duc. — Oui, mais le malheureux suppliait. Alors, ma foi... Je le regrette maintenant.

Le Commissaire. — Est-ce que vous ne pensez pas, monsieur le juge, que cette escroquerie ait un rapport avec le cambriolage de cette nuit ?

Le Juge, *convaincu.* — Oh ! du tout, aucun. *(Regardant le rapport.)* Vous êtes arrivé à six heures et demie... et, naturellement, personne ne vous a ouvert quand vous avez sonné à l'hôtel ?

Le Duc. — Naturellement... Aussitôt, j'ai réveillé un serrurier. J'ai été chercher le commissaire et c'est avec eux que j'ai pénétré dans la maison. Je crois avoir bien fait, n'est-ce pas ?

Le Juge, *sérieux.* — Vous avez agi de la façon la plus correcte. Je vous en félicite. — Eh bien, maintenant, nous n'allons pas attendre Guerchard. Nous allons interroger les concierges.

Scène II
LE JUGE, LE COMMISSAIRE, LE DUC, LA CONCIERGE, LE CONCIERGE

« Le Juge. — Entrez, ne vous troublez pas, asseyez-vous. Voyons, vous êtes remis ? *(Ils s'assoient tous les deux.)* Vous êtes en état de répondre ?

» Le Concierge. — Oh ! oui... On nous a un peu bousculés, mais on ne nous a pas fait de mal.

» La Concierge. — On a même pris son café au lait !

» Le Concierge. — Oh ! oui !

» Le Juge. — Allons, tant mieux... Voyons, vous dites qu'on vous a surpris pendant votre sommeil, mais que vous n'avez rien vu ni rien entendu ?

» Le Concierge. — Dame ! on n'a pas eu le temps, ça a été fait... on n'aurait pas pu dire ouf !

» Le Juge. — Vous n'avez pas entendu des bruits de pas dans le jardin ?

» Le Concierge. — Oh ! monsieur le juge, de notre loge, on n'entend rien du jardin !

» La Concierge. — Même la nuit, quand monsieur avait son chien, le cabot réveillait toute la maison, il n'y avait que nous qui dormions bien.

» Le Juge, *à lui-même.* — S'ils dormaient aussi bien, je me demande pourquoi on les a bâillonnés. *(Aux concierges.)* Voyons, vous n'avez pas entendu de bruit à la porte ?

» Le Concierge. — À la porte... ? Rien !

» Le Juge. — Alors, de toute la nuit, vous n'auriez rien entendu du tout ?

» Le Concierge. — Ah ! Si... dès que nous avons été bâillonnés, spa.

» Le Juge. — Oh ! mais c'est important, ça... Et d'où venait le bruit ?

» Le Concierge. — Eh bien, d'ici, la loge est juste au-dessous.

» Le Juge. — Quel genre de bruit ?

» Le Concierge. — Des bruits sourds, des bruits de pas et comme si on cassait des meubles.

» Le Juge. — Vous n'avez pas entendu des bruits de lutte, des cris comme si on entraînait quelqu'un ?

» Les deux Concierges, *se regardant.* — Non.

» Le Juge. — Vous en êtes bien sûrs ?

» Les deux Concierges. — Oui.

» Le Juge. — Hum ! Il y a combien de temps que vous êtes au service de M. Gournay-Martin ?

» Les deux Concierges. — Il y a un an.

» Le Juge. — C'est bien, je vous reverrai tout à l'heure. *(Les deux concierges se lèvent à ce moment. L'agent entre et remet une liasse de papiers au juge.)* Attendez !... *(D'un ton plus sévère, au concierge.)* Ah ! mais, mais, dites donc, je vois que vous avez été condamné deux fois...

» Le Concierge. — Monsieur le juge, mais...

» La Concierge, *vivement.* — Mon mari est un honnête homme, monsieur, vous n'avez qu'à demander à monsieur le duc !

» Le Juge. — Je vous en prie ! *(Au concierge.)* Vous avez eu une première condamnation à un jour de prison avec sursis et une deuxième condamnation où vous avez fait trois jours de prison. *(Au commissaire.)* Oui, regardez...

» Le Concierge. — Dame ! monsieur le juge, je ne peux pas nier, mais c'est de la prison honorable.

» Le Juge. — Comment ?

» Le Concierge. — Oui, monsieur le juge, la première fois, j'étais alors valet de chambre, c'est pour avoir crié, le premier mai : « Vive la grève ! »

» Le Juge. — Vous étiez valet de chambre chez qui ?

» Le Concierge. — Chez M. Jaurès.

» Le Juge. — Ah ! bon, et votre deuxième condamnation ?

» Le Concierge. — C'est pour avoir crié sur le seuil de Sainte-Clotilde : « Mort aux vaches ! »

» Le Juge. — Hein ! Et vous serviez alors chez M. Jaurès ?

» Le Concierge. — Non, chez M. Baudry d'Asson.

» Le Juge. — Vous n'avez pas de convictions politiques bien arrêtées.

» Le Concierge. — Si ! Je suis dévoué à mes maîtres.

» Le Juge. — C'est bien, vous pouvez vous retirer. *(Ils sortent.)* Ces imbéciles-là disent l'absolue vérité ou je ne m'y connais plus.

» Le Duc. — Oh ! je crois que ce sont de braves gens. »

Le Juge, *au commissaire.* — Sur ce, commissaire, nous allons visiter la chambre de Victoire... *(Au duc.)* Ce lit défait ne m'inspire qu'une médiocre confiance. « Ce bloc enfariné ne me dit rien qui vaille. »

Le Duc. — Je vous accompagne ? Je ne suis pas indiscret ?

Le Juge. — Vous plaisantez ! Tout ceci vous touche d'assez près.

Ils sortent. La scène reste vide un moment.

Scène III
GUERCHARD, UN AGENT

L'Agent, *empressé.* — Je vais prévenir M. le juge de l'arrivée de monsieur Guerchard.

Guerchard. — Non, ce n'est pas la peine, ne dérangez personne pour moi... Je n'ai aucune importance.

L'Agent, *protestant.* — Oh !

Guerchard, *inspectant des yeux.* — Aucune... Pour l'instant, c'est le juge d'instruction qui est tout... Je ne suis qu'un auxiliaire.

L'Agent. — Le juge d'instruction et le commissaire visitent la chambre de la femme de charge. C'est tout là-haut, on prend l'escalier de service, on tourne par le corridor. Monsieur l'inspecteur veut-il que je l'y mène ?

Guerchard, *sortant son mouchoir.* — Non, je sais où c'est.

L'Agent. — Ah !

Guerchard. — Oui, *(Il se mouche.)* j'en viens.

L'Agent, *avec admiration.* — Ah ! monsieur Guerchard est plus malin à lui tout seul que tous les juges d'instruction réunis.

Guerchard, *se levant.* — Il ne faut pas dire ça, mon ami. Je ne puis vous empêcher de le penser, mais il ne faut pas le dire.

Il se dirige vers la fenêtre.

L'Agent, *montrant l'échelle.* — Monsieur l'inspecteur a remarqué. Il est possible que c'est par cette échelle que sont arrivés et repartis les cambrioleurs.

Guerchard, *patiemment.* — Merci, mon ami.

L'Agent. — Ils ont même laissé un guéridon sur le rebord de la fenêtre.

Guerchard, *agacé, mais poli, souriant.* — Oui, merci.

L'Agent. — Et on ne croit pas que ce soit Lupin. On croit que c'est un truc.

Guerchard. — Je vous remercie.

L'Agent. — Monsieur Guerchard n'a plus besoin de moi ?

Guerchard, *souriant.* — Non, au contraire.

Sort l'agent. Guerchard, resté seul, allume une cigarette, va vers le coffre, puis ramasse un bouton qu'il examine, tout en restant accroupi. Il se dirige jusqu'à la cheminée, jette un regard sous le paravent, se relève en souriant, comme s'il comprenait, va vers le livre, le soulève, voit des traces de plâtre, calcule la distance vers la fenêtre à l'aide de pas égaux, examine les traces de plâtre qui sont sur la fenêtre, pareilles à celles qui sont sous le livre, aperçoit la maison en construction, enjambe et disparaît aux premiers mots du juge qui revient.

Scène IV
LE DUC, L'AGENT, puis GOURNAY-MARTIN, GERMAINE, puis GUERCHARD

LE JUGE, *toujours très important.* — C'est certain, le désordre de la chambre et du lit est voulu… Nous tenons un complice. Nous aurons au moins cette bonne nouvelle à annoncer à M. Gournay-Martin. À propos, à quelle heure arrive-t-il ?

LE DUC. — Je ne sais pas, il devait prendre le train de huit heures douze.

LE JUGE. — Ils arriveront toujours assez tôt.

L'AGENT, *entrant, solennel.* — Messieurs, c'est la famille.

Gournay-Martin arrivant par la porte de gauche avec Germaine.

GOURNAY-MARTIN, *d'une voix étranglée.* — Misérables ! *(Il va vers le petit salon.)* Bandits ! *(Il revient, voit le reste de la pièce.)* Canailles !

Il s'effondre.

GERMAINE. — Papa, ne crie plus, tu es enroué !

GOURNAY-MARTIN. — Oui ! oui ! ça ne sert à rien. *(criant de nouveau.)* Mon mobilier Louis XIV !… tous mes tableaux… mes merveilleux tableaux !…

LE JUGE. — Monsieur Gournay-Martin… je suis désolé… je suis tout à fait désolé ! *(Gournay-Martin le regarde en hochant la tête. Il se présente.)* Monsieur Formery, juge d'instruction.

GOURNAY-MARTIN. — C'est une tragédie, monsieur le juge, c'est une tragédie.

LE JUGE. — Ne vous désolez pas. Nous les retrouverons vos chefs-d'œuvre. Et puis, quoi, ils auraient pu faire pis. Votre diadème n'a pas été enlevé.

LE DUC, *près du coffre.* — Non. On n'a pas touché à ce coffre-fort. Voyez… il est intact.

GOURNAY-MARTIN. — C'est ça qui m'est égal… il était vide.

LE DUC. — Vide… mais votre diadème ?…

GOURNAY-MARTIN, *se retournant vers le juge, la voix sourde et terrifiée.* — Ah ! mon Dieu… On me l'a pris ?

LE DUC, *se rapprochant.* — Mais non, mais non… puisque ce coffre-fort…

GOURNAY-MARTIN. — Mais le diadème n'a jamais été dans ce coffre-fort-là… Il était… *(Bas au juge.)* A-t-on cambriolé ma chambre ?

LE JUGE. — Non.

LE DUC. — On n'a pénétré dans aucun des appartements du premier.

GOURNAY-MARTIN. — Ah !… Alors, je suis tranquille… le coffre-fort, dans ma chambre, n'avait que deux clefs… En voici une et l'autre est dans ce coffre-fort-là !

LE JUGE, *important, comme s'il avait sauvé le diadème.* — Vous voyez !

GOURNAY-MARTIN. — Je vois, je vois… *(Éclatant.)* je vois qu'on m'a dévalisé ! pillé !… Où est Guerchard ? Avez-vous une piste, un indice ?

LE JUGE, *d'un air entendu.* — Oui, Victoire, la femme de charge.

GERMAINE. — Victoire ?

GOURNAY-MARTIN. — Où est-elle ?

LE JUGE. — Elle a disparu.

GOURNAY-MARTIN. — Disparu ! mais il n'y a plus une seconde à perdre… il faut…

LE JUGE. — Voyons ! calmez-vous, calmez-vous. Je suis là.

LE DUC. — Oui, calmez-vous, voyons !

GOURNAY-MARTIN. — Vous avez raison, je suis calme.

LE JUGE. — Nous avons tout lieu de croire qu'il y a d'autres complices, que ce cambriolage a été préparé de longue main et à coup sûr par des gens qui, non seulement, connaissent votre maison, mais encore sont au courant de vos habitudes.

GOURNAY-MARTIN. — Oui !…

LE JUGE. — Je désirerais savoir si, auparavant, il n'y a jamais eu de vol commis chez vous ? Vous a-t-on déjà volé ?

GOURNAY-MARTIN. — Il y a trois ans…

LE JUGE. — Je sais…

GOURNAY-MARTIN. — Mais depuis, ma fille, elle, a été volée.

Le Juge. — Ah !

Germaine. — Oui, depuis trois ans.

Le Juge. — Ah ! par exemple... mais il eût fallu nous prévenir ! C'est très intéressant, voyons, c'est capital ! Et c'est Victoire que vous soupçonnez ?

Germaine. — Oh ! non, les deux derniers vols ont été commis au château et Victoire se trouvait à Paris.

Le Juge, *après un silence*. — Tant mieux... tant mieux. Voici qui confirme notre hypothèse...

Gournay-Martin. — Laquelle ?

Le Juge, *pensif*. — Laissez ! Eh bien, voyons, mademoiselle, ces vols ont commencé chez vous, il y a trois ans ?

Germaine. — Vers le mois d'octobre ?

Le Juge. — Et c'est au mois d'octobre 1905 que monsieur Gournay-Martin, après une première lettre de menaces était, comme aujourd'hui, victime d'un cambriolage.

Gournay-Martin. — Ah ! Oui ! Les canailles !

Le Juge. — Il serait donc intéressant de savoir quel est celui de vos domestiques qui est entré à votre service il y a trois ans ?

Gournay-Martin. — Victoire n'est chez nous que depuis un an.

Le Juge, *dérouté, après un temps*. — Précisément. *(À Germaine.)* Mademoiselle, quel est le dernier vol dont vous avez été victime ?

Germaine. — Il remonte à deux mois. On m'a volé une broche avec des perles et pouvant former pendentif... un peu comme le pendentif que vous m'avez donné, Jacques.

Le Juge, *à Germaine*. — Ah ! Pourrais-je voir ce pendentif ?

Germaine. — Oui. *(Au duc.)* Vous l'avez, n'est-ce pas ?

Le Duc. — Je l'ai... j'ai l'écrin.

Germaine. — Comment l'écrin ?

Le Duc. — Oui, l'écrin était vide.

Germaine. — Vide ? Non, c'est impossible.

Le Duc. — À peine étiez-vous sortie... j'ai ouvert l'écrin sur le chiffonnier et il était vide ?

Le Juge. — Ce pendentif, ne l'aviez-vous pas déjà surpris aux mains du jeune Charolais ?

Le Duc. — Oui... Trois quarts d'heure auparavant, il pouvait être six heures.

Germaine. — Je réponds qu'à sept heures et demie, quand je suis montée m'habiller, dix minutes avant de partir, le pendentif était dans l'écrin, sur le chiffonnier.

Gournay-Martin. — Un vol ! On l'a volé !

Le Duc. — Mais non... C'est Irma, certainement, qui l'aura emporté pour vous, ou bien Mlle Kritchnoff.

Germaine. — Pas Mlle Kritchnoff, toujours... puisqu'elle m'a dit dans le train : « Pourvu que le duc n'ait pas oublié d'emporter votre pendentif ! »

Le Duc. — Alors, c'est Irma.

Germaine, *appelant*. — Irma ! Irma !

Irma, *entrant à gauche*. — Mademoiselle...

Germaine. — Ah ! justement, Irma...

Le Juge. — Non, pardon. *(À Irma.)* Mademoiselle, approchez... ne vous troublez pas... Avez-vous emporté le pendentif pour votre maîtresse ?

Irma. — Moi... non, monsieur.

Le Juge. — Vous en êtes sûre ?

Irma. — Dame !... oui ! monsieur. D'ailleurs, est-ce que mademoiselle ne l'avait pas laissé sur le chiffonnier ?

Le Juge. — Comment savez-vous ça ?

Irma. — Parce que mademoiselle, en partant, a crié à monsieur le duc d'emporter l'écrin. Même que j'ai fait la réflexion que c'était peut-être Mlle Kritchnoff qui aurait pu le mettre dans son sac.

Le Duc, *vivement*. — Mlle Kritchnoff !... Dans quel but ?

Irma. — Dans le but de le rapporter pour mademoiselle.

Le Juge. — Et pourquoi aviez-vous pensé cela ?

Irma. — Parce que j'avais vu Mlle Kritchnoff devant le chiffonnier.

Le Juge. — Ah ! et c'est sur le chiffonnier qu'était le pendentif ?

IRMA. — Oui, monsieur.
Un silence.
LE JUGE. — Vous êtes au service de mademoiselle depuis longtemps ?
IRMA. — Depuis six mois, monsieur.
LE JUGE. — C'est bien, vous pouvez vous retirer… Non, par ici, j'aurai peut-être besoin de vous tout à l'heure. *(Sort Irma à droite. Au commissaire.)* Nous allons interroger Mlle Kritchnoff.
LE DUC, *vivement*. — Mlle Kritchnoff est au-dessus de tout soupçon.
GERMAINE. — Oui, c'est mon avis.
LE JUGE. — Mlle Kritchnoff est entrée chez vous depuis combien de temps, mademoiselle ?
GERMAINE, *réfléchissant*. — Tiens.
LE JUGE. — Quoi donc ?
GERMAINE. — Il y a précisément trois ans.
LE JUGE. — Précisément au moment où les vols ont commencé ?
GERMAINE. — Oui.
Sensation.
LE JUGE, *à l'agent*. — Priez Mlle Kritchnoff de venir.
L'AGENT. — Bien, monsieur.
LE DUC. — Non, je sais où elle est, je vais la chercher. Il va pour sortir.
GUERCHARD, *apparaissant au haut de l'échelle*. — Ah !… mais non !…
TOUS, *se retournant*. — Hein ?
GUERCHARD, *à l'agent*. — Agent, allez-y !
Sort l'agent.
LE DUC. — Pardon, mais…
GUERCHARD, *descendant de l'échelle*. — Ne vous froissez pas, monsieur le duc… mais monsieur le juge est de mon avis ; ce serait tout à fait irrégulier.
Il va vers le juge et lui donne la main.
LE DUC, *se rapprochant*. — Mais, monsieur…
GUERCHARD. — Monsieur Guerchard, inspecteur principal de la Sûreté.
LE DUC. — Ah ! enchanté. Nous vous attendions avec impatience.
Ils se donnent la main.
LE JUGE. — Que faisiez-vous donc sur cette échelle ?
GUERCHARD. — J'écoutais… Et je vous félicite. Vous avez mené l'enquête d'une façon remarquable. Nous différons d'avis sur deux ou trois petits points… mais c'est remarquable. *(Saluant.)* Monsieur Gournay-Martin, mon cher commissaire…
Ils s'installent autour de la table. L'agent de police entre et vient dire quelques mots au juge.
LE JUGE, *surpris, bas*. — Elle sortait donc ?
L'AGENT. — Elle demandait à sortir.
LE JUGE, *bas*. — Montez dans sa chambre et fouillez sa malle.
GUERCHARD, *qui a entendu*. — Ce n'est pas la peine.
LE JUGE. — Ah ! *(Il répète à l'agent d'un ton vexé.)* Ce n'est pas la peine.

Scène V
Les mêmes, SONIA

Sonia est entrée. Elle a gardé son costume de voyage et son manteau sur le bras. Elle s'arrête, étonnée.
LE JUGE. — Approchez, mademoiselle. *(Commençant l'interrogatoire.)* Mademoiselle…
GUERCHARD, *doucement, avec tant de déférence que le juge ne peut refuser*. — Voulez-vous me permettre ? *(Le juge, furieux, s'efface et tourne le dos. Guerchard, à Sonia, avec bonhomie.)* Mademoiselle, il se passe un fait sur lequel monsieur le juge a besoin de quelques renseignements. On a volé le pendentif que monsieur le duc a donné à mademoiselle Gournay-Martin.
SONIA. — On a volé !… vous êtes sûr ?
GUERCHARD. — Absolument. Le vol s'est produit dans des conditions très déterminées. Mais nous avons

tout lieu de supposer que le coupable, pour n'être pas pris sur le fait, a caché le bijou dans le sac ou la valise d'une autre personne, de sorte que...

SONIA, *vivement*. — Ma valise est dans ma chambre, monsieur, voici la clef.

Pour prendre la clef dans son sac elle dépose son vêtement sur le canapé. Il glisse à terre. Le duc, qui ne l'a pas quittée des yeux, s'approche, ramasse le vêtement, fouille dans les poches, en retire un papier de soie, le déplie, trouve le pendentif, remet le papier, pose le vêtement et s'éloigne.

GUERCHARD. — C'est absolument inutile. Vous n'avez pas d'autres bagages ?

SONIA. — Si, ma malle... elle est là-haut, ouverte.

GUERCHARD. — Mais vous allez sortir, je crois ?

SONIA. — Je demandais la permission... deux ou trois courses à faire.

GUERCHARD. — Monsieur le juge, vous ne voyez aucun inconvénient à laisser sortir mademoiselle ?

LE JUGE. — Aucun.

GUERCHARD, *à la jeune fille qui s'éloigne*. — Vous n'emportez que ce sac ?

SONIA, *le lui tendant*. — Oui... j'ai là mon argent... mon mouchoir.

GUERCHARD, *plongeant son regard dans le sac*. — Inutile. Je ne suppose pas qu'on ait eu l'audace... (*Sonia va pour sortir. Elle fait un pas, hésite, puis revient et prend son vêtement. Guerchard, vivement.*) Voulez-vous me permettre ?

SONIA. — Merci, je ne le mets pas.

GUERCHARD, *doucereux et tout en insistant*. — Oui... mais on a pu... avez-vous bien regardé dans les poches ?... Tenez, on dirait que celle-ci...

SONIA, *effrayée, mettant sa main crispée sur la poche*. — Mais, monsieur, c'est abominable... Quoi !... vous avez l'air...

GUERCHARD. — Je vous en prie, mademoiselle, nous sommes parfois obligés...

LE DUC, *sans bouger, la voix nette*. — Mademoiselle Sonia, je ne vois pas en quoi cette petite formalité peut vous déplaire.

SONIA. — Mais...

LE DUC, *la regardant fixement*. — Vous n'avez aucune inquiétude à avoir.

Sonia regarde le duc et cesse de résister. Guerchard fouille dans la poche désignée. Il y trouve le papier et le déplie.

GUERCHARD, *entre ses dents*. — Plus rien. (*Tout haut.*) Je vous adresse toutes mes excuses, mademoiselle.

Sonia va pour sortir et chancelle.

LE DUC, *se précipitant*. — Vous vous trouvez mal ?

SONIA, *bas*. — Merci, merci, vous m'avez sauvée.

GUERCHARD. — Je suis sincèrement désolé !

SONIA. — Non, ça ne fait rien.

Elle sort.

GERMAINE, *à son père*. — Cette pauvre Sonia !... Je vais lui parler !

Ils sortent tous trois.

LE JUGE, *à part*. — Vous vous êtes lourdement trompé, Guerchard.

GUERCHARD, *qui n'a cessé de tenir le papier entre ses mains et de l'examiner*. — Je voudrais que personne ne sorte sans un mot de moi.

LE JUGE, *souriant*. — Personne, excepté Mlle Sonia ?

GUERCHARD. — Elle moins que tout autre.

LE JUGE. — Comprends pas.

L'AGENT, *entrant vivement*. — Monsieur le juge ?

LE JUGE, *se retournant*. — Quoi ?

L'AGENT. — Dans le jardin... on a trouvé ce lambeau d'étoffe au bord du puits. Les concierges ont reconnu que c'était un morceau d'une robe à Victoire.

LE JUGE. — Sacrebleu !

Il prend le morceau d'étoffe.

GOURNAY-MARTIN. — Voilà l'explication !... Un assassinat...

LE JUGE, *vivement*. — Il faut y aller... c'est possible après tout. D'autant plus qu'à propos du jardin il y a des traces de plâtre là sous ce livre. Je les ai découvertes. Oui, il faut y aller.

GUERCHARD, *calmement, sans bouger.* — Non, tout au moins il ne faut pas y aller pour chercher Victoire.
LE JUGE. — Pardon, mon cher ! mais ce lambeau d'étoffe…
GUERCHARD, *à Gournay-Martin.* — Ce lambeau d'étoffe ?… Avez-vous un chien ou, plutôt, un chat dans la maison ?
LE JUGE, *indigné.* — Guerchard.
GUERCHARD. — Pardon, c'est très important.
GOURNAY-MARTIN. — Oui, je crois, il y a une chatte, celle du concierge.
GUERCHARD. — Eh bien, voilà, ce lambeau d'étoffe a été apporté ici par la chatte… tenez, regardez les griffes.
LE JUGE. — Voyons ! c'est fou ! Ça ne tient pas debout. Il s'agit d'un assassinat, peut-être de l'assassinat de Victoire.
GUERCHARD. — Victoire n'a jamais été assassinée.
LE JUGE. — Mon cher, personne n'en sait rien.
GUERCHARD, *dialogue très rapide.* — Si… moi…
LE JUGE. — Vous ?
GUERCHARD. — Oui.
LE JUGE. — Alors, comment expliquez-vous qu'elle ait disparu ?
GUERCHARD. — Si elle avait disparu, je ne l'expliquerais pas.
LE JUGE, *furieux.* — Mais puisqu'elle a disparu.
GUERCHARD. — Non.
LE JUGE. — Vous n'en savez rien.
GUERCHARD. — Si.
LE JUGE. — Hein ? Vous savez où elle est ?
GUERCHARD. — Oui.
LE JUGE. — Mais dites-nous tout de suite que vous l'avez vue ?
GUERCHARD. — Oui, je l'ai vue !
LE JUGE. — Vous l'avez vue ! Quand ?
GUERCHARD. — Il y a deux minutes.
LE JUGE. — Mais, sacrebleu, vous n'êtes pas sorti de cette pièce !
GUERCHARD. — Non.
LE JUGE. — Et vous l'avez vue ?
GUERCHARD. — Oui.
LE JUGE. — Mais, sacré nom d'un chien, dites nous alors où elle est, dites-nous-le.
GUERCHARD. — Mais vous ne me laissez pas parler.
LE JUGE, *hors de lui.* — Alors, parlez.
GUERCHARD. — Eh bien, voilà, elle est ici.
LE JUGE. — Comment ici. Comment serait-elle arrivée ici ?
GUERCHARD. — Sur un matelas.
LE JUGE. — Ah çà ! Guerchard, vous vous foutez du monde !
GUERCHARD. — Tenez. *(Il va vers la cheminée, écarte les chaises et le paravent. On aperçoit Victoire, bâillonnée, ligotée sur un matelas. Stupéfaction.)* Hé là ! elle dort bien… Il y a encore par terre le masque de chloroforme. *(À l'agent.)* Emportez-la.
LE JUGE, *sévèrement, au commissaire.* — Vous n'aviez donc pas fouillé la cheminée, monsieur le commissaire ?
LE COMMISSAIRE. — Mais non !
LE JUGE. — C'est une faute, monsieur le commissaire, une faute impardonnable… Allons, vite, qu'on l'emporte… Mais, sapristi, vous avouerez qu'il était matériellement impossible… L'agent et le commissaire emportent Victoire.
GUERCHARD. — À quatre pattes, c'est possible. Quand on est à quatre pattes on voit deux talons qui dépassent. Alors, n'est-ce pas ?…
LE JUGE, *à Guerchard.* — Ça bouleverse tout. Dans ces conditions, je n'y comprends plus rien. Je suis complètement dérouté. Et vous ?
GUERCHARD, *bonhomme.* — Heu, heu !…

LE JUGE. — Vous n'êtes pas dérouté, vous ?
GUERCHARD. — Non. Est-ce que vous avez commencé votre enquête du côté du jardin ?
LE JUGE, *sursautant*. — J'allais la faire, naturellement ! D'autant que j'ai vu des choses intéressantes, une maison en construction.
Ils sortent.

Scène VI
LE DUC, puis SONIA, puis GUERCHARD

Le duc jette un coup d'œil sur la pièce à côté pour regarder si on ne le voit pas, puis il tire le pendentif de sa poche et le regarde.
LE DUC, *seul*. — Une voleuse !
SONIA, *entrant, affolée*. — Pardon ! Pardon !
LE DUC. — Une voleuse, vous !
SONIA. — Oh !
LE DUC. — Prenez garde, ne restez pas là.
SONIA, *même jeu*. — Vous ne voulez plus me parler ?
LE DUC. — Guerchard se doute de tout !... Il est dangereux que nous causions là.
SONIA. — Quelle opinion avez-vous de moi, maintenant ? Ah ! mon Dieu ! Mon Dieu !
LE DUC. — Parlez plus bas.
SONIA. — Ah ! que m'importe ! J'ai perdu l'estime du seul être à qui je tenais, peu m'importe tout le reste.
LE DUC, *regardant autour de lui*. — Nous nous retrouverons... cela vaut mieux.
SONIA, *assise*. — Non, non, tout de suite... Il faut que vous sachiez... il faut que je vous parle... Ah ! mon Dieu... je ne sais plus quoi vous dire. Et puis, c'est trop injuste après tout. Elle, Germaine, elle a tout. Hier, devant moi, vous lui avez remis ce pendentif... elle a souri... elle était orgueilleuse... j'ai vu sa joie. Alors, oui, je l'ai pris, je l'ai pris, je l'ai pris, et si je pouvais lui prendre sa fortune... je la hais.
LE DUC, *s'approchant*. — Quoi ?
SONIA. — Eh bien, oui... je la hais.
LE DUC. — Comment ?
SONIA. — Ah ! c'est une chose que je ne vous aurais pas dite... mais maintenant j'ose... j'ose parler... Eh bien... oui... je... je vous... je vous... (*Elle n'achève pas l'aveu, désespérée.*) Je la hais.
LE DUC, *s'inclinant un peu sur elle*. — Sonia !
SONIA, *continuant*. — Oh ! je sais, ça n'excuse rien, vous pensez : « C'est bien trouvé, mais elle n'en est pas à son premier vol. » Oui, c'est vrai, c'est le dixième, le vingtième peut-être. Oui, c'est vrai, je suis une voleuse, mais il y a une chose qu'il faut croire : depuis que vous êtes revenu, depuis que je vous ai connu, du premier jour où vous m'avez regardée, eh bien, je n'ai plus volé.
LE DUC. — Je vous crois.
SONIA. — Et puis, si vous saviez. Si vous saviez comment cela a commencé... l'horreur de ça...
LE DUC. — Je vous plains...
SONIA. — Oui, vous me plaignez, en me méprisant, avec dégoût ! Ah ! il ne faut pas ! Je ne veux pas !
LE DUC. — Calmez-vous, voyons.
SONIA. — Écoutez... Avez-vous jamais été seul, seul au monde ?... Avez-vous jamais eu faim ?... Pourtant dans la grande ville où j'agonisais, aux étalages, quand on n'a qu'à tendre la main... les pains... les pains d'un sou, c'est banal... c'est banal, n'est-ce pas ?
LE DUC. — Continuez.
SONIA. — Eh bien, non, je ne l'ai pas fait. Mais ce jour-là je mourais, vous entendez, je mourais... Une heure après, je frappais à la porte d'un homme que je connaissais un peu. C'était ma dernière ressource... Je fus contente d'abord... il me donna à manger... à boire... du champagne... et puis, il me parla, il m'offrit de l'argent...
LE DUC. — Quoi ?
SONIA. — Non, je n'ai pas pu... Alors, je l'ai volé... j'aimais mieux ça ! C'était plus propre ! Ah ! j'avais des excuses alors. J'ai commencé à voler pour rester une honnête femme... J'ai continué pour avoir

l'air d'une femme honnête. Vous voyez... je plaisante. Ah ! mon Dieu ! Ah ! mon Dieu !
Elle pleure.
LE DUC. — Pauvre petite !
SONIA. — Oh ! vous avez pitié... vous êtes ému.
LE DUC, *levant la tête*. — Ma pauvre petite Sonia.
SONIA, *se levant*. — Ah ! *(Ils se regardent un instant, très près l'un de l'autre.)* Adieu ! Adieu...
Il hésite, comme s'il allait parler, mais il entend du bruit et s'éloigne d'elle. Elle va pour sortir. Entre Guerchard.
GUERCHARD. — Ah ! mademoiselle... je vous cherchais... *(Sonia s'arrête.)* Le juge a changé d'avis. Il est impossible que vous sortiez... C'est une mesure générale.
SONIA. — Ah !
GUERCHARD. — Nous vous serions même très obligés de monter dans votre chambre. On vous servira votre repas là-haut.
SONIA. — Comment !... mais, monsieur !... *(Après un temps elle regarde le duc, il fait signe qu'elle peut obéir.)* Bien... je vais monter dans ma chambre !
Elle sort.

Scène VII
LE DUC, GUERCHARD, LE JUGE, LE COMMISSAIRE

LE DUC. — Monsieur Guerchard... une pareille mesure...
GUERCHARD. — Ah ! monsieur le duc, je suis désolé, mais c'est mon métier... ou si vous préférez mon... devoir... D'autant qu'il se passe des choses que je suis encore seul à savoir et qui ne sont pas claires. Votre futur beau-père vient de se mettre au lit, ayant reçu ce télégramme.
Il lui tend un télégramme.
LE DUC, *jetant un rapide coup d'œil et haussant les épaules*. — Oh !... et vous avez coupé là dedans... quelle fumisterie !
GUERCHARD. — Euh ! Euh !...
LE DUC, *au juge et au commissaire qui entrent*. — Voyons, messieurs, je vous fais juges. Mon futur beau-père a reçu ce télégramme et monsieur que voici le prend au sérieux.
LE JUGE. — Ah ! Donnez... *(Il lit.)* « Mille excuses de n'avoir pu tenir promesse pour diadème, avais rendez-vous aux Acacias. Prière préparer ce soir diadème dans votre chambre. Viendrai sans faute le prendre entre minuit moins un quart et minuit. Votre affectueusement dévoué, Arsène Lupin. » C'est idiot !... Comment, vous, Guerchard, un homme... Eh bien, où est-il passé ?
LE COMMISSAIRE. — Il a dû sortir.
LE JUGE. — Tant mieux, nous pourrons dire deux mots librement. Messieurs, il faut nous défier de Guerchard. Quand il croit avoir affaire à Lupin, il perd la boule. Ah ça ! messieurs, si Lupin était venu cette nuit, si Lupin avait convoité le diadème, il aurait cambriolé, tout au moins essayé de cambrioler, soit le coffre-fort de la chambre de Gournay-Martin dans lequel se trouve le diadème, soit ce coffre-fort *(Allant au coffre-fort.)* qui est ici et dans lequel se trouve la seconde clef.
LE COMMISSAIRE. — Évidemment.
LE JUGE. — S'il n'a rien essayé cette nuit, quand il avait la partie belle, que l'hôtel était vide, il n'essayera pas maintenant que nous sommes prévenus, que la police est sur pied, et que l'hôtel est cerné !... Messieurs, cette dernière supposition est enfantine et inquiétante pour la mentalité de Guerchard !
Il s'est appuyé sur le coffre-fort. À ce moment, il chancelle, la porte s'est ouverte brusquement. Guerchard sort du coffre-fort.
TOUS. — Hein ?
GUERCHARD. — Vous savez qu'on entend très bien d'ici.
LE JUGE. — Nom de nom ! Comment êtes-vous entré là dedans ?
GUERCHARD. — Entrer n'est rien... c'est sortir qui est dangereux. On avait laissé une cartouche sourde. J'ai failli sauter avec la porte.
LE JUGE. — Comment êtes-vous entré, sacrebleu ?

GUERCHARD. — Par le cabinet noir ; il n'y a plus rien derrière...
TOUS. — Quoi ? Allons donc. *(Guerchard rentre dans le coffre et disparait.)* Ah ! *(Guerchard réapparait par la porte de droite, au premier plan.)* Ah !
GUERCHARD. — On a fait sauter la plaque de tôle... Ah ! c'est de la belle ouvrage !...
LE JUGE. — Et la clef ? la clef du coffre-fort de là-haut, lequel contient le diadème. Cette clef y est, n'est-ce pas ?
GUERCHARD. — Ah ! non... mais j'ai trouvé mieux.
TOUS. — Quoi ?
GUERCHARD. — Je vous le donne en mille !
LE JUGE. — Voulez-vous parler !
GUERCHARD. — Votre langue au chat ?
LE JUGE, *furieux.* — Guerchard !
GUERCHARD, *élevant un carton entre ses doigts.* — La carte d'Arsène Lupin !
LE JUGE. — Nom de nom !

ACTE III

Il n'y a pas d'entr'acte entre le deuxième et le troisième acte. Même décor. La nuit : lampes allumées. La fenêtre du fond est fermée. La scène est vide.

Scène I
GUERCHARD, LE DUC

GUERCHARD, *penché sous le manteau de la cheminée.* — Ça va, monsieur le duc. Ça n'est pas trop lourd ?
LE DUC, *dans la cheminée, invisible.* — Non.
GUERCHARD. — Le passage est suffisant ? Vous tenez bien la corde ?
LE DUC. — Oui... Attention !
Guerchard fait un bond en arrière. On entend un bruit formidable dans la cheminée, c'est un bloc de marbre qui est tombé.
GUERCHARD. — Nom d'un chien ! Encore un peu... j'y étais ! Ouf ! J'ai eu chaud. Vous avez donc lâché la corde ?
LE DUC. — C'est elle qui a lâché. Vous l'aviez mal attachée. *(Il est descendu et apparaît recouvert d'un cache-poussière qu'il enlève. Il est en habit.)* Mais vous avez raison, la piste est claire.
GUERCHARD. — Mais oui ! L'autre était enfantine. Les traces de pas dans le jardin, l'échelle, le guéridon sur le rebord de la fenêtre... C'est une piste qui ne tenait pas debout. C'est une piste pour juge d'instruction. Nous avons perdu toute une journée.
LE DUC. — Alors, la piste vraie ?...
GUERCHARD. — Nous venons de la voir ensemble. Les deux hôtels, celui-ci et l'immeuble voisin, lequel est inoccupé, communiquent.
LE DUC. — C'est une façon de parler... Ils communiquent par l'ouverture que Lupin et sa bande ont pratiquée dans le corps de la cheminée.
GUERCHARD. — Oui. C'est un truc assez connu. Les vols chez les grands bijoutiers s'opèrent parfois ainsi. Mais ce qui donne au procédé un cachet assez nouveau et de prime abord déroutant, c'est que les bandits ont eu l'audace de percer à trois mètres du foyer un orifice assez large pour pouvoir cambrioler tout un mobilier.
LE DUC. — C'est vrai, l'orifice s'ouvre en véritable baie dans une pièce de l'immeuble voisin, au deuxième étage. Ces brigands sont capables de tout, même d'un travail de maçonnerie.
GUERCHARD. — Oh ! tout cela a été préparé de longue main ; mais, maintenant, je suivrais leur piste, chacun de leurs pas, les yeux fermés. Car toutes les preuves nous les avons... fragments de cadres dorés, fils de tapisserie, etc... Une fois le cambriolage effectué, l'immeuble voisin étant vide, ils ont pu descendre tranquillement par l'escalier et sortir par la grande porte.
LE DUC. — Ils sont descendus par l'escalier, vous croyez ?
GUERCHARD. — Je ne crois pas, j'en suis sûr. Tenez, ces fleurs, je les ai trouvées dans l'escalier, elles sont encore fraîches.

Le Duc. — Hein ! mais j'ai cueilli des fleurs semblables hier à Charmerace. C'est du salvia.

Guerchard. — Du salvia rose, monsieur le duc ! Je ne connais qu'un jardinier qui ait réussi à obtenir cette nuance. C'est le jardinier de M. Gournay-Martin.

Le Duc. — Mais alors… les voleurs de cette nuit… mais oui… ça ne peut être…

Guerchard. — Allez… dites votre idée.

Le Duc. — Les Charolais.

Guerchard. — Parbleu !

Le Duc. — C'est vrai… C'est passionnant. Ah ! si l'on pouvait avoir une preuve !

Guerchard. — Nous l'aurons tout à l'heure.

Le Duc. — Comment ça ?

Guerchard. — Oui, j'ai téléphoné à Charmerace. Le jardinier était absent, mais dès son retour, il m'appellera au téléphone. Nous saurons alors qui a pénétré dans les serres.

Le Duc. — C'est passionnant ! Ces indices… ces pistes qui se croisent… Chaque fait qui peu à peu reprend sa place normale… Passionnant !… Une cigarette ?

Guerchard. — C'est du caporal ?

Le Duc. — Non, du tabac jaune, du Mercédès.

Guerchard. — Merci.

Le Duc, *allumant une cigarette*. — Oui, passionnant. Alors, les voleurs venaient de Charmerace… Ce sont les Charolais… Ils sont partis de l'hôtel voisin et c'est par là qu'ils sont entrés.

Guerchard. — Ah ! non…

Le Duc. — Non ?

Guerchard. — Non, ils sont entrés par la porte de l'hôtel où nous sommes.

Le Duc. — Mais qui leur aurait ouvert ? Un complice, alors ?

Guerchard. — Oui.

Le Duc. — Qui ?

Guerchard, *il sonne. À Boursin qui entre.* — Fais venir Victoire, la femme de charge.

Le Duc. — Comment ! Victoire ! Le juge d'instruction l'a interrogée cet après-midi ; il semblait croire à son innocence.

Guerchard. — Oui… comme il semblait aussi n'ajouter qu'une importance secondaire à la piste de la cheminée, celle que nous venons de vérifier ensemble. L'innocence de Victoire ! Monsieur le duc, il y a certainement un innocent dans tout ceci. Savez vous qui c'est ?

Le Duc. — Non.

Guerchard. — Le juge d'instruction.

Scène II
Les mêmes, VICTOIRE

Boursin fait entrer Victoire.

Victoire, *entrant, à Boursin*. — On va encore me cuisiner ? *(Elle entre, à Guerchard.)* C'est-y qu'on va encore me cuisiner ?

Guerchard. — Asseyez-vous. Vous couchez dans une mansarde dont la lucarne donne sur le toit.

Victoire. — À quoi ça sert tout ça, à quoi ça sert ?

Guerchard. — Voulez-vous me répondre ?

Victoire. — J'ai déjà répondu, oui, à un autre juge. Même que celui-là est bien conciliant : mais vous, je sais point ce que vous avez après moi !…

Guerchard. — Vous avez donc passé la nuit dans votre mansarde, et vous n'avez entendu aucun bruit sur le toit…

Victoire. — Sur le toit, maintenant… V'là un malheur…

Guerchard. — Vous n'avez rien entendu ?

Victoire. — J'ai dit ce que j'ai dit : j'ai entendu des bruits qu'étaient pas catholiques et qui sortaient des escaliers… Je suis entrée dans ce salon et j'ai vu… ce que j'ai vu.

Guerchard. — Mais qu'avez-vous vu ?

Victoire. — Des maraudeurs… Ils s'enfuyaient par la fenêtre avec des sacs d'objets.
Guerchard. — Par la fenêtre ?…
Victoire. — Oui.
Guerchard. — Pas par la cheminée ?…
Victoire. — La cheminée… V'là encore un malheur !
Le Duc, *à Guerchard.* — Elle a l'air d'une brave femme, pourtant.
Guerchard, *à Victoire.* — Tout à l'heure, où étiez-vous placée ?
Victoire. — Dans la cheminée, derrière l'écran…
Guerchard. — Mais quand vous êtes entrée…
Victoire. — Oh ! l'écran n'était point là.
Guerchard. — Montrez-moi où il était… Déplacez-le… Attendez ! Ah ! il ne faut pas perdre l'emplacement exact des quatre pieds. Voyons… de la craie… Ah ! vous êtes un peu couturière ici, n'est ce pas, ma brave femme ?
Victoire. — Oui. C'est moi qui raccommode pour les domestiques et qui m'occupe de la couturière.
Guerchard. — Parfait. Alors, vous devez bien avoir sur vous un bout de craie de savon !
Victoire. — Oh ! ça, toujours… *(Elle relève sa jupe, va pour fouiller dans la poche de son jupon, se ravise, effarée, et dit :)* J'sais point pourquoi j'ai dit ça… Ah ! non, j'en ai point.
Guerchard. — Vous êtes sûre ? Voyons donc ça. Il fouille dans la poche de son tablier.
Victoire. — Ben quoi ! v'là des manières, voulez-vous me laisser ; mais voulez-vous… vous me chatouillez…
Guerchard, *trouvant un morceau de craie bleue.* — Enfin, ça y est !… Boursin, embarque-la.
Victoire. — Quoi !… mais Jésus-Marie ! Je suis innocente. C'est pas parce qu'on a du savon, de la craie de savon, qu'on est une voleuse.
Guerchard. — C'est entendu ! Boursin, dès que la voiture cellulaire sera là, embarque-moi ça au dépôt.
Victoire. — Jésus-Marie ! Jésus-Marie !
Elle sort.
Guerchard. — Et d'une !

Scène III
LE DUC, GUERCHARD. BOURSIN, BONAVENT

Le Duc. — Victoire !… Je n'en reviens pas. Alors, cette craie… C'était la même que sur ces murs ?…
Guerchard. — Oui, de la craie bleue. Voyez-vous, monsieur le duc, ça et la fleur de salvia. *(Boursin qui revient.)* Qu'est-ce que c'est ?
Boursin. — C'est Bonavent qui a du nouveau.
Guerchard. — Ah !… *(Entre Bonavent.)* qu'est-ce qu'il y a ?
Bonavent, *entrant.* — Voilà, patron… trois auto-camions ont stationné cette nuit devant l'hôtel voisin…
Guerchard. — Ah ! comment le sais-tu ?
Bonavent. — Par un chiffonnier. Il a vu les camions s'éloigner vers cinq heures du matin…
Guerchard. — Ah ! ah ! C'est tout ?
Bonavent. — Un homme est sorti de l'hôtel en tenue de chauffeur…
Guerchard et Le Duc. — Ah !
Bonavent. — À vingt pas de l'hôtel, il a jeté sa cigarette. Le chiffonnier l'a ramassée.
Le Duc. — Et il l'a fumée ?
Bonavent. — Non, la voici.
Il sort.
Guerchard, *vivement.* — Une cigarette à bout d'or… et comme marque « Mercédès… » Tiens, monsieur le duc, ce sont vos cigarettes…
Le Duc. — Allons donc ! Ça c'est inouï !…
Guerchard. — Mais c'est très clair, et mon argumentation se resserre. Vous aviez de ces cigarettes-là à Charmerace ?
Le Duc. — Des boîtes sur toutes les tables !

GUERCHARD. — Eh bien !
LE DUC. — C'est vrai, l'un des Charolais aura pris une de ces boîtes.
GUERCHARD. — Dame… nous savons que ça n'est pas le scrupule qui les étouffait.
LE DUC. — Seulement… Mais j'y pense…
GUERCHARD. — Quoi ?
LE DUC. — Lupin… Lupin, alors…
GUERCHARD. — Eh bien ?
LE DUC. — Puisque c'est Lupin qui a fait le coup, cette nuit ; puisque l'on a trouvé ces salvias dans l'hôtel voisin… Lupin arrivait donc de Charmerace ?…
GUERCHARD. — Évidemment.
LE DUC. — Mais alors, Lupin… Lupin est un des Charolais ?
GUERCHARD. — Oh ! ça c'est autre chose.
LE DUC. — Mais c'est certain ! C'est certain, nous tenons la piste.
GUERCHARD. — À la bonne heure ! vous voilà emballé comme moi. Quel policier vous auriez fait ! Seulement… rien n'est certain.
LE DUC. — Mais si, qui voulez-vous que ce soit ? Était-il hier à Charmerace ? oui ou non ? A-t-il oui ou non organisé le vol des automobiles ?
GUERCHARD. — Sans aucun doute, mais il a pu rester dans la coulisse.
LE DUC. — Sous quelle forme ?… sous quel masque ?… Ah ! je brûle de voir cet homme-là.
GUERCHARD. — Nous le verrons ce soir.
LE DUC. — Ce soir ?
GUERCHARD. — Oui, puisqu'il viendra prendre le diadème entre minuit moins un quart et minuit.
LE DUC. — Non ?… Vous croyez vraiment qu'il aura le culot ?…
GUERCHARD. — Vous ne connaissez pas cet homme-là, monsieur le duc, ce mélange extraordinaire d'audace et de sang-froid. C'est le danger qui l'attire. Il se jette au feu et il ne se brûle pas. Depuis dix ans, je me dis : « Ça y est ! cette fois… je le tiens !… Enfin, je vais le pincer… » Je me dis ça tous les jours…
LE DUC. — Eh bien ?
GUERCHARD. — Eh bien, les jours se passent et je ne le pince jamais. Ah ! il est de taille, vous savez… C'est un gaillard. C'est un bel artiste ! *(Un temps, puis entre ses dents.)* Voyou !
LE DUC. — Alors, vous pensez que, ce soir, Lupin…
GUERCHARD. — Monsieur le duc, vous avez suivi la piste avec moi, nous avons ensemble relevé chaque trace. Vous avez presque vu cet homme à l'œuvre… Vous l'avez compris… Ne pensez-vous pas qu'un individu pareil est capable de tout ?
LE DUC. — Si !
GUERCHARD. — Alors…
LE DUC. — Ah ! peut-être… vous avez raison.
On frappe.
GUERCHARD. — Entrez.
BOURSIN, *bas, lui remettant un pli.* — C'est de la part du juge d'instruction.
GUERCHARD. — Donne… *(Il lit.)* Ah !…
Boursin sort à gauche.
LE DUC. — Qu'est-ce que c'est ?
GUERCHARD. — Rien… Je vous dirai ça.
IRMA, *entrant à droite.* — Mlle Kritchnoff demande à monsieur le duc un instant d'entretien.
LE DUC. — Ah !… Où est-elle ?
IRMA. — Dans la chambre de Mlle Germaine.
LE DUC, *allant vers la droite.* — Bien, j'y vais.
GUERCHARD, *au duc.* — Non.
LE DUC. — Comment…
GUERCHARD. — Je vous assure…
LE DUC. — Mais…
GUERCHARD. — Attendez que je vous aie parlé !

Le Duc, *il regarde le papier que Guerchard tient à la main, réfléchit, puis, lentement, d'une voix posée.* — Eh bien, dites à Mlle Kritchnoff… dites que je suis dans le salon.

Irma. — C'est tout, monsieur le duc ?

Le Duc, *même jeu.* — Oui !… « Que je suis dans le salon… que j'en ai pour dix minutes. » Dites-lui exactement ça. *(Sort Irma.)* Elle comprendra que je suis avec vous… et alors… Mais pourquoi ?… je ne comprends pas.

Guerchard. — Je viens de recevoir ceci du juge d'instruction.

Le Duc. — Eh bien ?

Guerchard. — Eh bien ! C'est un mandat d'arrêt, monsieur le duc.

Le Duc. — Quoi !… un mandat… pas contre elle ?

Guerchard. — Si !

Le Duc. — Voyons,… mais ce n'est pas possible… l'arrêter !

Guerchard. — Il faut bien. L'interrogatoire a été terrible pour elle ; des réponses louches, embarrassées, contradictoires…

Le Duc. — Alors, vous allez l'arrêter ?

Guerchard. — Certes… Il va pour sonner.

Le Duc. — Monsieur Guerchard, elle est maintenant avec ma fiancée… Attendez au moins qu'elle soit rentrée dans sa chambre… Épargnez à l'une une émotion affreuse et à l'autre cette humiliation.

Guerchard. — Il le faut ! *(Il sonne. À Boursin qui entre.)* J'ai le mandat d'arrêt contre Mlle Kritchnoff… Le planton est toujours en bas, devant la porte ?

Boursin. — Oui.

Guerchard, *appuyant sur les mots.* — Dis-lui bien qu'on ne peut sortir que sur un visa de moi et sur ma carte.

Sort Boursin.

Le Duc, *qui pendant ce temps est resté visiblement pensif.* — Enfin, il faut l'arrêter… il faut l'arrêter…

Guerchard. — Dame ! vous comprenez, n'est-ce pas ? Croyez que, personnellement, je n'ai contre Mlle Kritchnoff aucune animosité. Elle me serait presque sympathique, cette petite.

Le Duc. — N'est-ce pas ? Elle a l'air si perdue, si désemparée… Et cette pauvre cachette qu'elle a trouvée… Ce mouchoir roulé, jeté dans la petite pièce de l'immeuble voisin, quelle absurdité !

Guerchard, *stupéfait.* — Vous dites ?… Un mouchoir…

Le Duc. — La maladresse de cette petite est désarmante.

Guerchard. — Un mouchoir contenant les perles du pendentif ?

Le Duc. — Oui. Vous avez vu, n'est-ce pas, au troisième étage, c'est fou.

Guerchard. — Mais non, je n'ai pas vu.

Le Duc. — Comment non ?… Ah ! c'est vrai… C'est le juge d'instruction qui a vu.

Guerchard. — Il a vu un mouchoir appartenant à Mlle Kritchnoff… Où est-il, ce mouchoir ?

Le Duc. — Le juge d'instruction a pris les perles mais le mouchoir doit être resté là-haut.

Guerchard. — Comment ! Et il ne l'a pas pris ! Non, mais quel… ! Enfin…

Il enlève son paletot, va vers la cheminée et allume la lanterne.

Le Duc. — Oh ! d'ailleurs, maintenant que vous arrêtez Mlle Kritchnoff, ce détail n'a plus d'importance.

Guerchard. — Mais si, je vous demande pardon…

Le Duc. — Comment ?

Guerchard. — Nous arrêtons Mlle Kritchnoff ; nous avons des présomptions, mais aucune preuve.

Le Duc, *semblant bouleversé.* — Hein ?

Guerchard. — La preuve, vous venez de nous la fournir et puisqu'elle a pu cacher les perles dans l'immeuble voisin c'est qu'elle connaissait le chemin qui y mène. Donc elle est complice.

Le Duc. — Comment, vous croyez ? Ah ! mon Dieu !… Et c'est moi… j'aurais eu l'imprudence… C'est par ma faute que vous découvrez… ?

Guerchard. — Cette lanterne… Voulez-vous m'éclairer, monsieur le duc ?

Le Duc, *vivement.* — Mais vous ne voulez pas que j'y aille ? Je sais où est le mouchoir.

Guerchard, *vivement.* — Non, non, je préfère y aller moi-même.

Le Duc, *vivement.* — C'est que si vous aviez voulu…

Guerchard, *même jeu.* — Non… non…

Le Duc. — Permettez-moi d'insister…
Guerchard. — Inutile !… À bout de bras, n'est ce pas ?
Le Duc. — Oui.
Guerchard. — Cinq minutes seulement… Ça ne vous fatiguera pas ?
Le Duc. — Non, non. *(Guerchard disparait sous la cheminée. Le duc, au bout d'un instant, accroche la lanterne dans l'intérieur de la cheminée.)* Ça va comme ça…
Voix de Guerchard. — Oui, c'est ça, c'est très bien.
Le duc se précipite vers la porte de droite et l'ouvre. Parait Sonia, habillée pour sortir.
Le Duc, *retournant prendre la lanterne.* — Vite !
Sonia. — Mon Dieu !
Le Duc. — Il y a un mandat d'arrêt contre vous.
Sonia, *affolée.* — Je suis perdue !
Le Duc. — Non. Vous allez partir.
Sonia. — Partir !… Mais comment ?… Guerchard ?
Le Duc. — Écoutez. Je vous téléphonerai demain matin à…
Voix de Guerchard. — Monsieur le duc !
Sonia. — Mon Dieu !
Le Duc. — Chut !
Voix de Guerchard. — Vous ne pourriez pas lever la lanterne un peu plus haut ?
Le Duc, *dans la cheminée.* — Attendez, je vais essayer… Ah ! non, je ne peux pas.
Voix de Guerchard. — Alors, un peu plus à droite.
Le duc, d'un geste impérieux, fait signe à Sonia de venir prendre la lanterne. Tandis qu'elle la tient, il prend vivement le portefeuille de Guerchard dans le paletot, en tire une carte, écrit quelques mots et retourne à la cheminée. Sonia suit ses mouvements avec une stupeur craintive.
Le Duc, *parlant dans la cheminée.* — Ça va comme ça ?
Voix de Guerchard. — Oui, très bien.
Le Duc, *à Sonia.* — Vous remettrez cette carte au planton de garde.
Sonia, *regardant la carte.* — Comment ! Mais… c'est…
Le Duc. — Partez…
Sonia. — Mon Dieu ! mais c'est fou !… Quand Guerchard découvrira…
Le Duc. — Ne vous inquiétez pas de ça… Ah ! dans le cas où il arriverait quelque chose… à huit heures et demie, demain matin, oui, c'est ça. Attendez… *(Il court vers la cheminée et appelle.)* Vous voyez assez clair ? *(Pas de réponse.)* Il est dans l'hôtel à côté. À huit heures et demie, puis-je vous téléphoner ?
Sonia. — Oui. C'est un petit hôtel près de l'Etoile… Mais, cette carte, je ne peux pas… pour vous-même…
Le Duc. — L'hôtel a le téléphone ?
Sonia. — Oui. 555-14.
Le Duc, *inscrivant le numéro sur sa manchette.* — Si je ne vous avais pas téléphoné à huit heures et demie, venez directement chez moi.
Sonia. — Bien. Mais quand Guerchard saura… Si jamais Guerchard découvre…
Le Duc. — Partez, Sonia. Partez, partez !…
Sonia, *revenant au duc.* — Ah ! comme vous êtes bon !
Il la pousse vers la porte et, sur le seuil de la porte, ils se regardent, hésitent… Il l'attire dans ses bras, elle s'y laisse tomber ; ils s'embrassent. On entend la voix de Guerchard, le duc se dégage.
Le Duc. — Pars maintenant. Je t'adore. Pars, pars !
Elle sort.

Scène IV
GUERCHARD, LE DUC, BOURSIN, GERMAINE, GOURNAY-MARTIN

Resté seul, le duc retourne en courant vers la cheminée et saisit la lanterne. À ce moment, on entend le bruit sourd d'une porte qui se ferme. Il s'appuie, avec émotion, contre le manteau de la cheminée.

GUERCHARD, *tout en regardant le duc d'un air goguenard et avec un étonnement soupçonneux.* — Rien !… Eh bien, je n'y comprends rien… Je n'ai rien trouvé !

LE DUC. — Vous n'avez rien trouvé ?

GUERCHARD. — Non. Vous êtes sûr d'avoir vu le mouchoir dans la petite pièce du troisième étage ?

LE DUC. — Certain… Vous n'avez pas vu de mouchoir ?

GUERCHARD. — Non.

LE DUC, *avec une nuance d'ironie.* — Vous n'avez pas bien cherché… À votre place, je retournerais voir.

GUERCHARD. — Non… mais tout de même, c'est assez drôle… *(Le regardant.)* Vous ne trouvez pas ça drôle ?

LE DUC. — Si… Je trouve ça drôle.

Guerchard fait quelques pas, puis il sonne. Entre Boursin.

GUERCHARD. — Boursin… Mlle Kritchnoff… il est temps.

BOURSIN. — Mlle Kritchnoff ?

GUERCHARD. — Oui, il est temps… qu'on l'emmène.

BOURSIN. — Mais Mlle Kritchnoff est partie, patron.

GUERCHARD, *sursautant.* — Partie ! Comment, partie !

BOURSIN. — Mais oui, patron.

GUERCHARD. — Voyons, voyons… tu es fou !

BOURSIN. — Non, patron.

GUERCHARD. — Partie !… Qui l'a laissée partir ? Qui ?

BOURSIN. — Mais le planton de garde.

GUERCHARD, *violemment.* — Quoi ? Quoi… le planton de garde ?…

BOURSIN. — Mais ?…

GUERCHARD. — Il fallait mon visa… mon visa sur ma carte.

BOURSIN. — La voilà… votre carte… et voilà le visa…

GUERCHARD, *stupéfait.* — Hein ? Un faux ? Ah ça !… *(Un assez long jeu de scène où il cherche à comprendre, où il entrevoit la complicité du duc dans cette évasion.)* C'est bien ! *(Sort Boursin. Un temps. Il va vers son paletot, en tire son portefeuille, compte les cartes, s'aperçoit qu'il en manque une. Le duc est près de lui, séparé de lui par l'écran, les mains sur cet écran et se balançant. Guerchard lève la tête, ils se regardent en souriant. Guerchard met son paletot. Le duc lui propose de l'aider, ce qu'il refuse. Puis il sonne de nouveau.)* Boursin… Victoire a bien été embarquée dans la voiture cellulaire, n'est-ce pas ?

BOURSIN. — Il y a belle lurette, patron. La voiture attendait dans la cour depuis neuf heures et demie.

GUERCHARD. — Neuf heures et demie !… Mais la voiture ne devait arriver que maintenant, à dix heures et demie. Enfin, c'est bien.

BOURSIN. — Alors, on peut renvoyer l'autre voiture ?

GUERCHARD. — Quelle autre voiture ?

BOURSIN. — La voiture cellulaire qui vient d'arriver ?

GUERCHARD. — Quoi ! Qu'est-ce que tu me chantes ?

BOURSIN. — Vous n'aviez pas commandé deux voitures cellulaires ?

GUERCHARD, *bouleversé.* — Deux voitures ! Ce n'est pas vrai, n'est-ce pas ?

BOURSIN. — Mais si, patron…

GUERCHARD. — Tonnerre ! Dans quelle voiture a-t-on installé Victoire ? dans laquelle ?

BOURSIN. — Dame ! Dans la première, patron.

GUERCHARD. — Tu as vu les agents, le cocher ? Tu les connaissais ?… Tu les as reconnus ?

BOURSIN. — Non.

GUERCHARD. — Non ?

BOURSIN. — Non, ça devait être des nouveaux, ils m'ont dit qu'ils venaient de la Santé.

GUERCHARD. — Bougre d'idiot ! C'est toi qui en as une santé.

Boursin. — Comment, alors ?

Guerchard. — Nous sommes roulés, c'est un tour de... un tour de...

Le Duc. — De Lupin, vous croyez... oh !

Guerchard. — Ah ! mais... Ah ! mais !... *(À Boursin.)* Eh bien, quand tu resteras là, la bouche ouverte, quand tu resteras là. Fouille la chambre de Victoire.

Boursin. — Bonavent l'a fouillée, patron.

Guerchard. — Ah ! eh bien, où est-il ? Qu'il entre !

Boursin. — Bonavent !

Entre Bonavent.

Guerchard. — Tu as fouillé les malles de Victoire ?

Bonavent. — Oui, rien que du linge, des vêtements... sauf ça.

Guerchard. — Donne... Un livre de messe, c'est tout ?

Bonavent. — Il y a une photographie dedans.

Guerchard. — Ah ! une photographie de Victoire... presque effacée... une date... Il y a dix ans... Tiens ! quel est ce garçon qu'elle tient par le cou... Ah çà ! Ah çà !

Jeu de scène très lent. Assailli de pensées, il regarde la photo, l'éloigne, la rapproche, regarde de côté, vers le duc, sans toutefois fixer ses yeux sur lui. Le duc est toujours près de la cheminée, il se dresse sur la pointe des pieds pour voir la photo. Se sentant découvert il cherche un instant des yeux, avec une certaine anxiété par où il pourrait s'enfuir, le cas échéant. Guerchard se rapproche et le regarde en se frottant les mains.

Le Duc. — Qu'est-ce qu'il y a ? J'ai quelque chose qui ne va pas... ma cravate...

Guerchard continue de le regarder sans répondre. On sonne au téléphone. Le duc fait mine d'y aller.

Guerchard. — Non, je vous en prie... *(Au téléphone.)* Allô ! oui : c'est moi, l'inspecteur principal de la Sûreté. *(Au duc.)* Le jardinier de Charmerace, monsieur le duc.

Le Duc. — Ah ! vraiment ?

Guerchard. — Allô, oui, vous m'entendez bien... bon... Je voudrais savoir qui a pénétré hier dans la serre ? Qui a pu cueillir du salvia rose... ?

Le Duc. — C'est moi, je vous l'ai dit tout à l'heure.

Guerchard. — Oui... oui... je sais... *(Au téléphone.)* Hier après-midi... oui, personne d'autre ? Ah ! personne, sauf le duc de Charmerace... Vous êtes bien sûr ? Tout à fait sûr ?... Tout à fait sûr ?... Oui, c'est tout, merci. *(Il remet le cornet de l'appareil et au duc.)* Vous avez entendu, monsieur le duc ?

Le Duc. — Oui.

Un silence encore.

Gournay-Martin, *entrant, sa valise à la main.* — Tu veux aller au Ritz ? Allons au Ritz. *(Au duc.)* Qu'est-ce que vous voulez ? Il était dit que je ne coucherais plus jamais chez moi.

Le Duc. — Vous partez ? Qu'est-ce qui vous oblige à partir ?

Gournay-Martin. — *Le danger !* Vous n'avez donc pas lu le télégramme de Lupin : « Viendrai ce soir entre minuit moins un quart et minuit prendre le diadème ! » Et vous croyez que j'allais l'attendre quand le diadème était dans ma chambre à coucher.

Le Duc. — Mais il n'y est plus... Vous avez eu la bonté de me le confier et nous l'avons changé de place ensemble.

Gournay-Martin. — Oui et même je l'ai repris, je l'ai là dans ma valise, je l'emporte avec moi.

Pendant ce dialogue, Guerchard est resté à part et réfléchit, puis il interroge Germaine.

Le Duc. — Hein !

Gournay-Martin. — Quoi ?

Le Duc. — Vous trouvez ça prudent ?

Gournay-Martin. — Quoi !

Le Duc. — Si Lupin est décidé à s'emparer du diadème, même par la force, vous risquez gros.

Gournay-Martin. — Ah ! c'est vrai. Je n'avais pas pensé à cela. Alors, que faire.

Le Duc. — Il faut se méfier.

Gournay-Martin. — De tout le monde, comme c'est vrai. Dites-moi. *(À Guerchard qui s'avance.)* Non, pardon, un instant ; dites-moi, vous avez confiance en Guerchard ?

Le Duc. — En Guerchard !

Gournay-Martin. — Vous croyez qu'on peut avoir en lui pleine confiance ?

Le Duc. — Oh ! Je crois.

Gournay-Martin. — Eh bien, alors, je vais lui confier le diadème. *(Ouvrant sa valise.)* Tenez, il est beau, n'est-ce pas ?

Le Duc, *tenant le coffret ouvert.* — Ah ! merveilleux !

Gournay-Martin, *à Guerchard.* — Monsieur Guerchard, il y a du danger, alors, je vous confie le diadème. Ça ne vous ennuie pas ?

Guerchard. — Au contraire. C'est précisément ce que je voulais vous demander.

Le Duc, *lui tend le diadème très lentement. Tous deux ont les bras tendus et tiennent le coffret en même temps.* — Il est beau, n'est-ce pas ?

Le duc abandonne le coffret.

Guerchard. — Ah ! merveilleux !

Gournay-Martin, *au duc.* — Ah ! Jacques, s'il y avait du nouveau, je suis au Ritz. Alors, n'est-ce pas ?…

Il continue à causer avec lui.

Guerchard, *à Germaine.* — Vous connaissez cette photographie du duc, mademoiselle ? Elle date de dix ans.

Germaine. — Elle date de dix ans ? Eh bien, ce n'est pas le duc.

Guerchard, *vivement.* — Quoi ?

Germaine. — Comment ?

Guerchard. — Rien… pourtant elle ressemble…

Germaine. — Au duc, tel qu'il est, oui, un peu ; mais pas au duc tel qu'il était. Il a tellement changé.

Guerchard. — Ah !

Germaine. — Le voyage, la maladie… Vous savez qu'il a passé pour mort… Oui, c'est même ce qui inquiétait papa quand il est parti. Maintenant, il va très bien.

Guerchard. — Vous partez aussi, monsieur le duc ?

Le Duc. — Oui. vous n'avez pas besoin de moi ?

Guerchard. — Si !

Le Duc. — C'est que j'ai à faire.

Guerchard. — Vous avez peur ?

Un silence. Le duc réfléchit. Puis comme s'il prenait son parti et qu'il se décidât à jouer le tout pour le tout.

Le Duc. — Ah ! monsieur Guerchard, vous avez trouvé le moyen de me faire rester.

Gournay-Martin. — Oui. Restez. Vous n'êtes pas trop de deux. Au revoir, et merci… Mais quand pourrai-je enfin coucher chez moi ?

Il serre la main à Guerchard et sort.

Germaine, *qui rentre à droite, au duc.* — Vous ne venez pas ?

Le Duc. — Non, je reste avec monsieur Guerchard.

Germaine. — Eh bien, vous serez frais demain pour aller à l'Opéra. Déjà vous n'avez pas dormi cette nuit. *(Guerchard tressaille.)* Partir à huit heures du soir de Bretagne pour arriver à six heures du matin en automobile.

Guerchard, *avec un sursaut.* — En automobile.

Germaine. — Mais je vous préviens. Malade ou non, vous m'accompagnerez à l'Opéra, je veux voir *Faust*, c'est le jour chic.

Ils sortent.

Scène V
LE DUC, GUERCHARD, BOURSIN

Guerchard, *à lui-même, lentement, avec une joie farouche.* — En automobile !… mais voilà… tout s'explique… mais oui… voilà… *(Il pose sur la table le coffret dans lequel se trouve le diadème. Le duc revient en scène.)* Je ne savais pas, monsieur le duc, que vous aviez eu cette nuit une panne en automobile… Si j'avais su, je me serais fait un scrupule.

Le Duc. — Une panne…

GUERCHARD. — Oui, parti à huit heures, hier soir, vous n'êtes arrivé à Paris qu'à six heures du matin. Vous n'aviez donc pas une forte machine.

LE DUC. — Si, une cent chevaux.

GUERCHARD. — Bigre ! Vous avez dû avoir une sacrée panne !

LE DUC. — Oui, une panne de trois heures.

GUERCHARD. — Et personne ne se trouvait là pour vous aider à la réparer ?

LE DUC. — Dame, non ; il était deux heures du matin.

GUERCHARD. — Oui, il n'y avait personne.

LE DUC. — Personne.

GUERCHARD. — C'est fâcheux.

LE DUC. — Très fâcheux. J'ai dû réparer l'accident moi-même. C'est ce que vous vouliez dire, n'est-ce pas ?

GUERCHARD. — Certainement.

LE DUC. — Une cigarette ? Ah ! non, je sais que vous ne fumez que du caporal.

GUERCHARD. — Si, si, tout de même. *(Il prend une cigarette et la regarde.)* C'est égal, tout ça est bien curieux.

LE DUC. — Quoi ?

GUERCHARD. — Tout : vos cigarettes… ces fleurs de salvia… la petite photo qu'on m'a remise… cet homme en tenue de chauffeur et… enfin, votre panne.

LE DUC. — Ah çà ! monsieur, vous êtes ivre…

Il va prendre son pardessus.

GUERCHARD, *se levant et lui barrant le chemin.* — Non, ne sortez pas.

LE DUC. — Vous dites ? *(Un silence.)* Ah çà ! que dites-vous ?

GUERCHARD, *passant sa main sur son front.* — Non… je vous demande pardon… je suis fou ! je suis fou !

LE DUC. — En effet !…

GUERCHARD. — Aidez-moi… voilà ce que je veux dire… Aidez-moi… il faut que vous restiez ici… pour m'aider contre Lupin. Vous comprenez… vous voulez bien ?

LE DUC. — Cela, volontiers. Mais vous n'avez pas l'esprit bien calme… vous êtes inquiétant !…

GUERCHARD. — Encore une fois, excusez-moi.

LE DUC. — Soit !… mais qu'allons-nous faire ?

GUERCHARD. — Eh bien, le diadème est là. Il est dans ce coffret…

LE DUC. — Je sais bien qu'il y est puisque je l'ai changé de place cet après-midi. M. Gournay-Martin m'en avait prié.

GUERCHARD. — Oui, enfin, vous voyez… Il y est.

LE DUC. — Oui, oui, je vois, alors ?

GUERCHARD. — Alors, nous allons attendre.

LE DUC. — Qui ?

GUERCHARD. — Lupin.

LE DUC. — Lupin ! Alors, décidément comme dans les contes de fées, vous croyez que, lorsque cette horloge aura sonné douze coups, Lupin entrera et prendra le diadème ?

GUERCHARD. — Oui, je le crois.

LE DUC. — C'est palpitant !

GUERCHARD. — Ça ne vous ennuie pas ?

LE DUC. — Au contraire. Faire la connaissance de l'invisible gaillard qui vous roule depuis dix ans, c'est une soirée charmante.

GUERCHARD. — À qui le dites-vous ?

LE DUC. — À vous. *(Ils s'assoient. Un temps. Désignant une porte.)* On vient là.

GUERCHARD, *écoutant.* — Ah ?… Non.

LE DUC. — Si… tenez, on frappe !

GUERCHARD. — C'est vrai. Vous avez l'oreille encore plus fine que moi. D'ailleurs, vous avez montré en tout ceci des qualités de véritable policier. *(Guerchard, sans quitter le duc des yeux, va ouvrir la porte.)* Entre, Boursin. *(Boursin entre.)* Tu as les menottes ?

BOURSIN, *lui remettant les menottes.* — Oui, faut-il que je reste ?

GUERCHARD. — Non… Il y a nos hommes dans la cour ?
BOURSIN. — Oui.
GUERCHARD. — L'hôtel voisin ?…
BOURSIN. — Plus de communication possible. Tout est gardé.
GUERCHARD. — Si quelqu'un essaye d'entrer, *(Coup d'œil au duc.)* n'importe qui, qu'on l'empoigne… *(Au duc, en riant.)* Au besoin, qu'on tire dessus.
Sort Boursin.
LE DUC. — Fichtre ! Vous êtes ici dans une forteresse.
GUERCHARD. — Monsieur le duc, c'est plus vrai encore que vous ne pensez, j'ai des hommes à moi derrière chacune de ces portes.
LE DUC, *l'air ennuyé*. — Ah !
GUERCHARD. — Cela paraît vous ennuyer.
LE DUC. — Beaucoup, sapristi ! Mais alors, jamais Lupin ne pourra pénétrer dans cette pièce !
GUERCHARD. — Difficilement… à moins qu'il ne tombe du plafond… ou à moins…
LE DUC. — À moins qu'Arsène Lupin ne soit vous.
GUERCHARD. — En ce cas, vous en seriez un autre.
Ils rient tous deux.
LE DUC. — Elle est bonne. Eh bien, sur ce, je m'en vais.
GUERCHARD. — Hein ?
LE DUC. — Dame ! Je restais pour voir Lupin… du moment qu'il n'y a plus moyen de le voir…
GUERCHARD. — Mais si… Mais si… restez donc…
LE DUC. — Ah !… vous y tenez ?
GUERCHARD. — Nous le verrons.
LE DUC. — Bah !
GUERCHARD, *en confidence*. — Il est déjà ici.
LE DUC. — Lupin ?
GUERCHARD. — Lupin !
LE DUC. — Où ça ?
GUERCHARD. — Dans la maison !
LE DUC. — Déguisé, alors ?
GUERCHARD. — Oui.
LE DUC. — Un de vos agents, peut-être ?…
GUERCHARD. — Je ne crois pas.
LE DUC. — Alors, s'il est déjà ici, nous le tenons… Il va venir.
GUERCHARD. — J'espère, mais osera-t-il ?
LE DUC. — Comment ?
GUERCHARD. — Dame ! Vous l'avez dit vous même, c'est une forteresse. Lupin était peut-être décidé à entrer dans cette pièce, il y a une heure, mais maintenant.
LE DUC. — Eh bien ?
GUERCHARD. — Eh bien, maintenant, c'est qu'il faudrait un rude courage, vous savez. Il faudrait risquer le tout pour le tout et jeter bas le masque. Lupin ira-t-il se jeter dans la gueule du loup ? Je n'ose pas y croire. Votre avis ?
LE DUC. — Dame ! Vous devez être plus au courant que moi, vous le connaissez depuis dix ans, vous… tout au moins de réputation…
GUERCHARD, *s'énervant peu à peu*. — Je connais aussi sa manière d'agir. Depuis dix ans, j'ai appris à démêler ses intrigues, ses manœuvres… Oh ! son système est habile… Il attaque l'adversaire… Il le trouble… *(Souriant.)* tout au moins il essaye. C'est un ensemble de combinaisons enchevêtrées, mystérieuses ; moi-même, j'y ai été pris souvent. Vous souriez ?
LE DUC. — Ça me passionne !
GUERCHARD. — Moi aussi. Mais, cette fois, j'y vois clair. Plus de ruses, plus de sentiers dérobés, c'est au grand jour que nous combattons !… Lupin a peut-être du courage, il n'a que le courage des voleurs…
LE DUC. — Oh !
GUERCHARD. — Mais oui, les gredins n'ont jamais beaucoup de vertu.

LE DUC. — On ne peut pas tout avoir.
GUERCHARD. — Leurs embûches, leurs attaques, leur belle tactique, tout cela c'est bien court.
LE DUC. — Vous allez un peu loin.
GUERCHARD. — Mais non, monsieur le duc, croyez-moi, il est très surfait, ce fameux Lupin.
LE DUC. — Pourtant... il a fait des choses qui ne sont pas trop mal.
GUERCHARD. — Oh !
LE DUC. — Si... Il faut être juste... Ainsi, le cambriolage de cette nuit, ce n'est pas inouï, mais, enfin, ce n'est pas mal. Ce n'est pas si bête, l'escroquerie des automobiles.
GUERCHARD. — Peuh !
LE DUC. — Ce n'est pas mal, dans une seule semaine : un vol à l'ambassade d'Angleterre, un autre au ministère des Finances et le troisième chez M. Lépine.
GUERCHARD. — Oui.
LE DUC. — Et puis, rappelez-vous le jour où il s'est fait passer pour Guerchard. Allons, voyons... entre nous, sans parti pris... ça n'est pas mal.
GUERCHARD. — Non. Mais il a fait mieux récemment... Pourquoi ne parlez-vous pas de ça ?
LE DUC. — Ah ! de quoi ?
GUERCHARD. — Du jour où il s'est fait passer pour le duc de Charmerace.
LE DUC. — Il a fait ça ? Oh ! le bougre !... Mais vous savez, je suis comme vous, moi. Je suis si facile à imiter.
GUERCHARD. — Pourtant, monsieur le duc, ce qui eût été amusant, c'eût été d'arriver jusqu'au mariage...
LE DUC. — Oh ! s'il le voulait... mais vous savez, pour Lupin, la vie d'un homme marié...
GUERCHARD. — Une grande fortune... une jolie fille...
LE DUC. — Il doit en aimer une autre...
GUERCHARD. — Une voleuse, peut-être...
LE DUC. — Qui se ressemble... Puis, voulez-vous mon avis ? Sa fiancée doit l'embêter...
GUERCHARD. — C'est égal, c'est navrant, pitoyable, avouez-le, que la veille du mariage il ait été assez bête pour se démasquer. Et, au fond, hein ! est-ce assez logique ?... Lupin perçant sous Charmerace, il a commencé par prendre la dot au risque de ne plus avoir la fille.
LE DUC. — C'est peut-être ce qu'on appellera le mariage de raison.
GUERCHARD. — Quelle chute ! Être attendu à l'Opéra demain soir, dans une loge, et passer cette soirée-là, au dépôt... avoir voulu, dans un mois, comme duc de Charmerace, monter en grande pompe les marches de la Madeleine et dégringoler les escaliers du beau-père, ce soir, *(Avec force.)* oui, ce soir, le cabriolet de fer aux poignets... hein ! est-ce assez la revanche de Guerchard ! de cette vieille ganache de Guerchard ?... Le Brummel des voleurs en bonnet de prison... Le gentleman cambrioleur sous les verrous !... Pour Lupin ça n'est qu'un petit ennui, mais pour un duc, c'est un désastre... Allons ! voyons, à votre tour, sans parti pris, vous ne trouvez pas ça amusant ?...
LE DUC, *qui est assis devant lui, relève la tête et, froidement.* — T'as fini ?...
GUERCHARD. — Hein ?
Ils se dressent l'un devant l'autre.
LE DUC. — Moi, je trouve ça amusant.
GUERCHARD. — Et moi, donc.
LE DUC. — Non, toi tu as peur.
GUERCHARD. — Peur ? Ah ! ah !
LE DUC. — Oui, tu as peur. Et si je te tutoie, gendarme, ne crois pas que je jette un masque... Je n'en porte pas. Je n'ai rien à démasquer. Je suis le duc de Charmerace.
GUERCHARD. — Tu mens ! Tu t'es évadé, il y a dix ans, de la Santé. Tu es Lupin ! Je te reconnais maintenant.
LE DUC. — Prouve-le.
GUERCHARD. — Oui.
LE DUC. — Je suis le duc de Charmerace.
GUERCHARD. — Ah !
LE DUC. — Ne ris donc pas. Tu n'en sais rien.
GUERCHARD. — On se tutoie, pourtant.

Le Duc. — Qu'est-ce que je risque ? Peux-tu m'arrêter ? Tu peux arrêter Lupin… mais arrête donc le duc de Charmerace, honnête homme, dandy à la mode, membre du Jockey et de l'Union, demeurant en son hôtel, 34 *bis*, rue de l'Université ; arrête donc le duc de Charmerace, fiancé à Mlle Gournay-Martin.

Guerchard. — Misérable !

Le Duc. — Eh bien, vas-y !… sois ridicule, fais-toi fiche de toi par tout Paris… fais-les entrer tes flics… As-tu une preuve ?… une seule ?… non, pas une…

Guerchard. — Oh ! j'en aurai.

Le Duc. — Je crois… Tu pourras m'arrêter dans huit jours… après-demain, peut-être… peut-être jamais… mais pas ce soir, c'est certain…

Guerchard. — Ah ! si quelqu'un pouvait t'entendre !

Le Duc. — Ne te frappe pas… Ça ne prouverait rien. D'abord, le juge d'instruction te l'a dit. Quand il s'agit de Lupin, tu perds la boule. Tiens ! Le juge d'instruction, voilà un garçon intelligent.

Guerchard. — En tout cas, le diadème, ce soir…

Le Duc. — Attends, mon vieux… Attends. *(Se levant.)* Sais-tu ce qu'il y a derrière cette porte ?

Guerchard, *sursautant*. — Hein ?

Le Duc. — Froussard, va.

Guerchard. — Nom de nom !

Le Duc. — Je te dis que tu vas être pitoyable !

Guerchard. — Cause toujours.

Le Duc. — Pitoyable ! De minute en minute et à mesure que l'aiguille se rapprochera de minuit, tu seras épouvanté… *(Violemment.)* Attention !

Guerchard, *bondissant*. — Quoi ?

Le Duc. — Ce que tu as la trouille !

Guerchard. — Cabot !

Le Duc. — Oh ! tu n'es pas plus lâche qu'un autre… mais qui peut supporter l'angoisse de ce qui va survenir et qu'on ne connaît pas ? *(Avec force.)* J'ai raison, tu le sens, tu en es sûr. Il y a au bout de ces minutes comptées un événement fatal, implacable. Ne hausse donc pas les épaules, tu es vert.

Guerchard. — Mes hommes sont là… Je suis armé.

Le Duc. — Enfant ! Mais souviens-toi, souviens-toi que c'est toujours quand tu avais tout prévu, tout combiné, tout machiné, souviens-toi que c'est alors que l'accident jetait bas tout ton échafaudage. Rappelle-toi, c'est toujours au moment où tu vas triompher qu'il te bat et il ne te laisse atteindre le sommet de l'échelle que pour mieux te flanquer par terre.

Guerchard. — Mais avoue-le donc, tu es Lupin.

Le Duc. — Je croyais que tu en étais sûr…

Guerchard, *tirant ses menottes*. — Ah ! je ne sais pas ce qui me retient, mon petit.

Le Duc, *vivement et avec hauteur*. — Assez, n'est-ce pas ?

Guerchard. — Hein ?

Le Duc. — En voilà assez, je veux bien jouer à ce qu'on se tutoie tous les deux, mais ne m'appelez pas votre petit.

Guerchard. — Va, va… Tu ne m'en imposeras plus longtemps.

Le Duc. — Si je suis Lupin, arrêtez-moi.

Guerchard. — Dans trois minutes ! ou alors, c'est qu'on aura pas touché au diadème.

Le Duc. — Dans trois minutes on aura volé le diadème et vous ne m'arrêterez pas.

Guerchard. — Ah ! je jure bien… je jure…

Le Duc. — Ne fais pas de serments imprudents. Plus que deux minutes.

Il tire son revolver.

Guerchard. — Hein ? Ah ! mais non.

Il prend aussi son revolver.

Le Duc. — Voyons ! vous ne m'avez pas recommandé de tirer sur Lupin ?

Guerchard. — Eh bien !

Le Duc. — Eh bien, j'apprête mon revolver puisqu'il va venir… Plus qu'une minute…

Guerchard, *allant vers la porte*. — Nous sommes en nombre !

Le Duc. — Ah ! poule mouillée !

GUERCHARD. — Eh bien, non, moi, moi tout seul.
LE DUC. — Imprudent !
GUERCHARD. — Au moindre geste que vous ferez… au moindre mouvement… je fais feu.
LE DUC. — Je m'appelle le duc de Charmerace, vous serez arrêté le lendemain.
GUERCHARD. — Je m'en fous.
LE DUC. — Plus que cinquante secondes.
GUERCHARD. — Oui.
LE DUC. — Dans cinquante secondes le diadème sera volé.
GUERCHARD. — Non.
LE DUC. — Si !
GUERCHARD. — Non, non, non. *(La pendule se met à sonner ; ils se mesurent du regard. Deux fois, le duc esquisse un mouvement. Guerchard, à chaque fois, se précipite. Au deuxième coup, ils s'élancent tous deux. Le duc prend son chapeau qui est à côté du diadème et Guerchard saisit le diadème.)* Ah ! je l'ai… Enfin… Ai-je gagné ? Suis-je roulé cette fois-ci ? Lupin a-t-il pris le diadème ?
LE DUC, *gaiement, mettant son paletot.* — J'aurais bien cru… Mais es-tu bien sûr ?
GUERCHARD. — Hein ?
LE DUC, *se retenant de rire, et tout en sonnant.* — Tiens ! rien qu'au poids… Il ne te semble pas un peu léger ?
GUERCHARD. — Quoi ?
LE DUC, *pouffant.* — Celui-là est faux !
GUERCHARD. — Tonnerre de Dieu !
LE DUC, *à part, entr'ouvrant son paletot qui cache le diadème.* — Celui-là est vrai. *(Aux agents qui entrent.)* On a volé le diadème.
Il s'enfuit par la porte de gauche.
GUERCHARD, *se réveillant de sa torpeur.* — Tonnerre de Dieu ! Où est-il ?
BOURSIN. — Qui ça ?
GUERCHARD. — Mais le duc ?
LES HOMMES. — Le duc ?
GUERCHARD. — Mais empêchez-le de sortir. Suivez-le… Arrêtez-le. *(Affolé.)* Rattrapez-le avant qu'il ne rentre chez lui.
Le Duc, à part : « Celui-là est vrai ! »

ACTE IV

La scène représente un fumoir très élégant. Table de travail sur laquelle se trouve un téléphone, divans, secrétaire, etc. Au lever du rideau, face au public, grande baie donnant sur une cage d'ascenseur. À gauche de cette cage, une bibliothèque. Au fond, à droite et en pan coupé, porte donnant sur le vestibule. Cette porte est grande ouverte. À gauche, deuxième plan, une fenêtre donnant sur la rue. À droite et à gauche, premier plan, une porte.

Scène I
VICTOIRE, CHAROLAIS PÈRE, CHAROLAIS FILS

CHAROLAIS PERE, *à la fenêtre, se retournant.* — Foutu ! on a sonné.
CHAROLAIS FILS. — Non. C'est la pendule.
VICTOIRE, *accourant.* — Six heures… six heures… mais où est-il ?… Le coup doit être fait depuis minuit… Où est-il ?
CHAROLAIS PERE, *près de la fenêtre.* — On doit le filer… Il n'ose pas rentrer.
VICTOIRE. — J'ai envoyé l'ascenseur en bas, au cas où il arriverait par l'issue secrète.
CHAROLAIS PERE. — Mais alors, nom de nom ! baissez les volets, comment voulez-vous que l'ascenseur monte si la porte reste ouverte !
VICTOIRE. — Oui… J'ai la tête perdue… *(Elle appuie sur un bouton. Les volets tombent. La cage de l'ascenseur est masquée.)* Si on téléphonait à Justin, à la maison de Passy.

CHAROLAIS PERE. — Justin n'en sait pas plus que nous.
CHAROLAIS FILS. — On ferait mieux de grimper là-haut.
VICTOIRE. — Non. Il va rentrer. J'espère encore.
CHAROLAIS PERE. — Mais si on sonne, nom de nom !… si on vient fouiller les papiers… il ne nous a rien dit… on n'est pas préparé… Qu'est-ce que nous allons faire ?
VICTOIRE. — Et moi… est-ce que je me plains ?… si on vient m'arrêter ?
CHAROLAIS FILS. — On l'a peut-être arrêté, lui.
VICTOIRE. — Ah ! ne dites pas ça !… *(Un temps.)* Les deux agents sont toujours là ?
CHAROLAIS PERE. — Vous approchez pas de la fenêtre, on vous connaît… *(Regardant à la fenêtre.)* Oui… devant le café… en face… Tiens !…
VICTOIRE. — Quoi ?
CHAROLAIS PERE. — Deux types qui courent.
VICTOIRE. — Deux types qui courent ? Ils viennent par ici ?
CHAROLAIS PERE. — Non.
VICTOIRE. — Ah !
CHAROLAIS PERE. — Ils s'approchent des flics, ils leur parlent ! Tonnerre ! Ils traversent tous la rue en courant !…
VICTOIRE. — De ce côté ?… Ils viennent de ce côté ?
CHAROLAIS PERE. — Oui, ils viennent ! ils viennent ! ils viennent !
VICTOIRE. — Et lui qui n'est pas là ! Pourvu qu'ils ne viennent pas… pourvu qu'il ne sonne pas… pourvu… *(Coup de sonnette au vestibule. Ils restent tous pétrifiés. Mais les volets de l'ascenseur se lèvent. Paraît Lupin, visage défait, méconnaissable, col arraché, etc. Les volets se rabaissent.)* Tu es blessé ?
LUPIN. — Non… *(Second coup de sonnette. À Charolais père avec des gestes d'une énergie précise.)* Ton gilet… va ouvrir… *(À Charolais fils.)* Ferme la bibliothèque… *(À Victoire.)* Cache-toi donc, toi, tu veux donc nous perdre !…
Il sort précipitamment à gauche, premier plan. Victoire et les deux Charolais sortent, premier plan à droite. Charolais fils a pressé un bouton. La bibliothèque glisse et vient masquer l'emplacement de l'ascenseur.

Scène II
CHAROLAIS, DIEUSY, BONAVENT, puis LUPIN

Charolais père, qui a passé son gilet de livrée, vient par la droite et se dirige vers le vestibule.
CHAROLAIS PERE. — Mais… M. le duc…
Bruit à la cantonade.
DIEUSY. — Allons… en voilà assez.
Il entre en courant avec Bonavent.
BONAVENT. — Par où est-il parti ? Il n'y a pas deux minutes, on était sur sa trace.
DIEUSY. — Nous l'empêcherons toujours de rentrer chez lui.
BONAVENT. — Mais tu es bien sûr que c'était lui ?
DIEUSY. — Ah ! là là !… Je t'en réponds !…
CHAROLAIS PERE. — Mais, messieurs, je ne peux pas vous laisser ici, M. le duc n'est pas réveillé.
DIEUSY. — Réveillé ! Il galope depuis minuit, votre duc. Et même qu'il court rudement bien.
LUPIN, *entrant. Il est en pantoufles de maroquin, chemise de nuit, pyjama foncé.* — Vous dites ?
DIEUSY et BONAVENT. — Hein ?
LUPIN. — C'est vous qui faites tout ce tapage ? *(Dieusy et Bonavent se regardent interdits.)* Ah çà ! mais, je vous connais. Vous êtes au service de Guerchard ?
DIEUSY et BONAVENT. — Oui.
LUPIN. — Eh bien, vous désirez ?
DIEUSY. — Plus… plus rien… On a dû se tromper.
LUPIN. — Dans ce cas… Il fait un signe à Charolais père. Celui-ci ouvre la porte.
DIEUSY, *sortant, à Bonavent.* — Quelle bourde ! Guerchard est capable d'en être révoqué !

BONAVENT. — Je te l'avais dit : un duc ! c'est un duc !

Scène III
LUPIN, seul, puis VICTOIRE, puis CHAROLAIS PÈRE

Resté seul, Lupin qui déjà pendant la scène des agents chancelait de fatigue s'affaisse sur le canapé.

VICTOIRE, *rentrant de droite.* — Mon petit ! Mon petit !… *(Lupin ne répond pas. Lui prenant la main.)* Mon petit, remets-toi… Voyons… *(À Charolais père qui rentre de gauche.)* Le déjeuner !… Il n'a rien pris ce matin !… *(À Lupin.)* Tu veux déjeuner ?
LUPIN. — Oui.
VICTOIRE, *irritée.* — Ah ! si c'est Dieu possible, cette vie que tu mènes… Tu ne changeras donc pas… *(Alarmée.)* T'es tout pâle… pourquoi ne parles-tu pas ?
LUPIN, *d'une voix brisée.* — Ah ! Victoire ! Que j'ai eu peur !
VICTOIRE. — Toi ! Tu as eu peur ?
LUPIN. — Tais-toi, ne le dis pas aux autres… mais cette nuit… Ah ! j'ai fait une folie… vois-tu… j'étais fou !… Une fois le diadème changé par moi sous le nez même de Gournay-Martin, une fois Sonia et toi hors de leurs griffes, je n'avais qu'à me défiler, n'est-ce pas ? Non, je suis resté par bravade, pour me payer la tête de Guerchard. Et après moi… moi qui suis toujours de sang-froid… eh bien, j'ai fait la seule chose qu'il ne fallait pas faire : au lieu de m'en aller tranquillement, en duc de Charmerace… eh bien… j'ai fichu le camp… Oui, je me suis mis à courir… comme un voleur… Ah ! au bout d'une seconde j'ai compris la gaffe… ça n'a pas été long… Tous les hommes de Guerchard étaient à mes trousses… et le diadème pigé sur moi… j'étais cuit !…
VICTOIRE. — Guerchard… alors ?
LUPIN. — Le premier affolement passé, Guerchard avait osé voir clair et regarder la vérité… l'esprit de l'escalier… de l'escalier que je descendais… que je dégringolais !… Alors quoi !… ça été la chasse. Il y en avait dix, quinze après moi. Je les sentais sur mes talons, essoufflés, rauques, violents, une meute, quoi… une meute… Moi, la nuit d'avant je l'avais passée en auto… J'étais claqué… Enfin, j'étais battu d'avance… puis ils gagnaient du terrain, tu sais…
VICTOIRE. — Il fallait te cacher.
LUPIN. — Ils étaient trop près, je te dis, à trois mètres, puis ça été deux mètres, puis un mètre… Ah ! je n'en pouvais plus… Tiens, à ce moment, je me rappelle, c'était la Seine… je passais sur le pont… j'ai voulu… Ah ! oui… plutôt que d'être pris, j'ai voulu en finir, me jeter…
VICTOIRE. — Ma Doué ! Et alors ?
LUPIN. — Alors, j'ai eu une révolte, j'ai pensé…
VICTOIRE. — À moi ?…
LUPIN. — Oui, à toi aussi… Je suis reparti, je m'étais donné une minute, la dernière… J'avais mon revolver sur moi… Ah ! pendant cette minute, tout ce que j'avais d'énergie, je l'ai employé… J'ai regardé derrière moi… c'est moi maintenant qui gagnais du terrain… Ils s'échelonnaient… ils étaient crevés eux aussi… tiens !… ça m'a redonné du courage… J'ai regardé autour de moi, où j'étais… Machinalement, à travers tant de rues, par instinct, je crois, je m'étais dirigé vers chez moi… Un dernier effort, j'ai pu arriver jusqu'ici au coin de la rue, ils m'ont perdu de vue… l'issue secrète était là… personne ne la connaît… J'étais sauvé !… *(Un temps, puis avec un sourire défait.)* Ah ! ma pauvre Victoire, quel métier !
CHAROLAIS PERE, *entrant avec un plateau.* — V'là votre petit déjeuner, patron !
LUPIN, *se levant.* — Ah ! ne m'appelle pas patron… C'est comme cela que les flics appellent Guerchard… ça me dégoûte !…
CHAROLAIS PERE. — Vous vous êtes rudement bien tiré d'affaire. Vous l'avez échappé belle.
LUPIN. — Oui, jusqu'à présent, ça va bien, mais tout à l'heure, ça va barder… *(Sort Charolais père. Pendant que Victoire le sert, il examine le diadème.)* Il n'y a pas à dire, c'est une jolie pièce…
VICTOIRE. — Je t'ai mis deux sucres. Veux-tu que je t'habille ?
LUPIN. — Oui… *(Il s'installe pour déjeuner. Sort Victoire.)* Ces œufs sont délicieux, le jambon aussi… ça m'avait creusé… C'est très sain, au fond, cette vie-là…
VICTOIRE, *entrant et apportant les bottines.* — Je vas te les mettre.

Elle s'agenouille pour les lui mettre.

LUPIN, *s'étirant*. — Victoire, ça va beaucoup mieux !

VICTOIRE. — Oh ! je sais bien… l'émotion… tu veux te tuer… puis t'es jeune… tu reprends le dessus… Et cette vie de menteries, de vols, les choses pas propres, ça recommence !

LUPIN. — Victoire, la barbe !

VICTOIRE. — Non, non ! ça finira mal. Être voleur, c'est pas une position. Ah ! quand je pense à ce que tu m'as fait faire cette nuit et la nuit d'avant.

LUPIN. — Ah ! parlons-en ! T'as fait que des gaffes !

VICTOIRE. — Qu'est-ce que tu veux ! moi, je suis honnête.

LUPIN. — C'est vrai… Je me demande même comment tu peux rester avec moi.

VICTOIRE. — Ah ! c'est ce que je me demande tous les jours, moi aussi, mais j'sais point… C'est peut-être parce que je t'aime trop…

LUPIN. — Moi aussi, ma brave Victoire, je t'aime bien.

VICTOIRE. — Puis, vois-tu, il y a des choses qui ne s'expliquent pas. J'en parlais souvent avec ta pauv'mère !… Ah ! ta pauvre mère ! Tiens, v'là ton gilet !

LUPIN. — Merci.

VICTOIRE. — Tout petit, tu nous étonnais… t'étais déjà d'une autre espèce, t'avais des mines délicates, des petites manières à toi, c'était aut'chose… Alors, tu pouvais pas cultiver la terre, n'est-ce pas, comme ton papa, qui avait les mains calleuses et qui vendait des betteraves.

LUPIN. — Pauv'papa !… N'empêche que s'il me voyait, ce qu'il serait fier.

VICTOIRE. — À sept ans, t'étais déjà mauvais garçon, faiseur de niches… et tu volais déjà !…

LUPIN. — Oh ! du sucre !

VICTOIRE. — Oui, ça a commencé par du sucre, puis ç'a été des confitures, puis des sous. Oh ! à c't'époque, ça allait ! Un voleur tout petit, c'est mignon, mais maintenant, vingt-huit ans…

LUPIN. — Tu es crevante, Victoire !

VICTOIRE. — Je sais bien, t'es pas corrompu, tu ne voles que les riches, t'as toujours aimé les petites gens… Ah ! oui, pour ce qui est du cœur, t'es un brave garçon.

LUPIN. — Eh bien, alors ?

VICTOIRE. — Eh bien, tu devrais avoir d'autres idées en tête. Pourquoi voles-tu ?

LUPIN. — Tu devrais essayer, Victoire.

VICTOIRE. — Ah ! Jésus-Marie !

LUPIN. — Je t'assure… Moi, j'ai tâté de tout. J'ai fait ma médecine, mon droit, j'ai été acteur, professeur du jiu-jitsu. J'ai fait, comme Guerchard, partie de la Sûreté. Ah ! quel sale monde !… Puis, je me suis lancé dans la société. J'ai été duc. Eh bien, pas un métier ne vaut celui-là, même pas celui de duc : Que d'imprévu, Victoire… Comme c'est varié, terrible, passionnant ! Et puis, comme c'est rigolo !

VICTOIRE. — Rigolo !

LUPIN. — Ah ! oui !… les richards, les bouffis, tu sais, dans leur luxe, quand on les allège d'un billet de banque, la gueule qu'ils font !… T'as bien vu le gros Gournay-Martin quand on l'a opéré de ses tapisseries… quelle agonie ! Il en râlait. Et le diadème ! Dans l'affolement déjà préparé à Charmerace, puis à Paris, dans l'affolement de Guerchard, le diadème, je n'ai eu qu'à le cueillir. Et la joie, la joie ineffable de faire enrager la police ! et l'œil bouilli que fait Guerchard quand je le roule !… Et enfin contemple… *(Il montre l'appartement.)* Duc de Charmerace, ça mène à tout, ce métier-là !… ça mène à tout à condition de n'en pas sortir… Ah ! vois-tu, quand on ne peut pas être un grand artiste ou un grand guerrier, il n'y a plus qu'à être un grand voleur.

VICTOIRE. — Ah ! tais-toi ! Ne parle pas comme ça. Tu te montes, tu te grises. Et tout ça, c'est pas catholique. Tiens ! tu devrais avoir une idée qui te fasse oublier toutes ces voleries… de l'amour… ça te changerait… j'en suis sûre… ça ferait de toi un autre homme. Tu devrais te marier.

LUPIN, *pensif*. — Oui… peut-être… ça ferait de moi un autre homme, tu as raison.

VICTOIRE, *joyeuse*. — C'est vrai, tu y penses ?

LUPIN. — Oui.

VICTOIRE. — Oui, mais plus de blagues ! plus de poulettes d'un soir, une vraie femme… une femme pour la vie…

LUPIN. — Oui.

Victoire, *toute contente*. — C'est sérieux, mon petit, tu as de l'amour au cœur, du bon ?
Lupin. — Oui, du vrai amour.
Victoire. — Ah ! mon petit !… Et comment est-elle ?
Lupin. — Elle est jolie, Victoire.
Victoire. — Ah ! pour ça, je me fie à toi. Et elle est brune, blonde ?
Lupin. — Oui, blonde. Et mince, avec un teint à peine rose, l'air d'une petite princesse.
Victoire, *sautant de joie*. — Ah ! mon petit ! Et qu'est-ce qu'elle fait de son métier ?
Lupin. — Ah ! bien voilà. Elle est voleuse !
Victoire, *éplorée*. — Ah ! Jésus-Marie !
Charolais père, *entrant*. — Je peux enlever le petit déjeuner ?
Sonnerie au téléphone.
Lupin. — Chut !… *(À Charolais père qui fait un mouvement.)* Laisse… Allô !… Oui… Comment… C'est vous ?… *(À Charolais père, bas.)* La petite Gournay-Martin… Si j'ai passé une bonne nuit ? Excellente !… Vous voulez me parler tout de suite… vous m'attendez au Ritz…
Victoire. — N'y va pas !
Lupin. — Chut ! *(Téléphonant.)* Dans dix minutes ?…
Charolais père. — C'est un piège.
Lupin. — Sapristi !… C'est donc bien grave ?… Eh bien, je prends ma voiture et j'arrive… À tout à l'heure !…
Victoire. — Et puis, si elle sait tout !… si elle se venge… si elle t'attire là-bas pour te faire arrêter…
Charolais père. — Mais oui… le juge d'instruction doit être au Ritz avec Gournay-Martin… Ils doivent tous y être !
Lupin, *après un instant de réflexion*. — Vous êtes fous ! S'ils voulaient m'arrêter, s'ils avaient la preuve matérielle qu'ils n'ont pas encore, Guerchard serait déjà ici.
Charolais père. — Alors, pourquoi vous ont-ils poursuivi ?
Lupin, *montrant le diadème*. — Et ça, c'est donc pas une raison. Au lieu de cela, les flics arrivent et on me réveille… c'est même plus moi qu'on a suivi… Alors, les preuves… les preuves matérielles, où sont-elles ? il n'y en a pas, ou plutôt c'est moi qui les ai… *(Ouvrant un des tiroirs de la bibliothèque et prenant un portefeuille.)* La liste de mes correspondants de province et de l'étranger… l'acte de décès du duc de Charmerace… il y a là tout ce qu'il faudrait à Guerchard pour décider le juge d'instruction à marcher… *(À Charolais père.)* Ma valise… *(Il les met dans la valise.)* Je mets ça là… Si nous avons à filer, c'est plus sûr… puis, si jamais on me pince, je ne veux pas que ce gredin de Guerchard m'accuse d'avoir tué le duc. Je n'ai encore assassiné personne !
Victoire, *qui a été chercher le paletot et le chapeau de Lupin*. — Ça, pour ce qui est du cœur…
Charolais père. — Pas même le duc de Charmerace, et, quand il était si malade c'était si facile, une petite potion…
Lupin, *s'habillant pour sortir*. — Tu me dégoûtes !
Charolais père. — Au lieu de ça, vous lui avez sauvé la vie.
Lupin, *même jeu*. — C'est vrai. Je l'aimais bien ce garçon-là. D'abord, il me ressemblait. Je crois même qu'il était mieux que moi.
Victoire. — Non. C'était pareil. On aurait dit deux frères jumeaux.
Lupin. — Ça m'a donné un coup la première fois que j'ai vu son portrait… tu te souviens, il y a trois ans, le jour du premier cambriolage chez Gournay-Martin…
Charolais père. — Si je me souviens !… C'est moi qui vous l'ai signalé. Je vous ai dit : « Patron, c'est vous tout craché ! » Et vous m'avez répondu : « Il y a quelque chose à faire avec ça… » C'est alors que vous êtes parti pour les neiges et les glaces, et que vous êtes devenu l'ami du duc, six mois avant sa mort.
Lupin. — Pauvre Charmerace ! C'était un grand seigneur ! Avec lui un beau nom allait s'éteindre… je n'ai pas hésité, je l'ai continué… *(Consultant sa montre et d'une voix posée.)* Sept heures et demie… J'ai le temps de passer rue Saint-Honoré prendre mon viatique.
Victoire. — Grand Dieu ! Toujours cette idée !
Lupin. — Ah ! je file !
Victoire, *vivement*. — Sans même un déguisement ? Sans même regarder au dehors si t'es pas épié ?
Lupin. — Non, je serais en retard. La petite Gournay-Martin pourra, un jour, me reprocher une certaine

muflerie. Je n'y ajouterai pas une incorrection.

CHAROLAIS PERE. — Mais…

LUPIN. — Je n'ai jamais fait attendre les femmes… Victoire, range le diadème… tiens, dans ce tabouret. *Il sort.*

VICTOIRE. — C'est un chevalier. Il y a quelques années, il aurait fait la croisade… au jour d'aujourd'hui, il barbote des diadèmes. Si c'est pas malheureux !

Elle se baisse, ouvre un petit tabouret et cache le diadème.

CHAROLAIS PERE. — Il est capable de tout avouer à la petite, par chic. On n'a que le temps de faire ses paquets, allez !

VICTOIRE. — Oui. Il y a un bon Dieu ! Et ça finira mal. *(Ils vont pour sortir. On sonne au vestibule. Avec effroi.)* On a sonné.

CHAROLAIS PERE. — Filez ! J'ouvre.

Elle sort. Il passe dans le vestibule. La scène reste vide.

Scène IV
BOURSIN, CHAROLAIS PÈRE, DIEUSY, puis LUPIN

CHAROLAIS PERE, *dans l'antichambre*. — Vous ne pouviez pas monter par l'escalier de service ?

BOURSIN, *apparaissant déguisé en chasseur de l'hôtel Ritz*. — Je ne savais pas, moi.

CHAROLAIS PERE. — Donnez-moi la lettre.

BOURSIN. — Je dois la remettre en mains propres à M. le duc.

CHAROLAIS PERE. — Alors, attendez son retour… M. le duc est parti chez vous, au Ritz. Ah ! non, pas là… Attendez dans l'antichambre.

Il le repousse dans l'antichambre, ferme la porte, traverse la scène et va rejoindre Victoire. Boursin passe la tête avec précaution, regarde, ressort, va ouvrir la porte d'entrée et appelle.

BOURSIN. — Dieusy !

DIEUZY, *entrant*. — Dis donc, Boursin, le téléphone de la petite a bien pris, hein ?… Il est parti au Ritz.

BOURSIN. — Dans son auto !… Il sera rentré dans cinq minutes. Reste-là ! Je vais couper le fil du téléphone.

Il le coupe.

DIEUZY, *lui montrant la valise*. — Eh ! Boursin ! La valise !… Il doit y avoir gras là dedans !…

BOURSIN, *courant vers la valise*. — Oui, peut-être… *(Bruit à la porte de droite.)* Trop tard ! Fais ce qui est convenu !

Ils sortent. Charolais père entre avec des journaux qu'il dépose sur la table. Coup de feu du côté de l'antichambre, mais en dehors.

CHAROLAIS PERE. — Hein ?… *(Bondissant, il ouvre la porte, traverse l'antichambre où l'on aperçoit Boursin assis, et disparait laissant la porte ouverte. Boursin se lève en hâte, court vers la valise, prend le portefeuille et le glisse sous son dolman. Charolais rentrant.)* Personne !… Qu'est-ce que ça veut dire ? *(À Boursin.)* Ta lettre, toi… tu nous embêtes !…

Il prend la lettre. Boursin va pour sortir. À ce moment, Lupin entre par la porte de droite. Il a une petite boite en carton sous le bras.

LUPIN. — Qu'est-ce que c'est ?… *(Il dépose la boite sur la table.)* Ah ! du Ritz, un contre-ordre, probablement… On ne m'a pas reçu, là-bas !

BOURSIN. — J'ai remis la lettre… une lettre de M. Gournay-Martin.

LUPIN. — Ah ! *(Boursin va pour sortir.)* Un instant… vous êtes bien pressé…

BOURSIN. — On m'a dit de revenir tout de suite.

LUPIN, *qui a décacheté la lettre*. — Non… Il y a une réponse.

BOURSIN. — Bien, monsieur.

LUPIN. — Attendez là… *(À Charolais père.)* C'est de la petite : « Monsieur… M. Guerchard m'a tout dit, à propos de Sonia, je vous ai jugé : un homme qui aime une voleuse ne peut être qu'un fripon… » Elle manque de tact… « À ce propos, j'ai deux nouvelles à vous annoncer : la mort du duc de Charmerace, mort d'ailleurs depuis trois ans ; mes projets de fiançailles avec son cousin et seul héritier, M. de Relzières, lequel relèvera le nom et les armes... Pour Mlle Gournay-Martin, sa femme de chambre, Irma. » Hum ! *(À Boursin qui s'est avancé peu à peu vers la sortie.)* Restez donc là, mon ami. *(À Charolais père.)* Écris, toi ! *(Il lui dicte.)* « Mademoiselle, j'ai une constitution extrêmement robuste, et mon malaise ne sera que passager. J'aurai l'honneur d'envoyer cet après-midi à la future Mme de Relzières mon humble cadeau de noces... Pour Jacques de Bartut, marquis de Relzières, prince de Virieux, duc de Charmerace, son maître d'hôtel, Arsène. »

CHAROLAIS PERE, *stupéfait.* — Faut écrire Arsène ?

LUPIN, *tout en dictant, il s'est approché de la valise et, constatant qu'elle n'est pas fermée, il inspecte Boursin.* — Pourquoi pas ?... Ça y est ?... Donne !... *(À Boursin.)* Tenez, mon ami. *(Il tend la lettre à Boursin qui la prend et qui fait un pas pour s'en aller. Lupin le saisit par le cou et le renverse.)* Bouge pas, mon gros, ou t'as le bras cassé. *(À Charolais père.)* Nos papiers, ils sont sous son dolman. *(À Boursin.)* C'est du jiu-jitsu, mon vieux, tu apprendras ça à tes collègues. *(L'aidant à se relever et le poussant vers la porte.)* Mais tu diras à ton patron que s'il a besoin de chasseur pour me fusiller, il faudra qu'il épaule lui-même... T'es pas pour gros gibier !... T'as une balle qui ne porte pas !...

BOURSIN, *menaçant.* — Le patron sera ici dans dix minutes !

Il sort.

LUPIN, *le conduisant jusque dans l'antichambre.* — Ah ! merci du renseignement !

Scène V
LUPIN, CHAROLAIS PÈRE, puis VICTOIRE

LUPIN, *revenant en courant.* — Bougre d'idiot ! T'avais donc rien vu ?

CHAROLAIS PERE. — Sous le dolman ?

LUPIN. — Mais non, imbécile, dans la valise. Et maintenant, on est bon, Guerchard sera ici dans dix minutes avec un mandat d'arrêt ! *(Impérieux.)* Fichez le camp, tous !

CHAROLAIS PERE. — Mais par où ?... Il y a des flics partout !... Ils ont reçu du renfort... Il y en a à la porte d'entrée et dans la rue parallèle.

LUPIN. — Mais là, devant, dans l'avenue.

CHAROLAIS PERE, *regardant.* — Libre.

LUPIN. — Filez par l'escalier de service. Je vous rejoins... Rendez-vous à la maison de Passy...

Ils sortent.

VICTOIRE. — Et toi, tu viens aussi ?

LUPIN, *téléphonant.* — Dans un instant, je passerai par là... Ils n'ont pas encore trouvé l'issue secrète.

VICTOIRE. — Qu'en sais-tu ? Mais tu es fou, tu téléphones ?...

LUPIN. — Oui. Si je ne téléphone pas, Sonia va venir, elle s'enferrerait dans Guerchard.

VICTOIRE. — Sonia, mais...

LUPIN, *s'exaspérant.* — On ne répond pas. Allô... elles sont sourdes.

VICTOIRE, *effarée.* — Passons chez elle, mais fuyons d'ici...

LUPIN, *avec une agitation croissante.* — Chez elle... est-ce que je connais son adresse ! Ah ! j'ai perdu la tête hier soir... Allô !... C'est un petit hôtel près de l'Étoile... mais il y a vingt hôtels près de l'Étoile !... Allô... *(Hors de lui.)* Ah ! ce téléphone... On lutte, on se bat contre un meuble... Allô... *(Il soulève l'appareil. Avec un cri de rage.)* Ah ! on m'a joué le tour du téléphone... c'est Guerchard... Ah ! la fripouille !...

VICTOIRE. — Eh bien, alors... maintenant ?

LUPIN. — Quoi, maintenant ?

VICTOIRE. — Tu n'as plus rien à faire ici, puisque tu ne peux plus téléphoner.

LUPIN, *lui prenant le bras, tout tremblant de fièvre et d'anxiété.* — Mais tu ne comprends donc pas que, puisque je n'ai pas téléphoné, elle vient ! Elle est en route, tu entends, elle va venir.

VICTOIRE. — Mais toi !...

LUPIN. — Mais elle !...

VICTOIRE. — Mais à quoi ça avance, ma doué, c'est vous perdre tous les deux !

LUPIN. — Ah ! j'aime mieux ça...

VICTOIRE. — Mais ils vont te prendre...

LUPIN. — Me prendre !... *(Posant la main sur la boite qu'il a rapportée.)* Ah ! pas vivant, je te le jure.

VICTOIRE, *terrifiée.* — Tais-toi ! Tais-toi !... Ah ! la maudite chose que tu as là dedans... Je le sais bien, t'es capable de tout... et eux aussi, ils te donneront un mauvais coup... Non, vois-tu, il faut t'en aller... la petite, on ne lui fera rien... elle en sera quitte pour pas grand'chose. Tu vas t'en aller, n'est-ce pas ?

LUPIN. — Non, Victoire !

VICTOIRE, *s'asseyant*. — Alors, comme il plaît à Dieu...

LUPIN. — Quoi ! tu ne vas pas rester, toi !

VICTOIRE. — Ah ! fais-moi bouger d'ici si tu peux, je t'aime autant qu'elle, tu sais... *(On sonne, ils se regardent. La voix sourde, avec une angoisse effrayante.)* C'est elle ?

LUPIN, *bas, immobile*. — Non.

VICTOIRE, *de même*. — Alors ?

LUPIN, *de même*. — Alors oui, c'est Guerchard !

VICTOIRE, *de même*. — Ne bougeons pas... peut-être...

LUPIN, *après un silence*. — Écoute, va lui ouvrir.

VICTOIRE, *épouvantée*. — Quoi ! tu veux ?

LUPIN, *avec un sang-froid impressionnant et une autorité extrême, lentement, gravement, tout son être tendu*. — Comprends-moi bien, tu attendras qu'il soit rentré, tu feras le tour, tu t'en iras par l'escalier de service, tu la guetteras pas loin de la maison... Oh ! tu la reconnaîtras... elle est si jolie... Et puis tu verras bien quand elle voudra franchir la porte... *(La voix tremblante et impérieuse.)* empêche-la d'entrer, Victoire... empêche-la.

VICTOIRE. — Oui, mais si Guerchard m'arrête ?...

LUPIN. — Non ! Il entre, tu te dissimules derrière la porte, et puis tu ne comptes pas pour lui...

VICTOIRE. — Pourtant, s'il m'arrête ?... *(Lupin ne répond pas. On entend un deuxième coup de sonnette. À voix basse.)* S'il m'arrête...

LUPIN, *un temps, tout bas*. — Vas-y tout de même, Victoire...

VICTOIRE. — J'y vais, mon petit.

Elle sort par l'antichambre.

Scène VI
LUPIN, seul.

LUPIN, *seul, il tombe assis, défaillant*. — Pourvu qu'elle arrive à temps... que Victoire l'empêche... Ah ! Sonia, ma petite Sonia... *(Se dominant.)* Hein ! mais je deviens gâteux, moi !... Guerchard est là et au lieu de... Ah ! mais non ! Ah !... mais non !... *(Il se relève.)* Ah ! mais non !... Il prend la boite et va la déposer sur un des rayons de la bibliothèque.

Scène VII
LUPIN, puis GUERCHARD, puis BOURSIN, puis SONIA KRITCHNOFF

GUERCHARD, *entrant rapidement et s'arrêtant court sur le seuil*. — Bonjour, Lupin.

LUPIN. — Bonjour, ma vieille.

GUERCHARD. — Tu m'attendais ? je n'ai pas été, trop long ?

LUPIN, *maîtrisant son émotion*. — Non, le temps a passé très vite.

GUERCHARD. — C'est gentil chez toi.

LUPIN. — C'est central... Seulement, excuse-moi, je ne peux pas te recevoir comme je voudrais. Tous mes domestiques sont partis.

GUERCHARD. — Ne t'inquiète pas de ça, je les rattraperai. *(Un temps.)* Et Victoire est toujours là...

LUPIN, *chancelant sous le coup, la voix altérée*. — Elle est arrêtée ?

GUERCHARD. — Oui.

LUPIN. — Ah ! *(Un temps. À Guerchard, qui a gardé son chapeau sur la tête.)* Reste donc couvert. *(Ils s'assoient tous deux l'un en face de l'autre, lentement, sans se quitter des yeux.)* D'où viens-tu ? *(Avec gaminerie.)* Tu as été faire signer ton petit mandat ?

GUERCHARD. — Oui.

LUPIN, *même jeu*. — Tu l'as sur toi ?

GUERCHARD. — Oui.

LUPIN. — Contre Lupin, dit Charmerace ?

GUERCHARD. — Contre Lupin, dit Charmerace.
LUPIN. — Alors, qu'est-ce que t'attends pour m'arrêter ?
GUERCHARD. — Rien, mais ça me fait tellement plaisir que je veux savourer cette minute dans toute sa plénitude. Lupin !
LUPIN. — Soi-même.
GUERCHARD. — Je n'ose pas y croire.
LUPIN. — Comme tu as raison !
GUERCHARD. — Oui, je n'ose pas y croire. Toi, vivant ! là, à ma merci.
LUPIN. — Oh ! pas encore !
GUERCHARD. — Si !… et bien plus encore que tu ne le crois… *(Se penchant vers lui.)* Sais-tu où est Sonia Kritchnoff, en ce moment ?
LUPIN. — Hein ?
GUERCHARD. — Je te demande si tu sais où est Sonia Kritchnoff ?
LUPIN, *bouleversé*. — Et toi ?
GUERCHARD. — Moi, je le sais.
LUPIN. — Dis voir.
GUERCHARD. — Dans un petit hôtel, près de l'Étoile…
LUPIN, *de même*. — Dans un petit hôtel près de l'Étoile…
GUERCHARD. — Qui a le téléphone.
LUPIN. — Ah ! quel numéro ?
GUERCHARD. — 555.14… Veux-tu lui téléphoner ?
LUPIN, *se levant brusquement*. — Eh bien, après ?
GUERCHARD. — Après… rien… voilà.
LUPIN, *avec dans la voix de l'émotion, de la violence contenue, parfois une sorte de supplication menaçante*. — Évidemment, rien… car qu'est-ce que ça peut te faire, cette petite ? Ce n'est pas elle qui t'intéresse, n'est-ce pas ? C'est moi que tu cherches… que tu hais… C'est moi qu'il te faut… Je t'ai joué assez de tours pour ça, hein ! vieux brigand ? Alors, cette petite, tu vas la laisser tranquille… tu ne vas pas te venger sur elle… Tu as beau être policier, tu as beau me détester, il y a des choses qui ne se font pas… Tu ne vas pas faire ça, Guerchard… tu ne feras pas ça… Moi… tout ce que tu voudras… mais elle, faut pas y toucher, pauvre gosse ! Hein ? faut pas y toucher.
GUERCHARD, *nettement*. — Ça dépend de toi.
LUPIN. — Ça dépend de moi ?
GUERCHARD. — J'ai à te proposer un petit marché.
LUPIN. — Ah !…
GUERCHARD. — Oui.
LUPIN. — Qu'est-ce que tu veux ?
GUERCHARD. — Je t'offre…
LUPIN. — Tu m'offres ? Alors, c'est pas vrai… Tu me roules.
GUERCHARD. — Rassure-toi. À toi personnellement, je ne t'offre rien.
LUPIN. — Rien ?
GUERCHARD. — Rien !
LUPIN. — Alors, tu es sincère. Et à part ça ?
GUERCHARD. — Je t'offre la liberté.
LUPIN. — Pour qui ? Pour mon concierge ?
GUERCHARD. — Ne fais pas l'idiot, une seule personne t'intéresse, je te tiens par elle : Sonia Kritchnoff !
LUPIN. — C'est-à-dire que tu me fais chanter.
GUERCHARD. — Tu l'as dit.
LUPIN. — Soit, pour l'instant tu es le plus fort, ça ne durera pas. Mais tu m'offres la liberté de la petite ?
GUERCHARD. — Oui.
LUPIN. — Sa liberté entière ?… Ta parole d'honneur ?
GUERCHARD, *vivement*. — Oui.
LUPIN, *de même* — Tu le peux ?
GUERCHARD. — Je m'en charge.

LUPIN, *vivement.* — Comment feras-tu ?
GUERCHARD, *de même.* — Je mettrai les vols sur ton dos.
LUPIN. — Oui, j'ai bon dos… Et en échange… qu'est-ce qu'il te faut ?
GUERCHARD. — Ah ! tout. Tu vas me rendre les tableaux, les tapisseries, le mobilier Louis XIV, le diadème et l'acte de décès de Charmerace.
LUPIN. — Oui, foutu. Je serai foutu… Veux-tu aussi ma sœur ? Enfin, quoi ! tu veux ma peau ?
GUERCHARD. — Oui, je veux ta peau.
LUPIN. — La peau !
GUERCHARD. — Tu ne veux pas ?
LUPIN. — Je peux te donner un verre de porto, mais c'est tout ce que je peux faire pour toi.
GUERCHARD. — Soit !
On sonne. Il va à la porte.
LUPIN, *courant.* — Attends ! Attends !
GUERCHARD, *à Boursin qui entre.* — Qu'est-ce que c'est ?
LUPIN, *fortement.* — J'accepte, j'accepte tout.
BOURSIN — C'est un fournisseur.
LUPIN. — Un fournisseur ? Je refuse.
Boursin se retire.
GUERCHARD. — Je vais coffrer la petite.
LUPIN. — Pas pour longtemps.
GUERCHARD. — Tu connais ton code : minimum, cinq ans.
LUPIN. — Tu mens ! tu ne peux pas !
GUERCHARD. — … Article 386.
LUPIN, *après un instant.* — Au fait, si je te rends tout… j'en serai quitte pour tout reprendre un de ces jours…
GUERCHARD, *ironique.* — Parbleu ! quand tu sortiras de prison.
LUPIN. — Il faudra d'abord que j'y entre.
GUERCHARD. — Ah ! mais pardon, si tu acceptes, je peux t'arrêter !
LUPIN. — Évidemment, tu m'arrêtes si tu peux…
GUERCHARD. — Tu acceptes ?
LUPIN. — Eh bien…
GUERCHARD. — Eh bien ?
LUPIN, *violemment.* — Eh bien, non !
GUERCHARD. — Ah !
LUPIN. — Non. Tu veux m'avoir… tu me la fais… tu te fiches de Sonia, au fond… Tu ne l'arrêteras pas… Et puis même… tu l'arrêtes… soit ! j'admets… C'est pas tout d'arrêter, il faut prouver. As-tu des preuves ? Oui, je sais, le pendentif, eh bien, prouve-le. Non, Guerchard, après dix ans que j'échappe à tes griffes, me faire piger pour sauver cette petite qui n'est même pas en danger. Je refuse.
GUERCHARD. — Soit. *(On sonne.)* Encore… On sonne beaucoup chez toi ce matin. *(À Boursin qui entre.)* Qu'est-ce que c'est ?
BOURSIN. — Mlle Kritchnoff.
GUERCHARD. — Ah ! Empoigne-la… Voilà le mandat… Empoigne-la…
LUPIN, *sautant à la gorge de Boursin.* — Non, jamais, pas ça ! Ne la touche pas, nom de Dieu !…
GUERCHARD. — Alors, tu acceptes ? *(Un grand silence. Lupin pâle, défait, s'appuie contre la table sans répondre, Enfin il fait un signe de tête. À Boursin.)* Fais attendre Mlle Kritchnoff… *(Boursin sort. Revenant vers Lupin.)* L'acte de décès de Charmerace.
LUPIN, *tirant un papier du portefeuille.* — Voilà !
Guerchard déplie vivement le papier.
GUERCHARD. — Enfin ! mais les tableaux ?… les tapisseries ?
LUPIN, *tirant un bout de papier plié.* — Voilà le reçu.
GUERCHARD. — Hein ?
LUPIN. — J'ai tout mis au garde-meuble.
GUERCHARD, *jetant un coup d'œil sur le papier que lui a remis Lupin.* — Le diadème n'y est pas ?

LUPIN. — T'as un pied dessus.
GUERCHARD. — Quoi ?
Il se baisse, ouvre le petit banc et en retire le diadème.
LUPIN. — Veux-tu l'écrin ? *(Guerchard examine le diadème avec méfiance.)* T'as le souvenir !
GUERCHARD, *après avoir soupesé le diadème, et rassuré.* — Oui… celui-là est vrai.
LUPIN. — Si tu le dis !… Et maintenant, as-tu fini de me saigner ?
GUERCHARD. — Tes armes ?
LUPIN, *jetant son revolver sur la table.* — Voilà.
GUERCHARD. — C'est tout. Qu'est-ce que tu as là ?
LUPIN. — Un canif.
GUERCHARD. — Il est gros ?
LUPIN. — Moyen.
GUERCHARD. — Fais voir !… *(Lupin sort un énorme coutelas.)* Fichtre ! Et c'est tout ?
LUPIN, *fouillant ses poches.* — Un cure-dents… Alors, ça y est ! j'ai ta parole !
GUERCHARD, *sortant les menottes.* — Tes mains d'abord.
LUPIN. — Ta parole !
GUERCHARD. — Tes mains. Ah ! veux-tu la liberté de la petite, oui ou non ?
LUPIN. — As-tu de la veine que je sois aussi poire, aussi peu Charmerace, aussi peuple ! Hein ! pour être aussi amoureux, faut-il que je sois peu homme du monde !
GUERCHARD. — Allons, tes mains.
LUPIN. — Je verrai la petite une dernière fois ?
GUERCHARD. — Oui.
LUPIN. — Arsène Lupin, pigé, et par toi ! Es-tu assez veinard ! Tiens ! *(Il tend les mains. Guerchard lui met les menottes.)* Veinard ! C'est pas possible, t'es marié !
GUERCHARD, *goguenard.* — Oui… oui… Boursin !… *(Entre Boursin.)* Mlle Kritchnoff est libre, dis-le-lui, et laisse-la entrer !
LUPIN, *sursautant.* — Avec ça aux mains… jamais !… et pourtant… *(Boursin s'arrête.)* pourtant… j'aurais bien voulu… car si elle part comme ça… je ne sais pas quand, moi… Eh bien, oui, oui, je veux la voir… *(Boursin et Guerchard passent dans l'antichambre.)* Non, non…
GUERCHARD, *qui n'a pas entendu, revient avec Sonia.* — Vous êtes libre, mademoiselle. Vous pouvez remercier le duc. C'est à lui que vous devez cela.
SONIA. — Libre ! et c'est à vous ! c'est à lui !
GUERCHARD. — Oui.
SONIA, *à Lupin.* — C'est à vous ? Je vous devrai donc tout ! Ah ! merci, merci ! *(Pour qu'elle ne voie pas ses menottes, Lupin se détourne. Sonia désespérée.)* Ah ! j'ai eu tort, j'ai eu tort de venir ici, j'avais cru hier… je me suis trompée… pardon, je m'en vais…
LUPIN, *douloureux.* — Sonia…
SONIA. — Non, non, je comprends, c'était impossible. Et si vous saviez pourtant, si vous saviez avec quelle âme transformée j'étais venue ici !… Ah ! je vous le jure maintenant, je vous le jure, tout mon passé, je le renie, et la seule présence d'un voleur me soulèverait de dégoût.
LUPIN. — Sonia, taisez-vous !
SONIA. — Oui, vous avez raison. Peut-on effacer ce qui a été ! Je restituerais tout ce que j'ai pris, je passerais des années de remords, de repentir… à vos yeux, j'aurais beau faire, Sonia Kritchnoff, monsieur le duc, qu'est-ce que c'est ? C'est une voleuse.
LUPIN. — Sonia !
SONIA. — Et pourtant, si j'avais été une voleuse comme tant d'autres… mais vous savez pourquoi j'ai volé. Je ne cherche pas à m'excuser, mais enfin, tout de même, c'était pour me garder intacte, et quand je vous aimais, ce n'était plus le cœur d'une voleuse qui battait, c'était le cœur d'une pauvre fille qui aimait… voilà tout… qui aimait…
LUPIN, *bouleversé.* — Vous ne pouvez pas savoir, comme vous me torturez, taisez-vous !
SONIA. — Enfin, je pars : nous ne nous reverrons jamais. Alors, voulez-vous au moins me donner la main ?
LUPIN, *torturé.* — Non.
SONIA. — Vous ne voulez pas ?

Lupin, *très bas.* — Non.
Sonia. — Ah !
Lupin. — Je ne peux pas.
Sonia. — Ah ! vous n'auriez pas dû... vous ne devriez pas me quitter ainsi, vous avez eu tort hier.
Elle va pour sortir.
Lupin, *à voix basse, balbutiant.* — Sonia ! *(Sonia s'arrête.)* Sonia !... vous avez dit quelque chose... vous avez dit que la présence d'un voleur vous soulèverait de dégoût... est-ce vrai ?
Sonia. — Oui, je vous le jure.
Lupin. — Et si je n'étais pas celui que vous croyez ?
Sonia. — Quoi ?
Lupin. — Si je n'étais pas le duc de Charmerace.
Sonia. — Quoi ?
Lupin. — Si je n'étais pas un honnête homme.
Sonia. — Vous ?
Lupin. — Si j'étais un voleur... Si j'étais...
Guerchard, *goguenard.* — Arsène Lupin.
Sonia, *balbutiant.* — Arsène Lupin... *(Elle aperçoit ses menottes et pousse un cri.)* C'est vrai ?... mais alors, vous vous êtes livré à cause de moi ?... et c'est à cause de moi que vous allez être mis en prison ? Ah ! mon Dieu, que je suis heureuse !
Elle se jette sur lui et l'embrasse.
Guerchard, *avec un grand geste.* — Et voilà ce que les femmes appellent le repentir.
Tout en surveillant Lupin, il passe dans l'antichambre donner des ordres.
Lupin, *à Sonia, transporté de joie comme un enfant.* — Ah ! vois-tu, laisse-le dire, c'est inoubliable, ça... malgré tout, et sachant que tu m'aimes assez pour m'aimer encore... je ne sais pas si je suis touché de la grâce, je ne sais pas si j'ai des remords, je ne sais pas si c'est ça qu'on peut appeler du repentir, mais je dois être changé, je dois être meilleur, je dois être devenu honnête... Ah ! je suis trop heureux !
Guerchard, *revenant.* — En voilà assez.
Lupin. — Ah ! Guerchard, je te dois, après tant d'autres, la meilleure minute de ma vie.
Boursin, *entrant, essoufflé.* — Patron !
Guerchard, *à part.* — Quoi ?
Boursin. — L'issue secrète... on l'a trouvée... c'est par les caves...
Guerchard. — Ah ! cette fois, ça y est, nous le tenons.
Boursin sort.
Sonia, *à part.* — Mais alors il va t'emmener, nous allons être séparés.
Lupin. — Ah ! maintenant, moi, ça m'est égal.
Sonia. — Oui, mais moi pas.
Lupin, *nettement.* — Va-t'en, sois tranquille, je n'irai pas en prison.
Guerchard. — Allons, la petite, il faut filer.
Lupin. — Va-t'en, Sonia ! va-t'en. *(Elle s'éloigne. Lupin bondit. Guerchard se précipite, mais Lupin se baisse.)* Elle avait laissé tomber son mouchoir.
Il le lui rend. Elle sort. Alors, tranquillement, Lupin va s'étendre sur le canapé.
Guerchard. — Allons, lève-toi. Voilà qui va te faire retomber de ton rêve, la voiture cellulaire est en bas.
Lupin. — Tu as des mots vraiment malheureux.
Guerchard. — Tu ne veux pas sortir avec moi ! tu ne veux pas sortir !
Lupin. — Si.
Guerchard. — Alors, viens.
Lupin. — Ah ! non, c'est trop tôt. *(Il se recouche.)* Je déjeune à l'ambassade d'Angleterre.
Guerchard. — Ah ! Prends garde... les rôles sont changés, c'est moi qui me fous de toi, maintenant. Tu te raccroches à une dernière branche, c'est pas la peine. Tous tes trucs, je les connais, tu entends, voyou, je les connais.
Lupin. — Tu les connais ? *(Il se lève.)* Fatalité ! *(Il fait deux ou trois gestes, dépasse les menottes et les jette à terre.)* Et celui-là, est-ce que tu le connais. Je te l'apprendrai un jour que tu m'inviteras à déjeuner.

Guerchard, *furieux*. — Allons, en voilà assez... Boursin ! Dieusy !

Lupin, *l'arrête, et d'un ton saccadé*. — Guerchard, écoute, et je ne blague plus. Si Sonia, tout à l'heure, avait eu un geste, une parole de mépris pour moi, eh bien, j'aurais cédé... à moitié seulement, car, plutôt que de tomber entre tes pattes triomphantes, je me faisais sauter le caisson ! J'ai maintenant à choisir entre le bonheur, la vie avec Sonia ou la prison. Eh bien, j'ai choisi : je vivrai heureux avec elle, ou bien, mon petit Guerchard, je mourrai avec toi. Maintenant, fais entrer tes hommes, je les attends !

Guerchard. — Allons-y !

Il court vers l'antichambre.

Lupin. — Je crois que ça va barder !

Guerchard. — Tu parles !

Lupin. — Charles...

Tandis que Guerchard est dans l'antichambre, il saute vers la boite et en sort une bombe. En même temps, il a pressé le bouton. La bibliothèque glisse, les volets se lèvent et l'ascenseur apparait.

Guerchard, *rentrant avec ses hommes*. — Ligotez-le !

Lupin, *terrible*. — Arrière vous autres ! *(Tous reculent. Tumulte.)* Les mains en l'air !... Vous connaissez ça, les enfants ?... Une bombe ! C'est mon passage à tabac, moi. Eh bien, venez donc me ligoter, maintenant !... *(À Guerchard.)* Toi aussi les mains en l'air !

Guerchard. — Poules mouillées ! Vous croyez donc qu'il oserait...

Lupin. — Viens-y voir !

Guerchard. — Oui donc !

Il s'avance.

Tous, *se jetant sur lui, terrifiés*. — Patron ! vous êtes fou ! Regardez ses yeux... il est enragé !

Lupin, *tout en gardant la bombe à la main*. — Nom de nom que vous êtes laids ! Vous avez des gueules de forçats ! *(Mouvement de Guerchard.)* Hep ! *(Il lève le bras. Tous reculent.)* Dommage qu'il y ait pas un photographe. Et maintenant, voleur, rends-moi mes papiers.

Guerchard. — Jamais !

Boursin. — Patron, prenez garde.

Lupin. — Tu veux donc les faire crever tous ?... Regardez, les enfants, si j'ai l'air de blaguer.

Dieusy. — Faut céder, patron.

Boursin. — Faut céder.

Ils entourent tous Guerchard.

Guerchard. — Jamais !

Boursin. — Allons ! patron, allons, donnez-les moi.

Il lui arrache le portefeuille.

Lupin. — Sur la table... Bien. Et maintenant, gare la bombe !...

Mouvement de panique. Il saute dans l'ascenseur.

Boursin, *à Guerchard*. — Il va filer !

Guerchard. — L'issue est gardée !

Les volets descendent. Tous se précipitent. Trop tard. Ils se heurtent aux volets. Affolement. Ils courent de tous côtés.

Guerchard, *essayant d'enfoncer les volets*. — La porte ! il faut l'ouvrir ! *(À Dieusy et aux autres hommes.)* Vous autres, dans la rue... à l'issue secrète ! *(Les hommes sortent précipitamment par la porte de droite.)* La porte, c'est une question de minutes. Il doit lutter avec nos hommes dans la rue !

À ce moment, les volets remontent d'eux-mêmes. Guerchard et Boursin se précipitent dans l'ascenseur. Guerchard pousse un bouton, l'ascenseur s'élève. Affolement de Guerchard.

Guerchard. — Mais nous montons, nom de nom ! nous montons ! Nom de nom ! Le bouton d'arrêt ! Le bouton d'arrêt, nom de nom !

L'ascenseur monte lentement. On entend les cris de Guerchard. Lupin apparait dans un second compartiment inférieur, identique à l'autre. Il est assis devant une table de toilette. Au moment où la plate-forme est de plain-pied, il pousse un déclic : « Bloqués ! » et il continue à s'arranger devant la glace, met un pardessus et un chapeau pareils à ceux de Guerchard, un large foulard blanc. Il apparait c'est Guerchard à s'y tromper.

Scène VIII
LUPIN, SONIA

Lupin. — Ah ! voir la gueule de Guerchard !... Oui, faites du boucan, là-haut... l'immeuble est à moi... ça n'attire personne !... Ah ! sapristi ! qu'est-ce que j'ai fait de ma bombe ?... *(Il rentre dans l'ascenseur, prend la bombe et, l'élevant au bout de son bras.)* Tragédiante ! *(Il laisse tomber la bombe qui rebondit. Il la met sur la table.)* Comédiante !... Ah ! maintenant... bien que j'aie cinq bonnes minutes... célérité ! *(Il se précipite vers la porte de l'antichambre et regarde par la serrure.)* Un agent et Victoire... Pauvre Victoire !... *(Il pousse le verrou, puis il va à droite et entend du bruit.)* Hein !... des agents !... il en pousse donc !

Il reprend la bombe et élève le bras. Parait Sonia.

Sonia. — Ah ! mon Dieu !... Monsieur Guerchard !
Lupin, *vivement.* — Non, c'est moi.
Sonia. — Vous ! oh !
Lupin. — Regardez comme je lui ressemble ! Hein ? Suis-je assez moche ?
Sonia. — Oh !
Lupin. — Cette fois, le duc de Charmerace est mort.
Sonia. — Non, mon ami, c'est Lupin.
Lupin. — Lupin ?
Sonia. — Oui, ça vaut mieux.
Lupin. — Ce serait une perte, vous savez.. une perte pour la France !
Sonia. — Non.
Lupin. — Faut-il que je vous aime !...
Sonia. — Vous ne volerez plus ?
Lupin. — Est-ce que j'y pense encore. Vous êtes là... Guerchard est dans l'ascenseur... Je ne désire plus rien... Toi là, j'ai l'âme d'un amoureux, et c'est encore l'âme d'un voleur, j'ai envie de voler tes baisers, tes pensées, de voler tout ton cœur. Ah ! Sonia, si tu ne veux pas que je vole autre chose, il n'y a qu'à plus me quitter...
Sonia. — Tu ne voleras plus... *(Ils s'embrassent.)* Du bruit !
Lupin, *se précipite vers la cage de l'ascenseur.* — Non. Ce n'est rien. C'est Guerchard qui tape du pied.
Sonia. — Comment ?
Lupin. — Je t'expliquerai... c'est rigolo. Ah ! je suis heureux... non... je ne volerai plus... je... Tiens... *(Tirant un objet de sa poche.)* le chronomètre à Guerchard. Je le lui ai pris. C'est pratique. Tu le veux ?
Sonia, *avec reproche.* — Déjà !...
Lupin. — Oui, c'est vrai... pardon, mais comme c'est difficile ! On le lui laisse, n'est-ce pas ?
Sonia. — Dépêche-toi... il faut nous sauver...
Lupin. — Nous sauver ! jamais ! chut ! *(Il ouvre la porte.)* Agent ?
L'Agent. — Patron.
Lupin, *changeant de voix et tournant le dos à l'agent.* — Agent !... Lupin est dans l'ascenseur, arrêté par Boursin : il va descendre.
L'Agent. — Lupin ?
Lupin. — Oui, et ne vous laissez pas rouler par ses déguisements. Il ne peut y avoir dans l'ascenseur que Boursin et Lupin. Guettez-le et sautez dessus.
L'Agent. — Bien, patron.
Lupin. — Et vous porterez cette bombe au laboratoire municipal. *(Il fait jouer le bouton de l'ascenseur. Puis entraînant Sonia et Victoire chacune par une main)* Allons, vous deux, au Dépôt. Et vous pouvez considérer qu'Arsène Lupin est mort... mais c'est l'amour qui l'a tué.

Ils disparaissent. Guerchard descend de l'ascenseur et se précipite à la suite de Lupin.

L'Agent, *braquant son revolver.* — Halte ! ou je fais feu !
Guerchard. — Hein ?
L'Agent. — Ah ! vous vous faites la tête du patron...

Guerchard se dégage et court vers la porte.

Boursin. — Idiot ! crétin ! mais c'est celui-ci le patron, l'autre c'était Lupin.

L'AGENT. — Quoi ?

GUERCHARD. — Fermée ! trop tard ! Hein ? *Il entend la corne d'une automobile. Guerchard s'élance à la fenêtre. Avec un grand cri.*) Et il fout le camp dans mon automobile !...

Arsène Lupin au théâtre de l'Athénée

ARSÈNE LUPIN a obtenu à l'Athénée un succès que la presse avait prévu, proclamé, dès le premier soir et qui s'est longtemps renouvelé. Il n'en pouvait être autrement.

La collaboration du poète de *Chérubin* et du *Paon*, de l'auteur de *Le je ne sais quoi* et de *Le Bonheur Mesdames*, avec le nouvelliste et le romancier des *Couples*, de l'*Œuvre de mort*, de *Voici des ailes* et de l'*Enthousiasme*, devait produire, quelque fût le genre choisi par eux, une œuvre adroite, agréable, brillante, et solidement construite.

De nombreux articles d' « avant-premières » nous ont renseigné sur la genèse de cette collaboration. M. Francis de Croisset, séduit, charmé par la verve, l'imagination, la variété de ressources du héros que M. Maurice Le blanc avait rendu fameux par ses deux derniers romans : *Arsène Lupin gentleman-cambrioleur* et *Arsène Lupin contre Herlock Sholmès*, avait proposé à leur auteur d'en tirer, avec lui, une pièce. D'avance M. Deval, directeur de l'Athénée, acceptait ces trois ou ces quatre actes. MM. de Croisset et Leblanc se mirent donc à l'ouvrage et bâtirent vite un scénario, — qui ne leur plut pas absolument. Ils partirent alors en voyage ; le premier, au Maroc, le second, à Venise, — et se retrouvèrent au mois d'août dans les Alpes, à Saint-Gervais, où ils se remirent au travail. Cette fois les scènes, les actes de ce nouvel *Arsène Lupin* se déroulèrent à merveille avec toute l'ingéniosité désirable de leurs péripéties, avec l'esprit perpétuellement renouvelé de leurs répliques ; les deux collaborateurs rentrèrent à Paris et donnèrent aussitôt lecture de leur œuvre à M. Deval qui la reçut, en effet, d'emblée, et la mit bientôt en répétitions en lui assurant des interprètes de choix.

***

Comme nous l'avons dit plus haut, la presse fut unanime, au lendemain de la répétition générale, à proclamer le plaisir qu'elle avait pris à ce spectacle.

Ainsi M. Gustave Guiches écrivait dans *Comœdia* :

« Il faut le constater tout de suite, c'est un très gros succès. Et pas un succès gros comme il risquait d'être, mais un succès charmant, remporté par ces délicieux Lupin à coups de fantaisie, de verve, d'inattendues trouvailles et, dans cette soirée de cambriolages si joliment réussis, le succès est la seule chose dont on peut dire qu'il ne l'a pas volé.

» Certes, M. Maurice Leblanc avait facilité la tâche à M. de Croisset. Il lui apportait un personnage auquel son cerveau de romancier et son talent d'écrivain avaient déjà donné une vie toute frémissante d'aventures et de joyeux frissons. Or, les deux livres que M. Maurice Leblanc consacre à Arsène Lupin ne sont-ils pas du théâtre ? Ne trouve-t-on pas, à chaque chapitre, une action condensée et cependant complète avec de l'émotion, du rire et toujours de l'imprévu dans les péripéties ?

» Mais, évidemment, cela ne suffit pas. Aussi impressionnante que fût cette série de récits, il lui eût manqué, pour la scène, le fil, le fameux fil conducteur, car s'il existe une télégraphie sans fil, il n'existe pas de théâtre sans fil. C'est M. de Croisset qui apporta ce fil. Il a enchaîné les événements comme pour une farandole, et il les a lancés dans une folle galopade.

» Je sais tout ce que l'on peut dire : que c'est du cinéma, du Guignol exaspéré ou du Sherlock en délire ; qu'il est arbitraire de créer un type qui se joue ainsi de tout le monde et qu'il est dangereux de présenter le métier de voleur comme une carrière à la mode et celui de policier comme un art ridicule. Qu'importe ! Cela n'empêche qu'*Arsène Lupin* est une pièce supérieurement faite, qui contient des scènes délicieusement comiques et poignantes et que le gentleman cambrioleur a reçu hier, pour son agilité, sa grâce et sa maîtrise, les bravos enthousiastes, récompense ordinaire des victimes du devoir et des honnêtes gens !... »

M. Adolphe Brisson reconnaissait aussi, dans *le Temps*, qu'Arsène Lupin est un voleur charmant :

« L'imagination du romancier Maurice Leblanc avait paré de mille grâces cette figure ; la spirituelle ingéniosité du dramaturge Francis de Croisset lui a imprimé le relief scénique ; la distinction souple et fine, l'élégance sportive d'André Brulé ont achevé de la rendre vivante. Elle a plu. Le public s'est diverti à la voir évoluer. »

M. Henri de Régnier expliquait même, ingénieusement, dans le *Journal des Débats*, pour quelles causes d'ordre historique, philosophique, psychologique, ce gentleman cambrioleur pouvait et devait nous plaire :

« Aimable et sympathique, Arsène Lupin est un artiste en sa partie, et c'est avec un intérêt que lui mérite une remarquable ingéniosité que nous assistons à ses « nouvelles créations ».

» Le mot d'ingéniosité vient de lui-même à l'esprit pour caractériser la qualité d'intelligence dont font preuve un Arsène Lupin et ses congénères, qu'ils sortent d'un roman de Conan Doyle ou de Balzac, d'Eugène Sue, de Gaboriau, de Capendu ou de Victor Hugo, ou qu'ils aient porté les noms authentiques de Mandrin ou de Cartouche. Ce qui nous plaît le mieux, dans leurs personnages réels ou imaginaires, c'est moins la position qu'ils ont prise en face de la société et la manière dont ils ont envisagé la vie que la façon dont, une fois adoptée la carrière où ils se sont rendus fameux, ils ont résolu, pendant plus ou moins longtemps, les difficultés qu'elle leur suscitait. Ce qui nous frappe en eux, c'est la merveilleuse ingéniosité qu'ils déploient pour arriver à leurs fins, qui ne sont autres que de s'approprier le bien d'autrui, mais sur lesquelles les moyens qu'ils inventent pour y parvenir nous font passer jusqu'à un certain point. Cela est si vrai que nous arrivons presque à ne plus nous apercevoir que le vol est en lui-même un acte répréhensible et que nous en venons presque à oublier que le voleur est un voleur pour ne voir en lui qu'une sorte de prestidigitateur et d'acrobate et un virtuose, dévoyé certes, mais bien séduisant de l'ingéniosité humaine. »

Ce sentiment d'indulgence et de curiosité que nous ressentons malgré nous pour un Arsène Lupin (prenons cet exemple puisque la pièce de MM. de Croisset et Leblanc nous le fournit) n'est pas entièrement dû aux mérites particuliers et personnels de cet ingénieux praticien ; il a une origine plus générale et plus ancienne. Il est même, si je puis dire, de tradition. Il remonte au prestige qu'a toujours exercé sur ses semblables — surtout quand ils ne lui ressemblent pas — l'homme industrieux. Aussi bien qu'il y a des hommes à bonnes fortunes, il y a des hommes à stratagèmes et ils ont toujours joui d'une considération spéciale. Nous n'admirons pas seulement les héros nés sous le signe de Mars ou de Vénus, mais aussi ceux que domine celui de Mercure. Le courage ou la grâce nous semblent des dons merveilleux, mais la ruse, l'astuce et l'adresse ne nous en paraissent pas de méprisables. À côté d'Achille, il y a Ulysse. Il est le patron des héros subtils, ingénieux, détrousseurs et débrouillards, dont l'odyssée fertile en stratagèmes, en roueries, en bons tours et en mauvaises actions, n'a pas cessé de nous divertir de siècle en siècle et aboutit, selon les époques, à Ithaque ou à la maison centrale. »

M. Catulle Mendès commentait lui aussi dans le *Journal*, mais à sa façon et avec sa verve de vingt ans les triomphes heureux du jeune Lupin :

« À quoi rêvent les jeunes filles ? à Arsène Lupin ; plus d'une, éveillée, la nuit, par quelque grincement de « rossignol » dans la serrure (ah ! non, ce n'est pas l'alouette !) ne sait si elle redoute ou espère que son rêve s'achève en la réalité d'un jeune voleur, duc à ses moments perdus, qui, tout en rompant et en vidant les tiroirs, ne néglige pas de cambrioler la pudeur des alcôves. Les vieilles dames aussi, et les hommes affairés, et les belles des thés de cinq heures, tous, toutes, songent à Arsène Lupin avec une sorte d'affection rieuse, d'admiration tendrement effrayée. Mais ce sentiment-là n'est pas le moins du monde nouveau. Que Scaramouche escroque Pantalon, que Scapin berne Géronte, que Guignol bafoue les gendarmes, pende le commissaire, que Robert Macaire ruine Gogo et s'évade au balcon, que l'illustre Dupin triomphe du préfet de police, ce sont plaisirs de tous les temps, à cause de la satisfaction qu'on a de la ruse, l'adresse, la petite finesse, vaincre l'imbécillité énorme et robuste ; Arsène Lupin est une manière de David-gavroche, gamin révolutionnaire, qui vise au front et ne manque pas, non sans un pied de nez, la société-Goliath. De là sa popularité universelle. »

M. Robert de Flers soulignait, dans *le Figaro*, une des particularités curieuses de cette brillante réussite succédant à celles de *Raffles* et de *Sherlock Holmès* :

« Nous assistons, depuis quelques années, à un fait très curieux : la réhabilitation du voleur. La morale en souffre peut-être, mais n'est-t-elle pas habitué à souffrir ? Cherchons un peu la raison de cet état d'esprit du spectateur.

« Nous avons cessé de considérer le vol comme un crime, ou même comme un délit. Nous préférons le tenir pour un tour d'adresse auquel, lorsqu'il est prestement exécuté, il est de bon goût d'applaudir. De cette façon, la carrière de voleur devient une carrière d'artiste, une carrière presque honorable, puisqu'elle est libérale et indépendante, que la protection ne vous y aide point, et qu'on ne vous y demande pas de manifester vos opinions politiques. Thomas de Quincey traita « de l'assassinat considéré comme un des beaux-arts ». Pourquoi donc le cambriolage n'en serait-il pas un autre ? Il y faut de l'invention, de l'exécution, de la maîtrise, une absence de préjugés à laquelle ne saurait parvenir un esprit ordinaire, toutes qualités fort difficiles à conquérir e très flatteuses à posséder. À une époque où les énergies ne trouvent plus à s'employer, où les guerres héroïques sont impossibles et où le scepticisme a vite fait e décourager les moindres tentatives de croisades de toutes sortes, les chevaliers d'aventure deviennent un peu forcément des chevaliers d'industrie, mais, dans l'esprit du public, ce sont quand même des chevaliers. Et, ceci n'est nullement exagéré. Nous le constatons non seulement au théâtre, mais dans la réalité : il y a peu de mois encore, le « capitaine » de Koepenfk en Allemagne et Lemoine à Paris étaient accompagnés de notre sympathie amusée. Arsène Lupin bénéficiera pendant de longs soirs de ces bienveillantes dispositions. »

M. Camille Le Senne, dans *le Siècle*, écrivait aussi :

« *Arsène Lupin* comptera parmi les grands succès de l'Athénée. C'est une pièce amusante à l'extrême, débordante de fantaisie, plus fertile en péripéties que dix volumes de Gaboriau et, en même temps plus farcie de trucs qu'un manuel de Robert Houdin, — bref une délicieuse féérie policière. Or, il faut aimer la féerie, car elle est bonne, elle est reposante, elle arrache le spectateur au voisinage des bassesses et des tristesses humaines, et elle mérite toute notre reconnaissance quand elle vient rajeunir un genre théâtral usagé par les mélodramaturges du boulevard en l'enveloppant d'élégance et en le pailletant de fantaisie… Il est évident que toute cette histoire serait affreusement immorale et tomberait sous le coup des lois qui défendent l'excitation aux « faits qualifiés crimes ou délits » s'il y avait dans ces quatre tableaux autre chose qu'une fantaisie débridée. Mais, c'est du Guignol féérique, un *Raffles* plus dégagé de complication dramatiques, un *Sherlock Holmès* moins encombré d'accessoires de l'ancien romantisme boulevardier. On a donc pu goûter sans honte la platée de péripéties extraordinaires tirées par M. Francis de Croisset du roman de M. Maurice Leblanc, et le public l'applaudira sans remords au cours de nombreuses soirées. »

Tandis que M. Paul Sonday semblait au contraire s'alarmer, dans *l'Éclair*, de cet agréable divertissement !

« Dans mon enfance, nous rêvions d'être explorateurs et coureurs des bois, comme les personnages de Jules Verne et de Fenimore Cooper. Il n'y avait pas de mal. Mais que deviendrait une jeunesse qui, séduite par ces histoires enchanteresses de gentlemen cambrioleurs, aspirerait à imiter les exploits d'un Arsène Lupin ? »

À quoi M. J. Ernest-Charles semblait directement — et à peine paradoxalement — répliquer, dans *l'Opinion* :

« Pour moi, je crois bien que Francis de Croisset et Maurice Leblanc ont fait une œuvre morale. Systématiquement, ils ont transformé leur Arsène Lupin en un être imaginaire. Personne, en effet, n'admettra qu'il serait un homme comme les autres hommes, cet Arsène Lupin qui vole, pour le plaisir, des richesses immenses dont son mariage le rendrait propriétaire le lendemain. C'est un être d'exception, avouez-le. Et tous les moyens dont il use sont des moyens exceptionnels aussi. Le moindre de ses actes est mystérieux. Et il accomplit chacun d'eux par des procédés également mystérieux… Si quelqu'un se sent la moindre envie de devenir voleur, afin de s'enrichir, il n'a qu'à aller à l'Athénée, il observera les faits et gestes d'Arsène Lupin. Il se rendra compte tout de suite que la profession de voleur, pour être rémunératrice, exige des facultés auxquelles les commun des mortels ne peut prétendre. Le sentiment de son infériorité le condamnera à l'honnêteté, et, plutôt que de se faire voleur, il se fera notaire ou banquier. »

Les titres de *Raffles* et de *Sherlock Holmès* ont été déjà prononcés deux ou trois fois au cours de cette revue de la presse. M. Nozère estime pourtant, dans *Gil Blas*, que cette œuvre « adroite, attachante, spirituelle », se distingue des deux pièces anglo-américaines plus haut citées parce qu'elle est précisément « très française » :

« Sans doute MM. Francis de Croisset et Maurice Leblanc ont un peu sacrifié au goût du gros public en imaginant l'amour qui unit Lupin à *Sonia. Mais ils ont souvent souri eux-mêmes de cette histoire sentimentale. Ils ont soigneusement écarté de leur œuvre tout ce qui pourrait blesser de chastes oreilles. Ils ont songé aux jeunes filles qui viendront les applaudir. MM. de Croisset et Maurice Leblanc ont fait preuve d'ingéniosité et de délicatesse. Ils ont été acclamés. »

Enfin, M. François de Nion se félicite également, dans *l'Écho de Paris*, de ce que ces quatre actes aient entre autres agréments celui d'être « parfaitement convenables et de pouvoir être entendus par de chastes oreilles ».

*
**

M. André Brulé, dans le rôle d'Arsène Lupin, duc de Charmerace, s'est montré égal à lui-même, et c'est dire qu'il a été supérieur, — au point même qu'on ne saurait choisir entre l'élégance impertinente, la désinvolture adroite dont il a d'abord fait preuve en duc de Charmerace, et le souple cynisme, la violence habile, qu'il a soudainement déployés en Arsène Lupin. Son partenaire M. Escoffier, venu de l'Odéon, lui a opposé, en Guerchard policier, un digne adversaire, énergique sous son air bonhomme et laissant éclater sous sa douceur voulue, sous sa politesse presque exagérée, de brusques rudesses. MM. André Lefaur et Bullier, le premier en juge d'instruction important, solennel, convaincu, le second en propriétaire affolé, furieux, ahuri, ont été deux parfaits grotesques.

Mlle Laurence Duluc a bien exprimé tout ce qu'a de charmant, de souriant, de résigné et d'ému, la petite personne de Sonia Kritchnoff ; tandis que Mlle Jeanne Rosny étalait, en Germaine, une distinction bruyante de parvenue et que Mlle Germaine Ety nous montrait, en Victoire, une bonne nourrice affectueuse, un peu grondeuse, jeune encore, sous ses cheveux blancs. Enfin, n'oublions pas le couple typique de concierges qu'ont réalisé Mme Ael et M. Cousin.

Gaston Sorbets.

L'AIGUILLE CREUSE

CHAPITRE PREMIER
Le coup de feu

Raymonde prêta l'oreille. De nouveau et par deux fois le bruit se fit entendre, assez net pour qu'on pût le détacher de tous les bruits confus qui formaient le grand silence nocturne, mais si faible qu'elle n'aurait su dire s'il était proche ou lointain, s'il se produisait entre les murs du vaste château, ou dehors, parmi les retraites ténébreuses du parc.

Doucement elle se leva. Sa fenêtre était entrouverte, elle en écarta les battants. La clarté de la lune reposait sur un calme paysage de pelouses et de bosquets où les ruines éparses de l'ancienne abbaye se découpaient en silhouettes tragiques, colonnes tronquées, ogives incomplètes, ébauches de portiques et lambeaux d'arcs-boutants. Un peu d'air flottait à la surface des choses, glissant à travers les rameaux nus et immobiles des arbres, mais agitant les petites feuilles naissantes des massifs.

Et soudain, le même bruit... C'était vers sa gauche et au-dessous de l'étage qu'elle habitait, par conséquent dans les salons qui occupaient l'aile occidentale du château.

Bien que vaillante et forte, la jeune fille sentit l'angoisse de la peur. Elle passa ses vêtements de nuit et prit les allumettes.

– Raymonde... Raymonde...

Une voix faible comme un souffle l'appelait de la chambre voisine dont la porte n'avait pas été fermée. Elle s'y rendait à tâtons, lorsque Suzanne, sa cousine, sortit de cette chambre et s'effondra dans ses bras.

– Raymonde... c'est toi ?... tu as entendu ?...

– Oui... tu ne dors donc pas ?

– Je suppose que c'est le chien qui m'a réveillée... il y a longtemps... Mais il n'aboie plus. Quelle heure peut-il être ?

– Quatre heures environ.

– Écoute... On marche dans le salon.

– Il n'y a pas de danger, ton père est là, Suzanne.

– Mais il y a du danger pour lui. Il couche à côté du petit salon.

– M. Daval est là aussi...

– À l'autre bout du château... Comment veux-tu qu'il entende ?

Elles hésitaient, ne sachant à quoi se résoudre. Appeler ? Crier au secours ? Elles n'osaient, tellement le bruit même de leur voix leur semblait redoutable. Mais Suzanne qui s'était approchée de la fenêtre étouffa un cri.

– Regarde... un homme près du bassin.

Un homme en effet s'éloignait d'un pas rapide. Il portait sous le bras un objet d'assez grandes dimensions dont elles ne purent discerner la nature, et qui, en ballottant contre sa jambe, contrariait sa marche. Elles le virent qui passait près de l'ancienne chapelle et qui se dirigeait vers une petite porte dont le mur était percé. Cette porte devait être ouverte, car l'homme disparut subitement, et elles n'entendirent point le grincement habituel des gonds.

– Il venait du salon, murmura Suzanne.

– Non, l'escalier et le vestibule l'auraient conduit bien plus à gauche… À moins que…

Une même idée les secoua. Elles se penchèrent. Au-dessous d'elles, une échelle était dressée contre la façade et s'appuyait au premier étage. Une lueur éclairait le balcon de pierre. Et un autre homme qui portait aussi quelque chose enjamba ce balcon, se laissa glisser le long de l'échelle et s'enfuit par le même chemin.

Suzanne, épouvantée, sans forces, tomba à genoux, balbutiant :

— Appelons !… appelons au secours !…

— Qui viendrait ? ton père… Et s'il y a d'autres hommes et qu'on se jette sur lui ?

— On pourrait avertir les domestiques… ta sonnette communique avec leur étage.

— Oui… oui… peut-être, c'est une idée… Pourvu qu'ils arrivent à temps !

Raymonde chercha près de son lit la sonnerie électrique et la pressa du doigt. Un timbre en haut vibra, et elles eurent l'impression que, d'en bas, on avait dû en percevoir le son distinct.

Elles attendirent. Le silence devenait effrayant, et la brise elle-même n'agitait plus les feuilles des arbustes.

— J'ai peur… j'ai peur… répétait Suzanne.

Et, tout à coup, dans la nuit profonde, au-dessous d'elles, le bruit d'une lutte, un fracas de meubles bousculés, des exclamations, puis, horrible, sinistre, un gémissement rauque, le râle d'un être qu'on égorge…

Raymonde bondit vers la porte. Suzanne s'accrocha désespérément à son bras.

— Non… ne me laisse pas… j'ai peur.

Raymonde la repoussa et s'élança dans le corridor, bientôt suivie de Suzanne qui chancelait d'un mur à l'autre en poussant des cris. Elle parvint à l'escalier, dégringola de marche en marche, se précipita sur la grande porte du salon et s'arrêta net, clouée au seuil, tandis que Suzanne s'affaissait à ses côtés. En face d'elles, à trois pas, il y avait un homme qui tenait à la main une lanterne. D'un geste, il la dirigea vers les deux jeunes filles, les aveuglant de lumière, regarda longuement leurs visages, puis sans se presser, avec les mouvements les plus calmes du monde, il prit sa casquette, ramassa un chiffon de papier et deux brins de paille, effaça des traces sur le tapis, s'approcha du balcon, se retourna vers les jeunes filles, les salua profondément, et disparut.

La première, Suzanne courut au petit boudoir qui séparait le grand salon de la chambre de son père. Mais dès l'entrée, un spectacle affreux la terrifia. À la lueur oblique de la lune on apercevait à terre deux corps inanimés, couchés l'un près de l'autre.

– Père !… père !… c'est toi ?… qu'est-ce que tu as ? s'écria-t-elle affolée, penchée sur l'un d'eux.

Au bout d'un instant, le comte de Gesvres remua. D'une voix brisée, il dit :

– Ne crains rien… je ne suis pas blessé… Et Daval ? est-ce qu'il vit ? le couteau ?… le couteau ?…

À ce moment, deux domestiques arrivaient avec des bougies. Raymonde se jeta devant l'autre corps et reconnut Jean Daval, le secrétaire et l'homme de confiance du comte. Sa figure avait déjà la pâleur de la mort.

Alors elle se leva, revint au salon, prit, au milieu d'une panoplie accrochée au mur, un fusil qu'elle savait chargé, et passa sur le balcon. Il n'y avait, certes, pas plus de cinquante à soixante secondes que l'individu avait mis le pied sur la première barre de l'échelle. Il ne pouvait donc être bien loin d'ici, d'autant plus qu'il avait eu la précaution de déplacer l'échelle pour qu'on ne pût s'en servir. Elle l'aperçut bientôt, en effet, qui longeait les débris de l'ancien cloître. Elle épaula, visa tranquillement et fit feu. L'homme tomba.

– Ça y est ! ça y est ! proféra l'un des domestiques, on le tient celui-là. J'y vais.

– Non, Victor, il se relève… descendez l'escalier, et filez sur la petite porte. Il ne peut se sauver que par là.

Victor se hâta, mais avant même qu'il ne fût dans le parc, l'homme était retombé. Raymonde appela l'autre domestique.

– Albert, vous le voyez là-bas ? près de la grande arcade ?…

– Oui, il rampe dans l'herbe… il est fichu…

– Surveillez-le d'ici.

– Pas moyen qu'il échappe. À droite des ruines, c'est la pelouse découverte…

– Et Victor garde la porte à gauche, dit-elle en reprenant son fusil.

– N'y allez pas, Mademoiselle !

– Si, si, dit-elle, l'accent résolu, les gestes saccadés, laissez-moi… il me reste une cartouche… S'il bouge…

Elle sortit. Un instant après, Albert la vit qui se dirigeait vers les ruines. Il lui cria de la fenêtre :

– Il s'est traîné derrière l'arcade. Je ne le vois plus… attention, Mademoiselle…

Raymonde fit le tour de l'ancien cloître pour couper toute retraite à l'homme, et bientôt Albert la perdit de vue. Au bout de quelques minutes, ne la revoyant pas, il s'inquiéta, et, tout en surveillant les ruines, au lieu de descendre par l'escalier, il s'efforça d'atteindre l'échelle. Quand il y eut réussi, il descendit rapidement et courut droit à l'arcade près de laquelle l'homme lui était apparu pour la dernière fois. Trente pas plus loin, il trouva Raymonde qui cherchait Victor.

– Eh bien ? fit-il.

– Impossible de mettre la main dessus, dit Victor.

– La petite porte ?

– J'en viens… voici la clef.

– Pourtant… il faut bien…

– Oh ! son affaire est sûre… D'ici dix minutes, il est à nous, le bandit.

Le fermier et son fils, réveillés par le coup de fusil, arrivaient de la ferme dont les bâtiments s'élevaient assez loin sur la droite, mais dans l'enceinte des murs ; ils n'avaient rencontré personne.

– Parbleu, non, fit Albert, le gredin n'a pas pu quitter les ruines… On le dénichera au fond de quelque trou.

Ils organisèrent une battue méthodique, fouillant chaque buisson, écartant les lourdes traînes de lierre enroulées autour du fût des colonnes. On s'assura que la chapelle était bien fermée et qu'aucun des vitraux n'était brisé. On contourna le cloître, on visita tous les coins et recoins. Les recherches furent vaines.

Une seule découverte à l'endroit même où l'homme s'était abattu, blessé par Raymonde, on ramassa une casquette de chauffeur, en cuir fauve. Sauf cela, rien.

À six heures du matin, la gendarmerie d'Ouville-la-Rivière était prévenue et se rendait sur, les lieux, après avoir envoyé par exprès au parquet de Dieppe une petite note relatant les circonstances du crime, la capture imminente du principal coupable, « la découverte de son couvre-chef et du poignard avec lequel il avait perpétré son forfait ». À dix heures, deux autos descendaient la pente légère qui aboutit au château. L'une, vénérable calèche, contenait le substitut du procureur et le juge d'instruction accompagné de son greffier. Dans l'autre, modeste cabriolet, avaient pris place deux jeunes reporters, représentant le Journal de Rouen et une grande feuille parisienne.

Le vieux château apparut. Jadis demeure abbatiale des prieurs d'Ambrumésy, mutilé par la Révolution, restauré par le comte de Gesvres auquel il appartient depuis vingt ans, il comprend un corps de logis que surmonte un pinacle où veille une horloge, et deux ailes dont chacune est enveloppée d'un perron à balustrade de pierre. Par-dessus les murs du parc et au-delà du plateau que soutiennent les hautes falaises normandes, on aperçoit, entre les villages de Sainte-Marguerite et de Varangeville, la ligne bleue de la mer.

Là vivait le comte de Gesvres avec sa fille Suzanne, jolie et frêle créature aux cheveux blonds, et sa nièce Raymonde de Saint-Véran, qu'il avait recueillie deux ans auparavant lorsque la mort simultanée de son père et de sa mère laissa Raymonde orpheline. L'existence était calme et régulière au château. Quelques voisins y venaient de temps à autre. L'été, le comte menait les deux jeunes filles presque chaque jour à Dieppe. Lui, c'était un homme de taille élevée, de belle figure grave, aux cheveux grisonnants. Très riche, il gérait lui-même sa fortune et surveillait ses propriétés avec l'aide de son secrétaire Jean Daval.

Dès l'entrée, le juge d'instruction recueillit les premières constatations du brigadier de gendarmerie Quevillon. La capture du coupable, toujours imminente d'ailleurs, n'était pas encore effectuée, mais on tenait toutes les issues du parc. Une évasion était impossible.

La petite troupe traversa ensuite la salle capitulaire et le réfectoire situés au rez-de-chaussée, et gagna le premier étage. Aussitôt, l'ordre parfait du salon fut remarqué. Pas un meuble, pas un bibelot qui ne parussent occuper leur place habituelle, et pas un vide parmi ces meubles et ces bibelots. À droite et à gauche étaient suspendues de magnifiques tapisseries flamandes à personnages. Au fond, sur les panneaux, quatre belles toiles, dans leurs cadres du temps, représentaient des scènes mythologiques. C'étaient les célèbres tableaux de Rubens légués au comte de Gesvres, ainsi que les tapisseries de Flandre, par son oncle maternel, le marquis de Bodadilla, grand d'Espagne.

M. Filleul, le juge d'instruction, observa :

— Si le vol fut le mobile du crime, ce salon en tout cas n'en a pas été l'objet.

— Qui sait ? fit le substitut, qui parlait peu, mais toujours dans un sens contraire aux opinions du juge.

— Voyons, mon cher Monsieur, le premier soin d'un voleur eût été de déménager ces tapisseries et ces tableaux dont la renommée est universelle.

— Peut-être n'en a-t-on pas eu le loisir.

— C'est ce que nous allons savoir.

À ce moment, le comte de Gesvres entra, suivi du médecin. Le comte, qui ne semblait pas se ressentir de l'agression dont il avait été victime, souhaita la bienvenue aux deux magistrats. Puis il ouvrit la porte du boudoir.

La pièce, où personne n'avait pénétré depuis le crime, sauf le docteur, offrait, à l'encontre du salon, le plus grand désordre. Deux chaises étaient renversées, une des tables démolie, et plusieurs autres objets, une pendule de voyage, un classeur, une boîte de papier à lettres, gisaient à terre. Et il y avait du sang à certaines des feuilles blanches éparpillées.

Le médecin écarta le drap qui cachait le cadavre. Jean Daval, habillé de ses vêtements ordinaires de velours et chaussé de bottines ferrées, était étendu sur le dos, un de ses bras replié sous lui. On avait ouvert sa chemise, et l'on apercevait une large blessure qui trouait sa poitrine.

— La mort a dû être instantanée, déclara le docteur… un coup de couteau a suffi.

— C'est sans doute, dit le juge, le couteau que j'ai vu sur la cheminée du salon, près d'une casquette de cuir ?

— Oui, certifia le comte de Gesvres, le couteau fut ramassé ici même. Il provient de la panoplie du salon d'où ma nièce, Mlle de Saint-Véran, arracha le fusil. Quant à la casquette de chauffeur, c'est évidemment celle du meurtrier.

M. Filleul étudia encore certains détails de la pièce, adressa quelques questions au docteur, puis pria M. de Gesvres de lui faire le récit de ce qu'il avait vu et de ce qu'il savait. Voici en quels termes le comte s'exprima :

— C'est Jean Daval qui m'a réveillé. Je dormais mal d'ailleurs, avec des éclairs de lucidité où j'avais l'impression d'entendre des pas, quand tout à coup, en ouvrant les yeux, je l'aperçus au pied de mon lit, sa bougie à la main, et tout habillé… comme il l'est actuellement, car il travaillait souvent très tard dans la nuit. Il semblait fort agité, et il me dit à voix basse : « Il y a des gens dans le salon. » En effet, je perçus du bruit. Je me levai et j'entrebâillai doucement la porte de ce boudoir. Au même instant, cette autre porte qui donne sur le grand salon était poussée, et un homme apparaissait qui bondit sur moi et m'étourdit d'un coup de poing à la tempe. Je vous raconte cela sans aucun détail, Monsieur le juge d'instruction, pour cette raison que je ne me souviens que des faits principaux et que ces faits se sont passés avec une extraordinaire rapidité.

— Et après ?

— Après, je ne sais plus… j'étais évanoui… Quand je suis revenu à moi, Daval était étendu, mortellement frappé.

— À première vue, vous ne soupçonnez personne ?

— Personne.

— Vous n'avez aucun ennemi ?

— Je ne m'en connais pas.

— M. Daval n'en avait pas non plus ?

— Daval ! un ennemi ? C'était la meilleure créature qui fût. Depuis vingt ans que Jean Daval était mon secrétaire, et, je puis le dire, mon confident, je n'ai jamais vu autour de lui que des sympathies et des amitiés.

— Pourtant, il y a eu escalade, il y a eu meurtre, il faut bien un motif à tout cela.

— Le motif ? mais c'est le vol, purement et simplement.

— On vous a donc volé quelque chose ?

— Rien.

— Alors ?

— Alors, si l'on n'a rien volé et s'il ne manque rien, on a du moins emporté quelque chose.

— Quoi ?

— Je l'ignore. Mais ma fille et ma nièce vous diront, en toute certitude, qu'elles ont vu successivement deux hommes traverser le parc, et que ces deux hommes portaient d'assez volumineux fardeaux.

— Ces demoiselles…

— Ces demoiselles ont rêvé ? je serais tenté de le croire, car, depuis ce matin, je m'épuise en recherches et en suppositions. Mais il est aisé de les interroger.

On fit venir les deux cousines dans le grand salon. Suzanne, toute pâle et tremblante encore, pouvait à peine parler. Raymonde, plus énergique et plus virile, plus belle aussi avec l'éclat doré de ses yeux bruns, raconta les événements de la nuit et la part qu'elle y avait prise.

— De sorte, Mademoiselle, que votre déposition est catégorique ?

— Absolument. Les deux hommes qui traversaient le parc emportaient des objets.

— Et le troisième ?

— Il est parti d'ici les mains vides.

— Sauriez-vous nous donner son signalement ?

— Il n'a cessé de nous éblouir avec la clarté de sa lanterne. Tout au plus dirai-je qu'il est grand et lourd d'aspect...

— Est-ce ainsi qu'il vous est apparu, Mademoiselle ? demanda le juge à Suzanne de Gesvres.

— Oui... ou plutôt non... fit Suzanne en réfléchissant... moi, je l'ai vu de taille moyenne et mince.

M. Filleul sourit, habitué aux divergences d'opinion et de vision chez les témoins d'un même fait.

— Nous voici donc en présence d'une part d'un individu, celui du salon qui est à la fois grand et petit, gros et mince et, de l'autre, de deux individus, ceux du parc, que l'on accuse d'avoir enlevé de ce salon des objets... qui s'y trouvent encore.

M. Filleul était un juge de l'école ironiste, comme il le disait lui-même. C'était aussi un juge qui ne détestait point la galerie ni les occasions de montrer au public son savoir-faire, ainsi que l'attestait le nombre croissant des personnes qui se pressaient dans le salon. Aux journalistes s'étaient joints le fermier et son fils, le jardinier et sa femme, puis le personnel du château, puis les deux chauffeurs qui avaient amené les voitures de Dieppe.

Il reprit :

— Il s'agirait aussi de se mettre d'accord sur la façon dont a disparu ce troisième personnage. Vous avez tiré avec ce fusil, Mademoiselle, et de cette fenêtre ?

— Oui, l'homme atteignait la pierre tombale presque enfouie sous les ronces, à gauche du cloître.

— Mais il s'est relevé ?

— À moitié seulement. Victor est aussitôt descendu pour garder la petite porte, et je l'ai suivi, laissant ici en observation notre domestique Albert.

Albert à son tour fit sa déposition, et le juge conclut :

— Par conséquent, d'après vous, le blessé n'a pu s'enfuir par la gauche, puisque votre camarade surveillait la porte, ni par la droite, puisque vous l'auriez vu traverser la pelouse. Donc, logiquement, il est, à l'heure actuelle, dans l'espace relativement restreint que nous avons sous les yeux.

— C'est ma conviction.

— Est-ce la vôtre, Mademoiselle ?

— Oui.

— Et la mienne aussi, fit Victor.

Le substitut du procureur s'écria, d'un ton narquois :

— Le champ des investigations est étroit, il n'y a qu'à continuer les recherches commencées depuis quatre heures.

— Peut-être serons-nous plus heureux.

M. Filleul prit sur la cheminée la casquette en cuir, l'examina, et, appelant le brigadier de gendarmerie, lui dit à part :

— Brigadier, envoyez immédiatement un de vos hommes à Dieppe, chez le chapelier Maigret, rue de la Barre, et que M. Maigret nous dise, si possible, à qui fut vendue cette casquette.

« Le champ des investigations », selon le mot du substitut, se limitait à l'espace compris entre le château, la pelouse de droite, et l'angle formé par le mur de gauche et par le mur opposé au château ; c'est-à-dire un quadrilatère d'environ cent mètres de côté, où surgissaient çà et là les ruines d'Ambrumésy, le monastère si célèbre au moyen âge.

Tout de suite, dans l'herbe foulée, on nota le passage du fugitif. À deux endroits, des traces de sang noirci, presque desséché, furent observées. Après le tournant de l'arcade, qui marquait l'extrémité du cloître, il n'y avait plus rien, la nature du sol, tapissé d'aiguilles de pin, ne se prêtant plus à l'empreinte d'un corps. Mais alors, comment le blessé aurait-il pu échapper aux regards de la jeune fille, de Victor et d'Albert ? Quelques fourrés, que les domestiques et les gendarmes avaient battus et rebattus, quelques pierres tombales sous lesquelles on avait exploré, et c'était tout.

Le juge d'instruction se fit ouvrir par le jardinier, qui en avait la clef, la Chapelle-Dieu, véritable bijou de sculpture que le temps et les révolutions avaient respecté, et qui fut toujours considérée, avec les fines ciselures de son porche et le menu peuple de ses statuettes, comme une des merveilles du style gothique normand. La chapelle, très simple à l'intérieur, sans autre ornement que son autel de marbre, n'offrait aucun refuge. D'ailleurs, il eût fallu s'y introduire. Par quel moyen ?

L'inspection aboutissait à la petite porte qui servait d'entrée aux visiteurs des ruines. Elle donnait sur un chemin creux resserré entre l'enceinte et un bois-taillis où se voyaient des carrières abandonnées. M. Filleul se pencha : la poussière du chemin présentait des marques de pneumatiques, à bandages antidérapants. De fait, Raymonde et Victor avaient cru entendre, après le coup de fusil, le halètement d'une auto.

Le juge d'instruction insinua :

— Le blessé aura rejoint ses complices.

— Impossible ! s'écria Victor. J'étais là, alors que Mademoiselle et qu'Albert l'apercevaient encore.

— Enfin, quoi, il faut pourtant bien qu'il soit quelque part ! Dehors ou dedans, nous n'avons pas le choix !

— Il est ici, dirent les domestiques avec obstination.

Le juge haussa les épaules et s'en retourna vers le château, assez morose. Décidément l'affaire s'annonçait mal. Un vol où rien n'était volé, un prisonnier invisible, il n'y avait pas de quoi se réjouir.

Il était tard. M. de Gesvres pria les magistrats à déjeuner ainsi que les deux journalistes. On mangea silencieusement, puis M. Filleul retourna dans le salon où il interrogea les domestiques. Mais le trot d'un cheval résonna du côté de la cour, et, un instant après, le gendarme que l'on avait envoyé à Dieppe, entra :

— Eh bien ! vous avez vu le chapelier ? s'écria le juge, impatient d'obtenir enfin un renseignement.

— J'ai vu M. Maigret. La casquette a été vendue à un cocher.

— Un cocher !

— Oui, un cocher qui s'est arrêté avec sa voiture devant le magasin et qui a demandé si on pouvait lui fournir, pour l'un de ses clients, une casquette de chauffeur en cuir jaune. Il restait celle-là. Il a payé sans même s'occuper de la pointure, et il est parti. Il était très pressé.

— Quelle sorte de voiture ?

— Une calèche.

— Et quel jour était-ce ?

— Quel jour ? Mais aujourd'hui, ce matin, à huit heures.

— Ce matin ? Qu'est-ce que vous me chantez là ?

— La casquette a été achetée ce matin.

— Mais c'est impossible, puisqu'elle a été trouvée cette nuit dans le parc. Pour cela il fallait qu'elle y fût, et par conséquent qu'elle eût été achetée auparavant.

— Ce matin. Le chapelier me l'a dit.

Il y eut un moment d'effarement. Le juge d'instruction, stupéfait, tâchait de comprendre. Soudain, il sursauta, frappé d'un coup de lumière.

— Qu'on amène le cocher qui nous a conduits ce matin ! celui de la calèche ! Qu'on l'amène !

Le brigadier de gendarmerie et son subordonné coururent en hâte vers les écuries. Au bout de quelques minutes, le brigadier revenait seul.

— Le cocher ?

— Il s'est fait servir à la cuisine, il a déjeuné, et puis…

— Et puis ?

— Il a filé.

— Avec sa voiture ?

— Non. Sous prétexte d'aller voir un de ses parents à Ouville, il a emprunté la bicyclette du palefrenier. Voici son chapeau et son paletot.

— Mais il n'est pas parti tête nue ?

— Il a tiré de sa poche une casquette et il l'a mise.

— Une casquette ?

— Oui, en cuir jaune, paraît-il.

— En cuir jaune ? Mais non, puisque la voilà.

— En effet, Monsieur le juge d'instruction, mais la sienne est pareille.

Le substitut eut un léger ricanement.

— Très drôle ! très amusant ! il y a deux casquettes… L'une, qui était la véritable, et qui constituait notre seule pièce à conviction, est partie sur la tête du pseudo-cocher ! L'autre, la fausse, vous l'avez entre les mains.

Ah ! le brave homme nous a proprement roulés.

— Qu'on le rattrape ! Qu'on le ramène ! cria M. Filleul. Brigadier Quevillon, deux de vos hommes à cheval, et au galop !

— Il est loin, dit le substitut.

— Si loin qu'il soit, il faudra bien qu'on mette la main sur lui.

— Je l'espère, mais je crois, Monsieur le juge d'instruction, que nos efforts doivent surtout se concentrer ici. Veuillez lire ce papier que je viens de trouver dans les poches du manteau !

— Quel manteau ?

— Celui du cocher.

Et le substitut du procureur tendit à M. Filleul un papier plié en quatre où se lisaient ces quelques mots tracés au crayon, d'une écriture un peu vulgaire :

« *Malheur à la demoiselle si elle a tué le patron.* »

L'incident causa une certaine émotion.

— À bon entendeur, salut, nous sommes avertis, murmura le substitut.

— Monsieur le comte, reprit le juge d'instruction, je vous supplie de ne pas vous inquiéter. Vous non plus, Mesdemoiselles. Cette menace n'a aucune importance, puisque la justice est sur les lieux. Toutes les précautions seront prises. Je réponds de votre sécurité. Quant à vous, Messieurs, ajouta-t-il en se tournant vers les deux reporters, je compte sur votre discrétion. C'est grâce à ma complaisance que vous avez assisté à cette enquête, et ce serait mal me récompenser…

Il s'interrompit, comme si une idée le frappait, regarda les deux jeunes gens tour à tour, et s'approcha de l'un d'eux :

— À quel journal êtes-vous attaché ?

— Au *Journal de Rouen.*

— Vous avez une carte d'identité ?

— La voici.

Le document était en règle. Il n'y avait rien à dire. M. Filleul interpella l'autre reporter.

— Et vous, Monsieur ?

— Moi ?

— Oui, vous, je vous demande à quelle rédaction vous appartenez.

— Mon Dieu, Monsieur le juge d'instruction, j'écris dans plusieurs journaux… un peu partout…

— Votre carte d'identité ?

— Je n'en ai pas.

— Ah ! et comment se fait-il ?…

— Pour qu'un journal vous délivre une carte, il faut y écrire de façon suivie.

— Eh bien ?

— Eh bien ! je ne suis que collaborateur occasionnel. J'envoie de droite et de gauche des articles qui sont publiés… ou refusés, selon les circonstances.

— En ce cas, votre nom ? vos papiers ?

— Mon nom ne vous apprendrait rien. Quant à mes papiers, je n'en ai pas.

— Vous n'avez pas un papier quelconque faisant foi de votre profession !

— Je n'ai pas de profession.

— Mais enfin, Monsieur, s'écria le juge avec une certaine brusquerie, vous ne prétendez cependant pas garder l'incognito après vous être introduit ici par ruse, et avoir surpris les secrets de la justice.

— Je vous prierai de remarquer, Monsieur le juge d'instruction, que vous ne m'avez rien demandé quand je suis venu, et que, par conséquent, je n'avais rien à dire. En outre, il ne m'a pas semblé que l'enquête fût secrète, puisque tout le monde y assistait… même un des coupables.

Il parlait doucement, d'un ton de politesse infinie. C'était un tout jeune homme, très grand et très mince, vêtu d'un pantalon trop court et d'une jaquette trop étroite. Il avait une figure rose de jeune fille, un front large planté de cheveux en brosse et une barbe blonde mal taillée. Ses yeux brillaient d'intelligence. Il ne semblait nullement embarrassé et souriait d'un sourire sympathique où il n'y avait pas trace d'ironie.

M. Filleul l'observait avec une méfiance agressive. Les deux gendarmes s'avancèrent. Le jeune homme s'écria gaiement :

— Monsieur le juge d'instruction, il est clair que vous me soupçonnez d'être un des complices. Mais, s'il en était ainsi, ne me serais-je point esquivé au bon moment, selon l'exemple de mon camarade ?

— Vous pouviez espérer…

— Tout espoir eût été absurde. Réfléchissez, Monsieur le juge d'instruction, et vous conviendrez qu'en bonne logique…

M. Filleul le regarda droit dans les yeux, et sèchement :

— Assez de plaisanteries ! Votre nom ?

— Isidore Beautrelet.

— Votre profession ?

— Élève de rhétorique au lycée Janson-de-Sailly.

M. Filleul écarquilla des yeux effarés.

— Que me chantez-vous là ? Élève de rhétorique…

— Au lycée Janson, rue de la Pompe, numéro…

— Ah ça, mais, s'exclama M. Filleul, vous vous moquez de moi ! Il ne faudrait pas que ce petit jeu se prolongeât !

— Je vous avoue, Monsieur le juge d'instruction, que votre surprise m'étonne. Qu'est-ce qui s'oppose à ce que je sois élève au lycée Janson ? Ma barbe peut-être ? Rassurez-vous, ma barbe est fausse.

Isidore Beautrelet arracha les quelques boucles qui ornaient son menton, et son visage imberbe parut plus juvénile encore et plus rose, un vrai visage de lycéen. Et, tandis qu'un rire d'enfant découvrait ses dents blanches :

— Êtes-vous convaincu, maintenant ? Et vous faut-il encore des preuves ? Tenez, lisez, sur ces lettres de mon père, l'adresse : « Monsieur Isidore Beautrelet, interne au lycée Janson-de-Sailly. »

Convaincu ou non, M. Filleul n'avait point l'air de trouver l'histoire à son goût. Il demanda d'un ton bourru :

— Que faites-vous ici ?

— Mais… je m'instruis.

— Il y a des lycées pour cela… le vôtre.

— Vous oubliez, Monsieur le juge d'instruction, qu'aujourd'hui, 23 avril, nous sommes en pleines vacances de Pâques.

— Eh bien ?

— Eh bien, j'ai toute liberté d'employer ces vacances à ma guise.

— Votre père ?…

— Mon père habite loin, au fond de la Savoie, et c'est lui-même qui m'a conseillé un petit voyage sur les côtes de la Manche.

— Avec une fausse barbe ?

— Oh ! ça non. L'idée est de moi. Au lycée, nous parlons beaucoup d'aventures mystérieuses, nous lisons des romans policiers où l'on se déguise. Nous imaginons des tas de choses compliquées et terribles. Alors j'ai voulu m'amuser et j'ai mis une fausse barbe. En outre, j'avais l'avantage qu'on me prenait au sérieux et je me faisais passer pour un reporter parisien. C'est ainsi qu'hier soir, après plus d'une semaine insignifiante, j'ai eu le plaisir de connaître mon confrère de Rouen, et que, ce matin, ayant appris l'affaire d'Ambrumésy, il m'a proposé fort aimablement de l'accompagner et de louer une voiture de compte à demi.

Isidore Beautrelet disait tout cela avec une simplicité franche, un peu naïve, et dont il n'était point possible de ne pas sentir le charme. M. Filleul lui-même, tout en se tenant sur une réserve défiante, se plaisait à l'écouter. Il lui demanda d'un ton moins bourru :

— Et vous êtes content de votre expédition ?

— Ravi ! D'autant plus que je n'avais jamais assisté à une affaire de ce genre, et que celle-ci ne manque pas d'intérêt.

— Ni de ces complications mystérieuses que vous prisez si fort.

— Et qui sont si passionnantes, Monsieur le juge d'instruction ! Je ne connais pas d'émotion plus grande que de voir tous les faits qui sortent de l'ombre, qui se groupent les uns contre les autres, et qui forment peu à peu la vérité probable.

— La vérité probable, comme vous y allez, jeune homme ! Est-ce à dire que vous avez, déjà prête, votre petite solution de l'énigme ?

— Oh ! non, repartit Beautrelet en riant… Seulement… il me semble qu'il y a certains points où il n'est pas impossible de se faire une opinion, et d'autres, même, tellement précis, qu'il suffit… de conclure :

— Eh ! mais, cela devient très curieux et je vais enfin savoir quelque chose. Car, je vous le confesse à ma grande honte, je ne sais rien.

— C'est que vous n'avez pas eu le temps de réfléchir, Monsieur le juge d'instruction. L'essentiel est de réfléchir. Il est si rare que les faits ne portent pas en eux-mêmes leur explication !

— Et, selon vous, les faits que nous venons de constater portent en eux-mêmes leur explication ?

— N'est-ce pas votre avis ? En tout cas je n'en ai pas constaté d'autres que ceux qui sont consignés au procès-verbal.

— À merveille ! De sorte que si je vous demandais quels furent les objets volés dans ce salon ?

— Je vous répondrais que je les connais.

— Bravo ! Monsieur en sait plus long là-dessus que le propriétaire lui-même ! M. de Gesvres a son compte : M. Isidore Beautrelet n'a pas le sien. Il lui manque une bibliothèque et une statue grandeur nature que personne n'avait jamais remarquées. Et si je vous demandais le nom du meurtrier ?

— Je vous répondrais également que je le connais.

Il y eut un sursaut chez tous les assistants. Le substitut et le journaliste se rapprochèrent. M. de Gesvres et les deux jeunes filles écoutaient attentivement, impressionnés par l'assurance tranquille de Beautrelet.

— Vous connaissez le nom du meurtrier ?

— Oui.

— Et l'endroit où il se trouve, peut-être ?

— Oui.

M. Filleul se frotta les mains :

— Quelle chance ! Cette capture sera l'honneur de ma carrière. Et vous pouvez, dès maintenant, me faire ces révélations foudroyantes ?

— Dès maintenant, oui… Ou bien, si vous n'y voyez pas d'inconvénient, dans une heure ou deux, lorsque j'aurai assisté jusqu'au bout à l'enquête que vous poursuivez.

— Mais non, mais non, tout de suite, jeune homme…

À ce moment, Raymonde de Saint-Véran, qui, depuis le début de cette scène, n'avait pas quitté du regard Isidore Beautrelet, s'avança vers M. Filleul.

— Monsieur le juge d'instruction…

— Que désirez-vous, Mademoiselle ?

Deux ou trois secondes, elle hésita, les yeux fixés sur Beautrelet, puis, s'adressant à M. Filleul :

— Je vous prierai de demander à Monsieur la raison pour laquelle il se promenait hier dans le chemin creux qui aboutit à la petite porte.

Ce fut un coup de théâtre. Isidore Beautrelet parut interloqué.

— Moi, Mademoiselle ! moi ! vous m'avez vu hier ?

Raymonde resta pensive, les yeux toujours attachés à Beautrelet, comme si elle cherchait à bien établir en elle sa conviction, et elle prononça d'un ton posé :

— J'ai rencontré dans le chemin creux, à quatre heures de l'après-midi, alors que je traversais le bois, un jeune homme de la taille de monsieur, habillé comme lui, et qui portait la barbe taillée comme la sienne… et j'eus l'impression qu'il cherchait à se dissimuler.

— Et c'était moi ?

— Il me serait impossible de l'affirmer d'une façon absolue, car mon souvenir est un peu vague. Cependant… cependant il me semble bien… sinon la ressemblance serait étrange…

M. Filleul était perplexe. Déjà dupé par l'un des complices, allait-il se laisser jouer par ce soi-disant collégien ? Certes, l'abord du jeune homme plaidait en sa faveur, mais sait-on jamais ?…

— Qu'avez-vous à répondre, Monsieur ?

— Que Mademoiselle se trompe et qu'il me sera facile de le démontrer. Hier, à cette heure, j'étais à Veules.

— Il faudra le prouver, il le faudra. En tout cas la situation n'est plus la même. Brigadier, l'un de vos hommes tiendra compagnie à monsieur.

Le visage d'Isidore Beautrelet marqua une vive contrariété.

— Ce sera long ?

— Le temps de réunir les informations nécessaires.

— Monsieur le juge d'instruction, je vous supplie de les réunir avec le plus de célérité et de discrétion possible…
— Pourquoi !
— Mon père est vieux. Nous nous aimons beaucoup… et je ne voudrais pas qu'il eût de peine par moi.

Le ton un peu larmoyant de la voix déplut à M. Filleul. Cela sentait la scène de mélodrame. Néanmoins, il promit :

— Ce soir… demain au plus tard, je saurai à quoi m'en tenir.

L'après-midi s'avançait. Le juge retourna dans les ruines du vieux cloître, en ayant soin d'en interdire l'entrée à tous les curieux, et patiemment, avec méthode, divisant le terrain en parcelles successivement étudiées, il dirigea lui-même les investigations. Mais, à la fin du jour, il n'était guère plus avancé, et il déclara devant une armée de reporters qui avaient envahi le château :

— Messieurs, tout nous laisse supposer que le blessé est là, à portée de notre main, tout, sauf la réalité des faits. Donc, à notre humble avis, il a dû s'échapper, et c'est dehors que nous le trouverons.

Par précaution cependant, il organisa, d'accord avec le brigadier, la surveillance du parc, et, après, un nouvel examen des deux salons et une visite complète du château, après s'être entouré de tous les renseignements nécessaires, il reprit la route de Dieppe en compagnie du substitut.

La nuit vint. Le boudoir devant rester clos, on avait transporté le cadavre de Jean Daval dans une autre pièce. Deux femmes du pays le veillaient, secondées par Suzanne et Raymonde. En bas, sous l'œil attentif du garde champêtre, que l'on avait attaché à sa personne, le jeune Isidore Beautrelet sommeillait sur le banc de l'ancien oratoire. Dehors, les gendarmes, le fermier et une douzaine de paysans s'étaient postés parmi les ruines et le long des murs.

Jusqu'à onze heures, tout fut tranquille, mais à onze heures dix, un coup de feu retentit de l'autre côté du château.

— Attention, hurla le brigadier. Que deux hommes restent ici !… vous, Fossier… et vous, Lecanu…
Les autres au pas de course.

Tous, ils s'élancèrent et doublèrent le château par la gauche. Dans l'ombre, une silhouette s'esquiva. Puis, tout de suite, un second coup de feu les attira plus loin, presque aux limites de la ferme. Et soudain, comme ils arrivaient en troupe, à la haie qui borde le verger, une flamme jaillit, à droite de la maison réservée au fermier, et d'autres flammes aussitôt s'élevèrent en colonne épaisse. C'était une grange qui brûlait, bourrée de paille jusqu'à son faîte.

— Les coquins ! cria le brigadier Quevillon, c'est eux qui ont mis le feu. Sautons dessus, mes enfants. Ils ne peuvent pas être loin.

Mais la brise courbant les flammes vers le corps de logis, avant tout il fallut parer au danger. Ils s'y employèrent tous avec d'autant plus d'ardeur que M. de Gesvres, accouru sur le lieu du sinistre, les encouragea par la promesse d'une récompense. Quand on se fut rendu maître de l'incendie, il était deux heures du matin. Toute poursuite eût été vaine.

— Nous verrons cela au grand jour, dit le brigadier… pour sûr ils ont laissé des traces… on les retrouvera.

— Et je ne serai pas fâché, ajouta M. de Gesvres, de savoir la raison de cette attaque. Mettre le feu à des bottes de paille me paraît bien inutile.

— Venez avec moi, Monsieur le comte… la raison, je vais peut-être vous la dire.

Ensemble ils arrivaient aux ruines du cloître. Le brigadier appela :
— Lecanu ?… Fossier ?…

D'autres gendarmes cherchaient déjà leurs camarades laissés en faction. On finit par les découvrir à l'entrée de la petite porte. Ils étaient étendus à terre, ficelés, bâillonnés, un bandeau sur les yeux.

— Monsieur le comte, murmura le brigadier tandis qu'on les délivrait, Monsieur le comte, nous avons été joués comme des enfants.

— En quoi ?
— Les coups de feu… l'attaque… l'incendie… tout cela des blagues pour nous attirer là-bas… Une diversion… Pendant ce temps, on ligotait nos deux hommes et l'affaire était faite.

— Quelle affaire ?
— L'enlèvement du blessé, parbleu !
— Allons donc, vous croyez ?
— Si je crois ! C'est la vérité certaine. Voilà bien dix minutes que l'idée m'en est venue… Mais je ne suis

qu'un imbécile de ne pas y avoir pensé plus tôt. On les aurait tous pincés.

Quevillon frappa du pied dans un subit accès de rage.

— Mais où, sacré nom ? Par où sont-ils passés ? Par où l'ont-ils enlevé ? Et lui, le gredin, où se cachait-il ? Car enfin, quoi ! on a battu le terrain toute la journée, et un individu ne se cache pas dans une touffe d'herbe, surtout quand il est blessé. C'est de la magie, ces histoires-là !…

Le brigadier Quevillon n'était pas au bout de ses étonnements. À l'aube, quand on pénétra dans l'oratoire qui servait de cellule au jeune Isidore Beautrelet, on constata que le jeune Isidore Beautrelet avait disparu.

Sur une chaise, courbé, dormait le garde champêtre.

À côté de lui, il y avait une carafe et deux verres. Au fond de l'un de ces verres, on apercevait un peu de poudre blanche.

Après examen, il fut prouvé, d'abord que le jeune Isidore Beautrelet avait administré un narcotique au garde champêtre, qu'il n'avait pu s'échapper que par une fenêtre, située à deux mètres cinquante de hauteur, — et enfin, détail charmant, qu'il n'avait pu atteindre cette fenêtre qu'en utilisant comme marchepied le dos de son gardien.

CHAPITRE II
ISIDORE BEAUTRELET, ELEVE DE RHETORIQUE

EXTRAIT du *Grand Journal* :
Nouvelles de la nuit. Enlèvement du docteur Delattre. Un coup d'une audace folle.

« Au moment de mettre sous presse, on nous apporte une nouvelle dont nous n'osons pas garantir l'authenticité, tellement elle nous paraît invraisemblable. Nous la donnons donc sous toutes réserves.

« Hier soir, le Dr Delattre, le célèbre chirurgien, assistait avec sa femme et sa fille à la représentation d'*Hernani*, à la Comédie-Française. Au début du troisième acte, c'est-à-dire vers dix heures, la porte de sa loge s'ouvrit ; un monsieur, que deux autres accompagnaient, se pencha vers le docteur, et lui dit assez haut pour que Mme Delattre entendît :

« — Docteur, j'ai une mission des plus pénibles à remplir, et je vous serais très reconnaissant de me faciliter ma tâche.

« — Qui êtes-vous, Monsieur ?

« — Monsieur Thézard, commissaire de police du premier arrondissement, et j'ai ordre de vous conduire auprès de M. Dudouis, à la Préfecture.

« — Mais, enfin…

« — Pas un mot, Docteur, je vous en supplie, pas un geste… Il y a là une erreur lamentable, et c'est pourquoi nous devons agir en silence et n'attirer l'attention de personne. Avant la fin de la représentation vous serez de retour, je n'en doute pas.

« Le docteur se leva et suivit le commissaire.

« À la fin de la représentation, il n'était pas revenu.

« Très inquiète, Mme Delattre se rendit au commissariat de police. Elle y trouva le véritable M. Thézard, et reconnut, à son grand effroi, que l'individu qui avait emmené son mari n'était qu'un imposteur.

« Les premières recherches ont révélé que le docteur était monté dans une automobile et que cette automobile s'était éloignée dans la direction de la Concorde.

« Notre seconde édition tiendra nos lecteurs au courant de cette incroyable aventure. »

Si incroyable qu'elle fût, l'aventure était véridique. Le dénouement d'ailleurs ne devait pas tarder et le *Grand Journal*, en même temps qu'il la confirmait dans son édition de midi, annonçait en quelques mots le coup de théâtre qui la terminait.

LA FIN DE L'HISTOIRE
et le commencement des suppositions.

« Ce matin, à neuf heures, le docteur Delattre a été ramené devant la porte du numéro 78 de la rue Duret, par une automobile qui, aussitôt, s'est éloignée rapidement.

« Le numéro 78 de la rue Duret n'est autre que la clinique même du docteur Delattre, clinique où chaque matin il arrive à cette même heure. Quand nous nous sommes présentés, le docteur, qui était en conférence avec le chef de la Sûreté, a bien voulu cependant nous recevoir.

« — Tout ce que je puis vous dire, a-t-il répondu, c'est que l'on m'a traité avec les plus grands égards. Mes trois compagnons sont les gens les plus charmants que je connaisse, d'une politesse exquise, spirituels et bons causeurs, ce qui n'était pas à dédaigner, étant donné la longueur du voyage.

« — Combien de temps dura-t-il ?

« — Environ quatre heures, et autant pour revenir.

« — Et le but de ce voyage ?

« — J'ai été conduit auprès d'un malade dont l'état nécessitait une intervention chirurgicale immédiate.

« — Et cette opération a réussi ?

« — Oui, mais les suites sont à craindre. Ici, je répondrais du malade. Là-bas... dans les conditions où il se trouve...

« — De mauvaises conditions ?

« — Exécrables... Une chambre d'auberge... et l'impossibilité, pour ainsi dire absolue, de recevoir des soins.

« — Alors, qui peut le sauver ?

« — Un miracle... et puis sa constitution d'une force exceptionnelle.

« — Et vous ne pouvez en dire davantage sur cet étrange client ?

« — Je ne le puis. D'abord, j'ai juré, et ensuite j'ai reçu la somme de dix mille francs au profit de ma clinique populaire. Si je ne garde pas le silence, cette somme me sera reprise.

« — Allons donc ! Vous croyez ?

« — Ma foi, oui, je le crois. Tous ces gens-là m'ont l'air extrêmement sérieux.

« Telles sont les déclarations que nous a faites le docteur Delattre. Et nous savons d'autre part que le chef de la Sûreté n'est pas encore parvenu à tirer de lui des renseignements plus précis sur l'opération qu'il a pratiquée, sur le malade qu'il a soigné, et sur les régions que l'automobile a parcourues. Il semble donc difficile de connaître la vérité. »

Cette vérité que le rédacteur de l'interview s'avouait impuissant à découvrir, les esprits un peu clairvoyants la devinèrent par un simple rapprochement des faits qui s'étaient passés la veille au château d'Ambrumésy, et que tous les journaux rapportaient ce même jour dans leurs moindres détails. Il y avait évidemment là, entre cette disparition d'un cambrioleur blessé et cet enlèvement d'un chirurgien célèbre, une coïncidence dont il fallait tenir compte.

L'enquête, d'ailleurs, démontra la justesse de l'hypothèse. En suivant la piste du pseudo-cocher qui s'était enfui sur une bicyclette, on établit qu'il avait gagné la forêt d'Arques, située à une quinzaine de kilomètres, que, de là, après avoir jeté sa bicyclette dans un fossé, il s'était rendu au village de Saint-Nicolas, et qu'il avait envoyé une dépêche ainsi conçue :

« A. L. N., Bureau 45, Paris

« *Situation désespérée. Opération urgente. Expédiez célébrité par nationale quatorze.* »

La preuve était irréfutable. Prévenus, les complices de Paris s'empressaient de prendre leurs dispositions. À dix heures du soir ils expédiaient la célébrité par la route nationale numéro 14 qui côtoie la forêt d'Arques et aboutit à Dieppe. Pendant ce temps, à la faveur de l'incendie allumé par elle-même, la bande des cambrioleurs enlevait son chef et le transportait dans une auberge où l'opération avait lieu dès l'arrivée du docteur, vers deux heures du matin.

Là-dessus aucun doute. À Pontoise, à Gournay, à Forges, l'inspecteur principal Ganimard, envoyé spécialement de Paris, avec l'inspecteur Folenfant, constata le passage d'une automobile au cours de la nuit précédente... De même sur la route de Dieppe à Ambrumésy ; et si l'on perdait soudain la trace de la voiture à une demi-lieue environ du château, du moins on nota de nombreux vestiges de pas entre la petite porte du parc et les ruines du cloître. En outre, Ganimard fit remarquer que la serrure de la petite porte avait été forcée.

Donc tout s'expliquait. Restait à déterminer l'auberge dont le docteur avait parlé. Besogne aisée pour un Ganimard, fureteur, patient, et vieux routier de police. Le nombre des auberges est limité, et celle-ci, étant donné l'état du blessé, ne pouvait être que dans le voisinage d'Ambrumésy, Ganimard et le brigadier Quevillon se mirent en campagne. À cinq cents mètres, à mille mètres, à cinq mille mètres à la ronde, ils visitèrent et fouillèrent tout ce qui pouvait passer pour une auberge. Mais, contre toute attente, le moribond s'obstina à demeurer invisible.

Ganimard s'acharna. Il rentra coucher le soir du samedi au château, avec l'intention de faire son enquête personnelle le dimanche. Or, le dimanche matin, il apprit qu'une ronde de gendarmes avait aperçu cette nuit même une silhouette qui se glissait dans le chemin creux, à l'extérieur des murs. Était-ce un complice qui revenait aux informations ? Devait-on supposer que le chef de la bande n'avait pas quitté le cloître ou les environs du cloître ?

Le soir, Ganimard dirigea ouvertement l'escouade de gendarmes du côté de la ferme, et se plaça, lui, ainsi que Folenfant, en dehors des murs, près de la porte.

Un peu avant minuit, un individu déboucha du bois, fila entre eux, franchit le seuil de la porte et pénétra dans le parc. Durant trois heures, ils le virent errer à travers les ruines, se baissant, escaladant les vieux piliers, restant parfois de longues minutes immobile. Puis il se rapprocha de la porte, et de nouveau passa entre les deux inspecteurs.

Ganimard lui mit la main au collet, tandis que Folenfant le prenait à bras-le-corps. Il ne résista pas, et, le plus docilement du monde, se laissa lier les poignets et conduire au château. Mais quand ils voulurent l'interroger, il répondit simplement qu'il ne leur devait aucun compte et qu'il attendrait la venue du juge d'instruction.

Alors ils l'attachèrent solidement au pied d'un lit, dans une des deux chambres contiguës qu'ils occupaient.

Le lundi matin, à neuf heures, dès l'arrivée de M. Filleul, Ganimard annonça la capture qu'il avait opérée. On fit descendre le prisonnier. C'était Isidore Beautrelet.

— M. Isidore Beautrelet ! s'écria M. Filleul d'un air ravi et en tendant les mains au nouveau venu. Quelle bonne surprise ! Notre excellent détective amateur, ici ! à notre disposition !… Mais c'est une aubaine ! Monsieur l'inspecteur, permettez que je vous présente M. Isidore Beautrelet, élève de rhétorique au lycée Janson de Sailly.

Ganimard paraissait quelque peu interloqué. Isidore le salua très bas, comme un confrère que l'on estime à sa valeur, et se tournant vers M. Filleul :

— Il paraît, Monsieur le juge d'instruction, que vous avez reçu de bons renseignements sur moi ?

— Parfaits ! D'abord vous étiez en effet à Veules-les-Roses au moment où Mlle de Saint-Véran a cru vous voir dans le chemin creux. Nous établirons, je n'en doute pas, l'identité de votre sosie. Ensuite, vous êtes bel et bien Isidore Beautrelet, élève de rhétorique, et même excellent élève, laborieux et de conduite exemplaire. Votre père habitant la province, vous sortez une fois par mois chez son correspondant, M. Bernod, lequel ne tarit pas d'éloges à votre endroit.

— De sorte que…

— De sorte que vous êtes libre, Monsieur Isidore Beautrelet.

— Absolument libre ?

— Absolument. Ah ! toutefois j'y mets une petite, une toute petite condition. Vous comprenez que je ne puis relâcher un monsieur qui administre des narcotiques, qui s'évade par les fenêtres, et que l'on prend ensuite en flagrant délit de vagabondage dans les propriétés privées, que je ne le puis sans une compensation quelconque.

— J'attends.

— Eh bien ! nous allons reprendre notre entretien interrompu, et vous allez me dire où vous en êtes de vos recherches… En deux jours de liberté vous avez dû les mener très loin ?

Et comme Ganimard s'apprêtait à sortir, avec une affectation de dédain pour ce genre d'exercice, le juge s'écria :

— Mais pas du tout, Monsieur l'inspecteur, votre place est ici… Je vous assure que M. Isidore Beautrelet vaut la peine qu'on l'écoute. M. Isidore Beautrelet, d'après mes renseignements, s'est taillé au lycée Janson de Sailly une réputation d'observateur auprès de qui rien ne peut passer inaperçu, et ses condisciples, m'a-t-on dit, le considèrent comme votre émule, comme le rival d'Herlock Sholmès.

— En vérité ! fit Ganimard, ironique.

— Parfaitement. L'un d'eux m'a écrit : « Si Beautrelet déclare qu'il sait, il faut le croire, et, ce qu'il dira, ne doutez pas que ce soit l'expression exacte de la vérité. » Monsieur Isidore Beautrelet, voici le moment ou jamais de justifier la confiance de vos camarades. Je vous en conjure, donnez-nous l'expression exacte de la vérité.

Isidore écoutait en souriant, et il répondit :

— Monsieur le juge d'instruction, vous êtes cruel. Vous vous moquez de pauvres collégiens qui se divertissent comme ils peuvent. Vous avez bien raison, d'ailleurs, je ne vous fournirai pas d'autres motifs de me railler.

— C'est que vous ne savez rien, Monsieur Isidore Beautrelet.

— J'avoue, en effet, très humblement, que je ne sais rien. Car je n'appelle pas « savoir quelque chose » la découverte de deux ou trois points plus précis qui n'ont pu, du reste, j'en suis sûr, vous échapper.

— Par exemple ?

— Par exemple, l'objet du vol.

— Ah ! décidément, l'objet du vol vous est connu ?

— Comme à vous, je n'en doute pas. C'est même la première chose que j'ai étudiée, la tâche me paraissant plus facile.

— Plus facile vraiment ?

— Mon Dieu, oui. Il s'agit tout au plus de faire un raisonnement.

— Pas davantage ?

— Pas davantage.

— Et ce raisonnement ?

— Le voici, dépouillé de tout commentaire. D'une part *il y a eu vol*, puisque ces deux demoiselles sont d'accord et qu'elles ont réellement vu deux hommes qui s'enfuyaient avec des objets.

— Il y a eu vol.

— D'autre part, *rien n'a disparu*, puisque M. de Gesvres l'affirme et qu'il est mieux que personne en mesure de le savoir.

— Rien n'a disparu.

— De ces deux constatations il résulte inévitablement cette conséquence : du moment qu'il y a eu vol et que rien n'a disparu, c'est que l'objet emporté a été remplacé par un objet identique. Il se peut, je m'empresse de le dire, que ce raisonnement ne soit pas ratifié par les faits. Mais je prétends que c'est le premier qui doive s'offrir à nous, et qu'on n'a le droit de l'écarter qu'après un examen sérieux.

— En effet… en effet… murmura le juge d'instruction, visiblement intéressé.

— Or, continua Isidore, qu'y avait-il dans ce salon qui pût attirer la convoitise des cambrioleurs ? Deux choses. La tapisserie d'abord. Ce ne peut être cela. Une tapisserie ancienne ne s'imite pas, et la supercherie vous eût sauté aux yeux. Restaient les quatre Rubens.

— Que dites-vous ?

— Je dis que les quatre Rubens accrochés à ce mur sont faux.

— Impossible !

— Ils sont faux, *a priori*, fatalement, et sans appel.

— Je vous répète que c'est impossible.

— Il y a bientôt un an, Monsieur le juge d'instruction, un jeune homme, qui se faisait appeler Charpenais, est venu au château d'Ambrumésy et a demandé la permission de copier les tableaux de Rubens. Cette permission lui fut accordée par M. de Gesvres. Chaque jour, durant cinq mois, du matin jusqu'au soir, Charpenais travailla dans ce salon. Ce sont les copies qu'il a faites, cadres et toiles, qui ont pris la place des quatre grands tableaux originaux légués à M. de Gesvres par son oncle, le marquis de Bobadilla.

— La preuve ?

— Je n'ai pas de preuve à donner. Un tableau est faux parce qu'il est faux, et j'estime qu'il n'est pas même besoin d'examiner ceux-là.

M. Filleul et Ganimard se regardaient sans dissimuler leur étonnement. L'inspecteur ne songeait plus à se retirer.

À la fin, le juge d'instruction murmura :

— Il faudrait avoir l'avis de M. de Gesvres.

Et Ganimard approuva :

— Il faudrait avoir son avis.

Et ils donnèrent l'ordre qu'on priât le comte de venir au salon.

C'était une véritable victoire que remportait le jeune rhétoricien. Contraindre deux hommes de métier, deux professionnels comme M. Filleul et Ganimard, à faire état de ses hypothèses, il y avait là un hommage dont tout autre se fût enorgueilli. Mais Beautrelet paraissait insensible à ces petites satisfactions d'amour-propre, et toujours souriant, sans la moindre ironie, il attendait. M. de Gesvres entra.

— Monsieur le comte, lui dit le juge d'instruction, la suite de notre enquête nous met en face d'une éventualité tout à fait imprévue, et que nous vous soumettons sous toutes réserves. Il se pourrait… je dis : il se pourrait… que les cambrioleurs, en s'introduisant ici, aient eu pour but de dérober vos quatre Rubens ou du moins de les remplacer par quatre copies… copies qu'eût exécutées, il y a un an, un peintre du nom de Charpenais. Voulez-vous examiner ces tableaux et nous dire si vous les reconnaissez pour authentiques ?

Le comte parut réprimer un mouvement de contrariété, observa Beautrelet, puis M. Filleul, et répondit sans prendre la peine de s'approcher des tableaux :

— J'espérais, Monsieur le juge d'instruction, que la vérité resterait ignorée. Puisqu'il en est autrement, je n'hésite pas à le déclarer : ces quatre tableaux sont faux.

— Vous le saviez donc ?

— Dès la première heure.

— Que ne le disiez-vous ?

— Le possesseur d'un objet n'est jamais pressé de dire que cet objet n'est pas… ou n'est plus authentique.

— Cependant, c'était le seul moyen de les retrouver.

— Il y en avait un meilleur.

— Lequel ?

— Celui de ne pas ébruiter le secret, de ne pas effaroucher mes voleurs, et de leur proposer le rachat des tableaux dont ils doivent être quelque peu embarrassés.

— Comment communiquer avec eux ?

Le comte ne répondant pas, ce fut Isidore qui riposta :

— Par une note insérée dans les journaux. Cette petite note, publiée par le *Journal*, l'*Écho de Paris* et le *Matin*, est ainsi conçue :

« *Suis disposé à racheter les tableaux.* »

Le comte approuva d'un signe de tête. Une fois encore le jeune homme en remontrait à ses aînés.

M. Filleul fut beau joueur.

— Décidément, cher Monsieur, je commence à croire que vos camarades n'ont pas tout à fait tort. Sapristi, quel coup d'œil ! quelle intuition ! Si cela continue, M. Ganimard et moi nous n'aurons plus rien à faire.

— Oh ! tout cela n'était guère compliqué.

— Le reste l'est davantage, voulez-vous dire ? Je me rappelle en effet que, lors de notre première rencontre, vous aviez l'air d'en savoir plus long. Voyons, autant que je m'en souvienne, vous affirmiez que le nom du meurtrier vous était connu ?

— En effet.

— Qui donc a tué Jean Daval ? Cet homme est-il vivant ? Où se cache-t-il ?

— Il y a un malentendu entre nous, Monsieur le juge, ou plutôt un malentendu entre vous et la réalité des faits, et cela depuis le début. Le meurtrier et le fugitif sont deux individus distincts.

— Que dites-vous ? s'exclama M. Filleul. L'homme que M. de Gesvres a vu dans le boudoir et contre lequel il a lutté, l'homme que ces demoiselles ont vu dans le salon et sur lequel Mlle de Saint-Véran a tiré, l'homme qui est tombé dans le parc et que nous cherchons, cet homme-là n'est pas celui qui a tué Jean Daval ?

— Non.

— Avez-vous découvert les traces d'un troisième complice qui aurait disparu avant l'arrivée de ces demoiselles ?

— Non.

— Alors je ne comprends plus… Qui donc est le meurtrier de Jean Daval ?

— Jean Daval a été tué par…

Beautrelet s'interrompit, demeura pensif un instant et reprit :

— Mais auparavant il faut que je vous montre le chemin que j'ai suivi pour arriver à la certitude, et les raisons mêmes du meurtre… sans quoi mon accusation vous semblerait monstrueuse… Et elle ne l'est pas… non, elle ne l'est pas… Il y a un détail qui n'a pas été remarqué et qui cependant a la plus grande importance, c'est que Jean Daval, au moment où il fut frappé, était vêtu de tous ses vêtements, chaussé de ses bottines de marche, bref, habillé comme on l'est en plein jour, avec gilet, faux-col, cravate et bretelles. Or, le crime a été commis à quatre heures du matin.

— J'ai relevé cette bizarrerie, fit le juge. M. de Gesvres m'a répondu que Daval passait une partie de ses nuits à travailler.

— Les domestiques disent au contraire qu'il se couchait régulièrement de très bonne heure. Mais admettons qu'il fût debout : pourquoi a-t-il défait son lit, de manière à faire croire qu'il était couché ? Et s'il était couché, pourquoi, en entendant du bruit, a-t-il pris la peine de s'habiller des pieds à la tête, au lieu de se vêtir sommairement ? J'ai visité sa chambre le premier jour, tandis que vous déjeuniez : ses pantoufles étaient au pied de son lit. Qui l'empêcha de les mettre plutôt que de chausser ses lourdes bottines ferrées ?

— Jusqu'ici, je ne vois pas…

— Jusqu'ici, en effet, vous ne pouvez voir que des anomalies. Elles m'ont paru cependant beaucoup plus suspectes quand j'appris que le peintre Charpenais, — le copiste des Rubens, — avait été présenté au comte de Gesvres par Jean Daval lui-même ?

— Eh bien ?

— Eh bien ! de là à conclure que Jean Daval et Charpenais étaient complices, il n'y a qu'un pas. Ce pas, je l'avais franchi lors de notre conversation.

— Un peu vite, il me semble.

— En effet, il fallait une preuve matérielle. Or, j'avais découvert dans la chambre de Daval, sur une des feuilles du sous-main où il écrivait, cette adresse, qui s'y trouve encore d'ailleurs, décalquée à l'envers par le buvard : « *Monsieur A. L. N., bureau 45, Paris.* » Le lendemain, on découvrit que le télégramme envoyé de Saint-Nicolas par le pseudo-cocher portait cette même adresse : « *A. L. N., bureau 45* ». La preuve matérielle existait, Jean Daval correspondait avec la bande qui avait organisé l'enlèvement des tableaux.

M. Filleul ne souleva aucune objection.

— Soit. La complicité est établie. Et vous en concluez ?

— Ceci d'abord, c'est que ce n'est point le fugitif qui a tué Jean Daval, puisque Jean Daval était son complice.

— Alors ?

— Monsieur le juge d'instruction, rappelez-vous la première phrase que prononça M. de Gesvres lorsqu'il se réveilla de son évanouissement. La phrase, rapportée par Mlle de Gesvres, est au procès-verbal : « Je ne suis pas blessé. Et Daval ?… est-ce qu'il vit ?… Le couteau ? » Et je vous prie de la rapprocher de cette partie de son récit, également consignée au procès-verbal, où M. de Gesvres raconte l'agression : « L'homme bondit sur moi et m'étendit d'un coup de poing à la nuque. » Comment M. de Gesvres, qui était évanoui, pouvait-il savoir en se réveillant que Daval avait été frappé par un couteau ?

Isidore Beautrelet n'attendit point de réponse à sa question. On eût dit qu'il se hâtait pour la faire lui-même et couper court à tout commentaire. Il repartit aussitôt :

— Donc, c'est Jean Daval qui conduit les trois cambrioleurs jusqu'à ce salon. Tandis qu'il s'y trouve avec celui qu'ils appellent leur chef, un bruit se fait entendre dans le boudoir. Daval ouvre la porte. Reconnaissant M. de Gesvres, il se précipite vers lui, armé du couteau. M. de Gesvres réussit à lui arracher ce couteau, l'en frappe, et tombe lui-même frappé d'un coup de poing par cet individu que les deux jeunes filles devaient apercevoir quelques minutes après.

De nouveau, M. Filleul et l'inspecteur se regardèrent. Ganimard hocha la tête d'un air déconcerté. Le juge reprit :

— Monsieur le comte, dois-je croire que cette version est exacte ?…

M. de Gesvres ne répondit pas.

— Voyons, Monsieur le comte, votre silence nous permettrait de supposer… Je vous en prie, parlez.

Très nettement, M. de Gesvres prononça :

— Cette version est exacte en tous points.

Le juge sursauta.

— Alors je ne comprends pas que vous ayez induit la justice en erreur. Pourquoi dissimuler un acte que vous aviez le droit de commettre, étant en légitime défense ?

— Depuis vingt ans, dit M. de Gesvres, Daval travaillait à mes côtés. J'avais confiance en lui. Il m'a rendu des services inestimables. S'il m'a trahi, à la suite de je ne sais quelles tentations, je ne voulais pas du moins, en souvenir du passé, que sa trahison fût connue.

— Vous ne vouliez pas, soit, mais vous le deviez.

— Je ne suis pas de votre avis, Monsieur le juge d'instruction. Du moment qu'aucun innocent n'était accusé de ce crime, mon droit absolu était de ne pas accuser celui qui fut à la fois le coupable et la victime. Il est mort. J'estime que la mort est un châtiment suffisant.

— Mais maintenant, Monsieur le comte, maintenant que la vérité est connue, vous pouvez parler.

— Oui. Voici deux brouillons de lettres écrites par lui à ses complices. Je les ai pris dans son portefeuille, quelques minutes après sa mort.

— Et le mobile du vol ?

— Allez à Dieppe, au 18 de la rue de la Barre. Là demeure une certaine Mme Verdier. C'est pour cette femme qu'il a connue il y a deux ans, pour subvenir à ses besoins d'argent, que Daval a volé.

Ainsi tout s'éclairait. Le drame sortait de l'ombre et peu à peu apparaissait sous un véritable jour.

— Continuons, dit M. Filleul, après que le comte se fut retiré.

— Ma foi, dit Beautrelet gaiement, je suis à peu près au bout de mon rouleau.

— Mais le fugitif, le blessé ?

— Là-dessus, Monsieur le juge d'instruction, vous en savez autant que moi… Vous avez suivi son passage dans l'herbe du cloître… vous avez…

— Oui, oui, je sais… mais, depuis, ils l'ont enlevé, et ce que je voudrais, ce sont des indications sur cette auberge…

Isidore Beautrelet éclata de rire.

— L'auberge ! L'auberge n'existe pas ! c'est un truc pour dépister la justice, un truc ingénieux puisqu'il a réussi.

— Cependant, le docteur Delattre affirme…

— Eh ! justement, s'écria Beautrelet, d'un ton de conviction. C'est parce que le docteur Delattre affirme qu'il ne faut pas le croire. Comment ! le docteur Delattre n'a voulu donner sur toute son aventure que les détails les plus vagues ! il n'a voulu rien dire qui pût compromettre la sûreté de son client… Et voilà tout à coup qu'il attire l'attention sur une auberge ! Mais soyez certain que, s'il a prononcé ce mot d'auberge, c'est qu'il lui fut imposé. Soyez certain que toute l'histoire qu'il nous a servie lui fut dictée sous peine de représailles terribles. Le docteur a une femme et une fille. Et il les aime trop pour désobéir à des gens dont il a éprouvé la formidable puissance. Et c'est pourquoi il a fourni à vos efforts la plus précise des indications.

— Si précise qu'on ne peut trouver l'auberge.

— Si précise que vous ne cessez pas de la chercher, contre toute vraisemblance, et que vos yeux se sont détournés du seul endroit où l'homme puisse être, de cet endroit mystérieux qu'il n'a pas quitté, qu'il n'a pas pu quitter depuis l'instant où, blessé par Mlle de Saint-Véran, il est parvenu à s'y glisser, comme une bête dans sa tanière.

— Mais où, sacrebleu ?… dans quel recoin de l'enfer ?…

— Dans les ruines de la vieille abbaye.

— Mais il n'y a plus de ruines ! Quelques pans de mur !… Quelques colonnes !

— C'est là qu'il s'est terré, Monsieur le juge d'instruction, cria Beautrelet avec force, c'est là qu'il faut borner vos recherches ! c'est là, et pas ailleurs, que vous trouverez Arsène Lupin.

— Arsène Lupin ! s'exclama M. Filleul en sautant sur ses jambes.

Il y eut un silence un peu solennel, où se prolongèrent les syllabes du nom fameux. Arsène Lupin, le grand aventurier, le roi des cambrioleurs, était-ce possible que ce fût lui l'adversaire vaincu, et cependant invisible, après lequel on s'acharnait en vain depuis plusieurs jours ? Mais Arsène Lupin pris au piège, arrêté, pour un juge d'instruction, c'était l'avancement immédiat, la fortune, la gloire !

Ganimard n'avait pas bronché. Isidore lui dit :

— Vous êtes de mon avis, n'est-ce pas, Monsieur l'inspecteur ?

— Parbleu !

— Vous non plus, n'est-ce pas, vous n'avez jamais douté que ce fût lui l'organisateur de cette affaire ?

— Pas une seconde ! La signature y est. Un coup de Lupin, ça diffère d'un autre coup comme un visage d'un autre visage. Il n'y a qu'à ouvrir les yeux.

— Vous croyez… vous croyez… répétait M. Filleul.

— Si je crois ! s'écria le jeune homme. Tenez, rien que ce petit fait : sous quelles initiales ces gens-là correspondent-ils entre eux ? A. L. N., c'est-à-dire la première lettre du nom d'Arsène, la première et la dernière du nom de Lupin.

— Ah ! fit Ganimard, rien ne vous échappe. Vous êtes un rude type, et le vieux Ganimard met bas les armes.

Beautrelet rougit de plaisir et serra la main que lui tendait l'inspecteur.

Les trois hommes s'étaient rapprochés du balcon, et leur regard s'étendait sur le champ des ruines. M. Filleul murmura :

— Alors, il serait là.

— *Il est là*, dit Beautrelet, d'une voix sourde. Il est là depuis la minute même où il est tombé. Logiquement et pratiquement, il ne pouvait s'échapper sans être aperçu de Mlle de Saint-Véran et des deux domestiques.

— Quelle preuve en avez-vous ?

— La preuve, ses complices nous l'ont donnée. Le matin même, l'un d'eux se déguisait en cocher, vous conduisait ici…

— Pour reprendre la casquette, pièce d'identité.

— Soit, mais aussi, mais surtout, pour visiter les lieux, se rendre compte, et voir par lui-même ce qu'était devenu le patron.

— Et il s'est rendu compte ?

— Je le suppose, puisqu'il connaissait la cachette, lui. Et je suppose que l'état désespéré de son chef lui fut révélé, puisque, sous le coup de l'inquiétude, il a commis l'imprudence d'écrire ce mot de menace : « *Malheur à la jeune fille si elle a tué le patron.* »

— Mais ses amis ont pu l'enlever par la suite ?

— Quand ? vos hommes n'ont pas quitté les ruines. Et puis où l'aurait-on transporté ? Tout au plus à quelques centaines de mètres de distance, car on ne fait pas voyager un moribond… et alors vous l'auriez trouvé. Non, vous dis-je, il est là. Jamais ses amis ne l'auraient arraché à la plus sûre des retraites. C'est là qu'ils ont amené le docteur, tandis que les gendarmes couraient au feu comme des enfants.

— Mais comment vit-il ? Pour vivre, il faut des aliments, de l'eau !

— Je ne puis rien dire… je ne sais rien… mais il est là, je vous le jure. Il est là parce qu'il ne peut pas ne pas y être. J'en suis sûr comme si je le voyais, comme si je le touchais. Il est là.

Le doigt tendu vers les ruines, il dessinait dans l'air un petit cercle qui diminuait peu à peu jusqu'à n'être plus qu'un point. Et ce point, les deux compagnons le cherchaient éperdument, tous deux penchés sur l'espace, tous deux émus de la même foi que Beautrelet et frissonnants de l'ardente conviction qu'il leur avait imposée. Oui, Arsène Lupin était là. En théorie comme en fait, il y était, ni l'un ni l'autre n'en pouvaient plus douter.

Et il y avait quelque chose d'impressionnant et de tragique à savoir que, dans quelque refuge ténébreux, gisait à même le sol, sans secours, fiévreux, épuisé, le célèbre aventurier.

— Et s'il meurt ? prononça M. Filleul à voix basse.

— S'il meurt, dit Beautrelet, et que ses complices en aient la certitude, veillez au salut de Mlle de Saint-Véran, Monsieur le juge, car la vengeance sera terrible.

Quelques minutes plus tard, et malgré les instances de M. Filleul, qui se fût volontiers accommodé de ce prestigieux auxiliaire, Beautrelet, dont les vacances expiraient ce même jour, reprenait la route de Dieppe. Il débarquait à Paris vers cinq heures et, à huit heures, franchissait en même temps que ses camarades la porte du lycée Janson.

Ganimard, après une exploration aussi minutieuse qu'inutile des ruines d'Ambrumésy, rentra par le rapide du soir. En arrivant chez lui, il trouva ce pneumatique :

« *Monsieur l'inspecteur principal,*

« *Ayant eu un peu de loisir à la fin de la journée, j'ai pu réunir quelques renseignements complémentaires qui ne manqueront pas de vous intéresser.*

« *Depuis un an Arsène Lupin vit à Paris sous le nom d'Étienne de Vaudreix. C'est un nom que vous avez pu lire souvent dans les chroniques mondaines ou les échos sportifs. Grand voyageur, il fait de longues absences, pendant lesquelles il va, dit-il, chasser le tigre au Bengale ou le renard bleu en Sibérie. Il passe pour s'occuper d'affaires sans qu'on puisse préciser de quelles affaires il s'agit.*

« *Son domicile actuel : 36, rue Marbeuf. (Je vous prie de remarquer que la rue Marbeuf est à proximité du bureau de poste numéro 45.) Depuis le jeudi 23 avril, veille de l'agression d'Ambrumésy, on n'a aucune nouvelle d'Étienne de Vaudreix.*

« *Recevez, Monsieur l'inspecteur principal, avec toute ma gratitude pour la bienveillance que vous m'avez témoignée, l'assurance de mes meilleurs sentiments.*

« ISIDORE BEAUTRELET.

« *Post-Scriptum. — Surtout ne croyez pas qu'il m'ait fallu grand mal pour obtenir ces informations. Le matin même du crime, lorsque M. Filleul poursuivait son instruction devant quelques privilégiés, j'avais eu l'heureuse inspiration d'examiner la casquette du fugitif avant que le pseudo-chauffeur ne fût venu la changer. Le nom du chapelier m'a suffi, vous pensez bien, pour trouver la filière qui m'a fait connaître le nom de l'acheteur et son domicile.* »

Le lendemain matin, Ganimard se présentait au 36 de la rue Marbeuf. Renseignements pris auprès de la concierge, il se fit ouvrir le rez-de-chaussée de droite, où il découvrit rien que des cendres dans la cheminée. Quatre jours auparavant, deux amis étaient venus brûler tous les papiers compromettants.

Mais au moment de sortir, Ganimard croisa le facteur qui apportait une lettre pour M. de Vaudreix.

L'après-midi, le Parquet, saisi de l'affaire, réclamait la lettre. Elle était timbrée d'Amérique et contenait ces lignes, écrites en anglais :

« *Monsieur,*

« *Je vous confirme la réponse que j'ai faite à votre agent. Dès que vous aurez en votre possession les quatre tableaux de M. de Gesvres, expédiez-les par le mode convenu.*

« *Vous y joindrez le reste, si vous pouvez réussir, ce dont je doute fort.*

« *Une affaire imprévue m'obligeant à partir, j'arriverai en même temps que cette lettre. Vous me trouverez au Grand-Hôtel.*

« *Signé :* HARLINGTON. »

Le jour même, Ganimard, muni d'un mandat d'arrêt, conduisait au dépôt le sieur Harlington, citoyen américain, inculpé de recel et de complicité de vol.

Ainsi donc, en l'espace de vingt-quatre heures, grâce aux indications vraiment inattendues d'un gamin de dix-sept ans, tous les nœuds de l'intrigue se dénouaient. En vingt-quatre heures, ce qui était inexplicable devenait simple et lumineux. En vingt-quatre heures, le plan des complices pour sauver leur chef était déjoué, la capture d'Arsène Lupin blessé, mourant, ne faisait plus de doute, sa bande était désorganisée, on connaissait son installation à Paris, le masque dont il se couvrait, et l'on perçait à jour, pour la première fois, avant qu'il eût pu en assurer la complète exécution, un de ses coups les plus habiles et le plus longuement étudiés.

Ce fut dans le public comme une immense clameur d'étonnement, d'admiration et de curiosité. Déjà le journaliste rouennais, en un article très réussi, avait raconté le premier interrogatoire du jeune rhétoricien, mettant en lumière sa bonne grâce, son charme naïf et son assurance tranquille. Les indiscrétions auxquelles Ganimard et M. Filleul s'abandonnèrent malgré eux, entraînés par un élan plus fort que leur orgueil professionnel, éclairèrent le public sur le rôle de Beautrelet au cours des derniers événements. Lui seul avait tout fait. À lui seul revenait tout le mérite de la victoire.

On se passionna. Du jour au lendemain, Isidore Beautrelet fut un héros, et la foule, subitement engouée, exigea sur son nouveau favori les plus amples détails. Les reporters étaient là. Ils se ruèrent à l'assaut du lycée Janson-de-Sailly, guettèrent les externes au sortir des classes et recueillirent tout ce qui concernait, de près ou de loin, le nommé Beautrelet ; et l'on apprit ainsi la réputation dont jouissait parmi ses camarades celui qu'ils appelaient le rival d'Herlock Sholmès. Par raisonnement, par logique et sans plus de renseignements que ceux qu'il lisait dans les journaux, il avait, à diverses reprises, annoncé la solution d'affaires compliquées que la justice ne devait débrouiller que longtemps après lui.

C'était devenu un divertissement au lycée Janson que de poser à Beautrelet des questions ardues, des problèmes indéchiffrables, et l'on s'émerveillait de voir avec quelle sûreté d'analyse, au moyen de quelles ingénieuses déductions, il se dirigeait au milieu des ténèbres les plus épaisses. Dix jours avant l'arrestation de l'épicier Jorisse, il indiquait le parti que l'on pouvait tirer du fameux parapluie. De même, il affirmait dès le début, à propos du drame de Saint-Cloud, que le concierge était l'unique meurtrier possible.

Mais le plus curieux fut l'opuscule que l'on trouva en circulation parmi les élèves du lycée, opuscule signé de lui, imprimé à la machine à écrire et tiré à dix exemplaires. Comme titre : ARSÈNE LUPIN, *sa méthode, en quoi il est classique et en quoi original — suivi d'un parallèle entre l'humour anglais et l'ironie française.*

C'était une étude approfondie de chacune des aventures de Lupin, où les procédés de l'illustre cambrioleur nous apparaissaient avec un relief extraordinaire, où l'on nous montrait le mécanisme même de ses façons d'agir, sa tactique toute spéciale, ses lettres aux journaux, ses menaces, l'annonce de ses vols, bref, l'ensemble des trucs qu'il employait pour « cuisiner » la victime choisie et la mettre dans un état d'esprit tel, qu'elle s'offrait presque au coup machiné contre elle et que tout s'effectuait pour ainsi dire de son propre consentement.

Et c'était si juste comme critique, si pénétrant, si vivant, et d'une ironie à la fois si ingénue et si cruelle, qu'aussitôt les rieurs passèrent de son côté, que la sympathie des foules se détourna sans transition de Lupin vers Isidore Beautrelet, et que dans la lutte qui s'engageait entre eux, d'avance on proclama la victoire du jeune rhétoricien.

En tout cas, cette victoire, M. Filleul aussi bien que le Parquet de Paris semblaient jaloux de lui en réserver la possibilité.

D'une part, en effet, on ne parvenait pas à établir l'identité du sieur Harlington, ni à fournir une preuve décisive de son affiliation à la bande de Lupin. Compère ou non, il se taisait obstinément. Bien plus, après examen de son écriture, on n'osait plus affirmer que ce fût lui l'auteur de la lettre interceptée. Un sieur Harlington, pourvu d'un sac de voyage et d'un carnet amplement pourvu de bank-notes, était descendu au Grand-Hôtel, voilà tout ce qu'il était possible d'affirmer.

D'autre part, à Dieppe, M. Filleul couchait sur les positions que Beautrelet lui avait conquises. Il ne faisait pas un pas en avant. Autour de l'individu que Mlle de Saint-Véran avait pris pour Beautrelet, la veille du crime, même mystère. Mêmes ténèbres aussi sur tout ce qui concernait l'enlèvement des quatre Rubens. Qu'étaient devenus ces tableaux ? Et l'automobile qui les avait emportés dans la nuit, quel chemin avait-elle suivi ?

À Luneray, à Yerville, à Yvetot, on avait recueilli des preuves de son passage, ainsi qu'à Caudebec-en-Caux, où elle avait dû traverser la Seine au petit jour dans le bac à vapeur. Mais quand on poussa l'enquête à fond, il fut avéré que ladite automobile était découverte et qu'il eût été impossible d'y entasser quatre grands tableaux sans que les employés du bac les eussent aperçus.

C'était tout probablement la même auto, mais alors la question se posait encore : qu'étaient devenus les quatre Rubens ?

Autant de problèmes que M. Filleul laissait sans réponse. Chaque jour ses subordonnés fouillaient le quadrilatère des ruines. Presque chaque jour il venait diriger les explorations. Mais de là à découvrir l'asile où Lupin agonisait — si tant est que l'opinion de Beautrelet fût juste, — de là à découvrir cet asile, il y avait un abîme que l'excellent magistrat n'avait point l'air disposé à franchir.

Aussi était-il naturel que l'on se retournât vers Isidore Beautrelet, puisque lui seul avait réussi à dissiper des ténèbres qui, en dehors de lui, se reformaient plus intenses et plus impénétrables. Pourquoi ne s'acharnait-il pas après cette affaire ? Au point où il l'avait menée, il lui suffisait d'un effort pour aboutir.

La question lui fut posée par un rédacteur du *Grand Journal*, qui s'introduisit dans le lycée Janson sous le faux nom de Bernod, correspondant de Beautrelet. À quoi Isidore répondit fort sagement :

— Cher monsieur, il n'y a pas que Lupin en ce monde, il n'y a pas que des histoires de cambrioleurs et de détectives, il y a aussi cette réalité qui s'appelle le baccalauréat. Or, je me présente en juillet. Nous sommes en mai. Et je ne veux pas échouer. Que dirait mon brave homme de père ?

— Mais que dirait-il si vous livriez à la justice Arsène Lupin ?

— Bah ! il y a temps pour tout. Aux prochaines vacances…

— Celles de la Pentecôte ?

— Oui. Je partirai le samedi 6 juin par le premier train.

— Et le soir de ce samedi, Arsène Lupin sera pris.

— Me donnez-vous jusqu'au dimanche ? demanda Beautrelet en riant.

— Pourquoi ce retard ? riposta le journaliste du ton le plus sérieux.

Cette confiance inexplicable, née d'hier et déjà si forte, tout le monde la ressentait à l'endroit du jeune homme, bien qu'en réalité, les événements ne la justifiassent que jusqu'à un certain point. N'importe ! on croyait. De sa part rien ne semblait difficile. On attendait de lui ce qu'on aurait pu attendre tout au plus de quelque phénomène de clairvoyance et d'intuition, d'expérience et d'habileté. Le 6 juin ! cette date s'étalait dans tous les journaux. Le 6 juin, Isidore Beautrelet prendrait le rapide de Dieppe, et le soir Arsène Lupin serait arrêté.

— À moins que d'ici là il ne s'évade… objectaient les derniers partisans de l'aventurier.

— Impossible ! toutes les issues sont gardées.

— À moins alors qu'il n'ait succombé à ses blessures, reprenaient les partisans, lesquels eussent mieux aimé la mort que la capture de leur héros.

Et la réplique était immédiate :

— Allons donc, si Lupin était mort, ses complices le sauraient, et Lupin serait vengé, Beautrelet l'a dit.

Et le 6 juin arriva. Une demi-douzaine de journalistes guettaient Isidore à la gare Saint-Lazare. Deux d'entre eux voulaient l'accompagner dans son voyage. Il les supplia de n'en rien faire.

Il s'en alla donc seul. Son compartiment était vide. Assez fatigué par une série de nuits consacrées au travail, il ne tarda pas à s'endormir d'un lourd sommeil. En rêve, il eut l'impression qu'on s'arrêtait à différentes stations et que des personnes montaient et descendaient. À son réveil, en vue de Rouen, il était encore seul. Mais sur le dossier de la banquette opposée, une large feuille de papier, fixée par une épingle à l'étoffe grise, s'offrait à ses regards. Elle portait ces mots :

« *Chacun ses affaires. Occupez-vous des vôtres. Sinon, tant pis pour vous.* »

— Parfait ! dit-il en se frottant les mains. Ça va mal dans le camp adverse. Cette menace est aussi stupide que celle du pseudo-cocher. Quel style ! on voit bien que ce n'est pas Lupin qui tient la plume.

On s'engouffrait sous le tunnel qui précède la vieille cité normande. En gare, Isidore fit deux ou trois tours sur le quai pour se dégourdir les jambes. Il se disposait à regagner son compartiment, quand un cri lui échappa. En passant près de la bibliothèque, il avait lu distraitement, à la première page d'une édition spéciale du *Journal de Rouen*, ces quelques lignes dont il percevait soudain l'effrayante signification :

« *Dernière heure. — On nous téléphone de Dieppe que, cette nuit, des malfaiteurs ont pénétré dans le château d'Ambrumésy, ont ligoté et bâillonné Mlle de Gesvres, et ont enlevé Mlle de Saint-Véran. Des traces de sang ont été relevées à cinq cents mètres du château, et tout auprès on a retrouvé une écharpe également maculée de sang. Il y a lieu de craindre que la malheureuse jeune fille n'ait été assassinée.* »

Jusqu'à Dieppe, Isidore Beautrelet resta immobile. Courbé en deux, les coudes sur les genoux et ses mains plaquées contre sa figure, il réfléchissait.

À Dieppe, il loua une auto. Au seuil d'Ambrumésy, il rencontra le juge d'instruction qui lui confirma l'horrible nouvelle.

— Vous ne savez rien de plus ? demanda Beautrelet.

— Rien. J'arrive à l'instant.

Au même moment le brigadier de gendarmerie s'approchait de M. Filleul et lui remettait un morceau de papier, froissé, déchiqueté, jauni, qu'il venait de ramasser non loin de l'endroit où l'on avait découvert l'écharpe. M. Filleul l'examina, puis le tendit à Isidore Beautrelet en disant :

— Voilà qui ne nous aidera pas beaucoup dans nos recherches.

Isidore tourna et retourna le morceau de papier. Couvert de chiffres, de points et de signes, il offrait exactement le dessin que nous donnons ci-dessous.

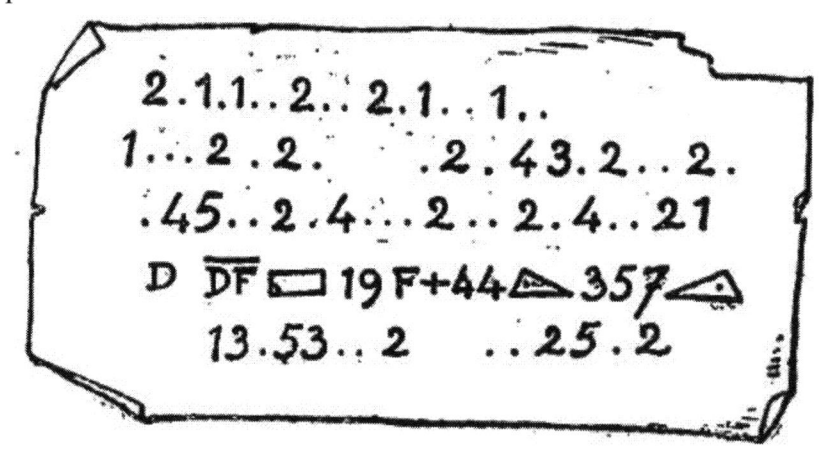

```
 2.1.1..2..  2.1..1..
1...2.2.      .2.43.2..2.
.45..2.4...2..2.4..21
D DF ▭ 19 F+44 △ 357 ◁
 13.53..2    ..25.2
```

CHAPITRE III
LE CADAVRE

VERS six heures du soir, ses opérations terminées, M. Filleul attendait, en compagnie de son greffier, M. Brédoux, la voiture qui devait le ramener à Dieppe. Il paraissait agité, nerveux. Par deux fois il demanda :

— Vous n'avez pas aperçu le jeune Beautrelet ?

— Ma foi non, Monsieur le juge d'instruction.

— Où diable peut-il être ? On ne l'a pas vu de la journée.

Soudain, il eut une idée, confia son portefeuille à Brédoux, fit en courant le tour du château et se dirigea vers les ruines.

Près de la grande arcade, à plat ventre sur le sol tapissé des longues aiguilles de pin, un de ses bras replié sous sa tête, Isidore semblait assoupi.

— Eh quoi ! Que devenez-vous, jeune homme ? Vous dormez ?

— Je ne dors pas. Je réfléchis.

— Depuis ce matin ?

— Depuis ce matin.

— Il s'agit bien de réfléchir ! Il faut voir d'abord. Il faut étudier les faits, chercher les indices, établir les points de repère. C'est après que, par la réflexion, on coordonne tout cela et que l'on découvre la vérité.

— Oui, je sais… c'est la méthode usuelle… la bonne sans doute. Moi, j'en ai une autre… je réfléchis d'abord, je tâche avant tout de trouver l'idée générale de l'affaire, si je peux m'exprimer ainsi. Puis j'imagine une hypothèse raisonnable, logique, en accord avec cette idée générale. Et c'est après, seulement, que j'examine si les faits veulent bien s'adapter à mon hypothèse.

— Drôle de méthode ! et rudement compliquée !

— Méthode sûre, monsieur Filleul, tandis que la vôtre ne l'est pas.

— Allons donc, les faits sont les faits.

— Avec des adversaires quelconques, oui. Mais pour peu que l'ennemi ait quelque ruse, les faits sont ceux qu'il a choisis. Ces fameux indices sur lesquels vous bâtissez votre enquête, il fut libre, lui, de les disposer à son gré. Et vous voyez alors, quand il s'agit d'un homme comme Lupin, où cela peut vous conduire, vers quelles erreurs et quelles inepties ! Herlock Sholmès lui-même est tombé dans le piège.

— Arsène Lupin est mort.

— Soit. Mais sa bande reste, et les élèves d'un tel maître sont des maîtres eux-mêmes.

M. Filleul prit Isidore par le bras, et l'entraînant :

— Des mots, jeune homme. Voici qui est plus important. Écoutez bien. Ganimard, retenu à Paris à l'heure actuelle, n'arrive que dans quelques jours. D'autre part, le comte de Gesvres a télégraphié à Herlock Sholmès, lequel a promis son concours pour la semaine prochaine. Jeune homme, ne pensez-vous pas qu'il y aurait quelque gloire à dire à ces deux célébrités, le jour de leur arrivée : « Mille regrets, chers messieurs, mais nous n'avons pu attendre davantage. La besogne est finie » ?

Il était impossible de confesser son impuissance avec plus d'ingéniosité que ne le faisait ce bon M. Filleul. Beautrelet réprima un sourire et, affectant d'être dupe, répondit :

— Je vous avouerai, Monsieur le juge d'instruction, que, si je n'ai pas assisté tantôt à votre enquête, c'était dans l'espoir que vous consentiriez à m'en communiquer les résultats. Voyons, que savez-vous ?

— Eh bien ! voici. Hier soir, à 11 heures, les trois gendarmes que le brigadier Quevillon avait laissés de faction au château, recevaient dudit brigadier un petit mot les appelant en toute hâte à Ouville où se trouve leur brigade. Ils montèrent aussitôt à cheval, et quand ils arrivèrent à Ouville…

— Ils constatèrent qu'ils avaient été joués, que l'ordre était faux et qu'ils n'avaient plus qu'à retourner à Ambrumésy.

— C'est ce qu'ils firent, sous la conduite du brigadier Quevillon. Mais leur absence avait duré une heure et demie, et durant cette heure et demie, le crime avait été commis.

— Dans quelles conditions ?

— Dans les conditions les plus simples. Une échelle empruntée aux bâtiments de la ferme fut apposée contre le second étage du château. Un carreau fut découpé, une fenêtre ouverte. Deux hommes, munis d'une lanterne sourde, pénétrèrent dans la chambre de Mlle de Gesvres et la bâillonnèrent avant qu'elle n'ait eu le temps d'appeler. Puis, l'ayant attachée avec des cordes, ils ouvrirent très doucement la porte de la chambre où dormait Mlle de Saint-Véran. Mlle de Gesvres entendit un gémissement étouffé, puis le bruit d'une personne qui se débat. Une minute plus tard, elle aperçut les deux hommes qui portaient sa cousine également liée et bâillonnée. Ils passèrent devant elle et s'en allèrent par la fenêtre. Épuisée, terrifiée, Mlle de Gesvres s'évanouit.

— Mais les chiens ? M. de Gesvres n'avait-il pas acheté deux molosses presque sauvages qu'on lâchait la nuit ?

— On les a retrouvés morts, empoisonnés.

— Mais par qui ? Personne ne pouvait les approcher.

— Mystère ! Toujours est-il que les deux hommes ont traversé sans encombre les ruines et sont sortis par la fameuse petite porte. Ils ont franchi le bois taillis, en contournant les anciennes carrières… Ce n'est qu'à cinq cents mètres du château, au pied de l'arbre appelé le Gros-Chêne, qu'ils se sont arrêtés… et qu'ils ont mis leur projet à exécution.

— Pourquoi, s'ils étaient venus avec l'intention de tuer Mlle de Saint-Véran, ne l'ont-ils pas frappée dans sa chambre ?

— Je ne sais. Peut-être l'incident qui les a déterminés ne s'est-il produit qu'à leur sortie du château. Peut-être la jeune fille avait-elle réussi à se débarrasser de ses liens. Ainsi, pour moi, l'écharpe ramassée avait servi à lui attacher les poignets. En tout cas, c'est au pied du Gros-Chêne qu'ils ont frappé. Les preuves que j'ai recueillies sont irréfutables…

— Mais le corps ?

— Le corps n'a pas été retrouvé, ce qui d'ailleurs ne saurait nous surprendre outre mesure. La piste suivie m'a conduit, en effet, jusqu'à l'église de Varengeville, à l'ancien cimetière suspendu au sommet de la falaise. Là, c'est le précipice… un gouffre de plus de cent mètres. Et, en bas, les rochers, la mer. Dans un jour ou deux, une marée plus forte ramènera le corps sur la grève.

— Évidemment, tout cela est fort simple.

— Oui, tout cela est fort simple et ne m'embarrasse pas. Lupin est mort, ses complices l'ont appris et pour se venger, ainsi qu'ils l'avaient écrit, ils ont assassiné Mlle de Saint-Véran, ce sont là des faits qui n'avaient même pas besoin d'être contrôlés. Mais Lupin ?

— Lupin ?

— Oui, qu'est-il devenu ? Tout probablement, ses complices ont enlevé son cadavre en même temps qu'ils emportaient la jeune fille, mais quelle preuve avons-nous de cet enlèvement ? Aucune. Pas plus que de son séjour dans les ruines, pas plus que de sa mort ou de sa vie. Et c'est là tout le mystère, mon cher Beautrelet. Le meurtre de Mlle Raymonde n'est pas un dénouement. Au contraire, c'est une complication. Que s'est-il passé depuis deux mois au château d'Ambrumésy ? Si nous ne déchiffrons pas cette énigme, d'autres vont venir qui nous brûleront la politesse.

— Quel jour vont-ils venir, ces autres ?

— Mercredi… mardi, peut-être…

Beautrelet sembla faire un calcul, puis déclara :

— Monsieur le juge d'instruction, nous sommes aujourd'hui samedi. Je dois rentrer au lycée lundi soir. Eh bien ! lundi matin, si vous voulez être ici à dix heures, je tâcherai de vous le révéler, le mot de l'énigme.

— Vraiment, monsieur Beautrelet… vous croyez ? Vous êtes sûr ?

— Je l'espère, du moins.

— Et maintenant, où allez-vous ?

— Je vais voir si les faits veulent bien s'accommoder à l'idée générale que je commence à discerner.

— Et s'ils ne s'accommodent pas ?

— Eh bien Monsieur le juge d'instruction, ce sont eux qui auront tort, dit Beautrelet en riant, et j'en chercherai d'autres plus dociles. À lundi, n'est-ce pas ?

— À lundi.

Quelques minutes après, M. Filleul roulait vers Dieppe, tandis qu'Isidore, muni d'une bicyclette que lui avait prêtée le comte de Gesvres, filait sur la route de Yerville et de Caudebec-en-Caux.

Il y avait un point sur lequel le jeune homme tenait à se faire avant tout une opinion nette, parce que ce point lui semblait justement le point faible de l'ennemi. On n'escamote pas des objets de la dimension des quatre Rubens. Il fallait qu'ils fussent quelque part. S'il était impossible pour le moment de les retrouver, ne pouvait-on connaître le chemin par où ils avaient disparu ?

L'hypothèse de Beautrelet était celle-ci : l'automobile avait bien emporté les quatre tableaux, mais avant d'arriver à Caudebec elle les avait déchargés sur une autre automobile qui avait traversé la Seine en amont ou en aval de Caudebec.

En aval, le premier bac était celui de Quillebeuf, passage fréquenté, par conséquent dangereux. En amont, il y avait le bac de la Mailleraie, gros bourg isolé, en dehors de toute communication.

Vers minuit, Isidore avait franchi les dix-huit lieues qui le séparaient de la Mailleraie, et frappait à la porte d'une auberge située au bord de l'eau. Il y couchait, et dès le matin, interrogeait les matelots du bac.

On consulta le livre des passagers. Aucune automobile n'avait passé jeudi le 23 avril.

— Alors, une voiture à chevaux ? insinua Beautrelet, une charrette ? un fourgon ?
— Non plus.

Toute la matinée, Isidore s'enquit. Il allait partir pour Quillebeuf, quand le garçon de l'auberge où il avait couché lui dit :

— Ce matin-là, j'arrivais de mes treize jours, et j'ai bien vu une charrette, mais elle n'a pas passé.
— Comment ?
— Non. On l'a déchargée sur une sorte de bateau plat, de péniche, comme ils disent, qui était amarrée au quai.
— Et cette charrette, d'où venait-elle ?
— Oh ! je l'ai bien reconnue. C'était à maître Vatinel, le charretier.
— Qui demeure ?
— Au hameau de Louvetot.

Beautrelet regarda sa carte d'état-major. Le hameau de Louvetot était situé au carrefour de la route d'Yvetot à Caudebec et d'une petite route tortueuse qui s'en venait à travers bois jusqu'à la Mailleraie !

Ce n'est qu'à six heures du soir qu'Isidore réussit à découvrir dans un cabaret maître Vatinel, un de ces vieux Normands finauds qui se tiennent toujours sur leurs gardes, qui se méfient de l'étranger, mais qui ne savent pas résister à l'attrait d'une pièce d'or et à l'influence de quelques petits verres.

— Bien oui, Monsieur, ce matin-là, les gens à l'automobile m'avaient donné rendez-vous à cinq heures au carrefour. Ils m'ont remis quatre grandes machines, hautes comme ça. Il y en a un qui m'a accompagné. Et nous avons porté la chose jusqu'à la péniche.
— Vous parlez d'eux comme si vous les connaissiez déjà.
— Je vous crois que je les connaissais ! C'était la sixième fois que je travaillais pour eux.

Isidore tressaillit.

— Vous dites la sixième fois ?... Et depuis quand ?
— Mais tous les jours d'avant celui-là, parbleu ! Mais alors, c'étaient d'autres machines... des gros morceaux de pierre... ou bien des plus petites assez longues qu'ils avaient enveloppées et qu'ils portaient comme le saint sacrement. Ah ! fallait pas y toucher à celles-là... Mais qu'est-ce que vous avez ? Vous êtes tout blanc.
— Ce n'est rien... la chaleur de cette salle.

Beautrelet sortit en titubant. La joie, l'imprévu de la découverte l'étourdissaient.

Il s'en retourna tout tranquillement, coucha le soir au village de Varengeville, passa, le lendemain matin, une heure à la mairie avec l'instituteur, et revint au château. Une lettre l'y attendait « aux bons soins de M. le comte de Gesvres ». Elle contenait ces lignes :

« *Deuxième avertissement. Tais-toi. Sinon...* »

— Allons, murmura-t-il, il va falloir prendre quelques précautions pour ma sûreté personnelle. Sinon, comme ils disent...

Il était neuf heures ; il se promena parmi les ruines, puis s'allongea près de l'arcade et ferma les yeux.

— Eh bien ! jeune homme, êtes-vous content de votre campagne ?

C'était M. Filleul qui arrivait à l'heure fixée.

— Enchanté, Monsieur le juge d'instruction.
— Ce qui veut dire ?
— Ce qui veut dire que je suis prêt à tenir ma promesse... malgré cette lettre qui ne m'y engage guère.

Il montra la lettre à M. Filleul.

— Bah ! des histoires, s'écria celui-ci, et j'espère que cela ne vous empêchera pas...
— De vous dire ce que je sais ? Non, Monsieur le juge d'instruction. J'ai promis : je tiendrai. Avant dix minutes, nous saurons... une partie de la vérité.
— Une partie ?
— Oui, à mon sens, la cachette de Lupin, cela ne constitue pas tout le problème. Mais pour la suite, nous verrons.
— Monsieur Beautrelet, rien ne m'étonne de votre part. Mais comment avez-vous pu découvrir ?...
— Oh ! tout naturellement. Il y a dans la lettre du sieur Harlington à M. Étienne de Vaudreix, ou plutôt à Lupin...
— La lettre interceptée ?

— Oui. Il y a une phrase qui m'a toujours intrigué. C'est celle-ci : « À l'envoi des tableaux, vous joindrez *le reste*, si vous pouvez réussir, ce dont je doute fort. »

— En effet, je me souviens.

— Quel était ce reste ? Un objet d'art, une curiosité ? Le château n'offrait rien de précieux que les Rubens et les tapisseries. Des bijoux ? Il y en a fort peu et de valeur médiocre. Alors quoi ? Et, d'autre part, pouvait-on admettre que des gens comme Lupin, d'une habileté aussi prodigieuse, n'eussent pas réussi à joindre à l'envoi *ce reste*, qu'ils avaient évidemment proposé ? Entreprise difficile, c'est probable, exceptionnelle, soit, mais possible, donc certaine, puisque Lupin le voulait.

— Cependant, il a échoué : rien n'a disparu.

— Il n'a pas échoué : quelque chose a disparu.

— Oui, les Rubens... mais...

— Les Rubens, et autre chose... quelque chose que l'on a remplacé par une chose identique, comme on a fait pour les Rubens, quelque chose de beaucoup plus extraordinaire, de plus rare et de plus précieux que les Rubens.

— Enfin, quoi ? vous me faites languir.

Tout en marchant à travers les ruines, les deux hommes s'étaient dirigés vers la petite porte et longeaient la Chapelle-Dieu.

Beautrelet s'arrêta.

— Vous voulez le savoir, Monsieur le juge d'instruction ?

— Si je le veux !

Beautrelet avait une canne à la main, un bâton solide et noueux. Brusquement, d'un revers de cette canne, il fit sauter en éclats l'une des statuettes qui ornaient le portail de la chapelle.

— Mais vous êtes fou ! clama M. Filleul, hors de lui, et en se précipitant vers les morceaux de la statuette. Vous êtes fou ! ce vieux saint était admirable...

— Admirable ! proféra Isidore en exécutant un moulinet qui jeta bas la Vierge Marie.

M. Filleul l'empoigna à bras-le-corps.

— Jeune homme, je ne vous laisserai pas commettre...

Un roi mage encore voltigea, puis une crèche avec l'Enfant Jésus...

— Un mouvement de plus et je tire.

Le comte de Gesvres était survenu et armait son revolver.

Beautrelet éclata de rire.

— Tirez donc là-dessus, Monsieur le comte... tirez là-dessus, comme à la foire... Tenez... ce bonhomme qui porte sa tête à pleines mains.

Le saint Jean-Baptiste sauta.

— Ah ! fit le comte... en braquant son revolver, une telle profanation !... de pareils chefs-d'œuvre !

— Du toc, Monsieur le comte !

— Quoi ? Que dites-vous ? hurla M. Filleul, tout en désarmant le comte de Guesvres.

— Du toc, répéta Beautrelet ! du carton-pâte !

— Ah ! ça... est-ce possible ?

— Du soufflé ! du vide ! du néant !

Le comte se baissa et ramassa un débris de statuette.

— Regardez bien, Monsieur le comte... du plâtre ! du plâtre patiné, moisi, verdi comme de la pierre ancienne... mais du plâtre, des moulages de plâtre... voilà tout ce qui reste du pur chef-d'œuvre... voilà ce qu'ils ont fait en quelques jours !... voilà ce que le sieur Charpenais, le copiste des Rubens, a préparé, il y a un an.

À son tour, il saisit le bras de M. Filleul.

— Qu'en pensez-vous, Monsieur le juge d'instruction ! Est-ce beau ? est-ce énorme ? gigantesque ? la chapelle enlevée ! Toute une chapelle gothique recueillie pierre par pierre ! Tout un peuple de statuettes, captivé ! et remplacé par des bonshommes en stuc ! un des plus magnifiques spécimens d'une époque d'art incomparable, confisqué ! la Chapelle-Dieu, enfin, volée ! N'est-ce pas formidable ! Ah ! Monsieur le juge d'instruction, quel génie que cet homme !

— Vous vous emballez, monsieur Beautrelet.

— On ne s'emballe jamais trop, Monsieur, quand il s'agit de pareils individus. Tout ce qui dépasse la moyenne vaut qu'on l'admire. Et celui-là plane au-dessus de tout. Il y a dans ce vol une richesse de conception, une force, une puissance, une adresse et une désinvolture qui me donnent le frisson.

— Dommage qu'il soit mort, ricana M. Filleul... sans quoi il eût fini par voler les tours de Notre-Dame.

Isidore haussa les épaules.

— Ne riez pas, Monsieur, même mort, celui-là vous bouleverse.

— Je ne dis pas... je ne dis pas, Monsieur Beautrelet, et j'avoue que ce n'est pas sans une certaine émotion que je m'apprête à le contempler... si toutefois ses camarades n'ont pas fait disparaître son cadavre.

— Et en admettant surtout, remarqua le comte de Gesvres, que ce fût bien lui que blessa ma pauvre nièce.

— Ce fut bien lui, Monsieur le comte, affirma Beautrelet, ce fut bien lui qui tomba dans les ruines sous la balle que tira Mlle de Saint-Véran ; ce fut lui qu'elle vit se relever, et qui retomba encore, et qui se traîna vers la grande arcade pour se relever une dernière fois — cela par un miracle dont je vous donnerai l'explication tout à l'heure — et parvenir jusqu'à ce refuge de pierre... qui devait être son tombeau.

Et de sa canne Beautrelet frappa le seuil de la chapelle.

— Hein ? Quoi ? s'écria M. Filleul stupéfait... son tombeau ?... Vous croyez que cette impénétrable cachette...

— Elle se trouve ici... là..., répéta-t-il.

— Mais nous l'avons fouillée.

— Mal.

— Il n'y a pas de cachette ici, protesta M. de Gesvres. Je connais la chapelle.

— Si, Monsieur le comte, il y en a une. Allez à la mairie de Varengeville, où l'on a recueilli tous les papiers qui se trouvaient dans l'ancienne paroisse d'Ambrumésy, et vous apprendrez, par ces papiers datés du XVIIIe siècle, qu'il existait sous la chapelle une crypte. Cette crypte remonte, sans doute, à la chapelle romane, sur l'emplacement de laquelle celle-ci fut construite.

— Mais, comment Lupin aurait-il connu ce détail ? demanda M. Filleul.

— D'une façon fort simple, par les travaux qu'il dut exécuter pour enlever la chapelle.

— Voyons, voyons, monsieur Beautrelet, vous exagérez... Il n'a pas enlevé toute la chapelle. Tenez, aucune de ces pierres d'assise n'a été touchée.

— Évidemment, il n'a moulé et il n'a pris que ce qui avait une valeur artistique, les pierres travaillées, les sculptures, les statuettes, tout le trésor des petites colonnes et des ogives ciselées. Il ne s'est pas occupé de la base même de l'édifice. Les fondations restent.

— Par conséquent, monsieur Beautrelet, Lupin n'a pu pénétrer jusqu'à la crypte.

À ce moment, M. de Gesvres, qui avait appelé l'un de ses domestiques, revenait avec la clef de la chapelle. Il ouvrit la porte. Les trois hommes entrèrent.

Après un instant d'examen, Beautrelet reprit :

— ... Les dalles du sol, comme de raison, ont été respectées. Mais il est facile de se rendre compte que le maître-autel n'est plus qu'un moulage. Or, généralement, l'escalier qui descend aux cryptes s'ouvre devant le maître-autel et passe sous lui.

— Vous en concluez ?

— J'en conclus que c'est en travaillant là que Lupin a trouvé la crypte.

À l'aide d'une pioche que le comte envoya chercher, Beautrelet attaqua l'autel. Les morceaux de plâtre sautaient de droite et de gauche. Au fur et à mesure il les écartait.

— Fichtre, murmura M. Filleul, j'ai hâte de savoir...

— Moi aussi, dit Beautrelet, dont le visage était pâle d'angoisse.

Il précipita ses coups. Et soudain, sa pioche qui, jusqu'ici, n'avait point rencontré de résistance, se heurta à une matière plus dure, et rebondit. On entendit comme un bruit d'éboulement, et ce qui restait de l'autel s'abîma dans le vide à la suite du bloc de pierre que la pioche avait frappé. Beautrelet se pencha. Il fit flamber une allumette et la promena sur le vide :

— L'escalier commence plus en avant que je ne pensais, sous les dalles de l'entrée, presque. J'aperçois les dernières marches, !à, tout en bas.

— Est-ce profond ?

— Trois ou quatre mètres... Les marches sont très hautes... et il en manque.

— Il n'est pas vraisemblable, dit M. Filleul, que pendant la courte absence des trois gendarmes, alors qu'on enlevait Mlle de Saint-Véran, il n'est pas vraisemblable que les complices aient eu le temps d'extraire le cadavre de cette cave... Et puis, pourquoi l'eussent-ils fait, d'ailleurs ?... Non, pour moi, il est là.

Un domestique leur apporta une échelle que Beautrelet introduisit dans l'excavation et qu'il planta, en tâtonnant, parmi les décombres tombés. Puis il en maintint vigoureusement les deux montants.

— Voulez-vous descendre, monsieur Filleul ?

Le juge d'instruction, muni d'une bougie, s'aventura. Le comte de Gesvres le suivit.

À son tour Beautrelet posa le pied sur le premier échelon.

Il y en avait dix-huit qu'il compta machinalement, tandis que ses yeux examinaient la crypte où la lueur de la bougie luttait contre les lourdes ténèbres. Mais, en bas, une odeur violente, immonde, le heurta, une de ces odeurs de pourriture dont le souvenir, par la suite, vous obsède.

Oh ! cette odeur, il en eut le cœur qui chavira...

Et tout à coup, une main tremblante lui agrippa l'épaule.

— Eh bien ! quoi ? Qu'y a-t-il ?

— Beautrelet, balbutia M. Filleul... Beautrelet...

Il ne pouvait parler, étreint par l'épouvante.

— Voyons, Monsieur le juge d'instruction, remettez-vous...

— Beautrelet... il est là...

— Hein ?

— Oui... il y avait quelque chose sous la grosse pierre qui s'est détachée de l'autel... j'ai poussé la pierre... et j'ai touché... Oh ! je n'oublierai jamais...

— Où est-il ?

— De ce côté... Sentez-vous cette odeur ?... et puis, tenez... regardez...

Il avait saisi la bougie et la projetait vers une forme étendue sur le sol.

— Oh ! s'exclama Beautrelet avec un accent d'horreur.

Les trois hommes se courbèrent vivement. À moitié nu, le cadavre s'allongeait, maigre, effrayant. La chair verdâtre, aux tons de cire molle, apparaissait par endroits, entre les vêtements déchiquetés. Mais le plus affreux, ce qui avait arraché au jeune homme un cri de terreur, c'était la tête, la tête que venait d'écraser le bloc de pierre, la tête informe, masse hideuse où plus rien ne pouvait se distinguer... et quand leurs yeux se furent accoutumés à l'obscurité, ils virent que toute cette chair grouillait abominablement...

En quatre enjambées, Beautrelet remonta l'échelle et s'enfuit au grand jour, à l'air libre.

M. Filleul le retrouva de nouveau couché à plat ventre, les mains collées au visage. Il lui dit :

— Tous mes compliments, Beautrelet. Outre la découverte de la cachette, il est deux points où j'ai pu contrôler l'exactitude de vos assertions. Tout d'abord, l'homme sur qui Mlle de Saint-Véran a tiré était bien Arsène Lupin comme vous l'avez dit dès le début. De même, c'était bien sous le nom d'Étienne de Vaudreix qu'il vivait à Paris. Le linge est marqué aux initiales E. V. Il me semble, n'est-ce pas ? que la preuve suffit...

Isidore ne bougeait pas.

— M. le comte est parti faire atteler. On va chercher le docteur Jouet qui fera les constatations d'usage. Pour moi, la mort date de huit jours au moins. L'état de décomposition du cadavre... Mais vous n'avez pas l'air d'écouter ?

— Si, si.

— Ce que je dis est appuyé sur des raisons péremptoires. Ainsi, par exemple...

M. Filleul continua sa démonstration, sans obtenir d'ailleurs des marques plus manifestes d'attention. Mais le retour de M. de Gesvres interrompit son monologue.

Le comte revenait avec deux lettres. L'une lui annonçait l'arrivée d'Herlock Sholmès pour le lendemain.

— À merveille, s'écria M. Filleul, tout allègre. L'inspecteur Ganimard arrive également. Ce sera délicieux.

— Cette autre lettre est pour vous, Monsieur le juge d'instruction, dit le comte.

— De mieux en mieux, reprit M. Filleul, après avoir lu... Ces messieurs, décidément, n'auront pas grand-chose à faire. Beautrelet, on me prévient de Dieppe que des pêcheurs de bouquet ont trouvé ce matin, sur les rochers, le cadavre d'une jeune femme.

Beautrelet sursauta :

— Que dites-vous ? le cadavre...

— D'une jeune femme... un cadavre affreusement mutilé, précise-t-on, et dont il ne serait pas possible d'établir l'identité, s'il ne restait au bras droit une petite gourmette d'or, très fine, qui s'est incrustée dans la peau tuméfiée. Or, Mlle de Saint-Véran portait au bras droit une gourmette d'or. Il s'agit donc évidemment de votre malheureuse nièce, Monsieur le comte, que la mer aura entraînée jusque-là. Qu'en pensez-vous, Beautrelet ?

— Rien… rien… ou plutôt si… tout s'enchaîne, comme vous voyez, il ne manque plus rien à mon argumentation. Tous les faits, un à un, même les plus contradictoires, même les plus déconcertants viennent à l'appui de l'hypothèse que j'ai imaginée dès le premier moment.

— Je ne comprends pas bien.

— Vous ne tarderez pas à comprendre. Rappelez-vous que je vous ai promis la vérité entière.

— Mais il me semble…

— Un peu de patience, Monsieur le juge d'instruction. Jusqu'ici vous n'avez pas eu à vous plaindre de moi. Il fait beau temps. Promenez-vous, déjeunez au château, fumez votre pipe. Moi, je serai de retour vers quatre ou cinq heures. Quant à mon lycée, ma foi, tant pis, je prendrai le train de minuit.

Ils étaient arrivés aux communs, derrière le château. Beautrelet sauta à bicyclette et s'éloigna.

À Dieppe, il s'arrêta aux bureaux du journal *La Vigie* où il se fit montrer les numéros de la dernière quinzaine. Puis il partit pour le bourg d'Envermeu, situé à dix kilomètres. À Envermeu, il s'entretint avec le maire, avec le curé, avec le garde champêtre. Trois heures sonnèrent à l'église du bourg. Son enquête était finie.

Il revint en chantant d'allégresse. Ses jambes pesaient tour à tour d'un rythme égal et fort sur les deux pédales, sa poitrine s'ouvrait largement à l'air vif qui soufflait de la mer. Et parfois il s'oubliait à jeter au ciel des clameurs de triomphe en songeant au but qu'il poursuivait et à ses efforts heureux.

Ambrumésy apparut. Il se laissa aller à toute vitesse sur la pente qui précède le château. Les arbres qui bordent le chemin, en quadruple rangée séculaire, semblaient accourir à sa rencontre et s'évanouir aussitôt derrière lui.

Et, tout à coup, il poussa un cri. Dans une vision soudaine, il avait vu une corde se tendre d'un arbre à l'autre, en travers de la route.

La machine heurtée s'arrêta net. Il fut projeté en avant, avec une violence inouïe, et il eut l'impression qu'un hasard seul, un miraculeux hasard, lui faisait éviter un tas de cailloux, où logiquement sa tête aurait dû se briser.

Il resta quelques secondes étourdi. Puis, tout contusionné, les genoux écorchés, il examina les lieux. Un petit bois s'étendait à droite, par où, sans aucun doute, l'agresseur s'était enfui. Beautrelet détacha la corde. À l'arbre de gauche autour duquel elle était attachée, un petit papier était fixé par une ficelle. Il le déplia et lut :

« *Troisième et dernier avertissement.* »

Il rentra au château, posa quelques questions aux domestiques, et rejoignit le juge d'instruction dans une pièce du rez-de-chaussée, tout au bout de l'aile droite, où M. Filleul avait l'habitude de se tenir au cours de ses opérations. M. Filleul écrivait, son greffier assis en face de lui. Sur un signe, le greffier sortit, et le juge s'écria :

— Mais qu'avez-vous donc, monsieur Beautrelet ? Vos mains sont en sang.

— Ce n'est rien, ce n'est rien, dit le jeune homme… une simple chute provoquée par cette corde qu'on a tendue devant ma bicyclette. Je vous prierai seulement de remarquer que ladite corde provient du château. Il n'y a pas plus de vingt minutes qu'elle servait à sécher du linge auprès de la buanderie.

— Est-ce possible ?

— Monsieur, c'est ici même que je suis surveillé, par quelqu'un qui se trouve au cœur de la place, qui me voit, qui m'entend, et qui, minute par minute, assiste à mes actes et connaît mes intentions.

— Vous croyez ?

— J'en suis sûr. C'est à vous de le découvrir et vous n'y aurez pas de peine. Mais, pour moi, je veux finir et vous donner les explications promises. J'ai marché plus vite que nos adversaires ne s'y attendaient, et je suis persuadé que, de leur côté, ils vont agir avec vigueur. Le cercle se resserre autour de moi. Le péril approche, j'en ai le pressentiment.

— Voyons, voyons, Beautrelet…

— Bah ! on verra bien. Pour l'instant, dépêchons-nous. Et d'abord, une question sur un point que je veux écarter tout de suite. Vous n'avez parlé à personne de ce document que le brigadier Quevillon a ramassé et qu'il vous a remis en ma présence ?

— Ma foi non, à personne. Mais est-ce que vous y attachez une valeur quelconque ?…

— Une grande valeur. C'est une idée que j'ai, une idée du reste, je l'avoue, qui ne repose sur aucune preuve… car, jusqu'ici, je n'ai guère réussi à déchiffrer ce document. Aussi, je vous en parle… pour n'y plus revenir.

Beautrelet appuya sa main sur celle de M. Filleul, et à voix basse :

— Taisez-vous… on nous écoute… dehors…

Le sable craqua. Beautrelet courut vers la fenêtre et se pencha.

— Il n'y a plus personne… mais la plate-bande est foulée… on relèvera facilement les empreintes.

Il ferma la fenêtre et vint se rasseoir.

— Vous voyez, Monsieur le Juge d'instruction, l'ennemi ne prend même plus de précautions… il n'en a plus le temps… lui aussi sent que l'heure presse. Hâtons-nous donc, et parlons puisqu'ils ne veulent pas que je parle.

Il posa sur la table le document et le maintint déplié.

— Avant tout, une remarque. Il n'y a sur ce papier, en dehors de points, que des chiffres. Et, dans les trois premières lignes et la cinquième — les seules dont nous ayons à nous occuper, car la quatrième semble d'une nature tout à fait différente, — il n'y a pas un de ces chiffres qui soit plus élevé que le chiffre 5. Nous avons donc bien des chances pour que chacun de ces chiffres représente une des cinq voyelles, et dans l'ordre alphabétique. Inscrivons le résultat.

Il inscrivit sur une feuille à part :

$$e.a.a..e..e..a.a.$$
$$a...e.e..e.oi.e..e.$$
$$.ou..e.o...e..e.o..e.$$
$$ai.ui..e..eu.e$$

Puis il reprit :

– Comme vous voyez, cela ne donne pas grand-chose. La clef est à la fois très facile – puisqu'on s'est contenté de remplacer les voyelles par des chiffres et les consonnes par des points – et très difficile, sinon impossible, puisqu'on ne s'est pas donné plus de mal pour compliquer le problème.

– Il est de fait qu'il est suffisamment obscur.

– Essayons de l'éclaircir. La seconde ligne est divisée en deux parties, et la deuxième partie se présente de telle façon qu'il est tout à fait probable qu'elle forme un mot. Si nous tâchons maintenant de remplacer les points intermédiaires par des consonnes, nous concluons, après tâtonnement, que les seules consonnes qui peuvent logiquement servir d'appui aux voyelles ne peuvent logiquement produire qu'un mot, un seul mot : « demoiselles ».

— Il s'agirait alors de Mlle de Gesvres et de Mlle de Saint-Véran ?

— En toute certitude.

— Et vous ne voyez rien d'autre ?

— Si. Je note encore une solution de continuité au milieu de la dernière ligne, et si j'effectue le même travail sur le début de la ligne, je vois aussitôt qu'entre les deux diphtongues *ai* et *ui*, la seule consonne qui puisse remplacer le point est un *g*, et que, quand j'ai formé le début de ce mot *aigui*, il est naturel et indispensable que j'arrive avec les deux points suivants et l'*e* final au mot *aiguille*.

— En effet… le mot aiguille s'impose.

— Enfin, pour le dernier mot, j'ai trois voyelles et trois consonnes. Je tâtonne encore, j'essaie toutes les lettres les unes après les autres, et, en partant de ce principe que les deux premières lettres sont des consonnes, je constate que quatre mots peuvent s'adapter : les mots *fleuve, preuve, pleure* et *creuse*. J'élimine les mots fleuve, preuve et pleure comme n'ayant aucune relation possible avec une aiguille, et je garde le mot creuse.

— Ce qui fait *aiguille creuse*. J'admets que votre solution soit juste, mais en quoi nous avance-t-elle ?

— En rien, fit Beautrelet, d'un ton pensif. En rien, pour le moment… plus tard, nous verrons… J'ai idée, moi, que bien des choses sont incluses dans l'accouplement énigmatique de ces deux mots : *aiguille creuse*. Ce qui m'occupe, c'est plutôt la matière du document, le papier dont on s'est servi… Fabrique-t-on encore cette sorte de parchemin un peu granité ? Et puis cette couleur d'ivoire… Et ces plis… l'usure de ces quatre plis… et enfin, tenez, ces marques de cire rouge, par-derrière…

À ce moment, Beautrelet fut interrompu. C'était le greffier Brédoux qui ouvrait la porte et qui annonçait l'arrivée subite du procureur général.

M. Filleul se leva.

— Du nouveau ? M. le procureur général est en bas ?

— Non, Monsieur le juge d'instruction. M. le procureur général n'a pas quitté sa voiture. Il ne fait que passer à Ambrumésy, et il vous prie de bien vouloir le rejoindre devant la grille. Il n'a qu'un mot à vous dire.

— C'est curieux, murmura M. Filleul. Enfin… nous allons voir. Beautrelet, excusez-moi, je vais et je reviens.

Il s'en alla. On entendit ses pas qui s'éloignaient. Alors le greffier Brédoux ferma la porte, tourna la clef et la mit dans sa poche.

— Eh bien ! quoi ! s'exclama Beautrelet tout surpris, que faites-vous ? Pourquoi nous enfermer ?

— Ne serons-nous pas mieux pour causer ? riposta Brédoux.

Beautrelet bondit vers une autre porte qui donnait dans la pièce voisine. Il avait compris. Le complice, c'était Brédoux, le greffier même du juge d'instruction !

Brédoux ricana :

— Ne vous écorchez pas les doigts, mon jeune ami, j'ai aussi la clef de cette porte.

— Reste la fenêtre, cria Beautrelet.

— Trop tard, fit Brédoux qui se campa devant la croisée, le revolver au poing.

Toute retraite était coupée. Il n'y avait plus rien à faire, plus rien qu'à se défendre contre l'ennemi qui se démasquait avec une audace si brutale. Isidore, qu'étreignait un sentiment d'angoisse inconnu, se croisa les bras.

— Bien, marmotta le greffier, et maintenant soyons brefs.

Il tira sa montre.

— Ce brave M. Filleul va cheminer jusqu'à la grille. À la grille personne, bien entendu, pas plus de procureur que sur ma main. Alors il s'en reviendra. Cela nous donne environ quatre minutes. Il m'en faut une pour m'échapper par cette fenêtre, filer par la petite porte des ruines et sauter sur la motocyclette qui m'attend. Reste donc trois minutes. Cela suffit.

C'était un drôle d'être, contrefait, qui tenait en équilibre sur des jambes très longues et très frêles un buste énorme, rond comme un corps d'araignée et muni de bras immenses. Un visage osseux, un petit front bas, indiquaient l'obstination un peu bornée du personnage.

Beautrelet chancela, les jambes molles. Il dut s'asseoir.

— Parlez. Que voulez-vous ?

— Le papier. Voici trois jours que je le cherche.

— Je ne l'ai pas.

— Tu mens. Quand je suis entré, je t'ai vu le remettre dans ton portefeuille.

— Après ?

— Après ? Tu t'engageras à rester bien sage. Tu nous embêtes. Laisse-nous tranquilles, et occupe-toi de tes affaires. Nous sommes à bout de patience.

Il s'était avancé, le revolver toujours braqué sur le jeune homme, et il parlait sourdement, en martelant ses syllabes, avec un accent d'une incroyable énergie. L'œil était dur, le sourire cruel.

Beautrelet frissonna. C'était la première fois qu'il éprouvait la sensation du danger. Et quel danger ! Il se sentait en face d'un ennemi implacable, d'une force aveugle et irrésistible.

— Et après ? dit-il, la voix étranglée.

— Après ? rien… Tu seras libre… Nous oublierons…

Un silence. Brédoux reprit :

— Plus qu'une minute. Il faut te décider. Allons, mon bonhomme, pas de bêtises… Nous sommes les plus forts, toujours et partout… Vite, le papier…

Isidore ne bronchait pas, livide, terrifié, maître de lui pourtant, et le cerveau lucide, dans la débâcle de ses nerfs. À vingt centimètres de ses yeux, le petit trou noir du revolver s'ouvrait. Le doigt replié pesait visiblement sur la détente. Il suffisait d'un effort encore…

— Le papier, répéta Brédoux… Sinon…

— Le voici, dit Beautrelet.

Il tira de sa poche son portefeuille et le tendit au greffier qui s'en empara brusquement.

— Parfait ! Nous sommes raisonnable. Décidément, il y a quelque chose à faire avec toi… un peu froussard, mais du bon sens. J'en parlerai aux camarades. Et maintenant, je file. Adieu.

Il rentra son revolver et tourna l'espagnolette de la fenêtre.

Du bruit résonna dans le couloir.

— Adieu, fit-il, de nouveau… il n'est que temps.

Mais une idée l'arrêta. D'un geste il vérifia le portefeuille.

— Tonnerre de D…, grinça-t-il, le papier n'y est pas… Tu m'as roulé.

Il sauta dans la pièce.

Deux coups de feu retentirent. Isidore à son tour avait saisi son pistolet et il tirait.

— Raté, mon bonhomme, hurla Brédoux, ta main tremble… tu as peur…

Ils s'empoignèrent à bras-le-corps et roulèrent sur le parquet.

À la porte on frappait à coups redoublés.

Isidore faiblit, tout de suite dominé par son adversaire. C'était la fin. Une main se leva au-dessus de lui, armée d'un couteau, et s'abattit. Une violente douleur lui brûla l'épaule. Il lâcha prise.

Il eut l'impression qu'on fouillait dans la poche intérieure de son veston et qu'on saisissait le document. Puis, à travers le voile baissé de ses paupières, il devina l'homme qui franchissait le rebord de la fenêtre…

Les mêmes journaux qui, le lendemain matin, relataient les derniers épisodes survenus au château d'Ambrumésy, le truquage de la chapelle, la découverte du cadavre d'Arsène Lupin et du cadavre de Raymonde, et enfin le meurtre de Beautrelet par Brédoux, greffier du juge d'instruction, les mêmes journaux annonçaient les deux nouvelles suivantes :

La disparition de Ganimard, et l'enlèvement, en plein jour, au cœur de Londres, alors qu'il allait prendre le train pour Douvres, l'enlèvement d'Herlock Sholmès.

Ainsi donc, la bande de Lupin, un instant désorganisée par l'extraordinaire ingéniosité d'un gamin de dix-sept ans, reprenait l'offensive, et du premier coup, partout et sur tous les points, demeurait victorieuse. Les deux grands adversaires de Lupin, Sholmès et Ganimard supprimés. Beautrelet, hors de combat. Plus personne qui fût capable de lutter contre de tels ennemis.

CHAPITRE IV
FACE A FACE

Six semaines après, un soir, j'avais donné congé à mon domestique. C'était la veille du 14 juillet. Il faisait une chaleur d'orage, et l'idée de sortir ne me souriait guère. Les fenêtres de mon balcon ouvertes, ma lampe de travail allumée, je m'installai dans un fauteuil et, n'ayant pas encore lu les journaux, je me mis à les parcourir.

Bien entendu on y parlait d'Arsène Lupin. Depuis la tentative de meurtre dont le pauvre Isidore Beautrelet avait été victime, il ne s'était pas passé un jour sans qu'il fût question de l'affaire d'Ambrumésy. Une rubrique quotidienne lui était consacrée. Jamais l'opinion publique n'avait été surexcitée à ce point par une telle série d'événements précipités, de coups de théâtre inattendus et déconcertants. M. Filleul qui, décidément, acceptait, avec une bonne foi méritoire, son rôle de subalterne, avait confié aux interviewers les exploits de son jeune conseiller pendant les trois jours mémorables, de sorte que l'on pouvait se livrer aux suppositions les plus téméraires.

On ne s'en privait pas. Spécialistes et techniciens du crime, romanciers et dramaturges, magistrats et anciens chefs de la Sûreté, MM. Lecocq retraités et Herlock Sholmès en herbe, chacun avait sa théorie et la délayait en copieux articles. Chacun reprenait et complétait l'instruction.

Et tout cela sur la parole d'un enfant, d'Isidore Beautrelet, élève de rhétorique au lycée Janson de Sailly.

Car vraiment, il fallait bien le dire, on possédait les éléments complets de la vérité. Le mystère… en quoi consistait-il ? On connaissait la cachette où Arsène Lupin s'était réfugié et où il avait agonisé, et, là-dessus, aucun doute : le docteur Delattre, qui se retranchait toujours derrière le secret professionnel, et qui se refusa à toute déposition, avoua cependant à ses intimes — dont le premier soin fut de parler — que c'était bien dans une crypte qu'il avait été amené, près d'un blessé que ses complices lui présentèrent sous le nom d'Arsène Lupin. Et comme, dans cette même crypte, on avait retrouvé le cadavre d'Étienne de Vaudreix, lequel Étienne de Vaudreix était bel et bien Arsène Lupin, ainsi que l'instruction le prouva, l'identité d'Arsène Lupin et du blessé recevait encore là un supplément de démonstration.

Donc, Lupin mort, le cadavre de Mlle de Saint-Véran reconnu grâce à la gourmette qu'elle portait au poignet, le drame était fini.

Il ne l'était pas. Il ne l'était pour personne, puisque Beautrelet avait dit le contraire. On ne savait point en quoi il n'était pas fini, mais, sur la parole du jeune homme, le mystère demeurait entier. Le témoignage de la réalité ne prévalait pas contre l'affirmation d'un Beautrelet. Il y avait quelque chose que l'on ignorait, et ce quelque chose, on ne doutait point qu'il ne fût en mesure de l'expliquer victorieusement.

Aussi avec quelle anxiété on attendit, au début, les bulletins de santé que publiaient les médecins de Dieppe auxquels le comte confia le malade ! Quelle désolation, durant les premiers jours, quand on crut sa vie en danger ! Et quel enthousiasme le matin où les journaux annoncèrent qu'il n'y avait plus rien à craindre !

Les moindres détails passionnaient la foule. On s'attendrissait à le voir soigné par son vieux père, qu'une dépêche avait mandé en toute hâte, et l'on admirait le dévouement de Mlle Suzanne de Gesvres qui passa des nuits au chevet du blessé.

Après, ce fut la convalescence rapide et joyeuse. Enfin on allait savoir ! On saurait ce que Beautrelet avait promis de révéler à M. Filleul, et les mots définitifs que le couteau du criminel l'avait empêché de prononcer !

Et l'on saurait aussi tout ce qui, en dehors du drame lui-même, demeurait impénétrable ou inaccessible aux efforts de la justice.

Beautrelet, libre, guéri de sa blessure, on aurait une certitude quelconque sur le sieur Harlington, l'énigmatique complice d'Arsène Lupin, que l'on détenait toujours à la prison de la Santé. On apprendrait ce qu'était devenu après le crime, le greffier Brédoux, cet autre complice dont l'audace avait été vraiment effarante.

Beautrelet libre, on pourrait se faire une idée précise sur la disparition de Ganimard et sur l'enlèvement de Sholmès. Comment deux attentats de cette sorte avaient-ils pu se produire ? Les détectives anglais, aussi bien que leurs collègues de France, ne possédaient aucun indice à ce sujet. Le dimanche de la Pentecôte, Ganimard n'était pas rentré chez lui, le lundi non plus, et point davantage depuis six semaines.

À Londres, le lundi de la Pentecôte, à quatre heures du soir, Herlock Sholmès prenait un cab pour se rendre à la gare. À peine était-il monté qu'il essayait de descendre, averti probablement du péril. Mais deux individus escaladaient la voiture à droite et à gauche, le renversaient et le maintenaient entre eux, sous eux plutôt, vu l'exiguïté du véhicule. Et cela devant dix témoins, qui n'avaient pas le temps de s'interposer.

Le cab s'enfuit au galop. Après ? Après, rien. On ne savait rien.

Et peut-être aussi, par Beautrelet, aurait-on l'explication complète du document, de ce papier mystérieux auquel le greffier Brédoux attachait assez d'importance pour le reprendre, à coups de couteau, à celui qui le possédait. Le problème de l'Aiguille creuse comme l'appelaient les innombrables Œdipes qui, penchés sur les chiffres et sur les points, tâchaient de leur trouver une signification… L'Aiguille creuse ! association déconcertante de deux mots ! incompréhensible question que posait ce morceau de papier dont la provenance même était inconnue. L'Aiguille creuse ! était-ce une expression insignifiante, le rébus d'un écolier qui barbouille d'encre un coin de feuille ? ou bien était-ce deux mots magiques par lesquels toute la grande aventure de l'aventurier Lupin prendrait son véritable sens ? On ne savait rien.

On allait savoir. Depuis plusieurs jours les feuilles annonçaient l'arrivée de Beautrelet. La lutte était près de recommencer, et, cette fois, implacable de la part du jeune homme qui brûlait de prendre sa revanche.

Et justement son nom, en gros caractères, attira mon attention. Le *Grand Journal* inscrivait en tête de ses colonnes la note suivante :

Nous avons obtenu de M. Isidore Beautrelet qu'il nous réservât la primeur de ses révélations. Demain mercredi, avant même que la justice en soit informée, le Grand Journal *publiera la vérité intégrale sur le drame d'Ambrumésy.* »

— Cela promet, hein ? Qu'en pensez-vous, mon cher ?

Je sursautai dans mon fauteuil. Il y avait près de moi sur la chaise voisine quelqu'un que je ne connaissais pas.

Je me levai et cherchai une arme des yeux. Mais comme son attitude semblait tout à fait inoffensive, je me contins et m'approchai de lui.

C'était un homme jeune, au visage énergique, aux longs cheveux blonds, et dont la barbe, un peu fauve de nuance, se divisait en deux pointes courtes. Son costume rappelait le costume sobre d'un prêtre anglais, et toute sa personne, d'ailleurs, avait quelque chose d'austère et de grave qui inspirait le respect.

— Qui êtes-vous ? lui demandai-je.

Et, comme il ne répondait pas, je répétai :

— Qui êtes-vous ? Comment êtes-vous entré ici ? Que venez-vous faire ?

Il me regarda et dit :

— Vous ne me reconnaissez pas ?

— Non… non !

— Ah c'est vraiment curieux… Cherchez bien… un de vos amis… un ami d'un genre un peu spécial…

Je lui saisis le bras vivement :

— Vous mentez !… vous mentez !… non… vous n'êtes pas celui que vous dites… ce n'est pas vrai…

— Alors pourquoi pensez-vous à celui-là plutôt qu'à un autre ? dit-il en riant.

Ah ! ce rire ! ce rire jeune et clair, dont l'ironie amusante m'avait si souvent diverti !… Je frissonnai. Était-ce possible ?

— Non, non, protestai-je avec une sorte d'épouvante… il ne se peut pas…

— Il ne se peut pas que ce soit moi, parce que je suis mort, hein, et que vous ne croyez pas aux revenants ?

Il rit de nouveau.

— Est-ce que je suis de ceux qui meurent, moi ? Mourir ainsi, d'une balle tirée dans le dos, par une jeune fille ! Vraiment, c'est mal me juger ! Comme si, moi, je consentirais à une pareille fin !

— C'est donc vous ! balbutiai-je, encore incrédule, et tout ému cependant… c'est donc vous !… Je ne parviens pas à vous retrouver…

— Alors, prononça-t-il gaiement, je suis tranquille. Si le seul homme à qui je me sois montré sous mon véritable aspect ne me reconnaît pas aujourd'hui, toute personne qui me verra désormais tel que je suis aujourd'hui ne me reconnaîtra pas non plus quand elle me verra sous mon réel aspect… si tant est que j'aie un réel aspect…

Je retrouvais sa voix, maintenant qu'il n'en changeait plus le timbre, et je retrouvais ses yeux aussi, et l'expression de son visage, et toute son attitude, et son être lui-même, à travers l'apparence dont il l'avait enveloppé.

— Arsène Lupin, murmurai-je.

— Oui, Arsène Lupin, s'écria-t-il en se levant. Le seul et unique Lupin, retour du royaume des ombres, puisqu'il paraît que j'ai agonisé et trépassé dans une crypte. Arsène Lupin vivant de toute sa vie, agissant de toute sa volonté, heureux et libre, et plus que jamais résolu à jouir de cette heureuse indépendance dans un monde où il n'a jusqu'ici rencontré que faveur et que privilège.

Je ris à mon tour.

— Allons, c'est bien vous, et plus allègre que le jour où j'ai eu le plaisir de vous voir l'an dernier… Je vous en complimente.

Je faisais allusion à sa dernière visite, visite qui suivait la fameuse aventure du diadème[1], son mariage rompu, sa fuite avec Sonia Krichnoff, et la mort horrible de la jeune Russe. Ce jour-là, j'avais vu un Arsène Lupin que j'ignorais, faible, abattu, les yeux las de pleurer, en quête d'un peu de sympathie et de tendresse…

— Taisez-vous, dit-il, le passé est loin.

— C'était, il y a un an, observai-je.

— C'était, il y a dix ans, affirma-t-il, les années d'Arsène Lupin comptent dix fois plus que les autres.

Je n'insistai pas et, changeant de conversation :

— Comment donc êtes-vous entré ?

— Mon Dieu, comme tout le monde, par la porte. Puis, ne voyant personne, j'ai traversé le salon, j'ai suivi le balcon, et me voici.

— Soit, mais la clef de la porte ?

— Il n'y a pas de porte pour moi, vous le savez. J'avais besoin de votre appartement, je suis entré.

— À vos ordres. Dois-je vous laisser ?

— Oh ! nullement, vous ne serez pas de trop. Je puis même vous dire que la soirée sera intéressante.

— Vous attendez quelqu'un ?

— Oui, j'ai donné rendez-vous ici à dix heures…

Il tira sa montre.

— Dix heures. Si le télégramme est arrivé, la personne ne tardera pas…

Le timbre retentit, dans le vestibule.

— Que vous avais-je dit ? Non, ne vous dérangez pas… j'irai moi-même.

Avec qui, diable ! pouvait-il avoir pris rendez-vous ? et à quelle scène dramatique ou burlesque allais-je assister ? Pour que Lupin lui-même la considérât comme digne d'intérêt, il fallait que la situation fût quelque peu exceptionnelle.

Au bout d'un instant, il revint, et s'effaça devant un jeune homme, mince, grand, et très pâle de visage.

Sans une parole, avec une certaine solennité dans les gestes qui me troublait, Lupin alluma toutes les lampes électriques. La pièce fut inondée de lumière. Alors les deux hommes se regardèrent, profondément, comme si, de tout l'effort de leurs yeux ardents, ils essayaient de pénétrer l'un dans l'autre.

C'était un spectacle impressionnant que de les voir ainsi, graves et silencieux. Mais qui donc pouvait être ce nouveau venu ?

Au moment même où j'étais sur le point de le deviner, par la ressemblance qu'il offrait avec une photographie récemment publiée, Lupin se tourna vers moi :

— Mon cher ami, je vous présente M. Isidore Beautrelet.

Et aussitôt, s'adressant au jeune homme :

— J'ai à vous remercier, monsieur Beautrelet, d'abord d'avoir bien voulu, sur une lettre de moi, retarder vos révélations jusqu'après cette entrevue, et ensuite de m'avoir accordé cette entrevue avec tant de bonne grâce.

Beautrelet sourit.

— Je vous prierai de remarquer que ma bonne grâce consiste surtout à obéir à vos ordres. La menace que vous me faisiez dans la lettre en question était d'autant plus péremptoire qu'elle ne s'adressait pas à moi, mais qu'elle visait mon père.

— Ma foi, répondit Lupin en riant, on agit comme on peut, et il faut bien se servir des moyens d'action que l'on possède. Je savais par expérience que votre propre sûreté vous était indifférente, puisque vous avez résisté aux arguments du sieur Brédoux. Restait votre père… votre père que vous affectionnez vivement… J'ai joué de cette corde-là.

— Et me voici, approuva Beautrelet.

Je les fis asseoir. Ils y consentirent, et Lupin, de ce ton d'imperceptible ironie qui lui est particulier :

— En tout cas, Monsieur Beautrelet, si vous n'acceptez pas mes remerciements, vous ne repousserez pas du moins mes excuses.

— Des excuses ! Et pourquoi, Seigneur ?

— Pour la brutalité dont le sieur Brédoux a fait preuve à votre endroit.

— J'avoue que l'acte m'a surpris. Ce n'était pas la manière d'agir habituelle à Lupin. Un coup de couteau…

— Aussi n'y suis-je pour rien. Le sieur Brédoux est une nouvelle recrue. Mes amis, pendant le temps qu'ils ont eu la direction de nos affaires, ont pensé qu'il pouvait nous être utile de gagner à notre cause le greffier même du juge qui menait l'instruction.

— Vos amis n'avaient pas tort.

— En effet, Brédoux que l'on avait spécialement attaché à votre personne nous fut précieux. Mais, avec cette ardeur propre à tout néophyte qui veut se distinguer, il poussa le zèle un peu loin, et contraria mes plans en se permettant, de sa propre initiative, de vous frapper.

— Oh ! c'est là un petit malheur.

— Mais non, mais non, et je l'ai sévèrement réprimandé. Je dois dire, cependant, en sa faveur, qu'il a été pris au dépourvu par la rapidité inattendue de votre enquête. Vous nous eussiez laissé quelques heures de plus que vous auriez échappé à cet attentat impardonnable…

— Et que j'aurais eu le grand avantage, sans doute, de subir le sort de MM. Ganimard et Herlock Sholmès ?

— Précisément, fit Lupin en riant de plus belle. Et moi, je n'aurais pas connu les affres cruelles que votre blessure m'a causées. J'ai passé là, je vous le jure, des heures atroces, et, aujourd'hui encore, votre pâleur m'est un remords cuisant. Vous ne m'en voulez plus ?

— La preuve de confiance, répondit Beautrelet, que vous me donnez en vous livrant à moi sans condition, — il m'eût été si facile d'amener quelques amis de Ganimard ! — cette preuve de confiance efface tout.

Parlait-il sérieusement ? J'avoue que j'étais fort dérouté. La lutte entre ces deux hommes commençait d'une façon à laquelle je ne comprenais rien. Moi qui avais assisté à la première rencontre de Lupin et de Sholmès, dans le café de la gare du Nord, je ne pouvais m'empêcher de me rappeler l'allure hautaine des deux combattants, le choc effrayant de leur orgueil sous la politesse de leurs manières, les rudes coups qu'ils se portaient, leurs feintes, leur arrogance.

Ici, rien de pareil, Lupin, lui, n'avait pas changé. Même tactique et même affabilité narquoise. Mais à quel étrange adversaire il se heurtait ! Était-ce même un adversaire ? Vraiment il n'en avait ni le ton ni l'apparence. Très calme, mais d'un calme réel, qui ne masquait pas l'emportement d'un homme qui se contient, très poli mais sans exagération, souriant mais sans raillerie, il offrait avec Arsène Lupin le plus parfait contraste, si parfait même que Lupin me semblait aussi dérouté que moi.

Non, sûrement, Lupin n'avait pas en face de cet adolescent frêle, aux joues roses de jeune fille, aux yeux candides et charmants, non, Lupin n'avait pas son assurance ordinaire. Plusieurs fois, j'observai en lui des traces de gêne. Il hésitait, n'attaquait pas franchement, perdait du temps en phrases doucereuses et en mièvreries.

On aurait dit aussi qu'il lui manquait quelque chose. Il avait l'air de chercher, d'attendre. Quoi ? Quel secours ?

On sonna de nouveau. De lui-même, et vivement, il alla ouvrir.

Il revint avec une lettre.

— Vous permettez, Messieurs ? nous demanda-t-il.

Il décacheta la lettre. Elle contenait un télégramme. Il le lut.

Ce fut en lui comme une transformation. Son visage s'éclaira, sa taille se redressa, et je vis les veines de son front qui se gonflaient. C'était l'athlète que je retrouvais, le dominateur, sûr de lui, maître des événements et maître des personnes.

Il étala le télégramme sur la table, et le frappant d'un coup de poing, s'écria :

— Maintenant, Monsieur Beautrelet, à nous deux !

Beautrelet se mit en posture d'écouter, et Lupin commença, d'une voix mesurée, mais sèche et volontaire :

— Jetons bas les masques, n'est-ce pas, et plus de fadeurs hypocrites. Nous sommes deux ennemis qui savons parfaitement à quoi nous en tenir l'un sur l'autre, c'est en ennemis que nous agissons l'un envers l'autre, et c'est par conséquent en ennemis que nous devons traiter l'un avec l'autre.

— Traiter ? fit Beautrelet d'un ton surpris.

— Oui, traiter. Je n'ai pas dit ce mot au hasard, et je le répète, quoi qu'il m'en coûte. Et il m'en coûte beaucoup. C'est la première fois que je l'emploie vis-à-vis d'un adversaire. Mais aussi, je vous le dis tout de suite, c'est la dernière fois. Profitez-en. Je ne sortirai d'ici qu'avec une promesse de vous. Sinon, c'est la guerre.

Beautrelet semblait de plus en plus surpris. Il dit gentiment :

— Je ne m'attendais pas à cela... vous me parlez si drôlement ! C'est si différent de ce que je croyais !... Oui, je vous imaginais tout autre... Pourquoi de la colère ? des menaces ? Sommes-nous donc ennemis parce que les circonstances nous opposent l'un à l'autre ? Ennemis... pourquoi ?

Lupin parut un peu décontenancé, mais il ricana en se penchant sur le jeune homme :

— Écoutez, mon petit, il ne s'agit pas de choisir ses expressions. Il s'agit d'un fait, d'un fait certain, indiscutable. Celui-ci : depuis dix ans, je ne me suis pas encore heurté à un adversaire de votre force ; avec Ganimard, avec Herlock Sholmès, j'ai joué comme avec des enfants. Avec vous, je suis obligé de me défendre, je dirai plus, de reculer. Oui, à l'heure présente, vous et moi, nous savons très bien que je dois me considérer comme le vaincu. Isidore Beautrelet l'emporte sur Arsène Lupin. Mes plans sont bouleversés. Ce que j'ai tâché de laisser dans l'ombre, vous l'avez mis en pleine lumière. Vous me gênez, vous me barrez le chemin. Eh bien ! j'en ai assez... Brédoux vous l'a dit inutilement. Moi, je vous le redis, en insistant pour que vous en teniez compte. J'en ai assez.

Beautrelet hocha la tête.

— Mais, enfin, que voulez-vous ?

— La paix ! chacun chez soi, dans son domaine.

— C'est-à-dire, vous, libre de cambrioler à votre aise, et moi, libre de retourner à mes études.

— À vos études... à ce que vous voudrez... cela ne me regarde pas... Mais, vous me laisserez la paix... je veux la paix...

— En quoi puis-je la troubler maintenant ?

Lupin lui saisit la main avec violence.

— Vous le savez bien ! Ne feignez pas de ne pas le savoir. Vous êtes actuellement possesseur d'un secret auquel j'attache la plus haute importance. Ce secret, vous étiez en droit de le deviner, mais vous n'avez aucun titre à le rendre public.

— Êtes-vous sûr que je le connaisse ?

— Vous le connaissez, j'en suis sûr : jour par jour, heure par heure, j'ai suivi la marche de votre pensée et les progrès de votre enquête. À l'instant même où Brédoux vous a frappé, vous alliez tout dire. Par sollicitude pour votre père, vous avez ensuite retardé vos révélations. Mais aujourd'hui elles sont promises au journal que voici. L'article est prêt. Dans une heure il sera composé. Demain il paraît.

— C'est juste.

Lupin se leva, et coupant l'air d'un geste de sa main :

— Il ne paraîtra pas, s'écria-t-il.

— Il paraîtra, fit Beautrelet qui se leva d'un coup.

Enfin les deux hommes étaient dressés l'un contre l'autre. J'eus l'impression d'un choc, comme s'ils s'étaient empoignés à bras-le-corps. Une énergie subite enflammait Beautrelet. On eût dit qu'une étincelle avait allumé en lui des sentiments nouveaux, l'audace, l'amour-propre, la volupté de la lutte, l'ivresse du péril.

Quant à Lupin je sentais au rayonnement de son regard sa joie de duelliste qui rencontre enfin l'épée du rival détesté.

— L'article est donné ?

— Pas encore.

— Vous l'avez là… sur vous ?

— Pas si bête ! Je ne l'aurais déjà plus.

— Alors ?

— C'est un des rédacteurs qui l'a, sous double enveloppe. Si à minuit je ne suis pas au journal, il le fait composer.

— Ah ! le gredin, murmura Lupin, il a tout prévu.

Sa colère fermentait, visible, terrifiante.

Beautrelet ricana, moqueur à son tour, et grisé par son triomphe.

— Tais-toi donc, moutard, hurla Lupin, tu ne sais donc pas qui je suis ? et que si je voulais… Ma parole, il ose rire !

Un grand silence tomba entre eux. Puis Lupin s'avança, et d'une voix sourde, ses yeux dans les yeux de Beautrelet :

— Tu vas courir au *Grand Journal*…

— Non.

— Tu vas déchirer ton article.

— Non.

— Tu verras le rédacteur en chef.

— Non.

— Tu lui diras que tu t'es trompé.

— Non.

— Et tu écriras un autre article, où tu donneras, de l'affaire d'Ambrumésy, la version officielle, celle que tout le monde a acceptée.

— Non.

Lupin saisit une règle en fer qui se trouvait sur mon bureau, et sans effort la brisa net. Sa pâleur était effrayante. Il essuya des gouttes de sueur qui perlaient à son front. Lui qui jamais n'avait connu de résistance à ses volontés, l'entêtement de cet enfant le rendait fou.

Il imprima ses deux mains sur l'épaule de Beautrelet et scanda :

— Tu feras tout cela, Beautrelet, tu diras que tes dernières découvertes t'ont convaincu de ma mort, qu'il n'y a pas là-dessus le moindre doute. Tu le diras parce que je le veux, parce qu'il faut qu'on croie que je suis mort. Tu le diras surtout parce que si tu ne le dis pas…

— Parce que si je ne le dis pas ?

— Ton père sera enlevé cette nuit, comme Ganimard et Herlock Sholmès l'ont été.

Beautrelet sourit.

— Ne ris pas… réponds.

— Je réponds qu'il m'est fort désagréable de vous contrarier, mais j'ai promis de parler, je parlerai.

— Parle dans le sens que je t'indique.

— Je parlerai dans le sens de la vérité, s'écria Beautrelet ardemment. C'est une chose que vous ne pouvez pas comprendre, vous, le plaisir, le besoin plutôt, de dire ce qui est et de le dire à haute voix. La vérité est là, dans ce cerveau qui l'a devinée et découverte, elle en sortira toute nue et toute frémissante. L'article passera donc tel que je l'ai écrit. On saura que Lupin est vivant, on saura la raison pour laquelle il voulait qu'on le crût mort. On saura tout…

Et il ajouta tranquillement :

— Et mon père ne sera pas enlevé.

Ils se turent encore une fois tous les deux, leurs regards toujours attachés l'un à l'autre. Ils se surveillaient. Les épées étaient engagées jusqu'à la garde. Et c'était le lourd silence qui précède le coup mortel. Qui donc allait le porter ?

Lupin murmura :

— Cette nuit à trois heures du matin, sauf avis contraire de moi, deux de mes amis ont ordre de pénétrer dans la chambre de ton père, de s'emparer de lui, de gré ou de force, de l'emmener et de rejoindre Ganimard et Herlock Sholmès.

Un éclat de rire strident lui répondit.

— Mais tu ne comprends donc pas, brigand, s'écria Beautrelet, que j'ai pris mes précautions ? Alors tu t'imagines que je suis assez naïf pour avoir, bêtement, stupidement, renvoyé mon père chez lui, dans la petite maison isolée qu'il occupait en rase campagne ?

Oh ! le joli rire ironique qui animait le visage du jeune homme ! Rire nouveau sur ses lèvres, rire où se sentait l'influence même de Lupin… Et ce tutoiement insolent qui le mettait du premier coup au niveau de son adversaire !…

Il reprit :

— Vois-tu, Lupin, ton grand défaut, c'est de croire tes combinaisons infaillibles. Tu te déclares vaincu ! Quelle blague ! Tu es persuadé qu'en fin de compte, et toujours, tu l'emporteras… et tu oublies que les autres peuvent avoir aussi leurs petites combinaisons. La mienne est très simple, mon bon ami…

C'était délicieux de l'entendre parler. Il allait et venait, les mains dans ses poches, avec la crânerie, avec la désinvolture d'un gamin qui harcèle la bête féroce enchaînée. Vraiment, à cette heure, il vengeait, de la plus terrible des vengeances, toutes les victimes du grand aventurier.

Et il conclut :

— Lupin, mon père n'est pas en Savoie. Il est à l'autre bout de la France, au centre d'une grande ville, gardé par vingt de nos amis qui ont ordre de ne pas le quitter de vue jusqu'à la fin de notre bataille. Veux-tu des détails ? Il est à Cherbourg, dans la maison d'un des employés de l'arsenal, — arsenal, ne l'oublie pas, qui est fermé la nuit, et où l'on ne peut pénétrer le jour qu'avec une autorisation et en compagnie d'un guide.

Il s'était arrêté en face de Lupin et le narguait comme un enfant qui fait une grimace à un camarade.

— Qu'en dis-tu, maître ?

Depuis quelques minutes, Lupin demeurait immobile. Pas un muscle de son visage n'avait bougé. Que pensait-il ? À quel acte allait-il se résoudre ? Pour quiconque savait la violence farouche de son orgueil, un seul dénouement était possible : l'effondrement total, immédiat, définitif de son ennemi. Ses doigts se crispèrent. J'eus une seconde la sensation qu'il allait se jeter sur lui et l'étrangler.

— Qu'en dis-tu, maître ? répéta Beautrelet.

Lupin saisit le télégramme qui se trouvait sur la table, le tendit et prononça, très maître de lui :

— Tiens, bébé, lis cela.

Beautrelet devint grave, subitement impressionné par la douceur du geste. Il déplia le papier, et tout de suite, relevant les yeux, murmura :

— Que signifie ?… Je ne comprends pas…

— Tu comprends toujours bien le premier mot, dit Lupin… le premier mot de la dépêche… c'est-à-dire le nom de l'endroit d'où elle fut expédiée… Regarde… *Cherbourg*.

— Oui… oui… balbutia Beautrelet… oui… je comprends… *Cherbourg*… et après ?

— Et après ?… il me semble que la suite n'est pas moins claire : *Enlèvement du colis terminé… camarades sont partis avec lui et attendront instructions jusqu'à huit heures matin. Tout va bien.* Qu'y a-t-il donc là qui te paraisse obscur ? Le mot colis ? Bah ! on ne pouvait guère écrire *M. Beautrelet père*. Alors, quoi ? La façon dont l'opération fut accomplie ? Le miracle grâce auquel ton père fut arraché de l'arsenal de Cherbourg, malgré ses vingt gardes du corps ? Bah ! c'est l'enfance de l'art ! Toujours est-il que le colis est expédié. Que dis-tu de cela, bébé ?

De tout son être tendu, de tout son effort exaspéré, Isidore tâchait de faire bonne figure. Mais on voyait le frissonnement de ses lèvres, sa mâchoire qui se contractait, ses yeux qui essayaient vainement de se fixer sur un point. Il bégaya quelques mots, se tut, et soudain, s'affaissant sur lui-même, les mains à son visage, il éclata en sanglots :

— Oh ! papa… papa…

Dénouement imprévu, qui était bien l'écroulement que réclamait l'amour-propre de Lupin, mais qui était autre chose aussi, autre chose d'infiniment touchant et d'infiniment naïf.

Lupin eut un geste d'agacement et prit son chapeau, comme excédé par cette crise insolite de sensiblerie. Mais, au seuil de la porte, il s'arrêta, hésita, puis revint, pas à pas, lentement.

Le bruit doux des sanglots s'élevait comme la plainte triste d'un petit enfant que le chagrin accable. Les épaules marquaient le rythme navrant. Des larmes apparaissaient entre les doigts croisés. Lupin se pencha et, sans toucher Beautrelet, il lui dit d'une voix où il n'y avait pas le moindre accent de raillerie, ni même cette pitié offensante des vainqueurs :

— Ne pleure pas, petit. Ce sont là des coups auxquels il faut s'attendre, quand on se jette dans la bataille, tête baissée comme tu l'as fait. Les pires désastres vous guettent… C'est notre destin de lutteurs qui le veut ainsi. Il faut le subir courageusement.

Puis, avec douceur, il continua :

— Tu avais raison, vois-tu, nous ne sommes pas ennemis. Il y a longtemps que je le sais… Dès la première heure, j'ai senti pour toi, pour l'être intelligent que tu es, une sympathie involontaire… de l'admiration… Et c'est pourquoi je voudrais te dire ceci… Ne t'en froisse pas surtout… je serais désolé de te froisser… mais il faut que je te le dise… Eh bien ! renonce à lutter contre moi… Ce n'est pas par vanité que je te le dis… ce n'est pas non plus parce que je te méprise… mais vois-tu… la lutte est trop inégale… Tu ne sais pas… personne ne sait toutes les ressources dont je dispose… Tiens, ce secret de l'Aiguille creuse que tu cherches si vainement à déchiffrer, admets un instant que ce soit un trésor formidable, inépuisable… ou bien un refuge invisible, prodigieux, fantastique… ou bien les deux peut-être… Songe à la puissance surhumaine que j'en puis tirer ! Et tu ne sais pas non plus toutes les ressources qui sont en moi… tout ce que ma volonté et mon imagination me permettent d'entreprendre et de réussir. Pense donc que ma vie entière — depuis que je suis né, pourrais-je dire — est tendue vers le même but, que j'ai travaillé comme un forçat avant d'être ce que je suis, et pour réaliser dans toute sa perfection le type que je voulais créer, que je suis parvenu à créer. Alors… que peux-tu faire ? Au moment même où tu croiras saisir la victoire, elle t'échappera… il y aura quelque chose à quoi tu n'auras pas songé… un rien… le grain de sable que, moi, j'aurai placé au bon endroit, à ton insu… Je t'en prie, renonce… je serais obligé de te faire du mal, et cela me désole…

Et, lui mettant la main sur le front, il répéta :

— Une deuxième fois, petit, renonce. Je te ferais du mal. Qui sait si le piège où tu tomberas inévitablement n'est pas déjà ouvert sous tes pas ?

Beautrelet dégagea sa figure. Il ne pleurait plus. Avait-il écouté les paroles de Lupin ? On aurait pu en douter à son air distrait.

Deux ou trois minutes il garda le silence. Il semblait peser la décision qu'il allait prendre, examiner le pour et le contre, dénombrer les chances favorables ou défavorables.

Enfin, il dit à Lupin :

— Si je change le sens de mon article, et si je confirme la version de votre mort, et si je m'engage à ne jamais démentir la version fausse que je vais accréditer, vous me jurez que mon père sera libre ?

— Je te le jure. Mes amis se sont rendus en automobile avec ton père dans une autre ville en province. Demain matin à sept heures, si l'article du *Grand Journal* est tel que je le demande, je leur téléphone et ils remettront ton père en liberté.

— Soit, fit Beautrelet, je me soumets à vos conditions.

Rapidement, comme s'il trouvait inutile, après l'acceptation de sa défaite, de prolonger l'entretien, il se leva, prit son chapeau, me salua, salua Lupin et sortit.

Lupin le regarda s'en aller, écouta le bruit de la porte qui se refermait et murmura :

— Pauvre gosse…

Le lendemain matin à huit heures, j'envoyai mon domestique me chercher un *Grand Journal*. Il ne l'apporta qu'au bout de vingt minutes, la plupart des kiosques manquant déjà d'exemplaires.

Je dépliai fiévreusement la feuille. En tête apparaissait l'article de Beautrelet. Le voici, tel que les journaux du monde entier le reproduisirent :

LE DRAME D'AMBRUMÉSY

« Le but de ces quelques lignes n'est pas d'expliquer par le menu le travail de réflexions et de recherches grâce auquel j'ai réussi à reconstituer le drame ou plutôt le double drame d'Ambrumésy. À mon sens, ce genre de travail et les commentaires qu'il comporte, déductions, inductions, analyses, etc., tout cela n'offre qu'un intérêt relatif, et en tout cas fort banal. Non, je me contenterai d'exposer les deux idées directrices de mes efforts, et par là même, il se trouvera qu'en les exposant et en résolvant les deux problèmes qu'elles soulèvent, j'aurai raconté cette affaire tout simplement, en suivant l'ordre même des faits qui la constituent.

« On remarquera peut-être que certains de ces faits ne sont pas prouvés et que je laisse une part assez large à l'hypothèse. C'est vrai. Mais j'estime que mon hypothèse est fondée sur un assez grand nombre de certitudes, pour que la suite des faits, même non prouvés, s'impose avec une rigueur inflexible. La source se perd souvent sous le lit de cailloux, ce n'en est pas moins la même source que l'on revoit aux intervalles où se reflète le bleu du ciel…

« J'énonce ainsi la première énigme — énigme non point de détail, mais d'ensemble, — qui me sollicita : comment se fait-il que Lupin, blessé à mort, pourrait-on dire, ait vécu quarante jours, sans soins, sans médicaments, sans aliments, au fond d'un trou obscur ?

« Reprenons du début. Le jeudi 16 avril, à quatre heures du matin, Arsène Lupin surpris au milieu d'un de ses plus audacieux cambriolages s'enfuit par le chemin des ruines et tombe blessé d'une balle. Il se traîne péniblement, retombe et se relève, avec l'espoir acharné de parvenir jusqu'à la chapelle. Là se trouve la crypte que le hasard lui a révélée. S'il peut s'y tapir, peut-être est-il sauvé. À force d'énergie, il en approche, il en est à quelques mètres lorsqu'un bruit de pas survient. Harassé, perdu, il s'abandonne. L'ennemi arrive. C'est Mlle Raymonde de Saint-Véran.

« Tel est le prologue du drame ou plutôt la première scène du drame.

« Que se passa-t-il entre eux ? Il est d'autant plus facile de le deviner que la suite de l'aventure nous donne toutes les indications. Aux pieds de la jeune fille, il y a un homme blessé, que la souffrance épuise, et qui dans deux minutes sera capturé. *Cet homme, c'est elle qui l'a blessé.* Va-t-elle le livrer également ?

« Si c'est lui l'assassin de Jean Daval, oui, elle laissera le destin s'accomplir. Mais en phrases rapides, il lui dit la vérité sur ce meurtre légitime commis par son oncle, M. de Gesvres.

« Elle le croit. Que va-t-elle faire ?

« Personne ne peut les voir. Le domestique Victor surveille la petite porte. L'autre, Albert, posté à la fenêtre du salon, les a perdus de vue l'un et l'autre. *Livrera-t-elle l'homme qu'elle a blessé ?*

« Un mouvement de pitié irrésistible, que toutes les femmes comprendront, entraîne la jeune fille. Dirigée par Lupin, en quelques gestes, elle pansa la blessure avec son mouchoir pour éviter les marques que le sang laisserait. Puis, se servant de la clef qu'il lui donne, elle ouvre la porte de la chapelle. Il entre, soutenu par la jeune fille. Elle referme, s'éloigne. Albert arrive.

« Si l'on avait visité la chapelle à ce moment, ou tout au moins durant les minutes qui suivirent, Lupin, n'ayant pas eu le temps de retrouver ses forces, de lever la dalle et de disparaître par l'escalier de la crypte, Lupin était pris… Mais cette visite n'eut lieu que six heures plus tard, et de la façon la plus superficielle. Lupin est sauvé et sauvé par qui ? par celle qui faillit le tuer.

« Désormais, qu'elle le veuille ou non, Mlle de Saint-Véran est sa complice. Non seulement elle ne peut plus le livrer, mais il faut qu'elle continue son œuvre, sans quoi le blessé périra dans l'asile où elle a contribué à le cacher. Et elle continue.

« D'ailleurs si son instinct de femme lui rend la tâche obligatoire, il la lui rend également facile. Elle a toutes les finesses, elle prévoit tout. C'est elle qui donne au juge d'instruction un faux signalement d'Arsène Lupin (qu'on se rappelle la divergence d'opinion des deux cousines à cet égard). C'est elle, évidemment, qui, à certains indices que j'ignore, devine, sous son déguisement de cocher, le complice de Lupin. C'est elle qui l'avertit. C'est elle qui lui signale l'urgence d'une opération. C'est elle sans doute qui substitue une casquette à l'autre. C'est elle qui fait écrire le fameux billet où elle est désignée et menacée personnellement — comment, après cela, pourrait-on la soupçonner ?

« C'est elle qui, au moment où j'allais confier au juge d'instruction mes premières impressions, prétend m'avoir aperçu, la veille, dans le bois-taillis, inquiète M. Filleul sur mon compte, et me réduit au silence. Manœuvre dangereuse, certes, puisqu'elle éveille mon attention et la dirige contre celle qui m'accable d'une accusation que je sais fausse, mais, manœuvre efficace, puisqu'il s'agit avant tout de gagner du temps et de me fermer la bouche.

« Et c'est elle qui, pendant quarante jours, alimente Lupin, lui apporte des médicaments (qu'on interroge le pharmacien d'Ouville, il montrera les ordonnances qu'il a exécutées pour Mlle de Saint-Véran), elle enfin qui soigne le malade, le panse, le veille, *et le guérit*.

« Et voilà le premier de nos deux problèmes résolu, en même temps que le drame exposé. Arsène Lupin a trouvé près de lui, au château même, le secours qui lui était indispensable, d'abord pour n'être pas découvert, ensuite pour vivre.

« Maintenant il vit. Et c'est alors que se pose le deuxième problème dont la recherche me servit de fil conducteur et qui correspond au second drame d'Ambrumésy. Pourquoi Lupin, vivant, libre, de nouveau à la tête de sa bande, tout-puissant comme jadis, pourquoi Lupin fait-il des efforts désespérés, des efforts auxquels je me heurte incessamment, pour imposer à la justice et au public l'idée de sa mort ?

« Il faut se rappeler que Mlle de Saint-Véran était fort jolie. Les photographies que les journaux ont reproduites après sa disparition ne donnent qu'une idée imparfaite de sa beauté. Il arrive alors ce qui ne pouvait pas ne pas arriver. Lupin, qui, pendant quarante jours, voit cette belle jeune fille, qui désire sa présence quand elle n'est pas là, qui subit, quand elle est là, son charme et sa grâce, qui respire, quand elle se penche sur lui, le parfum frais de son haleine, Lupin s'éprend de sa garde-malade. La reconnaissance devient de l'amour, l'admiration devient de la passion. Elle est le salut, mais elle est aussi la joie des yeux, le rêve de ses heures solitaires, sa clarté, son espoir, sa vie elle-même.

« Il la respecte au point de ne pas exploiter le dévouement de la jeune fille, et de ne pas se servir d'elle pour diriger ses complices. Il y a du flottement, en effet, dans les actes de la bande. Mais il l'aime aussi, et ses scrupules s'atténuent et comme Mlle de Saint-Véran ne se laisse point toucher par un amour qui l'offense, comme elle espace ses visites à mesure qu'elles se font moins nécessaires, et comme elle les cesse le jour où il est guéri… désespéré, affolé de douleur, il prend une résolution terrible. Il sort de son repaire, prépare son coup, et le samedi 6 juin, aidé de ses complices, enlève la jeune fille.

« Ce n'est pas tout. Ce rapt, il ne faut pas qu'on le connaisse. Il faut couper court aux recherches, aux suppositions, aux espérances mêmes : Mlle de Saint-Véran passera pour morte. Un meurtre est simulé, des preuves sont offertes aux investigations. Le crime est certain. Crime prévu d'ailleurs, crime annoncé par les complices, crime exécuté pour venger la mort du chef, et par là même, — voyez l'ingéniosité merveilleuse d'une pareille conception, — par là même se trouve, comment dirai-je ? se trouve amorcée la croyance à cette mort.

« Il ne suffit pas de susciter une croyance, il faut imposer une certitude. Lupin prévoit mon intervention. Je devinerai le truquage de la chapelle. Je découvrirai la crypte. Et comme la crypte sera vide, tout l'échafaudage s'écroulera.

« *La crypte ne sera pas vide !*

« De même, la mort de Mlle de Saint-Véran ne sera définitive que si la mer rejette son cadavre.

« *La mer rejettera le cadavre de Mlle de Saint-Véran !*

« La difficulté est formidable ? Le double obstacle infranchissable ?

« Oui, pour tout autre que Lupin, mais non pour Lupin…

« Ainsi qu'il l'avait prévu, je devine le truquage de la chapelle, je découvre la crypte, et je descends dans la tanière où Lupin s'est réfugié. Son cadavre est là !

« Toute personne qui eût admis la mort de Lupin comme possible eût été déroutée. Mais, pas une seconde, je n'avais admis cette éventualité (par intuition d'abord, par raisonnement ensuite). Le subterfuge devenait alors inutile et vaines toutes les combinaisons. Je me dis aussitôt que le bloc de pierre ébranlé par une pioche avait été placé là avec une précision bien curieuse, que le moindre heurt devait le faire tomber et qu'en tombant il devait inévitablement réduire en bouillie la tête du faux Arsène Lupin de façon à le rendre méconnaissable.

« Autre trouvaille. Une demi-heure après, j'apprends que le cadavre de Mlle de Saint-Véran a été découvert sur les rochers de Dieppe… ou plutôt un cadavre que l'on estime être celui de Mlle de Saint-Véran, pour cette raison que le bras porte un bracelet semblable à l'un des bracelets de la jeune fille. C'est d'ailleurs la seule marque d'identité, car le cadavre est méconnaissable.

« Là-dessus je me souviens et je comprends. Quelques jours auparavant, j'ai lu, dans un numéro de la *Vigie de Dieppe*, qu'un jeune ménage d'Américains, de séjour à Envermeu, s'est empoisonné volontairement, et que la nuit même de leur mort leurs cadavres ont disparu. Je cours à Envermeu. L'histoire est vraie, me dit-on, sauf en ce qui concerne la disparition, puisque ce sont les frères mêmes des deux victimes qui sont venus réclamer les cadavres et qui les ont emportés après les constatations d'usage.

« Ces frères, nul doute qu'ils ne s'appelassent Arsène Lupin et consorts.

« Par conséquent, la preuve est faite. Nous savons le motif pour lequel Arsène Lupin a simulé le meurtre de la jeune fille et accrédité le bruit de sa propre mort. Il aime, et il ne veut pas qu'on le sache. Et, pour qu'on ne le sache pas, il ne recule devant rien, il va jusqu'à entreprendre ce vol incroyable des deux cadavres dont il a besoin pour jouer son rôle et celui de Mlle de Saint-Véran. Ainsi il sera tranquille. Nul ne peut l'inquiéter. Personne ne soupçonnera la vérité qu'il veut étouffer.

« Personne ? Si... Trois adversaires, au besoin, pourraient concevoir quelques doutes : Ganimard, dont on attend la venue, Herlock Sholmès qui doit traverser le détroit, et moi qui suis sur les lieux. Il y a là un triple péril.

« Il le supprime. Il enlève Ganimard. Il enlève Herlock Sholmès. Il me fait administrer un coup de couteau par Brédoux.

« Un seul point reste obscur. Pourquoi Lupin a-t-il mis tant d'acharnement à me dérober le document de l'Aiguille creuse ? Il n'avait pourtant pas la prétention, en le reprenant, d'effacer de ma mémoire le texte des cinq lignes qui le composent ? Alors, pourquoi ? A-t-il craint que la nature même du papier, ou tout autre indice, ne me fournît quelque renseignement ?

« Quoi qu'il en soit, telle est la vérité sur l'affaire d'Ambrumésy. Je répète que l'hypothèse joue, dans l'explication que j'en propose, un certain rôle, de même qu'elle a joué un grand rôle dans mon enquête personnelle. Mais si l'on attendait les preuves et les faits pour combattre Lupin, on risquerait fort, ou bien de les attendre toujours, ou bien d'en découvrir qui, préparés par Lupin, conduiraient juste à l'opposé du but.

« J'ai confiance que les faits, quand ils seront tous connus, confirmeront mon hypothèse sur tous les points. »

Ainsi donc, Beautrelet, un moment dominé par Arsène Lupin, troublé par l'enlèvement de son père et résigné à la défaite, Beautrelet, en fin de compte, n'avait pu se résoudre à garder le silence. La vérité était trop belle et trop étrange, les preuves qu'il en pouvait donner trop logiques et trop concluantes pour qu'il acceptât de la travestir. Le monde entier attendait ses révélations. Il parlait.

Le soir même du jour où son article parut, les journaux annonçaient l'enlèvement de M. Beautrelet père. Isidore en avait été averti par une dépêche de Cherbourg reçue à trois heures.

CHAPITRE V
SUR LA PISTE

La violence du coup étourdit le jeune Beautrelet. Au fond, bien qu'il eût obéi, en publiant son article, à un de ces mouvements irrésistibles qui vous font dédaigner toute prudence, au fond, il n'avait pas cru à la possibilité d'un enlèvement. Ses précautions étaient trop bien prises. Les amis de Cherbourg n'avaient pas seulement consigne de garder le père Beautrelet, ils devaient surveiller ses allées et venues, ne jamais le laisser sortir seul, et même ne lui remettre aucune lettre sans l'avoir au préalable décachetée. Non, il n'y avait pas de danger. Lupin bluffait, Lupin, désireux de gagner du temps, cherchait à intimider son adversaire.

Le coup fut donc presque imprévu, et toute la fin du jour, dans l'impuissance où il était d'agir, il en ressentait le choc douloureux. Une seule idée le soutenait : partir, aller là-bas, voir par lui-même ce qui s'était passé et reprendre l'offensive.

Il envoya un télégramme à Cherbourg. Vers huit heures, il arrivait à la gare Saint-Lazare. Quelques minutes après, l'express l'emmenait.

Ce n'est qu'une heure plus tard, en dépliant machinalement un journal du soir acheté sur le quai, qu'il eut connaissance de la fameuse lettre par laquelle Lupin répondait indirectement à son article du matin.

« Monsieur le directeur,

« Je ne prétends point que ma modeste personnalité, qui, certes, en des temps plus héroïques, eût passé complètement inaperçue, ne prenne quelque relief en notre époque de veulerie et de médiocrité. Mais il est une limite que la curiosité malsaine des foules ne saurait franchir sous peine de déshonnête indiscrétion. Si l'on ne respecte plus le mur de la vie privée, quelle sera la sauvegarde des citoyens ?

« Invoquera-t-on l'intérêt supérieur de la vérité ? Vain prétexte à mon égard, puisque la vérité est connue et que je ne fais aucune difficulté pour en écrire l'aveu officiel. Oui, Mlle de Saint-Véran est vivante. Oui, je l'aime. Oui, j'ai le chagrin de n'être pas aimé d'elle. Oui, l'enquête du petit Beautrelet est admirable de précision et de justesse. Oui, nous sommes d'accord sur tous les points. Il n'y a plus d'énigme. Il n'y a plus de mystère. Eh bien ! alors ?...

« Atteint jusqu'aux profondeurs mêmes de mon âme, tout saignant encore des blessures morales les plus cruelles, je demande qu'on ne livre pas davantage à la malignité publique mes sentiments les plus intimes et mes espoirs les plus secrets. Je demande la paix, la paix qui m'est nécessaire pour conquérir l'affection de Mlle de Saint-Véran, et pour effacer de son souvenir les mille petits outrages que lui valait de la part de son oncle et de sa cousine, — ceci n'a pas été dit, — sa situation de parente pauvre. Mlle de Saint-Véran oubliera ce passé détestable. Tout ce qu'elle pourra désirer, fût-ce le plus beau joyau du monde, fût-ce le trésor le plus inaccessible, je le mettrai à ses pieds. Elle sera heureuse. Elle m'aimera.

« Mais pour réussir, encore une fois, il me faut la paix. C'est pourquoi je dépose les armes, et c'est pourquoi j'apporte à mes ennemis le rameau d'olivier, — tout en les avertissant d'ailleurs, généreusement, qu'un refus de leur part pourrait avoir, pour eux, les plus graves conséquences.

« Un mot encore au sujet du sieur Harlington. Sous ce nom, se cache un excellent garçon, secrétaire du milliardaire américain Cooley, et chargé par lui de rafler en Europe tous les objets d'art antique qu'il est possible de découvrir. La malchance voulut qu'il tombât sur mon ami, Étienne de Vaudreix, *alias* Arsène Lupin, *alias* moi. Il apprit ainsi, ce qui d'ailleurs était faux, qu'un certain M. de Gesvres voulait se défaire de quatre Rubens, à condition qu'ils fussent remplacés par des copies et qu'on ignorât le marché auquel il consentait. Mon ami Vaudreix se faisait fort de décider M. de Gesvres à vendre la Chapelle-Dieu. Les négociations se poursuivirent avec une entière bonne foi du côté de mon ami Vaudreix, avec une ingénuité charmante du côté du sieur Harlington, jusqu'au jour où les Rubens et les pierres sculptées de la Chapelle-Dieu furent en lieu sûr… et le sieur Harlington en prison. Il n'y a donc plus qu'à relâcher l'infortuné Américain, puisqu'il se contenta du modeste rôle de dupe, à flétrir le milliardaire Cooley, puisque, par crainte d'ennuis possibles, il ne protesta pas contre l'arrestation de son secrétaire, et à féliciter mon ami Étienne de Vaudreix, *alias* moi, puisqu'il venge la morale publique en gardant les cinq cent mille francs qu'il a reçus par avance du peu sympathique Cooley. »

« Excusez la longueur de ces lignes, mon cher directeur, et croyez à mes sentiments distingués.

« ARSÈNE LUPIN. »

Peut-être Isidore pesa-t-il les termes de cette lettre avec autant de minutie qu'il avait étudié le document de *l'Aiguille creuse*. Il partait de ce principe, dont la justesse était facile à démontrer, que jamais Lupin n'avait pris la peine d'envoyer une seule de ses amusantes lettres aux journaux sans une nécessité absolue, sans un motif que les événements ne manquaient pas de mettre en lumière un jour ou l'autre.

Quel était le motif de celle-ci ? Pour quelle raison secrète confessait-il son amour, et l'insuccès de cet amour ? Était-ce là qu'il fallait chercher, ou bien dans les explications qui concernaient le sieur Harlington, ou plus loin encore, entre les lignes, derrière tous ces mots dont la signification apparente n'avait peut-être d'autre but que de suggérer la petite idée mauvaise, perfide, déroutante ?...

Des heures, le jeune homme, enfermé dans son compartiment, resta pensif, inquiet. Cette lettre lui inspirait de la défiance, comme si elle avait été écrite pour lui, et qu'elle fût destinée à l'induire en erreur, lui personnellement. Pour la première fois, et parce qu'il se trouvait en face, non plus d'une attaque directe, mais d'un procédé de lutte équivoque, indéfinissable, il éprouvait la sensation très nette de la peur. Et, songeant à son vieux bonhomme de père, enlevé par sa faute, il se demandait avec angoisse si ce n'était pas folie que de poursuivre un duel aussi inégal. Le résultat n'était-il pas certain ? D'avance, Lupin n'avait-il pas partie gagnée ?

Courte défaillance ! Quand il descendit de son compartiment, à six heures du matin, réconforté par quelques heures de sommeil, il avait repris toute sa foi.

Sur le quai, Froberval, l'employé du port militaire qui avait donné l'hospitalité au père Beautrelet, l'attendait, accompagné de sa fille Charlotte, une gamine de douze à treize ans.

— Eh bien ? s'écria Beautrelet.

Le brave homme se mettant à gémir, il l'interrompit, l'entraîna dans un estaminet voisin, fit servir du café, et commença nettement, sans permettre à son interlocuteur la moindre digression :

— Mon père n'a pas été enlevé, n'est-ce pas, c'était impossible ?

— Impossible. Cependant il a disparu.
— Depuis quand ?
— Nous ne savons pas.
— Comment !
— Non. Hier matin, à six heures, ne le voyant pas descendre, j'ai ouvert sa porte. Il n'était plus là.
— Mais, la veille, avant-hier, il y était encore ?
— Oui. Avant-hier il n'a pas quitté sa chambre. Il était un peu fatigué, et Charlotte lui a porté son déjeuner à midi et son dîner à sept heures du soir.
— C'est donc entre sept heures du soir, avant-hier, et six heures du matin, hier, qu'il a disparu ?
— Oui, la nuit d'avant celle-ci. Seulement…
— Seulement ?
— Eh bien ! voilà… la nuit, on ne peut sortir de l'arsenal.
— C'est donc qu'il n'en est pas sorti ?
— Impossible ! Les camarades et moi, on a fouillé tout le port militaire.
— Alors, c'est qu'il est sorti.
— Impossible. Tout est gardé.

Beautrelet réfléchit, puis prononça :
— Après ?
— Après, j'ai couru à la Majorité et j'ai averti le commissaire.
— Il est venu chez vous ?
— Oui, et un monsieur du parquet aussi. Toute la matinée on a cherché, et c'est quand j'ai vu que ça n'avançait pas et qu'il n'y avait plus d'espoir, que je vous ai télégraphié.
— Dans la chambre, le lit était défait ?
— Non.
— Et la chambre était en ordre ?
— Oui. J'ai retrouvé sa pipe au même endroit, son tabac, le livre qu'il lisait. Il y avait même, au milieu de ce livre, cette petite photographie de vous qui tenait la page ouverte.
— Faites voir.

Froberval passa la photographie. Beautrelet eut un geste de surprise. Il venait, sur l'instantané, de se reconnaître, debout, les deux mains dans ses poches, avec, autour de lui, une pelouse où se dressaient des arbres et des ruines.

Froberval ajouta :
— Ce doit être le dernier portrait de vous que vous lui avez envoyé. Tenez, par derrière, il y a la date… 3 avril, le nom du photographe, R. de Val, et le nom de la ville, Lion… Lion-sur-Mer… peut-être.

Isidore, en effet, avait retourné le carton, et lisait cette petite note, de sa propre écriture :
R. de Val — 3.4 — Lion.
Il garda le silence durant quelques minutes, il reprit :
— Mon père ne vous avait pas encore fait voir cet instantané ?
— Ma foi, non… et ça m'a étonné quand j'ai vu ça hier… car votre père nous parlait si souvent de vous !

Un nouveau silence, très long. Froberval murmura :
— C'est que j'ai affaire à l'atelier… Nous pourrions peut-être bien rentrer…

Il se tut. Isidore n'avait pas quitté des yeux la photographie, l'examinant dans tous les sens. Enfin, le jeune homme demanda :
— Est-ce qu'il existe, à une petite lieue en dehors de la ville, une auberge du Lion-d'Or ?
— Oui, mais oui, à une lieue d'ici.
— Sur la route de Valognes, n'est-ce pas ?
— Sur la route de Valognes, en effet.
— Eh bien, j'ai tout lieu de supposer que cette auberge fut le quartier général des amis de Lupin. C'est de là qu'ils sont entrés en relation avec mon père.
— Quelle idée ! Votre père ne parlait à personne. Il n'a vu personne.
— Il n'a vu personne, mais on s'est servi d'un intermédiaire.
— Quelle preuve en avez-vous ?
— Cette photographie.

— Mais c'est la vôtre ?

— C'est la mienne, mais elle ne fut pas envoyée par moi. Je ne la connaissais même pas. Elle fut prise à mon insu dans les ruines d'Ambrumésy, sans doute par le greffier du juge d'instruction, lequel était, comme vous le savez, complice d'Arsène Lupin.

— Et alors ?

— Cette photographie a été le passeport, le talisman grâce auquel on a capté la confiance de mon père.

— Mais qui ? qui a pu pénétrer chez moi ?

— Je ne sais, mais mon père est tombé dans le piège. On lui a dit, et il a cru, que j'étais aux environs et que je demandais à le voir et que je lui donnais rendez-vous à l'auberge du Lion-d'Or.

— Mais c'est de la folie, tout ça ? Comment pouvez-vous affirmer ?

— Très simplement. On a imité mon écriture derrière le carton, et on a précisé le rendez-vous... Route de Valognes, 3 k. 400, auberge du Lion. Mon père est venu, et on s'est emparé de lui, voilà tout.

— Soit, murmura Froberval abasourdi, soit... j'admets... les choses se sont passées ainsi... mais tout cela n'explique pas comment il a pu sortir pendant la nuit.

— Il est sorti, en plein jour, quitte à attendre la nuit pour aller au rendez-vous.

— Mais, nom d'un chien, puisqu'il n'a pas quitté sa chambre de toute la journée d'avant-hier !

— Il y aurait un moyen de s'en assurer, courez au port, Froberval, et cherchez l'un des hommes qui étaient de garde dans l'après-midi d'avant hier... Seulement, dépêchez-vous si vous voulez me retrouver ici.

— Vous partez donc ?

— Oui, je reprends le train.

— Comment !... Mais vous ne savez pas... Votre enquête...

— Mon enquête est terminée. Je sais à peu près tout ce que je voulais savoir. Dans une heure, j'aurai quitté Cherbourg.

Froberval s'était levé. Il regarda Beautrelet, d'un air absolument ahuri, hésita un moment, puis saisit sa casquette.

— Tu viens, Charlotte ?

— Non, dit Beautrelet, j'aurais encore besoin de quelques renseignements. Laissez-la moi. Et puis nous bavarderons. Je l'ai connue toute petite.

Froberval s'en alla. Beautrelet et la petite fille restèrent seuls dans la salle de l'estaminet. Des minutes s'écoulèrent, un garçon entra, emporta des tasses et disparut. Les yeux du jeune homme et de l'enfant se rencontrèrent, et avec beaucoup de douceur, Beautrelet mit sa main sur la main de la fillette. Elle le regarda deux ou trois secondes, éperdue, comme suffoquée. Puis, se couvrant brusquement la tête entre ses bras repliés, elle éclata en sanglots.

Il la laissa pleurer et, au bout d'un instant, lui dit :

— C'est toi qui as tout fait, n'est-ce pas, c'est toi qui as servi d'intermédiaire ? C'est toi qui as porté la photographie ? Tu l'avoues, n'est-ce pas ? Et quand tu disais que mon père était dans sa chambre avant-hier, tu savais bien que non, n'est-ce pas, puisque c'est toi qui l'avais aidé à sortir...

Elle ne répondait pas. Il lui dit :

— Pourquoi as-tu fait cela ? On t'a offert de l'argent, sans doute... de quoi t'acheter des rubans... une robe...

Il décroisa les bras de Charlotte et lui releva la tête. Il aperçut un pauvre visage sillonné de larmes, un visage gracieux, inquiétant et mobile de ces fillettes qui sont destinées à toutes les tentations, à toutes les défaillances.

— Allons, reprit Beautrelet, c'est fini, n'en parlons plus... Je ne te demande même pas comment ça s'est passé... Seulement tu vas me dire tout ce qui peut m'être utile !... As-tu surpris quelque chose... un mot de ces gens-là ? Comment s'est effectué l'enlèvement ?

Elle répondit aussitôt :

— En automobile... je les ai entendus qui en parlaient.

— Et quelle route ont-ils suivie ?

— Ah ! ça, je ne sais pas.

— Ils n'ont échangé devant toi aucune parole qui puisse nous aider ?

— Aucune... Il y en a un cependant qui a dit : « Y aura pas de temps à perdre... c'est demain matin à huit heures, que le patron doit nous téléphoner là-bas... »

— Où, là-bas ?...
— C'est que... je ne pourrais...
— Cherche... rappelle-toi... c'était un nom de ville, n'est-ce pas ?
— Oui... un nom... comme château...
— Châteaubriant ?... Château-Thierry ?
— Non... non...
— Châteauroux ?
— C'est ça... Châteauroux...

Beautrelet n'avait pas attendu qu'elle eût prononcé la dernière syllabe. Il était debout déjà, et sans se soucier de Froberval, sans plus s'occuper de la petite, tandis qu'elle le regardait avec stupéfaction, il ouvrait la porte et courait vers la gare.

— Châteauroux... Madame... un billet pour Châteauroux...
— Par Le Mans et Tours ? demanda la buraliste.
— Évidemment... le plus court... J'arriverai pour déjeuner ?
— Ah ! non...
— Pour dîner ? Pour coucher ?...
— Ah non, pour ça il faudrait passer par Paris... L'express de Paris est à huit heures... Il est trop tard.

Il n'était pas trop tard. Beautrelet put encore l'attraper.

— Allons, dit Beautrelet, en se frottant les mains, je n'ai passé qu'une heure à Cherbourg, mais elle fut bien employée.

Pas un instant, il n'eut l'idée d'accuser Charlotte de mensonge. Faibles, désemparées, capables des pires trahisons, ces petites natures obéissent également à des élans de sincérité, et Beautrelet avait vu, dans ses yeux effrayés, la honte du mal qu'elle avait fait et la joie de le réparer en partie. Il ne doutait donc point que Châteauroux fût cette autre ville à laquelle Lupin avait fait allusion, et où ses complices devaient lui téléphoner.

Dès son arrivée à Paris, Beautrelet prit toutes les précautions nécessaires pour n'être pas suivi. Il sentait que l'heure était grave. Il marchait sur la bonne route qui le conduisait vers son père ; une imprudence pouvait tout perdre.

Il entra chez un de ses camarades de lycée et en sortit, une heure après, méconnaissable. C'était un Anglais d'une trentaine d'années, habillé d'un complet marron à grands carreaux, culotte courte, bas de laine, casquette de voyage, la figure colorée et un petit collier de barbe rousse. Il enfourcha une bicyclette à laquelle était accroché tout un attirail de peintre et fila vers la gare d'Austerlitz.

Le soir, il couchait à Issoudun. Le lendemain, dès l'aube, il sautait en machine. À sept heures, il se présentait au bureau de poste de Châteauroux et demandait la communication avec Paris. Obligé d'attendre, il liait conversation avec l'employé et apprenait que l'avant-veille, à pareille heure, un individu, en costume d'automobiliste, avait également demandé la communication avec Paris.

La preuve était faite. Il n'attendit pas davantage.

L'après-midi, il savait, par des témoignages irrécusables, qu'une limousine, suivant la route de Tours, avait traversé le bourg de Buzançais, puis la ville de Châteauroux et s'était arrêtée au-delà de la ville, sur la lisière de la forêt. Vers dix heures, un cabriolet, conduit par un individu, avait stationné auprès de la limousine, puis s'était éloigné vers le sud par la vallée de la Bouzanne. À ce moment, une autre personne se trouvait aux côtés du conducteur. Quant à l'automobile, prenant le chemin opposé, elle s'était dirigée vers le nord, vers Issoudun.

Isidore découvrit aisément le propriétaire du cabriolet. Mais ce propriétaire ne put rien dire. Il avait loué sa voiture et son cheval à un individu qui les avait ramenés lui-même le lendemain.

Enfin, le soir même, Isidore constatait que l'automobile n'avait fait que traverser Issoudun, continuant sa route vers Orléans, c'est-à-dire vers Paris.

De tout cela, il résultait, de la façon la plus absolue, que le père Beautrelet se trouvait aux environs. Sinon, comment admettre que des gens fissent près de cinq cents kilomètres à travers la France pour venir téléphoner à Châteauroux et remonter ensuite, à angle aigu, sur le chemin de Paris ?

Cette formidable randonnée avait un but précis : transporter le père Beautrelet à l'endroit qui lui était assigné.

— Et cet endroit est à portée de ma main, se disait Isidore en frissonnant d'espoir. À dix lieues, à quinze lieues d'ici, mon père attend que je le secoure. Il est là. Il respire le même air que moi.

Tout de suite, il se mit en campagne. Prenant une carte d'état-major, il la divisa en petits carrés qu'il visitait tour à tour, entrant dans les fermes, faisant causer les paysans, se rendant auprès des instituteurs, des maires, des curés, bavardant avec les femmes. Il lui semblait qu'il allait sans retard toucher au but et ses rêves s'amplifiant ce n'est plus son père qu'il espérait délivrer mais tous ceux que Lupin tenait captifs, Raymonde de Saint-Véran, Ganimard, Herlock Sholmès peut-être, et d'autres, beaucoup d'autres. Et en arrivant jusqu'à eux, il arriverait en même temps jusqu'au cœur même de la forteresse de Lupin, dans sa tanière, dans la retraite impénétrable où il entassait les trésors qu'il avait volés à l'univers.

Mais, après quinze jours de recherches infructueuses, son enthousiasme finit par décliner, et très vite il perdit confiance. Le succès tardant à se dessiner, du jour au lendemain presque il le jugea impossible et, bien qu'il continuât à poursuivre son plan d'investigations, il eût éprouvé une véritable surprise si ses efforts eussent abouti à la moindre découverte.

Des jours encore s'écoulèrent, monotones et découragés. Il sut par les journaux que le comte de Gesvres et sa fille avaient quitté Ambrumésy et s'étaient installés aux environs de Nice. Il sut aussi l'élargissement du sieur Harlington, dont l'innocence éclata, conformément aux indications d'Arsène Lupin.

Il changea son quartier général, s'établissant deux jours à La Châtre, deux jours à Argenton. Même résultat.

À ce moment, il fut près d'abandonner la partie. Évidemment le cabriolet qui avait emmené son père n'avait dû fournir qu'une étape à laquelle une autre étape, fournie par une autre voiture, avait succédé. Et son père était loin.

Il songea au départ.

Or, un lundi matin, il aperçut, sur l'enveloppe d'une lettre non affranchie qu'on lui renvoyait de Paris, il aperçut une écriture qui le bouleversa. Son émotion fut telle, durant quelques minutes, qu'il n'osait ouvrir, par peur d'une déception. Sa main tremblait. Était-ce possible ? N'y avait-il pas là un piège que lui tendait son infernal ennemi ?

D'un coup il décacheta. C'était bien une lettre de son père, écrite par son père lui-même. L'écriture présentait toutes les particularités, tous les tics de l'écriture qu'il connaissait si bien.

Il lut :

Ces mots te parviendront-ils, mon cher fils ? Je n'ose le croire.

Toute la nuit de l'enlèvement nous avons voyagé en automobile, puis le matin en voiture. Je n'ai rien pu voir. J'avais un bandeau sur les yeux. Le château où l'on me détient doit être, à en juger par sa construction et par la végétation du parc, au centre de la France. La chambre que j'occupe est au second étage, une chambre à deux fenêtres dont l'une, presque bouchée par un rideau de glycines. L'après-midi, je suis libre, à certaines heures, d'aller et venir dans ce parc, mais sous une surveillance qui ne se relâche pas.

À tout hasard, je t'écris cette lettre et je l'attache à une pierre. Peut-être un jour pourrai-je la jeter par-dessus les murs, et quelque paysan la ramassera-t-il.

Mais ne t'inquiète pas. On me traite avec beaucoup d'égards.

Ton vieux père qui t'aime bien et qui est triste de penser au souci qu'il te donne.

BEAUTRELET.

Aussitôt Isidore regarda les timbres de la poste. Ils portaient Cuzion, Indre.

L'Indre ? Ce département qu'il s'acharnait à fouiller depuis des semaines !

Il consulta un petit guide de poche qui ne le quittait pas. *Cuzion*, canton d'*Éguzon*... Là aussi il avait passé.

Par prudence, il rejeta sa personnalité d'Anglais, qui commençait à être connue dans le pays, se déguisa en ouvrier, et fila sur Cuzion, village peu important, où il lui fut facile de découvrir l'expéditeur de la lettre.

Tout de suite, d'ailleurs, la chance le servit.

— Une lettre jetée à la poste mercredi dernier ?... s'écria le maire, brave bourgeois auquel il se confia, et qui se mit à sa disposition... Écoutez, je crois que je peux vous fournir une indication précieuse... Samedi matin, le père Charel, un vieux rémouleur qui fait toutes les foires du département, le père Charel que j'ai croisé au bout du village, m'a demandé : « Monsieur le maire, une lettre qui n'a pas de timbre, ça part tout de même ? » — « Dame ! » — « Et ça arrive à destination ? » — « Parbleu, seulement il y a un supplément de taxe à payer, voilà tout. »

— Et il habite, le père Charel ?

— Il habite là-bas, tout seul,… sur le coteau… la masure après le cimetière… Voulez-vous que je vous accompagne ?

C'était une masure isolée, au milieu d'un verger qu'entouraient de hauts arbres. Quand ils pénétrèrent, trois pies s'envolaient de la niche même, où le chien de garde était attaché. Et le chien n'aboya pas et ne bougea pas à leur approche.

Très étonné, Beautrelet s'avança. La bête était couchée sur le flanc, les pattes raidies, morte.

En hâte, ils coururent vers la maison. La porte était ouverte.

Ils entrèrent. Au fond d'une pièce humide et basse, sur une mauvaise paillasse jetée à même le sol, un homme gisait, tout habillé.

— Le père Charel ! s'écria le maire… Est-ce qu'il est mort, lui aussi ?

Les mains du bonhomme étaient froides, son visage d'une pâleur effrayante, mais le cœur battait encore, d'un rythme faible et lent, et il ne semblait avoir aucune blessure.

Ils essayèrent de le ranimer, et, comme ils n'y parvenaient pas, Beautrelet se mit en quête d'un médecin. Le médecin ne réussit pas davantage. Le bonhomme ne paraissait pas souffrir. On eût dit qu'il dormait simplement, mais d'un sommeil artificiel, comme si on l'avait endormi par hypnose, ou à l'aide d'un narcotique.

Au milieu de la nuit suivante, cependant, Isidore qui le veillait, remarqua que sa respiration devenait plus forte, et que tout son être avait l'air de se dégager des liens invisibles qui le paralysaient.

À l'aube il se réveilla et reprit ses fonctions normales, mangea, but, et se remua. Mais de toute la journée il ne put répondre aux questions du jeune homme, le cerveau comme engourdi encore par une inexplicable torpeur.

Le lendemain, il demanda à Beautrelet :

— Qu'est-ce que vous faites là, vous ?

C'était la première fois qu'il s'étonnait de la présence d'un étranger auprès de lui.

Peu à peu, de la sorte, il retrouva toute sa connaissance. Il parla. Il fit des projets. Mais, quand Beautrelet l'interrogea sur les événements qui avaient précédé son sommeil, il sembla ne pas comprendre.

Et réellement, Beautrelet sentit qu'il ne comprenait pas. Il avait perdu le souvenir de ce qui s'était passédepuis le vendredi précédent. C'était comme un gouffre subit dans la coulée ordinaire de sa vie. Il racontait sa matinée et son après-midi du vendredi, les marchés conclus à la foire, le repas qu'il avait pris à l'auberge. Puis… plus rien… Il croyait se réveiller au lendemain de ce jour.

Ce fut horrible pour Beautrelet. La vérité était là, dans ces yeux qui avaient vu les murs du parc derrière lesquels son père l'attendait, dans ces mains qui avaient ramassé la lettre, dans ce cerveau confus qui avait enregistré le lieu de cette scène, le décor, le petit coin du monde où se jouait le drame. Et de ces mains, de ces yeux, de ce cerveau, il ne pouvait tirer le plus faible écho de cette vérité si proche !

Oh ! cet obstacle impalpable et formidable auquel se heurtaient ses efforts, cet obstacle fait de silence et d'oubli, comme il portait bien la marque de Lupin ! Lui seul avait pu, informé sans doute qu'un signal avait été tenté par le père Beautrelet, lui seul avait pu frapper de mort partielle celui-là seul dont le témoignage pouvait le gêner. Non point que Beautrelet se sentît découvert, et qu'il pensât que Lupin, au courant de son attaque sournoise, et sachant qu'une lettre lui était parvenue, se fût défendu contre lui personnellement. Mais, combien c'était montrer de prévoyance et de véritable intelligence, que de supprimer l'accusation possible de ce passant ! Personne ne savait plus maintenant qu'il y avait, entre les murs d'un parc, un prisonnier qui demandait du secours.

Personne ? Si, Beautrelet. Le père Charel ne pouvait parler ? Soit. Mais on pouvait connaître du moins la foire où le bonhomme s'était rendu, et la route logique qu'il avait prise pour en revenir. Et, le long de cette route, peut-être enfin serait-il possible de trouver…

Isidore, qui d'ailleurs n'avait fréquenté la masure du père Charel qu'avec les plus grandes précautions, et de façon à ne pas donner l'éveil, Isidore décida de n'y point retourner. S'étant renseigné, il apprit que le vendredi, c'était jour de marché à Fresselines, gros bourg situé à quelques lieues, où l'on pouvait se rendre, soit par la grand'route, assez sinueuse, soit par des raccourcis.

Le vendredi, il choisit, pour y aller, la grand'route, et n'aperçut rien qui attirât son attention, aucune enceinte de hauts murs, aucune silhouette de vieux château.

Il déjeuna dans une auberge de Fresselines et il se disposait à partir quand il vit arriver le père Charel qui traversait la place en poussant sa petite voiture de rémouleur. Il le suivit aussitôt de très loin.

Le bonhomme fit deux interminables stations pendant lesquelles il repassa des douzaines de couteaux. Puis enfin, il s'en alla par un chemin tout différent qui se dirigeait vers Crozant et le bourg d'Éguzon.

Beautrelet s'engagea derrière lui sur cette route. Mais il n'avait pas marché pendant cinq minutes, qu'il eut l'impression de n'être pas seul à suivre le bonhomme. Un individu cheminait entre eux qui s'arrêtait en même temps que le père Charel et repartait en même temps, sans prendre d'ailleurs beaucoup de soin pour n'être pas vu.

— On le surveille, pensa Beautrelet, peut-être veut-on savoir s'il s'arrête devant les murs…

Son cœur battit. L'événement approchait.

Tous trois, les uns derrière les autres, ils montaient et descendaient les pentes raides du pays, et ils arrivèrent à Crozant. Là, le père Charel fit une halte d'une heure. Puis il descendit vers la rivière et traversa le pont.

Mais il se passa alors un fait qui surprit Beautrelet. L'individu ne franchit pas la rivière. Il regarda le bonhomme s'éloigner et quand il l'eut perdu de vue il s'engagea dans un sentier qui le conduisit en pleins champs.

Que faire ? Beautrelet hésita quelques secondes, puis, brusquement, se décida. Il se mit à la poursuite de l'individu.

— Il aura constaté, pensa-t-il, que le père Charel a passé tout droit. Il est tranquille, et il s'en va. Où ? Au château ?

Il touchait au but. Il le sentait à une sorte d'allégresse douloureuse qui le soulevait.

L'homme pénétra dans un bois obscur qui dominait la rivière, puis apparut de nouveau en pleine clarté, à l'horizon du sentier.

Quand Beautrelet, à son tour, sortit du bois, il fut très surpris de ne plus apercevoir l'individu. Il le cherchait des yeux, quand soudain il étouffa un cri et, d'un bond en arrière, regagna la ligne des arbres qu'il venait de quitter. À sa droite, il avait vu un rempart de hautes murailles, que flanquaient, à distances égales, des contreforts massifs.

C'était là ! C'était là ! Ces murs emprisonnaient son père ! Il avait trouvé le lieu secret où Lupin gardait ses victimes !

Il n'osa plus s'écarter de l'abri que lui offraient les feuillages épais du bois. Lentement, presque à plat ventre, il appuya vers la droite, et parvint ainsi au sommet d'un monticule qui atteignait le faîte des arbres voisins. Les murailles étaient plus élevées encore. Cependant il discerna le toit du château qu'elles ceignaient, un vieux toit Louis XIII que surmontaient des clochetons très fins disposés en corbeille autour d'une flèche plus aiguë et plus haute.

Pour ce jour-là, Beautrelet n'en fit pas davantage. Il avait besoin de réfléchir et de préparer son plan d'attaque sans rien laisser au hasard. Maître de Lupin, c'était à lui maintenant de choisir l'heure et le mode du combat.

Il s'en alla.

Près du pont, il croisa deux paysannes qui portaient des seaux remplis de lait. Il leur demanda :

— Comment s'appelle le château qui est là-bas, derrière les arbres ?

— Ça, Monsieur, c'est le château de l'Aiguille.

Il avait jeté sa question sans y attacher d'importance. La réponse le bouleversa.

— Le château de l'Aiguille… Ah !… Mais où sommes-nous, ici ? Dans le département de l'Indre ?

— Ma foi, non. L'Indre, c'est de l'autre côté de la rivière… Par ici, c'est la Creuse.

Isidore eut un éblouissement. Le château de l'Aiguille ! le département de la Creuse ! L'Aiguille Creuse ! La clef même du document ! La victoire assurée, définitive, totale…

Sans un mot de plus, il tourna le dos aux deux femmes et s'en alla en titubant, comme un homme ivre.

CHAPITRE VI
UN SECRET HISTORIQUE

La résolution de Beautrelet fut immédiate : il agirait seul. Prévenir la justice était trop dangereux. Outre qu'il ne pouvait offrir que des présomptions, il craignait les lenteurs de la justice, les indiscrétions certaines, toute une enquête préalable pendant laquelle Lupin, inévitablement averti, aurait le loisir d'effectuer sa retraite en bon ordre.

Le lendemain, dès huit heures, son paquet sous le bras, il quitta l'auberge qu'il habitait aux environs de Cuzion, gagna le premier fourré venu, se défit de ses hardes d'ouvrier, redevint le jeune peintre anglais qu'il était précédemment, et se présenta chez le notaire d'Éguzon, le plus gros bourg de la contrée.

Il raconta que le pays lui plaisait, et que, s'il trouvait une demeure convenable, il s'y installerait volontiers avec ses parents.

Le notaire indiqua plusieurs domaines. Beautrelet insinua qu'on lui avait parlé du château de l'Aiguille, au bord de la Creuse.

— En effet, mais le château de l'Aiguille, qui appartient à un de mes clients, depuis cinq ans, n'est pas à vendre.

— Il l'habite alors ?

— Il l'habitait, ou plutôt sa mère. Mais celle-ci, trouvant le château un peu triste, ne s'y plaisait pas. De sorte qu'ils l'ont quitté l'année dernière.

— Et personne n'y l'habite en ce moment ?

— Si, un Italien, auquel mon client l'a loué pour la saison d'été, le baron Anfredi.

— Ah ! le baron Anfredi, un homme encore jeune, l'air assez gourmé…

— Ma foi, je n'en sais rien… Mon client a traité directement avec lui. Il n'y a pas eu de bail… une simple lettre…

— Mais vous connaissez le baron ?

— Non, il ne sort jamais du château… En automobile, quelquefois, et la nuit, paraît-il. Les provisions sont faites par une vieille cuisinière qui ne parle à personne. Des drôles de gens…

— Croyez-vous que votre client consentirait-il à vendre son château ?

— Je ne crois pas. C'est un château historique, du plus pur style Louis XIII. Mon client y tenait beaucoup, et s'il n'a pas changé d'avis…

— Vous pouvez me donner son nom, son adresse ?

— Louis Valméras, 34, rue du Mont-Thabor.

Beautrelet prit le train de Paris à la station la plus proche. Le surlendemain, après trois visites infructueuses, il trouva enfin Louis Valméras. C'était un homme d'une trentaine d'années, au visage ouvert et sympathique. Beautrelet, jugeant inutile de biaiser, nettement se fit connaître et raconta ses efforts et le but de sa démarche.

— J'ai tout lieu de penser, conclut-il, que mon père est emprisonné au château de l'Aiguille, en compagnie sans doute d'autres victimes. Et je viens vous demander ce que vous savez de votre locataire, le baron Anfredi.

— Pas grand'chose. J'ai rencontré le baron Anfredi l'hiver dernier à Monte-Carlo. Ayant appris, par hasard, que j'étais propriétaire d'un château, comme il désirait passer l'été en France, il me fit des offres de location.

— C'est un homme encore jeune…

— Oui, des yeux très énergiques, des cheveux blonds.

— De la barbe ?

— Oui, terminée par deux pointes qui retombent sur un faux col fermant par-derrière, comme le col d'un clergyman. D'ailleurs, il a quelque peu l'air d'un prêtre anglais.

— C'est lui, murmura Beautrelet, c'est lui, tel que je l'ai vu, c'est son signalement exact.

— Comment !… vous croyez ?…

— Je crois, je suis sûr que votre locataire n'est autre qu'Arsène Lupin.

L'histoire amusa Louis Valméras. Il connaissait toutes les aventures de Lupin et les péripéties de sa lutte avec Beautrelet. Il se frotta les mains.

— Allons, le château de l'Aiguille va devenir célèbre… ce qui n'est pas pour me déplaire, car au fond, depuis que ma mère n'y habite plus, j'ai toujours eu l'idée de m'en débarrasser à la première occasion. Après cela, je trouverai acheteur. Seulement…

— Seulement ?

— Je vous demanderai de n'agir qu'avec la plus extrême prudence et de ne prévenir la police qu'en toute certitude. Voyez-vous que mon locataire ne soit pas Lupin ?

Beautrelet exposa son plan. Il irait seul, la nuit, il franchirait les murs, se cacherait dans le parc...

Louis Valméras l'arrêta tout de suite.

— Vous ne franchirez pas si facilement des murs de cette hauteur. Si vous y parvenez, vous serez accueilli par deux énormes molosses qui appartiennent à ma mère et que j'ai laissés au château.

— Bah ! une boulette...

— Je vous remercie ! Mais supposons que vous leur échappiez. Et après ? Comment entrerez-vous dans le château ? Les portes sont massives, les fenêtres sont grillées. Et d'ailleurs, une fois entré, qui vous guiderait ? Il y a quatre-vingts chambres.

— Oui, mais cette chambre à deux fenêtres, au second étage ?...

— Je la connais, nous l'appelons la chambre des Glycines. Mais comment la trouverez-vous ? Il y a trois escaliers et un labyrinthe de couloirs. J'aurai beau vous donner le fil, vous expliquer le chemin à suivre, vous vous perdrez.

— Venez avec moi, dit, Beautrelet en riant.

— Impossible. J'ai promis à ma mère de la rejoindre dans le Midi.

Beautrelet retourna chez l'ami qui lui offrait l'hospitalité et commença ses préparatifs. Mais, vers la fin du jour, comme il se disposait à partir, il reçut la visite de Valméras.

— Voulez-vous toujours de moi ?

— Si je veux !

— Eh bien ! je vous accompagne. Oui, l'expédition me tente. Je crois qu'on ne s'ennuiera pas, et ça m'amuse d'être mêlé à tout cela... Et puis, mon concours ne vous sera pas inutile. Tenez, voici déjà un début de collaboration.

Il montra une grosse clef toute rugueuse de rouille et d'aspect vénérable.

— Et cette clef ouvre ?... demanda Beautrelet.

— Une petite poterne dissimulée entre deux contreforts, abandonnée depuis des siècles, et que je n'ai même pas cru devoir indiquer à mon locataire. Elle donne sur la campagne, précisément à la lisière du bois...

Beautrelet l'interrompit brusquement.

— Ils la connaissent, cette issue. C'est évidemment par là que l'individu que je suivais a pénétré dans le parc. Allons, la partie est belle, et nous la gagnerons. Mais fichtre, il s'agit de jouer serré !

... Deux jours après, au pas d'un cheval famélique, arrivait à Crozant une roulotte de bohémiens que son conducteur obtint l'autorisation de remiser au bout du village, sous un ancien hangar déserté. Outre le conducteur, qui n'était autre que Valméras, il y avait trois jeunes gens occupés à tresser des fauteuils avec des brins d'osier : Beautrelet et deux de ses camarades de Janson.

Ils demeurèrent là trois jours, attendant une nuit propice, et rôdant isolément aux alentours du parc. Une fois, Beautrelet aperçut la poterne. Pratiquée entre deux contreforts, elle se confondait presque, derrière le voile de ronces qui la masquait, avec le dessin formé par les pierres de la muraille.

Enfin, le quatrième soir, le ciel se couvrit de gros nuages noirs et Valméras décida qu'on irait en reconnaissance, quitte à rebrousser chemin si les circonstances n'étaient pas favorables.

Tous quatre ils traversèrent le petit bois. Puis Beautrelet rampa parmi les bruyères, écorcha ses mains à la haie de ronces, et, se soulevant à moitié, lentement, avec des gestes qui se retenaient, introduisit la clef dans la serrure. Doucement, il tourna. La porte allait-elle s'ouvrir sous son effort ? Un verrou ne la fermait-il pas de l'autre côté ? Il poussa, la porte s'ouvrit, sans grincement, sans secousse. Il était dans le parc.

— Vous êtes là, Beautrelet ? demanda Valméras, attendez-moi. Vous deux, mes amis, surveillez la porte pour que notre retraite ne soit pas coupée. À la moindre alerte, un coup de sifflet.

Il prit la main de Beautrelet, et ils s'enfoncèrent dans l'ombre épaisse des fourrés. Un espace plus clair s'offrit à eux quand ils arrivèrent au bord de la pelouse centrale. Au même moment, un rayon de lune filtra, et ils aperçurent le château avec ses clochetons pointus disposés autour de cette flèche effilée à laquelle, sans doute, il devait son nom. Aucune lumière aux fenêtres. Aucun bruit.

Valméras empoigna le bras de son compagnon.

— Taisez-vous.

— Quoi ?

— Les chiens là-bas... vous voyez...

Un grognement se fit entendre. Valméras siffla très bas. Deux silhouettes blanches bondirent et en quatre sauts vinrent s'abattre aux pieds du maître.

— Tout doux, les enfants… couchez là… bien… ne bougez plus…

Et il dit à Beautrelet :

— Et maintenant, marchons, je suis tranquille.

— Vous êtes sûr du chemin ?

— Oui. Nous nous rapprochons de la terrasse.

— Et alors ?

— Je me rappelle qu'il y a sur la gauche, à un endroit où la terrasse, qui domine la rivière, s'élève au niveau des fenêtres du rez-de-chaussée, un volet qui ferme mal et qu'on peut ouvrir de l'extérieur.

De fait, quand ils furent arrivés, sous l'effort, le volet céda. Avec une pointe de diamant, Valméras coupa un carreau. Il tourna l'espagnolette. L'un après l'autre ils franchirent le balcon. Cette fois, ils étaient dans le château.

— La pièce où nous sommes, dit Valméras, se trouve au bout du couloir. Puis il y a un immense vestibule orné de statues et, à l'extrémité du vestibule, un escalier qui conduit à la chambre occupée par votre père.

Il avança d'un pas.

— Vous venez, Beautrelet ?

— Oui. Oui.

— Mais non, vous ne venez pas… Qu'est-ce que vous avez ?

Il lui saisit la main. Elle était glacée, et il s'aperçut que le jeune homme était accroupi sur le parquet.

— Qu'est-ce que vous avez ? répéta-t-il.

— Rien… ça passera.

— Mais enfin…

— J'ai peur…

— Vous avez peur !

— Oui, avoua Beautrelet ingénument… ce sont mes nerfs qui flanchent… j'arrive souvent à les commander… mais aujourd'hui, le silence… l'émotion… Et puis, depuis le coup de couteau de ce greffier… Mais ça va passer… tenez, ça passe…

Il réussit, en effet, à se lever, et Valméras l'entraîna hors de la chambre. Ils suivirent à tâtons un couloir, et si doucement, que chacun d'eux ne percevait pas la présence de l'autre.

Une faible lueur cependant semblait éclairer le vestibule vers lequel ils se dirigeaient. Valméras passa la tête. C'était une veilleuse placée au bas de l'escalier, sur un guéridon que l'on apercevait à travers les branches frêles d'un palmier.

— Halte ! souffla Valméras.

Près de la veilleuse, il y avait un homme en faction, debout, qui tenait un fusil.

Les avait-il vus ? Peut-être. Du moins quelque chose dut l'inquiéter, car il épaula.

Beautrelet était tombé à genoux contre la caisse d'un arbuste et il ne bougeait plus, le cœur comme déchaîné dans sa poitrine.

Cependant le silence et l'immobilité des choses rassurèrent l'homme en faction. Il baissa son arme. Mais sa tête resta tournée vers la caisse de l'arbuste.

D'effrayantes minutes s'écoulèrent, dix, quinze. Un rayon de lune s'était glissé par une fenêtre de l'escalier. Et soudain Beautrelet s'avisa que le rayon se déplaçait insensiblement et que, avant quinze autres, dix autres minutes, il serait sur lui, l'éclairant en pleine face. Des gouttes de sueur tombèrent de son visage sur ses mains tremblantes. Son angoisse était telle qu'il fut sur le point de se relever et de s'enfuir… Mais, se souvenant que Valméras était là, il le chercha des yeux, et il fut stupéfait de le voir, ou plutôt de le deviner qui rampait dans les ténèbres a l'abri des arbustes et des statues. Déjà il atteignait le bas de l'escalier, à hauteur, à quelques pas, de l'homme.

Qu'allait-il faire ? Passer quand même ? Monter seul à la délivrance du prisonnier ? Mais pourrait-il passer ?

Beautrelet ne le voyait plus et il avait l'impression que quelque chose allait s'accomplir, une chose que le silence, plus lourd, plus terrible, semblait pressentir aussi.

Et brusquement une ombre qui bondit sur l'homme, la veilleuse qui s'éteint, le bruit d'une lutte… Beautrelet accourut. Les deux corps avaient roulé sur les dalles. Il voulut se pencher. Mais il entendit un gémissement rauque, un soupir, et aussitôt un des adversaires se releva qui lui saisit le bras.

— Vite… Allons-y.

C'était Valméras.

Ils montèrent deux étages et débouchèrent à l'entrée d'un corridor qu'un tapis recouvrait.

— À droite, souffla Valméras… la quatrième chambre sur la gauche.

Bientôt ils trouvèrent la porte de cette chambre. Comme ils s'y attendaient, le captif était enfermé à clef. Il leur fallut une demi-heure, une demi-heure d'efforts étouffés, de tentatives assourdies pour forcer la serrure. Enfin ils entrèrent.

À tâtons, Beautrelet découvrit le lit. Son père dormait.

Il le réveilla doucement.

— C'est moi, Isidore… et un ami… Ne crains rien… lève-toi… pas un mot…

Le père s'habilla, mais au moment de sortir, il leur dit à voix basse :

— Je ne suis pas seul dans le château…

— Ah ! qui ? Ganimard ? Sholmès ?

— Non… du moins je ne les ai pas vus.

— Alors ?

— Une jeune fille.

— Mlle de Saint-Véran, sans aucun doute ?

— Je ne sais pas… je l'ai aperçue de loin plusieurs fois dans le parc… et puis, en me penchant de ma fenêtre, je vois la sienne… Elle m'a fait des signaux.

— Tu sais où est sa chambre ?

— Oui, dans ce couloir, la troisième à droite.

— La chambre bleue, murmura Valméras. La porte est à deux battants, nous aurons moins de mal.

Très vite, en effet, l'un des battants céda. Ce fut le père Beautrelet qui se chargea de prévenir la jeune fille.

Dix minutes après il sortait de la chambre avec elle et disait à son fils :

— Tu avais raison… Mlle de Saint-Véran.

Ils descendirent tous quatre. Au bas de l'escalier, Valméras s'arrêta et se pencha sur l'homme, puis les entraînant vers la chambre de la terrasse :

— Il n'est pas mort, il vivra.

— Ah ! fit Beautrelet avec soulagement.

— Par bonheur, la lame de mon couteau a plié… le coup n'est pas mortel. Et puis quoi, ces coquins ne méritent pas de pitié.

Dehors, ils furent accueillis par les deux chiens qui les accompagnèrent jusqu'à la poterne. Là Beautrelet retrouva ses deux amis. La petite troupe sortit du parc. Il était trois heures du matin.

Cette première victoire ne pouvait suffire à Beautrelet. Dès qu'il eut installé son père et la jeune fille, il les interrogea sur les gens qui résidaient au château, et en particulier sur les habitudes d'Arsène Lupin. Il apprit ainsi que Lupin ne venait que tous les trois ou quatre jours, arrivant le soir en automobile et repartant dès le matin. À chacun de ses voyages, il rendait visite aux deux prisonniers, et tous deux s'accordaient à louer ses égards et son extrême affabilité. Pour l'instant il ne devait pas se trouver au château.

En dehors de lui, ils n'avaient jamais vu qu'une vieille femme, préposée à la cuisine et au ménage, et deux hommes qui les surveillaient tour à tour et qui ne leur parlaient point, deux subalternes évidemment, à en juger d'après leurs façons et leurs physionomies.

— Deux complices tout de même, conclut Beautrelet, ou plutôt trois, avec la vieille femme. C'est gibier qui n'est pas à dédaigner. Et si nous ne perdons pas de temps…

Il sauta sur une bicyclette, fila jusqu'au bourg d'Éguzon, réveilla la gendarmerie, mit tout le monde en branle, fit sonner le boute-selle et revint à Crozant à huit heures, suivi du brigadier et de six gendarmes. Deux de ces hommes restèrent en faction auprès de la roulotte. Deux autres s'établirent devant la poterne. Les quatre derniers, commandés par leur chef et accompagnés de Beautrelet et de Valméras, se dirigèrent vers l'entrée principale du château.

Trop tard. La porte était grande ouverte. Un paysan leur dit qu'une heure auparavant il avait vu sortir du château une automobile.

De fait, la perquisition ne donna aucun résultat. Selon toute probabilité, la bande avait dû s'installer là en camp volant. On trouva quelques hardes, un peu de linge, des ustensiles de ménage, et c'est tout.

Ce qui étonna davantage Beautrelet et Valméras, ce fut la disparition du blessé. Ils ne purent relever la moindre trace de lutte, pas même une goutte de sang sur les dalles du vestibule.

Somme toute, aucun témoignage matériel n'aurait pu prouver le passage de Lupin au château de l'Aiguille, et l'on aurait eu le droit de récuser les assertions de Beautrelet et de son père, de Valméras et de Mlle de Saint-Véran, si l'on n'avait fini par découvrir, dans une chambre contiguë à celle que la jeune fille occupait, une demi-douzaine de bouquets admirables auxquels était épinglée la carte d'Arsène Lupin. Bouquets dédaignés par elle, flétris, oubliés... L'un d'eux, outre la carte, portait une lettre que Raymonde n'avait pas vue. L'après-midi, quand cette lettre eut été décachetée par le juge d'instruction, on y trouva dix pages de prières, de supplications, de promesses, de menaces, de désespoir, toute la folie d'un amour qui n'a connu que mépris et répulsion.

Et la lettre se terminait ainsi : « *Je viendrai mardi soir, Raymonde. D'ici là, réfléchissez. Pour moi, je ne veux plus attendre. Je suis résolu à tout.* »

Mardi soir, c'était le soir même de ce jour où Beautrelet venait de délivrer Mlle de Saint-Véran.

On se rappelle la formidable explosion de surprise et d'enthousiasme qui éclata dans le monde entier à la nouvelle de ce dénouement imprévu : Mlle de Saint-Véran libre ! La jeune fille que convoitait Lupin, pour laquelle il avait machiné ses plus machiavéliques combinaisons, arrachée à ses griffes ! Libre aussi le père de Beautrelet, celui que Lupin, dans son désir exagéré d'un armistice que nécessitaient les exigences de sa passion, celui que Lupin avait choisi comme otage. Libres tous deux, les deux prisonniers ! Et le secret de l'Aiguille, que l'on avait cru impénétrable, connu, publié, jeté aux quatre coins de l'univers !

Vraiment la foule s'amusa. On chansonna l'aventurier vaincu.

« Les amours de Lupin ! » « Les sanglots d'Arsène » ! « Le cambrioleur amoureux » ! « La complainte du pickpocket » ! Cela se criait sur les boulevards, cela se fredonnait à l'atelier.

Pressée de questions, poursuivie par les interviewers, Raymonde répondit avec la plus extrême réserve. Mais la lettre était là, et les bouquets de fleurs, et toute la pitoyable aventure ! Du coup, Lupin, bafoué, ridiculisé, dégringola de son piédestal.

Et Beautrelet fut l'idole. Il avait tout vu, tout prédit, tout élucidé. La déposition que Mlle de Saint-Véran fit devant le juge d'instruction au sujet de son enlèvement, confirma, jusque dans les moindres détails, l'hypothèse qu'avait imaginée le jeune homme. Sur tous les points la réalité semblait se soumettre à ce qu'il la décrétait au préalable. Lupin avait trouvé son maître.

Beautrelet exigea que son père, avant de retourner dans ses montagnes de Savoie, prît quelques mois de repos au soleil, et il le conduisit lui-même, ainsi que Mlle de Saint-Véran, aux environs de Nice, où le comte de Gesvres et sa fille Suzanne étaient installés pour passer l'hiver. Le surlendemain, Valméras amenait sa mère auprès de ses nouveaux amis, et ils composèrent ainsi une petite colonie, groupée autour de la villa de Gesvres, et sur laquelle veillaient nuit et jour une demi-douzaine d'hommes engagés par le comte.

Au début d'octobre, Beautrelet, élève de rhétorique, alla reprendre à Paris le cours de ses études et préparer ses examens. Et la vie recommença, calme cette fois et sans incidents. Que pouvait-il d'ailleurs se passer ? La guerre n'était-elle pas finie ?

Lupin devait en avoir de son côté la sensation bien nette, et qu'il n'y avait plus pour lui qu'à se résigner au fait accompli, car un beau jour ses deux autres victimes, Ganimard et Herlock Sholmès, réapparurent. Leur retour à la vie de ce monde manqua, du reste, totalement de prestige. Ce fut un chiffonnier qui les ramassa, quai des Orfèvres, en face de la Préfecture de police, et tous deux endormis et ligotés.

Après une semaine de complet ahurissement, ils parvinrent à reprendre la direction de leurs idées et racontèrent — ou plutôt Ganimard raconta, car Sholmès s'enferma dans un mutisme farouche — qu'ils avaient accompli, à bord du yacht *l'Hirondelle*, un voyage de circumnavigation autour de l'Afrique, voyage charmant, instructif, où ils pouvaient se considérer comme libres, sauf à certaines heures qu'ils passaient à fond de cale, tandis que l'équipage descendait dans des ports exotiques.

Quant à leur atterrissage au quai des Orfèvres, ils ne se souvenaient de rien, endormis sans doute depuis plusieurs jours.

Cette mise en liberté, c'était l'aveu de la défaite. Et, en ne luttant plus, Lupin la proclamait sans restriction.

Un événement, d'ailleurs, la rendit encore plus éclatante : ce furent les fiançailles de Louis Valméras et de Mlle de Saint-Véran. Dans l'intimité que créaient entre eux les conditions actuelles de leur existence, les deux jeunes gens s'éprirent l'un de l'autre. Valméras aima le charme mélancolique de Raymonde, et celle-ci, blessée par la vie, avide de protection, subit la force et l'énergie de celui qui avait contribué si vaillamment à son salut.

On attendit le jour du mariage avec une certaine anxiété. Lupin ne chercherait-il pas à reprendre l'offensive ? Accepterait-il de bonne grâce la perte irrémédiable de la femme qu'il aimait ? Deux ou trois fois on vit rôder autour de la villa des individus à mine suspecte, et Valméras eut même à se défendre, un soir, contre un soi-disant ivrogne qui tira sur lui un coup de pistolet, et traversa son chapeau d'une balle. Mais somme toute, la cérémonie s'accomplit au jour et à l'heure fixés, et Raymonde de Saint-Véran devint Mme Louis Valméras.

C'était comme si le destin lui-même eût pris parti pour Beautrelet et contresigné le bulletin de victoire. La foule le sentit si bien que ce fut à ce moment que jaillit, parmi ses admirateurs, l'idée d'un grand banquet où l'on célébrerait son triomphe et l'écrasement de Lupin. Idée merveilleuse et qui suscita l'enthousiasme. En quinze jours, trois cents adhésions furent réunies. On lança des invitations aux lycées de Paris, à raison de deux élèves par classe de rhétorique. La presse entonna des hymnes. Et le banquet fut ce qu'il ne pouvait manquer d'être, une apothéose.

Mais une apothéose charmante et simple, parce que Beautrelet en était le héros. Sa présence suffit à remettre les choses au point. Il se montra modeste comme à l'ordinaire, un peu surpris des bravos excessifs, un peu gêné des éloges hyperboliques où l'on affirmait sa supériorité sur les plus illustres policiers... un peu gêné, mais aussi très ému.

Il le dit en quelques paroles qui plurent à tous et avec le trouble d'un enfant qui rougit d'être regardé. Il dit sa joie, il dit sa fierté. Et vraiment, si raisonnable, si maître de lui qu'il fût, il connut là des minutes d'ivresse inoubliables. Il souriait à ses amis, à ses camarades de Janson, à Valméras, venu spécialement pour l'applaudir, à M. de Gesvres, à son père.

Or, comme il finissait de parler et qu'il tenait encore son verre en main, un bruit de voix se fit entendre à l'extrémité de la salle, et l'on vit quelqu'un qui gesticulait en agitant un journal. On rétablit le silence, l'importun se rassit, mais un frémissement de curiosité se propageait tout autour de la table, le journal passait de main en main, et chaque fois qu'un des convives jetait les yeux sur la page offerte, c'étaient des exclamations.

— Lisez ! lisez ! criait-on du côté opposé.

À la table d'honneur on se leva. Le père Beautrelet alla prendre le journal et le tendit à son fils.

— Lisez ! lisez ! cria-t-on plus fort.

Et d'autres proféraient :

— Écoutez donc ! il va lire... écoutez !

Beautrelet, debout, face au public, cherchait des yeux, dans le journal du soir que son père lui avait donné, l'article qui suscitait un tel vacarme, et soudain, ayant aperçu un titre souligné au crayon bleu, il leva la main pour réclamer le silence, et il lut d'une voix que l'émotion altérait de plus en plus ces révélations stupéfiantes qui réduisaient à néant tous ses efforts, bouleversaient ses idées sur l'Aiguille creuse et marquaient la vanité de sa lutte contre Arsène Lupin :

« *Lettre ouverte de M. Massiban, de l'Académie des Inscriptions et Belles-Lettres.*

« Monsieur le Directeur,

« Le 17 mars 1679, un tout petit livre parut avec ce titre :

LE MYSTÈRE DE L'AIGUILLE CREUSE

Toute la vérité dénoncée pour la première fois. Cent exemplaires imprimés par moi-même et pour l'instruction de la cour.

« À neuf heures du matin, ce jour du 17 mars, l'auteur, un très jeune homme, bien vêtu, dont on ignore le nom, se mit à déposer ce livre chez les principaux personnages de la Cour. À dix heures, alors qu'il avait accompli quatre de ces démarches, il était arrêté par un capitaine des gardes, lequel l'amenait dans le cabinet du roi et repartait aussitôt à la recherche des quatre exemplaires distribués. Quand les cent exemplaires furent réunis, comptés, feuilletés avec soin et vérifiés, le roi les jeta lui-même au feu, sauf un qu'il conserva par-devers lui.

« Puis il chargea le capitaine des gardes de conduire l'auteur du livre à M. de Saint-Mars, lequel Saint-Mars enferma son prisonnier d'abord à Pignerol, puis dans la forteresse de l'île Sainte-Marguerite. Cet homme n'était autre évidemment que le fameux homme au Masque de fer.

« Jamais la vérité n'eût été connue, ou du moins une partie de la vérité, si le capitaine des gardes qui avait assisté à l'entrevue, profitant d'un moment où le roi s'était détourné, n'avait eu la tentation de retirer de la cheminée, avant que le feu ne l'atteignît, un autre des exemplaires.

« Six mois après, ce capitaine fut ramassé sur la grand-route de Gaillon à Mantes. Ses assassins l'avaient dépouillé de tous ses vêtements, oubliant toutefois dans sa poche droite un bijou que l'on y découvrit par la suite, un diamant de la plus belle eau et d'une valeur considérable.

« Dans ses papiers, on retrouva une note manuscrite. Il n'y parlait point du livre arraché aux flammes, mais il donnait un résumé des premiers chapitres. Il s'agissait d'un secret qui fut connu des rois d'Angleterre, perdu par eux au moment où la couronne du pauvre fou Henri VI passa sur la tête du duc d'York, dévoilé au roi de France Charles VII par Jeanne d'Arc, et qui, devenu secret d'État, fut transmis de souverain en souverain par une lettre chaque fois recachetée, que l'on trouvait au lit de mort du défunt avec cette mention : « Pour le roy de France. »

« Ce secret concernait l'existence et déterminait l'emplacement d'un trésor formidable, possédé par les rois, et qui s'accroissait de siècle en siècle.

« Cent quatorze ans plus tard, Louis XVI, prisonnier au Temple, prit à part l'un des officiers qui étaient chargés de surveiller la famille royale et lui dit :

— Monsieur, vous n'aviez pas, sous mon aïeul, le grand roi, un ancêtre qui servait comme capitaine des gardes ?

— Oui, sire.

— Eh bien, seriez-vous homme… seriez-vous homme…

« Il hésita. L'officier acheva la phrase.

— À ne pas vous trahir ? Oh ! sire…

— Alors, écoutez-moi.

« Il tira de sa poche un petit livre dont il arracha l'une des dernières pages. Mais, se ravisant :

— Non, il vaut mieux que je copie…

« Il prit une grande feuille de papier qu'il déchira de façon à ne garder qu'un petit espace rectangulaire sur lequel il copia cinq lignes de points, de lignes et de chiffres que portait la page imprimée. Puis ayant brûlé celle-ci, il plia en quatre la feuille manuscrite, la cacheta de cire rouge et me la donna.

— Monsieur, après ma mort, vous remettrez cela à la reine, et vous lui direz : « De la part du roi, Madame… pour votre Majesté et pour son fils… » Si elle ne comprend pas…

— Si elle ne comprend pas ?…

— Vous ajouterez « Il s'agit du secret…du secret de l'Aiguille. » La reine comprendra.

« Ayant parlé, il jeta le livre parmi les braises qui rougissaient dans l'âtre.

« Le 21 janvier, il montait sur l'échafaud.

« Il fallut deux mois à l'officier, par suite du transfert de la reine à la Conciergerie, pour accomplir la mission dont il était chargé. Enfin, à force d'intrigues sournoises, il réussit un jour à se trouver en présence de Marie-Antoinette.

Il lui dit de manière qu'elle pût tout juste entendre :

— De la part du feu roi, Madame, pour Votre Majesté et son fils.

« Et il lui offrit la lettre cachetée.

« Elle s'assura que les gardiens ne pouvaient la voir, brisa les cachets, sembla surprise à la vue de ces lignes indéchiffrables, puis, tout de suite, parut comprendre.

« Elle sourit amèrement, et l'officier perçut ces mots :

— Pourquoi si tard ? »

« Elle hésita. Où cacher ce document dangereux ? Enfin, elle ouvrit son livre d'heures et, dans une sorte de poche secrète pratiquée entre le cuir de reliure et le parchemin qui le recouvrait, elle glissa la feuille de papier.

— Pourquoi si tard ?… avait-elle dit…

« Il est probable, en effet, que ce document, s'il avait pu lui apporter le salut, arrivait trop tard, car, au mois d'octobre suivant, la reine Marie-Antoinette, à son tour, montait sur l'échafaud.

« Or, cet officier, en feuilletant les papiers de sa famille, trouva la note manuscrite de son arrière-grand-père. À partir de ce moment, il n'eut plus qu'une idée, c'est de consacrer ses loisirs à élucider cet étrange problème. Il lut tous les auteurs latins, parcourut toutes les chroniques de France et celles des pays voisins, s'introduisit dans les monastères, déchiffra les livres de comptes, les cartulaires, les traités, et il put ainsi retrouver certaines citations éparses à travers les âges.

« Au livre III des Commentaires de César sur la guerre des Gaules, il est raconté qu'après la défaite de Viridovix par G. Titulius Sabinus, le chef des Calètes fut mené devant César et que, pour sa rançon, il dévoila le secret de l'Aiguille…

« Le traité de Saint-Clair-sur-Epte, entre Charles le Simple et Roll, chef des barbares du Nord, fait suivre le nom de Roll de tous ses titres, parmi lesquels nous lisons : maître du secret de l'Aiguille.

« La chronique saxonne (édition de Gibson, page 134) parlant de Guillaume-à-la-grande-vigueur (Guillaume le Conquérant) raconte que la hampe de son étendard se terminait en pointe acérée et percée d'une fente à la façon d'une aiguille…

« Dans une phrase assez ambiguë de son interrogatoire, Jeanne d'Arc avoue qu'elle a encore une chose secrète à dire au roi de France, à quoi ses juges répondent : « Oui, nous savons de quoi il est question, et c'est pourquoi, Jeanne, vous périrez. »

— Par la vertu de l'Aiguille, jure quelquefois le bon roi Henri IV.

« Auparavant, François Ier, haranguant les notables du Havre en 1520, prononça cette phrase que nous transmet le journal d'un bourgeois d'Honfleur :

« Les rois de France portent des secrets qui règlent la conduite des choses et le sort des villes. »

« Toutes ces citations, Monsieur le Directeur, tous les récits qui concernent le Masque de fer, le capitaine des gardes et son arrière-petit-fils, je les ai retrouvés aujourd'hui dans une brochure écrite précisément par cet arrière-petit-fils et publiée en juin 1815, la veille ou le lendemain de Waterloo, c'est-à-dire en une période de bouleversements où les révélations qu'elle contenait devaient passer inaperçues.

« Que vaut cette brochure ? Rien, me direz-vous, et nous ne devons lui accorder aucune créance. C'est là ma première impression ; mais quelle ne fut pas ma stupeur, en ouvrant les *Commentaires* de César au chapitre indiqué, d'y découvrir la phrase relevée dans la brochure ! Même constatation en ce qui concerne le traité de Saint-Clair-sur-Epte, la chronique saxonne, l'interrogatoire de Jeanne d'Arc, bref tout ce qu'il m'a été possible de vérifier jusqu'ici.

« Enfin, il est un fait plus précis encore que relate l'auteur de la brochure de 1815. Pendant la campagne de France, officier de Napoléon, il sonna un soir, son cheval ayant crevé, à la porte d'un château où il fut reçu par un vieux chevalier de Saint-Louis.

« Et il apprit coup sur coup en causant avec le vieillard que ce château, situé au bord de la Creuse, s'appelait le château de l'Aiguille, qu'il avait été construit et baptisé par Louis XIV, et que, sur l'ordre expresse du grand roi, il avait été orné de clochetons et d'une flèche qui figurait l'aiguille. Comme date il portait, il doit porter encore 1680.

« 1680 ! Un an après la publication du livre et l'emprisonnement du Masque de fer. Tout s'expliquait : Louis XIV, prévoyant que le secret pouvait s'ébruiter, avait construit et baptisé ce château pour offrir aux curieux une explication naturelle de l'antique mystère. L'Aiguille creuse ? Un château à clochetons pointus, situé au bord de la Creuse et appartenant au roi. Du coup on croyait connaître le mot de l'énigme et les recherches cessaient.

« Le calcul était juste, puisque, plus de deux siècles après, M. Beautrelet est tombé dans le piège. Et c'est là, Monsieur le Directeur, que je voulais en venir en écrivant cette lettre. Si Lupin sous le nom d'Anfredi a loué à M. Valméras le château de l'Aiguille au bord de la Creuse, s'il a logé là ses deux prisonniers, c'est qu'il admettait le succès des inévitables recherches de M. Beautrelet, et que, dans le but d'obtenir la paix qu'il avait demandée, il tendait précisément à M. Beautrelet ce que nous pouvons appeler le piège historique de Louis XIV.

« Et par là nous sommes amenés à ceci, conclusion irréfutable, c'est que lui, Lupin, avec ses seules lumières, sans connaître d'autres faits que ceux que nous connaissons, est parvenu, par le sortilège d'un génie vraiment extraordinaire, à déchiffrer l'indéchiffrable document ; c'est que Lupin, dernier héritier des rois de France, connaît le mystère royal de l'Aiguille creuse. »

Là se terminait l'article. Mais depuis quelques minutes, depuis le passage concernant le château de l'Aiguille, ce n'était plus Beautrelet qui en faisait la lecture. Comprenant sa défaite, écrasé sous le poids de l'humiliation subie, il avait lâché le journal et s'était effondré sur sa chaise, le visage enfoui dans ses mains.

Haletante et secouée d'émotion par cette incroyable histoire, la foule s'était rapprochée peu à peu et maintenant se pressait autour de lui.

On attendait avec une angoisse frémissante les mots qu'il allait répondre, les objections qu'il allait soulever.

Il ne bougea pas.

D'un geste doux, Valméras lui décroisa les mains et releva sa tête.

Isidore Beautrelet pleurait.

CHAPITRE VII
LE TRAITE DE L'AIGUILLE

Il est quatre heures du matin. Isidore n'est pas rentré au lycée. Il n'y rentrera pas avant la fin de la guerre sans merci qu'il a déclarée à Lupin. Cela, il se l'est juré tout bas, pendant que ses amis l'emportaient en voiture, tout défaillant et meurtri.

Serment insensé ! Guerre absurde et illogique ! Que peut-il faire, lui, enfant isolé et sans armes, contre ce phénomène d'énergie et de puissance ?

Par où l'attaquer ? Il est inattaquable. Où le blesser ? Il est invulnérable. Où l'atteindre ? Il est inaccessible.

Quatre heures du matin… Isidore a de nouveau accepté l'hospitalité de son camarade de Janson. Debout devant la cheminée de sa chambre, les coudes plantés droit sur le marbre, les deux poings au menton, il regarde son image que lui renvoie la glace.

Il ne pleure plus, il ne veut plus pleurer, ni se tordre sur son lit, ni se désespérer, comme il le fait depuis deux heures. Il veut réfléchir, réfléchir et comprendre.

Et ses yeux ne quittent pas ses yeux, dans le miroir, comme s'il espérait doubler la force de sa pensée en contemplant son image pensive, comme s'il espérait trouver au fond de cet être-là l'insoluble solution qu'il ne trouve pas en lui.

Jusqu'à six heures il reste ainsi. Et c'est peu à peu que, dégagée de tous les détails qui la compliquent et l'obscurcissent, la question s'offre à son esprit toute sèche, toute nue, avec la rigueur d'une équation.

Oui, il s'est trompé. Oui, son interprétation du document est fausse. Le mot « aiguille » ne vise point le château des bords de la Creuse. Et, de même, le mot « demoiselles » ne peut pas s'appliquer à Raymonde de Saint-Véran et à sa cousine, puisque le texte du document remonte à des siècles.

Donc tout est à refaire.

Comment ?

Une seule base de documentation serait solide : le livre publié sous Louis XIV. Or, des cent exemplaires imprimés par celui qui devait être le Masque de fer, deux seulement échappèrent aux flammes. L'un fut dérobé par le capitaine des gardes et perdu. L'autre fut conservé par Louis XIV, transmis à Louis XV, et brûlé par Louis XVI. Mais il reste une copie de la page essentielle, celle qui contient la solution du problème, ou du moins la solution cryptographique, celle qui fut portée à Marie-Antoinette et glissée par elle sous la couverture de son livre d'heures.

Qu'est devenu ce papier ? Est-ce celui que Beautrelet a tenu dans ses mains et que Lupin lui a fait reprendre par le greffier Brédoux ? Ou bien se trouve-t-il encore dans le livre d'heures de Marie-Antoinette ?

Et la question revient à celle-ci : « Qu'est devenu le livre d'heures de la reine ? »

Après avoir pris quelques instants de repos, Beautrelet interrogea le père de son ami, collectionneur émérite, appelé souvent comme expert à titre officieux, et que, récemment encore, le directeur d'un de nos musées consultait pour l'établissement de son catalogue.

— Le livre d'heures de Marie-Antoinette ? s'écria-t-il, mais il fut légué par la reine à sa femme de chambre, avec mission secrète de le faire tenir au comte de Fersen. Pieusement conservé dans la famille du comte, il se trouve depuis cinq ans dans une vitrine…

— Dans une vitrine ?

— Du musée Carnavalet, tout simplement.

— Et ce musée sera ouvert ?…

— D'ici vingt minutes, comme il l'est chaque matin.

À la minute précise où s'ouvrait la porte du vieil hôtel de Mme de Sévigné, Isidore sautait de voiture avec son ami.

— Tiens, M. Beautrelet !

Dix voix saluèrent son arrivée. À son grand étonnement, il reconnut toute la troupe des reporters qui suivaient « l'Affaire de l'Aiguille creuse ». Et l'un d'eux s'écria :

— C'est drôle, hein ! nous avons tous eu la même idée. Attention, Arsène Lupin est peut-être parmi nous.

Ils entrèrent ensemble. Le directeur, aussitôt prévenu, se mit à leur entière disposition, les mena devant la vitrine, et leur montra un pauvre volume, sans le moindre ornement, et qui n'avait certes rien de royal.

Un peu d'émotion tout de même les envahit à l'aspect de ce livre que la reine avait touché en des jours si tragiques, que ses yeux rougis de larmes avaient regardé... Et ils n'osaient le prendre et le fouiller, comme s'ils avaient eu l'impression d'un sacrilège...

— Voyons, monsieur Beautrelet, c'est une tâche qui vous incombe.

Il prit le livre d'un geste anxieux. La description correspondait bien à celle que l'auteur de la brochure en avait donnée. D'abord une couverture de parchemin, parchemin sali, noirci, usé par places, et, au-dessous, la vraie reliure, en cuir rigide.

Avec quel frisson Beautrelet s'enquit de la poche dissimulée ! Était-ce une fable ? Ou bien retrouverait-il encore le document écrit par Louis XVI, et légué par la reine à son ami fervent ?

À la première page, sur la partie supérieure du livre, pas de cachette.

— Rien, murmura-t-il.

— Rien, redirent-ils en écho, palpitants.

Mais à la dernière page, ayant un peu forcé l'ouverture du livre, il vit tout de suite que le parchemin se décollait de la reliure. Il glissa les doigts... Quelque chose, oui, il sentit quelque chose... un papier...

— Oh ! fit-il victorieusement, voilà... est-ce possible !

— Vite ! Vite ! lui cria-t-on. Qu'attendez-vous ?

Il tira une feuille, pliée en deux.

— Eh bien, lisez !... Il y a des mots à l'encre rouge... tenez... on dirait du sang... du sang tout pâle... lisez donc !

Il lut :

À vous, Fersen. Pour mon fils, 16 octobre 1793... Marie-Antoinette.

Et soudain, Beautrelet poussa une exclamation de stupeur. Sous la signature de la reine, il y avait... il y avait, à l'encre noire, deux mots soulignés d'un paraphe... deux mots : « Arsène Lupin ».

Tous, chacun à son tour, ils saisirent la feuille, et le même cri s'échappait aussitôt :

— Marie-Antoinette... Arsène Lupin.

Un grand silence les réunit. Cette double signature, ces deux noms accouplés, découverts au fond du livre d'heures, cette relique où dormait, depuis plus d'un siècle, l'appel désespéré de la pauvre reine, cette date horrible, 16 octobre 1793, jour où tomba la tête royale, tout cela était d'un tragique morne et déconcertant.

— Arsène Lupin, balbutia l'une des voix, soulignant ainsi ce qu'il y avait d'effarant à voir ce nom diabolique au bas de la feuille sacrée.

— Oui, Arsène Lupin, répéta Beautrelet. L'ami de la reine n'a pas su comprendre l'appel désespéré de la mourante. Il a vécu avec le souvenir que lui avait envoyé celle qu'il aimait, et il n'a pas deviné la raison de ce souvenir. Lupin a tout découvert, lui... et il a pris.

— Il a pris quoi ?

— Le document parbleu ! le document écrit par Louis XVI, et c'est cela que j'ai tenu entre mes mains. Même apparence, même configuration, mêmes cachets rouges. Je comprends pourquoi Lupin n'a pas voulu me laisser un document dont je pouvais tirer parti par le seul examen du papier, des cachets, etc.

— Et alors ?

— Et alors, puisque le document dont je connais le texte est authentique, puisque j'ai vu la trace des cachets rouges, puisque Marie-Antoinette elle-même certifie, par ce mot de sa main, que tout le récit de la brochure reproduite par M. Massiban est authentique, puisqu'il existe vraiment un problème historique de l'Aiguille creuse, je suis sûr de réussir.

— Comment ? Authentique ou non, le document, si vous ne parvenez pas à le déchiffrer, ne sert à rien puisque Louis XVI a détruit le livre qui en donnait l'explication.

— Oui, mais l'autre exemplaire, arraché aux flammes par le capitaine des gardes du roi Louis XIV, n'a pas été détruit.

— Qu'en savez-vous ?

— Prouvez le contraire.

Beautrelet se tut, puis lentement, les yeux clos, comme s'il cherchait à préciser et à résumer sa pensée, il prononça :

— Possesseur du secret, le capitaine des gardes commence par en livrer des parcelles dans le journal que retrouve son arrière-petit-fils. Puis le silence. Le mot de l'énigme, il ne le donne pas. Pourquoi ? Parce que la tentation d'user du secret s'infiltre peu à peu en lui, et qu'il y succombe. La preuve ? Son assassinat. La preuve ? Le magnifique joyau découvert sur lui et que, indubitablement, il avait tiré de tel trésor royal dont la cachette, inconnue de tous, constitue précisément le mystère de l'Aiguille creuse. Lupin me l'a laissé entendre : Lupin ne mentait pas.

— De sorte, Beautrelet, que vous concluez ?

— Je conclus qu'il faut faire autour de cette histoire le plus de publicité possible, et qu'on sache par tous les journaux que nous recherchons un livre intitulé le *Traité de l'Aiguille*. Peut-être le dénichera-t-on au fond de quelque bibliothèque de province.

Tout de suite la note fut rédigée, et tout de suite, sans même attendre qu'elle pût produire un résultat, Beautrelet se mit à l'œuvre.

Un commencement de piste se présentait : l'assassinat avait eu lieu aux environs de Gaillon. Le jour même il se rendit dans cette ville. Certes, il n'espérait point reconstituer un crime perpétré deux cents ans auparavant. Mais, tout de même, il est certains forfaits qui laissent des traces dans les souvenirs, dans les traditions des pays. Les chroniques locales les recueillent. Un jour, tel érudit de province, tel amateur de vieilles légendes, tel évocateur des petits incidents de la vie passée, en fait l'objet d'un article de journal ou d'une communication à l'Académie de son chef-lieu.

Il en vit trois ou quatre de ces érudits. Avec l'un d'eux, surtout, un vieux notaire, il fureta, il compulsa les registres de la prison, les registres des anciens bailliages et des paroisses. Aucune notice ne faisait allusion à l'assassinat d'un capitaine des gardes, au XVIIe siècle.

Il ne se découragea pas et continua ses recherches à Paris, où peut-être avait eu lieu l'instruction de l'affaire. Ses efforts n'aboutirent pas.

Mais l'idée d'une autre piste le lança dans une direction nouvelle. Était-il impossible de connaître le nom de ce capitaine des gardes dont le petit-fils émigra, et dont l'arrière-petit-fils servit les armées de la République, en fut détaché au Temple pendant la détention de la famille royale ?

À force de patience, il finit par établir une liste où deux noms tout au moins offraient une similitude presque complète M. de Larbeyrie, sous Louis XIV, le citoyen Larbrie, sous la Terreur.

C'était déjà un point important. Il le précisa par un entrefilet qu'il communiqua aux journaux, demandant si on pouvait lui fournir des renseignements sur ce Larbeyrie ou sur ses descendants.

Ce fut M. Massiban, le Massiban de la brochure, le membre de l'Institut, qui lui répondit.

« Monsieur,

Je vous signale un passage de Voltaire, que j'ai relevé dans son manuscrit du *Siècle de Louis XIV* (chapitre XXV, particularités et anecdotes du règne). Le passage a été supprimé dans les diverses éditions.

« J'ai entendu conter à feu M. de Caumartin, intendant des Finances et ami du ministre Chamillard, que le roi partit un jour précipitamment dans son carrosse à la nouvelle que M. de Larbeyrie avait été assassiné et dépouillé de magnifiques bijoux. Il semblait dans une émotion très grande et répétait : « Tout est perdu… tout est perdu… » L'année suivante, le fils de ce Larbeyrie et sa fille, qui avait épousé le marquis de Vélines, furent exilés dans leurs terres de Provence et de Bretagne. Il ne faut pas douter qu'il y ait là quelque particularité. »

« Il faut en douter d'autant moins, ajouterai-je à mon tour, que M. Chamillard, d'après Voltaire, *fut le dernier ministre qui eut l'étrange secret du Masque de fer.*

« Vous voyez, monsieur, le profit que l'on peut tirer de ce passage, et le lien évident qui s'établit entre les deux aventures. Je n'ose, quant à moi, imaginer des hypothèses trop précises sur la conduite, sur les soupçons, sur les appréhensions de Louis XIV en ces circonstances, mais n'est-il pas permis, d'autre part, puisque M. de Larbeyrie a laissé un fils qui fut probablement le grand-père du citoyen-officier Larbrie, et une fille, n'est-il pas permis de supposer qu'une partie des papiers laissés par Larbeyrie ait échu à la fille, et que, parmi ces papiers, se trouvait le fameux exemplaire que le capitaine des gardes sauva des flammes ?

« J'ai consulté l'annuaire des châteaux. Il y a aux environs de Rennes un baron de Vélines. Serait-ce un descendant du marquis ?

« À tout hasard, hier, j'ai écrit à ce baron pour lui demander s'il n'avait pas en sa possession un vieux petit livre, dont le titre mentionnerait ce mot de l'Aiguille. J'attends sa réponse.

« J'aurais la plus grande satisfaction à parler de toutes ces choses avec vous. Si cela ne vous dérange pas trop, venez me voir. Agréez, monsieur, etc., etc.

« *P.S.* — Bien entendu, je ne communique pas aux journaux ces petites découvertes. Maintenant que vous approchez du but, la discrétion est de rigueur. »

C'était absolument l'avis de Beautrelet. Il alla même plus loin : deux journalistes le harcelant ce matin-là, il leur donna les informations les plus fantaisistes sur son état d'esprit et sur ses projets.

L'après-midi il courut en hâte chez Massiban, qui habitait au numéro 17 du quai Voltaire. À sa grande surprise, il apprit que Massiban venait de partir à l'improviste, lui laissant un mot au cas où il se présenterait.

Isidore décacheta et lut :

« Je reçois une dépêche qui me donne quelque espérance. Je pars donc et coucherai à Rennes. Vous pourriez prendre le train du soir et, sans vous arrêter à Rennes, continuer jusqu'à la petite station de Vélines. Nous nous retrouverions au château, situé à quatre kilomètres de cette station. »

Le programme plut à Beautrelet et surtout l'idée qu'il arriverait au château en même temps que Massiban, car il redoutait quelque gaffe de la part de cet homme inexpérimenté.

Il rentra chez son ami et passa le reste de la journée avec lui. Le soir il prenait l'express de Bretagne. À six heures il débarquait à Vélines.

Il fit à pied, entre des bois touffus, les quatre kilomètres de route. De loin, il aperçut sur une hauteur un long manoir, construction assez hybride, mêlée de Renaissance et de Louis-Philippe, mais ayant grand air tout de même avec ses quatre tourelles et son pont-levis emmailloté de lierre.

Isidore sentait son cœur battre en approchant. Touchait-il réellement au terme de sa course ? Le château contenait-il la clef du mystère ?

Il n'était pas sans crainte. Tout cela lui semblait trop beau, et il se demandait si, cette fois encore, il n'obéissait pas à un plan infernal, combiné par Lupin, si Massiban n'était pas, par exemple, un instrument entre les mains de son ennemi.

Il éclata de rire.

— Allons, je deviens comique. On croirait vraiment que Lupin est un monsieur infaillible qui prévoit tout, une sorte de dieu tout-puissant, contre lequel il n'y a rien à faire. Que diable ! Lupin se trompe, Lupin, lui aussi, est à la merci des circonstances, Lupin fait des fautes, et c'est justement grâce à la faute qu'il a faite en perdant le document, que je commence à prendre barre sur lui. Tout découle de là. Et ses efforts, en somme, ne servent qu'à réparer la faute commise.

Et joyeusement, plein de confiance, Beautrelet sonna.

— Monsieur désire ? dit un domestique apparaissant sur le seuil.

— Le baron de Vélines peut-il me recevoir ?

Et il tendit sa carte.

— Monsieur le baron n'est pas encore levé, mais si monsieur veut l'attendre.

— Est-ce qu'il n'y a pas déjà quelqu'un qui l'a demandé, un monsieur à barbe blanche, un peu voûté ? fit Beautrelet qui connaissait Massiban par les photographies que les journaux avaient données.

— Oui, ce monsieur est arrivé il y a dix minutes, je l'ai introduit dans le parloir. Si Monsieur veut bien me suivre également…

L'entrevue de Massiban et de Beautrelet fut tout à fait cordiale. Isidore remercia le vieillard des renseignements de premier ordre qu'il lui devait, et Massiban lui exprima son admiration de la façon la plus chaleureuse. Puis ils échangèrent leurs impressions sur le document, sur les chances qu'ils avaient de découvrir le livre, et Massiban répéta ce qu'il avait appris, relativement à M. de Vélines. Le baron était un homme de soixante ans qui, veuf depuis de longues années, vivait très retiré avec sa fille, Gabrielle de Villemon, laquelle venait d'être cruellement frappée par la perte de son mari et de son fils aîné, morts des suites d'un accident d'auto.

— M. le baron fait prier ces messieurs de vouloir bien monter.

Le domestique les conduisit au premier étage, dans une vaste pièce aux murs nus, et simplement meublée de secrétaires, de casiers et de tables couvertes de papiers et de registres.

Le baron les accueillit avec beaucoup d'affabilité et ce grand besoin de parler qu'ont souvent les personnes trop solitaires. Ils eurent beaucoup de mal à exposer l'objet de leur visite.

— Ah ! oui, je sais, vous m'avez écrit à ce propos, monsieur Massiban. Il s'agit, n'est-ce pas, d'un livre où il est question d'une Aiguille, et qui me viendrait d'un ancêtre ?

— En effet.

— Je vous dirai que mes ancêtres et moi nous sommes brouillés. On avait de drôles d'idées en ce temps-là. Moi, je suis de mon époque. J'ai rompu avec le passé.

— Oui, objecta Beautrelet, impatienté, mais n'avez-vous aucun souvenir d'avoir vu ce livre ?...

— Mais si ! je vous l'ai télégraphié, s'écria-t-il en s'adressant à Massiban, qui, agacé, allait et venait dans la pièce et regardait par les autres fenêtres, mais si !... ou du moins il semblait à ma fille qu'elle avait vu ce titre parmi les quelques milliers de bouquins qui encombrent la bibliothèque. Car, pour moi, messieurs, la lecture... Je ne lis même pas les journaux... Ma fille quelquefois, et encore ! pourvu que son petit Georges, le fils qui lui reste, se porte bien ! et pourvu, moi, que mes fermages rentrent, que mes baux soient en règle !... Vous voyez mes registres... je vis là-dedans, messieurs... et j'avoue que j'ignore absolument le premier mot de cette histoire, dont vous m'avez entretenu par lettre, monsieur Massiban...

Isidore Beautrelet, horripilé par ce bavardage, l'interrompit brusquement :

— Pardon, Monsieur, mais alors ce livre...

— Ma fille l'a cherché. Elle le cherche depuis hier.

— Eh bien ?

— Eh bien elle l'a retrouvé, elle l'a retrouvé il y a une heure ou deux. Quand vous êtes arrivés...

— Et où est-il ?

— Où il est ? Mais elle l'a posé sur cette table... tenez... là-bas...

Isidore bondit. Au bout de la table, sur un fouillis de paperasses, il y avait un petit livre recouvert de maroquin rouge. Il y appliqua son poing violemment, comme s'il défendait que personne au monde y touchât... et un peu aussi comme si lui-même n'osait le prendre.

— Eh bien, s'écria Massiban, tout ému.

— Je l'ai... le voilà... maintenant, ça y est...

— Mais le titre... êtes-vous sûr !

— Eh parbleu ! tenez.

Il montra les lettres d'or gravées dans le maroquin « Le mystère de l'Aiguille creuse ».

— Êtes-vous convaincu ? Sommes-nous enfin les maîtres du secret ?

— La première page... Qu'y a-t-il en première page ?

— Lisez : « *Toute la vérité dénoncée pour la première fois. — Cent exemplaires imprimés par moi-même et pour l'instruction de la Cour.* »

— C'est cela, c'est cela, murmura Massiban, la voix altérée, c'est l'exemplaire arraché aux flammes C'est le livre même que Louis XIV a condamné.

Ils le feuilletèrent. La première moitié racontait les explications données par le capitaine de Larbeyrie dans son journal.

— Passons, passons, dit Beautrelet qui avait hâte d'arriver à la solution.

— Comment, passons ! Mais pas du tout. Nous savons déjà que l'homme au Masque de fer fut emprisonné parce qu'il connaissait et voulait divulguer le secret de la maison royale de France ! Mais comment le connaissait-il ? Et pourquoi voulait-il le divulguer ? Enfin, quel est cet étrange personnage ? Un demi-frère de Louis XIV, comme l'a prétendu Voltaire, ou le ministre italien Mattioli, comme l'affirme la critique moderne ? Bigre ! ce sont là des questions d'un intérêt primordial !

— Plus tard ! plus tard ! protesta Beautrelet, comme s'il avait peur que le livre ne s'envolât de ses mains avant qu'il ne connût l'énigme.

— Mais, objecta Massiban, que passionnaient ces détails historiques...

— Nous avons le temps... après... Voyons d'abord l'explication.

Soudain Beautrelet s'interrompit. Le document ! Au milieu d'une page, à gauche, ses yeux voyaient les cinq lignes mystérieuses de points et de chiffres. D'un regard il constata que le texte était identique à celui qu'il avait tant étudié. Même disposition des signes... mêmes intervalles permettant d'isoler le mot « demoiselles » et de déterminer séparément l'un de l'autre les deux termes de l'Aiguille creuse.

Une petite note précédait : « *Tous les renseignements nécessaires ont été réduits par le roi Louis XIII, paraît-il, en un petit tableau que je transcris ci-dessous.* »

Suivait le tableau.

Puis venait l'explication même du document.

Beautrelet lut d'une voix entrecoupée :

« *Comme on voit, ce tableau, alors même qu'on a changé les chiffres en voyelles, n'apporte aucune lumière. On peut dire que pour déchiffrer cette énigme, il faut d'abord la connaître. C'est tout au plus un fil qui est donné à ceux qui savent les sentiers du labyrinthe.*

« *Prenons ce fil et marchons, je vous guiderai.* »

« *La quatrième ligne d'abord. La quatrième ligne contient les mesures et les indications. En se conformant aux indications et en relevant les mesures inscrites, on arrive inévitablement au but, à condition, bien entendu, de savoir où l'on est et où l'on va, en un mot d'être éclairé sur le sens réel de l'Aiguille creuse. C'est ce que l'on peut apprendre par les trois premières lignes. La première est ainsi conçue de me venger du roi, je l'avais prévenu d'ailleurs...* »

Beautrelet s'arrêta, interloqué.

— Quoi ? Qu'y a-t-il ? fit Massiban.

— Le sens n'y est plus.

— En effet, reprit Massiban. « *La première est ainsi conçue de me venger du roi...* » Qu'est-ce que cela veut dire ?

— Nom de nom ! hurla Beautrelet.

— Eh bien ?

— Déchirées ! Deux pages ! les pages suivantes !... Regardez les traces !...

Il tremblait, tout secoué de rage et de déception. Massiban se pencha :

— C'est vrai... il reste les brides de deux pages, comme des onglets. Les traces semblent assez fraîches. Ça n'a pas été coupé, mais arraché... arraché violemment... Tenez, toutes les pages de la fin portent des marques de froissement.

— Mais qui ? qui ? gémissait Isidore, en se tordant les poings... un domestique ? un complice ?

— Cela peut remonter tout de même à quelques mois, observa Massiban.

— Quand même... quand même... il faut que quelqu'un ait déniché, ait pris ce livre... Voyons, vous, Monsieur, s'écria Beautrelet, apostrophant le baron, vous ne savez rien ?... vous ne soupçonnez personne ?

— Nous pourrions interroger ma fille.

— Oui... oui... c'est cela... peut-être saura-t-elle...

M. de Vélines sonna son valet de chambre. Quelques minutes après, Mme de Villemon entrait. C'était une femme jeune, à la physionomie douloureuse et résignée. Tout de suite, Beautrelet lui demanda :

— Vous avez trouvé ce livre en haut, madame, dans la bibliothèque ?

— Oui, dans un paquet de volumes, qui n'était pas déficelé.

— Et vous l'avez lu ?

— Oui, hier soir.

— Quand vous l'avez lu, les deux pages qui sont là manquaient-elles ? Rappelez-vous bien, les deux pages qui suivent ce tableau de chiffres et de points ?

— Mais non, mais non, dit-elle très étonnée, il ne manquait aucune page.

— Cependant, on a déchiré...

— Mais le livre n'a pas quitté ma chambre cette nuit.

— Ce matin ?

— Ce matin, je l'ai descendu moi-même ici quand on a annoncé l'arrivée de M. Massiban.

— Alors ?

— Alors, je ne comprends pas... à moins que... mais non...

— Quoi ?

— Georges... mon fils... ce matin... Georges a joué avec ce livre.

Elle sortit précipitamment, accompagnée de Beautrelet, de Massiban et du baron. L'enfant n'était pas dans sa chambre. On le chercha de tous côtés. Enfin, on le trouva qui jouait derrière le château. Mais ces trois personnes semblaient si agitées, et on lui demandait des comptes avec tant d'autorité, qu'il se mit à pousser des hurlements.

Tout le monde courait à droite, à gauche. On questionnait les domestiques. C'était un tumulte indescriptible.

Et Beautrelet avait l'impression effroyable que la vérité se retirait de lui comme de l'eau qui filtre à travers les doigts.

Il fit un effort pour se ressaisir, prit le bras de Mme de Villemon, et, suivi du baron et de Massiban, il la ramena dans le salon et lui dit :

— Le livre est incomplet, soit, deux pages sont arrachées... mais vous les avez lues, n'est-ce pas, madame ?

— Oui.

— Vous savez ce qu'elles contenaient ?
— Oui.
— Vous pourriez nous le répéter ?
— Parfaitement. J'ai lu tout le livre avec beaucoup de curiosité, mais ces deux pages surtout m'ont frappée, étant donné l'intérêt des révélations, un intérêt considérable.
— Eh bien, parlez, madame, parlez, je vous en supplie. Ces révélations sont d'une importance exceptionnelle. Parlez, je vous en prie, les minutes perdues ne se retrouvent pas. L'Aiguille creuse…
— Oh ! c'est bien simple, l'Aiguille creuse veut dire…
À ce moment un domestique entra.
— Une lettre pour madame…
— Tiens… mais le facteur est passé.
— C'est un gamin qui me l'a remise.
Mme de Villemon décacheta, lut, et porta la main à son cœur, toute prête à tomber, soudain livide et terrifiée. Le papier avait glissé à terre. Beautrelet le ramassa et, sans même s'excuser, il lut à son tour :
« *Taisez-vous… sinon votre fils ne se réveillera pas…* »
— Mon fils… mon fils… bégayait-elle, si faible qu'elle ne pouvait même pas aller au secours de celui qu'on menaçait.
Beautrelet la rassura. :
— Ce n'est pas sérieux… il y a là une plaisanterie… voyons, qui aurait intérêt ?
— À moins, insinua Massiban, que ce soit Arsène Lupin.
Beautrelet lui fit signe de se taire. Il le savait bien, parbleu, que l'ennemi était là, de nouveau, attentif et résolu à tout, et c'est pourquoi justement il voulait arracher à Mme de Villemon les mots suprêmes, si longtemps attendus, et les arracher sur-le-champ, à la minute même.
— Je vous en supplie, madame, remettez-vous… Nous sommes tous là… Il n'y a aucun péril…
Allait-elle parler ? Il le crut, il l'espéra. Elle balbutia quelques syllabes. Mais la porte s'ouvrit encore. La bonne, cette fois, entra. Elle semblait bouleversée.
— Monsieur Georges… Madame… monsieur Georges.
D'un coup, la mère retrouva toutes ses forces. Plus vite que tous, et poussée par un instinct qui ne trompait pas, elle dégringola les marches de l'escalier, traversa le vestibule et courut vers la terrasse. Là, sur un fauteuil le petit Georges était étendu, immobile.
— Eh bien quoi ! il dort !…
— Il s'est endormi subitement, madame, dit la bonne. J'ai voulu l'en empêcher, le porter dans sa chambre. Il dormait déjà, et ses mains… ses mains étaient froides.
— Froides ! balbutia la mère… oui, c'est vrai… ah ! mon Dieu, mon Dieu, *pourvu qu'il se réveille !*
Beautrelet glissa ses doigts dans une de ses poches, saisit la crosse de son revolver, de l'index agrippa la gâchette sortit brusquement l'arme, et fit feu sur Massiban.
D'avance, pour ainsi dire, comme s'il épiait les gestes du jeune homme, Massiban avait esquivé le coup. Mais déjà Beautrelet s'était élancé sur lui en criant aux domestiques :
— À moi ! c'est Lupin !…
Sous la violence du choc, Massiban fut renversé sur un des fauteuils d'osier.
Au bout de sept ou huit secondes, il se releva, laissant Beautrelet étourdi, suffoquant et tenant dans ses mains le revolver du jeune homme.
— Bien… parfait… ne bouge pas… t'en as pour deux ou trois minutes… pas davantage… Mais vrai, t'as mis le temps à me reconnaître. Faut-il que je lui aie bien pris sa tête, au Massiban ?…
Il se redressa, et d'aplomb maintenant sur ses jambes, le torse solide, l'attitude redoutable, il ricana en regardant les trois domestiques pétrifiés et le baron ahuri.
— Isidore, t'as fait une boulette. Si tu ne leur avais pas dit que j'étais Lupin, ils me sautaient dessus. Et des gaillards comme ceux-là, bigre, que serais-je devenu, mon Dieu ! Un contre quatre !
Il s'approcha d'eux :
— Allons, mes enfants, n'ayez pas peur… je ne vous ferai pas de bobo… tenez, voulez-vous un bout de sucre d'orge ? Ça vous remontera. Ah ! toi, par exemple, tu vas me rendre mon billet de cent francs. Oui, oui, je te reconnais. C'est toi que j'ai payé tout à l'heure pour porter la lettre à ta maîtresse… Allons, vite, mauvais serviteur…

Il prit le billet bleu que lui tendit le domestique et le déchira en petits morceaux.

— L'argent de la trahison... ça me brûle les doigts.

Il enleva son chapeau et s'inclinant très bas devant Mme e Villemon :

— Me pardonnez-vous, Madame ? Les hasards de la vie, — de la mienne surtout, — obligent souvent à des cruautés dont je suis le premier à rougir. Mais soyez sans crainte pour votre fils, c'est une simple piqûre, une petite piqûre au bras que je lui ai faite, pendant qu'on l'interrogeait. Dans une heure, tout au plus, il n'y paraîtra pas... Encore une fois, toutes mes excuses. Mais j'ai besoin de votre silence.

Il salua de nouveau, remercia M. de Vélines de son aimable hospitalité, prit sa canne, alluma une cigarette, en offrit une au baron, donna un coup de chapeau circulaire, cria d'un petit ton protecteur à Beautrelet :

— Adieu, bébé !

et s'en alla tranquillement en lançant des bouffées de cigarette dans le nez des domestiques...

Beautrelet attendit quelques minutes. Mme de Villemon, plus calme, veillait son fils. Il s'avança vers elle dans le but de lui adresser un dernier appel. Leurs yeux se croisèrent. Il ne dit rien. Il avait compris que jamais, maintenant, quoi qu'il arrivât, elle ne parlerait. Là encore, dans ce cerveau de mère, le secret de l'Aiguille creuse était enseveli aussi profondément que dans les ténèbres du passé.

Alors il renonça et partit.

Il était dix heures et demie. Il y avait un train à onze heures cinquante. Lentement il suivit l'allée du parc et s'engagea sur le chemin qui le menait à la gare.

— Eh bien, qu'en dis-tu, de celle-là ?

C'était Massiban, ou plutôt Lupin, qui surgissait du bois contigu à la route.

— Est-ce bien combiné ? Est-ce que ton vieux camarade sait danser sur la corde raide ? Je suis sûr que t'en reviens pas, hein ? et que tu te demandes si le nommé Massiban, membre de l'Académie des Inscriptions et Belles-Lettres, a jamais existé ? Mais oui, il existe. On te le fera voir même, si t'es sage. Mais d'abord, que je te rende ton revolver... Tu regardes s'il est chargé ? Parfaitement, mon petit. Cinq balles qui restent, dont une seule suffirait à m'envoyer *ad patres*... Eh bien, tu le mets dans ta poche ?... À la bonne heure... J'aime mieux ça que ce que tu as fait là-bas... Vilain ton petit geste ! Mais, quoi, on est jeune, on s'aperçoit tout à coup, — un éclair ! — qu'on a été roulé une fois de plus par ce sacré Lupin, et qu'il est là devant vous à trois pas... pfffft, on tire... Je ne t'en veux pas, va... La preuve c'est que je t'invite à prendre place dans ma cent chevaux. Ça colle ?

Il mit ses doigts dans sa bouche et siffla.

Le contraste était délicieux entre l'apparence vénérable du vieux Massiban, et la gaminerie de gestes et d'accent que Lupin affectait, Beautrelet ne put s'empêcher de rire.

— Il a ri ! il a ri ! s'écria Lupin en sautant de joie. Vois-tu, ce qui te manque, bébé, c'est le sourire... tu es un peu grave pour ton âge... Tu es très sympathique, tu as un grand charme de naïveté et de simplicité... mais vrai, t'as pas le sourire.

Il se planta devant lui.

— Tiens, j'parie que je vais te faire pleurer. Sais-tu comment j'ai suivi ton enquête ? comment j'ai connu la lettre que Massiban t'a écrite et le rendez-vous qu'il avait pris pour ce matin au château de Vélines ? Par les bavardages de ton ami, celui chez qui tu habites... Tu te confies à cet imbécile-là, et il n'a rien de plus pressé que de tout confier à sa petite amie... Et sa petite amie n'a pas de secrets pour Lupin. Qu'est-ce que je te disais ? Te voilà tout chose... Tes yeux se mouillent... l'amitié trahie, hein ? ça te chagrine... Tiens, tu es délicieux, mon petit... Pour un rien je t'embrasserais... tu as toujours des regards étonnés qui me vont droit au cœur... Je me rappellerai toujours, l'autre soir, à Gaillon, quand tu m'as consulté... Mais oui, c'était moi, le vieux notaire... Mais ris donc, gosse... Vrai, je te répète, t'as pas le sourire. Tiens, tu manques... comment dirais-je ? tu manques de « primesaut ». Moi, j'ai le « primesaut ».

On entendait le halètement d'un moteur tout proche. Lupin saisit brusquement le bras de Beautrelet et, d'un ton froid, les yeux dans les yeux :

— Tu vas te tenir tranquille maintenant, hein ? tu vois bien qu'il n'y a rien à faire. Alors à quoi bon user tes forces et perdre ton temps ? Il y a assez de bandits dans le monde... Cours après, et lâche-moi... sinon... C'est convenu, n'est-ce pas ?

Il le secouait pour lui imposer sa volonté. Puis il ricana :

— Imbécile que je suis ! Toi me ficher la paix ? T'es pas de ceux qui flanchent... Ah ! je ne sais pas ce qui me retient... En deux temps et trois mouvements, tu serais ficelé, bâillonné... et dans deux heures, à l'ombre pour quelques mois… Et je pourrais me tourner les pouces en toute sécurité, me retirer dans la paisible retraite que m'ont préparée mes aïeux, les rois de France, et jouir des trésors qu'ils ont eu la gentillesse d'accumuler pour moi… Mais non, il est dit que je ferai la gaffe jusqu'au bout… Qu'est-ce que tu veux ? on a ses faiblesses… Et j'en ai une pour toi… Et puis quoi, c'est pas encore fait. D'ici à ce que tu aies mis le doigt dans le creux de l'Aiguille, il passera de l'eau sous le pont… Que diable ! Il m'a fallu dix jours à moi, Lupin. Il te faudra bien dix ans. Il y a de l'espace, tout de même, entre nous deux.

L'automobile arrivait, une immense voiture à carrosserie fermée. Il ouvrit la portière, Beautrelet poussa un cri. Dans la limousine il y avait un homme, et cet homme c'était Lupin ou plutôt Massiban.

Il éclata de rire, comprenant tout à coup. Lupin lui dit :

— Te retiens pas, il dort bien. Je t'avais promis que tu le verrais. Tu t'expliques maintenant les choses ? Vers minuit, je savais votre rendez-vous au château. À sept heures du matin, j'étais là. Quand Massiban est passé, je n'ai eu qu'à le cueillir… Et puis, une petite piqûre… ça y était ! Dors, mon bonhomme… On va te déposer sur le talus… En plein soleil, pour n'avoir pas froid… Allons-y… bien… parfait… À merveille… Et notre chapeau à la main !.. un p'tit sou, s'il vous plaît… Ah ! mon vieux Massiban, tu t'occupes de Lupin !

C'était vraiment d'une bouffonnerie énorme que de voir l'un en face de l'autre les deux Massiban, l'un endormi et branlant la tête, l'autre sérieux, plein d'attentions et de respect.

— Ayez pitié d'un pauvre aveugle… Tiens, Massiban, voilà deux sous et ma carte de visite… Et maintenant, les enfants, filons en quatrième vitesse… Tu entends, le mécano, du 120 à l'heure. En voiture, Isidore… Il y a séance plénière de l'Institut aujourd'hui, et Massiban doit lire, à trois heures et demie, un petit mémoire sur je ne sais pas quoi. Eh bien, il le leur lira, son petit mémoire. Je vais leur servir un Massiban complet, plus vrai que le vrai, avec mes idées à moi sur les inscriptions lacustres. Pour une fois où je suis de l'Institut. Plus vite, mécano, nous ne faisons que du 115… T'as peur, t'oublie donc que t'es avec Lupin ?… Ah ! Isidore, et l'on ose dire que la vie est monotone, mais la vie est une chose adorable, mon petit, seulement, il faut savoir… et moi, je sais… Si tu crois que c'était pas à crever de joie tout à l'heure, au château, quand tu bavardais avec le vieux Vélines et que moi, collé contre la fenêtre, je déchirais les pages du livre historique ! Et après, quand t'interrogeais la dame de Villemon sur l'Aiguille creuse ! Allait-elle parler ? Oui, elle parlerait… non, elle ne parlerait pas… oui… non… J'en avais la chair de poule… Si elle parlait, c'était ma vie à refaire, tout l'échafaudage détruit… Le domestique arriverait-il à temps ? Oui… non… le voilà… Mais Beautrelet va me démasquer ? Jamais ! trop gourde ! Si… non… voilà, ça y est… non, ça y est pas… si… il me reluque… ça y est… il va prendre son revolver… Ah ! quelle volupté !… Isidore, tu parles trop… Dormons, veux-tu ? Moi, je tombe de sommeil… bonsoir…

Beautrelet le regarda. Il semblait presque dormir déjà. Il dormait.

L'automobile, lancée à travers l'espace, se ruait vers un horizon sans cesse atteint et toujours fuyant. Il n'y avait plus ni villes, ni villages, ni champs, ni forêts, rien que de l'espace, de l'espace dévoré, englouti.

Longtemps Beautrelet regarda son compagnon de voyage avec une curiosité ardente, et aussi avec le désir de pénétrer, à travers le masque qui la couvrait, jusqu'à sa réelle physionomie. Et il songeait aux circonstances qui les enfermaient ainsi l'un près de l'autre dans l'intimité de cette automobile.

Mais, après les émotions et les déceptions de cette matinée, fatigué à son tour, il s'endormit.

Quand il se réveilla, Lupin lisait. Beautrelet se pencha pour voir le titre du livre. C'était *Les Lettres à Lucilius*, de Sénèque le philosophe.

DE CESAR A LUPIN

QUE *diable ! Il m'a fallu dix jours, à moi Lupin… il te faudra bien dix ans !* »

Cette phrase, prononcée par Lupin au sortir du château de Vélines, eut une influence considérable sur la conduite de Beautrelet.

Très calme au fond et toujours maître de lui, Lupin avait néanmoins de ces moments d'exaltation, de ces expansions un peu romantiques, théâtrales à la fois et bon enfant, où il lui échappait certains aveux, certaines paroles dont un garçon comme Beautrelet pouvait tirer profit.

À tort ou à raison, Beautrelet croyait voir dans cette phrase un de ces aveux involontaires. Il était en droit de conclure que, si Lupin mettait en parallèle ses efforts et les siens dans la poursuite de la vérité sur l'Aiguille creuse, c'est que tous deux possédaient des moyens identiques pour arriver au but, c'est que lui, Lupin, n'avait pas eu des éléments de réussite différents de ceux que possédait son adversaire. Les chances étaient les mêmes. Or, avec ces mêmes chances, avec ces mêmes éléments de réussite, il avait suffi à Lupin de dix jours.

Quels étaient ces éléments, ces moyens et ces chances ? Cela se réduisait en définitive à la connaissance de la brochure publiée en 1815, brochure que Lupin avait sans doute, comme Massiban, trouvée par hasard, et grâce à laquelle il était arrivé à découvrir, dans le missel de Marie-Antoinette, l'indispensable document.

Donc, la brochure et le document, voilà les deux seules bases sur lesquelles Lupin s'était appuyé. Avec cela, il avait reconstruit tout l'édifice. Pas de secours étrangers. L'étude de la brochure et l'étude du document, un point, c'est tout.

Eh bien ! Beautrelet ne pouvait-il se cantonner sur le même terrain ? À quoi bon une lutte impossible ? À quoi bon ces vaines enquêtes où il était sûr, si tant est qu'il évitât les embûches multipliées sous ses pas, de parvenir, en fin de compte, au plus pitoyable des résultats ?

Sa décision fut nette et immédiate, et, tout en s'y conformant, il avait l'intuition heureuse qu'il était sur la bonne voie. Tout d'abord il quitta sans inutiles récriminations son camarade de Janson de Sailly, et, prenant sa valise, il alla s'installer après beaucoup de tours et de détours dans un petit hôtel situé au centre même de Paris. De cet hôtel il ne sortit point pendant des journées entières. Tout au plus mangeait-il à la table d'hôte. Le reste du temps, enfermé à clef, les rideaux de la chambre hermétiquement clos, il songeait.

« Dix jours », avait dit Arsène Lupin. Beautrelet s'efforçant d'oublier tout ce qu'il avait fait et de ne se rappeler que les éléments de la brochure et du document, ambitionnait ardemment de rester dans les limites de ces dix jours. Le dixième cependant passa, et le onzième et le douzième, mais le treizième jour une lueur se fit en son cerveau, et très vite, avec la rapidité déconcertante de ces idées qui se développent en nous comme des plantes miraculeuses, la vérité surgit, s'épanouit, se fortifia. Le soir de ce treizième jour, il ne savait certes pas le mot du problème, mais il connaissait en toute certitude une des méthodes qui pouvaient en provoquer la découverte, la méthode féconde que Lupin sans aucun doute avait utilisée.

Méthode fort simple et qui découlait de cette unique question : existe-t-il un lien entre tous les événements historiques, plus ou moins importants, auxquels la brochure rattache le mystère de l'Aiguille creuse ?

La diversité des événements rendait la réponse difficile. Cependant, de l'examen approfondi auquel se livra Beautrelet, il finit par se dégager un caractère essentiel à tous ces événements. Tous, sans exception, se passaient dans les limites de l'ancienne Neustrie, lesquelles correspondent à peu près à l'actuelle Normandie. Tous les héros de la fantastique aventure sont Normands, ou le deviennent, ou agissent en pays normand.

Quelle passionnante chevauchée à travers les âges Quel émouvant spectacle que celui que tous, ces barons, ducs et rois, partant de points si opposés et se donnant rendez-vous en ce coin du monde !

Au hasard, Beautrelet feuilleta l'histoire. C'est Roll, ou Rollon, premier duc *normand*, qui est maître du secret de l'Aiguille après le traité de Saint-Clair-sur-Epte !

C'est Guillaume le Conquérant, duc de *Normandie*, roi d'Angleterre, dont l'étendard est percé à la façon d'une aiguille !

C'est à *Rouen* que les Anglais brûlent Jeanne d'Arc, maîtresse du secret !

Et tout à l'origine de l'aventure, qu'est-ce que ce chef des Calètes qui paye sa rançon à César avec le secret de l'Aiguille, sinon le chef des hommes du pays de Caux, du pays de Caux situé au cœur même de la *Normandie* ?

L'hypothèse se précise. Le champ se rétrécit. Rouen, les rives de la Seine, le pays de Caux… il semble vraiment que toutes les routes convergent de ce côté. Si l'on cite plus particulièrement deux rois de France, maintenant que le secret, perdu pour les ducs de Normandie et pour leurs héritiers les rois d'Angleterre, est devenu le secret royal de la France, c'est Henri IV, Henri IV qui fit le siège de Rouen et gagna la bataille d'Arques, aux portes de Dieppe. Et c'est François Ier, François Ier qui fonda Le Havre et prononça cette phrase révélatrice : « Les rois de France portent des secrets qui règlent souvent le sort des villes ! »

Rouen, Dieppe, Le Havre… les trois sommets du triangle, les trois grandes villes qui occupent les trois pointes. Au centre, le pays de Caux.

Le XVIIe siècle arrive. Louis XIV brûle le livre où l'inconnu révèle la vérité. Le capitaine de Larbeyrie s'empare d'un exemplaire, profite du secret qu'il a violé, dérobe un certain nombre de bijoux et, surpris par des voleurs de grand chemin, meurt assassiné. Or, quel est le lieu où se produit le guet-apens ? Gaillon ! Gaillon, petite ville située sur la route qui mène du Havre, de Rouen ou de Dieppe à Paris.

Un an après, Louis XIV achète un domaine et construit le château de l'Aiguille. Quel emplacement choisit-il ? Le centre de la France. De la sorte les curieux sont dépistés. On ne cherche pas en Normandie.

Rouen… Dieppe… Le Havre… Le triangle cauchois… Tout est là… D'un côté la mer. D'un autre la Seine. D'un autre, les deux vallées qui conduisent de Rouen à Dieppe.

Un éclair illumina l'esprit de Beautrelet. Cet espace de terrain, cette contrée des hauts plateaux qui vont des falaises de la Seine aux falaises de la Manche, c'était toujours, presque toujours là, le champ même d'opérations où évoluait Lupin.

Depuis dix ans, c'était précisément cette région qu'il mettait en coupe réglée, comme s'il avait eu son repaire au centre même du pays où se rattachait le plus étroitement la légende de l'Aiguille creuse.

L'affaire du baron de Cahorn[1] ? Sur les bords de la Seine, entre Rouen et Le Havre.

L'affaire de Thibermesnil[2] ? À l'autre extrémité du plateau, entre Rouen et Dieppe.

Les cambriolages de Gruchet, de Montigny, de Crasville ? En plein pays de Caux.

Où Lupin se rendait-il quand il fut attaqué et ligoté dans son compartiment par Pierre Onfrey, l'assassin de la rue Lafontaine ? À Rouen.

Où Herlock Sholmès, prisonnier de Lupin, fut-il embarqué ? Près du Havre.

Et tout le drame actuel, quel en fut le théâtre ? Ambrumésy, sur la route du Havre à Dieppe.

Rouen, Dieppe, Le Havre, toujours le triangle cauchois.

Donc, quelques années auparavant, Arsène Lupin, possesseur de la brochure et connaissant la cachette où Marie-Antoinette avait dissimulé le document, Arsène Lupin finissait par mettre la main sur le fameux livre d'heures. Possesseur du document, il partait en campagne, *trouvait*, et s'établissait là, en pays conquis.

Beautrelet partit en campagne.

Il partit avec une véritable émotion, en songeant à ce même voyage que Lupin avait effectué, à ces mêmes espoirs dont il avait dû palpiter quand il s'en allait ainsi à la découverte du formidable secret qui devait l'armer d'une telle puissance. Ses efforts à lui, Beautrelet, auraient-ils le même résultat victorieux ?

Il quitta Rouen de bonne heure, à pied, la figure très maquillée, et son sac au bout d'un bâton, sur le dos, comme un apprenti qui fait son tour de France.

Il alla droit à Duclair où il déjeuna. Au sortir de ce bourg, il suivit la Seine et ne la quitta pour ainsi dire plus. Son instinct, renforcé, d'ailleurs, par bien des présomptions, le ramenait toujours aux rives sinueuses du beau fleuve. Le château de Cahorn cambriolé, c'est par la Seine que filent les collections. La Chapelle-Dieu enlevée, c'est vers la Seine que sont convoyées les vieilles pierres sculptées. Il imaginait comme une flottille de péniches faisant le service régulier de Rouen au Havre et drainant les œuvres d'art et les richesses d'une contrée pour les expédier de là vers le pays des milliardaires.

— Je brûle… Je brûle !… murmurait le jeune homme, tout pantelant sous les coups de la vérité qui le heurtait par grands chocs successifs.

L'échec des premiers jours ne le découragea point. Il avait une foi profonde, inébranlable dans la justesse de l'hypothèse qui le dirigeait. Hardie, excessive, n'importe ! elle était digne de l'ennemi poursuivi. L'hypothèse valait la réalité prodigieuse qui avait nom Lupin. Avec cet homme-là, devait-on chercher en dehors de l'énorme, de l'exagéré, du surhumain ?

Jumièges, La Mailleraye, Saint-Wandrille, Caudebec, Tancarville, Quillebeuf, localités toutes pleines de son souvenir ! Que de fois il avait dû contempler la gloire de leurs clochers gothiques ou la splendeur de leurs vastes ruines !

Mais Le Havre, les environs du Havre attiraient Isidore comme les feux d'un phare.

« *Les rois de France portent des secrets qui règlent souvent le sort des villes.* »

Paroles obscures et tout à coup, pour Beautrelet, rayonnantes de clarté ! N'était-ce pas l'exacte déclaration des motifs qui avait décidé François Ier à créer une ville à cet endroit, et le sort du Havre de Grâce n'était-il pas lié au secret même de l'Aiguille ?

— C'est cela… c'est cela… balbutia Beautrelet avec ivresse… Le vieil estuaire normand, l'un des points essentiels, l'un des noyaux primitifs autour desquels s'est formée la nationalité française, le vieil estuaire se complète par ces deux forces, l'une en plein ciel, vivante, connue, port nouveau qui commande l'Océan et qui s'ouvre sur le monde ; l'autre ténébreuse, ignorée et d'autant plus inquiétante qu'elle est invisible et impalpable. Tout un côté de l'histoire de France et de la maison royale s'explique par l'Aiguille, de même que toute l'histoire de Lupin. Les mêmes ressources d'énergie et de pouvoir alimentent et renouvellent la fortune des rois et celle de l'aventurier.

De bourgade en bourgade, du fleuve à la mer, Beautrelet fureta, le nez au vent, l'oreille aux écoutes et tâchant d'arracher aux choses mêmes leur signification profonde. Était-ce ce coteau qu'il fallait interroger ?

Cette forêt ? Les maisons de ce village ? Était-ce parmi les paroles insignifiantes de ce paysan qu'il récolterait le petit mot révélateur ?

Un matin, il déjeunait dans une auberge, en vue d'Honfleur, antique cité de l'estuaire. En face de lui, mangeait un de ces maquignons normands, rouges et lourds, qui font les foires de la région, le fouet à la main, une longue blouse sur le dos. Au bout d'un instant, il parut à Beautrelet que cet homme le regardait avec une certaine attention, comme s'il le connaissait ou du moins comme s'il cherchait à le reconnaître.

— Bah ! pensa-t-il, je me trompe, je n'ai jamais vu ce marchand de chevaux et il ne m'a jamais vu.

En effet, l'homme sembla ne plus s'occuper de lui. Il alluma sa pipe, demanda du café et du cognac, fuma et but.

Son repas achevé, Beautrelet paya et se leva. Un groupe d'individus entrant au moment où il allait sortir, il dut rester debout quelques secondes auprès de la table où le maquignon était assis, et il l'entendit qui disait à voix basse :

— Bonjour, monsieur Beautrelet.

Isidore n'hésita pas. Il prit place auprès de l'homme et lui dit :

— Oui, c'est moi… mais vous qui êtes-vous ? Comment m'avez-vous reconnu ?

— Pas difficile… Et pourtant je n'ai jamais vu que votre portrait dans les journaux. Mais vous êtes si mal… comment dites-vous en français ?… si mal grimé.

Il avait un accent étranger très net, et Beautrelet crut discerner, en l'examinant, que lui aussi, il avait un masque qui altérait sa physionomie.

— Qui êtes-vous ? répéta-t-il… Qui êtes-vous ?

L'étranger sourit :

— Vous ne me reconnaissez pas ?

— Non. Je ne vous ai jamais vu.

— Pas plus que moi. Mais rappelez-vous… Moi aussi, on publie mon portrait dans les journaux… et souvent… Eh bien ! ça y est ?

— Non.

— Herlock Sholmès.

La rencontre était originale. Elle était significative aussi. Tout de suite le jeune homme en saisit la portée. Après un échange de compliments, il dit à Sholmès :

— Je suppose que si vous êtes ici… c'est à cause de lui ?

— Oui.

— Alors… alors… vous croyez que nous avons des chances… de ce côté…

— J'en suis sûr.

La joie que Beautrelet ressentit à constater que l'opinion de Sholmès coïncidait avec la sienne ne fut pas sans mélange. Si l'Anglais arrivait au but, c'était la victoire partagée et qui sait même s'il n'arriverait pas avant lui ?

— Vous avez des preuves ? des indices ?

— N'ayez pas peur, ricana l'Anglais, comprenant son inquiétude, je ne marche pas sur vos brisées. Vous, c'est le document, la brochure… des choses qui ne m'inspirent pas grande confiance.

— Et vous ?

— Moi, ce n'est pas cela.

— Est-il indiscret ?…

— Nullement. Vous vous rappelez l'histoire du diadème, l'histoire du duc de Charmerace[5] ?

— Oui.

— Vous n'avez pas oublié Victoire, la vieille nourrice de Lupin, celle que mon bon ami Ganimard a laissé échapper dans une fausse voiture cellulaire ?

— Non.

— J'ai retrouvé la piste de Victoire. Elle habite une ferme non loin de la route nationale n° 25. La route nationale n° 25, c'est la route du Havre à Lille. Par Victoire, j'irai facilement jusqu'à Lupin.

— Ce sera long.

— Qu'importe ! J'ai lâché toutes mes affaires. Il n'y a plus que celle-là qui compte. Entre Lupin et moi c'est une lutte… une lutte à mort.

Il prononça ces mots avec une sorte de sauvagerie où l'on sentait toute la rancœur des humiliations senties, toute une haine féroce contre le grand ennemi qui l'avait joué si cruellement.

— Allez-vous-en, murmura-t-il... on nous regarde... c'est dangereux... Mais rappelez-vous mes paroles : le jour où Lupin et moi nous serons l'un en face de l'autre, ce sera... ce sera tragique.

Beautrelet quitta Sholmès tout à fait rassuré : il n'y avait pas à craindre que l'Anglais le gagnât de vitesse.

Et quelle preuve encore lui apportait le hasard de cette entrevue ! La route du Havre à Lille passe par Dieppe. C'est la grande route côtière du pays de Caux ! La route maritime qui commande les falaises de la Manche ! Et c'est dans une ferme voisine de cette route que Victoire était installée. Victoire, c'est-à-dire Lupin, puisque l'un n'allait pas sans l'autre, le maître sans la servante, toujours aveuglément dévouée !

— Je brûle... Je brûle... se répétait le jeune homme... Dès que les circonstances m'apportent un élément nouveau d'information, c'est pour confirmer ma supposition. D'un côté, certitude absolue des bords de la Seine, de l'autre, certitude de la route nationale. Les deux voies de communication se rejoignent au Havre, la ville de François Ier, la ville du secret. Les limites se resserrent. Le pays de Caux n'est pas grand, et ce n'est encore que la partie occidentale du pays de Caux que je dois fouiller.

Il se remit à l'œuvre avec acharnement. « Ce que Lupin a trouvé, il n'y a aucune raison pour que je ne le trouve pas », ne cessait-il de dire en lui-même. Certes, Lupin devait avoir sur lui quelques gros avantages, peut-être la connaissance approfondie de la région, des données précises sur les légendes locales, moins que cela, un souvenir — avantage précieux, puisque lui, Beautrelet, ne savait rien, et qu'il ignorait totalement ce pays, l'ayant parcouru pour la première fois lors du cambriolage d'Ambrumésy, et rapidement, sans s'y attarder.

Mais qu'importe ! Dût-il consacrer dix ans de sa vie à cette enquête, il la mènerait à bout. Lupin était là. Il le voyait. Il le devinait. Il l'attendait à ce détour de route, à la lisière de ce bois, au sortir de ce village. Et chaque fois déçu, il semblait qu'il trouvât en chaque déception une raison plus forte de s'obstiner encore.

Souvent, il se jetait sur le talus de la route et s'enfonçait éperdument dans l'examen du document tel qu'il en portait toujours sur lui la copie, c'est-à-dire avec la substitution des voyelles aux chiffres :

```
e . a . a . . e . . e . . a    . a . .
a . . . e . e .        . e . o i . e . . e .
. o u . . e . o .    . e . . e . e . o . . e
   D DF ▭ 19 F+44 △ 357 △
a i . u i . . e          . . e u . e
```

Souvent aussi, selon son habitude, il se couchait à plat ventre dans l'herbe haute et songeait, des heures. Il avait le temps. L'avenir lui appartenait.

Avec une patience admirable, il allait de la Seine à la mer, et de la mer à la Seine, s'éloignant par degrés, revenant sur ses pas, et n'abandonnant le terrain que lorsqu'il n'y avait plus théoriquement aucune chance d'y puiser le moindre renseignement.

Il étudia, il scruta Montivilliers, Saint-Romain, Octeville et Gonneville, et Criquetot.

Il frappait le soir chez les paysans et leur demandait le gîte. Après dîner, on fumait ensemble et l'on devisait. Et il leur faisait raconter des histoires qu'ils se racontaient aux longues veillées d'hiver. Et toujours cette question sournoise :

— Et l'Aiguille ? La légende de l'Aiguille creuse... Vous ne la savez pas ?

— Ma foi, non... je ne vois pas ça...

— Cherchez bien... un conte de vieille bonne femme... quelque chose où il s'agit d'une aiguille... Une aiguille enchantée peut-être... que sais-je ?

Rien. Aucune légende, aucun souvenir. Et le lendemain, il repartait avec allégresse.

Un jour il passa par le joli village de Saint-Jouin qui domine la mer, et descendit parmi le chaos de rocs qui s'est éboulé de la falaise. Puis il remonta sur le plateau et s'en alla vers la valleuse de Bruneval, vers le cap d'Antifer, vers la petite crique de Belle-Plage. Il marchait gaiement et légèrement, un peu las, mais si heureux de vivre ! si heureux même qu'il oubliait Lupin et le mystère de l'Aiguille creuse, et Victoire, et Sholmès, et qu'il s'intéressait au spectacle des choses, au ciel bleu, à la grande mer d'émeraude, tout éblouissante de soleil.

Des talus rectilignes, des restes de murs en briques, où il crut reconnaître les vestiges d'un camp romain, l'intriguèrent. Puis il aperçut une espèce de petit castel, bâti à l'imitation d'un fort ancien, avec tourelles lézardées, hautes fenêtres gothiques, et qui était situé sur un promontoire déchiqueté, montueux, rocailleux, et presque détaché de la falaise. Une grille, flanquée de garde-fous et de broussailles de fer, en défendait l'étroit passage.

Non sans peine, Beautrelet réussit à le franchir. Au-dessus de la porte ogivale, que fermait une vieille serrure rouillée, il lut ces mots : *Fort de Fréfossé*. Il n'essaya pas d'entrer, et tournant à droite, il aborda, après avoir descendu une petite pente, un sentier qui courait sur une arête de terre munie d'une rampe en bois. Tout au bout, il y avait une grotte de proportions exiguës, formant comme une guérite à la pointe du roc où elle était creusée, un roc abrupt tombant dans la mer.

On pouvait tout juste tenir debout au centre de la grotte. Des multitudes d'inscriptions s'entrecroisaient sur ses murs. Un trou presque carré percé à même la pierre s'ouvrait en lucarne du côté de la terre, exactement en face au fort de Fréfossé dont on apercevait à trente ou quarante mètres la couronne crénelée.

Beautrelet jeta son sac et s'assit. La journée avait été lourde et fatigante. Il s'endormit un instant.

Le vent frais qui circulait dans la grotte l'éveilla.

Il resta quelques minutes immobile et distrait, les yeux vagues. Il essayait de réfléchir, de reprendre sa pensée encore engourdie. Et déjà, plus conscient, il allait se lever, quand il eut l'impression que ses yeux soudain fixes, soudain agrandis, regardaient…

Un frisson l'agita. Ses mains se crispèrent, et il sentit que des gouttes de sueur se formaient à la racine de ses cheveux.

— Non… non… balbutia-t-il… c'est un rêve, une hallucination… Voyons, serait-ce possible ?

Il s'agenouilla brusquement et se pencha.

Deux lettres énormes, d'un pied chacune peut-être, apparaissaient, gravées en relief dans le granit du sol.

Ces deux lettres, sculptées grossièrement, mais nettement, et dont l'usure des siècles avait arrondi les angles et patiné la surface, ces deux lettres, c'étaient un D et un F.

Un D et un F ! miracle bouleversant ! Un D et un F, précisément, deux lettres du document ! Les deux seules lettres du document ! Ah ! Beautrelet n'avait même pas besoin de le consulter pour évoquer ce groupe de lettres à la quatrième ligne, la ligne des mesures et des indications ! Il les connaissait bien ! Elles étaient inscrites à jamais au fond de ses prunelles, incrustées à jamais dans la substance même de son cerveau !

Il se releva, descendit le chemin escarpé, remonta le long de l'ancien fort, de nouveau s'accrocha, pour passer, aux piquants du garde-fou, et marcha rapidement vers un berger dont le troupeau paissait au long sur une ondulation du plateau.

— Cette grotte, là-bas… cette grotte…

Ses lèvres tremblaient et il cherchait des mots qu'il ne trouvait pas. Le berger le contemplait avec stupeur. Enfin il répéta :

— Oui, cette grotte… qui est là… à droite du fort… A-t-elle un nom ?

— Dame ! probable… Tous ceux d'Étretat disent comme ça que c'est les Demoiselles.

— Quoi ?… quoi ?… Que dites-vous ?

— Eh ben oui… la chambre des Demoiselles…

Isidore fut sur le point de lui sauter à la gorge, comme si toute la vérité résidait en cet homme, et qu'il espérât la lui prendre d'un coup, la lui arracher…

Les Demoiselles ! Un des mots, un des deux seuls mots connus du document !

Un vent de folie ébranla Beautrelet sur ses jambes. Et cela s'enflait autour de lui, soufflait comme une bourrasque impétueuse qui venait du large, qui venait de la terre, qui venait de toutes parts et le fouettait à grands coups de vérité…

Il comprenait ! Le document lui apparaissait avec son sens véritable ! La chambre des Demoiselles… Étretat…

— C'est cela… pensa-t-il, l'esprit envahi de lumière… ce ne peut être que cela. Mais comment ne l'ai-je pas deviné plus tôt ?

Il dit au berger, à voix basse :

— Bien… va-t'en… tu peux t'en aller… merci…

L'homme, interdit, siffla son chien et s'éloigna.

Une fois seul, Beautrelet retourna vers le fort. Il l'avait déjà presque dépassé, quand tout à coup il s'abattit à terre et resta blotti contre un pan de mur. Et il songeait en se tordant les mains :

— Suis-je fou ! Et s'*il* me voit ? Si ses complices me voient ? Depuis une heure, je vais… je viens…

Il ne bougea plus.

Le soleil s'était couché. La nuit peu à peu se mêlait au jour, estompant la silhouette des choses.

Alors, par menus gestes insensibles, à plat ventre, se glissant, rampant, il s'avança sur une des pointes du promontoire, jusqu'au bout extrême de la falaise.

Il y parvint. Du bout de ses mains étendues, il écarta des touffes d'herbe, et sa tête émergea au-dessus de l'abîme.

En face de lui, presque au niveau de la falaise, en pleine mer, se dressait un roc énorme, haut de plus de quatre-vingts mètres, obélisque colossal, d'aplomb sur sa large base de granit que l'on apercevait au ras de l'eau et s'effilait ensuite jusqu'au sommet, ainsi que la dent gigantesque d'un monstre marin. Blanc comme la falaise, d'un blanc-gris et sale, l'effroyable monolithe était strié de lignes horizontales marquées par du silex, et où l'on voyait le lent travail des siècles accumulant les unes sur les autres les couches calcaires et les couches de galets.

De place en place une fissure, une anfractuosité, et tout de suite, là, un peu de terre, de l'herbe, des feuilles.

Et tout cela puissant, solide, formidable, avec un air de chose indestructible contre quoi l'assaut furieux des vagues et des tempêtes ne pouvait prévaloir. Tout cela, définitif, immanent, grandiose malgré la grandeur du rempart de falaises qui le dominait, immense malgré l'immensité de l'espace où cela s'érigeait.

Les ongles de Beautrelet s'enfonçaient dans le sol comme les griffes d'une bête prête à bondir sur sa proie. Ses yeux pénétraient dans l'écorce rugueuse du roc, dans sa peau, lui semblait-il, dans sa chair. Il le touchait, il le palpait, il en prenait connaissance et possession. Il se l'assimilait...

L'horizon s'empourprait de tous les feux du soleil disparu, et de longs nuages embrasés, immobiles dans le ciel, formaient des paysages magnifiques, des lagunes irréelles, des plaines en flammes, des forêts d'or, des lacs de sang, toute une fantasmagorie ardente et paisible.

L'azur du ciel s'assombrit. Vénus rayonnait d'un éclat merveilleux, puis des étoiles s'allumèrent, timides encore.

Et Beautrelet, soudain, ferma les yeux et serra convulsivement contre son front ses bras repliés. Là-bas, — oh ! il pensa en mourir de joie, tellement l'émotion fut cruelle qui étreignit son cœur, — là-bas presque en haut de l'Aiguille d'Étretat, en dessous de la pointe extrême autour de laquelle voltigeaient des mouettes, un peu de fumée qui suintait d'une crevasse, ainsi que d'une cheminée invisible, un peu de fumée montait en lentes spirales dans l'air calme du crépuscule.

CHAPITRE IX
SESAME, OUVRE-TOI

L'AIGUILLE d'Étretat est creuse !

Phénomène naturel ? Excavation produite par des cataclysmes intérieurs ou par l'effort insensible de la mer qui bouillonne, de la pluie qui s'infiltre ? Ou bien œuvre surhumaine, exécutée par des humains, Gaulois, Celtes, hommes préhistoriques ?

Questions insolubles sans doute. Et qu'importait ? L'essentiel résidait en ceci : l'Aiguille était creuse.

À quarante ou cinquante mètres de cette arche imposante qu'on appelle la Porte d'Aval et qui s'élance du haut de la falaise, ainsi que la branche colossale d'un arbre, pour prendre racine dans les rocs sous-marins, s'érige un cône calcaire démesuré ; et ce cône n'est qu'un bonnet d'écorce pointu posé sur du vide.

Révélation prodigieuse ! Après Lupin, voilà que Beautrelet découvrait le mot de la grande énigme, qui a plané sur plus de vingt siècles ! mot d'une importance suprême pour celui qui le possédait jadis, aux lointaines époques où des hordes de barbares chevauchaient le vieux monde ! mot magique qui ouvre l'antre cyclopéen à des tribus entières fuyant devant l'ennemi ! mot mystérieux qui garde la porte de l'asile le plus inviolable ! mot prestigieux qui donne le Pouvoir et assure la prépondérance !

Pour l'avoir connu, ce mot, César peut asservir la Gaule. Pour l'avoir connu, les Normands s'imposent au pays, et de là, plus tard, adossés à ce point d'appui, conquièrent l'île voisine, conquièrent la Sicile, conquièrent l'Orient, conquièrent le Nouveau-Monde !

Maîtres du secret, les rois d'Angleterre dominent la France, l'humilient, la dépècent, se font couronner rois à Paris. Ils le perdent, et c'est la déroute.

Maîtres du secret, les rois de France grandissent, débordent les limites étroites de leur domaine, fondent peu à peu la grande nation et rayonnent de gloire et de puissance, — ils l'oublient ou ne savent point en user, et c'est la mort, l'exil, la déchéance.

Un royaume invisible, au sein des eaux et à dix brasses de la terre !... Une forteresse ignorée, plus haute que les tours de Notre-Dame et construite sur une base de granit plus large qu'une place publique... Quelle force et quelle sécurité ! De Paris à la mer, par la Seine. Là, Le Havre, ville nouvelle, ville nécessaire. Et à sept lieues de là, l'Aiguille creuse, n'est-ce pas l'asile inexpugnable ?

C'est l'asile et c'est aussi la formidable cachette. Tous les trésors des rois, grossis de siècle en siècle, tout l'or de France, tout ce qu'on extrait du peuple, tout ce qu'on arrache au clergé, tout le butin ramassé sur les champs de bataille de l'Europe, c'est dans la caverne royale qu'on l'entasse. Vieux sous d'or, écus reluisants, doublons, ducats, florins, guinées, et les pierreries, et les diamants, et tous les joyaux, et toutes les parures, tout est là. Qui le découvrirait ? Qui saurait jamais le secret impénétrable de l'Aiguille ? Personne.

Si, Lupin.

Et Lupin devient cette sorte d'être vraiment disproportionné que l'on connaît, ce miracle impossible à expliquer tant que la vérité demeure dans l'ombre. Si infinies que soient les ressources de son génie, elles ne peuvent suffire à la lutte qu'il soutient contre la Société. Il en faut d'autres plus matérielles. Il faut la retraite sûre, il faut la certitude de l'impunité, la paix qui permet l'exécution des plans.

Sans l'Aiguille creuse, Lupin est incompréhensible, c'est un mythe, un personnage de roman, sans rapport avec la réalité.

Maître du secret, et de quel secret ! c'est un homme comme les autres, tout simplement, mais qui sait manier de façon supérieure l'arme extraordinaire dont le destin l'a doté.

Donc, l'Aiguille est creuse, et c'est là un fait indiscutable. Restait à savoir comment l'on y pouvait accéder.

Par la mer évidemment. Il devait y avoir, du côté du large, quelque fissure abordable pour les barques à certaines heures de la marée.

Mais du côté de la terre ?

Jusqu'à dix heures du soir, Beautrelet resta suspendu au-dessus de l'abîme, les yeux rivés à la masse d'ombre que formait la pyramide, et songeant, méditant de tout l'effort de son esprit.

Puis il descendit vers Étretat, choisit l'hôtel le plus modeste, dîna, monta dans sa chambre et déplia le document.

Pour lui, maintenant, c'était un jeu que d'en préciser la signification. Tout de suite il s'aperçut que les trois voyelles du mot *Étretat* se retrouvaient à la première ligne, dans leur ordre et aux intervalles voulus. Cette première ligne s'établissait dès lors ainsi :

e . a . a . . étretat . a . .

Quels mots pouvaient précéder Étretat ? Des mots sans doute qui s'appliquaient à la situation de l'Aiguille par rapport au village. Or, l'Aiguille se dressait à gauche, à l'ouest... Il chercha et, se souvenant que les vents d'ouest s'appelaient sur les côtes vents d'*aval* et que la porte était justement dénommée d'*Aval*, il inscrivit :

En aval d'Étretat . a . .

La seconde ligne était celle du mot *Demoiselles*, et, constatant aussitôt, avant ce mot, la série de toutes les voyelles qui composent les mots *la chambre des*, il nota les deux phrases :

En aval d'Étretat — La chambre des Demoiselles.

Il eut plus de mal pour la troisième ligne, et ce n'est qu'après avoir tâtonné que, se rappelant la situation, non loin de la chambre des Demoiselles, du castel construit à la place du fort de Fréfossé, il finit par reconstituer ainsi le document presque complet :

En aval d'Étretat — la chambre des Demoiselles — Sous le fort de Fréfossé — L'Aiguille creuse.

Cela, c'était les quatre grandes formules, les formules essentielles et générales. Par elles, on se dirigeait en aval d'Étretat, on entrait dans la chambre des Demoiselles, on passait selon toutes probabilités sous le fort de Fréfossé et l'on arrivait à l'aiguille.

Comment ? Par les indications et les mesures qui formaient la quatrième ligne :

Cela, c'était évidemment les formules plus spéciales, destinées à la recherche de l'issue par où l'on pénétrait, et du chemin qui conduisait à l'Aiguille.

Beautrelet supposa aussitôt — et son hypothèse était la conséquence logique du document — que, s'il y avait réellement une communication directe entre la terre et l'obélisque de l'Aiguille, le souterrain devait partir de la chambre des Demoiselles, passer sous le fort de Fréfossé, descendre à pic les cent mètres de la falaise, et, par un tunnel pratiqué sous les rocs de la mer, aboutir à l'Aiguille creuse.

L'entrée du souterrain ? N'était-ce pas les deux lettres D et F, si nettement découpées, qui la désignaient, qui la livraient peut-être aussi grâce à quelque mécanisme ingénieux ?

Toute la matinée du lendemain, Isidore flâna dans Étretat et bavarda de droite et de gauche pour tâcher de recueillir quelque renseignement utile. Enfin, l'après-midi, il monta sur la falaise. Déguisé en matelot, il s'était rajeuni encore, et il avait l'air d'un gamin de douze ans, avec sa culotte trop courte et son maillot de pêcheur.

À peine entré dans la grotte, il s'agenouilla devant les lettres. Une déception l'attendait. Il eut beau frapper dessus, les pousser, les manipuler dans tous les sens, elles ne bougèrent pas. Et il se rendit compte assez rapidement qu'elles ne pouvaient réellement pas bouger et, par conséquent, qu'elles ne commandaient aucun mécanisme.

Pourtant… pourtant elles signifiaient quelque chose ! Des informations qu'il avait prises dans le village, il résultait que personne n'avait jamais pu en expliquer la présence, et que l'abbé Cochet, en son précieux livre sur Étretat[11], s'était lui aussi penché vainement sur ce petit rébus. Mais Isidore savait ce qu'ignorait le savant archéologue normand, c'est-à-dire la présence des deux mêmes lettres sur le document, à la ligne des indications. Coïncidence fortuite ? Impossible. Alors ?…

Une idée lui vint brusquement, et si rationnelle, si simple, qu'il ne douta pas une seconde de sa justesse. Ce D et cet F n'était-ce pas les initiales de deux des mots les plus importants du document ? mots qui représentaient — avec l'Aiguille — les stations essentielles de la route à suivre : la chambre des *Demoiselles* et le fort de *Fréfossé* ? Le D de Demoiselles, l'F de Fréfossé, il y avait là un rapport trop étrange pour être le fait du hasard.

En ce cas le problème s'offrait ainsi :

Le groupe DF représente la relation qui existe entre la chambre des Demoiselles et le fort de Fréfossé ; la lettre isolée D qui commence la ligne représente les Demoiselles, c'est-à-dire la grotte où il faut tout d'abord se poster, et la lettre isolée F, qui se place au milieu de la ligne, représente Fréfossé, c'est-à-dire l'entrée probable du souterrain.

Entre ces divers signes, il en reste deux une sorte de rectangle inégal, marqué d'un trait sur la gauche, en bas, et le chiffre 19, signes qui, en toute évidence, indiquent à ceux qui se trouvent dans la grotte, le moyen de pénétrer sous le fort.

La forme de ce rectangle intriguait Isidore. Y aurait-il autour de lui, sur les murs, ou tout au moins à portée du regard, une inscription, une chose quelconque affectant une forme rectangulaire ?

Il chercha longtemps, et il était sur le point d'abandonner cette piste, quand ses yeux rencontrèrent la petite ouverture percée dans le roc et qui était comme la fenêtre de la chambre.

Or les bords de cette ouverture dessinaient précisément un rectangle rugueux, inégal, grossier, mais tout de même un rectangle, et aussitôt Beautrelet constata qu'en posant les deux pieds sur le D et sur l'F gravés dans le sol — et ainsi s'expliquait la barre qui surmontait les deux lettres du document — on se trouvait exactement à la hauteur de la fenêtre !

Il prit position à cet endroit et regarda. La fenêtre étant dirigée, nous l'avons dit, vers la terre ferme, on voyait d'abord le sentier qui reliait la grotte à la terre, sentier suspendu entre deux abîmes, puis on apercevait la base même du monticule qui portait le fort.

Pour essayer de voir le fort, Beautrelet se pencha vers la gauche, et c'est alors qu'il comprit la signification du trait arrondi, de la virgule qui marquait le document en bas, à gauche : en bas, à gauche de la fenêtre, un morceau de silex formait saillie, et l'extrémité de ce morceau se recourbait comme une griffe. On eût dit un véritable point de mire.

Et si l'on appliquait l'œil à ce point de mire, le regard découpait, sur la pente du monticule opposé, une superficie de terrain assez restreinte et presque entièrement occupée par un vieux mur de brique, vestige de l'ancien fort de Fréfossé ou de l'ancien oppidum romain construit à cet endroit.

Beautrelet courut vers ce pan de mur, long peut-être de dix mètres et dont la surface était tapissée d'herbes et de plantes. Il ne releva aucun indice.

Et cependant, ce chiffre 19 ?

Il revint à la grotte, sortit de sa poche un peloton de ficelle et un mètre en étoffe dont il s'était muni, noua la ficelle à l'angle de silex, attacha un caillou au dix-neuvième mètre et le lança du côté de la terre. Le caillou atteignit à peine l'extrémité du sentier.

— Triple idiot, pensa Beautrelet. Est-ce que l'on comptait par mètres à cette époque ? 19 signifie 19 toises ou ne signifie rien.

Le calcul effectué, il compta trente-sept mètres sur la ficelle, fit un nœud, et, à tâtons, chercha sur le pan du mur le point exact et forcément unique où le nœud formé à trente-sept mètres de la fenêtre des Demoiselles toucherait le mur de Fréfossé.

Après quelques instants le point de contact s'établit. De sa main restée libre, il écarta des feuilles de molène poussées entre les interstices.

Un cri lui échappa. Le nœud était posé sur le centre d'une petite croix sculptée en relief sur une brique.

Or, le signe qui suivait le chiffre 19 sur le document était une croix !

Il lui fallut toute sa volonté pour dominer l'émotion qui l'envahit. Hâtivement, de ses doigts crispés, il saisit la croix et, tout en appuyant, il tourna comme il eût tourné les rayons d'une roue. La brique oscilla. Il redoubla son effort : elle ne bougeait plus. Alors, sans tourner, il appuya davantage. Il la sentit aussitôt qui cédait. Et tout à coup, il y eut comme un déclenchement, un bruit de serrure qui s'ouvre ; et, à droite de la brique, sur une largeur d'un mètre, le pan du mur pivota et découvrit l'orifice d'un souterrain.

Comme un fou, Beautrelet empoigna la porte de fer dans laquelle les briques étaient scellées, la ramena violemment, et la ferma. L'étonnement, la joie, la peur d'être surpris convulsaient sa figure jusqu'à la rendre méconnaissable. Il eut la vision effarante de tout ce qui s'était passé là, devant cette porte, depuis vingt siècles, de tous les personnages initiés au grand secret, qui avaient pénétré par cette issue... Celtes, Gaulois, Romains, Normands, Anglais, Français, barons, ducs, rois, et, après eux tous, Arsène Lupin... et après Lupin, lui, Beautrelet... Il sentit que son cerveau lui échappait. Ses paupières battirent. Il tomba évanoui et roula jusqu'au bas de la rampe, au bord même du précipice...

Sa tâche était finie, du moins la tâche qu'il pouvait accomplir seul, avec les seules ressources dont il disposait.

Le soir, il écrivit au chef de la Sûreté une longue lettre, où il rapportait fidèlement les résultats de son enquête et livrait le secret de l'Aiguille creuse. Il demandait du secours pour achever l'œuvre et donnait son adresse.

En attendant la réponse, il passa deux nuits consécutives dans la chambre des Demoiselles. Il les passa, transi de peur, les nerfs secoués d'une épouvante qu'exaspéraient les bruits nocturnes... Il croyait à tout instant voir des ombres qui s'avançaient vers lui. On savait sa présence dans la grotte... on venait... on l'égorgeait...

Son regard pourtant, éperdument fixe, soutenu par toute sa volonté, s'accrochait au pan de mur.

La première nuit rien ne bougea, mais la seconde, à la clarté des étoiles et d'un mince croissant de lune, il vit la porte s'ouvrir et des silhouettes qui émergeaient des ténèbres. Il en compta deux, trois, quatre, cinq...

Il lui sembla que ces cinq hommes portaient des fardeaux assez volumineux. Ils coupèrent droit par les champs jusqu'à la route du Havre et il discerna la bruit d'une automobile qui s'éloignait.

Il revint sur ses pas, il côtoya une grande ferme. Mais au détour du chemin qui la bordait, il n'eut que le temps d'escalader un talus et de se dissimuler derrière des arbres. Des hommes encore passèrent, quatre... cinq... et tous chargés de paquets. Et deux minutes après, une autre automobile gronda.

Cette fois, il n'eut pas la force de retourner à son poste et il rentra se coucher.

À son réveil, le garçon d'hôtel lui apporta une lettre. Il la décacheta. C'était la carte de Ganimard.

— Enfin ! s'écria Beautrelet, qui sentait vraiment, après une campagne aussi dure, le besoin d'un secours.

Il se précipita les mains tendues. Ganimard les prit, le contempla un moment et lui dit :

— Vous êtes un rude type, mon garçon.

— Bah ! fit-il, le hasard m'a servi.

— Il n'y a pas de hasard avec *lui*, affirma l'inspecteur, qui parlait toujours de Lupin d'un air solennel et sans prononcer son nom.

Il s'assit.

— Alors nous le tenons ?

— Comme on l'a déjà tenu plus de vingt fois, dit Beautrelet en riant.

— Oui, mais aujourd'hui...

— Aujourd'hui, en effet, le cas diffère. Nous connaissons sa retraite, son château fort, ce qui fait, somme toute, que Lupin est Lupin. Il peut s'échapper. L'Aiguille d'Étretat ne le peut pas.

— Pourquoi supposez-vous qu'il s'échappera ? demanda Ganimard inquiet.

— Pourquoi supposez-vous qu'il ait besoin de s'échapper ? répondit Beautrelet. Rien ne prouve qu'il soit dans l'Aiguille actuellement. Cette nuit, onze de ses complices en sont sortis. Il était peut-être l'un de ces onze.

Ganimard réfléchit.

— Vous avez raison. L'essentiel, c'est l'Aiguille creuse. Pour le reste, espérons que la chance nous favorisera. Et maintenant, causons.

Il prit de nouveau sa voix grave, son air d'importance convaincue, et prononça :

— Mon cher Beautrelet, j'ai ordre de vous recommander, à propos de cette affaire, la discrétion la plus absolue.

— Ordre de qui ? fit Beautrelet plaisantant. Du préfet de police ?

— Plus haut.

— Le président du Conseil ?

— Plus haut.

— Bigre !

Ganimard baissa la voix.

— Beautrelet, j'arrive de l'Élysée. On considère cette affaire comme un secret d'État, d'une extrême gravité. Il y a des raisons sérieuses pour que l'on tienne ignorée cette citadelle invisible... des raisons stratégiques surtout... Cela peut devenir un centre de ravitaillement, un magasin de poudres nouvelles, de projectiles récemment inventés, que sais-je ? l'arsenal inconnu de la France.

— Mais comment espère-t-on garder un tel secret ? Jadis, un seul homme le détenait, le roi. Aujourd'hui, nous sommes déjà quelques-uns à le savoir, sans compter la bande à Lupin.

— Eh ! Quand on ne gagnerait que dix ans, que cinq ans de silence ! Ces cinq années peuvent être... le salut.

— Mais, pour s'emparer de cette citadelle, de ce futur arsenal, il faut bien l'attaquer, il faut bien en déloger Lupin. Et tout cela ne se fait pas sans bruit.

— Évidemment, on devinera quelque chose, mais on ne saura pas. Et puis quoi, essayons.

— Soit, quel est votre plan ?

— En deux mots, voilà. Tout d'abord vous n'êtes pas Isidore Beautrelet, et il n'est pas non plus question d'Arsène Lupin. Vous êtes et vous restez un gamin d'Étretat, lequel, en flânant a surpris des individus qui sortaient d'un souterrain. Vous supposez, n'est-ce pas, l'existence d'un escalier qui perce la falaise du haut en bas ?

— Oui, il y a plusieurs de ces escaliers le long de la côte. Tenez, tout près, on m'a signalé, en face de Bénouville, l'escalier du Curé, connu de tous les baigneurs. Et je ne parle pas des trois ou quatre tunnels destinés aux pêcheurs.

— Donc, la moitié de mes hommes et moi nous marchons guidés par vous. J'entre seul, ou accompagné, ceci est à voir. Toujours est-il que l'attaque a lieu par là. Si Lupin n'est pas dans l'Aiguille, nous établissons une souricière, où un jour ou l'autre il se fera pincer. S'il est là...

— S'il est là, monsieur Ganimard, il s'enfuira de l'Aiguille par la face postérieure, celle qui regarde la mer.

— En ce cas, il sera immédiatement arrêté par l'autre moitié de mes hommes.

— Oui, mais si, comme je le suppose, vous avez choisi le moment où la mer s'est retirée, laissant à découvert la base de l'Aiguille, la chasse sera publique, puisqu'elle aura lieu devant tous les pêcheurs de moules, de crevettes et de coquillages qui pullulent sur les rochers avoisinants.

— C'est pourquoi je choisirai justement l'heure où la mer sera pleine.

— En ce cas il s'enfuira sur une barque.

— Et comme j'aurai là, moi, une douzaine de barques de pêche dont chacune sera commandée par un de mes hommes, il sera cueilli.

— S'il ne passe pas entre votre douzaine de barques, ainsi qu'un poisson a travers les mailles.

— Soit. Mais alors je le coule à fond.

— Fichtre ! Vous aurez donc des canons ?

— Mon Dieu, oui. Il y a en ce moment un torpilleur au Havre. Sur un coup de téléphone de moi, il se trouvera à l'heure dite aux environs de l'Aiguille.

— Ce que Lupin sera fier ! Un torpilleur !... Allons, je vois, monsieur Ganimard, que vous avez tout prévu. Il n'y a plus qu'à marcher. Quand donnons-nous l'assaut ?

— Demain.

— La nuit ?

— En plein jour, à marée montante, sur le coup de dix heures.

— Parfait.

Sous ses apparences de gaieté, Beautrelet cachait une véritable angoisse. Jusqu'au lendemain, il ne dormit pas, agitant tour à tour les plans les plus impraticables.

Ganimard l'avait quitté pour se rendre à une dizaine de kilomètres d'Étretat, à Yport, où, par prudence, il avait donné rendez-vous à ses hommes et où il fréta douze barques de pêche, en vue, soi-disant de sondages le long de la côte.

À neuf heures trois quarts, escorté de douze gaillards solides, il rencontrait Isidore au bas du chemin qui monte sur la falaise.

À dix heures précises, ils arrivaient devant le pan de mur. Et c'était l'instant décisif.

— Qu'est-ce que tu as donc, Beautrelet ? Tu es vert ? ricana Ganimard, tutoyant le jeune homme en manière de moquerie.

— Et toi, monsieur Ganimard, riposta Beautrelet, on croirait que ta dernière heure est venue.

Ils durent s'asseoir et Ganimard avala quelques gorgées de rhum.

— Ce n'est pas le trac, dit-il, mais, nom d'un chien, quelle émotion ! Chaque fois que je dois le pincer, ça me prend comme ça aux entrailles. Un peu de rhum ?

— Non.

— Et si vous restez en route ?

— C'est que je serai mort.

— Bigre ! Enfin, nous verrons. Et maintenant, ouvrez. Pas de danger d'être vu, hein ?

— Non. L'Aiguille est plus basse que la falaise, et en outre nous sommes dans un repli de terrain.

Beautrelet s'approcha du mur et pesa sur la brique. Le déclenchement se produisit, et l'entrée du souterrain apparut.

À la lueur des lanternes qu'ils allumèrent, ils virent qu'il était percé en forme de voûte, et que cette voûte, ainsi d'ailleurs que le sol lui-même, était entièrement recouverte de briques.

Ils marchèrent pendant quelques secondes, et tout de suite un escalier se présenta.

Beautrelet compta quarante-cinq marches, marches en briques, mais que l'action lente des pas avait affaissées par le milieu.

— Sacré nom ! jura Ganimard qui tenait la tête, et qui s'arrêta subitement comme s'il avait heurté quelque chose.

— Qu'y a-t-il ?

— Une porte.

— Bigre, murmura Beautrelet en la regardant, et pas commode à démolir. Un bloc de fer, tout simplement.

— Nous sommes fichus, dit Ganimard, il n'y a même pas de serrure.

— Justement, c'est ce qui me donne de l'espoir.

— Et pourquoi ?

— Une porte est faite pour s'ouvrir, et si celle-là n'a pas de serrure, c'est qu'il y a un secret pour l'ouvrir.

— Et comme nous ne connaissons pas ce secret…

— Je vais le connaître.

— Par quel moyen ?

— Par le moyen du document. La quatrième ligne n'a pas d'autre raison que de résoudre les difficultés au moment où elles s'offrent. Et la solution est relativement facile, puisqu'elle est inscrite, non pour dérouter, mais pour aider ceux qui cherchent.

— Relativement facile ! je ne suis pas de votre avis, s'écria Ganimard qui avait déplié le document… Le nombre 44 et un triangle marqué d'un point à gauche, c'est plutôt obscur.

— Mais non, mais non. Examinez la porte. Vous verrez qu'elle est renforcée, aux quatre coins, de plaques de fer en forme de triangles et que ces plaques sont maintenues par de gros clous. Prenez la plaque de gauche, tout en bas, et faites jouer le clou qui est à l'angle… Il y a neuf chances contre une, pour que nous tombions juste.

— Vous êtes tombé sur la dixième, dit Ganimard après avoir essayé.

— Alors, c'est que le chiffre 44…

À voix basse, tout en réfléchissant, Beautrelet continua :

— Voyons… Ganimard et moi, nous sommes là, tous les deux, à la dernière marche de l'escalier… il y en a 45… Pourquoi 45, tandis que le chiffre du document est 44 ? Coïncidence ? non… Dans toute cette affaire, il n'y a jamais eu de coïncidence, du moins involontaire. Ganimard, ayez la bonté de remonter d'une marche… C'est cela, ne quittez pas cette 44ᵉ marche. Et maintenant, je fais jouer le clou de fer. Et la bobinette cherra…

Sans quoi j'y perds mon latin.

La lourde porte en effet tourna sur ses gonds. Une caverne assez spacieuse s'offrit à leurs regards.

— Nous devons être exactement sous le fort de Fréfossé, dit Beautrelet. Maintenant les couches de terre sont traversées. C'est fini de la brique. Nous sommes en pleine masse calcaire.

La salle était confusément éclairée par un jet de lumière qui provenait de l'autre extrémité. En s'approchant ils virent que c'était une fissure de la falaise, pratiquée dans un ressaut de la paroi, et qui formait comme une sorte d'observatoire. En face d'eux, à cinquante mètres, surgissait des flots le bloc impressionnant de l'Aiguille. À droite, tout près, c'était l'arc-boutant de la porte d'Aval, à gauche, très loin, fermant la courbe harmonieuse d'une vaste crique, une autre arche, plus imposante encore, se découpait dans la falaise, la Manneporte (magna porta), si grande, qu'un navire y aurait trouvé passage, ses mâts dressés et toutes voiles dehors. Au fond, partout, la mer.

— Je ne vois pas notre flottille, dit Beautrelet.

— Impossible, fit Ganimard, la porte d'Aval nous cache toute la côte d'Étretat et d'Yport. Mais tenez, là-bas, au large, cette ligne noire, au ras de l'eau…

— Eh bien ?…

— Eh bien, c'est notre flotte de guerre, le torpilleur numéro 25. Avec ça, Lupin peut s'évader… s'il veut connaître les paysages sous-marins.

Une rampe marquait l'orifice de l'escalier, près de la fissure. Ils s'y engagèrent. De temps à autre, une petite fenêtre trouait la paroi, et chaque fois ils apercevaient l'Aiguille, dont la masse leur semblait de plus en plus colossale.

Un peu avant d'arriver au niveau de l'eau, les fenêtres cessèrent, et ce fut l'obscurité.

Isidore comptait les marches à haute voix. À la trois cent cinquante-huitième, ils débouchèrent dans un couloir plus large que barrait encore une porte en fer, renforcée de plaques et de clous.

— Nous connaissons ça, dit Beautrelet. Le document nous donne le nombre 357 et un triangle pointé à droite. Nous n'avons qu'à recommencer l'opération.

La seconde porte obéit comme la première. Un long, très long tunnel se présenta, éclairé de place en place par la lueur vive de lanternes, suspendues à la voûte. Les murs suintaient, et des gouttes d'eau tombaient sur le sol, de sorte que, d'un bout à l'autre, on avait disposé pour faciliter la marche, un véritable trottoir en planches.

— Nous passons sous la mer, dit Beautrelet. Vous venez, Ganimard ?

L'inspecteur s'aventura dans le tunnel, suivit la passerelle en bois et s'arrêta devant une lanterne qu'il décrocha :

— Les ustensiles datent peut-être du moyen âge, mais le mode d'éclairage est moderne. Ces messieurs s'éclairent avec des manchons à incandescence.

Il continua son chemin. Le tunnel aboutissait à une autre grotte de proportions plus spacieuses, où l'on apercevait, en face, les premières marches d'un escalier qui montait.

— Maintenant, c'est l'ascension de l'Aiguille qui commence, dit Ganimard, ça devient plus grave.

Mais un de ses hommes l'appela.

— Patron, un autre escalier, là, sur la gauche.

Et tout de suite après, ils en découvrirent un troisième sur la droite.

— Fichtre, murmura l'inspecteur, la situation se complique. Si nous passons par ici, ils fileront par là, eux.

— Séparons-nous, proposa Beautrelet.

— Non, non… ce serait nous affaiblir… Il est préférable que l'un de nous parte en éclaireur.

— Moi, si vous voulez…

— Vous, Beautrelet, soit. Je resterai avec mes hommes… comme ça, rien à craindre. Il peut y avoir d'autres chemins que celui que nous avons suivi dans la falaise, et plusieurs chemins aussi à travers l'Aiguille. Mais, pour sûr, entre la falaise et l'Aiguille, il n'y a pas d'autre communication que le tunnel. Donc, il faut qu'on passe par cette grotte. Donc je m'y installe jusqu'à votre retour. Allez, Beautrelet, et de la prudence… À la moindre alerte, rappliquez…

Vivement Isidore disparut par l'escalier du milieu. À la trentième marche, une porte, une véritable porte en bois l'arrêta. Il saisit le bouton de la serrure et tourna. Elle n'était pas fermée.

Il entra dans une salle qui lui sembla très basse, tellement elle était immense.

Éclairée par de fortes lampes, soutenue par des piliers trapus, entre lesquels s'ouvraient de profondes perspectives, elle devait presque avoir les mêmes dimensions que l'Aiguille.

Des caisses l'encombraient, et une multitude d'objets, des meubles, des sièges, des bahuts, des crédences, des coffrets, tout un fouillis comme on en voit au sous-sol des marchands d'antiquités.

À sa droite et à sa gauche, Beautrelet aperçut l'orifice de deux escaliers, les mêmes sans doute que ceux qui partaient de la grotte inférieure. Il eût donc pu redescendre et avertir Ganimard. Mais, en face de lui, un nouvel escalier montait, et il eut la curiosité de poursuivre seul ses investigations.

Trente marches encore. Une porte, puis une salle un peu moins vaste, sembla-t-il à Beautrelet. Et toujours, en face, un escalier qui montait.

Trente marches encore. Une porte. Une salle plus petite…

Beautrelet comprit le plan des travaux exécutés à l'intérieur de l'Aiguille. C'était une série de salles superposées les unes au-dessus des autres, et par conséquent, de plus en plus restreintes. Toutes servaient de magasins.

À la quatrième, il n'y avait plus de lampe. Un peu de jour filtrait par des fissures, et Beautrelet aperçut la mer à une dizaine de mètres au-dessous de lui.

À ce moment, il se sentit si éloigné de Ganimard qu'une certaine angoisse commença à l'envahir, et il lui fallut dominer ses nerfs pour ne pas se sauver à toutes jambes. Aucun danger ne le menaçait cependant, et même, autour de lui, le silence était tel qu'il se demandait si l'Aiguille entière n'avait pas été abandonnée par Lupin et ses complices.

— Au prochain étage, se dit-il, je m'arrêterai.

Trente marches, toujours, puis une porte, celle-ci plus légère, d'aspect plus moderne. Il la poussa doucement, tout prêt à la fuite. Personne. Mais la salle différait des autres comme destination. Aux murs, des tapisseries, sur le sol, des tapis. Deux dressoirs magnifiques se faisaient vis-à-vis, chargés d'orfèvrerie. Les petites fenêtres, pratiquées dans les fentes étroites et profondes, étaient garnies de vitres.

Au milieu de la pièce, une table richement servie avec une nappe en dentelle, des compotiers de fruits et de gâteaux, du champagne en carafes, et des fleurs, des amoncellements de fleurs.

Autour de la table, trois couverts.

Beautrelet s'approcha. Sur les serviettes il y avait des cartes avec les noms des convives.

Il lut d'abord : Arsène Lupin.

En face : Mme Arsène Lupin.

Il prit la troisième carte et tressauta d'étonnement. Celle-là portait son nom, Isidore Beautrelet !

CHAPITRE X
LE TRESOR DES ROIS DE FRANCE

UN rideau s'écarta.

— Bonjour, mon cher Beautrelet, vous êtes un peu en retard. Le déjeuner était fixé à midi. Mais, enfin, à quelques minutes près… Qu'y a-t-il donc ? Vous ne me reconnaissez pas ? Je suis donc si changé !

Au cours de sa lutte contre Lupin, Beautrelet avait connu bien des surprises, et il s'attendait encore, à l'heure du dénouement, à passer par bien d'autres émotions, mais le choc cette fois fut imprévu. Ce n'était pas de l'étonnement, mais de la stupeur, de l'épouvante.

L'homme qu'il avait en face de lui, l'homme que toute la force brutale des événements l'obligeait à considérer comme Arsène Lupin, cet homme c'était Valméras. Valméras ! le propriétaire du château de l'Aiguille. Valméras ! celui-là même auquel il avait demandé secours contre Arsène Lupin. Valméras ! son compagnon d'expédition à Crozant. Valméras ! le courageux ami qui avait rendu possible l'évasion de Raymonde en frappant ou en affectant de frapper, dans l'ombre du vestibule, un complice de Lupin !

— Vous… vous… C'est donc vous ! balbutia-t-il.

— Et pourquoi pas ? s'écria Lupin. Pensiez-vous donc me connaître définitivement parce que vous m'aviez vu sous les traits d'un clergyman ou sous l'apparence de M. Massiban ? Hélas ! quand on a choisi la situation sociale que j'occupe, il faut bien se servir de ses petits talents de société. Si Lupin ne pouvait être, à sa guise, pasteur de l'Église réformée et membre de l'Académie des Inscriptions et des Belles-Lettres, ce serait à désespérer d'être Lupin. Or, Lupin, le vrai Lupin, Beautrelet, le voici ! Regarde de tous tes yeux, Beautrelet…

— Mais alors… si c'est vous… alors… Mademoiselle…

— Eh oui, Beautrelet, tu l'as dit...

Il écarta de nouveau la tenture, fit un signe et annonça :

— Madame Arsène Lupin.

— Ah ! murmura le jeune homme malgré tout confondu... Mlle de Saint-Véran.

— Non, non, protesta Lupin, Mme Arsène Lupin ou plutôt, si vous préférez, Mme Louis Valméras, mon épouse en justes noces, selon les formes légales les plus rigoureuses. Et grâce à vous, mon cher Beautrelet.

Il lui tendit la main.

— Tous mes remerciements... et, de votre part, je l'espère, sans rancune.

Chose bizarre, Beautrelet n'en éprouvait point de la rancune. Aucun sentiment d'humiliation. Nulle amertume. Il subissait si fortement l'énorme supériorité de son adversaire qu'il ne rougissait pas d'avoir été vaincu par lui. Il serra la main qu'on lui offrait.

— Madame est servie.

Un domestique avait déposé sur la table un plateau chargé de mets.

— Vous nous excuserez, Beautrelet, mon chef est en congé, et nous serons contraints de manger froid.

Beautrelet n'avait guère envie de manger. Il s'assit cependant, prodigieusement intéressé par l'attitude de Lupin. Que savait-il au juste ? Se rendait-il compte du danger qu'il courait ? Ignorait-il la présence de Ganimard et de ses hommes ?...

Et Lupin continuait :

— Oui, grâce à vous, mon cher ami. Certainement, Raymonde et moi, nous nous sommes aimés le premier jour. Parfaitement, mon petit... L'enlèvement de Raymonde, sa captivité, des blagues, tout cela : nous nous aimions... Mais elle, pas plus que moi, d'ailleurs, quand nous fûmes libres de nous aimer, nous n'avons pu admettre qu'il s'établît entre nous un de ces liens passagers qui sont à la merci du hasard. La situation était donc insoluble pour Lupin. Mais elle ne l'était pas si je redevenais le Louis Valméras que je n'ai pas cessé d'être depuis le jour de mon enfance. C'est alors que j'eus l'idée, puisque vous ne lâchiez pas prise et que vous aviez trouvé ce château de l'Aiguille, de profiter de votre obstination.

— Et de ma niaiserie.

— Bah ! tout le monde s'y fût laissé prendre.

— De sorte que c'est sous mon couvert, avec mon appui, que vous avez pu réussir ?

— Parbleu ! Comment aurait-on soupçonné Valméras d'être Lupin, puisque Valméras était l'ami de Beautrelet, et que Valméras venait d'arracher à Lupin celle que Lupin aimait ? Et ce fut charmant. Oh ! les jolis souvenirs ! L'expédition à Crozant ! les bouquets de fleurs trouvés : ma soi-disant lettre d'amour à Raymonde ! et, plus tard, les précautions que moi, Valméras, j'eus à prendre contre moi, Lupin, avant mon mariage ! Et, le soir de votre fameux banquet, quand vous défaillîtes entre mes bras ! Les jolis souvenirs !...

Il y eut un silence. Beautrelet observa Raymonde. Elle écoutait Lupin sans mot dire, et elle le regardait avec des yeux où il y avait de l'amour, de la passion, et autre chose aussi, que le jeune homme n'aurait pu définir, une sorte de gêne inquiète et comme une tristesse confuse.

Mais Lupin tourna les yeux vers elle et elle lui sourit tendrement. À travers la table, leurs mains se joignirent.

— Que dis-tu de ma petite installation, Beautrelet ? s'écria Lupin... De l'allure, n'est-ce pas ? Je ne prétends point que ce soit du dernier confortable... Cependant, quelques-uns s'en sont contentés, et non des moindres... Regarde la liste de quelques personnages qui furent les propriétaires de l'Aiguille, et qui tinrent à honneur d'y laisser la marque de leur passage.

Sur les murs, les uns au-dessous des autres, ces noms étaient gravés :

César. Charlemagne. Roll. Guillaume le Conquérant. Richard, roi d'Angleterre. Louis le onzième. François. Henri IV. Louis XIV. Arsène Lupin.

— Qui s'inscrira désormais ? reprit-il. Hélas ! la liste est close. De César à Lupin... et puis c'est tout. Bientôt ce sera la foule anonyme qui viendra visiter l'étrange citadelle. Et dire que, sans Lupin, tout cela restait à jamais inconnu des hommes Ah ! Beautrelet, le jour où j'ai mis le pied sur ce sol abandonné, quelle sensation d'orgueil ! Retrouver le secret perdu, en devenir le maître, le seul maître ! Héritier d'un pareil héritage ! Après tant de rois, habiter l'Aiguille !...

Un geste de sa femme l'interrompit. Elle paraissait très agitée.

— Du bruit, dit-elle... du bruit en dessous de nous... vous entendez...

— C'est le clapotement de l'eau, fit Lupin.

— Mais non… mais non… Le bruit des vagues, je le connais… c'est autre chose…

— Que voulez-vous que ce soit, ma chère amie, dit Lupin en riant. Je n'ai invité que Beautrelet à déjeuner.

Et, s'adressant au domestique :

— Charolais, tu as fermé les portes des escaliers derrière monsieur ?

— Oui, et j'ai mis les verrous.

Lupin se leva :

— Allons, Raymonde, ne tremblez pas ainsi… Ah ! mais vous êtes toute pâle !

Il lui dit quelques mots à voix basse, ainsi qu'au domestique, souleva le rideau et les fit sortir tous deux.

En bas, le bruit se précisait. C'étaient des coups sourds qui se répétaient à intervalles égaux. Beautrelet pensa :

— Ganimard a perdu patience, et il brise les portes.

Très calme, et comme si, véritablement, il n'eût pas entendu, Lupin reprit :

— Par exemple, rudement endommagée, l'Aiguille, quand j'ai réussi à la découvrir ! On voyait bien que nul n'avait possédé le secret depuis un siècle, depuis Louis XVI et la Révolution. Le tunnel menaçait ruine. Les escaliers s'effritaient. L'eau coulait à l'intérieur. Il m'a fallu étayer, consolider, reconstruire.

Beautrelet ne put s'empêcher de dire :

— À votre arrivée, était-ce vide ?

— À peu près. Les rois n'ont pas dû utiliser l'Aiguille, ainsi que je l'ai fait, comme entrepôt…

— Comme refuge, alors ?

— Oui, sans doute, au temps des invasions, au temps des guerres civiles, également. Mais sa véritable destination, ce fut d'être… comment dirais-je ? le coffre-fort des rois de France.

Les coups redoublaient, moins sourds maintenant. Ganimard avait dû briser la première porte, et il s'attaquait à la seconde. Un silence, puis d'autres coups plus rapprochés encore. C'était la troisième porte. Il en restait deux.

Par une des fenêtres, Beautrelet aperçut les barques qui cinglaient autour de l'Aiguille, et, non loin, flottant comme un gros poisson noir, le torpilleur.

— Quel vacarme ! s'exclama Lupin, on ne s'entend pas ! Montons, veux-tu ? Peut-être cela t'intéressera-t-il de visiter l'Aiguille.

Ils passèrent à l'étage au-dessus, lequel était défendu, comme les autres, par une porte que Lupin referma derrière lui.

— Ma galerie de tableaux, dit-il.

Les murs étaient couverts de toiles, où Beautrelet lut aussitôt les signatures les plus illustres. Il y avait la *Vierge à l'Agnus Dei*, de Raphaël ; le *Portrait de Lucrezia Fede*, d'André del Sarto ; la *Salomé*, du Titien ; la *Vierge et les Anges*, de Botticelli, des Tintoret, des Carpaccio, des Rembrandt, des Velasquez…

— De belles copies ! approuva Beautrelet…

Lupin le regarda d'un air stupéfait :

— Quoi ! Des copies ! Es-tu fou ! Les copies sont à Madrid, mon cher, à Florence, à Venise, à Munich, à Amsterdam.

— Alors, ça ?

— Les toiles originales, collectionnées avec patience dans tous les musées d'Europe, où je les ai remplacées honnêtement par d'excellentes copies.

— Mais, un jour ou l'autre…

— Un jour ou l'autre, la fraude sera découverte ? Eh bien ! l'on trouvera ma signature sur chacune des toiles, — par-derrière, — et l'on saura que c'est moi qui ai doté mon pays de chefs-d'œuvre originaux. Après tout, je n'ai fait que ce qu'a fait Napoléon en Italie… Ah ! tiens, Beautrelet, voici les quatre Rubens de M. de Gesvres…

Les coups ne discontinuaient pas au creux de l'Aiguille.

— Ce n'est plus tenable ! dit Lupin. Montons encore.

Un nouvel escalier. Une nouvelle porte.

— La salle des tapisseries, annonça Lupin.

Elles n'étaient pas suspendues, mais roulées, ficelées, étiquetées, et mêlées, d'ailleurs, à des paquets d'étoffes anciennes, que Lupin déplia : brocarts merveilleux, velours admirables, soies souples aux tons fanés, chasubles, tissus d'or et d'argent…

Ils montèrent encore et Beautrelet vit la salle des horloges et des pendules, la salle des livres (oh ! les magnifiques reliures, et les volumes précieux introuvables, uniques exemplaires dérobés aux grandes bibliothèques !) la salle des dentelles, la salle des bibelots.

Et, chaque fois, le cercle de la salle diminuait.

Et, chaque fois, maintenant, le bruit des coups s'éloignait. Ganimard perdait du terrain.

— La dernière, dit Lupin, la salle du Trésor.

Celle-ci était toute différente. Ronde, aussi, mais très haute, de forme conique, elle occupait le sommet de l'édifice, et sa base devait se trouver à quinze ou vingt mètres de la pointe extrême de l'Aiguille.

Du côté de la falaise, point de lucarne. Mais, du côté de la mer, comme nul regard indiscret n'était à craindre, deux baies vitrées s'ouvraient, par où la lumière entrait abondamment.

Le sol était couvert d'un plancher de bois rare, à dessins concentriques.

Contre les murs, des vitrines, quelques tableaux.

— Les perles de mes collections, dit Lupin. Tout ce que tu as vu jusque-là est à vendre. Des objets s'en vont, d'autres arrivent. C'est le métier. Ici, dans ce sanctuaire, tout est sacré. Rien que du choix, de l'essentiel, le meilleur du meilleur, de l'inappréciable. Regarde ces bijoux, Beautrelet, amulettes chaldéennes, colliers égyptiens, bracelets celtiques, chaînes arabes... Regarde ces statuettes, Beautrelet, cette Vénus grecque, cet Apollon de Corinthe... Regarde ces Tanagras, Beautrelet ! Tous les vrais Tanagras sont ici. Hors de cette vitrine, il n'y en a pas un seul au monde qui soit authentique. Quelle jouissance de se dire cela ! Beautrelet, tu te rappelles les pilleurs d'églises dans le Midi, la bande Thomas et compagnie, — des agents à moi, soit dit en passant, — eh bien ! voici la châsse d'Ambazac, la véritable, Beautrelet ! Tu te rappelles le scandale du Louvre, la tiare reconnue fausse, imaginée, fabriquée par un artiste moderne... Voici la tiare de Saïtapharnès, la véritable, Beautrelet ! Regarde, regarde bien, Beautrelet ! Voici la merveille des merveilles, l'œuvre suprême, la pensée d'un dieu, voici la *Joconde* de Vinci, la véritable. À genoux, Beautrelet, toute la femme est devant toi !

Un long silence entre eux. En bas, les coups se rapprochaient. Deux ou trois portes, pas davantage les séparaient de Ganimard. Au large, on apercevait le dos noir du torpilleur et les barques qui croisaient. Le jeune homme demanda :

— Et le trésor ?

— Ah ! petit, c'est cela, surtout, qui t'intéresse ! Tous ces chefs-d'œuvre de l'art humain, n'est-ce pas ? ça ne vaut pas, pour ta curiosité, la contemplation du trésor... Et toute la foule sera comme toi ! Allons, sois satisfait.

Il frappa violemment du pied, fit ainsi basculer un des disques qui composaient le parquet, et, le soulevant comme le couvercle d'une boîte, il découvrit une sorte de cuve, toute ronde, creusée à même le roc. Elle était vide.

Un peu plus loin, il exécuta la même manœuvre. Une autre cuve apparut. Vide également.

Trois fois encore, il recommença. Les trois autres cuves étaient vides.

— Hein ! ricana Lupin, quelle déception ! Sous Louis XI, sous Henri IV, sous Richelieu, les cinq cuves devaient être pleines. Mais, pense donc à Louis XIV, à la folie de Versailles, aux guerres, aux grands désastres du règne ! Et pense à Louis XV, le roi prodigue, à la Pompadour, à la du Barry ! Ce qu'on a dû puiser alors ! Avec quels ongles crochus on a dû gratter la pierre ! Tu vois, plus rien...

Il s'arrêta :

— Si, Beautrelet, quelque chose encore, la sixième cachette ! Intangible, celle-là... Nul d'entre eux n'osa jamais y toucher. C'était la ressource suprême... disons le mot, la poire pour la soif. Regarde, Beautrelet.

Il se baissa et souleva le couvercle. Un coffret de fer emplissait la cuve. Lupin sortit de sa poche une clef à gorge et à rainures compliquées, et il ouvrit.

Ce fut un éblouissement. Toutes les pierres précieuses étincelaient, toutes les couleurs flamboyaient, l'azur des saphirs, le feu des rubis, le vert des émeraudes, le soleil des topazes.

— Regarde, regarde, petit Beautrelet. Ils ont dévoré toute la monnaie d'or, toute la monnaie d'argent, tous les écus, et tous les ducats, et tous les doublons, mais le coffre des pierres précieuses est intact ! Regarde les montures. Il y en a de toutes les époques, de tous les siècles, de tous les pays. Les dots des reines sont là. Chacune apporta sa part, Marguerite d'Écosse et Charlotte de Savoie, Marie d'Angleterre et Catherine de Médicis et toutes les archiduchesses d'Autriche, Éléonore, Élisabeth, Marie-Thérèse, Marie-Antoinette... Regarde ces perles, Beautrelet ! et ces diamants ! l'énormité de ces diamants ! Aucun d'eux qui ne soit digne d'une impératrice ! Le Régent de France n'est pas plus beau !

Il se releva et tendit la main en signe de serment :

— Beautrelet, tu diras à l'univers que Lupin n'a pas pris une seule des pierres qui se trouvaient dans le coffre royal, pas une seule, je le jure sur l'honneur ! Je n'en avais pas le droit. C'était la fortune de la France...

En bas, Ganimard se hâtait. À la répercussion des coups, il était facile de juger que l'on attaquait l'avant-dernière porte, celle qui donnait accès à la salle des bibelots.

— Laissons le coffre ouvert, dit Lupin, toutes les cuves aussi, tous ces petits sépulcres vides...

Il fit le tour de la pièce, examina certaines vitrines, contempla certains tableaux et, se promenant d'un air pensif :

— Comme c'est triste de quitter tout cela ! Quel déchirement ! Mes plus belles heures, je les ai passées ici, seul en face de ces objets que j'aimais... Et mes yeux ne les verront plus, et mes mains ne les toucheront plus.

Il y avait sur son visage contracté une telle expression de lassitude que Beautrelet en éprouva une pitié confuse. La douleur, chez cet homme, devait prendre des proportions plus grandes que chez un autre, de même que la joie, de même que l'orgueil ou l'humiliation.

Près de la fenêtre, maintenant, le doigt tendu vers l'horizon, il disait :

— Ce qui est plus triste encore, c'est cela, tout cela qu'il me faut abandonner. Est-ce beau ? la mer immense... le ciel... À droite et à gauche les falaises d'Étretat, avec leurs trois portes, la porte d'Amont, la porte d'Aval, la Manneporte... autant d'arcs de triomphe pour le maître... Et le maître c'était moi ! Roi de l'aventure ! Roi de l'Aiguille creuse ! Royaume étrange et surnaturel ! De César à Lupin... Quelle destinée !

Il éclata de rire.

— Roi de féerie ? et pourquoi cela ? disons tout de suite roi d'Yvetot ! Quelle blague ! Roi du monde, oui, voilà la vérité ! De cette pointe d'Aiguille, je dominais l'univers, je le tenais dans mes griffes comme une proie ! Soulève la tiare de Saïtapharnès, Beautrelet... Tu vois ce double appareil téléphonique... À droite, c'est la communication avec Paris — ligne spéciale. À gauche, avec Londres, ligne spéciale. Par Londres j'ai l'Amérique, j'ai l'Asie, j'ai l'Australie ! Dans tous ces pays, des comptoirs, des agents de vente, des rabatteurs. C'est le trafic international. C'est le grand marché de l'art et de l'antiquité, la foire du monde. Ah ! Beautrelet, il y a des moments où ma puissance me tourne la tête. Je suis ivre de force et d'autorité...

La porte en dessous céda. On entendit Ganimard et ses hommes qui couraient et qui cherchaient...

Après un instant, Lupin reprit, à voix basse :

— Et voilà, c'est fini... Une petite fille a passé, qui a des cheveux blonds, de beaux yeux tristes, et une âme honnête, oui, honnête, et c'est fini... moi-même je démolis le formidable édifice... tout le reste me paraît absurde et puéril... il n'y a plus que ses cheveux qui comptent... ses yeux tristes... et sa petite âme honnête.

Les hommes montaient l'escalier. Un coup ébranla la porte, la dernière...

Lupin empoigna brusquement le bras du jeune homme.

— Comprends-tu Beautrelet, pourquoi je t'ai laissé le champ libre, alors que, tant de fois, depuis des semaines, j'aurais pu t'écraser ? Comprends-tu que tu aies réussi à parvenir jusqu'ici ? Comprends-tu que j'aie délivré à chacun de mes hommes leur part de butin et que tu les aies rencontrés l'autre nuit sur la falaise ? Tu le comprends, n'est-ce pas ? L'Aiguille creuse, c'est l'Aventure. Tant qu'elle est à moi, je reste l'Aventurier. L'Aiguille reprise, c'est tout le passé qui se détache de moi, c'est l'avenir qui commence, un avenir de paix et de bonheur où je ne rougirai plus quand les yeux de Raymonde me regarderont, un avenir...

Il se retourna furieux, vers la porte :

— Mais tais-toi donc, Ganimard, je n'ai pas fini ma tirade !

Les coups se précipitaient. On eût dit le choc d'une poutre projetée contre la porte.

Debout en face de Lupin, Beautrelet, éperdu de curiosité, attendait les événements, sans comprendre le manège de Lupin. Qu'il eût livré l'Aiguille, soit, mais pourquoi se livrait-il lui-même ? Quel était son plan ? Espérait-il échapper à Ganimard ? Et d'un autre côté, où donc se trouvait Raymonde ?

Lupin cependant murmurait, songeur :

— Honnête... Arsène Lupin honnête... plus de vol... mener la vie de tout le monde... Et pourquoi pas ? il n'y a aucune raison pour que je ne retrouve pas le même succès... Mais fiche-moi donc la paix, Ganimard ! Tu ignores donc, triple idiot, que je suis en train de prononcer des paroles historiques, et que Beautrelet les recueille pour nos petits-fils !

Il se mit à rire :

— Je perds mon temps. Jamais Ganimard ne saisira l'utilité de mes paroles historiques.

Il prit un morceau de craie rouge, approcha du mur un escabeau, et il inscrivit en grosses lettres :

Arsène Lupin lègue à la France tous les trésors de l'Aiguille creuse, à la seule condition que ces trésors soient installés au Musée du Louvre, dans des salles qui porteront le nom de « Salles Arsène Lupin ».

— Maintenant, dit-il, ma conscience est en paix. La France et moi nous sommes quittes.

Les assaillants frappaient à tour de bras. Un des panneaux fut éventré. Une main passa, cherchant la serrure.

— Tonnerre, dit Lupin, Ganimard est capable d'arriver au but, pour une fois.

Il sauta sur la serrure et enleva la clef.

— Crac, mon vieux, cette porte-là est solide… J'ai tout mon temps… Beautrelet, je te dis adieu… Et merci !… car vraiment tu aurais pu me compliquer l'attaque… mais tu es un délicat, toi !

Il s'était dirigé vers un grand triptyque de Van den Weiden, qui représentait les Rois Mages. Il replia le volet de droite et découvrit ainsi une petite porte dont il saisit la poignée.

— Bonne chasse, Ganimard, et bien des choses chez toi !

Un coup de feu retentit. Il bondit en arrière.

— Ah canaille, en plein cœur ! T'as donc pris des leçons ? Fichu le roi mage ! En plein cœur ! Fracassé comme une pipe à la foire…

— Rends-toi, Lupin ! hurla Ganimard dont le revolver surgissait hors du panneau brisé et dont on apercevait les yeux brillants… Rends-toi, Lupin !

— Et la garde, est-ce qu'elle se rend ?

— Si tu bouges, je te brûle…

— Allons donc, tu ne peux pas m'avoir d'ici !

De fait, Lupin s'était éloigné, et si Ganimard, par la brèche pratiquée dans la porte, pouvait tirer droit devant lui, il ne pouvait tirer ni surtout viser du côté où se trouvait Lupin.

La situation de celui-ci n'en était pas moins terrible, puisque l'issue sur laquelle il comptait, la petite porte du triptyque, s'ouvrait en face de Ganimard. Essayer de s'enfuir, c'était s'exposer au feu du policier, et il restait cinq balles dans le revolver…

— Fichtre, dit-il en riant, mes actions sont en baisse. C'est bien fait, mon vieux Lupin, t'as voulu avoir une dernière sensation et t'as trop tiré sur la corde. Fallait pas tant bavarder.

Il s'aplatit contre le mur. Sous l'effort des hommes, un pan du panneau encore avait cédé, et Ganimard était plus à l'aise.

Trois mètres, pas davantage, séparaient les deux adversaires. Mais une vitrine en bois doré protégeait Lupin.

— À moi donc, Beautrelet, s'écria le vieux policier, qui grinçait de rage… tire donc dessus, au lieu de reluquer comme ça !…

Isidore, en effet, n'avait pas remué, spectateur passionné, mais indécis jusque-là. De toutes ses forces, il eût voulu se mêler à la lutte et abattre la proie qu'il tenait à sa merci. Un sentiment obscur l'en empêchait.

L'appel de Ganimard le secoua. Sa main se crispa à la crosse de son revolver.

— Si je prends parti, pensa-t-il Lupin est perdu… et j'en ai le droit… c'est mon devoir…

Leurs yeux se rencontrèrent. Ceux de Lupin étaient calmes, attentifs, presque curieux, comme si, dans l'effroyable danger qui le menaçait, il ne se fût intéressé qu'au problème moral qui étreignait le jeune homme. Isidore se déciderait-il à donner le coup de grâce à l'ennemi vaincu ?

La porte craqua du haut en bas.

— À moi, Beautrelet, nous le tenons, vociféra Ganimard.

Isidore leva son revolver.

Ce qui se passa fut si rapide qu'il n'en eut pour ainsi dire conscience que par la suite. Il vit Lupin se baisser, courir le long du mur, raser la porte, au-dessous de l'arme même que brandissait vainement Ganimard, et il se sentit soudain, lui, Beautrelet, projeté à terre, ramassé aussitôt, et soulevé par une force invincible.

Lupin le tenait en l'air, comme un bouclier vivant, derrière lequel il se cachait.

— Dix contre un que je m'échappe, Ganimard ! Avec Lupin, vois-tu, il y a toujours de la ressource…

Il avait reculé rapidement vers le triptyque. Tenant d'une main Beautrelet plaqué contre sa poitrine, de l'autre il dégagea l'issue et referma la petite porte. Il était sauvé.

Tout de suite un escalier s'offrit à eux, qui descendait brusquement.

— Allons, dit Lupin, en poussant Beautrelet devant lui, l'armée de terre est battue… occupons nous de la flotte française… Après Waterloo, Trafalgar… T'en auras pour ton argent, hein, petit !… Ah ! que c'est drôle, les voilà qui cognent le triptyque maintenant… Trop tard, les enfants… Mais file donc, Beautrelet…

L'escalier, creusé dans la paroi de l'Aiguille, dans son écorce même, tournait tout autour de la pyramide, l'encerclant comme la spirale d'un toboggan.

L'un pressant l'autre, ils dégringolaient les marches deux par deux, trois par trois. De place en place un jet de lumière giclait à travers une fissure, et Beautrelet emportait la vision des barques de pêche qui évoluaient à quelques dizaines de brasses, et du torpilleur noir…

Ils descendaient, ils descendaient, Isidore silencieux, Lupin toujours exubérant.

— Je voudrais bien savoir ce que fait Ganimard ? Dégringole-t-il les autres escaliers pour me barrer l'entrée du tunnel ? Non, il n'est pas si bête… Il aura laissé là quatre hommes… et quatre hommes suffisent…

Il s'arrêta.

— Écoute… ils crient là-haut… c'est ça, ils auront ouvert la fenêtre et ils appellent leur flotte… Regarde, on se démène sur les barques… on échange des signaux… le torpilleur bouge… brave torpilleur ! je te reconnais, tu viens du Havre… Canonniers, à vos postes… Bigre, voilà le commandant… Bonjour, Duguay-Trouin.

Il passa son bras par une fenêtre et agita son mouchoir. Puis il se remit en marche.

— La flotte ennemie fait force de rames, dit-il. L'abordage est imminent. Dieu que je m'amuse !

Ils perçurent des bruits de voix au-dessous d'eux. À ce moment, ils approchaient du niveau de la mer, et ils débouchèrent presque aussitôt dans une vaste grotte où deux lanternes allaient et venaient parmi l'obscurité.

Une ombre surgit et une femme se jeta au cou de Lupin !

— Vite ! vite ! j'étais inquiète !… Qu'est-ce que vous faisiez ?… Mais vous n'êtes pas seul ?…

Lupin la rassura.

— C'est notre ami Beautrelet… Figure-toi que notre ami Beautrelet a eu la délicatesse… mais je te raconterai cela… nous n'avons pas le temps… Charolais, tu es là ?… Ah ! bien… Le bateau ?

Charolais répondit :

— Le bateau est prêt.

— Allume, fit Lupin.

Au bout d'un instant le bruit d'un moteur crépita, et Beautrelet dont le regard s'habituait peu à peu aux demi-ténèbres, finit par se rendre compte qu'ils se trouvaient sur une sorte de quai, au bord de l'eau, et que, devant eux, flottait un canot.

— Un canot automobile, dit Lupin, complétant les observations de Beautrelet. Hein, tout ça t'épate, mon vieil Isidore… Tu ne comprends pas ?… Comme l'eau que tu vois n'est autre que l'eau de la mer qui s'infiltre à chaque marée dans cette excavation, il en résulte que j'ai là une petite rade invisible et sûre…

— Mais fermée, objecta Beautrelet. Personne ne peut y entrer, et personne en sortir.

— Si, moi, fit Lupin, et je vais te le prouver.

Il commença par conduire Raymonde, puis revint chercher Beautrelet. Celui-ci hésita.

— Tu as peur ? dit Lupin.

— De quoi ?

— D'être coulé à fond par le torpilleur ?

— Non.

— Alors tu te demandes si ton devoir n'est pas de rester côté Ganimard, justice, société, morale, au lieu d'aller côté Lupin, honte, infamie, déshonneur ?

— Précisément.

— Par malheur, mon petit, tu n'as pas le choix… Pour l'instant, il faut qu'on nous croie morts tous les deux… et qu'on me fiche la paix que l'on doit à un futur honnête homme. Plus tard, quand je t'aurai rendu ta liberté, tu parleras à ta guise… je n'aurai plus rien à craindre.

À la manière dont Lupin lui étreignit le bras, Beautrelet sentit que toute résistance était inutile. Et puis, pourquoi résister ? N'avait-il pas le droit de s'abandonner à la sympathie irrésistible que, malgré tout, cet homme lui inspirait.

Ce sentiment fut si net en lui qu'il eut envie de dire à Lupin :

— Écoutez, vous courez un autre danger plus grave : Herlock Sholmès est sur vos traces…

— Allons, viens, lui dit Lupin, avant qu'il se fût résolu à parler.

Il obéit et se laissa mener jusqu'au bateau, dont la forme lui parut singulière et l'aspect tout à fait imprévu.

Une fois sur le pont, ils descendirent les degrés d'un petit escalier abrupt, d'une échelle plutôt, qui était accrochée à une trappe, laquelle trappe se referma sur eux.

Au bas de l'échelle, il y avait, vivement éclairé par une lampe, un réduit de dimensions très exiguës où se trouvait déjà Raymonde, et où ils eurent exactement la place de s'asseoir tous les trois.

Lupin décrocha un cornet acoustique et ordonna :

— En route, Charolais.

Isidore eut l'impression désagréable que l'on éprouve à descendre dans un ascenseur, l'impression du sol, de la terre qui se dérobe sous vous, l'impression du vide. Cette fois, c'était l'eau qui se dérobait, et du vide s'entr'ouvrait, lentement…

— Hein, nous coulons ? ricana Lupin. Rassure-toi… le temps de passer de la grotte supérieure où nous sommes, à une petite grotte située tout en bas, à demi ouverte à la mer, et où l'on peut entrer à marée basse… tous les ramasseux de coquillages la connaissent… Ah ! dix secondes d'arrêt… nous passons… et le passage est étroit ! juste la grandeur du sous-marin…

— Mais, interrogea Beautrelet, comment se fait-il que les pêcheurs qui entrent dans la grotte d'en bas ne sachent pas qu'elle est percée en haut et communique avec une autre grotte d'où part un escalier qui traverse l'Aiguille ? La vérité est à la disposition du premier venu.

— Erreur, Beautrelet ! La voûte de la petite grotte publique est fermée, à marée basse, par un plafond mobile, couleur de roche, que la mer en montant déplace et élève avec elle, et que la mer en redescendant rapplique hermétiquement sur la petite grotte. C'est pourquoi à marée haute, je puis passer… Hein ! c'est ingénieux… Une idée à bibi, ça… Il est vrai que ni César, ni Louis XIV, bref qu'aucun de mes aïeux ne pouvait l'avoir puisqu'ils ne jouissaient pas du sous-marin… Ils se contentaient de l'escalier qui descendait alors jusqu'à la petite grotte du bas… Moi, j'ai supprimé les dernières marches de l'escalier et j'ai imaginé le truc du plafond mobile… Un cadeau que je fais à la France… Raymonde, ma chérie, éteignez la lampe qui est à côté de vous… nous n'en avons plus besoin… au contraire.

En effet, une clarté pâle, qui semblait la couleur même de l'eau, les avait accueillis au sortir de la grotte et pénétrait dans la cabine par les deux hublots dont elle était munie et par une grosse calotte de verre qui dépassait le plancher du pont et permettait d'inspecter les couches supérieures de la mer.

Et tout de suite une ombre glissa au-dessus d'eux.

— L'attaque va se produire. La flotte ennemie cerne l'Aiguille… Mais si creuse que soit cette Aiguille, je me demande comment ils vont y pénétrer…

Il prit le cornet acoustique :

— Ne quittons pas les fonds, Charolais… Où allons-nous ? Mais je te l'ai dit… À Port-Lupin… et à toute vitesse, hein ? Il faut qu'il y ait de l'eau pour aborder… nous avons une dame avec nous.

Ils rasaient la plaine de rocs. Les algues, soulevées, se dressaient comme une lourde végétation noire, et les courants profonds les faisaient onduler gracieusement, se détendre, et s'allonger comme des chevelures qui flottent.

Une ombre encore, plus longue…

— C'est le torpilleur, dit Lupin… le canon va donner de la voix… Que va faire Duguay-Trouin ? Bombarder l'Aiguille ? Ce que nous perdons, Beautrelet, en n'assistant pas à la rencontre de Duguay-Trouin et de Ganimard ! La réunion des forces terrestres et des forces navales !… Hé, Charolais ! nous dormons, mon bonhomme…

On filait vite, cependant. Les champs de sable avaient succédé aux rochers, puis ils virent presque aussitôt d'autres rochers, qui marquaient la pointe droite d'Étretat, la porte d'Amont.

Des poissons s'enfuyaient à leur approche. L'un deux plus hardi s'accrocha au hublot, et il les regardait de ses gros yeux immobiles et fixes.

— À la bonne heure, nous marchons, s'écria Lupin… Que dis-tu de ma coquille de noix, Beautrelet ? Pas mauvaise, n'est-ce pas ?… Tu te rappelles l'aventure du Sept-de-cœur, la fin misérable de l'ingénieur Lacombe, et comment, après avoir puni ses meurtriers, j'ai offert à l'État ses papiers et ses plans pour la construction d'un nouveau sous-marin — encore un cadeau à la France. — Eh bien ! parmi ces plans, j'avais gardé ceux d'un canot automobile submersible, et voilà comment tu as l'honneur de naviguer en ma compagnie…

Il appela Charolais.

— Fais-nous monter, Charolais, plus de danger…

Ils bondirent jusqu'à la surface et la cloche de verre émergea…

Ils se trouvaient à un mille des côtes, hors de vue par conséquent, et Beautrelet put alors se rendre un compte plus juste de la rapidité vertigineuse avec laquelle ils avançaient.

Fécamp d'abord passa devant eux, puis toutes les plages normandes, Saint-Pierre, les Petites-Dalles, Veulettes, Saint-Valery, Veules, Quiberville.

Lupin plaisantait toujours, et Isidore ne se lassait pas de le regarder et de l'entendre, émerveillé par la verve de cet homme, sa gaieté, sa gaminerie, son insouciance ironique, sa joie de vivre.

Il observait aussi Raymonde. La jeune femme demeurait silencieuse, serrée contre celui qu'elle aimait. Elle avait pris ses mains entre les siennes et souvent levait les yeux sur lui, et plusieurs fois Beautrelet remarqua que ses mains se crispaient un peu et que la tristesse de ses yeux s'accentuait. Et, chaque fois, c'était comme une réponse muette et douloureuse aux boutades de Lupin. On eût dit que cette légèreté de paroles, cette vision sarcastique de la vie lui causaient une souffrance.

— Tais-toi, murmura-t-elle… c'est défier le destin que de rire… Tant de malheurs peuvent encore nous atteindre !

En face de Dieppe, on dut plonger pour n'être pas aperçu des embarcations de pêche. Et vingt minutes plus tard, ils obliquèrent vers la côte, et le bateau entra dans un petit port sous-marin formé par une coupure irrégulière entre les rochers, se rangea le long d'un môle et remonta doucement à la surface.

— Port-Lupin, annonça Lupin.

L'endroit situé à cinq lieues de Dieppe, à trois lieues du Tréport, protégé à droite et à gauche par deux éboulements de falaise, était absolument désert. Un sable fin tapissait les pentes de la menue plage.

— À terre, Beautrelet… Raymonde, donnez-moi la main… Toi, Charolais, retourne à l'Aiguille voir ce qui se passe entre Ganimard et Duguay-Trouin, et tu viendras me le dire à la fin du jour. Ça me passionne, cette affaire-là.

Beautrelet se demandait avec certaine curiosité comment ils allaient sortir de cette anse emprisonnée qui s'appelait Port-Lupin, quand il avisa au pied même de la falaise les montants d'une échelle de fer…

— Isidore, dit Lupin, si tu connaissais ta géographie et ton histoire, tu saurais que nous sommes au bas de la gorge de Parfonval, sur la commune de Biville. Il y a plus d'un siècle, dans la nuit du 23 août 1803, Georges Cadoudal et six complices, débarqués en France avec l'intention d'enlever le premier consul Bonaparte, se hissèrent jusqu'en haut par le chemin que je vais te montrer. Depuis, des éboulements ont démoli ce chemin. Mais Valméras, plus connu sous le nom d'Arsène Lupin, l'a fait restaurer à ses frais, et il a acheté la ferme de la Neuvillette, où les conjurés ont passé leur première nuit, et où, retiré des affaires, désintéressé des choses de ce monde, il va vivre, entre sa mère et sa femme, la vie respectable du hobereau. Le gentleman-cambrioleur est mort, vive le gentleman-farmer !

Après l'échelle, c'était comme un étranglement, une ravine abrupte creusée par les eaux de pluie, et au fond de laquelle on s'accrochait à un simulacre d'escalier garni d'une rampe. Ainsi que l'expliqua Lupin, cette rampe avait été mise en lieu et place de « l'estamperche », longue cordée fixée à des pieux dont s'aidaient jadis les gens du pays pour descendre à la plage.

Une demi-heure d'ascension pénible, et ils débouchèrent sur le plateau non loin d'une de ces huttes creusées en pleine terre, et qui servent d'abri aux douaniers de la côte. Et précisément, au détour de la sente, un douanier apparut.

Il se rangea et salua.

Lupin lui dit :

— Rien de nouveau, Gomel ?

— Rien, patron.

— Tu n'as rencontré personne de suspect !

— Non, patron… cependant…

— Quoi ?

— Ma femme… qui est couturière à la Neuvillette…

— Oui, je sais… Césarine… Ma mère m'a parlé d'elle. Eh bien ?

— Il paraît qu'un matelot a rôdé ce matin dans le village.

— Quelle tête avait-il ce matelot ?

— Pas naturelle… Une tête d'Anglais.

— Ah ! fit Lupin préoccupé… Et tu as donné l'ordre à Césarine…

— D'ouvrir l'œil, oui, patron.
— C'est bien, surveille le retour de Charolais d'ici deux ou trois heures… S'il y a quelque chose, je suis à la ferme.

Il reprit son chemin et dit à Beautrelet :

— Voilà qui m'inquiète… Est-ce Sholmès ? Ah ! si c'est lui, exaspéré comme il doit l'être, tout est à craindre.

Il hésita un moment :

— Je me demande si nous ne devrions pas rebrousser chemin… oui, j'ai de mauvais pressentiments…

Des plaines légèrement ondulées se déroulaient à perte de vue. Un peu sur la gauche, de belles allées d'arbres menaient vers la ferme de la Neuvillette dont on apercevait les bâtiments… C'était la retraite qu'il avait préparée, l'asile de repos promis à Raymonde. Allait-il, pour d'absurdes idées, renoncer au bonheur à l'instant même où il atteignait le but ?

Il saisit le bras d'Isidore, et lui montrant Raymonde qui les précédait :

— Regarde-la. Quand elle marche, sa taille a un petit balancement que je ne puis voir sans trembler… Mais, tout en elle me donne ce tremblement de l'émotion et de l'amour, ses gestes aussi bien que son immobilité, son silence comme le son de sa voix. Tiens, le fait seul de marcher sur la trace de ses pas me cause un véritable bien-être. Ah ! Beautrelet, oubliera-t-elle jamais que je fus Lupin ? Tout ce passé qu'elle exècre, parviendrai-je à l'effacer de son souvenir ?

Il se domina et, avec une assurance obstinée :

— Elle oubliera ! affirma-t-il. Elle oubliera parce que je lui ai fait tous les sacrifices. J'ai sacrifié le refuge inviolable de l'Aiguille creuse, j'ai sacrifié mes trésors, ma puissance, mon orgueil… je sacrifierai tout… Je ne veux plus être rien… plus rien qu'un homme qui aime… un homme honnête puisqu'elle ne peut aimer qu'un homme honnête… Après tout, qu'est-ce que ça me fait d'être honnête ? Ce n'est pas plus déshonorant qu'autre chose…

La boutade lui échappa pour ainsi dire à son insu. Sa voix demeura grave et sans ironie. Et il murmurait avec une violence contenue :

— Ah ! vois-tu, Beautrelet, de toutes les joies effrénées que j'ai goûtées dans ma vie d'aventures, il n'en est pas une qui vaille la joie que me donne son regard quand elle est contente de moi… Je me sens tout faible alors, et j'ai envie de pleurer…

Pleurait-il ? Beautrelet eut l'intuition que des larmes mouillaient ses yeux. Des larmes dans le yeux de Lupin ! des larmes d'amour !

Ils approchaient d'une vieille porte qui servait d'entrée à la ferme.

Lupin s'arrêta une seconde et balbutia :

— Pourquoi ai-je peur ?… C'est comme une oppression… Est-ce que l'aventure de l'Aiguille creuse n'est pas finie ? Est-ce que le destin n'accepte pas le dénouement que j'ai choisi ?

Raymonde se retourna, tout inquiète.

— Voilà Césarine. Elle court…

La femme du douanier, en effet, arrivait de la ferme en toute hâte.

Lupin se précipita :

— Quoi ! qu'y a-t-il ? Parlez donc !

Suffoquée, à bout de souffle, Césarine bégaya :

— Un homme… j'ai vu un homme dans le salon.
— L'Anglais de ce matin ?
— Oui… mais déguisé autrement…
— Il vous a vue ?
— Non. Il a vu votre mère. Mme Valméras l'a surpris comme il s'en allait.
— Eh bien ?
— Il lui a dit qu'il cherchait Louis Valméras, qu'il était votre ami.
— Alors ?
— Alors Madame a répondu que son fils était en voyage… pour des années…
— Et il est parti ?…
— Non. Il a fait des signes par la fenêtre qui donne sur la plaine… comme s'il appelait quelqu'un.

Lupin semblait hésiter. Un grand cri déchira l'air. Raymonde gémit :

— C'est ta mère… je reconnais…

Il se jeta sur elle, et l'entraînant dans un état de passion farouche :

— Viens… fuyons… toi d'abord…

Mais tout de suite il s'arrêta, éperdu, bouleversé.

— Non, je ne peux pas… c'est abominable… Pardonne-moi… Raymonde… la pauvre femme là-bas… Reste ici… Beautrelet, ne la quitte pas.

Il s'élança le long du talus qui environne la ferme, tourna, et le suivit, en courant, jusqu'auprès de la barrière qui s'ouvre sur la plaine.

Raymonde, que Beautrelet n'avait pu retenir, arriva presque en même temps que lui, et Beautrelet, dissimulé derrière les arbres, aperçut, dans l'allée déserte qui menait de la ferme à la barrière, trois hommes, dont l'un, le plus grand, marchait en tête, et dont deux autres tenaient sous les bras une femme qui essayait de résister et qui poussait des gémissements de douleur.

Le jour commençait à baisser. Cependant Beautrelet reconnut Herlock Sholmès. La femme était âgée. Des cheveux blancs encadraient son visage livide.

Ils approchaient tous les quatre.

Ils atteignaient la barrière. Sholmès ouvrit un battant.

Alors Lupin s'avança et se planta devant lui.

Le choc parut d'autant plus effroyable qu'il fut silencieux, presque solennel.

Longtemps les deux ennemis se mesurèrent du regard. Une haine égale convulsait leurs visages. Ils ne bougeaient pas.

Lupin prononça avec un calme terrifiant :

— Ordonne à tes hommes de laisser cette femme.

— Non.

On eût pu croire que l'un et l'autre ils redoutaient d'engager la lutte suprême et que l'un et l'autre ils ramassaient toutes leurs forces. Et plus de paroles inutiles cette fois, plus de provocations railleuses. Le silence, un silence de mort.

Folle d'angoisse, Raymonde attendait l'issue du duel. Beautrelet lui avait saisi le bras et la maintenait immobile.

Au bout d'un instant, Lupin répéta :

— Ordonne à tes hommes de laisser cette femme.

— Non !

Lupin prononça :

— Écoute, Sholmès…

Mais il s'interrompit, comprenant la stupidité des mots. En face de ce colosse d'orgueil et de volonté qui s'appelait Sholmès, que signifiaient les menaces !

Décidé à tout, brusquement il porta la main à la poche de son veston. L'Anglais le prévint, et, bondissant vers sa prisonnière, il lui colla le canon de son revolver à deux pouces de la tempe.

— Pas un geste, Lupin, ou je tire.

En même temps ses deux acolytes sortirent leurs armes et les braquèrent sur Lupin.

Celui-ci se raidit, dompta la rage qui le soulevait, et, froidement, les deux mains dans ses poches, la poitrine offerte à l'ennemi, il recommença :

— Sholmès, pour la troisième fois, laisse cette femme tranquille…

L'Anglais ricana :

— On n'a pas droit d'y toucher, peut-être ? Allons, allons, assez de blagues ! Tu ne t'appelles pas plus Valméras que tu ne t'appelles Lupin, c'est un nom que tu as volé, comme tu avais volé le nom de Charmerace. Et celle que tu fais passer pour ta mère, c'est Victoire, ta vieille complice, celle qui t'a élevé…

Sholmès eut un tort. Emporté par son désir de vengeance, il regarda Raymonde, que ces révélations frappaient d'horreur. Lupin profita de l'imprudence. D'un mouvement rapide, il fit feu.

— Damnation ! hurla Sholmès, dont le bras, transpercé, retomba le long de son corps.

Et apostrophant ses hommes :

— Tirez donc, vous autres ! Tirez donc !

Mais Lupin avait sauté sur eux, et il ne s'était pas écoulé deux secondes que celui de droite roulait à terre, la poitrine démolie, tandis que l'autre, la mâchoire fracassée, s'écroulait contre la barrière.

— Débrouille-toi, Victoire… attache-les… Et maintenant, à nous deux, l'Anglais…

Il se baissa en jurant :

— Ah ! canaille…

Sholmès avait ramassé son arme de la main gauche et le visait.

Une détonation… un cri de détresse… Raymonde s'était précipitée entre les deux hommes, face à l'Anglais. Elle chancela, porta la main à sa gorge, se redressa, tournoya, et s'abattit aux pieds de Lupin.

— Raymonde !… Raymonde !

Il se jeta sur elle, la prit dans ses bras et la pressa contre lui.

— Morte, fit-il.

Il y eut un moment de stupeur. Sholmès semblait confondu de son acte. Victoire balbutiait :

— Mon petit… Mon petit…

Beautrelet s'avança vers la jeune femme et se pencha pour l'examiner. Lupin répétait :

— Morte… morte… d'un ton réfléchi, comme s'il ne comprenait pas encore.

Mais sa figure se creusa, transformée soudain, ravagée de douleur. Et il fut alors secoué d'une sorte de folie, fit des gestes irraisonnés, se tordit les poings, trépigna comme un enfant qui souffre trop.

— Misérable ! cria-t-il tout à coup, dans un accès de haine.

Et d'un choc formidable, renversant Sholmès, il le saisit à la gorge et lui enfonça ses doigts crispés dans la chair.

L'Anglais râla, sans même se débattre.

— Mon petit, mon petit, supplia Victoire…

Beautrelet accourut. Mais Lupin déjà avait lâché prise, et, près de son ennemi étendu à terre, il sanglotait.

Spectacle pitoyable ! Beautrelet ne devait jamais en oublier l'horreur tragique, lui qui savait tout l'amour de Lupin pour Raymonde, et tout ce que le grand aventurier avait immolé de lui-même pour animer d'un sourire le visage de sa bien-aimée.

La nuit commençait à recouvrir d'un linceul d'ombre le champ de bataille. Les trois Anglais ficelés et bâillonnés gisaient dans l'herbe haute. Des chansons bercèrent le vaste silence de la plaine. C'était les gens de la Neuvillette qui revenaient du travail.

Lupin se dressa. Il écouta les voix monotones. Puis il considéra la ferme heureuse où il avait espéré vivre paisiblement auprès de Raymonde. Puis il la regarda, elle, la pauvre amoureuse, que l'amour avait tuée, et qui dormait, toute blanche, de l'éternel sommeil.

Les paysans approchaient cependant.

Alors Lupin se pencha, saisit la morte dans ses bras puissants, la souleva d'un coup, et, ployé en deux, l'étendit sur son dos.

— Allons-nous-en, Victoire.

— Allons-nous-en, mon petit.

— Adieu, Beautrelet, dit-il.

Et, chargé du précieux et horrible fardeau, suivi de sa vieille servante, silencieux, farouche, il partit du côté de la mer, et s'enfonça dans l'ombre profonde…

813

PREMIÈRE PARTIE
LE MASSACRE

I

M. Kesselbach s'arrêta net au seuil du salon, prit le bras de son secrétaire, et murmura d'une voix inquiète :

— Chapman, *on* a encore pénétré ici.

— Voyons, voyons, monsieur, protesta le secrétaire, vous venez vous-même d'ouvrir la porte de l'antichambre, et, pendant que nous déjeunions au restaurant, la clef n'a pas quitté votre poche.

— Chapman, *on* a encore pénétré ici, répéta M. Kesselbach.

Il montra un sac de voyage qui se trouvait sur la cheminée.

— Tenez, la preuve est faite. Ce sac était fermé. Il ne l'est plus.

Chapman objecta :

— Êtes-vous bien sûr de l'avoir fermé, monsieur ? D'ailleurs, ce sac ne contient que des bibelots sans valeur, des objets de toilette...

— Il ne contient que cela parce que j'en ai retiré mon portefeuille avant de sortir, par précaution... sans quoi... Non, je vous le dis, Chapman, *on* a pénétré ici pendant que nous déjeunions.

Au mur, il y avait un appareil téléphonique. Il décrocha le récepteur.

— Allô... C'est pour M. Kesselbach... l'appartement 415... C'est cela... Mademoiselle, veuillez demander la Préfecture de police... Service de la Sûreté... J'ai le numéro... une seconde... Ah ! voilà... c'est le numéro 822. 48... J'attends à l'appareil.

Une minute après, il reprenait :

— Le 822.48 ? Je voudrais dire quelques mots à M. Lenormand, le chef de la Sûreté. C'est de la part de M. Kesselbach... Allô ? Mais oui, M. le chef de la Sûreté sait de quoi il s'agit. C'est avec son autorisation que je téléphone... Ah ! il n'est pas là... À qui ai-je l'honneur de parler ? M. Gourel, inspecteur de police... Mais il me semble, monsieur Gourel, que vous assistiez, hier, à mon entrevue avec M. Lenormand... Eh bien ! monsieur, le même fait s'est reproduit aujourd'hui. On a pénétré dans l'appartement que j'occupe. Et si vous veniez dès maintenant, vous pourriez peut-être découvrir, d'après les indices... D'ici une heure ou deux ? Parfaitement... Vous n'aurez qu'à vous faire indiquer l'appartement 415. Encore une fois, merci !

De passage à Paris, Rudolf Kesselbach, le roi du diamant, comme on l'appelait – ou, selon son autre surnom, le Maître du Cap, — le multi-millionnaire Rudolf Kesselbach (on estimait sa fortune à plus de cent millions), occupait depuis une semaine, au quatrième étage du Palace-Hôtel, l'appartement 415, composé de trois pièces, dont les deux plus grandes, à droite, le salon et la chambre principale, avaient vue sur l'Avenue, et dont l'autre, à gauche, qui servait au secrétaire Chapman, prenait jour sur la rue de Judée.

À la suite de cette chambre, cinq pièces étaient retenues pour Mme Kesselbach, qui devait quitter Monte-Carlo, où elle se trouvait actuellement, et rejoindre son mari au premier signal de celui-ci.

Durant quelques minutes, Rudolf Kesselbach se promena d'un air soucieux. C'était un homme de haute taille, coloré de visage, jeune encore, auquel des yeux rêveurs, dont on apercevait le bleu tendre à travers des lunettes d'or, donnaient une expression de douceur et de timidité, qui contrastait avec l'énergie du front carré et de la mâchoire osseuse.

Il alla vers la fenêtre : elle était fermée. Du reste, comment aurait-on pu s'introduire par là ? Le balcon particulier qui entourait l'appartement s'interrompait à droite ; et, à gauche, il était séparé par un refend de pierre des balcons de la rue de Judée.

Il passa dans sa chambre : elle n'avait aucune communication avec les pièces voisines. Il passa dans la chambre de son secrétaire : la porte qui s'ouvrait sur les cinq pièces réservées à Mme Kesselbach était close, et le verrou poussé.

— Je n'y comprends rien, Chapman, voilà plusieurs fois que je constate ici des choses... des choses étranges, vous l'avouerez. Hier, c'était ma canne qu'on a dérangée... Avant-hier on a certainement touché à mes papiers... et cependant comment serait-il possible ?...

— C'est impossible, monsieur, s'écria Chapman, dont la placide figure d'honnête homme ne s'animait d'aucune inquiétude. Vous supposez, voilà tout... vous n'avez aucune preuve... rien que des impressions... Et puis quoi ! on ne peut pénétrer dans cet appartement que par l'antichambre. Or, vous avez fait faire une clef spéciale le jour de votre arrivée, et il n'y a que votre domestique Edwards qui en possède le double. Vous avez confiance en lui ?

— Parbleu !... depuis dix ans qu'il est à mon service... Mais Edwards déjeune en même temps que nous, et c'est un tort. À l'avenir, il ne devra descendre qu'après notre retour.

Chapman haussa légèrement les épaules. Décidément, le Maître du Cap devenait quelque peu bizarre avec ses craintes inexpliquées. Quel risque court-on dans un hôtel, alors surtout qu'on ne garde sur soi ou près de soi aucune valeur, aucune somme d'argent importante ?

Ils entendirent la porte du vestibule qui s'ouvrait. C'était Edwards.

M. Kesselbach l'appela.

— Vous êtes en livrée, Edwards ? Ah ! bien. Je n'attends pas de visite aujourd'hui, Edwards... ou plutôt si, une visite, celle de M. Gourel. D'ici là, restez dans le vestibule et surveillez la porte. Nous avons à travailler sérieusement, M. Chapman et moi.

Le travail sérieux dura quelques instants pendant lesquels M. Kesselbach examina son courrier, parcourut trois ou quatre lettres et indiqua les réponses qu'il fallait faire. Mais soudain Chapman, qui attendait, la plume levée, s'aperçut que M. Kesselbach pensait à autre chose qu'à son courrier.

Il tenait entre ses doigts, et regardait attentivement, une épingle noire recourbée en forme d'hameçon.

— Chapman, fit-il, voyez ce que j'ai trouvé sur la table. Il est évident que cela signifie quelque chose, cette épingle recourbée. Voilà une preuve, une pièce à conviction. Et vous ne pouvez plus prétendre qu'on n'ait pas pénétré dans ce salon. Car enfin, cette épingle n'est pas venue là toute seule.

— Certes non, répondit le secrétaire, elle y est venue grâce à moi.

— Comment ?

— Oui, c'est une épingle qui fixait ma cravate à mon col. Je l'ai retirée hier soir tandis que vous lisiez, et l'ai tordue machinalement.

M. Kesselbach se leva, très vexé, fit quelques pas, et s'arrêtant :

— Vous riez sans doute, Chapman... et vous avez raison... Je ne le conteste pas, je suis plutôt... excentrique, depuis mon dernier voyage au Cap. C'est que... voilà... vous ne savez pas ce qu'il y a de nouveau dans ma vie... un projet formidable... une chose énorme que je ne vois encore que dans les brouillards de l'avenir, mais qui se dessine pourtant... et qui sera colossale... Ah ! Chapman, vous ne pouvez pas imaginer... L'argent, je m'en moque, j'en ai... j'en ai trop... Mais cela, c'est davantage, c'est la puissance, la force, l'autorité. Si la réalité est conforme à ce que je pressens, je ne serai plus seulement le Maître du Cap, mais le maître aussi d'autres royaumes... Rudolf Kesselbach, le fils du chaudronnier d'Augsbourg, marchera de pair avec bien des gens qui, jusqu'ici, le traitaient de haut... Il aura même le pas sur eux, Chapman, il aura le pas sur eux, soyez-en certain... et si jamais...

Il s'interrompit, regarda Chapman comme s'il regrettait d'en avoir trop dit, et cependant, entraîné par son élan, il conclut :

— Vous comprenez, Chapman, les raisons de mon inquiétude... Il y a là, dans ce cerveau, une idée qui vaut cher... et cette idée, on la soupçonne peut-être... et l'on m'épie... j'en ai la conviction...

Une sonnerie retentit.

— Le téléphone, dit Chapman...

— Est-ce que, par hasard, murmura M. Kesselbach, ce serait...

Il prit l'appareil.

— Allô !... De la part de qui ? Le Colonel ?... Ah ! Eh bien ! oui, c'est moi... Il y a du nouveau ?... Parfait... Alors je vous attends... Vous viendrez avec vos hommes ? Parfait... Allô ! Non, nous ne serons pas dérangés... je vais donner les ordres nécessaires... C'est donc si grave ?... Je vous répète que la consigne sera formelle... mon secrétaire et mon domestique garderont la porte, et personne n'entrera. Vous connaissez le chemin, n'est-ce pas ? Par conséquent, ne perdez pas une minute.

Il raccrocha le récepteur, et aussitôt :

— Chapman, deux messieurs vont venir... Oui, deux messieurs... Edwards les introduira...

— Mais... M. Gourel... le brigadier...

— Il arrivera plus tard… dans une heure… Et puis, quand même, ils peuvent se rencontrer. Donc, dites à Edwards d'aller dès maintenant au bureau et de prévenir. Je n'y suis pour personne sauf pour deux messieurs, le Colonel et son ami, et pour M. Gourel. Qu'on inscrive les noms.

Chapman exécuta l'ordre. Quand il revint, il trouva M. Kesselbach qui tenait à la main une enveloppe, ou plutôt une petite pochette de maroquin noir, vide sans doute, à en juger par l'apparence. Il semblait hésiter, comme s'il ne savait qu'en faire. Allait-il la mettre dans sa poche ou la déposer ailleurs ?

Enfin, il s'approcha de la cheminée et jeta l'enveloppe de cuir dans son sac de voyage.

— Finissons le courrier, Chapman. Nous avons dix minutes. Ah ! une lettre de Mme Kesselbach. Comment se fait-il que vous ne me l'ayez pas signalée, Chapman ? Vous n'aviez donc pas reconnu l'écriture ?

Il ne cachait pas l'émotion qu'il éprouvait à toucher et à contempler cette feuille de papier que sa femme avait tenue entre ses doigts, et où elle avait mis un peu de sa pensée secrète.

Il en respira le parfum, et, l'ayant décachetée, lentement il la lut, à mi-voix, par bribes que Chapman entendait :

« — Un peu lasse… je ne quitte pas la chambre… je m'ennuie… quand pourrai-je vous rejoindre ? Votre télégramme sera le bienvenu… »

— Vous avez télégraphié ce matin, Chapman ? Ainsi donc Mme Kesselbach sera ici demain mercredi.

Il paraissait tout joyeux, comme si le poids de ses affaires se trouvait subitement allégé, et qu'il fût délivré de toute inquiétude. Il se frotta les mains et respira largement, en homme fort, certain de réussir, en homme heureux, qui possédait le bonheur et qui était de taille à se défendre.

— On sonne, Chapman, on a sonné au vestibule. Allez voir.

Mais Edwards entra et dit :

— Deux messieurs demandent monsieur. Ce sont les personnes…

— Je sais. Elles sont là, dans l'antichambre ?

— Oui, monsieur.

— Refermez la porte de l'antichambre, et n'ouvrez plus… sauf à M. Gourel, brigadier de la Sûreté. Vous, Chapman, allez chercher ces messieurs, et dites-leur que je voudrais d'abord parler au Colonel, au Colonel seul.

Edwards et Chapman sortirent, en ramenant sur eux la porte du salon. Rudolf Kesselbach se dirigea vers la fenêtre et appuya son front contre la vitre.

Dehors, tout au-dessous de lui, les voitures et les automobiles roulaient dans les sillons parallèles, que marquait la double ligne de refuges. Un clair soleil de printemps faisait étinceler les cuivres et les vernis. Aux arbres un peu de verdure s'épanouissait, et les bourgeons des marronniers commençaient à déplier leurs petites feuilles naissantes.

— Que diable fait Chapman ? murmura Kesselbach… Depuis le temps qu'il parlemente !…

Il prit une cigarette sur la table puis, l'ayant allumée, il tira quelques bouffées. Un léger cri lui échappa. Près de lui, debout, se tenait un homme qu'il ne connaissait point.

Il recula d'un pas.

— Qui êtes-vous ?

L'homme – c'était un individu correctement habillé, plutôt élégant, noir de cheveux et de moustache, les yeux durs –, l'homme ricana :

— Qui je suis ? Mais, le Colonel…

— Mais non, mais non, celui que j'appelle ainsi, celui qui m'écrit sous cette signature… de convention… ce n'est pas vous.

— Si, si… l'autre n'était que… Mais, voyez-vous, mon cher monsieur, tout cela n'a aucune importance. L'essentiel c'est que moi, je sois… moi. Et je vous jure que je le suis.

— Mais enfin, monsieur, votre nom…

— Le Colonel… jusqu'à nouvel ordre.

Une peur croissante envahissait M. Kesselbach. Qui était cet homme ? Que lui voulait-il ? Il appela :

— Chapman !

— Quelle drôle d'idée d'appeler ! Ma société ne vous suffit pas ?

— Chapman ! répéta M. Kesselbach. Chapman ! Edwards !

— Chapman ! Edwards ! dit à son tour l'inconnu. Que faites-vous donc, mes amis ? On vous réclame.

— Monsieur, je vous prie, je vous ordonne de me laisser passer.

— Mais, mon cher monsieur, qui vous en empêche ?

Il s'effaça poliment. M. Kesselbach s'avança vers la porte, l'ouvrit, et brusquement sauta en arrière. Devant cette porte il y avait un autre homme, le pistolet au poing.

Il balbutia :

— Edwards Chap...

Il n'acheva pas. Il avait aperçu dans un coin de l'antichambre, étendus l'un près de l'autre, bâillonnés et ficelés, son secrétaire et son domestique.

M. Kesselbach, malgré sa nature inquiète, impressionnable, était brave, et le sentiment d'un danger précis, au lieu de l'abattre, lui rendait tout son ressort et toute son énergie.

Doucement, tout en simulant l'effroi, la stupeur, il recula vers la cheminée et s'appuya contre le mur. Son doigt cherchait la sonnerie électrique. Il trouva et pressa le bouton longuement.

— Et après ? fit l'inconnu.

Sans répondre, M. Kesselbach continua d'appuyer.

— Et après ? Vous espérez qu'on va venir, que tout l'hôtel est en rumeur parce que vous pressez ce bouton ?... Mais, mon pauvre monsieur, retournez-vous donc, et vous verrez que le fil est coupé.

M. Kesselbach se retourna vivement, comme s'il voulait se rendre compte, mais, d'un geste rapide, il s'empara du sac de voyage, plongea la main, saisit un revolver, le braqua sur l'homme et tira.

— Bigre ! fit celui-ci, vous chargez donc vos armes avec de l'air et du silence ?

Une seconde fois le chien claqua, puis une troisième. Aucune détonation ne se produisit.

— Encore trois coups, roi du Cap. Je ne serai content que quand j'aurai six balles dans la peau. Comment ! vous y renoncez ? Dommage... le carton s'annonçait bien.

Il agrippa une chaise par le dossier, la fit tournoyer, s'assit à califourchon, et montrant un fauteuil à M. Kesselbach :

— Prenez donc la peine de vous asseoir, cher monsieur, et faites ici comme chez vous. Une cigarette ? Pour moi, non. Je préfère les cigares.

Il y avait une boîte sur la table. Il choisit un Upman blond et bien façonné, l'alluma et, s'inclinant :

— Je vous remercie. Ce cigare est délicieux. Et maintenant, causons, voulez-vous ?

Rudolf Kesselbach écoutait avec stupéfaction. Quel était cet étrange personnage ? À le voir si paisible cependant, et si loquace, il se rassurait peu à peu et commençait à croire que la situation pourrait se dénouer sans violence ni brutalité.

Il sortit de sa poche un portefeuille, le déplia, exhiba un paquet respectable de bank-notes et demanda :

— Combien ?

L'autre le regarda d'un air ahuri, comme s'il avait de la peine à comprendre. Puis au bout d'un instant, appela :

— Marco !

L'homme au revolver s'avança.

— Marco, monsieur a la gentillesse de t'offrir ces quelques chiffons pour ta bonne amie. Accepte, Marco.

Tout en braquant son revolver de la main droite, Marco tendit la main gauche, reçut les billets et se retira.

— Cette question réglée selon votre désir, reprit l'inconnu, venons au but de ma visite. Je serai bref et précis. Je veux deux choses. D'abord une petite enveloppe en maroquin noir, que vous portez généralement sur vous. Ensuite, une cassette d'ébène qui, hier encore, se trouvait dans le sac de voyage. Procédons par ordre. L'enveloppe de maroquin ?

— Brûlée.

L'inconnu fronça le sourcil. Il dut avoir la vision des bonnes époques où il y avait des moyens péremptoires de faire parler ceux qui s'y refusent.

— Soit. Nous verrons ça. Et la cassette d'ébène ?

— Brûlée.

— Ah ! gronda-t-il, vous vous payez ma tête mon brave homme.

Il lui tordit le bras d'une façon implacable.

— Hier, Rudolf Kesselbach, hier, vous êtes entré au Crédit Lyonnais, sur le boulevard des Italiens, en dissimulant un paquet sous votre pardessus. Vous avez loué un coffre-fort... Précisons : le coffre numéro 16, travée 9. Après avoir signé et payé, vous êtes descendu dans les sous-sols, et, quand vous êtes remonté, vous n'aviez plus votre paquet. Est-ce exact ?

— Absolument.
— Donc, la cassette et l'enveloppe sont au Crédit Lyonnais.
— Non.
— Donnez-moi la clef de votre coffre.
— Non.
— Marco !

Marco accourut.

— Vas-y, Marco. Le quadruple nœud.

Avant même qu'il eût le temps de se mettre sur la défensive, Rudolf Kesselbach fut enserré dans un jeu de cordes qui lui meurtrirent les chairs dès qu'il voulut se débattre. Ses bras furent immobilisés derrière son dos, son buste attaché au fauteuil et ses jambes entourées de bandelettes comme les jambes d'une momie.

— Fouille, Marco.

Marco fouilla. Deux minutes après, il remettait à son chef une petite clef plate, nickelée, qui portait les numéros 16 et 9.

— Parfait. Pas d'enveloppe de maroquin ?
— Non, patron.
— Elle est dans le coffre. Monsieur Kesselbach, veuillez me dire le chiffre secret qui ouvre la serrure.
— Non.
— Vous refusez ?
— Oui.
— Marco !
— Patron ?
— Applique le canon de ton revolver sur la tempe de monsieur.
— Ça y est.
— Appuie ton doigt sur la gâchette.
— Voilà.
— Eh bien ! mon vieux Kesselbach, es-tu décidé à parler ?
— Non.
— Tu as dix secondes, pas une de plus. Marco !
— Patron ?
— Dans dix secondes tu feras sauter la cervelle de monsieur.
— Entendu.
— Kesselbach, je compte : une, deux, trois, quatre, cinq, six...

Rudolf Kesselbach fit un signe :

— Tu veux parler ?
— Oui.
— Il était temps. Alors, le chiffre... le mot de la serrure ?
— Dolor.
— Dolor... Douleur... Mme Kesselbach ne s'appelle-t-elle pas Dolorès ? Chéri, va... Marco, tu vas faire ce qui est convenu... Pas d'erreur, hein ? Je répète... Tu vas rejoindre Jérôme au bureau d'omnibus, tu lui remettras la clef et tu lui diras le mot d'ordre : Dolor. Vous irez ensemble au Crédit Lyonnais. Jérôme entrera seul, signera le registre d'identité, descendra dans les caves, et emportera tout ce qui se trouve dans le coffre-fort. Compris ?

— Oui, patron. Mais si par hasard le coffre n'ouvre pas, si le mot « Dolor »...

— Silence, Marco. Au sortir du Crédit Lyonnais, tu lâcheras Jérôme, tu rentreras chez toi, et tu me téléphoneras le résultat de l'opération. Si par hasard le mot « Dolor » n'ouvre pas le coffre, nous aurons, mon ami Kesselbach et moi, un petit entretien suprême. Kesselbach, tu es sûr de ne t'être point trompé ?

— Oui.
— C'est qu'alors tu escomptes la nullité de la perquisition. Nous verrons ça. File, Marco.
— Mais vous, patron ?
— Moi, je reste. Oh ! ne crains rien. Je n'ai jamais couru aussi peu de danger. N'est-ce pas, Kesselbach, la consigne est formelle ?
— Oui.

— Diable, tu me dis ça d'un air bien empressé. Est-ce que tu aurais cherché à gagner du temps ? Alors je serais pris au piège, comme un idiot ?...

Il réfléchit, regarda son prisonnier et conclut :

— Non... ce n'est pas possible... nous ne serons pas dérangés...

Il n'avait pas achevé ce mot que la sonnerie du vestibule retentit.

Violemment il appliqua sa main sur la bouche de Rudolf Kesselbach.

— Ah ! vieux renard, tu attendais quelqu'un !

Les yeux du captif brillaient d'espoir. On l'entendit ricaner, sous la main qui l'étouffait.

L'homme tressaillit de rage.

— Tais-toi... sinon, je t'étrangle. Tiens, Marco, bâillonne-le. Fais vite... Bien.

On sonna de nouveau. Il cria, comme s'il était, lui, Rudolf Kesselbach, et qu'Edwards fût encore là :

— Ouvrez donc, Edwards.

Puis il passa doucement dans le vestibule, et, à voix basse, désignant le secrétaire et le domestique :

— Marco, aide-moi à pousser ça dans la chambre... là... de manière qu'on ne puisse les voir.

Il enleva le secrétaire, Marco emporta le domestique.

— Bien, maintenant retourne au salon.

Il le suivit, et aussitôt, repassant une seconde fois dans le vestibule, il prononça très haut d'un air étonné :

— Mais votre domestique n'est pas là, monsieur Kesselbach... non, ne vous dérangez pas... finissez votre lettre... J'y vais moi-même.

Et, tranquillement, il ouvrit la porte d'entrée.

— M. Kesselbach ? lui demanda-t-on.

Il se trouvait en face d'une sorte de colosse, à la large figure réjouie, aux yeux vifs, qui se dandinait d'une jambe sur l'autre et tortillait entre ses mains les rebords de son chapeau.

Il répondit :

— Parfaitement, c'est ici. Qui dois-je annoncer ?

— M. Kesselbach a téléphoné... il m'attend...

— Ah ! c'est vous... je vais prévenir... voulez-vous patienter une minute ?... M. Kesselbach va vous parler.

Il eut l'audace de laisser le visiteur sur le seuil de l'antichambre, à un endroit d'où l'on pouvait apercevoir, par la porte ouverte, une partie du salon. Et lentement, sans même se retourner, il rentra, rejoignit son complice auprès de M. Kesselbach, et lui dit :

— Nous sommes fichus. C'est Gourel, de la Sûreté...

L'autre empoigna son couteau. Il lui saisit le bras :

— Pas de bêtises, hein ! J'ai une idée. Mais, pour Dieu, comprends-moi bien, Marco, et parle à ton tour... Parle comme *si tu étais Kesselbach...* Tu entends, Marco, tu es Kesselbach.

Il s'exprimait avec un tel sang-froid et une autorité si violente que Marco comprit, sans plus d'explication, qu'il devait jouer le rôle de Kesselbach, et prononça, de façon à être entendu :

— Vous m'excuserez, mon cher. Dites à M. Gourel que je suis désolé, mais que j'ai à faire par-dessus la tête... Je le recevrai demain matin à neuf heures, oui, à neuf heures exactement.

— Bien, souffla l'autre, ne bouge plus.

Il revint dans l'antichambre, Gourel attendait. Il lui dit :

— M. Kesselbach s'excuse. Il achève un travail important. Vous est-il possible de venir demain matin, à neuf heures ?

Il y eut un silence. Gourel semblait surpris et vaguement inquiet. Au fond de sa poche, le poing de l'homme se crispa. Un geste équivoque, et il frappait.

Enfin, Gourel dit :

— Soit... À demain neuf heures mais tout de même... Eh bien ! oui, neuf heures, je serai là...

Et, remettant son chapeau, il s'éloigna par les couloirs de l'hôtel.

Marco, dans le salon, éclata de rire.

— Rudement fort, le patron. Ah ! ce que vous l'avez roulé !

— Débrouille-toi, Marco, tu vas le filer. S'il sort de l'hôtel, lâche-le, retrouve Jérôme aux omnibus, comme c'est convenu... et téléphone.

Marco s'en alla rapidement.

Alors l'homme saisit une carafe sur la cheminée, se versa un grand verre d'eau qu'il avala d'un trait, mouilla son mouchoir, baigna son front que la sueur couvrait, puis s'assit auprès de son prisonnier, et lui dit avec une affectation de politesse :

— Il faut pourtant bien, monsieur Kesselbach, que j'aie l'honneur de me présenter à vous. Et, tirant une carte de sa poche, il prononça :

— Arsène Lupin, gentleman-cambrioleur.

II

Le nom du célèbre aventurier sembla faire sur M. Kesselbach la meilleure impression. Lupin ne manqua pas de le remarquer et s'écria :

— Ah ! ah ! cher monsieur, vous respirez ! Arsène Lupin est un cambrioleur délicat, le sang lui répugne, il n'a jamais commis d'autre crime que de s'approprier le bien d'autrui… une peccadille, quoi ! et vous vous dites qu'il ne va pas se charger la conscience d'un assassinat inutile. D'accord… Mais votre suppression sera-t-elle inutile ? Tout est là. En ce moment, je vous jure que je ne rigole pas. Allons-y, camarade.

Il rapprocha sa chaise du fauteuil, relâcha le bâillon de son prisonnier, et, nettement :

— Monsieur Kesselbach, le jour même de ton arrivée à Paris, tu entrais en relation avec le nommé Barbareux, directeur d'une agence de renseignements confidentiels, et, comme tu agissais à l'insu de ton secrétaire Chapman, le sieur Barbareux, quand il communiquait avec toi, par lettre ou par téléphone, s'appelait « Le Colonel ». Je me hâte de te dire que Barbareux est le plus honnête homme du monde. Mais j'ai la chance de compter un de ses employés parmi mes meilleurs amis. C'est ainsi que j'ai su le motif de ta démarche auprès de Barbareux, et c'est ainsi que j'ai été amené à m'occuper de toi, et à te rendre, grâce à de fausses clés, quelques visites domiciliaires… au cours desquelles, hélas ! je n'ai pas trouvé ce que je voulais.

Il baissa la voix, et, les yeux dans les yeux de son prisonnier, scrutant son regard, cherchant sa pensée obscure, il articula :

— Monsieur Kesselbach, tu as chargé Barbareux de découvrir dans les bas-fonds de Paris un homme qui porte, ou a porté, le nom de Pierre Leduc, et dont voici le signalement sommaire : taille, un mètre soixante-quinze, blond, moustaches. Signe particulier : à la suite d'une blessure, l'extrémité du petit doigt de la main gauche a été coupée. En outre, une cicatrice presque effacée à la joue droite. Tu sembles attacher à la découverte de cet homme une importance énorme, comme s'il pouvait en résulter pour toi des avantages considérables. Qui est cet homme ?

— Je ne sais pas.

La réponse fut catégorique, absolue. Savait-il ou ne savait-il pas ? Peu importait. L'essentiel, c'est qu'il était décidé à ne point parler.

— Soit, fit son adversaire, mais tu as sur lui des renseignements plus détaillés que ceux que tu as fournis à Barbareux ?

— Aucun.

— Tu mens, monsieur Kesselbach. Deux fois, devant Barbareux, tu as consulté des papiers enfermés dans l'enveloppe de maroquin.

— En effet.

— Alors, cette enveloppe ?

— Brûlée.

Lupin tressaillit de rage. Evidemment, l'idée de la torture et des commodités qu'elle offrait traversa de nouveau son cerveau.

— Brûlée ? mais la cassette… avoue donc… avoue donc qu'elle est au Crédit Lyonnais ?

— Oui.

— Et qu'est-ce qu'elle contient ?

— Les deux cents plus beaux diamants de ma collection particulière.

Cette affirmation ne sembla pas déplaire à l'aventurier.

— Ah ! ah ! les deux cents plus beaux diamants ! Mais dis donc, c'est une fortune… Oui, ça te fait sourire… Pour toi, c'est une bagatelle… Et ton secret vaut mieux que ça… Pour toi, oui, mais pour moi ?…

Il prit un cigare, alluma une allumette qu'il laissa éteindre machinalement et resta quelque temps pensif, immobile.

Les minutes passaient.

Il se mit à rire.

— Tu espères bien que l'expédition ratera, et qu'on n'ouvrira pas le coffre ?... Possible, mon vieux. Mais alors il faudra me payer mon dérangement. Je ne suis pas venu ici pour voir la tête que tu fais sur un fauteuil... Les diamants, puisque diamants il y a... Sinon, l'enveloppe de maroquin... Le dilemme est posé...

Il consulta sa montre.

— Une demi-heure... Bigre !... Le destin se fait tirer l'oreille... Mais ne rigole donc pas, monsieur Kesselbach. Foi d'honnête homme, je ne rentrerai pas bredouille... Enfin !

C'était la sonnerie du téléphone. Lupin s'empara vivement du récepteur, et changeant le timbre de sa voix, imitant les intonations rudes de son prisonnier :

— Oui, c'est moi, Rudolf Kesselbach... Ah ! bien, mademoiselle, mettez-moi en communication... C'est toi, Marco ?... Parfait... Ça s'est bien passé ?... À la bonne heure... Pas d'accrocs ?... Compliments, l'enfant... Alors, qu'est-ce qu'on a ramassé ? La cassette d'ébène... Pas autre chose ? aucun papier ?... Tiens, tiens !... Et dans la cassette ?... Sont-ils beaux, ces diamants ?... Parfait... parfait... Une minute, Marco, que je réfléchisse... tout ça, vois-tu... si je te disais mon opinion... Tiens, ne bouge pas reste à l'appareil...

Il se retourna :

— Monsieur Kesselbach, tu y tiens à tes diamants ?

— Oui.

— Tu me les rachèterais ?

— Peut-être.

— Combien ? Cinq cent mille ?

— Cinq cent mille... oui...

— Seulement, voilà le hic... Comment se fera l'échange ? Un chèque ? Non, tu me roulerais... ou bien je te roulerais... Écoute, après-demain matin, passe au Lyonnais, prends tes cinq cents billets et va te promener au Bois, près d'Auteuil... moi, j'aurai les diamants... dans un sac, c'est plus commode... la cassette se voit trop...

Kesselbach sursauta :

— Non... non... la cassette... je veux tout...

— Ah ! fit Lupin, éclatant de rire... tu es tombé dans le panneau... Les diamants, tu t'en fiches ça se remplace... Mais la cassette, tu y tiens comme à ta peau... Eh bien ! tu l'auras, ta cassette... foi d'Arsène... tu l'auras, demain matin par colis postal !

Il reprit le téléphone.

— Marco, tu as la boîte sous les yeux ?... Qu'est-ce qu'elle a de particulier ? De l'ébène, incrusté d'ivoire... oui, je connais ça... style japonais, faubourg Saint-Antoine... Pas de marque ? Ah ! une petite étiquette ronde, bordée de bleu, et portant un numéro... oui, une indication commerciale... aucune importance. Et le dessous de la boîte, est-il épais ? Pas très épais... Bigre ! pas de double fond, alors... Dis donc, Marco, examine les incrustations d'ivoire sur le dessus... ou plutôt, non, le couvercle.

Il exulta de joie.

— Le couvercle ! c'est ça, Marco ! Kesselbach a cligné de l'œil... Nous brûlons !... Ah ! mon vieux Kesselbach, tu ne voyais donc pas que je te guignais ? Fichu maladroit !

Et, revenant à Marco :

— Eh bien ! où en es-tu ? Une glace à l'intérieur du couvercle ?... Est-ce qu'elle glisse ?... Y a-t-il des rainures ? Non... eh bien ! casse-la... Mais oui, je te dis de la casser... Cette glace n'a aucune raison d'être... elle a été rajoutée.

Il s'impatienta :

— Mais, imbécile, ne te mêle pas de ce qui ne te regarde pas... Obéis...

Il dut entendre le bruit que Marco faisait, au bout du fil, pour briser le miroir, car il s'écria, triomphalement :

— Qu'est-ce que je te disais, monsieur Kesselbach, que la chasse serait bonne ?... Allô ! Ça y est ? Eh bien ?... Une lettre ? Victoire ! Tous les diamants du Cap et le secret du bonhomme !

Il décrocha le second récepteur, appliqua soigneusement les deux plaques sur ses oreilles, et reprit :

— Lis, Marco, lis doucement... L'enveloppe d'abord... Bon... Maintenant, répète.

Lui-même répéta :

« Copie de la lettre contenue dans la pochette de maroquin noir. »

— Et après ? Déchire l'enveloppe, Marco. Vous permettez, monsieur Kesselbach ? Ça n'est pas très correct, mais enfin… Vas-y, Marco, M. Kesselbach t'y autorise. Ça y est ? Eh bien, lis.

Il écouta, puis ricanant :

— Fichtre ! ce n'est pas aveuglant. Voyons, je résume. Une simple feuille de papier pliée en quatre et dont les plis paraissent tout neufs… Bien… En haut et à droite de cette feuille, ces mots : *un mètre soixante-quinze, petit doigt gauche coupé*, etc. Oui, c'est le signalement du sieur Pierre Leduc. De l'écriture de Kesselbach, n'est-ce pas ?… Bien… Et au milieu de la feuille ce mot, en lettres capitales d'imprimerie :

APOON

« Marco, mon petit, tu vas laisser le papier tranquille, tu ne toucheras pas à la cassette ni aux diamants… Dans dix minutes j'en aurai fini avec mon bonhomme. Dans vingt minutes je te rejoins… Ah ! à propos, tu m'as envoyé l'auto ? Parfait. À tout à l'heure.

Il remit l'appareil en place, passa dans le vestibule, puis dans la chambre, s'assura que le secrétaire et le domestique n'avaient pas desserré leurs liens et que, d'autre part, ils ne risquaient pas d'être étouffés par leurs bâillons, et il revint vers son prisonnier.

Il avait une expression résolue, implacable.

— Fini de rire, Kesselbach. Si tu ne parles pas, tant pis pour toi. Es-tu décidé ?

— À quoi ?

— Pas de bêtises. Dis ce que tu sais.

— Je ne sais rien.

— Tu mens. Que signifie ce mot Apoon ?

— Si je le savais, je ne l'aurais pas inscrit.

— Soit, mais à qui, à quoi se rapporte-t-il ? Où l'as-tu copié ? D'où cela te vient-il ?

M. Kesselbach ne répondit pas. Lupin reprit, plus nerveux, plus saccadé :

— Écoute, Kesselbach, je vais te faire une proposition. Si riche, si gros monsieur que tu sois, il n'y a pas entre toi et moi tant de différence. Le fils du chaudronnier d'Augsbourg et Arsène Lupin, prince des cambrioleurs, peuvent s'accorder sans honte ni pour l'un ni pour l'autre. Moi, je vole en appartement ; toi, tu voles en Bourse. Tout ça, c'est kif-kif. Donc, voilà, Kesselbach. Associons-nous pour cette affaire. J'ai besoin de toi puisque je l'ignore. Tu as besoin de moi parce que, tout seul, tu n'en sortiras pas. Barbareux est un niais. Moi, je suis Lupin. Ça colle ?

Un silence. Lupin insista, d'une voix qui tremblait :

— Réponds, Kesselbach, ça colle ? Si oui, en quarante-huit heures, je te le retrouve, ton Pierre Leduc. Car il s'agit bien de lui, hein ? C'est ça, l'affaire ? Mais réponds donc ! Qu'est-ce que c'est que cet individu ? Pourquoi le cherches-tu ? Que sais-tu de lui ?

Il se calma subitement, posa sa main sur l'épaule de l'Allemand et, d'un ton sec :

— Un mot seulement. Oui… ou non ?

— Non.

Il tira du gousset de Kesselbach un magnifique chronomètre en or et le plaça sur les genoux du prisonnier. Il déboutonna le gilet de Kesselbach, écarta la chemise, découvrit la poitrine, et, saisissant un stylet d'acier, à manche niellé d'or, qui se trouvait près de lui, sur la table, il en appliqua la pointe à l'endroit où les battements du cœur faisaient palpiter la chair nue.

— Une dernière fois ?

— Non.

— Monsieur Kesselbach, il est trois heures moins huit. Si dans huit minutes vous n'avez pas répondu, vous êtes mort.

III

Le lendemain matin, à l'heure exacte qui lui avait été fixée, le brigadier Gourel se présenta au Palace-Hôtel.

Sans s'arrêter, et dédaigneux de l'ascenseur, il monta les escaliers. Au quatrième étage il tourna à droite, suivit le couloir, et vint sonner à la porte du 415.

Aucun bruit ne se faisant entendre, il recommença. Après une demi-douzaine de tentatives infructueuses, il se dirigea vers le bureau de l'étage. Un maître d'hôtel s'y trouvait.

— M. Kesselbach, s'il vous plaît ? Voilà dix fois que je sonne.

— M. Kesselbach n'a pas couché là. Nous ne l'avons pas vu depuis hier après-midi.

— Mais son domestique, son secrétaire ?

— Nous ne les avons pas vus non plus.
— Alors, eux non plus n'auraient pas couché à l'hôtel ?
— Sans doute.
— Sans doute ! Mais vous devriez avoir une certitude.
— Pourquoi ? M. Kesselbach n'est pas à l'hôtel ici, il est chez lui, dans son appartement particulier. Son service n'est pas fait par nous, mais par son domestique, et nous ne savons rien de ce qui se passe chez lui.
— En effet… en effet…

Gourel semblait fort embarrassé. Il était venu avec des ordres formels, une mission précise, dans les limites de laquelle son intelligence pouvait s'exercer. En dehors de ces limites, il ne savait trop comment agir.

— Si le Chef était là… murmura-t-il, si le Chef était là…

Il montra sa carte et déclina ses titres. Puis il demanda, à tout hasard :

— Donc, vous ne les avez pas vus rentrer ?
— Non.
— Mais vous les avez vus sortir ?
— Non plus.
— En ce cas, comment savez-vous qu'ils sont sortis ?
— Par un monsieur qui est venu hier après-midi au 415.
— Allons voir.
— Un monsieur à moustaches brunes ?
— Oui. Je l'ai rencontré comme il s'en allait vers trois heures. Il m'a dit : « Les personnes du 415 viennent de sortir. M. Kesselbach couchera ce soir à Versailles, aux Réservoirs, où vous pouvez lui envoyer son courrier. »
— Mais quel était ce monsieur ? À quel titre parlait-il ?
— Je l'ignore.

Gourel était inquiet. Tout cela lui paraissait assez bizarre.

— Vous avez la clef ?
— Non. M. Kesselbach avait fait faire des clefs spéciales.
— Allons voir.

Gourel sonna de nouveau furieusement. Rien. Il se disposait à partir quand, soudain, il se baissa et appliqua vivement son oreille contre le trou de la serrure.

— Écoutez… on dirait… mais oui… c'est très net… des plaintes… des gémissements…

Il donna dans la porte un véritable coup de poing.

— Mais, monsieur, vous n'avez pas le droit…
— Je n'ai pas le droit !

Il frappait à coups redoublés, mais si vainement qu'il y renonça aussitôt.

— Vite, vite, un serrurier.

Un des garçons d'hôtel s'éloigna en courant. Gourel allait de droite et de gauche, bruyant et indécis. Les domestiques des autres étages formaient des groupes. Les gens du bureau, de la direction, arrivaient. Gourel s'écria :

— Mais pourquoi n'entrerait-on pas par les chambres contiguës ? Elles communiquent avec l'appartement ?
— Oui, mais les portes de communication sont toujours verrouillées des deux côtés.
— Alors, je téléphone à la Sûreté, dit Gourel, pour qui, visiblement, il n'existait point de salut en dehors de son chef.
— Et au commissariat, observa-t-on.
— Oui, si ça vous plaît, répondit-il du ton d'un monsieur que cette formalité intéresse peu.

Quand il revint du téléphone, le serrurier achevait d'essayer ses clefs. La dernière fit jouer la serrure. Gourel entra vivement.

Aussitôt il courut à l'endroit d'où venaient les plaintes, et se heurta aux deux corps du secrétaire Chapman et du domestique Edwards. L'un d'eux, Chapman, à force de patience, avait réussi à détendre un peu son bâillon, et poussait de petits grognements sourds. L'autre semblait dormir.

On les délivra. Gourel s'inquiétait.

— Et M. Kesselbach ?

Il passa dans le salon. M. Kesselbach était assis et attaché au dossier du fauteuil, près de la table. Sa tête était inclinée sur sa poitrine.

— Il est évanoui, dit Gourel en s'approchant de lui. Il a dû faire des efforts qui l'ont exténué.

Rapidement, il coupa les cordes qui liaient les épaules. D'un bloc, le buste s'écroula en avant. Gourel l'empoigna à bras-le-corps, et recula en poussant un cri d'effroi :

— Mais il est mort ! Tâtez... les mains sont glacées, et regardez les yeux !

Quelqu'un hasarda :

— Une apoplexie, sans doute... ou une rupture d'anévrisme.

— En effet, il n'y a pas de trace de blessure... c'est une mort naturelle.

On étendit le cadavre sur le canapé, et l'on défit ses vêtements. Mais, tout de suite, sur la chemise blanche, des taches rouges apparurent, et, dès qu'on l'eut écartée, on s'aperçut que, à l'endroit du cœur, la poitrine était trouée d'une petite fente par où coulait un mince filet de sang.

Et sur la chemise était épinglée une carte.

Gourel se pencha. C'était la carte d'Arsène Lupin, toute sanglante elle aussi.

Alors Gourel se redressa, autoritaire et brusque :

— Un crime !... Arsène Lupin !... Sortez... Sortez tous... Que personne ne reste dans ce salon ni dans la chambre... Qu'on transporte et qu'on soigne ces messieurs dans une autre pièce !... Sortez tous... Et qu'on ne touche à rien... *Le Chef va venir !*

IV

Arsène Lupin !

Gourel répétait ces deux mots fatidiques d'un air absolument pétrifié. Ils résonnaient en lui comme un glas. Arsène Lupin ! le bandit-roi ! l'aventurier suprême ! Voyons, était-ce possible ?

— Mais non, mais non, murmura-t-il, ce n'est pas possible, *puisqu'il est mort* !

Seulement, voilà... était-il réellement mort !

Arsène Lupin !

Debout près du cadavre, il demeurait stupide, abasourdi, tournant et retournant la carte avec une certaine crainte, comme s'il venait de recevoir la provocation d'un fantôme. Arsène Lupin ! Qu'allait-il faire ? Agir ? Engager la bataille avec ses propres ressources ? Non, non... il valait mieux ne pas agir... Les fautes étaient inévitables s'il relevait le défi d'un tel adversaire. Et puis le Chef n'allait-il pas venir ?

Le Chef va venir ! Toute la psychologie de Gourel se résumait dans cette petite phrase. Habile et persévérant, plein de courage et d'expérience, d'une force herculéenne, il était de ceux qui ne vont de l'avant que lorsqu'ils sont dirigés et qui n'accomplissent de bonne besogne que lorsqu'elle leur est commandée.

Combien ce manque d'initiative s'était aggravé depuis que M. Lenormand avait pris la place de M. Dudouis au service de la Sûreté ! Celui-là était un chef, M. Lenormand ! Avec celui-là, on était sûr de marcher dans la bonne voie ! Si sûr, même, que Gourel s'arrêtait dès que l'impulsion du Chef ne lui était plus donnée.

Mais le Chef allait venir ! Sur sa montre, Gourel calculait l'heure exacte de cette arrivée. Pourvu que le commissaire de police ne le précédât point et que le juge d'instruction, déjà désigné sans doute, ou le médecin légiste, ne vinssent pas faire d'inopportunes constatations avant que le Chef n'eût eu le temps de fixer dans son esprit les points essentiels de l'affaire !

— Eh bien, Gourel, à quoi rêves-tu ?

— Le Chef !

M. Lenormand était un homme encore jeune, si l'on considérait l'expression même de son visage, ses yeux qui brillaient sous ses lunettes ; mais c'était presque un vieillard si l'on notait son dos voûté, sa peau sèche comme jaunie à la cire, sa barbe et ses cheveux grisonnants, toute son apparence brisée, hésitante, maladive.

Il avait péniblement passé sa vie aux colonies, comme commissaire du gouvernement, dans les postes les plus périlleux. Il y avait gagné des fièvres, une énergie indomptable malgré sa déchéance physique, l'habitude de vivre seul, de parler peu et d'agir en silence, une certaine misanthropie et, soudain, vers cinquante-cinq ans, à la suite de la fameuse affaire des trois Espagnols de Biskra, la grande, la juste notoriété. On réparait alors l'injustice, et, d'emblée, on le nommait à Bordeaux, puis sous-chef à Paris, puis, à la mort de M. Dudouis, chef de la Sûreté. Et, en chacun de ces postes, il avait montré une invention si curieuse dans les procédés, de telles ressources, des qualités si neuves, si originales, et surtout il avait abouti à des résultats si précis dans la conduite des quatre ou cinq derniers scandales qui avaient passionné l'opinion publique qu'on opposait son nom à celui des plus illustres policiers.

Gourel, lui, n'hésita pas. Favori du Chef, qui l'aimait pour sa candeur et pour son obéissance passive, il mettait M. Lenormand au-dessus de tous. C'était l'idole, le dieu qui ne se trompe pas.

M. Lenormand, ce jour-là, semblait particulièrement fatigué. Il s'assit avec lassitude, écarta les pans de sa redingote, une vieille redingote célèbre par sa coupe surannée et par sa couleur olive, dénoua son foulard, un foulard marron également fameux, et murmura :

— Parle.

Gourel raconta tout ce qu'il avait vu et tout ce qu'il avait appris, et il le raconta sommairement, selon l'habitude que le Chef lui avait imposée.

Mais quand il exhiba la carte de Lupin, M. Lenormand tressaillit.

— Lupin ! s'écria-t-il.

— Oui, Lupin, le voilà revenu sur l'eau, cet animal-là.

— Tant mieux, tant mieux, fit M. Lenormand après un instant de réflexion.

— Évidemment, tant mieux, reprit Gourel, qui se plaisait à commenter les rares paroles d'un supérieur auquel il ne reprochait que d'être trop peu loquace, tant mieux, car vous allez enfin vous mesurer avec un adversaire digne de vous… Et Lupin trouvera son maître… Lupin n'existera plus… Lupin…

— Cherche, fit M. Lenormand, lui coupant la parole.

On eût dit l'ordre d'un chasseur à son chien. Et, de fait, ce fut à la manière d'un bon chien, vif, intelligent, fureteur, que chercha Gourel sous les yeux de son maître. Du bout de sa canne, M. Lenormand désignait tel coin, tel fauteuil, comme on désigne un buisson ou une touffe d'herbe avec une conscience minutieuse.

— Rien, conclut le brigadier.

— Rien pour toi, grogna M. Lenormand.

— C'est ce que je voulais dire… Je sais que, pour vous, il y a des choses qui parlent comme des personnes, de vrais témoins. N'empêche que voilà un crime bel et bien établi à l'actif du sieur Lupin.

— Le premier, observa M. Lenormand.

— Le premier, en effet… Mais c'était inévitable. On ne mène pas cette vie-là sans, un jour ou l'autre, être acculé au crime par les circonstances. M. Kesselbach se sera défendu…

— Non, puisqu'il était attaché.

— En effet, avoua Gourel déconcerté, et c'est même fort curieux… Pourquoi tuer un adversaire qui n'existe déjà plus ?… Mais n'importe, si je lui avais mis la main au collet hier, quand nous nous sommes trouvés l'un en face de l'autre, au seuil du vestibule…

M. Lenormand avait passé sur le balcon. Puis il visita la chambre de M. Kesselbach, à droite, vérifia la fermeture des fenêtres et des portes.

— Les fenêtres de ces deux pièces étaient fermées quand je suis entré, affirma Gourel.

— Fermées ou poussées ?

— Personne n'y a touché. Or, elles sont fermées, chef…

Un bruit de voix les ramena au salon. Ils y trouvèrent le médecin légiste, en train d'examiner le cadavre, et M. Formerie, juge d'instruction.

Et M. Formerie s'exclamait :

— Arsène Lupin ! Enfin, je suis heureux qu'un hasard bienveillant me remette en face de ce bandit ! Le gaillard verra de quel bois je me chauffe !… Et cette fois il s'agit d'un assassin !… À nous deux, maître Lupin !

M. Formerie n'avait pas oublié l'étrange aventure du diadème de la princesse de Lamballe, et l'admirable façon dont Lupin l'avait roulé, quelques années auparavant. La chose était restée célèbre dans les annales du Palais. On en riait encore, et M. Formerie, lui, en conservait un juste sentiment de rancune et le désir de prendre une revanche éclatante.

— Le crime est évident, prononça-t-il de son air le plus convaincu, le mobile nous sera facile à découvrir. Allons, tout va bien Monsieur Lenormand, je vous salue… Et je suis enchanté…

M. Formerie n'était nullement enchanté. La présence de M. Lenormand lui agréait au contraire fort peu, le chef de la Sûreté ne dissimulant guère le mépris où il le tenait.

Pourtant il se redressa, et toujours solennel :

— Alors, docteur, vous estimez que la mort remonte à une douzaine d'heures environ, peut-être davantage ?… C'est ce que je suppose nous sommes tout à fait d'accord… Et l'instrument du crime ?

— Un couteau à lame très fine, monsieur le juge d'instruction, répondit le médecin... Tenez, on a essuyé la lame avec le mouchoir même du mort...

— En effet... en effet... la trace est visible... Et maintenant nous allons interroger le secrétaire et le domestique de M. Kesselbach. Je ne doute pas que leur interrogatoire ne nous fournisse quelque lumière.

Chapman, que l'on avait transporté dans sa propre chambre, à gauche du salon, ainsi qu'Edwards, était déjà remis de ses épreuves. Il exposa par le menu les événements de la veille, les inquiétudes de M. Kesselbach, la visite annoncée du soi-disant colonel, et enfin raconta l'agression dont ils avaient été victimes.

— Ah ! ah ! s'écria M. Formerie, il y a un complice ! et vous avez entendu son nom... Marco, dites-vous... Ceci est très important. Quand nous tiendrons le complice, la besogne sera avancée...

— Oui, mais nous ne le tenons pas, risqua M. Lenormand.

— Nous allons voir... chaque chose à son temps. Et alors, monsieur Chapman, ce Marco est parti aussitôt après le coup de sonnette de M. Gourel ?

— Oui, nous l'avons entendu partir.

— Et après ce départ vous n'avez plus rien entendu ?

— Si... de temps à autre, mais vaguement... La porte était close.

— Et quelle sorte de bruit ?

— Des éclats de voix. L'individu...

— Appelez-le par son nom, Arsène Lupin.

— Arsène Lupin a dû téléphoner.

— Parfait ! Nous interrogerons la personne de l'hôtel qui est chargée du service des communications avec la ville. Et plus tard, vous l'avez entendu sortir, lui aussi ?

— Il a constaté que nous étions toujours bien attachés, et, un quart d'heure après, il partait en refermant sur lui la porte du vestibule.

— Oui, aussitôt son forfait accompli. Parfait... Parfait... Tout s'enchaîne... Et après ?

— Après, nous n'avons plus rien entendu... la nuit s'est passée... la fatigue m'a assoupi... Edwards également... et ce n'est que ce matin...

— Oui... je sais... Allons, ça ne va pas mal... tout s'enchaîne...

Et, marquant les étapes de son enquête, du ton dont il aurait marqué autant de victoires sur l'inconnu, il murmura pensivement :

— Le complice... le téléphone... l'heure du crime... les bruits perçus... Bien... Très bien... il nous reste à fixer le mobile du crime... En l'espèce, comme il s'agit de Lupin, le mobile est clair. Monsieur Lenormand, vous n'avez pas remarqué la moindre trace d'effraction ?

— Aucune.

— C'est qu'alors le vol aura été effectué sur la personne même de la victime. A-t-on retrouvé son portefeuille ?

— Je l'ai laissé dans la poche de la jaquette, dit Gourel.

Ils passèrent tous dans le salon, où M. Formerie constata que le portefeuille ne contenait que des cartes de visite et des papiers d'identité.

— C'est bizarre. Monsieur Chapman, vous ne pourriez pas nous dire si M. Kesselbach avait sur lui une somme d'argent ?

— Oui ; la veille, c'est-à-dire avant-hier lundi, nous sommes allés au Crédit Lyonnais, où M. Kesselbach a loué un coffre...

— Un coffre au Crédit Lyonnais ? Bien... il faudra voir de ce côté.

— Et, avant de partir, M. Kesselbach s'est fait ouvrir un compte, et il a emporté cinq ou six mille francs en billets de banque.

— Parfait... nous sommes éclairés.

Chapman reprit :

— Il y a un autre point, monsieur le juge d'instruction. M. Kesselbach, qui depuis quelques jours était très inquiet – je vous en ai dit la cause... un projet auquel il attachait une importance extrême —, M. Kesselbach semblait tenir particulièrement à deux choses : d'abord une cassette d'ébène, et cette cassette il l'a mise en sûreté au Crédit Lyonnais, et ensuite une petite enveloppe de maroquin noir où il avait enfermé quelques papiers.

— Et cette enveloppe ?

— Avant l'arrivée de Lupin, il l'a déposée devant moi dans ce sac de voyage.

M. Formerie prit le sac et fouilla. L'enveloppe ne s'y trouvait pas. Il se frotta les mains.

— Allons, tout s'enchaîne... Nous connaissons le coupable, les conditions et le mobile du crime. Cette affaire-là ne traînera pas. Nous sommes bien d'accord sur tout, monsieur Lenormand ?

— Sur rien.

Il y eut un instant de stupéfaction. Le commissaire de police était arrivé et, derrière lui, malgré les agents qui gardaient la porte, la troupe des journalistes et le personnel de l'hôtel avaient forcé l'entrée et stationnaient dans l'antichambre.

Si notoire que fût la rudesse du bonhomme, rudesse qui n'allait pas sans quelque grossièreté et qui lui avait déjà valu certaines semonces en haut lieu, la brusquerie de la réponse déconcerta. Et M. Formerie, tout spécialement, parut interloqué.

— Pourtant, dit-il, je ne vois rien là que de très simple : Lupin est le voleur...

— Pourquoi a-t-il tué ? lui jeta M. Lenormand.

— Pour voler.

— Pardon, le récit des témoins prouve que le vol a eu lieu avant l'assassinat. M. Kesselbach a d'abord été ligoté et bâillonné, puis volé. Pourquoi Lupin qui, jusqu'ici, n'a jamais commis de crime, aurait-il tué un homme réduit à l'impuissance et déjà dépouillé ?

Le juge d'instruction caressa ses longs favoris blonds d'un geste qui lui était familier quand une question lui paraissait insoluble. Il répondit d'un ton pensif :

— Il y a à cela plusieurs réponses...

— Lesquelles ?

— Cela dépend... cela dépend d'un tas d'éléments encore inconnus... Et puis, d'ailleurs, l'objection ne vaut que pour la nature des motifs. Pour le reste, nous sommes d'accord.

— Non.

Cette fois encore, ce fut net, coupant, presque impoli, au point que le juge, tout à fait désemparé, n'osa même pas protester et qu'il resta interdit devant cet étrange collaborateur. À la fin il articula :

— Chacun son système. Je serais curieux de connaître le vôtre.

— Je n'en ai pas.

Le chef de la Sûreté se leva et fit quelques pas à travers le salon en s'appuyant sur sa canne. Autour de lui, on se taisait et c'était assez curieux de voir ce vieil homme malingre et cassé dominer les autres par la force d'une autorité que l'on subissait sans l'accepter encore.

Après un long silence, il prononça :

— Je voudrais visiter les pièces qui touchent à cet appartement.

Le directeur lui montra le plan de l'hôtel. La chambre de droite, celle de M. Kesselbach, n'avait point d'autre issue que le vestibule même de l'appartement. Mais la chambre de gauche, celle du secrétaire, communiquait avec une autre pièce.

— Visitons-la, dit-il.

M. Formerie ne put s'empêcher de hausser les épaules et de bougonner :

— Mais la porte de communication est verrouillée et la fenêtre close.

— Visitons-la, répéta M. Lenormand.

On le conduisit dans cette pièce qui était la première des cinq chambres réservées à Mme Kesselbach. Puis, sur sa prière, on le conduisit dans les chambres qui suivaient. Toutes les portes de communication étaient verrouillées des deux côtés.

Il demanda :

— Aucune de ces pièces n'est occupée ?

— Aucune.

— Les clefs ?

— Les clefs sont toujours au bureau.

— Alors, personne ne pouvait s'introduire ?...

— Personne, sauf le garçon d'étage chargé d'aérer et d'épousseter.

— Faites-le venir.

Le domestique, un nommé Gustave Beudot, répondit que la veille, selon sa consigne, il avait fermé les fenêtres des cinq chambres.

— À quelle heure ?

— À six heures du soir.

— Et vous n'avez rien remarqué ?

— Non, rien.

— Et ce matin ?

— Ce matin, j'ai ouvert les fenêtres, sur le coup de huit heures.

— Et vous n'avez rien trouvé ?

— Non rien... Ah ! cependant...

Il hésitait. On le pressa de questions, et il finit par avouer :

— Eh bien, j'ai ramassé, près de la cheminée du 420, un étui à cigarettes que je me proposais de porter ce soir au bureau.

— Vous l'avez sur vous ?

— Non, il est dans ma chambre. C'est un étui en acier bruni. D'un côté, on met du tabac et du papier à cigarettes, de l'autre des allumettes. Il y a deux initiales en or... Un L et un M.

— Que dites-vous ?

C'était Chapman qui s'était avancé. Il semblait très surpris, et, interpellant le domestique :

— Un étui en acier bruni, dites-vous ?

— Oui.

— Avec trois compartiments pour le tabac, le papier et les allumettes... du tabac russe, n'est-ce pas, fin, blond...

— Oui.

— Allez le chercher... Je voudrais voir... me rendre compte moi-même...

Sur un signe du chef de la Sûreté, Gustave Beudot s'éloigna.

M. Lenormand s'était assis, et, de son regard aigu, il examinait le tapis, les meubles, les rideaux. Il s'informa :

— Nous sommes bien au 420, ici ?

— Oui.

Le juge ricana :

— Je voudrais bien savoir quel rapport vous établissez entre cet incident et le drame. Cinq portes fermées nous séparent de la pièce où Kesselbach a été assassiné.

M. Lenormand ne daigna pas répondre.

Du temps passa. Gustave ne revenait pas.

— Où couche-t-il, monsieur le directeur ? demanda le chef.

— Au sixième, sur la rue de Judée, donc, au-dessus de nous. Il est curieux qu'il ne soit pas encore là.

— Voulez-vous avoir l'obligeance d'envoyer quelqu'un ?

Le directeur s'y rendit lui-même, accompagné de Chapman. Quelques minutes après, il revenait seul, en courant, les traits bouleversés.

— Eh bien ?

— Mort...

— Assassiné ?

— Oui.

— Ah ! tonnerre, ils sont de force, les misérables ! proféra M. Lenormand... Au galop, Gourel, qu'on ferme les portes de l'hôtel... Veille aux issues... Et vous, monsieur le directeur, conduisez-nous dans la chambre de Gustave Beudot.

Le directeur sortit. Mais, au moment de quitter la chambre, M. Lenormand se baissa et ramassa une toute petite rondelle de papier sur laquelle ses yeux s'étaient déjà fixés.

C'était une étiquette encadrée de bleu. Elle portait le chiffre 813. À tout hasard, il la mit dans son portefeuille et rejoignit les autres personnes.

V

Une fine blessure au dos, entre les deux omoplates…

Le médecin déclara :

— Exactement la même blessure que M. Kesselbach.

— Oui, fit M. Lenormand, c'est la même main qui a frappé, et c'est la même arme qui a servi.

D'après la position du cadavre, l'homme avait été surpris à genoux devant son lit, et cherchant sous son matelas l'étui à cigarettes qu'il y avait caché. Le bras était encore engagé entre le matelas et le sommier, mais on ne trouva pas l'étui.

— Il fallait que cet objet fût diablement compromettant, insinua M. Formerie, qui n'osait plus avancer une opinion trop précise.

— Parbleu ! fit le chef de la Sûreté.

— Mais on connaît les initiales, un L et un M. Et avec cela, d'après ce que M. Chapman a l'air de savoir, nous serons facilement renseignés.

M. Lenormand sursauta :

— Chapman ! Où est-il ?

On regarda dans le couloir parmi les groupes de gens qui s'y entassaient. Chapman n'était pas là.

— M. Chapman m'avait accompagné, fit le directeur.

— Oui, oui, je sais, mais il n'est pas redescendu avec vous.

— Non, je l'avais laissé près du cadavre.

— Vous l'avez laissé !… Seul ?

— Je lui ai dit : « Restez, ne bougez pas. »

— Et il n'y avait personne ? Vous n'avez vu personne ?

— Dans le couloir, non.

— Mais dans les mansardes voisines… ou bien, tenez, après ce tournant… personne ne se cachait là ?

M. Lenormand semblait très agité. Il allait, il venait, il ouvrait la porte des chambres. Et soudain il partit en courant, avec une agilité dont on ne l'aurait pas cru capable.

Il dégringola les six étages, suivi de loin par le directeur et par le juge d'instruction. En bas, il retrouva Gourel devant la grand'-porte.

— Personne n'est sorti ?

— Personne.

— À l'autre porte, rue Orvieto ?

— J'ai mis Dieuzy de planton.

— Avec des ordres formels ?

— Oui, chef.

Dans le vaste hall de l'hôtel, la foule des voyageurs se pressait avec inquiétude, commentant les versions plus ou moins exactes qui lui parvenaient sur le crime. Tous les domestiques, convoqués par téléphone, arrivaient un à un. M. Lenormand les interrogeait aussitôt.

Aucun d'eux ne put donner le moindre renseignement. Mais une bonne du cinquième étage se présenta. Dix minutes auparavant, peut-être, elle avait croisé deux messieurs qui descendaient l'escalier de service entre le cinquième et le quatrième étage.

— Ils descendaient très vite. Le premier tenait l'autre par la main. Ça m'a étonnée de voir ces deux messieurs dans l'escalier de service.

— Vous pourriez les reconnaître ?

— Le premier, non. Il a tourné la tête. C'est un mince, blond. Il avait un chapeau mou, noir et des vêtements noirs.

— Et l'autre ?

— Ah ! l'autre, c'est un Anglais, avec une grosse figure toute rasée et des vêtements à carreaux. Il avait la tête nue.

Le signalement se rapportait en toute évidence à Chapman. La femme ajouta :

— Il avait un air… un air tout drôle… comme s'il était fou.

L'affirmation de Gourel ne suffit pas à M. Lenormand. Il questionnait tour à tour les grooms qui stationnaient aux deux portes.

— Vous connaissez M. Chapman ?

— Oui, monsieur, il causait toujours avec nous.

— Et vous ne l'avez pas vu sortir ?

— Pour ça, non. Il n'est pas sorti ce matin.

M. Lenormand se retourna vers le commissaire de police :

— Combien avez-vous d'hommes, monsieur le commissaire ?

— Quatre.

— Ce n'est pas suffisant. Téléphonez à votre secrétaire qu'il vous expédie tous les hommes disponibles. Et veuillez organiser vous-même la surveillance la plus étroite à toutes les issues. L'état de siège, monsieur le commissaire…

— Mais enfin, protesta le directeur, mes clients…

— Je me fiche de vos clients, monsieur. Mon devoir passe avant tout et mon devoir est d'arrêter, coûte que coûte…

— Vous croyez donc ?… hasarda le juge d'instruction.

— Je ne crois pas, monsieur… je suis sûr que l'auteur du double assassinat se trouve encore dans l'hôtel.

— Mais alors, Chapman…

— À l'heure qu'il est, je ne puis répondre que Chapman soit encore vivant. En tout cas, c'est une question de minutes, de secondes… Gourel, prends deux hommes et fouille toutes les chambres du quatrième étage… Monsieur le directeur, un de vos employés les accompagnera. Pour les autres étages, je marcherai quand nous aurons du renfort. Allons, Gourel, en chasse, et ouvre l'œil… C'est du gros gibier.

Gourel et ses hommes se hâtèrent. M. Lenormand, lui, resta dans le hall et près des bureaux de l'hôtel. Cette fois, il ne pensait pas à s'asseoir, selon son habitude. Il marchait de l'entrée principale à l'entrée de la rue Orvieto, et revenait à son point de départ.

De temps à autre, il ordonnait :

— Monsieur le directeur, qu'on surveille les cuisines, on pourrait s'échapper par là… Monsieur le directeur, dites à votre demoiselle de téléphone qu'elle n'accorde la communication à aucune des personnes de l'hôtel qui voudraient téléphoner avec la ville. Si on lui téléphone de la ville, qu'elle mette en communication avec la personne demandée, mais alors qu'elle prenne note du nom de la personne… Monsieur le directeur, faites dresser la liste de vos clients dont le nom commence par un L ou par un M.

Il disait tout cela à haute voix, en général d'armée qui jette à ses lieutenants des ordres dont dépendra l'issue de la bataille.

Et c'était vraiment une bataille implacable et terrible que celle qui se jouait dans le cadre élégant d'un palace parisien, entre le puissant personnage qu'est un chef de la Sûreté et ce mystérieux individu poursuivi, traqué, presque captif déjà, mais si formidable de ruse et de sauvagerie.

L'angoisse étreignait les spectateurs, tous groupés au centre du hall, silencieux et pantelants, secoués de peur au moindre bruit, obsédés par l'image infernale de l'assassin. Où se cachait-il ? Allait-il apparaître ? N'était-il point parmi eux ?… celui-ci peut-être ?… ou cet autre ?…

Les nerfs étaient si tendus que, sous un coup de révolte, on eût forcé les portes et gagné la rue, si le maître n'avait pas été là, et sa présence avait quelque chose qui rassurait et qui calmait. On se sentait en sécurité, comme des passagers sur un navire que dirige un bon capitaine.

Et tous les regards se portaient vers ce vieux monsieur à lunettes et à cheveux gris, à redingote olive et à foulard marron, qui se promenait, le dos voûté, les jambes vacillantes.

Parfois accourait, envoyé par Gourel, un des garçons qui suivaient l'enquête du brigadier.

— Du nouveau ? demandait M. Lenormand.

— Rien, monsieur, on ne trouve rien.

À deux reprises, le directeur essaya de faire fléchir la consigne. La situation était intolérable. Dans les bureaux, plusieurs voyageurs, appelés par leurs affaires ou sur le point de partir, protestaient.

— Je m'en fiche, répétait M. Lenormand.

— Mais je les connais tous.

— Tant mieux pour vous.

— Vous outrepassez vos droits.

— Je le sais.

— On vous donnera tort.

— J'en suis persuadé.

— M. le juge d'instruction lui-même…

— Que M. Formerie me laisse tranquille ! Il n'a pas mieux à faire que d'interroger les domestiques comme il s'y emploie actuellement. Pour le reste, ce n'est pas de l'instruction. C'est de la police. Ça me regarde.

À ce moment une escouade d'agents fit irruption dans l'hôtel. Le chef de la Sûreté les répartit en plusieurs groupes qu'il envoya au troisième étage, puis, s'adressant au commissaire :

— Mon cher commissaire, je vous laisse la surveillance. Pas de faiblesse, je vous en conjure. Je prends la responsabilité de ce qui surviendra.

Et, se dirigeant vers l'ascenseur, il se fit conduire au second étage.

La besogne n'était pas facile. Elle fut longue, car il fallait ouvrir les portes des soixante chambres, inspecter toutes les salles de bains, toutes les alcôves, tous les placards, tous les recoins.

Elle fut aussi infructueuse. Une heure après, sur le coup de midi, M. Lenormand avait tout juste fini le second étage, les autres agents n'avaient pas terminé les étages supérieurs, et nulle découverte n'avait été faite.

M. Lenormand hésita : l'assassin était-il remonté vers les mansardes ?

Il se décidait cependant à descendre, quand on l'avertit que Mme Kesselbach venait d'arriver avec sa demoiselle de compagnie. Edwards, le vieux serviteur de confiance, avait accepté la tâche de lui apprendre la mort de M. Kesselbach.

M. Lenormand la trouva dans un des salons, terrassée, sans larmes, mais le visage tordu de douleur et le corps tout tremblant, comme agité par des frissons de fièvre.

C'était une femme assez grande, brune, dont les yeux noirs, d'une grande beauté, étaient chargés d'or, de petits points d'or, pareils à des paillettes qui brillent dans l'ombre. Son mari l'avait connue en Hollande où Dolorès était née d'une vieille famille d'origine espagnole : les Amonti. Tout de suite il l'avait aimée, et, depuis quatre ans, leur accord, fait de tendresse et de dévouement, ne s'était jamais démenti. M. Lenormand se présenta. Elle le regarda sans répondre et il se tut, car elle n'avait pas l'air, dans sa stupeur, de comprendre ce qu'il disait.

Puis, tout à coup, elle se mit à pleurer abondamment et demanda qu'on la conduisît auprès de son mari.

Dans le hall, M. Lenormand trouva Gourel, qui le cherchait, et qui lui tendit précipitamment un chapeau qu'il tenait à la main.

— Patron, j'ai ramassé ça… Pas d'erreur sur la provenance, hein ?

C'était un chapeau mou, un feutre noir. À l'intérieur, il n'y avait pas de coiffe, pas d'étiquette.

— Où l'as-tu ramassé ?

— Sur le palier de l'escalier de service, au second.

— Aux autres étages, rien ?

— Rien. Nous avons tout fouillé. Il n'y a plus que le premier. Et ce chapeau prouve que l'homme est descendu jusque-là. Nous brûlons, patron.

— Je le crois.

Au bas de l'escalier, M. Lenormand s'arrêta.

— Rejoins le commissaire et donne-lui la consigne : deux hommes au bas de chacun des quatre escaliers, revolver au poing. Et qu'on tire s'il le faut. Comprends ceci, Gourel, si Chapman n'est pas sauvé, et si l'individu s'échappe, je saute. Voilà deux heures que je fais de la fantaisie.

Il monta l'escalier. Au premier étage, il rencontra deux agents qui sortaient d'une chambre, conduits par un employé.

Le couloir était désert. Le personnel de l'hôtel n'osait s'y aventurer, et certains pensionnaires s'étaient enfermés à double tour dans leurs chambres, de sorte qu'il fallait frapper longtemps et se faire reconnaître avant que la porte s'ouvrît.

Plus loin, M. Lenormand aperçut un autre groupe d'agents qui visitaient l'office et, à l'extrémité du long couloir, il en aperçut d'autres encore qui approchaient du tournant, c'est-à-dire des chambres situées sur la rue de Judée.

Et, soudain, il entendit ceux-là qui poussaient des exclamations, et ils disparurent en courant.

Il se hâta.

Les agents s'étaient arrêtés au milieu du couloir. À leurs pieds, barrant le passage, la face sur le tapis, gisait un corps.

M. Lenormand se pencha et saisit entre ses mains la tête inerte.

— Chapman, murmura-t-il… il est mort.

Il l'examina. Un foulard de soie blanche, tricotée, serrait le cou. Il le défit. Des taches rouges apparurent, et il constata que ce foulard maintenait, contre la nuque, un épais tampon d'ouate tout sanglant.

Cette fois encore, c'était la même petite blessure, nette, franche, impitoyable.

Tout de suite prévenus, M. Formerie et le commissaire accoururent.

— Personne n'est sorti ? demanda le chef. Aucune alerte !

— Rien, fit le commissaire. Deux hommes sont en faction au bas de chaque escalier.

— Peut-être est-il remonté ? dit M. Formerie.

— Non !... Non !...

— Pourtant on l'aurait rencontré.

— Non... Tout cela est fait depuis plus longtemps. Les mains sont froides déjà... Le meurtre a dû être commis presque aussitôt après l'autre... dès le moment où les deux hommes sont arrivés ici par l'escalier de service.

— Mais on aurait vu le cadavre ! Pensez donc, depuis deux heures, cinquante personnes ont passé par là...

— Le cadavre n'était pas ici.

— Mais alors, où était-il ?

— Eh ! qu'est-ce que j'en sais ! riposta brusquement le chef de la Sûreté... Faites comme moi, cherchez !... Ce n'est pas avec des paroles que l'on trouve.

De sa main nerveuse, il martelait avec rage le pommeau de sa canne, et il restait là, les yeux fixés au cadavre, silencieux et pensif. Enfin il prononça :

— Monsieur le commissaire, ayez l'obligeance de faire porter la victime dans une chambre vide. On appellera le médecin. Monsieur le directeur, voulez-vous m'ouvrir les portes de toutes les chambres de ce couloir.

Il y avait à gauche trois chambres et deux salons qui composaient un appartement inoccupé, et que M. Lenormand visita. À droite, quatre chambres. Deux étaient habitées par un M. Reverdat et un Italien, le baron Giacomici, tous deux sortis à cette heure-là. Dans la troisième chambre, on trouva une vieille demoiselle anglaise, encore couchée, et dans la quatrième un Anglais qui lisait et fumait paisiblement et que les bruits du corridor n'avaient pu distraire de sa lecture. Il s'appelait le major Parbury.

Perquisitions et interrogatoires, d'ailleurs, ne donnèrent aucun résultat. La vieille demoiselle n'avait rien entendu avant les exclamations des agents, ni bruit de lutte, ni cri d'agonie, ni querelle ; le major Parbury non plus.

En outre, on ne recueillit aucun indice équivoque, aucune trace de sang, rien qui laissât supposer que le malheureux Chapman eût passé par l'une de ces pièces.

— Bizarre... murmura le juge d'instruction Tout cela est vraiment bizarre...

Et il ajouta naïvement :

— Je comprends de moins en moins... Il y a là une série de circonstances qui m'échappent en partie. Qu'en pensez-vous, monsieur Lenormand ?

M. Lenormand allait lui décocher sans doute une de ces ripostes aiguës par quoi se manifestait sa mauvaise humeur ordinaire, quand Gourel survint tout essoufflé.

— Chef... on a trouvé ça... en bas... dans le bureau de l'hôtel... sur une chaise...

C'était un paquet de dimensions restreintes, noué dans une enveloppe de serge noire.

— On l'a ouvert ? demanda le chef.

— Oui, mais lorsqu'on a vu ce qu'il contenait, on a refait le paquet exactement comme il était... serré très fort, vous pouvez le voir.

— Dénoue !

Gourel enleva l'enveloppe et découvrit un pantalon et une veste en molleton noir, que l'on avait dû, les plis de l'étoffe l'attestaient, empiler hâtivement.

Au milieu, il y avait une serviette toute tachée de sang, et que l'on avait plongée dans l'eau, sans doute, pour détruire la marque des mains qui s'y étaient essuyées.

Dans la serviette, un stylet d'acier, au manche incrusté d'or. Il était rouge de sang, du sang de trois hommes égorgés, en quelques heures, par une main invisible, parmi la foule des trois cents personnes qui allaient et venaient dans le vaste hôtel.

Edwards, le domestique, reconnut aussitôt le stylet comme appartenant à M. Kesselbach. La veille encore, avant l'agression de Lupin, Edwards l'avait vu sur la table.

— Monsieur le directeur, fit le chef de la Sûreté, la consigne est levée. Gourel va donner l'ordre qu'on fasse les portes libres.

— Vous croyez donc que ce Lupin a pu sortir ? interrogea M. Formerie.

— Non. L'auteur du triple assassinat que nous venons de constater est dans l'hôtel, dans une des chambres, ou plutôt mêlé aux voyageurs qui sont dans le hall ou dans les salons. Pour moi, il habitait l'hôtel.

— Impossible ! Et puis, où aurait-il changé de vêtements ? et quels vêtements aurait-il maintenant ?

— Je l'ignore, mais j'affirme.

— Et vous lui livrez passage ? Mais il va s'en aller tout tranquillement, les mains dans ses poches.

— Celui des voyageurs qui s'en ira ainsi, sans ses bagages, et qui ne reviendra pas, sera le coupable. Monsieur le directeur, veuillez m'accompagner au bureau. Je voudrais étudier de près la liste de vos clients.

Au bureau, M. Lenormand trouva quelques lettres à l'adresse de M. Kesselbach. Il les remit au juge d'instruction.

Il y avait aussi un colis que venait d'apporter le service des colis postaux parisiens. Comme le papier qui l'entourait était en partie déchiré, M. Lenormand put voir une cassette d'ébène sur laquelle était gravé le nom de Rudolf Kesselbach.

Il ouvrit. Outre les débris d'une glace dont on voyait encore l'emplacement à l'intérieur du couvercle, la cassette contenait la carte d'Arsène Lupin.

Mais un détail sembla frapper le chef de la Sûreté. À l'extérieur, sous la boîte, il y avait une petite étiquette bordée de bleu, pareille à l'étiquette ramassée dans la chambre du quatrième étage où l'on avait trouvé l'étui à cigarettes, *et cette étiquette portait également le chiffre 813.*

M. LENORMAND COMMENCE SES OPÉRATIONS

I

— Auguste, faites entrer M. Lenormand.

L'huissier sortit et quelques secondes plus tard introduisit le chef de la Sûreté.

Il y avait, dans le vaste cabinet du ministère de la place Beauvau, trois personnes : le fameux Valenglay, leader du parti radical depuis trente ans, actuellement président du Conseil et ministre de l'Intérieur ; M. Testard, Procureur général, et le Préfet de police Delaume.

Le Préfet de police et le Procureur général ne quittèrent pas les chaises où ils avaient pris place pendant la longue conversation qu'ils venaient d'avoir avec le président du Conseil, mais celui-ci se leva, et, serrant la main du chef de la Sûreté, lui dit du ton le plus cordial :

— Je ne doute pas, mon cher Lenormand, que vous ne sachiez la raison pour laquelle je vous ai prié de venir ?

— L'affaire Kesselbach ?

— Oui.

L'affaire Kesselbach ! Il n'est personne qui ne se rappelle, non seulement cette tragique affaire Kesselbach dont j'ai entrepris de débrouiller l'écheveau complexe, mais encore les moindres péripéties du drame qui nous passionna tous en ces dernières années. Et personne non plus qui ne se souvienne de l'extraordinaire émotion qu'elle souleva en France et hors de France.

Et cependant, plus encore que ce triple meurtre accompli dans des circonstances si mystérieuses, plus encore que l'atrocité détestable de cette boucherie, plus encore que tout, il est une chose qui bouleversa le public, ce fut la réapparition, on peut dire la résurrection d'Arsène Lupin.

Arsène Lupin ! Nul n'avait plus entendu parler de lui depuis quatre ans, depuis son incroyable, sa stupéfiante aventure de l'Aiguille creuse, depuis le jour où, sous les yeux de Herlock Sholmès et d'Isidore Beautrelet, il s'était enfui dans les ténèbres, emportant sur son dos le cadavre de celle qu'il aimait, et suivi de sa vieille servante, Victoire.

Depuis ce jour-là, généralement, on le croyait mort. C'était la version de la police, qui, ne retrouvant aucune trace de son adversaire, l'enterrait purement et simplement.

D'aucuns, pourtant, le supposant sauvé, lui attribuaient l'existence paisible d'un bon bourgeois, qui cultive son jardin entre son épouse et ses enfants ; tandis que d'autres prétendaient que, courbé sous le poids du chagrin, et las des vanités de ce monde, il s'était cloîtré dans un couvent de trappistes.

Et voilà qu'il surgissait de nouveau ! Voilà qu'il reprenait sa lutte sans merci contre la société ! Arsène Lupin redevenait Arsène Lupin, le fantaisiste, l'intangible, le déconcertant, l'audacieux, le génial Arsène Lupin.

Mais cette fois un cri d'horreur s'éleva. Arsène Lupin avait tué ! et la sauvagerie, la cruauté, le cynisme implacable du forfait étaient tels que, du coup, la légende du héros sympathique, de l'aventurier chevaleresque et, au besoin, sentimental, fit place à une vision nouvelle de monstre inhumain, sanguinaire et féroce. La foule exécra et redouta son ancienne idole, avec d'autant plus de violence qu'elle l'avait admirée naguère pour sa grâce légère et sa bonne humeur amusante.

Et l'indignation de cette foule apeurée se tourna dès lors contre la police. Jadis, on avait ri. On pardonnait au commissaire rossé, pour la façon comique dont il se laissait rosser. Mais la plaisanterie avait trop duré, et, dans un élan de révolte et de fureur, on demandait compte à l'autorité des crimes inqualifiables qu'elle était impuissante à prévenir.

Ce fut, dans les journaux, dans les réunions publiques, dans la rue, à la tribune même de la Chambre, une telle explosion de colère que le Gouvernement s'émut et chercha par tous les moyens à calmer la surexcitation publique.

Valenglay, le président du Conseil, avait précisément un goût très vif pour toutes les questions de police, et s'était plu souvent à suivre de près certaines affaires avec le chef de la Sûreté dont il prisait les qualités et le caractère indépendant. Il convoqua dans son cabinet le Préfet et le procureur général, avec lesquels il s'entretint, puis M. Lenormand.

— Oui, mon cher Lenormand, il s'agit de l'affaire Kesselbach. Mais avant d'en parler, j'attire votre attention sur un point… sur un point qui tracasse particulièrement M. le Préfet de police. Monsieur Delaume, voulez-vous expliquer à M. Lenormand ?…

— Oh ! M. Lenormand sait parfaitement à quoi s'en tenir à ce sujet, répliqua le Préfet d'un ton qui indiquait peu de bienveillance pour son subordonné ; nous en avons causé tous deux ; je lui ai dit ma façon de penser sur sa conduite incorrecte au Palace-Hôtel. D'une façon générale, on est indigné.

M. Lenormand se leva, sortit de sa poche un papier qu'il déposa sur la table.

— Qu'est ceci ? demanda Valenglay.

— Ma démission, monsieur le Président.

Valenglay bondit.

— Quoi ! Votre démission ? Pour une observation bénigne que M. le Préfet vous adresse et à laquelle il n'attribue d'ailleurs aucune espèce d'importance… n'est-ce pas, Delaume, aucune espèce d'importance ? Et voilà que vous prenez la mouche !… Vous avouerez, mon bon Lenormand, que vous avez un fichu caractère. Allons, rentrez-moi ce chiffon de papier et parlons sérieusement.

Le chef de la Sûreté se rassit, et Valenglay, imposant le silence au Préfet qui ne cachait pas son mécontentement, prononça :

— En deux mots, Lenormand, voici la chose : la rentrée en scène de Lupin nous embête. Assez longtemps cet animal-là s'est fichu de nous. C'était drôle, je le confesse, et, pour ma part, j'étais le premier à en rire. Il s'agit maintenant de crimes. Nous pouvions subir Arsène Lupin tant qu'il amusait la galerie. S'il tue, non.

— Et alors, monsieur le Président, que me demandez-vous ?

— Ce que nous demandons ? Oh ! c'est bien simple. D'abord son arrestation, ensuite sa tête.

— Son arrestation, je puis vous la promettre pour un jour ou l'autre. Sa tête, non.

— Comment ! Si on l'arrête, c'est la cour d'assises, la condamnation inévitable et l'échafaud.

— Non.

— Et pourquoi non ?

— Parce que Lupin n'a pas tué.

— Hein ? Mais vous êtes fou, Lenormand. Et les cadavres du Palace Hôtel, c'est une fable, peut-être ! Il n'y a pas eu triple assassinat ?

— Oui, mais ce n'est pas Lupin qui l'a commis.

Le chef articula ces mots très posément, avec une tranquillité et une conviction impressionnantes.

Le Procureur et le Préfet protestèrent. Mais Valenglay reprit :

— Je suppose, Lenormand, que vous n'avancez pas cette hypothèse sans de sérieux motifs ?

— Ce n'est pas une hypothèse.

— La preuve ?

— Il en est deux, d'abord, deux preuves de nature morale, que j'ai sur-le-champ exposées à M. le juge d'instruction et que les journaux ont soulignées. Avant tout. Lupin ne tue pas. Ensuite, pourquoi aurait-il tué puisque le but de son expédition, le vol, était accompli, et qu'il n'avait rien à craindre d'un adversaire attaché et bâillonné ?

— Soit. Mais les faits ?

— Les faits ne valent pas contre la raison et la logique, et puis les faits sont encore pour moi. Que signifierait la présence de Lupin dans la chambre où l'on a trouvé l'étui à cigarettes ? D'autre part, les vêtements noirs que l'on a trouvés, et qui étaient évidemment ceux du meurtrier, ne concordent nullement, comme taille, avec ceux d'Arsène Lupin.

— Vous le connaissez donc, vous ?

— Moi, non. Mais Edwards l'a vu, Gourel l'a vu, et celui qu'ils ont vu n'est pas celui que la femme de chambre a vu dans l'escalier de service, entraînant Chapman par la main.

— Alors, votre système ?

— Vous voulez dire « la vérité », monsieur le Président. La voici, ou du moins, ce que je sais de la vérité. Mardi le 16 avril, un individu... Lupin... a fait irruption dans la chambre de M. Kesselbach, vers deux heures de l'après-midi

Un éclat de rire interrompit M. Lenormand. C'était le Préfet de police.

— Laissez-moi vous dire, monsieur Lenormand, que vous précisez avec une hâte un peu excessive. Il est prouvé que, à trois heures, ce jour-là, M. Kesselbach est entré au Crédit Lyonnais et qu'il est descendu dans la salle des coffres. Sa signature sur le registre en témoigne.

M. Lenormand attendit respectueusement que son supérieur eût fini de parler. Puis, sans même se donner la peine de répondre directement à l'attaque, il continua :

— Vers deux heures de l'après-midi, Lupin, aidé d'un complice, un nommé Marco, a ligoté M. Kesselbach, l'a dépouillé de tout l'argent liquide qu'il avait sur lui, et l'a contraint à révéler le chiffre de son coffre du Crédit Lyonnais. Aussitôt le secret connu, Marco est parti. Il a rejoint un deuxième complice, lequel, profitant d'une certaine ressemblance avec M. Kesselbach – ressemblance, d'ailleurs, qu'il accentua ce jour-là en portant des habits semblables à ceux de M. Kesselbach, et en se munissant de lunettes d'or — entra au Crédit Lyonnais, imita la signature de M. Kesselbach, vida le coffre et s'en retourna, accompagné de Marco. Celui-ci, aussitôt, téléphona à Lupin. Lupin, sûr alors que M. Kesselbach ne l'avait pas trompé, et le but de son expédition étant rempli, s'en alla.

Valenglay semblait hésitant.

— Oui... oui... admettons... Mais ce qui m'étonne, c'est qu'un homme comme Lupin ait risqué si gros pour un si piètre bénéfice... quelques billets de banque et le contenu, toujours hypothétique, d'un coffre-fort.

— Lupin convoitait davantage. Il voulait, ou bien l'enveloppe en maroquin qui se trouvait dans le sac de voyage, ou bien la cassette en ébène qui se trouvait dans le coffre-fort. Cette cassette, il l'a eue, puisqu'il l'a renvoyée vide. Donc, aujourd'hui, il connaît, ou il est en voie de connaître le fameux projet que formait M. Kesselbach et dont il entretenait son secrétaire quelques instants avant sa mort.

— Quel est ce projet ?

— Je ne sais pas. Le directeur de l'agence, Barbareux, auquel il s'en était ouvert, m'a dit que M. Kesselbach recherchait un individu, un déclassé, paraît-il, nommé Pierre Leduc. Pour quelle raison cette recherche ? Et par quels liens peut-on la rattacher à son projet ? Je ne saurais le dire.

— Soit, conclut Valenglay. Voilà pour Arsène Lupin. Son rôle est fini. M. Kesselbach est ligoté, dépouillé... mais vivant !... Que se passe-t-il jusqu'au moment où on le retrouve mort ?

— Rien, pendant des heures ; rien jusqu'à la nuit. Mais au cours de la nuit quelqu'un est entré.

— Par où ?

— Par la chambre 420, une des chambres qu'avait retenues M. Kesselbach. L'individu possédait évidemment une fausse clef.

— Mais, s'écria le Préfet de police, entre cette chambre et l'appartement, toutes les portes étaient verrouillées et il y en a cinq !

— Restait le balcon.

— Le balcon !

— Oui, c'est le même pour tout l'étage, sur la rue de Judée.

— Et les séparations ?

— Un homme agile peut les franchir. Le nôtre les a franchies. J'ai relevé les traces.

— Mais toutes les fenêtres de l'appartement étaient closes, et on a constaté, après le crime, qu'elles l'étaient encore.

— Sauf une, celle du secrétaire Chapman, laquelle n'était que poussée, j'en ai fait l'épreuve moi-même.

Cette fois le Président du Conseil parut quelque peu ébranlé, tellement la version de M. Lenormand semblait logique, serrée, étayée de faits solides.

Il demanda avec un intérêt croissant :

— Mais cet homme, dans quel but venait-il ?

— Je ne sais pas.

— Ah ! vous ne savez pas…

— Non, pas plus que je ne sais son nom.

— Mais pour quelle raison a-t-il tué ?

— Je ne sais pas. Tout au plus a-t-on le droit de supposer qu'il n'était pas venu dans l'intention de tuer, mais dans l'intention, lui aussi, de prendre les documents contenus dans l'enveloppe de maroquin et dans la cassette, et que, placé par le hasard en face d'un ennemi réduit à l'impuissance, il l'a tué.

Valenglay murmura :

— Cela se peut… oui, à la rigueur… Et, selon vous, trouva-t-il les documents ?

— Il ne trouva pas la cassette, puisqu'elle n'était pas là, mais il trouva, au fond du sac de voyage, l'enveloppe de maroquin noir. De sorte que Lupin… et l'autre en sont au même point tous les deux : tous les deux ils savent, sur le projet de Kesselbach, les mêmes choses.

— C'est-à-dire, nota le Président, qu'ils vont se combattre.

— Justement. Et la lutte a déjà commencé. L'assassin, trouvant une carte d'Arsène Lupin, l'épingla sur le cadavre. Toutes les apparences seraient ainsi contre Arsène Lupin Donc, Arsène Lupin serait le meurtrier.

— En effet… en effet… déclara Valenglay, le calcul ne manquait pas de justesse.

— Et le stratagème aurait réussi, continua M. Lenormand, si, par suite d'un autre hasard, défavorable celui-là, l'assassin, soit à l'aller, soit au retour, n'avait perdu, dans la chambre 420, son étui à cigarettes, et si le garçon d'hôtel, Gustave Beudot, ne l'y avait ramassé. Dès lors, se sachant découvert ou sur le point de l'être…

— Comment le savait-il ?

— Comment ? Mais par le juge d'instruction Formerie lui-même. L'enquête a eu lieu toutes portes ouvertes ! Il est certain que le meurtrier se cachait parmi les assistants, employés d'hôtel ou journalistes, lorsque le juge d'instruction envoya Gustave Beudot dans sa mansarde chercher l'étui à cigarettes. Beudot monta. L'individu le suivit et frappa. Seconde victime.

Personne ne protestait plus. Le drame se reconstituait, saisissant de réalité et d'exactitude vraisemblable.

— Et la troisième ? fit Valenglay.

— Celle-là s'offrit elle-même aux coups. Ne voyant pas revenir Beudot, Chapman, curieux d'examiner lui-même cet étui à cigarettes, partit avec le directeur de l'hôtel. Surpris par le meurtrier, il fut entraîné par lui, conduit dans une des chambres, et, à son tour, assassiné.

— Mais pourquoi se laissa-t-il ainsi entraîner et diriger par un homme qu'il savait être l'assassin de M. Kesselbach et de Gustave Beudot ?

— Je ne sais pas, pas plus que je ne connais la chambre où le crime fut commis, pas plus que je ne devine la façon vraiment miraculeuse dont le coupable s'échappa.

— On a parlé de deux étiquettes bleues ?

— Oui, l'une trouvée sur la cassette que Lupin a renvoyée, l'autre trouvée par moi et provenant sans doute de l'enveloppe en maroquin que l'assassin avait volée.

— Eh bien ?

— Eh bien ! pour moi, elles ne signifient rien. Ce qui signifie quelque chose, c'est ce chiffre *813* que M. Kesselbach inscrivit sur chacune d'elles : on a reconnu son écriture.

— Et ce chiffre *813* ?

— Mystère.

— Alors ?

— Alors, je dois vous répondre une fois de plus que je n'en sais rien.

— Vous n'avez pas de soupçons ?

— Aucun. Deux hommes à moi habitent une des chambres du Palace-Hôtel, à l'étage où l'on a retrouvé le cadavre de Chapman. Par eux, je fais surveiller toutes les personnes de l'hôtel. Le coupable n'est pas au nombre de celles qui sont parties.

— N'a-t-on pas téléphoné pendant le massacre ?

— Oui. De la ville quelqu'un a téléphoné au major Parbury, une des quatre personnes qui habitaient le couloir du premier étage.

— Et ce major ?

— Je le fais surveiller par mes hommes ; jusqu'ici, on n'a rien relevé contre lui.

— Et dans quel sens allez-vous chercher ?

— Oh ! dans un sens très précis. Pour moi, l'assassin compte parmi les amis ou les relations du ménage Kesselbach. Il suivait leur piste, il connaissait leurs habitudes, la raison pour laquelle M. Kesselbach était à Paris, et il soupçonnait tout au moins l'importance de ses desseins.

— Ce ne serait donc pas un professionnel du crime ?

— Non, non ! mille fois non. Le crime fut exécuté avec une habileté et une audace inouïes, mais il fut commandé par les circonstances. Je le répète, c'est dans l'entourage de M. et Mme Kesselbach qu'il faut chercher. Et la preuve, c'est que l'assassin de M. Kesselbach n'a tué Gustave Beudot que parce que le garçon d'hôtel possédait l'étui à cigarettes, et Chapman que parce que le secrétaire en connaissait l'existence. Rappelez-vous l'émotion de Chapman : sur la description seule de l'étui à cigarettes, Chapman a eu l'intuition du drame. S'il avait vu l'étui à cigarettes, nous étions renseignés. L'inconnu ne s'y est pas trompé ; il a supprimé Chapman. Et nous ne savons rien, que ses initiales L et M.

Il réfléchit et prononça :

— Encore une preuve qui est une réponse à l'une de vos questions, monsieur le Président. Croyez-vous que Chapman eût suivi cet homme à travers les couloirs et les escaliers de l'hôtel, s'il ne l'avait déjà connu ?

Les faits s'accumulaient. La vérité, ou du moins la vérité probable, se fortifiait. Bien des points, les plus intéressants peut-être, demeuraient obscurs. Mais quelle lumière ! À défaut des motifs qui les avaient inspirés, comme on apercevait clairement la série des actes accomplis en cette tragique matinée !

Il y eut un silence. Chacun méditait, cherchait des arguments, des objections. Enfin, Valenglay s'écria :

— Mon cher Lenormand, tout cela est parfait... Vous m'avez convaincu... Mais, au fond, nous n'en sommes pas plus avancés pour cela.

— Comment ?

— Mais oui. Le but de notre réunion n'est pas du tout de déchiffrer une partie de l'énigme, que, un jour ou l'autre, je n'en doute pas, vous déchiffrerez tout entière, mais de donner satisfaction, dans la plus large mesure possible, aux exigences du public. Or, que le meurtrier soit Lupin ou non, qu'il y ait deux coupables, ou bien trois, ou bien un seul, cela ne nous donne ni le nom du coupable ni son arrestation. Et le public a toujours cette impression désastreuse que la justice est impuissante.

— Qu'y puis-je faire ?

— Précisément, donner au public la satisfaction qu'il demande.

— Mais il me semble que ces explications suffiraient déjà...

— Des mots ! Il veut des actes. Une seule chose le contenterait : une arrestation.

— Diable ! diable ! Nous ne pouvons pourtant pas arrêter le premier venu.

— Ça vaudrait mieux que de n'arrêter personne, fit Valenglay en riant... Voyons, cherchez bien... Êtes-vous sûr d'Edwards, le domestique de Kesselbach ?

— Absolument sûr... Et puis, non, monsieur le Président, ce serait dangereux, ridicule et je suis persuadé que M. le procureur général lui-même... Il n'y a que deux individus que nous avons le droit d'arrêter : l'assassin... je ne le connais pas... et Arsène Lupin.

— Eh bien ?

— On n'arrête pas Arsène Lupin ou du moins il faut du temps, un ensemble de mesures que je n'ai pas encore eu le loisir de combiner, puisque je croyais Lupin rangé... ou mort.

Valenglay frappa du pied avec l'impatience d'un homme qui aime bien que ses désirs soient réalisés sur-le-champ.

— Cependant... cependant... mon cher Lenormand, il le faut... Il le faut pour vous aussi... Vous n'êtes pas sans savoir que vous avez des ennemis puissants et que si je n'étais pas là... Enfin, il est inadmissible que vous, Lenormand, vous vous dérobiez ainsi... Et les complices, qu'en faites-vous ? Il n'y a pas que Lupin... Il y a Marco... Il y a aussi le coquin qui a joué le personnage de M. Kesselbach pour descendre dans les caves du Crédit Lyonnais.

— Celui-là vous suffirait-il, monsieur le Président ?

— S'il me suffirait ! Nom d'un chien, je vous crois.

— Eh bien, donnez-moi huit jours.

— Huit jours ! mais ce n'est pas une question de jours, mon cher Lenormand, c'est plus simplement une question d'heures.

— Combien m'en donnez-vous, monsieur le Président ?

Valenglay tira sa montre et ricana :

— Je vous donne dix minutes, mon cher Lenormand.

Le chef de la Sûreté tira la sienne et scanda, d'une voix posée :

— C'est quatre de trop, monsieur le Président.

II

Valenglay le regarda, stupéfait.

— Quatre de trop ? Qu'est-ce que vous voulez dire ?

— Je dis, monsieur le Président, que les dix minutes que vous m'accordez sont inutiles. J'en ai besoin de six, pas une de plus.

— Ah ça ! mais, Lenormand… la plaisanterie ne serait peut-être pas d'un goût…

Le chef de la Sûreté s'approcha de la fenêtre et fit un signe à deux hommes qui se promenaient en devisant tout tranquillement dans la cour d'honneur du ministère. Puis il revint.

— Monsieur le procureur général, ayez l'obligeance de signer un mandat d'arrêt au nom de Daileron, Auguste-Maximin-Philippe, âgé de quarante-sept ans. Vous laisserez la profession en blanc.

Il ouvrit la porte d'entrée.

— Tu peux venir, Gourel… toi aussi, Dieuzy.

Gourel se présenta, escorté de l'inspecteur Dieuzy.

— Tu as les menottes, Gourel ?

— Oui, chef.

M. Lenormand s'avança vers Valenglay.

— Monsieur le Président, tout est prêt. Mais j'insiste auprès de vous de la façon la plus pressante pour que vous renonciez à cette arrestation. Elle dérange tous mes plans ; elle peut les faire avorter, et, pour une satisfaction, somme toute minime, elle risque de tout compromettre.

— Monsieur Lenormand, je vous ferai remarquer que vous n'avez plus que quatre-vingts secondes.

Le chef réprima un geste d'agacement, arpenta la pièce de droite et de gauche, en s'appuyant sur sa canne, s'assit d'un air furieux, comme s'il décidait de se taire, puis soudain, prenant son parti :

— Monsieur le Président, la première personne qui entrera dans ce bureau sera celle dont vous avez voulu l'arrestation contre mon gré, je tiens à bien le spécifier.

— Plus que quinze secondes, Lenormand.

— Gourel… Dieuzy… la première personne, n'est-ce pas ? Monsieur le procureur général, vous avez mis votre signature ?

— Plus que dix secondes, Lenormand.

— Monsieur le Président, voulez-vous avoir l'obligeance de sonner ?

— Valenglay sonna.

L'huissier se présenta au seuil de la porte et attendit. Valenglay se tourna vers le chef.

— Eh bien, Lenormand, on attend vos ordres… Qui doit-on introduire ?

— Personne.

— Mais ce coquin dont vous nous avez promis l'arrestation ? Les six minutes sont largement écoulées.

— Oui, mais le coquin est ici.

— Comment ? Je ne comprends pas… personne n'est entré.

— Si.

— Ah ça !… Mais… voyons… Lenormand, vous vous moquez de moi… Je vous répète qu'il n'est entré personne.

— Nous étions quatre dans ce bureau, monsieur le Président, nous sommes cinq. Par conséquent, il est entré quelqu'un.

Valenglay sursauta.

— Hein ? C'est de la folie !... que voulez-vous dire...

Les deux agents s'étaient glissés entre la porte et l'huissier. M. Lenormand s'approcha de celui-ci, lui plaqua les mains sur l'épaule, et d'une voix forte :

— Au nom de la loi, Daileron, Auguste-Maximin-Philippe, chef des huissiers à la Présidence du Conseil, je vous arrête.

Valenglay éclata de rire :

— Ah ! elle est bonne... Celle-là est bonne... Ce sacré Lenormand, il en a de drôles ! Bravo, Lenormand, il y a longtemps que je n'avais ri comme ça...

M. Lenormand se tourna vers le procureur général :

— Monsieur le procureur général, n'oubliez pas de mettre sur le mandat la profession du sieur Daileron, n'est-ce pas ? chef des huissiers à la Présidence du Conseil...

— Mais oui... mais oui... chef des huissiers à... la Présidence du Conseil... bégaya Valenglay qui se tenait les côtes... Ah ! ce bon Lenormand a des trouvailles de génie... Le public réclamait une arrestation... Vlan, il lui flanque par la tête, qui ? Mon chef des huissiers... Auguste... le serviteur modèle... Eh bien, vrai, Lenormand, je vous savais une certaine dose de fantaisie, mais pas à ce point-là, mon cher !... Quel culot !

Depuis le début de la scène, Auguste n'avait pas bougé et semblait ne rien comprendre à ce qui se passait autour de lui. Sa bonne figure de subalterne loyal et fidèle avait un air absolument ahuri. Il regardait tour à tour ses interlocuteurs avec un effort visible pour saisir le sens de leurs paroles.

M. Lenormand dit quelques mots à Gourel qui sortit. Puis, s'avançant vers Auguste, il prononça nettement :

— Rien à faire. Tu es pincé. Le mieux est d'abattre son jeu quand la partie est perdue. Qu'est-ce que tu as fait, mardi ?

— Moi ? rien. J'étais ici.

— Tu mens. C'était ton jour de congé. Tu es sorti.

— En effet... je me rappelle... un ami de province qui est venu... nous nous sommes promenés au Bois.

— L'ami s'appelait Marco. Et vous vous êtes promenés dans les caves du Crédit Lyonnais.

— Moi ! en voilà une idée !... Marco ?... Je ne connais personne de ce nom-là.

— Et ça, connais-tu ça ? s'écria le chef en lui mettant sous le nez une paire de lunettes à branches d'or.

— Mais non... mais non... je ne porte pas de lunettes...

— Si, tu en portes quand tu vas au Crédit Lyonnais et que tu te fais passer pour M. Kesselbach. Celles-là viennent de la chambre que tu occupes, sous le nom de M. Jérôme, au numéro 5 de la rue du Colisée.

— Moi, une chambre ? Je couche au ministère.

— Mais tu changes de vêtements là-bas, pour jouer tes rôles dans la bande de Lupin.

L'autre passa la main sur son front couvert de sueur. Il était livide, il balbutia :

— Je ne comprends pas... vous dites des choses... des choses...

— T'en faut-il une que tu comprennes mieux ? Tiens, voilà ce qu'on trouve parmi les chiffons de papier que tu jettes à la corbeille, sous ton bureau de l'antichambre, ici même.

Et M. Lenormand déplia une feuille de papier à en-tête du ministère, où on lisait à divers endroits, tracés d'une écriture qui tâtonne : Rudolph Kesselbach.

— Eh bien, qu'en dis-tu de celle-là, brave serviteur ? des exercices d'application sur la signature de M. Kesselbach, est-ce une preuve ?

Un coup de poing en pleine poitrine fit chanceler M. Lenormand. D'un bond, Auguste fut devant la fenêtre ouverte, enjamba l'appui et sauta dans la cour d'honneur.

— Nom d'un chien ! cria Valenglay... Ah ! le bandit.

Il sonna, courut, voulut appeler par la fenêtre. M. Lenormand lui dit avec le plus grand calme :

— Ne vous agitez pas, monsieur le Président...

— Mais cette canaille d'Auguste...

— Une seconde, je vous en prie... j'avais prévu ce dénouement... je l'escomptais même... il n'est pas de meilleur aveu.

Dominé par tant de sang-froid, Valenglay reprit sa place. Au bout d'un instant, Gourel faisait son entrée en tenant par le collet le sieur Daileron, Auguste-Maximin-Philippe, dit Jérôme, chef des huissiers à la Présidence du Conseil.

— Amène, Gourel, dit M. Lenormand, comme on dit : « Apporte ! » au bon chien de chasse qui revient avec le gibier en travers de sa gueule... Il s'est laissé faire ?

— Il a un peu mordu, mais je serais dur, répliqua le brigadier, en montrant sa main énorme et noueuse.

— Bien, Gourel. Maintenant, mène-moi ce bonhomme-là au Dépôt, dans un fiacre. Sans adieu, monsieur Jérôme.

Valenglay s'amusait beaucoup. Il se frottait les mains en riant. L'idée que le chef de ses huissiers était un des complices de Lupin lui semblait la plus charmante et la plus ironique des aventures.

— Bravo, mon cher Lenormand, tout cela est admirable, mais comment diable avez-vous manœuvré ?

— Oh ! de la façon la plus simple. Je savais que M. Kesselbach s'était adressé à l'agence Barbareux, et que Lupin s'était présenté chez lui soi-disant de la part de cette agence. J'ai cherché de ce côté-là, et j'ai découvert que l'indiscrétion commise au préjudice de M. Kesselbach et de Barbareux n'avait pu l'être qu'au profit d'un nommé Jérôme, ami d'un employé de l'agence. Si vous ne m'aviez pas ordonné de brusquer les choses, je surveillais l'huissier, et j'arrivais à Marco, puis à Lupin.

— Vous y arriverez, Lenormand. Et nous allons assister au spectacle le plus passionnant du monde, la lutte entre Lupin et vous. Je parie pour vous.

Le lendemain matin, les journaux publiaient cette lettre :

« *Lettre ouverte à M. Lenormand, chef de la Sûreté.*

« Tous mes compliments, cher monsieur et ami, pour l'arrestation de l'huissier Jérôme. Ce fut de la bonne besogne, bien faite et digne de vous.

« Toutes mes félicitations également pour la façon ingénieuse avec laquelle vous avez prouvé au président du Conseil que je n'étais pas l'assassin de M. Kesselbach. Votre démonstration fut claire, logique, irréfutable, et, qui plus est, véridique. Comme vous le savez, je ne tue pas. Merci de l'avoir établi en cette occasion. L'estime de mes contemporains et la vôtre, cher monsieur et ami, me sont indispensables.

« En revanche, permettez-moi de vous assister dans la poursuite du monstrueux assassin et de vous donner un coup d'épaule dans l'affaire Kesselbach. Affaire très intéressante, vous pouvez m'en croire, si intéressante et si digne de mon attention que je sors de la retraite où je vivais depuis quatre ans, entre mes livres et mon bon chien Sherlock, que je bats le rappel de tous mes camarades, et que je me jette de nouveau dans la mêlée.

« Comme la vie a des retours imprévus ! Me voici votre collaborateur. Soyez sûr, cher monsieur et ami, que je m'en félicite, et que j'apprécie à son juste prix cette faveur de la destinée.

« Signé : ARSENE LUPIN. »

« *Post-scriptum.* – Un mot encore pour lequel je ne doute pas que vous m'approuviez. Comme il est inconvenant qu'un gentleman, qui eut le glorieux privilège de combattre sous ma bannière, pourrisse sur la paille humide de vos prisons, je crois devoir loyalement vous prévenir que, dans cinq semaines, le vendredi le 31 mai, je mettrai en liberté le sieur Jérôme, promu par moi au grade de chef des huissiers à la Présidence du Conseil. N'oubliez pas la date : le vendredi 31 mai. – A. L. »

LE PRINCE SERNINE À L'OUVRAGE

I

Un rez-de-chaussée, au coin du boulevard Haussmann et de la rue de Courcelles... C'est là qu'habite le prince Sernine, un des membres les plus brillants de la colonie russe à Paris, et dont le nom revient à chaque instant dans les « Déplacements et Villégiatures » des journaux.

Onze heures du matin. Le prince entre dans son cabinet de travail. C'est un homme de trente-cinq à quarante ans, dont les cheveux châtains se mêlent de quelques fils d'argent. Il a un teint de belle santé, de fortes moustaches, et des favoris coupés très courts, à peine dessinés sur la peau fraîche des joues. Il est correctement vêtu d'une redingote grise qui lui serre la taille, et d'un gilet à dépassant de coutil blanc.

— Allons, dit-il à mi-voix, je crois que la journée va être rude.

Il ouvrit une porte qui donnait dans une grande pièce où quelques personnes attendaient, et il dit :

— Varnier est là ? Entre donc, Varnier.

Un homme, à l'allure de petit bourgeois, trapu, solide, bien d'aplomb sur ses jambes, vint à son appel. Le prince referma la porte sur lui.

— Eh bien, où en es-tu Varnier ?

— Tout est prêt pour ce soir, patron.

— Parfait. Raconte, en quelques mots.

— Voilà. Depuis l'assassinat de son mari, Mme Kesselbach, sur la foi du prospectus que vous lui avez fait envoyer, a choisi comme demeure la maison de retraite pour dames, située à Garches. Elle habite, au fond du jardin, le dernier des quatre pavillons que la direction loue aux dames qui désirent vivre tout à fait à l'écart des autres pensionnaires, le pavillon de l'Impératrice.

— Comme domestiques ?

— Sa demoiselle de compagnie, Gertrude, avec laquelle elle est arrivée quelques heures après le crime, et la sœur de Gertrude, Suzanne, qu'elle a fait venir de Monte-Carlo, et qui lui sert de femme de chambre. Les deux sœurs lui sont toutes dévouées.

— Edwards, le valet de chambre ?

— Elle ne l'a pas gardé. Il est retourné dans son pays.

— Elle voit du monde ?

— Personne. Elle passe son temps étendue sur un divan. Elle semble très faible, malade. Elle pleure beaucoup. Hier, le juge d'instruction est resté deux heures auprès d'elle.

— Bien. La jeune fille, maintenant ?

— Mlle Geneviève Ernemont habite de l'autre côté de la route… une ruelle qui s'en va vers la pleine campagne, et, dans cette ruelle, la troisième maison à droite. Elle tient une école libre et gratuite pour enfants retardataires. Sa grand-mère, Mme Ernemont, demeure avec elle.

— Et, d'après ce que tu m'as écrit, Geneviève Ernemont et Mme Kesselbach ont fait connaissance ?

— Oui. La jeune fille a été demander à Mme Kesselbach des subsides pour son école. Elles ont dû se plaire, car voici quatre jours qu'elles sortent ensemble dans le parc de Villeneuve, dont le jardin de la maison de Retraite n'est qu'une dépendance.

— À quelle heure sortent-elles ?

— De cinq à six. À six heures juste, la jeune fille rejoint son école.

— Donc, tu as organisé la chose…

— Pour aujourd'hui, six heures. Tout est prêt.

— Il n'y aura personne ?

— Il n'y a jamais personne dans le parc à cette heure-là.

— C'est bien. J'y serai. Va.

Il le fit sortir par la porte du vestibule, et revenant vers la salle d'attente, il appela :

— Les frères Doudeville.

Deux jeunes gens entrèrent, habillés avec une élégance un peu trop recherchée, les yeux vifs, l'air sympathique.

— Bonjour, Jean. Bonjour, Jacques. Quoi de nouveau à la Préfecture ?

— Pas grand-chose, patron.

— M. Lenormand a toujours confiance en vous ?

— Toujours. Après Gourel, nous sommes ses inspecteurs favoris. La preuve, c'est qu'il nous a installés au Palace-Hôtel pour surveiller les gens qui habitaient le couloir du premier étage, au moment de l'assassinat de Chapman. Tous les matins Gourel vient, et nous lui faisons le même rapport qu'à vous.

— Parfait. Il est essentiel que je sois au courant de tout ce qui se fait et de tout ce qui se dit à la Préfecture de police. Tant que Lenormand vous croira ses hommes, je suis maître de la situation. Et dans l'hôtel, avez-vous découvert une piste quelconque ?

Jean Doudeville, l'aîné, répondit :

— L'Anglaise, celle qui habitait une des chambres, l'Anglaise est partie.

— Celle-là ne m'intéresse pas. J'ai mes renseignements. Mais son voisin, le major Parbury ?

Ils semblèrent embarrassés. Enfin l'un des deux répondit :

— Ce matin, le major Parbury a commandé qu'on transportât ses bagages à la gare du Nord, pour le train de midi cinquante, et il est parti de son côté en automobile. Nous avons été au départ du train. Le major n'est pas venu.

— Et les bagages ?

— Il les a fait reprendre à la gare.

— Par qui ?

— Par un commissionnaire, nous a-t-on dit.
— De sorte que sa trace est perdue ?
— Oui.
— Enfin ! s'écria joyeusement le prince.

Les autres le regardèrent, étonnés.

— Eh oui, dit-il… voilà un indice !
— Vous croyez ?
— Évidemment. L'assassinat de Chapman n'a pu être commis que dans une des chambres de ce couloir. C'est là, chez un complice, que le meurtrier de M. Kesselbach avait conduit le secrétaire, c'est là qu'il l'a tué, c'est là qu'il a changé de vêtements, et c'est le complice qui, une fois l'assassin parti, a déposé le cadavre dans le couloir. Mais quel complice ? La manière dont disparaît le major Parbury tendrait à prouver qu'il n'est pas étranger à l'affaire. Vite, téléphonez la bonne nouvelle à M. Lenormand ou à Gourel. Il faut qu'on soit au courant le plus vite possible à la Préfecture. Ces messieurs et moi, nous marchons la main dans la main.

Il leur fit encore quelques recommandations, concernant leur double rôle d'inspecteurs de la police au service du prince Sernine, et il les congédia.

Dans la salle d'attente, il restait deux visiteurs. Il introduisit l'un deux.

— Mille excuses, docteur, lui dit-il. Je suis tout à toi. Comment va Pierre Leduc ?
— Mort.
— Oh ! oh ! dit Sernine. Je m'y attendais depuis ton mot de ce matin. Mais, tout de même, le pauvre garçon n'a pas été long…
— Il était usé jusqu'à la corde. Une syncope, et c'était fini.
— Il n'a pas parlé ?
— Non.
— Tu es sûr que, depuis le jour où nous l'avons cueilli ensemble sous la table d'un bouge à Belleville, tu es sûr que personne, dans ta clinique, n'a soupçonné que c'était lui, Pierre Leduc, que la police recherche, ce mystérieux Pierre Leduc que Kesselbach voulait trouver à tout prix ?
— Personne. Il occupait une chambre à part. En outre, j'avais enveloppé sa main gauche d'un pansement pour qu'on ne pût voir la blessure du petit doigt. Quant à la cicatrice de la joue, elle est invisible sous la barbe.
— Et tu l'as surveillé toi-même ?
— Moi-même. Et, selon vos instructions, j'ai profité, pour l'interroger, de tous les instants où il semblait plus lucide. Mais je n'ai pu obtenir que des balbutiements indistincts.

Le prince murmura pensivement :

— Mort… Pierre Leduc est mort… Toute l'affaire Kesselbach reposait évidemment sur lui, et voilà… voilà qu'il disparaît sans une révélation, sans un seul mot sur lui, sur son passé… Faut-il m'embarquer dans cette aventure à laquelle je ne comprends encore rien ? C'est dangereux… Je peux sombrer…

Il réfléchit un moment et s'écria :

— Ah ! tant pis ! je marche quand même. Ce n'est pas une raison parce que Pierre Leduc est mort pour que j'abandonne la partie. Au contraire ! Et l'occasion est trop tentante. Pierre Leduc est mort. Vive Pierre Leduc !… Va, docteur. Rentre chez toi. Ce soir je te téléphonerai.

Le docteur sortit.

— À nous deux, Philippe, dit Sernine au dernier visiteur, un petit homme aux cheveux gris, habillé comme un garçon d'hôtel, mais d'hôtel de dixième ordre.

— Patron, commença Philippe, je vous rappellerai que, la semaine dernière, vous m'avez fait entrer comme valet de chambre à l'hôtel des Deux-Empereurs, à Versailles, pour surveiller un jeune homme.

— Eh oui, je sais… Gérard Baupré. Où en est-il ?
— À bout de ressources.
— Toujours des idées noires ?
— Toujours. Il veut se tuer.
— Est-ce sérieux ?
— Très sérieux. J'ai trouvé dans ses papiers cette petite note au crayon.
— Ah ! ah ! fit Sernine, en lisant la note, il annonce sa mort… et ce serait pour ce soir !

— Oui, patron, la corde est achetée et le crochet fixé au plafond. Alors, selon vos ordres, je suis entré en relation avec lui, il m'a raconté sa détresse, et je lui ai conseillé de s'adresser à vous. « Le prince Sernine est riche, lui ai-je dit, il est généreux, peut-être vous aidera-t-il. »

— Tout cela est parfait. De sorte qu'il va venir ?

— Il est là.

— Comment le sais-tu ?

— Je l'ai suivi. Il a pris le train de Paris, et maintenant il se promène de long en large sur le boulevard. D'un moment à l'autre il se décidera.

À cet instant un domestique apporta une carte. Le prince lut et dit :

— Introduisez M. Gérard Baupré.

Et s'adressant à Philippe :

— Passe dans ce cabinet, écoute et ne bouge pas.

Resté seul, le prince murmura :

— Comment hésiterais-je ? C'est le destin qui l'envoie, celui-là…

Quelques minutes après, entrait un grand jeune homme blond, mince, au visage amaigri, au regard fiévreux, et qui se tint sur le seuil, embarrassé, hésitant, dans l'attitude d'un mendiant qui voudrait tendre la main et qui n'oserait pas.

La conversation fut courte.

— C'est vous, M. Gérard Baupré ?

— Oui… oui… c'est moi.

— Je n'ai pas l'honneur…

— Voilà monsieur… voilà… on m'a dit…

— Qui, on ?

— Un garçon d'hôtel qui prétend avoir servi chez vous…

— Enfin, bref…

— Eh bien…

Le jeune homme s'arrêta, intimidé, bouleversé par l'attitude hautaine du prince. Celui-ci s'écria :

— Cependant, monsieur, il serait peut-être nécessaire…

— Voilà, monsieur… on m'a dit que vous étiez très riche et généreux… Et j'ai pensé qu'il vous serait possible…

Il s'interrompit, incapable de prononcer la parole de prière et d'humiliation.

Sernine s'approcha de lui.

— Monsieur Gérard Baupré, n'avez-vous pas publié un volume de vers intitulé : « *Le sourire du printemps* » ?

— Oui, oui, s'écria le jeune homme dont le visage s'éclaira… vous avez lu ?

— Oui… Très jolis, vos vers… très jolis… seulement, est-ce que vous comptez vivre avec ce qu'ils vous rapporteront ?

— Certes… un jour ou l'autre…

— Un jour ou l'autre… plutôt l'autre, n'est-ce pas ? Et, en attendant, vous venez me demander de quoi vivre ?

— De quoi manger, monsieur.

Sernine lui mit la main sur l'épaule, et froidement :

— Les poètes ne mangent pas, monsieur. Ils se nourrissent de rimes et de rêves. Faites ainsi. Cela vaut mieux que de tendre la main.

Le jeune homme frissonna sous l'insulte. Sans une parole il se dirigea vivement vers la porte.

Sernine l'arrêta.

— Un mot encore, monsieur. Vous n'avez plus la moindre ressource ?

— Pas la moindre.

— Et vous ne comptez sur rien ?

— J'ai encore un espoir… J'ai écrit à un de mes parents, le suppliant de m'envoyer quelque chose. J'aurai sa réponse aujourd'hui. C'est la dernière limite.

— Et, si vous n'avez pas de réponse, vous êtes décidé sans doute, ce soir même, à…

— Oui, monsieur.

Ceci fut dit simplement et nettement.

Sernine éclata de rire.

— Dieu ! que vous êtes comique, brave jeune homme ! Et quelle conviction ingénue ! Revenez me voir l'année prochaine voulez-vous ? Nous reparlerons de tout cela… C'est si curieux, si intéressant… et si drôle surtout ah ! ah ! ah !

Et, secoué de rires, avec des gestes affectés et des salutations, il le mit à la porte.

— Philippe, dit-il en ouvrant au garçon d'hôtel, tu as entendu ?

— Oui, patron.

— Gérard Baupré attend cet après-midi un télégramme, une promesse de secours…

— Oui, sa dernière cartouche.

— Ce télégramme, il ne faut pas qu'il le reçoive. S'il arrive, cueille-le au passage et déchire-le.

— Bien, patron.

— Tu es seul dans ton hôtel ?

— Oui, seul avec la cuisinière qui ne couche pas. Le patron est absent.

— Bon. Nous sommes les maîtres. À ce soir, vers onze heures. File.

II

Le prince Sernine passa dans sa chambre et sonna son domestique.

— Mon chapeau, mes gants et ma canne. L'auto est là ?

— Oui, monsieur.

Il s'habilla, sortit et s'installa dans une vaste et confortable limousine qui le conduisit au bois de Boulogne, chez le marquis et la marquise de Gastyne, où il était prié à déjeuner.

À deux heures et demie, il quittait ses hôtes, s'arrêtait avenue Kléber, prenait deux de ses amis et un docteur, et arrivait à trois heures moins cinq au parc des Princes.

À trois heures, il se battait au sabre avec le commandant italien Spinelli, dès la première reprise coupait l'oreille à son adversaire, et, à trois heures trois quarts taillait au cercle de la rue Cambon une banque d'où il se retirait, à cinq heures vingt, avec un bénéfice de quarante-sept mille francs.

Et tout cela sans hâte, avec une sorte de nonchalance hautaine, comme si le mouvement endiablé qui semblait emporter sa vie dans un tourbillon d'actes et d'événements était la règle même de ses journées les plus paisibles.

— Octave, dit-il à son chauffeur, nous allons à Garches.

Et, à six heures moins dix, il descendait devant les vieux murs du parc de Villeneuve.

Dépecé maintenant, abîmé, le domaine de Villeneuve conserve encore quelque chose de la splendeur qu'il connut au temps où l'impératrice Eugénie venait y faire ses couches. Avec ses vieux arbres, son étang, l'horizon de feuillage que déroulent les bois de Saint-Cloud, le paysage a de la grâce et de la mélancolie.

Une partie importante du domaine fut donnée à l'Institut Pasteur. Une portion plus petite, et séparée de la première par tout l'espace réservé au public, forme une propriété encore assez vaste, et où s'élèvent, autour de la maison de Retraite, quatre pavillons isolés.

— C'est là que demeure Mme Kesselbach, se dit le prince en voyant de loin les toits de la maison et des quatre pavillons.

Cependant, il traversait le parc et se dirigeait vers l'étang.

Soudain il s'arrêta derrière un groupe d'arbres. Il avait aperçu deux dames accoudées au parapet du pont qui franchit l'étang.

— Varnier et ses hommes doivent être dans les environs. Mais, fichtre, ils se cachent rudement bien. J'ai beau chercher…

Les deux dames foulaient maintenant l'herbe des pelouses, sous les grands arbres vénérables. Le bleu du ciel apparaissait entre les branches que berçait une brise calme, et il flottait dans l'air des odeurs de printemps et de jeune verdure.

Sur les pentes de gazon qui descendaient vers l'eau immobile, les marguerites, les pommeroles, les violettes, les narcisses, le muguet, toutes les petites fleurs d'avril et de mai se groupaient et formaient çà et là comme des constellations de toutes les couleurs. Le soleil se penchait à l'horizon.

Et tout à coup trois hommes surgirent d'un bosquet et vinrent à la rencontre des promeneuses.

Ils les abordèrent.

Il y eut quelques paroles échangées. Les deux dames donnaient des signes visibles de frayeur. L'un des hommes s'avança vers la plus petite et voulut saisir la bourse en or qu'elle tenait à la main.

Elles poussèrent des cris, et les trois hommes se jetèrent sur elles.

— C'est le moment ou jamais de surgir, se dit le prince.

Et il s'élança.

En dix secondes il avait presque atteint le bord de l'eau.

À son approche les trois hommes s'enfuirent.

— Fuyez, malandrins, ricana-t-il, fuyez à toutes jambes. Voilà le sauveur qui émerge.

Et il se mit à les poursuivre. Mais une des dames le supplia :

— Oh ! monsieur, je vous en prie mon amie est malade.

La plus petite des promeneuses, en effet, était tombée sur le gazon, évanouie.

Il revint sur ses pas et, avec inquiétude :

— Elle n'est pas blessée ? dit-il... Est-ce que ces misérables ?...

— Non... non... c'est la peur seulement... l'émotion... Et puis... vous allez comprendre... cette dame est Mme Kesselbach...

— Oh ! dit-il.

Il offrit un flacon de sels que la jeune femme fit aussitôt respirer à son amie. Et il ajouta :

— Soulevez l'améthyste qui sert de bouchon Il y a une petite boîte, et dans cette boîte, des pastilles. Que madame en prenne une... une, pas davantage... c'est très violent...

Il regardait la jeune femme soigner son amie. Elle était blonde, très simple d'aspect, le visage doux et grave, avec un sourire qui animait ses traits alors même qu'elle ne souriait pas.

— C'est Geneviève, pensa-t-il...

Et il répéta en lui-même, tout ému :

— Geneviève... Geneviève...

Mme Kesselbach cependant se remettait peu à peu. Étonnée d'abord, elle parut ne pas comprendre. Puis, la mémoire lui revenant, d'un signe de tête elle remercia son sauveur.

Alors il s'inclina profondément et dit :

— Permettez-moi de me présenter : Le prince Sernine.

Elle dit à voix basse :

— Je ne sais comment vous exprimer ma reconnaissance.

— En ne l'exprimant pas, madame. C'est le hasard qu'il faut remercier, le hasard qui a dirigé ma promenade de ce côté. Mais puis-je vous offrir mon bras ?

Quelques minutes après, Mme Kesselbach sonnait à la maison de Retraite, et elle disait au prince :

— Je réclamerai de vous un dernier service, monsieur. Ne parlez pas de cette agression.

— Cependant, madame, ce serait le seul moyen de savoir...

— Pour savoir, il faudrait une enquête, et ce serait encore du bruit autour de moi, des interrogatoires, de la fatigue, et je suis à bout de forces.

Le prince n'insista pas. La saluant, il demanda :

— Me permettrez-vous de prendre de vos nouvelles ?

— Mais certainement...

Elle embrassa Geneviève et rentra.

La nuit cependant commençait à tomber. Sernine ne voulut pas que Geneviève retournât seule. Mais ils ne s'étaient pas engagés dans le sentier qu'une silhouette détachée de l'ombre accourut au-devant d'eux.

— Grand'mère ! s'écria Geneviève.

Elle se jeta dans les bras d'une vieille femme qui la couvrit de baisers.

— Ah ! ma chérie, ma chérie, que s'est-il passé ? Comme tu es en retard !... toi si exacte !

Geneviève présenta :

— Mme Ernemont, ma grand-mère... Le prince Sernine...

Puis elle raconta l'incident et Mme Ernemont répétait :

— Oh ! ma chérie, comme tu as dû avoir peur !... je n'oublierai jamais, monsieur... je vous le jure... Mais comme tu as dû avoir peur, ma pauvre chérie !

— Allons, bonne-maman, tranquillise-toi puisque me voilà...

— Oui, mais la frayeur a pu te faire mal... On ne sait jamais les conséquences... Oh ! c'est horrible...

Ils longèrent une haie par-dessus laquelle on devinait une cour plantée d'arbres, quelques massifs, un préau, et une maison blanche.

Derrière la maison s'ouvrait, à l'abri d'un bouquet de sureaux disposés en tonnelle, une petite barrière.

La vieille dame pria le prince Sernine d'entrer et le conduisit dans un petit salon qui servait à la fois de parloir.

Geneviève demanda au prince la permission de se retirer un instant, pour aller voir ses élèves, dont c'était l'heure du souper.

Le prince et Mme Ernemont restèrent seuls.

La vieille dame avait une figure pâle et triste, sous ses cheveux blancs dont les bandeaux se terminaient par deux anglaises. Trop forte, de marche lourde, elle avait, malgré son apparence et ses vêtements de dame, quelque chose d'un peu vulgaire, mais les yeux étaient infiniment bons.

Tandis qu'elle mettait un peu d'ordre sur la table, tout en continuant à dire son inquiétude, le prince Sernine s'approcha d'elle, lui saisit la tête entre les deux mains et l'embrassa sur les deux joues.

— Eh bien, la vieille, comment vas-tu ?

Elle demeura stupide, les yeux hagards, la bouche ouverte.

Le prince l'embrassa de nouveau en riant.

Elle bredouilla :

— Toi ! c'est toi ! Ah ! Jésus-Marie... Jésus-Marie... Est-ce possible !... Jésus-Marie !...

— Ma bonne Victoire !

— Ne m'appelle pas ainsi s'écria-t-elle en frissonnant. Victoire est morte... Ta vieille nourrice n'existe plus. J'appartiens tout entière à Geneviève...

Elle dit encore à voix basse :

— Ah ! Jésus... j'avais bien lu ton nom dans les journaux... Alors, c'est vrai, tu recommences ta mauvaise vie ?

— Comme tu vois.

— Tu m'avais pourtant juré que c'était fini, que tu partais pour toujours, que tu voulais devenir honnête.

— J'ai essayé. Voilà quatre ans que j'essaie... Tu ne prétendras point que pendant ces quatre ans j'aie fait parler de moi ?

— Eh bien ?

— Eh bien, ça m'ennuie.

Elle soupira :

— Toujours le même... Tu n'as pas changé... Ah ! c'est bien fini, tu ne changeras jamais... Ainsi, tu es dans l'affaire Kesselbach ?

— Parbleu ! Sans quoi me serais-je donné la peine d'organiser contre Mme Kesselbach, à six heures, une agression pour avoir l'occasion, à six heures cinq, de l'arracher aux griffes de mes hommes ? Sauvée par moi, elle est obligée de me recevoir. Me voilà au cœur de la place, et, tout en protégeant la veuve, je surveille les alentours. Ah ! que veux-tu, la vie que je mène ne me permet pas de flâner et d'employer le régime des petits soins et des hors-d'œuvre. Il faut que j'agisse par coups de théâtre, par victoires brutales.

Elle l'observait avec effarement, et elle balbutia :

— Je comprends... je comprends... tout ça, c'est du mensonge... Mais alors Geneviève...

— Eh ! d'une pierre, je faisais deux coups. Tant qu'à préparer un sauvetage, autant marcher pour deux. Pense à ce qu'il m'eût fallu de temps, d'efforts inutiles, peut-être, pour me glisser dans l'intimité de cette enfant ! Qu'étais-je pour elle ? Que serais-je encore ? Un inconnu... un étranger. Maintenant je suis le sauveur. Dans une heure je serai... l'ami.

Elle se mit à trembler.

— Ainsi... tu n'as pas sauvé Geneviève... ainsi tu vas nous mêler à tes histoires...

Et soudain, dans un accès de révolte, l'agrippant aux épaules :

— Eh bien, non, j'en ai assez, tu entends ? Tu m'as amené cette petite un jour en me disant : « Tiens, je te la confie... ses parents sont morts... prends-la sous ta garde. » Eh bien, elle y est, sous ma garde, et je saurai la défendre contre toi et contre toutes tes manigances.

Debout, bien d'aplomb, ses deux poings crispés, le visage résolu, Mme Ernemont semblait prête à toutes les éventualités.

Posément, sans brusquerie, le prince Sernine détacha l'une après l'autre les deux mains qui l'étreignaient, à son tour empoigna la vieille dame par les épaules, l'assit dans un fauteuil, se baissa vers elle, et, d'un ton très calme, lui dit :

— Zut !

Elle se mit à pleurer, vaincue tout de suite, et, croisant ses mains devant Sernine :

— Je t'en prie, laisse-nous tranquilles. Nous étions si heureuses ! Je croyais que tu nous avais oubliées, et je bénissais le ciel chaque fois qu'un jour s'écoulait. Mais oui… je t'aime bien, cependant. Mais Geneviève… vois-tu, je ne sais pas ce que je ferais pour cette enfant. Elle a pris ta place dans mon cœur.

— Je m'en aperçois, dit-il en riant. Tu m'enverrais au diable avec plaisir. Allons, assez de bêtises ! Je n'ai pas de temps à perdre. Il faut que je parle à Geneviève.

— Tu vas lui parler !

— Eh bien ! c'est donc un crime ?

— Et qu'est-ce que tu as à lui dire ?

— Un secret… un secret très grave… très émouvant…

La vieille dame s'effara :

— Et qui lui fera de la peine, peut-être ? Oh ! je crains tout… je crains tout pour elle…

— La voilà, dit-il.

— Non, pas encore.

— Si, si je l'entends… essuie tes yeux et sois raisonnable…

— Écoute, fit-elle vivement, écoute, je ne sais pas quels sont les mots que tu vas prononcer, quel secret tu vas révéler à cette enfant que tu ne connais pas… Mais, moi qui la connais, je te dis ceci : Geneviève est une nature vaillante, forte, mais très sensible. Fais attention à tes paroles… Tu pourrais blesser en elle des sentiments… qu'il ne t'est pas possible de soupçonner…

— Et pourquoi, mon Dieu ?

— Parce qu'elle est d'une race différente de la tienne, d'un autre monde… je parle d'un autre monde moral… Il y a des choses qu'il t'est défendu de comprendre maintenant. Entre vous deux, l'obstacle est infranchissable… Geneviève a la conscience la plus pure et la plus haute… et toi…

— Et moi ?

— Et toi, tu n'es pas un honnête homme.

III

Geneviève entra, vive et charmante.

— Toutes mes petites sont au dortoir, j'ai dix minutes de répit… Eh bien, grand-mère, qu'est-ce que c'est ? Tu as une figure toute drôle… Est-ce encore cette histoire ?

— Non, mademoiselle, dit Sernine, je crois avoir été assez heureux pour rassurer votre grand-mère. Seulement, nous causions de vous, de votre enfance, et c'est un sujet, semble-t-il, que votre grand-mère n'aborde pas sans émotion.

— De mon enfance ?… dit Geneviève en rougissant… Oh ! grand-mère !…

— Ne la grondez pas, mademoiselle, c'est le hasard qui a amené la conversation sur ce terrain. Il se trouve que j'ai passé souvent par le petit village où vous avez été élevée.

— Aspremont ?

— Aspremont, près de Nice… Vous habitiez là une maison neuve, toute blanche…

— Oui, dit-elle, toute blanche, avec un peu de peinture bleue autour des fenêtres… J'étais bien jeune, puisque j'ai quitté Aspremont à sept ans ; mais je me rappelle les moindres choses de ce temps-là. Et je n'ai pas oublié l'éclat du soleil sur la façade blanche, ni l'ombre de l'eucalyptus au bout du jardin…

— Au bout du jardin, mademoiselle, il y avait un champ d'oliviers, et, sous un de ces oliviers, une table où votre mère travaillait les jours de chaleur…

— C'est vrai, c'est vrai, dit-elle, toute remuée… moi, je jouais à côté…

— Et c'est là, dit-il, que j'ai vu votre mère plusieurs fois… Tout de suite, en vous voyant, j'ai retrouvé son image… plus gaie, plus heureuse.

— Ma pauvre mère, en effet, n'était pas heureuse. Mon père était mort le jour même de ma naissance, et rien n'avait pu la consoler. Elle pleurait beaucoup. J'ai gardé de cette époque un petit mouchoir avec lequel j'essuyais ses larmes.

— Un petit mouchoir à dessins roses.

— Quoi ! fit-elle, saisie d'étonnement, vous savez...

— J'étais là, un jour, quand vous la consoliez... Et vous la consoliez si gentiment que la scène est restée précise dans ma mémoire.

Elle le regarda profondément, et murmura, presque en elle-même :

— Oui, oui... il me semble bien... l'expression de vos yeux et puis le son de votre voix...

Elle baissa les paupières un instant, et se recueillit comme si elle cherchait vainement à fixer un souvenir qui lui échappait.

Et elle reprit :

— Alors vous la connaissiez ?

— J'avais des amis près d'Aspremont, chez qui je la rencontrais. La dernière fois, elle m'a paru plus triste encore... plus pâle, et quand je suis revenu...

— C'était fini, n'est-ce pas ? dit Geneviève... oui, elle est partie très vite en quelques semaines... et je suis restée seule avec des voisins qui la veillaient... et un matin on l'a emportée... Et le soir de ce jour, comme je dormais, il est venu quelqu'un qui m'a prise dans ses bras, qui m'a enveloppée de couvertures...

— Un homme ? dit le prince.

— Oui, un homme. Il me parlait tout bas, très doucement... sa voix me faisait du bien... et, en m'emmenant sur la route, puis en voiture dans la nuit, il me berçait et me racontait des histoires... de sa même voix... de sa même voix...

Elle s'était interrompue peu à peu, et elle le regardait de nouveau, plus profondément encore et avec un effort visible pour saisir l'impression fugitive qui l'effleurait par instants.

Il lui dit :

— Et après ? Où vous a-t-il conduite ?

— Là, mon souvenir est vague... C'est comme si j'avais dormi plusieurs jours... Je me retrouve seulement dans le bourg de Vendée où j'ai passé toute la seconde moitié de mon enfance, à Montégut, chez le père et la mère Izereau, de braves gens qui m'ont nourrie, qui m'ont élevée, et dont je n'oublierai jamais le dévouement et la tendresse.

— Et ils sont morts aussi, ceux-là ?

— Oui, dit-elle... une épidémie de fièvre typhoïde dans la région... mais je ne le sus que plus tard... Dès le début de leur maladie, j'avais été emportée comme la première fois, et dans les mêmes conditions, la nuit, par quelqu'un qui m'enveloppa également de couvertures... Seulement, j'étais plus grande, je me débattis, je voulus crier... et il dut me fermer la bouche avec un foulard.

— Vous aviez quel âge ?

— Quatorze ans... il y a de cela quatre ans.

— Donc, vous avez pu distinguer cet homme ?

— Non, celui-là se cachait davantage, et il ne m'a pas dit un seul mot... Cependant j'ai toujours pensé que c'était le même car j'ai gardé le souvenir de la même sollicitude, des mêmes gestes attentifs, pleins de précaution.

— Et après ?

— Après, comme jadis, il y a de l'oubli, du sommeil... Cette fois, j'ai été malade, paraît-il, j'ai eu la fièvre... Et je me réveille dans une chambre gaie, claire. Une dame à cheveux blancs est penchée sur moi et me sourit. C'est grand'mère... et la chambre, c'est celle que j'occupe là-haut.

Elle avait repris sa figure heureuse, sa jolie expression lumineuse, et elle termina en souriant :

— Et voilà comme quoi Mme Ernemont m'a trouvée un soir au seuil de sa porte, endormie, paraît-il, comme quoi elle m'a recueillie, comme quoi elle est devenue ma grand'mère, et comme quoi, après quelques épreuves, la petite fille d'Aspremont goûte les joies d'une existence calme, et apprend le calcul et la grammaire à des petites filles rebelles ou paresseuses... mais qui l'aiment bien.

Elle s'exprimait gaiement, d'un ton à la fois réfléchi et allègre, et l'on sentait en elle l'équilibre d'une nature raisonnable.

Sernine l'écoutait avec une surprise croissante, et sans chercher à dissimuler son trouble.

Il demanda :

— Vous n'avez jamais entendu parler de cet homme, depuis ?...

— Jamais.

— Et vous seriez contente de le revoir ?
— Oui, très contente.
— Eh bien, mademoiselle...
Geneviève tressaillit.
— Vous savez quelque chose... la vérité peut-être...
— Non... non... seulement...

Il se leva et se promena dans la pièce. De temps à autre son regard s'arrêtait sur Geneviève, et il semblait qu'il était sur le point de répondre par des mots plus précis à la question qui lui était posée. Allait-il parler ?

Mme Ernemont attendait avec angoisse la révélation de ce secret dont pouvait dépendre le repos de la jeune fille.

Il revint s'asseoir auprès de Geneviève, parut encore hésiter, et lui dit enfin :
— Non... non... une idée m'était venue... un souvenir...
— Un souvenir ?... Et alors ?
— Je me suis trompé. Il y avait dans votre récit certains détails qui m'ont induit en erreur.
— Vous en êtes sûr ?

Il hésita encore, puis affirma :
— Absolument sûr.
— Eh ! dit-elle, déçappointée... j'avais cru deviner... que vous connaissiez...

Elle n'acheva pas, attendant une réponse à la question qu'elle lui posait, sans oser la formuler complètement.

Il se tut. Alors, n'insistant pas davantage, elle se pencha vers Mme Ernemont.
— Bonsoir, grand-mère, mes petites doivent être au lit, mais aucune d'elles ne pourrait dormir avant que je l'aie embrassée.

Elle tendit la main au prince.
— Merci encore...
— Vous partez ? dit-il vivement.
— Excusez-moi ; grand'mère vous reconduira...

Il s'inclina devant elle et lui baisa la main. Au moment d'ouvrir la porte, elle se retourna et sourit.
Puis elle disparut.

Le prince écouta le bruit de ses pas qui s'éloignait, et il ne bougeait point, la figure pâle d'émotion.
— Eh bien, dit la vieille dame, tu n'as pas parlé ?
— Non...
— Ce secret...
— Plus tard... aujourd'hui... c'est étrange... Je n'ai pas pu.
— Était-ce donc si difficile ? Ne l'a-t-elle pas senti, elle, que tu étais l'inconnu qui, deux fois, l'avait emportée ?... Il suffisait d'un mot...
— Plus tard... plus tard... dit-il en reprenant toute son assurance. Tu comprends bien... cette enfant me connaît à peine... Il faut d'abord que je conquière des droits à son affection, à sa tendresse... Quand je lui aurai donné l'existence qu'elle mérite, une existence merveilleuse, comme on en voit dans les contes de fées, alors je parlerai.

La vieille dame hocha la tête.
— J'ai bien peur que tu ne te trompes... Geneviève n'a pas besoin d'une existence merveilleuse... Elle a des goûts simples.
— Elle a les goûts de toutes les femmes, et la fortune, le luxe, la puissance procurent des joies qu'aucune d'elles ne méprise.
— Si, Geneviève. Et tu ferais mieux...
— Nous verrons bien. Pour l'instant, laisse-moi faire. Et sois tranquille. Je n'ai nullement l'intention, comme tu dis, de mêler Geneviève à toutes mes manigances. C'est à peine si elle me verra... Seulement, quoi, il fallait bien prendre contact... C'est fait... Adieu.

Il sortit de l'école, et se dirigea vers son automobile.
Il était tout heureux.
— Elle est charmante et si douce, si grave ! Les yeux de sa mère, ces yeux qui m'attendrissaient jusqu'aux larmes... Mon Dieu, comme tout cela est loin ! Et quel joli souvenir... un peu triste, mais si joli !

Et il dit à haute voix :

— Certes oui, je m'occuperai de son bonheur. Et tout de suite encore ! Et dès ce soir ! Parfaitement, dès ce soir, elle aura un fiancé ! Pour les jeunes filles, n'est-ce pas la condition du bonheur ?

IV

Il retrouva son auto sur la grand-route.

— Chez moi, dit-il à Octave.

Chez lui il demanda la communication de Neuilly, téléphona ses instructions à celui de ses amis qu'il appelait le Docteur, puis s'habilla.

Il dîna au cercle de la rue Cambon, passa une heure à l'Opéra, et remonta dans son automobile.

— À Neuilly, Octave. Nous allons chercher le Docteur. Quelle heure est-il ?

— Dix heures et demie.

— Fichtre ! Active !

Dix minutes après, l'automobile s'arrêtait à l'extrémité du boulevard Inkermann, devant une villa isolée. Au signal de la trompe, le Docteur descendit. Le prince lui demanda :

— L'individu est prêt ?

— Empaqueté, ficelé, cacheté.

— En bon état ?

— Excellent. Si tout se passe comme vous me l'avez téléphoné, la police n'y verra que du feu.

— C'est son devoir. Embarquons-le.

Ils transportèrent dans l'auto une sorte de sac allongé qui avait la forme d'un individu, et qui semblait assez lourd.

Et le prince dit :

— À Versailles, Octave, rue de la Vilaine, devant l'hôtel des Deux-Empereurs.

— Mais c'est un hôtel borgne, fit remarquer le Docteur, je le connais.

— À qui le dis-tu ? Et la besogne sera dure, pour moi du moins... Mais sapristi, je ne donnerais pas ma place pour une fortune ! Qui donc prétendait que la vie est monotone ?

L'hôtel des Deux-Empereurs... une allée boueuse... deux marches à descendre, et l'on pénètre dans un couloir où veille la lueur d'une lampe.

Du poing, Sernine frappa contre une petite porte.

Un garçon d'hôtel apparut. C'était Philippe, celui-là même à qui, le matin, Sernine avait donné des ordres au sujet de Gérard Baupré.

— Il est toujours là ? demanda le prince.

— Oui.

— La corde ?

— Le nœud est fait.

— Il n'a pas reçu le télégramme qu'il espérait ?

— Le voici, je l'ai intercepté. Sernine saisit le papier bleu et lut.

— Bigre, dit-il avec satisfaction, il était temps. On lui annonçait pour demain un billet de mille francs. Allons, le sort me favorise. Minuit moins un quart... Dans un quart d'heure le pauvre diable s'élancera dans l'éternité. Conduis-moi, Philippe. Reste là, Docteur.

Le garçon prit la bougie. Ils montèrent au troisième étage et suivirent, en marchant sur la pointe des pieds, un corridor bas et puant, garni de mansardes, et qui aboutissait à un escalier de bois où moisissaient les vestiges d'un tapis.

— Personne ne pourra m'entendre ? demanda Sernine.

— Personne. Les deux chambres sont isolées. Mais ne vous trompez pas, il est dans celle de gauche.

— Bien. Maintenant, redescends. À minuit, le Docteur, Octave et toi, vous apporterez l'individu là où nous sommes, et vous attendrez.

L'escalier de bois avait dix marches que le prince gravit avec des précautions infinies... En haut, un palier et deux portes... Il fallut cinq longues minutes à Sernine pour ouvrir celle de droite sans qu'un grincement rompît le silence.

Une lumière luisait dans l'ombre de la pièce. À tâtons, pour ne pas heurter une des chaises, il se dirigea vers cette lumière. Elle provenait de la chambre voisine et filtrait à travers une porte vitrée que recouvrait un lambeau de tenture.

Le prince écarta ce lambeau. Les carreaux étaient dépolis, mais abîmés, rayés par endroits, de sorte que, en appliquant un œil, on pouvait voir aisément tout ce qui se passait dans l'autre pièce.

Un homme s'y trouvait, qu'il aperçut de face, assis devant une table. C'était le poète Gérard Baupré.

Il écrivait à la clarté d'une bougie.

Au-dessus de lui pendait une corde qui était attachée à un crochet fixé dans le plafond. À l'extrémité inférieure de la corde, un nœud coulant s'arrondissait.

Un coup léger tinta à une horloge de la ville.

— Minuit moins cinq, pensa Sernine... Encore cinq minutes.

Le jeune homme écrivait toujours. Au bout d'un instant il déposa sa plume, mit en ordre les dix ou douze feuillets de papier qu'il avait noircis d'encre, et se mit à les relire.

Cette lecture ne parut pas lui plaire, car une expression de mécontentement passa sur son visage. Il déchira son manuscrit et en brûla les morceaux à la flamme de la bougie.

Puis, d'une main fiévreuse, il traça quelques mots sur une feuille blanche, signa brutalement et se leva.

Mais, ayant aperçu, à dix pouces au-dessus de sa tête, la corde, il se rassit d'un coup avec un grand frisson d'épouvante.

Sernine voyait distinctement sa pâle figure, ses joues maigres contre lesquelles il serrait ses poings crispés. Une larme coula, une seule, lente et désolée. Les yeux fixaient le vide, des yeux effrayants de tristesse, et qui semblaient voir déjà le redoutable néant.

Et c'était une figure si jeune ! des joues si tendres encore, que ne rayait la cicatrice d'aucune ride ! et des yeux bleus, d'un bleu de ciel oriental...

Minuit... les douze coups tragiques de minuit, auxquels tant de désespérés ont accroché la dernière seconde de leur existence !

Au douzième, il se dressa de nouveau et, bravement cette fois, sans trembler, regarda la corde sinistre. Il essaya même un sourire – pauvre sourire, lamentable grimace du condamné que la mort a déjà saisi.

Rapidement il monta sur la chaise et prit la corde d'une main.

Un instant il resta là, immobile, non point qu'il hésitât ou manquât de courage, mais c'était l'instant suprême, la minute de grâce que l'on s'accorde avant le geste fatal.

Il contempla la chambre infâme où le mauvais destin l'avait acculé, l'affreux papier des murs, le lit misérable.

Sur la table, pas un livre : tout avait été vendu. Pas une photographie, pas une enveloppe de lettre : il n'avait plus ni père, ni mère, plus de famille... Qu'est-ce qui le rattachait à l'existence ?

D'un mouvement brusque, il engagea sa tête dans le nœud coulant et tira sur la corde jusqu'à ce que le nœud lui serrât bien le cou.

Et, des deux pieds renversant la chaise, il sauta dans le vide.

V

Dix secondes, vingt secondes s'écoulèrent, vingt secondes formidables, éternelles...

Le corps avait eu deux ou trois convulsions. Les jambes avaient instinctivement cherché un point d'appui. Plus rien maintenant ne bougeait...

Quelques secondes encore... La petite porte vitrée s'ouvrit.

Sernine entra.

Sans la moindre hâte, il saisit la feuille de papier où le jeune homme avait apposé sa signature et il lut :

Las de la vie, malade, sans argent, sans espoir, je me tue. Qu'on n'accuse personne de ma mort.

30 avril. – Gérard Baupré.

Il remit la feuille sur la table, bien en vue, approcha la chaise et la posa sous les pieds du jeune homme. Luimême il escalada la table, et, tout en tenant le corps serré contre lui, il le souleva, élargit le nœud coulant et dépassa la tête.

Le corps fléchit entre ses bras. Il le laissa glisser sur le long de la table, et, sautant à terre, il le retendit sur le lit.

Puis, toujours avec le même flegme, il entrebâilla la porte de sortie.

— Vous êtes là tous les trois ? murmura-t-il.

Près de lui, au pied de l'escalier de bois, quelqu'un répondit :

— Nous sommes là. Faut-il hisser notre paquet ?

— Allez-y !

Il prit le bougeoir et les éclaira.

Péniblement les trois hommes montèrent l'escalier en portant le sac où était ficelé l'individu.

— Déposez-le ici, dit-il en montrant la table.

À l'aide d'un canif il coupa les ficelles qui entouraient le sac. Un drap blanc apparut qu'il écarta.

Dans ce drap, il y avait un cadavre, le cadavre de Pierre Leduc.

— Pauvre Pierre Leduc, dit Sernine, tu ne sauras jamais ce que tu as perdu en mourant si jeune ! Je t'aurais mené loin, mon bonhomme. Enfin, on se passera de tes services… Allons, Philippe, grimpe sur la table, et toi, Octave, sur la chaise. Soulevez-lui la tête et engagez le nœud coulant.

Deux minutes plus tard le corps de Pierre Leduc se balançait au bout de la corde.

— Parfait, ce n'est pas plus difficile que cela, une substitution de cadavres. Maintenant vous pouvez vous retirer tous. Toi, Docteur, tu repasseras ici demain matin, tu apprendras le suicide du sieur Gérard Baupré, tu entends, de Gérard Baupré – voici sa lettre d'adieu – tu feras appeler le médecin légiste et le commissaire, tu t'arrangeras pour que ni l'un ni l'autre ne constatent que le défunt a un doigt coupé et une cicatrice à la joue…

— Facile.

— Et tu feras en sorte que le procès-verbal soit écrit aussitôt et sous ta dictée.

— Facile.

— Enfin, évite l'envoi à la Morgue et qu'on donne le permis d'inhumer séance tenante.

— Moins facile.

— Essaye. Tu as examiné celui-là ?

Il désignait le jeune homme qui gisait inerte sur le lit.

— Oui, affirma le Docteur. La respiration redevient normale. Mais on risquait gros… la carotide eût pu…

— Qui ne risque rien… Dans combien de temps reprendra-t-il connaissance ?

— D'ici quelques minutes.

— Bien. Ah ! ne pars pas encore. Docteur. Reste en bas. Ton rôle n'est pas fini ce soir.

Demeuré seul, le prince alluma une cigarette et fuma tranquillement, en lançant vers le plafond de petits anneaux de fumée bleue.

Un soupir le tira de sa rêverie. Il s'approcha du lit. Le jeune homme commençait à s'agiter, et sa poitrine se soulevait et s'abaissait violemment, ainsi qu'un dormeur sous l'influence d'un cauchemar.

Il porta ses mains à sa gorge comme s'il éprouvait une douleur, et ce geste le dressa d'un coup, terrifié, pantelant…

Alors, il aperçut, en face de lui, Sernine.

— Vous ! murmura-t-il sans comprendre… Vous !…

Il le contemplait d'un regard stupide, comme il eût contemplé un fantôme.

De nouveau il toucha sa gorge, palpa son cou, sa nuque. Et soudain il eut un cri rauque, une folie d'épouvante agrandit ses yeux, hérissa le poil de son crâne, le secoua tout entier comme une feuille ! Le prince s'était effacé, et il avait vu, il voyait au bout de la corde, le pendu !

Il recula jusqu'au mur. Cet homme, ce pendu, c'était lui ! c'était lui-même. Il était mort, et il se voyait mort ! Rêve atroce qui suit le trépas ?… Hallucination de ceux qui ne sont plus, et dont le cerveau bouleversé palpite encore d'un reste de vie ?…

Ses bras battirent l'air. Un moment il parut se défendre contre l'ignoble vision. Puis, exténué, vaincu une seconde fois, il s'évanouit.

— À merveille, ricana le prince… Nature sensible… impressionnable… Actuellement, le cerveau est désorbité… Allons, l'instant est propice… Mais si je n'enlève pas l'affaire en vingt minutes… il m'échappe…

Il poussa la porte qui séparait les deux mansardes, revint vers le lit, enleva le jeune homme, et le transporta sur le lit de l'autre pièce.

Puis il lui bassina les tempes avec de l'eau fraîche et lui fit respirer des sels.

La défaillance, cette fois, ne fut pas longue.

Timidement, Gérard entrouvrit les paupières et leva les yeux vers le plafond. La vision était finie.

Mais la disposition des meubles, l'emplacement de la table et de la cheminée, certains détails encore, tout le surprenait – et puis le souvenir de son acte, la douleur qu'il ressentait à la gorge...

Il dit au prince :

— J'ai fait un rêve, n'est-ce pas ?

— Non.

— Comment, non ?...

Et soudain, se rappelant :

— Ah ! c'est vrai, je me souviens... j'ai voulu mourir... et même...

Il se pencha anxieusement :

— Mais le reste ? la vision ?...

— Quelle vision ?

— L'homme... la corde... cela, c'est un rêve ?...

— Non, affirma Sernine, cela aussi, c'est la réalité...

— Que dites-vous ? que dites-vous ?... oh ! non... non... je vous en prie... éveillez-moi si je dors... ou bien que je meure !... Mais je suis mort, n'est-ce pas ? et c'est le cauchemar d'un cadavre... Ah ! je sens ma raison qui s'en va... Je vous en prie...

Sernine posa doucement sa main sur les cheveux du jeune homme, et s'inclinant vers lui :

— Écoute-moi... écoute-moi bien, et comprends. Tu es vivant. Ta substance et ta pensée sont identiques et vivent. Mais Gérard Baupré est mort. Tu me comprends, n'est-ce pas ? L'être social qui avait nom Gérard Baupré, n'existe plus. Tu l'as supprimé, celui-là. Demain, sur les registres de l'état civil, en face de ce nom que tu portais, on inscrira la mention : « décédé » – et la date de ton décès.

— Mensonge ! balbutia le jeune homme terrifié, mensonge ! puisque me voilà, moi, Gérard Baupré !...

— Tu n'es pas Gérard Baupré, déclara Sernine.

Et désignant la porte ouverte :

— Gérard Baupré est là, dans la chambre voisine. Veux-tu le voir ? Il est suspendu au clou où tu l'as accroché. Sur la table se trouve la lettre par laquelle tu as signé sa mort. Tout cela est bien régulier, tout cela est définitif. Il n'y a plus à revenir sur ce fait irrévocable et brutal : Gérard Baupré n'existe plus !

Le jeune homme écoutait éperdument. Plus calme, maintenant que les faits prenaient une signification moins tragique, il commençait à comprendre.

— Et alors ? murmura-t-il.

— Et alors, causons...

— Oui... oui... causons...

— Une cigarette ? dit le prince... Tu acceptes ? Ah ! je vois que tu te rattaches à la vie. Tant mieux, nous nous entendrons, et cela rapidement.

Il alluma la cigarette du jeune homme, la sienne, et, tout de suite, en quelques mots, d'une voix sèche, il s'expliqua :

— Feu Gérard Baupré, tu étais las de vivre, malade, sans argent, sans espoir... Veux-tu être bien portant, riche, puissant ?

— Je ne saisis pas.

— C'est bien simple. Le hasard t'a mis sur mon chemin, tu es jeune, joli garçon, poète, tu es intelligent, et – ton acte de désespoir le prouve – d'une belle honnêteté. Ce sont là des qualités que l'on trouve rarement réunies. Je les estime et je les prends à mon compte.

— Elles ne sont pas à vendre.

— Imbécile ! Qui te parle de vente ou d'achat ? Garde ta conscience. C'est un joyau trop précieux pour que je t'en délivre.

— Alors qu'est-ce que vous me demandez ?

— Ta vie !

Et, désignant la gorge encore meurtrie du jeune homme :

— Ta vie ! ta vie que tu n'as pas su employer ! Ta vie que tu as gâchée, perdue, détruite, et que je prétends refaire, moi, et suivant un idéal de beauté, de grandeur et de noblesse qui te donnerait le vertige, mon petit, si tu entrevoyais le gouffre où plonge ma pensée secrète...

Il avait saisi entre ses mains la tête de Gérard, et il continuait avec une emphase ironique :

— Tu es libre ! Pas d'entraves ! Tu n'as plus à subir le poids de ton nom ! Tu as effacé ce numéro matricule que la société avait imprimé sur toi comme un fer rouge sur l'épaule. Tu es libre ! Dans ce monde d'esclaves où chacun porte son étiquette, toi tu peux, ou bien aller et venir inconnu, invisible, comme si tu possédais l'anneau de Gygès... ou bien choisir ton étiquette, celle qui te plaît ! Comprends-tu ? comprends-tu le trésor magnifique que tu représentes pour un artiste, pour toi si tu le veux ? Une vie vierge, toute neuve ! Ta vie, c'est de la cire que tu as le droit de modeler à ta guise, selon les fantaisies de ton imagination ou les conseils de ta raison.

Le jeune homme eut un geste de lassitude.

— Eh ! que voulez-vous que je fasse de ce trésor ? Qu'en ai-je fait jusqu'ici ? Rien.

— Donne-le-moi.

— Qu'en pourrez-vous faire ?

— Tout. Si tu n'es pas un artiste, j'en suis un, moi ! et enthousiaste, inépuisable, indomptable, débordant. Si tu n'as pas le feu sacré, je l'ai, moi ! Où tu as échoué, je réussirai, moi ! Donne-moi ta vie.

— Des mots, des promesses ! s'écria le jeune homme dont le visage s'animait... Des songes creux ! Je sais bien ce que je vaux !... Je connais ma lâcheté, mon découragement, mes efforts qui avortent, toute ma misère. Pour recommencer ma vie, il me faudrait une volonté que je n'ai pas...

— J'ai la mienne...

— Des amis...

— Tu en auras.

— Des ressources...

— Je t'en apporte, et quelles ressources ! Tu n'auras qu'à puiser, comme on puiserait dans un coffre magique.

— Mais qui êtes-vous donc ? s'écria le jeune homme avec égarement.

— Pour les autres, le prince Sernine... Pour toi qu'importe ! Je suis plus que prince, plus que roi, plus qu'empereur.

— Qui êtes-vous ?... qui êtes-vous ?... balbutia Baupré.

— Le Maître... celui qui veut et qui peut... celui qui agit Il n'y a pas de limites à ma volonté, il n'y en a pas à mon pouvoir. Je suis plus riche que le plus riche, car sa fortune m'appartient... Je suis plus puissant que les plus forts, car leur force est à mon service.

Il lui saisit de nouveau la tête, et le pénétrant de son regard :

— Sois riche aussi... sois fort... c'est le bonheur que je t'offre... c'est la douceur de vivre... la paix pour ton cerveau de poète... c'est la gloire aussi... Acceptes-tu ?

— Oui... oui... murmura Gérard, ébloui et dominé... Que faut-il faire ?

— Rien.

— Cependant.

— Rien, te dis-je. Tout l'échafaudage de mes projets repose sur toi, mais tu ne comptes pas. Tu n'as pas à jouer de rôle actif. Tu n'es, pour l'instant, qu'un figurant... même pas ! un pion que je pousse.

— Que ferai-je ?

— Rien... des vers ! Tu vivras à ta guise. Tu auras de l'argent. Tu jouiras de la vie. Je ne m'occuperai même pas de toi. Je te le répète, tu ne joues pas de rôle dans mon aventure.

— Et qui serai-je ?

Sernine tendit le bras et montra la chambre voisine :

— Tu prendras la place de celui-là. *Tu es celui-là.*

Gérard tressaillit de révolte et de dégoût.

— Oh non ! celui-là est mort... et puis... c'est un crime... non, je veux une vie nouvelle, faite pour moi, imaginée pour moi... un nom inconnu...

— Celui-là, te dis-je, s'écria Sernine, irrésistible d'énergie et d'autorité... tu seras celui-là et pas un autre ! Celui-là, parce que son destin est magnifique, parce que son nom est illustre et qu'il te transmet un héritage dix fois séculaire de noblesse et d'orgueil.

— C'est un crime, gémit Baupré, tout défaillant...

— Tu seras celui-là, proféra Sernine avec une violence inouïe... celui-là ! Sinon tu redeviens Baupré, et sur Baupré, j'ai droit de vie ou de mort. Choisis.

Il tira son revolver, l'arma et le braqua sur le jeune homme.

— Choisis, répéta-t-il.

L'expression de son visage était implacable. Gérard eut peur et s'abattit sur le lit en sanglotant.

— Je veux vivre !

— Tu le veux fermement, irrévocablement ?

— Oui, mille fois oui ! Après la chose affreuse que j'ai tentée, la mort m'épouvante... Tout... tout plutôt que la mort !... Tout !... la souffrance... la faim... la maladie... toutes les tortures, toutes les infamies... le crime même, s'il le faut... mais pas la mort.

Il frissonnait de fièvre et d'angoisse, comme si la grande ennemie rôdait encore autour de lui et qu'il se sentît impuissant à fuir l'étreinte de ses griffes.

Le prince redoubla d'efforts, et d'une voix ardente, le tenant sous lui comme une proie :

— Je ne te demande rien d'impossible, rien de mal... S'il y a quelque chose, j'en suis responsable... Non, pas de crime... un peu de souffrance, tout au plus... un peu de ton sang qui coulera. Mais qu'est-ce que c'est, auprès de l'effroi de mourir ?

— La souffrance m'est indifférente.

— Alors, tout de suite ! clama Sernine. Tout de suite ! dix secondes de souffrance, et ce sera tout... dix secondes, et la vie de l'autre t'appartiendra...

Il l'avait empoigné à bras-le-corps, et, courbé sur une chaise, il lui tenait la main gauche à plat sur la table, les cinq doigts écartés. Rapidement il sortit de sa poche un couteau, en appuya le tranchant contre le petit doigt, entre la première et la deuxième jointure, et ordonna :

— Frappe ! frappe toi-même ! un coup de poing et c'est tout !

Il lui avait pris la main droite et cherchait à l'abattre sur l'autre comme un marteau.

Gérard se tordit, convulsé d'horreur. Il comprenait.

— Jamais ! bégaya-t-il, jamais !

— Frappe ! un seul coup et c'est fait, un seul coup, et tu seras pareil à cet homme, nul ne te reconnaîtra.

— Son nom...

— Frappe d'abord...

— Jamais ! oh ! quel supplice... Je vous en prie plus tard...

— Maintenant... je le veux... il le faut...

— Non... non... je ne peux pas...

— Mais frappe donc, imbécile, c'est la fortune, la gloire, l'amour...

Gérard leva le poing, dans un élan.

— L'amour, dit-il... oui... pour cela... oui...

— Tu aimeras et tu seras aimé, proféra Sernine. Ta fiancée t'attend. C'est moi qui l'ai choisie. Elle est plus pure que les plus pures, plus belle que les plus belles. Mais il faut la conquérir... Frappe !

Le bras se raidit pour le mouvement fatal, mais l'instinct fut plus fort. Une énergie surhumaine convulsa le jeune homme. Brusquement il rompit l'étreinte de Sernine et s'enfuit.

Il courut comme un fou vers l'autre pièce. Un hurlement de terreur lui échappa, à la vue de l'abominable spectacle, et il revint tomber auprès de la table, à genoux devant Sernine.

— Frappe ! dit celui-ci en étalant de nouveau les cinq doigts et en disposant la lame du couteau.

Ce fut mécanique. D'un geste d'automate, les yeux hagards, la face livide, le jeune homme leva son poing et frappa.

— Ah ! fit-il, dans un gémissement de douleur.

Le petit bout de chair avait sauté. Du sang coulait. Pour la troisième fois, il s'était évanoui.

Sernine le regarda quelques secondes et prononça doucement :

— Pauvre gosse !... Va, je te revaudrai ça, et au centuple. Je paie toujours royalement.

Il descendit et retrouva le Docteur en bas :

— C'est fini. À ton tour... Monte et fais-lui une incision dans la joue droite, pareille à celle de Pierre Leduc. Il faut que les deux cicatrices soient identiques. Dans une heure, je viens le rechercher.

— Où allez-vous ?

— Prendre l'air. J'ai le cœur qui chavire.

Dehors il respira longuement, puis il alluma une autre cigarette.

— Bonne journée, murmura-t-il. Un peu chargée, un peu fatigante, mais féconde, vraiment féconde. Me voici l'ami de Dolorès Kesselbach. Me voici l'ami de Geneviève. Je me suis confectionné un nouveau Pierre Leduc fort présentable et entièrement à ma dévotion. Et enfin, j'ai trouvé pour Geneviève un mari comme on n'en trouve pas à la douzaine. Maintenant, ma tâche est finie. Je n'ai plus qu'à recueillir le fruit de mes efforts.

À vous de travailler, monsieur Lenormand. Moi, je suis prêt.

Et il ajouta, en songeant au malheureux mutilé qu'il avait ébloui de ses promesses :

— Seulement… il y a un seulement… j'ignore tout à fait ce qu'était ce Pierre Leduc dont j'ai octroyé généreusement la place à ce bon jeune homme. Et ça, c'est embêtant… Car, enfin, rien ne me prouve que Pierre Leduc n'était pas le fils d'un charcutier !…

M. LENORMAND À L'OUVRAGE

I

Le 31 mai, au matin, tous les journaux rappelaient que Lupin, dans une lettre écrite à M. Lenormand, avait annoncé pour cette date l'évasion de l'huissier Jérôme.

Et l'un d'eux résumait fort bien la situation à ce jour :

« L'affreux carnage du Palace-Hôtel remonte au 17 avril. Qu'a-t-on découvert depuis ? Rien.

« On avait trois indices : l'étui à cigarettes, les lettres L et M, le paquet de vêtements oublié dans le bureau de l'hôtel. Quel profit en a-t-on tiré ? Aucun.

« On soupçonne, paraît-il, un des voyageurs qui habitaient le premier étage, et dont la disparition semble suspecte. L'a-t-on retrouvé ? A-t-on établi son identité ? Non.

« Donc, le drame est aussi mystérieux qu'à la première heure, les ténèbres aussi épaisses.

« Pour compléter ce tableau, on nous assure qu'il y aurait désaccord entre le préfet de Police et son subordonné M. Lenormand, et que celui-ci, moins vigoureusement soutenu par le président du Conseil, aurait virtuellement donné sa démission depuis plusieurs jours. L'affaire Kesselbach serait poursuivie par le sous-chef de la Sûreté, M. Weber, l'ennemi personnel de M. Lenormand.

« Bref, c'est le désordre, l'anarchie.

« En face, Lupin, c'est-à-dire la méthode, l'énergie, l'esprit de suite.

« Notre conclusion ? Elle sera brève. Lupin enlèvera son complice aujourd'hui, 31 mai, ainsi qu'il l'a prédit. »

Cette conclusion, que l'on retrouvait dans toutes les autres feuilles, c'était celle également que le public avait adoptée. Et il faut croire que la menace n'avait pas été non plus sans porter en haut lieu, car le préfet de Police, et, en l'absence de M. Lenormand, soi-disant malade, le sous-chef de la Sûreté, M. Weber, avaient pris les mesures les plus rigoureuses, tant au Palais de Justice qu'à la prison de la Santé où se trouvait le prévenu.

Par pudeur on n'osa point suspendre, ce jour-là, les interrogatoires quotidiens de M. Formerie, mais, de la prison au boulevard du Palais, une véritable mobilisation de forces de police gardait les rues du parcours.

Au grand étonnement de tous, le 31 mai se passa et l'évasion annoncée n'eut pas lieu.

Il y eut bien quelque chose, un commencement d'exécution qui se traduisit par un embarras de tramways, d'omnibus et de camions au passage de la voiture cellulaire, et le bris inexplicable d'une des roues de cette voiture. Mais la tentative ne se précisa point davantage.

C'était donc l'échec. Le public en fut presque déçu, et la police triompha bruyamment.

Or, le lendemain, samedi, un bruit incroyable se répandit dans le Palais, courut dans les bureaux de rédaction : l'huissier Jérôme avait disparu.

était-ce possible ?

Bien que les éditions spéciales confirmassent la nouvelle, on se refusait à l'admettre. Mais, à six heures, une note publiée par la *Dépêche du Soir* la rendit officielle :

Nous recevons la communication suivante signée d'Arsène Lupin. Le timbre spécial qui s'y trouve apposé, conformément à la circulaire que Lupin adressait dernièrement à la presse, nous certifie l'authenticité du document.

« Monsieur le Directeur,

« Veuillez m'excuser auprès du public de n'avoir point tenu ma parole hier. Au dernier moment, je me suis aperçu que le 31 mai tombait un vendredi ! Pouvais-je, un vendredi, rendre la liberté à mon ami ? Je n'ai pas cru devoir assumer une telle responsabilité.

« Je m'excuse aussi de ne point donner ici, avec ma franchise habituelle, des explications sur la façon dont ce petit événement s'est effectué. Mon procédé est tellement ingénieux et tellement simple que je craindrais, en le dévoilant, que tous les malfaiteurs ne s'en inspirassent. Quel étonnement le jour où il me sera permis de parler ! C'est tout cela, dira-t-on ? Pas davantage, mais il fallait y penser.

« Je vous prie d'agréer, monsieur le Directeur

« Signé : Arsène Lupin. »

Une heure après, M. Lenormand recevait un coup de téléphone : Valenglay, le président du Conseil, le demandait au ministère de l'Intérieur.

— Quelle bonne mine vous avez, mon cher Lenormand ! Et moi qui vous croyais malade et qui n'osais pas vous déranger !

— Je ne suis pas malade, monsieur le Président.

— Alors, cette absence, c'était par bouderie ?... Toujours ce mauvais caractère.

— Que j'aie mauvais caractère, monsieur le Président, je le confesse... mais que je boude, non.

— Mais vous restez chez vous ! et Lupin en profite pour donner la clef des champs à ses amis...

— Pouvais-je l'en empêcher ?

— Comment ! mais la ruse de Lupin est grossière. Selon son procédé habituel, il a annoncé la date de l'évasion, tout le monde y a cru, un semblant de tentative a été esquissé, l'évasion ne s'est pas produite, et le lendemain, quand personne n'y pense plus, pffft, les oiseaux s'envolent.

— Monsieur le Président, dit gravement le chef de la Sûreté, Lupin dispose de moyens tels que nous ne sommes pas en mesure d'empêcher ce qu'il a décidé. L'évasion était certaine, mathématique. J'ai préféré passer la main et laisser le ridicule aux autres.

Valenglay ricana :

— Il est de fait que M. le préfet de Police, à l'heure actuelle, et que M. Weber ne doivent pas se réjouir... Mais enfin, pouvez-vous m'expliquer, Lenormand ?...

— Tout ce qu'on sait, monsieur le Président, c'est que l'évasion s'est produite au Palais de Justice. Le prévenu a été amené dans une voiture cellulaire et conduit dans le cabinet de M. Formerie, mais il n'est pas sorti du Palais de Justice. Et cependant on ne sait ce qu'il est devenu.

— C'est ahurissant.

— Ahurissant.

— Et l'on n'a fait aucune découverte ?

— Si. Le couloir intérieur qui longe les cabinets d'instruction était encombré d'une foule absolument insolite de prévenus, de gardes, d'avocats, d'huissiers, et l'on a fait cette découverte que tous ces gens avaient reçu de fausses convocations à comparaître à la même heure. D'autre part, aucun des juges d'instruction qui les avaient soi-disant convoqués n'est venu ce jour-là à son cabinet, et cela par suite de fausses convocations du Parquet, les envoyant dans tous les coins de Paris... et de la banlieue.

— C'est tout ?

— Non. On a vu deux gardes municipaux et un prévenu qui traversaient les cours. Dehors, un fiacre les attendait où ils sont montés tous les trois.

— Et votre hypothèse, Lenormand ? Votre opinion ?

— Mon hypothèse, monsieur le Président, c'est que les deux gardes municipaux étaient des complices qui, profitant du désordre du couloir, se sont substitués aux vrais gardes. Et mon opinion, c'est que cette évasion n'a pu réussir que grâce à des circonstances si spéciales, à un ensemble de faits si étrange, que nous devons admettre comme certaines les complicités les plus inadmissibles. Au Palais, ailleurs, Lupin a des attaches qui déjouent tous nos calculs. Il en a dans la Préfecture de police, il en a autour de moi. C'est une organisation formidable, un service de la Sûreté mille fois plus habile, plus audacieux, plus divers et plus souple que celui que je dirige.

— Et vous supportez cela, Lenormand !

— Non.

— Alors, pourquoi votre inertie depuis le début de cette affaire ? Qu'avez-vous fait contre Lupin ?

— J'ai préparé la lutte.

— Ah ! parfait ! Et pendant que vous prépariez, il agissait, lui.

— Moi aussi.

— Et vous savez quelque chose ?

— Beaucoup.

— Quoi ? parlez donc.

M. Lenormand fit, en s'appuyant sur sa canne, une petite promenade méditative à travers la vaste pièce.

Puis il s'assit en face de Valenglay, brossa du bout de ses doigts les parements de sa redingote olive, consolida sur son nez ses lunettes à branches d'argent, et lui dit nettement :

— Monsieur le Président, j'ai dans la main trois atouts. D'abord, je sais le nom sous lequel se cache actuellement Arsène Lupin, le nom sous lequel il habitait boulevard Haussmann, recevant chaque jour ses collaborateurs, reconstituant et dirigeant sa bande.

— Mais alors, nom d'un chien, pourquoi ne l'arrêtez-vous pas ?

— Je n'ai eu ces renseignements qu'après coup. Depuis, le prince… appelons-le prince Trois étoiles, a disparu. Il est à l'étranger pour d'autres affaires.

— Et s'il ne reparaît pas ?

— La situation qu'il occupe, la manière dont il s'est engagé dans l'affaire Kesselbach exigent qu'il reparaisse, et sous le même nom.

— Néanmoins…

— Monsieur le Président, j'en arrive à mon second atout. J'ai fini par découvrir Pierre Leduc.

— Allons donc !

— Ou plutôt, c'est Lupin qui l'a découvert, et c'est Lupin qui, avant de disparaître, l'a installé dans une petite villa aux environs de Paris.

— Fichtre ! mais comment avez-vous su…

— Oh ! facilement. Lupin a placé auprès de Pierre Leduc, comme surveillants et défenseurs, deux de ses complices. Or, ces complices sont des agents à moi, deux frères que j'emploie en grand secret et qui me le livreront à la première occasion.

— Bravo ! bravo ! de sorte que…

— De sorte que, comme Pierre Leduc est, pourrait-on dire, le point central autour duquel convergent tous les efforts de ceux qui sont en quête du fameux secret Kesselbach… par Pierre Leduc, j'aurai un jour ou l'autre : 1° l'auteur du triple assassinat, puisque ce misérable s'est substitué à M. Kesselbach dans l'accomplissement d'un projet grandiose, et jusqu'ici inconnu, et puisque M. Kesselbach avait besoin de retrouver Pierre Leduc pour l'accomplissement de ce projet ; 2° j'aurai Arsène Lupin, puisque Arsène Lupin poursuit le même but.

— À merveille. Pierre Leduc est l'appât que vous tendez à l'ennemi.

— Et le poisson mord, monsieur le Président. Je viens de recevoir un avis par lequel on a vu tantôt un individu suspect qui rôdait autour de la petite villa que Pierre Leduc occupe sous la protection de mes deux agents secrets. Dans quatre heures, je serai sur les lieux.

— Et le troisième atout, Lenormand ?

— Monsieur le Président, il est arrivé hier à l'adresse de M. Rudolf Kesselbach une lettre que j'ai interceptée…

— Interceptée, vous allez bien.

— … que j'ai ouverte et que j'ai gardée pour moi. La voici. Elle date de deux mois. Elle est timbrée du Cap et contient ces mots :

« Mon bon Rudolf, je serai le 1er juin à Paris, et toujours aussi misérable que quand vous m'avez secouru. Mais j'espère beaucoup dans cette affaire de Pierre Leduc que je vous ai indiquée. Quelle étrange histoire ! L'avez-vous retrouvé, lui ? Où en sommes-nous ? J'ai hâte de le savoir.

« Signé : votre fidèle STEINWEG. »

— Le 1er juin, continua M. Lenormand, c'est aujourd'hui. J'ai chargé un de mes inspecteurs de me dénicher ce nommé Steinweg. Je ne doute pas de la réussite.

— Moi non plus, je n'en doute pas, s'écria Valenglay en se levant, et je vous fais toutes mes excuses, mon cher Lenormand, et mon humble confession : j'étais sur le point de vous lâcher… mais en plein ! Demain, j'attendais le préfet de Police et M. Weber.

— Je le savais, monsieur le Président.

— Pas possible.

— Sans quoi, me serais-je dérangé ? Aujourd'hui vous voyez mon plan de bataille. D'un côté je tends des pièges où l'assassin finira par se prendre : Pierre Leduc ou Steinweg me le livreront. De l'autre côté je rôde autour de Lupin. Deux de ses agents sont à ma solde et il les croit ses plus dévoués collaborateurs. En outre, il travaille pour moi, puisqu'il poursuit, comme moi, l'auteur du triple assassinat. Seulement il s'imagine me rouler, et c'est moi qui le roule. Donc, je réussirai, mais à une condition…

— Laquelle ?

— C'est que j'aie les coudées franches, et que je puisse agir selon les nécessités du moment sans me soucier du public qui s'impatiente et de mes chefs qui intriguent contre moi.

— C'est convenu.

— En ce cas, monsieur le Président, d'ici quelques jours je serai vainqueur ou je serai mort.

II

À Saint-Cloud. Une petite villa située sur l'un des points les plus élevés du plateau, le long d'un chemin peu fréquenté.

Il est onze heures du soir. M. Lenormand a laissé son automobile à Saint-Cloud, et, suivant le chemin avec précaution, il s'approche.

Une ombre se détache.

— C'est toi, Gourel ?

— Oui, chef.

— Tu as prévenu les frères Doudeville de mon arrivée ?

— Oui, votre chambre est prête, vous pouvez vous coucher et dormir… À moins qu'on n'essaie d'enlever Pierre Leduc cette nuit, ce qui ne m'étonnerait pas, étant donné le manège de l'individu que les Doudeville ont aperçu.

Ils franchirent le jardin, entrèrent doucement, et montèrent au premier étage. Les deux frères, Jean et Jacques Doudeville, étaient là.

— Pas de nouvelles du prince Sernine ? leur demanda-t-il.

— Aucune, chef.

— Pierre Leduc ?

— Il reste étendu toute la journée dans sa chambre du rez-de-chaussée, ou dans le jardin. Il ne monte jamais nous voir.

— Il va mieux ?

— Bien mieux. Le repos le transforme à vue d'œil.

— Il est tout dévoué à Lupin ?

— Au prince Sernine plutôt, car il ne se doute pas que les deux ça ne fait qu'un. Du moins, je le suppose, on ne sait rien avec lui. Il ne parle jamais. Ah ! c'est un drôle de pistolet. Il n'y a qu'une personne qui ait le don de l'animer, de le faire causer, et même rire. C'est une jeune fille de Garches, à laquelle le prince Sernine l'a présenté, Geneviève Ernemont. Elle est venue trois fois déjà… Encore aujourd'hui…

Il ajouta en plaisantant :

— Je crois bien qu'on flirte un peu… C'est comme Son Altesse le prince Sernine et Mme Kesselbach… il paraît qu'il lui fait des yeux !… ce sacré Lupin !…

M. Lenormand ne répondit pas. On sentait que tous ces détails, dont il ne paraissait pas faire état, s'enregistraient au plus profond de sa mémoire, pour l'instant où il lui faudrait en tirer les conclusions logiques.

Il alluma un cigare, le mâchonna sans le fumer, le ralluma et le laissa tomber.

Il posa encore deux ou trois questions, puis, tout habillé, il se jeta sur son lit.

— S'il y a la moindre chose, qu'on me réveille… Sinon, je dors. Allez… chacun à son poste.

Les autres sortirent. Une heure s'écoula, deux heures…

Soudain, M. Lenormand sentit qu'on le touchait, et Gourel lui dit :

— Debout, chef, on a ouvert la barrière.

— Un homme, deux hommes ?

— Je n'en ai vu qu'un… La lune a paru à ce moment il s'est accroupi contre un massif.

— Et les frères Doudeville ?

— Je les ai envoyés dehors, par derrière. Ils lui couperont la retraite quand le moment sera venu.

Gourel saisit la main de M. Lenormand, le conduisit en bas, puis dans une pièce obscure.

— Ne bougez pas, chef, nous sommes dans le cabinet de toilette de Pierre Leduc. J'ouvre la porte de l'alcôve où il couche… Ne craignez rien… il a pris son véronal comme tous les soirs… rien ne le réveille.

Venez là… Hein, la cachette est bonne ?… ce sont les rideaux de son lit… D'ici, vous voyez la fenêtre et tout le côté de la chambre qui va du lit à la fenêtre.

Elle était grande ouverte, cette fenêtre, et une confuse clarté pénétrait, très précise par moments, lorsque la lune écartait le voile des nuages.

Les deux hommes ne quittaient pas des yeux le cadre vide de la croisée, certains que l'événement attendu se produirait par là.

Un léger bruit… un craquement…

— Il escalade le treillage, souffla Gourel.

— C'est haut ?

— Deux mètres… deux mètres cinquante… Les craquements se précisèrent.

— Va-t'en, Gourel, murmura Lenormand, rejoins les Doudeville… ramène-les au pied du mur, et barrez la route à quiconque descendra d'ici.

Gourel s'en alla.

Au même moment une tête apparut au ras de la fenêtre, puis une ombre enjamba le balcon. M. Lenormand distingua un homme mince, de taille au-dessous de la moyenne, vêtu de couleur foncée, et sans chapeau.

L'homme se retourna et, penché au-dessus du balcon, regarda quelques secondes dans le vide comme pour s'assurer qu'aucun danger ne le menaçait. Puis il se courba et s'étendit sur le parquet. Il semblait immobile. Mais, au bout d'un instant, M. Lenormand se rendit compte que la tache noire qu'il formait dans l'obscurité avançait, s'approchait.

Elle gagna le lit.

Il eut l'impression qu'il entendait la respiration de cet être, et même qu'il devinait ses yeux, des yeux étincelants, aigus, qui perçaient les ténèbres comme des traits de feu, et qui *voyaient*, eux, à travers ces ténèbres.

Pierre Leduc eut un profond soupir et se retourna.

De nouveau le silence.

L'être avait glissé le long du lit par mouvements insensibles, et la silhouette sombre se détachait sur la blancheur des draps qui pendaient.

Si M. Lenormand avait allongé le bras, il l'eût touché. Cette fois il distingua nettement cette respiration nouvelle qui alternait avec celle du dormeur, et il eut l'illusion qu'il percevait aussi le bruit d'un cœur qui battait.

Tout à coup un jet de lumière… L'homme avait fait jouer le ressort d'une lanterne électrique à projecteur, et Pierre Leduc se trouva éclairé en plein visage. Mais l'homme, lui, restait dans l'ombre, et M. Lenormand ne put voir sa figure.

Il vit seulement quelque chose qui luisait dans le champ de la clarté, et il tressaillit. C'était la lame d'un couteau, et ce couteau, effilé, menu, stylet plutôt que poignard, lui parut identique au couteau qu'il avait ramassé près du cadavre de Chapman, le secrétaire de M. Kesselbach.

De toute sa volonté il se retint pour ne pas sauter sur l'homme. Auparavant, il voulait voir ce qu'il venait faire…

La main se leva. Allait-elle frapper ? M. Lenormand calcula la distance pour arrêter le coup. Mais non, ce n'était pas un geste de meurtre, mais un geste de précaution. Si Pierre Leduc remuait, s'il tentait d'appeler, la main s'abattrait.

Et l'homme s'inclina vers le dormeur, comme s'il examinait quelque chose.

— La joue droite… pensa M. Lenormand, la cicatrice de la joue droite… il veut s'assurer que c'est bien Pierre Leduc.

L'homme s'était un peu tourné, de sorte qu'on n'apercevait que les épaules. Mais les vêtements, le pardessus étaient si proches qu'ils frôlaient les rideaux derrière lesquels se cachait M. Lenormand.

— Un mouvement de sa part, pensa-t-il, un frisson d'inquiétude, et je l'empoigne.

Mais l'homme ne bougea pas, tout entier à son examen. Enfin, après avoir passé son poignard dans la main qui tenait la lanterne, il releva le drap de lit, à peine d'abord, puis un peu plus, puis davantage, de sorte qu'il advint que le bras gauche du dormeur fut découvert et que la main fut à nu.

Le jet de la lanterne éclaira cette main. Quatre doigts s'étalaient. Le cinquième était coupé à la seconde phalange.

Une deuxième fois, Pierre Leduc fit un mouvement. Aussitôt la lumière s'éteignit, et durant un instant l'homme resta auprès du lit, immobile, tout droit. Allait-il se décider à frapper ? M. Lenormand eut l'angoisse du crime qu'il pouvait empêcher si aisément, mais qu'il ne voulait prévenir cependant qu'à la seconde suprême.

Un long, un très long silence. Subitement, il eut la vision, inexacte d'ailleurs, d'un bras qui se levait. Instinctivement il bougea, tendant la main au-dessus du dormeur. Dans son geste il heurta l'homme.

Un cri sourd. L'individu frappa dans le vide, se défendit au hasard, puis s'enfuit vers la fenêtre. Mais M. Lenormand avait bondi sur lui, et lui encerclait les épaules de ses deux bras.

Tout de suite, il le sentit qui cédait, et qui, plus faible, impuissant, se dérobait à la lutte et cherchait à glisser entre ses bras. De toutes ses forces il le plaqua contre lui, le ploya en deux et l'étendit à la renverse sur le parquet.

— Ah ! je te tiens… je te tiens, murmura-t-il, triomphant.

Et il éprouvait une singulière ivresse à emprisonner de son étreinte irrésistible ce criminel effrayant, ce monstre innommable. Il se sentait vivre et frémir, rageur et désespéré, leurs deux existences mêlées, leurs souffles confondus.

— Qui es-tu ? dit-il… qui es-tu ?… il faudra bien parler…

Et il serrait le corps de l'ennemi avec une énergie croissante, car il avait l'impression que ce corps diminuait entre ses bras, qu'il s'évanouissait. Il serra davantage… et davantage…

Et, soudain, il frissonna des pieds à la tête. Il avait senti, il sentait une toute petite piqûre à la gorge… Exaspéré, il serra encore plus : la douleur augmenta. Et il se rendit compte que l'homme avait réussi à tordre son bras, à glisser sa main jusqu'à sa poitrine et à dresser son poignard. Le bras, certes, était immobilisé, mais à mesure que M. Lenormand resserrait le nœud de l'étreinte, la pointe du poignard entrait dans la chair offerte.

Il renversa un peu la tête pour échapper à cette pointe : la pointe suivit le mouvement et la plaie s'élargit.

Alors il ne bougea plus, assailli par le souvenir des trois crimes, et par tout ce que représentait d'effarant, d'atroce et de fatidique cette même petite aiguille d'acier qui trouait sa peau, et qui s'enfonçait, elle aussi, implacablement…

D'un coup, il lâcha prise et bondit en arrière. Puis, tout de suite, il voulut reprendre l'offensive. Trop tard. L'homme enjambait la fenêtre et sautait.

— Attention, Gourel ! cria-t-il, sachant que Gourel était là, prêt à recevoir le fugitif.

Il se pencha. Un froissement de galets, une ombre entre deux arbres, le claquement de la barrière… Et pas d'autre bruit… Aucune intervention…

Sans se soucier de Pierre Leduc, il appela :

— Gourel !… Doudeville !

Aucune réponse. Le grand silence nocturne de la campagne…

Malgré lui il songea encore au triple assassinat, au stylet d'acier. Mais non, c'était impossible, l'homme n'avait pas eu le temps de frapper, il n'en avait même pas eu besoin, ayant trouvé le chemin libre.

À son tour il sauta et, faisant jouer le ressort de sa lanterne, il reconnut Gourel qui gisait sur le sol.

— Crebleu ! jura-t-il… S'il est mort, on me le paiera cher.

Mais Gourel vivait, étourdi seulement, et, quelques minutes plus tard, revenant à lui, il grognait :

— Un coup de poing, chef… un simple coup de poing en pleine poitrine. Mais quel gaillard !

— Ils étaient deux alors ?

— Oui, un petit, qui est monté, et puis un autre qui m'a surpris pendant que je veillais.

— Et les Doudeville ?

— Pas vus.

On retrouva l'un d'eux, Jacques, près de la barrière, tout sanglant, la mâchoire démolie, l'autre un peu plus loin, suffoquant, la poitrine défoncée.

— Quoi ? Qu'y a-t-il ? demanda M. Lenormand. Jacques raconta que son frère et lui s'étaient heurtés à un individu qui les avait mis hors de combat avant qu'ils n'eussent le temps de se défendre.

— Il était seul ?

— Non, quand il est repassé près de nous, il était accompagné d'un camarade, plus petit que lui.

— As-tu reconnu celui qui t'a frappé ?

— À la carrure, ça m'a semblé l'Anglais du Palace Hôtel, celui qui a quitté l'hôtel et dont nous avons perdu la trace.

— Le major ?

— Oui, le major Parbury.

III

Après un instant de réflexion, M. Lenormand prononça :

— Le doute n'est plus permis. Ils étaient deux dans l'affaire Kesselbach : l'homme au poignard, qui a tué, et son complice, le major.

— C'est l'avis du prince Sernine, murmura Jacques Doudeville.

— Et ce soir, continua le chef de la Sûreté, ce sont eux encore… les deux mêmes.

Et il ajouta :

— Tant mieux. On a cent fois plus de chances de prendre deux coupables qu'un seul.

M. Lenormand soigna ses hommes, les fit mettre au lit, et chercha si les assaillants n'avaient point perdu quelque objet ou laissé quelque trace. Il ne trouva rien, et se coucha.

Au matin, Gourel et les Doudeville ne se ressentant pas trop de leurs blessures, il ordonna aux deux frères de battre les environs, et il partit avec Gourel pour Paris, afin d'expédier ses affaires et de donner ses ordres.

Il déjeuna dans son bureau. À deux heures, il apprit une bonne nouvelle. Un de ses meilleurs agents, Dieuzy, avait cueilli, à la descente d'un train venant de Marseille, l'Allemand Steinweg, le correspondant de Rudolf Kesselbach.

— Dieuzy est là ? dit-il.

— Oui, chef, répondit Gourel, il est là avec l'Allemand.

— Qu'on me les amène.

À ce moment il reçut un coup de téléphone. C'était Jean Doudeville qui le demandait, du bureau de Garches. La communication fut rapide.

— C'est toi, Jean ? du nouveau ?

— Oui, chef, le major Parbury…

— Eh bien ?

— Nous l'avons retrouvé. Il est devenu espagnol et il s'est bruni la peau. Nous venons de le voir. Il pénétrait dans l'école libre de Garches. Il a été reçu par cette demoiselle… vous savez, la jeune fille qui connaît le prince Sernine, Geneviève Ernemont.

— Tonnerre !

M. Lenormand lâcha l'appareil, sauta sur son chapeau, se précipita dans le couloir, rencontra Dieuzy et l'Allemand, et leur cria :

— À six heures… rendez-vous ici…

Il dégringola l'escalier, suivi de Gourel et de trois inspecteurs qu'il avait cueillis au passage, et s'engouffra dans son automobile.

— À Garches… dix francs de pourboire.

Un peu avant le parc de Villeneuve, au détour de la ruelle qui conduit à l'école, il fit stopper. Jean Doudeville, qui l'attendait, s'écria aussitôt :

— Le coquin a filé par l'autre côté de la ruelle, il y a dix minutes.

— Seul ?

— Non, avec la jeune fille.

M. Lenormand empoigna Doudeville au collet :

— Misérable ! tu l'as laissé partir ! mais il fallait…

— Mon frère est sur sa piste.

— Belle avance ! il le sèmera, ton frère. Est-ce que vous êtes de force ?

Il prit lui-même la direction de l'auto et s'engagea résolument dans la ruelle, insouciant des ornières et des fourrés. Très vite, ils débouchèrent sur un chemin vicinal qui les conduisit à un carrefour où s'embranchaient cinq routes. Sans hésiter, M. Lenormand choisit la route de gauche, celle de Saint-Cucufa. De fait, au haut de la côte qui descend vers l'étang, ils dépassèrent l'autre frère Doudeville qui leur cria :

— Ils sont en voiture… à un kilomètre.

Le chef n'arrêta pas. Il lança l'auto dans la descente, brûla les virages, contourna l'étang et soudain jeta une exclamation de triomphe.

Au sommet d'une petite montée qui se dressait au-devant d'eux, il avait vu la capote d'une voiture. Malheureusement, il s'était engagé sur une mauvaise route. Il dut faire machine en arrière.

Quand il fut revenu à l'embranchement, la voiture était encore là, arrêtée. Et, tout de suite, pendant qu'il virait, il aperçut une femme qui sautait de la voiture. Un homme apparut sur le marchepied. La femme allongea le bras. Deux détonations retentirent.

Elle avait mal visé sans doute, car une tête surgit de l'autre côté de la capote, et l'homme, avisant l'automobile, cingla d'un grand coup de fouet son cheval qui partit au galop. Et aussitôt un tournant cacha la voiture.

En quelques secondes, M. Lenormand acheva la manœuvre, piqua droit sur la montée, dépassa la jeune fille sans s'arrêter et, hardiment, tourna.

C'était un chemin forestier qui descendait, abrupt et rocailleux, entre des bois épais, et qu'on ne pouvait suivre que très lentement, avec les plus grandes précautions. Mais qu'importait ! À vingt pas en avant, la voiture, une sorte de cabriolet à deux roues, dansait sur les pierres, traînée, retenue plutôt, par un cheval qui ne se risquait que prudemment et à pas comptés. Il n'y avait plus rien à craindre, la fuite était impossible.

Et les deux véhicules roulèrent de haut en bas, cahotés et secoués. Un moment même, ils furent si près l'un de l'autre que M. Lenormand eut l'idée de mettre pied à terre et de courir avec ses hommes. Mais il sentit le péril qu'il y aurait à freiner sur une pente aussi brutale, et il continua, serrant l'ennemi de près, comme une proie que l'on tient à portée de son regard, à portée de sa main.

— Ça y est, chef... ça y est... murmuraient les inspecteurs, étreints par l'imprévu de cette chasse.

En bas de la route s'amorçait un chemin qui se dirigeait vers la Seine, vers Bougival. Sur terrain plat, le cheval partit au petit trot, sans se presser, et en tenant le milieu de la voie.

Un effort violent ébranla l'automobile. Elle eut l'air, plutôt que de rouler, d'agir par bonds ainsi qu'un fauve qui s'élance, et, se glissant le long du talus, prête à briser tous les obstacles, elle rattrapa la voiture, se mit à son niveau, la dépassa...

Un juron de M. Lenormand... Des clameurs de rage... La voiture était vide !

La voiture était vide. Le cheval s'en allait paisiblement, les rênes sur le dos, retournant sans doute à l'écurie de quelque auberge environnante où on l'avait pris en location pour la journée...

Étouffant sa colère, le chef de la Sûreté dit simplement :

— Le major aura sauté pendant les quelques secondes où nous avons perdu de vue la voiture, au début de la descente.

— Nous n'avons qu'à battre les bois, chef, et nous sommes sûrs...

— De rentrer bredouilles. Le gaillard est loin, allez, et il n'est pas de ceux qu'on pince deux fois dans la même journée. Ah ! crénom de crénom !

Ils rejoignirent la jeune fille qu'ils trouvèrent en compagnie de Jacques Doudeville, et qui ne paraissait nullement se ressentir de son aventure.

M. Lenormand, s'étant fait connaître, s'offrit à la ramener chez elle, et, tout de suite, il l'interrogea sur le major anglais Parbury.

Elle s'étonna :

— Il n'est ni major ni anglais, et il ne s'appelle pas Parbury.

— Alors il s'appelle ?

— Juan Ribeira, il est espagnol, et chargé par son Gouvernement d'étudier le fonctionnement des écoles françaises.

— Soit. Son nom et sa nationalité n'ont pas d'importance. C'est bien celui que nous cherchons. Il y a longtemps que vous le connaissez ?

— Une quinzaine de jours. Il avait entendu parler d'une école que j'ai fondée à Garches, et il s'intéressait à ma tentative, au point de me proposer une subvention annuelle à la seule condition qu'il pût venir de temps à autre constater les progrès de mes élèves. Je n'avais pas le droit de refuser...

— Non, évidemment, mais il fallait consulter autour de vous... N'êtes-vous pas en relation avec le prince Sernine ? C'est un homme de bon conseil.

— Oh ! j'ai toute confiance en lui, mais actuellement il est en voyage.

— Vous n'aviez pas son adresse ?

— Non. Et puis, que lui aurais-je dit ? Ce monsieur se conduisait fort bien. Ce n'est qu'aujourd'hui... Mais je ne sais...

— Je vous en prie, mademoiselle, parlez-moi franchement... En moi aussi vous pouvez avoir confiance.

— Eh bien, M. Ribeira est venu tantôt. Il m'a dit qu'il était envoyé par une dame française de passage à Bougival, que cette dame avait une petite fille dont elle désirait me confier l'éducation, et qu'elle me priait de venir sans retard. La chose me parut toute naturelle. Et comme c'est aujourd'hui congé, comme M. Ribeira avait loué une voiture qui l'attendait au bout du chemin, je ne fis point de difficulté pour y prendre place.

— Mais enfin, quel était son but ?

Elle rougit et prononça :

— M'enlever tout simplement. Au bout d'une demi-heure il me l'avouait…

— Vous ne savez rien sur lui ?

— Non.

— Il demeure à Paris ?

— Je le suppose.

— Il ne vous a pas écrit ? Vous n'avez pas quelques lignes de sa main, un objet oublié, un indice qui puisse nous servir ?

— Aucune indice… Ah ! cependant… mais cela n'a sans doute aucune importance…

— Parlez… parle… je vous en prie…

— Eh bien, il y a deux jours, ce monsieur m'a demandé la permission d'utiliser la machine à écrire dont je me sers, et il a composé – difficilement, car il n'était pas exercé – une lettre dont j'ai surpris par hasard l'adresse.

— Et cette adresse ?

— Il écrivait au *Journal*, et il glissa dans l'enveloppe une vingtaine de timbres.

— Oui, la petite correspondance sans doute, fit Lenormand.

— J'ai le numéro d'aujourd'hui, chef, dit Gourel.

M. Lenormand déplia la feuille et consulta la huitième page. Après un instant il eut un sursaut. Il avait lu cette phrase rédigée avec les abréviations d'usage : *Nous informons toute personne connaissant M. Steinweg que nous voudrions savoir s'il est à Paris, et son adresse. Répondre par la même voie.*

— Steinweg, s'écria Gourel, mais c'est précisément l'individu que Dieuzy nous amène.

« Oui, oui, fit M. Lenormand en lui-même, c'est l'homme dont j'ai intercepté la lettre à Kesselbach, l'homme qui a lancé celui-ci sur la piste de Pierre Leduc… Ainsi donc, eux aussi, ils ont besoin de renseignements sur Pierre Leduc et sur son passé… Eux aussi, ils tâtonnent… »

Il se frotta les mains : Steinweg était à sa disposition. Avant une heure Steinweg aurait parlé. Avant une heure le voile des ténèbres qui l'opprimaient et qui faisaient de l'affaire Kesselbach la plus angoissante et la plus impénétrable des affaires dont il eût poursuivi la solution, ce voile serait déchiré.

M. LENORMAND SUCCOMBE

I

À six heures du soir, M. Lenormand rentrait dans son cabinet de la Préfecture de police.

Tout de suite il manda Dieuzy.

— Ton bonhomme est là ?

— Oui.

— Où en es-tu avec lui ?

— Pas bien loin. Il ne souffle pas mot. Je lui ai dit que, d'après une nouvelle ordonnance, les étrangers étaient tenus à une déclaration de séjour à la Préfecture et je l'ai conduit ici, dans le bureau de votre secrétaire.

— Je vais l'interroger.

Mais à ce moment un garçon survint.

— C'est une dame, chef, qui demande à vous parler tout de suite.

— Sa carte ?

— Voici.

— Mme Kesselbach ! Fais entrer.

Lui-même il alla au-devant de la jeune femme et la pria de s'asseoir. Elle avait toujours son même regard désolé, sa mine maladive et cet air d'extrême lassitude où se révélait la détresse de sa vie.

Elle tendit le numéro du *Journal*, en désignant à l'endroit de la petite correspondance la ligne où il était question du sieur Steinweg.

— Le père Steinweg était un ami de mon mari, dit-elle, et je ne doute pas qu'il ne sache beaucoup de choses.

— Dieuzy, fit Lenormand, amène la personne qui attend… Votre visite, madame, n'aura pas été inutile. Je vous prie seulement, quand cette personne entrera, de ne pas dire un mot.

La porte s'ouvrit. Un homme apparut, un vieillard à collier de barbe blanche, à figure striée de rides profondes, pauvrement vêtu, l'air traqué de ces misérables qui roulent à travers le monde en quête de la pitance quotidienne.

Il resta sur le seuil, les paupières clignotantes, regarda M. Lenormand, sembla gêné par le silence qui l'accueillait, et tourna son chapeau entre ses mains avec embarras. Mais soudain il parut stupéfait, ses yeux s'agrandirent, et il bégaya :

— Madame… madame Kesselbach.

Il avait vu la jeune femme.

Et rasséréné, souriant, sans plus de timidité, il s'approcha d'elle avec un mauvais accent :

— Ah ! je suis content… enfin !… je croyais bien que jamais… j'étais étonné… pas de nouvelles là-bas… pas de télégramme… Et comment va ce bon Rudolf Kesselbach ?

La jeune femme eut un geste de recul, comme frappée en plein visage, et, d'un coup, elle tomba sur une chaise et se mit à sangloter.

— Quoi ! eh bien, quoi ? fit Steinweg…

M. Lenormand s'interposa aussitôt.

— Je vois, monsieur, que vous ignorez certains événements qui ont eu lieu récemment. Il y a donc longtemps que vous êtes en voyage ?

— Oui, trois mois… J'étais remonté jusqu'aux Mines. Ensuite, je suis revenu à Capetown, d'où j'ai écrit à Rudolf. Mais en route j'ai accepté du travail à Port-Saïd. Rudolf a reçu ma lettre, je suppose ?

— Il est absent. Je vous expliquerai les raisons de cette absence. Mais, auparavant, il est un point sur lequel nous voudrions quelques renseignements. Il s'agit d'un personnage que vous avez connu, et que vous désigniez dans vos entretiens avec M. Kesselbach sous le nom de Pierre Leduc.

— Pierre Leduc ! Quoi ! Qui vous a dit ? Le vieillard fut bouleversé.

Il balbutia de nouveau :

— Qui vous a dit ? Qui vous a révélé ?

— M. Kesselbach.

— Jamais ! c'est un secret que je lui ai révélé, et Rudolf garde ses secrets… surtout celui-ci…

— Cependant il est indispensable que vous nous répondiez. Nous faisons actuellement sur Pierre Leduc une enquête qui doit aboutir sans retard, et vous seul pouvez nous éclairer, puisque M. Kesselbach n'est plus là.

Enfin, quoi, s'écria Steinweg, paraissant se décider, que vous faut-il ?

— Vous connaissez Pierre Leduc ?

— Je ne l'ai jamais vu, mais depuis longtemps je suis possesseur d'un secret qui le concerne. À la suite d'incidents inutiles à raconter, et grâce à une série de hasards, j'ai fini par acquérir la certitude que celui dont la découverte m'intéressait vivait à Paris dans le désordre, et qu'il se faisait appeler Pierre Leduc, ce qui n'est pas son véritable nom.

— Mais le connaît-il, lui, son véritable nom ?

— Je le suppose.

— Et vous ?

— Moi, je le connais.

— Eh bien, dites-le-nous.

Il hésita, puis violemment :

— Je ne le peux pas… je ne le peux pas…

— Mais pourquoi ?

— Je n'en ai pas le droit. Tout le secret est là. Or, ce secret, quand je l'ai dévoilé à Rudolf, il y a attaché tant d'importance qu'il m'a donné une grosse somme d'argent pour acheter mon silence, et qu'il m'a promis une fortune, une vraie fortune, pour le jour où il parviendrait, d'abord à retrouver Pierre Leduc, et ensuite à tirer parti du secret.

Il sourit amèrement :

— La grosse somme d'argent est déjà perdue. Je venais prendre des nouvelles de ma fortune.

— M. Kesselbach est mort, prononça le chef de la Sûreté.

Steinweg bondit.

— Mort ! est-ce possible ! non, c'est un piège. Mme Kesselbach, est-il vrai ?

Elle baissa la tête.

Il sembla écrasé par cette révélation imprévue, et, en même temps, elle devait lui être infiniment douloureuse, car il se mit à pleurer.

— Mon pauvre Rudolf, je l'avais vu tout petit… il venait jouer avec moi à Augsbourg… Je l'aimais bien.

Et invoquant le témoignage de Mme Kesselbach :

— Et lui aussi, n'est-ce pas, madame, il m'aimait bien ? il a dû vous le dire… son vieux père Steinweg, comme il m'appelait.

M. Lenormand s'approcha de lui, et, de sa voix la plus nette :

— Écoutez-moi. M. Kesselbach est mort assassiné… Voyons, soyez calme… les cris sont inutiles… Il est mort assassiné, et toutes les circonstances du crime prouvent que le coupable était au courant de ce fameux projet. Y aurait-il quelque chose dans la nature de ce projet qui vous permettrait de deviner ?

Steinweg restait interdit. Il balbutia :

— C'est de ma faute… Si je ne l'avais pas lancé sur cette voie…

Mme Kesselbach s'avança suppliante.

— Vous croyez… vous avez une idée… Oh ! je vous en prie, Steinweg..

— Je n'ai pas d'idée… je n'ai pas réfléchi, murmura-t-il… il faudrait que je réfléchisse…

— Cherchez dans l'entourage de M. Kesselbach, lui dit Lenormand… Personne n'a été mêlé à vos conférences à ce moment-là ? Lui-même n'a pu se confier à personne ?

— À personne.

— Cherchez bien.

Tous deux, Dolorès et M. Lenormand, penchés sur lui, attendaient anxieusement sa réponse.

— Non, fit-il… je ne vois pas…

— Cherchez bien, reprit le chef de la Sûreté… le prénom et le nom de l'assassin ont comme initiale un L et un M.

— Un L, répéta-t-il… je ne vois pas… un L… un M…

— Oui, les lettres sont en or et marquent le coin d'un étui à cigarettes qui appartenait à l'assassin.

— Un étui à cigarettes ? fit Steinweg avec un effort de mémoire.

— En acier bruni… et l'un des compartiments intérieurs est divisé en deux parties, la plus petite pour le papier à cigarettes, l'autre pour le tabac…

— En deux parties, en deux parties, redisait Steinweg, dont le souvenirs semblaient réveillés par ce détail. Ne pourriez-vous me montrer cet objet ?

— Le voici, ou plutôt en voici une reproduction exacte, dit Lenormand en lui donnant un étui à cigarettes.

— Hein ! Quoi !… fit Steinweg en prenant l'étui.

Il le contemplait d'un œil stupide, l'examinait, le retournait en tous sens, et soudain il poussa un cri, le cri d'un homme que heurte une effroyable idée. Et il resta là, livide, les mains tremblantes, les yeux hagards.

— Parlez, mais parlez donc, ordonna M. Lenormand.

— Oh ! fit-il, comme aveuglé de lumière, tout s'explique…

— Parlez, mais parlez donc…

Il les repoussa tous deux, marcha jusqu'aux fenêtres en titubant, puis revint sur ses pas, et se jetant sur le chef de la Sûreté :

— Monsieur, monsieur… l'assassin de Rudolf, je vais vous le dire… Eh bien…

Il s'interrompit.

— Eh bien ? firent les autres…

Une minute de silence. Dans la grande paix du bureau, entre ces murs qui avaient entendu tant de confessions, tant d'accusations, le nom de l'abominable criminel allait-il résonner ? Il semblait à M. Lenormand qu'il était au bord de l'abîme insondable, et qu'une voix montait, montait jusqu'à lui… Quelques secondes encore et il saurait…

— Non, murmura Steinweg, non, je ne peux pas…

— Qu'est-ce que vous dites ? s'écria le chef de la Sûreté, furieux.

— Je dis que je ne peux pas.

— Mais vous n'avez pas le droit de vous taire ! La justice exige.

— Demain, je parlerai, demain… il faut que je réfléchisse… Demain je vous dirai tout ce que je sais sur

Pierre Leduc... tout ce que je suppose à propos de cet étui... Demain, je vous le promets...

On sentait en lui cette sorte d'obstination à laquelle se heurtent vainement les efforts les plus énergiques. M. Lenormand céda.

— Soit. Je vous donne jusqu'à demain, mais je vous avertis que si demain vous ne parlez pas, je serai obligé d'avertir le juge d'instruction.

Il sonna, et prenant l'inspecteur Dieuzy à part :

— Accompagne-le jusqu'à son hôtel... et restes-y... je vais t'envoyer deux camarades... Et surtout, ouvre l'œil et le bon. On pourrait essayer de nous le prendre.

L'inspecteur emmena Steinweg, et M. Lenormand, revenant vers Mme Kesselbach que cette scène avait violemment émue, s'excusa :

— Croyez à tous mes regrets, madame... je comprends à quel point vous devez être affectée.

Il l'interrogea sur l'époque où M. Kesselbach était rentré en relations avec le vieux Steinweg et sur la durée de ces relations. Mais elle était si lasse qu'il n'insista pas.

— Dois-je revenir demain ? demanda-t-elle.

— Mais non, mais non. Je vous tiendrai au courant de tout ce que dira Steinweg. Voulez-vous me permettre de vous offrir mon bras jusqu'à votre voiture ?... Ces trois étages sont si durs à descendre.

Il ouvrit la porte et s'effaça devant elle. Au même moment des exclamations se firent entendre dans le couloir, et des gens accoururent, des inspecteurs de service, des garçons de bureau...

— Chef ! Chef !

— Qu'y a-t-il ?

— Dieuzy !...

— Mais il sort d'ici...

— On l'a trouvé dans l'escalier.

— Mort ?...

— Non, assommé, évanoui...

— Mais l'homme ?... l'homme qui était avec lui ? le vieux Steinweg ?...

— Disparu...

— Tonnerre !...

II

Il s'élança dans le couloir, dégringola l'escalier, et, au milieu d'un groupe de personnes qui le soignaient, il trouva Dieuzy étendu sur le palier du premier étage.

Il aperçut Gourel qui remontait.

— Ah ! Gourel, tu viens d'en bas ? Tu as rencontré quelqu'un ?

— Non, chef...

Mais Dieuzy se ranimait, et tout de suite, les yeux à peine ouverts, il marmotta :

— Ici, sur le palier, la petite porte...

— Ah ! bon sang, la porte de la septième chambre ! s'écria le chef de la Sûreté... J'avais pourtant bien dit qu'on la ferme à clef... Il était certain qu'un jour ou l'autre...

Il se rua sur la poignée...

— Eh parbleu ! Le verrou est poussé de l'autre côté, maintenant.

La porte était vitrée en partie. Avec la crosse de son revolver, il brisa un carreau, puis tira le verrou et dit à Gourel :

— Galope par là jusqu'à la sortie de la place Dauphine...

Et, revenant à Dieuzy :

— Allons, Dieuzy, cause. Comment t'es-tu laissé mettre dans cet état ?

— Un coup de poing, chef...

— Un coup de poing de ce vieux ? mais il ne tient pas debout...

— Pas du vieux, chef, mais d'un autre qui se promenait dans le couloir pendant que Steinweg était avec vous, et qui nous a suivis comme s'il s'en allait, lui aussi... Arrivé là, il m'a demandé si j'avais du feu... J'ai cherché ma boîte d'allumettes... Alors il en a profité pour m'allonger son poing dans l'estomac... Je suis tombé, et, en tombant, j'ai eu l'impression qu'il ouvrait cette porte et qu'il entraînait le vieux...

— Tu pourrais le reconnaître ?

— Ah ! oui, chef… un gaillard solide, la peau noire… un type du Midi, pour sûr…

— Ribeira… grinça M. Lenormand… toujours lui !… Ribeira, alias Parbury… Ah ! le forban, quelle audace !… Il avait peur du vieux Steinweg… il est venu le cueillir, ici même, à ma barbe !…

Et, frappant du pied avec colère :

— Mais, cristi, comment a-t-il su que Steinweg était là, le bandit ! Il n'y a pas quatre heures, je le pourchassais dans les bois de Saint-Cucufa… et maintenant le voici !… Comment a-t-il su ? Il vit donc dans ma peau ?…

Il fut pris d'un de ces accès de rêverie où il semblait ne plus rien entendre et ne plus rien voir. Mme Kesselbach, qui passait à ce moment, le salua sans qu'il répondît.

Mais un bruit de pas dans le couloir secoua sa torpeur.

— Enfin, c'est toi, Gourel ?…

— C'est bien ça, chef, dit Gourel, tout essoufflé. Ils étaient deux. Ils ont suivi ce chemin, et ils sont sortis par la place Dauphine. Une automobile les attendait. Il y avait dedans deux personnes, un homme vêtu de noir avec un chapeau mou rabattu sur les yeux…

— C'est lui, murmura M. Lenormand, c'est l'assassin, le complice de Ribeira-Parbury. Et l'autre personne ?

— Une femme, une femme sans chapeau, comme qui dirait une bonne… et jolie, paraît-il, rousse de cheveux.

— Hein ? quoi ! tu dis qu'elle était rousse ?

— Oui.

Monsieur Lenormand se retourna d'un élan, descendit l'escalier quatre à quatre, franchit les cours et déboucha sur le quai des Orfèvres.

— Halte ! cria-t-il.

Une Victoria à deux chevaux s'éloignait. C'était la voiture de Mme Kesselbach… Le cocher entendit et arrêta. Déjà M. Lenormand avait bondi sur le marchepied :

— Mille pardons, madame, votre aide m'est indispensable. Je vous demanderai la permission de vous accompagner… Mais il nous faut agir rapidement. Gourel, mon auto… Tu l'as renvoyée ?… Une autre alors, n'importe laquelle…

Chacun courut de son côté. Mais il s'écoula une dizaine de minutes avant qu'on ramenât une auto de louage. M. Lenormand bouillait d'impatience. Mme Kesselbach, debout sur le trottoir, chancelait, son flacon de sels à la main.

Enfin ils s'installèrent.

— Gourel, monte à côté du chauffeur et droit sur Garches.

— Chez moi ! fit Dolorès stupéfaite.

Il ne répondit pas. Il se montrait à la portière, agitait son coupe-file, se nommait aux agents qui réglaient la circulation des rues. Enfin, quand on parvint au Cours-la-Reine, il se rassit et prononça :

— Je vous en supplie, madame, répondez nettement à mes questions. Vous avez vu Mlle Geneviève Ernemont, tantôt vers quatre heures ?

— Geneviève… oui… je m'habillais pour sortir.

— C'est elle qui vous a parlé de l'insertion du *Journal*, relative à Steinweg ?

— En effet.

— Et c'est là-dessus que vous êtes venue me voir ?

— Oui.

— Vous étiez seule pendant la visite de Mlle Ernemont ?

— Ma foi… je ne sais pas… Pourquoi ?

— Rappelez-vous. L'une de vos femmes de chambre était là ?

— Peut-être… comme je m'habillais…

— Quel est leur nom ?

— Suzanne… et Gertrude.

— L'une d'elles est rousse, n'est-ce pas ?

— Oui, Gertrude.

— Vous la connaissez depuis longtemps ?

— Sa sœur m'a toujours servie… et Gertrude est chez moi depuis des années… C'est le dévouement en personne, la probité…

— Bref, vous répondez d'elle ?

— Oh ! absolument.

— Tant mieux, tant mieux !

Il était sept heures et demie, et la lumière du jour commençait à s'atténuer quand l'automobile arriva devant la maison de Retraite. Sans s'occuper de sa compagne, le chef de la Sûreté se précipita chez le concierge.

— La bonne de Mme Kesselbach vient de rentrer, n'est-ce pas ?

— Qui ça, la bonne ?

— Oui, Gertrude, une des deux sœurs.

— Mais Gertrude n'a pas dû sortir, monsieur, nous ne l'avons pas vue sortir.

— Cependant quelqu'un vient de rentrer.

— Oh ! non, monsieur, nous n'avons ouvert la porte à personne, depuis… depuis six heures du soir.

— Il n'y a pas d'autre issue que cette porte ?

— Aucune. Les murs entourent le domaine de toutes parts, et ils sont hauts…

— Madame Kesselbach, dit M. Lenormand à sa compagne, nous irons jusqu'à votre pavillon.

Ils s'en allèrent tous les trois. Mme Kesselbach, qui n'avait pas la clef, sonna. Ce fut Suzanne, l'autre sœur, qui apparut.

— Gertrude est ici ? demanda Mme Kesselbach.

— Mais oui, madame, dans sa chambre.

— Faites-la venir, mademoiselle, ordonna le chef de la Sûreté.

Au bout d'un instant, Gertrude descendit, avenante et gracieuse avec son tablier blanc orné de broderies. Elle avait une figure assez jolie, en effet, encadrée de cheveux roux. M. Lenormand la regarda longtemps sans rien dire, comme s'il cherchait à pénétrer au-delà de ces yeux innocents.

Il ne l'interrogea pas. Au bout d'une minute, il dit simplement :

— C'est bien, mademoiselle, je vous remercie. Tu viens, Gourel ? Il sortit avec le brigadier et, tout de suite, en suivant les allées sombres du jardin, il dit :

— C'est elle.

— Vous croyez, chef ? Elle a l'air si tranquille !

— Beaucoup trop tranquille. Une autre se serait étonnée, m'aurait demandé pourquoi je la faisais venir. Elle, rien. Rien que l'application d'un visage qui veut sourire à tout prix. Seulement, de sa tempe, j'ai vu une goutte de sueur qui coulait le long de son oreille.

— Et alors ?

— Alors, tout cela est clair. Gertrude est complice des deux bandits qui manœuvrent autour de l'affaire Kesselbach, soit pour surprendre et pour exécuter le fameux projet, soit pour capter les millions de la veuve. Sans doute l'autre sœur est-elle aussi du complot. Vers quatre heures, Gertrude, prévenue que je connais l'annonce du *Journal* et qu'en outre j'ai rendez-vous avec Steinweg, profite du départ de sa maîtresse, court à Paris, retrouve Ribeira et l'homme au chapeau mou, et les entraîne au Palais de Justice où Ribeira confisque à son profit le sieur Steinweg.

Il réfléchit et conclut :

— Tout cela nous prouve : 1° l'importance qu'ils attachent à Steinweg et la frayeur que leur inspirent ses révélations ; 2° qu'une véritable conspiration est ourdie autour de Mme Kesselbach ; 3° que je n'ai pas de temps à perdre, car la conspiration est mûre.

— Soit, dit Gourel, mais il y a une chose inexplicable. Comment Gertrude a-t-elle pu sortir du jardin où nous sommes et y entrer à l'insu des concierges ?

— Par un passage secret que les bandits ont dû pratiquer récemment.

— Et qui aboutirait sans doute, fit Gourel, au pavillon de Mme Kesselbach ?

— Oui, peut-être, dit M. Lenormand… peut-être… Mais j'ai une autre idée…

Ils suivirent l'enceinte des murs. La nuit était claire, et, si l'on ne pouvait guère discerner leurs deux silhouettes, ils voyaient suffisamment, eux, pour examiner les pierres des murailles et pour s'assurer qu'aucune brèche, si habile qu'elle fût, n'avait été pratiquée.

— Une échelle, sans doute ?… insinua Gourel.

— Non, puisque Gertrude passe en plein jour. Une communication de ce genre ne peut évidemment pas aboutir dehors. Il faut que l'orifice en soit caché par quelque construction déjà existante.

— Il n'y a que les quatre pavillons, objecta Gourel, et ils sont tous habités.

— Pardon, le troisième pavillon, le pavillon Hortense, n'est pas habité.

— Qui vous l'a dit ?

— Le concierge. Par peur du bruit, Mme Kesselbach a loué ce pavillon, lequel est proche du sien. Qui sait si, en agissant ainsi, elle n'a pas subi l'influence de Gertrude ?

Il fit le tour de la maison. Les volets étaient fermés. À tout hasard, il souleva le loquet de la porte : la porte s'ouvrit.

— Ah ! Gourel, je crois que nous y sommes. Entrons. Allume ta lanterne… Oh ! le vestibule, le salon, la salle à manger… c'est bien inutile. Il doit y avoir un sous-sol, puisque la cuisine n'est pas à cet étage.

— Par ici, chef… voici l'escalier de service.

Ils descendirent, en effet, dans une cuisine assez vaste et encombrée de chaises de jardin et de guérites en jonc. Une buanderie, servant aussi de cellier, y attenait et présentait le même désordre d'objets entassés les uns par-dessus les autres.

— Qu'est-ce qui brille, là, chef ?

Gourel, s'étant baissé, ramassa une épingle de cuivre à tête de perle fausse.

— La perle est toute brillante encore, dit Lenormand, ce qui ne serait point, si elle avait séjourné longtemps dans cette cave. Gertrude a passé par ici, Gourel.

Gourel se mit à démolir un amoncellement de fûts vides, de casiers et de vieilles tables boiteuses.

— Tu perds ton temps, Gourel. Si le passage est là, comment aurait-on le loisir, d'abord de déplacer tous ces objets, et ensuite de les replacer derrière soi ? Tiens, voici un volet hors d'usage qui n'a aucune raison sérieuse d'être accroché au mur par ce clou. Écarte-le.

Gourel obéit.

Derrière le volet, le mur était creusé. À la clarté de la lanterne, ils virent un souterrain qui s'enfonçait.

III

— Je ne me trompais pas, dit M. Lenormand, la communication est de date récente. Tu vois, ce sont des travaux faits à la hâte et pour une durée d'ailleurs limitée… Pas de maçonnerie… De place en place deux madriers en croix et une solive qui sert de plafond, et c'est tout. Ça tiendra ce que ça tiendra, mais toujours assez pour le but qu'on poursuit, c'est-à-dire…

— C'est-à-dire quoi, chef ?

— Eh bien, d'abord pour permettre les allées et venues entre Gertrude et ses complices et puis, un jour, un jour prochain, l'enlèvement ou plutôt la disparition miraculeuse, incompréhensible de Mme Kesselbach.

Ils avançaient avec précaution pour ne pas heurter certaines poutres, dont la solidité ne semblait pas inébranlable. À première vue, la longueur du tunnel était de beaucoup supérieure aux cinquante mètres tout au plus qui séparaient le pavillon de l'enceinte du jardin. Il devait donc aboutir assez loin des murs, et au-delà d'un chemin qui longeait le domaine.

— Nous n'allons pas du côté de Villeneuve et de l'étang, par ici ? demanda Gourel.

— Du tout, juste à l'opposé, affirma M. Lenormand.

La galerie descendait en pente douce. Il y eut une marche, puis une autre, et l'on obliqua vers la droite. À ce moment ils se heurtèrent à une porte qui était encastrée dans un rectangle de moellons soigneusement cimentés. M. Lenormand l'ayant poussée, elle s'ouvrit.

— Une seconde, Gourel, dit-il en s'arrêtant… réfléchissons… il vaudrait peut-être mieux rebrousser chemin.

— Et pourquoi ?

— Il faut penser que Ribeira a prévu le péril, et supposer qu'il a pris ses précautions au cas où le souterrain serait démasqué. Or, il sait que nous fouillons le jardin. Il nous a vus sans doute entrer dans ce pavillon. Qui nous assure qu'il n'est pas en train de nous tendre un piège ?

— Nous sommes deux, chef.

— Et ils sont vingt, eux.

Il regarda. Le souterrain remontait, et il marcha vers l'autre porte, distante de cinq à six mètres.

— Allons jusqu'ici, dit-il, nous verrons bien.

Il passa, suivi de Gourel auquel il recommanda de laisser la porte ouverte, et il marcha vers l'autre porte, se promettant bien de ne pas aller plus loin. Mais celle-ci était close, et, bien que la serrure parût fonctionner, il ne parvint pas à ouvrir.

— Le verrou est mis, dit-il. Ne faisons pas de bruit et revenons. D'autant que, dehors, nous établirons, d'après l'orientation de la galerie, la ligne sur laquelle il faudra chercher l'autre issue du souterrain.

Ils revinrent donc sur leurs pas vers la première porte, quand Gourel, qui marchait le premier, eut une exclamation de surprise.

— Tiens, elle est fermée...

— Comment ! mais je t'avais dit de la laisser ouverte.

— Je l'ai laissée ouverte, chef, mais le battant est retombé tout seul.

— Impossible ! nous aurions entendu le bruit.

— Alors ?...

— Alors... alors... je ne sais pas...

Il s'approcha.

— Voyons... il y a une clef... Elle tourne ?... Mais de l'autre côté il doit y avoir un verrou...

— Qui l'aurait mis ?

— Eux parbleu ! derrière notre dos. Ils ont peut-être une autre galerie qui longe celle-ci... ou bien ils étaient restés dans ce pavillon inhabité... Enfin, quoi, nous sommes pris au piège...

Il s'acharna contre la serrure, introduisit son couteau dans la fente, chercha tous les moyens, puis, en un moment de lassitude, prononça :

— Rien à faire !

— Comment, chef, rien à faire ? En ce cas, nous sommes fichus ?

— Ma foi, dit-il...

Ils retournèrent à l'autre porte, puis revinrent à la première. Elles étaient toutes deux massives, en bois dur, renforcées par des traverses somme toute indestructibles.

— Il faudrait une hache, dit le chef de la Sûreté... ou tout au moins un instrument sérieux... un couteau même, avec lequel on essaierait de découper l'emplacement probable du verrou... Et nous n'avons rien...

Il eut un accès de rage subit, et se rua contre l'obstacle, comme s'il espérait l'abolir. Puis, impuissant, vaincu, il dit à Gourel :

— Écoute, nous verrons ça dans une heure ou deux... Je suis éreinté, je vais dormir... Veille, pendant ce temps-là... Et si l'on venait nous attaquer...

— Ah ! si l'on venait, nous serions sauvés, chef, s'écria Gourel en homme qu'eût soulagé la bataille, si inégale qu'elle fût.

M. Lenormand se coucha par terre. Au bout d'une minute il dormait. Quand il se réveilla, il resta quelques secondes indécis, sans comprendre, et il se demandait aussi quelle était cette sorte de souffrance qui le tourmentait.

— Gourel, appela-t-il... Eh bien ! Gourel ?

N'obtenant pas de réponse, il fit jouer le ressort de sa lanterne, et il aperçut Gourel à côté de lui qui dormait profondément.

— Qu'est-ce que j'ai à souffrir ainsi ? pensat-il... de véritables tiraillements... Ah ça ! mais j'ai faim ! tout simplement... je meurs de faim ! Quelle heure est-il donc ?

Sa montre marquait sept heures vingt, mais il se rappela qu'il ne l'avait pas remontée. La montre de Gourel ne marchait pas davantage. Celui-ci cependant s'étant réveillé sous l'action des mêmes souffrances d'estomac, ils estimèrent que l'heure du déjeuner devait être largement dépassée, et qu'ils avaient déjà dormi une partie du jour.

— J'ai les jambes tout engourdies, déclara Gourel... et les pieds comme s'ils étaient dans de la glace... Quelle drôle d'impression !

Il voulut se frictionner et reprit :

— Tiens, mais ce n'est pas dans la glace qu'ils étaient mes pieds, c'est dans l'eau... Regardez, chef... Du côté de la première porte c'est une véritable mare...

— Des infiltrations, répondit M. Lenormand. Remontons vers la seconde porte, tu te sécheras...

— Mais qu'est-ce que vous faites donc, chef ?

— Crois-tu que je me laisserai enterrer vivant dans ce caveau ?... Ah ! non, je ne suis pas encore d'âge...

Puisque les deux portes sont fermées, tâchons de traverser les parois.

Une à une il détachait les pierres qui faisaient saillie à hauteur de sa main, dans l'espoir de pratiquer une autre galerie qui s'en irait en pente jusqu'au niveau du sol. Mais le travail était long et pénible, car, en cette partie du souterrain, les pierres étaient cimentées.

— Chef… chef… balbutia Gourel, d'une voix étranglée…

— Eh bien ?

— Vous avez les pieds dans l'eau.

— Allons donc !… Tiens oui… Ma foi, que veux-tu !… on se séchera au soleil.

— Mais vous ne voyez donc pas ?

— Quoi ?

— Mais ça monte, chef, ça monte…

— Qu'est-ce qui monte ?

— L'eau…

M. Lenormand sentit un frisson qui lui courait sur la peau. Il comprenait tout d'un coup. Ce n'était pas des infiltrations fortuites, mais une inondation habilement préparée et qui se produisait mécaniquement, irrésistiblement, grâce à quelque système infernal.

— Ah ! la fripouille, grinça-t-il… Si jamais je le tiens, celui-là !

— Oui, oui, chef, mais il faut d'abord se tirer d'ici, et pour moi…

Gourel semblait complètement abattu, hors d'état d'avoir une idée, de proposer un plan.

M. Lenormand s'était agenouillé sur le sol et mesurait la vitesse avec laquelle l'eau s'élevait. Un quart de la première porte à peu près était couvert, et l'eau s'avançait jusqu'à mi-distance de la seconde porte.

— Le progrès est lent, mais ininterrompu, dit-il. Dans quelques heures, nous en aurons par-dessus la tête.

— Mais c'est effroyable, chef, c'est horrible, gémit Gourel.

— Ah ! dis donc, tu ne vas pas nous embêter avec tes jérémiades, n'est-ce pas ? Pleure si ça t'amuse, mais que je ne t'entende pas.

— C'est la faim qui m'affaiblit, chef, j'ai le cerveau qui tourne.

— Mange ton poing.

Comme disait Gourel, la situation était effroyable, et, si M. Lenormand avait eu moins d'énergie, il eût abandonné une lutte aussi vaine. Que faire ? Il ne fallait pas espérer que Ribeira eût la charité de leur livrer passage. Il ne fallait pas espérer davantage que les frères Doudeville pussent les secourir puisque les inspecteurs ignoraient l'existence de ce tunnel.

Donc, aucun espoir ne restait… aucun espoir que celui d'un miracle impossible…

— Voyons, voyons, répétait M. Lenormand, c'est trop bête, nous n'allons pas crever ici ! Que diable ! il doit y avoir quelque chose… éclaire-moi, Gourel.

Collé contre la seconde porte, il l'examina de bas en haut, dans tous les coins. Il y avait de ce côté, comme de l'autre probablement, un verrou, un énorme verrou. Avec la lame de son couteau il en défit les vis, et le verrou se détacha.

— Et après ? demanda Gourel.

— Après, dit-il, eh bien, ce verrou est en fer, assez long, presque pointu ça ne vaut certes pas une pioche, mais, tout de même, c'est mieux que rien… et…

Sans achever sa phrase, il enfonça l'instrument dans la paroi de la galerie, un peu avant le pilier de maçonnerie qui supportait les gonds de la porte. Ainsi qu'il s'y attendait, une fois traversée la première couche de ciment et de pierres, il trouva la terre molle.

— À l'ouvrage ! s'écria-t-il.

— Je veux bien, chef, mais expliquez-moi…

— C'est tout simple, il s'agit de creuser, autour de ce pilier, un passage de trois ou quatre mètres de long qui rejoindra le tunnel au-delà de la porte et nous permettra de filer.

— Mais il faudra des heures, et pendant ce temps l'eau monte.

— Éclaire-moi, Gourel.

— Dans vingt minute, une demi-heur de lus, elle atteindra nos pieds.

— Éclaire-moi, Gourel.

L'idée de M. Lenormand était juste et, avec un peu d'effort, en attirant à lui et en faisant tomber dans le tunnel la terre qu'il attaquait d'abord avec l'instrument, il ne tarda pas à creuser un trou assez grand pour s'y glisser.

— À mon tour, chef ! dit Gourel.

— Ah ! ah ! tu reviens à la vie ? Bien, travaille... Tu n'as qu'à te diriger sur le contour du pilier.

À ce moment l'eau montait jusqu'à leurs chevilles. Auraient-ils le loisir d'achever l'œuvre commencée ?

À mesure qu'on avançait elle devenait plus difficile, car la terre remuée les encombrait davantage, et, couchés à plat ventre dans le passage, ils étaient obligés à tout instant de ramener les décombres qui l'obstruaient.

Au bout de deux heures, le travail en était peut-être aux trois quarts, mais l'eau recouvrait leurs jambes. Encore une heure, elle gagnerait l'orifice du trou qu'ils creusaient.

Cette fois, ce serait la fin...

Gourel, épuisé par le manque de nourriture, et de corpulence trop forte pour aller et venir dans ce couloir de plus en plus étroit, avait dû renoncer. Il ne bougeait plus, tremblant d'angoisse à sentir cette eau glacée qui l'ensevelissait peu à peu.

M. Lenormand, lui, travaillait avec une ardeur inlassable. Besogne terrible, œuvre de termite, qui s'accomplissait dans des ténèbres étouffantes. Ses mains saignaient. Il défaillait de faim. Il respirait mal un air insuffisant, et, de temps à autre, les soupirs de Gourel lui rappelaient l'épouvantable danger qui le menaçait au fond de sa tanière.

Mais rien n'eût pu le décourager, car maintenant il retrouvait en face de lui ces pierres cimentées qui composaient la paroi de la galerie. C'était le plus difficile, mais le but approchait.

— Ça monte, cria Gourel, d'une voix étranglée, ça monte.

M. Lenormand redoubla d'efforts. Soudain la tige du verrou dont il se servait jaillit dans le vide. Le passage était creusé. Il n'y avait plus qu'à l'élargir, ce qui devenait beaucoup plus facile maintenant qu'il pouvait rejeter les matériaux devant lui.

Gourel, fou de terreur, poussait des hurlements de bête qui agonise. Il ne s'en émouvait pas. Le salut était à portée de sa main.

Il eut cependant quelques secondes d'anxiété en constatant, au bruit des matériaux qui tombaient, que cette partie du tunnel était également remplie d'eau – ce qui était naturel, la porte ne constituant pas une digue suffisamment hermétique.

Mais qu'importait ! l'issue était libre un dernier effort Il passa.

— Viens, Gourel, cria-t-il, en revenant chercher son compagnon. Il le tira, à demi mort, par les poignets.

— Allons, secoue-toi, ganache, puisque nous sommes sauvés.

— Vous croyez, chef ?... vous croyez ?... Nous avons de l'eau jusqu'à la poitrine...

— Va toujours... Tant que nous n'en aurons pas par-dessus la bouche... Et ta lanterne ?

— Elle ne va plus.

— Tant pis.

Il eut une exclamation de joie :

— Une marche... deux marches !... Un escalier... Enfin !

Ils sortaient de l'eau, de cette eau maudite qui les avait presque engloutis, et c'était une sensation délicieuse, une délivrance qui les exaltait.

— Arrête ! murmura M. Lenormand.

Sa tête avait heurté quelque chose. Les bras tendus, il s'arc-bouta contre l'obstacle qui céda aussitôt. C'était le battant d'une trappe, et, cette trappe ouverte, on se trouvait dans une cave où filtrait, par un soupirail, la lueur d'une nuit claire.

Il renversa le battant et escalada les dernières marches.

Un voile s'abattit sur lui. Des bras le saisirent. Il se sentit comme enveloppé d'une couverture, d'une sorte de sac, puis lié par des cordes.

— À l'autre, dit une voix.

On dut exécuter la même opération avec Gourel, et la même voix dit :

— S'ils crient, tue-les tout de suite. Tu as ton poignard ?

— Oui.

— En route. Vous deux, prenez celui-ci... vous deux celui-là... Pas de lumière, et pas de bruit non plus... Ce serait grave ! depuis ce matin on fouille le jardin d'à côté... ils sont dix ou quinze qui se démènent. Retourne au pavillon, Gertrude, et, s'il y a la moindre chose, téléphone-moi à Paris.

M. Lenormand eut l'impression qu'on le portait, puis, après un instant, l'impression qu'on était dehors.

— Approche la charrette, dit la voix.

M. Lenormand entendit le bruit d'une voiture et d'un cheval.

On le coucha sur des planches. Gourel fut hissé près de lui. Le cheval partit au trot.

Le trajet dura une demi-heure environ.

— Halte ! ordonna la voix… Descendez-les. Eh ! le conducteur, tourne la charrette de façon que l'arrière touche au parapet du pont… Bien… Pas de bateaux sur la Seine ? Non ? Alors, ne perdons pas de temps Ah ! vous leur avez attaché des pierres ?

— Oui, des pavés.

— En ce cas, allez-y. Recommande ton âme à Dieu, monsieur Lenormand, et prie pour moi, Parbury-Ribeira, plus connu sous le nom de baron Altenheim. Ça y est ? Tout est prêt ? Eh bien, bon voyage, monsieur Lenormand !

M. Lenormand fut placé sur le parapet. On le poussa. Il sentit qu'il tombait dans le vide, et il entendit encore la voix qui ricanait :

— Bon voyage !

Dix secondes après, c'était le tour du brigadier Gourel.

PARBURY RIBEIRA ALTENHEIM

I

Les petites filles jouaient dans le jardin, sous la surveillance de Mlle Charlotte, nouvelle collaboratrice de Geneviève. Mme Ernemont leur fit une distribution de gâteaux, puis rentra dans la pièce qui servait de salon et de parloir, et s'installa devant un bureau dont elle rangea les papiers et les registres.

Soudain, elle eut l'impression d'une présence étrangère dans la pièce. Inquiète, elle se retourna.

— Toi ! s'écria-t-elle… D'où viens-tu ? Par où… ?

— Chut, fit le prince Sernine. Écoute-moi et ne perdons pas une minute. Geneviève ?

— En visite chez Mme Kesselbach.

— Elle sera ici ?

— Pas avant une heure.

— Alors, je laisse venir les frères Doudeville. J'ai rendez-vous avec eux. Comment va Geneviève ?

— Très bien.

— Combien de fois a-t-elle revu Pierre Leduc depuis mon départ, depuis dix jours ?

— Trois fois, et elle doit le retrouver aujourd'hui chez Mme Kesselbach à qui elle l'a présenté, selon tes ordres. Seulement, je te dirai que ce Pierre Leduc ne me dit pas grand-chose, à moi. Geneviève aurait plutôt besoin de trouver quelque bon garçon de sa classe. Tiens, l'instituteur.

— Tu es folle ! Geneviève épouser un maître d'école !

— Ah ! si tu considérais d'abord le bonheur de Geneviève…

— Flûte, Victoire. Tu m'embêtes avec tous tes papotages. Est-ce que j'ai le temps de faire du sentiment ? Je joue une partie d'échecs, et je pousse mes pièces sans me soucier de ce qu'elles pensent. Quand j'aurai gagné la partie, je m'inquiéterai de savoir si le cavalier Pierre Leduc et la reine Geneviève ont un cœur.

Elle l'interrompit.

— Tu as entendu ? un coup de sifflet…

— Ce sont les deux Doudeville. Va les chercher, et laisse-nous.

Dès que les deux frères furent entrés, il les interrogea avec sa précision habituelle :

— Je sais ce que les journaux ont dit sur la disparition de Lenormand et de Gourel. En savez-vous davantage ?

— Non. Le sous-chef, M. Weber, a pris l'affaire en main. Depuis huit jours nous fouillons le jardin de la maison de retraite et l'on n'arrive pas à s'expliquer comment ils ont pu disparaître. Tout le service est en l'air… On n'a jamais vu ça… un chef de la Sûreté qui disparaît, et sans laisser de trace !

— Les deux servantes ?

— Gertrude est partie. On la recherche.

— Sa sœur Suzanne ?

— M. Weber et M. Formerie l'ont questionnée. Il n'y a rien contre elle.

— Voilà tout ce que vous avez à me dire ?
— Oh ! non, il y a d'autres choses, tout ce que nous n'avons pas dit aux journaux.

Ils racontèrent alors les événements qui avaient marqué les deux derniers jours de M. Lenormand, la visite nocturne des deux bandits dans la villa de Pierre Leduc, puis, le lendemain, la tentative d'enlèvement commise par Ribeira et la chasse à travers les bois de Saint-Cucufa, puis l'arrivée du vieux Steinweg, son interrogatoire à la Sûreté devant Mme Kesselbach, son évasion du Palais…

— Et personne, sauf vous, ne connaît aucun de ces détails ?
— Dieuzy connaît l'incident Steinweg, c'est même lui qui nous l'a raconté.
— Et l'on a toujours confiance en vous à la Préfecture ?
— Tellement confiance qu'on nous emploie ouvertement. M. Weber ne jure que par nous.
— Allons, dit le prince, tout n'est pas perdu. Si M. Lenormand a commis quelque imprudence qui lui a coûté la vie, comme je le suppose, il avait tout de même fait auparavant de la bonne besogne, et il n'y a qu'à continuer. L'ennemi a de l'avance, mais on le rattrapera.
— Nous aurons du mal, patron.
— En quoi ? Il s'agit tout simplement de retrouver le vieux Steinweg, puisque c'est lui qui a le mot de l'énigme.
— Oui, mais où Ribeira l'a-t-il coffré, le vieux Steinweg ?
— Chez lui, parbleu.
— Il faudrait donc savoir où Ribeira demeure.
— Parbleu !

Les ayant congédiés, il se rendit à la maison de Retraite. Des automobiles stationnaient à la porte, et deux hommes allaient et venaient, comme s'ils montaient la garde.

Dans le jardin, près du pavillon de Mme Kesselbach, il aperçut sur un banc Geneviève, Pierre Leduc et un monsieur de taille épaisse qui portait un monocle. Tous trois causaient. Aucun d'eux ne le vit.

Mais plusieurs personnes sortirent du pavillon. C'étaient M. Formerie, M. Weber, un greffier et deux inspecteurs. Geneviève rentra, le monsieur au monocle adressa la parole au juge et au sous-chef de la Sûreté, et s'éloigna lentement avec eux.

Sernine vint à côté du banc où Pierre Leduc était assis, et murmura :
— Ne bouge pas, Pierre Leduc, c'est moi.
— Vous !… vous !…

C'était la troisième fois que le jeune homme voyait Sernine depuis l'horrible soir de Versailles, et chaque fois cela le bouleversait.

— Réponds… Qui est l'individu au monocle ?

Pierre Leduc balbutiait, tout pâle. Sernine lui pinça le bras.
— Réponds, crebleu ! qui est-ce ?
— Le baron Altenheim.
— D'où vient-il ?
— C'était un ami de M. Kesselbach. Il est arrivé d'Autriche, il y a six jours, et il s'est mis à la disposition de Mme Kesselbach.

Les magistrats cependant étaient sortis du jardin ainsi que le baron Altenheim.

Le prince se leva et, tout en se dirigeant vers le pavillon de l'impératrice, il continuait :
— Le baron t'a interrogé ?
— Oui, beaucoup. Mon cas l'intéresse. Il voudrait m'aider à retrouver ma famille, il fait appel à mes souvenirs d'enfance.
— Et que dis-tu ?
— Rien, puisque je ne sais rien. Est-ce que j'ai des souvenirs, moi ? Vous m'avez mis à la place d'un autre, et je ne sais même pas qui est cet autre.
— Moi non plus ! ricana le prince, et voilà justement en quoi consiste la bizarrerie de ton cas.
— Ah ! vous riez… vous riez toujours… Mais moi, je commence à en avoir assez… Je suis mêlé à des tas de choses malpropres sans compter le danger que je cours à jouer un personnage que je ne suis pas.
— Comment… que tu n'es pas ? Tu es le duc pour le moins autant que je suis le prince… Peut-être davantage même… Et puis, si tu ne l'es pas, deviens-le, sapristi ! Geneviève ne peut épouser qu'un duc. Regarde-la… Vaut-elle que tu vendes ton âme pour ses beaux yeux ?

Il ne l'observa même pas, indifférent à ce qu'il pensait. Ils étaient entrés et, au bas des marches, Geneviève apparaissait, gracieuse et souriante.

— Vous voilà revenu ? dit-elle au prince... Ah ! tant mieux ! Je suis contente... vous voulez voir Dolorès ?

Après un instant, elle l'introduisit dans la chambre de Mme Kesselbach. Le prince eut un saisissement. Dolorès était plus pâle encore, plus émaciée qu'au dernier jour où il l'avait vue. Couchée sur un divan, enveloppée d'étoffes blanches, elle avait l'air de ces malades qui renoncent à lutter. C'était contre la vie qu'elle ne luttait plus, elle, contre le destin qui l'accablait de ses coups.

Sernine la regardait avec une pitié profonde, et avec une émotion qu'il ne cherchait pas à dissimuler. Elle le remercia de la sympathie qu'il lui témoignait. Elle parla aussi du baron Altenheim, en termes amicaux.

— Vous le connaissiez autrefois ? demanda-t-il.

— De nom, oui, et par mon mari avec qui il était fort lié.

— J'ai rencontré un Altenheim qui demeurait rue Daru. Pensez-vous que ce soit celui-là ?

— Oh non ! celui-là demeure... Au fait, je n'en sais trop rien, il m'a donné son adresse, mais je ne pourrais dire...

Après quelques minutes de conversation, Sernine prit congé.

Dans le vestibule, Geneviève l'attendait.

— J'ai à vous parler, dit-elle vivement... des choses graves... Vous l'avez vu ?

— Qui ?

— Le baron Altenheim... mais ce n'est pas son nom... ou du moins il en a un autre... je l'ai reconnu... il ne s'en doute pas...

Elle l'entraînait dehors et elle marchait très agitée.

— Du calme, Geneviève...

— C'est l'homme qui a voulu m'enlever... Sans ce pauvre M. Lenormand, j'étais perdue... Voyons, vous devez savoir, vous qui savez tout...

— Alors, son vrai nom ?

— Ribeira.

— Vous êtes sûre ?

— Il a eu beau changer sa tête, son accent, ses manières, je l'ai deviné tout de suite, à l'horreur qu'il m'inspire. Mais je n'ai rien dit... jusqu'à votre retour.

— Vous n'avez rien dit non plus à Mme Kesselbach ?

— Rien. Elle paraissait si heureuse de retrouver un ami de son mari. Mais vous lui en parlerez, n'est-ce pas ? Vous la défendrez... Je ne sais ce qu'il prépare contre elle, contre moi... Maintenant que M. Lenormand n'est plus là, il ne craint plus rien, il agit en maître. Qui est-ce qui pourrait le démasquer ?

— Moi. Je réponds de tout. Mais pas un mot à personne.

Ils étaient arrivés devant la loge des concierges.

La porte s'ouvrit.

Le prince dit encore :

— Adieu, Geneviève, et surtout soyez tranquille. Je suis là.

Il ferma la porte, se retourna et, tout de suite, eut un léger mouvement de recul.

En face de lui, se tenait, la tête haute, les épaules larges, la carrure puissante, l'homme au monocle, le baron Altenheim.

Ils se regardèrent deux ou trois secondes, en silence. Le baron souriait.

Il dit :

— Je t'attendais Lupin.

Si maître de lui qu'il fût, Sernine tressaillit. Il venait pour démasquer son adversaire, et c'était son adversaire qui l'avait démasqué, du premier coup. Et, en même temps, cet adversaire s'offrait à la lutte, hardiment, effrontément, comme s'il était sûr de la victoire. Le geste était crâne et prouvait une rude force.

Les deux hommes se mesuraient des yeux, violemment hostiles.

— Et après ? dit Sernine.

— Après ? ne penses-tu pas que nous ayons besoin de nous voir ?

— Pourquoi ?

— J'ai à te parler.

— Quel jour veux-tu ?

— Demain. Nous déjeunerons ensemble au restaurant.
— Pourquoi pas chez toi ?
— Tu ne connais pas mon adresse.
— Si.

Le prince saisit rapidement un journal qui dépassait de la poche d'Altenheim, un journal qui avait encore sa bande d'envoi, et il dit :
— 29, villa Dupont.
— Bien joué, fit l'autre. Donc, à demain, chez moi.
— À demain, chez toi. Ton heure ?
— Une heure.
— J'y serai. Mes hommages.

Ils allaient se séparer. Altenheim s'arrêta.
— Ah ! un mot encore, prince. Emporte tes armes.
— Pourquoi ?
— J'ai quatre domestiques, et tu seras seul.
— J'ai mes poings, dit Sernine, la partie sera égale.

Il lui tourna le dos, puis, le rappelant :
— Ah ! un mot encore, baron. Engage quatre autres domestiques.
— Pourquoi ?
— J'ai réfléchi. Je viendrai avec ma cravache.

II

À une heure exactement, un cavalier franchissait la grille de la villa Dupont, paisible rue provinciale dont l'unique issue donne sur la rue Pergolèse, à deux pas de l'avenue du Bois.

Des jardins et de jolis hôtels la bordent. Et tout au bout elle est fermée par une sorte de petit parc où s'élève une vieille et grande maison contre laquelle passe le chemin de fer de Ceinture.

C'est là, au numéro 29, qu'habitait le baron Altenheim.

Sernine jeta la bride de son cheval à un valet de pied qu'il avait envoyé d'avance, et lui dit :
— Tu le ramèneras à deux heures et demie.

Il sonna. La porte du jardin s'étant ouverte, il se dirigea vers le perron où l'attendaient deux grands gaillards en livrée qui l'introduisirent dans un immense vestibule de pierre, froid et sans le moindre ornement. La porte se referma derrière lui avec un bruit sourd, et, quel que fût son courage indomptable, il n'en eut pas moins une impression pénible à se sentir seul, environné d'ennemis, dans cette prison isolée.

— Vous annoncerez le prince Sernine.

Le salon était proche. On l'y fit entrer aussitôt.

— Ah ! vous voilà, mon cher prince, fit le baron en venant au-devant de lui… Eh bien ! figurez-vous… Dominique, le déjeuner dans vingt minutes… D'ici là qu'on nous laisse. Figurez-vous, mon cher prince, que je ne croyais pas beaucoup à votre visite.

— Ah ! pourquoi ?

— Dame, votre déclaration de guerre, ce matin, est si nette que toute entrevue est inutile.

— Ma déclaration de guerre ?

Le baron déplia un numéro du *Grand Journal* et signala du doigt un article ainsi conçu : *Communiqué*.

« La disparition de M. Lenormand n'a pas été sans émouvoir Arsène Lupin. Après une enquête sommaire, et, comme suite à son projet d'élucider l'affaire Kesselbach, Arsène Lupin a décidé qu'il retrouverait M. Lenormand vivant ou mort, et qu'il livrerait à la justice le ou les auteurs de cette abominable série de forfaits. »

— C'est bien de vous, ce communiqué, mon cher prince ?
— C'est de moi, en effet.
— Par conséquent, j'avais raison, c'est la guerre.
— Oui.

Altenheim fit asseoir Sernine, s'assit, et lui dit d'un ton conciliant :
— Eh bien, non, je ne puis admettre cela. Il est impossible que deux hommes comme nous se combattent et

se fassent du mal. Il n'y a qu'à s'expliquer, qu'à chercher les moyens : nous sommes faits pour nous entendre.

— Je crois au contraire que deux hommes comme nous ne sont pas faits pour s'entendre.

L'autre réprima un geste d'impatience et reprit :

— Écoute, Lupin… À propos, tu veux bien que je t'appelle Lupin ?

— Comment t'appellerai-je, moi ? Altenheim, Ribeira, ou Parbury ?

— Oh ! oh ! je vois que tu es encore plus documenté que je ne croyais ! Peste, tu es d'attaque… Raison de plus pour nous accorder.

Et, se penchant vers lui :

— Écoute, Lupin, réfléchis bien à mes paroles, il n'en est pas une que je n'aie mûrement pesée. Voici… Nous sommes de force tous les deux… Tu souris ? C'est un tort… Il se peut que tu aies des ressources que je n'ai pas, mais j'en ai, moi, que tu ignores. En plus, comme tu le sais, pas beaucoup de scrupules… de l'adresse… et une aptitude à changer de personnalité qu'un maître comme toi doit apprécier. Bref, les deux adversaires se valent. Mais il reste une question : Pourquoi sommes-nous adversaires ? Nous poursuivons le même but, diras-tu ? Et après ? Sais-tu ce qu'il en adviendra de notre rivalité ? C'est que chacun de nous paralysera les efforts et détruira l'œuvre de l'autre, et que nous le raterons tous les deux, le but ! Au profit de qui ? D'un Lenormand quelconque, d'un troisième larron… C'est trop bête.

— C'est trop bête, en effet, confessa Sernine, mais il y a un moyen.

— Lequel ?

— Retire-toi.

— Ne blague pas. C'est sérieux. La proposition que je vais te faire est de celles qu'on ne rejette pas sans les examiner. Bref, en deux mots, voici : Associons-nous.

— Oh ! oh !

— Bien entendu, nous resterons libres, chacun de notre côté, pour tout ce qui nous concerne. Mais pour l'affaire en question nous mettons nos efforts en commun. Ça va-t-il ? La main dans la main, et part à deux.

— Qu'est-ce que tu apportes ?

— Moi ?

— Oui. Tu sais ce que je vaux, moi ; j'ai fait mes preuves. Dans l'union que tu me proposes, tu connais pour ainsi dire le chiffre de ma dot… Quelle est la tienne ?

— Steinweg.

— C'est peu.

— C'est énorme. Par Steinweg, nous apprenons la vérité sur Pierre Leduc. Par Steinweg, nous savons ce qu'est le fameux projet Kesselbach.

Sernine éclata de rire.

— Et tu as besoin de moi pour cela ?

— Comment ?

— Voyons, mon petit, ton offre est puérile. Du moment que Steinweg est entre tes mains, si tu désires ma collaboration, c'est que tu n'as pas réussi à le faire parler. Sans quoi tu te passerais de mes services.

— Et alors ?

— Alors, je refuse !

Les deux hommes se dressèrent de nouveau, implacables et violents.

— Je refuse, articula Sernine. Lupin n'a besoin de personne, lui, pour agir. Je suis de ceux qui marchent seuls. Si tu étais mon égal, comme tu le prétends, l'idée ne te serait jamais venue d'une association. Quand on a la taille d'un chef, on commande. S'unir, c'est obéir. Je n'obéis pas !

— Tu refuses ? tu refuses ? répéta Altenheim, tout pâle sous l'outrage.

— Tout ce que je puis faire pour toi, mon petit, c'est de t'offrir une place dans ma bande. Simple soldat, pour commencer. Sous mes ordres, tu verras comment un général gagne une bataille… et comment il empoche le butin, à lui tout seul, et pour lui tout seul. Ça colle, pioupiou ?

Altenheim grinçait des dents, hors de lui. Il mâchonna :

— Tu as tort, Lupin… tu as tort… Moi non plus je n'ai besoin de personne, et cette affaire-là ne m'embarrasse pas plus qu'un tas d'autres que j'ai menées jusqu'au bout… Ce que j'en disais, c'était pour arriver plus vite au but, et sans se gêner.

— Tu ne me gênes pas, dit Lupin, dédaigneusement.

— Allons donc ! si l'on ne s'associe pas, il n'y en a qu'un qui arrivera.

— Ça me suffit.

— Et il n'arrivera qu'après avoir passé sur le corps de l'autre. Es-tu prêt à cette sorte de duel, Lupin ? duel à mort, comprends-tu ? Le coup de couteau, c'est un moyen que tu méprises, mais si tu le reçois là, Lupin, en pleine gorge ?...

— Ah ! ah ! en fin de compte, voilà ce que tu me proposes ?

— Non, je n'aime pas beaucoup le sang, moi... Regarde mes poings... je frappe... et l'on tombe... j'ai des coups à moi... Mais *l'autre* tue... rappelle-toi... la petite blessure à la gorge... Ah ! celui-là. Lupin, prends garde à lui... Il est terrible et implacable... Rien ne l'arrête.

Il prononça ces mots à voix basse et avec une telle émotion que Sernine frissonna au souvenir abominable de l'inconnu.

— Baron, ricana-t-il, on dirait que tu as peur de ton complice !

— J'ai peur pour les autres, pour ceux qui nous barrent la route, pour toi. Lupin. Accepte ou tu es perdu. Moi-même, s'il le faut, j'agirai. Le but est trop près... j'y touche... Va-t'en Lupin !

Il était puissant d'énergie et de volonté exaspérée, et si brutal qu'on l'eût dit prêt à frapper l'ennemi sur-le-champ.

Sernine haussa les épaules.

— Dieu ! que j'ai faim ! dit-il en bâillant. Comme on mange tard chez toi !

La porte s'ouvrit.

— Monsieur est servi, annonça le maître d'hôtel.

— Ah ! que voilà une bonne parole !

Sur le pas de la porte, Altenheim lui agrippa le bras, et, sans se soucier de la présence du domestique :

— Un bon conseil... accepte. L'heure est grave... Et ça vaut mieux, je te jure, ça vaut mieux... accepte...

— Du caviar ! s'écria Sernine... ah ! c'est tout à fait gentil... Tu t'es souvenu que tu traitais un prince russe.

Ils s'assirent l'un en face de l'autre, et le lévrier du baron, une grande bête aux longs poils d'argent, prit place entre eux.

— Je vous présente Sirius, mon plus fidèle ami.

— Un compatriote, dit Sernine. Je n'oublierai jamais celui que voulut bien me donner le tsar quand j'eus l'honneur de lui sauver la vie.

— Ah ! vous avez eu l'honneur... un complot terroriste, sans doute ?

— Oui, complot que j'avais organisé. Figurez-vous que ce chien, qui s'appelait Sébastopol...

Le déjeuner se poursuivit gaiement, Altenheim avait repris sa bonne humeur, et les deux hommes firent assaut d'esprit et de courtoisie. Sernine raconta des anecdotes auxquelles le baron riposta par d'autres anecdotes, et c'étaient des récits de chasse, de sport, de voyage, où revenaient à tout instant les plus vieux noms d'Europe, grands d'Espagne, lords anglais, magyars hongrois, archiducs autrichiens.

— Ah ! dit Sernine, quel joli métier que le nôtre ! Il nous met en relation avec tout ce qu'il y a de bien sur terre. Tiens, Sirius, un peu de cette volaille truffée.

Le chien ne le quittait pas de l'œil, happant d'un coup de gueule tout ce que Sernine lui tendait.

— Un verre de Chambertin, prince ?

— Volontiers, baron.

— Je vous le recommande, il vient des caves du roi Léopold.

— Un cadeau ?

— Oui, un cadeau que je me suis offert.

— Il est délicieux... Un bouquet !... Avec ce pâté de foie, c'est une trouvaille. Mes compliments, baron, votre chef est de premier ordre.

— Ce chef est une cuisinière, prince. Je l'ai enlevée à prix d'or à Levraud, le député socialiste. Tenez, goûtez-moi ce chaud-froid de glace au cacao, et j'attire votre attention sur les gâteaux secs qui l'accompagnent. Une invention de génie, ces gâteaux.

— Ils sont charmants de forme, en tout cas, dit Sernine, qui se servit. Si leur ramage répond à leur plumage... Tiens, Sirius, tu dois adorer cela. Locuste n'aurait pas mieux fait.

Vivement il avait pris un des gâteaux et l'avait offert au chien. Celui-ci l'avala d'un coup, resta deux ou trois secondes immobile, comme stupide, puis tournoya sur lui-même et tomba, foudroyé.

Sernine s'était jeté en arrière pour n'être pas pris en traître par un des domestiques, et, se mettant à rire :

— Dis donc, baron, quand tu veux empoisonner un de tes amis, tâche que ta voix reste calme et que tes mains ne frémissent pas… Sans quoi on se méfie… Mais je croyais que tu répugnais à l'assassinat ?

— Au coup de couteau, oui, dit Altenheim sans se troubler. Mais j'ai toujours eu envie d'empoisonner quelqu'un. Je voulais savoir quel goût ça avait.

— Bigre ! mon bonhomme, tu choisis bien tes morceaux. Un prince russe !

Il s'approcha d'Altenheim et lui dit d'un ton confidentiel :

— Sais-tu ce qui serait arrivé si tu avais réussi, c'est-à-dire si mes amis ne m'avaient pas vu revenir à trois heures au plus tard ? Eh bien, à trois heures et demie, le Préfet de Police savait exactement à quoi s'en tenir sur le compte du soi-disant baron Altenheim, lequel baron était cueilli avant la fin de la journée et coffré au Dépôt.

— Bah ! dit Altenheim, de prison on s'évade tandis qu'on ne revient pas du royaume où je t'envoyais.

— Évidemment, mais il eût d'abord fallu m'y envoyer, et cela ce n'est pas facile.

— Il suffisait d'une bouchée d'un de ces gâteaux.

— En es-tu bien sûr ?

— Essaie.

— Décidément, mon petit, tu n'as pas encore l'étoffe d'un grand maître de l'Aventure, et sans doute ne l'auras-tu jamais, puisque tu me tends des pièges de cette sorte. Quand on se croit digne de mener la vie que nous avons l'honneur de mener, on doit aussi en être capable, et, pour cela, être prêt à toutes les éventualités… même à ne pas mourir si une fripouille quelconque tente de vous empoisonner… Une âme intrépide dans un corps inattaquable, voilà l'idéal qu'il faut se proposer… et atteindre. Travaille, mon petit. Moi, je suis intrépide et inattaquable. Rappelle-toi le roi Mithridate.

Et, se rasseyant :

— À table, maintenant ! Mais comme j'aime à prouver les vertus que je me décerne, et comme, d'autre part, je ne veux pas faire de peine à ta cuisinière, donne-moi donc cette assiette de gâteaux.

Il en prit un, le cassa en deux, et tendit une moitié au baron :

— Mange !

L'autre eut un geste de recul.

— Froussard ! dit Sernine.

Et, sous les yeux ébahis du baron et de ses acolytes, il se mit à manger la première, puis la seconde moitié du gâteau, tranquillement, consciencieusement, comme on mange une friandise dont on serait désolé de perdre la plus petite miette.

III

Ils se revirent.

Le soir même, le prince Sernine invitait le baron Altenheim au Cabaret Vatel, et le faisait dîner avec un poète, un musicien, un financier et deux jolies comédiennes, sociétaires du Théâtre-Français.

Le lendemain, ils déjeunèrent ensemble au Bois, et le soir ils se retrouvèrent à l'Opéra.

Et chaque jour, durant une semaine, ils se revirent.

On eût dit qu'ils ne pouvaient se passer l'un de l'autre, et qu'une grande amitié les unissait, faite de confiance, d'estime et de sympathie. Ils s'amusaient beaucoup, buvaient de bons vins, fumaient d'excellents cigares, et riaient comme des fous.

En réalité, ils s'épiaient férocement. Ennemis mortels, séparés par une haine sauvage, chacun d'eux, sûr de vaincre et le voulant avec une volonté sans frein, ils attendaient la minute propice, Altenheim pour supprimer Sernine, et Sernine pour précipiter Altenheim dans le gouffre qu'il creusait devant lui. Tous deux savaient que le dénouement ne pouvait tarder. L'un ou l'autre y laisserait sa peau, et c'était une question d'heures, de jours, tout au plus.

Drame passionnant, et dont un homme comme Sernine devait goûter l'étrange et puissante saveur. Connaître son adversaire et vivre à ses côtés, savoir que, au moindre pas, à la moindre étourderie, c'est la mort qui vous guette, quelle volupté !

Un jour, dans le jardin du cercle de la rue Cambon, dont Altenheim faisait également partie, ils étaient seuls, à cette heure de crépuscule où l'on commence à dîner au mois de juin, et où les joueurs du soir ne sont pas encore là.

Ils se promenaient autour d'une pelouse, le long de laquelle il y avait, bordé de massifs, un mur que perçait une petite porte. Et soudain, pendant qu'Altenheim parlait, Sernine eut l'impression que sa voix devenait moins assurée, presque tremblante. Du coin de l'œil il l'observa. La main d'Altenheim était engagée dans la poche de son veston, et Sernine vit, à travers l'étoffe, cette main qui se crispait au manche d'un poignard, hésitante, indécise, tour à tour résolue et sans force.

Moment délicieux ! Allait-il frapper ? Qui remporterait, de l'instinct peureux et qui n'ose pas, ou de la volonté consciente, toute tendue vers l'acte de tuer ?

Le buste droit, les bras derrière le dos, Sernine attendait, avec des frissons d'angoisse et de plaisir. Le baron s'était tu, et dans le silence ils marchaient tous les deux côte à côte.

— Mais frappe donc ! s'écria le prince avec imoatience.

Il s'était arrêté, et, tourné vers son compagnon :

— Frappe donc, disait-il, c'est l'instant ou jamais ! Personne ne peut te voir. Tu files par cette petite porte dont la clef se trouve par hasard accrochée au mur, et bonjour, baron… ni vu ni connu… Mais j'y pense, tout cela était combiné… C'est toi qui m'as amené ici… Et tu hésites ? Mais frappe donc !

Il le regardait au fond des yeux. L'autre était livide, tout frémissant d'énergie impuissante.

— Poule mouillée ! ricana Sernine. Je ne ferai jamais rien de toi. La vérité, veux-tu que je te la dise ? Eh bien, je te fais peur. Mais oui, tu n'es jamais très sûr de ce qui va t'arriver quand tu es en face de moi. C'est toi qui veux agir, et ce sont mes actes, mes actes possibles, qui dominent la situation. Non, décidément, tu n'es pas encore celui qui fera pâlir mon étoile !

Il n'avait pas achevé ce mot qu'il se sentit pris au cou et attiré en arrière. Quelqu'un, qui se cachait dans le massif, près de la petite porte, l'avait happé par la tête. Il vit un bras qui se levait, armé d'un couteau dont la lame était toute brillante. Le bras s'abattit, la pointe du couteau l'atteignit en pleine gorge.

Au même moment, Altenheim sauta sur lui pour l'achever, et ils roulèrent dans les plates-bandes. Ce fut l'affaire de vingt à trente secondes, tout au plus. Si fort qu'il fût, si entraîné aux exercices de lutte, Altenheim céda presque aussitôt, en poussant un cri de douleur. Sernine se releva et courut vers la petite porte qui venait de se refermer sur une silhouette sombre. Trop tard ! Il entendit le bruit de la clef dans la serrure. Il ne put l'ouvrir.

— Ah ! bandit ! jura-t-il, le jour où je t'aurai, ce sera le jour de mon premier crime ! Mais pour Dieu !…

Il revint, se baissa, et recueillit les morceaux du poignard qui s'était brisé en le frappant.

Altenheim commençait à bouger. Il lui dit :

— Eh bien, baron, ça va mieux ? Tu ne connaissais pas ce coup-là, hein ? C'est ce que j'appelle le coup direct au plexus solaire, c'est-à-dire que ça vous mouche votre soleil vital, comme une chandelle. C'est propre, rapide, sans douleur… et infaillible. Tandis qu'un coup de poignard ?… Peuh ! il n'y a qu'à porter un petit gorgerin à mailles d'acier, comme j'en porte moi-même, et l'on se fiche de tout le monde, surtout de ton petit camarade noir, puisqu'il frappe toujours à la gorge, le monstre idiot ! Tiens, regarde son joujou favori… Des miettes !

Il lui tendit la main.

— Allons, relève-toi, baron. Je t'invite à dîner. Et veuille bien te rappeler le secret de ma supériorité : une âme intrépide dans un corps inattaquable.

Il rentra dans les salons du cercle, retint une table pour deux personnes, s'assit sur un divan et attendit l'heure du dîner en songeant :

« Évidemment la partie est amusante, mais ça devient dangereux. Il faut en finir… Sans quoi, ces animaux-là m'enverront au paradis plus tôt que je ne veux… L'embêtant, c'est que je ne peux rien faire contre eux avant d'avoir retrouvé le vieux Steinweg… Car, au fond, il n'y a que cela d'intéressant, le vieux Steinweg, et si je me cramponne au baron, c'est que j'espère toujours recueillir un indice quelconque… Que diable en ont-ils fait ? Il est hors de doute qu'Altenheim est en communication quotidienne avec lui, il est hors de doute qu'il tente l'impossible pour lui arracher des informations sur le projet Kesselbach. Mais où le voit-il ? Où l'a-t-il fourré ? chez des amis ? chez lui, au 29 de la villa Dupont ? »

Il réfléchit assez longtemps, puis alluma une cigarette dont il tira trois bouffées et qu'il jeta. Ce devait être un signal, car deux jeunes gens vinrent s'asseoir à côté de lui, qu'il semblait ne point connaître, mais avec lesquels il s'entretint furtivement.

C'étaient les frères Doudeville, en hommes du monde ce jour-là.

— Qu'y a-t-il, patron ?

— Prenez six de nos hommes, allez au 29 de la villa Dupont, et entrez.

— Fichtre ! Comment ?
— Au nom de la loi. N'êtes-vous pas inspecteurs de la Sûreté ? Une perquisition.
— Mais nous n'avons pas le droit…
— Prenez-le.
— Et les domestiques ? S'ils résistent ?
— Ils ne sont que quatre.
— S'ils crient ?
— Ils ne crieront pas.
— Si Altenheim revient ?
— Il ne reviendra pas avant dix heures. Je m'en charge. Ça vous fait deux heures et demie. C'est plus qu'il ne vous en faut pour fouiller la maison de fond en comble. Si vous trouvez le vieux Steinweg, venez m'avertir.

Le baron Altenheim s'approchait, il alla au-devant de lui.
— Nous dînons, n'est-ce pas ? Le petit incident du jardin m'a creusé l'estomac. À ce propos, mon cher baron, j'aurais quelques conseils à vous donner…

Ils se mirent à table.

Après le repas, Sernine proposa une partie de billard, qui fut acceptée. Puis, la partie de billard terminée, ils passèrent dans la salle de baccara. Le croupier justement clamait :
— La banque est à cinquante louis, personne n'en veut ?…
— Cent louis, dit Altenheim.

Sernine regarda sa montre. Dix heures. Les Doudeville n'étaient pas revenus. Donc les recherches demeuraient infructueuses.
— Banco, dit-il.

Altenheim s'assit et répartit les cartes.
— J'en donne.
— Non.
— Sept.
— Six.
— J'ai perdu, dit Sernine. Banco du double ?
— Soit, fit le baron.

Il distribua les cartes.
— Huit, dit Sernine.
— Neuf, abattit le baron.

Sernine tourna sur ses talons en murmurant :
— Ça me coûte trois cents louis, mais je suis tranquille, le voilà cloué sur place.

Un instant après, son auto le déposait devant le 29 de la villa Dupont, et, tout de suite, il trouva les Doudeville et leurs hommes réunis dans le vestibule.
— Vous avez déniché le vieux ?
— Non.
— Tonnerre ! Il est pourtant quelque part ! Où sont les domestiques ?
— Là, dans l'office, attachés.
— Bien. J'aime autant n'être pas vu. Partez tous. Jean, reste en bas et fais le guet. Jacques, fais-moi visiter la maison.

Rapidement, il parcourut la cave, le grenier. Il ne s'arrêtait pour ainsi dire point, sachant bien qu'il ne découvrirait pas en quelques minutes ce que ses hommes n'avaient pu découvrir en trois heures. Mais il enregistrait fidèlement la forme et l'enchaînement des pièces.

Quand il eut fini, il revint vers une chambre que Doudeville lui avait indiquée comme celle d'Altenheim, et l'examina attentivement.
— Voilà qui fera mon affaire, dit-il en soulevant un rideau qui masquait un cabinet noir rempli de vêtements. D'ici, je vois toute la chambre.
— Et si le baron fouille sa maison ?
— Pourquoi ?
— Mais il saura que l'on est venu, par ses domestiques.
— Oui, mais il n'imaginera pas que l'un de nous s'est installé chez lui. Il se dira que la tentative a manqué,

voilà tout. Par conséquent, je reste.

— Et comment sortirez-vous ?

— Ah ! tu m'en demandes trop. L'essentiel était d'entrer. Va, Doudeville, ferme les portes. Rejoins ton frère et filez… À demain… ou plutôt…

— Ou plutôt…

— Ne vous occupez pas de moi. Je vous ferai signe en temps voulu.

Il s'assit sur une petite caisse placée au fond du placard. Une quadruple rangée de vêtements suspendus le protégeait. Sauf le cas d'investigations, il était évidemment là en toute sûreté.

Dix minutes s'écoulèrent. Il entendit le trot sourd d'un cheval, du côté de la villa, et le bruit d'un grelot. Une voiture s'arrêta, la porte d'en bas claqua, et presque aussitôt il perçut des voix, des exclamations, toute une rumeur qui s'accentuait au fur et à mesure, probablement, qu'un des captifs était délivré de son bâillon.

— On s'explique, pensa-t-il… La rage du baron doit être à son comble… Il comprend maintenant la raison de ma conduite de ce soir, au cercle, et que je l'ai roulé proprement… Roulé, ça dépend, car enfin, Steinweg m'échappe toujours… Voilà la première chose dont il va s'occuper : lui a-t-on repris Steinweg ? Pour le savoir, il va courir à la cachette. S'il monte, c'est que la cachette est en haut. S'il descend, c'est qu'elle est dans les sous-sols.

Il écouta. Le bruit des voix continuait dans les pièces du rez-de-chaussée, mais il ne semblait point que l'on bougeât. Altenheim devait interroger ses acolytes. Ce ne fut qu'après une demi-heure que Sernine entendit des pas qui montaient l'escalier.

— Ce serait donc en haut, se dit-il, mais pourquoi ont-ils tant tardé ?

— Que tout le monde se couche, dit la voix d'Altenheim.

Le baron entra dans la chambre avec un de ses hommes et referma la porte.

— Et moi aussi, Dominique, je me couche. Quand nous discuterions toute la nuit, nous n'en serions pas plus avancés.

— Moi, mon avis, dit l'autre, c'est qu'il est venu pour chercher Steinweg.

— C'est mon avis, aussi, et c'est pourquoi je rigole, au fond, puisque Steinweg n'est pas là.

— Mais, enfin, où est-il ? Qu'est-ce que vous avez pu en faire ?

— Ça, c'est mon secret, et tu sais que, mes secrets, je les garde pour moi. Tout ce que je peux te dire, c'est que la prison est bonne et qu'il n'en sortira qu'après avoir parlé.

— Alors, bredouille, le prince ?

— Je te crois. Et encore, il a dû casquer pour arriver à ce beau résultat. Non, vrai, ce que je rigole !… Infortuné prince !

— N'importe, reprit l'autre, il faudrait bien s'en débarrasser.

— Sois tranquille, mon vieux, ça ne tardera pas. Avant huit jours, je t'offrirai un portefeuille d'honneur, fabriqué avec de la peau de Lupin. Laisse-moi me coucher, je tombe de sommeil.

Un bruit de porte qui se ferme. Puis Sernine entend le baron qui mettait le verrou, puis qui vidait ses poches, qui remontait sa montre et qui se déshabillait.

Il était joyeux, sifflotait et chantonnait, parlant même à haute voix.

— Oui, en peau de Lupin… et avant huit jours… avant quatre jours !… sans quoi c'est lui qui nous boulottera, le sacripant !… Ça ne fait rien, il a raté son coup ce soir… Le calcul était juste, pourtant… Steinweg ne peut être qu'ici… Seulement, voilà…

Il se mit au lit et tout de suite éteignit l'électricité. Sernine s'était avancé près du rideau, qu'il souleva légèrement, et il voyait la lumière vague de la nuit qui filtrait par les fenêtres, laissant le lit dans une obscurité profonde.

— Décidément, c'est moi la poire, se dit-il. Je me suis blousé jusqu'à la gauche. Dès qu'il ronflera, je m'esquive…

Mais un bruit étouffé l'étonna, un bruit dont il n'aurait pu préciser la nature et qui venait du lit. C'était comme un grincement, à peine perceptible d'ailleurs.

— Eh bien, Steinweg, où en sommes-nous ?

C'était le baron qui parlait ! Il n'y avait aucun doute que ce fût lui qui parlât, mais comment se pouvait-il qu'il parlât à Steinweg, puisque Steinweg n'était pas dans la chambre ?

Et Altenheim continua :

— Es-tu toujours intraitable ?… Oui ?… Imbécile ! Il faudra pourtant bien que tu te décides à raconter ce que tu sais… Non ?… Bonsoir, alors, et à demain…

— Je rêve, je rêve, se disait Sernine. Ou bien c'est lui qui rêve à haute voix. Voyons, Steinweg n'est pas à côté de lui, il n'est pas dans la chambre voisine, il n'est même pas dans la maison. Altenheim l'a dit… Alors, qu'est-ce que c'est que cette histoire ahurissante ?

Il hésita. Allait-il sauter sur le baron, le prendre à la gorge et obtenir de lui, par la force et la menace, ce qu'il n'avait pu obtenir par la ruse ? Absurdité ! Jamais Altenheim ne se laisserait intimider.

— Allons, je pars, murmura-t-il, j'en serai quitte pour une soirée perdue.

Il ne partit point. Il sentit qu'il lui était impossible de partir, qu'il devait attendre, que le hasard pouvait encore le servir.

Il décrocha avec des précautions infinies quatre ou cinq costumes et paletots, les étendit par terre, s'installa, et, le dos appuyé au mur, s'endormit le plus tranquillement du monde.

Le baron ne fut pas matinal. Une horloge quelque part sonna neuf coups quand il sauta du lit et fit venir son domestique.

Il lut le courrier que celui-ci apportait, s'habilla sans dire un mot, et se mit à écrire des lettres, pendant que le domestique suspendait soigneusement dans le placard les vêtements de la veille, et que Sernine, les poings en bataille, se disait :

— Voyons, faut-il que je défonce le plexus solaire de cet individu ?

À dix heures, le baron ordonna :

— Va-t'en !

— Voilà, encore ce gilet…

— Vas-t'en, je te dis. Tu reviendras quand je t'appellerai pas avant.

Il poussa la porte lui-même sur le domestique, attendit, en homme qui n'a guère confiance dans les autres, et, s'approchant d'une table où se trouvait un appareil téléphonique, il décrocha le récepteur.

— Allô… mademoiselle, je vous prie de me donner Garches… C'est cela, mademoiselle, vous me sonnerez…

Il resta près de l'appareil.

Sernine frémissait d'impatience. Le baron allait-il communiquer avec son mystérieux compagnon de crime ?

La sonnerie retentit.

— Allô, fit Altenheim… Ah ! c'est Garches… parfait… Mademoiselle, je voudrais le numéro 38… Oui, 38, deux fois quatre…

Et au bout de quelques secondes, la voix plus basse, aussi basse et aussi nette que possible, il prononça :

— Le numéro 38 ?… C'est moi, pas de mots inutiles… Hier ? /… Oui, tu l'as manqué dans le jardin… Une autre fois, évidemment… mais ça presse… il a fait fouiller la maison le soir… je te raconterai… Rien trouvé, bien entendu… Quoi ?… allô !… Non, le vieux Steinweg refuse de parler… les menaces, les promesses, rien n'y a fait… Allô… Eh oui, parbleu, il sait que nous ne pouvons rien… Nous ne connaissons le projet de Kesselbach et l'histoire de Pierre Leduc qu'en partie… Lui seul a le mot de l'énigme… Oh ! il parlera, ça j'en réponds… et cette nuit même sans quoi… Eh ! qu'est-ce que tu veux, tout plutôt que de le laisser échapper ! Vois-tu que le prince nous le chipe ! Oh ! celui-là, dans trois jours, il faut qu'il ait son compte… Tu as une idée ?… En effet… l'idée est bonne. Oh ! oh ! excellente… je vais m'en occuper… Quand se voit-on ? mardi, veux-tu ? Ça va. Je viendrai mardi… à deux heures…

Il remit l'appareil en place et sortit. Sernine l'entendit qui donnait des ordres.

— Attention, cette fois, hein ? ne vous laissez pas pincer bêtement comme hier, je ne rentrerai pas avant la nuit.

La lourde porte du vestibule se referma, puis ce fut le claquement de la grille dans le jardin et le grelot d'un cheval qui s'éloignait.

Après vingt minutes, deux domestiques survinrent, qui ouvrirent les fenêtres et firent la chambre, en bavardant de choses quelconques.

Quand ils furent partis, Sernine attendit encore assez longtemps, jusqu'à l'heure présumée de leur repas. Puis, les supposant dans la cuisine, attablés, il se glissa hors du placard et se mit à inspecter le lit et la muraille à laquelle ce lit était adossé.

— Bizarre, dit-il, vraiment bizarre… Il n'y a rien là de particulier. Le lit n'a aucun double fond… Dessous, pas de trappe. Voyons la chambre voisine.

Doucement, il passa à côté. C'était une pièce vide, sans aucun meuble.

— Ce n'est pas là que gîte le vieux… Dans l'épaisseur de ce mur ? Impossible, c'est plutôt une cloison, très mince. Sapristi ! Je n'y comprends rien, moi.

Pouce par pouce, il interrogea le plancher, le mur, le lit, perdant son temps à des expériences inutiles. Décidément, il y avait là un truc, fort simple peut-être, mais que, pour l'instant, il ne saisissait pas.

— À moins que, se dit-il, Altenheim n'ait positivement déliré… C'est la seule supposition acceptable. Et, pour la vérifier, je n'ai qu'un moyen, c'est de rester. Et je reste. Advienne que pourra.

De crainte d'être surpris, il réintégra son repaire et n'en bougea plus, rêvassant et sommeillant, tourmenté, d'ailleurs, par une faim violente.

Et le jour baissa. Et l'obscurité vint.

Altenheim ne rentra qu'après minuit. Il monta dans sa chambre, seul cette fois, se dévêtit, se coucha, et, aussitôt, comme la veille, éteignit l'électricité.

Même attente anxieuse. Même petit grincement inexplicable. Et, de sa même voix railleuse, Altenheim articula :

— Et alors, comment ça va, l'ami… Des injures ?… Mais non, mais non, mon vieux, ce n'est pas du tout ce qu'on te demande ! Tu fais fausse route. Ce qu'il me faut, ce sont de bonnes confidences, bien complètes, bien détaillées, concernant tout ce que tu as révélé à Kesselbach… l'histoire de Pierre Leduc, etc… C'est clair ?…

Sernine écoutait avec stupeur. Il n'y avait pas à se tromper, cette fois : le baron s'adressait *réellement* au vieux Steinweg. Colloque impressionnant ! Il lui semblait surprendre le dialogue mystérieux d'un vivant et d'un mort, une conversation avec un être innommable, respirant dans un autre monde, un être invisible, impalpable, inexistant.

Le baron reprit, ironique et cruel :

— Tu as faim ? Mange donc, mon vieux. Seulement, rappelle-toi que je t'ai donné d'un coup toute ta provision de pain, et que, en la grignotant, à raison de quelques miettes en vingt-quatre heures, tu en as tout au plus pour une semaine… Mettons dix jours !… Dans dix jours, couic, il n'y aura plus de père Steinweg. À moins que d'ici là tu aies consenti à parler. Non ? On verra ça demain… Dors, mon vieux.

Le lendemain, à une heure, après une nuit et une matinée sans incident, le prince Sernine sortait paisiblement de la villa Dupont et, la tête faible, les jambes molles, tout en se dirigeant vers le plus proche restaurant, il résumait la situation :

— Ainsi, mardi prochain, Altenheim et l'assassin du Palace Hôtel ont rendez-vous à Garches dans une maison dont le téléphone porte le numéro 38. C'est donc mardi que je livrerai les deux coupables et que je délivrerai M. Lenormand. Le soir même, ce sera le tour du vieux Steinweg, et j'apprendrai enfin si Pierre Leduc est, oui ou non, le fils d'un charcutier, et si je peux dignement en faire le mari de Geneviève. Ainsi soit-il !

Le mardi matin, vers onze heures, Valenglay, président du Conseil, faisait venir le Préfet de Police, le sous-chef de la Sûreté, M. Weber, et leur montrait un pneumatique, signé prince Sernine, qu'il venait de recevoir.

« Monsieur le Président du Conseil,

« Sachant tout l'intérêt que vous portiez à M. Lenormand, je viens vous mettre au courant des faits que le hasard m'a révélés.

« M. Lenormand est enfermé dans les caves de la villa des Glycines, à Garches, auprès de la maison de Retraite.

« Les bandits du Palace-Hôtel ont résolu de l'assassiner aujourd'hui à deux heures.

« Si la police a besoin de mon concours, je serai à une heure et demie dans le jardin de la maison de Retraite, ou chez Mme Kesselbach, dont j'ai l'honneur d'être l'ami.

« Recevez, Monsieur le Président du Conseil, etc.

« Signé : PRINCE SERNINE. »

— Voilà qui est extrêmement grave, mon cher monsieur Weber, fit Valenglay. J'ajouterai que nous devons avoir toute confiance dans les affirmations du prince Paul Sernine. J'ai dîné plusieurs fois avec lui. C'est un homme sérieux, intelligent…

— Voulez-vous me permettre, monsieur le Président, dit le sous-chef de la Sûreté, de vous communiquer une autre lettre que j'ai reçue également ce matin ?

— Sur la même affaire ?

— Oui.
— Voyons.

Il prit la lettre et lut :

« Monsieur,

« Vous êtes averti que le prince Paul Sernine, qui se dit l'ami de Mme Kesselbach, n'est autre qu'Arsène Lupin.

« Une seule preuve suffira : Paul Sernine est l'anagramme d'Arsène Lupin. Ce sont les mêmes lettres. Il n'y en a pas une de plus, pas une de moins.

« Signé : L.M. »

Et M. Weber ajouta, tandis que Valenglay restait confondu :

— Pour cette fois, notre ami Lupin trouve un adversaire à sa taille. Pendant qu'il le dénonce, l'autre nous le livre. Et voilà le renard pris au piège.

— Et alors ? dit Valenglay.

— Et alors, monsieur le Président, nous allons tâcher de les mettre d'accord tous les deux… Et, pour cela, j'emmène deux cents hommes.

La redingote olive

I

Midi et quart. Un restaurant près de la Madeleine. Le prince déjeune. À la table voisine, deux jeunes gens s'assoient. Il les salue, et se met à leur parler comme à des amis de rencontre.

— Vous êtes de l'expédition, hein ?
— Oui.
— Combien d'hommes en tout ?
— Six, paraît-il. Chacun y va de son côté. Rendez-vous à une heure trois quarts avec M. Weber près de la maison de Retraite.
— Bien, j'y serai.
— Quoi ?
— N'est-ce pas moi qui dirige l'expédition ? Et ne faut-il pas que ce soit moi qui retrouve M. Lenormand puisque je l'ai annoncé publiquement ?
— Vous croyez donc, patron, que M. Lenormand n'est pas mort ?
— J'en suis sûr. Oui, depuis hier, j'ai la certitude qu'Altenheim et sa bande ont conduit M. Lenormand et Gourel sur le pont de Bougival et qu'ils les ont jetés par-dessus bord. Gourel a coulé, M. Lenormand s'en est tiré. Je fournirai toutes les preuves nécessaires quand le moment sera venu.
— Mais alors, s'il est vivant, pourquoi ne se montre-t-il pas ?
— Parce qu'il n'est pas libre.
— Ce serait donc vrai ce que vous avez dit ? Il se trouve dans les caves de la villa des Glycines ?
— J'ai tout lieu de le croire.
— Mais comment savez-vous ?… Quel indice ?…
— C'est mon secret. Ce que je puis vous annoncer, c'est que le coup de théâtre sera… comment dirais-je… sensationnel. Vous avez fini ?
— Oui.
— Mon auto est derrière la Madeleine. Rejoignez-moi.

À Garches, Sernine renvoya la voiture, et ils marchèrent jusqu'au sentier qui conduisait à l'école de Geneviève. Là, il s'arrêta.

— Écoutez-moi bien, les enfants. Voici qui est de la plus haute importance. Vous allez sonner à la maison de Retraite. Comme inspecteurs, vous avez vos entrées, n'est-ce pas ? Vous irez au pavillon Hortense, celui qui est inoccupé. Là, vous descendrez dans le sous-sol, et vous trouverez un vieux volet qu'il suffit de soulever pour dégager l'orifice d'un tunnel que j'ai découvert ces jours-ci, et qui établit une communication directe avec la villa des Glycines. C'est par là que Gertrude et que le baron Altenheim se retrouvaient. Et c'est par là que M. Lenormand a passé, pour, en fin de compte, tomber entre les mains de ses ennemis.

— Vous croyez, patron ?
— Oui, je le crois. Et maintenant, voilà de quoi il s'agit. Vous allez vous assurer que le tunnel est

exactement dans l'état où je l'ai laissé cette nuit, que les deux portes qui le barrent sont ouvertes, et qu'il y a toujours, dans un trou situé près de la deuxième porte, un paquet enveloppé de serge noire que j'y ai déposé moi-même.

— Faudra-t-il défaire le paquet ?

— Inutile, ce sont des vêtements de rechange. Allez, et qu'on ne vous remarque pas trop. Je vous attends.

Dix minutes plus tard, ils étaient de retour.

— Les deux portes sont ouvertes, fit Doudeville.

— Le paquet de serge noire ?

— À sa place, près de la deuxième porte.

— Parfait ! Il est une heure vingt-cinq. Weber va débarquer avec ses champions. On surveille la villa. On la cerne dès qu'Altenheim y est entré. Moi, d'accord avec Weber, je sonne, on m'ouvre, me voici dans la place. Là, j'ai mon plan. Allons, j'ai idée qu'on ne s'embêtera pas.

Et Sernine, les ayant congédiés, s'éloigna par le sentier de l'école, tout en monologuant.

— Tout est pour le mieux. La bataille va se livrer sur le terrain choisi par moi. Je la gagne fatalement, et je me débarrasse de mes deux adversaires, et je me trouve seul engagé dans l'affaire Kesselbach… seul, avec deux beaux atouts : Pierre Leduc et Steinweg… En plus, le Roi… c'est-à-dire Bibi. Seulement, il y a un cheveu… Qu'est-ce que peut bien faire Altenheim ? Évidemment, il a, lui aussi, son plan d'attaque. Par où m'attaque-t-il ? Et comment admettre qu'il ne m'ait pas encore attaqué ? C'est inquiétant. M'aurait-il dénoncé à la police ?

Il longea le petit préau de l'école, dont les élèves étaient alors en classe, et il heurta la porte d'entrée.

— Tiens, te voilà ! dit Mme Ernemont, en ouvrant. Tu as donc laissé Geneviève à Paris ?

— Pour cela il eût fallu que Geneviève fût à Paris, répondit-il.

— Mais elle y a été, puisque tu l'as fait venir.

— Qu'est-ce que tu dis ? s'exclama-t-il, en lui empoignant le bras.

— Comment ? mais tu le sais mieux que moi !…

— Je ne sais rien… je ne sais rien… Parle !…

— N'as-tu pas écrit à Geneviève de te rejoindre à la gare Saint-Lazare ?

— Et elle est partie ?

— Mais oui… Vous deviez déjeuner ensemble à l'hôtel Ritz…

— La lettre… fais voir la lettre.

Elle monta la chercher et la lui donna.

— Mais, malheureuse, tu n'as donc pas vu que c'était un faux ? L'écriture est bien imitée… mais c'est un faux… Cela saute aux yeux.

Il se colla les poings contre les tempes avec rage :

— Le voilà le coup que je demandais. Ah ! le misérable ! C'est par elle qu'il m'attaque… Mais comment sait-il ? Eh ! non, il ne sait pas… Voilà deux fois qu'il tente l'aventure et c'est pour Geneviève, parce qu'il s'est pris de béguin pour elle… Oh ! cela non, jamais ! écoute, Victoire… Tu es sûre qu'elle ne l'aime pas ?… Ah ça ! mais je perds la tête ! Voyons… voyons… il faut que je réfléchisse ce n'est pas le moment…

Il consulta sa montre.

— Une heure trente-cinq, j'ai le temps… Imbécile ! le temps de quoi faire ? Est-ce que je sais où elle est ?

Il allait et venait, comme un fou, et sa vieille nourrice semblait stupéfaite de le voir aussi agité, aussi peu maître de lui.

— Après tout, dit-elle, rien ne prouve qu'elle n'ait pas flairé le piège, au dernier instant…

— Où serait-elle ?

— Je l'ignore peut-être chez Mme Kesselbach…

— C'est vrai, c'est vrai, tu as raison, s'écria-t-il, plein d'espoir soudain.

Et il partit en courant vers la maison de Retraite.

Sur la route, près de la porte, il rencontra les frères Doudeville qui entraient chez la concierge, dont la loge avait vue sur la route, ce qui leur permettait de surveiller les abords des Glycines. Sans s'arrêter, il alla droit au pavillon de l'Impératrice, appela Suzanne, et se fit conduire chez Mme Kesselbach.

— Geneviève ? dit-il.

— Geneviève ?

— Oui, elle n'est pas venue ?

— Non, voici même plusieurs jours.

— Mais elle doit venir, n'est-ce pas ?

— Vous croyez ?

— Mais j'en suis sûr. Où voulez-vous qu'elle soit ? Rappelez-vous ?...

— J'ai beau chercher. Je vous assure que Geneviève et moi nous ne devions pas nous voir.

Et subitement effrayée :

— Mais vous n'êtes pas inquiet ? Il n'est rien arrivé à Geneviève ?

— Non, rien.

Il était parti déjà. Une idée l'avait heurté. Si le baron Altenheim n'était pas à la villa des Glycines ? Si l'heure du rendez-vous avait été changée ?

— Il faut que je le voie... se disait-il... il le faut, à tout prix.

Et il courait, l'allure désordonnée, indifférent à tout. Mais, devant la loge, il recouvra instantanément son sang-froid : il avait aperçu le sous-chef de la Sûreté, qui parlait dans le jardin avec les frères Doudeville.

S'il avait eu sa clairvoyance habituelle, il eût surpris le petit tressaillement qui agita M. Weber à son approche, mais il ne vit rien.

— Monsieur Weber, n'est-ce pas ? dit-il.

— Oui... À qui ai-je l'honneur ?...

— Le prince Sernine.

— Ah ! très bien, M. le Préfet de police m'a averti du service considérable que vous nous rendiez, monsieur.

— Ce service ne sera complet que quand j'aurai livré les bandits.

— Cela ne va pas tarder. Je crois que l'un de ces bandits vient d'entrer... un homme assez fort, avec un monocle...

— En effet, c'est le baron Altenheim. Vos hommes sont là, monsieur Weber ?

— Oui, cachés sur la route, à deux cents mètres de distance.

— Eh bien, monsieur Weber, il me semble que vous pourriez les réunir et les amener devant cette loge. De là nous irons jusqu'à la villa. Je sonnerai. Comme le baron Altenheim me connaît, je suppose que l'on m'ouvrira, et j'entrerai... avec vous.

— Le plan est excellent, dit M. Weber. Je reviens tout de suite.

Il sortit du jardin et s'en alla par la route, du côté opposé aux Glycines.

Rapidement, Sernine empoigna l'un des frères Doudeville par le bras.

— Cours après lui, Jacques... Occupe-le le temps que j'entre aux Glycines... Et puis retarde l'assaut... le plus possible... invente des prétextes... Il me faut dix minutes... Qu'on entoure la villa... mais qu'on n'y entre pas. Et toi, Jean, va te poster dans le pavillon Hortense, à l'issue du souterrain. Si le baron veut sortir par là, casse-lui la tête.

Les Doudeville s'éloignèrent. Le prince se glissa dehors, et courut jusqu'à une haute grille, blindée de fer, qui était l'entrée des Glycines.

Sonnerait-il ?

Autour de lui, personne. D'un bond il s'élança sur la grille, en posant son pied au rebord de la serrure, et, s'accrochant aux barreaux, s'arc-boutant avec ses genoux, se hissant à la force des poignets, il parvint, au risque de retomber sur la pointe aiguë des barreaux, à franchir la grille et à sauter.

Il y avait une cour pavée qu'il traversa rapidement, et il monta les marches d'un péristyle à colonnes sur lequel donnaient des fenêtres qui, toutes, étaient recouvertes, jusqu'aux impostes, de volets pleins.

Comme il réfléchissait au moyen de s'introduire dans la maison, la porte fut entrebâillée avec un bruit de fer qui lui rappela la porte de la villa Dupont, et Altenheim apparut.

— Dites donc, prince, c'est comme cela que vous pénétrez dans les propriétés particulières ? Je vais être contraint de recourir aux gendarmes, mon cher.

Sernine le saisit à la gorge, et le renversant contre une banquette :

— Geneviève... Où est Geneviève ? Si tu ne me dis pas ce que tu as fait d'elle, misérable !...

— Je te prie de remarquer, bégaya le baron, que tu me coupes la parole.

Sernine le lâcha.

— Au fait !... Et vite !... Réponds... Geneviève ?...

— Il y a une chose, répliqua le baron, qui est beaucoup plus urgente, surtout quand il s'agit de gaillards de notre espèce, c'est d'être chez soi...

Et, soigneusement, il repoussa la porte qu'il barricada de verrous. Puis, conduisant Sernine dans le salon voisin, un salon sans meubles, sans rideaux, il lui dit :

— Maintenant, je suis ton homme. Qu'y a-t-il pour ton service, prince ?

— Geneviève ?

— Elle se porte à merveille.

— Ah ! tu avoues ?...

— Parbleu ! Je te dirai même que ton imprudence à cet égard m'a étonné. Comment n'as-tu pas pris quelques précautions ? Il était inévitable...

— Assez ! Où est-elle ?

— Tu n'es pas poli.

— Où est-elle ?

— Entre quatre murs, libre...

— Libre ?...

— Oui, libre d'aller d'un mur à l'autre.

— Villa Dupont, sans doute ? Dans la prison que tu as imaginée pour Steinweg ?

— Ah ! tu sais... Non, elle n'est pas là.

— Mais où alors ? Parle, sinon...

— Voyons, mon prince, crois-tu que je serai assez bête pour te livrer le secret par lequel je te tiens ? Tu aimes la petite...

— Tais-toi ! s'écria Sernine, hors de lui... Je te défends...

— Et après ? c'est donc un déshonneur ? Je l'aime bien, moi, et j'ai bien risqué...

Il n'acheva pas, intimidé par la colère effrayante de Sernine, colère contenue, silencieuse, qui lui bouleversait les traits.

Ils se regardèrent longtemps, chacun d'eux cherchant le point faible de l'adversaire. À la fin, Sernine s'avança et, d'une voix nette, en homme qui menace plutôt qu'il ne propose un pacte :

— Écoute-moi. Tu te rappelles l'offre d'association que tu m'as faite ? L'affaire Kesselbach pour nous deux... on marcherait ensemble... on partagerait les bénéfices... J'ai refusé... J'accepte aujourd'hui...

— Trop tard.

— Attends. J'accepte mieux que cela : j'abandonne l'affaire... je ne me mêle plus de rien... tu auras tout... Au besoin je t'aiderai.

— La condition ?

— Dis-moi où se trouve Geneviève ?

L'autre haussa les épaules.

— Tu radotes, Lupin. Ça me fait de la peine... à ton âge...

Une nouvelle pause entre les deux ennemis, terrible.

Le baron ricana :

— C'est tout de même une sacrée jouissance de te voir ainsi pleurnicher et demandant l'aumône. Dis donc, j'ai idée que le simple soldat est en train de flanquer une pile à son général.

— Imbécile, murmura Sernine.

— Prince, je t'enverrai mes témoins ce soir... si tu es encore de ce monde.

— Imbécile ! répéta Sernine avec un mépris infini.

— Tu aimes mieux en finir tout de suite ? À ta guise, mon prince, ta dernière heure est venue. Tu peux recommander ton âme à Dieu. Tu souris ? C'est un tort. J'ai sur toi un avantage immense : je tue... au besoin...

— Imbécile ! redit encore une fois Sernine.

Il tira sa montre.

— Deux heures, baron. Tu n'as plus que quelques minutes. À deux heures cinq, deux heures dix au plus tard, M. Weber et une demi-douzaine d'hommes solides, sans scrupules, forceront l'entrée de ton repaire et te mettront la main au collet... Ne souris pas, toi non plus. L'issue sur laquelle tu comptes est découverte, je la connais, elle est gardée. Tu es donc bel et bien pris. C'est l'échafaud, mon vieux.

Altenheim était livide. Il balbutia :

— Tu as fait ça ?... Tu as eu l'infamie...

— La maison est cernée. L'assaut est imminent. Parle et je te sauve.

— Comment ?

— Les hommes qui gardent l'issue du pavillon sont à moi. Je te donne un mot pour eux, et tu es sauvé. Parle.

Altenheim réfléchit quelques secondes, parut hésiter, mais, soudain résolu, déclara :

— C'est de la blague. Tu n'auras pas été assez naïf pour te jeter toi-même dans la gueule du loup.

— Tu oublies Geneviève. Sans elle, crois-tu que je serais là ? Parle.

— Non.

— Soit. Attendons, dit Sernine. Une cigarette ?

— Volontiers.

II

— Tu entends ? dit Sernine après quelques secondes.

— Oui… Oui… fit Altenheim en se levant.

Des coups retentissaient à la grille. Sernine prononça :

— Même pas les sommations d'usage… aucun préliminaire… Tu es toujours décidé ?

— Plus que jamais.

— Tu sais que, avec les instruments qu'ils ont, il n'y en a pas pour longtemps ?

— Ils seraient dans cette pièce que je te refuserais.

La grille céda. On entendit le grincement des gonds.

— Se laisser pincer, reprit Sernine, je l'admets, mais qu'on tende soi-même les mains aux menottes, c'est trop idiot. Voyons, ne t'entête pas. Parle, et file.

— Et toi ?

— Moi je reste. Qu'ai-je à craindre ?

— Regarde.

Le baron lui désignait une fente à travers les volets. Sernine y appliqua son œil et recula avec un sursaut :

— Ah ! bandit, toi aussi, tu m'as dénoncé ! Ce n'est pas dix hommes, c'est cinquante, cent, deux cents hommes que Weber amène…

Le baron riait franchement :

— Et s'il y en a tant, c'est qu'il s'agit de Lupin, évidemment. Une demi-douzaine suffisait pour moi.

— Tu as prévenu la police ?

— Oui.

— Quelle preuve as-tu donnée ?

— Ton nom… Paul Sernine, c'est-à-dire Arsène Lupin.

— Et tu as découvert ça tout seul, toi ?… ce à quoi personne n'a jamais pensé ? Allons donc ! C'est l'autre, avoue-le.

Il regardait par la fente. Des nuées d'agents se répandaient autour de la villa, et ce fut à la porte maintenant que des coups résonnèrent.

Il fallait cependant songer, ou bien à la retraite, ou bien à l'exécution du projet qu'il avait imaginé. Mais, s'éloigner, ne fût-ce qu'un instant, c'était laisser Altenheim, et qui pouvait assurer que le baron n'avait pas à sa disposition une autre issue pour s'enfuir ? Cette idée bouleversa Sernine. Le baron libre ! le baron maître de retourner auprès de Geneviève, et de la torturer, et de l'asservir à son odieux amour !

Entravé dans ses desseins, contraint d'improviser un nouveau plan, à la seconde même, et en subordonnant tout au danger que courait Geneviève, Sernine passa là un moment d'indécision atroce. Les yeux fixés aux yeux du baron, il eût voulu lui arracher son secret et partir, et il n'essayait même plus de le convaincre, tellement toute parole lui semblait inutile. Et, tout en poursuivant ses réflexions, il se demandait ce que pouvaient être celles du baron, quels étaient ses armes, son espoir de salut.

La porte du vestibule, quoique fortement verrouillée, quoique blindée de fer, commençait à s'ébranler.

Les deux hommes étaient devant cette porte, immobiles. Le bruit des voix, le sens des mots leur parvenaient.

— Tu parais bien sûr de toi, dit Sernine.

— Parbleu ! s'écria l'autre en lui donnant un croc-en-jambe qui le fit tomber, et en prenant la fuite.

Sernine se releva aussitôt, franchit sous le grand escalier une petite porte par où Altenheim avait disparu, et, dégringolant les marches de pierre, descendit au sous-sol…

Un couloir… une salle vaste et basse, presque obscure… le baron était à genoux, soulevant le battant d'une trappe.

— Idiot, s'écria Sernine en se jetant sur lui, tu sais bien que nous trouverons mes hommes au bout de ce tunnel, et ils ont l'ordre de te tuer comme un chien… À moins que… à moins que tu n'aies une issue qui s'amorce sur celle-là… Eh ! voilà, pardieu ! j'ai deviné… et tu t'imagines…

La lutte était acharnée. Altenheim, véritable colosse doué d'une musculature exceptionnelle, avait ceinturé son adversaire, lui paralysant les bras et cherchant à l'étouffer.

— évidemment… évidemment… articulait celui-ci avec peine, évidemment, c'est bien combiné… Tant que je ne pourrai pas me servir de mes mains pour te casser quelque chose, tu auras l'avantage… Mais seulement… pourras-tu ?

Il eut un frisson. La trappe, qui s'était refermée, et sur le battant de laquelle ils pesaient de tout leur poids, la trappe paraissait bouger sous eux. Il sentait les efforts que *l'on* faisait pour la soulever, et le baron devait le sentir aussi, car il essayait désespérément de déplacer le terrain du combat pour que la trappe pût s'ouvrir.

— C'est *l'autre* ! pensa Sernine avec la sorte d'épouvante irraisonnée que lui causait cet être mystérieux… C'est l'autre… S'il passe, je suis perdu.

Par des gestes insensibles, Altenheim avait réussi à se déplacer, et il tâchait d'entraîner son adversaire. Mais celui-ci s'accrochait par les jambes aux jambes du baron, en même temps que, peu à peu, il s'ingéniait à dégager une de ses mains.

Au-dessus d'eux, de grands coups, comme des coups de bélier…

— J'ai cinq minutes, pensa Sernine Dans une minute, il faut que ce gaillard-là…

Et tout haut :

— Attention, mon petit. Tiens-toi bien.

Il rapprocha ses genoux l'un de l'autre avec une énergie incroyable. Le baron hurla, l'une de ses cuisses tordue.

Alors, Sernine, mettant à profit la souffrance de son adversaire, fit un effort, dégagea sa main droite et le prit à la gorge.

— Parfait ! Comme cela, nous sommes bien mieux à notre aise… Non, pas la peine de chercher ton couteau… sans quoi je t'étrangle comme un poulet. Tu vois, j'y mets des formes… Je ne serre pas trop… juste assez pour que tu n'aies même pas envie de gigoter.

Tout en parlant, il sortait de sa poche une cordelette très fine et, d'une seule main, avec une habileté extrême, il lui attachait les poignets. À bout de souffle, d'ailleurs, le baron n'opposait plus aucune résistance. En quelques gestes précis, Sernine le ficela solidement.

— Comme tu es sage ! À la bonne heure ! Je ne te reconnais plus. Tiens, au cas où tu voudrais t'échapper, voilà un rouleau de fil de fer qui va compléter mon petit travail… Les poignets d'abord… Les chevilles, maintenant… Ça y est… Dieu ! que tu es gentil !

Le baron s'était remis peu à peu. Il bégaya :

— Si tu me livres, Geneviève mourra.

— Vraiment !… Et comment ?… Explique-toi…

— Elle est enfermée. Personne ne connaît sa retraite. Moi supprimé, elle mourra de faim… Comme Steinweg…

Sernine frissonna. Il reprit :

— Oui, mais tu parleras.

— Jamais.

— Si, tu parleras. Pas maintenant, c'est trop tard, mais cette nuit.

Il se pencha sur lui et tout bas, à l'oreille, il prononça :

— Écoute, Altenheim, et comprends-moi bien. Tout à l'heure tu vas être pincé. Ce soir tu coucheras au Dépôt. Cela est fatal, irrévocable. Moi-même je ne puis plus rien y changer. Et demain, on t'emmènera à la Santé, et plus tard, tu sais où ?… Eh bien, je te donne encore une chance de salut. Cette nuit, tu entends, cette nuit, je pénétrerai dans ta cellule, au Dépôt, et tu me diras où est Geneviève. Deux heures après, si tu n'as pas menti, tu seras libre. Sinon… c'est que tu ne tiens pas beaucoup à ta tête.

L'autre ne répondit pas. Sernine se releva et écouta. Là-haut, un grand fracas. La porte d'entrée cédait. Des pas martelèrent les dalles du vestibule et le plancher du salon. M. Weber et ses hommes cherchaient.

— Adieu, baron, réfléchis jusqu'à ce soir. La cellule est bonne conseillère.

Il poussa son prisonnier, de façon à dégager la trappe et il souleva celle-ci. Comme il s'y attendait, il n'y avait plus personne en dessous, sur les marches de l'escalier.

Il descendit, en ayant soin de laisser la trappe ouverte derrière lui, comme s'il avait eu l'intention de revenir.

Il y avait vingt marches, puis, en bas, c'était le commencement du couloir que M. Lenormand et Gourel avaient parcouru en sens inverse.

Il s'y engagea et poussa un cri. Il lui avait semblé deviner la présence de quelqu'un.

Il alluma sa lanterne de poche. Le couloir était vide.

Alors, il arma son revolver et dit à haute voix :

— Tant pis pour toi... Je fais feu.

Aucune réponse. Aucun bruit.

— C'est une illusion sans doute, pensa-t-il. Cet être-là m'obsède. Allons, si je veux réussir et gagner la porte, il faut me hâter... Le trou, dans lequel j'ai mis le paquet de vêtements, n'est pas loin. Je prends le paquet et le tour est joué... Et quel tour ! un des meilleurs de Lupin...

Il rencontra une porte qui était ouverte et tout de suite s'arrêta. À droite il y avait une excavation, celle que M. Lenormand avait pratiquée pour échapper à l'eau qui montait.

Il se baissa et projeta sa lumière dans l'ouverture.

— Oh ! fit-il en tressaillant... Non, ce n'est pas possible... C'est Doudeville qui aura poussé le paquet plus loin.

Mais il eut beau chercher, scruter les ténèbres. Le paquet n'était plus là, et il ne douta pas que ce fût encore l'être mystérieux qui l'eût dérobé.

— Dommage ! la chose était si bien arrangée ! l'aventure reprenait son cours naturel, et j'arrivais au bout plus sûrement... Maintenant il s'agit de me trotter au plus vite... Doudeville est au pavillon... Ma retraite est assurée... Plus de blagues, il faut se dépêcher et remettre la chose sur pied, si possible... Et après, on s'occupera de *lui*... Ah ! qu'il se gare de mes griffes, *celui-là*.

Mais une exclamation de stupeur lui échappa ; il arrivait à l'autre porte, et cette porte, la dernière avant le pavillon, était fermée.

Il se rua contre elle. À quoi bon ? Que pouvait-il faire ?

— Cette fois-ci, murmura-t-il, je suis bien fichu.

Et, pris d'une sorte de lassitude, il s'assit. Il avait l'impression de sa faiblesse en face de l'être mystérieux. Altenheim ne comptait guère. Mais l'autre, ce personnage de ténèbres et de silence, l'autre le dominait, bouleversait toutes ses combinaisons, et l'épuisait par ses attaques sournoises et infernales.

Il était vaincu.

Weber le trouverait là, comme une bête acculée, au fond de sa caverne.

III

— Ah ! non, non ! fit-il en se redressant d'un coup. S'il n'y avait que moi, peut-être !... mais il y a Geneviève, Geneviève, qu'il faut sauver cette nuit... Après tout, rien n'est perdu... Si *l'autre* s'est éclipsé tout à l'heure, c'est qu'il existe une seconde issue dans les parages. Allons, allons, Weber et sa bande ne me tiennent pas encore.

Déjà il explorait le tunnel, et, sa lanterne en main, étudiait les briques dont les parois étaient formées, quand un cri parvint jusqu'à lui, un cri horrible, abominable, qui le fit frémir d'angoisse.

Cela provenait du côté de la trappe.

Et il se rappela soudain qu'il avait laissé cette trappe ouverte alors qu'il avait l'intention de remonter dans la villa des Glycines.

Il se hâta de retourner, franchit la première porte. En route, sa lanterne étant éteinte, il sentit quelque chose, quelqu'un plutôt qui frôlait ses genoux, quelqu'un qui rampait le long du mur. Et aussitôt, il eut l'impression que cet être disparaissait, s'évanouissait, il ne savait pas où.

À cet instant, il heurta une marche.

— C'est là l'issue, pensa-t-il, la seconde issue par où *il* passe.

En haut, le cri retentit de nouveau, moins fort, suivi de gémissements, de râles...

Il monta l'escalier en courant, surgit dans la salle basse et se précipita sur le baron.

Altenheim agonisait, la gorge en sang. Ses liens étaient coupés, mais les fils de fer qui attachaient ses poignets et ses chevilles étaient intacts. *Ne pouvant le délivrer, son complice l'avait égorgé.*

Sernine contemplait ce spectacle avec effroi. Une sueur le glaçait. Il songeait à Geneviève emprisonnée, sans secours, puisque le baron, seul, connaissait sa retraite.

Distinctement il entendit que les agents ouvraient la petite porte dérobée du vestibule. Distinctement, il les entendit qui descendaient l'escalier de service.

Il n'était plus séparé d'eux que par une porte, celle de la salle basse où il se trouvait. Il la verrouilla au moment même où les agresseurs empoignaient le loquet.

La trappe était ouverte à côté de lui... C'était le salut possible, puisqu'il y avait encore la seconde issue.

— Non, se dit-il, Geneviève d'abord. Après, si j'ai le temps, je songerai à moi...

Et, s'agenouillant, il posa la main sur la poitrine du baron.

Le cœur palpitait encore.

Il s'inclina davantage :

— Tu m'entends, n'est-ce pas ?

Les paupières battirent faiblement.

Il y avait un souffle de vie dans le moribond. De ce semblant d'existence, pouvait-on tirer quelque chose ?

La porte, dernier rempart, fut attaquée par les agents.

Sernine murmura :

— Je te sauverai j'ai des remèdes infaillibles... Un mot, seulement... Geneviève ?...

On eût dit que cette parole d'espoir suscitait de la force. Altenheim essaya d'articuler.

— Réponds, exigeait Sernine, réponds et je te sauve... C'est la vie aujourd'hui... la liberté demain... Réponds !

La porte tremblait sous les coups.

Le baron ébaucha des syllabes inintelligibles. Penché sur lui, effaré, toute son énergie, toute sa volonté tendues, Sernine haletait d'angoisse. Les agents, sa capture inévitable, la prison, il n'y songeait même pas, mais Geneviève... Geneviève mourant de faim, et qu'un mot de ce misérable pouvait délivrer !

— Réponds, il le faut...

Il ordonnait, il suppliait. Altenheim bégaya, comme hypnotisé, vaincu par cette autorité indomptable :

— Ri... Rivoli...

— Rue de Rivoli, n'est-ce pas ? Tu l'as enfermée dans une maison de cette rue... Quel numéro ?

Un vacarme... des hurlements de triomphe... porte s'était abattue.

— Sautez dessus, cria M. Weber, qu'on l'empoigne ! qu'on les empoigne tous les deux !

Et Sernine à genoux :

— Le numéro... réponds... Si tu l'aimes, réponds... Pourquoi te taire maintenant ?

— Vingt... Vingt-sept... souffla le baron.

Des mains touchaient Sernine. Dix revolvers le menaçaient.

Il fit face aux agents, qui reculèrent avec une peur instinctive.

— Si tu bouges, Lupin, cria M. Weber, l'arme braquée, je te brûle.

— Ne tire pas, dit Sernine gravement, c'est inutile, je me rends.

— Des blagues ! C'est encore un truc de ta façon...

— Non, reprit Sernine, la bataille est perdue. Tu n'as pas le droit de tirer. Je ne me défends pas.

Il sortit deux revolvers qu'il jeta sur le sol.

— Des blagues ! reprit M. Weber implacable. Droit au cœur, les enfants ! Au moindre geste : feu ! Au moindre mot : feu !

Dix hommes étaient là. Il en posta quinze. Il dirigea les quinze bras vers la cible. Et, rageur, tremblant de joie et de crainte, il grinçait :

— Au cœur ! À la tête ! Et pas de pitié ! S'il remue, s'il parle... à bout portant, feu !

Les mains dans ses poches, impassible, Sernine souriait. À deux pouces de ses tempes, la mort le guettait. Des doigts se crispaient aux gâchettes.

— Ah ! ricana M. Weber, ça fait plaisir de voir ça... Et j'imagine que cette fois nous avons mis dans le mille, et d'une sale façon pour toi, monsieur Lupin...

Il fit écarter les volets d'un vaste soupirail, par où la clarté du jour pénétra brusquement, et il se retourna vers Altenheim. Mais, à sa grande stupéfaction, le baron qu'il croyait mort ouvrit les yeux, des yeux ternes, effroyables, déjà remplis de néant. Il regarda M. Weber. Puis il sembla chercher, et, apercevant Sernine, il eut une convulsion de colère. On eût dit qu'il se réveillait de sa torpeur, et que sa haine soudain ranimée lui rendait une partie de ses forces.

Il s'appuya sur ses deux poignets et tenta de parler.

— Vous le reconnaissez, hein ? dit M. Weber.

— Oui.

— C'est Lupin, n'est-ce pas ?

— Oui… Lupin…

Sernine, toujours souriant, écoutait.

— Dieu ! que je m'amuse ! déclara-t-il.

— Vous avez d'autres choses à dire ? demanda M. Weber qui voyait les lèvres du baron s'agiter désespérément.

— Oui.

— À propos de M. Lenormand, peut-être ?

— Oui.

— Vous l'avez enfermé ? Où cela ? Répondez…

De tout son être soulevé, de tout son regard tendu, Altenheim désigna un placard, au coin de la salle.

— Là… là… dit-il…

— Ah ! ah ! nous brûlons, ricana Lupin.

M. Weber ouvrit. Sur l'une des planches, il y avait un paquet enveloppé de serge noire.

Il le déplia et trouva un chapeau, une petite boîte, des vêtements…

Il tressaillit. Il avait reconnu la redingote olive de M. Lenormand.

— Ah ! les misérables ! s'écria-t-il, ils l'ont assassiné.

— Non, fit Altenheim, d'un signe.

— Alors ?

— C'est lui… lui…

— Comment, lui ?… c'est Lupin qui a tué le chef ?…

— Non.

Avec une obstination farouche, Altenheim se raccrochait à l'existence, avide de parler et d'accuser… Le secret qu'il voulait dévoiler était au bout de ses lèvres, et il ne pouvait pas, il ne savait plus le traduire en mots.

— Voyons, insista le sous-chef, M. Lenormand est bien mort, pourtant ?

— Non.

— Il vit ?

— Non.

— Je ne comprends pas… Voyons, ces vêtements ? Cette redingote ?…

Altenheim tourna les yeux du côté de Sernine. Une idée frappa M. Weber.

— Ah ! je comprends ! Lupin avait dérobé les vêtements de M. Lenormand, et il comptait s'en servir pour échapper…

— Oui… Oui…

— Pas mal, s'écria le sous-chef. C'est bien un coup de sa façon. Dans cette pièce, on aurait trouvé Lupin déguisé en monsieur Lenormand, enchaîné sans doute. C'était le salut pour lui… Seulement, il n'a pas eu le temps. C'est bien cela, n'est-ce pas ?

— Oui… Oui…

Mais, au regard du mourant, M. Weber sentit qu'il y avait autre chose, et que ce n'était pas encore tout à fait cela, le secret.

Qu'était-ce alors ? Qu'était-ce, l'étrange et indéchiffrable énigme que le mourant voulait révéler avant de mourir ?

Il interrogea :

— Et M. Lenormand, où est-il ?

— Là…

— Comment là ?

— Oui.

— Mais il n'y a que nous dans cette pièce !

— Il y a… il y a…

— Mais parlez donc…

— Il y a… Ser… Sernine…

— Sernine ! Hein ! Quoi ?

— Sernine… Lenormand…

M. Weber bondit. Une lueur subite le heurtait.

— Non, non, ce n'est pas possible, murmura-t-il, c'est de la folie.

Il épia son prisonnier. Sernine semblait s'amuser beaucoup et assister à la scène en amateur qui se divertit et qui voudrait bien connaître le dénouement.

Épuisé, Altenheim était retombé tout de son long. Allait-il mourir avant d'avoir donné le mot de l'énigme que posaient ses obscures paroles ? M. Weber, secoué par une hypothèse absurde, invraisemblable, dont il ne voulait pas, et qui s'acharnait après lui, M. Weber se précipita de nouveau.

— Expliquez-vous… Qu'y a-t-il là-dessous ? Quel mystère ?…

L'autre ne semblait pas entendre, inerte, les yeux fixes.

M. Weber se coucha contre lui et scanda nettement, de façon que chaque syllabe pénétrât au fond même de cette âme noyée d'ombre déjà :

— Écoute… J'ai bien compris, n'est-ce pas ? Lupin et M. Lenormand…

Il lui fallut un effort pour continuer, tellement la phrase lui paraissait monstrueuse. Pourtant les yeux ternes du baron semblaient le contempler avec angoisse. Il acheva, palpitant d'émotion, comme s'il eût prononcé un blasphème :

— C'est cela, n'est-ce pas ? Tu en es sûr ? Tous les deux, ça ne fait qu'un ?…

Les yeux ne bougeaient pas. Un filet de sang suintait au coin de la bouche… Deux ou trois hoquets… Une convulsion suprême. Ce fut tout.

Dans la salle basse, encombrée de monde, il y eut un long silence. Presque tous les agents qui gardaient Sernine s'étaient détournés, et stupéfaits, sans comprendre ou se refusant à comprendre, ils *écoutaient* encore l'incroyable accusation que le bandit n'avait pu formuler.

M. Weber prit la boîte trouvée dans le paquet de serge noire et l'ouvrit. Elle contenait une perruque grise, des lunettes à branches d'argent, un foulard marron, et, dans un double fond, des pots de maquillage et un casier avec de menues boucles de poils gris – bref, de quoi se faire la tête exacte de M. Lenormand.

Il s'approcha de Sernine et, l'ayant contemplé quelques instants sans mot dire, pensif, reconstituant toutes les phases de l'aventure, il murmura :

— Alors, c'est vrai ?

Sernine, qui ne s'était pas départi de son calme souriant, répliqua :

— L'hypothèse ne manque ni d'élégance ni de hardiesse. Mais, avant tout, dis à tes hommes de me ficher la paix avec leurs joujoux.

— Soit, accepta M. Weber, en faisant un signe à ses hommes. Et maintenant, réponds.

— À quoi ?

— Es-tu M. Lenormand ?

— Oui.

Des exclamations s'élevèrent. Jean Doudeville, qui était là pendant que son frère surveillait l'issue secrète, Jean Doudeville, le complice même de Sernine, le regardait avec ahurissement. M. Weber, suffoqué, restait indécis.

— Ça t'épate, hein ? dit Sernine. J'avoue que c'est assez rigolo… Dieu, que tu m'as fait rire quelquefois, quand on travaillait ensemble, toi et moi, le chef et le sous-chef !… Et le plus drôle, c'est que tu le croyais mort, ce brave M. Lenormand… ainsi que ce pauvre Gourel. Mais non, mais non, mon vieux, petit bonhomme vivait encore…

Il montra le cadavre d'Altenheim.

— Tiens, c'est ce bandit-là qui m'a fichu à l'eau, dans un sac, un pavé autour de la taille. Seulement, il avait oublié de m'enlever mon couteau… Et, avec un couteau, on crève les sacs et on coupe les cordes. Voilà ce que c'est, malheureux Altenheim… Si tu avais pensé à cela, tu n'en serais pas où tu en es… Mais assez causé… Paix à tes cendres !

M. Weber écoutait, ne sachant que penser. À la fin, il eut un geste de désespoir, comme s'il renonçait à se faire une opinion raisonnable.

— Les menottes, dit-il, soudain alarmé.
— C'est tout ce que tu trouves ? dit Sernine... Tu manques d'imagination... Enfin, si ça t'amuse, dit Sernine.

Et, avisant Doudeville au premier rang de ses agresseurs, il lui tendit les mains :
— Tiens, l'ami, à toi l'honneur, et pas la peine de t'éreinter... Je joue franc jeu... puisqu'il n'y a pas moyen de faire autrement...

Il disait cela d'un ton qui fit comprendre à Doudeville que la lutte était finie pour l'instant, et qu'il n'y avait qu'à se soumettre.

Doudeville lui passa les menottes. Sans remuer les lèvres, sans une contraction du visage, Sernine chuchota :
— 27, rue de Rivoli... Geneviève.

M. Weber ne put réprimer un mouvement de satisfaction à la vue d'un tel spectacle.
— En route ! dit-il, à la Sûreté !
— C'est cela, à la Sûreté, s'écria Sernine. M. Lenormand va écrouer Arsène Lupin, lequel va écrouer le prince Sernine.
— Tu as trop d'esprit, Lupin.
— C'est vrai, Weber, nous ne pouvons pas nous entendre.

Durant le trajet, dans l'automobile que trois autres automobiles chargées d'agents escortaient, il ne souffla pas mot.

On ne fit que passer à la Sûreté. M. Weber, se rappelant les évasions organisées par Lupin, le fit monter aussitôt à l'anthropométrie, puis l'amena au Dépôt d'où il fut dirigé sur la prison de la Santé.

Prévenu par téléphone, le directeur attendait. Les formalités de l'écrou et le passage dans la chambre de la fouille furent rapides.

À sept heures du soir, le prince Paul Sernine franchissait le seuil de la cellule 14, deuxième division.
— Pas mal, votre appartement pas mal du tout... déclara-t-il. La lumière électrique, le chauffage central, les water-closet... Bref, tout le confort moderne... C'est parfait, nous sommes d'accord... Monsieur le Directeur, j'arrête cet appartement.

Il se jeta sur le lit.
— Ah ! Monsieur le Directeur, j'ai une petite prière à vous adresser.
— Laquelle ?
— Qu'on ne m'apporte pas mon chocolat demain matin avant dix heures... je tombe de sommeil.

Il se retourna vers le mur.
Cinq minutes après, il dormait profondément.

DEUXIÈME PARTIE

SANTÉ-PALACE

I

Ce fut dans le monde entier une explosion de rires. Certes, la capture d'Arsène Lupin produisit une grosse sensation, et le public ne marchanda pas à la police les éloges qu'elle méritait pour cette revanche si longtemps espérée et si pleinement obtenue. Le grand aventurier était pris. L'extraordinaire, le génial, l'invisible héros se morfondait, comme les autres, entre les quatre murs d'une cellule, écrasé à son tour par cette puissance formidable qui s'appelle la Justice et qui, tôt ou tard, fatalement, brise les obstacles qu'on lui oppose et détruit l'œuvre de ses adversaires.

Tout cela fut dit, imprimé, répété, commenté, rabâché. Le préfet de Police eut la croix de Commandeur, M. Weber, la croix d'Officier. On exalta l'adresse et le courage de leurs plus modestes collaborateurs. On applaudit. On chanta victoire. On fit des articles et des discours.

Soit ! Mais quelque chose cependant domina ce merveilleux concert d'éloges, cette allégresse bruyante, ce fut un rire fou, énorme, spontané, inextinguible et tumultueux.

Arsène Lupin, depuis quatre ans, était chef de la Sûreté ! ! !

Il l'était depuis quatre ans ! Il l'était réellement, légalement, avec tous les droits que ce titre confère, avec l'estime de ses chefs, avec la faveur du gouvernement, avec l'admiration de tout le monde.

Depuis quatre ans le repos des habitants et la défense de la propriété étaient confiés à Arsène Lupin. Il veillait à l'accomplissement de la loi. Il protégeait l'innocent et poursuivait le coupable.

Et quels services il avait rendus ! Jamais l'ordre n'avait été moins troublé, jamais le crime découvert plus sûrement et plus rapidement ! Qu'on se rappelle l'affaire Denizou, le vol du Crédit Lyonnais, l'attaque du rapide d'Orléans, l'assassinat du baron Dorf... autant de triomphes imprévus et foudroyants, autant de ces magnifiques prouesses que l'on pouvait comparer aux plus célèbres victoires des plus illustres policiers.

Jadis, dans un de ses discours, à l'occasion de l'incendie du Louvre et de la capture des coupables, le président du Conseil Valenglay, pour défendre la façon un peu arbitraire dont M. Lenormand avait agi, s'était écrié :

— Par sa clairvoyance, par son énergie, par ses qualités de décision et d'exécution, par ses procédés inattendus, par ses ressources inépuisables, M. Lenormand nous rappelle le seul homme qui eût pu, s'il vivait encore, lui tenir tête, c'est-à-dire Arsène Lupin. M. Lenormand, c'est un Arsène Lupin au service de la société.

Et voilà que M. Lenormand n'était autre qu'Arsène Lupin !

Qu'il fût prince russe, on s'en souciait peu ! Lupin était coutumier de ces métamorphoses. Mais chef de la Sûreté ! Quelle ironie charmante ! Quelle fantaisie dans la conduite de cette vie extraordinaire entre toutes !

M. Lenormand ! Arsène Lupin !

On s'expliquait aujourd'hui les tours de force, miraculeux en apparence, qui récemment encore avaient confondu la foule et déconcerté la police. On comprenait l'escamotage de son complice en plein Palais de Justice, en plein jour, à la date fixée. Lui-même ne l'avait-il pas dit : « Quand on saura la simplicité des moyens que j'ai employés pour cette évasion, on sera stupéfait. C'est tout cela, dira-t-on ? Oui, c'est tout cela, mais il fallait y penser. »

C'était en effet d'une simplicité enfantine : il suffisait d'être chef de la Sûreté.

Or, Lupin était chef de la Sûreté, et tous les agents, en obéissant à ses ordres, se faisaient les complices involontaires et inconscients de Lupin.

La bonne comédie ! Le bluff admirable ! La farce monumentale et réconfortante à notre époque de veulerie ! Bien que prisonnier, bien que vaincu irrémédiablement, Lupin, malgré tout, était le grand vainqueur. De sa cellule, il rayonnait sur Paris. Plus que jamais il était l'idole, plus que jamais le Maître !

En s'éveillant le lendemain dans son appartement de « Santé-Palace » comme il le désigna aussitôt, Arsène Lupin eut la vision très nette du bruit formidable qu'allait produire son arrestation sous le double nom de Sernine et de Lenormand, et sous le double titre de prince et de chef de la Sûreté.

Il se frotta les mains et formula :

— Rien n'est meilleur pour tenir compagnie à l'homme solitaire que l'approbation de ses contemporains. Ô gloire ! soleil des vivants !...

À la clarté, sa cellule lui plut davantage encore. La fenêtre, placée haut, laissait apercevoir les branches d'un arbre au travers duquel on voyait le bleu du ciel. Les murs étaient blancs. Il n'y avait qu'une table et une chaise, attachées au sol. Mais tout cela était propre et sympathique.

— Allons, dit-il, une petite cure de repos ici ne manquera pas de charme... Mais procédons à notre toilette... Ai-je tout ce qu'il me faut ?... Non... En ce cas, deux coups pour la femme de chambre.

Il appuya, près de la porte, sur un mécanisme qui déclencha dans le couloir un disque-signal.

Au bout d'un instant, des verrous et des barres de fer furent tirés à l'extérieur, la serrure fonctionna, et un gardien apparut.

— De l'eau chaude, mon ami, dit Lupin.

L'autre le regarda, à la fois ahuri et furieux.

— Ah ! s'écria Lupin, et une serviette-éponge ! Sapristi ! il n'y a pas de serviette-éponge !

L'homme grommela :

— Tu te fiches de moi, n'est-ce pas ? ça n'est pas à faire. Il se retirait, lorsque Lupin lui saisit le bras violemment :

— Cent francs, si tu veux porter une lettre à la poste.

Il tira de sa poche un billet de cent francs, qu'il avait soustrait aux recherches, et le tendit.

— La lettre... fit le gardien, en prenant l'argent.

— Voilà !... le temps de l'écrire.

Il s'assit à la table, traça quelques mots au crayon sur une feuille qu'il glissa dans une enveloppe et inscrivit :

Monsieur S. B. 42.

Poste Restante, Paris.

Le gardien prit la lettre et s'en alla.

— Voilà une missive, se dit Lupin, qui ira à son adresse aussi sûrement que si je la portais moi-même. D'ici une heure tout au plus, j'aurai la réponse. Juste le temps nécessaire pour me livrer à l'examen de ma situation.

Il s'installa sur sa chaise et, à demi-voix, il résuma :

— Somme toute, j'ai à combattre actuellement deux adversaires : 1° La société qui me tient et dont je me moque ; 2° Un personnage inconnu qui ne me tient pas, mais dont je ne me moque nullement. C'est lui qui a prévenu la police que j'étais Sernine. C'est lui qui a deviné que j'étais M. Lenormand. C'est lui qui a fermé la porte du souterrain, et c'est lui qui m'a fait fourrer en prison.

Arsène Lupin réfléchit une seconde, puis continua :

— Donc, en fin de compte, la lutte est entre lui et moi. Et pour soutenir cette lutte, c'est-à-dire pour découvrir et réaliser l'affaire Kesselbach, je suis, moi, emprisonné, tandis qu'il est, lui, libre, inconnu, inaccessible, qu'il dispose des deux atouts que je croyais avoir, Pierre Leduc et le vieux Steinweg… – bref, qu'il touche au but, après m'en avoir éloigné définitivement.

Nouvelle pause méditative, puis nouveau monologue :

— La situation n'est pas brillante. D'un côté tout, de l'autre rien. En face de moi un homme de ma force, plus fort, même, puisqu'il n'a pas les scrupules dont je m'embarrasse. Et pour l'attaquer, point d'armes.

Il répéta plusieurs fois ces derniers mots d'une voix machinale, puis il se tut, et, prenant son front entre ses mains, il resta longtemps pensif.

— Entrez, monsieur le Directeur, dit-il en voyant la porte s'ouvrir.

— Vous m'attendiez donc ?

— Ne vous ai-je pas écrit, monsieur le Directeur, pour vous prier de venir ? Or, je n'ai pas douté une seconde que le gardien vous portât ma lettre. J'en ai si peu douté que j'ai inscrit sur l'enveloppe, vos initiales : S. B. et votre âge : 42.

Le Directeur s'appelait, en effet, Stanislas Borély, et il était âgé de quarante-deux ans. C'était un homme de figure agréable, doux de caractère, et qui traitait les détenus avec autant d'indulgence que possible. Il dit à Lupin :

— Vous ne vous êtes pas mépris sur la probité de mon subordonné. Voici votre argent. Il vous sera remis lors de votre libération… Maintenant vous allez repasser dans la chambre de « fouille ».

Lupin suivit M. Borély dans la petite pièce réservée à cet usage, se déshabilla, et, tandis que l'on visitait ses vêtements avec une méfiance justifiée, subit lui-même un examen des plus méticuleux.

Il fut ensuite réintégré dans sa cellule et M. Borély prononça :

— Je suis plus tranquille. Voilà qui est fait.

— Et bien fait, monsieur le Directeur. Vos gens apportent, à ces fonctions, une délicatesse dont je tiens à les remercier par ce témoignage de ma satisfaction.

Il donna un billet de cent francs à M. Borély qui fit un haut-le-corps.

— Ah ! ça, mais… d'où vient ?

— Inutile de vous creuser la tête, monsieur le Directeur. Un homme comme moi, menant la vie qu'il mène, est toujours prêt à toutes les éventualités, et aucune mésaventure, si pénible qu'elle soit, ne le prend au dépourvu, pas même l'emprisonnement.

Il saisit entre le pouce et l'index de sa main droite le médius de sa main gauche, l'arracha d'un coup sec, et le présenta tranquillement à M. Borély.

— Ne sautez pas ainsi, monsieur le Directeur. Ceci n'est pas mon doigt, mais un simple tube en baudruche, artistement colorié, et qui s'applique exactement sur mon médius, de façon à donner l'illusion du doigt réel.

Et il ajouta en riant :

— Et de façon, bien entendu, à dissimuler un troisième billet de cent francs… Que voulez-vous ? On a le porte-monnaie que l'on peut… et il faut bien mettre à profit…

Il s'arrêta devant la mine effarée de M. Borély.

— Je vous en prie, monsieur le Directeur, ne croyez pas que je veuille vous éblouir avec mes petits talents de société. Je voudrais seulement vous montrer que vous avez affaire à un… client de nature un peu…

spéciale… et vous dire qu'il ne faudra pas vous étonner si je me rends coupable de certaines infractions aux règles ordinaires de votre établissement.

Le directeur s'était repris. Il déclara nettement :

— Je veux croire que vous vous conformerez à ces règles, et que vous ne m'obligerez pas à des mesures de rigueur…

— Qui vous peineraient, n'est-ce pas, monsieur le Directeur ? C'est précisément cela que je voudrais vous épargner en vous prouvant d'avance qu'elles ne m'empêcheraient pas d'agir à ma guise, de correspondre avec mes amis, de défendre à l'extérieur les graves intérêts qui me sont confiés, d'écrire aux journaux soumis à mon inspiration, de poursuivre l'accomplissement de mes projets, et, en fin de compte, de préparer mon évasion.

— Votre évasion !

Lupin se mit à rire de bon cœur.

— Réfléchissez, monsieur le Directeur… ma seule excuse d'être en prison est d'en sortir.

L'argument ne parut pas suffisant à M. Borély. Il s'efforça de rire à son tour.

— Un homme averti en vaut deux…

— C'est ce que j'ai voulu. Prenez toutes les précautions, monsieur le Directeur, ne négligez rien, pour que plus tard on n'ait rien à vous reprocher. D'autre part je m'arrangerai de telle manière que, quels que soient les ennuis que vous aurez à supporter du fait de cette évasion, votre carrière du moins n'en souffre pas. Voilà ce que j'avais à vous dire, monsieur le Directeur. Vous pouvez vous retirer.

Et, tandis que M. Borély s'en allait, profondément troublé par ce singulier pensionnaire, et fort inquiet sur les événements qui se préparaient, le détenu se jetait sur son lit en murmurant :

— Eh bien ! mon vieux Lupin, tu en as du culot ! On dirait en vérité que tu sais déjà comment tu sortiras d'ici !

II

La prison de la Santé est bâtie d'après le système du rayonnement. Au centre de la partie principale, il y a un rond-point d'où convergent tous les couloirs, de telle façon qu'un détenu ne peut sortir de sa cellule sans être aperçu aussitôt par les surveillants postés dans la cabine vitrée qui occupe le milieu de ce rond-point.

Ce qui étonne le visiteur qui parcourt la prison, c'est de rencontrer à chaque instant des détenus sans escorte, et qui semblent circuler comme s'ils étaient libres. En réalité, pour aller d'un point à un autre, de leur cellule, par exemple, à la voiture pénitentiaire qui les attend dans la cour pour les mener au Palais de Justice, c'est-à-dire à l'instruction, ils franchissent des lignes droites dont chacune est terminée par une porte que leur ouvre un gardien, lequel gardien est chargé uniquement d'ouvrir cette porte et de surveiller les deux lignes droites qu'elle commande.

Et ainsi les prisonniers, libres en apparence, sont envoyés de porte en porte, de regard en regard, comme des colis qu'on se passe de main en main.

Dehors, les gardes municipaux reçoivent l'objet, et l'insèrent dans un des rayons du « panier à salade ».

Tel est l'usage.

Avec Lupin il n'en fut tenu aucun compte.

On se méfia de cette promenade à travers les couloirs. On se méfia de la voiture cellulaire. On se méfia de tout.

M. Weber vint en personne, accompagné de douze agents – ses meilleurs, des hommes de choix, armés jusqu'aux dents – cueillit le redoutable prisonnier au seuil de sa chambre, et le conduisit dans un fiacre dont le cocher était un de ses hommes. À droite et à gauche, devant et derrière, trottaient des municipaux.

— Bravo ! s'écria Lupin, on a pour moi des égards qui me touchent. Une garde d'honneur. Peste, Weber, tu as le sens de la hiérarchie, toi ! Tu n'oublies pas ce que tu dois à ton chef immédiat.

Et, lui frappant l'épaule :

— Weber, j'ai l'intention de donner ma démission. Je te désignerai comme mon successeur.

— C'est presque fait, dit Weber.

— Quelle bonne nouvelle ! J'avais des inquiétudes sur mon évasion. Je suis tranquille maintenant. Dès l'instant où Weber sera chef des services de la Sûreté…

M. Weber ne releva pas l'attaque. Au fond il éprouvait un sentiment bizarre et complexe, en face de son adversaire, sentiment fait de la crainte que lui inspirait Lupin, de la déférence qu'il avait pour le prince Sernine et de l'admiration respectueuse qu'il avait toujours témoignée à M. Lenormand. Tout cela mêlé de rancune, d'envie et de haine satisfaite.

On arrivait au Palais de Justice. Au bas de la « Souricière », des agents de la Sûreté attendaient, parmi lesquels M. Weber se réjouit de voir ses deux meilleurs lieutenants, les frères Doudeville.

— M. Formerie est là ? leur dit-il.

— Oui, chef, M. le Juge d'instruction est dans son cabinet.

M. Weber monta l'escalier, suivi de Lupin que les Doudeville encadraient.

— Geneviève ? murmura le prisonnier.

— Sauvée…

— Où est-elle ?

— Chez sa grand-mère.

— Mme Kesselbach ?

— À Paris, hôtel Bristol.

— Suzanne ?

— Disparue.

— Steinweg ?

— Nous ne savons rien.

— La villa Dupont est gardée ?

— Oui.

— La presse de ce matin est bonne ?

— Excellente.

— Bien. Pour m'écrire, voilà mes instructions. Ils parvenaient au couloir intérieur du premier étage. Lupin glissa dans la main d'un des frères une petite boulette de papier.

M. Formerie eut une phrase délicieuse, lorsque Lupin entra dans son cabinet en compagnie du sous-chef.

— Ah ! vous voilà ! Je ne doutais pas que, un jour ou l'autre, nous ne mettrions la main sur vous.

— Je n'en doutais pas non plus, monsieur le juge d'instruction, dit Lupin, et je me réjouis que ce soit vous que le destin ait désigné pour rendre justice à l'honnête homme que je suis.

— Il se fiche de moi , pensa M. Formerie.

Et, sur le même ton ironique et sérieux, il riposta :

— L'honnête homme que vous êtes, monsieur, doit s'expliquer pour l'instant sur trois cent quarante-quatre affaires de vol, cambriolage, escroquerie, faux, chantage, recel, etc. Trois cent quarante-quatre !

— Comment ! Pas plus ? s'écria Lupin. Je suis vraiment honteux.

— L'honnête homme que vous êtes doit s'expliquer aujourd'hui sur l'assassinat du sieur Altenheim.

— Tiens, c'est nouveau, cela. L'idée est de vous, monsieur le juge d'instruction ?

— Précisément.

— Très fort ! En vérité, vous faites des progrès, monsieur Formerie.

— La position dans laquelle on vous a surpris ne laisse aucun doute.

— Aucun, seulement, je me permettrai de vous demander ceci : de quelle blessure est mort Altenheim ?

— D'une blessure à la gorge faite par un couteau.

— Et où est ce couteau ?

— On ne l'a pas retrouvé.

— Comment ne l'aurait-on pas retrouvé, si c'était moi l'assassin, puisque j'ai été surpris à côté même de l'homme que j'aurais tué ?

— Et selon vous, l'assassin ?…

— N'est autre que celui qui a égorgé M. Kesselbach, Chapman, etc. La nature de la plaie est une preuve suffisante.

— Par où se serait-il échappé ?

— Par une trappe que vous découvrirez dans la salle même où le drame a eu lieu.

M. Formerie eut un air fin.

— Et comment se fait-il que vous n'ayez pas suivi cet exemple salutaire ?

— J'ai tenté de le suivre. Mais l'issue était barrée par une porte que je n'ai pu ouvrir. C'est pendant cette tentative que l'autre est revenu dans la salle, et qu'il a tué son complice par peur des révélations que celui-ci n'aurait pas manqué de faire. En même temps il dissimulait au fond du placard, où on l'a trouvé, le paquet de vêtements que j'avais préparé.

— Pourquoi ces vêtements ?

— Pour me déguiser. En venant aux Glycines, mon dessein était celui-ci : livrer Altenheim à la justice, me supprimer comme prince Sernine, et réapparaître sous les traits...

— De M. Lenormand, peut-être ?

— Justement.

— Non.

— Quoi ?

M. Formerie souriait d'un air narquois et remuait son index de droite à gauche, et de gauche à droite.

— Non, répéta-t-il.

— Quoi, non ?

— L'histoire de M. Lenormand...

— C'est bon pour le public, ça, mon ami. Mais vous ne ferez pas gober à M. Formerie que Lupin et Lenormand ne faisaient qu'un.

Il éclata de rire.

— Lupin, chef de la Sûreté ! non ! tout ce que vous voudrez, mais pas ça !... il y a des bornes... Je suis un bon garçon... mais tout de même... Voyons, entre nous, pour quelle raison cette nouvelle bourde ?... J'avoue que je ne vois pas bien...

Lupin le regarda avec ahurissement. Malgré tout ce qu'il savait de M. Formerie, il n'imaginait pas un tel degré d'infatuation et d'aveuglement. La double personnalité du prince Sernine n'avait pas, à l'heure actuelle, un seul incrédule. M. Formerie seul...

Lupin se retourna vers le sous-chef qui écoutait, bouche béante.

— Mon chef Weber, votre avancement me semble tout à fait compromis. Car enfin, si M. Lenormand n'est pas moi, c'est qu'il existe... et s'il existe, je ne doute pas que M. Formerie, avec tout son flair, ne finisse par le découvrir... auquel cas...

— On le découvrira, monsieur Lupin, s'écria le juge d'instruction... Je m'en charge et j'avoue que la confrontation entre vous et lui ne sera pas banale.

Il s'esclaffait, jouait du tambour sur la table.

— Que c'est amusant ! Ah ! on ne s'ennuie pas avec vous. Ainsi, vous seriez M. Lenormand, et c'est vous qui auriez fait arrêter votre complice Marco !

— Parfaitement ! Ne fallait-il pas faire plaisir au président du Conseil et sauver le Cabinet ? Le fait est historique.

M. Formerie se tenait les côtes.

— Ah ! ça, c'est à mourir ! Dieu, que c'est drôle ! La réponse fera le tour du monde. Et alors, selon votre système, c'est avec vous que j'aurais fait l'enquête du début au Palace, après l'assassinat de M. Kesselbach ?...

— C'est bien avec moi que vous avez suivi l'affaire du diadème quand j'étais duc de Charmerace, riposta Lupin d'une voix sarcastique.

M. Formerie tressauta, toute sa gaieté abolie par ce souvenir odieux. Subitement grave, il prononça :

— Donc, vous persistez dans ce système absurde ?

— J'y suis obligé parce que c'est la vérité. Il vous sera facile, en prenant le paquebot pour la Cochinchine, de trouver à Saigon les preuves de la mort du véritable M. Lenormand, du brave homme auquel je me suis substitué, et dont je vous ferai tenir l'acte de décès.

— Des blagues !

— Ma foi, monsieur le Juge d'instruction, je vous confesserai que cela m'est tout à fait égal. S'il vous déplaît que je sois M. Lenormand, n'en parlons plus. S'il vous plaît que j'aie tué Altenheim, à votre guise. Vous vous amuserez à fournir des preuves. Je vous le répète, tout cela n'a aucune importance pour moi. Je considère toutes vos questions et toutes mes réponses comme nulles et non avenues. Votre instruction ne compte pas, pour cette bonne raison que je serai au diable vauvert quand elle sera achevée. Seulement...

Sans vergogne, il prit une chaise et s'assit en face de M. Formerie de l'autre côté du bureau. Et d'un ton sec :

— Il y a un seulement, et le voici : vous apprendrez, monsieur, que, malgré les apparences et malgré vos intentions, je n'ai pas, moi, l'intention de perdre mon temps. Vous avez vos affaires... j'ai les miennes. Vous êtes payé pour faire les vôtres. Je fais les miennes… et je me paye… Or, l'affaire que je poursuis actuellement est de celles qui ne souffrent pas un minute de distraction, pas une seconde d'arrêt dans la préparation et dans l'exécution des actes qui doivent la réaliser. Donc, je la poursuis, et comme vous me mettez dans l'obligation passagère de me tourner les pouces entre les quatre murs d'une cellule, c'est vous deux, messieurs, que je charge de mes intérêts. C'est compris ?

Il était debout, l'attitude insolente et le visage dédaigneux, et telle était la puissance de domination de cet homme que ses deux interlocuteurs n'avaient pas osé l'interrompre.

M. Formerie prit le parti de rire, en observateur qui se divertit.

— C'est drôle ! C'est cocasse !

— Cocasse ou non, monsieur, c'est ainsi qu'il en sera. Mon procès, le fait de savoir si j'ai tué ou non, la recherche de mes antécédents, de mes délits ou forfaits passés, autant de fariboles auxquelles je vous permets de vous distraire, pourvu, toutefois, que vous ne perdiez pas de vue un instant le but de votre mission.

— Qui est ? demanda M. Formerie, toujours goguenard.

— Qui est de vous substituer à moi dans mes investigations relatives au projet de M. Kesselbach et notamment de découvrir le sieur Steinweg, sujet allemand, enlevé et séquestré par feu le baron Altenheim.

— Qu'est-ce que c'est que cette histoire-là ?

— Cette histoire-là est de celles que je gardais pour moi quand j'étais… ou plutôt quand je croyais être M. Lenormand. Une partie s'en déroula dans mon cabinet, près d'ici, et Weber ne doit pas l'ignorer entièrement. En deux mots, le vieux Steinweg connaît la vérité sur ce mystérieux projet que M. Kesselbach poursuivait, et Altenheim, qui était également sur la piste, a escamoté le sieur Steinweg.

— On n'escamote pas les gens de la sorte. Il est quelque part, ce Steinweg.

— Sûrement.

— Vous savez où ?

— Oui.

— Je serais curieux…

— Il est au numéro 29 de la villa Dupont.

M. Weber haussa les épaules.

— Chez Altenheim, alors ? dans l'hôtel qu'il habitait ?

— Oui.

— Voilà bien le crédit qu'on peut attacher à toutes ces bêtises ! Dans la poche du baron, j'ai trouvé son adresse. Une heure après, l'hôtel était occupé par mes hommes !

Lupin poussa un soupir de soulagement.

— Ah ! la bonne nouvelle ! Moi qui redoutais l'intervention du complice, de celui que je n'ai pu atteindre, et un second enlèvement de Steinweg. Les domestiques ?

— Partis !

— Oui, un coup de téléphone de l'autre les aura prévenus. Mais Steinweg est là.

M. Weber s'impatienta :

— Mais il n'y a personne, puisque je vous répète que mes hommes n'ont pas quitté l'hôtel.

— Monsieur le sous-chef de la Sûreté, je vous donne le mandat de perquisitionner vous-même dans l'hôtel de la villa Dupont… Vous me rendrez compte demain du résultat de votre perquisition.

M. Weber haussa de nouveau les épaules, et sans relever l'impertinence de Lupin :

— J'ai des choses plus urgentes…

— Monsieur le sous-chef de la Sûreté, il n'y a rien de plus urgent. Si vous tardez, tous mes plans sont à l'eau. Le vieux Steinweg ne parlera jamais.

— Pourquoi ?

— Parce qu'il sera mort de faim si d'ici un jour, deux jours au plus, vous ne lui apportez pas de quoi manger.

III

— Très grave… Très grave, murmura M. Formerie après une minute de réflexion. Malheureusement…

Il sourit.

— Malheureusement, votre révélation est entachée d'un gros défaut.

— Ah ! lequel ?

— C'est que tout cela, monsieur Lupin, n'est qu'une vaste fumisterie… Allons ne vous fâchez pas… Que voulez-vous ? je commence à connaître vos trucs, et plus ils me paraissent obscurs, plus je me défie.

— Idiot , grommela Lupin.

M. Formerie se leva.

— Voilà qui est fait. Comme vous voyez, ce n'était qu'un interrogatoire de pure forme, la mise en présence des deux duellistes. Maintenant que les épées sont engagées, il ne nous manque plus que le témoin obligatoire de ces passes d'armes, votre avocat.

— Bah ! est-ce indispensable ?

— Indispensable.

— Faire travailler un des maîtres du barreau en vue de débats aussi… problématiques ?

— Il le faut.

— En ce cas, je choisis Me Quimbel.

— Le bâtonnier. À la bonne heure, vous serez bien défendu.

Cette première séance était terminée. En descendant l'escalier de la Souricière, entre les deux Doudeville, le détenu articula, par petites phrases impératives :

— Qu'on surveille la maison de Geneviève… quatre hommes à demeure… Mme Kesselbach aussi… elles sont menacées. On va perquisitionner villa Dupont… soyez-y. Si l'on découvre Steinweg, arrangez-vous pour qu'il se taise… un peu de poudre, au besoin.

— Quand serez-vous libre, patron ?

— Rien à faire pour l'instant… D'ailleurs, ça ne presse pas… Je me repose.

En bas, il rejoignit les gardes municipaux qui entouraient la voiture.

— À la maison, mes enfants, s'exclama-t-il, et rondement. J'ai rendez-vous avec moi à deux heures précises.

Le trajet s'effectua sans incident.

Rentré dans sa cellule, Lupin écrivit une longue lettre d'instructions détaillées aux frères Doudeville et deux autres lettres.

L'une était pour Geneviève .

« Geneviève, vous savez qui je suis maintenant, et vous comprendrez pourquoi je vous ai caché le nom de celui qui, par deux fois, vous emporta toute petite, dans ses bras.

« Geneviève, j'étais l'ami de votre mère, ami lointain dont elle ignorait la double existence, mais sur qui elle croyait pouvoir compter. Et c'est pourquoi, avant de mourir, elle m'écrivait quelques mots et me suppliait de veiller sur vous.

« Si indigne que je sois de votre estime, Geneviève, je resterai fidèle à ce vœu. Ne me chassez pas tout à fait de votre cœur.

« ARSÈNE LUPIN. »

L'autre lettre était adressée à Dolorès Kesselbach.

« Son intérêt seul avait conduit près de Mme Kesselbach le prince Sernine. Mais un immense besoin de se dévouer à elle l'y avait retenu.

« Aujourd'hui que le prince Sernine n'est plus qu'Arsène Lupin, il demande à Mme Kesselbach de ne pas lui ôter le droit de la protéger, de loin, et comme on protège quelqu'un que l'on ne reverra plus. »

Il y avait des enveloppes sur la table. Il en prit une, puis deux, mais comme il prenait la troisième, il aperçut une feuille de papier blanc dont la présence l'étonna, et sur laquelle étaient collés des mots, visiblement découpés dans un journal. Il déchiffra :

« *La lutte avec Altenheim ne t'a pas réussi. Renonce à t'occuper de l'affaire, et je ne m'opposerai pas à ton évasion. Signé : L.M.* »

Une fois de plus, Lupin eut ce sentiment de répulsion et de terreur que lui inspirait cet être innommable et fabuleux – la sensation de dégoût que l'on éprouve à toucher une bête venimeuse, un reptile.

— Encore lui, dit-il, et jusqu'ici !

C'était cela également qui l'effarait, la vision subite qu'il avait, par instants, de cette puissance ennemie, une puissance aussi grande que la sienne, et qui disposait de moyens formidables dont lui-même ne se rendait pas compte.

Tout de suite il soupçonna son gardien. Mais comment avait-on pu corrompre cet homme au visage dur, à l'expression sévère ?

— Eh bien ! tant mieux, après tout ! s'écria-t-il. Je n'ai jamais eu affaire qu'à des mazettes… Pour me combattre moi-même, j'avais dû me bombarder chef de la Sûreté… Cette fois je suis servi !… Voilà un homme qui me met dans sa poche… en jonglant, pourrait-on dire… Si j'arrive, du fond de ma prison, à éviter ses coups et à le démolir, à voir le vieux Steinweg et à lui arracher sa confession, à mettre debout l'affaire Kesselbach, et à la réaliser intégralement, à défendre Mme Kesselbach et à conquérir le bonheur et la fortune pour Geneviève… Eh bien vrai, c'est que Lupin… sera toujours Lupin… et, pour cela, commençons par dormir.

Il s'étendit sur son lit, en murmurant :

— Steinweg, patiente pour mourir jusqu'à demain soir, et je te jure…

Il dormit toute la fin du jour, et toute la nuit et toute la matinée. Vers onze heures, on vint lui annoncer que Me Quimbel l'attendait au parloir des avocats, à quoi il répondit :

— Allez dire à Me Quimbel que s'il a besoin de renseignements sur mes faits et gestes, il n'a qu'à consulter les journaux depuis dix ans. Mon passé appartient à l'histoire.

À midi, même cérémonial et mêmes précautions que la veille pour le conduire au Palais de Justice. Il revit l'aîné des Doudeville avec lequel il échangea quelques mots et auquel il remit les trois lettres qu'il avait préparées, et il fut introduit chez M. Formerie.

Me Quimbel était là, porteur d'une serviette bourrée de documents.

Lupin s'excusa aussitôt.

— Tous mes regrets, mon cher maître, de n'avoir pu vous recevoir, et tous mes regrets aussi pour la peine que vous voulez bien prendre, peine inutile, puisque…

— Oui, oui, nous savons, interrompit M. Formerie, que vous serez en voyage. C'est convenu. Mais d'ici là, faisons notre besogne. Arsène Lupin, malgré toutes nos recherches, nous n'avons aucune donnée précise sur votre nom véritable.

— Comme c'est bizarre ! moi non plus.

— Nous ne pourrions même pas affirmer que vous êtes le même Arsène Lupin qui fut détenu à la Santé en 19… et qui s'évada une première fois.

— Une « première fois » est un mot très juste.

— Il arrive en effet, continua M. Formerie, que la fiche Arsène Lupin retrouvée au service anthropométrique donne un signalement d'Arsène Lupin qui diffère en tous points de votre signalement actuel.

— De plus en plus bizarre.

— Indications différentes, mesures différentes, empreintes différentes… Les deux photographies elles-mêmes n'ont aucun rapport. Je vous demande donc de bien vouloir nous fixer sur votre identité exacte.

— C'est précisément ce que je désirais vous demander. J'ai vécu sous tant de noms différents que j'ai fini par oublier le mien. Je ne m'y reconnais plus.

— Donc, refus de répondre.

— Oui.

— Et pourquoi ?

— Parce que.

— C'est un parti pris ?

— Oui. Je vous l'ai dit ; votre enquête ne compte pas. Je vous ai donné hier mission d'en faire une qui m'intéresse. J'en attends le résultat.

— Et moi, s'écria M. Formerie, je vous ai dit hier que je ne croyais pas un traître mot de votre histoire de Steinweg, et que je ne m'en occuperais pas.

— Alors, pourquoi, hier, après notre entrevue, vous êtes-vous rendu villa Dupont et avez-vous, en compagnie du sieur Weber, fouillé minutieusement le numéro 29 ?

— Comment savez-vous ? fit le juge d'instruction, assez vexé.

— Par les journaux

— Ah ! vous lisez les journaux !

— Il faut bien se tenir au courant.

— J'ai, en effet, par acquit de conscience, visité cette maison, sommairement et sans y attacher la moindre importance...

— Vous y attachez, au contraire, tant d'importance, et vous accomplissez la mission dont je vous ai chargé avec un rôle si digne d'éloges, que, à l'heure actuelle, le sous-chef de la Sûreté est en train de perquisitionner là-bas.

M. Formerie sembla médusé. Il balbutia :

— Quelle invention ! Nous avons, M. Weber et moi, bien d'autres chats à fouetter.

À ce moment, un huissier entra et dit quelques mots à l'oreille de M. Formerie.

— Qu'il entre ! s'écria celui-ci... qu'il entre !...

Et se précipitant :

— Eh bien ! monsieur Weber, quoi de nouveau ? Vous avez trouvé cet homme ?

Il ne prenait même pas la peine de dissimuler, tant il avait hâte de savoir.

Le sous-chef de la Sûreté répondit :

— Rien.

— Ah ! vous êtes sûr ?

— J'affirme qu'il n'y a personne dans cette maison, ni vivant ni mort.

— Cependant...

— C'est ainsi, monsieur le juge d'instruction.

Ils semblaient déçus tous les deux, comme si la conviction de Lupin les avait gagnés à leur tour.

— Vous voyez, Lupin... dit M. Formerie, d'un ton de regret.

Et il ajouta :

— Tout ce que nous pouvons supposer, c'est que le vieux Steinweg, après avoir été enfermé là, n'y est plus.

Lupin déclara :

— Avant-hier matin il y était encore.

— Et, à cinq heures du soir, mes hommes occupaient l'immeuble, nota M. Weber.

— Il faudrait donc admettre, conclut M. Formerie, qu'il a été enlevé l'après-midi.

— Non, dit Lupin.

— Vous croyez ?

Hommage naïf à la clairvoyance de Lupin, que cette question instinctive du juge d'instruction, que cette sorte de soumission anticipée à tout ce que l'adversaire décréterait.

— Je fais plus que de le croire, affirma Lupin de la façon la plus nette ; il est matériellement impossible que le sieur Steinweg ait été libéré à ce moment. Steinweg est au numéro 29 de la villa Dupont.

M. Weber leva les bras au plafond.

— Mais c'est de la démence ! puisque j'en arrive ! puisque j'ai fouillé chacune des chambres !... Un homme ne se cache pas comme une pièce de cent sous.

— Alors, que faire ? gémit M. Formerie...

— Que faire, monsieur le juge d'instruction ? riposta Lupin. C'est bien simple. Monter en voiture et me mener avec toutes les précautions qu'il vous plaira de prendre, au 29 de la villa Dupont. Il est une heure. À trois heures, j'aurai découvert Steinweg.

L'offre était précise, impérieuse, exigeante. Les deux magistrats subirent le poids de cette volonté formidable. M. Formerie regarda M. Weber. Après tout, pourquoi pas ? Qu'est-ce qui s'opposait à cette épreuve ?

— Qu'en pensez-vous, monsieur Weber ?

— Peuh !... je ne sais pas trop.

— Oui, mais cependant... s'il s'agit de la vie d'un homme...

— Évidemment, formula le sous-chef qui commençait à fléchir.

La porte s'ouvrit. Un huissier apporta une lettre que M. Formerie décacheta et où il lut ces mots :

« Défiez-vous. Si Lupin entre dans la maison de la villa Dupont, il en sortira libre. Son évasion est préparée.
— L. M. »

M. Formerie devint blême. Le péril auquel il venait d'échapper l'épouvantait. Une fois de plus. Lupin s'était joué de lui. Steinweg n'existait pas.

Tout bas, M. Formerie marmotta des actions de grâces. Sans le miracle de cette lettre anonyme, il était perdu, déshonoré.

— Assez pour aujourd'hui, dit-il. Nous reprendrons l'interrogatoire demain. Gardes, que l'on reconduise le détenu à la Santé.

Lupin ne broncha pas. Il se dit que le coup provenait de l'*Autre*. Il se dit qu'il y avait vingt chances contre une pour que le sauvetage de Steinweg ne pût être opéré maintenant, mais que, somme toute, il restait cette vingt et unième chance et qu'il n'y avait aucune raison pour que lui, Lupin, se désespérât.

Il prononça donc simplement :

— Monsieur le juge d'instruction, je vous donne rendez-vous demain matin à dix heures, au 29 de la villa Dupont.

— Vous êtes fou ! Mais puisque je ne veux pas !…

— Moi, je veux, cela suffit. À demain dix heures. Soyez exact.

IV

Comme les autres fois, dès sa rentrée en cellule, Lupin se coucha, et tout en bâillant il songeait :

— Au fond, rien n'est plus pratique pour la conduite de mes affaires que cette existence. Chaque jour je donne le petit coup de pouce qui met en branle toute la machine, et je n'ai qu'à patienter jusqu'au lendemain. Les événements se produisent d'eux-mêmes. Quel repos pour un homme surmené !

Et, se tournant vers le mur :

— Steinweg, si tu tiens à la vie, ne meurs pas encore ! ! ! Je te demande un petit peu de bonne volonté. Fais comme moi : dors.

Sauf à l'heure du repas, il dormit de nouveau jusqu'au matin. Ce ne fut que le bruit des serrures et des verrous qui le réveilla.

— Debout, lui dit le gardien ; habillez-vous… C'est pressé.

M. Weber et ses hommes le reçurent dans le couloir et l'amenèrent jusqu'au fiacre.

— Cocher, 29, villa Dupont, dit Lupin en montant… Et rapidement.

— Ah ! vous savez donc que nous allons là ? dit le sous-chef.

— Évidemment, je le sais, puisque, hier, j'ai donné rendez-vous à M. Formerie, au 29 de la villa Dupont, sur le coup de dix heures. Quand Lupin dit une chose, cette chose s'accomplit. La preuve…

Dès la rue Pergolèse, les précautions multipliées par la police excitèrent la joie du prisonnier. Des escouades d'agents encombraient la rue. Quant à la villa Dupont, elle était purement et simplement interdite à la circulation.

— L'état de siège, ricana Lupin. Weber, tu distribueras de ma part un louis à chacun de ces pauvres types que tu as dérangés sans raison. Tout de même, faut-il que vous ayez la venette ! Pour un peu, tu me passerais les menottes.

— Je n'attendais que ton désir, dit M. Weber.

— Vas-y donc, mon vieux. Faut bien rendre la partie égale entre nous ! Pense donc, tu n'es que trois cents aujourd'hui !

Les mains enchaînées, il descendit de voiture devant le perron, et tout de suite on le dirigea vers une pièce où se tenait M. Formerie. Les agents sortirent. M. Weber seul resta.

— Pardonnez-moi, monsieur le juge d'instruction, dit Lupin, j'ai peut-être une ou deux minutes de retard. Soyez sûr qu'une autre fois je m'arrangerai…

M. Formerie était blême. Un tremblement nerveux l'agitait. Il bégaya :

— Monsieur, Mme Formerie…

Il dut s'interrompre, à bout de souffle, la gorge étranglée.

— Comment va-t-elle, cette bonne Mme Formerie ? demanda Lupin avec intérêt. J'ai eu le plaisir de danser avec elle, cet hiver, au bal de l'Hôtel de Ville, et ce souvenir…

— Monsieur, recommença le juge d'instruction, monsieur, Mme Formerie a reçu de sa mère, hier soir, un coup de téléphone lui disant de passer en hâte. Mme Formerie, aussitôt, est partie, sans moi malheureusement, car j'étais en train d'étudier votre dossier.

— Vous étudiez mon dossier ? Voilà bien la boulette, observa Lupin.

— Or, à minuit, continua le juge, ne voyant pas revenir Mme Formerie, assez inquiet, j'ai couru chez sa mère ; Mme Formerie n'y était pas. Sa mère ne lui avait point téléphoné. Tout cela n'était que la plus abominable des embûches. À l'heure actuelle, Mme Formerie n'est pas encore rentrée.

— Ah ! fit Lupin avec indignation.

Et, après avoir réfléchi :

— Autant que je m'en souvienne, Mme Formerie est très jolie, n'est-ce pas ?

Le juge ne parut pas comprendre. Il s'avança vers Lupin, et d'une voix anxieuse, l'attitude quelque peu théâtrale :

— Monsieur, j'ai été prévenu ce matin par une lettre que ma femme me serait rendue immédiatement après que le sieur Steinweg serait découvert. Voici cette lettre. Elle est signée Lupin. Est-elle de vous ?

Lupin examina la lettre et conclut gravement :

— Elle est de moi.

— Ce qui veut dire que vous voulez obtenir de moi, par contrainte, la direction des recherches relatives au sieur Steinweg ?

— Je l'exige.

— Et que ma femme sera libre aussitôt après ?

— Elle sera libre.

— Même au cas où ces recherches seraient infructueuses ?

— Ce cas n'est pas admissible.

— Et si je refuse ? s'écria M. Formerie, dans un accès imprévu de révolte.

Lupin murmura :

— Un refus pourrait avoir des conséquences graves… Mme Formerie est jolie…

— Soit. Cherchez… vous êtes le maître, grinça M. Formerie.

Et M. Formerie se croisa les bras, en homme qui sait, à l'occasion, se résigner devant la force supérieure des événements.

M. Weber n'avait pas soufflé mot, mais il mordait rageusement sa moustache, et l'on sentait tout ce qu'il devait éprouver de colère à céder une fois de plus aux caprices de cet ennemi, vaincu et toujours victorieux.

— Montons, dit Lupin.

On monta.

— Ouvrez la porte de cette chambre.

On l'ouvrit.

— Qu'on m'enlève mes menottes.

Il y eut une minute d'hésitation. M. Formerie et M. Weber se consultèrent du regard.

— Qu'on m'enlève mes menottes, répéta Lupin.

— Je réponds de tout, assura le sous-chef.

Et, faisant signe aux huit hommes qui l'accompagnaient :

— L'arme au poing ! Au premier commandement, feu !

Les hommes sortirent leurs revolvers.

— Bas les armes, ordonna Lupin, et les mains dans les poches.

Et, devant l'hésitation des agents, il déclara fortement :

— Je jure sur l'honneur que je suis ici pour sauver la vie d'un homme qui agonise, et que je ne chercherai pas à m'évader.

— L'honneur de Lupin… marmotta l'un des agents.

Un coup de pied sec sur la jambe lui fit pousser un hurlement de douleur. Tous les agents bondirent, secoués de haine.

— Halte ! cria M. Weber en s'interposant. Va, Lupin je te donne une heure… Si, dans une heure…

— Je ne veux pas de conditions, objecta Lupin, intraitable.

— Eh ! fais donc à ta guise, animal ! grogna le sous-chef exaspéré.

Et il recula, entraînant ses hommes avec lui.

— À merveille, dit Lupin. Comme ça, on peut travailler tranquillement.

Il s'assit dans un confortable fauteuil, demanda une cigarette, l'alluma, et se mit à lancer vers le plafond des anneaux de fumée, tandis que les autres attendaient avec une curiosité qu'ils n'essayaient pas de dissimuler. Au bout d'un instant :

— Weber, fais déplacer le lit. On déplaça le lit.

— Qu'on enlève tous les rideaux de l'alcôve. On enleva les rideaux. Un long silence commença. On eût dit une de ces expériences d'hypnotisme auxquelles on assiste avec une ironie mêlée d'angoisse, avec la peur obscure des choses mystérieuses qui peuvent se produire. On allait peut-être voir un moribond surgir de l'espace, évoqué par l'incantation irrésistible du magicien. On allait peut-être voir...

— Quoi, déjà ! s'écria M. Formerie.

— Ça y est, dit Lupin.

— Croyez-vous donc, monsieur le juge d'instruction, que je ne pense à rien dans ma cellule, et que je me sois fait amener ici sans avoir quelques idées précises sur la question ?

— Et alors ? dit M. Weber.

— Envoie l'un de tes hommes au tableau des sonneries électriques. Ça doit être accroché du côté des cuisines.

Un des agents s'éloigna.

— Maintenant, appuie sur le bouton de la sonnerie électrique qui se trouve ici, dans l'alcôve, à la hauteur du lit... Bien... Appuie fort... Ne lâche pas... Assez comme ça... Maintenant, rappelle le type qu'on a envoyé en bas.

Une minute après, l'agent remontait.

— Eh bien ! l'artiste, tu as entendu la sonnerie ?

— Non.

— Un des numéros du tableau s'est déclenché ?

— Non.

— Parfait. Je ne me suis pas trompé, dit Lupin. Weber, aie l'obligeance de dévisser cette sonnerie, qui est fausse, comme tu le vois... C'est cela... commence par tourner la petite cloche de porcelaine qui entoure le bouton... Parfait... Et maintenant, qu'est-ce que tu aperçois ?

— Une sorte d'entonnoir, répliqua M. Weber, on dirait l'extrémité d'un tube.

— Penche-toi... applique ta bouche à ce tube, comme si c'était un porte-voix...

— Ça y est.

— Appelle... Appelle : « Steinweg !... Holà ! Steinweg !... » Inutile de crier... Parle simplement... Eh bien ?

— On ne répond pas.

— Tu es sûr ? Écoute... On ne répond pas ?

— Non.

— Tant pis, c'est qu'il est mort... ou hors d'état de répondre. M. Formerie s'exclama :

— En ce cas, tout est perdu.

— Rien n'est perdu, dit Lupin, mais ce sera plus long. Ce tube a deux extrémités, comme tous les tubes ; il s'agit de le suivre jusqu'à la seconde extrémité.

— Mais il faudra démolir toute la maison.

— Mais non... mais non... vous allez voir... Il s'était mis lui-même à la besogne, entouré par tous les agents qui pensaient, d'ailleurs, beaucoup plus à regarder ce qu'il faisait qu'à le surveiller.

Il passa dans l'autre chambre, et, tout de suite, ainsi qu'il l'avait prévu, il aperçut un tuyau de plomb qui émergeait d'une encoignure et qui montait vers le plafond comme une conduite d'eau.

— Ah ! ah ! dit Lupin, ça monte ! Pas bête... Généralement on cherche dans les caves...

Le fil était découvert ; il n'y avait qu'à se laisser guider. Ils gagnèrent ainsi le second étage, puis le troisième, puis les mansardes. Et ils virent ainsi que le plafond d'une de ces mansardes était crevé, et que le tuyau passait dans un grenier très bas, lequel était lui-même percé dans sa partie supérieure.

Or, au-dessus, c'était le toit.

Ils plantèrent une échelle et traversèrent une lucarne. Le toit était formé de plaques de tôle.

— La piste est mauvaise, déclara M. Formerie.

Lupin haussa les épaules.

— Pas du tout.

— Cependant, puisque le tuyau aboutit sous les plaques de tôle.

— Cela prouve simplement que, entre ces plaques de tôle et la partie supérieure du grenier, il y a un espace libre où nous trouverons ce que nous cherchons.

— Impossible !

— Nous allons voir. Que l'on soulève les plaques... Non, pas là... C'est ici que le tuyau doit déboucher.

Trois agents exécutèrent l'ordre. L'un d'eux poussa une exclamation :

— Ah ! nous y sommes !

On se pencha. Lupin avait raison. Sous les plaques que soutenait un treillis de lattes de bois à demi pourries, un vide existait sur une hauteur d'un mètre tout au plus, à l'endroit le plus élevé.

Le premier agent qui descendit creva le plancher et tomba dans le grenier.

Il fallut continuer sur le toit avec précaution, tout en soulevant la tôle.

Un peu plus loin, il y avait une cheminée. Lupin, qui marchait en tête et qui suivait le travail des agents, s'arrêta et dit :

— Voilà.

Un homme – un cadavre plutôt – gisait, dont ils virent, à la lueur éclatante du jour, la face livide et convulsée de douleur. Des chaînes le liaient à des anneaux de fer engagés dans le corps de la cheminée. Il y avait deux écuelles vides auprès de lui.

— Il est mort, dit le juge d'instruction.

— Qu'en savez-vous ? riposta Lupin.

Il se laissa glisser, du pied tâta le parquet qui lui sembla plus solide à cet endroit, et s'approcha du cadavre. M. Formerie et le sous-chef imitèrent son exemple.

Après un instant d'examen. Lupin prononça :

— Il respire encore.

— Oui, dit M. Formerie… le cœur bat faiblement, mais il bat. Croyez-vous qu'on puisse le sauver ?

— Évidemment ! puisqu'il n'est pas mort… déclara Lupin avec une belle assurance.

Et il ordonna :

— Du lait, tout de suite ! Du lait additionné d'eau de Vichy. Au galop ! Et je réponds de tout.

Vingt minutes plus tard, le vieux Steinweg ouvrit les yeux.

Lupin, qui était agenouillé près de lui, murmura lentement, nettement, de façon à graver ses paroles dans le cerveau du malade :

— Écoute, Steinweg, ne révèle à personne le secret de Pierre Leduc. Moi, Arsène Lupin, je te l'achète le prix que tu veux. Laisse-moi faire.

Le juge d'instruction prit Lupin par le bras et, gravement :

— Mme Formerie ?

— Mme Formerie est libre. Elle vous attend avec impatience.

— Comment cela ?

— Voyons, monsieur le juge d'instruction, je savais bien que vous consentiriez à la petite expédition que je vous proposais. Un refus de votre part n'était pas admissible…

— Pourquoi ?

— Mme Formerie est trop jolie.

UNE PAGE DE L'HISTOIRE MOSERNE

I

Lupin lança violemment ses deux poings de droite et de gauche, puis les ramena sur sa poitrine, puis les lança de nouveau, et de nouveau les ramena.

Ce mouvement, qu'il exécuta trente fois de suite, fut remplacé par une flexion du buste en avant et en arrière, laquelle flexion fut suivie d'une élévation alternative des jambes, puis d'un moulinet alternatif des bras.

Cela dura un quart d'heure, le quart d'heure qu'il consacrait chaque matin, pour dérouiller ses muscles, à des exercices de gymnastique suédoise.

Ensuite, il s'installa devant sa table, prit des feuilles de papier blanc qui étaient disposées en paquets numérotés, et, pliant l'une d'elles, il en fit une enveloppe – ouvrage qu'il recommença avec une série de feuilles successives.

C'était la besogne qu'il avait acceptée et à laquelle il s'astreignait tous les jours, les détenus ayant le droit de choisir les travaux qui leur plaisaient : collage d'enveloppes, confection d'éventails en papier, de bourses en métal, etc.

Et de la sorte, tout en occupant ses mains à un exercice machinal, tout en assouplissant ses muscles par des flexions mécaniques. Lupin ne cessait de songer à ses affaires.

Le grondement des verrous, le fracas de la serrure…

— Ah ! c'est vous, excellent geôlier. Est-ce la minute de la toilette suprême, la coupe de cheveux qui précède la grande coupe finale ?

— Non, fit l'homme.

— L'instruction, alors ? La promenade au Palais ? Ça m'étonne, car ce bon M. Formerie m'a prévenu ces jours-ci que, dorénavant, et par prudence, il m'interrogerait dans ma cellule même – ce qui, je l'avoue, contrarie mes plans.

— Une visite pour vous, dit l'homme d'un ton laconique.

— Ça y est, pensa Lupin.

Et tout en se rendant au parloir, il se disait :

— Nom d'un chien, si c'est ce que je crois, je suis un rude type ! En quatre jours, et du fond de mon cachot, avoir mis cette affaire-là debout, quel coup de maître !

Munis d'une permission en règle, signée par le Directeur de la première division à la Préfecture de police, les visiteurs sont introduits dans les étroites cellules qui servent de parloirs. Ces cellules, coupées au milieu par deux grillages, que sépare un intervalle de cinquante centimètres, ont deux portes, qui donnent sur deux couloirs différents. Le détenu entre par une porte, le visiteur par l'autre. Ils ne peuvent donc ni se toucher, ni parler à voix basse, ni opérer entre eux le moindre échange d'objets. En outre, dans certains cas, un gardien peut assister à l'entrevue.

En l'occurrence, ce fut le gardien-chef qui eut cet honneur.

— Qui diable a obtenu l'autorisation de me faire visite ? s'écria Lupin en entrant. Ce n'est pourtant pas mon jour de réception.

Pendant que le gardien fermait la porte, il s'approcha du grillage et examina la personne qui se tenait derrière l'autre grillage et dont les traits se discernaient confusément dans la demi-obscurité.

— Ah ! fit-il avec joie, c'est vous, monsieur Stripani ! Quelle heureuse chance !

— Oui, c'est moi, mon cher prince.

— Non, pas de titre, je vous en supplie, cher monsieur. Ici, j'ai renoncé à tous ces hochets de la vanité humaine. Appelez-moi Lupin, c'est plus de situation.

— Je veux bien, mais c'est le prince Sernine que j'ai connu, c'est le prince Sernine qui m'a sauvé de la misère et qui m'a rendu le bonheur et la fortune, et vous comprendrez que, pour moi, vous resterez toujours le prince Sernine.

— Au fait ! monsieur Stripani… Au fait ! Les instants du gardien-chef sont précieux, et nous n'avons pas le droit d'en abuser. En deux mots, qu'est-ce qui vous amène ?

— Ce qui m'amène ? Oh ! mon Dieu, c'est bien simple. Il m'a semblé que vous seriez mécontent de moi si je m'adressais à un autre qu'à vous pour compléter l'œuvre que vous avez commencée. Et puis, seul, vous avez eu en mains tous les éléments qui vous ont permis, à cette époque, de reconstituer la vérité et de concourir à mon salut. Par conséquent, seul, vous êtes à même de parer au nouveau coup qui me menace. C'est ce que M. le Préfet de police a compris lorsque je lui ai exposé la situation…

— Je m'étonnais, en effet, qu'on vous eût autorisé…

— Le refus était impossible, mon cher prince. Votre intervention est nécessaire dans une affaire où tant d'intérêts sont en jeu, et des intérêts qui ne sont pas seulement les miens, mais qui concernent les personnages haut placés que vous savez…

Lupin observait le gardien du coin de l'œil. Il écoutait avec une vive attention, le buste incliné, avide de surprendre la signification secrète des paroles échangées.

— De sorte que ?… demanda Lupin.

— De sorte que, mon cher prince, je vous supplie de rassembler tous vos souvenirs au sujet de ce document imprimé, rédigé en quatre langues, et dont le début tout au moins avait rapport…

Un coup de poing sur la mâchoire, un peu en dessous de l'oreille… le gardien-chef chancela deux ou trois secondes, et, comme une masse, sans un gémissement, tomba dans les bras de Lupin.

— Bien touché, Lupin, dit celui-ci. C'est de l'ouvrage proprement « faite ». Dites donc, Steinweg, vous avez le chloroforme ?

— Etes-vous sûr qu'il est évanoui ?

— Tu parles ! Il en a pour trois ou quatre minutes… mais ça ne suffirait pas.

L'Allemand sortit de sa poche un tube de cuivre qu'il allongea comme un télescope, et au bout duquel était fixé un minuscule flacon.

Lupin prit le flacon, en versa quelques gouttes sur un mouchoir, et appliqua ce mouchoir sous le nez du gardien-chef.

— Parfait !… Le bonhomme a son compte… J'écoperai pour ma peine huit ou quinze jours de cachot… Mais ça, ce sont les petits bénéfices du métier.

— Et moi ?

— Vous ? Que voulez-vous qu'on vous fasse ?

— Dame ! le coup de poing…

— Vous n'y êtes pour rien.

— Et l'autorisation de vous voir ? C'est un faux, tout simplement.

— Vous n'y êtes pour rien.

— J'en profite.

— Pardon ! Vous avez déposé avant-hier une demande régulière au nom de Stripani. Ce matin, vous avez reçu une réponse officielle. Le reste ne vous regarde pas. Mes amis seuls, qui ont confectionné la réponse, peuvent être inquiétés. Va-t'en voir s'ils viennent !…

— Et si l'on nous interrompt ?

— Pourquoi ?

— On a eu l'air suffoqué, ici, quand j'ai sorti mon autorisation de voir Lupin. Le directeur m'a fait venir et l'a examinée dans tous les sens. Je ne doute pas que l'on téléphone à la Préfecture de police.

— Et moi j'en suis sûr.

— Alors ?

— Tout est prévu, mon vieux. Ne te fais pas de bile, et causons. Je suppose que, si tu es venu ici, c'est que tu sais ce dont il s'agit ?

— Oui. Vos amis m'ont expliqué…

— Et tu acceptes ?

— L'homme qui m'a sauvé de la mort peut disposer de moi comme il l'entend. Quels que soient les services que je pourrai lui rendre, je resterai encore son débiteur.

— Avant de livrer ton secret, réfléchis à la position où je me trouve… prisonnier… impuissant…

Steinweg se mit à rire :

— Non, je vous en prie, ne plaisantons pas. J'avais livré mon secret à Kesselbach parce qu'il était riche et qu'il pouvait, mieux qu'un autre, en tirer parti ; mais, tout prisonnier que vous êtes, et tout impuissant, je vous considère comme cent fois plus fort que Kesselbach avec ses cent millions.

— Oh ! oh !

— Et vous le savez bien ! Cent millions n'auraient pas suffi pour découvrir le trou où j'agonisais, pas plus que pour m'amener ici, pendant une heure, devant le prisonnier impuissant que vous êtes. Il faut autre chose. Et cette autre chose, vous l'avez.

— En ce cas, parle. Et procédons par ordre. Le nom de l'assassin ?

— Cela, impossible.

— Comment, impossible ? Mais puisque tu le connais et que tu dois tout me révéler.

— Tout, mais pas cela.

— Cependant…

— Plus tard.

— Tu es fou ! mais pourquoi ?

— Je n'ai pas de preuves. Plus tard, quand vous serez libre, nous chercherons ensemble. À quoi bon d'ailleurs ! Et puis, vraiment, je ne peux pas.

— Tu as peur de lui ?

— Oui.

— Soit, dit Lupin. Après tout, ce n'est pas cela le plus urgent. Pour le reste, tu es résolu à parler ?

— Sur tout.

— Eh bien ! réponds. Comment s'appelle Pierre Leduc ?

— Hermann IV, grand-duc de Deux-Ponts-Veldenz, prince de Berncastel, comte de Fistingen, seigneur de Wiesbaden et autres lieux.

Lupin eut un frisson de joie, en apprenant que, décidément, son protégé n'était pas le fils d'un charcutier.

— Fichtre ! murmura-t-il, nous avons du titre !… Autant que je sache, le grand-duché de Deux-Ponts-Veldenz est en Prusse ?

— Oui, sur la Moselle. La maison de Veldenz est un rameau de la maison Palatine de Deux-Ponts. Le grand-duché fut occupé par les Français après la paix de Lunéville, et fit partie du département du Mont-Tonnerre. En 1814, on le reconstitua au profit d'Hermann I, bisaïeul de notre Pierre Leduc. Le fils, Hermann II, eut une jeunesse orageuse, se ruina, dilapida les finances de son pays, se rendit insupportable à ses sujets qui finirent par brûler en partie le vieux château de Veldenz et par chasser leur maître de ses États. Le grand-duché fut alors administré et gouverné par trois régents, au nom de Hermann II, qui, anomalie assez curieuse, n'abdiqua pas et garda son titre de grand-duc régnant. Il vécut assez pauvre à Berlin, plus tard fit la campagne de France, aux côtés de Bismarck dont il était l'ami, fut emporté par un éclat d'obus au siège de Paris, et, en mourant, confia à Bismarck son fils Hermann… Hermann III.

— Le père, par conséquent, de notre Leduc, dit Lupin.

— Oui. Hermann III fut pris en affection par le chancelier qui, à diverses reprises, se servit de lui comme envoyé secret auprès de personnalités étrangères. À la chute de son protecteur, Hermann III quitta Berlin, voyagea et revint se fixer à Dresde. Quand Bismarck mourut, Hermann III était là. Lui-même mourait deux ans plus tard. Voilà les faits publics, connus de tous en Allemagne, voilà l'histoire des trois Hermann, grands-ducs de Deux-Ponts-Veldenz au XIXe siècle.

— Mais le quatrième, Hermann IV, celui qui nous occupe ?

— Nous en parlerons tout à l'heure. Passons maintenant aux faits ignorés.

— Et connus de toi seul, dit Lupin.

— De moi seul, et de quelques autres.

— Comment, de quelques autres ? Le secret n'a donc pas été gardé ?

— Si, si, le secret est bien gardé par ceux qui le détiennent. Soyez sans crainte, ceux-là ont tout intérêt, je vous en réponds, à ne pas le divulguer.

— Alors ! Comment le connais-tu ?

— Par un ancien domestique et secrétaire intime du grand-duc Hermann, dernier du nom. Ce domestique, qui mourut entre mes bras au Cap, me confia d'abord que son maître s'était marié clandestinement et qu'il avait laissé un fils. Puis il me livra le fameux secret.

— Celui-là même que tu dévoilas plus tard à Kesselbach ?

— Oui.

— Parle.

À l'instant même où il disait cette parole, on entendit un bruit de clef dans la serrure.

II

– Pas un mot, murmura Lupin.

Il s'effaça contre le mur, auprès de la porte. Le battant s'ouvrit. Lupin le referma violemment, bousculant un homme, un geôlier qui poussa un cri.

Lupin le saisit à la gorge.

— Tais-toi, mon vieux. Si tu rouspètes, tu es fichu.

Il le coucha par terre.

— Es-tu sage ?… Comprends-tu la situation ? Oui ? Parfait… Où est ton mouchoir ? Donne tes poignets, maintenant… Bien, je suis tranquille. Écoute… On t'a envoyé par précaution, n'est-ce pas ? pour assister le gardien-chef en cas de besoin ?… Excellente mesure, mais un peu tardive. Tu vois, le gardien-chef est mort !… Si tu bouges, si tu appelles, tu y passes également.

Il prit les clefs de l'homme et introduisit l'une d'elles dans la serrure.

— Comme ça, nous sommes tranquilles.

— De votre côté… mais du mien ? observa le vieux Steinweg.

— Pourquoi viendrait-on ?

— Si l'on a entendu le cri qu'il a poussé ?

— Je ne crois pas. Mais en tout cas mes amis t'ont donné les fausses clefs ?

— Oui.

— Alors, bouche la serrure... C'est fait ? Eh bien ! maintenant nous avons, pour le moins, dix bonnes minutes devant nous. Tu vois, mon cher, comme les choses les plus difficiles en apparence sont simples en réalité. Il suffit d'un peu de sang-froid et de savoir se plier aux circonstances. Allons, ne t'émeus pas, et cause. En allemand, veux-tu ? Il est inutile que ce type-là participe aux secrets d'état que nous agitons. Va, mon vieux, et posément. Nous sommes ici chez nous.

Steinweg reprit :

— Le soir même de la mort de Bismarck, le grand-duc Hermann III et son fidèle domestique – mon ami du Cap – montèrent dans un train qui les conduisit à Munich à temps pour prendre le rapide de Vienne. De Vienne ils allèrent à Constantinople, puis au Caire, puis à Naples, puis à Tunis, puis en Espagne, puis à Paris, puis à Londres, à Saint-Pétersbourg, à Varsovie... Et dans aucune de ces villes, ils ne s'arrêtaient. Ils sautaient dans un fiacre, faisaient charger leurs deux valises, galopaient à travers les rues, filaient vers une station voisine ou vers l'embarcadère, et reprenaient le train ou le paquebot.

— Bref, suivis, ils cherchaient à dépister, conclut Arsène Lupin.

— Un soir, ils quittèrent la ville de Trèves, vêtus de blouses et de casquettes d'ouvriers, un bâton sur le dos, un paquet au bout du bâton. Ils firent à pied les trente-cinq kilomètres qui les séparaient de Veldenz où se trouve le vieux château de Deux-Ponts, ou plutôt les ruines du vieux château.

— Pas de description.

— Tout le jour, ils restèrent cachés dans une forêt avoisinante. La nuit d'après, ils s'approchèrent des anciens remparts. Là, Hermann ordonna à son domestique de l'attendre, et il escalada le mur à l'endroit d'une brèche nommée la Brèche-au-Loup. Une heure plus tard il revenait. La semaine suivante, après de nouvelles pérégrinations, il retournait chez lui, à Dresde. L'expédition était finie.

— Et le but de cette expédition ?

— Le grand-duc n'en souffla pas un mot à son domestique. Mais celui-ci, par certains détails, par la coïncidence des faits qui se produisirent, put reconstituer la vérité, du moins en partie.

— Vite, Steinweg, le temps presse maintenant, et je suis avide de savoir.

— Quinze jours après l'expédition, le comte de Waldemar, officier de la garde de l'Empereur et l'un de ses amis personnels, se présentait chez le grand-duc accompagné de six hommes. Il resta là toute la journée, enfermé dans le bureau du grand-duc. À plusieurs reprises, on entendit le bruit d'altercations, de violentes disputes. Cette phrase, même, fut perçue par le domestique, qui passait dans le jardin, sous les fenêtres : « Ces papiers vous ont été remis, Sa Majesté en est sûre. Si vous ne voulez pas me les remettre de votre plein gré... » Le reste de la phrase, le sens de la menace et de toute la scène d'ailleurs, se devinent aisément par la suite : la maison d'Hermann fut visitée de fond en comble.

— Mais c'était illégal.

— C'eût été illégal si le grand-duc s'y fût opposé, mais il accompagna lui-même le comte dans sa perquisition.

— Et que cherchait-on ? Les mémoires du Chancelier ?

— Mieux que cela. On cherchait une liasse de papiers secrets dont on connaissait l'existence par des indiscrétions commises, et dont on savait, de façon certaine, qu'ils avaient été confiés au grand-duc Hermann.

Lupin était appuyé des deux coudes contre le grillage, et ses doigts se crispaient aux mailles de fer. Il murmura, la voix émue :

— Des papiers secrets... et très importants sans doute ?

— De la plus haute importance. La publication de ces papiers aurait des résultats que l'on ne peut prévoir, non seulement au point de vue de la politique intérieure, mais au point de vue des relations étrangères.

— Oh ! répétait Lupin, tout palpitant... oh ! est-ce possible ! Quelle preuve as-tu ?

— Quelle preuve ? Le témoignage même de la femme du grand-duc, les confidences qu'elle fit au domestique après la mort de son mari.

— En effet... en effet... balbutia Lupin... C'est le témoignage même du grand-duc que nous avons.

— Mieux encore ! s'écria Steinweg.

— Quoi ?

— Un document ! un document écrit de sa main, signé de sa signature et qui contient...

— Qui contient ?

— La liste des papiers secrets qui lui furent confiés.

— En deux mots ?...

— En deux mots, c'est impossible. Le document est long, entremêlé d'annotations, de remarques quelquefois incompréhensibles. Que je vous cite seulement deux titres qui correspondent à deux liasses de papiers secrets ; « Lettres originales du Kronprinz à Bismarck. » Les dates montrent que ces lettres furent écrites pendant les trois mois de règne de Frédéric III. Pour imaginer ce que peuvent contenir ces lettres, rappelez-vous la maladie de Frédéric III, ses démêlés avec son fils...

— Oui... oui... je sais... et l'autre titre ?

— « Photographies des lettres de Frédéric III et de l'impératrice Victoria à la reine Victoria d'Angleterre... »

— Il y a cela ?... il y a cela ?... fit Lupin, la gorge étranglée.

— Écoutez les annotations du grand-duc : « Texte du traité avec l'Angleterre et la France. » Et ces mots un peu obscurs : « Alsace-Lorraine... Colonies... Limitation navale... »

— Il y a cela, bredouilla Lupin... Et c'est obscur, dis-tu ? Des mots éblouissants, au contraire !... Ah ! est-ce possible !...

Du bruit à la porte. On frappa.

— On n'entre pas, dit-il, je suis occupé...

On frappa à l'autre porte, du côté de Steinweg. Lupin cria :

— Un peu de patience, j'aurai fini dans cinq minutes. Il dit au vieillard d'un ton impérieux :

— Sois tranquille, et continue... Alors, selon toi, l'expédition du grand-duc et de son domestique au château de Veldenz n'avait d'autre but que de cacher ces papiers ?

— Le doute n'est pas admissible.

— Soit. Mais le grand-duc a pu les retirer, depuis.

— Non, il n'a pas quitté Dresde jusqu'à sa mort.

— Mais les ennemis du grand-duc, ceux qui avaient tout intérêt à les reprendre et à les anéantir, ceux-là ont pu les chercher là où ils étaient, ces papiers ?

— Leur enquête les a menés en effet jusque-là.

— Comment le sais-tu ?

— Vous comprenez bien que je ne suis pas resté inactif, et que mon premier soin, quand ces révélations m'eurent été faites, fut d'aller à Veldenz et de me renseigner moi-même dans les villages voisins. Or j'appris que, deux fois déjà, le château avait été envahi par une douzaine d'hommes venus de Berlin et accrédités auprès des régents.

— Eh bien ?

— Eh bien ! ils n'ont rien trouvé, car, depuis cette époque, la visite du château n'est pas permise.

— Mais qui empêche d'y pénétrer ?

— Une garnison de cinquante soldats qui veillent jour et nuit.

— Des soldats du grand-duché ?

— Non, des soldats détachés de la garde personnelle de l'Empereur. Des voix s'élevèrent dans le couloir, et de nouveau l'on frappa, en interpellant le gardien-chef.

— Il dort, monsieur le Directeur, dit Lupin, qui reconnut la voix de M. Borély.

— Ouvrez ! je vous ordonne d'ouvrir.

— Impossible, la serrure est mêlée. Si j'ai un conseil à vous donner, c'est de pratiquer une incision tout autour de ladite serrure.

— Ouvrez !

— Et le sort de l'Europe que nous sommes en train de discuter, qu'est-ce que vous en faites ?

Il se tourna vers le vieillard :

— De sorte que tu n'as pas pu entrer dans le château ?

— Non.

— Mais tu es persuadé que les fameux papiers y sont cachés.

— Voyons ! ne vous ai-je pas donné toutes les preuves ? N'êtes-vous pas convaincu ?

— Si, si, murmura Lupin, c'est là qu'ils sont cachés... il n'y a pas de doute... c'est là qu'ils sont cachés.

Il semblait voir le château. Il semblait évoquer la cachette mystérieuse. Et la vision d'un trésor inépuisable, l'évocation de coffres emplis de pierres précieuses et de richesses, ne l'aurait pas ému plus que l'idée de ces chiffons de papier sur lesquels veillait la garde du Kaiser. Quelle merveilleuse conquête à entreprendre ! Et combien digne de lui ! et comme il avait, une fois de plus, fait preuve de clairvoyance et d'intuition en se lançant au hasard sur cette piste inconnue !

Dehors, « on travaillait » la serrure.

Il demanda au vieux Steinweg :

— De quoi le grand-duc est-il mort ?

— D'une pleurésie, en quelques jours. C'est à peine s'il put reprendre connaissance, et ce qu'il y avait d'horrible, c'est que l'on voyait, paraît-il, les efforts inouïs qu'il faisait, entre deux accès de délire, pour rassembler ses idées et prononcer des paroles. De temps en temps il appelait sa femme, la regardait d'un air désespéré et agitait vainement ses lèvres.

— Bref, il parla ? dit brusquement Lupin, que le « travail » fait autour de la serrure commençait à inquiéter.

— Non, il ne parla pas. Mais dans une minute plus lucide, à force d'énergie, il réussit à tracer des signes sur une feuille de papier que sa femme lui présenta.

— Eh bien ! ces signes ?...

— Indéchiffrables, pour la plupart...

— Pour la plupart... mais les autres ? dit Lupin avidement... Les autres ?

— Il y a d'abord trois chiffres parfaitement distincts : un 8, un 1 et un 3...

— 813... oui, je sais... après ?

— Après, des lettres... plusieurs lettres parmi lesquelles il n'est possible de reconstituer en toute certitude qu'un groupe de trois et, immédiatement après, un groupe de deux lettres.

— « Apoon », n'est-ce pas ?

— Ah ! vous savez...

La serrure s'ébranlait, presque toutes les vis ayant été retirées. Lupin demanda, anxieux soudain à l'idée d'être interrompu :

— De sorte que ce mot incomplet « Apoon » et ce chiffre 813 sont les formules que le grand-duc léguait à sa femme et à son fils pour leur permettre de retrouver les papiers secrets ?

— Oui.

Lupin se cramponna des deux mains à la serrure pour l'empêcher de tomber.

— Monsieur le Directeur, vous allez réveiller le gardien-chef. Ce n'est pas gentil, une minute encore, voulez-vous ? Steinweg, qu'est devenue la femme du grand-duc ?

— Elle est morte, peu après son mari, de chagrin, pourrait-on dire.

— Et l'enfant fut recueilli par la famille ?

— Quelle famille ? Le grand-duc n'avait ni frères, ni sœurs. En outre il n'était marié que morganatiquement et en secret. Non, l'enfant fut emmené par le vieux serviteur d'Hermann, qui l'éleva sous le nom de Pierre Leduc. C'était un assez mauvais garçon, indépendant, fantasque, difficile à vivre. Un jour il partit. On ne l'a pas revu.

— Il connaissait le secret de sa naissance ?

— Oui, et on lui montra la feuille de papier sur laquelle Hermann avait écrit des lettres et des chiffres, 813, etc...

— Et cette révélation, par la suite, ne fut faite qu'à toi ?

— Oui.

— Et toi, tu ne t'es confié qu'à M. Kesselbach ?

— À lui seul. Mais, par prudence, tout en lui montrant la feuille des signes et des lettres, ainsi que la liste dont je vous ai parlé, j'ai gardé ces deux documents. L'événement a prouvé que j'avais raison.

— Et ces documents, tu les as ?

— Oui.

— Ils sont en sûreté ?

— Absolument.

— À Paris ?

— Non.

— Tant mieux. N'oublie pas que ta vie est en danger, et qu'on te poursuit.

— Je le sais. Au moindre faux pas, je suis perdu.

— Justement. Donc, prends tes précautions, dépiste l'ennemi, va prendre tes papiers, et attends mes instructions. L'affaire est dans le sac. D'ici un mois au plus tard, nous irons visiter ensemble le château de Veldenz.

— Si je suis en prison ?

— Je t'en ferai sortir.

— Est-ce possible ?

— Le lendemain même du jour où j'en sortirai. Non, je me trompe, le soir même… une heure après.

— Vous avez donc un moyen ?

— Depuis dix minutes, oui, et infaillible. Tu n'as rien à me dire ?

— Non.

— Alors, j'ouvre.

Il tira la porte, et, s'inclinant devant M. Borély :

— Monsieur le Directeur, je ne sais comment m'excuser…

Il n'acheva pas. L'irruption du directeur et de trois hommes ne lui en laissa pas le temps. M. Borély était pâle de rage et d'indignation. La vue des deux gardiens étendus le bouleversa.

— Morts ! s'écria-t-il.

— Mais non, mais non, ricana Lupin. Tenez, celui-là bouge. Parle donc, animal.

— Mais l'autre ? reprit M. Borély en se précipitant sur le gardien-chef.

— Endormi seulement, monsieur le Directeur. Il était très fatigué, alors je lui ai accordé quelques instants de repos. J'intercède en sa faveur. Je serais désolé que ce pauvre homme…

— Assez de blagues, dit M. Borély violemment.

Et s'adressant aux gardiens :

— Qu'on le reconduise dans sa cellule… en attendant. Quant à ce visiteur…

Lupin n'en sut pas davantage sur les intentions de M. Borély par rapport au vieux Steinweg. Mais c'était pour lui une question absolument insignifiante. Il emportait dans sa solitude des problèmes d'un intérêt autrement considérable que le sort du vieillard. Il possédait le secret de M. Kesselbach !

LA GRANDE COMBINAISON DE LUPIN

I

À son grand étonnement, le cachot lui fut épargné. M. Borély, en personne, vint lui dire, quelques heures plus tard, qu'il jugeait cette punition inutile.

— Plus qu'inutile, monsieur le Directeur, dangereuse, répliqua Lupin… dangereuse, maladroite et séditieuse.

— Et en quoi ? fit M. Borély, que son pensionnaire inquiétait décidément de plus en plus.

— En ceci, monsieur le Directeur. Vous arrivez à l'instant de la Préfecture de police où vous avez raconté à qui de droit la révolte du détenu Lupin, et où vous avez exhibé le permis de visite accordé au sieur Stripani. Votre excuse était toute simple, puisque, quand le sieur Stripani vous avait présenté le permis, vous aviez eu la précaution de téléphoner à la Préfecture et de manifester votre surprise, et que, à la Préfecture, on vous avait répondu que l'autorisation était parfaitement valable.

— Ah ! vous savez…

— Je le sais d'autant mieux que c'est un de mes agents qui vous a répondu à la Préfecture. Aussitôt, et sur votre demande, enquête immédiate de qui-de-droit, lequel qui-de-droit découvre que l'autorisation n'est autre chose qu'un faux, établi… on est en train de chercher par qui, et soyez tranquille, on ne découvrira rien…

M. Borély sourit, en manière de protestation.

— Alors, continua Lupin, on interroge mon ami Stripani qui ne fait aucune difficulté pour avouer son vrai nom, Steinweg ! Est-ce possible ! Mais en ce cas le détenu Lupin aurait réussi à introduire quelqu'un dans la prison de la Santé et à converser une heure avec lui ! Quel scandale ! Mieux vaut l'étouffer, n'est-ce pas ? On relâche M. Steinweg, et l'on envoie M. Borély comme ambassadeur auprès du détenu Lupin, avec tous pouvoirs pour acheter son silence. Est-ce vrai, monsieur le Directeur ?

— Absolument vrai ! dit M. Borély, qui prit le parti de plaisanter pour cacher son embarras. On croirait que vous avez le don de double vue. Et alors, vous acceptez nos conditions ?

Lupin éclata de rire.

— C'est-à-dire que je souscris à vos prières ! Oui, monsieur le Directeur, rassurez ces messieurs de la Préfecture. Je me tairai. Après tout, j'ai assez de victoires à mon actif pour vous accorder la faveur de mon silence. Je ne ferai aucune communication à la presse du moins sur ce sujet-là.

C'était se réserver la liberté d'en faire sur d'autres sujets. Toute l'activité de Lupin, en effet, allait converger vers ce double but : correspondre avec ses amis, et, par eux, mener une de ces campagnes de presse où il excellait.

Dès l'instant de son arrestation, d'ailleurs, il avait donné les instructions nécessaires aux deux Doudeville, et il estimait que les préparatifs étaient sur le point d'aboutir.

Tous les jours il s'astreignait consciencieusement à la confection des enveloppes dont on lui apportait chaque matin les matériaux en paquets numérotés, et qu'on remportait chaque soir, pliées et enduites de colle.

Or, la distribution des paquets numérotés s'opérant toujours de la même façon entre les détenus qui avaient choisi ce genre de travail, inévitablement, le paquet distribué à Lupin devait chaque jour porter le même numéro d'ordre.

À l'expérience, le calcul se trouva juste. Il ne restait plus qu'à suborner un des employés de l'entreprise particulière à laquelle étaient confiées la fourniture et l'expédition des enveloppes.

Ce fut facile.

Lupin, sûr de la réussite, attendait donc tranquillement que le signe, convenu entre ses amis et lui, apparût sur la feuille supérieure du paquet.

Le temps, d'ailleurs, s'écoulait rapide. Vers midi, il recevait la visite quotidienne de M. Formerie, et, en présence de Me Quimbel, son avocat, témoin taciturne, Lupin subissait un interrogatoire serré.

C'était sa joie. Ayant fini par convaincre M. Formerie de sa non-participation à l'assassinat du baron Altenheim, il avait avoué au juge d'instruction des forfaits absolument imaginaires, et les enquêtes aussitôt ordonnées par M. Formerie aboutissaient à des résultats ahurissants, à des méprises scandaleuses, où le public reconnaissait la façon personnelle du grand maître en ironie qu'était Lupin.

Petits jeux innocents, comme il disait. Ne fallait-il pas s'amuser ?

Mais l'heure des occupations plus graves approchait. Le cinquième jour, Arsène Lupin nota sur le paquet qu'on lui apporta le signe convenu, une marque d'ongle, en travers de la seconde feuille.

— Enfin, dit-il, nous y sommes.

Il sortit d'une cachette une fiole minuscule, la déboucha, humecta l'extrémité de son index avec le liquide qu'elle contenait, et passa son doigt sur la troisième feuille du paquet.

Au bout d'un moment, des jambages se dessinèrent, puis des lettres, puis des mots et des phrases.

Il lut :

« Tout va bien. Steinweg libre. Se cache en province. Geneviève Ernemont en bonne santé. Elle va souvent hôtel Bristol voir Mme Kesselbach malade. Elle y rencontre chaque fois Pierre Leduc. Répondez par même moyen. Aucun danger. »

Ainsi donc, les communications avec l'extérieur étaient établies. Une fois de plus les efforts de Lupin étaient couronnés de succès. Il n'avait plus maintenant qu'à exécuter son plan, à mettre en valeur les confidences du vieux Steinweg, et à conquérir sa liberté par une des plus extraordinaires et géniales combinaisons qui eussent germé dans son cerveau.

Et trois jours plus tard, paraissaient dans le *Grand Journal*, ces quelques lignes :

« En dehors des mémoires de Bismarck, qui, d'après les gens bien informés, ne contiennent que l'histoire officielle des événements auxquels fut mêlé le grand Chancelier, il existe une série de lettres confidentielles d'un intérêt considérable.

« Ces lettres ont été retrouvées. Nous savons de bonne source qu'elles vont être publiées incessamment. »

On se rappelle le bruit que souleva dans le monde entier cette note énigmatique, les commentaires auxquels on se livra, les suppositions émises, en particulier les polémiques de la presse allemande. Qui avait inspiré ces lignes ? De quelles lettres était-il question ? Quelles personnes les avaient écrites au Chancelier, ou qui les avait reçues de lui ? était-ce une vengeance posthume ? ou bien une indiscrétion commise par un correspondant de Bismarck ?

Une seconde note fixa l'opinion sur certains points, mais en la surexcitant d'étrange manière.

Elle était ainsi conçue :

« Santé-Palace, cellule 14, 2e division.

« Monsieur le Directeur du *Grand Journal*.

« Vous avez inséré dans votre numéro de mardi dernier un entrefilet rédigé d'après quelques mots qui m'ont échappé l'autre soir, au cours d'une conférence que j'ai faite à la Santé sur la politique étrangère. Cet entrefilet, véridique en ses parties essentielles, nécessite cependant une petite rectification. Les lettres existent bien, et nul ne peut en contester l'importance exceptionnelle, puisque, depuis dix ans, elles sont l'objet de recherches ininterrompues de la part du gouvernement intéressé. Mais personne ne sait où elles sont et personne ne connaît un seul mot de ce qu'elles contiennent...

« Le public, j'en suis sûr, ne m'en voudra pas de le faire attendre, avant de satisfaire sa légitime curiosité. Outre que je n'ai pas en mains tous les éléments nécessaires à la recherche de la vérité, mes occupations actuelles ne me permettent point de consacrer à cette affaire le temps que je voudrais.

« Tout ce que je puis dire pour le moment, c'est que ces lettes furent confiées par le mourant à l'un de ses amis les plus fidèles, et que cet ami eut à subir, par la suite, les lourdes conséquences de son dévouement. Espionnage, perquisitions domiciliaires, rien ne lui fut épargné.

« J'ai donné l'ordre aux deux meilleurs agents de ma police secrète de reprendre cette piste à son début, et je ne doute pas que, avant deux jours, je ne sois en mesure de percer à jour ce passionnant mystère.

« Signé : Arsène LUPIN. »

Ainsi donc, c'était Arsène Lupin qui menait l'affaire ! C'était lui qui, du fond de sa prison, mettait en scène la comédie ou la tragédie annoncée dans la première note. Quelle aventure ! On se réjouit. Avec un artiste comme lui, le spectacle ne pouvait manquer de pittoresque et d'imprévu.

Trois jours plus tard on lisait dans le *Grand Journal* :

« Le nom de l'ami dévoué auquel j'ai fait allusion m'a été livré. Il s'agit du grand-duc Hermann III, prince régnant (quoique dépossédé) du grand-duché de Deux-Ponts-Veldenz, et confident de Bismarck, dont il avait toute l'amitié.

« Une perquisition fut faite à son domicile par le comte de W... accompagné de douze hommes. Le résultat de cette perquisition fut négatif, mais la preuve n'en fut pas moins établie que le grand-duc était en possession des papiers.

« Où les avait-il cachés ? C'est une question que nul au monde, probablement, ne saurait résoudre à l'heure actuelle.

« Je demande vingt-quatre heures pour la résoudre.

« Signé : Arsène LUPIN. »

De fait, vingt-quatre heures après, la note promise parut :

« Les fameuses lettres sont cachées dans le château féodal de Veldenz, chef-lieu du grand-duché de Deux-Ponts, château en partie dévasté au cours du XIXe siècle.

« À quel endroit exact ? Et que sont au juste ces lettres ? Tels sont les deux problèmes que je m'occupe à déchiffrer et dont j'exposerai la solution dans quatre jours.

« Signé : Arsène LUPIN. »

Au jour annoncé on s'arracha le *Grand Journal*. À la déception de tous, les renseignements promis ne s'y trouvaient pas. Le lendemain même silence, et le surlendemain également.

Qu'était-il donc advenu ?

On le sut par une indiscrétion commise à la Préfecture de police. Le directeur de la Santé avait été averti, paraît-il, que Lupin communiquait avec ses complices grâce aux paquets d'enveloppes qu'il confectionnait. On n'avait rien pu découvrir, mais, à tout hasard, on avait interdit tout travail à l'insupportable détenu.

Ce à quoi l'insupportable détenu avait répliqué :

— Puisque je n'ai plus rien à faire, je vais m'occuper de mon procès. Qu'on prévienne mon avocat, le bâtonnier Quimbel.

C'était vrai. Lupin, qui, jusqu'ici, avait refusé toute conversation avec Me Quimbel, consentait à le recevoir et à préparer sa défense.

II

Le lendemain même. Me Quimbel, tout joyeux, demandait Lupin au parloir des avocats.

C'était un homme âgé, qui portait des lunettes dont les verres très grossissants lui faisaient des yeux énormes. Il posa son chapeau sur la table, étala sa serviette et adressa tout de suite une série de questions qu'il avait préparées soigneusement.

Lupin y répondit avec une extrême complaisance, se perdant même en une infinité de détails que M® Quimbel notait aussitôt sur des fiches épinglées les unes au-dessus des autres.

— Et alors, reprenait l'avocat, la tête penchée sur le papier, vous dites qu'à cette époque...

— Je dis qu'à cette époque, répliquait Lupin...

Insensiblement, par petits gestes, tout naturels, il s'était accoudé à la table. Il baissa le bras peu à peu, glissa la main sous le chapeau de M® Quimbel, introduisit son doigt à l'intérieur du cuir, et saisit une de ces bandes de papier pliées en long que l'on insère entre le cuir et la doublure quand le chapeau est trop grand.

Il déplia le papier. C'était un message de Doudeville, rédigé en signes convenus.

« Je suis engagé comme valet de chambre chez M® Quimbel. Vous pouvez sans crainte me répondre par la même voie.

« C'est L... M... l'assassin, qui a dénoncé le truc des enveloppes. Heureusement que vous aviez prévu le coup ! »

Suivait un compte-rendu minutieux de tous les faits et commentaires suscités par les divulgations de Lupin.

Lupin sortit de sa poche une bande de papier analogue contenant ses instructions, la substitua doucement à l'autre, et ramena sa main vers lui. Le tour était joué.

Et la correspondance de Lupin avec le *Grand Journal* reprit sans plus tarder.

« Je m'excuse auprès du public d'avoir manqué à ma promesse. Le service postal de Santé-Palace est déplorable.

« D'ailleurs, nous touchons au terme. J'ai en main tous les documents qui établissent la vérité sur des bases indiscutables. J'attendrai pour les publier. Qu'on sache néanmoins ceci : parmi les lettres il en est qui furent adressées au Chancelier par celui qui se déclarait alors son élève et son admirateur, et qui devait, plusieurs années après, se débarrasser de ce tuteur gênant et gouverner par lui-même.

« Me fais-je suffisamment comprendre ? »

Et le lendemain :

« Ces lettres furent écrites pendant la maladie du dernier Empereur. Est-ce assez dire toute leur importance ? »

Quatre jours de silence, et puis cette dernière note dont on n'a pas oublié le retentissement :

« Mon enquête est finie. Maintenant je connais tout. À force de réfléchir, j'ai deviné le secret de la cachette.

« Mes amis vont se rendre à Veldenz, et, malgré tous les obstacles, pénétreront dans le château par une issue que je leur indique.

« Les journaux publieront alors la photographie de ces lettres, dont je connais déjà la teneur, mais que je veux reproduire dans leur texte intégral.

« Cette publication certaine, inéluctable, aura lieu dans deux semaines, jour pour jour, le 22 août prochain.

« D'ici là, je me tais... et j'attends. »

Les communications au *Grand Journal* furent, en effet, interrompues, mais Lupin ne cessa point de correspondre avec ses amis, par la voie « du chapeau », comme ils disaient entre eux. C'était si simple ! Aucun danger. Qui pourrait jamais pressentir que le chapeau de M® Quimbel servait à Lupin de boîte aux lettres ?

Tous les deux ou trois matins, à chaque visite, le célèbre avocat apportait fidèlement le courrier de son client, lettres de Paris, lettres de province, lettres d'Allemagne, tout cela réduit, condensé par Doudeville, en formules brèves et en langage chiffré.

Et une heure après, M® Quimbel remportait gravement les ordres de Lupin.

Or, un jour, le directeur de la Santé reçut un message téléphonique signé L... M..., l'avisant que M® Quimbel devait, selon toutes probabilités, servir à Lupin de facteur inconscient, et qu'il y aurait intérêt à surveiller les visites du bonhomme.

Le directeur avertit M® Quimbel, qui résolut alors de se faire accompagner par son secrétaire.

Ainsi cette fois encore, malgré tous les efforts de Lupin, malgré sa fécondité d'invention, malgré les miracles d'ingéniosité qu'il renouvelait après chaque défaite, une fois encore Lupin se trouvait séparé du monde extérieur par le génie infernal de son formidable adversaire.

Et il s'en trouvait séparé à l'instant le plus critique, à la minute solennelle où, du fond de sa cellule, il jouait son dernier atout contre les forces coalisées qui l'accablaient si terriblement.

Le 13 août, comme il était assis en face des deux avocats, son attention fut attirée par un journal qui enveloppait certains papiers de M® Quimbel.

Comme titre, en gros caractères : « *813* ».

Comme sous-titre : *Un nouvel assassinat. L'agitation en Allemagne. Le secret d'Apoon serait-il découvert ?*

Lupin pâlit d'angoisse. En dessous il avait lu ces mots :

« Deux dépêches sensationnelles nous arrivent en dernière heure.

« On a retrouvé près d'Augsbourg le cadavre d'un vieillard égorgé d'un coup de couteau. Son identité a pu être établie : c'est le sieur Steinweg, dont il a été question dans l'affaire Kesselbach.

« D'autre part, on nous télégraphie que le fameux détective anglais, Herlock Sholmès, a été mandé en toute hâte, à Cologne. Il s'y rencontrera avec l'Empereur, et, de là, ils se rendront tous deux au château de Veldenz.

« Herlock Sholmès aurait pris l'engagement de découvrir le secret de l'Apoon.

« S'il réussit, ce sera l'avortement impitoyable de l'incompréhensible campagne qu'Arsène Lupin mène depuis un mois de si étrange façon. »

III

Jamais peut-être la curiosité publique ne fut secouée autant que par le duel annoncé entre Sholmès et Lupin, duel invisible en la circonstance, anonyme, pourrait-on dire, — mais duel impressionnant par tout le scandale qui se produisait autour de l'aventure, et par l'enjeu que se disputaient les deux ennemis irréconciliables, opposés l'un à l'autre cette fois encore.

Et il ne s'agissait pas de petits intérêts particuliers, d'insignifiants cambriolages, de misérables passions individuelles mais d'une affaire vraiment mondiale, où la politique de trois grandes nations de l'Occident était engagée, et qui pouvait troubler la paix de l'univers.

On attendait donc anxieusement, et l'on ne savait pas au juste ce que l'on attendait. Car enfin, si le détective sortait vainqueur du duel, s'il trouvait les lettres, qui le saurait ? Quelle preuve aurait-on de ce triomphe ?

Au fond, l'on n'espérait qu'en Lupin, en son habitude connue de prendre le public à témoin de ses actes. Qu'allait-il faire ? Comment pourrait-il conjurer l'effroyable danger qui le menaçait ? En avait-il seulement connaissance ? Voilà les question qu'on se posait.

Entre les quatre murs de sa cellule, le détenu n° 14 se posait à peu près les mêmes questions, et ce n'était pas une vaine curiosité qui le stimulait, lui, mais une inquiétude réelle, une angoisse de tous les instants.

Il se sentait irrévocablement seul, avec des mains impuissantes, une volonté impuissante, un cerveau impuissant. Qu'il fût habile, ingénieux, intrépide, héroïque, cela ne servait à rien. La lutte se poursuivait en dehors de lui. Maintenant son rôle était fini. Il avait assemblé les pièces et tendu tous les ressorts de la grande machine qui devait produire, qui devait en quelque sorte fabriquer mécaniquement sa liberté, et il lui était impossible de faire aucun geste pour perfectionner et surveiller son œuvre.

À date fixe, le déclenchement aurait lieu. D'ici là, mille incidents contraires pouvaient surgir, mille obstacles se dresser, sans qu'il eût le moyen de combattre ces incidents ni d'aplanir ces obstacles.

Lupin connut alors les heures les plus douloureuses de sa vie. Il douta de lui. Il se demanda si son existence ne s'enterrerait pas dans l'horreur du bagne.

Ne s'était-il pas trompé dans ses calculs ? N'était-il pas enfantin de croire que, à date fixe, se produirait l'événement libérateur ?

— Folie ! s'écriait-il, mon raisonnement est faux… Comment admettre pareil concours de circonstances ? Il y aura un petit fait qui détruira tout… le grain de sable…

La mort de Steinweg et la disparition des documents que le vieillard devait lui remettre ne le troublaient point. Les documents, il lui eût été possible, à la rigueur, de s'en passer, et, avec les quelques paroles que lui avait dites Steinweg, il pouvait, à force de divination et de génie, reconstituer ce que contenaient les lettres de l'Empereur, et dresser le plan de bataille qui lui donnerait la victoire. Mais il songeait à Herlock Sholmès qui était là-bas, lui, au centre même du champ de bataille, et qui cherchait, et qui trouverait les lettres, démolissant ainsi l'édifice si patiemment bâti.

Et il songeait à l'*Autre*, à l'Ennemi implacable, embusqué autour de la prison, caché dans la prison peut-être, et qui devinait ses plans les plus secrets, avant même qu'ils ne fussent éclos dans le mystère de sa pensée.

Le 17 août… le 18 août… le 19… Encore deux jours… Deux siècles, plutôt ! Oh ! les interminables minutes ! Si calme d'ordinaire, si maître de lui, si ingénieux à se divertir, Lupin était fébrile, tour à tour exubérant et déprimé, sans force contre l'ennemi, défiant de tout, morose.

Le 20 août…

Il eût voulu agir et il ne le pouvait pas. Quoi qu'il fît, il lui était impossible d'avancer l'heure du dénouement. Ce dénouement aurait lieu ou n'aurait pas lieu, mais Lupin n'aurait point de certitude avant que la dernière heure du dernier jour se fût écoulée jusqu'à la dernière minute. Seulement alors il saurait l'échec définitif de sa combinaison.

— Échec inévitable, ne cessait-il de répéter, la réussite dépend de circonstances trop subtiles, et ne peut être obtenue que par des moyens trop psychologiques... Il est hors de doute que je m'illusionne sur la valeur et sur la portée de mes armes... Et pourtant...

L'espoir lui revenait. Il pesait ses chances. Elles lui semblaient soudain réelles et formidables. Le fait allait se produire ainsi qu'il l'avait prévu, et pour les raisons mêmes qu'il avait escomptées. C'était inévitable...

Oui, inévitable. À moins, toutefois, que Sholmès ne trouvât la cachette...

Et de nouveau, il pensait à Sholmès, et de nouveau un immense découragement l'accablait.

Le dernier jour...

Il se réveilla tard, après une nuit de mauvais rêves.

Il ne vit personne, ce jour-là, ni le juge d'instruction, ni son avocat.

L'après-midi se traîna, lent et morne, et le soir vint, le soir ténébreux des cellules... Il eut la fièvre. Son cœur dansait dans sa poitrine comme une bête affolée.

Et les minutes passaient, irréparables...

À neuf heures, rien. À dix heures, rien.

De tous ses nerfs, tendus comme la corde d'un arc, il écoutait les bruits indistincts de la prison, tâchait de saisir à travers ces murs inexorables tout ce qui pouvait sourdre de la vie extérieure.

Oh ! comme il eût voulu arrêter la marche du temps, et laisser au destin un peu plus de loisirs !

Mais à quoi bon ! Tout n'était-il pas terminé ?

— Ah ! s'écria-t-il, je deviens fou. Que tout cela finisse !... ça vaut mieux. Je recommencerai autrement... j'essaierai autre chose... mais je ne peux plus, je ne peux plus...

Il se tenait la tête à pleines mains, serrant de toutes ses forces, s'enfermant en lui-même et concentrant toute sa pensée sur un même objet, comme s'il voulait créer l'événement formidable, stupéfiant, *inadmissible*, auquel il avait attaché son indépendance et sa fortune.

— Il faut que cela soit, murmura-t-il, il le faut, et il le faut, non pas parce que je le veux, mais parce que c'est logique. Et cela sera... cela sera...

Il se frappa le crâne à coups de poing, et des mots de délire lui montèrent aux lèvres...

La serrure grinça. Dans sa rage il n'avait pas entendu le bruit des pas dans le couloir, et voilà tout à coup qu'un rayon de lumière pénétrait dans sa cellule et que la porte s'ouvrait.

Trois hommes entrèrent.

Lupin n'eut pas un instant de surprise.

Le miracle inouï s'accomplissait, et cela lui parut immédiatement naturel, normal, en accord parfait avec la vérité et la justice.

Mais un flot d'orgueil l'inonda. À cette minute vraiment, il eut la sensation nette de sa force et de son intelligence.

— Je dois allumer l'électricité ? dit un des trois hommes, en qui Lupin reconnut le directeur de la prison.

— Non, répondit le plus grand de ses compagnons avec un accent étranger... Cette lanterne suffit.

— Je dois partir ?

— Faites selon votre devoir, monsieur, déclara le même individu.

— D'après les instructions que m'a données le Préfet de police, je dois me conformer entièrement à vos désirs.

— En ce cas, monsieur, il est préférable que vous vous retiriez.

M. Borély s'en alla, laissant la porte entr'ouverte, et resta dehors, à portée de la voix.

Le visiteur s'entretint un moment avec celui qui n'avait pas encore parlé, et Lupin tâchait vainement de distinguer dans l'ombre leurs physionomies. Il ne voyait que des silhouettes noires, vêtues d'amples manteaux d'automobilistes et coiffées de casquettes aux pans rabattus.

— Vous êtes bien Arsène Lupin ? dit l'homme, en lui projetant en pleine face la lumière de la lanterne.

Il sourit.

— Oui, je suis le nommé Arsène Lupin, actuellement détenu à la Santé, cellule 14, deuxième division.

— C'est bien vous, continua le visiteur, qui avez publié, dans le *Grand Journal,* une série de notes plus ou moins fantaisistes, où il est question de soi-disant lettres...

Lupin l'interrompit :

— Pardon, monsieur, mais avant de continuer cet entretien, dont le but, entre nous, ne m'apparaît pas bien clairement, je vous serais très reconnaissant de me dire à qui j'ai l'honneur de parler.

— Absolument inutile, répliqua l'étranger.

— Absolument indispensable, affirma Lupin.

— Pourquoi ?

— Pour des raisons de politesse, monsieur. Vous savez mon nom, je ne sais pas le vôtre ; il y a là un manque de correction que je ne puis souffrir.

L'étranger s'impatienta.

— Le fait seul que le directeur de cette prison nous ait introduits, prouve…

— Que M. Borély ignore les convenances, dit Lupin. M. Borély devait nous présenter l'un à l'autre. Nous sommes ici de pair, monsieur. Il n'y a pas un supérieur et un subalterne, un prisonnier et un visiteur qui condescend à le voir. Il y a deux hommes, et l'un de ces hommes a sur la tête un chapeau qu'il ne devrait pas avoir.

— Ah ! ça, mais…

— Prenez la leçon comme il vous plaira, monsieur, dit Lupin.

L'étranger s'approcha et voulut parler.

— Le chapeau d'abord, reprit Lupin, le chapeau…

— Vous m'écoutez !

— Non.

— Si.

— Non.

Les choses s'envenimaient stupidement. Celui des deux étrangers qui s'était tu, posa sa main sur l'épaule de son compagnon et il lui dit en allemand :

— Laisse-moi faire.

— Comment ! Il est entendu…

— Tais-toi et va-t'en.

— Que je vous laisse seul !…

— Oui.

— Mais la porte ?

— Tu la fermeras et tu t'éloigneras…

— Mais cet homme… vous le connaissez… Arsène Lupin…

— Va-t'en….

L'autre sortit en maugréant.

— Tire donc la porte, cria le second visiteur… Mieux que cela… Tout à fait… Bien…

Alors il se retourna, prit la lanterne et l'éleva peu à peu.

— Dois-je vous dire qui je suis ? demanda-t-il.

— Non, répondit Lupin.

— Et pourquoi ?

— Parce que je le sais.

— Ah !

— Vous êtes celui que j'attendais.

— Moi !

— Oui, Sire.

CHARLEMAGNE

I

— Silence, dit vivement l'étranger. Ne prononcez pas ce mot-là.

— Comment dois-je appeler Votre…

— D'aucun nom.

Ils se turent tous les deux, et ce moment de répit n'était pas de ceux qui précèdent la lutte de deux adversaires prêts à combattre. L'étranger allait et venait, en maître qui a coutume de commander et d'être obéi. Lupin, immobile, n'avait plus son attitude ordinaire de provocation ni son sourire d'ironie. Il attendait, grave et déférent. Mais, au fond de son être, ardemment, follement, il jouissait de la situation prodigieuse où il se trouvait, là, dans cette cellule de prisonnier, lui détenu, lui l'aventurier, lui l'escroc et le cambrioleur, lui, Arsène Lupin et, en face de lui, ce demi-dieu du monde moderne, entité formidable, héritier de César et de Charlemagne.

Sa propre puissance le grisa un moment. Il eut des larmes aux yeux, en songeant à son triomphe.

L'étranger s'arrêta.

Et tout de suite, dès la première phrase, on fut au cœur de la position.

— C'est demain le 22 août. Les lettres doivent être publiées demain, n'est-ce pas ?

— Cette nuit même. Dans deux heures, mes amis doivent déposer au *Grand-Journal*, non pas encore les lettres, mais la liste exacte de ces lettres, annotée par le grand-duc Hermann.

— Cette liste ne sera pas déposée.

— Elle ne le sera pas.

— Vous me la remettrez.

— Elle sera remise entre les mains de Votre... entre vos mains.

— Toutes les lettres également.

— Toutes les lettres également.

— Sans qu'aucune ait été photographiée.

— Sans qu'aucune ait été photographiée.

L'étranger parlait d'une voix calme, où il n'y avait pas le moindre accent de prière, pas la moindre inflexion d'autorité. Il n'ordonnait ni ne questionnait : il énonçait les actes inévitables d'Arsène Lupin. Cela serait ainsi. Et cela serait, quelles que fussent les exigences d'Arsène Lupin, quel que fût le prix auquel il taxerait l'accomplissement de ces actes. D'avance, les conditions étaient acceptées.

— Bigre, se dit Lupin, j'ai affaire à forte partie. Si l'on s'adresse à ma générosité, je suis perdu.

La façon même dont la conversation était engagée, la franchise des paroles, la séduction de la voix et des manières, tout lui plaisait infiniment.

Il se raidit pour ne pas faiblir et pour ne pas abandonner tous les avantages qu'il avait conquis si âprement.

Et l'étranger reprit :

— Vous avez lu ces lettres ?

— Non.

— Mais quelqu'un des vôtres les a lues ?

— Non.

— Alors ?

— Alors, j'ai la liste et les annotations du grand-duc. Et en outre, je connais la cachette où il a mis tous ses papiers.

— Pourquoi ne les avez-vous pas pris déjà ?

— Je ne connais le secret de la cachette que depuis mon séjour ici. Actuellement, mes amis sont en route.

— Le château est gardé : deux cents de mes hommes les plus sûrs l'occupent.

— Dix mille ne suffiraient pas.

Après une minute de réflexion, le visiteur demanda :

— Comment connaissez-vous le secret ?

— Je l'ai deviné.

— Mais vous aviez d'autres informations, des éléments que les journaux n'ont pas publiés ?

— Rien.

— Cependant, durant quatre jours, j'ai fait fouiller le château...

— Herlock Sholmès a mal cherché.

— Ah ! fit l'étranger en lui-même, c'est bizarre... c'est bizarre... Et vous êtes sûr que votre supposition est juste ?

— Ce n'est pas une supposition, c'est une certitude.

— Tant mieux, tant mieux, murmura-t-il... Il n'y aura de tranquillité que quand ces papiers n'existeront plus.

Et, se plaçant brusquement en face d'Arsène Lupin :

— Combien ?

— Quoi ? dit Lupin interloqué.

— Combien pour les papiers ? Combien pour la révélation du secret ?

Il attendait un chiffre. Il proposa lui-même :

— Cinquante mille... cent mille ?...

Et comme Lupin ne répondait pas, il dit, avec un peu d'hésitation :

— Davantage ? Deux cent mille ? Soit ! J'accepte.

Lupin sourit et dit à voix basse :

— Le chiffre est joli. Mais n'est-il point probable que tel monarque, mettons le roi d'Angleterre, irait jusqu'au million ? En toute sincérité ?

— Je le crois.

— Et que ces lettres, pour l'Empereur, n'ont pas de prix, qu'elles valent aussi bien deux millions que deux cent mille francs... aussi bien trois millions que deux millions ?

— Je le pense.

— Et, *s'il le fallait*, l'Empereur les donnerait, ces trois millions ?

— Oui.

— Alors, l'accord sera facile.

— Sur cette base ? s'écria l'étranger non sans inquiétude.

— Sur cette base, non... Je ne cherche pas l'argent. C'est autre chose que je désire, une autre chose qui vaut beaucoup plus pour moi que des millions.

— Quoi ?

— La liberté.

L'étranger sursauta :

— Hein ! votre liberté... mais je ne puis rien... Cela regarde votre pays... la justice... Je n'ai aucun pouvoir.

Lupin s'approcha et, baissant encore la voix :

— Vous avez tout pouvoir, Sire... Ma liberté n'est pas un événement si exceptionnel qu'on doive vous opposer un refus.

— Il me faudrait donc la demander ?

— Oui.

— À qui ?

— À Valenglay, président du Conseil des ministres.

— Mais M. Valenglay lui-même, ne peut pas plus que moi...

— Il peut m'ouvrir les portes de cette prison.

— Ce serait un scandale.

— Quand je dis : ouvrir... entr'ouvrir me suffirait... On simulerait une évasion, le public s'y attend tellement qu'il n'exigerait aucun compte.

— Soit... soit... Mais jamais M. Valenglay ne consentira...

— Il consentira.

— Pourquoi ?

— Parce que vous lui en exprimerez le désir.

— Mes désirs ne sont pas des ordres pour lui.

— Non, mais une occasion d'être agréable à l'Empereur en les réalisant. Et Valenglay est trop politique...

— Allons donc, vous croyez que le gouvernement français va commettre un acte aussi arbitraire pour la seule joie de m'être agréable ?

— Cette joie ne sera pas la seule.

— Quelle sera l'autre ?

— La joie de servir la France en acceptant la proposition qui accompagnera la demande de liberté.

— Je ferai une proposition, moi ?

— Oui, Sire.

— Laquelle ?

— Je ne sais pas, mais il me semble qu'il existe toujours un terrain favorable pour s'entendre... il y a des possibilités d'accord...

L'étranger le regardait, sans comprendre. Lupin se pencha, et, comme s'il cherchait ses paroles, comme s'il imaginait une hypothèse :

— Je suppose que deux pays soient divisés par une question insignifiante... qu'ils aient un point de vue différent sur une affaire secondaire... une affaire coloniale, par exemple, où leur amour-propre soit en jeu plutôt que leurs intérêts... Est-il impossible que le chef d'un de ces pays en arrive de lui-même à traiter cette affaire dans un esprit de conciliation nouveau ?... et à donner les instructions nécessaires... pour...

— Pour que je laisse le Maroc à la France, dit l'étranger en éclatant de rire.

L'idée que suggérait Lupin lui semblait la chose du monde la plus comique, et il riait de bon cœur. Il y avait une telle disproportion entre le but à atteindre et les moyens offerts !

— Évidemment... évidemment... reprit l'étranger, s'efforçant en vain de reprendre son sérieux, évidemment l'idée est originale... Toute la politique moderne bouleversée pour qu'Arsène Lupin soit libre ! les desseins de l'Empire détruits, pour permettre à Arsène Lupin de continuer ses exploits... Non, mais pourquoi ne me demandez-vous pas l'Alsace et la Lorraine ?

— J'y ai pensé, Sire, dit Lupin.

L'étranger redoubla d'allégresse.

— Admirable ! Et vous m'avez fait grâce ?

— Pour cette fois, oui.

Lupin s'était croisé les bras. Lui aussi s'amusait à exagérer son rôle, il continua avec un sérieux affecté :

— Il peut se produire un jour une série de circonstances telles que j'aie entre les mains le pouvoir de *réclamer* et d'*obtenir* cette restitution. Ce jour-là, je n'y manquerai certes pas. Pour l'instant, les armes dont je dispose m'obligent à plus de modestie. La paix du Maroc me suffit.

— Rien que cela ?

— Rien que cela.

— Le Maroc contre votre liberté ?

— Pas davantage... ou plutôt, car il ne faut pas perdre absolument de vue l'objet même de cette conversation, ou plutôt : un peu de bonne volonté de la part de l'un des deux grands pays en question... et, en échange, l'abandon des lettres qui sont en mon pouvoir.

— Ces lettres !... Ces lettres !... murmura l'étranger avec irritation... Après tout, elles ne sont peut-être pas d'une valeur...

— Il en est de votre main. Sire, et auxquelles vous avez attribué assez de valeur pour venir à moi jusque dans cette cellule.

— Eh bien ! qu'importe ?

— Mais il en est d'autres dont vous ne connaissez pas la provenance, et sur lesquelles je puis vous fournir quelques renseignements.

— Ah ! répondit l'étranger, l'air inquiet.

Lupin hésita.

— Parlez, parlez sans détours, ordonna l'étranger... parlez nettement.

Dans le silence profond, Lupin déclara avec une certaine solennité :

— Il y a vingt ans, un projet de traité fut élaboré entre l'Allemagne, l'Angleterre et la France.

— C'est faux ! C'est impossible ! Qui aurait pu ?...

— Le père de l'Empereur actuel et la reine d'Angleterre, sa grand-mère, tous deux sous l'influence de l'Impératrice.

— Impossible ! je répète que c'est impossible !

— La correspondance est dans la cachette du château de Veldenz, cachette dont je suis seul à savoir le secret.

L'étranger allait et venait avec agitation.

Il s'arrêta et dit :

— Le texte du traité fait partie de cette correspondance ?

— Oui, Sire. Il est de la main même de votre père.

— Et que dit-il ?

— Par ce traité, l'Angleterre et la France concédaient et promettaient à l'Allemagne un empire colonial immense, cet empire qu'elle n'a pas et qui lui est indispensable aujourd'hui pour assurer sa grandeur.

— Et contre cet empire, l'Angleterre exigeait ?

— La limitation de la flotte allemande.

— Et la France ?

— L'Alsace et la Lorraine.

L'Empereur se tut, appuyé contre la table, pensif.

Lupin poursuivit :

— Tout était prêt. Les cabinets de Paris et de Londres, pressentis, acquiesçaient. C'était chose faite. Le grand traité d'alliance allait se conclure, fondant la paix universelle et définitive. La mort de votre père anéantit ce beau rêve. Mais je demande à Votre Majesté ce que pensera son peuple, ce que pensera le monde quand on saura que Frédéric III, un des héros de 70, un Allemand, un Allemand pur sang, respecté de tous ses concitoyens et même de ses ennemis, acceptait, et par conséquent considérait comme juste, la restitution de l'Alsace-Lorraine ?

Il se tut un instant, laissant le problème se poser en termes précis devant la conscience de l'Empereur, devant sa conscience d'homme, de fils et de souverain.

Puis il conclut :

— C'est à Sa Majesté de savoir si elle veut ou si elle ne veut pas que l'histoire enregistre ce traité. Quant à moi. Sire, vous voyez que mon humble personnalité n'a pas beaucoup de place dans ce débat.

Un long silence suivit les paroles de Lupin. Il attendit, l'âme angoissée. C'était son destin qui se jouait, en cette minute qu'il avait conçue, et qu'il avait en quelque sorte mise au monde avec tant d'efforts et tant d'obstination… Minute historique née de son cerveau, et où son « humble personnalité », quoi qu'il en dît, pesait lourdement sur le sort des empires et sur la paix du monde…

En face, dans l'ombre, César méditait.

Qu'allait-il dire ? Quelle solution allait-il donner au problème ?

Il marcha en travers de la cellule, pendant quelques instants qui parurent interminables à Lupin.

Puis il s'arrêta et dit :

— Il y a d'autres conditions ?

— Oui, Sire, mais insignifiantes.

— Lesquelles ?

— J'ai retrouvé le fils du grand-duc de Deux-Ponts-Veldenz. Le grand-duché lui sera rendu.

— Et puis ?

— Il aime une jeune fille, qui l'aime également, la plus belle et la plus vertueuse des femmes. Il épousera cette jeune fille.

— Et puis ?

— C'est tout.

— Il n'y a plus rien ?

— Rien. Il ne reste plus à Votre Majesté qu'à faire porter cette lettre au directeur du *Grand Journal* pour qu'il détruise, sans le lire, l'article qu'il va recevoir d'un moment à l'autre.

Lupin tendit la lettre, le cœur serré, la main tremblante. Si l'Empereur la prenait, c'était la marque de son acceptation.

L'Empereur hésita, puis d'un geste furieux, il prit la lettre, remit son chapeau, s'enveloppa dans son vêtement, et sortit sans un mot.

Lupin demeura quelques secondes chancelant, comme étourdi…

Puis, tout à coup, il tomba sur sa chaise en criant de joie et d'orgueil…

II

— Monsieur le juge d'instruction, c'est aujourd'hui que j'ai le regret de vous faire mes adieux.

— Comment, monsieur Lupin, vous auriez donc l'intention de nous quitter ?

— À contre-cœur, monsieur le juge d'instruction, soyez-en sûr, car nos relations étaient d'une cordialité charmante. Mais il n'y a pas de plaisir sans fin. Ma cure à Santé-Palace est terminée. D'autres devoirs me réclament. Il faut que je m'évade cette nuit.

— Bonne chance donc, monsieur Lupin.

— Je vous remercie, monsieur le juge d'instruction.

Arsène Lupin attendit alors patiemment l'heure de son évasion, non sans se demander comment elle s'effectuerait, et par quels moyens la France et l'Allemagne, réunies pour cette œuvre méritoire, arriveraient à la réaliser sans trop de scandale.

Au milieu de l'après-midi, le gardien lui enjoignit de se rendre dans la cour d'entrée. Il y alla vivement et trouva le directeur qui le remit entre les mains de M. Weber, lequel M. Weber le fit monter dans une automobile où quelqu'un déjà avait pris place.

Tout de suite, Lupin eut un accès de fou rire.

— Comment ! c'est toi, mon pauvre Weber, c'est toi qui écopes de la corvée ! C'est toi qui seras responsable de mon évasion ? Avoue que tu n'as pas de veine ! Ah ! mon pauvre vieux, quelle tuile ! Illustré par mon arrestation, te voilà immortel maintenant par mon évasion.

Il regarda l'autre personnage.

— Allons, bon, monsieur le Préfet de police, vous êtes aussi dans l'affaire ? Fichu cadeau qu'on vous a fait là, hein ? Si j'ai un conseil à vous donner, c'est de rester dans la coulisse. À Weber tout l'honneur ! Ça lui revient de droit... Il est solide, le bougre !...

On filait vite, le long de la Seine et par Boulogne. À Saint-Cloud on traversa.

— Parfait, s'écria Lupin, nous allons à Garches ! On a besoin de moi pour reconstituer la mort d'Altenheim. Nous descendrons dans les souterrains, je disparaîtrai, et l'on dira que je me suis évanoui par une autre issue, connue de moi seul. Dieu ! que c'est idiot !

Il semblait désolé.

— Idiot, du dernier idiot ! je rougis de honte... Et voilà les gens qui nous gouvernent !... Quelle époque !... Mais malheureux, il fallait vous adresser à moi. Je vous aurais confectionné une petite évasion de choix, genre miracle. J'ai ça dans mes cartons ! Le public aurait hurlé au prodige et se serait trémoussé de contentement. Au lieu de cela... Enfin, il est vrai que vous avez été pris un peu de court... Mais tout de même...

Le programme était bien tel que Lupin l'avait prévu. On pénétra par la maison de retraite jusqu'au pavillon Hortense. Lupin et ses deux compagnons descendirent et traversèrent le souterrain. À l'extrémité, le sous-chef lui dit :

— Vous êtes libre.

— Et voilà ! dit Lupin, ce n'est pas plus malin que ça ! Tous mes remerciements, mon cher Weber, et mes excuses pour le dérangement. Monsieur le Préfet, mes hommages à votre dame.

Il remonta l'escalier qui conduisait à la villa des Glycines, souleva la trappe et sauta dans la pièce.

Une main s'abattit sur son épaule.

En face de lui se trouvait son premier visiteur de la veille, celui qui accompagnait l'Empereur. Quatre hommes le flanquaient de droite et de gauche.

— Ah ! ça mais, dit Lupin, qu'est-ce que c'est que cette plaisanterie ? Je ne suis donc pas libre ?

— Si, si, grogna l'Allemand de sa voix rude, vous êtes libre... libre de voyager avec nous cinq... si ça vous va.

Lupin le contempla une seconde avec l'envie folle de lui apprendre la valeur d'un coup de poing sur le nez.

Mais les cinq hommes semblaient diablement résolus. Leur chef n'avait pas pour lui une tendresse exagérée, et il pensa que le gaillard serait trop heureux d'employer les moyens extrêmes. Et puis, après tout, que lui importait ?

Il ricana :

— Si ça me va ! Mais c'était mon rêve !

Dans la cour, une forte limousine attendait. Deux hommes montèrent en avant, deux autres à l'intérieur. Lupin et l'étranger s'installèrent sur la banquette du fond.

— En route, s'écria Lupin en allemand, en route pour Veldenz.

Le comte lui dit :

— Silence ! ces gens-là ne doivent rien savoir. Parlez français. Ils ne comprennent pas. Mais pourquoi parler ?

— Au fait, se dit Lupin, pourquoi parler ?

Tout le soir et toute la nuit on roula, sans aucun incident. Deux fois on fit de l'essence dans de petites villes endormies.

À tour de rôle, les Allemands veillèrent leur prisonnier qui, lui, n'ouvrit les yeux qu'au petit matin...

On s'arrêta pour le premier repas, dans une auberge située sur une colline, près de laquelle il y avait un poteau indicateur. Lupin vit qu'on se trouvait à égale distance de Metz et de Luxembourg. Là on prit une route qui obliquait vers le nord-est du côté de Trêves.

Lupin dit à son compagnon de voyage :

— C'est bien au comte de Waldemar que j'ai l'honneur de parler, au confident de l'Empereur, à celui qui fouilla la maison d'Hermann III à Dresde ?

L'étranger demeura muet.

— Toi, mon petit, pensa Lupin, tu as une tête qui ne me revient pas. Je me la paierai un jour ou l'autre. Tu es laid, tu es gros, tu es massif ; bref, tu me déplais.

Et il ajouta à haute voix :

— Monsieur le comte a tort de ne pas me répondre. Je parlais dans son intérêt : j'ai vu, au moment où nous remontions, une automobile qui débouchait derrière nous à l'horizon. Vous l'avez vue ?

— Non, pourquoi ?

— Pour rien.

— Cependant...

— Mais non, rien du tout... une simple remarque... D'ailleurs, nous avons dix minutes d'avance... et notre voiture est pour le moins une quarante chevaux.

— Une soixante, fit l'Allemand, qui l'observa du coin de l'œil avec inquiétude.

— Oh ! alors, nous sommes tranquilles.

On escalada une petite rampe. Tout en haut, le comte se pencha à la portière.

— Sacré nom ! jura-t-il.

— Quoi ? fit Lupin.

Le comte se retourna vers lui, et d'une voix menaçante :

— Gare à vous... S'il arrive quelque chose, tant pis.

— Eh ! eh ! il paraît que l'autre approche... Mais que craignez-vous, mon cher comte ? C'est sans doute un voyageur... peut-être même du secours qu'on vous envoie.

— Je n'ai pas besoin de secours, grogna l'Allemand.

Il se pencha de nouveau. L'auto n'était plus qu'à deux ou trois cents mètres.

Il dit à ses hommes en leur désignant Lupin :

— Qu'on l'attache ! Et s'il résiste...

Il tira son revolver.

— Pourquoi résisterais-je, doux Teuton ? ricana Lupin.

Et il ajouta tandis qu'on lui liait les mains :

— Il est vraiment curieux de voir comme les gens prennent des précautions quand c'est inutile, et n'en prennent pas quand il le faut. Que diable peut vous faire cette auto ? Des complices à moi ? Quelle idée !

Sans répondre, l'Allemand donnait des ordres au mécanicien :

— À droite !... Ralentis... Laisse-les passer... S'ils ralentissent aussi, halte !

Mais à son grand étonnement, l'auto semblait au contraire redoubler de vitesse. Comme une trombe elle passa devant la voiture, dans un nuage de poussière.

Debout, à l'arrière de la voiture qui était en partie découverte, on distingua la forme d'un homme vêtu de noir.

Il leva le bras.

Deux coups de feu retentirent.

Le comte, qui masquait toute la portière gauche, s'affaissa dans la voiture.

Avant même de s'occuper de lui, les deux compagnons sautèrent sur Lupin et achevèrent de le ligoter.

— Gourdes ! Butors ! cria Lupin qui tremblait de rage... Lâchez-moi au contraire ! Allons, bon, voilà qu'on arrête ! Mais triples idiots, courez donc dessus... Rattrapez-le !... C'est l'homme noir... l'assassin... Ah ! les imbéciles...

On le bâillonna. Puis on s'occupa du comte. La blessure ne paraissait pas grave et l'on eût vite fait de la panser. Mais le malade, très surexcité, fut pris d'un accès de fièvre et se mit à délirer.

Il était huit heures du matin. On se trouvait en rase campagne, loin de tout village. Les hommes n'avaient aucune indication sur le but exact du voyage. Où aller ? Qui prévenir ?

On rangea l'auto le long d'un bois et l'on attendit.

Toute la journée s'écoula de la sorte. Ce n'est qu'au soir qu'un peloton de cavalerie arriva, envoyé de Trèves à la recherche de l'automobile.

Deux heures plus tard, Lupin descendait de la limousine, et, toujours escorté de ses deux Allemands, montait, à la lueur d'une lanterne, les marches d'un escalier qui conduisait dans une petite chambre aux fenêtres barrées de fer.

Il y passa la nuit.

Le lendemain matin un officier le mena, à travers une cour encombrée de soldats, jusqu'au centre d'une longue série de bâtiments qui s'arrondissaient au pied d'un monticule où l'on apercevait des ruines monumentales.

On l'introduisit dans une vaste pièce sommairement meublée. Assis devant un bureau, son visiteur de l'avant-veille lisait des journaux et des rapports qu'il biffait à gros traits de crayon rouge.

— Qu'on nous laisse, dit-il à l'officier.

Et s'approchant de Lupin :

— Les papiers.

Le ton n'était plus le même. C'était maintenant le ton impérieux et sec du maître qui est chez lui, et qui s'adresse à un inférieur – et quel inférieur ! un escroc, un aventurier de la pire espèce, devant lequel il avait été contraint de s'humilier !

— Les papiers, répéta-t-il.

Lupin ne se démonta pas. Il dit calmement :

— Ils sont dans le château de Veldenz.

— Nous sommes dans les communs du château de Veldenz.

— Les papiers sont dans ces ruines.

— Allons-y. Conduisez-moi.

Lupin ne bougea pas.

— Eh bien ?

— Eh bien ! Sire, ce n'est pas aussi simple que vous le croyez. Il faut un certain temps pour mettre en jeu les éléments nécessaires à l'ouverture de cette cachette.

— Combien d'heures vous faut-il ?

— Vingt-quatre.

Un geste de colère, vite réprimé :

— Ah ! il n'avait pas été question de cela entre nous.

— Rien n'a été précisé, Sire... cela pas plus que le petit voyage que Sa Majesté m'a fait faire entre six gardes du corps. Je dois remettre les papiers, voilà tout.

— Et moi je ne dois vous donner la liberté que contre la remise de ces papiers.

— Question de confiance, Sire. Je me serais cru tout aussi engagé à rendre ces papiers si j'avais été libre, au sortir de prison, et Votre Majesté peut être sûre que je ne les aurais pas emportés sous mon bras. L'unique différence, c'est qu'ils seraient déjà en votre possession, Sire. Car nous avons perdu un jour. Et un jour, dans cette affaire c'est un jour de trop... Seulement, voilà, il fallait avoir confiance.

L'Empereur regardait avec une certaine stupeur ce déclassé, ce bandit qui semblait vexé qu'on se méfiât de sa parole.

Sans répondre, il sonna.

— L'officier de service, ordonna-t-il.

Le comte de Waldemar apparut, très pâle.

— Ah ! c'est toi, Waldemar ? Tu es remis ?

— À vos ordres. Sire.

— Prends cinq hommes avec toi, les mêmes puisque tu es sûr d'eux. Tu ne quitteras pas ce monsieur jusqu'à demain matin. Il regarda sa montre.

— Jusqu'à demain matin, dix heures... Non, je lui donne jusqu'à midi. Tu iras où il lui plaira d'aller, tu feras ce qu'il te dira de faire. Enfin, tu es à sa disposition. À midi, je te rejoindrai. Si, au dernier coup de midi, il ne m'a pas remis le paquet de lettres, tu le remonteras dans ton auto, et, sans perdre une seconde, tu le ramèneras droit à la prison de la Santé.

— S'il cherche à s'évader...

— Arrange-toi.

Il sortit.

Lupin prit un cigare sur la table et se jeta dans un fauteuil.

— À la bonne heure ! J'aime mieux cette façon d'agir. C'est franc et catégorique.

Le comte avait fait entrer ses hommes. Il dit à Lupin :

— En marche !

Lupin alluma son cigare et ne bougea pas.

— Liez-lui les mains ! fit le comte.

Et lorsque l'ordre fut exécuté, il répéta :

— Allons… en marche !

— Non.

— Comment, non ?

— Je réfléchis.

— À quoi ?

— À l'endroit où peut se trouver cette cachette.

Le comte sursauta. Et Lupin ricanait :

— Comment ! vous ignorez ?

— Car, c'est ce qu'il y a de plus joli dans l'aventure, je n'ai pas la plus petite idée sur cette fameuse cachette, ni les moyens de la découvrir. Hein, qu'en dites-vous, mon cher Waldemar ? Elle est drôle, celle-là… pas la plus petite idée…

LES LETTRES DE L'EMPEREUR

I

Les ruines de Veldenz, bien connues de tous ceux qui visitent les bords du Rhin et de la Moselle, comprennent les vestiges de l'ancien château féodal, construit en 1277 par l'archevêque de Fistingen, et, auprès d'un énorme donjon, éventré par les troupes de Turenne, les murs intacts d'un vaste palais de la Renaissance où les grands-ducs de Deux-Ponts habitaient depuis trois siècles.

C'est ce palais qui fut saccagé par les sujets révoltés d'Hermann II. Les fenêtres, vides, ouvrent deux cents trous béants sur les quatre façades. Toutes les boiseries, les tentures, la plupart des meubles furent brûlés. On marche sur les poutres calcinées des parquets, et le ciel apparaît de place en place à travers les plafonds démolis.

Au bout de deux heures, Lupin, suivi de son escorte, avait tout parcouru.

— Je suis très content de vous, mon cher comte. Je ne pense pas avoir jamais rencontré un cicérone aussi documenté et, ce qui est rare, aussi taciturne. Maintenant, si vous le voulez bien, nous allons déjeuner.

Au fond. Lupin n'en savait pas plus qu'à la première minute, et son embarras ne faisait que croître. Pour sortir de prison et pour frapper l'imagination de son visiteur, il avait bluffé, affectant de tout connaître, et il en était encore à chercher par où il commencerait à chercher.

— Ça va mal, se disait-il parfois, ça va on ne peut plus mal.

Il n'avait d'ailleurs pas sa lucidité habituelle. Une idée l'obsédait, celle de l'inconnu, de l'assassin, du monstre qu'il savait encore attaché à ses pas.

Comment le mystérieux personnage était-il sur ses traces ? Comment avait-il appris sa sortie de prison et sa course vers le Luxembourg et l'Allemagne ? était-ce intuition miraculeuse ? Ou bien le résultat d'informations précises ? Mais alors, à quel prix, par quelles promesses ou par quelles menaces les pouvait-il obtenir ?

Toutes ces questions hantaient l'esprit de Lupin.

Vers quatre heures, cependant, après une nouvelle promenade dans les ruines, au cours de laquelle il avait inutilement examiné les pierres, mesuré l'épaisseur des murailles, scruté la forme et l'apparence des choses, il demanda au comte :

— Il n'est resté aucun serviteur du dernier grand-duc qui ait habité le château ?

— Tous les domestiques de ce temps-là se sont dispersés. Un seul a continué de vivre dans la région.

— Eh bien ?

— Il est mort il y a deux années.

— Sans enfants ?

— Il avait un fils qui se maria et qui fut chassé, ainsi que sa femme, pour conduite scandaleuse. Ils laissèrent le plus jeune de leurs enfants, une petite fille nommée Isilda.

— Où habite-t-elle ?

— Elle habite ici, au bout des communs. Le vieux grand-père servait de guide aux visiteurs, à l'époque où l'on pouvait visiter le château. La petite Isilda, depuis, a toujours vécu dans ces ruines, où on la tolère par pitié : c'est un pauvre être innocent qui parle à peine et qui ne sait ce qu'il dit.

— A-t-elle toujours été ainsi ?
— Il paraît que non. C'est vers l'âge de dix ans que sa raison s'en est allée peu à peu.
— À la suite d'un chagrin, d'une peur ?
— Non, sans motif, m'a-t-on dit. Le père était alcoolique, et la mère s'est tuée dans un accès de folie.

Lupin réfléchit et conclut :
— Je voudrais la voir.

Le comte eut un sourire assez étrange.
— Vous pouvez la voir, certainement.

Elle se trouvait justement dans une des pièces qu'on lui avait abandonnées.

Lupin fut surpris de trouver une mignonne créature, trop mince, trop pâle, mais presque jolie avec ses cheveux blonds et sa figure délicate. Ses yeux, d'un vert d'eau, avaient l'expression vague, rêveuse, des yeux d'aveugle.

Il lui posa quelques interrogations auxquelles Isilda ne répondit pas, et d'autres auxquelles elle répondit par des phrases incohérentes, comme si elle ne comprenait ni le sens des paroles qu'on lui adressait, ni celui des paroles qu'elle prononçait.

Il insista, lui prenant la main avec beaucoup de douceur et la questionnant, d'une voix affectueuse, sur l'époque où elle avait encore sa raison, sur son grand-père, sur les souvenirs que pouvait évoquer en elle sa vie d'enfant, en liberté parmi les ruines majestueuses du château.

Elle se taisait, les yeux fixes, impassible, émue peut-être, mais sans que son émotion pût éveiller son intelligence endormie.

Lupin demanda un crayon et du papier. Avec le crayon il inscrivit sur la feuille blanche « 813 »

Le comte sourit encore.
— Ah ! ça, qu'est-ce qui vous fait rire ? s'écria Lupin, agacé.
— Rien… rien… ça m'intéresse ça m'intéresse beaucoup… La jeune fille regarda la feuille qu'on tendait devant elle, et elle tourna la tête d'un air distrait.
— Ça ne prend pas, fit le comte narquois.

Lupin écrivit les lettres « *Apoon* ».

Même inattention chez Isilda.

Il ne renonça pas à l'épreuve, et il traça à diverses reprises les mêmes lettres, mais en laissant chaque fois entre elles des intervalles qui variaient. Et chaque fois, il épiait le visage de la jeune fille.

Elle ne bougeait pas, les yeux attachés au papier avec une indifférence que rien ne paraissait troubler.

Mais soudain elle saisit le crayon, arracha la dernière feuille aux mains de Lupin, et, comme si elle était sous le coup d'une inspiration subite, elle inscrivit deux L au milieu de l'intervalle laissé par Lupin.

Celui-ci tressaillit.

Un mot se trouvait formé : *Apollon*.

Cependant elle n'avait point lâché le crayon ni la feuille, et, les doigts crispés, les traits tendus, elle s'efforçait de soumettre sa main à l'ordre hésitant de son pauvre cerveau.

Lupin attendait tout fiévreux.

Elle marqua rapidement, comme hallucinée, un mot, le mot : « *Diane* ».
— Un autre mot ! un autre mot ! s'écria-t-il avec violence. Elle tordit ses doigts autour du crayon, cassa la mine, dessina de la pointe un grand J, et lâcha le crayon, à bout de forces.
— Un autre mot ! je le veux ! ordonna Lupin, en lui saisissant le bras. Mais il vit à ses yeux, de nouveaux indifférents, que ce fugitif éclair de sensibilité ne pouvait plus luire.
— Allons-nous-en, dit-il.

Déjà il s'éloignait, quand elle se mit à courir et lui barra la route. Il s'arrêta.
— Que veux-tu ?

Elle tendit sa main ouverte.
— Quoi ! de l'argent ? Est-ce donc son habitude de mendier ? dit-il en s'adressant au comte.
— Non, dit celui-ci, et je ne m'explique pas du tout…

Isilda sortit de sa poche deux pièces d'or qu'elle fit tinter l'une contre l'autre joyeusement.

Lupin les examina.

C'étaient des pièces françaises, toutes neuves, au millésime de l'année.
— Où as-tu pris ça ? s'exclama Lupin, avec agitation… Des pièces françaises ! Qui te les a données ?…

Et quand ?… Est-ce aujourd'hui ? Parle !… Réponds !…

Il haussa les épaules.

— Imbécile que je suis ! Comme si elle pouvait me répondre ! Mon cher comte, veuillez me prêter quarante marks… Merci… Tiens Isilda, c'est pour toi…

Elle prit les deux pièces, les fit sonner avec les deux autres dans le creux de sa main, puis, tendant le bras, elle montra les ruines du palais Renaissance, d'un geste qui semblait désigner plus spécialement l'aile gauche et le sommet de cette aile.

Était-ce un mouvement machinal ? ou fallait-il le considérer comme un remerciement pour les deux pièces d'or ?

Il observa le comte. Celui-ci ne cessait de sourire.

— Qu'est-ce qu'il a donc à rigoler, cet animal-là ? se dit Lupin. On croirait qu'il se paye ma tête.

À tout hasard, il se dirigea vers le palais, suivi de son escorte.

Le rez-de-chaussée se composait d'immenses salles de réception, qui se commandaient les unes les autres, et où l'on avait réuni les quelques meubles échappés à l'incendie.

Au premier étage, c'était, du côté nord, une longue galerie sur laquelle s'ouvraient douze belles salles exactement pareilles.

La même galerie se répétait au second étage, mais avec vingt-quatre chambres, également semblables les unes aux autres. Tout cela vide, délabré, lamentable.

En haut, rien. Les mansardes avaient été brûlées.

Durant une heure, Lupin marcha, trotta, galopa, infatigable, l'œil aux aguets.

Au soir tombant, il courut vers l'une des douze salles du premier étage, comme s'il la choisissait pour des raisons particulières connues de lui seul.

Il fut assez surpris d'y trouver l'Empereur qui fumait, assis dans un fauteuil qu'il s'était fait apporter.

Sans se soucier de sa présence, Lupin commença l'inspection de la salle, selon les procédés qu'il avait coutume d'employer en pareil cas, divisant la pièce en secteurs qu'il examinait tour à tour. Au bout de vingt minutes, il dit :

— Je vous demanderai, Sire, de bien vouloir vous déranger. Il y a là une cheminée…

L'Empereur hocha la tête.

— Est-il bien nécessaire que je me dérange ?

— Oui, Sire, cette cheminée…

— Cette cheminée est comme toutes les autres, et cette salle ne diffère pas de ses voisines.

Lupin regarda l'Empereur sans comprendre. Celui-ci se leva et dit en riant :

— Je crois, monsieur Lupin, que vous vous êtes quelque peu moqué de moi.

— En quoi donc, Sire ?

— Oh ! mon Dieu, ce n'est pas grand'chose ! Vous avez obtenu la liberté sous condition de me remettre des papiers qui m'intéressent, et vous n'avez pas la moindre notion de l'endroit où ils se trouvent. Je suis bel et bien… comment dites-vous en français ?… Roulé ?

— Vous croyez, Sire ?

— Dame ! ce que l'on connaît, on ne le cherche pas et voilà dix bonnes heures que vous cherchez. N'êtes-vous pas d'avis qu'un retour immédiat vers la prison s'impose ?

Lupin parut stupéfait :

— Sa Majesté n'a-t-elle pas fixé demain midi, comme limite suprême ?

— Pourquoi attendre ?

— Pourquoi ? Mais pour me permettre d'achever mon œuvre.

— Votre œuvre ? Mais elle n'est même pas commencée, monsieur Lupin.

— En cela, Votre Majesté se trompe.

— Prouvez-le… et j'attendrai demain midi.

Lupin réfléchit et prononça gravement :

— Puisque Sa Majesté a besoin de preuves pour avoir confiance en moi, voici. Les douze salles qui donnent sur cette galerie portent chacune un nom différent, dont l'initiale est marquée à la porte de chacune. L'une de ces inscriptions, moins effacée que les autres par les flammes, m'a frappé lorsque je traversai la galerie. J'examinai les autres portes : je découvris, à peine distinctes, autant d'initiales, toutes gravées dans la galerie au-dessus des frontons.

« Or, une de ces initiales était un D, première lettre de Diane. Une autre était un A, première lettre d'Apollon. Et ces deux noms sont des noms de divinités mythologiques. Les autres initiales offriraient-elles le même caractère ? Je découvris un J, initiale de Jupiter ; un V, initiale de Vénus, un M, initiale de Mercure ; un S, initiale de Saturne, etc... Cette partie du problème était résolue : chacune des douze salles porte le nom d'une divinité de l'Olympe, et la combinaison Apoon, complétée par Isilda, désigne la salle d'Apollon.

« C'est donc ici, dans la salle où nous sommes, que sont cachées les lettres. Il suffit peut-être de quelques minutes maintenant pour les découvrir. »

— De quelques minutes ou de quelques années... et encore ! dit l'Empereur en riant.

Il semblait s'amuser beaucoup, et le comte aussi affectait une grosse gaieté.

Lupin demanda :

— Sa Majesté veut-elle m'expliquer ?

— Monsieur Lupin, la passionnante enquête que vous avez menée aujourd'hui et dont vous nous donnez les brillants résultats, je l'ai déjà faite. Oui, il y a deux semaines, en compagnie de votre ami Herlock Sholmès. Ensemble nous avons interrogé la petite Isilda ; ensemble nous avons employé à son égard la même méthode que vous, et c'est ensemble que nous avons relevé les initiales de la galerie et que nous sommes venus ici, dans la salle d'Apollon.

Lupin était livide. Il balbutia :

— Ah ! Sholmès... est parvenu... jusqu'ici ?

— Oui, après quatre jours de recherches. Il est vrai que cela ne nous a guère avancés, puisque nous n'avons rien découvert. Mais tout de même, je sais que les lettres n'y sont pas.

Tremblant de rage, atteint au plus profond de son orgueil. Lupin se cabrait sous l'ironie, comme s'il avait reçu des coups de cravache. Jamais il ne s'était senti humilié à ce point. Dans sa fureur il aurait étranglé le gros Waldemar dont le rire l'exaspérait.

Se contenant, il dit :

— Il a fallu quatre jours à Sholmès, Sire. À moi, il m'a fallu quelques heures. Et j'aurais mis encore moins, si je n'avais été contrarié dans mes recherches.

— Et par qui, mon Dieu ? Par mon fidèle comte ? J'espère bien qu'il n'aura pas osé...

— Non, Sire, mais par le plus terrible et le plus puissant de mes ennemis, par cet être infernal qui a tué son complice Altenheim.

— Il est là ? Vous croyez ? s'écria l'Empereur avec une agitation qui montrait qu'aucun détail de cette dramatique histoire ne lui était étranger.

— Il est partout où je suis. Il me menace de sa haine constante. C'est lui qui m'a deviné sous M. Lenormand, chef de la Sûreté, c'est lui qui m'a fait jeter en prison, c'est encore lui qui me poursuit, le jour où j'en sors. Hier, pensant m'atteindre dans l'automobile, il blessait le comte de Waldemar.

— Mais qui vous assure, qui vous dit qu'il soit à Veldenz ?

— Isilda a reçu deux pièces d'or, deux pièces françaises !

— Et que viendrait-il faire ? Dans quel but ?

— Je ne sais pas, Sire, mais c'est l'esprit même du mal. Que Votre Majesté se méfie ! Il est capable de tout.

— Impossible ! J'ai deux cents hommes dans ces ruines. Il n'a pu entrer. On l'aurait vu.

— Quelqu'un l'a vu fatalement.

— Qui ?

— Isilda.

— Qu'on l'interroge ! Waldemar, conduis ton prisonnier chez cette jeune fille.

Lupin montra ses mains liées.

— La bataille sera rude. Puis-je me battre ainsi ?

L'Empereur dit au comte :

— Détache-le... Et tiens-moi au courant...

Ainsi donc, par un brusque effort, en mêlant au débat, hardiment, sans aucune preuve, la vision abhorrée de l'assassin, Arsène gagnait du temps et reprenait la direction des recherches.

« Encore seize heures, se disait-il. C'est plus qu'il ne m'en faut. »

Il arriva au local occupé par Isilda, à l'extrémité des anciens communs, bâtiments qui servaient de caserne aux deux cents gardiens des ruines, et dont toute l'aile gauche, celle-ci précisément, était réservée aux officiers.

Isilda n'était pas là.

Le comte envoya deux de ses hommes. Ils revinrent. Personne n'avait vu la jeune fille.

Pourtant, elle n'avait pu sortir de l'enceinte des ruines. Quant au palais de la Renaissance, il était, pour ainsi dire, investi par la moitié des troupes, et nul n'y pouvait entrer.

Enfin, la femme d'un lieutenant qui habitait le logis voisin, déclara qu'elle n'avait pas quitté sa fenêtre et que la jeune fille n'était pas sortie.

— Si elle n'était pas sortie, s'écria Waldemar, elle serait là, et elle n'est pas là.

Lupin observa :

— Il y a un étage au-dessus ?

— Oui, mais de cette chambre à l'étage, il n'y a pas d'escalier.

— Si, il y a un escalier.

Il désigna une petite porte ouverte sur un réduit obscur. Dans l'ombre on apercevait les premières marches d'un escalier, abrupt comme une échelle.

— Je vous en prie, mon cher comte, dit-il à Waldemar qui voulait monter, laissez-moi cet honneur.

— Pourquoi ?

— Il y a du danger.

Il s'élança, et, tout de suite, sauta dans une soupente étroite et basse.

Un cri lui échappa :

— Oh !

— Qu'y a-t-il ? fit le comte débouchant à son tour.

— Ici... sur le plancher... Isilda...

Il s'agenouilla, mais aussitôt, au premier examen, il reconnut que la jeune fille était tout simplement étourdie, et qu'elle ne portait aucune trace de blessure, sauf quelques égratignures aux poignets et aux mains.

Dans sa bouche, formant bâillon, il y avait un mouchoir.

— C'est bien cela, dit-il. L'assassin était ici, avec elle. Quand nous sommes arrivés, il l'a frappée d'un coup de poing, et il l'a bâillonnée pour que nous ne puissions entendre les gémissements.

— Mais par où s'est-il enfui ?

— Par là... tenez... Il y a un couloir qui fait communiquer toutes les mansardes du premier étage.

— Et de là ?

— De là, il est descendu par l'escalier d'un des logements.

— Mais on l'aurait vu !

— Bah ! est-ce qu'on sait ? cet être-là est invisible. N'importe ! Envoyez vos hommes aux renseignements. Qu'on fouille toutes les mansardes et tous les logements du rez-de-chaussée !

Il hésita. Irait-il, lui aussi, à la poursuite de l'assassin ? Mais un bruit le ramena vers la jeune fille. Elle s'était relevée et une douzaine de pièces d'or roulaient de ses mains. Il les examina. Toutes étaient françaises.

— Allons, dit-il, je ne m'étais pas trompé. Seulement, pourquoi tant d'or ? en récompense de quoi ?

Soudain, il aperçut un livre à terre et se baissa pour le ramasser. Mais d'un mouvement rapide, la jeune fille se précipita, saisit le livre, et le serra contre elle avec une énergie sauvage, comme si elle était prête à le défendre contre toute entreprise.

— C'est cela, dit-il, des pièces d'or ont été offertes contre le volume, mais elle refuse de s'en défaire. D'où les égratignures aux mains. L'intéressant serait de savoir pourquoi l'assassin voulait posséder ce livre. Avait-il pu, auparavant, le parcourir ?

Il dit à Waldemar :

— Mon cher comte, donnez l'ordre, s'il vous plaît...

Waldemar fit un signe. Trois de ses hommes se jetèrent sur la jeune fille, et, après une lutte acharnée où la malheureuse trépigna de colère et se tordit sur elle-même en poussant des cris, on lui arracha le volume.

— Tout doux, l'enfant, disait Lupin, du calme... C'est pour la bonne cause, tout cela... Qu'on la surveille ! Pendant ce temps, je vais examiner l'objet du litige.

C'était, dans une vieille reliure qui datait au moins d'un siècle, un tome dépareillé de Montesquieu, qui portait ce titre : *Voyage au Temple de Gnide*. Mais à peine Lupin l'eut-il ouvert qu'il s'exclama :

— Tiens, tiens, c'est bizarre. Sur le recto de chacune des pages, une feuille de parchemin a été collée, et sur cette feuille, sur ces feuilles, il y a des lignes d'écriture, très serrées et très fines.

Il lut, tout au début :

« Journal du chevalier Gilles de Malrèche, domestique français de son Altesse Royale le prince de Deux-Ponts-Veldenz, commencé en l'an de grâce 1794. »

— Comment, il y a cela ? dit le comte…

— Qu'est-ce qui vous étonne ?

— Le grand-père d'Isilda, le vieux qui est mort il y a deux ans, s'appelait Malreich, c'est-à-dire le même nom germanisé.

— À merveille ! Le grand-père d'Isilda devait être le fils ou le petit-fils du domestique français qui écrivait son journal sur un tome dépareillé de Montesquieu. Et c'est ainsi que ce journal est passé aux mains d'Isilda.

Il feuilleta au hasard :

« 15 septembre 1796. – Son Altesse a chassé.

« 20 septembre 1796. – Son Altesse est sortie à cheval. Elle montait Cupidon. »

— Bigre, murmura Lupin, jusqu'ici, ce n'est pas palpitant. Il alla plus avant :

« 12 mars 1803. – J'ai fait passer dix écus à Hermann. Il est cuisinier à Londres.

Lupin se mit à rire.

— Oh ! oh ! Hermann est détrôné. Le respect dégringole.

— Le grand-duc régnant, observa Waldemar, fut en effet chassé de ses états par les troupes françaises.

Lupin continua :

« 1809. – Aujourd'hui, mardi, Napoléon a couché à Veldenz. C'est moi qui ai fait le lit de Sa Majesté, et qui, le lendemain, ai vidé ses eaux de toilette. »

— Ah ! dit Lupin, Napoléon s'est arrêté à Veldenz ?

— Oui, oui, en rejoignant son armée, lors de la campagne d'Autriche, qui devait aboutir à Wagram. C'est un honneur dont la famille ducale, par la suite, était très fière.

Lupin reprit :

« 28 octobre 1814. – Son Altesse Royale est revenue dans ses États.

« 29 octobre. – Cette nuit, j'ai conduit Son Altesse jusqu'à la cachette, et j'ai été heureux de lui montrer que personne n'en avait deviné l'existence. D'ailleurs, comment se douter qu'une cachette pouvait être pratiquée dans…

Un arrêt brusque… Un cri de Lupin… Isilda avait subitement échappé aux hommes qui la gardaient, s'était jetée sur lui, et avait pris la fuite, emportant le livre.

— Ah ! la coquine ! Courez donc… Faites le tour par en bas. Moi, je la chasse par le couloir.

Mais elle avait clos la porte sur elle et poussé un verrou. Il dut descendre et longer les communs, ainsi que les autres, en quête d'un escalier qui le ramenât au premier étage.

Seul, le quatrième logement étant ouvert, il put monter. Mais le couloir était vide, et il lui fallut frapper à des portes, forcer des serrures, et s'introduire dans des chambres inoccupées, tandis que Waldemar, aussi ardent que lui à la poursuite, piquait les rideaux et les tentures avec la pointe de son sabre.

Des appels retentirent, qui venaient du rez-de-chaussée, vers l'aile droite. Ils s'élancèrent. C'était une des femmes d'officiers qui leur faisait signe, au bout du couloir, et qui raconta que la jeune fille était chez elle.

— Comment le savez-vous ? demanda Lupin.

— J'ai voulu entrer dans ma chambre. La porte était fermée, et j'ai entendu du bruit.

Lupin, en effet, ne put ouvrir.

— La fenêtre, s'écria-t-il, il doit y avoir une fenêtre.

On le conduisit dehors, et tout de suite, prenant le sabre du comte, d'un coup, il cassa les vitres.

Puis, soutenu par deux hommes, il s'accrocha au mur, passa le bras, tourna l'espagnolette et tomba dans la chambre.

Accroupie devant la cheminée, Isilda lui apparut au milieu des flammes.

— Oh ! la misérable ! proféra Lupin, elle l'a jeté au feu ! Il la repoussa brutalement, voulut prendre le livre et se brûla les mains. Alors, à l'aide des pincettes, il l'attira hors du foyer et le recouvrit avec le tapis de la table pour étouffer les flammes.

Mais il était trop tard. Les pages du vieux manuscrit, toutes consumées, tombèrent en cendres.

II

Lupin la regarda longuement. Le comte dit :

— On croirait qu'elle sait ce qu'elle fait.

— Non, non, elle ne le sait pas. Seulement son grand-père a dû lui confier ce livre comme un trésor, un trésor que personne ne devait contempler, et, dans son instinct stupide, elle a mieux aimé le jeter aux flammes que de s'en dessaisir.

— Et alors ?

— Alors, quoi ?

— Vous n'arriverez pas à la cachette ?

— Ah ! ah ! mon cher comte, vous avez donc un instant envisagé mon succès comme possible ? Et Lupin ne vous paraît plus tout à fait un charlatan ? Soyez tranquille, Waldemar, Lupin a plusieurs cordes à son arc. J'arriverai.

— Avant la douzième heure, demain ?

— Avant la douzième heure, ce soir. Mais je meurs d'inanition. Et si c'était un effet de votre bonté…

On le conduisit dans une salle des communs, affectée au mess des sous-officiers, et un repas substantiel lui fut servi, tandis que le comte allait faire son rapport à l'Empereur.

Ving minutes après, Waldemar revenait. Et ils s'installèrent l'un en face de l'autre, silencieux et pensifs.

— Waldemar, un bon cigare serait le bienvenu… Je vous remercie. Celui-là craque comme il sied aux havanes qui se respectent.

Il alluma son cigare, et, au bout d'une ou deux minutes :

— Vous pouvez fumer, comte, cela ne me dérange pas. Une heure se passa ; Waldemar somnolait, et de temps à autre, pour se réveiller, avalait un verre de fine Champagne.

Des soldats allaient et venaient, faisant le service.

— Du café, demanda Lupin.

On lui apporta du café.

— Ce qu'il est mauvais, grogna-t-il… Si c'est celui-là que boit César ! Encore une tasse, tout de même, Waldemar. La nuit sera peut-être longue. Oh ! quel sale café !

Il alluma un autre cigare et ne dit plus un mot.

Les minutes s'écoulèrent. Il ne bougeait toujours pas et ne parlait point.

Soudain, Waldemar se dressa sur ses jambes et dit à Lupin d'un air indigné :

— Eh ! là, debout !

À ce moment, Lupin sifflotait. Il continua paisiblement à siffloter.

— Debout, vous dit-on.

Lupin se retourna. Sa Majesté venait d'entrer. Il se leva.

— Où en sommes-nous ? dit l'Empereur.

— Je crois, Sire, qu'il me sera possible avant peu de donner satisfaction à Votre Majesté.

— Quoi ? Vous connaissez…

— La cachette ? À peu près. Sire Quelques détails encore qui m'échappent mais sur place, tout s'éclaircira, je n'en doute pas.

— Nous devons rester ici ?

— Non, Sire, je vous demanderai de m'accompagner jusqu'au palais Renaissance. Mais nous avons le temps, et, si Sa Majesté m'y autorise, je voudrais, dès maintenant, réfléchir à deux ou trois points.

Sans attendre la réponse, il s'assit, à la grande indignation de Waldemar.

Un moment après, l'Empereur, qui s'était éloigné et conférait avec le comte, se rapprocha.

— Monsieur Lupin est-il prêt, cette fois ?

Lupin garda le silence. Une nouvelle interrogation… il baissa la tête.

— Mais il dort, en vérité, on croirait qu'il dort.

Furieux, Waldemar le secoua vivement par l'épaule. Lupin tomba de sa chaise, s'écroula sur le parquet, eut deux ou trois convulsions, et ne remua plus.

— Qu'est-ce qu'il a donc ? s'écria l'Empereur Il n'est pas mort, j'espère !

Il prit une lampe et se pencha.

— Ce qu'il est pâle ! une figure de cire ! Regarde donc, Waldemar... Tâte le cœur... Il vit, n'est-ce pas ?
— Oui, Sire, dit le comte après un instant, le cœur bat très régulièrement.
— Alors, quoi ? je ne comprends plus... Que s'est-il produit ?
— Si j'allais chercher le médecin ?
— Va, cours...

Le docteur trouva Lupin dans le même état, inerte et paisible. Il le fit étendre sur un lit, l'examina longtemps et s'informa de ce que le malade avait mangé.

— Vous craignez donc un empoisonnement, docteur ?
— Non, Sire, il n'y a pas de traces d'empoisonnement. Mais je suppose... Qu'est-ce que c'est que ce plateau et cette tasse ?
— Du café, dit le comte.
— Pour vous ?
— Non, pour lui. Moi, je n'en ai pas bu.

Le docteur se versa du café, le goûta et conclut :
— Je ne me trompais pas : le malade a été endormi à l'aide d'un narcotique.
— Mais par qui ? s'écria l'Empereur avec irritation... Voyons, Waldemar, c'est exaspérant tout ce qui se passe ici !
— Sire...
— Eh ! oui, j'en ai assez ! Je commence à croire vraiment que cet homme a raison, et qu'il y a quelqu'un dans le château... Ces pièces d'or, ce narcotique...
— Si quelqu'un avait pénétré dans cette enceinte, on le saurait, Sire... Voilà trois heures que l'on fouille de tous côtés.
— Cependant, ce n'est pas moi qui ai préparé le café, je te l'assure... Et à moins que ce ne soit toi...
— Oh ! Sire !
— Eh bien ! cherche perquisitionne... Tu as deux cents hommes à ta disposition, et les communs ne sont pas si grands ! Car enfin, le bandit rôde par là, autour de ces bâtiments... du côté de la cuisine... que sais-je ? Va ! Remue-toi !

Toute la nuit, le gros Waldemar se remua consciencieusement, puisque c'était l'ordre du maître, mais sans conviction, puisqu'il était impossible qu'un étranger se dissimulât parmi des ruines aussi bien surveillées. Et de fait, l'événement lui donna raison : les investigations furent inutiles, et l'on ne put découvrir la main mystérieuse qui avait préparé le breuvage soporifique.

Cette nuit, Lupin la passa sur son lit, inanimé. Au matin le docteur, qui ne l'avait pas quitté, répondit à un envoyé de l'Empereur que le malade dormait toujours.

À neuf heures, cependant, il fit un premier geste, une sorte d'effort pour se réveiller.

Un peu plus tard il balbutia :
— Quelle heure est-il ?
— Neuf heures trente-cinq.

Il fit un nouvel effort, et l'on sentait que, dans son engourdissement, tout son être se tendait pour revenir à la vie. Une pendule sonna dix coups. Il tressaillit et prononça :
— Qu'on me porte... qu'on me porte au palais. Avec l'approbation du médecin, Waldemar appela ses hommes et fit prévenir l'Empereur.

On déposa Lupin sur un brancard et l'on se mit en marche vers le palais.
— Au premier étage, murmura-t-il.

On le monta.
— Au bout du couloir, dit-il, la dernière chambre à gauche.

On le porta dans la dernière chambre, qui était la douzième, et on lui donna une chaise sur laquelle il s'assit, épuisé.

L'Empereur arriva : Lupin ne bougea pas, l'air inconscient, le regard sans expression.

Puis, après quelques minutes, il sembla s'éveiller, regarda autour de lui les murs, le plafond, les gens, et dit :
— Un narcotique, n'est-ce pas ?
— Oui, déclara le docteur.
— On a trouvé l'homme ?

— Non.

Il parut méditer, et, plusieurs fois, il hocha la tête d'un air pensif, mais on s'aperçut bientôt qu'il dormait. L'Empereur s'approcha de Waldemar.

— Donne les ordres pour qu'on fasse avancer ton auto.

— Ah ? mais alors. Sire ?...

— Eh quoi ! je commence à croire qu'il se moque de nous, et que tout cela n'est qu'une comédie pour gagner du temps.

— Peut-être... en effet... approuva Waldemar.

— Évidemment ! Il exploite certaines coïncidences curieuses, mais il ne sait rien, et son histoire de pièces d'or, son narcotique, autant d'inventions ! Si nous nous prêtons davantage à ce petit jeu, il va nous filer entre les mains. Ton auto, Waldemar.

Le comte donna les ordres et revint. Lupin ne s'était pas réveillé. L'Empereur qui inspectait la salle, dit à Waldemar :

— C'est la salle de Minerve, ici, n'est-ce pas ?

— Oui, Sire.

— Mais alors, pourquoi ce N, à deux endroits ?

Il y avait en effet, deux N, l'un au-dessus de la cheminée, l'autre au-dessus d'une vieille horloge encastrée dans le mur, toute démolie, et dont on voyait le mécanisme compliqué, les poids inertes au bout de leurs cordes.

— Ces deux N, dit Waldemar...

L'Empereur n'écouta pas la réponse. Lupin s'était encore agité, ouvrant les yeux et articulant des syllabes indistinctes. Il se leva, marcha à travers la salle, et retomba exténué.

Ce fut alors la lutte, la lutte acharnée de son cerveau, de ses nerfs, de sa volonté, contre cette torpeur affreuse qui le paralysait, lutte de moribond contre la mort, lutte de la vie contre le néant.

Et c'était un spectacle infiniment douloureux.

— Il souffre, murmura Waldemar.

— Ou du moins il joue la souffrance, déclara l'Empereur, et il la joue à merveille. Quel comédien !

Lupin balbutia :

— Une piqûre, docteur, une piqûre de caféine... tout de suite...

— Vous permettez. Sire ? demanda le docteur.

— Certes... Jusqu'à midi, tout ce qu'il veut, on doit le faire. Il a ma promesse.

— Combien de minutes jusqu'à midi ? reprit Lupin.

— Quarante, lui dit-on.

— Quarante ?... J'arriverai... il est certain que j'arriverai... Il le faut...

Il empoigna sa tête à deux mains.

— Ah ! si j'avais mon cerveau, le vrai, mon bon cerveau qui pense ! ce serait l'affaire d'une seconde ! Il n'y a plus qu'un point de ténèbres... Mais je ne peux pas... ma pensée me fuit... je ne peux pas la saisir... c'est atroce...

Ses épaules sursautaient. Pleurait-il ?

On l'entendit qui répétait :

— 813... 813...

Et, plus bas :

— 813... un 8... un 1... un 3... oui, évidemment... mais pourquoi ?... ça ne suffit pas...

L'Empereur murmura :

— Il m'impressionne. J'ai peine à croire qu'un homme puisse ainsi jouer un rôle... La demie... les trois quarts...

Lupin demeurait immobile, les poings plaqués aux tempes.

L'Empereur attendait, les yeux fixés sur un chronomètre que tenait Waldemar.

— Encore dix minutes... encore cinq...

— Waldemar, l'auto est là ? Tes hommes sont prêts ?

— Oui, Sire.

— Ton chronomètre est à sonnerie ?

— Oui, Sire.

— Au dernier coup de midi alors...
— Pourtant...
— Au dernier coup de midi, Waldemar.

Vraiment la scène avait quelque chose de tragique, cette sorte de grandeur et de solennité que prennent les heures à l'approche d'un miracle possible. Il semble que c'est la voix même du destin qui va s'exprimer.

L'Empereur ne cachait pas son angoisse. Cet aventurier bizarre qui s'appelait Arsène Lupin, et dont il connaissait la vie prodigieuse, cet homme le troublait et, quoique résolu à en finir avec toute cette histoire équivoque, il ne pouvait s'empêcher d'attendre et d'espérer.

Encore deux minutes... encore une minute. Puis ce fut par secondes que l'on compta.

Lupin paraissait endormi.

— Allons, prépare-toi, dit l'Empereur au comte.

Celui-ci s'avança vers Lupin et lui mit la main sur l'épaule.

La sonnerie argentine du chronomètre vibra... une, deux, trois, quatre, cinq...

— Waldemar, tire les poids de la vieille horloge.

Un moment de stupeur. C'était Lupin qui avait parlé, très calme.

Waldemar haussa les épaules, indigné du tutoiement.

— Obéis, Waldemar, dit l'Empereur.

— Mais oui, obéis, mon cher comte, insista Lupin qui retrouvait son ironie, c'est dans tes cordes, et tu n'as qu'à tirer sur celles de l'horloge alternativement... une, deux... À merveille Voilà comment ça se remontait dans l'ancien temps.

De fait le balancier fut mis en train, et l'on en perçut le tic-tac régulier.

— Les aiguilles, maintenant, dit Lupin. Mets-les un peu avant midi... Ne bouge plus laisse-moi faire...

Il se leva et s'avança vers le cadran, à un pas de distance tout au plus, les yeux fixes, tout son être attentif.

Les douze coups retentirent, douze coups lourds, profonds.

Un long silence. Rien ne se produisit. Pourtant l'Empereur attendait, comme s'il était certain que quelque chose allait se produire. Et Waldemar ne bougeait pas, les yeux écarquillés.

Lupin, qui s'était penché sur le cadran, se redressa et murmura :

— C'est parfait... j'y suis...

Il retourna vers sa chaise et commanda :

— Waldemar, remets les aiguilles à midi moins deux minutes. Ah ! non, mon vieux, pas à rebrousse-poil dans le sens de la marche Eh ! oui, ce sera un peu long mais que veux-tu ?

Toutes les heures et toutes les demies sonnèrent jusqu'à la demie de onze heures.

— Écoute, Waldemar, dit Lupin...

Et il parlait, gravement, sans moquerie, comme ému lui-même et anxieux.

— Écoute, Waldemar, tu vois sur le cadran une petite pointe arrondie qui marque la première heure ? Cette pointe branle, n'est-ce pas ? Pose dessus l'index de la main gauche et appuie. Bien. Fais de même avec ton pouce sur la pointe qui marque la troisième heure. Bien. Avec ta main droite
enfonce la pointe de la huitième heure. Bien. Je te remercie. Va t'asseoir, mon cher.

Un instant, puis la grande aiguille se déplaça, effleura la douzième pointe... Et midi sonna de nouveau.

Lupin se taisait, très pâle. Dans le silence, chacun des douze coups retentit.

Au douzième coup, il y eut un bruit de déclenchement. L'horloge s'arrêta net. Le balancier s'immobilisa.

Et soudain le motif de bronze qui dominait le cadran et qui figurait une tête de bélier, s'abattit, découvrant une sorte de petite niche taillée en pleine pierre.

Dans cette niche, il y avait une cassette d'argent, ornée de ciselures.

— Ah ! fit l'Empereur... vous aviez raison.

— Vous en doutiez, Sire ? dit Lupin.

Il prit la cassette et la lui présenta.

— Que Sa Majesté veuille bien ouvrir elle-même. Les lettres qu'elle m'a donné mission de chercher sont là.

L'Empereur souleva le couvercle, et parut très étonné.

La cassette était vide.

III

La cassette était vide !

Ce fut un coup de théâtre, énorme, imprévu. Après le succès des calculs effectués par Lupin, après la découverte si ingénieuse du secret de l'horloge, l'Empereur, pour qui la réussite finale ne faisait plus de doute, semblait confondu.

En face de lui. Lupin, blême, les mâchoires contractées, l'œil injecté de sang, grinçait de rage et de haine impuissante.

Il essuya son front couvert de sueur, puis saisit vivement la cassette, la retourna, l'examina, comme s'il espérait trouver un double fond. Enfin, pour plus de certitude, dans un accès de fureur, il l'écrasa, d'une étreinte irrésistible.

Cela le soulagea. Il respira plus à l'aise.

L'Empereur lui dit :

— Qui a fait cela ?

— Toujours le même, Sire, celui qui poursuit la même route que moi et qui marche vers le même but, l'assassin de M. Kesselbach.

— Quand ?

— Cette nuit. Ah ! Sire, que ne m'avez-vous laissé libre au sortir de prison ! Libre, j'arrivais ici sans perdre une heure. J'arrivais avant lui ! Avant lui je donnais de l'or à Isilda !... Avant lui je lisais le journal de Malreich, le vieux domestique français !

— Vous croyez donc que c'est par les révélations de ce journal ?...

— Eh ! oui, Sire, il a eu le temps de les lire, lui. Et, dans l'ombre, je ne sais où, renseigné sur tous nos gestes, je ne sais par qui ! il m'a fait endormir, afin de se débarrasser de moi, cette nuit.

— Mais le palais était gardé.

— Gardé par vos soldats, Sire. Est-ce que ça compte pour des hommes comme lui ? Je ne doute pas d'ailleurs que Waldemar ait concentré ses recherches sur les communs, dégarnissant ainsi les portes du palais.

— Mais le bruit de l'horloge ? ces douze coups dans la nuit ?

— Un jeu, Sire ! un jeu d'empêcher une horloge de sonner !

— Tout cela me paraît bien invraisemblable.

— Tout cela me paraît rudement clair, à moi, Sire. S'il était possible de fouiller dès maintenant les poches de tous vos hommes, ou de connaître toutes les dépenses qu'ils feront pendant l'année qui va suivre, on en trouverait bien deux ou trois qui sont, à l'heure actuelle, possesseurs de quelques billets de banque, billets de banque français, bien entendu.

— Oh ! protesta Waldemar.

— Mais oui, mon cher comte, c'est une question de prix, et *celui-là* n'y regarde pas. S'il le voulait, je suis sûr que vous-même...

L'Empereur n'écoutait pas, absorbé dans ses réflexions. Il se promena de droite et de gauche à travers la chambre, puis fit un signe à l'un des officiers qui se tenaient dans la galerie.

— Mon auto... et qu'on s'apprête... nous partons.

Il s'arrêta, observa Lupin un instant, et, s'approchant du comte :

— Toi aussi, Waldemar, en route... Droit sur Paris, d'une étape...

Lupin dressa l'oreille. Il entendit Waldemar qui répondait :

— J'aimerais mieux une douzaine de gardes en plus, avec ce diable d'homme !...

— Prends-les. Et fais vite, il faut que tu arrives cette nuit.

Lupin frappa du pied violemment :

— Eh bien, non, Sire ! non, non, non ! cela ne sera pas, ça je vous le jure. Ah ! non, jamais.

— Comment non ?

— Et les lettres, Sire ? Les lettres que l'on a volées ?

— Ma foi...

— Alors, s'écria Lupin, en se croisant les bras avec indignation. Votre Majesté renonce à la lutte ? Elle considère la défaite comme irrémédiable ? Elle se déclare vaincue ? Eh bien, pas moi, Sire. J'ai commencé. Je finirai.

L'Empereur sourit de cette belle ardeur.

— Je ne renonce pas, mais ma police se mettra en campagne.

Lupin éclata de rire.

— Que Votre Majesté m'excuse ! C'est si drôle ! la police de Sa Majesté ! mais elle vaut ce que valent toutes les polices du monde, c'est-à-dire rien, rien du tout ! Non, Sire, je ne retournerai pas à la Santé. La prison, je m'en moque. Mais j'ai besoin de ma liberté contre cet homme, je la garde.

L'Empereur s'impatienta.

— Cet homme, vous ne savez même pas qui il est.

— Je le saurai, Sire. Et moi seul peux le savoir. Et il sait, lui, que je suis le seul qui peut le savoir. Je suis son seul ennemi. C'est moi seul qu'il attaque. C'est moi qu'il voulait atteindre, l'autre jour, avec la balle de son revolver. C'est moi qu'il lui suffisait d'endormir, cette nuit, pour être libre d'agir à sa guise. Le duel est entre nous. Le monde n'a rien à y voir. Personne ne peut m'aider, et personne ne peut l'aider. Nous sommes deux, et c'est tout. Jusqu'ici la chance l'a favorisé. Mais en fin de compte, il est inévitable, il est fatal que je remporte.

— Pourquoi ?

— Parce que je suis le plus fort.

— S'il vous tue ?

— Il ne me tuera pas. Je lui arracherai ses griffes, je le réduirai à l'impuissance. Et vous aurez les lettres, Sire. Il n'est pas de pouvoir humain qui puisse m'empêcher de vous les rendre.

Il parlait avec une conviction violente et un ton de certitude qui donnait, aux choses qu'il prédisait, l'apparence réelle de choses déjà accomplies.

L'Empereur ne pouvait se défendre de subir un sentiment confus, inexplicable, où il y avait une sorte d'admiration et beaucoup aussi de cette confiance que Lupin exigeait d'une façon si autoritaire. Au fond il n'hésitait que par scrupule d'employer cet homme et d'en faire pour ainsi dire son allié. Et soucieux, ne sachant quel parti prendre, il marchait de la galerie aux fenêtres, sans prononcer une parole.

À la fin il dit :

— Et qui nous assure que les lettres ont été volées cette nuit ?

— Le vol est daté, Sire.

— Qu'est-ce que vous dites ?

— Examinez la partie interne du fronton, qui dissimulait la cachette. La date y est inscrite à la craie blanche : minuit, 24 août.

— En effet… en effet… murmura l'Empereur interdit… Comment n'ai-je pas vu ?

Et il ajouta, laissant percevoir sa curiosité :

— C'est comme pour ces deux N peints sur la muraille… je ne m'explique pas. C'est ici la salle de Minerve.

— C'est ici la salle où coucha Napoléon, Empereur des Français, déclara Lupin.

— Qu'en savez-vous ?

— Demandez à Waldemar, Sire. Pour moi, quand je parcourus le journal du vieux domestique, ce fut un éclair. Je compris que Sholmès et moi, nous avions fait fausse route. *Apoon*, le mot incomplet que traça le grand-duc Hermann à son lit de mort, n'est pas une contraction du mot Apollon, mais du mot *Napoléon*.

— C'est juste… vous avez raison… dit l'Empereur les mêmes lettres se retrouvent dans les deux mots, et suivant le même ordre. Il est évident que le grand-duc a voulu écrire *Napoléon*. Mais ce chiffre *813* ?

— Ah ! c'est là le point qui me donna le plus de mal à éclaircir. J'ai toujours eu l'idée qu'il fallait additionner les trois chiffres 8, 1 et 3, et le nombre 12 ainsi obtenu me parut aussitôt s'appliquer à cette salle qui est la douzième de la galerie. Mais cela ne suffisait pas. Il devait y avoir autre chose, autre chose que mon cerveau affaibli ne pouvait parvenir à formuler. La vue de l'horloge, de cette horloge située justement dans la salle Napoléon, me fut une révélation. Le nombre 12 signifiait évidemment la douzième heure. Midi ! minuit ! N'est-ce pas un instant plus solennel et que l'on choisit plus volontiers ? Mais pourquoi ces trois chiffres 8, 1 et 3, plutôt que d'autres qui auraient fourni le même total ?

« C'est alors que je pensai à faire sonner l'horloge une première fois, à titre d'essai. Et c'est en la faisant sonner que je vis que les pointes de la première, de la troisième et de la huitième heure, étaient mobiles. J'obtenais donc trois chiffres, 1, 3 et 8, qui, placés dans un ordre fatidique, donnaient le nombre 813. Waldemar poussa les trois pointes. Le déclenchement se produisit. Votre Majesté connaît le résultat…

« Voilà, Sire, l'explication de ce mot mystérieux, et de ces trois chiffres *813* que le grand-duc écrivit de sa main d'agonisant, et grâce auxquels il avait l'espoir que son fils retrouverait un jour le secret de Veldenz, et deviendrait possesseur des fameuses lettres qu'il y avait cachées.

L'Empereur avait écouté avec une attention passionnée, de plus en plus surpris par tout ce qu'il observait en cet homme d'ingéniosité, de clairvoyance, de finesse, de volonté intelligente.

— Waldemar ? dit-il.

— Sire ?

Mais au moment où il allait parler, des exclamations s'élevèrent dans la galerie. Waldemar sortit et rentra.

— C'est la folle, Sire, que l'on veut empêcher de passer.

— Qu'elle vienne, s'écria Lupin vivement, il faut qu'elle vienne, Sire.

Sur un geste de l'Empereur, Waldemar alla chercher Isilda.

À l'entrée de la jeune fille, ce fut de la stupeur. Sa figure, si pâle, était couverte de taches noires. Ses traits convulsés marquaient la plus vive souffrance. Elle haletait, les deux mains crispées contre sa poitrine.

— Oh ! fit Lupin avec épouvante.

— Qu'y a-t-il ? demanda l'Empereur.

— Votre médecin. Sire ! qu'on ne perde pas une minute !

Et s'avançant :

— Parle, Isilda… Tu as vu quelque chose ? Tu as quelque chose à dire ?

La jeune fille s'était arrêtée, les yeux moins vagues, comme illuminés par la douleur. Elle articula des sons, aucune parole.

— Écoute, dit Lupin… réponds oui ou non… un mouvement de tête… Tu l'as vu ? Tu sais où il est ?… Tu sais qui il est ?… Écoute, si tu ne réponds pas…

Il réprima un geste de colère. Mais, soudain, se rappelant l'épreuve de la veille, et qu'elle semblait plutôt avoir gardé quelque mémoire visuelle du temps où elle avait toute sa raison, il inscrivit sur le mur blanc un L et un M majuscules.

Elle tendit les bras vers les lettres et hocha la tête comme si elle approuvait.

— Et après ? fit Lupin… Après !… Écris à ton tour.

Mais elle poussa un cri affreux et se jeta par terre avec des hurlements.

Puis, tout d'un coup, le silence, l'immobilité. Un soubresaut encore. Et elle ne bougea plus.

— Morte ? dit l'Empereur.

— Empoisonnée, Sire.

— Ah ! la malheureuse… Et par qui ?

— Par *lui*, Sire. Elle le connaissait sans doute. Il aura eu peur de ses révélations.

Le médecin arrivait. L'Empereur lui montra la jeune fille. Puis, s'adressant à Waldemar :

— Tous tes hommes en campagne… Qu'on fouille la maison… Un télégramme aux gares de la frontière…

Il s'approcha de Lupin :

— Combien de temps vous faut-il pour reprendre les lettres ?

— Un mois, Sire…

— Bien, Waldemar vous attendra ici. Il aura mes ordres et pleins pouvoirs pour vous accorder ce que vous désirez.

— Ce que je veux, Sire, c'est la liberté.

— Vous êtes libre.

Lupin le regarda s'éloigner et dit entre ses dents :

— La liberté, d'abord… Et puis, quand je t'aurai rendu tes lettres, ô Majesté, une petite poignée de mains. Alors nous serons quittes.

LES SEPT BANDITS

I

– Madame peut-elle recevoir ?

Dolorès Kesselbach prit la carte que lui tendait le domestique et lut : *André Beauny*.

— Non, dit-elle, je ne connais pas.

— Ce monsieur insiste beaucoup, madame. Il dit que madame attend sa visite.

— Ah !… peut-être… en effet… Conduisez-le jusqu'ici.

Depuis les événements qui avaient bouleversé sa vie et qui l'avaient frappée avec un acharnement implacable, Dolorès, après un séjour à l'hôtel Bristol, venait de s'installer dans une paisible maison de la rue des Vignes, au fond de Passy.

Un joli jardin s'étendait par derrière, encadré d'autres jardins touffus. Quand des crises plus douloureuses ne la maintenaient pas des jours entiers dans sa chambre, les volets clos, invisible à tous, elle se faisait porter sous les arbres, et restait là, étendue, mélancolique, incapable de réagir contre le mauvais destin. Le sable de l'allée craqua de nouveau et, accompagné par le domestique, un jeune homme apparut, élégant de tournure, habillé très simplement, à la façon un peu surannée de certains peintres, col rabattu, cravate flottante à pois blancs sur fond bleu marine.

Le domestique s'éloigna.

— André Beauny, n'est-ce pas ? fit Dolorès.

— Oui, madame.

— Je n'ai pas l'honneur…

— Si, madame. Sachant que j'étais un des amis de Mme d'Ernemont, la grand'mère de Geneviève, vous avez écrit à cette dame, à Garches, que vous désiriez avoir un entretien avec moi. Me voici.

Dolorès se souleva, très émue.

— Ah ! vous êtes…

— Oui.

Elle balbutia :

— Vraiment ? C'est vous ?… Je ne vous reconnais pas.

— Vous ne reconnaissez pas le prince Paul Sernine ?

— Non… Rien n'est semblable… ni le front… ni les yeux… Et ce n'est pas non plus ainsi…

— Que les journaux ont représenté le détenu de la Santé, dit-il en souriant… Pourtant, c'est bien moi.

Un long silence suivit où ils demeurèrent embarrassés et mal à l'aise.

Enfin il prononça :

— Puis-je savoir la raison ?…

— Geneviève ne vous a pas dit ?…

— Je ne l'ai pas vue… Mais sa grand'mère a cru comprendre que vous aviez besoin de mes services…

— C'est cela… c'est cela…

— Et en quoi ?… je suis si heureux… Elle hésita une seconde, puis murmura :

— J'ai peur.

— Peur ! s'écria-t-il.

— Oui, fit-elle à voix basse, j'ai peur, j'ai peur de tout, peur de ce qui est et de ce qui sera demain, après-demain… peur de la vie. J'ai tant souffert… je n'en puis plus.

Il la regardait avec une grande pitié. Le sentiment confus qui l'avait toujours poussé vers cette femme prenait un caractère plus précis aujourd'hui qu'elle lui demandait protection. C'était un besoin ardent de se dévouer à elle, entièrement, sans espoir de récompense.

Elle poursuivit :

— Je suis seule, maintenant, toute seule, avec des domestiques que j'ai pris au hasard, et j'ai peur… je sens qu'autour de moi on s'agite.

— Mais dans quel but ?

— Je ne sais pas. Mais l'ennemi rôde et se rapproche.

— Vous l'avez vu ? Vous avez remarqué quelque chose ?

— Oui, dans la rue, ces jours-ci, deux hommes ont passé plusieurs fois, et se sont arrêtés devant la maison.

— Leur signalement ?

— Il y en a un que j'ai mieux vu. Il est grand, fort, tout rasé, et habillé d'une petite veste de drap noir, très courte.

— Un garçon de café ?

— Oui, un maître d'hôtel. Je l'ai fait suivre par un de mes domestiques. Il a pris la rue de la Pompe et a pénétré dans une maison de vilaine apparence dont le rez-de-chaussée est occupé par un marchand de vins, la première à gauche sur la rue. Enfin l'autre nuit…

— L'autre nuit ?

— J'ai aperçu, de la fenêtre de ma chambre, une ombre dans le jardin.

— C'est tout ?

— Oui.

Il réfléchit et lui proposa :

— Permettez-vous que deux de mes hommes couchent en bas, dans une des chambres du rez-de-chaussée ?…

— Deux de vos hommes ?…

— Oh ! ne craignez rien… Ce sont deux braves gens, le père Charolais et son fils… qui n'ont pas l'air du tout de ce qu'ils sont… Avec eux, vous serez tranquille. Quant à moi…

Il hésita. Il attendait qu'elle le priât de revenir. Comme elle se taisait, il dit :

— Quant à moi, il est préférable que l'on ne me voie pas ici… oui, c'est préférable… pour vous. Mes hommes me tiendront au courant.

Il eût voulu en dire davantage, et rester, et s'asseoir auprès d'elle, et la réconforter. Mais il avait l'impression que tout était dit de ce qu'ils avaient à se dire, et qu'un seul mot de plus, prononcé par lui, serait un outrage.

Alors il salua très bas, et se retira.

Il traversa le jardin, marchant vite, avec la hâte de se retrouver dehors et de dominer son émotion. Le domestique l'attendait au seuil du vestibule. Au moment où il franchissait la porte d'entrée, sur la rue, quelqu'un sonnait, une jeune femme.

Il tressaillit :

— Geneviève !

Elle fixa sur lui des yeux étonnés, et, tout de suite, bien que déconcertée par l'extrême jeunesse de ce regard, elle le reconnut, et cela lui causa un tel trouble qu'elle vacilla et dut s'appuyer à la porte.

Il avait ôté son chapeau et la contemplait sans oser lui tendre la main. Tendrait-elle la sienne ? Ce n'était plus le prince Sernine… c'était Arsène Lupin. Et elle savait qu'il était Arsène Lupin et qu'il sortait de prison.

Dehors il pleuvait. Elle donna son parapluie au domestique en balbutiant :

— Veuillez l'ouvrir et le mettre de côté…

Et elle passa tout droit.

— Mon pauvre vieux, se dit Lupin en partant, voilà bien des secousses pour un être nerveux et sensible comme toi. Surveille ton cœur, sinon… Allons, bon, voilà que tes yeux se mouillent ! Mauvais signe, monsieur Lupin, tu vieillis.

Il frappa sur l'épaule d'un jeune homme qui traversait la chaussée de la Muette et se dirigeait vers la rue des Vignes. Le jeune homme s'arrêta, et après quelques secondes :

— Pardon, monsieur, mais je n'ai pas l'honneur, il me semble…

— Il vous semble mal, mon cher monsieur Leduc. Ou c'est alors que votre mémoire est bien affaiblie. Rappelez-vous Versailles, la petite chambre de l'hôtel des Trois-Empereurs…

— Vous !

Le jeune homme avait bondi en arrière, avec épouvante.

— Mon Dieu, oui, moi, le prince Sernine, ou plutôt Lupin, puisque vous savez mon vrai nom ! Pensiez-vous donc que Lupin avait trépassé ? Ah ! oui, je comprends, la prison… vous espériez… Enfant, va !

Il lui tapota doucement l'épaule.

— Voyons, jeune homme, remettons-nous, nous avons encore quelques bonnes journées paisibles à faire des vers. L'heure n'est pas encore venue. Fais des vers, poète !

Il lui étreignit le bras violemment, et lui dit, face à face :

— Mais l'heure approche, poète. N'oublie pas que tu m'appartiens, corps et âme. Et prépare-toi à jouer ton rôle. Il sera rude et magnifique. Et par Dieu, tu me parais vraiment l'homme de ce rôle !

Il éclata de rire, fit une pirouette, et laissa le jeune Leduc abasourdi.

Il y avait plus loin, au coin de la rue de la Pompe, le débit de vins dont lui avait parlé Mme Kesselbach. Il entra et causa longuement avec le patron. Puis il prit une auto et se fit conduire au Grand-Hôtel, où il habitait sous le nom d'André Beauny.

Les frères Doudeville l'y attendaient.

Bien que blasé sur ces sortes de jouissances, Lupin n'en goûta pas moins les témoignages d'admiration et de dévouement dont ses amis l'accablèrent.

— Enfin, patron, expliquez-nous… Que s'est-il passé ? Avec vous, nous sommes habitués aux prodiges… mais, tout de même, il y a des limites… Alors, vous êtes libre ? Et vous voilà ici, au cœur de Paris, à peine déguisé.

— Un cigare ? offrit Lupin.

— Merci… non.

— Tu as tort, Doudeville. Ceux-là sont estimables. Je les tiens d'un fin connaisseur, qui se targue d'être mon ami.

— Ah ! peut-on savoir ?

— Le Kaiser… Allons, ne faites pas ces têtes d'abrutis, et mettez-moi au courant, je n'ai pas lu de journaux. Mon évasion, quel effet dans le public ?

— Foudroyant, patron !

— La version de la police ?

— Votre fuite aurait eu lieu à Garches, pendant une reconstitution de l'assassinat d'Altenheim. Par malheur, les journalistes ont prouvé que c'était impossible.

— Alors ?

— Alors, c'est l'ahurissement. On cherche, on rit, et l'on s'amuse beaucoup.

— Weber ?

— Weber est fort compromis.

— En dehors de cela, rien de nouveau au service de la Sûreté ? Aucune découverte sur l'assassin ? Pas d'indice qui nous permette d'établir l'identité d'Altenheim ?

— Non.

— Sont-ils bêtes ! Quand on pense que nous payons des millions par an pour nourrir ces gens-là. Si ça continue, je refuse de payer mes contributions. Prends un siège et une plume. Tu porteras cette lettre ce soir au *Grand Journal*. Il y a longtemps que l'univers n'a plus de mes nouvelles. Il doit haleter d'impatience. Écris :

« Monsieur le Directeur,

« Je m'excuse auprès du public dont la légitime impatience sera déçue.

« Je me suis évadé de prison, et il m'est impossible de dévoiler comment je me suis évadé. De même, depuis mon évasion, j'ai découvert le fameux secret, et il m'est impossible de dire quel est ce secret et comment je l'ai découvert.

« Tout cela fera, un jour ou l'autre, l'objet d'un récit quelque peu original que publiera, d'après mes notes, mon biographe ordinaire. C'est une page de l'Histoire de France que nos petits-enfants ne liront pas sans intérêt.

« Pour l'instant, j'ai mieux à faire. Révolté de voir en quelles mains sont tombées les fonctions que j'exerçais, las de constater que l'affaire Kesselbach-Altenheim en est toujours au même point, je destitue M. Weber, et je reprends le poste d'honneur que j'occupais, avec tant d'éclat, et à la satisfaction générale, sous le nom de M. Lenormand.

« Arsène Lupin,
« Chef de la Sûreté. »

II

À huit heures du soir, Arsène Lupin et Doudeville faisaient leur entrée chez Caillard, le restaurant à la mode ; Lupin, serré dans son frac, mais avec le pantalon un peu trop large de l'artiste et la cravate un peu trop lâche ; Doudeville en redingote, la tenue et l'air grave d'un magistrat.

Ils choisirent la partie du restaurant qui est en renfoncement et que deux colonnes séparent de la grande salle.

Un maître d'hôtel, correct et dédaigneux, attendit les ordres, un carnet à la main. Lupin commanda avec une minutie et une recherche de fin gourmet.

— Certes, dit-il, l'ordinaire de la prison était acceptable, mais tout de même ça fait plaisir, un repas soigné.

Il mangea de bon appétit et silencieusement, se contentant parfois de prononcer une courte phrase qui indiquait la suite de ses préoccupations.

— Évidemment, ça s'arrangera… mais ce sera dur… Quel adversaire !… Ce qui m'épate, c'est que, après six mois de lutte, je ne sache même pas ce qu'il veut !… Le principal complice est mort, nous touchons au terme de la bataille, et pourtant je ne vois pas plus clair dans son jeu… Que cherche-t-il, le misérable ?… Moi, mon plan est net : mettre la main sur le grand-duché, flanquer sur le trône un grand-duc de ma composition, lui donner Geneviève comme… épouse et régner. Voilà qui est limpide, honnête et loyal. Mais, lui, l'ignoble personnage, cette larve des ténèbres, à quel but veut-il atteindre ?

Il appela :

— Garçon !

Le maître d'hôtel s'approcha.

— Monsieur désire ?

— Les cigares.

Le maître d'hôtel revint et ouvrit plusieurs boîtes.

— Qu'est-ce que vous me conseillez ? dit Lupin.

— Voici des Upman excellents.

Lupin offrit un Upman à Doudeville, en prit un pour lui, et le coupa. Le maître d'hôtel fit flamber une allumette et la présenta.

Vivement Lupin lui saisit le poignet…

— Pas un mot.. je te connais… tu t'appelles de ton vrai nom Dominique Lecas…

L'homme, qui était gros et fort, voulut se dégager. Il étouffa un cri de douleur. Lupin lui avait tordu le poignet.

— Tu t'appelles Dominique… tu habites rue de la Pompe au quatrième étage, où tu t'es retiré avec une petite fortune acquise au service – mais écoute donc, imbécile, ou je te casse les os – acquise au service du baron Altenheim, chez qui tu étais maître d'hôtel.

L'autre s'immobilisa, le visage blême de peur.

Autour d'eux la petite salle était vide. À côté, dans le restaurant, trois messieurs fumaient, et deux couples devisaient en buvant des liqueurs.

— Tu vois, nous sommes tranquilles on peut causer.

— Qui êtes-vous ? Qui êtes-vous ?

— Tu ne me remets pas ? Cependant, rappelle-toi ce fameux déjeuner de la villa Dupont… C'est toi-même, vieux larbin, qui m'as offert l'assiette de gâteaux… et quels gâteaux !…

— Le prince… le prince… balbutia l'autre.

— Mais oui, le prince Arsène, le prince Lupin en personne… Ah ! Ah ! tu respires, tu te dis que tu n'as rien à craindre de Lupin, n'est-ce pas ? Erreur, mon vieux, tu as tout à craindre.

Il tira de sa poche une carte et la lui montra :

— Tiens, regarde, je suis de la police maintenant… Que veux-tu, c'est toujours comme ça que nous finissons… nous autres, les grands seigneurs du vol, les Empereurs du crime.

— Et alors ? reprit le maître d'hôtel, toujours inquiet.

— Alors, réponds à ce client qui t'appelle là-bas, fais ton service et reviens. Surtout, pas de blague, n'essaie pas de te tirer des pattes. J'ai dix agents dehors, qui ont l'œil sur toi. File.

Le maître d'hôtel obéit. Cinq minutes après il était de retour, et, debout devant la table, le dos tourné au restaurant, comme s'il discutait avec des clients sur la qualité de leurs cigares, il disait :

— Eh bien ? De quoi s'agit-il ?

Lupin aligna sur la table quelques billets de cent francs.

— Autant de réponses précises à mes questions, autant de billets.

— Ça colle.

— Je commence. Combien étiez-vous avec le baron Altenheim ?

— Sept, sans me compter.

— Pas davantage ?

— Non. Une fois seulement, on a raclé des ouvriers d'Italie pour faire les souterrains de la villa des Glycines, à Garches.

— Il y avait deux souterrains ?

— Oui, l'un conduisait au pavillon Hortense, l'autre s'amorçait sur le premier et s'ouvrait au-dessous du pavillon de Mme Kesselbach.

— Que voulait-on ?

— Enlever Mme Kesselbach.

— Les deux bonnes, Suzanne et Gertrude, étaient complices ?

— Oui.

— Où sont-elles ?

— À l'étranger.

— Et tes sept compagnons, ceux de la bande Altenheim ?

— Je les ai quittés. Eux, ils continuent.

— Où puis-je les retrouver ?

Dominique hésita. Lupin déplia deux billets de mille francs et dit :

— Tes scrupules t'honorent, Dominique. Il ne te reste plus qu'à t'asseoir dessus et à répondre.

Dominique répondit :

— Vous les retrouverez, 3, route de la Révolte, à Neuilly. L'un d'eux s'appelle le Brocanteur.

— Parfait. Et maintenant, le nom, le vrai nom d'Altenheim ? Tu le connais ?

— Oui. Ribeira.

— Dominique, ça va mal tourner. Ribeira n'était qu'un nom de guerre. Je te demande le vrai nom.

— Parbury.

— Autre nom de guerre.

Le maître d'hôtel hésitait. Lupin déplia trois billets de cent francs.

— Et puis zut ! s'écria l'homme. Après tout il est mort, n'est-ce pas ? et bien mort.

— Son nom ? dit Lupin.

— Son nom ? Le chevalier de Malreich.

Lupin sauta sur sa chaise.

— Quoi ? Qu'est-ce que tu as dit ? Le chevalier ?… répète… le chevalier ?

— Raoul de Malreich.

Un long silence. Lupin, les yeux fixes, pensait à la folle de Veldenz, morte empoisonnée. Isilda portait ce même nom : Malreich. Et c'était le nom que portait le petit gentilhomme français venu à la cour de Veldenz au dix-huitième siècle.

Il reprit :

— De quel pays, ce Malreich ?

— D'origine française, mais né en Allemagne… J'ai aperçu des papiers une fois… C'est comme ça que j'ai appris son nom. Ah ! s'il l'avait su, il m'aurait étranglé, je crois.

Lupin réfléchit et prononça :

— C'est lui qui vous commandait tous ?

— Oui.

— Mais il avait un complice, un associé ?

— Ah ! taisez-vous… taisez-vous…

La figure du maître d'hôtel exprimait soudain l'anxiété la plus vive. Lupin discerna la même sorte d'effroi, de répulsion qu'il éprouvait lui-même en songeant à l'assassin.

— Qui est-ce ? Tu l'as vu ?

— Oh ! ne parlons pas de celui-là… on ne doit pas parler de lui.

— Qui est-ce, je te demande ?

— C'est le maître… le chef… personne ne le connaît.

— Mais tu l'as vu, toi. Réponds. Tu l'as vu ?

— Dans l'ombre, quelquefois… la nuit. Jamais en plein jour. Ses ordres arrivent sur de petits bouts de papier ou par téléphone.

— Son nom ?

— Je l'ignore. On ne parlait jamais de lui. Ça portait malheur.

— Il est vêtu de noir, n'est-ce pas ?
— Oui, de noir. Il est petit et mince... blond...
— Et il tue, n'est-ce pas ?
— Oui, il tue... il tue comme d'autres volent un morceau de pain.

Sa voix tremblait. Il supplia :

— Taisons-nous... il ne faut pas en parler... je vous le dis... ça porte malheur.

Lupin se tut, impressionné malgré lui par l'angoisse de cet homme.

Il resta longtemps pensif, puis il se leva et dit au maître d'hôtel :

— Tiens, voilà ton argent, mais si tu veux vivre en paix, tu feras sagement de ne souffler mot à personne de notre entrevue.

Il sortit du restaurant avec Doudeville, et il marcha jusqu'à la porte Saint-Denis, sans mot dire, préoccupé par tout ce qu'il venait d'apprendre.

Enfin, il saisit le bras de son compagnon et prononça :

— Écoute bien, Doudeville. Tu vas aller à la gare du Nord où tu arriveras à temps pour sauter dans l'express du Luxembourg. Tu iras à Veldenz, la capitale du grand-duché de Deux-Ponts-Veldenz. À la Maison-de-Ville, tu obtiendras facilement l'acte de naissance du chevalier de Malreich, et des renseignements sur sa famille. Après-demain samedi, tu seras de retour.

— Dois-je prévenir à la Sûreté ?

— Je m'en charge. Je téléphonerai que tu es malade. Ah ! un mot encore. On se retrouvera à midi dans un petit café de la route de la Révolte, qu'on appelle le restaurant Buffalo. Mets-toi en ouvrier.

Dès le lendemain, Lupin, vêtu d'un bourgeron et coiffé d'une casquette, se dirigea vers Neuilly et commença son enquête au numéro 3 de la route de la Révolte. Une porte cochère ouvre sur une première cour, et, là, c'est une véritable cité, toute une suite de passages et d'ateliers où grouille une population d'artisans, de femmes et de gamins. En quelques minutes, il gagna la sympathie de la concierge avec laquelle il bavarda, durant une heure, sur les sujets les plus divers. Durant cette heure, il vit passer les uns après les autres trois individus dont l'allure le frappa.

— Ça, pensa-t-il, c'est du gibier, et qui sent fort... ça se suit à l'odeur... L'air d'honnêtes gens, parbleu ! mais l'œil du fauve qui sait que l'ennemi est partout, et que chaque buisson, chaque touffe d'herbe peut cacher une embûche.

L'après-midi et le matin du samedi, il poursuivit ses investigations, et il acquit la certitude que les sept complices d'Altenheim habitaient tous dans ce groupe d'immeubles. Quatre d'entre eux exerçaient ouvertement la profession de « marchands d'habits ». Deux autres vendaient des journaux, le septième se disait brocanteur et c'est ainsi, du reste, qu'on le nommait.

Ils passaient les uns auprès des autres sans avoir l'air de se connaître. Mais, le soir, Lupin constata qu'ils se réunissaient dans une sorte de remise située tout au fond de la dernière des cours, remise où le Brocanteur accumulait ses marchandises, vieilles ferrailles, salamandres démolies, tuyaux de poêles rouillés... et sans doute aussi la plupart des objets volés.

— Allons, se dit-il, la besogne avance. J'ai demandé un mois à mon cousin d'Allemagne, je crois qu'une quinzaine suffira. Et, ce qui me fait plaisir, c'est de commencer l'opération par les gaillards qui m'ont fait faire un plongeon dans la Seine. Mon pauvre vieux Gourel, je vais enfin te venger. Pas trop tôt !

À midi, il entrait au restaurant Buffalo, dans une petite salle basse, où des maçons et des cochers venaient consommer le plat du jour. Quelqu'un vint s'asseoir auprès de lui.

— C'est fait, patron.

— Ah ! c'est toi, Doudeville. Tant mieux. J'ai hâte de savoir. Tu as les renseignements ? L'acte de naissance ? Vite, raconte.

— Eh bien ! voilà. Le père et la mère d'Altenheim sont morts à l'étranger.

— Passons.

— Ils laissaient trois enfants.

— Trois ?

— Oui, l'aîné aurait aujourd'hui trente ans. Il s'appelait Raoul de Malreich.

— C'est notre homme, Altenheim. Après ?

— Le plus jeune enfant était une fille, Isilda. Le registre porte à l'encre fraîche la mention « Décédée ».

— Isilda... Isilda, redit Lupin... c'est bien ce que je pensais, Isilda était la sœur d'Altenheim... J'avais bien vu en elle une expression de physionomie que je connaissais… Voilà le lien qui les rattachait… Mais l'autre, le troisième enfant, ou plutôt le second, le cadet ?

— Un fils. Il aurait actuellement vingt-six ans.

— Son nom ?

— Louis de Malreich.

Lupin eut un petit choc.

— Ça y est ! Louis de Malreich… Les initiales L. M… L'affreuse et terrifiante signature… L'assassin se nomme Louis de Malreich… C'était le frère d'Altenheim et le frère d'Isilda. Et il a tué l'un et il a tué l'autre par crainte de leurs révélations…

Lupin demeura longtemps taciturne, sombre, avec l'obsession, sans doute, de l'être mystérieux.

Doudeville objecta :

— Que pouvait-il craindre de sa sœur Isilda ? Elle était folle, m'a-t-on dit.

— Folle, oui, mais capable de se rappeler certains détails de son enfance. Elle aura reconnu le frère avec lequel elle avait été élevée… Et ce souvenir lui a coûté la vie.

Et il ajouta :

— Folle ! mais tous ces gens-là sont fous… La mère, folle… Le père, alcoolique… Altenheim, une véritable brute… Isilda, une pauvre démente… Et quant à l'autre, l'assassin, c'est le monstre, le maniaque imbécile…

— Imbécile, vous trouvez, patron ?

— Eh oui, imbécile ! Avec des éclairs de génie, avec des ruses et des intuitions de démon, mais un détraqué, un fou comme toute cette famille de Malreich. Il n'y a que les fous qui tuent, et surtout des fous comme celui-là. Car enfin…

Il s'interrompit, et son visage se contracta si profondément que Doudeville en fut frappé.

— Qu'y a-t-il, patron ?

— Regarde.

III

Un homme venait d'entrer qui suspendit à une patère son chapeau – un chapeau noir, en feutre mou – s'assit à une petite table, examina le menu qu'un garçon lui offrait, commanda, et attendit, immobile, le buste rigide, les deux bras croisés sur la nappe.

Et Lupin le vit bien en face.

Il avait un visage maigre et sec, entièrement glabre, troué d'orbites profondes au creux desquelles on apercevait des yeux gris, couleur de fer. La peau paraissait tendue d'un os à l'autre, comme un parchemin, si raide, si épais, qu'aucun poil n'aurait pu le percer.

Et le visage était morne. Aucune expression ne l'animait. Aucune pensée ne semblait vivre sous ce front d'ivoire. Et les paupières, sans cils, ne bougeaient jamais, ce qui donnait au regard la fixité d'un regard de statue.

Lupin fit signe à l'un des garçons de l'établissement.

— Quel est ce monsieur ?

— Celui qui déjeune là ?

— Oui.

— C'est un client. Il vient deux ou trois fois la semaine.

— Vous connaissez son nom ?

— Parbleu oui !… Léon Massier.

— Ah ! balbutia Lupin, tout ému, L. M… les deux lettres… serait-ce Louis de Malreich ?

Il le contempla avidement. En vérité l'aspect de l'homme se trouvait conforme à ses prévisions, à ce qu'il savait de lui et de son existence hideuse. Mais ce qui le troublait, c'était ce regard de mort, là où il attendait la vie et la flamme… c'était l'impassibilité, là où il supposait le tourment, le désordre, la grimace puissante des grands maudits.

Il dit au garçon :

— Que fait-il, ce monsieur ?

— Ma foi, je ne saurais trop dire. C'est un drôle de pistolet… Il est toujours tout seul… Il ne parle jamais à personne… Ici nous ne connaissons même pas le son de sa voix. Du doigt il désigne sur le menu les plats qu'il veut… En vingt minutes, c'est expédié… Il paye… s'en va…

— Et il revient ?

— Tous les quatre ou cinq jours. Ce n'est pas régulier.

— C'est lui, ce ne peut être que lui, se répétait Lupin, c'est Malreich, le voilà… il respire à quatre pas de moi. Voilà les mains qui tuent. Voilà le cerveau qu'enivre l'odeur du sang… Voilà le monstre, le vampire…

Et pourtant, était-ce possible ? Lupin avait fini par le considérer comme un être tellement fantastique qu'il était déconcerté de le voir sous une forme vivante, allant, venant, agissant. Il ne s'expliquait pas qu'il mangeât, comme les autres, du pain et de la viande, et qu'il bût de la bière comme le premier venu, lui qu'il avait imaginé ainsi qu'une bête immonde qui se repaît de chair vivante et suce le sang de ses victimes.

— Allons-nous-en, Doudeville.

— Qu'est-ce que vous avez, patron ? vous êtes tout pâle.

— J'ai besoin d'air. Sortons.

Dehors, il respira largement, essuya son front couvert de sueur et murmura :

— Ça va mieux. J'étouffais.

Et, se dominant, il reprit :

— Doudeville, le dénouement approche. Depuis des semaines, je lutte à tâtons contre l'invisible ennemi. Et voilà tout à coup que le hasard le met sur mon chemin ! Maintenant, la partie est égale.

— Si l'on se séparait, patron ? Notre homme nous a vus ensemble. Il nous remarquera moins, l'un sans l'autre.

— Nous a-t-il vus ? dit Lupin pensivement. Il semble ne rien voir, et ne rien entendre, et ne rien regarder. Quel type déconcertant !

Et de fait, dix minutes après, Léon Massier apparut et s'éloigna, sans même observer s'il était suivi. Il avait allumé une cigarette et fumait, l'une de ses mains derrière le dos, marchant en flâneur qui jouit du soleil et de l'air frais, et qui ne soupçonne pas qu'on peut surveiller sa promenade.

Il franchit l'octroi, longea les fortifications, sortit de nouveau par la porte Champerret, et revint sur ses pas par la route de la Révolte.

Allait-il entrer dans les immeubles du numéro 3 ? Lupin le désira vivement, car c'eût été la preuve certaine de sa complicité avec la bande Altenheim ; mais l'homme tourna et gagna la rue Delaizement qu'il suivit jusqu'au-delà du vélodrome Buffalo.

À gauche, en face du vélodrome, parmi les jeux de tennis en location et les baraques qui bordent la rue Delaizement, il y avait un petit pavillon isolé, entouré d'un jardin exigu.

Léon Massier s'arrêta, prit son trousseau de clefs, ouvrit d'abord la grille du jardin, ensuite la porte du pavillon, et disparut.

Lupin s'avança avec précaution. Tout de suite il nota que les immeubles de la route de la Révolte se prolongeaient, par derrière, jusqu'au mur du jardin.

S'étant approché davantage, il vit que ce mur était très haut, et qu'une remise, bâtie au fond du jardin, s'appuyait contre lui.

Par la disposition des lieux, il acquit la certitude que cette remise était adossée à la remise qui s'élevait dans la dernière cour du numéro 3 et qui servait de débarras au Brocanteur.

Ainsi donc, Léon Massier habitait une maison contiguë à la pièce où se réunissaient les sept complices de la bande Altenheim. Par conséquent, Léon Massier était bien le chef suprême qui commandait cette bande, et c'était évidemment par un passage existant entre les deux remises qu'il communiquait avec ses affiliés.

— Je ne m'étais pas trompé, dit Lupin, Léon Massier et Louis de Malreich ne font qu'un. La situation se simplifie.

— Rudement, approuva Doudeville, et, avant quelques jours, tout sera réglé.

— C'est-à-dire que j'aurai reçu un coup de stylet dans la gorge.

— Qu'est-ce que vous dites, patron ? En voilà une idée !

— Bah ! qui sait ! J'ai toujours eu le pressentiment que ce monstre-là me porterait malheur.

Désormais, il s'agissait, pour ainsi dire, d'assister à la vie de Malreich, de façon à ce qu'aucun de ses gestes ne fût ignoré.

Cette vie, si l'on en croyait les gens du quartier que Doudeville interrogea, était des plus bizarres. Le type du Pavillon, comme on l'appelait, demeurait là depuis quelques mois seulement. Il ne voyait et ne recevait personne. On ne lui connaissait aucun domestique. Et les fenêtres, pourtant grandes ouvertes, même la nuit, restaient toujours obscures, sans que jamais la clarté d'une bougie ou d'une lampe les illuminât.

D'ailleurs, la plupart du temps, Léon Massier sortait au déclin du jour et ne rentrait que fort tard – à l'aube, prétendaient des personnes qui l'avaient rencontré au lever du soleil.

— Et sait-on ce qu'il fait ? demanda Lupin à son compagnon, quand celui-ci l'eut rejoint.

— Non. Son existence est absolument irrégulière, il disparaît quelquefois pendant plusieurs jours... ou plutôt il demeure enfermé. Somme toute, on ne sait rien.

— Eh bien ! nous saurons, nous, et avant peu.

Il se trompait. Après huit jours d'investigations et d'efforts continus, il n'en avait pas appris davantage sur le compte de cet étrange individu. Il se passait ceci d'extraordinaire, c'est que, subitement, tandis que Lupin le suivait, l'homme, qui cheminait à petits pas le long des rues, sans jamais se retourner et sans jamais s'arrêter, l'homme disparaissait comme par miracle. Il usa bien quelquefois de maisons à double sortie. Mais, d'autres fois, il semblait s'évanouir au milieu de la foule, ainsi qu'un fantôme. Et Lupin restait là, pétrifié, ahuri, plein de rage et de confusion.

Il courait aussitôt à la rue Delaizement et montait la faction. Les minutes s'ajoutaient aux minutes, les quarts d'heure aux quarts d'heure. Une partie de la nuit s'écoulait. Puis survenait l'homme mystérieux. Qu'avait-il pu faire ?

IV

– Un pneumatique pour vous, patron, lui dit Doudeville un soir vers huit heures, en le rejoignant rue Delaizement.

Lupin déchira. Mme Kesselbach le suppliait de venir à son secours. À la tombée du jour, deux hommes avaient stationné sous ses fenêtres et l'un d'eux avait dit : « Veine, on n'y a vu que du feu... Alors, c'est entendu, nous ferons le coup cette nuit. » Elle était descendue et avait constaté que le volet de l'office ne fermait plus, ou du moins, qu'on pouvait l'ouvrir de l'extérieur.

— Enfin, dit Lupin, c'est l'ennemi lui-même qui nous offre la bataille. Tant mieux ! J'en ai assez de faire le pied de grue sous les fenêtres de Malreich.

— Est-ce qu'il est là, en ce moment ?

— Non, il m'a encore joué un tour de sa façon dans Paris. J'allais lui en jouer un de la mienne. Mais tout d'abord, écoute-moi bien, Doudeville. Tu vas réunir une dizaine de nos hommes les plus solides... tiens, prends Marco et l'huissier Jérôme. Depuis l'histoire du Palace-Hôtel, je leur avais donné quelques vacances... Qu'ils viennent pour cette fois. Nos hommes rassemblés, mène-les rue des Vignes. Le père Charolais et son fils doivent déjà monter la faction. Tu t'entendras avec eux, et, à onze heures et demie, tu viendras me rejoindre au coin de la rue des Vignes et de la rue Raynouard. De là, nous surveillerons la maison.

Doudeville s'éloigna. Lupin attendit encore une heure jusqu'à ce que la paisible rue Delaizement fût tout à fait déserte, puis, voyant que Léon Massier ne rentrait pas, il se décida et s'approcha du pavillon.

Personne autour de lui... Il prit son élan et bondit sur le rebord de pierre qui soutenait la grille du jardin. Quelques minutes après, il était dans la place.

Son projet consistait à forcer la porte de la maison et à fouiller les chambres, afin de trouver les fameuses lettres de l'Empereur dérobées par Malreich à Veldenz. Mais il pensa qu'une visite à la remise était plus urgente.

Il fut très surpris de voir qu'elle n'était point fermée et de constater ensuite, à la lueur de sa lanterne électrique, qu'elle était absolument vide et qu'aucune porte ne trouait le mur du fond.

Il chercha longtemps, sans plus de succès. Mais dehors, il aperçut une échelle, dressée contre la remise, et qui servait évidemment à monter dans une sorte de soupente pratiquée sous le toit d'ardoises.

De vieilles caisses, des bottes de paille, des châssis de jardinier encombraient cette soupente, ou plutôt semblaient l'encombrer, car il découvrit facilement un passage qui le conduisit au mur.

Là, il se heurta à un châssis, qu'il voulut déplacer.

Ne le pouvant pas, il l'examina de plus près et s'avisa, d'abord qu'il était fixé à la muraille, et, ensuite, qu'un des carreaux manquait.

Il passa le bras : c'était le vide. Il projeta vivement la lueur de la lanterne et regarda : c'était un grand hangar, une remise plus vaste que celle du pavillon et remplie de ferraille et d'objets de toute espèce.

« Nous y sommes, se dit Lupin, cette lucarne est pratiquée dans la remise du Brocanteur, tout en haut, et c'est de là que Louis de Malreich voit, entend et surveille ses complices, sans être vu ni entendu par eux. Je m'explique maintenant qu'ils ne connaissent pas leur chef. »

Renseigné, il éteignit sa lumière, et il se disposait à partir quand une porte s'ouvrit en face de lui et tout en bas. Quelqu'un entra. Une lampe fut allumée. Il reconnut le Brocanteur.

Il résolut alors de rester, puisque aussi bien l'expédition ne pouvait avoir lieu tant que cet homme serait là.

Le Brocanteur avait sorti deux revolvers de sa poche. Il vérifia leur fonctionnement et changea les balles tout en sifflotant un refrain de café-concert.

Une heure s'écoula de la sorte. Lupin commençait à s'inquiéter, sans se résoudre pourtant à partir.

Des minutes encore passèrent, une demi-heure, une heure…

Enfin, l'homme dit à haute voix :

— Entre.

Un des bandits se glissa dans la remise, et, coup sur coup, il en arriva un troisième, un quatrième…

— Nous sommes au complet, dit le Brocanteur. Dieudonné et le Joufflu nous rejoignent là-bas. Allons, pas de temps à perdre… Vous êtes armés ?

— Jusqu'à la gauche.

— Tant mieux. Ce sera chaud.

— Comment sais-tu ça, le Brocanteur ?

— J'ai vu le chef… Quand je dis que je l'ai vu… Non… Enfin, il m'a parlé…

— Oui, fit un des hommes, dans l'ombre, comme toujours, au coin d'une rue. Ah ! j'aimais mieux les façons d'Altenheim. Au moins, on savait ce qu'on faisait.

— Ne le sais-tu pas ? riposta le Brocanteur… On cambriole le domicile de la Kesselbach.

— Et les deux gardiens ? les deux bonshommes qu'à postés Lupin ?

— Tant pis pour eux. Nous sommes sept. Ils n'auront qu'à se taire.

— Et la Kesselbach ?

— Le bâillon d'abord, puis la corde, et on l'amène ici… Tiens, sur ce vieux canapé… Là, on attendra les ordres.

— C'est bien payé ?

— Les bijoux de la Kesselbach, d'abord.

— Oui, si ça réussit, mais je parle du certain.

— Trois billets de cent francs, d'avance, pour chacun de nous. Le double après.

— Tu as l'argent ?

— Oui.

— À la bonne heure. On peut dire ce qu'on voudra, n'empêche que, pour ce qui est du paiement, il n'y en a pas deux comme ce type-là.

Et, d'une voix si basse que Lupin la perçut à peine :

— Dis donc, le Brocanteur, si on est forcé de jouer du couteau, il y a une prime ?

— Toujours la même. Deux mille.

— Si c'est Lupin ?

— Trois mille.

— Ah ! si nous pouvions l'avoir, celui-là.

Les uns après les autres ils quittèrent la remise.

Lupin entendit encore ces mots du Brocanteur :

— Voilà le plan d'attaque. On se sépare en trois groupes. Un coup de sifflet, et chacun va de l'avant…

En hâte Lupin sortit de sa cachette, descendit l'échelle, contourna le pavillon sans y entrer, et repassa par-dessus la grille.

— Le Brocanteur a raison, ça va chauffer… Ah ! c'est à ma peau qu'ils en veulent ! Une prime pour Lupin ! Les canailles !

Il franchit l'octroi et sauta dans un taxi-auto.

— Rue Raynouard.

Il se fit arrêter à trois cents pas de la rue des Vignes et marcha jusqu'à l'angle des deux rues.

À sa grande stupeur, Doudeville n'était pas là.

— Bizarre, se dit Lupin, il est plus de minuit pourtant… Ça me semble louche, cette affaire-là.

Il patienta dix minutes, vingt minutes. À minuit et demi, personne. Un retard devenait dangereux. Après tout, si Doudeville et ses amis n'avaient pu venir, Charolais, son fils, et lui, Lupin, suffiraient à repousser l'attaque, sans compter l'aide des domestiques.

Il avança donc. Mais deux hommes lui apparurent qui cherchaient à se dissimuler dans l'ombre d'un renfoncement.

— Bigre, se dit-il, c'est l'avant-garde de la bande, Dieudonné et le Joufflu. Je me suis laissé bêtement distancer.

Là, il perdit encore du temps. Marcherait-il droit sur eux pour les mettre hors de combat et pour pénétrer ensuite dans la maison par la fenêtre de l'office, qu'il savait libre ? C'était le parti le plus prudent, qui lui permettait en outre d'emmener immédiatement Mme Kesselbach et de la mettre hors de cause.

Oui, mais c'était aussi l'échec de son plan, et c'était manquer cette unique occasion de prendre au piège la bande entière, et, sans aucun doute aussi, Louis de Malreich.

Soudain un coup de sifflet vibra quelque part, de l'autre côté de la maison.

Étaient-ce les autres, déjà ? Et une contre-attaque allait-elle se produire par le jardin ?

Mais, au signal donné, les deux hommes avaient enjambé la fenêtre. Ils disparurent.

Lupin bondit, escalada le balcon et sauta dans l'office. Au bruit des pas, il jugea que les assaillants étaient passés dans le jardin, et ce bruit était si net qu'il fut tranquille. Charolais et son fils ne pouvaient pas ne pas avoir entendu.

Il monta donc. La chambre de Mme Kesselbach se trouvait sur le palier. Vivement il entra.

À la clarté d'une veilleuse, il aperçut Dolorès, sur un divan, évanouie. Il se précipita sur elle, la souleva, et, d'une voix impérieuse, l'obligeant de répondre :

— Écoutez... Charolais ? Son fils ?... Où sont-ils ?

Elle balbutia :

— Comment ?... mais... partis...

— Quoi ! partis !

— Vous m'avez écrit... il y a une heure... un message téléphonique...

Il ramassa près d'elle un papier bleu et lut :

Renvoyez immédiatement les deux gardiens... et tous mes hommes... je les attends au Grand-Hôtel. Soyez sans crainte.

— Tonnerre ! et vous avez cru ! Mais vos domestiques ?

— Partis.

Il s'approcha de la fenêtre. Dehors, trois hommes venaient de l'extrémité du jardin.

Par la fenêtre de la chambre voisine, qui donnait sur la rue, il en vit deux autres, dehors.

Et il songea à Dieudonné, au Joufflu, à Louis de Malreich surtout, qui devait rôder invisible et formidable.

— Bigre, murmura-t-il, je commence à croire que je suis fichu.

L'HOMME NOIR

I

En cet instant, Arsène Lupin eut l'impression, la certitude, qu'il avait été attiré dans un guet-apens, par des moyens qu'il n'avait pas le loisir de discerner, mais dont il devinait l'habileté et l'adresse prodigieuses.

Tout était combiné, tout était voulu : l'éloignement de ses hommes, la disparition ou la trahison des domestiques, sa présence même dans la maison de Mme Kesselbach.

Évidemment tout cela avait réussi au gré de l'ennemi, grâce à des circonstances heureuses jusqu'au miracle — car enfin il aurait pu survenir avant que le faux message ne fît partir ses amis. Mais alors c'était la bataille de sa bande à lui contre la bande Altenheim. Et Lupin, se rappelant la conduite de Malreich, l'assassinat d'Altenheim, l'empoisonnement de la folle à Veldenz, Lupin se demanda si le guet-apens était dirigé contre lui seul, et si Malreich n'avait pas entrevu comme possibles une mêlée générale et la suppression de complices qui, maintenant, le gênaient.

Intuition plutôt chez lui, idée fugitive qui l'effleura. L'heure était à l'action. Il fallait défendre Dolorès dont l'enlèvement, en toute hypothèse, était la raison même de l'attaque.

Il entrebâilla la fenêtre de la rue, et braqua son revolver. Un coup de feu, l'alarme donnée dans le quartier, et les bandits s'enfuiraient.

— Eh bien ! non, murmura-t-il, non. Il ne sera pas dit que j'aurai esquivé la lutte. L'occasion est trop belle... Et puis qui sait s'ils s'enfuiraient !... Ils sont en nombre et se moquent des voisins.

Il rentra dans la chambre de Dolorès. En bas, du bruit. Il écouta, et, comme cela provenait de l'escalier, il ferma la serrure à double tour.

Dolorès pleurait et se convulsait sur le divan.

Il la supplia :

— Avez-vous la force ? Nous sommes au premier étage. Je pourrais vous aider à descendre... Des draps à la fenêtre...

— Non, non, ne me quittez pas... Ils vont me tuer... Défendez-moi.

Il la prit dans ses bras et la porta dans la chambre voisine. Et, se penchant sur elle :

— Ne bougez pas et soyez calme. Je vous jure que, moi vivant, aucun de ces hommes ne vous touchera.

La porte de la première chambre fut ébranlée. Dolorès s'écria, en s'accrochant à lui :

— Ah ! les voilà... les voilà... Ils vous tueront... vous êtes seul...

Il lui dit ardemment :

— Je ne suis pas seul : vous êtes là... vous êtes là près de moi.

Il voulut se dégager. Elle lui saisit la tête entre ses deux mains, le regarda profondément dans les yeux, et murmura :

— Où allez-vous ? Qu'allez-vous faire ? Non... ne mourez pas... je ne veux pas... il faut vivre... il le faut...

Elle balbutia des mots qu'il n'entendit pas et qu'elle semblait étouffer entre ses lèvres pour qu'il ne les entendît point, et, à bout d'énergie, exténuée, elle retomba sans connaissance.

Il se pencha sur elle, et la contempla un instant. Doucement il effleura ses cheveux d'un baiser.

Puis il retourna dans la première chambre, ferma soigneusement la porte qui séparait les deux pièces et alluma l'électricité.

— Minute, les enfants ! cria-t-il. Vous êtes donc bien pressés de vous faire démolir ?... Vous savez que c'est Lupin qui est là ? Gare la danse !

Tout en parlant il avait déplié un paravent de façon à cacher le sofa où reposait tout à l'heure Mme Kesselbach, et il avait jeté sur ce sofa des robes et des couvertures.

La porte allait se briser sous l'effort des assaillants.

— Voilà ! j'accours ! Vous êtes prêts ? Eh bien ! au premier de ces messieurs !...

Rapidement, il tourna la clef et tira le verrou.

Des cris, des menaces, un grouillement de brutes haineuses dans l'encadrement de la porte ouverte.

Et pourtant nul n'osait avancer. Avant de se ruer sur Lupin, ils hésitaient, saisis d'inquiétude, de peur...

C'est là ce qu'il avait prévu.

Debout au milieu de la pièce, bien en lumière, le bras tendu, il tenait entre ses doigts une liasse de billets de banque avec lesquels il faisait, en les comptant un à un, sept parts égales. Et tranquillement, il déclarait :

— Trois mille francs de prime pour chacun si Lupin est envoyé *ad patres* ? C'est bien ça, n'est-ce pas, qu'on vous a promis ? En voilà le double.

Il déposa les paquets sur une table, à portée des bandits.

Le Brocanteur hurla :

— Des histoires ! Il cherche à gagner du temps. Tirons dessus !

Il leva le bras. Ses compagnons le retinrent.

Et Lupin continuait :

— Bien entendu, cela ne change rien à votre plan de campagne. Vous vous êtes introduit ici : 1° pour enlever Mme Kesselbach ; 2° et accessoirement, pour faire main basse sur ses bijoux. Je me considérerais comme le dernier des misérables si je m'opposais à ce double dessein.

— Ah ! ça, où veux-tu en venir ? grogna le Brocanteur qui écoutait malgré lui.

— Ah ! ah ! le Brocanteur, je commence à t'intéresser. Entre donc, mon vieux... Entrez donc tous... Il y a des courants d'air au haut de cet escalier et des mignons comme vous risqueraient de s'enrhumer... Eh quoi ! nous avons peur ? Je suis pourtant tout seul... Allons, du courage, mes agneaux.

Ils pénétrèrent dans la pièce, intrigués et méfiants.

— Pousse la porte, le Brocanteur... on sera plus à l'aise. Merci, mon gros. Ah ! je vois, en passant, que les billets de mille se sont évanouis. Par conséquent, on est d'accord. Comme on s'entend tout de même entre honnêtes gens !

— Après ?

— Après ? eh bien ! puisque nous sommes associés...

— Associés !

— Dame ! n'avez-vous pas accepté mon argent ? On travaille ensemble, mon gros, et c'est ensemble que nous allons : 1° enlever la jeune personne ; 2° enlever les bijoux.

Le Brocanteur ricana :

— Pas besoin de toi.

— Si mon gros.

— En quoi ?

— En ce que vous ignorez où se trouve la cachette aux bijoux, et que, moi, je la connais.

— On la trouvera.

— Demain. Pas cette nuit.

— Alors, cause. Qu'est-ce que tu veux ?

— Le partage des bijoux.

— Pourquoi n'as-tu pas tout pris, puisque tu connais la cachette ?

— Impossible de l'ouvrir seul. Il y a un secret, mais je l'ignore. Vous êtes là, je me sers de vous.

Le Brocanteur hésitait.

— Partager... partager... Quelques cailloux et un peu de cuivre peut-être...

— Imbécile ! Il y en a pour plus d'un million.

Les hommes frémirent, impressionnés.

— Soit, dit le Brocanteur, mais si la Kesselbach fiche le camp ? Elle est dans l'autre chambre, n'est-ce pas ?

— Non, elle est ici.

Lupin écarta un instant l'une des feuilles du paravent et laissa entrevoir l'amas de robes et de couvertures qu'il avait préparé sur le sofa.

— Elle est ici, évanouie. Mais je ne la livrerai qu'après le partage.

— Cependant...

— C'est à prendre ou à laisser. J'ai beau être seul. Vous savez ce que je vaux. Donc...

Les hommes se consultèrent et le Brocanteur dit :

— Où est la cachette ?

— Sous le foyer de la cheminée. Mais il faut, quand on ignore le secret, soulever d'abord toute la cheminée, la glace, les marbres, et tout cela d'un bloc, paraît-il. Le travail est dur.

— Bah ! nous sommes d'attaque. Tu vas voir ça. En cinq minutes...

Il donna des ordres, et aussitôt ses compagnons se mirent à l'œuvre avec un entrain et une discipline admirables. Deux d'entre eux, montés sur des chaises, s'efforçaient de soulever la glace. Les quatre autres s'attaquèrent à la cheminée elle-même. Le Brocanteur, à genoux, surveillait le foyer et commandait :

— Hardi, les gars !... Ensemble, s'il vous plaît... Attention !... une, deux... Ah ! tenez, ça bouge...

Immobile, derrière eux, les mains dans ses poches, Lupin les considérait avec attendrissement, et, en même temps, il savourait de tout son orgueil, en artiste et en maître, cette preuve si violente de son autorité, de sa force, de l'empire incroyable qu'il exerçait sur les autres. Comment ces bandits avaient-ils pu admettre une seconde cette invraisemblable histoire, et perdre toute notion des choses, au point de lui abandonner toutes les chances de la bataille ?

Il tira de ses poches deux grands revolvers, massifs et formidables, tendit les deux bras, et, tranquillement, choisissant les deux premiers hommes qu'il abattrait, et les deux autres qui tomberaient à la suite, il visa comme il eût visé sur deux cibles, dans un stand.

Deux coups de feu à la fois, et deux encore...

Des hurlements... Quatre hommes s'écroulèrent les uns après les autres, comme des poupées au jeu de massacre.

— Quatre ôtés de sept, reste trois, dit Lupin. Faut-il continuer ?

Ses bras demeuraient tendus, ses deux revolvers braqués sur le groupe que formaient le Brocanteur et ses deux compagnons.

— Salaud ! gronda le Brocanteur, tout en cherchant une arme.

— Haut les pattes ! cria Lupin, ou je tire... Parfait ! maintenant, vous autres, désarmez-le sinon...

Les deux bandits, tremblants de peur, paralysaient leur chef, et l'obligeaient à la soumission.

— Ligotez-le !... Ligotez-le, sacré nom ! Qu'est-ce que ça peut vous faire ?... Moi parti, vous êtes tous libres... Allons, nous y sommes ? Les poignets d'abord... avec vos ceintures... Et les chevilles... Plus vite que ça...

Désemparé, vaincu, le Brocanteur ne résistait plus. Tandis que ses compagnons l'attachaient, Lupin se baissa sur eux et leur assena deux terribles coups de crosse sur la tête. Ils s'affaissèrent.

— Voilà de la bonne besogne, dit-il en respirant. Dommage qu'il n'y en ait pas encore une cinquantaine... J'étais en train... Et tout cela avec une aisance, le sourire aux lèvres... Qu'en penses-tu, le Brocanteur ?

Le bandit maugréait. Il lui dit :

— Sois pas mélancolique, mon gros. Console-toi en te disant que tu coopères à une bonne action, le salut de Mme Kesselbach. Elle va te remercier elle-même de ta galanterie.

Il se dirigea vers la porte de la seconde chambre et l'ouvrit.

— Ah ! fit-il, en s'arrêtant sur le seuil, interdit, bouleversé.

La chambre était vide.

Il s'approcha de la fenêtre, et vit une échelle appuyée au balcon, une échelle d'acier démontable.

— Enlevée... enlevée... murmura-t-il. Louis de Malreich... Ah ! le forban...

II

Il réfléchit une minute, tout en s'efforçant de dominer son angoisse, et se dit qu'après tout, comme Mme Kesselbach ne semblait courir aucun danger immédiat, il n'y avait pas lieu de s'alarmer. Mais une rage soudaine le secoua, et il se précipita sur les bandits, distribua quelques coups de botte aux blessés qui s'agitaient, chercha et reprit ses billets de banque, puis bâillonna des bouches, lia des mains avec tout ce qu'il trouva, cordons de rideaux, embrasses, couvertures et draps réduits en bandelettes, et finalement aligna sur le tapis, devant le canapé, sept paquets humains, serrés les uns contre les autres, et ficelés comme des colis.

— Brochette de momies sur canapé, ricana-t-il... Mets succulent pour un amateur ! Tas d'idiots, comment avez-vous fait votre compte ? Vous voilà comme des noyés à la Morgue... Mais aussi on s'attaque à Lupin, à Lupin défenseur de la veuve et de l'orphelin !... Vous tremblez ? Faut pas, les agneaux ! Lupin n'a jamais fait de mal à une mouche... Seulement, Lupin est un honnête homme qui n'aime pas la fripouille, et Lupin connaît ses devoirs. Voyons, est-ce qu'on peut vivre avec des chenapans comme vous ? Alors quoi ? plus de respect pour la vie du prochain ? plus de respect pour le bien d'autrui ? plus de lois ? plus de société ? plus de conscience ? plus rien ? Où allons-nous, Seigneur, où allons-nous ?

Sans même prendre la peine de les enfermer, il sortit de la chambre, gagna la rue, et marcha jusqu'à ce qu'il eût rejoint son taxi-auto. Il envoya le chauffeur à la recherche d'une autre automobile, et ramena les deux voitures devant la maison de Mme Kesselbach.

Un bon pourboire, donné d'avance, évita les explications oiseuses. Avec l'aide des deux hommes il descendit les sept prisonniers et les installa dans les voitures, pêle-mêle, sur les genoux les uns des autres. Les blessés criaient, gémissaient. Il ferma les portes.

— Gare les mains, dit-il.

Il monta sur le siège de la première voiture.

— En route !

— Où va-t-on ? demanda le chauffeur.

— 36, quai des Orfèvres, à la Sûreté.

Les moteurs ronflèrent... un bruit de déclenchements, et l'étrange cortège se mit à dévaler par les pentes du Trocadéro.

Dans les rues on dépassa quelques charrettes de légumes. Des hommes, armés de perches, éteignaient des réverbères.

Il y avait des étoiles au ciel. Une brise fraîche flottait dans l'espace.

Lupin chantait.

La place de la Concorde, le Louvre... Au loin, la masse noire de Notre-Dame...

Il se retourna et entrouvrit la portière :

— Ça va bien, les camarades ? Moi aussi, merci. La nuit est délicieuse, et on respire un air !

On sauta sur les pavés plus inégaux des quais. Et aussitôt, ce fut le Palais de Justice et la porte de la Sûreté.

— Restez-là, dit Lupin aux deux chauffeurs, et surtout soignez bien vos sept clients.

Il franchit la première cour et suivit le couloir de droite qui aboutissait aux locaux du service central. Des inspecteurs s'y trouvaient en permanence.

— Du gibier, messieurs, dit-il en entrant et du gros. M. Weber est là ? Je suis le nouveau commissaire de police d'Auteuil.

— M. Weber est dans son appartement. Faut-il le prévenir ?

— Une seconde. Je suis pressé. Je vais lui laisser un mot. Il s'assit devant une table et écrivit :

« Mon cher Weber,

« Je t'amène les sept bandits qui composaient la bande d'Altenheim, ceux qui ont tué Gourel et bien d'autres, qui m'ont tué également sous le nom de M. Lenormand.

« Il ne reste plus que leur chef. Je vais procéder à son arrestation immédiate. Viens me rejoindre. Il habite à Neuilly, rue Delaizement, et se fait appeler Léon Massier.

« Cordiales salutations.

« Arsène LUPIN,
« CHEF DE LA SURETE. »

Il cacheta.

— Voici pour M. Weber. C'est urgent. Maintenant, il me faut sept hommes pour prendre livraison de la marchandise. Je l'ai laissée sur le quai.

Devant les autos, il fut rejoint par un inspecteur principal.

— Ah ! c'est vous, monsieur Lebœuf, lui dit-il. J'ai fait un beau coup de filet... Toute la bande d'Altenheim... Ils sont là dans les autos.

— Où donc les avez-vous pris ?

— En train d'enlever Mme Kesselbach et de piller sa maison. Mais j'expliquerai tout cela, en temps opportun.

L'inspecteur principal le prit à part, et, d'un air étonné :

— Mais, pardon, on est venu me chercher de la part du commissaire d'Auteuil. Et il ne me semble pas... À qui ai-je l'honneur de parler ?

— À la personne qui vous fait le joli cadeau de sept apaches de la plus belle qualité.

— Encore voudrais-je savoir ?

— Mon nom ?

— Oui.

— Arsène Lupin.

Il donna vivement un croc-en-jambe à son interlocuteur, courut jusqu'à la rue de Rivoli, sauta dans une automobile qui passait et se fit conduire à la porte des Ternes.

Les immeubles de la route de la Révolte étaient proches ; il se dirigea vers le numéro 3.

Malgré tout son sang-froid, et l'empire qu'il avait sur lui-même, Arsène Lupin ne parvenait pas à dominer l'émotion qui l'envahissait. Retrouverait-il Dolorès Kesselbach ? Louis de Malreich avait-il ramené la jeune femme, soit chez lui, soit dans la remise du Brocanteur ?

Lupin avait pris au Brocanteur la clef de cette remise, de sorte qu'il lui fut facile, après avoir sonné et après avoir traversé toutes les cours, d'ouvrir la porte et de pénétrer dans le magasin de bric-à-brac.

Il alluma sa lanterne et s'orienta. Un peu à droite, il y avait l'espace libre où il avait vu les complices tenir un dernier conciliabule.

Sur le canapé, désigné par le Brocanteur, il aperçut une forme noire.

Enveloppée de couvertures, bâillonnée, Dolorès gisait là...

Il la secourut.

— Ah ! vous voilà... vous voilà, balbutia-t-elle... Ils ne vous ont rien fait ?

Et aussitôt, se dressant et montrant le fond du magasin :

— Là, il est parti de ce côté... j'ai entendu... je suis sûre... Il faut aller... je vous en prie...

— Vous d'abord, dit-il.

— Non, lui... frappez-le... je vous en prie... frappez-le.

La peur, cette fois, au lieu de l'abattre, semblait lui donner des forces inusitées, et elle répéta, dans un immense désir de livrer l'effroyable ennemi qui la torturait :

— Lui d'abord... Je ne peux plus vivre... il faut que vous me sauviez de lui... il le faut... je ne peux plus vivre...

Il la délia, l'étendit soigneusement sur le canapé et lui dit :

— Vous avez raison... D'ailleurs, ici vous n'avez rien à craindre... Attendez-moi, je reviens...

Comme il s'éloignait, elle saisit sa main vivement :

— Mais vous ?

— Eh bien ?

— Si cet homme...

On eût dit qu'elle appréhendait pour Lupin ce combat suprême auquel elle l'exposait, et que, au dernier moment, elle eût été heureuse de le retenir.

Il murmura :

— Merci, soyez tranquille. Qu'ai-je à redouter ? Il est seul.

Et, la laissant, il se dirigea vers le fond. Comme il s'y attendait, il découvrit une échelle dressée contre le mur, et qui le conduisit au niveau de la petite lucarne grâce à laquelle il avait assisté à la réunion des bandits. C'était le chemin que Malreich avait pris pour rejoindre sa maison de la rue Delaizement.

Il refit ce chemin, comme il l'avait fait quelques heures plus tôt, passa dans l'autre remise et descendit dans le jardin. Il se trouvait derrière le pavillon même occupé par Malreich.

Chose étrange, il ne douta pas une seconde que Malreich ne fût là. Inévitablement il allait le rencontrer, et le duel formidable qu'ils soutenaient l'un contre l'autre touchait à sa fin. Quelques minutes encore, et tout serait terminé.

Il fut confondu ! Ayant saisi la poignée d'une porte, cette poignée tourna et la porte céda sous son effort. Le pavillon n'était même pas fermé.

Il traversa une cuisine, un vestibule, et monta un escalier, et il avançait délibérément, sans chercher à étouffer le bruit de ses pas.

Sur le palier, il s'arrêta. La sueur coulait de son front et ses tempes battaient sous l'afflux du sang.

Pourtant, il restait calme, maître de lui et conscient de ses moindres pensées.

Il déposa sur une marche ses deux revolvers.

— Pas d'armes, se dit-il, mes mains seules, rien que l'effort de mes deux mains... ça suffit... ça vaut mieux.

En face de lui, trois portes. Il choisit celle du milieu, et fit jouer la serrure. Aucun obstacle. Il entra.

Il n'y avait point de lumière dans la chambre, mais, par la fenêtre grande ouverte, pénétrait la clarté de la nuit, et dans l'ombre il apercevait les draps et les rideaux blancs du lit.

Et là quelqu'un se dressait.

Brutalement, sur cette silhouette, il lança le jet de sa lanterne.

— Malreich !

Le visage blême de Malreich, ses yeux sombres, ses pommettes de cadavre, son cou décharné...

Et tout cela était immobile, à cinq pas de lui, et il n'aurait su dire si ce visage inerte, si ce visage de mort exprimait la moindre terreur ou même seulement un peu d'inquiétude.

Lupin fit un pas, et un deuxième, et un troisième.

L'homme ne bougeait point.

Voyait-il ? Comprenait-il ? On eût dit que ses yeux regardaient dans le vide et qu'il se croyait obsédé par une hallucination plutôt que frappé par une image réelle.

Encore un pas...

— Il va se défendre, pensa Lupin, il faut qu'il se défende.

Et Lupin avança le bras vers lui.

L'homme ne fit pas un geste, il ne recula point, ses paupières ne battirent pas. Le contact eut lieu.

Et ce fut Lupin qui, bouleversé, épouvanté, perdit la tête. Il renversa l'homme, le coucha sur son lit, le roula dans ses draps, le sangla dans ses couvertures, et le tint sous son genou comme une proie sans que l'homme eût tenté le moindre geste de résistance.

— Ah ! clama Lupin, ivre de joie et de haine assouvie, je t'ai enfin écrasée, bête odieuse ! Je suis le maître enfin !...

Il entendit du bruit dehors, dans la rue Delaizement, des coups que l'on frappait contre la grille. Il se précipita vers la fenêtre et cria :

— C'est toi, Weber ! Déjà ! À la bonne heure ! Tu es un serviteur modèle ! Force la grille, mon bonhomme, et accours, tu seras le bienvenu.

En quelques minutes, il fouilla les vêtements de son prisonnier, s'empara de son portefeuille, rafla les papiers qu'il put trouver dans les tiroirs du bureau et du secrétaire, les jeta tous sur la table et les examina.

Il eut un cri de joie : le paquet de lettres était là, le paquet des fameuses lettres qu'il avait promis de rendre à l'Empereur.

Il remit les papiers à leur place et courut à la fenêtre.

— Voilà qui est fait, Weber ! Tu peux entrer ! Tu trouveras l'assassin de Kesselbach dans son lit, tout préparé et tout ficelé… Adieu, Weber…

Et Lupin, dégringolant rapidement l'escalier, courut jusqu'à la remise et, tandis que Weber s'introduisait dans la maison, il rejoignit Dolorès Kesselbach.

À lui seul, il avait arrêté les sept compagnons d'Altenheim !

Et il avait livré à la justice le chef mystérieux de la bande, le monstre infâme, Louis de Malreich !

III

Sur un large balcon de bois, assis devant une table, un jeune homme écrivait.

Parfois il levait la tête et contemplait d'un regard vague l'horizon des coteaux où les arbres, dépouillés par l'automne, laissaient tomber leurs dernières feuilles sur les toits rouges des villas et sur les pelouses des jardins. Puis il recommençait à écrire.

Au bout d'un moment, il prit sa feuille de papier et lut à haute voix :

Nos jours s'en vont à la dérive,

Comme emportés par un courant

Qui les pousse vers une rive

Que l'on n'aborde qu'en mourant.

— Pas mal, fit une voix derrière lui, Mme Amable Tastu n'eût pas fait mieux. Enfin, tout le monde ne peut pas être Lamartine.

— Vous !… Vous !… balbutia le jeune homme avec égarement.

— Mais oui, poète, moi-même, Arsène Lupin qui vient voir son cher ami Pierre Leduc.

Pierre Leduc se mit à trembler, comme grelottant de fièvre. Il dit à voix basse :

— L'heure est venue ?

— Oui, mon excellent Pierre Leduc, l'heure est venue pour toi de quitter ou plutôt d'interrompre la molle existence de poète que tu mènes depuis plusieurs mois aux pieds de Geneviève Ernemont et de Mme Kesselbach, et d'interpréter le rôle que je t'ai réservé dans ma pièce… une jolie pièce, je t'assure, un bon petit drame bien charpenté, selon les règles de l'art, avec trémolos, rires et grincements de dents. Nous voici arrivés au cinquième acte, le dénouement approche, et c'est toi, Pierre Leduc, qui en est le héros. Quelle gloire !

Le jeune homme se leva :

— Et si je refuse ?

— Idiot !

— Oui, si je refuse ? Après tout, qui m'oblige à me soumettre à votre volonté ? Qui m'oblige à accepter un rôle que je ne connais pas encore, mais qui me répugne d'avance, et dont j'ai honte ?

— Idiot ! répéta Lupin.

Et, forçant Pierre Leduc à s'asseoir, il prit place auprès de lui et, de sa voix la plus douce :

— Tu oublies tout à fait, bon jeune homme, que tu ne t'appelles pas Pierre Leduc, mais Gérard Baupré. Si tu portes le nom admirable de Pierre Leduc, c'est que toi, Gérard Baupré, tu as assassiné Pierre Leduc et lui as volé sa personnalité.

Le jeune homme sauta d'indignation :

— Vous êtes fou ! vous savez bien que c'est vous qui avez tout combiné…

— Parbleu, oui, je le sais bien, mais la justice, quand je lui fournirai la preuve que le véritable Pierre Leduc est mort de mort violente, et que, toi, tu as pris sa place ?

Atterré le jeune homme bégaya :

— On ne le croira pas… Pourquoi aurais-je fait cela ? Dans quel but ?

— Idiot ! Le but est si visible que Weber lui-même l'eût aperçu. Tu mens quand tu dis que tu ne veux pas accepter un rôle que tu ignores. Ce rôle, tu le connais. C'est celui qu'eût joué Pierre Leduc, s'il n'était pas mort.

— Mais Pierre Leduc, pour moi, pour tout le monde, ce n'est encore qu'un nom. Qui était-il ? Qui suis-je ?

— Qu'est-ce que ça peut te faire ?

— Je veux savoir. Je veux savoir où je vais.

— Et si tu le sais, marcheras-tu droit devant toi ?

— Oui, si ce but dont vous parlez en vaut la peine.

— Sans cela, crois-tu que je me donnerais tant de mal ?

— Qui suis-je ? Et quel que soit mon destin, soyez sûr que j'en serai digne. Mais je veux savoir. Qui suis-je ?

Arsène Lupin ôta son chapeau, s'inclina et dit :

— Hermann IV, grand-duc de Deux-Ponts-Veldenz, prince de Berncastel, électeur de Trêves, et seigneur d'autres lieux.

Trois jours plus tard. Lupin emmenait Mme Kesselbach en automobile du côté de la frontière. Le voyage fut silencieux.

Lupin se rappelait avec émotion le geste effrayé de Dolorès et les paroles qu'elle avait prononcées dans la maison de la rue des Vignes au moment où il allait la défendre contre les complices d'Altenheim. Et elle devait s'en souvenir aussi car elle restait gênée en sa présence, et visiblement troublée.

Le soir, ils arrivèrent dans un petit château tout vêtu de feuilles et de fleurs, coiffé d'un énorme chapeau d'ardoises, et entouré d'un grand jardin aux arbres séculaires.

Ils y trouvèrent Geneviève déjà installée, et qui revenait de la ville voisine où elle avait choisi des domestiques du pays.

— Voici votre demeure, madame, dit Lupin. C'est le château de Bruggen. Vous y attendrez en toute sécurité la fin de ces événements. Demain, Pierre Leduc, que j'ai prévenu, sera votre hôte.

Il repartit aussitôt, se dirigea sur Veldenz et remit au comte de Waldemar le paquet des fameuses lettres qu'il avait reconquises.

— Vous connaissez mes conditions, mon cher Waldemar, dit Lupin… Il s'agit, avant tout, de relever la maison de Deux-Ponts-Veldenz et de rendre le grand-duché au grand-duc Hermann IV.

— Dès aujourd'hui je vais commencer les négociations avec le conseil de régence. D'après mes renseignements, ce sera chose facile. Mais ce grand-duc Hermann…

— Son Altesse habite actuellement, sous le nom de Pierre Leduc, le château de Bruggen. Je donnerai sur son identité toutes les preuves qu'il faudra.

Le soir même, Lupin reprenait la route de Paris, avec l'intention d'y pousser activement le procès de Malreich et des sept bandits.

Ce que fut cette affaire, la façon dont elle fut conduite, et comment elle se déroula, il serait fastidieux d'en parler, tellement les faits, et tellement même les plus petits détails, sont présents à la mémoire de tous. C'est un de ces événements sensationnels, que les paysans les plus frustes des bourgades les plus lointaines commentent et racontent entre eux.

Mais ce que je voudrais rappeler, c'est la part énorme que prit Arsène Lupin à la poursuite de l'affaire, et aux incidents de l'instruction.

En fait, l'instruction ce fut lui qui la dirigea. Dès le début, il se substitua aux pouvoirs publics, ordonnant les perquisitions, indiquant les mesures à prendre, prescrivant les questions à poser aux prévenus, ayant réponse à tout…

Qui ne se souvient de l'ahurissement général, chaque matin, quand on lisait dans les journaux ces lettres irrésistibles de logique et d'autorité, ces lettres signées tour à tour :

Arsène Lupin, juge d'instruction.

Arsène Lupin, procureur général.

Arsène Lupin, garde des sceaux.

Arsène Lupin, flic.

Il apportait à la besogne un entrain, une ardeur, une violence même, qui étonnaient de sa part à lui, si plein d'ironie habituellement, et, somme toute, par tempérament, si disposé à une indulgence en quelque sorte professionnelle.

Non, cette fois, il haïssait.

Il haïssait ce Louis de Malreich, bandit sanguinaire, bête immonde, dont il avait toujours eu peur, et qui, même enfermé, même vaincu, lui donnait encore cette impression d'effroi et de répugnance que l'on éprouve à la vue d'un reptile.

En outre, Malreich n'avait-il pas eu l'audace de persécuter Dolorès ?

— Il a joué, il a perdu, se disait Lupin, sa tête sautera.

C'était cela qu'il voulait, pour son affreux ennemi : l'échafaud, le matin blafard où le couperet de la guillotine glisse et tue...

Étrange prévenu, celui que le juge d'instruction questionna durant des mois entre les murs de son cabinet ! Étrange personnage que cet homme osseux, à figure de squelette, aux yeux morts !

Il semblait absent de lui-même. Il n'était pas là, mais ailleurs. Et si peu soucieux de répondre !

— Je m'appelle Léon Massier.

Telle fut l'unique phrase dans laquelle il se renferma.

Et Lupin ripostait :

— Tu mens. Léon Massier, né à Périgueux, orphelin à l'âge de dix ans, est mort il y a sept ans. Tu as pris ses papiers. Mais tu oublies son acte de décès. Le voilà.

Et Lupin envoya au Parquet une copie de l'acte.

— Je suis Léon Massier, affirmait de nouveau le prévenu.

— Tu mens, répliquait Lupin, tu es Louis de Malreich, le dernier descendant d'un petit noble établi en Allemagne au XVIIIe siècle. Tu avais un frère, qui tour à tour s'est fait appeler Parbury, Ribeira et Altenheim : ce frère, tu l'as tué. Tu avais une sœur, Isilda de Malreich : cette sœur, tu l'as tuée.

— Je suis Léon Massier.

— Tu mens. Tu es Malreich. Voilà ton acte de naissance. Voici celui de ton frère, celui de ta sœur.

Et les trois actes, Lupin les envoya.

D'ailleurs, sauf en ce qui concernait son identité, Malreich ne se défendait pas, écrasé sans doute sous l'accumulation des preuves que l'on relevait contre lui. Que pouvait-il dire ? On possédait quarante billets écrits de sa main – la comparaison des écritures le démontra —, écrits de sa main à la bande de ses complices, et qu'il avait négligé de déchirer, après les avoir repris.

Et tous ces billets étaient des ordres visant l'affaire Kesselbach, l'enlèvement de M. Lenormand et de Gourel, la poursuite du vieux Steinweg, l'établissement des souterrains de Garches, etc. était-il possible de nier ?

Une chose assez bizarre déconcerta la justice. Confrontés avec leur chef, les sept bandits affirmèrent tous qu'ils ne le connaissaient point. Ils ne l'avaient jamais vu. Ils recevaient ses instructions, soit par téléphone, soit dans l'ombre, au moyen précisément de ces petits billets que Malreich leur transmettait rapidement, sans un mot.

Mais, du reste, la communication entre le pavillon de la rue Delaizement et la remise du Brocanteur n'était-elle pas une preuve suffisante de complicité ? De là, Malreich voyait et entendait. De là, le chef surveillait ses hommes.

Les contradictions ? les faits en apparence inconciliables ? Lupin expliqua tout. Dans un article célèbre, publié le matin du procès, il prit l'affaire à son début, en révéla les dessous, en débrouilla l'écheveau, montra Malreich habitant, à l'insu de tous, la chambre de son frère, le faux major Parbury, allant et venant, invisible, par les couloirs du Palace-Hôtel, et assassinant Kesselbach, assassinant le garçon d'hôtel, assassinant le secrétaire Chapman.

On se rappelle les débats. Ils furent terrifiants à la fois et mornes ; terrifiants par l'atmosphère d'angoisse qui pesa sur la foule et par les souvenirs de crime et de sang qui obsédaient les mémoires — mornes, lourds, obscurs, étouffants, par suite du silence formidable que garda l'accusé.

Pas une révolte. Pas un mouvement. Pas un mot.

Figure de cire, qui ne voyait pas et qui n'entendait pas ! Vision effrayante de calme et d'impassibilité ! Dans la salle on frissonnait. Les imaginations affolées, plutôt qu'un homme, évoquaient une sorte d'être surnaturel, un génie des légendes orientales, un de ces dieux de l'Inde qui sont le symbole de tout ce qui est féroce, cruel, sanguinaire et destructeur.

Quant aux autres bandits, on ne les regardait même pas, comparses insignifiants qui se perdaient dans l'ombre de ce chef démesuré.

La déposition la plus émouvante fut celle de Mme Kesselbach. À l'étonnement de tous, et à la surprise même de Lupin, Dolorès qui n'avait répondu à aucune des convocations du juge, et dont on ignorait la retraite, Dolorès apparut, veuve douloureuse, pour apporter un témoignage irrécusable contre l'assassin de son mari.

Elle dit simplement, après l'avoir regardé longtemps :

— C'est celui-là qui a pénétré dans ma maison de la rue des Vignes, c'est lui qui m'a enlevée, et c'est lui qui m'a enfermée dans la remise du Brocanteur. Je le reconnais.

— Vous l'affirmez ?

— Je le jure devant Dieu et devant les hommes.

Le surlendemain, Louis de Malreich, dit Léon Massier, était condamné à mort. Et sa personnalité absorbait tellement, pourrait-on dire, celle de ses complices que ceux-ci bénéficièrent des circonstances atténuantes.

— Louis de Malreich, vous n'avez rien à dire ? demanda le Président des assises.

Il ne répondit pas.

Une seule question resta obscure aux yeux de Lupin. Pourquoi Malreich avait-il commis tous ces crimes ? Que voulait-il ? Quel était son but ?

Lupin ne devait pas tarder à l'apprendre et le jour était proche où, tout pantelant d'horreur, frappé de désespoir, mortellement atteint, le jour était proche où il allait savoir l'épouvantable vérité.

Pour le moment, sans que l'idée néanmoins cessât de l'effleurer, il ne s'occupa plus de l'affaire Malreich. Résolu à faire peau neuve, comme il disait, rassuré d'autre part sur le sort de Mme Kesselbach et de Geneviève, dont il suivait de loin l'existence paisible, et enfin tenu au courant par Jean Doudeville qu'il avait envoyé à Veldenz, tenu au courant de toutes les négociations qui se poursuivaient entre la Cour d'Allemagne et la Régence de Deux-Ponts-Veldenz, il employait, lui, tout son temps à liquider le passé et à préparer l'avenir.

L'idée de la vie différente qu'il voulait mener sous les yeux de Mme Kesselbach l'agitait d'ambitions nouvelles et de sentiments imprévus, où l'image de Dolorès se trouvait mêlée sans qu'il s'en rendît un compte exact.

En quelques semaines, il supprima toutes les preuves qui auraient pu un jour le compromettre, toutes les traces qui auraient pu conduire jusqu'à lui. Il donna à chacun de ses anciens compagnons une somme d'argent suffisante pour les mettre à l'abri du besoin, et il leur dit adieu en leur annonçant qu'il partait pour l'Amérique du Sud.

Un matin, après une nuit de réflexions minutieuses et une étude approfondie de la situation, il s'écria :

— C'est fini. Plus rien à craindre. Le vieux Lupin est mort. Place au jeune.

On lui apporta une dépêche d'Allemagne. C'était le dénouement attendu. Le Conseil de Régence, fortement influencé par la Cour de Berlin, avait soumis la question aux électeurs du grand-duché, et les électeurs, fortement influencés par le Conseil de Régence, avaient affirmé leur attachement inébranlable à la vieille dynastie des Veldenz. Le comte Waldemar était chargé, ainsi que trois délégués de la noblesse, de l'armée et de la magistrature, d'aller au château de Bruggen, d'établir rigoureusement l'identité du grand-duc Hermann IV, et de prendre avec Son Altesse toutes dispositions relatives à son entrée triomphale dans la principauté de ses pères, entrée qui aurait lieu vers le début du mois suivant.

— Cette fois, ça y est, se dit Lupin, le grand projet de M. Kesselbach se réalise. Il ne reste plus qu'à faire avaler mon Pierre Leduc au Waldemar. Jeu d'enfant ! Demain les bans de Geneviève et de Pierre seront publiés. Et c'est la fiancée du grand-duc que l'on présentera à Waldemar !

Et, tout heureux, il partit en automobile pour le château de Bruggen.

Il chantait dans sa voiture, il sifflait, il interpellait son chauffeur.

— Octave, sais-tu qui tu as l'honneur de conduire ? Le maître du monde… Oui, mon vieux, ça t'épate, hein ? Parfaitement, c'est la vérité. Je suis le maître du monde.

Il se frottait les mains, et, continuant à monologuer :

— Tout de même, ce fut long. Voilà un an que la lutte a commencé. Il est vrai que c'est la lutte la plus formidable que j'aie soutenue… Nom d'un chien, quelle guerre de géants !…

Et il répéta :

— Mais cette fois ça y est. Les ennemis sont à l'eau. Plus d'obstacles entre le but et moi. La place est libre, bâtissons ! J'ai les matériaux sous la main, j'ai les ouvriers, bâtissons. Lupin ! Et que le palais soit digne de toi !

Il se fit arrêter à quelques centaines de mètres du château pour que son arrivée fût plus discrète, et il dit à Octave :

— Tu entreras d'ici vingt minutes, à quatre heures, et tu iras déposer mes valises dans le petit chalet qui est au bout du parc. C'est là que j'habiterai.

Au premier détour du chemin, le château lui apparut, à l'extrémité d'une sombre allée de tilleuls. De loin, sur le perron, il aperçut Geneviève qui passait.

Son cœur s'émut doucement.

— Geneviève, Geneviève, dit-il avec tendresse... Geneviève... le vœu que j'ai fait à ta mère mourante se réalise également... Geneviève, grande-duchesse... Et moi, dans l'ombre, près d'elle, veillant à son bonheur et poursuivant les grandes combinaisons de Lupin.

Il éclata de rire, sauta derrière un groupe d'arbres qui se dressaient à gauche de l'allée, et fila le long d'épais massifs. De la sorte il parvenait au château sans qu'on eût pu le surprendre des fenêtres du salon ou des chambres principales.

Son désir était de voir Dolorès avant qu'elle ne le vît, et, comme il avait fait pour Geneviève, il prononça son nom plusieurs fois, mais avec une émotion qui l'étonnait lui-même :

— Dolorès... Dolorès...

Furtivement il suivit les couloirs et gagna la salle à manger. De cette pièce, par une glace sans tain, il pouvait apercevoir la moitié du salon.

Il s'approcha.

Dolorès était allongée sur une chaise longue, et Pierre Leduc, à genoux devant elle, la regardait d'un air extasié.

LA CARTE DE L'EUROPE

I

Pierre Leduc aimait Dolorès !

Ce fut en Lupin une douleur profonde, aiguë, comme s'il avait été blessé dans le principe même de sa vie, une douleur si forte qu'il eut – et c'était la première fois – la vision nette de ce que Dolorès était devenue pour lui, peu à peu, sans qu'il en prît conscience.

Pierre Leduc aimait Dolorès, et il la regardait comme on regarde celle qu'on aime.

Lupin sentit en lui, aveugle et forcené, l'instinct du meurtre. Ce regard, ce regard d'amour qui se posait sur la jeune femme, ce regard l'affolait. Il avait l'impression du grand silence qui enveloppait la jeune femme et le jeune homme, et, dans ce silence, dans l'immobilité des attitudes, il n'y avait plus de vivant que ce regard d'amour, que cet hymne muet et voluptueux par lequel les yeux disaient toute la passion, tout le désir, tout l'enthousiasme, tout l'emportement d'un être pour un autre.

Et il voyait Mme Kesselbach aussi. Les yeux de Dolorès étaient invisibles sous ses paupières baissées, ses paupières soyeuses aux longs cils noirs. Mais comme elle sentait le regard d'amour qui cherchait son regard ! Comme elle frémissait sous la caresse impalpable !

— Elle l'aime... elle l'aime », se dit Lupin, brûlé de jalousie.

Et, comme Pierre faisait un geste :

— Oh ! le misérable, s'il ose la toucher, je le tue.

Et il songeait, tout en constatant la déroute de sa raison, et en s'efforçant de la combattre :

— Suis-je bête ! Comment, toi, Lupin, tu te laisses aller !... Voyons, c'est tout naturel si elle l'aime... Oui, évidemment, tu avais cru deviner en elle une certaine émotion à ton approche... un certain trouble... Triple idiot, mais tu n'es qu'un bandit, toi, un voleur... tandis que lui, il est duc, il est jeune.

Pierre n'avait pas bougé davantage. Mais ses lèvres remuèrent, et il sembla que Dolorès s'éveillait. Doucement, lentement, elle leva les paupières, tourna un peu la tête, et ses yeux se donnèrent à ceux du jeune homme, de ce même regard qui s'offre, et qui se livre, et qui est plus profond que le plus profond des baisers.

Ce fut soudain, brusque comme un coup de tonnerre. En trois bonds, Lupin se rua dans le salon, s'élança sur le jeune homme, le jeta par terre, et, le genou sur la poitrine de son rival, hors de lui, dressé vers Mme Kesselbach, il cria :

— Mais vous ne savez donc pas ? Il ne vous a pas dit, le fourbe ?... Et vous l'aimez, lui ! Il a donc une tête de grand-duc ? Ah ! que c'est drôle !...

Il ricanait rageusement, tandis que Dolorès le considérait avec stupeur :

— Un grand-duc, lui ! Hermann IV, duc de Deux-Ponts-Veldenz ! Prince régnant ! Grand électeur ! mais c'est à mourir de rire. Lui ! Mais il s'appelle Baupré, Gérard Baupré, le dernier des vagabonds... un mendiant que j'ai ramassé dans la boue. Grand-duc ? Mais c'est moi qui l'ai fait grand-duc ! Ah ! ah ! que c'est drôle !... Si vous l'aviez vu se couper le petit doigt... trois fois il s'est évanoui... une poule mouillée... Ah ! tu te permets de lever les yeux sur les dames et de te révolter contre le maître... Attends un peu, grand-duc de Deux-Ponts-Veldenz.

Il le prit dans ses bras, comme un paquet, le balança un instant et le jeta par la fenêtre ouverte.

— Gare aux rosiers, grand-duc, il y a des épines.

Quand il se retourna, Dolorès était contre lui, et elle le regardait avec des yeux qu'il ne lui connaissait pas, des yeux de femme qui hait et que la colère exaspère. Était-ce possible que ce fût Dolorès, la faible et maladive Dolorès ?

Elle balbutia :

— Qu'est-ce que vous faites ?... Vous osez ?... Et lui ?... Alors, c'est vrai ?... Il m'a menti ?

— S'il a menti ? s'écria Lupin, comprenant son humiliation de femme S'il a menti ? Lui, grand-duc ! Un polichinelle tout simplement dont je tenais les ficelles... un instrument que j'accordais pour y jouer des airs de ma fantaisie ! Ah ! l'imbécile ! l'imbécile !

Repris de rage, il frappait du pied et montrait le poing vers la fenêtre ouverte. Et il se mit à marcher d'un bout à l'autre de la pièce, et il jetait des phrases où éclatait la violence de ses pensées secrètes.

— L'imbécile ! Il n'a donc pas vu ce que j'attendais de lui ? Il n'a donc pas deviné la grandeur de son rôle ? Ah ! ce rôle, je le lui entrerai de force dans le crâne. Haut la tête, crétin ! Tu seras grand-duc de par ma volonté ! Et prince régnant ! avec une liste civile, et des sujets à tondre ! et un palais que Charlemagne te rebâtira ! et un maître qui sera moi, Lupin ! Comprends-tu, ganache ? Haut la tête, sacré nom, plus haut que ça ! Regarde le ciel, souviens-toi qu'un Deux-Ponts fut pendu pour vol avant même qu'il ne fût question des Hohenzollern. Et tu es un Deux-Ponts, nom de nom, pas un de moins, et je suis là, moi, moi, Lupin ! Et tu seras grand-duc, je te le dis, grand-duc de carton ? Soit, mais grand-duc quand même, animé par mon souffle et brûlé de ma fièvre. Fantoche ? Soit. Mais un fantoche qui dira *mes* paroles, qui fera *mes* gestes, qui exécutera *mes* volontés, qui réalisera *mes* rêves... oui... mes rêves...

Il ne bougeait plus, comme ébloui par la magnificence de son rêve intérieur.

Puis il s'approcha de Dolorès, et, la voix sourde, avec une sorte d'exaltation mystique, il proféra :

— À ma gauche, l'Alsace-Lorraine... À ma droite, Bade, le Wurtemberg, la Bavière, l'Allemagne du Sud... tous ces états mal soudés, mécontents, écrasés sous la botte du Charlemagne prussien, mais inquiets, tous prêts à s'affranchir... Comprenez-vous tout ce qu'un homme comme moi peut faire là au milieu, tout ce qu'il peut éveiller d'aspirations, tout ce qu'il peut souffler de haines, tout ce qu'il peut susciter de révoltes et de colères ?

Plus bas encore, il répéta :

— Et à gauche, l'Alsace-Lorraine !... Comprenez-vous ? Cela, des rêves, allons donc ! c'est la réalité d'après-demain... de demain... Oui... je veux... je veux... Oh ! tout ce que je veux et tout ce que je ferai, c'est inouï !... Mais pensez donc, à deux pas de la frontière d'Alsace ! en plein pays allemand ! près du vieux Rhin ! Il suffira d'un peu d'intrigue, d'un peu de génie, pour bouleverser le monde. Le génie, j'en ai... j'en ai à revendre... Et je serai le maître ! Je serai celui qui dirige. Pour l'autre, pour le fantoche, le titre et les honneurs... Pour moi, le pouvoir ! Je resterai dans l'ombre. Pas de charge : ni ministre, ni même chambellan ! Rien. Je serai l'un des serviteurs du palais, le jardinier peut-être... Oui, le jardinier... Oh ! la vie formidable ! cultiver des fleurs et changer la carte de l'Europe !

Elle le contemplait avidement, dominée, soumise par la force de cet homme. Et ses yeux exprimaient une admiration qu'elle ne cherchait point à dissimuler.

Il posa les mains sur les épaules de la jeune femme et il dit :

— Voilà mon rêve. Si grand qu'il soit, il sera dépassé par les faits, je vous le jure. Le Kaiser a déjà vu ce que je valais. Un jour, il me trouvera devant lui, campé, face à face. J'ai tous les atouts en main... Valenglay marchera pour moi !... L'Angleterre aussi... la partie est jouée... Voilà mon rêve... Il en est un autre...

Il se tut subitement. Dolorès ne le quittait pas des yeux, et une émotion infinie bouleversait son visage.

Une grande joie le pénétra à sentir une fois de plus, et si nettement, le trouble de cette femme auprès de lui. Il n'avait plus l'impression d'être pour elle... ce qu'il était, un voleur, un bandit, mais un homme, un homme qui aimait, et dont l'amour remuait, au fond d'une âme amie, des sentiments inexprimés.

Alors, il ne parla point, mais il lui dit, sans les prononcer, tous les mots de tendresse et d'adoration, et il songeait à la vie qu'ils pourraient mener quelque part, non loin de Veldenz, ignorés et tout-puissants.

Un long silence les unit. Puis, elle se leva et ordonna doucement :

— Allez-vous-en, je vous supplie de partir... Pierre épousera Geneviève, cela je vous le promets, mais il vaut mieux que vous partiez, que vous ne soyez pas là... Allez-vous-en, Pierre épousera Geneviève...

Il attendit un instant. Peut-être eût-il voulu des mots plus précis, mais il n'osait rien demander. Et il se retira, ébloui, grisé, et si heureux d'obéir et de soumettre sa destinée à la sienne !

Sur son chemin vers la porte, il rencontra une chaise basse qu'il dut déplacer. Mais son pied heurta quelque chose. Il baissa la tête. C'était un petit miroir de poche, en ébène, avec un chiffre en or.

Soudain, il tressaillit, et vivement ramassa l'objet.

Le chiffre se composait de deux lettres entrelacées, un L et un M.

Un L et un M !

— Louis de Malreich, dit-il en frissonnant.

Il se retourna vers Dolorès.

— D'où vient ce miroir ? À qui est-ce ? Il serait très important de...

Elle saisit l'objet et l'examina :

— Je ne sais pas, je ne l'ai jamais vu... un domestique peut-être.

— Un domestique, en effet, dit-il, mais c'est très bizarre... il y a là une coïncidence...

Au même moment, Geneviève entra par la porte du salon, et, sans voir Lupin, que cachait un paravent, tout de suite, elle s'écria :

— Tiens ! votre glace, Dolorès... Vous l'avez donc retrouvée ?... Depuis le temps que vous me faites chercher !... Où était-elle ?...

Et la jeune fille s'en alla en disant :

— Ah ! bien, tant mieux !... Ce que vous étiez inquiète !... je vais avertir immédiatement pour qu'on ne cherche plus...

Lupin n'avait pas remué, confondu et tâchant vainement de comprendre. Pourquoi Dolorès n'avait-elle pas dit la vérité ? Pourquoi ne s'était-elle pas expliquée aussitôt sur ce miroir ?

Une idée l'effleura, et il dit, un peu au hasard :

— Vous connaissiez Louis de Malreich ?

— Oui, fit-elle, en l'observant, comme si elle s'efforçait de deviner les pensées qui l'assiégeaient.

Il se précipita vers elle avec une agitation extrême.

— Vous le connaissiez ? Qui était-ce ? Qui est-ce ? Qui est-ce ? Et pourquoi n'avez-vous rien dit ? Où l'avez-vous connu ? Parlez... Répondez... Je vous en prie...

— Non, dit-elle.

— Il le faut, cependant... il le faut... Songez donc ! Louis de Malreich, l'assassin ! le monstre !... Pourquoi n'avez-vous rien dit ?

À son tour, elle posa les mains sur les épaules de Lupin, et elle déclara, d'une voix très ferme :

— Écoutez, ne m'interrogez jamais parce que je ne parlerai jamais... C'est un secret qui mourra avec moi... Quoi qu'il arrive, personne ne le saura, personne au monde, je le jure...

II

Durant quelques minutes, il demeura devant elle, anxieux, le cerveau en déroute.

Il se rappelait le silence de Steinweg, et la terreur du vieillard quand il lui avait demandé la révélation du secret terrible. Dolorès savait, elle aussi, et elle se taisait.

Sans un mot, il sortit.

Le grand air, l'espace, lui firent du bien. Il franchit les murs du parc, et longtemps erra à travers la campagne. Et il parlait à haute voix :

— Qu'y a-t-il ? Que se passe-t-il ? Voilà des mois et des mois que, tout en bataillant et en agissant, je fais danser au bout de leurs cordes tous les personnages qui doivent concourir à l'exécution de mes projets ; et, pendant ce temps, j'ai complètement oublié de me pencher sur eux et de regarder ce qui s'agite dans leur cœur et dans leur cerveau. Je ne connais pas Pierre Leduc, je ne connais pas Geneviève, je ne connais pas Dolorès...

Et je les ai traités en pantins, alors que ce sont des personnages vivants. Et aujourd'hui, je me heurte à des obstacles…

Il frappa du pied et s'écria :

— À des obstacles qui n'existent pas ! L'état d'âme de Geneviève et de Pierre, je m'en moque… j'étudierai cela plus tard, à Veldenz, quand j'aurai fait leur bonheur. Mais Dolorès… Elle connaît Malreich, et elle n'a rien dit !… Pourquoi ? Quelles relations les unissent ? A-t-elle peur de lui ? A-t-elle peur qu'il ne s'évade et ne vienne se venger d'une indiscrétion ?

À la nuit, il gagna le chalet qu'il s'était réservé au fond du parc, et il y dîna de fort mauvaise humeur, pestant contre Octave qui le servait, ou trop lentement, ou trop vite.

— J'en ai assez, laisse-moi seul… Tu ne fais que des bêtises aujourd'hui… Et ce café ?… il est ignoble.

Il jeta la tasse à moitié pleine et, durant deux heures se promena dans le parc, ressassant les mêmes idées. À la fin, une hypothèse se précisait en lui :

— Malreich s'est échappé de prison, il terrorise Mme Kesselbach, il sait déjà par elle l'incident du miroir…

Lupin haussa les épaules :

— Et cette nuit, il va venir te tirer par les pieds. Allons, je radote. Le mieux est de me coucher.

Il rentra dans sa chambre et se mit au lit. Aussitôt, il s'assoupit, d'un lourd sommeil agité de cauchemars. Deux fois il se réveilla et voulut allumer les bougies, et deux fois il retomba, comme terrassé.

Il entendait sonner les heures cependant à l'horloge du village, ou plutôt il croyait les entendre, car il était plongé dans une sorte de torpeur où il lui semblait garder tout son esprit.

Et des songes le hantèrent, des songes d'angoisse et d'épouvante. Nettement, il perçut le bruit de sa fenêtre qui s'ouvrait. Nettement, à travers ses paupières closes, à travers l'ombre épaisse, il *vit* une forme qui avançait.

Et cette forme se pencha sur lui.

Il eut l'énergie incroyable de soulever ses paupières et de regarder, ou du moins il se l'imagina. Rêvait-il ? était-il éveillé ? Il se le demandait désespérément.

Un bruit encore…

On prenait la boîte d'allumettes, à côté de lui.

— Je vais donc y voir, se dit-il avec une grande joie.

Une allumette craqua. La bougie fut allumée.

Des pieds à la tête. Lupin sentit la sueur qui coulait sur sa peau, en même temps que son cœur s'arrêtait de battre, suspendu d'effroi. *L'homme était là.*

Était-ce possible ? Non, non… Et pourtant, il *voyait*… Oh ! le terrifiant spectacle !… L'homme, le monstre, était là.

— Je ne veux pas… je ne veux pas, balbutia Lupin, affolé.

L'homme, le monstre était là, vêtu de noir, un masque sur le visage, le chapeau mou rabattu sur ses cheveux blonds.

— Oh ! je rêve… je rêve, dit Lupin en riant… c'est un cauchemar…

De toute sa force, de toute sa volonté, il voulut faire un geste, un seul, qui chassât le fantôme.

Il ne le put pas.

Et tout à coup, il se souvint : la tasse de café ! le goût de ce breuvage… pareil au goût du café qu'il avait bu à Veldenz…

Il poussa un cri, fit un dernier effort, et retomba, épuisé.

Mais, dans son délire, il sentait que l'homme dégageait le haut de sa chemise, mettait sa gorge à nu et levait le bras, et il vit que sa main se crispait au manche d'un poignard, un petit poignard d'acier, semblable à celui qui avait frappé M. Kesselbach, Chapman, Altenheim, et tant d'autres…

III

Quelques heures plus tard. Lupin s'éveilla, brisé de fatigue, la bouche amère.

Il resta plusieurs minutes à rassembler ses idées, et soudain, se rappelant, eut un mouvement de défense instinctif comme si on l'attaquait.

— Imbécile que je suis, s'écria-t-il en bondissant de son lit… C'est un cauchemar, une hallucination. Il suffit de réfléchir. Si c'était *lui*, si vraiment c'était un homme, en chair et en os, qui, cette nuit, a levé le bras sur moi, il m'aurait égorgé comme un poulet. *Celui-là* n'hésite pas. Soyons logique. Pourquoi m'aurait-il épargné ? Pour mes beaux yeux ? Non, j'ai rêvé, voilà tout...

Il se mit à siffloter, et s'habilla, tout en affectant le plus grand calme, mais son esprit ne cessait pas de travailler, et ses yeux cherchaient...

Sur le parquet, sur le rebord de la croisée, aucune trace. Comme sa chambre se trouvait au rez-de-chaussée et qu'il dormait la fenêtre ouverte, il était évident que l'agresseur serait venu par là.

Or, il ne découvrit rien, et rien non plus au pied du mur extérieur, sur le sable de l'allée qui bordait le chalet.

— Pourtant... pourtant... répétait-il entre ses dents.

Il appela Octave.

— Où as-tu préparé le café que tu m'as donné hier soir ?

— Au château, patron, comme tout le reste. Il n'y a pas de fourneau ici.

— Tu as bu de ce café ?

— Non.

— Tu as jeté ce qu'il y avait dans la cafetière ?

— Dame, oui, patron. Vous le trouviez si mauvais. Vous n'avez pu en boire que quelques gorgées.

— C'est bien. Apprête l'auto. Nous partons.

Lupin n'était pas homme à rester dans le doute. Il voulait une explication décisive avec Dolorès. Mais, pour cela, il avait besoin, auparavant, d'éclaircir certains points qui lui semblaient obscurs, et de voir Doudeville qui lui avait envoyé de Veldenz des renseignements assez bizarres.

D'une traite, il se fit conduire au grand-duché qu'il atteignit vers deux heures. Il eut une entrevue avec le comte de Waldemar auquel il demanda, sous un prétexte quelconque, de retarder le voyage à Bruggen des délégués de la Régence. Puis il alla retrouver Jean Doudeville dans une taverne de Veldenz.

Doudeville le conduisit alors dans une autre taverne, où il lui présenta un petit monsieur assez pauvrement vêtu : Herr Stockli, employé aux archives de l'état civil.

La conversation fut longue. Ils sortirent ensemble, et tous les trois passèrent furtivement par les bureaux de la Maison de Ville. À sept heures, Lupin dînait et repartait. À dix heures, il arrivait au château de Bruggen et s'enquérait de Geneviève, afin de pénétrer avec elle dans la chambre de Mme Kesselbach.

On lui répondit que Mlle Ernemont avait été rappelée à Paris par une dépêche de sa grand'mère.

— Soit, dit-il, mais Mme Kesselbach est-elle visible ?

— Madame s'est retirée aussitôt après le dîner. Elle doit dormir.

— Non, j'ai aperçu de la lumière dans son boudoir. Elle me recevra.

À peine d'ailleurs attendit-il la réponse de Mme Kesselbach. Il s'introduisit dans le boudoir presque à la suite de la servante, congédia celle-ci, et dit à Dolorès :

— J'ai à vous parler, madame, c'est urgent... Excusez-moi... J'avoue que ma démarche peut vous paraître importune... Mais vous comprendrez, j'en suis sûr...

Il était très surexcité et ne semblait guère disposé à remettre l'explication, d'autant plus que, avant d'entrer, il avait cru percevoir du bruit.

Cependant, Dolorès était seule, étendue. Et elle lui dit, de sa voix lasse :

— Peut-être aurions-nous pu... demain...

Il ne répondit pas, frappé soudain par une odeur qui l'étonnait dans ce boudoir de femme, une odeur de tabac. Et tout de suite, il eut l'intuition, la certitude qu'un homme se trouvait là, au moment où lui-même arrivait, et qu'il s'y trouvait encore, dissimulé quelque part...

Pierre Leduc ? Non, Pierre Leduc ne fumait pas. Alors ?

Dolorès murmura :

— Finissons-en, je vous en prie.

— Oui, oui, mais auparavant... vous serait-il possible de me dire ?...

Il s'interrompit. À quoi bon l'interroger ? Si vraiment un homme se cachait, le dénoncerait-elle ?

Alors, il se décida, et, tâchant de dompter l'espèce de gêne peureuse qui l'opprimait à sentir une présence étrangère, il prononça tout bas, de façon à ce que, seule, Dolorès entendît :

— Écoutez, j'ai appris une chose que je ne comprends pas... et qui me trouble profondément. Il faut me répondre, n'est-ce pas, Dolorès ?

Il dit ce nom avec une grande douceur et comme s'il essayait de la dominer par l'amitié et la tendresse de sa voix.

— Quelle est cette chose ? dit-elle.

— Le registre de l'état civil de Veldenz porte trois noms, qui sont les noms des derniers descendants de la famille Malreich, établie en Allemagne…

— Oui, vous m'avez raconté cela…

— Vous vous rappelez, c'est d'abord Raoul de Malreich, plus connu sous son nom de guerre, Altenheim, le bandit, l'apache du grand monde – aujourd'hui mort assassiné.

— Oui.

— C'est ensuite Louis de Malreich, le monstre, celui-là, l'épouvantable assassin, qui, dans quelques jours, sera décapité.

— Oui.

— Puis, enfin, Isilda la folle…

— Oui.

— Tout cela est donc, n'est-ce pas, bien établi ?

— Oui.

— Eh bien ! dit Lupin, en se penchant davantage sur elle, d'une enquête à laquelle je me suis livré tantôt, il résulte que le second des trois prénoms, Louis, ou plutôt la partie de ligne sur laquelle il est inscrit, a été autrefois l'objet d'un travail de grattage. La ligne est surchargée d'une écriture nouvelle tracée avec de l'encre beaucoup plus neuve, mais qui, cependant, n'a pas effacé entièrement ce qui était écrit par en dessous. De sorte que…

— De sorte que… ? dit Mme Kesselbach, à voix basse.

— De sorte que, avec une bonne loupe et surtout avec les procédés spéciaux dont je dispose, j'ai pu faire revivre certaines des syllabes effacées, et, sans erreur, en toute certitude, reconstituer l'ancienne écriture. Ce n'est pas alors Louis de Malreich que l'on trouve, c'est…

— Oh ! taisez-vous, taisez-vous…

Subitement brisée par le trop long effort de résistance qu'elle opposait, elle s'était ployée en deux, et, la tête entre ses mains, les épaules secouées de convulsions, elle pleurait.

Lupin regarda longtemps cette créature de nonchalance et de faiblesse, si pitoyable, si désemparée. Et il eût voulu se taire, suspendre l'interrogatoire torturant qu'il lui infligeait.

Mais n'était-ce pas pour la sauver qu'il agissait ainsi ? Et, pour la sauver, ne fallait-il pas qu'il sût la vérité, si douloureuse qu'elle fût ?

Il reprit :

— Pourquoi ce faux ?

— C'est mon mari, balbutia-t-elle, c'est lui qui a fait cela. Avec sa fortune, il pouvait tout, et, avant notre mariage, il a obtenu d'un employé subalterne que l'on changeât sur le registre le prénom du second enfant.

— Le prénom et le sexe, dit Lupin.

— Oui, fit-elle.

— Ainsi, reprit-il, je ne me suis pas trompé : l'ancien prénom, le véritable, c'était Dolorès ?

— Oui.

Mais pourquoi votre mari… ?

Elle murmura, les joues baignées de larmes, toute honteuse :

— Vous ne comprenez pas ?

— Non.

— Mais pensez donc, dit-elle en frissonnant, j'étais la sœur d'Isilda la folle, la sœur d'Altenheim le bandit. Mon mari, ou plutôt mon fiancé, n'a pas voulu que je reste cela. Il m'aimait. Moi aussi, je l'aimais, et j'ai consenti. Il a supprimé sur les registres Dolorès de Malreich, il m'a acheté d'autres papiers, une autre personnalité, un autre acte de naissance, et je me suis mariée en Hollande sous un autre nom de jeune fille, Dolorès Amonti.

Lupin réfléchit un instant et prononça pensivement :

— Oui… oui… je comprends… Mais alors Louis de Malreich n'existe pas, et l'assassin de votre mari, l'assassin de votre sœur et de votre frère, ne s'appelle pas ainsi… Son nom…

Elle se redressa et vivement :

— Son nom ! oui, il s'appelle ainsi… oui, c'est son nom tout de même… Louis de Malreich, L et M… Souvenez-vous… Ah ! ne cherchez pas, c'est le secret terrible… Et puis, qu'importe !… le coupable est là-bas… Il est le coupable… je vous le dis… Est-ce qu'il s'est défendu quand je l'ai accusé, face à face ? Est-ce qu'il pouvait se défendre, sous ce nom-là ou sous un autre ? C'est lui… c'est lui… il a tué, il a frappé… le poignard… le poignard d'acier… Ah ! si l'on pouvait tout dire !… Louis de Malreich… Si je pouvais…

Elle se roulait sur la chaise longue, dans une crise nerveuse, et sa main s'était crispée à celle de Lupin, et il entendit qu'elle bégayait parmi des mots indistincts :

— Protégez-moi… protégez-moi… Vous seul peut-être… Ah ! ne m'abandonnez pas… je suis si malheureuse… Ah ! quelle torture… quelle torture !… c'est l'enfer.

De sa main libre, il lui frôla les cheveux et le front avec une douceur infinie, et, sous la caresse, elle se détendit et s'apaisa peu à peu.

Alors, il la regarda de nouveau, et longtemps, longtemps, il se demanda ce qu'il pouvait y avoir derrière ce beau front pur, quel secret dévastait cette âme mystérieuse. Elle aussi avait peur ? Mais de qui ? Contre qui suppliait-elle qu'on la protégeât ?

Encore une fois, il fut obsédé par l'image de l'homme noir, de ce Louis de Malreich, ennemi ténébreux et incompréhensible, dont il devait parer les attaques sans savoir d'où elles venaient, ni même si elles se produisaient.

Qu'il fût en prison, surveillé jour et nuit la belle affaire ! Lupin ne savait-il pas par lui-même qu'il est des êtres pour qui la prison n'existe point, et qui se libèrent de leurs chaînes à la minute fatidique ? Et Louis de Malreich était de ceux-là.

Oui, il y avait quelqu'un en prison à la Santé, dans la cellule des condamnés à mort. Mais ce pouvait être un complice, ou telle victime de Malreich… tandis que lui, Malreich, rôdait autour du château de Bruggen, se glissait à la faveur de l'ombre, comme un fantôme invisible, pénétrait dans le chalet du parc, et, la nuit, levait son poignard sur Lupin, endormi et paralysé.

Et c'était Louis de Malreich qui terrorisait Dolorès, qui l'affolait de ses menaces, qui la tenait par quelque secret redoutable et la contraignait au silence et à la soumission.

Et Lupin imaginait le plan de l'ennemi : jeter Dolorès, effarée et tremblante, entre les bras de Pierre Leduc, le supprimer, lui, Lupin, et régner à sa place, là-bas, avec le pouvoir du grand-duc et les millions de Dolorès.

Hypothèse probable, hypothèse certaine, qui s'adaptait aux événements et donnait une solution à tous les problèmes.

— À tous ? objectait Lupin… Oui… Mais alors pourquoi ne m'a-t-il pas tué cette nuit dans le chalet ? Il n'avait qu'à vouloir et *il n'a pas voulu*. Un geste, et j'étais mort. Ce geste, il ne l'a pas fait. Pourquoi ? »

Dolorès ouvrit les yeux, l'aperçut, et sourit, d'un pâle sourire.

— Laissez-moi, dit-elle.

Il se leva, avec une hésitation. Irait-il voir si l'ennemi était derrière ce rideau, ou caché derrière les robes de ce placard ? Elle répéta doucement :

— Allez… je vais dormir…

Il s'en alla.

Mais dehors, il s'arrêta sous des arbres qui faisaient un massif d'ombre devant la façade du château. Il vit de la lumière dans le boudoir de Dolorès. Puis cette lumière passa dans la chambre. Au bout de quelques minutes, ce fut l'obscurité.

Il attendit. Si l'ennemi était là, peut-être sortirait-il du château ?

Une heure s'écoula… deux heures… Aucun bruit.

— Rien à faire, pensa Lupin. Ou bien il se terre en quelque coin du château ou bien il en est sorti par une porte que je ne puis voir d'ici… À moins que tout cela ne soit, de ma part, la plus absurde des hypothèses.

Il alluma une cigarette et s'en retourna vers le chalet.

Comme il s'en approchait, il aperçut, d'assez loin encore, une ombre qui paraissait s'en éloigner.

Il ne bougea point, de peur de donner l'alarme.

L'ombre traversa une allée. À la clarté de la lumière, il lui sembla reconnaître la silhouette noire de Malreich.

Il s'élança.

L'ombre s'enfuit et disparut.

— Allons, se dit-il, ce sera pour demain. Et cette fois…

IV

Lupin entra dans la chambre d'Octave, son chauffeur, le réveilla et lui ordonna :

— Prends l'auto. Tu seras à Paris à six heures du matin. Tu verras Jacques Doudeville, et tu lui diras : 1° de me donner des nouvelles du condamné à mort ; 2° de m'envoyer, dès l'ouverture des bureaux de poste, une dépêche ainsi conçue...

Il libella la dépêche sur un bout de papier, et ajouta :

— Ta commission aussitôt faite, tu reviendras, mais par ici, en longeant les murs du parc. Va, il ne faut pas qu'on se doute de ton absence.

Lupin gagna sa chambre, fit jouer le ressort de sa lanterne, et commença une inspection minutieuse.

— C'est bien cela, dit-il au bout d'un instant, on est venu cette nuit pendant que je faisais le guet sous la fenêtre. Et, si l'on est venu, je me doute de l'intention... Décidément, je ne me trompais pas... ça brûle... Cette fois, je puis être sûr de mon petit coup de poignard.

Par prudence, il prit une couverture, choisit un endroit du parc bien isolé, et s'endormit à la belle étoile.

Vers onze heures du matin, Octave se présentait à lui.

— C'est fait, patron. Le télégramme est envoyé.

— Bien. Et Louis de Malreich, il est toujours en prison ?

— Toujours. Doudeville a passé devant sa cellule hier soir à la Santé. Le gardien en sortait. Ils ont causé. Malreich est toujours le même, paraît-il, muet comme une carpe. Il attend.

— Il attend quoi ?

— L'heure fatale, parbleu ! À la Préfecture, on dit que l'exécution aura lieu après-demain.

— Tant mieux, tant mieux, dit Lupin. Ce qu'il y a de plus clair, c'est qu'il ne s'est pas évadé.

Il renonçait à comprendre et même à chercher le mot de l'énigme, tellement il sentait que la vérité entière allait lui être révélée. Il n'avait plus qu'à préparer son plan, afin que l'ennemi tombât dans le piège.

— Ou que j'y tombe moi-même, pensa-t-il en riant.

Il était très gai, très libre d'esprit, et jamais bataille ne s'annonça pour lui avec des chances meilleures.

Du château, un domestique lui apporta la dépêche qu'il avait dit à Doudeville de lui envoyer et que le facteur venait de déposer. Il l'ouvrit et la mit dans sa poche.

Un peu avant midi, il rencontra Pierre Leduc dans une allée, et, sans préambule :

— Je te cherchais... il y a des choses graves... Il faut que tu me répondes franchement. Depuis que tu es dans ce château, as-tu jamais aperçu un autre homme que les domestiques allemands que j'y ai placés ?

— Non.

— Réfléchis bien. Il ne s'agit pas d'un visiteur quelconque. Je parle d'un homme qui se cacherait, dont tu aurais constaté la présence, moins que cela, dont tu aurais soupçonné la présence, sur un indice, sur une impression ?

— Non... Est-ce que vous auriez ?...

— Oui. Quelqu'un se cache ici... quelqu'un rôde par là... Où ? Et qui ? Et dans quel but ? Je ne sais pas... mais je saurai. J'ai déjà des présomptions. De ton côté, ouvre l'œil veille... et surtout, pas un mot à Mme Kesselbach... Inutile de l'inquiéter...

Il s'en alla.

Pierre Leduc, interdit, bouleversé, reprit le chemin du château.

En route, sur la pelouse, il vit un papier bleu. Il le ramassa. C'était une dépêche, non point chiffonnée comme un papier que l'on jette, mais pliée avec soin – visiblement perdue.

Elle était adressée à M. Meauny, nom que portait Lupin à Bruggen. Et elle contenait ces mots :

« *Connaissons toute la vérité. Révélations impossibles par lettre. Prendrai train ce soir. Rendez-vous demain matin huit heures gare Bruggen.* »

— Parfait ! se dit Lupin, qui, d'un taillis proche, surveillait le manège de Pierre Leduc parfait ! D'ici deux minutes, ce jeune idiot aura montré le télégramme à Dolorès, et lui aura fait part de toutes mes appréhensions. Ils en parleront toute la journée, et l'*autre* entendra, l'*autre* saura, puisqu'il sait tout, puisqu'il vit dans l'ombre même de Dolorès, et que Dolorès est entre ses mains comme une proie fascinée... Et ce soir il agira, par peur du secret qu'on doit me révéler »

Il s'éloigna en chantonnant.

— Ce soir… ce soir… on dansera… Ce soir… Quelle valse, mes amis ! La valse du sang, sur l'air du petit poignard nickelé… Enfin ! nous allons rire. »

À la porte du pavillon, il appela Octave, monta dans sa chambre, se jeta sur son lit et dit au chauffeur :

— Prends ce siège, Octave, et ne dors pas. Ton maître va se reposer. Veille sur lui, serviteur fidèle.

Il dormit d'un bon sommeil.

— Comme Napoléon au matin d'Austerlitz, dit-il en s'éveillant.

C'était l'heure du dîner. Il mangea copieusement, puis, tout en fumant une cigarette, il visita ses armes, changea les balles de ses deux revolvers.

— La poudre sèche et l'épée aiguisée, comme dit mon copain le kaiser… Octave !

Octave accourut.

— Va dîner au château avec les domestiques. Annonce que tu vas cette nuit à Paris, en auto.

— Avec vous, patron ?

— Non, seul. Et sitôt le repas fini, tu partiras en effet ostensiblement.

— Mais je n'irai pas à Paris ?

— Non, tu attendras hors du parc, sur la route, à un kilomètre de distance… jusqu'à ce que je vienne. Ce sera long.

Il fuma une autre cigarette, se promena, passa devant le château, aperçut de la lumière dans les appartements de Dolorès, puis revint au chalet.

Là, il prit un livre. C'était la *Vie des hommes illustres*.

— Il en manque une et la plus illustre, dit-il. Mais l'avenir est là, qui remettra les choses en leur place. Et j'aurai mon Plutarque un jour ou l'autre.

Il lut la Vie de César, et nota quelques réflexions en marge.

À onze heures et demie, il montait.

Par la fenêtre ouverte, il se pencha vers la vaste nuit, claire et sonore, toute frémissante de bruits indistincts. Des souvenirs lui vinrent aux lèvres, souvenirs de phrases d'amour qu'il avait lues ou prononcées, et il dit plusieurs fois le nom de Dolorès, avec une ferveur d'adolescent qui ose à peine confier au silence le nom de sa bien-aimée.

— Allons, dit-il, préparons-nous.

Il laissa la fenêtre entre-bâillée, écarta un guéridon qui barrait le passage, et engagea ses armes sous son oreiller. Puis, paisiblement, sans la moindre émotion, il se mit au lit, tout habillé, et souffla sa bougie.

Et la peur commença.

Ce fut immédiat. Dès que l'ombre l'eût enveloppé, la peur commença !

— Nom de D… ! s'écria-t-il.

Il sauta du lit, prit ses armes et les jeta dans le couloir.

— Mes mains, mes mains seules ! Rien ne vaut l'étreinte de mes mains !

Il se coucha. L'ombre et le silence, de nouveau. Et de nouveau, la peur, la peur sournoise, lancinante, envahissante…

À l'horloge du village, douze coups…

Lupin songeait à l'être immonde qui, là-bas, à cent mètres, à cinquante mètres de lui, se préparait, essayait la pointe aiguë de son poignard…

— Qu'il vienne !… Qu'il vienne ! murmura-t-il, tout frissonnant… et les fantômes se dissiperont…

Une heure, au village.

Et des minutes, des minutes interminables, minutes de fièvre et d'angoisse… Des gouttes perlaient à la racine de ses cheveux et coulaient sur son front, et il lui semblait que c'était une sueur de sang qui le baignait tout entier…

Deux heures…

Et voilà que, quelque part, tout près, un bruit imperceptible frissonna, un bruit de feuilles remuées… qui n'était point le bruit des feuilles que remue le souffle de la nuit…

Comme Lupin l'avait prévu, ce fut en lui, instantanément, le calme immense. Toute sa nature de grand aventurier tressaillit de joie. C'était la lutte, enfin !

Un autre bruit grinça, plus net, sous la fenêtre, mais si faible encore qu'il fallait l'oreille exercée de Lupin pour le percevoir.

Des minutes, des minutes effrayantes… L'ombre était impénétrable. Aucune clarté d'étoile ou de lune ne l'allégeait.

Et, tout à coup, sans qu'il eût rien entendu, il sut que l'homme était dans la chambre.

Et l'homme marchait vers le lit. Il marchait comme un fantôme marche, sans déplacer l'air de la chambre et sans ébranler les objets qu'il touchait.

Mais, de tout son instinct, de toute sa puissance nerveuse. Lupin voyait les gestes de l'ennemi et devinait la succession même de ses idées.

Lui, il ne bougeait pas, arc-bouté contre le mur, et presque à genoux, tout prêt à bondir.

Il sentit que l'ombre effleurait, palpait les draps du lit, pour se rendre compte de l'endroit où il allait frapper. Lupin entendit sa respiration. Il crut même entendre les battements de son cœur. Et il constata avec orgueil que son cœur à lui ne battait pas plus fort... tandis que le cœur de l'autre... Oh ! oui, comme il l'entendait, ce cœur désordonné, fou, qui se heurtait, comme le battant d'une cloche, aux parois de la poitrine.

La main de l'*autre* se leva...

Une seconde, deux secondes...

Est-ce qu'il hésitait ? Allait-il encore épargner son adversaire ?

Et Lupin prononça dans le grand silence :

— Mais frappe donc ! frappe !

Un cri de rage... Le bras s'abattit comme un ressort.

Puis un gémissement.

Ce bras. Lupin l'avait saisi au vol, à la hauteur du poignet... Et, se ruant hors du lit, formidable, irrésistible, il agrippait l'homme à la gorge et le renversait.

Ce fut tout. Il n'y eut pas de lutte. Il ne pouvait même pas y avoir de lutte. L'homme était à terre, cloué, rivé par deux rivets d'acier, les mains de Lupin. Et il n'y avait pas d'homme au monde, si fort qu'il fût, qui pût se dégager de cette étreinte.

Et pas un mot ! Lupin ne prononça aucune de ces paroles où s'amusait d'ordinaire sa verve gouailleuse. Il n'avait pas envie de parler. L'instant était trop solennel.

Nulle joie vaine ne l'émouvait, nulle exaltation victorieuse. Au fond il n'avait qu'une hâte, savoir qui était là... Louis de Malreich, le condamné à mort ? Un autre ? Qui ?

Au risque d'étrangler l'homme, il lui serra la gorge un peu plus, et un peu plus, et un peu plus encore.

Et il sentit que toute la force de l'ennemi, que tout ce qui lui restait de force l'abandonnait. Les muscles du bras se détendirent, devinrent inertes. La main s'ouvrit et lâcha le poignard.

Alors, libre de ses gestes, la vie de l'adversaire suspendue à l'effroyable étau de ses doigts, il prit sa lanterne de poche, posa sans l'appuyer son index sur le ressort, et rapprocha de la figure de l'homme.

Il n'avait plus qu'à pousser le ressort, qu'à vouloir, et il saurait.

Une seconde, il savoura sa puissance. Un flot d'émotion le souleva. La vision de son triomphe l'éblouit. Une fois de plus, et superbement, héroïquement, il était le Maître.

D'un coup sec il fit la clarté. Le visage du monstre apparut.

Lupin poussa un hurlement d'épouvante.

Dolorès Kesselbach !

LES TROIS CRIMES D'ARSÈNE LUOIN

I

Ce fut, dans le cerveau de Lupin, comme un ouragan, un cyclone, où les fracas du tonnerre, les bourrasques de vent, des rafales d'éléments éperdus se déchaînèrent tumultueusement dans une nuit de chaos.

Et de grands éclairs fouettaient l'ombre. Et à la lueur fulgurante de ces éclairs, Lupin effaré, secoué de frissons, convulsé d'horreur, Lupin voyait et tâchait de comprendre.

Il ne bougeait pas, cramponné à la gorge de l'ennemi, comme si ses doigts raidis ne pouvaient plus desserrer leur étreinte. D'ailleurs, bien qu'il sût maintenant, il n'avait pour ainsi dire pas l'impression exacte que ce fût Dolorès. C'était encore l'homme noir, Louis de Malreich, la bête immonde des ténèbres ; et cette bête il la tenait, et il ne la lâcherait pas.

Mais la vérité se ruait à l'assaut de son esprit et de sa conscience, et, vaincu, torturé d'angoisse, il murmura :

— Oh ! Dolorès... Dolorès...

Toute de suite, il vit l'excuse : la folie. Elle était folle. La sœur d'Altenheim et d'Isilda, la fille des derniers Malreich, de la mère démente et du père ivrogne, elle-même était folle. Folle étrange, folle avec toute l'apparence de la raison, mais folle cependant, déséquilibrée, malade, hors nature, vraiment monstrueuse.

En toute certitude il comprit cela ! C'était la folie du crime. Sous l'obsession d'un but vers lequel elle marchait automatiquement, elle tuait, avide de sang, inconsciente et infernale.

Elle tuait parce qu'elle voulait quelque chose, elle tuait pour se défendre, elle tuait pour cacher qu'elle avait tué. Mais elle tuait aussi, et surtout, pour *tuer*. Le meurtre satisfaisait en elle des appétits soudains et irrésistibles. À certaines secondes de sa vie, dans certaines circonstances, en face de tel être, devenu subitement l'adversaire, il fallait que son bras frappât.

Et elle frappait, ivre de rage, férocement, frénétiquement.

Folle étrange, irresponsable de ses meurtres, et cependant si lucide en son aveuglement ! si logique dans son désordre ! si intelligente dans son absurdité ! Quelle adresse ! Quelle persévérance ! Quelles combinaisons à la fois détestables et admirables !

Et Lupin, en une vision rapide, avec une acuité prodigieuse de regard, voyait la longue série des aventures sanglantes, et devinait les chemins mystérieux que Dolorès avait suivis.

Il la voyait, obsédée et possédée par le projet de son mari, projet qu'elle ne devait évidemment connaître qu'en partie. Il la voyait cherchant, elle aussi, ce Pierre Leduc que son mari poursuivait, et le cherchant pour l'épouser et pour retourner, reine, en ce petit royaume de Veldenz d'où ses parents avaient été ignominieusement chassés.

Et il la voyait au Palace-Hôtel, dans la chambre de son frère Altenheim, alors qu'on la supposait à Monte-Carlo. Il la voyait, durant des jours, qui épiait son mari, frôlant les murs, mêlée aux ténèbres, indistincte et inaperçue en son déguisement d'ombre.

Et une nuit, elle trouvait M. Kesselbach enchaîné, et elle frappait.

Et le matin, sur le point d'être dénoncée par le valet de chambre, elle frappait.

Et une heure plus tard, sur le point d'être dénoncée par Chapman, elle l'entraînait dans la chambre de son frère, et le frappait.

Tout cela sans pitié, sauvagement, avec une habileté diabolique.

Et avec la même habileté, elle communiquait par téléphone avec ses deux femmes de chambre, Gertrude et Suzanne qui, toutes deux, venaient d'arriver de Monte-Carlo, où l'une d'elles avait tenu le rôle de sa maîtresse. Et Dolorès, reprenant ses vêtements féminins, rejetant la perruque blonde qui la rendait méconnaissable, descendait au rez-de-chaussée, rejoignait Gertrude au moment où celle-ci pénétrait dans l'hôtel, et elle affectait d'arriver elle aussi, ignorante encore du malheur qui l'attendait.

Comédienne incomparable, elle jouait l'épouse dont l'existence est brisée. On la plaignait. On pleurait sur elle. Qui l'eût soupçonnée ?

Et alors commençait la guerre avec lui, Lupin, cette guerre barbare, cette guerre inouïe qu'elle soutint tour à tour contre M. Lenormand et contre le prince Sernine, la journée sur sa chaise longue, malade et défaillante, mais la nuit, debout, courant par les chemins, infatigable et terrifiante.

Et c'étaient les combinaisons infernales, Gertrude et Suzanne, complices épouvantées et domptées, l'une et l'autre lui servant d'émissaires, se déguisant comme elle peut-être, ainsi que le jour où le vieux Steinweg avait été enlevé par le baron Altenheim, en plein Palais de Justice.

Et c'était la série des crimes. C'était Gourel noyé. C'était Altenheim, son frère, poignardé. Oh ! la lutte implacable dans les souterrains de la villa des Glycines, le travail invisible du monstre dans l'obscurité, comme tout cela apparaissait clairement aujourd'hui !

Et c'était elle qui lui enlevait son masque de prince, elle qui le dénonçait, elle qui le jetait en prison, elle qui déjouait tous ses plans, dépensant des millions pour gagner la bataille.

Et puis les événements se précipitaient. Suzanne et Gertrude disparues, mortes sans doute ! Steinweg, assassiné ! Isilda, la sœur, assassinée !

— Oh ! l'ignominie, l'horreur ! balbutia Lupin, en un sursaut de répugnance et de haine.

Il l'exécrait, l'abominable créature. Il eût voulu l'écraser, la détruire. Et c'était une chose stupéfiante que ces deux êtres accrochés l'un à l'autre, gisant immobiles dans la pâleur de l'aube qui commençait à se mêler aux ombres de la nuit.

— Dolorès… Dolorès… murmura-t-il avec désespoir.

Il bondit en arrière, pantelant de terreur, les yeux hagards. Quoi ? Qu'y avait-il ? Qu'était-ce que cette ignoble impression de froid qui glaçait ses mains ?

— Octave ! Octave ! cria-t-il, sans se rappeler l'absence du chauffeur.

Du secours ! Il lui fallait du secours ! Quelqu'un qui le rassurât et l'assistât. Il grelottait de peur. Oh ! ce froid, ce froid de la mort qu'il avait senti. Était-ce possible ?... Alors, pendant ces quelques minutes tragiques, il avait, de ses doigts crispés...

Violemment, il se contraignit à regarder. Dolorès ne bougeait pas.

Il se précipita à genoux et l'attira contre lui.

Elle était morte.

Il resta quelques instants dans un engourdissement où sa douleur paraissait se dissoudre. Il ne souffrait plus. Il n'avait plus ni fureur, ni haine, ni sentiment d'aucune espèce rien qu'un abattement stupide, la sensation d'un homme qui a reçu un coup de massue, et qui ne sait s'il vit encore, s'il pense, ou s'il n'est pas le jouet d'un cauchemar.

Cependant il lui semblait que quelque chose de juste venait de se passer, et il n'eut pas une seconde l'idée que c'était lui qui avait tué. Non, ce n'était pas lui. C'était en dehors de lui et de sa volonté. C'était le destin, l'inflexible destin qui avait accompli l'œuvre d'équité en supprimant la bête nuisible.

Dehors, des oiseaux chantèrent. La vie s'animait sous les vieux arbres que le printemps s'apprêtait à fleurir. Et Lupin, s'éveillant de sa torpeur, sentit peu à peu sourdre en lui une indéfinissable et absurde compassion pour la misérable femme – odieuse certes, abjecte et vingt fois criminelle, mais si jeune encore et qui n'était plus.

Et il songea aux tortures qu'elle avait dû subir en ses moments de lucidité, lorsque, la raison lui revenant, l'innommable folle avait la vision sinistre de ses actes.

— Protégez-moi... je suis si malheureuse ! suppliait-elle.

C'était contre elle-même qu'elle demandait qu'on la protégeât, contre ses instincts de fauve, contre le monstre qui habitait en elle et qui la forçait à tuer, à toujours tuer.

— Toujours ? se dit Lupin.

Et il se rappelait le soir de l'avant-veille où, dressée au-dessus de lui, le poignard levé sur l'ennemi qui, depuis des mois, la harcelait, sur l'ennemi infatigable qui l'avait acculée à tous les forfaits, il se rappelait que, ce soir-là, elle n'avait pas tué. C'était facile cependant : l'ennemi gisait inerte et impuissant. D'un coup, la lutte implacable se terminait. Non, elle n'avait pas tué, soumise, elle aussi, à des sentiments plus forts que sa cruauté, à des sentiments obscurs de sympathie et d'admiration pour celui qui l'avait si souvent dominée.

Non, elle n'avait pas tué, cette fois-là. Et voici que, par un retour vraiment effarant du destin, voici que c'était lui qui la tuait.

— J'ai tué, pensait-il en frémissant des pieds à la tête ; mes mains ont supprimé un être vivant, et cet être, c'est Dolorès !... Dolorès... Dolorès... »

Il ne cessait de répéter son nom, son nom de douleur, et il ne cessait de la regarder, triste chose inanimée, inoffensive maintenant, pauvre loque de chair, sans plus de conscience qu'un petit tas de feuillles, ou qu'un petit oiseau égorgé au bord de la route.

Oh ! comment aurait-il pu ne point tressaillir de compassion, puisque, l'un en face de l'autre, il était le meurtrier, lui, et qu'elle n'était plus, elle, que la victime ?

— Dolorès... Dolorès... Dolorès...

Le grand jour le surprit, assis près de la morte, se souvenant et songeant, tandis que ses lèvres articulaient, de temps à autre, les syllabes désolées... Dolorès... Dolorès...

Il fallait agir pourtant, et, dans la débâcle de ses idées, il ne savait plus en quel sens il fallait agir, ni par quel acte commencer.

— Fermons-lui les yeux, d'abord, se dit-il.

Tout vides, emplis de néant, ils avaient encore, les beaux yeux dorés, cette douceur mélancolique qui leur donnait tant de charme. était-ce possible que ces yeux-là eussent été les yeux du monstre ? Malgré lui, et en face même de l'implacable réalité, Lupin ne pouvait encore confondre en un seul personnage les deux êtres dont les images étaient si distinctes au fond de sa pensée.

Rapidement il s'inclina vers elle, baissa les longues paupières soyeuses, et recouvrit d'un voile la pauvre figure convulsée.

Alors il lui sembla que Dolorès devenait plus lointaine, et que l'homme noir, cette fois, était bien là, à côté de lui, en ses habits sombres, en son déguisement d'assassin.

Il osa le toucher, et palpa ses vêtements.

Dans une poche intérieure, il y avait deux portefeuilles. Il prit l'un d'eux et l'ouvrit.

Il trouva d'abord une lettre signée de Steinweg, le vieil Allemand.

Elle contenait ces lignes :

« Si je meurs avant d'avoir pu révéler le terrible secret, que l'on sache ceci : l'assassin de mon ami Kesselbach est sa femme, de son vrai nom Dolorès de Malreich, sœur d'Altenheim et sœur d'Isilda. »

« Les initiales L et M se rapportent à elle. Jamais, dans l'intimité, Kesselbach n'appelait sa femme *Dolorès* qui est un nom de douleur et de deuil, mais *Loetitia*, qui veut dire joie. L et M – Laetitia de Malreich – telles étaient les initiales inscrites sur tous les cadeaux qu'il lui donnait, par exemple sur le porte-cigarettes trouvé au Palace-Hôtel, et qui appartenait à Mme Kesselbach. Elle avait contracté, en voyage, l'habitude de fumer.

« Loetitia ! elle fut bien en effet sa joie pendant quatre ans, quatre ans de mensonges et d'hypocrisie, où elle préparait la mort de celui qui l'aimait avec tant de bonté et de confiance.

« Peut-être aurais-je dû parler tout de suite. Je n'en ai pas eu le courage, en souvenir de mon vieil ami Kesselbach, dont elle portait le nom.

« Et puis j'avais peur… Le jour où je l'ai démasquée, au Palais de Justice, j'avais lu dans ses yeux mon arrêt de mort.

« Ma faiblesse me sauvera-t-elle ? »

— Lui aussi, pensa Lupin, lui aussi, elle l'a tué !… Eh parbleu, il savait trop de choses !… les initiales… ce nom de Loetitia… l'habitude secrète de fumer…

Et il se rappela la nuit dernière, cette odeur de tabac dans la chambre.

Il continua l'inspection du premier portefeuille.

Il y avait des bouts de lettre, en langage chiffré, remis sans doute à Dolorès par ses complices, au cours de leurs ténébreuses rencontres…

Il y avait aussi des adresses sur des morceaux de papier, adresses de couturières ou de modistes, mais adresses de bouges aussi, et d'hôtels borgnes… Et des noms aussi… vingt, trente noms, des noms bizarres, Hector le Boucher, Armand de Grenelle, le Malade…

Mais une photographie attira l'attention de Lupin. Il la regarda. Et tout de suite, comme mû par un ressort, lâchant le portefeuille, il se rua hors de la chambre, hors du pavillon, et s'élança dans le parc.

Il avait reconnu le portrait de Louis de Malreich, prisonnier à la Santé.

Et seulement alors, seulement à cette minute précise, il se souvenait : l'exécution devait avoir lieu le lendemain.

Et puisque l'homme noir, puisque l'assassin n'était autre que Dolorès, Louis de Malreich s'appelait bien réellement Léon Massier, et il était innocent.

Innocent ? Mais les preuves trouvées chez lui, les lettres de l'Empereur, et tout, tout ce qui l'accusait indéniablement, toutes ces preuves irréfragables ?

Lupin s'arrêta une seconde, la tête en feu.

— Oh ! s'écria-t-il, je deviens fou, moi aussi. Voyons, pourtant, il faut agir… c'est demain qu'on l'exécute… demain… demain au petit jour…

Il tira sa montre.

— Dix heures… Combien de temps me faut-il pour être à Paris ? Voilà… j'y serai tantôt oui, tantôt j'y serai, il le faut… Et, dès ce soir, je prends les mesures pour empêcher… Mais quelles mesures ? Comment prouver l'innocence ?… Comment empêcher l'exécution ? Eh ! qu'importe !… Je verrai bien une fois là-bas. Est-ce que je ne m'appelle pas Lupin ?… Allons toujours…

Il repartit en courant, entra dans le château, et appela :

— Pierre ! Vous avez vu M. Pierre Leduc ? Ah ! te voilà… Écoute…

Il l'entraîna à l'écart, et d'une voix saccadée, impérieuse :

— Écoute, Dolorès n'est plus là… Oui, un voyage urgent… elle s'est mise en route cette nuit dans mon auto… Moi, je pars aussi… Tais-toi donc ! Pas un mot… une seconde perdue, c'est irréparable. Toi, tu vas renvoyer tous les domestiques, sans explication. Voilà de l'argent. D'ici une demi-heure, il faut que le château soit vide. Et que personne n'y rentre jusqu'à mon retour ! Toi non plus, tu entends… je t'interdis d'y rentrer… je t'expliquerai cela… des raisons graves. Tiens, emporte la clef… tu m'attendras au village…

Et de nouveau, il s'élança.

Dix minutes après, il retrouvait Octave.

Il sauta dans son auto.

— Paris, dit-il.

II

Le voyage fut une véritable course à la mort.

Lupin, jugeant qu'Octave ne conduisait pas assez vite, avait pris le volant, et c'était une allure désordonnée, vertigineuse. Sur les routes, à travers les villages, dans les rues populeuses des villes, ils marchèrent à cent kilomètres à l'heure. Des gens frôlés hurlaient de rage : le bolide était loin il avait disparu.

— Patron, balbutiait Octave, livide, nous allons y rester.

— Toi, peut-être, l'auto peut-être, mais moi j'arriverai, disait Lupin.

Il avait la sensation que ce n'était pas la voiture qui le transportait, mais lui qui transportait la voiture, et qu'il trouait l'espace par ses propres forces, par sa propre volonté. Alors, quel miracle aurait pu faire qu'il n'arrivât point, puisque ses forces étaient inépuisables, et que sa volonté n'avait pas de limites ?

— J'arriverai parce qu'il faut que j'arrive, répétait-il.

Et il songeait à l'homme qui allait mourir s'il n'arrivait pas à temps pour le sauver, au mystérieux Louis de Malreich, si déconcertant avec son silence obstiné et son visage hermétique. Et dans le tumulte de la route, sous les arbres dont les branches faisaient un bruit de vagues furieuses, parmi le bourdonnement de ses idées, tout de même Lupin s'efforçait d'établir une hypothèse. Et l'hypothèse se précisait peu à peu, logique, invraisemblable, certaine, se disait-il, maintenant qu'il connaissait l'affreuse vérité sur Dolorès, et qu'il entrevoyait toutes les ressources et tous les desseins odieux de cet esprit détraqué.

« Eh oui, c'est elle qui a préparé contre Malreich la plus épouvantable des machinations. Que voulait-elle ? épouser Pierre Leduc dont elle s'était fait aimer, et devenir la souveraine du petit royaume d'où elle avait été bannie. Le but était accessible, à la portée de sa main. Un seul obstacle... moi, moi, qui depuis des semaines et des semaines, inlassablement, lui barrais la route ; moi qu'elle retrouvait après chaque crime, moi dont elle redoutait la clairvoyance, moi qui ne désarmerais pas avant d'avoir découvert le coupable et d'avoir retrouvé les lettres volées à l'Empereur...

— Eh bien ! puisqu'il me fallait un coupable, le coupable ce serait Louis de Malreich ou plutôt Léon Massier. Qu'est-ce que ce Léon Massier ? L'a-t-elle connu avant son mariage ? L'a-t-elle aimé ? C'est probable, mais sans doute ne le saura-t-on jamais. Ce qui est certain, c'est qu'elle aura été frappée par la ressemblance de taille et d'allure qu'elle-même pouvait obtenir avec Léon Massier, en s'habillant comme lui de vêtements noirs, et en s'affublant d'une perruque blonde. C'est qu'elle aura observé la vie bizarre de cet homme solitaire, ses courses nocturnes, sa façon de marcher dans les rues, et de dépister ceux qui pourraient le suivre. Et c'est en conséquence de ces remarques, et en prévision d'une éventualité possible, qu'elle aura conseillé à M. Kesselbach de gratter sur les registres de l'état civil le nom de Dolorès et de le remplacer par le nom de Louis, afin que les initiales fussent justement celles de Léon Massier.

« Le moment vient d'agir, et voilà qu'elle ourdit son complot, et voilà qu'elle l'exécute. Léon Massier habite la rue Delaizement ? Elle ordonne à ses complices de s'établir dans la rue parallèle. Et c'est elle-même qui m'indique l'adresse du maître d'hôtel Dominique et me met sur la piste des sept bandits, sachant parfaitement que, une fois sur la piste, j'irai jusqu'au bout, c'est-à-dire au-delà des sept bandits, jusqu'à leur chef, jusqu'à l'individu qui les surveille et les dirige, jusqu'à l'homme noir, jusqu'à Léon Massier, jusqu'à Louis de Malreich.

« Et de fait, j'arrive d'abord aux sept bandits. Et alors, que se passera-t-il ? Ou bien je serai vaincu, ou bien nous nous détruirons tous les uns, les aures, comme elle a dû l'espérer le soir de la rue des Vignes. Et, dans ces deux cas, Dolorès est débarrassée de moi.

« Mais il advient ceci : c'est moi qui capture les sept bandits. Dolorès s'enfuit de la rue des Vignes. Je la retrouve dans la remise du Brocanteur. Elle me dirige vers Léon Massier, c'est-à-dire vers Louis de Malreich. Je découvre auprès de lui les lettres de l'Empereur, *qu'elle-même y a placées*, et je le livre à la justice, et je dénonce la communication secrète qu'elle-même a fait ouvrir entre les deux remises, et je donne toutes les preuves *qu'elle-même a préparées*, et je montre par des documents, *qu'elle-même a maquillés*, que Léon Massier a volé l'état civil de Léon Massier, et qu'il s'appelle réellement Louis de Malreich.

« Et Louis de Malreich mourra.

« Et Dolorès de Malreich, triomphante, enfin, à l'abri de tout soupçon, puisque le coupable est découvert, affranchie de son passé d'infamies et de crimes, son mari mort, son frère mort, sa sœur morte, ses deux servantes mortes, Steinweg mort, délivrée par moi de ses complices, que je jette tout ficelés entre les mains de Weber ; délivrée d'elle-même enfin par moi, qui fais monter à l'échafaud l'innocent qu'elle substitue à elle-même, Dolorès victorieuse, riche à millions, aimée de Pierre Leduc, Dolorès sera reine.

— Ah ! s'écria Lupin hors de lui, cet homme ne mourra pas. Je le jure sur ma tête, il ne mourra pas.

— Attention, patron, dit Octave, effaré, nous approchons… C'est la banlieue… les faubourgs…

— Qu'est-ce que tu veux que ça me fasse ?

— Mais nous allons culbuter… Et puis les pavés glissent… on dérape…

— Tant pis.

— Attention… Là-bas…

— Quoi ?

— Un tramway, au virage…

— Qu'il s'arrête !

— Ralentissez, patron.

— Jamais !

— Mais nous sommes fichus.

— On passera.

— On ne passera pas.

— Si.

— Ah ! nom d'un chien…

Un fracas, des exclamations… La voiture avait accroché le tramway, puis, repoussée contre une palissade, avait démoli dix mètres de planches, et, finalement s'était écrasée contre l'angle d'un talus.

— Chauffeur, vous êtes libre ?

C'était Lupin, aplati sur l'herbe du talus, qui hélait un taxi-auto.

Il se releva, vit sa voiture brisée, des gens qui s'empressaient autour d'Octave et sauta dans l'auto de louage.

— Au ministère de l'Intérieur, place Beauvau… Vingt francs de pourboire…

Et s'installant au fond du fiacre, il reprit :

— Ah ! non, *il* ne mourra pas ! non, mille fois non, je n'aurai pas ça sur la conscience ! C'est assez d'avoir été le jouet de cette femme et d'être tombé dans le panneau comme un collégien… Halte-là ! Plus de gaffes ! J'ai fait prendre ce malheureux… Je l'ai fait condamner à mort… je l'ai mené au pied même de l'échafaud… Mais il n'y montera pas !… Ça, non ! S'il y montait, je n'aurais plus qu'à me fiche une balle dans la tête !

On approchait de la barrière. Il se pencha :

— Vingt francs de plus, chauffeur, si tu ne t'arrêtes pas.

Et il cria devant l'octroi :

— Service de la Sûreté !

On passa.

— Mais ne ralentis pas, crebleu ! hurla Lupin… Plus vite !… Encore plus vite ! Tu as peur d'écharper les vieilles femmes ? écrase-les donc. Je paie les frais.

En quelques minutes, ils arrivaient au ministère de la place Beauvau. Lupin franchit la cour en hâte et monta les marches de l'escalier d'honneur. L'antichambre était pleine de monde. Il inscrivit sur une feuille de papier : « Prince Sernine », et, poussant un huissier dans un coin, il lui dit :

— C'est moi, Lupin. Tu me reconnais, n'est-ce pas ? Je t'ai procuré cette place, une bonne retraite, hein ? Seulement, tu vas m'introduire tout de suite. Va, passe mon nom. Je ne te demande que ça. Le Président te remerciera, tu peux en être sûr… Moi aussi… Mais marche donc, idiot ! Valenglay m'attend…

Dix secondes après, Valenglay lui-même passait la tête au seuil de son bureau et prononçait :

— Faites entrer « le prince ».

Lupin se précipita, ferma vivement la porte, et, coupant la parole au Président :

— Non, pas de phrases, vous ne pouvez pas m'arrêter… Ce serait vous perdre et compromettre l'Empereur… Non… il ne s'agit pas de ça. Voilà. Malreich est innocent. J'ai découvert le vrai coupable… C'est Dolorès Kesselbach. Elle est morte. Son cadavre est là-bas. J'ai des preuves irrécusables. Le doute n'est pas possible. C'est elle…

Il s'interrompit. Valenglay ne paraissait pas comprendre.

— Mais, voyons, monsieur le Président, il faut sauver Malreich… Pensez donc… une erreur judiciaire !…

la tête d'un innocent qui tombe !... Donnez des ordres... un supplément d'information... est-ce que je sais ?... Mais vite, le temps presse.

Valenglay le regarda attentivement, puis s'approcha d'une table, prit un journal et le lui tendit, en soulignant du doigt un article.

Lupin jeta les yeux sur le titre et lut :

L'exécution du monstre. Ce matin, Louis de Malreich a subi le dernier supplice...

Il n'acheva pas. Assommé, anéanti, il s'écroula dans un fauteuil avec un gémissement de désespoir.

Combien de temps resta-t-il ainsi ? Quand il se retrouva dehors, il n'en aurait su rien dire. Il se souvenait d'un grand silence, puis il revoyait Valenglay incliné sur lui et l'aspergeant d'eau froide, et il se rappelait surtout la voix sourde du Président qui chuchotait :

— Écoutez... il ne faut rien dire de cela, n'est-ce pas ? Innocent, ça se peut, je ne dis pas le contraire... Mais à quoi bon des révélations ? un scandale ? Une erreur judiciaire peut avoir de grosses conséquences. Est-ce bien la peine ? Une réhabilitation ? Pour quoi faire ? Il n'a même pas été condamné sous son nom. C'est le nom de Malreich qui est voué à l'exécration publique... précisément le nom de la coupable... Alors ?

Et, poussant peu à peu Lupin vers la porte, il lui avait dit :

— Allez... Retournez là-bas... Faites disparaître le cadavre... Et qu'il n'y ait pas de traces, hein ? pas la moindre trace de toute cette histoire... Je compte sur vous, n'est-ce pas ?

Et Lupin retournait là-bas. Il y retournait comme un automate, parce qu'on lui avait ordonné d'agir ainsi, et qu'il n'avait plus de volonté par lui-même.

Des heures, il attendit à la gare. Machinalement il mangea, prit son billet et s'installa dans un compartiment.

Il dormit mal, la tête brûlante, avec des cauchemars et avec des intervalles d'éveil confus où il cherchait à comprendre pourquoi Massier ne s'était pas défendu.

— C'était un fou... sûrement... un demi-fou... Il l'a connue autrefois et elle a empoisonné sa vie... elle l'a détraqué... Alors, autant mourir... Pourquoi se défendre ?

L'explication ne le satisfaisait qu'à moitié, et il se promettait bien, un jour ou l'autre, d'éclaircir cette énigme et de savoir le rôle exact que Massier avait tenu dans l'existence de Dolorès. Mais qu'importait pour l'instant ! Un seul fait apparaissait nettement : la folie de Massier, et il se répétait avec obstination :

— C'était un fou... ce Massier était certainement fou. D'ailleurs, tous ces Massier, une famille de fous...

Il délirait, embrouillant les noms, le cerveau affaibli.

Mais, en descendant à la gare de Bruggen, il eut, au grand air frais du matin, un sursaut de conscience. Brusquement les choses prenaient un autre aspect. Et il s'écria :

— Eh ! tant pis, après tout ! il n'avait qu'à protester... Je ne suis responsable de rien, c'est lui qui s'est suicidé... Ce n'est qu'un comparse dans l'aventure... Il succombe... Je le regrette... Mais quoi !

Le besoin d'agir l'enivrait de nouveau. Et, bien que blessé, torturé par ce crime dont il se savait malgré tout l'auteur, il regardait cependant vers l'avenir.

« Ce sont les accidents de la guerre. N'y pensons pas. Rien n'est perdu. Au contraire ! Dolorès était l'écueil, puisque Pierre Leduc l'aimait. Dolorès est morte. Donc Pierre Leduc m'appartient. Et il épousera Geneviève, comme je l'ai décidé ! Et il régnera ! Et je serai le maître ! Et l'Europe, l'Europe est à moi ! »

Il s'exaltait, rasséréné, plein d'une confiance subite, tout fiévreux, gesticulant sur la route, faisant des moulinets avec une épée imaginaire, l'épée du chef qui veut, qui ordonne, et qui triomphe.

— Lupin, tu seras roi ! Tu seras roi, Arsène Lupin. »

Au village de Bruggen, il s'informa et apprit que Pierre Leduc avait déjeuné la veille à l'auberge. Depuis, on ne l'avait pas vu.

— Comment, dit Lupin, il n'a pas couché ?

— Non.

— Mais où est-il parti après son déjeuner ?

— Sur la route du château.

Lupin s'en alla, assez étonné. Il avait pourtant prescrit au jeune homme de fermer les portes et de ne plus revenir après le départ des domestiques.

Tout de suite il eut la preuve que Pierre lui avait désobéi : la grille était ouverte.

Il entra, parcourut le château, appela. Aucune réponse.

Soudain, il pensa au chalet. Qui sait ! Pierre Leduc, en peine de celle qu'il aimait, et dirigé par une intuition, avait peut-être cherché de ce côté. Et le cadavre de Dolorès était là !

Très inquiet, Lupin se mit à courir.

À première vue, il ne semblait y avoir personne au chalet.

— Pierre ! Pierre ! cria-t-il.

N'entendant pas de bruit, il pénétra dans le vestibule et dans la chambre qu'il avait occupée.

Il s'arrêta, cloué sur le seuil.

Au-dessus du cadavre de Dolorès, Pierre Leduc pendait, une corde au cou, mort.

III

Impassible, Lupin se contracta des pieds à la tête. Il ne voulait pas s'abandonner à un geste de désespoir. Il ne voulait pas prononcer une seule parole de violence. Après les coups atroces que la destinée lui assenait, après les crimes et la mort de Dolorès, après l'exécution de Massier, après tant de convulsions et de catastrophes, il sentait la nécessité absolue de conserver sur lui-même tout son empire. Sinon, sa raison sombrait...

— Idiot ! fit-il en montrant le poing à Pierre Leduc... triple idiot, tu ne pouvais pas attendre ? Avant dix ans, nous reprenions l'Alsace-Lorraine.

Par diversion, il cherchait des mots à dire, des attitudes, mais ses idées lui échappaient, et son crâne lui semblait près d'éclater.

— Ah ! non, non, s'écria-t-il, pas de ça, Lisette ! Lupin, fou, lui aussi ! Ah ! non, mon petit ! Flanque-toi une balle dans la tête si ça t'amuse, soit, et, au fond, je ne vois pas d'autre dénouement possible. Mais Lupin gaga, en petite voiture, ça, non ! En beauté, mon bonhomme, finis en beauté !

Il marchait en frappant du pied et en levant les genoux très haut, comme font certains acteurs pour simuler la folie. Et il proférait :

— Crânons, mon vieux, crânons, les dieux te contemplent. Le nez en l'air ! et de l'estomac, crebleu ! du plastron ! Tout s'écroule autour de toi ?... Qu'èque ça t'fiche ? C'est le désastre, rien ne va plus, un royaume à l'eau, je perds l'Europe, l'univers s'évapore ?... Eh ben, après ? Rigole donc ! Sois Lupin ou t'es dans le lac... Allons, rigole ! Plus fort que ça... À la bonne heure... Dieu que c'est drôle ! Dolorès, une cigarette, ma vieille !

Il se baissa avec un ricanement, toucha le visage de la morte, vacilla un instant et tomba sans connaissance.

Au bout d'une heure il se releva. La crise était finie, et, maître de lui, ses nerfs détendus, sérieux et taciturne, il examinait la situation.

Il sentait le moment venu des décisions irrévocables. Son existence s'était brisée net, en quelques jours, sous l'assaut de catastrophes imprévues, se ruant les unes après les autres à la minute même où il croyait son triomphe assuré. Qu'allait-il faire ? Recommencer ? Reconstruire ? Il n'en avait pas le courage. Alors ?

Toute la matinée il erra dans le parc, promenade tragique où la situation lui apparut en ses moindres détails et où, peu à peu, l'idée de la mort s'imposait à lui avec une rigueur inflexible.

Mais, qu'il se tuât ou qu'il vécût, il y avait tout d'abord une série d'actes précis qu'il lui fallait accomplir. Et ces actes, son cerveau, soudain apaisé, les voyait clairement.

L'horloge de l'église sonna l'Angélus de midi.

— À l'œuvre, dit-il, et sans défaillance.

Il revint vers le chalet, très calme, rentra dans sa chambre, monta sur un escabeau, et coupa la corde qui retenait Pierre Leduc.

— Pauvre diable, dit-il, tu devais finir ainsi, une cravate de chanvre au cou. Hélas ! Tu n'étais pas fait pour les grandeurs... J'aurais dû prévoir ça, et ne pas attacher ma fortune à un faiseur de rimes.

Il fouilla les vêtements du jeune homme et n'y trouva rien. Mais, se rappelant le second portefeuille de Dolorès, il le prit dans la poche où il l'avait laissé.

Il eut un mouvement de surprise. Le portefeuille contenait un paquet de lettres dont l'aspect lui était familier, et dont il reconnut aussitôt les écritures diverses.

— Les lettres de l'Empereur ! murmura-t-il. Les lettres au vieux Chancelier !... tout le paquet que j'ai repris moi-même chez Léon Massier et que j'ai donné au comte de Waldemar... Comment se fait-il ?... Est-ce qu'elle l'avait repris à son tour à ce crétin de Waldemar ?

Et, tout à coup, se frappant le front :

— Eh non, le crétin, c'est moi. Ce sont les vraies lettres, celles-là ! Elle les avait gardées pour faire chanter l'Empereur au bon moment. Et les autres, celles que j'ai rendues, sont fausses, copiées par elle évidemment, ou par un complice, et mises à ma portée... Et j'ai coupé dans le pont, comme un bleu ! Fichtre, quand les femmes s'en mêlent...

Il n'y avait plus qu'un carton dans le portefeuille, une photographie. Il regarda. C'était la sienne.

— Deux photographies... Massier et moi, ceux qu'elle aima le plus sans doute... Car elle m'aimait... Amour bizarre, fait d'admiration pour l'aventurier que je suis, pour l'homme qui démolissait à lui seul les sept bandits qu'elle avait chargés de m'assommer. Amour étrange ! je l'ai senti palpiter en elle l'autre jour quand j'ai dit mon grand rêve de toute-puissance ! Là, vraiment, elle eut l'idée de sacrifier Pierre Leduc et de soumettre son rêve au mien. S'il n'y avait pas eu l'incident du miroir, elle était domptée. Mais elle eut peur. Je touchais à la vérité. Pour son salut, il fallait ma mort, et elle s'y décida.

Plusieurs fois, il répéta pensivement :

— Et pourtant, elle m'aimait... Oui, elle m'aimait, comme d'autres m'ont aimé... d'autres à qui j'ai porté malheur aussi... Hélas ! toutes celles qui m'aiment meurent... Et celle-là meurt aussi, étranglée par moi... À quoi bon vivre ?...

À voix basse, il redit :

— À quoi bon vivre ? Ne vaut-il pas mieux les rejoindre, toutes ces femmes qui m'ont aimé ?... et qui sont mortes de leur amour, Sonia, Raymonde, Clotilde Destange, miss Clarke ?...

Il étendit les deux cadavres l'un près de l'autre, les recouvrit d'un même voile, s'assit devant une table et écrivit :

« *J'ai triomphé de tout : et je suis vaincu. J'arrive au but et je tombe. Le destin est plus fort que moi... Et celle que j'aimais n'est plus. Je meurs aussi.* »

Et il signa : *Arsène Lupin*.

Il cacheta la lettre et l'introduisit dans un flacon qu'il jeta par la fenêtre, sur la terre molle d'une plate-bande.

Ensuite il fit un grand tas sur le parquet avec de vieux journaux, de la paille et des copeaux qu'il alla chercher dans la cuisine.

Là-dessus il versa du pétrole.

Puis il alluma une bougie qu'il jeta parmi les copeaux.

Toute de suite, une flamme courut, et d'autres flammes jaillirent, rapides, ardentes, crépitantes.

— En route, dit Lupin, le chalet est en bois : ça va flamber comme une allumette. Et quand on arrivera du village, le temps de forcer les grilles, de courir jusqu'à cette extrémité du parc trop tard ! On trouvera des cendres, deux cadavres calcinés, et, près de là, dans une bouteille, mon billet de faire-part... Adieu Lupin ! Bonnes gens, enterrez-moi sans cérémonie... Le corbillard des pauvres... Ni fleurs, ni couronnes... Une humble croix, et cette épitaphe :

CI-GIT ARSÈNE LUPIN, AVENTURIER

Il gagna le mur d'enceinte, l'escalada et, se retournant, aperçut les flammes qui tourbillonnaient dans le ciel...

Il s'en revint à pied vers Paris, errant, le désespoir au cœur, courbé par le destin.

Et les paysans s'étonnaient de voir ce voyageur qui payait ses repas de trente sous avec des billets de banque.

Trois voleurs de grand chemin l'attaquèrent, un soir, en pleine forêt. À coups de bâton, il les laissa quasi morts sur place...

Il passa huit jours dans une auberge. Il ne savait où aller... Que faire ? À quoi se raccrocher ? La vie le lassait. Il ne voulait plus vivre... il ne voulait plus vivre...

— C'est toi !

Mme Ernemont, dans la petite pièce de la villa de Garches, se tenait debout, tremblante, effarée, livide, les yeux grands ouverts sur l'apparition qui se dressait en face d'elle.

Lupin !... Lupin était là !

— Toi ! dit-elle... Toi !... Mais les journaux ont raconté...

Il sourit tristement.

— Oui, je suis mort.

— Eh bien... eh bien... dit-elle naïvement...

— Tu veux dire que, si je suis mort, je n'ai rien à faire ici. Crois bien que j'ai des raisons sérieuses, Victoire.

— Comme tu as changé ! fit-elle avec compassion.

— Quelques légères déceptions... Mais c'est fini. Écoute, Geneviève est là ?

Elle bondit sur lui, subitement furieuse.

— Tu vas la laisser, hein ? Geneviève ! revoir Geneviève ! la reprendre ! Ah ! mais cette fois, je ne la lâche plus. Elle est revenue fatiguée, toute pâlie, inquiète, et c'est à peine si elle retrouve ses belles couleurs. Tu la laisseras, je te le jure.

Il appuya fortement sa main sur l'épaule de la vieille femme.

— Je *veux*... tu entends... je *veux* lui parler.

— Non.

— Je lui parlerai.

Il la bouscula. Elle se remit d'aplomb, et, les bras croisés :

— Tu me passerais plutôt sur le corps, vois-tu. Le bonheur de la petite est ici, pas ailleurs... Avec toutes tes idées d'argent et de noblesse, tu la rendrais malheureuse. Et ça, non. Qu'est-ce que c'est que ton Pierre Leduc ? et ton Veldenz ? Geneviève, duchesse ! Tu es fou. Ce n'est pas sa vie. Au fond, vois-tu, tu n'as pensé qu'à toi là-dedans. C'est ton pouvoir, ta fortune que tu voulais. La petite, tu t'en moques. T'es-tu seulement demandé si elle l'aimait, ton sacripant de grand-duc ? T'es-tu seulement demandé si elle aimait quelqu'un ? Non, tu as poursuivi ton but, voilà tout, au risque de blesser Geneviève, et de la rendre malheureuse pour le reste de sa vie. Eh bien ! je ne veux pas. Ce qu'il lui faut, c'est une existence simple, honnête, et celle-là tu ne peux pas la lui donner. Alors, que viens-tu faire ?

Il parut ébranlé, mais tout de même, la voix basse, avec une grande tristesse, il murmura :

— Il est impossible que je ne la voie plus jamais. Il est impossible que je ne lui parle pas...

— Elle te croit mort.

— C'est cela que je ne veux pas ! Je veux qu'elle sache la vérité. C'est une torture de songer qu'elle pense à moi comme à quelqu'un qui n'est plus. Amène-la, Victoire.

Il parlait d'une voix si douce, si désolée, qu'elle fut tout attendrie, et lui demanda :

— Écoute... avant tout, je veux savoir... Ça dépendra de ce que tu as à lui dire... Sois franc, mon petit... Qu'est-ce que tu lui veux, à Geneviève ?

Il prononça gravement :

— Je veux lui dire ceci : « Geneviève, j'avais promis à ta mère de te donner la fortune, la puissance, une vie de conte de fées. Et ce jour-là, mon but atteint, je t'aurais demandé une petite place, pas bien loin de toi. Heureuse et riche, tu aurais oublié, oui, j'en suis sûr, tu aurais oublié ce que je suis, ou plutôt ce que j'étais. Par malheur, le destin est plus fort que moi. Je ne t'apporte ni la fortune, ni la puissance. Je ne t'apporte rien. Et c'est moi au contraire qui ai besoin de toi. Geneviève, peux-tu m'aider ? »

— À quoi ? fit la vieille femme anxieuse.

— À vivre...

— Oh ! dit-elle, tu en es là, mon pauvre petit...

— Oui, répondit-il simplement, sans douleur affectée oui, j'en suis là. Trois êtres viennent de mourir, que j'ai tués, que j'ai tués de mes mains. Le poids du souvenir est trop lourd. Je suis seul. Pour la première fois de mon existence, j'ai besoin de secours. J'ai le droit de demander ce secours à Geneviève. Et son devoir est de me l'accorder... Sinon...

— Sinon ?...

— Tout est fini.

La vieille femme se tut, pâle et frémissante. Elle retrouvait toute son affection pour celui qu'elle avait nourri de son lait, jadis, et qui restait, encore et malgré tout, « son petit ». Elle demanda :

— Qu'est-ce que tu feras d'elle ?

— Nous voyagerons... Avec toi, si tu veux nous suivre...

— Mais tu oublies... tu oublies...

— Quoi ?

— Ton passé...

— Elle l'oubliera aussi. Elle comprendra que je ne suis plus cela, et que je ne peux plus l'être.

— Alors, vraiment, ce que tu veux, c'est qu'elle partage ta vie, la vie de Lupin ?

— La vie de l'homme que je serai, de l'homme qui travaillera pour qu'elle soit heureuse, pour qu'elle se marie selon ses goûts. On s'installera dans quelque coin du monde. On luttera ensemble, l'un près de l'autre. Et tu sais ce dont je suis capable…

Elle répéta lentement, les yeux fixés sur lui :

— Alors, vraiment, tu veux qu'elle partage la vie de Lupin ?

Il hésita une seconde, à peine une seconde et affirma nettement :

— Oui, oui, je le veux, c'est mon droit…

— Tu veux qu'elle abandonne tous les enfants auxquels elle s'est dévouée, toute cette existence de travail qu'elle aime et qui lui est nécessaire ?

— Oui, je le veux, c'est son devoir.

La vieille femme ouvrit la fenêtre et dit :

— En ce cas, appelle-la.

Geneviève était dans le jardin, assise sur un banc. Quatre petites filles se pressaient autour d'elle. D'autres jouaient et couraient.

Il la voyait de face. Il voyait ses yeux souriants et graves. Une fleur à la main, elle détachait un à un les pétales et donnait des explications aux enfants attentives et curieuses. Puis elle les interrogeait. Et chaque réponse valait à l'élève la récompense d'un baiser.

Lupin la regarda longtemps avec une émotion et une angoisse infinies. Tout un levain de sentiments ignorés fermentait en lui. Il avait une envie de serrer cette belle jeune fille contre lui, de l'embrasser, et de lui dire son respect et son affection. Il se souvenait de la mère, morte au petit village d'Aspremont, morte de chagrin…

— Appelle-la donc, reprit Victoire.

Il s'écroula sur un fauteuil en balbutiant :

— Je ne peux pas… Je ne peux pas… Je n'ai pas le droit… C'est impossible… Qu'elle me croie mort… Ça vaut mieux…

Il pleurait, les épaules secouées de sanglots, bouleversé par un désespoir immense, gonflé d'une tendresse qui se levait en lui, comme ces fleurs tardives qui meurent le jour même où elles éclosent.

La vieille s'agenouilla, et, d'une voix tremblante :

— C'est ta fille, n'est-ce pas ?

— Oui, c'est ma fille.

— Oh ! mon pauvre petit, dit-elle en pleurant, mon pauvre petit…

ÉPILOGUE

LE SUICIDE

I

– À cheval, dit l'Empereur.

Il se reprit :

— À âne plutôt, fit-il en voyant le magnifique baudet qu'on lui amenait. Waldemar, es-tu sûr que cet animal soit docile ?

— J'en réponds comme de moi-même, Sire, affirma le comte.

— En ce cas, je suis tranquille, dit l'Empereur en riant.

Et, se retournant vers son escorte d'officiers :

— Messieurs, à cheval.

Il y avait là, sur la place principale du village de Capri, toute une foule que contenaient des carabiniers italiens et, au milieu, tous les ânes du pays réquisitionnés pour faire visiter à l'Empereur l'île merveilleuse.

— Waldemar, dit l'Empereur, en prenant la tête de la caravane, nous commençons par quoi ?

— Par la villa de Tibère, Sire.

On passa sous une porte, puis on suivit un chemin mal pavé qui s'élève peu à peu sur le promontoire oriental de l'île.

L'Empereur était de mauvaise humeur et se moquait du colossal comte de Waldemar dont les pieds touchaient terre, de chaque côté du malheureux âne qu'il écrasait.

Au bout de trois quarts d'heure, on arriva d'abord au Saut-de-Tibère, rocher prodigieux, haut de trois cents mètres, d'où le tyran précipitait ses victimes à la mer…

L'Empereur descendit, s'approcha de la balustrade, et jeta un coup d'œil sur le gouffre. Puis il voulut marcher à pied jusqu'aux ruines de la villa de Tibère, où il se promena parmi les salles et les corridors écroulés.

Il s'arrêta un instant.

La vue était magnifique sur la pointe de Sorrente et sur toute l'île de Capri. Le bleu ardent de la mer dessinait la courbe admirable du golfe, et les odeurs fraîches se mêlaient au parfum des citronniers.

— Sire, dit Waldemar, c'est encore plus beau, de la petite chapelle de l'ermite, qui est au sommet.

— Allons-y.

Mais l'ermite descendait lui-même, le long d'un sentier abrupt. C'était un vieillard, à la marche hésitante, au dos voûté. Il portait le registre où les voyageurs inscrivaient d'ordinaire leurs impressions.

Il installa ce registre sur un banc de pierre.

— Que dois-je écrire ? dit l'Empereur.

— Votre nom, Sire, et la date de votre passage… et ce qu'il vous plaira.

L'Empereur prit la plume que lui tendait l'ermite et se baissa.

— Attention, Sire, attention !

Des hurlements de frayeur… un grand fracas du côté de la chapelle… l'Empereur se retourna. Il eut la vision d'un rocher énorme qui roulait en trombe au-dessus de lui.

Au même moment il était empoigné à bras-le-corps par l'ermite et projeté à dix mètres de distance.

Le rocher vint se heurter au banc de pierre devant lequel se tenait l'Empereur un quart de seconde auparavant, et brisa le banc en morceaux.

Sans l'intervention de l'ermite, l'Empereur était perdu.

Il lui tendit la main, et dit simplement :

— Merci.

Les officiers s'empressaient autour de lui.

— Ce n'est rien, messieurs… Nous en serons quitte pour la peur… mais une jolie peur, je l'avoue… Tout de même, sans l'intervention de ce brave homme…

Et, se rapprochant de l'ermite :

— Votre nom, mon ami ?

L'ermite avait gardé son capuchon. Il l'écarta un peu, et tout bas, de façon à n'être entendu que de son interlocuteur, il dit :

— Le nom d'un homme qui est très heureux que vous lui ayez donné la main, Sire.

L'Empereur tressaillit et recula. Puis, se dominant aussitôt :

— Messieurs, dit-il aux officiers, je vous demanderai de monter jusqu'à la chapelle. D'autres rocs peuvent se détacher, et il serait peut-être prudent de prévenir les autorités du pays. Vous me rejoindrez ensuite. J'ai à remercier ce brave homme.

Il s'éloigna, accompagné de l'ermite. Et quand ils furent seuls, il dit :

— Vous ! Pourquoi ?

— J'avais à vous parler, Sire. Une demande d'audience me l'auriez-vous accordée ? J'ai préféré agir directement, et je pensais me faire reconnaître pendant que Votre Majesté signait le registre… quand ce stupide accident…

— Bref ? dit l'Empereur.

— Les lettres que Waldemar vous a remises de ma part, Sire, ces lettres sont fausses.

L'Empereur eut un geste de vive contrariété.

— Fausses ? Vous en êtes certain ?

— Absolument, Sire.

— Pourtant, ce Malreich…

— Le coupable n'était pas Malreich.

— Qui, alors ?

— Je demande à Votre Majesté de considérer ma réponse comme secrète : Le vrai coupable était Mme Kesselbach.

— La femme même de Kesselbach ?

— Oui, Sire. Elle est morte maintenant. C'est elle qui avait fait ou fait faire les copies qui sont en votre possession. Elle gardait les vraies lettres.

— Mais où sont-elles ? s'écria l'Empereur. C'est là l'important ! Il faut les retrouver à tout prix ! J'attache à ces lettres une valeur considérable…

— Les voilà, Sire.

L'Empereur eut un moment de stupéfaction. Il regarda Lupin, il regarda les lettres, leva de nouveau les yeux sur Lupin, puis empocha le paquet sans l'examiner.

Évidemment, cet homme, une fois de plus, le déconcertait. D'où venait donc ce bandit qui, possédant une arme aussi terrible, la livrait de la sorte, généreusement, sans condition ? Il lui eût été si simple de garder les lettres et d'en user à sa guise ! Non, il avait promis. Il tenait sa parole.

Et l'Empereur songeait à toutes les choses étonnantes que cet homme avait accomplies.

Il lui dit :

— Les journaux ont donné la nouvelle de votre mort…

— Oui, Sire. En réalité, je suis mort. Et la justice de mon pays, heureuse de se débarrasser de moi, a fait enterrer les restes calcinés et méconnaissables de mon cadavre.

— Alors, vous êtes libre ?

— Comme je l'ai toujours été.

— Plus rien ne vous attache à rien ?…

— Plus rien.

— En ce cas…

L'Empereur hésita, puis, nettement :

— En ce cas, entrez à mon service. Je vous offre le commandement de ma police personnelle. Vous serez le maître absolu. Vous aurez tous pouvoirs, même sur l'autre police.

— Non, Sire.

— Pourquoi ?

— Je suis Français.

Il y eut un silence. La réponse déplaisait à l'Empereur. Il dit :

— Cependant, puisqu'aucun lien ne vous attache plus…

— Celui-là ne peut pas se dénouer, Sire.

Et il ajouta en riant :

— Je suis mort comme homme, mais vivant comme Français. Je suis sûr que Votre Majesté comprendra.

L'Empereur fit quelques pas de droite et de gauche. Et il reprit :

— Je voudrais pourtant m'acquitter. J'ai su que les négociations pour le grand-duché de Veldenz étaient rompues.

— Oui, Sire. Pierre Leduc était un imposteur. Il est mort.

— Que puis-je faire pour vous ? Vous m'avez rendu ces lettres… Vous m'avez sauvé la vie… Que puis-je faire ?

— Rien, Sire.

— Vous tenez à ce que je reste votre débiteur ?

— Oui, Sire.

L'Empereur regarda une dernière fois cet homme étrange qui se posait devant lui en égal. Puis il inclina légèrement la tête et, sans un mot de plus, s'éloigna.

— Eh ! la Majesté, je t'en ai bouché un coin, dit Lupin en le suivant des yeux.

Et, philosophiquement :

— Certes, la revanche est mince, et j'aurais mieux aimé reprendre l'Alsace-Lorraine… Mais, tout de même…

Il s'interrompit et frappa du pied.

— Sacré Lupin ! tu seras donc toujours le même, jusqu'à la minute suprême de ton existence, odieux et cynique ! De la gravité, bon sang ! l'heure est venue, ou jamais, d'être grave !

Il escalada le sentier qui conduisait à la chapelle et s'arrêta devant l'endroit d'où le roc s'était détaché.

Il se mit à rire.

— L'ouvrage était bien fait, et les officiers de Sa Majesté n'y ont vu que du feu. Mais comment auraient-ils pu deviner que c'est moi-même qui ai travaillé ce roc, que, à la dernière seconde, j'ai donné le coup de pioche définitif, et que ledit roc a roulé suivant le chemin que j'avais tracé entre lui… et un Empereur dont je tenais à sauver la vie ?

Il soupira :

— Ah ! Lupin, que tu es compliqué ! Tout cela parce que tu avais juré que cette Majesté te donnerait la main ! Te voilà bien avancé…

« La main d'un Empereur n'a pas plus de cinq doigts », comme eût dit Victor Hugo.

Il entra dans la chapelle et ouvrit, avec une clef spéciale, la porte basse d'une petite sacristie.

Sur un tas de paille gisait un homme, les mains et les jambes liées, un bâillon à la bouche.

— Eh bien ! l'ermite, dit Lupin, ça n'a pas été trop long, n'est-ce pas ? Vingt-quatre heures au plus… Mais ce que j'ai bien travaillé pour ton compte ! Figure-toi que tu viens de sauver la vie de l'Empereur… Oui, mon vieux. Tu es l'homme qui a sauvé la vie de l'Empereur. C'est la fortune. On va te construire une cathédrale et t'élever une statue. Tiens, prends tes habits.

Abasourdi, presque mort de faim, l'ermite se releva en titubant.

Lupin se rhabilla vivement et lui dit :

— Adieu, digne vieillard. Excuse-moi pour tous ces petits tracas. Et prie pour moi. Je vais en avoir besoin. L'éternité m'ouvre ses portes toutes grandes. Adieu !

Il resta quelques secondes sur le seuil de la chapelle. C'était l'instant solennel où l'on hésite, malgré tout, devant le terrible dénouement. Mais sa résolution était irrévocable et, sans plus réfléchir, il s'élança, redescendit la pente en courant, traversa la plate-forme du Saut-de-Tibère et enjamba la balustrade.

— Lupin, je te donne trois minutes pour cabotiner. À quoi bon ? diras-tu, il n'y a personne… Et toi, tu n'es donc pas là ? Ne peux-tu jouer ta dernière comédie pour toi-même ? Bigre, le spectacle en vaut la peine… Arsène Lupin, pièce héroï-comique en quatre-vingts tableaux… La toile se lève sur le tableau de la mort et le rôle est tenu par Lupin en personne… Bravo, Lupin !… Touchez mon cœur, mesdames et messieurs… soixante-dix pulsations à la minute… Et le sourire aux lèvres ! Bravo ! Lupin ! Ah ! le drôle, en a-t-il du panache ! Eh ! bien, saute marquis… Tu es prêt ? C'est l'aventure suprême, mon bonhomme. Pas de regrets ? Des regrets ? Et pourquoi, mon Dieu ! Ma vie fut magnifique. Ah ! Dolorès ! Si tu n'étais pas venue, monstre abominable ! Et toi, Malreich, pourquoi n'as-tu pas parlé ?… Et toi, Pierre Leduc… Me voici ! Mes trois morts, je vais vous rejoindre… Oh ! ma Geneviève, ma chère Geneviève… Ah ! ça, mais est-ce fini, vieux cabot ?… Voilà ! Voilà ! j'accours…

Il passa l'autre jambe, regarda au fond du gouffre la mer immobile et sombre, et relevant la tête :

— Adieu, nature immortelle et bénie ! *Moriturus te salutat !* Adieu, tout ce qui est beau ! Adieu, splendeur des choses ! Adieu, la vie !

Il jeta des baisers à l'espace, au ciel, au soleil… Et, croisant les bras, il sauta.

II

Sidi-bel-Abbes. La caserne de la Légion étrangère. Près de la salle des rapports, une petite pièce basse où un adjudant fume et lit son journal.

À côté de lui, près de la fenêtre ouverte sur la cour, deux grands diables de sous-offs jargonnent un français rauque, mêlé d'expressions germaniques.

La porte s'ouvrit. Quelqu'un entra. C'était un homme mince, de taille moyenne, élégamment vêtu.

L'adjudant se leva, de mauvaise humeur contre l'intrus, et grogna :

— Ah ! ça, que fiche donc le planton de garde ?… Et vous, monsieur, que voulez-vous ?

— Du service.

Cela fut dit nettement, impérieusement.

Les deux sous-offs eurent un rire niais. L'homme les regarda de travers.

— En deux mots, vous voulez vous engager à la Légion ? demanda l'adjudant.

— Oui, je le veux, mais à une condition.

— Des conditions, fichtre ! Et laquelle ?

— C'est de ne pas moisir ici. Il y a une compagnie qui part pour le Maroc. J'en suis.

L'un des sous-offs ricana de nouveau, et on l'entendit qui disait :

— Les Marocains vont passer un fichu quart d'heure. Monsieur s'engage…

— Silence ! cria l'homme, je n'aime pas qu'on se moque de moi.

Le ton était sec et autoritaire.

Le sous-off, un géant, l'air d'une brute, riposta :

— Eh ! le bleu, faudrait me parler autrement… Sans quoi…

— Sans quoi ?

— On verrait comment je m'appelle…

L'homme s'approcha de lui, le saisit par la taille, le fit basculer sur le rebord de la fenêtre et le jeta dans la cour. Puis il dit à l'autre :

— À ton tour. Va-t'en.

L'autre s'en alla.

L'homme revint aussitôt vers l'adjudant et lui dit :

— Mon lieutenant, je vous prie de prévenir le major que don Luis Perenna, grand d'Espagne et Français de cœur, désire prendre du service dans la Légion étrangère. Allez, mon ami.

L'autre ne bougeait pas, confondu.

— Allez, mon ami, et tout de suite, je n'ai pas de temps à perdre.

L'adjudant se leva, considéra d'un œil ahuri ce stupéfiant personnage, et, le plus docilement du monde, sortit.

Alors, Lupin prit une cigarette, l'alluma et, à haute voix, tout en s'asseyant à la place de l'adjudant, il précisa :

— Puisque la mer n'a pas voulu de moi, ou plutôt puisque, au dernier moment, je n'ai pas voulu de la mer, nous allons voir si les balles des Marocains sont plus compatissantes. Et puis, tout de même, ce sera plus chic… Face à l'ennemi, Lupin, et pour la France !…

UNE AVENTURE D'ARSÈNE LUPIN

PERSONNAGES
ARSÈNE LUPIN
DIMBLEVAL, sculpteur, 55 ans
MARESCOT, sous-chef de la Sûreté
UN COMPLICE
UN AGENT DE POLICE
AGENTS DE LA SÛRETÉ ET AGENTS DE POLICE
MARCELINE, fille de DIMBLEVAL

La scène représente un atelier de sculpteur avec, sur la droite, en avant, un paravent qui dissimule à demi une sorte de cabinet de toilette pour les modèles. Au fond, la porte principale. Quand elle est ouverte, on aperçoit un vestibule avec la porte d'entrée. À gauche, deux portes : à droite, tout à fait au premier plan, une porte plus lourde avec verrous et chaîne de sûreté. L'atelier n'a pas de fenêtres, mais un vitrage en plan incliné formant une partie du plafond. Un secrétaire, tabourets, stèles, ébauches, chevalets, quelques fauteuils et chaises de cuir, robes, manteaux et accessoires pour modèles. Téléphone sur la table. Une statue de Cupidon. Au lever du rideau, la scène est vide, l'électricité éteinte. La porte d'entrée du fond s'ouvre vivement. Marceline entre en robe de bal, suivie de son père. Dimbleval, Marceline

MARCELINE, essoufflée. – Tu n'as vu personne dans l'escalier ?
DIMBLEVAL, tout en barricadant la porte du vestibule, chaîne et verrous. – Eh non, personne.
MARCELINE. – En tout cas, nous avons été suivis. (Elle allume.)
DIMBLEVAL. – Mais par qui, mon Dieu !
MARCELINE. – Quelqu'un nous épiait à la porte de Mme Valton-Trémor.
DIMBLEVAL. – Marceline, tu es absurde avec tes frayeurs.

MARCELINE. – Absurde ! aussi pourquoi m'obliges-tu à mettre ce collier ? (Elle va dans sa chambre par la porte de gauche, au fond, retire son manteau et revient.)

DIMBLEVAL. – Comment ! ma fille, un collier historique, qui m'a rendu célèbre : « Dimbleval ? Ah ! oui, le sculpteur qui offre à sa fille des colliers d'émeraudes ! » Ce qui m'a valu la commande de mon Cupidon, ma plus belle oeuvre !...

MARCELINE. – Il ne m'appartient même pas...

DIMBLEVAL. – Qu'est-ce que tu chantes ? J'ai prêté dix mille francs à la duchesse de Brèves contre le dépôt de ce collier. Elle n'a pas pu me les rendre à la date fixée. Tant pis pour elle.

MARCELINE. – Mais il en vaut dix fois plus.

DIMBLEVAL. – Tant mieux pour moi.

MARCELINE. – Il paraît que tu n'as pas le droit, papa.

DIMBLEVAL. – Ah ! oui ! le prêt sur gage !... Que veux-tu, fifille, il faut bien se créer quelques ressources puisque l'art ne suffit plus aujourd'hui.

MARCELINE. – Cela te regarde, papa. En attendant, moi, je ne vis pas quand ton collier est ici. Un jour ou l'autre, quelque malfaiteur...

DIMBLEVAL. – Mais puisque je le reporte demain au Crédit Lyonnais.

MARCELINE. – Et si on vient, cette nuit ?

DIMBLEVAL. – Pourquoi, cette nuit ?

MARCELINE. – Ce matin, ton modèle, le vieux Russe, t'a parfaitement vu quand tu le mettais dans ce secrétaire.

DIMBLEVAL. – Ah ? Aussi le mettrai-je ailleurs... n'importe où... dans un endroit où précisément l'on ne cache rien de précieux... Tiens, dans ce vase, là, aucun danger... (Il met le collier dans un vase de fleurs. Soudain, la sonnerie du téléphone retentit. Ils se regardent. Nouvelle sonnerie.)

DIMBLEVAL, à voix basse. – Le téléphone...

MARCELINE. – Oui, eh bien, vas-y, papa.

DIMBLEVAL. – Le téléphone à deux heures du matin. (Il décroche vivement.) Allô... oui, c'est moi... La Préfecture de police ?... Eh bien ? Vous dites ? (Avec une inquiétude grandissante :) Hein?... Quoi?... Est-ce possible ?... Allô... zut... coupé !

MARCELINE. – Qu'y a-t-il ?

DIMBLEVAL, raccrochant le récepteur. – Un rapport au service de la Sûreté, nous sommes menacés d'un vol, pour cette nuit.

MARCELINE. – Le collier ! Tu vois ! Mais c'est affreux ! Et les domestiques à qui tu as donné congé !

DIMBLEVAL. – Six inspecteurs sont en route sous la direction du sous-chef Marescot, que je connais justement...

MARCELINE. – S'ils arrivaient trop tard !

DIMBLEVAL. – Eh bien quoi ! Je suis là ! Et puis, nous sommes trois locataires dans la maison.

MARCELINE. – Mais l'entrée particulière de tes modèles ?

DIMBLEVAL, après avoir vérifié la chaîne et le verrou. – Prends la clef.

MARCELINE. – Qu'est-ce que tu fais ?

DIMBLEVAL, saisissant le vase et allant vers la chambre de sa fille. – J'emporte le collier.

MARCELINE. – Dans ma chambre ?

DIMBLEVAL. – Oui, je reste avec toi jusqu'à l'arrivée...

MARCELINE. – Mais je n'en veux pas. Laisse-le ici.

DIMBLEVAL, il pose le vase sur le secrétaire. – Tu as raison. D'ailleurs, il n'y a pas de meilleure cachette. On le cherchera partout, excepté là, je suis tranquille.

MARCELINE. – Ça m'est égal. Il n'est pas dans ma chambre. (Il éteint l'électricité et chacun entre chez soi. La scène reste vide, un moment, illuminée par un magnifique clair de lune qui pénètre par le vitrage. Soudain, un léger bruit, en haut. Un des carreaux se soulève et l'on voit une grosse corde qui descend peu à peu, se balance et dont l'extrémité s'arrête à deux mètres du parquet. Et tout de suite une ombre se laisse glisser de haut en bas.)

LUPIN, tout en cherchant l'électricité. – Cordon s'il vous plaît !... Un peu de lumière... (Il allume. Lupin est déguisé en apache, longue blouse, chapeau, barbe rousse en éventail. Il prend une glace à main sur la table de toilette et se regarde.) T'en as une bouillotte ! T'as l'air d'une arsouille... Arsouille Lupin. Oh ! un revolver, moi qui ai oublié le mien ; ça va bien. Oh ! Qu'est-ce que c'est que ça ? Un vaporisateur?

LE COMPLICE, se penchant à moitié par la lucarne. – Lupin ! LUPIN. – Quoi ?

LE COMPLICE. – Vous êtes fou !

LUPIN. – Pourquoi ?

LE COMPLICE. – La lumière !

LUPIN. – Elle te gêne ?

LE COMPLICE. – Oui.

LUPIN. – Ferme les yeux. LE COMPLICE. – Mais…

LUPIN. – Ferme la bouche.

LE COMPLICE. – Patron…

LUPIN. – Ah ! dis donc, occupe-toi de ton échelle, Jacob.

LE COMPLICE. – Pourquoi m'appelez-vous Jacob ?

LUPIN, qui examine une photographie. – Tu ne comprendrais pas ! (À lui-même, se dirigeant vers le secrétaire.) Oh ! dis donc, c'est bien la jeune personne que j'ai aperçue au bal des Valton-Trémor… Toutes mes excuses, Mademoiselle, il a fallu revêtir l'humble uniforme du travailleur. Pauvre gosse, on va lui extraire ses émeraudes… Ah ! si le beurre n'était pas si cher ! (Il repose le portrait sur le secrétaire.) Voyons, d'après le plan du vieux Russe… (Il désigne les emplacements.) Le vestibule… le couloir précédant la chambre de la petite… celle de la victime… Ici, l'escalier des modèles… (Montrant le paravent.) Là, leur cabinet de toilette… Là, le secrétaire… Tout va bien. (Il tire de sa poche un sac dans lequel il y a un trousseau de clefs.) Le secrétaire… troisième tiroir, a dit le vieux Russe.

LE COMPLICE. – Oui, patron.

LUPIN. – Nous commençons. Le vol des émeraudes, drame en cinq actes, musique de Lupin. L'ouverture… en clef Arsène perfectionnée, à quatre temps… un… deux… trois… quatre… (Le meuble est ouvert.) Là !… comme une fleur… il te faudrait cinquante ans, à toi, pour trouver ça !… Ah ! ça ! par exemple.

LE COMPLICE. – Quoi ?

LUPIN. – Le troisième tiroir est vide.

LE COMPLICE. – Mais les autres ?

LUPIN, après un instant, se retournant furieux vers la porte de la chambre. – Goujat, va ! C'est vrai… on se dérange… on risque sa peau, et puis, la peau.

LE COMPLICE. – Alors, filons.

LUPIN, qui a un pied sur l'échelle, après une hésitation. – Ah ! non, pas encore, c'est trop bête. (Cherchant sur le secrétaire.) Il doit coucher avec, capon.

LE COMPLICE. – On va se faire pincer.

LUPIN. – La barbe ! (Il réfléchit, puis résolument :) Jacob ! LE COMPLICE. – Patron ?

LUPIN. – Remonte l'ascenseur !

LE COMPLICE. – Quoi ?

LUPIN. – Fais ce que je te dis. (L'échelle est enlevée.)

LE COMPLICE. – Et après ?

LUPIN. – Reste à l'affût. Surveille le boulevard. Si j'ai besoin de toi, je siffle, va ! (Il se dirige vers l'interrupteur, éteint et murmure :) Les trois coups… (Il frappe trois fois le parquet.) Rideau ! (Il court derrière le paravent et se dissimule en épiant à travers une fente. La porte de la chambre s'ouvre. Dimbleval apparaît. Il passe la tête, inquiet, et, allongeant le bras, allume.)

DIMBLEVAL, à sa fille qui apparaît sur le seuil, vêtue d'une matinée. – Personne.

MARCELINE. – Papa, regarde bien.

DIMBLEVAL, avançant. – Puisque je te dis qu'il n'y a personne.

MARCELINE. – Et la porte ?

DIMBLEVAL traverse la scène et va vers la porte du vestibule. – Je te dis qu'il n'y a personne.

MARCELINE. – Ah ! ce collier…

DIMBLEVAL, prenant le vase sur le secrétaire. – Pour cela, je suis tranquille, rien à craindre. Il n'a pas bougé. (Il montre le collier et le remet.) Ah ! et puis, je t'en prie, du calme ! (Ils sortent, Dimbleval éteint l'électricité.) Tu finiras par m'effrayer !

LUPIN, rallumant et allant au secrétaire. Il a pris le vase et examiné le collier. – Il est gentil ! Tiens, pour la peine, je lui laisse le vase et les fleurs. (il empoche le collier, revient près du trépied, appelle son complice :)

Psst ! (Un temps.) Tiens, qu'est-ce qu'il y a ?... Psst !... Jacob !...

LE COMPLICE, passant la tête, effaré. – Eh ! patron !

LUPIN. – Où étais-tu ?

LE COMPLICE. – De l'autre côté... Il y a des gens qui ont sonné en bas... une demi-douzaine d'hommes.

LUPIN. – Vite, l'ascenseur. (Le complice laisse glisser la corde.) Dépêche-toi donc... j'entends du bruit... Eh bien ? (À ce moment, on sonne à la porte du vestibule.)

LE COMPLICE. – Attention, patron, j'ai lâché la corde.

LUPIN. – Trop tard. Fiche ton camp.

LE COMPLICE. – Mais vous, patron ?

LUPIN. – Je m'arrangerai... grouille-toi... (Il éteint. La vitre reste ouverte, Lupin s'est caché derrière le paravent. Dimbleval sort de la chambre et allume.)

DIMBLEVAL. – Mais non, s'il y a du bruit, ce doit être la police. Qui est là ? Qui est là ?

UNE VOIX. – Marescot, sous-chef de la Sûreté.

DIMBLEVAL, en refermant. – Ah ! je commence à respirer. (Il traverse la scène, ouvre la porte du fond et passe dans le vestibule.) Voilà... j'arrive...

LUPIN court jusqu'au seuil du vestibule et observe. – Marescot, le sous-chef... eh bien, je suis frais, moi. (Il appelle à voix basse :) Jacob... Jacob... (Il déplace la table, la surmonte d'une stèle, mais la distance à la lucarne est trop grande, il murmure) Impossible !... Eh bien quoi, je ne vais pourtant pas me faire pincer !... Si je remettais le bijou ? (Après une seconde d'hésitation, il va vers la porte du fond et la ferme à clef On entend un tumulte et les deux battants sont ébranlés.)

DIMBLEVAL, criant dans la coulisse. – Y a personne ! Cassez pas ma porte, allez chercher le serrurier! (En un tournemain, Lupin défait sa blouse et son chapeau, les jette sur la table, au pied de la stèle, bien en apparence, et va se cacher derrière le paravent. Entrée brusque du sous-chef et de ses inspecteurs. Dimbleval fait jouer l'électricité. Lupin, dissimulé par le paravent, est en habit. Il a enlevé sa barbe rousse, s'est assis, et tranquillement, se démaquille.)

DIMBLEVAL, affolé. – Où est-il ?

LE SOUS-CHEF. – Il s'est caché.

DIMBLEVAL. – Eh bien ! regardez dans ma chambre, Marescot, il n'y a que là. Passez devant.

LE SOUS-CHEF, ouvrant. – Personne... Et derrière ce paravent ? (Il traverse la scène, Lupin a un geste d'attention. Mais le sous-chef aperçoit la table et la stèle.) Mais non, pas ici... tenez...

DIMBLEVAL – Impossible.

LE SOUS-CHEF. – Cependant... cette table... ce trépied... c'est certain. Il s'est enfui par les toits...

DIMBLEVAL. – Mais par où serait-il venu ?

LE SOUS-CHEF. – Par le même chemin.

DIMBLEVAL – C'est beaucoup trop haut !

LE SOUS-CHEF. – Regardez... Il avait des complices... la lucarne est encore ouverte... Peut-on monter sur les toits ?

DIMBLEVAL. – Il faut redescendre et demander à la concierge, l'escalier de service. Notre homme sera loin... si tant est qu'il soit venu par là.

LE SOUS-CHEF. – Eh quoi, mon cher, vous êtes aveugle. (Montrant la blouse.) Et cela ? Qu'est-ce que c'est ? C'est à vous ?

DIMBLEVAL – Non.

LE SOUS-CHEF. – Parbleu ! C'est la blouse de notre homme... il s'en est débarrassé pour mieux fuir... Et son chapeau, absolument le signalement que m'a donné le vieux Russe.

DIMBLEVAL – Comment, le vieux Russe, mon modèle ?

LE SOUS-CHEF. – Oui, on l'a ramassé dans un ruisseau, ivre mort, il a bavardé.

DIMBLEVAL. – C'est donc un complice ?

LE SOUS-CHEF. – Le complice d'un individu que nous recherchons depuis quelques jours... un homme à barbe rousse... un apache des plus dangereux. (Gestes appropriés de Lupin.) Nous savons par le Russe que le coup est pour cette nuit... on doit voler un collier.

DIMBLEVAL, tranquille. – Non.

LE SOUS-CHEF. – Mais si... un collier d'émeraudes enfermé dans un secrétaire.

DIMBLEVAL, ironique. – Dans celui-là, sans doute !

LE SOUS-CHEF. – Probablement.
DIMBLEVAL. – Non. Pas si bête…
LE SOUS-CHEF. – Cependant, vous avez un collier d'émeraudes.
DIMBLEVAL. – Oui… magnifique…
LE SOUS-CHEF. – Où est-il ?
DIMBLEVAL. – En lieu sûr, à l'abri de toutes recherches, j'en réponds.
LE SOUS-CHEF. – Mais encore ?
DIMBLEVAL. – Sous votre nez.
LE SOUS-CHEF. – Dimbleval !
DIMBLEVAL, désignant du doigt. – Là, dans ce vase… tout bonnement… Vous comprenez bien que jamais un cambrioleur ne pourra se douter. (Il regarde le vase, ahuri.) Ah !
LE SOUS-CHEF. – Quoi ?
DIMBLEVAL. – Volé ! (Il tombe assis sur un fauteuil.) Qu'on coure après lui… qu'on l'attrape… (Il se relève et se précipite vers la chambre de sa fille.) Marceline !… le collier !
MARCELINE, apparaissant. – Est-ce possible ?
DIMBLEVAL. – Hein ! je te l'avais assez dit… tu as voulu ce collier…
MARCELINE. – Mais qui l'a volé ?
DIMBLEVAL, avec une agitation croissante. – L'homme à barbe… à barbe rousse… un apache… un assassin.
LE SOUS-CHEF. – Un peu de calme, je vous en prie… Georges… Dupuis, montez là-haut.
DIMBLEVAL. – Oui ! Montez là-haut ! Ah ! si vous croyez qu'il les attendra !
LE SOUS-CHEF. – Cependant…
DIMBLEVAL, piétinant de rage. – Mais non ! Et l'autre maison ? L'hôtel du comte de Dreux, les toits communiquent.
LE SOUS-CHEF. – Eh bien… allons-y !
DIMBLEVAL, même jeu. – Et les jardins de l'hôtel ? Il sautera le mur.
LE SOUS-CHEF. – Nous arriverons avant lui.
DIMBLEVAL, même jeu. – Non, il faut faire un tour énorme par le boulevard. Ah ! c'est affreux !
LE SOUS-CHEF. – Cette porte…
DIMBLEVAL. – L'escalier de mes modèles.
LE SOUS-CHEF. – Où va-t-on ? Sur le boulevard ?
DIMBLEVAL, même jeu. – Non, sur la place. Donne la clef, Marceline.
MARCELINE. – Elle est dans ma chambre.
DIMBLEVAL. – Et puis non, pas la peine. (Il retombe sur le fauteuil.) Ça rallonge… Ah ! il vaut mieux, je ne sais pas, ah ! il…
LE SOUS-CHEF, à ses agents. – Varnier… sur la place, au bas de la sortie. Toi, Dupuis, cours au commissariat de la rue Nemours et ramène une demi-douzaine d'agents. Il a sûrement des complices.
DIMBLEVAL, se relevant et montrant la lucarne. – Et si le type revient par là… ma fille…
LE SOUS-CHEF. – Ah ! il n'y a pas d'apparence, mais que mademoiselle ne bouge pas de sa chambre… N'ouvrez à personne, mademoiselle, sauf à votre père et à moi… D'ailleurs… (À un des inspecteurs :) Gontrand, reste ici… et tire s'il le faut, nous avons affaire à un gaillard des plus dangereux.
DIMBLEVAL. – Une crapule, un assassin… Vite, Marescot, vite, passez le premier, je ferme à clef. (Ils s'en vont tous, sauf Gontrand. Durant toute la scène, Lupin est resté paisiblement assis. Il s'est nettoyé la figure, curé les ongles, a peigné sa fausse barbe, et l'a empochée, puis s'est amusé avec les objets de toilette, flacons à odeur, pistolet pulvérisateur, fers à friser… Maintenant, il se relève, énergique, prêt à l'action. L'inspecteur a fermé la porte du fond. Il s'avance sur le devant de la scène, et, tout en examinant le lieu, se dirige vers l'escalier des modèles, passe derrière le paravent et revient au milieu de la scène. Lupin a contourné le paravent en même temps que l'inspecteur qui ne l'a pas aperçu. Revenu à son point de départ, Lupin réfléchit un instant, puis il s'avance sur la pointe des pieds vers l'inspecteur qui roule une cigarette, lui applique sur la bouche une serviette qu'il a trouvée derrière le paravent, le renverse et lui braque un revolver à vingt centimètres du visage.)
LUPIN. – Haut les mains, ne bouge pas, je ne te ferai pas de mal… (L'inspecteur essaie de se dégager et pousse un grognement.) Oh ! tais-toi… (Lupin fouille dans sa poche et sort un petit flacon.) Un peu de

chloroforme... Ça va te rafraîchir les idées... (Sous le chloroforme, l'inspecteur s'est endormi.) À la bonne heure, le petit garçon, on est sage. Tiens, pour la peine, un peu d'odeur. (Il braque de nouveau le revolverpulvérisateur de la toilette, et le saupoudre.) Fais dodo. (Puis il roule l'homme jusqu'à la chambre de Dimbleval. Il l'enferme.) Va... fais dodo... (Se relevant vivement, il ouvre la porte du fond, court vers celle du vestibule et sort ses instruments pour forcer la serrure. Mais il s'arrête, écoute et murmure :) Allons, bon ! ils m'ont barboté mes outils, voleurs, va ! (Il revient, ferme la porte de l'atelier, réfléchit, se dirige vers la porte des modèles.) Impossible !... il faudrait la clef... Mais alors !... alors quoi ?... enfermé... fichu ! Ah ! mais ! ah ! mais !... (Il tourne un instant de droite et de gauche, comme une bête fauve, puis s'assoit devant une table.) Allons, voyons, Lupin... (Il aperçoit le téléphone à côté de lui, réfléchit, regarde la sortie des modèles, puis la porte de Marceline et répète :) Oui, évidemment, mais il faudrait la clef. (Un temps.) Après tout, pourquoi pas? (Consultant sa montre.) J'ai un quart d'heure, ça suffit. (Il décroche le récepteur, et d'une voix basse, mais nette, impérieuse) Le 648.75. (Un temps.) Allô!... je demande le 648.75...(S'irritant :) Eh bien, quoi, pas moyen... La surveillante, alors, je veux la surveillante... (Un temps.) La surveillante ?... C'est toi, Caroline ? Écoute-moi bien, chérie. (Exaspéré :) Pas un mot, nom de Dieu ! Écoute-moi... Lâche ton service. Prends une auto. Passe à la permanence. Tu trouveras Bernard et Griffin. Dis-leur que je suis cerné dans l'appartement du sculpteur Dimbleval. Il y a des inspecteurs de faction, et d'autres au bas de l'escalier des modèles, sur la place. Qu'ils escamotent ceux-là et qu'ils m'attendent. Dans dix minutes... Ah ! s'il y a d'autres camarades à la permanence... qu'ils viennent tous... dans dix minutes... (Il raccroche l'appareil, consulte sa montre, puis va vers la porte de la chambre, écoute et, vivement, frappe.) Vite... ouvrez... c'est moi le sous-chef Marescot, je vous en prie... c'est urgent... prenez la clef de l'escalier des modèles. (La porte s'ouvre, Marceline paraît, pousse un cri étouffé.)

LUPIN, avec une autorité violente. – Taisez-vous ! c'est moi ! (Il l'empêche de refermer la porte, l'amène sur la scène toute tremblante.)

MARCELINE. – Qui êtes-vous ?

LUPIN. – Pas un mot !... Attendez... n'essayez pas de comprendre, je vais vous expliquer... (Marceline descend, effrayée.) Et surtout, surtout, n'ayez aucune crainte... je ne veux pas vous faire de mal.

MARCELINE. – Mais enfin, Monsieur.

LUPIN. – Plus bas, je vous en prie... il ne faut pas qu'on vous entende... ni qu'on m'entende. (Il va fermer la porte au fond.) Pour des raisons très graves. Il ne faut pas qu'on sache que je suis là auprès de vous et que je suis venu pour vous. (Plus vivement, comme s'il trouvait enfin l'explication:) Oui, pour vous ! Ce soir, vous étiez au bal des Valton-Trémor... Je vous ai vue... Oh ! ce n'était pas la première fois... Je vous suis partout... aux courses...

MARCELINE, qui l'écoute avec étonnement. – Aux courses... mais je n'y vais pas...

LUPIN. – Si, si, aux courses dans les magasins... Et chaque fois que vous allez au théâtre...

MARCELINE. – Jamais...

LUPIN, qui ne cesse de regarder autour de lui. – Oh ! je vous en prie, ne m'interrompez pas... nous n'avons que dix minutes... et depuis si longtemps je cherche une occasion de vous parler ! Depuis bien plus que ça ! Enfin, ce soir, il y a eu ce bal des Valton-Trémor, qui sont mes amis... une femme charmante... Tous les jours, au cercle, son mari et moi...

MARCELINE. – Mais elle est veuve...

LUPIN, même jeu, très vivement. – Oui, depuis que son mari est mort... Mais avant, il devait me présenter... Et je suis resté là, à vous regarder... (Lupin s'est approché d'elle.) Oh ! vous ne pouviez pas me voir... je me cachais de vous... je suis horriblement timide. Comment vous aborder ?... Alors, j'ai pensé qu'ici... et je suis venu, au hasard... Et c'est comme ça que j'ai été pris au milieu de ce cambriolage... ce soir... Je voulais vous voir... vous parler... et m'en aller aussitôt. Oui, m'en aller tout de suite... N'est-ce pas, il ne faut pas qu'on me rencontre... Je vais partir par cette issue... Il n'y a que celle-là de libre... et tout de suite... tout de suite... Vous comprenez, n'est-ce pas ?

MARCELINE, qui l'observe, défiante. – Non... Non... je ne comprends pas... Je suis rentrée avec mon père.

LUPIN. – Eh bien ?

MARCELINE, en qui le soupçon grandit. – Nous avons fermé... alors... vous... comment ?

LUPIN. – Eh bien voilà, ça n'a aucune importance.

MARCELINE, qui s'écarte. – Mais si, mais si... vous êtes venu avec cet homme...

LUPIN, indigné. – L'homme à barbe rousse !

MARCELINE, s'éloignant vivement. – Laissez-moi… je veux…

LUPIN, la retenant, avec brusquerie. – Où allez-vous ? (Elle s'arrête interdite. Un temps. Il se domine, et doucement l'obligeant peu à peu à se rasseoir.) Oh ! je vous demande pardon… pardonnez-moi… (Il regarde furtivement sa montre et murmure :) Nom de Dieu ! (Puis il reprend, très humble au hasard des paroles, sans s'écouter pour ainsi dire et se contredisant) Eh bien, oui, je suis venu avec cet homme… (Mouvement de Marceline qui veut remonter à la porte du fond.) Non, non, soyez sans crainte, je ne suis pas son complice… Oh ! non ! un pareil gredin ! le dernier des misérables… mais je connaissais son projet et j'en ai profité pour venir… Je voulais emporter quelque chose de vous… non pas le collier… c'est lui qui l'a pris, je vous le jure… mais autre chose… n'importe quoi… votre portrait… oui, tenez, je l'ai pris, le voici… je vous le rends… vous voyez que je suis un honnête homme… Vous voyez… vous voyez… (Elle se rassure peu à peu et l'écoute malgré elle, tandis que Lupin, toujours distrait, d'une voix hachée, que le rôle qu'il joue et la hâte d'atteindre le but rendent plus pressante, continue) Je vous en prie, renvoyez-moi… mettez-moi à la porte… je vous en prie… sans quoi je vous dirai des mots, des mots que vous ne devez pas entendre… J'aurais voulu me taire, et je ne peux pas… Je vous aime… Je ne pense qu'à vous et c'est une telle joie que vous le sachiez… et que vous ayez consenti à m'écouter… et je vous dis tout, mon amour, ma peine infinie, mon chagrin de ne plus vous voir et mon dernier adieu, puisque tout est fini et que c'est la minute horrible… Ah ! je vous aime… je vous aime… Donnez-moi la clef ! (Les mots ont grisé Marceline, le son de cette voix, l'étrangeté de la scène, tout l'a bouleversée. C'est un instant de vertige où elle perd conscience de la réalité. À son insu, presque, elle se laisse prendre la clef)

LUPIN. – Merci… Oh ! merci… (Il se relève triomphant et murmure :) ouf ! ça y est ! (Il va vers la porte, mais au moment d'introduire la clef il se retourne et il voit Marceline, la tête entre ses mains. Il s'arrête, réfléchit, devine ce qui s'est passé en elle, et revient, très ému, à son tour.) Ne dites rien, je vous en supplie (un temps) et pardonnez-moi… (L'attitude embarrassée, la voix émue :) Il y a la vie… vous ne pouvez pas savoir… les circonstances qui vous poussent à droite, à gauche… à gauche surtout, et puis, un jour, on se trouve en face de deux yeux comme les vôtres, qui vous regardent… alors…

MARCELINE, inquiète. – Allez-vous-en !

LUPIN. – Je ne veux pas vous voler votre sympathie, je ne veux pas vous laisser je ne sais quelle image d'amoureux héroïque. Oubliez toutes les paroles que je vous ai dites, ce sont des mensonges, un vilain rôle que je jouais.

MARCELINE. – Allez-vous-en ! Allez-vous-en !

LUPIN. – Ah ! que la vie est bête, je me sens honnête à vous regarder… il est temps que je m'en aille. (Il se dirige vers la porte de l'escalier des modèles, et, vivement :) Trop tard !

MARCELINE. – Quoi ?

LUPIN. – Vous voyez ! Il ne faut pas trop m'en vouloir si j'ai menti pour avoir cette clef, votre joli geste de me la donner m'a rendu sincère, la sincérité est un luxe… Voilà votre clef, je ne peux plus m'en servir.

MARCELINE, inquiète. – Vous êtes fou ! Il est temps encore… Ah ! mon Dieu ! c'est vrai, j'entends !

LUPIN. – Non, non, ce n'est rien !

MARCELINE, joyeuse. – Ah !

LUPIN. – Mais non, c'est la police.

MARCELINE va se placer à côté de la table, côté gauche. – Mon Dieu !

DIMBLEVAL, rentrant avec Marescot. – Ah ! ça, mais… qu'est-ce que ça veut dire ? (Lupin détache ses yeux de Marceline, regarde la porte des modèles, consulte sa montre et fait un geste d'agacement.)

DIMBLEVAL. – Qui êtes-vous, Monsieur ?

LUPIN, très dégagé. – J'étais justement en train de l'expliquer à Mademoiselle. Je me suis trompé d'étage. (Il esquisse un mouvement vers le fond de la scène. Le sous-chef lui barre la route.)

DIMBLEVAL. – Trompé d'étage ! Je connais tout le monde ici ! Votre nom, Monsieur ? (Lupin tire une carte et la donne.) « Horace Daubry, explorateur ». (Méfiant :) Explorateur.

LUPIN, confirmant. – Explorateur… De passage à Paris, je rendais visite à un de mes amis, au-dessus.

DIMBLEVAL. – Au-dessus ! c'est le toit !…

LUPIN essaye de passer, le sous-chef s'y oppose. – Descendons, je vous expliquerai.

LE SOUS-CHEF, à haute voix. – Expliquez-vous avec Monsieur, d'abord.

DIMBLEVAL, le prenant par le bras. – Comment êtes vous venu ici ?

LUPIN. – À pied.

DIMBLEVAL. – Je vous demande comment vous êtes entré.

LUPIN. – Par la porte.

DIMBLEVAL. – Impossible. Elle était fermée. Répondez moi de la façon la plus précise, Monsieur, sans quoi… (Il regarde sa fille.) Sans quoi je pourrais supposer que quelqu'un vous a ouvert, Monsieur, et je voudrais savoir à quel moment, car la maison était gardée. (Brusquement, à sa fille :) Mais, réponds, toi, tu étais là !… Tu sais… tu parlais avec ce monsieur… alors… alors… réponds…

MARCELINE. – Eh bien, oui, papa.

DIMBLEVAL. – Ah ! (Un silence. Avec solennité :) Monsieur le sous-chef, ceci est une affaire de famille qui ne regarde pas la police. Mais réponds, toi.

LUPIN, intervenant. – Non, Mademoiselle, non, je n'accepte pas… non, pour rien au monde. (Se retournant.) Le nom que porte cette carte n'est pas le mien. Mon nom est plus scandaleux, mais c'est le nom d'un honnête homme à sa manière, d'un homme qui aimerait mieux vous tuer tous les deux (geste de terreur des deux hommes) que de faire le plus léger tort à une femme (il la salue) et je ne suis pas venu ici pour faire la cour à Mademoiselle… J'avoue pourtant que depuis que j'ai eu l'honneur de la voir, il est très possible que je revienne (à Dimbleval) ne fût-ce que pour vous demander sa main.

LE SOUS-CHEF, s'approchant. – En ce cas, Monsieur, pour quel motif ?

DIMBLEVAL. – Allons, voyons, Marescot, ne vous laissez pas berner. Je vous dis, moi, que cette affaire ne regarde pas la police.

LUPIN. – Eh bien, qu'est-ce qu'il vous faut ?

DIMBLEVAL, ironique. – Vous voudriez nous faire croire, peut-être, que vous êtes venu pour le collier ?

LUPIN, qui l'a remis. – Le voici, sur la table.

LE SOUS-CHEF. – Hein ?

DIMBLEVAL, s'approchant. – Voleur !

LUPIN. – Ingrat !

LE SOUS-CHEF. – Voyons ! Voyons ! le signalement parle d'un homme à barbe rousse. Ah ! ça !

LUPIN, montrant sa fausse barbe. – La barbe.

LE SOUS-CHEF. – C'est bien celle-là. Et l'agent que j'avais laissé en faction ?

LUPIN. – Oh ! il était si fatigué, je l'ai envoyé coucher.

LE SOUS-CHEF. – Ah ! ça, mais qui êtes-vous donc ?

LUPIN lui passe une carte. – Tiens-toi bien, gendarme.

DIMBLEVAL ET LE SOUS-CHEF, lisant. – Arsène Lupin !

LUPIN. – Mon Dieu, oui ! on fait ce qu'on peut ! (Le sous-chef court jusqu'à la porte du vestibule. Lupin s'incline devant Marceline, et vivement :) Mademoiselle, il va se passer ici des choses un peu brutales, le sang va couler, peut-être… ce n'est pas très joli… (Ouvrant la porte de la chambre.) Je vous en prie.

DIMBLEVAL, poussant sa fille. – Va ! (Elle s'arrête sur le seuil, hésite, et passe sans paraître voir Lupin. Il la suit des yeux. Elle sort.)

LUPIN, apostrophant Dimbleval. – Es-tu bien sûr d'être le père de ta fille ?

DIMBLEVAL. – Hein ! vous dites ?

LUPIN. – Je dis qu'il est matériellement impossible qu'un homme comme toi soit le père d'une fille comme elle (et puis brusquement, il se tourne vers le sous-chef) et maintenant, la rigolade. J'espère que tu n'es pas tout seul. (Il s'assoit sur la table et prépare une cigarette.)

LE SOUS-CHEF. – J'ai des hommes sur le toit. J'en ai d'autres au bas de cet escalier, ça n'est pas trop, si tu es Lupin. Le commissariat est prévenu, rends-toi.

LUPIN, prenant une cigarette. – La garde meurt… Et encore je dis ça parce que je suis poli.

LE SOUS-CHEF, braquant son revolver. – Rends-toi, je te dis.

LUPIN, face au revolver, et d'un signe de main. – Un peu plus à droite… encore… un peu plus haut !

LE SOUS-CHEF. – Pas de blague ! Tu te rends ?

LUPIN. – À l'évidence, toujours.

LE SOUS-CHEF. – Tes armes. (Lupin lui donne le pistolet pulvérisateur que le sous-chef empoche vivement sans le regarder.)

LUPIN. – Attention il est chargé !

LE SOUS-CHEF. – Maintenant, suis-moi.

LUPIN, faisant craquer une allumette. – Jusqu'au bout du monde. (Le sous-chef s'avance menaçant.)
LUPIN, présentant l'allumette qui flambe. – Le premier qui avance, je lui brûle la cervelle.
LE SOUS-CHEF. – Tant pis pour toi ! Je tire.
LUPIN. – T'oserais pas.
LE SOUS-CHEF. – Une… deux…
LUPIN. – Pouce !
LE SOUS-CHEF, ahuri. – Quoi ?
LUPIN, se levant. – Pouce… J'ai dit pouce… par conséquent… (d'un ton grave) puisque le destin cruel m'oblige à mourir, voilà, je tiens à faire remarquer que le collier est encore ici, sur cette table.
DIMBLEVAL. – Mon collier…
LE SOUS-CHEF. – Ah ça ! mais…
LUPIN. – Pardon, j'ai dit pouce. (À Dimbleval :) Monsieur, puisque ce collier, contrairement à ce que je croyais, vous appartient…
DIMBLEVAL. – Je l'ai acheté à la duchesse de Brèves.
LUPIN. – Allons donc ! mais j'ai entendu parler de cette histoire-là. Pas très propre… En tout cas, je ne me considère pas comme responsable de ce collier. Il y a ici des individus…
LE SOUS-CHEF, résolu. – Ça va mal finir ! (Il le vise de nouveau.)
LUPIN, qui s'est jeté derrière la statue de Cupidon. – Bas les armes, ou il y a de la casse.
DIMBLEVAL, se précipitant affolé sur le sous-chef – Mais vous êtes fou ! Ma statue !
LUPIN, ébranlant le marbre. – Allons-y !
DIMBLEVAL. – Un moment ! Voyons, Marescot, laissez-le donc tranquille, cet homme. Il a rendu le collier.
LUPIN, qui a reculé jusqu'à l'entrée des modèles. – Évidemment, Marescot. Et puis, vois-tu, t'es trop bête. Qu'est-ce qui m'obligeait à me démasquer, l'affaire est dans le sac, va. (On frappe à la porte. On entend des coups, en effet, à la porte des modèles.) Tiens… on frappe, du renfort qui t'arrive. C'est pas possible, tu as convoqué la garde républicaine. Veux-tu que je t'aide. A nous trois, on arrivera peut-être. (Il passe son bras derrière lui. On voit qu'il a la clef dans la main. Il est contre la porte des modèles, au premier plan.)
LE SOUS-CHEF. – Assez parlé… Les menottes !
LUPIN. – Ah ! non, c'est drôle !
LE SOUS-CHEF. – Enfin, quoi ? que veux-tu ?
LUPIN. – Du respect !
LE SOUS-CHEF. – Et avec ça ?
LUPIN, qui a introduit la clef – Une distance convenable entre toi et moi.
LE SOUS-CHEF. – Sinon.
LUPIN. – Sinon, je fous le camp. (Il s'est retourné et a ouvert la porte. Deux agents de police en uniforme lui barrent le chemin.) Imbéciles, laissez-moi donc passer ! (Au moment où il les écarte, le sous-chef arrive. Ils repoussent la porte, Lupin se dégage et s'accule au mur.)
LE SOUS-CHEF, éclatant de rire. – Raté, Lupin ! Je crois que cette fois…
LUPIN, prenant son parti. – T'as raison… Je suis pincé…
LE SOUS-CHEF, triomphant. – Ah ! ah !
LUPIN. – Seulement, mets-y des formes, hein ? Un peu de courtoisie.
LE SOUS-CHEF, aux agents de police. – Merci, les amis. Alors, le poste est prévenu ?
UN DES AGENTS DE POLICE. – Oui, les camarades ont fait le tour par le boulevard. Vos inspecteurs les conduisent.
LE SOUS-CHEF, à Dimbleval. – Allez donc leur ouvrir.
DIMBLEVAL. – J'y vais, j'y vais… (Il sort, les deux agents de police encadrent Lupin.)
LE SOUS-CHEF, à Lupin. – Pas trop mal, tout ça, hein, Lupin ?
LUPIN. – C'est gentil, mais il y a mieux.
LE SOUS-CHEF. – Quoi ? Ce n'est pas fini ?
LUPIN. – Mais si, mais si… après tout, la prison, ça ne dure qu'un temps, le temps d'entrer et de sortir.
LE SOUS-CHEF. – Commençons par y entrer, veux-tu ?
LUPIN, riant. – T'es pas très rassuré !
LE SOUS-CHEF, à l'un des deux agents. – Cours en avant chercher un fiacre, nous te suivons.

LUPIN. – Pas la peine. J'ai mon auto. Au coin du boulevard. Le chauffeur Ernest, des Batignolles.

LE SOUS-CHEF, courant vers Lupin. – Allons, en route. (Au moment où il tourne le dos, les deux agents de police qui encadrent Lupin saisissent les bras du sous-chef Il se débat, stupéfait.) Eh bien quoi ? qu'est-ce que ça veut dire ? (Un temps, il les regarde, regarde Lupin et s'écrie :) Crénom de Dieu, des complices ! (Il les repousse violemment, se jette sur la porte du fond.) À moi les amis, à moi ! (Il ouvre. Dans le vestibule, on aperçoit six agents de police en uniforme, solides, puissants. Dimbleval et les agents de la Sûreté sont auprès d'eux, ligotés, bâillonnés et ficelés sur des chaises. Il balbutie :) Ah ! les bandits !

LUPIN, présentant. – Ma garde personnelle... service de la contre-Sûreté... De beaux gars, hein ? (Sur un signe de Lupin, un des deux premiers agents de police a immobilisé le sous-chef à l'aide de vieilles étoffes. Lupin demande à l'autre :) Tu ne m'as donc pas reconnu tout à l'heure ?

L'AGENT DE POLICE. – Non, chef, je suis nouveau et il faisait noir... Et puis, d'après Caroline, on s'attendait...

LUPIN. – À la barbe rousse, n'est-ce pas ? C'est de ma faute. (Il s'est retourné vers les captifs.) Et maintenant, la retraite ! Spectacle enchanteur ! Si je pouvais prendre un petit croquis ! (Tirant de sa poche un petit appareil de photographie et une lampe de magnésium, il braque l'appareil et la tête penchée sur le viseur :) Le groupe est délicieux !... tout à fait réussi... Marescot, pas de grimaces... mais oui, mon gros, t'as l'air pensif... Dimbleval, une risette... bien, ne bougeons plus... Crac ! ça y est !... un instantané pour le journal ! (Mais la porte s'est ouverte précipitamment et un agent en uniforme bondit en criant :) La police !... (Alors, débandade, effarement.)

LUPIN, très calme. – Demi-tour ! par l'escalier des modèles et en bon ordre ! (Les agents se sauvent. On sonne au vestibule.) Va donc ouvrir, Marescot !... (Il crie :) On n'entre pas ! Où sont mes affaires ? Marescot, qu'est-ce que tu as fait de mes défroques ? (On sonne encore.) Une seconde, nom d'un chien, vous ne voudriez pourtant pas que je sorte sans chapeau ! Dis donc, tu as bien un petit manteau. (Il en trouve un.) Ah ! voilà ! merci ! te dérange pas... (Par la porte des modèles entre un des complices en uniforme.) Chef, l'auto est avancée !

LUPIN. – Je viens. (Il salue et sort, les prisonniers font des efforts désespérés pour se délivrer de leurs liens. Lupin, rentrant comme s'il avait oublié quelque chose, va prendre tranquillement le collier dans la poche de Dimbleval.) Maintenant que je sais qu'il n'est plus à toi, j'ai moins de scrupules. Tu vois, le bien mal acquis ne profite jamais... qu'à moi. (Il va pour repartir, quand Marescot qui a réussi à dégager un de ses bras a braqué le revolver-vaporisateur que lui avait donné Lupin, et il tire, en criant :) Tiens, canaille !

LUPIN. – Ah ! merci ! Encore ! j'adore ce parfum. C'est le parfum de Caroline. À bientôt ! Monsieur... sans rancune, hein ? Je t'aime bien, au fond. (Il sort, le sous-chef et Dimbleval se sont levés, à moitié ligotés, à moitié bâillonnés, ils crient, se démènent, la statue de Cupidon est renversée.)

DIMBLEVAL, empoignant le sous-chef – Ma statue ! Cupidon ! Imbécile ! Maladroit !

RIDEAU LE BOUCHON DE CRISTAL

I — Arrestations

Les deux barques se balançaient dans l'ombre, attachées au petit môle qui pointait hors du jardin. À travers la brume épaisse, on apercevait çà et là, sur les bords du lac, des fenêtres éclairées. En face, le casino d'Enghien ruisselait de lumière, bien qu'on fût aux derniers jours de septembre. Quelques étoiles apparaissaient entre les nuages. Une brise légère soulevait la surface de l'eau.

Arsène Lupin sortit du kiosque où il fumait un cigare et, se penchant au bout du môle :

— Grognard ? Le Ballu ?... vous êtes là ?

Un homme surgit de chacune des barques, et l'un d'eux répondit :

— Oui, patron.

— Préparez-vous, j'entends l'auto qui revient avec Gilbert et Vaucheray.

Il traversa le jardin, fit le tour d'une maison en construction dont on discernait les échafaudages, et entr'ouvrit avec précaution la porte qui donnait sur l'avenue de Ceinture. Il ne s'était pas trompé : une lueur vive jaillit au tournant, et une grande auto découverte s'arrêta, d'où sautèrent deux hommes vêtus de pardessus au col relevé, et coiffés de casquettes.

C'étaient Gilbert et Vaucheray — Gilbert, un garçon de vingt ou vingt-deux ans, le visage sympathique, l'allure souple et puissante ; Vaucheray, plus petit, les cheveux grisonnants, la face blême et maladive.

— Eh bien, demanda Lupin, vous l'avez vu, le député ?...

— Oui, patron, répondit Gilbert, nous l'avons aperçu qui prenait le train de sept heures quarante pour Paris, comme nous le savions.

— En ce cas, nous sommes libres d'agir ?

— Entièrement libres. La villa Marie-Thérèse est à notre disposition.

Le chauffeur étant resté sur son siège, Lupin lui dit :

— Ne stationne pas ici. Ça pourrait attirer l'attention. Reviens à neuf heures et demie précises, à temps pour charger la voiture... si toutefois l'expédition ne rate pas.

— Pourquoi voulez-vous que ça rate ? observa Gilbert.

L'auto s'en alla et Lupin, reprenant la route du lac avec ses nouveaux compagnons, répondit :

— Pourquoi ? parce que ce n'est pas moi qui ai préparé le coup, et quand ce n'est pas moi, je n'ai qu'à moitié confiance.

— Bah ! patron, voilà trois ans que je travaille avec vous... Je commence à la connaître !

— Oui... mon garçon, tu commences, dit Lupin et c'est justement pourquoi je crains les gaffes... Allons, embarque... Et toi, Vaucheray, prends l'autre bateau... Bien... Maintenant, nagez les enfants... et le moins de bruit possible.

Grognard et Le Ballu, les deux rameurs, piquèrent droit vers la rive opposée, un peu à gauche du casino.

On rencontra d'abord une barque où un homme et une femme se tenaient enlacés et qui glissait à l'aventure ; puis une autre où des gens chantaient à tue-tête. Et ce fut tout.

Lupin se rapprocha de son compagnon et dit à voix basse :

— Dis donc, Gilbert, c'est toi qui as eu l'idée de ce coup-là, ou bien Vaucheray ?...

— Ma foi, je ne sais pas trop... il y a des semaines qu'on en parle tous deux.

— C'est que je me méfie de Vaucheray... Un sale caractère... en dessous... Je me demande pourquoi je ne me débarrasse pas de lui...

— Oh ! patron !

— Mais si ! mais si ! c'est un gaillard dangereux... sans compter qu'il doit avoir sur la conscience quelques peccadilles plutôt sérieuses.

Il demeura silencieux un instant, et reprit :

— Ainsi tu es bien sûr d'avoir vu le député Daubrecq ?

— De mes yeux vu, patron.

— Et tu sais qu'il a un rendez-vous à Paris ?

— Il va au théâtre.

— Bien, mais ses domestiques sont restés à sa villa d'Enghien...

— La cuisinière est renvoyée. Quant au valet de chambre Léonard qui est l'homme de confiance du député Daubrecq, il attend son maître à Paris, d'où ils ne peuvent pas revenir avant une heure du matin. Mais...

— Mais ?

— Nous devons compter sur un caprice possible de Daubrecq, sur un changement d'humeur, sur un retour inopiné et, par conséquent, prendre nos dispositions pour avoir tout fini dans une heure.

— Et tu possèdes ces renseignements ?...

— Depuis ce matin. Aussitôt, Vaucheray et moi nous avons pensé que le moment était favorable. J'ai choisi comme point de départ le jardin de cette maison en construction que nous venons de quitter et qui n'est pas gardée la nuit. J'ai averti deux camarades pour conduire les barques, et je vous ai téléphoné. Voilà toute l'histoire.

— Tu as les clefs ?

— Celles du perron.

— C'est bien la villa qu'on discerne là-bas, entourée d'un parc ?

— Oui, la villa Marie-Thérèse, et comme les deux autres, dont les jardins l'encadrent, ne sont plus habitées depuis une semaine, nous avons tout le temps de déménager ce qu'il nous plaît, et je vous jure, patron, que ça en vaut la peine.

Lupin marmotta :

— Beaucoup trop commode, l'aventure. Aucun charme.

Ils abordèrent dans une petite anse d'où s'élevaient, à l'abri d'un toit vermoulu, quelques marches de pierre. Lupin jugea que le transbordement des meubles serait facile. Mais il dit soudain :

— Il y a du monde à la villa. Tenez... une lumière.

— C'est un bec de gaz, patron... la lumière ne bouge pas...

Grognard resta près des barques, avec mission de faire le guet, tandis que Le Ballu, l'autre rameur, se rendait à la grille de l'avenue de Ceinture et que Lupin et ses deux compagnons rampaient dans l'ombre jusqu'au bas du perron.

Gilbert monta le premier. Ayant cherché à tâtons, il introduisit d'abord la clef de la serrure, puis celle du verrou de sûreté. Toutes deux fonctionnèrent aisément, de sorte que le battant put être entrebâillé et livra passage aux trois hommes.

Dans le vestibule, un bec de gaz flambait.

— Vous voyez, patron... dit Gilbert.

— Oui, oui... dit Lupin, à voix basse, mais il me semble que la lumière qui brillait ne venait pas de là.

— D'où alors ?

— Ma foi, je n'en sais rien... Le salon est ici ?

— Non, répondit Gilbert, qui ne craignait pas de parler un peu fort, non, par précaution il a tout réuni au premier étage, dans sa chambre et dans les chambres voisines.

— Et l'escalier ?

— À droite, derrière le rideau.

Lupin se dirigea vers ce rideau, et déjà, il écartait l'étoffe quand, tout à coup, à quatre pas sur la gauche, une porte s'ouvrit, et une tête apparut, une tête d'homme blême, avec des yeux d'épouvante.

— Au secours ! à l'assassin !... hurla-t-il.

Et précipitamment, il rentra dans la pièce.

— C'est Léonard ! le domestique ! cria Gilbert.

— S'il fait des manières, je l'abats, gronda Vaucheray.

— Tu vas nous fiche la paix, Vaucheray, hein ? ordonna Lupin, qui s'élançait à la poursuite du domestique.

Il traversa d'abord une salle à manger, où il y avait encore, auprès d'une lampe, des assiettes et une bouteille, et il retrouva Léonard au fond d'un office dont il essayait vainement d'ouvrir la fenêtre.

— Ne bouge pas, l'artiste ! Pas de blague !... Ah ! la brute !

Il s'était abattu à terre, d'un geste, en voyant Léonard lever le bras vers lui. Trois détonations furent jetées dans la pénombre de l'office, puis le domestique bascula, saisi aux jambes par Lupin qui lui arracha son arme et l'étreignit à la gorge.

— Sacrée brute, va ! grogna-t-il... Un peu plus, il me démolissait... Vaucheray, ligote-moi ce gentilhomme.

Avec sa lanterne de poche, il éclaira le visage du domestique et ricana :

— Pas joli, le monsieur... Tu ne dois pas avoir la conscience très nette, Léonard ; d'ailleurs, pour être le larbin du député Daubrecq... Tu as fini, Vaucheray ? Je voudrais bien ne pas moisir ici !

— Aucun danger, patron, dit Gilbert.

— Ah vraiment... et le coup de feu, tu crois que ça ne s'entend pas ?...

— Absolument impossible.

— N'importe ! il s'agit de faire vite. Vaucheray, prends la lampe et montons.

Il empoigna le bras de Gilbert, et l'entraînant vers le premier étage :

— Imbécile ! c'est comme ça que tu t'informes ? Avais-je raison de me méfier ?

— Voyons, patron, je ne pouvais pas savoir qu'il changerait d'avis et reviendrait dîner.

— On doit tout savoir, quand on a l'honneur de cambrioler les gens. Mazette, je vous retiens, Vaucheray et toi... Vous avez le chic...

La vue des meubles, au premier étage, apaisa Lupin, et, commençant l'inventaire avec une satisfaction d'amateur qui vient de s'offrir quelques objets d'art :

— Bigre ! peu de chose, mais du nanan. Ce représentant du peuple ne manque pas de goût... Quatre fauteuils d'Aubusson... un secrétaire signé, je gage, Percier-Fontaine... deux appliques de Gouttières... un vrai Fragonard, et un faux Nattier qu'un milliardaire américain avalerait tout cru... Bref, une fortune. Et il y a des grincheux qui prétendent qu'on ne trouve plus rien d'authentique. Crebleu ! qu'ils fassent comme moi ! Qu'ils cherchent !

Gilbert et Vaucheray, sur l'ordre de Lupin, et d'après ses indications, procédèrent aussitôt à l'enlèvement méthodique des plus gros meubles. Au bout d'une demi-heure, la première barque étant remplie, il fut décidé que Grognard et Le Ballu partiraient en avant et commenceraient le chargement de l'auto.

Lupin surveilla leur départ. En revenant à la maison, il lui sembla, comme il passait dans le vestibule, entendre un bruit de paroles, du côté de l'office. Il s'y rendit. Léonard était bien seul, couché à plat ventre, et les mains liées derrière le dos.

— C'est donc toi qui grognes, larbin de confiance ? T'émeus pas. C'est presque fini. Seulement, si tu criais trop fort, tu nous obligerais à prendre des mesures plus sévères... Aimes-tu les poires ? On t'en collerait une, d'angoisse...

Au moment de remonter, il entendit de nouveau le même bruit de paroles, et, ayant prêté l'oreille, il perçut ces mots prononcés d'une voix rauque et gémissante et qui venaient, en toute certitude, de l'office.

— Au secours !... à l'assassin !... au secours !... on va me tuer... qu'on avertisse le commissaire !...

— Complètement loufoque, le bonhomme murmura Lupin. Sapristi... déranger la police à neuf heures du soir, quelle indiscrétion !...

Il se remit à l'œuvre. Cela dura plus longtemps qu'il ne le pensait, car on découvrait dans les armoires des bibelots de valeur qu'il eût été malséant de dédaigner, et, d'autre part, Vaucheray et Gilbert apportaient à leurs investigations une minutie qui le déconcertait.

À la fin, il s'impatienta.

— Assez ! ordonna-t-il. Pour les quelques rossignols qui restent, nous n'allons pas gâcher l'affaire et laisser l'auto en station. J'embarque.

Ils se trouvaient alors au bord de l'eau, et Lupin descendait l'escalier. Gilbert le retint.

— Écoutez, patron, il nous faut un voyage de plus... cinq minutes, pas davantage.

— Mais pourquoi, que diantre !

— Voilà... On nous a parlé d'un reliquaire ancien... quelque chose d'épatant...

— Eh bien ?

— Impossible de mettre la main dessus. Et je pense à l'office... Il y a là un placard à grosse serrure... vous comprenez bien que nous ne pouvons pas...

Il retournait déjà vers le perron. Vaucheray s'élança également.

— Dix minutes... pas une de plus, leur cria Lupin. Dans dix minutes, moi, je me défile.

Mais les dix minutes s'écoulèrent, et il attendait encore.

Il consulta sa montre.

— Neuf heures et quart… c'est de la folie, se dit-il.

En outre, il songeait que, durant tout ce déménagement, Gilbert et Vaucheray s'étaient conduits de façon assez bizarre, ne se quittant pas et semblant se surveiller l'un l'autre. Que se passait-il donc ?

Insensiblement, Lupin retournait à la maison, poussé par une inquiétude qu'il ne s'expliquait pas, et, en même temps, il écoutait une rumeur sourde qui s'élevait au loin, du côté d'Enghien, et qui paraissait se rapprocher… Des promeneurs sans doute…

Vivement il donna un coup de sifflet, puis il se dirigea vers la grille principale, pour jeter un coup d'œil aux environs de l'avenue. Mais soudain, comme il tirait le battant, une détonation retentit, suivie d'un hurlement de douleur. Il revint en courant, fit le tour de la maison, escalada le perron et se rua vers la salle à manger.

— Sacré tonnerre ! qu'est-ce que vous fichez là, tous les deux ?

Gilbert et Vaucheray, mêlés dans un corps à corps furieux, roulaient sur le parquet avec des cris de rage. Leurs habits dégouttaient de sang. Lupin bondit. Mais déjà Gilbert avait terrassé son adversaire et lui arrachait de la main un objet que Lupin n'eut pas le temps de distinguer. Vaucheray, d'ailleurs, qui perdait du sang par une blessure à l'épaule, s'évanouit.

— Qui l'a blessé ? Toi, Gilbert ? demanda Lupin exaspéré.

— Non… Léonard.

— Léonard ! il était attaché…

— Il avait défait ses liens et repris son revolver.

— La canaille ! où est-il ?

Lupin saisit la lampe et passa dans l'office. Le domestique gisait sur le dos, les bras en croix, un poignard planté dans la gorge, la face livide. Un filet rouge coulait de sa bouche.

— Ah ! balbutia Lupin, après l'avoir examiné… il est mort !

— Vous croyez… Vous croyez… fit Gilbert, d'une voix tremblante.

— Mort, je te dis.

Gilbert bredouilla :

— C'est Vaucheray… qui l'a frappé…

Pâle de colère, Lupin l'empoigna.

— C'est Vaucheray… et toi aussi, gredin puisque tu étais là, et que tu as laissé faire… Du sang ! du sang ! vous savez bien que je n'en veux pas. On se laisse tuer plutôt. Ah ! tant pis pour vous, mes gaillards… vous paierez la casse s'il y a lieu. Et ça coûte cher… Gare la Veuve !

La vue du cadavre le bouleversait, et secouant brutalement Gilbert :

— Pourquoi ?… pourquoi Vaucheray l'a-t-il tué ?

— Il voulait le fouiller et lui prendre la clef du placard. Quand il s'est penché sur lui, il a vu que l'autre s'était délié les bras… Il a eu peur… et il a frappé…

— Mais le coup de revolver ?

— C'est Léonard… il avait l'arme à la main… Avant de mourir, il a encore eu la force de viser…

— Et la clef du placard ?

— Vaucheray l'a prise…

— Il a ouvert ?

— Oui.

— Et il a trouvé ?

— Oui.

— Et toi, tu as voulu lui arracher l'objet… Quel objet ?… Le reliquaire ? Non, c'était plus petit… Alors, quoi ? réponds donc…

Au silence, à l'expression résolue de Gilbert, il comprit qu'il n'obtiendrait pas de réponse. Avec un geste de menace, il articula :

— Tu causeras, mon bonhomme. Foi de Lupin, je te ferai cracher ta confession. Mais pour l'instant il s'agit de déguerpir. Tiens, aide-moi… nous allons embarquer Vaucheray…

Ils étaient revenus vers la salle, et Gilbert se penchait au-dessus du blessé, quand Lupin l'arrêta :

— Écoute !

Ils échangèrent un même regard d'inquiétude… On parlait dans l'office… une voix très basse, étrange, très lointaine… Pourtant, ils s'en assurèrent aussitôt, il n'y avait personne dans la pièce, personne que le mort, dont ils voyaient la silhouette sombre.

Et la voix parla de nouveau, tour à tour aiguë, étouffée, chevrotante, inégale, criarde, terrifiante. Elle prononçait des mots indistincts, des syllabes interrompues.

Lupin sentit que son crâne se couvrait de sueur. Qu'était-ce que cette voix incohérente, mystérieuse comme une voix d'outre-tombe ?

Il s'était baissé sur le domestique. La voix se tut, puis recommença.

— Éclaire-nous mieux, dit-il à Gilbert.

Il tremblait un peu, agité par une peur nerveuse qu'il ne pouvait dominer, car aucun doute n'était possible : Gilbert ayant enlevé l'abat-jour, il constata que la voix sortait du cadavre même, sans qu'un soubresaut en remuât la masse inerte, sans que la bouche sanglante eût un frémissement.

— Patron, j'ai la frousse, bégaya Gilbert.

Le même bruit encore, le même chuchotement nasillard.

Lupin éclata de rire, et rapidement il saisit le cadavre et le déplaça.

— Parfait ! dit-il en apercevant un objet de métal brillant. Parfait ! nous y sommes... Eh bien, vrai, j'y ai mis le temps !

C'était, à la place même qu'il avait découverte, le cornet récepteur d'un appareil téléphonique dont le fil remontait jusqu'au poste fixé dans le mur, à la hauteur habituelle.

Lupin appliqua ce récepteur contre son oreille. Presque aussitôt le bruit recommença, mais un bruit multiple, composé d'appels divers, d'interjections, de clameurs entre-croisées, le bruit que font plusieurs personnes qui s'interpellent.

« Êtes-vous là ?... Il ne répond plus... C'est horrible... On l'aura tué... Êtes-vous là ?... Qu'y a t-il ?... Du courage... Le secours est en marche... des agents... des soldats... »

— Crédieu ! fit Lupin, qui lâcha le récepteur.

En une vision effrayante, la vérité lui apparaissait. Tout au début, et tandis que le déménagement s'effectuait, Léonard, dont les liens n'étaient pas rigides, avait réussi à se dresser, à décrocher le récepteur, probablement avec ses dents, à le faire tomber et à demander du secours au bureau téléphonique d'Enghien.

Et c'était là les paroles que Lupin avait surprises une fois déjà, après le départ de la première barque « Au secours... à l'assassin ! On va me tuer... »

Et c'était là maintenant la réponse du bureau téléphonique. La police accourait. Et Lupin se rappelait les rumeurs qu'il avait perçues du jardin, quatre ou cinq minutes auparavant tout au plus.

— La police... sauve qui peut, proféra-t-il en se ruant à travers la salle à manger.

Gilbert objecta :

— Et Vaucheray ?

— Tant pis pour lui.

Mais Vaucheray, sorti de sa torpeur, le supplia au passage :

— Patron, vous n'allez pas me lâcher comme ça !

Lupin s'arrêta, malgré le péril, et, avec l'assistance de Gilbert, il soulevait le blessé, quand un tumulte se produisit dehors.

— Trop tard dit-il.

À ce moment, des coups ébranlèrent la porte du vestibule qui donnait sur la façade postérieure. Il courut à la porte du perron : des hommes avaient déjà contourné la maison et se précipitaient. Peut-être aurait-il réussi à prendre de l'avance et à gagner le bord de l'eau ainsi que Gilbert. Mais comment s'embarquer et fuir sous le feu de l'ennemi ?

Il ferma et mit le verrou.

— Nous sommes cernés... fichus... bredouilla Gilbert.

— Tais-toi, dit Lupin.

— Mais ils nous ont vus, patron. Tenez les voilà qui frappent.

— Tais-toi, répéta Lupin... Pas un mot... Pas un geste.

Lui-même demeurait impassible, le visage absolument calme, l'attitude pensive de quelqu'un qui a tous les loisirs nécessaires pour examiner une situation délicate sous toutes ses faces. Il se trouvait à l'un de ces instants qu'il appelait *les minutes supérieures de la vie*, celles qui seulement donnent à l'existence sa valeur et son prix. En cette occurrence, et quelle que fût la menace du danger, il commençait toujours par compter en lui-même et lentement : « un... deux... trois... quatre... cinq... six... », jusqu'à ce que le battement de son cœur redevînt normal et régulier. Alors seulement, il réfléchissait, mais avec quelle acuité ! avec quelle puissance formidable ! avec quelle intuition profonde des événements possibles ! Toutes les données du problème se présentaient à son esprit. Il prévoyait tout, il admettait tout. Et il prenait sa résolution en toute logique et en toute certitude.

Après trente ou quarante secondes, tandis que l'on cognait aux portes et que l'on crochetait les serrures, il dit à son compagnon :

— Suis-moi.

Il rentra dans le salon et poussa doucement la croisée et les persiennes d'une fenêtre qui s'ouvrait sur le côté. Des gens allaient et venaient, rendant la fuite impraticable. Alors il se mit à crier de toutes ses forces et d'une voix essoufflée :

— Par ici !… À l'aide !… Je les tiens… Par ici !

Il braqua son revolver et tira deux coups dans les branches des arbres. Puis il revint à Vaucheray, se pencha sur lui et se barbouilla les mains et le visage avec le sang de la blessure. Enfin se retournant contre Gilbert brutalement, il le saisit aux épaules et le renversa.

— Qu'est-ce que vous voulez, patron ? En voilà une idée !

— Laisse-toi faire, scanda Lupin d'un ton impérieux, je réponds de tout… je réponds de vous deux… Laisse-toi faire… Je vous sortirai de prison… Mais, pour cela, il faut que je sois libre.

On s'agitait, on appelait au-dessous de la fenêtre ouverte.

— Par ici, cria-t-il… je les tiens ! à l'aide !

Et, tout bas, tranquillement :

— Réfléchis bien… As-tu quelque chose à me dire ?… une communication qui puisse nous être utile…

Gilbert se débattait, furieux, trop bouleversé pour comprendre le plan de Lupin. Vaucheray, plus perspicace, et qui d'ailleurs à cause de sa blessure avait abandonné tout espoir de fuite, Vaucheray ricana :

— Laisse-toi faire, idiot… Pourvu que le patron se tire des pattes… c'est-i pas l'essentiel ?

Brusquement, Lupin se rappela l'objet que Gilbert avait mis dans sa poche après l'avoir repris à Vaucheray. À son tour, il voulut s'en saisir.

— Ah ! ça, jamais ! grinça Gilbert qui parvint à se dégager.

Lupin le terrassa de nouveau. Mais subitement, comme deux hommes surgissaient à la fenêtre, Gilbert céda et, passant l'objet à Lupin qui l'empocha sans le regarder, murmura :

— Tenez, patron, voilà… je vous expliquerai… vous pouvez être sûr que…

Il n'eut pas le temps d'achever… Deux agents, et d'autres qui les suivaient, et des soldats qui pénétraient par toutes les issues, arrivaient au secours de Lupin.

Gilbert fut aussitôt maintenu et lié solidement. Lupin se releva.

— Ce n'est pas dommage, dit-il, le bougre m'a donné assez de mal j'ai blessé l'autre, mais celui-là…

En hâte le commissaire de police lui demanda :

— Vous avez vu le domestique ? est-ce qu'ils l'ont tué ?

— Je ne sais pas, répliqua-t-il.

— Vous ne savez pas ?…

— Dame ! je suis venu d'Enghien avec vous tous, à la nouvelle du meurtre. Seulement, tandis que vous faisiez le tour à gauche de la maison, moi je faisais le tour à droite. Il y avait une fenêtre ouverte. J'y suis monté au moment même où ces deux bandits voulaient descendre. J'ai tiré sur celui-ci — il désigna Vaucheray — et j'ai empoigné son camarade.

Comment eût-on pu le soupçonner ? Il était couvert de sang. C'est lui qui livrait les assassins du domestique. Dix personnes avaient vu le dénouement du combat héroïque livré par lui.

D'ailleurs le tumulte était trop grand pour qu'on prît la peine de raisonner ou qu'on perdît son temps à concevoir des doutes. Dans le premier désarroi, les gens du pays envahissaient la villa. Tout le monde s'affolait. On courait de tous côtés, en haut, en bas, jusqu'à la cave. On s'interpellait. On criait, et nul ne songeait à contrôler les affirmations si vraisemblables de Lupin.

Cependant, la découverte du cadavre, dans l'office, rendit au commissaire le sentiment de sa responsabilité. Il donna des ordres, fit évacuer la maison et placer des agents à la grille afin que personne ne pût entrer ou sortir. Puis, sans plus tarder, il examina les lieux et commença l'enquête.

Vaucheray donna son nom ; Gilbert refusa de donner le sien, sous prétexte qu'il ne parlerait qu'en présence d'un avocat. Mais, comme on l'accusait du crime il dénonça Vaucheray, lequel se défendit en l'attaquant, et tous deux péroraient à la fois, avec le désir évident d'accaparer l'attention du commissaire. Lorsque celui-ci se retourna vers Lupin pour invoquer son témoignage, il constata que l'inconnu n'était plus là.

Sans aucune défiance, il dit à l'un des agents :

— Prévenez donc ce monsieur que je désire lui poser quelques questions.

On chercha le monsieur. Quelqu'un l'avait vu sur le perron allumant une cigarette. On sut alors qu'il avait offert des cigarettes à un groupe de soldats et qu'il s'était éloigné vers le lac en disant qu'on l'appelât en cas de besoin.

On l'appela, personne ne répondit.

Mais un soldat accourut. Le monsieur venait de monter dans une barque et faisait force de rames.

Le commissaire regarda Gilbert et comprit qu'il avait été roulé.

— Qu'on l'arrête cria-t-il... Qu'on tire dessus ! C'est un complice...

Lui-même s'élança, suivi de deux agents, tandis que les autres demeuraient auprès des captifs. De la berge, il aperçut, à une centaine de mètres, le monsieur qui dans l'ombre faisait des salutations avec son chapeau.

Vainement un des agents déchargea son revolver.

La brise apporta un bruit de paroles. Le monsieur chantait, tout en ramant :

Va petit mousse

Le vent te pousse...

Mais le commissaire avisa une barque, attachée au môle de la propriété voisine. On réussit à franchir la haie qui séparait les deux jardins et, après avoir prescrit aux soldats de surveiller les rives du lac et d'appréhender le fugitif s'il cherchait à atterrir, le commissaire et deux de ses hommes se mirent à sa poursuite.

C'était chose assez facile, car, à la clarté intermittente de la lune, on pouvait discerner ses évolutions, et se rendre compte qu'il essayait de traverser le lac en obliquant toutefois vers la droite, c'est-à-dire vers le village de Saint-Gratien.

Aussitôt, d'ailleurs, le commissaire constata que, avec l'aide de ses hommes, et grâce peut-être à la légèreté de son embarcation, il gagnait de vitesse. En dix minutes il rattrapa la moitié de l'intervalle.

— Ça y est, dit-il, nous n'avons même pas besoin des fantassins pour l'empêcher d'aborder. J'ai bien envie de connaître ce type-là. Il ne manque pas d'un certain culot.

Ce qu'il y avait de plus bizarre, c'est que la distance diminuait dans des proportions anormales, comme si le fuyard se fût découragé en comprenant l'inutilité de la lutte. Les agents redoublaient d'efforts. La barque glissait sur l'eau avec une extrême rapidité. Encore une centaine de mètres tout au plus, et l'on atteignait l'homme.

— Halte ! commanda le commissaire.

L'ennemi, dont on distinguait la silhouette accroupie, ne bougeait pas. Les rames s'en allaient à vau-l'eau. Et cette immobilité avait quelque chose d'inquiétant. Un bandit de cette espèce pouvait fort bien attendre les agresseurs, vendre chèrement sa vie et même les démolir à coups de feu avant qu'ils ne pussent l'attaquer.

— Rends-toi ! cria le commissaire...

La nuit était obscure à ce moment. Les trois hommes s'abattirent au fond de leur canot, car il leur avait semblé surprendre un geste de menace.

La barque, emportée par son élan, approchait de l'autre. Le commissaire grogna :

— Nous n'allons pas nous laisser canarder. Tirons dessus. Vous êtes prêts ?

Et il cria de nouveau :

— Rends-toi... sinon...

Pas de réponse. L'ennemi ne remuait pas.

— Rends-toi... Bas les armes... Tu ne veux pas ?... Alors, tant pis... Je compte... Une... Deux...

Les agents n'attendirent pas le commandement. Ils tirèrent, et aussitôt, se courbant sur leurs avirons, donnèrent à la barque une impulsion si vigoureuse que, en quelques brassées, elle atteignit le but.

Revolver au poing, attentif au moindre mouvement, le commissaire veillait.

Il tendit le bras.

— Un geste, et je te casse la tête.

Mais l'ennemi ne fit aucun geste, et le commissaire, quand l'abordage eut lieu, et que les deux hommes, lâchant leurs rames, se préparèrent à l'assaut redoutable, le commissaire comprit la raison de cette attitude passive : il n'y avait personne dans le canot. L'ennemi s'était enfui à la nage, laissant aux mains du vainqueur un certain nombre des objets cambriolés, dont l'amoncellement, surmonté d'une veste et d'un chapeau melon, pouvait à la grande rigueur, dans les demi-ténèbres, figurer la silhouette confuse d'un individu.

À la lueur d'allumettes, on examina les dépouilles de l'ennemi. Aucune initiale n'était gravée à l'intérieur du chapeau. La veste ne contenait ni papiers ni portefeuille. Cependant, on fit une découverte qui devait donner à l'affaire un retentissement considérable et influer terriblement sur le sort de Gilbert et de Vaucheray : c'était, dans une des poches, une carte oubliée par le fugitif, la carte d'Arsène Lupin.

À peu près au même moment, tandis que la police, remorquant le vaisseau capturé, continuait de vagues recherches, et que, échelonnés sur la rive, inactifs, des soldats s'écarquillaient les yeux pour tâcher de voir les péripéties du combat naval, ledit Arsène Lupin abordait tranquillement à l'endroit même qu'il avait quitté deux heures auparavant.

Il y fut accueilli par ses deux autres complices, Grognard et Le Ballu, leur jeta quelques explications, en toute hâte, s'installa dans l'automobile, parmi les fauteuils et les bibelots du député Daubrecq, s'enveloppa de fourrures et se fit conduire, par les routes désertes, jusqu'à son garde-meuble de Neuilly, où il laissa le chauffeur. Un taxi le ramena dans Paris et l'arrêta près de Saint-Philippe-du-Roule.

Il possédait, non loin de là, rue Matignon, à l'insu de toute sa bande, sauf de Gilbert, un entresol avec sortie personnelle.

Ce ne fut pas sans plaisir qu'il se changea et se frictionna. Car, malgré son tempérament robuste, il était transi. Comme chaque soir en se couchant, il vida sur la cheminée le contenu de ses poches. Alors seulement il remarqua près de son portefeuille et de ses clefs l'objet que Gilbert, à la dernière minute, lui avait glissé dans les mains.

Et il fut très surpris. C'était un bouchon de carafe, un petit bouchon en cristal, comme on en met aux flacons destinés aux liqueurs. Et ce bouchon de cristal n'avait rien de particulier. Tout au plus Lupin observa-t-il que la tête aux multiples facettes était dorée jusqu'à la gorge centrale. Mais, en vérité, aucun détail ne lui sembla de nature à frapper l'attention.

— Et c'est ce morceau de verre auquel Gilbert et Vaucheray tenaient si opiniâtrement ! Et voilà pourquoi ils ont tué le domestique, pourquoi ils se sont battus, pourquoi ils ont perdu leur temps, pourquoi ils ont risqué la prison... les assises... l'échafaud !... Bigre, c'est tout de même cocasse !...

Trop las pour s'attarder davantage à l'examen de cette affaire, si passionnante qu'elle lui parût, il reposa le bouchon sur la cheminée et se mit au lit.

Il eut de mauvais rêves. À genoux sur les dalles de leurs cellules Gilbert et Vaucheray tendaient vers lui des mains éperdues et poussaient des hurlements d'épouvante.

— Au secours ! Au secours !... criaient-ils.

Mais malgré tous ses efforts il ne pouvait pas bouger. Lui-même était attaché par des liens invisibles. Et tout tremblant, obsédé par une vision monstrueuse, il assista aux funèbres préparatifs, à la toilette des condamnés, au drame sinistre.

— Bigre ! dit-il en se réveillant après une série de cauchemars, voilà de bien fâcheux présages. Heureusement que nous ne péchons pas par faiblesse d'esprit ! Sans quoi !...

Et il ajouta :

— Nous avons là, d'ailleurs, près de nous, un talisman qui, si je m'en rapporte à la conduite de Gilbert et de Vaucheray, suffira, avec l'aide de Lupin, à conjurer le mauvais sort et à faire triompher la bonne cause. Voyons ce bouchon de cristal !

Il se leva pour prendre l'objet et l'étudier plus attentivement. Un cri lui échappa. Le bouchon de cristal avait disparu...

II. — Huit ôtes de neuf, reste un

Il est une chose que, malgré mes bonnes relations avec Lupin et la confiance dont il m'a donné des témoignages si flatteurs, une chose que je n'ai jamais pu percer à fond : c'est l'organisation de sa bande.

L'existence de cette bande ne fait pas de doute. Certaines aventures ne s'expliquent que par la mise en action de dévouements innombrables, d'énergies irrésistibles et de complicités puissantes, toutes forces obéissant à une volonté unique et formidable. Mais comment cette volonté s'exerce-t-elle ? par quels intermédiaires et par quels sous-ordres ? Je l'ignore. Lupin garde son secret, et les secrets que Lupin veut garder sont, pour ainsi dire, impénétrables.

La seule hypothèse qu'il me soit permis d'avancer, c'est que cette bande, très restreinte à mon avis, et d'autant plus redoutable, se complète par l'adjonction d'unités indépendantes, d'affiliés provisoires, pris dans tous les mondes et dans tous les pays, et qui sont les agents exécutifs d'une autorité que, souvent, ils ne connaissent même pas. Entre eux et le maître, vont et viennent les compagnons, les initiés, les fidèles, ceux qui jouent les premiers rôles sous le commandement direct de Lupin.

Gilbert et Faucheray furent évidemment au nombre de ceux-là. Et c'est pourquoi la justice se montra si implacable à leur égard. Pour la première fois, elle tenait des complices de Lupin, des complices avérés, indiscutables, et ces complices avaient commis un meurtre ! Que ce meurtre fût prémédité, que l'accusation d'assassinat pût être établie sur de fortes preuves, et c'était l'échafaud. Or, comme preuve, il y en avait tout au moins une, évidente : l'appel téléphonique de Léonard quelques minutes avant sa mort « Au secours, à l'assassin !... Ils vont me tuer !... » Cet appel désespéré, deux hommes l'avaient entendu : l'employé de service et l'un de ses camarades, qui en témoignèrent catégoriquement. Et c'est à la suite de cet appel que le commissaire de police, aussitôt prévenu, avait pris le chemin de la villa Marie-Thérèse, escorté de ses hommes et d'un groupe de soldats en permission.

Dès les premiers jours Lupin eut la notion exacte du péril. La lutte si violente qu'il avait engagée contre la société entrait dans une phase nouvelle et terrible.

La chance tournait. Cette fois il s'agissait d'un meurtre, d'un acte contre lequel lui-même s'insurgeait — et non plus d'un de ces cambriolages amusants où, après avoir refait quelque rastaquouère, quelque financier véreux, il savait mettre les rieurs de son côté et se concilier l'opinion. Cette fois il ne s'agissait plus d'attaquer, mais de se défendre et de sauver la tête de ses deux compagnons. Or comment les sauver ?

Une petite note que j'ai recopiée sur un des carnets où il expose le plus souvent et résume les situations qui l'embarrassent, nous montre la suite de ses réflexions :

« Tout d'abord une certitude : Gilbert et Vaucheray se sont joués de moi. L'expédition d'Enghien, en apparence destinée au cambriolage de la villa Marie-Thérèse, avait un but caché. Pendant toutes les opérations, ce but les obséda, et, sous les meubles comme au fond des placards, ils ne cherchaient qu'une chose, et rien d'autre, le bouchon de cristal. Donc, si je veux voir clair dans les ténèbres, il faut avant tout que je sache à quoi m'en tenir là-dessus. Il est certain que, pour des raisons secrètes, ce mystérieux morceau de verre possède à leurs yeux une valeur immense... Et non pas seulement à leurs yeux, puisque, cette nuit, quelqu'un a eu l'audace et l'habileté de s'introduire dans mon appartement pour dérober l'objet en question. »

Ce vol, dont il était victime, intriguait singulièrement Lupin.

Deux problèmes, également insolubles, se posaient à son esprit. D'abord, quel était le mystérieux visiteur ? Gilbert seul, qui avait toute sa confiance et lui servait de secrétaire particulier, connaissait la retraite de la rue Matignon. Or Gilbert était en prison. Fallait-il supposer que Gilbert, le trahissant, avait envoyé la police à ses trousses ? En ce cas, comment, au lieu de l'arrêter, lui, Lupin, se fût-on contenté de prendre le bouchon de cristal ?

Mais il y avait quelque chose de beaucoup plus étrange. En admettant que l'on eût pu forcer les portes de son appartement — et cela, il devait bien l'admettre, quoique nul indice ne le prouvât — de quelle façon avait-on réussi à pénétrer dans la chambre ? Comme chaque soir, et selon une habitude dont il ne se départait jamais, il avait tourné la clef et mis le verrou. Pourtant — fait irrécusable — le bouchon de cristal disparaissait sans que la serrure et le verrou eussent été touchés. Et, bien que Lupin se flattât d'avoir l'oreille fine, même pendant son sommeil, aucun bruit ne l'avait réveillé !

Il chercha peu. Il connaissait trop ces sortes d'énigmes pour espérer que celle-ci pût s'éclaircir autrement que par la suite des événements. Mais déconcerté, fort inquiet, il ferma aussitôt son entresol de la rue Matignon en se jurant qu'il n'y remettrait pas les pieds.

Et tout de suite il s'occupa de correspondre avec Gilbert et Vaucheray.

De ce côté un nouveau mécompte l'attendait. La justice, bien qu'elle ne pût établir sur des bases sérieuses la complicité de Lupin, avait décidé que l'affaire serait instruite non pas en Seine-et-Oise, mais à Paris, et rattachée à l'instruction générale ouverte contre Lupin. Aussi Gilbert et Vaucheray furent-ils enfermés à la prison de la Santé. Or, à la Santé comme au Palais de Justice, on comprenait si nettement qu'il fallait empêcher toute communication entre Lupin et les détenus qu'un ensemble de précautions minutieuses était prescrit par le Préfet de Police et minutieusement observé par les moindres subalternes. Jour et nuit, des agents éprouvés, toujours les mêmes, gardaient Gilbert et Vaucheray et ne les quittaient pas de vue.

Lupin qui, à cette époque, ne s'était pas encore promu — honneur de sa carrière — au poste de chef de la Sûreté[1], et qui, par conséquent, n'avait pu prendre au Palais de Justice les mesures nécessaires à l'exécution de ses plans, Lupin après quinze jours de tentatives infructueuses, dut s'incliner.

Il le fit la rage au cœur, et avec une inquiétude croissante.

— Le plus difficile dans une affaire, souvent ce n'est pas d'aboutir, c'est de débuter, dit-il.

En l'occurrence, par où débuter ? Quel chemin suivre ?

Il se retourna vers le député Daubrecq, premier possesseur du bouchon de cristal, et qui devait probablement en connaître l'importance. D'autre part, comment Gilbert était-il au courant des faits et des gestes du député Daubrecq ? Quels avaient été ses moyens de surveillance ? Qui l'avait renseigné sur l'endroit où Daubrecq passait la soirée de ce jour ? Autant de questions intéressantes à résoudre.

Tout de suite après le cambriolage de la villa Marie-Thérèse, Daubrecq avait pris ses quartiers d'hiver à Paris, et occupait son hôtel particulier, à gauche de ce petit square Lamartine, qui s'ouvre au bout de l'avenue Victor-Hugo.

Lupin, préalablement camouflé, l'aspect d'un vieux rentier qui flâne, la canne à la main, s'installa dans les parages, sur les bancs du square et de l'avenue.

Dès le premier jour, une découverte le frappa. Deux hommes, vêtus comme des ouvriers, mais dont les allures indiquaient suffisamment le rôle, surveillaient l'hôtel du député. Quand Daubrecq sortait, ils se mettaient à sa poursuite et revenaient derrière lui. Le soir, sitôt les lumières éteintes, ils s'en allaient.

À son tour, Lupin les fila. C'étaient des agents de la Sûreté.

— Tiens, tiens, se dit-il, voici qui ne manque pas d'imprévu. Le Daubrecq est donc en suspicion ?

Mais le quatrième jour, à la nuit tombante, les deux hommes furent rejoints par six autres personnages, qui s'entretinrent avec eux dans l'endroit le plus sombre du square Lamartine. Et, parmi ces nouveaux personnages, Lupin fut très étonné de reconnaître, à sa taille et à ses manières, le fameux Prasville, ancien avocat, ancien sportsman, ancien explorateur, actuellement favori de l'Élysée et qui, pour des raisons mystérieuses, avait été imposé comme secrétaire général de la Préfecture.

Et brusquement Lupin se rappela : deux années auparavant, il y avait eu, place du Palais-Bourbon, un pugilat retentissant entre Prasville et le député Daubrecq. La cause, on l'ignorait. Le jour même, Prasville envoyait ses témoins. Daubrecq refusait de se battre.

Quelque temps après, Prasville était nommé secrétaire général.

— Bizarre... bizarre... se dit Lupin, qui demeura pensif, tout en observant le manège de Prasville.

À sept heures le groupe de Prasville s'éloigna un peu vers l'avenue Henri-Martin. La porte d'un petit jardin qui flanquait l'hôtel vers la droite livra passage à Daubrecq. Les deux agents lui emboîtèrent le pas, et, comme lui, prirent le tramway de la rue Taitbout.

Aussitôt Prasville traversa le square et sonna. La grille reliait l'hôtel au pavillon de la concierge. Celle-ci vint ouvrir. Il y eut un rapide conciliabule, après lequel Prasville et ses compagnons furent introduits.

— Visite domiciliaire, secrète et illégale, dit Lupin. La stricte politesse eût voulu qu'on me convoquât. Ma présence est indispensable.

Sans la moindre hésitation, il se rendit à l'hôtel, dont la porte n'était pas fermée, et, passant devant la concierge qui surveillait les alentours, il dit du ton pressé de quelqu'un que l'on attend :

— Ces messieurs sont là ?

— Oui, dans le cabinet de travail.

Son plan était simple : rencontré, il se présentait comme fournisseur. Prétexte inutile. Il put, après avoir franchi un vestibule désert, entrer dans la salle à manger où il n'y avait personne, mais d'où il aperçut par les carreaux d'une baie vitrée qui séparait la salle du cabinet de travail, Prasville et ses cinq compagnons.

Prasville, à l'aide de fausses clefs, forçait tous les tiroirs, puis il compulsait tous les dossiers, pendant que ses quatre compagnons extrayaient de la bibliothèque chacun des volumes, secouaient les pages et vérifiaient l'intérieur des reliures.

— Décidément, se dit Lupin, c'est un papier que l'on cherche... des billets de banque, peut-être...

Prasville s'exclama :

— Quelle bêtise ! Nous ne trouverons rien...

Mais sans doute ne renonçait-il pas à trouver, car il saisit tout à coup les quatre flacons d'une cave à liqueur ancienne, ôta les quatre bouchons et les examina.

— Allons, bon ! pensa Lupin, le voilà qui s'attaque, lui aussi, à des bouchons de carafe. Il ne s'agit donc pas d'un papier ? Vrai, je n'y comprends plus rien.

Ensuite Prasville souleva et scruta divers objets, et il dit :

— Combien de fois êtes-vous venus ici ?

— Six fois l'hiver dernier, lui fut-il répondu.
— Et vous avez visité à fond ?
— Chacune des pièces, et pendant des jours entiers, puisqu'il était en tournée électorale.
— Cependant… cependant…
Et il reprit :
— Il n'a donc pas de domestique, pour l'instant ?
— Non, il en cherche. Il mange au restaurant, et la concierge entretient le ménage tant bien que mal. Cette femme nous est toute dévouée…

Durant près d'une heure et demie, Prasville s'obstina dans ses investigations, dérangeant et palpant tous les bibelots, mais en ayant soin de reposer chacun d'eux à la place exacte qu'il occupait. Mais, à neuf heures, les deux agents qui avaient suivi Daubrecq firent irruption.

— Le voilà qui revient…
— À pied ?
— À pied.
— Nous avons le temps ?
— Oh ! oui !

Sans trop se hâter, Prasville et les hommes de la préfecture, après avoir jeté un dernier coup d'œil sur la pièce et s'être assurés que rien ne trahissait leur visite, se retirèrent.

La situation devenait critique pour Lupin. Il risquait, en partant, de se heurter à Daubrecq, en demeurant, de ne plus pouvoir sortir. Mais ayant constaté que les fenêtres de la salle à manger lui offraient une sortie directe sur le square, il résolut de rester. D'ailleurs, l'occasion de voir Daubrecq d'un peu près était trop bonne pour qu'il n'en profitât point, et, puisque Daubrecq venait de dîner, il y avait peu de chance pour qu'il entrât dans cette salle.

Il attendit donc, prêt à se dissimuler derrière un rideau de velours qui se tirait au besoin sur la baie vitrée.

Il perçut le bruit des portes. Quelqu'un entra dans le cabinet de travail et ralluma l'électricité. Il reconnut Daubrecq.

C'était un gros homme, trapu, court d'encolure, avec un collier de barbe grise, presque chauve, et qui portait toujours — car il avait les yeux très fatigués — un binocle à verres noirs par dessus ses lunettes.

Lupin remarqua l'énergie du visage, le menton carré, la saillie des os. Les poings étaient velus et massifs, les jambes torses, et il marchait le dos voûté, en pesant alternativement sur l'une et sur l'autre hanche, ce qui lui donnait un peu l'allure d'un quadrumane. Mais un front énorme, tourmenté, creusé de vallons, hérissé de bosses, surmontait la face.

L'ensemble avait quelque chose de bestial, de répugnant, de sauvage. Lupin se rappela qu'à la Chambre on appelait Daubrecq « l'homme des Bois », et on l'appelait ainsi non pas seulement parce qu'il se tenait à l'écart et ne frayait guère avec ses collègues, mais aussi à cause de son aspect même, de ses façons, de sa démarche, de sa musculature puissante.

Il s'assit devant son bureau, tira de sa poche une pipe en écume, choisit, parmi plusieurs paquets de tabac qui séchaient dans un vase, un paquet de maryland, déchira la bande, bourra sa pipe et l'alluma. Puis il se mit à écrire des lettres.

Au bout d'un moment, il suspendit sa besogne et demeura songeur, l'attention fixée sur un point de son bureau.

Vivement il prit une petite boîte à timbres qu'il examina. Ensuite, il vérifia la position de certains objets que Prasville avait touchés et replacés et il les scrutait du regard, les palpait de la main, se penchait sur eux, comme si certains signes, connus de lui seul, eussent pu le renseigner.

À la fin, il saisit la poire d'une sonnerie électrique et pressa le bouton.

Une minute après, la concierge se présentait. Il lui dit :

— Ils sont venus, n'est-ce pas ?

Et, comme la femme hésitait, il insista :

— Voyons, Clémence, est-ce vous qui avez ouvert cette petite boîte à timbres ?
— Non, monsieur.
— Eh bien, j'en avais cacheté le couvercle avec une bande étroite de papier gommé. Cette bande a été brisée.
— Je peux pourtant certifier, commença la femme…

— Pourquoi mentir, dit-il, puisque je vous ai dit, moi-même, de vous prêter à toutes ces visites ?
— C'est que...
— C'est que vous aimez bien manger aux deux râteliers... Soit... Il lui tendit un billet de cinquante francs et répéta :
— Ils sont venus ?
— Oui.
— Les mêmes qu'au printemps ?
— Oui, tous les cinq... avec un autre... qui les commandait.
— Un grand ?... brun ?...
— Oui.

Lupin vit la mâchoire de Daubrecq qui se contractait, et Daubrecq poursuivit :
— C'est tout ?
— Il en est venu un autre, après eux, qui les a rejoints... et puis, tout à l'heure, deux autres, les deux qui montent ordinairement la faction devant l'hôtel.
— Ils sont restés dans ce cabinet ?
— Oui, monsieur.
— Et ils sont repartis comme j'arrivais ? quelques minutes avant, peut-être ?
— Oui ! monsieur.
— C'est bien.

La femme s'en alla. Daubrecq se remit à sa correspondance. Puis, allongeant le bras, il inscrivit des signes sur un cahier de papier blanc qui se trouvait à l'extrémité de son bureau, et qu'il dressa ensuite, comme s'il eût voulu ne point le perdre de vue.

C'étaient des chiffres. Lupin put lire cette formule de soustraction :
$$9 - 8 = 1$$
Et Daubrecq, entre ses dents, articulait ces syllabes d'un air attentif.
— Pas le moindre doute, dit-il à haute voix.

Il écrivit encore une lettre, très courte, et, sur l'enveloppe, il traça cette adresse que Lupin déchiffra quand la lettre fut posée près du cahier de papier.

« Monsieur Prasville, secrétaire général de la Préfecture. »

Puis il sonna de nouveau.
— Clémence, dit-il à la concierge, est-ce que vous avez été à l'école dans votre jeune âge ?
— Dame, oui ! monsieur.
— Et l'on vous a enseigné le calcul ?
— Mais, monsieur...
— C'est que vous n'êtes pas très forte en soustraction.
— Pourquoi donc ?
— Parce que vous ignorez que neuf moins huit égale un, et cela, vous voyez, c'est d'une importance capitale. Pas d'existence possible si vous ignorez cette vérité première.

Tout en parlant, il s'était levé et faisait le tour de la pièce, les mains au dos, et en se balançant sur ses hanches. Il le fit encore une fois. Puis, s'arrêtant devant la salle à manger, il ouvrit la porte.
— Le problème, d'ailleurs, peut s'énoncer autrement, dit-il. Qui de neuf ôte huit, reste un. Et celui qui reste, le voilà, hein ? l'opération est juste, et monsieur, n'est-il pas vrai ? nous en fournit une preuve éclatante.

Il tapotait le rideau de velours dans les plis duquel Lupin s'était vivement enveloppé.
— En vérité, monsieur, vous devez étouffer, là-dessous ! Sans compter que j'aurais pu me divertir à transpercer ce rideau à coups de dague... Rappelez-vous le délire d'Hamlet et la mort de Polonius... « C'est un rat, vous dis-je, un gros rat... » Allons, M. Polonius, sortez de votre trou.

C'était là une de ces postures dont Lupin n'avait pas l'habitude et qu'il exécrait. Prendre les autres au piège et se payer leur tête, il l'admettait, mais non point qu'on se gaussât de lui et qu'on s'esclaffât à ses dépens. Pourtant pouvait-il riposter ?

— Un peu pâle, monsieur Polonius... Tiens, mais, c'est le bon bourgeois qui fait le pied de grue dans le square depuis quelques jours ! De la police aussi, monsieur Polonius ? Allons, remettez-vous, je ne vous veux aucun mal... Mais vous voyez, Clémence, la justesse de mon calcul. Il est entré ici, selon vous, neuf mouchards. Moi, en revenant, j'en ai compté, de loin, sur l'avenue, une bande de huit. Huit ôtés de neuf reste un, lequel évidemment était resté ici en observation. *Ecce Homo*.

— Et après ? dit Lupin, qui avait une envie folle de sauter sur le personnage et de le réduire au silence.

— Après ? Mais rien du tout, mon brave. Que voulez-vous de plus ? La comédie est finie. Je vous demanderai seulement de porter au sieur Prasville, votre maître, cette petite missive que je viens de lui écrire. Clémence, veuillez montrer le chemin à M. Polonius. Et, si jamais il se présente, ouvrez-lui les portes toutes grandes. Vous êtes ici chez vous, monsieur Polonius. Votre serviteur...

Lupin hésita. Il eût voulu le prendre de haut, et lancer une phrase d'adieu, un mot de la fin, comme on en lance au théâtre du fond de la scène, pour se ménager d'une belle sortie et disparaître tout au moins avec les honneurs de la guerre. Mais sa défaite était si pitoyable qu'il ne trouva rien de mieux que d'enfoncer son chapeau sur la tête, d'un coup de poing, et de suivre la concierge en frappant des pieds. La revanche était maigre.

— Bougre de coquin ! cria-t-il une fois dehors et en se retournant vers les fenêtres de Daubrecq. Misérable ! Canaille ! Député ! Tu me la paieras celle-là... Ah ! monsieur se permet... Ah ! monsieur a le culot... Eh bien, je jure Dieu, monsieur, qu'un jour ou l'autre...

Il écumait de rage, d'autant que, au fond de lui, il reconnaissait la force de cet ennemi nouveau, et qu'il ne pouvait nier la maîtrise déployée en cette affaire.

Le flegme de Daubrecq, l'assurance avec laquelle il roulait les fonctionnaires de la préfecture, le mépris avec lequel il se prêtait aux visites de son appartement, et par-dessus tout son sang-froid admirable, sa désinvolture et l'impertinence de sa conduite en face du neuvième personnage qui l'espionnait, tout cela dénotait un homme de caractère, puissant, équilibré, lucide, audacieux, sûr de lui et des cartes qu'il avait en mains.

Mais quelles étaient ces cartes ? Quelle partie jouait-il ? Qui tenait l'enjeu ? Et jusqu'à quel point se trouvait-on engagé de part et d'autre ? Lupin l'ignorait. Sans rien connaître, tête baissée, il se jetait au plus fort de la bataille, entre des adversaires violemment engagés, dont il ne savait ni la position, ni les armes, ni les ressources, ni les plans secrets. Car, enfin, il ne pouvait admettre que le but de tant d'efforts fût la possession d'un bouchon de cristal !

Une seule chose le réjouissait : Daubrecq ne l'avait pas démasqué. Daubrecq le croyait inféodé à la police. Ni Daubrecq, ni la police par conséquent, ne soupçonnaient l'intrusion dans l'affaire d'un troisième larron. C'était son unique atout, atout qui lui donnait une liberté d'action à laquelle il attachait une importance extrême.

Sans plus tarder, il décacheta la lettre que Daubrecq lui avait remise pour le secrétaire général de la préfecture. Elle contenait ces quelques lignes :

« À portée de ta main, mon bon Prasville ! Tu l'as touché ! Un peu plus, et ça y était... Mais tu es trop bête. Et dire qu'on n'a pas trouvé mieux que toi pour me faire mordre la poussière. Pauvre France ! Au revoir, Prasville ! Mais si je te pince sur le fait, tant pis pour toi, je tire !

« *Signé* : DAUBRECQ. »

— À portée de la main... se répéta Lupin après avoir lu. Ce drôle écrit peut-être la vérité. Les cachettes les plus élémentaires sont les plus sûres. Tout de même, tout de même, il faudra que nous voyions cela... Et il faudra voir aussi pourquoi le Daubrecq est l'objet d'une surveillance si étroite et se documenter quelque peu sur l'individu.

Les renseignements que Lupin avait fait prendre dans une agence spéciale se résumaient ainsi :

« Alexis Daubrecq, député des Bouches-du-Rhône depuis deux ans, siège parmi les indépendants, opinions assez mal définies, mais situation électorale très solide grâce aux sommes énormes qu'il dépense pour sa candidature. Aucune fortune. Cependant, hôtel à Paris, villa à Enghien et à Nice, grosses pertes au jeu, sans qu'on sache d'où vient l'argent. Très influent, obtient ce qu'il veut, quoiqu'il ne fréquente pas les ministères et ne paraisse avoir ni amitiés, ni relations dans les milieux politiques... »

— Fiche commerciale, se dit Lupin en relisant cette note. Ce qu'il me faudrait, c'est une fiche intime, une fiche policière, qui me renseigne sur la vie privée du monsieur, et qui me permette de manœuvrer plus à l'aise dans ces ténèbres et de savoir si je ne patauge pas en m'occupant du Daubrecq. Bigre ! c'est que le temps marche !

Un des logis que Lupin habitait à cette époque, et où il revenait le plus souvent, était situé rue Chateaubriand, près de l'Arc de Triomphe. On l'y connaissait sous le nom de Michel Beaumont. Il y avait une installation assez confortable, et un domestique, Achille, qui lui était très dévoué, et dont la besogne consistait à centraliser les communications téléphoniques adressées à Lupin par ses affidés.

Rentré chez lui, Lupin apprit avec un grand étonnement qu'une ouvrière l'attendait depuis une heure au moins.

— Comment ! Mais personne ne vient jamais me voir ici ! Elle est jeune ?

— Non... Je ne crois pas.

— Tu ne crois pas !

— Elle porte une mantille sur la tête, à la place du chapeau, et on ne voit pas sa figure... C'est plutôt... comme une employée... une personne de magasin, pas élégante...

— Qui a-t-elle demandé ?

— M. Michel Beaumont, répondit le domestique.

— Bizarre. Et quel motif ?

— Elle m'a dit simplement que cela concernait l'affaire d'Enghien... Alors, j'ai cru...

— Hein ! l'affaire d'Enghien ! Elle sait donc que je suis mêlé à cette affaire !... Elle sait donc qu'en s'adressant ici...

— Je n'ai rien pu obtenir d'elle, mais j'ai cru tout de même qu'il fallait la recevoir.

— Tu as bien fait. Où est-elle ?

— Au salon. J'ai allumé.

Lupin traversa vivement l'antichambre et ouvrit la porte du salon.

— Qu'est-ce que tu chantes ? dit-il à son domestique. Il n'y a personne.

— Personne ? fit Achille qui s'élança.

En effet le salon était vide.

— Oh ! par exemple, celle-là est raide ! s'écria le domestique. Il n'y a pas plus de vingt minutes que je suis revenu voir par précaution. Elle était là. Je n'ai pourtant pas la berlue.

— Voyons, voyons, dit Lupin avec irritation. Où étais-tu pendant que cette femme attendait ?

— Dans le vestibule, patron ! Je n'ai pas quitté le vestibule une seconde ! Je l'aurais bien vue sortir, nom d'un chien !

— Cependant elle n'est plus là...

— Évidemment... évidemment... gémit le domestique, ahuri... Elle aura perdu patience, et elle s'en est allée. Mais je voudrais bien savoir par où, crebleu !

— Par où ? dit Lupin... pas besoin d'être sorcier pour le savoir.

— Comment ?

— Par la fenêtre. Tiens, elle est encore entre-bâillée... nous sommes au rez-de-chaussée... la rue est presque toujours déserte, le soir... Il n'y a pas de doute.

Il regardait autour de lui et s'assurait que rien n'avait été enlevé ni dérangé. D'ailleurs, la pièce ne contenait aucun bibelot précieux, aucun papier important, qui eût pu expliquer la visite, puis la disparition soudaine de la femme. Et cependant, pourquoi cette fuite inexplicable ?...

— Il n'y a pas eu de téléphone aujourd'hui ? demanda-t-il.

— Non.

— Pas de lettre ce soir ?

— Si. Une lettre par le dernier courrier.

— Donne.

— Je l'ai mise, comme d'habitude, sur la cheminée de monsieur.

La chambre de Lupin était contiguë au salon, mais Lupin avait condamné la porte qui faisait communiquer les deux pièces. Il fallut donc repasser par le vestibule.

Lupin alluma l'électricité et, au bout d'un instant, déclara :

— Je ne vois pas...

— Si... Je l'ai posée près de la coupe.

— Il n'y a rien du tout.

— Monsieur cherche mal.

Mais Achille eut beau déplacer la coupe, soulever la pendule, se baisser... la lettre n'était pas là.

— Ah ! cré nom... cré nom... murmura-t-il. C'est elle... c'est elle qui l'a volée... et puis quand elle a eu la lettre, elle a fichu le camp... Ah ! la garce...

Lupin objecta :

— Tu es fou ! Il n'y a pas de communication entre les deux pièces.

— Alors, qui voulez-vous que ce soit, patron ?

Ils se turent tous les deux. Lupin s'efforçait de contenir sa colère et de rassembler ses idées.

Il interrogea :

— Tu as examiné cette lettre ?

— Oui.

— Elle n'avait rien de particulier ?

— Rien. Une enveloppe quelconque, avec une adresse au crayon.

— Ah !… au crayon ?

— Oui, et comme écrite en hâte, griffonnée plutôt.

— La formule de l'adresse… Tu l'as retenue ? demanda Lupin avec une certaine angoisse.

— Je l'ai retenue parce qu'elle m'a paru drôle…

— Parle ! mais parle donc !

— « *Monsieur de Beaumont Michel.* »

Lupin secoua vivement son domestique.

— Il y avait « de » Beaumont ? Tu en es sûr ? et « Michel » après Beaumont ?

— Absolument certain.

— Ah ! murmura Lupin d'une voix étranglée… c'était une lettre de Gilbert !

Il demeurait immobile, un peu pâle, et la figure contractée. À n'en point douter, *c'était une lettre de Gilbert*. C'était la formule que, sur son ordre, depuis des années, Gilbert employait toujours pour correspondre avec lui. Ayant enfin trouvé, du fond de sa prison — et après quelle attente ! au prix de quelles ruses ! — ayant, enfin, trouvé le moyen de faire jeter une lettre à la poste, Gilbert avait écrit précipitamment cette lettre. Et voilà qu'on l'interceptait ! Que contenait-elle ? Quelles instructions donnait le malheureux prisonnier ? Quel secours implorait-il ? Quel stratagème proposait-il ?

Lupin examina la chambre, laquelle, contrairement au salon, contenait des papiers importants. Mais, aucune des serrures n'ayant été fracturée, il fallait bien admettre que la femme n'avait pas eu d'autre but que de prendre la lettre de Gilbert.

Se contraignant à demeurer calme, il reprit :

— La lettre est arrivée pendant que la femme était là ?

— En même temps. La concierge sonnait au même moment.

— Elle a pu voir l'enveloppe.

— Oui.

La conclusion se tirait donc d'elle-même. Restait à savoir comment la visiteuse avait pu effectuer ce vol. En se glissant, par l'extérieur, d'une fenêtre à l'autre ? Impossible : Lupin retrouva la fenêtre de sa chambre fermée. En ouvrant la porte de communication ? Impossible : Lupin la retrouva close, barricadée de ses deux verrous extérieurs.

Pourtant, on ne passe pas au travers d'un mur par une simple opération de la volonté. Pour entrer quelque part, et en sortir, il faut une issue et, comme l'acte avait été accompli en l'espace de quelques minutes, il fallait, en l'occurrence, que l'issue fût antérieure, qu'elle fût déjà pratiquée dans le mur, et connue évidemment de la femme. Cette hypothèse simplifiait les recherches en les concentrant sur la porte, car le mur, tout nu, sans placard, sans cheminée, sans tenture, ne pouvait dissimuler aucun passage.

Lupin regagna le salon et se mit en mesure d'étudier la porte. Mais tout de suite il tressaillit. Au premier coup d'œil, il constatait que, à gauche, en bas, un des six petits panneaux placés entre les barres transversales du battant n'occupait pas sa position normale, et que la lumière ne le frappait pas d'aplomb. S'étant penché, il aperçut deux menues pointes de fer qui soutenaient le panneau à la manière d'une plaque de bois derrière un cadre. Il n'eut qu'à les écarter. Le panneau se détacha.

Achille poussa un cri de stupéfaction. Mais Lupin objecta :

— Et après ? En sommes-nous plus avancés ? Voilà un rectangle vide d'environ quinze à dix-huit centimètres de longueur sur quarante de hauteur. Tu ne vas pas prétendre que cette femme ait pu se glisser par un orifice qui serait déjà trop étroit pour un enfant de dix ans, si maigre qu'il fût !

— Non, mais elle a pu passer le bras, et tirer les verrous.

— Le verrou du bas, oui, dit Lupin. Mais le verrou du haut, non, la distance est beaucoup trop grande.

Essaye et tu verras.

Achille dut en effet y renoncer.

— Alors ? dit-il.

Lupin ne répondit pas. Il resta longtemps à réfléchir.

Puis, soudain, il ordonna :

— Mon chapeau… mon pardessus…

Il se hâtait, pressé par une idée impérieuse. Et, aussitôt dehors, il se jeta dans un taxi.

— Rue Matignon, et vite…

À peine arrivé devant l'entrée du logement où le bouchon de cristal lui avait été repris, il sauta de voiture, ouvrit son entrée particulière, monta l'étage, courut au salon, alluma, et s'accroupit devant la porte qui communiquait avec sa chambre.

Il avait deviné. Un des petits panneaux se détachait également.

Et de même qu'en son autre demeure de la rue Chateaubriand, l'orifice, suffisant pour qu'on y passât le bras et l'épaule, ne permettait pas qu'on tirât le verrou supérieur.

— Tonnerre de malheur ! s'exclama-t-il, incapable de maîtriser plus longtemps la rage qui bouillonnait en lui depuis deux heures, tonnerre de nom d'un chien, je n'en finirai donc pas avec cette histoire-là !

De fait, une malchance incroyable s'acharnait après lui et le réduisait à tâtonner au hasard, sans que jamais il lui fût possible d'utiliser les éléments de réussite que son obstination ou que la force même des choses mettaient entre ses mains. Gilbert lui confiait le bouchon de cristal. Gilbert lui envoyait une lettre. Tout cela disparaissait à l'instant même.

Et ce n'était plus, comme il avait pu le croire jusqu'ici, une série de circonstances fortuites, indépendantes les unes des autres. Non. C'était manifestement l'effet d'une volonté adverse poursuivant un but défini avec une habileté prodigieuse et une audace inconcevable, l'attaquant lui, Lupin, au fond même de ses retraites les plus sûres, et le déconcertant par des coups si rudes et si imprévus qu'il ne savait même pas contre qui il lui fallait se défendre. Jamais encore, au cours de ses aventures, il ne s'était heurté à de pareils obstacles.

Et, au fond de lui, grandissait peu à peu une peur obsédante de l'avenir. Une date luisait devant ses yeux, la date effroyable qu'il assignait inconsciemment à la justice pour faire son œuvre de vengeance, la date à laquelle, par un matin d'avril, monteraient sur l'échafaud deux hommes qui avaient marché à ses côtés, deux camarades qui subiraient l'épouvantable châtiment.

III. — LA VIE PRIVÉE D'ALEXIS DAUBRECQ.

En entrant chez lui après son déjeuner, le lendemain de ce jour où la police avait exploré son domicile, le député Daubrecq fut arrêté par Clémence, sa concierge. Celle-ci avait réussi à trouver une cuisinière en qui l'on pouvait avoir toute confiance.

Cette cuisinière, qui se présenta quelques minutes plus tard, exhiba des certificats de premier ordre, signés par des personnes auprès desquelles il était facile de prendre des informations. Très active, quoique d'un certain âge, elle acceptait de faire le ménage à elle seule sans l'aide d'aucun domestique, condition imposée par Daubrecq, qui préférait réduire les chances d'être espionné.

Comme, en dernier lieu, elle était placée chez un membre du Parlement, le comte Saulevat, Daubrecq téléphona aussitôt à son collègue. L'intendant du comte Saulevat donna sur elle les meilleurs renseignements. Elle fut engagée.

Dès qu'elle eut apporté sa malle, elle se mit à l'ouvrage, nettoya toute la journée et prépara le repas.

Daubrecq dîna et sortit.

Vers onze heures, la concierge étant couchée, elle entre-bâilla avec précaution la grille du jardin. Un homme approcha.

— C'est toi ? dit-elle.

— Oui, c'est moi, Lupin.

Elle le conduisit dans la chambre qu'elle occupait au troisième étage, sur le jardin, et, tout de suite, elle se lamenta :

— Encore des trucs, et toujours des trucs ! Tu ne peux donc pas me laisser tranquille, au lieu de m'employer à des tas de besognes.

— Que veux-tu, ma bonne Victoire[2], quand il me faut une personne d'apparence respectable et de mœurs incorruptibles, c'est à toi que je pense. Tu dois être flattée.

— Et c'est comme ça que tu t'émeus ! s'écria-t-elle. Tu me jettes une fois de plus dans la gueule du loup, et ça te fait rigoler.

— Qu'est-ce que tu risques ?

— Comment… ce que je risque ! Tous mes certificats sont faux.

— Les certificats sont toujours faux.

— Et si M. Daubrecq s'en aperçoit ? S'il se renseigne ?

— Il s'est renseigné.

— Hein ! Qu'est-ce que tu dis ?

— Il a téléphoné à l'intendant du comte Saulevat, chez qui, soi-disant, tu as eu l'honneur de servir.

— Tu vois, je suis fichue.

— L'intendant du comte n'a pas tari d'éloges à ton propos.

— Il ne me connaît pas.

— Mais moi, je le connais. C'est moi qui l'ai fait placer chez le comte Saulevat. Alors, tu comprends…

Victoire parut un peu calmée.

— Enfin ! qu'il soit fait selon la volonté de Dieu… ou plutôt selon la tienne. Et quel est mon rôle dans tout cela ?

— Me coucher ici, d'abord. Tu m'as jadis nourri de ton lait. Tu peux bien m'offrir la moitié de ta chambre. Je dormirai sur le fauteuil.

— Et après ?

— Après ? Me fournir les aliments nécessaires.

— Et après ?

— Après ? Entreprendre de concert avec moi, et sous ma direction, toute une série de recherches ayant pour but…

— Ayant pour but ?

— La découverte de l'objet précieux dont je t'ai parlé.

— Quoi ?

— Un bouchon de cristal.

— Un bouchon de cristal !… Jésus, Marie ! Quel métier ! Et si on ne le trouve pas, ton sacré bouchon ?

Lupin lui saisit doucement le bras, et d'une voix grave :

— Si on ne le trouve pas, Gilbert, le petit Gilbert que tu connais et que tu aimes bien, a beaucoup de chances d'y laisser sa tête, ainsi que Vaucheray.

— Vaucheray, ça m'est égal… une canaille comme lui ! Mais Gilbert…

— Tu as lu les journaux, ce soir ? L'affaire tourne de plus en plus mal. Vaucheray, comme de juste, accuse Gilbert d'avoir frappé le domestique, et il arrive précisément que le couteau dont Vaucheray s'est servi appartenait à Gilbert. La preuve en a été faite, ce matin. Sur quoi, Gilbert, qui est intelligent, mais qui manque d'estomac, a bafouillé et s'est lancé dans des histoires et des mensonges qui achèveront de le perdre. Voilà où nous en sommes. Veux-tu m'aider ?

À minuit le député rentra.

Dès lors, et durant plusieurs jours, Lupin modela sa vie sur celle de Daubrecq. Aussitôt que celui-ci quittait l'hôtel, Lupin commençait ses investigations.

Il les poursuivit avec méthode, divisant chacune des pièces en secteurs qu'il n'abandonnait qu'après avoir interrogé les plus petits recoins, et, pour ainsi dire, épuisé toutes les combinaisons possibles.

Victoire cherchait aussi. Et rien n'était oublié. Pieds de table, bâtons de chaises, lames de parquets, moulures, cadres de glaces ou de tableaux, pendules, socles de statuettes, ourlets de rideaux, appareils téléphoniques ou appareils d'électricité, on passait en revue tout ce qu'une imagination ingénieuse aurait pu choisir comme cachette.

Et l'on surveillait aussi les moindres actes du député, ses gestes les plus inconscients, ses regards, les livres qu'il lisait, les lettres qu'il écrivait.

C'était chose facile. Il semblait vivre au grand jour. Jamais une porte n'était fermée. Il ne recevait aucune visite. Et son existence fonctionnait avec une régularité de mécanique. L'après-midi il allait à la Chambre, le soir au cercle.

— Pourtant, disait Lupin, il doit bien y avoir quelque chose qui n'est pas catholique dans tout cela.
— Rien, que je te dis, gémissait Victoire, tu perds ton temps, et nous nous ferons pincer.

La présence des agents de la Sûreté et leurs allées et venues sous les fenêtres l'affolaient. Elle ne pouvait admettre qu'ils fussent là pour une autre raison que pour la prendre au piège, elle, Victoire. Et, chaque fois qu'elle se rendait au marché, elle était toute surprise qu'un de ces hommes ne lui mît pas la main sur l'épaule.

Un jour elle revint, bouleversée. Son panier de provisions tremblait à son bras.

— Eh bien, qu'y a-t-il, ma bonne Victoire ? lui dit Lupin ; tu es verte.
— Verte... n'est-ce pas ?... Il y a de quoi...

Elle dut s'asseoir, et ce n'est qu'après bien des efforts qu'elle réussit à bégayer :

— Un individu... un individu qui m'a abordée... chez la fruitière...
— Bigre ! Il voulait t'enlever ?
— Non... Il m'a remis une lettre...
— Et tu te plains ? Une déclaration d'amour, évidemment !
— Non... « C'est pour votre patron », qu'il a dit. « Mon patron » que j'ai dit. « Oui, pour le monsieur qui habite votre chambre. »
— Hein !

Cette fois Lupin avait tressailli.

— Donne-moi ça, fit-il, en lui arrachant l'enveloppe.

L'enveloppe ne portait aucune adresse.

Mais il y en avait une autre, à l'intérieur, sur laquelle il lut :

Monsieur Arsène Lupin, aux bons soins de Victoire.

— Fichtre ! murmura-t-il, celle-ci est raide.

Il déchira cette seconde enveloppe. Elle contenait une feuille de papier, avec ces mots écrits en grosses majuscules :

Tout ce que vous faites est inutile et dangereux... Abandonnez la partie...

Victoire poussa un gémissement et s'évanouit. Quant à Lupin, il se sentit rougir jusqu'aux oreilles, comme si on l'eût outragé de la façon la plus grossière. Il éprouvait cette humiliation d'un duelliste dont les intentions les plus secrètes seraient annoncées à haute voix par un adversaire ironique.

D'ailleurs il ne souffla mot. Victoire reprit son service. Lui, il resta dans sa chambre, toute la journée, à réfléchir.

Le soir, il ne dormit pas.

Et il ne cessait de se répéter :

— À quoi bon réfléchir ? je me heurte à l'un de ces problèmes que l'on ne résout pas par la réflexion. Il est certain que je ne suis pas seul dans l'affaire, et que, entre Daubrecq et la police, il y a, outre le troisième larron que je suis, un quatrième larron qui marche pour son compte et qui me connaît, et qui lit clairement dans mon jeu. Mais quel est ce quatrième larron ? Et puis, est-ce que je ne me trompe pas ? Et puis... Ah ! zut... dormons !

Mais il ne pouvait dormir, et une partie de la nuit s'écoula de la sorte.

Or, vers quatre heures du matin, il lui sembla entendre du bruit dans la maison. Il se leva précipitamment, et, du haut de l'escalier, il aperçut Daubrecq qui descendait le premier étage et se dirigeait ensuite vers le jardin.

Une minute plus tard le député, après avoir ouvert la grille, rentra avec un individu dont la tête était enfouie au fond d'un vaste col de fourrure, et le conduisit dans son cabinet de travail.

En prévision d'une éventualité de ce genre, Lupin avait pris ses précautions. Comme les fenêtres du cabinet et celles de sa chambre, situées toutes deux derrière la maison, donnaient sur le jardin, il accrocha à son balcon une échelle de corde qu'il déroula doucement, et le long de laquelle il descendit jusqu'au niveau supérieur des fenêtres du cabinet.

Des volets masquaient ces fenêtres. Mais, comme elles étaient rondes, une imposte en demi-cercle restait libre, et Lupin, bien qu'il lui fût impossible d'entendre, put discerner tout ce qui se passait à l'intérieur.

Aussitôt il constata que la personne qu'il avait prise pour un homme était une femme — une femme encore jeune, quoique sa chevelure noire se mêlât de cheveux gris, une femme d'une élégance très simple, haute de taille, et dont le beau visage avait cette expression lasse et mélancolique que donne l'habitude de souffrir.

— Où diable l'ai-je vue ? se demanda Lupin. Car, sûrement, ce sont là des traits, un regard, une physionomie que je connais.

Debout, appuyée contre la table, impassible, elle écoutait Daubrecq. Celui-ci, debout également, lui parlait avec animation. Il tournait le dos à Lupin, mais Lupin s'étant penché, aperçut une glace où se reflétait l'image du député. Et il fut effrayé de voir avec quels yeux étranges, avec quel air de désir brutal et sauvage il regardait sa visiteuse.

Elle-même dut en être gênée, car elle s'assit et baissa les paupières. Daubrecq alors s'inclina vers elle, et il semblait prêt à l'entourer de ses longs bras aux poings énormes. Et, tout à coup, Lupin s'avisa que de grosses larmes roulaient sur le triste visage de la femme.

Est-ce la vue de ces larmes qui fit perdre la tête à Daubrecq ? D'un mouvement brusque il étreignit la femme et l'attira contre lui. Elle le repoussa avec une violence haineuse. Et tous deux, après une courte lutte où la figure de l'homme apparut à Lupin, atroce et convulsée, tous deux, dressés l'un contre l'autre, ils s'apostrophèrent comme des ennemis mortels.

Puis ils se turent. Daubrecq s'assit, il avait un air méchant, dur, ironique aussi. Et il parla de nouveau en frappant la table à petits coups secs, comme s'il posait des conditions.

Elle ne bougeait plus. Elle le dominait de tout son buste hautain, distraite, et les yeux vagues. Lupin ne la quittait pas du regard, captivé par ce visage énergique et douloureux, et il recherchait vainement à quel souvenir la rattacher, lorsqu'il s'aperçut qu'elle avait tourné légèrement la tête et qu'elle remuait le bras de façon imperceptible.

Et son bras s'écartait de son buste, et Lupin vit qu'il y avait à l'extrémité de cette table une carafe coiffée d'un bouchon à tête d'or. La main atteignit la carafe, tâtonna, s'éleva doucement, et saisit le bouchon. Un mouvement de tête rapide, un coup d'œil, puis le bouchon fut remis à sa place. Sans aucun doute ce n'était pas cela que la femme espérait.

— Crebleu, se dit Lupin, elle aussi est en quête du bouchon de cristal. Décidément l'affaire se complique tous les jours.

Mais, ayant de nouveau observé la visiteuse, il fut stupéfait de noter l'expression subite et imprévue de son visage, une expression terrible, implacable, féroce. Et il vit que la main continuait son manège autour de la table, et que, par un glissement ininterrompu, par une manœuvre sournoise, elle repoussait des livres et, lentement, sûrement, approchait d'un poignard dont la lame brillait parmi les feuilles éparses.

Nerveusement elle agrippa le manche.

Daubrecq continuait à discourir. Au-dessus de son dos, sans trembler, la main s'éleva peu à peu, et Lupin voyait les yeux hagards et forcenés de la femme qui fixaient le point même de la nuque qu'elle avait choisi pour y planter son couteau.

— Vous êtes en train de faire une bêtise, ma belle madame, pensa Lupin.

Et il songeait déjà au moyen de s'enfuir et d'emmener Victoire.

Elle hésitait pourtant, le bras dressé. Mais ce ne fut qu'une défaillance brève. Elle serra les dents. Toute sa face, contractée par la haine, se tordit davantage encore. Et elle fit le geste effroyable.

Au même instant, Daubrecq s'aplatissait, bondissait de sa chaise, et, se retournant, attrapait au vol le frêle poignet de la femme.

Chose curieuse, il ne lui adressa aucun reproche, comme si l'acte qu'elle avait tenté ne l'eût point surpris plus qu'un acte ordinaire, très naturel, et très simple. Il haussa les épaules, en homme habitué à courir ces sortes de dangers, et il marcha de long en large, silencieux.

Elle avait lâché l'arme, et elle pleurait, la tête entre ses mains, avec des sanglots qui la secouaient tout entière.

Puis il revint près d'elle, et lui dit quelques paroles en frappant encore sur la table.

Elle fit signe que non, et, comme il insistait, à son tour elle frappa violemment du pied, en criant, et si fort que Lupin entendit :

— Jamais !… Jamais !…

Alors, sans un mot de plus, il alla chercher le manteau de fourrure qu'elle avait apporté, et le posa sur les épaules de la femme, tandis qu'elle s'enveloppait le visage d'une dentelle.

Et il la reconduisit.

Deux minutes plus tard, la grille du jardin se refermait.

— Dommage que je ne puisse pas courir après cette étrange personne et jaser un peu avec elle sur le Daubrecq. M'est avis qu'à nous deux on ferait de la bonne besogne.

En tout cas, il y avait un point à éclaircir. Le député Daubrecq, dont la vie était si réglée, si exemplaire en apparence, ne recevait-il pas certaines visites, la nuit, alors que l'hôtel n'était plus surveillé par la police ?

Il chargea Victoire de prévenir deux hommes de sa bande pour qu'ils eussent à faire le guet pendant plusieurs jours. Et lui-même, la nuit suivante, se tint éveillé.

Comme la veille, à quatre heures du matin, il entendit du bruit. Comme la veille, le député introduisait quelqu'un.

Lupin descendit vivement son échelle et tout de suite, en arrivant au niveau de l'imposte, il aperçut un homme qui se traînait aux pieds de Daubrecq, qui lui embrassait les genoux avec un désespoir frénétique, et qui, lui aussi, pleurait, pleurait convulsivement.

Plusieurs fois, Daubrecq le repoussa en riant, mais l'homme se cramponnait. On eût dit qu'il était fou, et ce fut dans un véritable accès de folie que, se relevant à moitié, il empoigna le député à la gorge et le renversa sur un fauteuil. Daubrecq se débattit, impuissant d'abord, et les veines gonflées. Mais, d'une force peu commune, il ne tarda pas à reprendre le dessus et à réduire son adversaire à l'immobilité.

Le tenant alors d'une main, de l'autre il le gifla, deux fois, à toute volée.

L'homme se releva lentement. Il était livide et vacillait sur ses jambes. Il attendit un moment, comme pour reprendre son sang-froid. Et, avec un calme effrayant, il tira de sa poche un revolver qu'il braqua sur Daubrecq.

Daubrecq ne broncha pas. Il souriait même d'un air de défi et sans plus s'émouvoir que s'il eût été visé par le pistolet d'un enfant.

Durant quinze à vingt secondes peut-être, l'homme resta le bras tendu, en face de son ennemi. Puis, toujours avec la même lenteur où se révélait une maîtrise d'autant plus impressionnante qu'elle succédait à une crise d'agitation extrême, il rentra son arme et, dans une autre poche, saisit son portefeuille.

Daubrecq s'avança.

Le portefeuille fut déplié. Une liasse de billets de banque apparut.

Daubrecq s'en empara vivement et les compta.

C'étaient des billets de mille francs.

Il y en avait trente.

L'homme regardait. Il n'eut pas un geste de révolte, pas une protestation. Visiblement, il comprenait l'inutilité des paroles. Daubrecq était de ceux qu'on ne fléchit pas. Pourquoi perdrait-il son temps à le supplier, ou même à se venger de lui par des outrages et des menaces vaines ? Pouvait-il atteindre cet ennemi inaccessible ? La mort même de Daubrecq ne le délivrerait pas de Daubrecq.

Il prit son chapeau et s'en alla.

À onze heures du matin, en rentrant du marché, Victoire remit à Lupin un mot que lui envoyaient ses complices.

Il lut :

« L'homme qui est venu cette nuit chez Daubrecq est le député Langeroux, président de la gauche indépendante. Peu de fortune, famille nombreuse. »

— Allons, se dit Lupin, Daubrecq n'est autre chose qu'un maître chanteur, mais, saprelote, les moyens d'action qu'il emploie sont rudement efficaces !

Les événements donnèrent une nouvelle force à la supposition de Lupin. Trois jours après, il vint un autre visiteur, qui remit à Daubrecq une somme importante. Et il en vint un autre le surlendemain, qui laissa un collier de perles.

Le premier se nommait Dechaumont, sénateur, ancien ministre. Le second était le marquis d'Albufex, député bonapartiste, ancien chef du bureau politique du prince Napoléon.

Pour ces deux-là, la scène fut à peu près semblable à l'entretien du député Langeroux, scène violente et tragique qui se termina par la victoire de Daubrecq.

— Et ainsi de suite, pensa Lupin, quand il eut ces renseignements. J'ai assisté à quatre visites. Je n'en saurai pas davantage s'il y en a dix, vingt ou trente… Il me suffit de connaître, par mes amis en faction, le nom des visiteurs. Irai-je les voir ?… Pour quoi faire ? Ils n'ont aucune raison pour se confier à moi. D'autre part, dois-je m'attarder ici à des investigations qui n'avancent pas et que Victoire peut tout aussi bien continuer seule ?

Il était fort embarrassé. Les nouvelles de l'instruction dirigée contre Gilbert et Vaucheray devenaient de plus en plus mauvaises, les jours s'écoulaient, et il n'était pas une heure sans se demander — et avec quelle angoisse ! — si tous ses efforts n'aboutiraient pas, en admettant qu'il réussît, à des résultats dérisoires et absolument étrangers au but qu'il poursuivait.

Car enfin, une fois démêlées les manœuvres clandestines de Daubrecq, aurait-il pour cela les moyens de secourir Gilbert et Vaucheray ?

Ce jour-là, un incident mit fin à son indécision. Après le déjeuner, Victoire entendit, par bribes, une conversation téléphonique de Daubrecq.

De ce que rapporta Victoire, Lupin conclut que le député avait rendez-vous, à huit heures et demie, avec une dame et qu'il devait la conduire dans un théâtre.

— Je prendrai une baignoire, comme il y a six semaines, avait dit Daubrecq.

Et il avait ajouté en riant :

— J'espère que, pendant ce temps-là, je ne serai pas cambriolé.

Pour Lupin, les choses ne firent pas de doute. Daubrecq allait employer sa soirée de la même façon qu'il l'avait employée six semaines auparavant, tandis que l'on cambriolait sa villa d'Enghien. Connaître la personne qu'il devait retrouver, savoir peut-être aussi comment Gilbert et Vaucheray avaient appris que l'absence de Daubrecq durerait de huit heures du soir à une heure du matin, c'était d'une importance capitale.

Pendant l'après-midi, avec l'assistance de Victoire, et sachant par elle que Daubrecq rentrait dîner plus tôt que de coutume, Lupin sortit de l'hôtel.

Il passa chez lui, rue Chateaubriand ; manda par téléphone trois de ses amis, endossa un frac, et se fit, comme il disait, sa tête de prince russe, à cheveux blonds et à favoris coupés ras.

Les complices arrivèrent en automobile.

À ce moment, Achille, le domestique, lui apporta un télégramme adressé à M. Michel Beaumont, rue Chateaubriand. Ce télégramme était ainsi conçu :

« *Ne venez pas au théâtre ce soir. Votre intervention risque de tout perdre.* »

Sur la cheminée, près de lui, il y avait un vase de fleurs. Lupin le saisit et le brisa en morceaux.

— C'est entendu, c'est entendu, grinça-t-il. On joue avec moi comme j'ai l'habitude de jouer avec les autres. Mêmes procédés. Mêmes artifices. Seulement, voilà, il y a cette différence…

Quelle différence ? Il n'en savait trop rien. La vérité, c'est qu'il était déconcerté, lui aussi, troublé jusqu'au fond de l'être, et qu'il ne continuait à agir que par obstination, pour ainsi dire par devoir, et sans apporter à la besogne sa belle humeur et son entrain ordinaires.

— Allons-y ! dit-il à ses complices.

Sur son ordre, le chauffeur les arrêta non loin du square Lamartine, mais n'éteignit pas le moteur. Lupin prévoyait que Daubrecq, pour échapper aux agents de la Sûreté qui gardaient l'hôtel, sauterait dans quelque taxi, et il ne voulait pas se laisser distancer.

Il comptait sans l'habileté de Daubrecq.

À sept heures et demie, la grille du jardin fut ouverte à deux battants, une lueur vive jaillit, et rapidement une motocyclette franchit le trottoir, longea le square, tourna devant l'auto et fila vers le Bois à une allure telle qu'il eût été absurde de se mettre à sa poursuite.

— Bon voyage, monsieur Dumollet, dit Lupin, qui essaya de plaisanter, mais qui, au fond, ne dérageait pas.

Il observa ses complices avec l'espoir que l'un d'eux se permettrait un sourire moqueur. Comme il eût été heureux de passer ses nerfs sur celui-là !

— Rentrons, dit-il au bout d'un instant.

Il leur offrit à dîner, puis il fuma un cigare, et ils repartirent en automobile et firent la tournée des théâtres, en commençant par ceux d'opérette et de vaudeville, pour lesquels il supposait que Daubrecq et sa dame devaient avoir quelque préférence. Il prenait un fauteuil, inspectait les baignoires et s'en allait.

Il passa ensuite aux théâtres plus sérieux, à la Renaissance, au Gymnase.

Enfin, à dix heures du soir, il aperçut au Vaudeville une baignoire presque entièrement masquée de ses deux paravents et, moyennant finances, il apprit de l'ouvreuse qu'il y avait là un monsieur d'un certain âge, gros et petit, et une dame voilée d'une dentelle épaisse.

La baignoire voisine étant libre, il la prit, retourna vers ses amis afin de leur donner les instructions nécessaires, et s'installa près du couple.

Durant l'entracte, à la lumière plus vive, il discerna le profil de Daubrecq. La dame restait dans le fond, invisible.

Tous deux parlaient à voix basse, et, lorsque le rideau se releva, ils continuèrent à parler, mais de telle façon que Lupin ne distinguait pas une parole.

Dix minutes s'écoulèrent. On frappa à leur porte. C'était un inspecteur du théâtre.

— Monsieur le député Daubrecq, n'est-ce pas ? interrogea-t-il.

— Oui, fit Daubrecq d'une voix étonnée. Mais comment savez-vous mon nom ?

— Par une personne qui vous demande au téléphone et qui m'a dit de m'adresser à la baignoire 22.

— Mais qui cela ?

— Monsieur le marquis d'Albufex.

— Hein ?... Quoi ?

— Que dois-je répondre ?

— Je viens... je viens...

Daubrecq s'était levé précipitamment et suivait l'inspecteur.

Il n'avait pas disparu que Lupin surgissait de sa baignoire. Il crocheta la porte voisine et s'assit auprès de la dame.

Elle étouffa un cri.

— Taisez-vous, ordonna-t-il... j'ai à vous parler, c'est de toute importance.

— Ah !... fit-elle entre ses dents... Arsène Lupin.

Il fut ahuri. Un instant, il demeura coi, la bouche béante. Cette femme le connaissait ! et non seulement elle le connaissait, mais elle l'avait reconnu malgré son déguisement ! Si accoutumé qu'il fût aux événements les plus extraordinaires et les plus insolites, celui-ci le déconcertait.

Il ne songea même pas à protester et balbutia :

— Vous savez donc ?... vous savez ?...

Brusquement, avant qu'elle eût le temps de se défendre, il écarta le voile de la dame.

— Comment ! est-ce possible ? murmura-t-il, avec une stupeur croissante.

C'était la femme qu'il avait vue chez Daubrecq quelques jours auparavant, la femme qui avait levé son poignard sur Daubrecq, et qui avait voulu le frapper de toute sa force haineuse.

À son tour, elle parut bouleversée.

— Quoi vous m'avez vue déjà ?...

— Oui, l'autre nuit, dans son hôtel... j'ai vu votre geste...

Elle fit un mouvement pour s'enfuir. Il la retint et vivement :

— Il faut que je sache qui vous êtes... C'est pour le savoir que j'ai fait téléphoner à Daubrecq.

Elle s'effara.

— Comment, ce n'est donc pas le marquis d'Albufex ?

— Non, c'est un de mes complices.

— Alors, Daubrecq va revenir ?...

— Oui, mais nous avons le temps... Écoutez-moi... Il faut que nous nous retrouvions... Il est votre ennemi... Je vous sauverai de lui...

— Pourquoi ? Dans quel but ?

— Ne vous défiez pas de moi... Il est certain que notre intérêt est le même... Où puis-je vous retrouver ? Demain, n'est-ce pas ? À quelle heure ?... À quel endroit ? — Eh bien ?

Elle le regardait avec une hésitation visible, ne sachant que faire, sur le point de parler, et pourtant pleine d'inquiétude et de doute.

Il la pressa.

— Oh ! je vous en supplie !... répondez... un moment seulement... et tout de suite... Il serait déplorable qu'on me trouvât ici... je vous en supplie.

D'une voix nette, elle répliqua :

— Mon nom... c'est inutile... Nous nous verrons d'abord, et vous m'expliquerez... Oui, nous nous verrons. Tenez demain, à trois heures de l'après-midi, au coin du boulevard...

À ce moment précis, la porte de la baignoire s'ouvrit, d'un coup de poing pour ainsi dire, et Daubrecq parut.

— Zut de zut ! marmotta Lupin, furieux d'être pincé avant d'avoir obtenu ce qu'il voulait.

Daubrecq eut un ricanement.

— C'est bien cela... je me doutais de quelque chose... Ah ! le truc du téléphone, un peu démodé, monsieur.

Je n'étais pas à moitié route que j'ai tourné bride.

Il repoussa Lupin sur le devant de la loge, et s'asseyant à côté de la dame il dit :

— Et alors, mon prince, qui sommes-nous ? Domestique à la préfecture, probablement ? Nous avons bien la gueule de l'emploi.

Il dévisageait Lupin, qui ne sourcillait pas, et il cherchait à mettre un nom sur cette figure, mais il ne reconnut pas celui qu'il avait appelé Polonius.

Lupin, sans le quitter des yeux non plus, réfléchissait. Pour rien au monde il n'eût voulu abandonner la partie au point où il l'avait menée, et renoncer à s'entendre, puisque l'occasion était si propice, avec la mortelle ennemie de Daubrecq.

Elle, immobile en son coin, les observait tous deux.

Lupin prononça :

— Sortons, monsieur, l'entretien sera plus facile dehors.

— Ici, mon prince, riposta le député, il aura lieu ici, tout à l'heure, pendant l'entr'acte. Comme cela, nous ne dérangerons personne.

— Mais…

— Pas la peine, mon bonhomme, tu ne bougeras pas.

Et il saisit Lupin au collet, avec l'intention évidente de ne plus le lâcher avant l'entr'acte.

Geste imprudent… Comment Lupin eût-il consenti à rester dans une pareille attitude, et surtout devant une femme, une femme à laquelle il avait offert son alliance, une femme — et pour la première fois il pensait à cela — qui était belle et dont la beauté grave lui plaisait. Tout son orgueil d'homme se cabra.

Pourtant il se tut. Il accepta sur son épaule la pesée lourde de la main, et même il se cassa en deux, comme vaincu, impuissant, presque peureux.

— Ah ! drôle, railla le député, il paraît qu'on ne crâne plus.

Sur la scène les acteurs, en grand nombre, disputaient et faisaient du bruit.

Daubrecq ayant un peu desserré son étreinte, Lupin jugea le moment favorable.

Violemment, avec le coupant de la main, il le frappa au creux du bras, ainsi qu'il eût fait avec une hache.

La douleur déconcenança Daubrecq. Lupin acheva de se dégager et s'élança sur lui pour le prendre à la gorge. Mais Daubrecq, aussitôt sur la défensive, avait fait un mouvement de recul, et leurs quatre mains se saisirent.

Elles se saisirent avec une énergie surhumaine, toute la force des deux adversaires se concentrant en elles. Celles de Daubrecq étaient monstrueuses, et Lupin, happé par cet étau de fer, eut l'impression qu'il combattait, non pas avec un homme, mais avec quelque bête formidable, un gorille de taille colossale.

Ils se tenaient contre la porte, courbés comme des lutteurs qui se tâtent et cherchent à s'empoigner. Des os craquèrent. À la première défaillance, le vaincu était pris à la gorge, étranglé. Et cela se passait dans un silence brusque, les acteurs sur la scène écoutant l'un d'eux qui parlait à voix basse.

La femme, écrasée contre la cloison, terrifiée, les regardait. Que, par un geste, elle prît parti pour l'un ou pour l'autre, la victoire aussitôt se décidait pour celui-là.

Mais qui soutiendrait-elle ? Qu'est-ce que Lupin pouvait représenter à ses yeux ? un ami ou un ennemi ?

Vivement, elle gagna le devant de la baignoire, enfonça l'écran, et, le buste penché, sembla faire un signe. Puis elle revint et tâcha de se glisser jusqu'à la porte.

Lupin, comme s'il eût voulu l'aider, lui dit :

— Enlevez donc la chaise.

Il parlait d'une lourde chaise qui était tombée, qui le séparait de Daubrecq, et par-dessus laquelle ils combattaient.

La femme se baissa et tira la chaise. C'était ce que Lupin attendait.

Délivré de l'obstacle, il allongea sur la jambe de Daubrecq un coup de pied sec avec la pointe de sa bottine. Le résultat fut le même que pour le coup qu'il avait donné sur le bras. La douleur provoqua une seconde d'effarement, de distraction, dont il profita aussitôt pour rabattre les mains tendues de Daubrecq, et pour lui planter ses dix doigts autour de la gorge et de la nuque.

Daubrecq résista. Daubrecq essaya d'écarter les mains qui l'étouffaient, mais il suffoquait déjà et ses forces diminuaient.

— Ah ! vieux singe ! grogna Lupin en le renversant. Pourquoi n'appelles-tu pas au secours ? Faut-il que tu aies peur du scandale !

Au bruit de la chute, on frappa contre la cloison, de l'autre côté.

— Allez toujours, fit Lupin à mi-voix, le drame est sur la scène. Ici, c'est mon affaire, et jusqu'à ce que j'aie maté ce gorille-là...

Ce ne fut pas long. Le député suffoquait. D'un coup sur la mâchoire, il l'étourdit. Il ne restait plus à Lupin qu'à entraîner la femme et à s'enfuir avec elle avant que l'alarme ne fût donnée.

Mais, quand il se retourna, il s'aperçut que la femme était partie.

Elle ne pouvait être loin. Ayant sauté hors de la loge, il se mit à courir, sans se soucier des ouvreuses et des contrôleurs.

De fait, arrivé à la rotonde du rez-de-chaussée, il l'aperçut, par une porte ouverte, qui traversait le trottoir de la Chaussée d'Antin.

Elle montait en auto quand il la rejoignit.

La portière se referma sur elle.

Il saisit la poignée et voulut tirer.

Mais, de l'intérieur, un individu surgit, qui lui envoya son poing dans la figure, moins habilement, mais aussi violemment qu'il avait envoyé le sien dans la figure de Daubrecq.

Si étourdi qu'il fût par le choc, il eut tout de même le temps, dans une vision effarée, de reconnaître cet individu, et de reconnaître aussi, sous son déguisement de chauffeur, l'individu qui conduisait l'automobile.

C'étaient Grognard et Le Ballu, les deux hommes chargés des barques, le soir d'Enghien, deux amis de Gilbert et de Vaucheray, bref deux de ses complices à lui, Lupin.

Quand il fut dans son logis de la rue Chateaubriand, Lupin, après avoir lavé son visage ensanglanté, resta plus d'une heure dans un fauteuil, comme assommé. Pour la première fois, il éprouvait la douleur d'être trahi. Pour la première fois, des camarades de combat se retournaient contre leur chef.

Machinalement, dans le but de se distraire, il prit son courrier du soir et déchira la bande d'un journal. Aux dernières nouvelles, il lut ces lignes :

« *Affaire de la villa Marie-Thérèse. On a fini par découvrir la véritable identité de Vaucheray, un des assassins présumés du domestique Léonard. C'est un bandit de la pire espèce, un récidiviste, et deux fois, sous un autre nom, condamné par contumace pour assassinat.*

» *Nul doute que l'on ne finisse par découvrir également le vrai nom de son complice Gilbert. Dans tous les cas le juge d'instruction est résolu à renvoyer l'affaire le plus vite possible devant la chambre des mises en accusation.*

» *On ne se plaindra pas des lenteurs de la justice.* »

Au milieu d'autres journaux et de prospectus, il y avait une lettre.

Lupin, en l'apercevant, bondit. Elle était adressée à M. de Beaumont (Michel).

— Ah ! balbutia-t-il, une lettre de Gilbert.

Elle contenait ces quelques mots :

« *Patron, au secours ! j'ai peur... j'ai peur...* »

Cette nuit-là encore fut pour Lupin une nuit d'insomnie et de cauchemars. Cette nuit-là encore, d'abominables, de terrifiantes visions le torturèrent.

IV. — LE CHEF DES ENNEMIS

— Pauvre gosse, murmura Lupin en relisant le lendemain la lettre de Gilbert. Comme il doit souffrir ?

Du premier jour où il l'avait rencontré, il avait pris de l'affection pour ce grand jeune homme insouciant et joyeux de vivre. Gilbert lui était dévoué jusqu'à se tuer sur un signe du maître. Et Lupin aimait aussi sa franchise, sa belle humeur, sa naïveté, sa figure heureuse.

— Gilbert, lui disait-il souvent, tu es un honnête homme. À ta place, vois-tu, je lâcherais le métier, et je me ferais, pour de bon, honnête homme.

— Après vous patron, répondit Gilbert en riant.

— Tu ne veux pas ?

— Non, patron. Un honnête homme, ça travaille, ça turbine, et moi c'est un goût que j'ai eu peut-être étant gamin, mais qu'on m'a fait passer.

— Qui, on ?

Gilbert se taisait. Il se taisait toujours quand on l'interrogeait sur les premières années de sa vie, et Lupin savait tout au plus qu'il était orphelin depuis son jeune âge et qu'il avait vécu de droite et de gauche, changeant de nom, accrochant son existence aux métiers les plus bizarres. Il y avait là tout un mystère que personne n'avait pu pénétrer, et il ne semblait pas que la justice fût en voie d'y parvenir.

Mais il ne semblait pas non plus que ce mystère fût pour elle une raison de s'attarder. Sous son nom de Gilbert ou sous tel autre nom, elle enverrait aux Assises le complice de Vaucheray et le frapperait avec la même rigueur inflexible.

— Pauvre gosse, répéta Lupin. Si on le poursuit comme ça, c'est bien à cause de moi. Ils ont peur d'une évasion, et ils se hâtent d'arriver au but, au verdict d'abord… et puis à la suppression… Un gamin de vingt ans ! et qui n'a pas tué, qui n'est pas complice du meurtre…

Hélas ! Lupin n'ignorait pas que c'était là chose impossible à prouver, et qu'il devait diriger ses efforts vers un autre point. Mais vers lequel ? Fallait-il renoncer à la piste du bouchon de cristal ?

Il ne put s'y décider. Son unique diversion fut d'aller à Enghien, où demeuraient Grognard et Le Ballu, et de s'assurer qu'ils avaient disparu depuis l'assassinat de la villa Marie-Thérèse. Hors cela, il s'occupa et ne voulut s'occuper que de Daubrecq.

Il refusa même de se livrer à la moindre considération sur les énigmes qui se posaient à lui, sur la trahison de Grognard et Le Ballu, sur leurs rapports avec la dame aux cheveux gris, sur l'espionnage dont il était l'objet, lui, personnellement.

— Silence, Lupin, disait-il, dans la fièvre on raisonne à faux. Donc, tais-toi. Pas de déduction, surtout ! Rien n'est plus bête que de déduire les faits les uns des autres avant d'avoir trouvé un point de départ certain. C'est comme cela que l'on se fiche dedans. Écoute ton instinct. Marche d'après ton intuition, et puisque, en dehors de tout raisonnement, en dehors de toute logique, pourrait-on dire, puisque tu es persuadé que cette affaire tourne autour de ce sacré bouchon, vas-y hardiment. Sus au Daubrecq et à son cristal !

Lupin n'avait pas attendu d'aboutir à ces conclusions pour y conformer ses actes. À l'instant où il les énonçait en lui-même, il se trouvait assis, petit rentier muni d'un cache-nez et d'un vieux pardessus, il se trouvait assis trois jours après la scène du Vaudeville, sur un banc de l'avenue Victor-Hugo, à une distance assez grande du square Lamartine. Selon ses instructions, Victoire devait, chaque matin, à la même heure, passer devant ce banc.

— Oui, se répéta-t-il, le bouchon de cristal, tout est là… Quand je l'aurai…

Victoire arrivait, son panier de provisions sous le bras. Tout de suite il nota son agitation et sa pâleur extraordinaires.

— Qu'y a-t-il ? lui demanda Lupin, en marchant aux côtés de la vieille nourrice.

Elle entra dans un grand magasin d'épicerie où il y avait beaucoup de gens, et, se retournant vers lui :

— Tiens, dit-elle, d'une voix altérée par l'émotion, voilà ce que tu cherches.

Et, tirant un objet de son panier, elle le lui donna. Lupin demeura confondu : il tenait en main le bouchon de cristal.

— Est-ce possible ? est-ce possible ? murmura-t-il, comme si la facilité d'un pareil dénouement l'eût déconcerté.

Mais le fait était là, visible et palpable. À sa forme, à ses proportions, à l'or éteint de ses facettes, il reconnaissait, à ne s'y point tromper, le bouchon de cristal qu'il avait eu déjà sous les yeux. Il n'était point jusqu'à une certaine petite éraflure qu'on ne remarquât sur la tige, et dont il se souvenait parfaitement.

D'ailleurs, si l'objet représentait tous les mêmes caractères, il n'en offrait aucun autre qui semblât nouveau. C'était un bouchon de cristal, voilà tout. Aucune marque réellement spéciale ne le distinguait des autres bouchons. Aucun signe ne s'y trouvait inscrit, aucun chiffre, et, taillé dans un seul bloc, il ne contenait aucune matière étrangère.

— Alors quoi ?

Et Lupin eut la vision subite et profonde de son erreur. Que lui importait de posséder ce bouchon de cristal, s'il en ignorait la valeur ? Ce morceau de verre n'existait pas par lui-même, il ne comptait que par la signification qui s'attachait à lui. Avant de le prendre il fallait savoir. Et qui pouvait même lui assurer que, en le prenant, en le dérobant à Daubrecq, il ne commettait pas une bêtise ?

Question impossible à résoudre, mais qui s'imposait à lui avec une rigueur singulière.

— Pas de gaffes ! se dit-il en rempochant l'objet. Dans cette diable d'affaire, les gaffes sont irréparables.

Il n'avait pas quitté Victoire des yeux. Accompagnée d'un commis, elle allait d'un comptoir à l'autre, parmi la foule des clients. Elle stationna ensuite assez longtemps devant la caisse et passa près de Lupin.

Il ordonna, tout bas :

— Rendez-vous derrière le lycée Janson.

Elle le rejoignit dans une rue peu fréquentée.

— Et si l'on me suit ? dit-elle.

— Non, affirma-t-il. J'ai bien regardé. Écoute-moi. Où as-tu trouvé ce bouchon ?

— Dans le tiroir de sa table de nuit.

— Cependant, nous avons déjà fouillé là.

— Oui, et moi encore hier matin. C'est sans doute qu'il l'y a mis cette nuit.

— Et sans doute aussi qu'il va l'y reprendre, observa Lupin.

— Peut-être bien.

— Et s'il ne l'y trouve plus ?

Victoire parut effrayée.

— Réponds-moi, dit Lupin : s'il ne l'y trouve plus, est-ce toi qu'il accusera du vol ?

— Évidemment…

— Alors, va l'y remettre, et au galop.

— Mon Dieu ! mon Dieu ! gémit-elle, pourvu qu'il n'ait pas eu le temps de s'en apercevoir. Donne-moi l'objet, vite.

— Tiens, le voici, dit Lupin.

Il chercha dans la poche de son pardessus.

— Eh bien ? fit Victoire la main tendue.

— Eh bien, dit-il au bout d'un instant, il n'y est plus.

— Quoi !

— Ma foi, non, il n'y est plus… on me l'a repris.

Il éclata de rire, et d'un rire qui, cette fois, ne se mêlait d'aucune amertume.

Victoire s'indigna.

— Tu as de la gaieté de reste !… Dans une pareille circonstance !…

— Que veux-tu ? Avoue que c'est vraiment drôle. Ce n'est plus un drame que nous jouons… c'est une féerie, une féerie comme *les Pilules du Diable*, ou bien *le pied de Mouton*. Dès que j'aurai quelques semaines de repos, j'écrirai ça… *le Bouchon Magique, ou les Mésaventures du pauvre Arsène*.

— Enfin, qui te l'a repris ?

— Qu'est-ce que tu chantes !… Il s'est envolé tout seul… Il s'est évanoui dans ma poche… Passez, muscade.

Il poussa doucement la vieille bonne, et, d'un ton plus sérieux :

— Rentre, Victoire, et ne t'inquiète pas. Il est évident qu'on t'avait vu me remettre ce bouchon et qu'on a profité de la bousculade, dans le magasin, pour le cueillir au fond de ma poche. Tout cela prouve que nous sommes surveillés de plus près que je ne pensais, et par des adversaires de premier ordre. Mais, encore une fois, sois tranquille. Les honnêtes gens ont toujours le dernier mot. Tu n'avais rien d'autre à me dire ?

— Si. On est venu, hier soir, pendant que M. Daubrecq était sorti. J'ai vu des lumières qui se reflétaient sur les arbres du jardin.

— La concierge ?

— La concierge n'était pas couchée.

— Alors ce sont les types de la Préfecture ; ils continuent de chercher. À tantôt, Victoire… Tu me feras rentrer…

— Comment ! tu veux…

— Qu'est-ce que je risque ? Ta chambre est au troisième étage. Daubrecq ne se doute de rien.

— Mais les autres ?

— Les autres ? S'ils avaient eu quelque intérêt à me faire mauvais parti, ils l'auraient déjà tenté. Je les gêne, voilà tout. Ils ne me craignent pas. À tantôt, Victoire, sur le coup de cinq heures.

Une surprise encore attendait Lupin. Le soir, sa vieille bonne lui annonça que, ayant ouvert par curiosité le tiroir de la table de nuit, elle y avait retrouvé le bouchon de cristal.

Lupin n'en était plus à s'émouvoir de ces incidents miraculeux. Il se dit simplement :

— Donc on l'y a rapporté. Et la personne qui l'y a rapporté et qui s'introduit dans cet hôtel par des moyens inexplicables, cette personne a jugé comme moi que le bouchon ne devait pas disparaître. Et cependant Daubrecq, lui, qui se sait traqué jusqu'au fond de sa chambre, a de nouveau laissé ce bouchon dans un tiroir, comme s'il n'y attachait aucune importance ! Allez donc vous faire une opinion !...

Si Lupin ne se faisait pas d'opinion, il ne pouvait tout de même pas se soustraire à certains raisonnements, à certaines associations d'idées, qui lui donnaient ce pressentiment confus de lumière que l'on éprouve à l'issue d'un tunnel.

— En l'espèce, il est inévitable, se disait-il, qu'une rencontre prochaine ait lieu entre moi et « les autres ». Dès lors je serai maître de la situation.

Cinq jours s'écoulèrent sans que Lupin relevât le moindre détail. Le sixième jour, Daubrecq eut la visite matinale d'un monsieur, le député Laybach, qui, comme ses collègues, se traîna désespérément à ses pieds, et, en fin de compte, lui remit vingt mille francs.

Deux jours encore, puis une nuit, vers deux heures, Lupin posté sur le palier du second étage, perçut le grincement d'une porte, la porte, il s'en rendit compte, qui faisait communiquer le vestibule avec le jardin. Dans l'ombre, il distingua, ou plutôt il devina la présence de deux personnes qui montèrent l'escalier et s'arrêtèrent au premier devant la chambre de Daubrecq.

Là que firent-elles ? On ne pouvait s'introduire dans cette chambre, puisque Daubrecq, chaque soir, mettait ses verrous. Alors qu'espérait-on ?

Évidemment un travail se pratiquait que Lupin discernait à des bruits sourds de frottement contre la porte. Puis des mots lui parvinrent, à peine chuchotés.

— Ça marche ?

— Oui, parfaitement, mais tout de même il vaut mieux remettre à demain, puisque...

Lupin n'entendit pas la fin de la phrase. Déjà les individus redescendaient à tâtons. La porte se referma, très doucement, puis la grille.

— Tout de même curieux, pensa Lupin. Dans cette maison où Daubrecq dissimule soigneusement ses turpitudes et se défie, non sans raison, des espionnages, tout le monde pénètre comme dans un moulin. Que Victoire me fasse entrer, que la concierge introduise les émissaires de la Préfecture... soit, mais, ces gens-là, qui trahit donc en leur faveur ? Doit-on supposer qu'ils agissent seuls ? Mais quelle hardiesse ! Quelle connaissance des lieux !

L'après-midi, pendant l'absence de Daubrecq, il examina la porte de la chambre au premier étage. Du premier coup d'œil il comprit : un des panneaux du bas, habilement découpé, ne tenait plus que par des pointes invisibles. Les gens qui avaient effectué ce travail étaient donc les mêmes qui avaient opéré chez lui, rue Matignon et rue Chateaubriand.

Il constata également que le travail remontait à une époque antérieure et que, comme chez lui, l'ouverture avait été préparée d'avance en prévision de circonstances favorables ou de nécessité immédiate.

La journée fut courte pour Lupin. Il allait savoir. Non seulement il saurait la façon dont ses adversaires utilisaient ces petites ouvertures, en apparence inutilisables, puisqu'on ne pouvait par là atteindre aux verrous supérieurs, mais il saurait qui étaient ces adversaires si ingénieux, si actifs, en face desquels il se retrouvait de manière inévitable.

Un incident le contraria. Le soir, Daubrecq, qui déjà au dîner s'était plaint de fatigue, revint à dix heures et, par extraordinaire, poussa, dans le vestibule, les verrous de la porte du jardin. En ce cas, comment « les autres » pourraient-ils mettre leurs projets à exécution et parvenir à la chambre de Daubrecq ?

Daubrecq ayant éteint la lumière, Lupin patienta encore une heure, puis, à tout hasard, il installa son échelle de corde, et ensuite il prit son poste au palier du deuxième.

Il n'eut pas à se morfondre. Une heure plus tôt que la veille, on essaya d'ouvrir la porte du vestibule. La tentative ayant échoué, il s'écoula quelques minutes de silence absolu. Et Lupin croyait déjà que l'on avait renoncé quand il tressaillit. Sans que le moindre grincement eût effleuré le silence, quelqu'un avait passé. Il ne l'eût pas su, tellement le pas de cet être était assourdi par le tapis de l'escalier, si la rampe que, lui-même, il tenait en main, n'avait pas frémi. On montait.

Et, à mesure que l'on montait, une impression de malaise envahissait Lupin : il n'entendait pas davantage. À cause de la rampe, il était sûr qu'un être s'avançait, et il pouvait compter par chacune des trépidations le nombre des marches escaladées, mais aucun autre indice ne lui donnait cette sensation obscure de la présence que l'on éprouve à distinguer des gestes qu'on ne voit pas, à percevoir des bruits que l'on n'entend point. Dans l'ombre pourtant, une ombre plus noire aurait dû se former, et quelque chose eût dû, tout au moins, modifier la qualité du silence. Non, c'était à croire qu'il n'y avait personne.

Et Lupin, malgré lui et contre le témoignage même de sa raison, en arrivait à le croire, car la rampe ne bougeait plus, et il se pouvait qu'il eût été le jouet d'une illusion.

Et cela dura longtemps. Il hésitait, ne sachant que faire, ne sachant que supposer. Mais un détail bizarre le frappa. Une pendule venait de sonner deux heures. À son tintement, il avait reconnu la pendule de Daubrecq. Or, ce tintement avait été celui d'une pendule dont on n'est pas séparé par l'obstacle d'une porte.

Vivement Lupin descendit et s'approcha de la porte. Elle était fermée, mais il y avait un vide à gauche, en bas, un vide laissé par l'enlèvement du petit panneau.

Il écouta. Daubrecq se retournait à ce moment dans son lit, et sa respiration reprit, un peu rauque. Et Lupin, très nettement, entendit que l'on froissait des vêtements. Sans aucun doute l'être était là, qui cherchait, qui fouillait les habits déposés par Daubrecq auprès de son lit.

— Cette fois, pensa Lupin, je crois que l'affaire va s'éclaircir un peu. Mais fichtre ! comment le bougre a-t-il pu s'introduire ? A-t-il réussi à retirer les verrous et à entrouvrir la porte ?... Mais alors pourquoi aurait-il commis l'imprudence de la refermer ?

Pas une seconde — anomalie curieuse chez un homme comme Lupin et qui ne s'explique que par la sorte de malaise que provoquait en lui cette aventure — pas une seconde il ne soupçonna la vérité fort simple qui allait se révéler à lui. Ayant continué de descendre, il s'accroupit sur une des premières marches au bas de l'escalier et se plaça ainsi entre la porte de Daubrecq et celle du vestibule, chemin inévitable que devait suivre l'ennemi de Daubrecq pour rejoindre ses complices.

Avec quelle anxiété interrogeait-il les ténèbres ! Cet ennemi de Daubrecq, qui se trouvait également son adversaire à lui, il était sur le point de le démasquer ! Il se mettait en travers de ses projets ! Et, le butin dérobé à Daubrecq, il le reprenait à son tour, tandis que Daubrecq dormait et que les complices, tapis derrière la porte du vestibule ou derrière la grille du jardin, attendaient vainement le retour de leur chef.

Et ce retour se produisit. Lupin en fut informé à nouveau par l'ébranlement de la rampe. Et de nouveau, les nerfs tendus, les sens exaspérés, il tâcha de discerner l'être mystérieux qui venait vers lui. Il l'avisa soudain à quelques mètres de distance. Lui-même, caché dans un renfoncement plus ténébreux, ne pouvait être découvert. Et ce qu'il voyait — de quelle façon confuse ! — avançait de marche en marche avec des précautions infinies et en s'accrochant aux barreaux de la rampe.

— À qui diantre ai-je affaire ? se dit Lupin, dont le cœur battait.

Le dénouement se précipita. Un geste imprudent de sa part avait été surpris par l'inconnu, qui s'arrêta net. Lupin eut peur d'un recul, d'une fuite. Il sauta sur l'adversaire et fut stupéfait de ne rencontrer que le vide et de se heurter à la rampe sans avoir saisi la forme noire qu'il voyait. Mais aussitôt il s'élança, traversa la moitié du vestibule et rattrapa l'adversaire au moment où celui-ci arrivait à la porte du jardin.

Il y eut un cri de terreur, auquel d'autres cris répondirent de l'autre côté de la porte.

— Ah ! Crebleu ! Qu'est-ce que c'est que ça ? murmura Lupin dont les bras invincibles s'étaient refermés sur une toute petite chose tremblante et gémissante.

Comprenant soudain, il fut effaré et resta un moment immobile, indécis sur ce qu'il allait faire avec la proie conquise. Mais les autres s'agitaient derrière la porte et s'exclamaient. Alors, craignant le réveil de Daubrecq, il glissa la petite chose sous son veston, contre sa poitrine, empêcha les cris avec son mouchoir roulé en tampon, et remonta hâtivement les trois étages.

— Tiens, dit-il à Victoire, qui se réveilla en sursaut, je t'amène le chef indomptable de nos ennemis, l'hercule de la bande. As-tu un biberon ?

Il déposa sur le fauteuil un enfant de six à sept ans, menu dans son jersey gris, coiffé d'une calotte de laine tricotée, et dont l'adorable visage tout pâle, aux yeux épouvantés, était tout sillonné de larmes.

— Où as-tu ramassé ça ? fit Victoire, ahurie.

— Au bas de l'escalier et sortant de la chambre de Daubrecq, répondit Lupin, qui tâtait vainement le jersey dans l'espoir que l'enfant aurait apporté de cette chambre un butin quelconque.

Victoire s'apitoya.

— Le pauvre petit ange ! Regarde... il se retient de crier... Jésus, Marie ! il a des mains, c'est des glaçons ! N'aie pas peur, fiston, on ne te fera pas de mal... le monsieur n'est pas méchant.

— Non, dit Lupin, pas méchant pour deux sous, le monsieur, mais il y a un autre monsieur, très méchant qui va se réveiller si tu continues à faire du boucan comme cela, à la porte du vestibule. Tu les entends, Victoire ?

— Qui est-ce ?

— Les satellites de notre jeune hercule, la bande du chef indomptable.

— Alors ? balbutia Victoire, déjà bouleversée.

— Alors comme je ne veux pas être pris au piège, je commence par ficher le camp. Tu viens, Hercule ?

Il roula l'enfant dans une couverture de laine, de manière à ce que la tête dépassât, le bâillonna aussi soigneusement que possible, et le fit attacher par Victoire sur ses épaules.

— Tu vois, Hercule, on rigole. T'en trouveras des messieurs qui jouent au bon vinaigre à trois heures du matin. Allons, ouste, prenons notre vol. T'as pas le vertige ?

Il enjamba le rebord de la fenêtre et mit le pied sur un des barreaux de l'échelle. En une minute, il arrivait au jardin.

Il n'avait pas cessé d'entendre, et il entendait plus nettement encore, les coups que l'on frappait à la porte du vestibule. Il était stupéfiant que Daubrecq ne fût pas réveillé par un tumulte aussi violent.

— Si je n'y mets bon ordre, ils vont tout gâter, se dit Lupin.

S'arrêtant à l'angle de l'hôtel, invisible dans la nuit, il mesura la distance qui le séparait de la grille. Cette grille était ouverte. À sa droite il voyait le perron, au haut duquel les gens s'agitaient ; à sa gauche le pavillon de la concierge.

Cette femme avait quitté sa loge, et, debout près du perron, suppliait les gens.

— Mais taisez-vous donc ! taisez-vous donc ! il va venir.

— Ah ! parfait, se dit Lupin, la bonne femme est aussi la complice de ceux-là. Bigre, elle cumule.

Il s'élança vers elle, et l'empoignant par le cou, lui jeta :

— Va les avertir que j'ai l'enfant... Qu'ils viennent le reprendre chez moi, rue Chateaubriand.

Un peu plus loin, sur l'avenue, il y avait un taxi que Lupin supposa retenu par la bande. D'autorité, et comme s'il eût été un des complices, il monta dans la voiture, et se fit conduire chez lui.

— Eh bien, dit-il à l'enfant, on n'a pas été trop secoué ?... Si l'on se reposait un peu sur le dodo du monsieur ?

Comme son domestique, Achille, dormait, lui-même il installa le petit et le caressa gentiment.

L'enfant semblait engourdi. Sa pauvre figure était comme pétrifiée dans une expansion rigide, où il y avait à la fois de la peur et la volonté de ne pas avoir peur, l'envie de pousser des cris et un effort pitoyable pour n'en point pousser.

— Pleure, mon mignon, dit Lupin, ça te fera du bien de pleurer.

L'enfant ne pleura pas, mais la voix était si douce et si bienveillante qu'il se détendait, et, dans ses yeux plus calmes, dans sa bouche moins convulsée, Lupin, qui l'examinait profondément, retrouva quelque chose qu'il connaissait déjà, une ressemblance indubitable.

Cela encore lui fut une confirmation de certains faits qu'il soupçonnait et qui s'enchaînaient les uns aux autres dans son esprit.

En vérité, s'il ne se trompait pas, la situation changeait singulièrement, et il n'était pas loin de prendre la direction des événements. Dès lors...

Un coup de sonnette, et deux autres aussitôt, brusques.

— Tiens, dit Lupin à l'enfant, c'est ta maman qui vient te chercher. Ne bouge pas.

Il courut à la porte et l'ouvrit.

Une femme entra, comme une folle.

— Mon fils ! s'exclama-t-elle... mon fils, où est-il ?

— Dans ma chambre, dit Lupin.

Sans en demander davantage, montrant ainsi que le chemin lui était connu, elle se précipita dans la chambre.

— La jeune femme aux cheveux gris, murmura Lupin, l'amie et l'ennemie de Daubrecq, c'est bien ce que je pensais.

Il s'approcha de la fenêtre et souleva le rideau. Deux hommes arpentaient le trottoir, en face : Grognard et Le Ballu.

— Et ils ne se cachent même pas, ajouta-t-il. C'est bon signe. Ils considèrent qu'il faut obéir au patron. Reste la jolie dame aux cheveux gris. Ce sera plus difficile. À nous deux, la maman !

Il trouva la mère et le fils enlacés, et la mère tout inquiète, les yeux mouillés de larmes, qui disait :

— Tu n'as pas de mal ? tu es sûr ? Oh ! comme tu as dû avoir peur, mon petit Jacques !

— Un rude petit bonhomme, déclara Lupin.

Elle ne répondit pas, elle palpait le jersey de l'enfant, comme Lupin l'avait fait, sans doute pour voir s'il avait réussi dans sa mission nocturne, et elle l'interrogea tout bas.

— Non, maman… je t'assure que non, dit l'enfant.

Elle l'embrassa doucement et le câlina contre elle, si bien que l'enfant, exténué de fatigue et d'émotion, ne tarda pas à s'endormir. Elle demeura longtemps encore penchée sur lui. Elle-même semblait très lasse et désireuse de repos.

Lupin ne troubla pas sa méditation. Il la regardait anxieusement, avec une attention dont elle ne pouvait pas s'apercevoir, et il nota le cerne plus large de ses paupières et la marque plus précise de ses rides. Pourtant il la trouva plus belle qu'il ne le croyait, de cette beauté émouvante que donne l'habitude de souffrir à certaines figures plus humaines, plus sensibles que d'autres.

Elle eut une expression si triste que, dans un élan de sympathie instinctive, il s'approcha d'elle et lui dit :

— Je ne sais pas quels sont vos projets, mais quels qu'ils soient, vous avez besoin de secours. Seule, vous ne pouvez pas réussir.

— Je ne suis pas seule.

— Ces deux hommes qui sont là ? Je les connais. Ils ne comptent pas. Je vous en supplie, usez de moi. Vous vous rappelez l'autre soir, au théâtre, dans la baignoire ? Vous étiez sur le point de parler. Aujourd'hui, n'hésitez pas.

Elle tourna les yeux vers lui, l'observa, et, comme si elle n'eût pu se soustraire à cette volonté adverse, elle articula :

— Que savez-vous au juste ? Que savez-vous de moi ?

— J'ignore bien des choses. J'ignore votre nom : mais je sais…

Elle l'interrompit d'un geste et, avec une décision brusque, dominant à son tour celui qui l'obligeait à parler :

— Inutile, s'écria-t-elle, ce que vous pouvez savoir, après tout, est peu de chose, et n'a aucune importance. Mais quels sont vos projets, à vous ? Vous m'offrez votre concours… en vue de quoi ? Si vous vous êtes jeté à corps perdu dans cette affaire, si je n'ai rien pu entreprendre sans vous rencontrer sur mon chemin, c'est que vous voulez atteindre un but… Lequel ?

— Lequel ? mon Dieu, il me semble que ma conduite…

— Non, fit-elle énergiquement, pas de mots. Il faut entre nous des certitudes, et, pour y arriver, une franchise absolue. Je vais vous donner l'exemple. M. Daubrecq possède un objet d'une valeur inouïe, non par lui-même, mais par ce qu'il représente. Cet objet, vous le connaissez. Deux fois, vous l'avez eu en mains. Deux fois je vous l'ai repris. Eh bien, je suis en droit de croire que si vous avez voulu vous l'approprier, c'est pour user du pouvoir que vous lui attribuez, et pour en user à votre bénéfice…

— Comment cela ?

— Oui, pour en user selon vos desseins, dans l'intérêt de vos affaires personnelles, conformément à vos habitudes de…

— De cambrioleur et d'escroc, acheva Lupin.

Elle ne protesta pas. Il tâcha de lire, au fond de ses yeux, sa pensée secrète. Que voulait-elle de lui ? Que craignait-elle ? Si elle se méfiait, ne pouvait-il, lui aussi, se méfier de cette femme qui, deux fois, lui avait repris le bouchon de cristal pour le rendre à Daubrecq ? Si mortellement ennemie qu'elle fût de Daubrecq, jusqu'à quel point demeurait-elle soumise à la volonté de cet homme ? En se livrant à elle, ne risquait-on pas de se livrer à Daubrecq ?… Cependant, il n'avait jamais contemplé des yeux plus graves et un visage plus sincère.

Sans plus hésiter il déclara :

— Mon but est simple : la délivrance de Gilbert et Vaucheray.

— Est-ce vrai ?… Est-ce vrai ?… cria-t-elle, toute frémissante, et en l'interrogeant d'un regard anxieux.

— Si vous me connaissiez…

— Je vous connais… Je sais qui vous êtes… Voilà des mois que je suis mêlée à votre vie, sans que vous le soupçonniez… et cependant, pour certaines raisons, je doute encore…

Il prononça plus fortement :

— Vous ne me connaissez pas. Si vous me connaissiez, vous sauriez qu'il ne peut y avoir de répit pour moi avant que mes deux compagnons… ou tout au moins Gilbert, car Vaucheray est une canaille… avant que

Gilbert ait échappé au sort affreux qui l'attend.

Elle se précipita sur lui et le saisit aux épaules avec un véritable affolement :

— Quoi ? Qu'est-ce que vous dites ? le sort affreux ?... Alors, vous croyez... vous croyez...

— Je crois réellement, dit Lupin, qui sentit combien cette menace la bouleversait, je crois réellement que si je n'arrive pas à temps, Gilbert est perdu.

— Taisez-vous... taisez-vous..., cria-t-elle en l'étreignant brutalement..., taisez-vous... je vous défends de dire cela... Il n'y a aucune raison... C'est vous qui supposez...

— Ce n'est pas seulement moi, c'est aussi Gilbert...

— Hein ? Gilbert ! comment le savez-vous ?

— Par lui-même.

— Par lui ?

— Oui, par lui, il n'espère plus qu'en moi, par lui qui sait qu'un seul homme au monde peut le sauver, et qui m'a appelé désespérément, il y a quelques jours, du fond de sa prison. Voici sa lettre.

Elle saisit avidement le papier et lut en bégayant :

« Au secours, patron... je suis perdu... J'ai peur... au secours... »

Elle lâcha le papier. Ses mains s'agitèrent dans le vide. On eût dit que ses yeux hagards voyaient la sinistre vision qui, tant de fois déjà, avait épouvanté Lupin. Elle poussa un cri d'horreur, tenta de se lever et tomba évanouie.

V. — Les Vingt-Sept

L'enfant dormait paisiblement sur le lit. La mère ne remuait pas de la chaise longue où Lupin l'avait étendue, mais sa respiration plus calme, le sang qui revenait à sa figure, annonçaient un réveil prochain.

Il remarqua qu'elle portait une alliance. Voyant un médaillon qui pendait au corsage, il s'inclina et aperçut, après l'avoir retourné, une photographie très réduite qui représentait un homme d'une quarantaine d'années et un enfant, un adolescent plutôt, en costume de collégien, dont il étudia le frais visage encadré de cheveux bouclés.

— C'est bien cela, dit-il... Ah ! la pauvre femme !...

La main qu'il prit entre les siennes se réchauffait peu à peu. Les yeux s'ouvrirent, puis se refermèrent. Elle murmura :

— Jacques...

— Ne vous inquiétez pas... il dort... tout va bien.

Elle reprenait son entière connaissance. Mais, comme elle se taisait, Lupin lui posa des questions pour amener chez elle peu à peu le besoin de s'épancher. Et il lui dit en désignant le médaillon aux portraits :

— Le collégien, c'est Gilbert, n'est-ce pas ?

— Oui, dit-elle.

— Et Gilbert est votre fils ?

Elle eut un frisson et chuchota :

— Oui, Gilbert est mon fils, mon fils aîné.

Ainsi, elle était la mère de Gilbert, de Gilbert, le détenu de la Santé, accusé d'assassinat, et que la justice poursuivait avec tant d'âpreté !

Lupin continua :

— Et l'autre portrait ?

— C'est celui de mon mari.

— Votre mari ?

— Oui, il est mort voici trois ans.

Elle s'était assise. La vie tressaillait en elle, de nouveau, ainsi que l'effroi de vivre, et que l'effroi de toutes les choses terrifiantes qui la menaçaient. Lupin lui dit encore :

— Votre mari s'appelait ?

Elle hésita un moment et répondit :

— Mergy.

Il s'écria :

— Victorien Mergy, le député ?
— Oui.

Il y eut un long silence. Lupin n'avait pas oublié l'événement et le bruit que cette mort avait fait. Trois ans auparavant, dans les couloirs de la Chambre, le député Mergy se brûlait la cervelle, sans laisser un mot d'explication, sans qu'on pût, par la suite, trouver à ce suicide la moindre raison.

— La raison, dit Lupin, achevant sa pensée à haute voix, vous ne l'ignorez pas ?
— Je ne l'ignore pas.
— Gilbert, peut-être ?
— Non. Gilbert avait disparu depuis plusieurs années, chassé et maudit par mon mari. Son chagrin fut très grand, mais il y eut un autre motif.
— Lequel ? dit Lupin.

Mais il n'était pas nécessaire que Lupin posât des questions. Mme Mergy ne pouvait plus se taire, et, lentement d'abord, avec l'angoisse de tout ce passé qu'il fallait ressusciter, elle s'exprima ainsi :

— Il y a vingt-cinq ans, alors que je m'appelais Clarisse Darcel, et que mes parents vivaient encore, je rencontrai dans le monde, à Nice, trois jeunes gens dont les noms vous éclaireront tout de suite sur le drame actuel : Alexis Daubrecq, Victorien Mergy et Louis Prasville. Tous trois se connaissaient d'autrefois, étudiants de même année, amis de régiment. Prasville aimait alors une actrice qui chantait à l'Opéra de Nice. Les deux autres, Mergy et Daubrecq, m'aimèrent. Sur tout cela, et sur toute cette histoire, d'ailleurs, je serai brève. Les faits parlent suffisamment. Dès le premier instant, j'aimai Victorien Mergy. Peut-être eus-je tort de ne pas le déclarer aussitôt. Mais tout amour sincère est timide, hésitant, craintif, et je n'annonçai mon choix qu'en toute certitude et en toute liberté. Malheureusement, cette période d'attente, si délicieuse pour ceux qui s'aiment en secret, avait permis à Daubrecq d'espérer. Sa colère fut atroce.

Clarisse Mergy s'arrêta quelques secondes, et elle reprit d'une voix altérée :

— Je me souviendrai toujours… Nous étions tous les trois dans le salon. Ah ! j'entends les paroles qu'il prononça, paroles de haine et de menace horrible. Victorien était confondu. Jamais il n'avait vu son ami de la sorte, avec ce visage répugnant, cette expression de bête… Oui, une bête féroce… Il grinçait des dents. Il frappait du pied. Ses yeux, — il ne portait pas de lunettes alors, — ses yeux bordés de sang roulaient dans leurs orbites, et il ne cessait de répéter : « Je me vengerai… je me vengerai… Ah ! vous ne savez pas de quoi je suis capable. J'attendrai, s'il le faut, dix ans, vingt ans… Mais ça viendra comme un coup de tonnerre… Ah ! vous ne savez pas… Se venger… Faire le mal… pour le mal… Quelle joie !… Je suis né pour faire du mal… Et vous me supplierez tous deux à genoux, oui, à genoux !… » Aidé de mon père qui entrait à ce moment, et d'un domestique, Victorien Mergy jeta dehors cet être abominable. Six semaines plus tard, j'épousais Victorien.

— Et Daubrecq, interrompit Lupin, il n'essaya pas ?…
— Non, mais le jour de mon mariage, en rentrant chez lui, Louis Prasville, qui nous servait de témoin malgré la défense de Daubrecq, trouva la jeune femme qu'il aimait, cette chanteuse de l'Opéra… il la trouva morte, étranglée…
— Quoi… fit Lupin en sursautant, est-ce que Daubrecq ?…
— On sut que Daubrecq, depuis quelques jours, la poursuivait de ses assiduités, mais on ne sut rien de plus. Il fut impossible d'établir qui était entré en l'absence de Prasville, et qui était sorti. On ne découvrit aucune trace, rien, absolument rien.
— Cependant Prasville…
— Pour Prasville, pour nous, la vérité ne fit pas de doute. Daubrecq a voulu enlever la jeune femme, a voulu peut-être la brusquer, la contraindre et, au cours de la lutte, affolé, perdant la tête, il l'avait saisie à la gorge et tuée, presque à son insu. Mais, de tout cela, pas de preuve ; Daubrecq ne fut même pas inquiété.
— Et par la suite, que devint-il ?
— Pendant des années, nous n'entendîmes pas parler de lui. Nous sûmes seulement qu'il s'était ruiné au jeu, et qu'il voyageait en Amérique. Et, malgré moi, j'oubliais sa colère et ses menaces, toute disposée à croire que lui-même, ne m'aimant plus, ne pensait plus à ses projets de vengeance. D'ailleurs j'étais trop heureuse pour m'occuper de ce qui n'était pas mon amour, mon bonheur, la situation politique de mon mari, la santé de mon fils Antoine.
— Antoine ?
— Oui, c'est le vrai nom de Gilbert, le malheureux a tout au moins réussi à cacher sa personnalité.

Lupin demanda :

526

— À quelle époque... Gilbert... a-t-il commencé ?...

— Je ne saurais vous le dire au juste. Gilbert — j'aime autant l'appeler ainsi, et ne plus prononcer son nom véritable — Gilbert, enfant, était ce qu'il est aujourd'hui, aimable, sympathique à tous, charmant, mais paresseux et indiscipliné. Lorsqu'il eut quinze ans, nous le mîmes dans un collège des environs de Paris, précisément pour l'éloigner un peu de nous. Au bout de deux ans, on le renvoyait.

— Pourquoi ?

— Pour sa conduite. On avait découvert qu'il s'échappait la nuit, et aussi, que durant des semaines, alors que soi-disant, il était auprès de nous, en réalité il disparaissait.

— Que faisait-il ?

— Il s'amusait, jouait aux courses, traînait dans les cafés et dans les bals publics.

— Il avait donc de l'argent ?

— Oui.

— Qui lui en donnait ?

— Son mauvais génie, l'homme qui, en cachette de ses parents, le faisait sortir du collège, l'homme qui le dévoya, qui le corrompit, qui nous l'arracha, qui lui apprit le mensonge, la débauche, le vol.

— Daubrecq ?

— Daubrecq.

Clarisse Mergy dissimulait entre ses mains jointes la rougeur de son front. Elle reprit de sa voix lasse :

— Daubrecq s'était vengé. Le lendemain même du jour où mon mari chassait de la maison notre malheureux enfant, Daubrecq nous dévoilait, dans la plus cynique des lettres, le rôle odieux qu'il avait joué et les machinations grâce auxquelles il avait réussi à pervertir notre fils. Il continuait ainsi : « La correctionnelle un de ces jours... Plus tard les assises... et puis, espérons-le, l'échafaud. »

Lupin s'exclama :

— Comment ? c'est Daubrecq qui aurait comploté l'affaire actuelle ?

— Non, non, il n'y a là qu'un hasard. L'abominable prédiction n'était qu'un vœu formulé par lui. Mais combien cela me terrifia ! J'étais malade à ce moment. Mon autre fils, mon petit Jacques, venait de naître. Et chaque jour nous apprenait quelque nouveau méfait commis par Gilbert, de fausses signatures données, des escroqueries... si bien qu'autour de nous, nous annonçâmes son départ pour l'étranger, puis sa mort. La vie fut lamentable, et elle le fut d'autant plus quand éclata l'orage politique où mon mari devait sombrer.

— Comment cela ?

— Deux mots vous suffiront, le nom de mon mari est sur la liste des *Vingt-sept*.

— Ah !

D'un coup, le voile se déchirait devant les yeux de Lupin et il apercevait à la lueur d'un éclair toute une région de choses qui se dérobaient jusque-là dans les ténèbres.

D'une voix plus forte, Clarisse Mergy reprenait :

— Oui, son nom s'y trouve inscrit, mais par erreur, par une sorte de malchance incroyable dont il fut la victime. Victorien Mergy fit bien partie de la commission chargée d'étudier le canal français des Deux-Mers. Il vota bien avec ceux qui approuvèrent le projet de la compagnie. Il toucha même, oui, je le dis nettement, et je précise la somme, il toucha quinze mille francs.

Mais c'est pour un autre qu'il toucha, pour un de ses amis politiques en qui il avait une confiance absolue et dont il fut l'instrument aveugle, inconscient. Il crut faire une bonne action, il se perdait. Le jour où, après le suicide du président de la compagnie et la disparition du caissier, l'affaire du canal apparut avec tout son cortège de tripotages et de malpropretés, ce jour-là seulement mon mari sut que plusieurs de ses collègues avaient été achetés et il comprit que son nom, comme le leur, comme celui d'autres députés, chefs de groupes, parlementaires influents, se trouvait sur cette liste mystérieuse dont on parlait soudain. Ah ! les jours affreux qui s'écoulèrent alors ! La liste serait-elle publiée ? Son nom serait-il prononcé ? Quelle torture ! Vous vous rappelez l'affolement de la Chambre, cette atmosphère de terreur et de délation ! Qui possédait la liste ? On ne le savait pas. On savait son existence. Voilà tout. Deux hommes furent balayés par la tempête. Et l'on ignorait toujours d'où partait la dénonciation et quelles mains se trouvaient les papiers accusateurs.

— Daubrecq, insinua Lupin.

— Eh ! non, s'écria Mme Mergy, Daubrecq n'était encore rien à cette époque, il n'avait pas encore paru sur la scène. Non... rappelez-vous... la vérité on la connut tout d'un coup, par celui-là même qui la détenait, Germineaux, l'ancien Garde des Sceaux, et le cousin du président de la Compagnie du canal. Malade, phtisique, de son lit d'agonisant, il écrivit au préfet de police, lui léguant cette liste que, disait-il, l'on trouverait, après sa mort, dans un coffre de fer, au fond de sa chambre. La maison fut entourée d'agents. Le préfet s'établit à demeure auprès du malade. Germineaux mourut. On ouvrit le coffre. Il était vide.

— Daubrecq, cette fois, affirma Lupin.

— Oui, Daubrecq, proféra Mme Mergy, dont l'agitation croissait de minute en minute, Alexis Daubrecq, qui, depuis six mois, déguisé, méconnaissable, servait de secrétaire à Germineaux. Comment avait-il appris que Germineaux était le possesseur du fameux papier ? Il importe peu. Toujours est-il qu'il avait fracturé le coffre la nuit même qui précéda la mort. L'enquête le prouva et l'identité de Daubrecq fut établie.

— Mais on ne l'arrêta pas ?

— À quoi bon ! On supposait bien qu'il avait mis la liste en lieu sûr. L'arrêter, c'était l'esclandre, l'affaire qui recommençait, cette vilaine affaire dont tout le monde est las et que l'on veut étouffer à tout prix.

— Alors ?

— On négocia.

Lupin se mit à rire.

— Négocier avec Daubrecq, c'est drôle !

— Oui, très drôle, scanda Mme Mergy, d'un ton âpre. Pendant ce temps, il agissait, lui, et tout de suite, sans vergogne, allant droit au but. Huit jours après son vol il se rendait à la Chambre des députés, demandait mon mari, et brutalement exigeait de lui trente mille francs dans les vingt-quatre heures. Sinon, le scandale, le déshonneur. Mon mari connaissait l'individu, il le savait implacable, plein de rancune et de férocité. Il perdit la tête et se tua.

— Absurde ! ne put s'empêcher de dire Lupin. Daubrecq possède une liste de vingt-sept noms. Pour livrer l'un de ces noms il est obligé, s'il veut qu'on attache du crédit à son accusation, de publier la liste même, c'est-à-dire de se dessaisir du document, ou du moins de la photographie de ce document, et en faisant cela il provoque le scandale, mais se prive désormais de tout moyen d'action et de chantage.

— Oui et non, dit-elle.

— Comment le savez-vous ?

— Par Daubrecq, par Daubrecq qui est venu me voir, le misérable, et qui m'a raconté cyniquement son entrevue avec mon mari et les paroles échangées. Or il n'y a pas que cette liste, il n'y a pas que ce fameux bout de papier sur lequel le caissier notait les noms et les sommes touchées, et sur lequel, rappelez-vous, le président de la compagnie, avant de mourir, a mis sa signature en lettres de sang. Il n'y a pas que cela. Il y a certaines preuves plus vagues, que les intéressés ne connaissent pas : correspondance entre le président de la compagnie et son caissier, entre le président et ses avocats-conseils, etc. Seule compte, évidemment, la liste griffonnée sur le morceau de papier ; celle-là est la preuve unique, irrécusable, qu'il ne servirait de rien de copier ou de photographier, car son authenticité peut être contrôlée, dit-on, de la façon la plus rigoureuse. Mais, tout de même, les autres indices sont dangereux. Ils ont suffi à démolir déjà deux députés. Et de cela Daubrecq sait jouer à merveille. Il effraye la victime choisie, il l'affole, il lui montre le scandale inévitable, et l'on verse la somme exigée, ou bien l'on se tue comme mon mari. Comprenez-vous, maintenant ?

— Oui, dit Lupin.

Et, dans le silence qui suivit, il reconstitua la vie de Daubrecq. Il le voyait maître de cette liste, usant de son pouvoir, sortant peu à peu de l'ombre, jetant à pleines mains l'argent qu'il extorquait à ses victimes, se faisant nommer conseiller général, député, régnant par la menace et par la terreur, impuni, inaccessible, inattaquable, redouté du gouvernement qui aime mieux se soumettre à ses ordres que de lui déclarer la guerre, respecté par les pouvoirs publics, si puissant enfin qu'on avait nommé secrétaire général de la préfecture de police, contre tous droits acquis, Prasville, pour ce seul motif qu'il haïssait Daubrecq d'une haine personnelle.

— Et vous l'avez revu ? dit-il.

— Je l'ai revu. Il le fallait. Mon mari était mort, mais son honneur demeurait intact. Nul n'avait soupçonné la vérité. Pour défendre tout au moins le nom qu'il me laissait, j'ai accepté une première entrevue avec Daubrecq.

— Une première, en effet, car il y en a eu d'autres ?...

— Beaucoup d'autres, prononça-t-elle d'une voix altérée, oui, beaucoup d'autres... au théâtre... ou certains soirs à Enghien... ou bien à Paris, la nuit... car j'avais honte de le voir, cet homme, et je ne veux pas qu'on le sache... Mais il le fallait... un devoir plus impérieux que tout me le commandait... le devoir de venger mon mari...

Elle se pencha sur Lupin, et ardemment :

— Oui, la vengeance, ce fut la raison de ma conduite et le souci de toute ma vie. Venger mon mari, venger mon fils perdu, me venger, moi, de tout le mal qu'il m'a fait... je n'avais plus d'autre rêve, d'autre but. Je voulais cela, l'écrasement de cet homme, sa misère, ses larmes — comme s'il pouvait encore pleurer ! — ses sanglots, son désespoir...

— Sa mort, interrompit Lupin, qui se souvenait de la scène entre eux dans le bureau de Daubrecq.

— Non, pas sa mort. J'y ai pensé souvent. J'ai même levé le bras sur lui. Mais à quoi bon ! Il a dû prendre ses précautions. Le papier subsisterait. Et puis, ce n'est pas se venger que de tuer. Ma haine allait plus loin. Elle voulait sa perte et sa déchéance, et pour cela, un seul moyen, lui arracher ses griffes. Daubrecq privé de ce document qui le rend si fort, Daubrecq n'existe plus. C'est la ruine immédiate, le naufrage, et dans quelles conditions lamentables ! Voilà ce que j'ai cherché.

— Mais Daubrecq ne pouvait se méprendre sur vos intentions ?

— Certes non. Et ce fut, je vous le jure, d'étranges rendez-vous que les nôtres, moi le surveillant, tâchant de deviner derrière ses gestes et derrière ses paroles le secret qu'il cache... et lui... et lui...

— Et lui, dit Lupin, achevant la pensée de Clarisse Mergy... lui, guettant la proie qu'il désire... la femme qu'il n'a jamais cessé d'aimer... et qu'il aime... et qu'il veut de toutes ses forces, et de toute sa rage...

Elle baissa la tête et dit simplement :

— Oui.

Duel étrange, en effet, qui opposait l'un à l'autre ces deux êtres que séparaient tant de choses implacables. Comme il fallait que la passion de Daubrecq fût effrénée pour qu'il risquât ainsi cette menace perpétuelle de la mort et qu'il introduisît auprès de lui, dans son intimité, cette femme dont il avait dévasté l'existence ! Mais comme il fallait également qu'il se sentît en pleine sécurité !

— Et vos recherches aboutirent à quoi ? demanda Lupin.

— Mes recherches, dit-elle, furent longtemps infructueuses. Les procédés d'investigation que vous avez suivis, ceux que la police a suivis de son côté, moi, des années avant vous, je les ai employés et vainement. Je commençais à désespérer quand, un jour, en allant chez Daubrecq, dans sa villa d'Enghien, je ramassai sous sa table de travail, le début d'une lettre chiffonnée et jetée parmi les paperasses d'une corbeille. Ces quelques lignes étaient écrites de sa main, en mauvais anglais. Je pus lire :

Évidez le cristal à l'intérieur, de manière à laisser un vide qu'il soit impossible de soupçonner.

Peut-être n'aurais-je pas attaché à cette phrase toute l'importance qu'elle méritait, si Daubrecq, qui se trouvait alors dans le jardin, n'était survenu en courant et ne s'était mis à fouiller la corbeille, avec une hâte significative.

Il me regarda d'un air soupçonneux.

— Il y avait là... une lettre...

Je fis semblant de ne pas comprendre. Il n'insista point, mais son agitation ne m'avait pas échappé, et je dirigeai mes recherches dans le même sens. C'est ainsi qu'un mois après je découvris, au milieu des cendres de la cheminée du salon, la moitié d'une facture anglaise. John Howard, verrier à Stourbridge, avait fourni au député Daubrecq un flacon de cristal conforme au modèle. Le mot « cristal » me frappa. Je partis pour Stourbridge, je soudoyai le contremaître de la verrerie, et j'appris que le bouchon de ce flacon, d'après la formule même de la commande, avait été *évidé intérieurement de manière à laisser un vide qu'il fût impossible de soupçonner.*

Lupin hocha la tête.

— Le renseignement ne laissait aucun doute. Pourtant il ne m'a pas semblé que, même sous la couche d'or... Et puis la cachette serait bien exiguë.

— Exiguë, mais suffisante, dit-elle.

— Comment le savez-vous ?

— Par Prasville.

— Vous le voyez donc ?

— Depuis cette époque, oui. Auparavant, mon mari et moi, nous avions cessé toutes relations avec lui, à la suite de certains incidents assez équivoques. Prasville est un homme de moralité plus que douteuse, un ambitieux sans scrupules, et qui certainement a joué dans l'affaire du canal des Deux-Mers un vilain rôle. A-t-il touché ? C'est probable. N'importe, j'avais besoin d'un secours. Il venait d'être nommé secrétaire général de la préfecture. C'est donc lui que je choisis.

— Connaissait-il, interrogea Lupin, la conduite de votre fils Gilbert ?

— Non. Et j'eus la précaution, justement en raison de la situation qu'il occupe, de lui confirmer, comme à tous nos amis, le départ et la mort de Gilbert. Pour le reste, je lui dis la vérité, c'est-à-dire les motifs qui avaient déterminé le suicide de mon mari, et le but de vengeance que je poursuivais. Quand je l'eus mis au courant de mes découvertes, il sauta de joie, et je sentis que sa haine contre Daubrecq n'avait point désarmé. Nous causâmes longtemps, et j'appris de lui que la liste était écrite sur un bout de papier pelure, extrêmement mince, et qui, réduit en une sorte de boulette, pouvait parfaitement tenir dans un espace des plus restreints. Pour lui comme pour moi, il n'y avait pas la moindre hésitation. Nous connaissions la cachette. Il fut entendu que nous agirions chacun de notre côté, tout en correspondant secrètement. Je le mis en rapport avec Clémence, la concierge du square Lamartine qui m'était toute dévouée…

— Mais qui l'était moins à Prasville, dit Lupin, car j'ai la preuve qu'elle le trahit.

— Maintenant peut-être, au début non, et les perquisitions de la police furent nombreuses. C'est à ce moment, il y a de cela dix mois, que Gilbert reparut dans ma vie. Une mère ne cesse pas d'aimer son fils, quoi qu'il ait fait, quoi qu'il fasse. Et puis Gilbert a tant de charme !… Vous le connaissez. Il pleura, il embrassa mon petit Jacques, son frère… Je pardonnai.

Elle prononça, la voix basse, les yeux fixés au sol :

— Plût au ciel que je n'aie pas pardonné ! Ah ! si cette heure pouvait renaître ! comme j'aurais l'affreux courage de le chasser ! Mon pauvre enfant… c'est moi qui l'ai perdu…

Elle continua pensivement :

— J'aurais eu tous les courages s'il avait été tel que je me l'imaginais, et tel qu'il fut longtemps, m'a-t-il dit… marqué par la débauche et par le vice, grossier, déchu… Mais, s'il était méconnaissable comme apparence, au point de vue, comment dirais-je ? au point de vue moral, sûrement il y avait une amélioration. Vous l'aviez soutenu, relevé, et quoique son existence me fût odieuse… tout de même il gardait une certaine tenue, quelque chose comme un fond d'honnêteté qui remontait à la surface. Il était gai, insouciant, heureux. Et il me parlait de vous avec tant d'affection !

Elle cherchait ses mots, embarrassée, n'osant trop condamner devant Lupin le genre d'existence qu'avait choisi Gilbert, et cependant ne pouvant en faire l'éloge.

— Après ? dit Lupin.

— Après, je le revis souvent. Il venait me voir, furtivement, ou bien j'allais le retrouver, et nous nous promenions dans la campagne. C'est ainsi que, peu à peu, j'ai été amenée à lui raconter notre histoire. Tout de suite, il s'enflamma. Lui aussi voulait venger son père, et, en dérobant le bouchon de cristal, se venger lui-même du mal que Daubrecq lui avait fait. Sa première idée — et là-dessus je dois le dire, il ne varia jamais — fut de s'entendre avec vous.

— Eh bien, s'écria Lupin, il fallait…

— Oui, je sais… et j'étais du même avis. Par malheur, mon pauvre Gilbert, vous savez comme il est faible ! subissait l'influence d'un de ses camarades.

— Vaucheray, n'est-ce pas ?

— Oui, Vaucheray, une âme trouble, pleine de fiel et d'envie, un ambitieux sournois, un homme de ruse et de ténèbres, et qui avait pris sur mon fils un empire considérable. Gilbert eut le tort de se confier à lui et de lui demander conseil. Tout le mal vient de là. Vaucheray le convainquit, et me convainquit moi aussi, qu'il valait mieux agir par nous-mêmes. Il étudia l'affaire, en prit la direction, et finalement organisa l'expédition d'Enghien et, sous votre conduite, le cambriolage de la villa Marie-Thérèse, que Prasville et ses agents n'avaient pu visiter à fond, par suite de la surveillance active du domestique Léonard. C'était de la folie. Il fallait, ou bien s'abandonner à votre expérience, ou bien vous tenir absolument en dehors du complot, sous peine de malentendu funeste et d'hésitation dangereuse. Mais que voulez-vous, Vaucheray nous dominait. J'acceptai une entrevue avec Daubrecq au théâtre. Pendant ce temps, l'affaire eut lieu. Quand je rentrai chez moi vers minuit, j'en appris le résultat effroyable, le meurtre de Léonard, l'arrestation de mon fils… Aussitôt, j'eus l'intuition de l'avenir. L'épouvantable prédiction de Daubrecq se réalisait : c'étaient les assises, c'était la condamnation. Et cela par ma faute, par la faute de moi, la mère, qui avait poussé mon fils vers l'abîme d'où rien ne pouvait plus le tirer.

Clarisse se tordait les mains et des frissons de fièvre la secouaient des pieds à la tête. Quelle souffrance peut se comparer à celle d'une mère qui tremble pour la tête de son fils ? Ému de pitié, Lupin lui dit :

— Nous le sauverons. Là-dessus, il n'y pas l'ombre d'un doute. Mais il est nécessaire que je connaisse tous les détails. Achevez, je vous en prie… Comment avez-vous su, le soir même, les événements d'Enghien ?

Elle se domina et, le visage contracté d'angoisse et de fièvre, elle répondit :

— Par deux de vos complices, ou plutôt par deux complices de Vaucheray à qui ils étaient entièrement dévoués et qu'il avait choisis pour conduire les deux barques.

— Ceux qui sont là dehors, Grognard et Le Ballu ?

— Oui. À votre retour de la villa, lorsque, poursuivi sur le lac par le commissaire de police, vous avez abordé, vous leur avez jeté quelques mots d'explication tout en vous dirigeant vers votre automobile. Affolés, ils sont accourus chez moi, où ils étaient déjà venus, et m'ont appris l'affreuse nouvelle. Gilbert était en prison ! Ah ! l'effroyable nuit ! Que faire ? Vous chercher ? Certes, et implorer votre secours ! Mais où vous retrouver ? C'est alors que Grognard et Le Ballu, acculés par les circonstances, se décidèrent à m'expliquer le rôle de leur ami Vaucheray, ses ambitions, son dessein longuement mûri…

— De se débarrasser de moi, n'est-ce pas ? ricana Lupin.

— Oui, Gilbert ayant toute votre confiance, il surveillait Gilbert et, par là, il connut tous vos domiciles. Quelques jours encore, une fois possesseur du bouchon de cristal, maître de la liste des vingt-sept, héritier de la toute puissance de Daubrecq, il vous livrait à la police, sans que votre bande, désormais la sienne, fût seulement compromise.

— Imbécile ! murmura Lupin… un sous-ordre comme lui !

Et il ajouta :

— Ainsi donc, les panneaux des portes…

— Furent découpés par ses soins, en prévision de la lutte qu'il entamait contre vous et contre Daubrecq, chez qui il commença la même besogne. Il avait à sa disposition une sorte d'acrobate, un nain d'une maigreur extrême auquel ces orifices suffisaient et qui surprenait ainsi toute votre correspondance et tous vos secrets. Voilà ce que ses deux amis me révélèrent. Tout de suite j'eus cette idée ! me servir, pour sauver mon fils aîné, de son frère, de mon petit Jacques, si mince lui aussi et si intelligent, si brave comme vous avez pu le voir. Nous partîmes dans la nuit. Sur les indications de mes compagnons, je trouvai, au domicile personnel de Gilbert, les doubles clefs de votre appartement de la rue Matignon, où vous deviez coucher, paraît-il. En route, Grognard et Le Ballu me confirmèrent dans ma résolution, et je pensais beaucoup moins à vous demander secours qu'à vous reprendre le bouchon de cristal, lequel évidemment, s'il avait été découvert à Enghien, devait être chez vous. Je ne me trompais pas. Au bout de quelques minutes mon petit Jacques, qui s'était introduit dans votre chambre, me le rapportait. Je m'en allai frémissante d'espoir. Maîtresse à mon tour du talisman, le gardant pour moi seule, sans en prévenir Prasville, j'avais tout pouvoir sur Daubrecq. Je le faisais agir à ma guise et, dirigé par moi, esclave de ma volonté, il multiplierait les démarches en faveur de Gilbert, obtiendrait qu'on le laissât évader, ou tout au moins qu'on ne le condamnât pas. C'était le salut.

— Eh bien ?

Clarisse se leva dans un élan de tout son être, se pencha sur Lupin, et lui dit d'une voix sourde :

— Il n'y avait rien dans ce morceau de cristal, rien, vous entendez, aucun papier, aucune cachette. Toute l'expédition d'Enghien était inutile ! Inutile, le meurtre de Léonard ! Inutile, l'arrestation de mon fils ! Inutiles, tous mes efforts !

— Mais pourquoi ? Pourquoi ?

— Pourquoi ? Vous aviez volé à Daubrecq, non pas le bouchon fabriqué sur son ordre, mais le bouchon qui avait servi de modèle au verrier John Howard, de Stourbridge.

Si Lupin n'avait pas été en face d'une douleur aussi profonde, il n'eût pu retenir quelqu'une de ces boutades ironiques que lui inspirent les malices du destin.

Il dit entre ses dents :

— Est-ce bête ? Et d'autant plus bête qu'on avait donné l'éveil à Daubrecq.

— Non, dit-elle, le jour même, je me rendis à Enghien. Dans tout cela Daubrecq n'avait vu et ne voit encore aujourd'hui qu'un cambriolage ordinaire, qu'une mainmise sur ses collections. Votre participation l'a induit en erreur.

— Cependant, ce bouchon disparu…

— D'abord cet objet ne peut avoir pour lui qu'une importance secondaire, puisque ce n'est que le modèle.

— Comment le savez-vous ?

— Il y a une éraflure à la base de la tige, et je me suis renseignée depuis en Angleterre.

— Soit, mais pourquoi la clef du placard où il fut volé ne quittait-elle pas le domestique ? et pourquoi, en second lieu, l'a-t-on retrouvé dans le tiroir d'une table chez Daubrecq, à Paris ?

— Évidemment Daubrecq y fait attention, et il y tient comme on tient au modèle d'une chose qui a de la valeur. Et c'est précisément pourquoi j'ai remis ce bouchon dans le placard, avant qu'il n'en eût constaté la disparition. Et c'est pourquoi aussi, la seconde fois, je vous fis reprendre le bouchon par mon petit Jacques, dans la poche même de votre pardessus, et le fis replacer par la concierge.

— Alors, il ne soupçonne rien ?

— Rien, il sait qu'on cherche la liste, mais il ignore que Prasville et moi nous connaissons l'objet où il la cache.

Lupin s'était levé et marchait à travers la pièce en réfléchissant. Puis il s'arrêta près de Clarisse Mergy.

— En somme, depuis les événements d'Enghien, vous n'avez pas fait un seul pas en avant ?

— Pas un seul, dit-elle. J'ai agi au jour le jour, conduite par ces deux hommes ou bien les conduisant, tout cela sans plan précis.

— Ou du moins, dit-il, sans autre plan que d'arracher à Daubrecq la liste des vingt-sept.

— Oui, mais comment ? En outre, vos manœuvres me gênaient, nous n'avions pas tardé à reconnaître, dans la nouvelle cuisinière de Daubrecq, votre vieille servante Victoire et à découvrir, grâce aux indications de la concierge, que Victoire vous donnait asile, et j'avais peur de vos projets.

— C'est vous, n'est-ce pas, qui m'écriviez de me retirer de la lutte ?

— Oui.

— Vous également qui me demandiez de ne pas aller au théâtre le soir du Vaudeville ?

— Oui, la concierge avait surpris Victoire écoutant la conversation que Daubrecq et moi nous avions par téléphone, et Le Ballu, qui surveillait la maison, vous avait vu sortir. Je pensais donc bien que vous fileriez Daubrecq, le soir.

— Et l'ouvrière qui est venue ici, une fin d'après-midi ?

— C'était moi, moi, découragée, qui voulais vous voir.

— Et c'est vous qui avez intercepté la lettre de Gilbert ?

— Oui, j'avais reconnu son écriture sur l'enveloppe.

— Mais votre petit Jacques n'était pas avec vous ?

— Non. Il était dehors, en automobile avec Le Ballu. Je l'ai fait monter par la fenêtre du salon, et il s'est glissé dans cette chambre par l'orifice du panneau.

— Que contenait la lettre ?

— Malheureusement des reproches de Gilbert. Il vous accusait de le délaisser, de prendre l'affaire à votre compte. Bref, cela me confirmait dans ma méfiance. Je me suis enfuie.

Lupin haussa les épaules avec irritation.

— Que de temps perdu ! Et par quelle fatalité n'avons-nous pas pu nous entendre plus tôt ? Nous jouions tous deux à cache-cache… Nous nous tendions des pièges absurdes… Et les jours passaient, des jours précieux, irréparables.

— Vous voyez, vous voyez, dit-elle en frissonnant… vous aussi, vous avez peur de l'avenir !

— Non, je n'ai pas peur, s'écria Lupin. Mais je pense à ce que nous aurions pu déjà accomplir d'utile si nous avions réuni nos efforts. Je pense à toutes les erreurs, à toutes les imprudences que notre accord nous eût évitées. Je pense que votre tentative de cette nuit pour fouiller les vêtements que porte Daubrecq fut tout aussi vaine que les autres, et que, en ce moment, grâce à notre duel stupide, grâce au tumulte que nous avons fait dans son hôtel, Daubrecq est averti et se tiendra sur ses gardes plus encore qu'auparavant.

Clarisse Mergy hocha la tête.

— Non, non, je ne crois pas, le bruit n'a pas dû le réveiller, car nous avions retardé d'un jour cette tentative pour que la concierge pût mêler à son vin un narcotique très violent.

Et elle ajouta lentement :

— Et puis, voyez-vous, aucun événement ne fera que Daubrecq se tienne davantage sur ses gardes. Sa vie n'est qu'un ensemble de précautions contre le danger. Rien n'est laissé au hasard… D'ailleurs, n'a-t-il pas tous les atouts dans les mains ?

Lupin s'approcha et lui demanda :

— Que voulez-vous dire ? Selon vous, il n'y aurait donc pas d'espoir de ce côté ? Il n'y aurait pas un seul moyen pour arriver au but ?

— Si, murmura-t-elle, il y en a un, un seul…

Avant qu'elle eût caché de nouveau son visage entre ses mains, il remarqua sa pâleur. Et de nouveau un frisson de fièvre la secoua tout entière.

Il crut comprendre la raison de son épouvante, et, se penchant vers elle, ému par sa douleur :

— Je vous en prie, répondez sans détours. C'est à cause de Gilbert, n'est-ce pas ?... Si la justice n'a pas pu, heureusement, déchiffrer l'énigme de son passé, si l'on ne sait pas jusqu'ici le véritable nom du complice de Vaucheray, quelqu'un tout au moins le sait, n'est-ce pas ? N'est-ce pas ? Daubrecq a reconnu votre fils Antoine sous le masque de Gilbert ?

— Oui, oui...

— Et il vous promet de le sauver, n'est-ce pas ? Il vous offre sa liberté, son évasion, je ne sais quoi... C'est cela, n'est-ce pas, qu'il vous a offert une nuit, dans son bureau, une nuit où vous avez voulu le frapper ?...

— Oui... oui... c'est cela...

— Et comme condition, une seule, n'est-ce pas ? une condition abominable, telle que ce misérable pouvait l'imaginer ? j'ai compris, n'est-ce pas ?

Clarisse ne répondit point. Elle semblait épuisée par une longue lutte contre un ennemi qui, chaque jour, gagnait du terrain, et contre qui il était vraiment impossible qu'elle combattît. Lupin vit en elle la proie conquise d'avance, livrée au caprice du vainqueur. Clarisse Mergy, la femme aimante de ce Mergy que Daubrecq avait réellement assassiné, la mère épouvantée de ce Gilbert que Daubrecq avait dévoyé, Clarisse Mergy, pour sauver son fils de l'échafaud, devrait, quoi qu'il advînt, et quelle que fût l'ignominie de la chose, se soumettre au désir de Daubrecq. Elle serait la maîtresse, la femme, l'esclave obéissante de Daubrecq, de ce monstre à la silhouette et aux allures de bête fauve, de ce personnage innommable auquel Lupin ne pouvait songer sans un soulèvement de révolte et de dégoût.

S'asseyant auprès d'elle, doucement avec des gestes de compassion, il la contraignit à lever la tête, et il lui dit, les yeux dans les yeux :

— Écoutez-moi bien. Je vous jure de sauver votre fils... je vous le jure... votre fils ne mourra pas, vous entendez... il n'y a pas de force au monde qui puisse faire que, moi vivant, l'on touche à la tête de votre fils.

— Je vous crois... J'ai confiance en votre parole.

— Ayez confiance... c'est la parole d'un homme qui ne connaît pas la défaite. Je réussirai. Seulement, je vous supplie de prendre un engagement irrévocable.

— Lequel ?

— Vous ne verrez plus Daubrecq.

— Je vous le jure !

— Vous chasserez de votre esprit toute idée, toute crainte... si obscure soit-elle, d'un accord entre vous et lui... d'un marché quelconque...

— Je vous le jure.

Elle le regardait avec une expression de sécurité et d'abandon absolu, et, sous son regard, il éprouvait l'allégresse de se dévouer, et le désir ardent de rendre à cette femme le bonheur, ou, tout au moins, la paix et l'oubli qui ferment les blessures.

— Allons, dit-il en se levant, et d'un ton joyeux, tout ira bien. Nous avons deux mois, trois mois devant nous. C'est plus qu'il n'en faut... à condition, bien entendu, que je sois libre de mes mouvements. Et pour cela, voyez-vous, vous devez vous retirer de la bataille.

— Comment ?

— Oui, disparaître pendant quelque temps, vous installer à la campagne. D'ailleurs, n'avez-vous pas pitié de votre petit Jacques ? À ce jeu-là, on lui démolirait les nerfs, au pauvre gosse... Et vrai, il a bien gagné son repos... N'est-ce pas, Hercule ?

*
**

Le lendemain, Clarisse Mergy, que tant d'événements avaient abattue et qui, elle aussi, sous peine de tomber malade, avait besoin d'un peu de répit, prenait pension avec son fils chez une dame de ses amies dont la maison s'élevait à la lisière même de la forêt de Saint-Germain. Très faible, le cerveau obsédé de cauchemars, en proie à des troubles nerveux que la moindre émotion exaspérait, elle vécut là quelques jours d'accablement physique et d'inconscience. Elle ne pensait plus à rien. La lecture des journaux lui était défendue.

Or, un après-midi, alors que Lupin, changeant de tactique, étudiait le moyen de procéder à l'enlèvement et à la séquestration du député Daubrecq, alors que Grognard et Le Ballu, auxquels il avait promis leur pardon en cas de réussite, surveillaient les allées et venues de l'ennemi, alors que tous les journaux annonçaient la comparution prochaine devant les Assises des complices d'Arsène Lupin, tous deux accusés d'assassinat — un après-midi, vers quatre heures, une sonnerie brusque retentit dans l'appartement de la rue Chateaubriand.

C'était le téléphone.

Lupin décrocha le récepteur.

— Allô ?

Une voix de femme, une voix essoufflée articula :

— M. Michel Beaumont ?

— C'est moi, madame. À qui ai-je l'honneur...

— Vite, monsieur, venez en toute hâte, Mme Mergy vient de s'empoisonner.

Lupin ne demanda pas plus d'explications. Il s'élança de chez lui, monta dans son automobile et se fit conduire à Saint-Germain.

L'amie de Clarisse l'attendait au seuil de la chambre.

— Morte ? dit-il.

— Non, la dose était insuffisante. Le médecin sort d'ici. Il répond d'elle.

— Et pour quelle raison a-t-elle tenté ?...

— Son fils Jacques a disparu.

— Enlevé ?

— Oui, il jouait à l'entrée de la forêt. On a vu une automobile s'arrêter... deux vieilles dames en descendre. Puis il y eut des cris. Clarisse a voulu courir, mais elle est tombée sans forces, en gémissant : « C'est lui... c'est cet homme... tout est perdu. » Elle avait l'air d'une folle. Soudain, elle a porté un flacon à sa bouche, et elle a bu.

— Ensuite ?

— Ensuite, avec l'aide de mon mari, je l'ai transportée dans sa chambre. Elle souffrait beaucoup.

— Comment avez-vous vu su mon adresse, mon nom ?

— Par elle, tandis que le médecin la soignait. Alors je vous ai téléphoné.

— Personne n'est au courant ?...

— Personne. Je sais que Clarisse a des ennuis terribles... et qu'elle préfère le silence.

— Puis-je la voir ?

— En ce moment, elle dort. D'ailleurs, le médecin a défendu toute émotion.

— Le médecin n'a pas d'inquiétude à son sujet ?

— Il redoute la fièvre, la surexcitation nerveuse, un accès quelconque où la malade recommencerait sa tentative. Et cette fois-là...

— Que faudrait-il pour éviter ?

— Une semaine ou deux de tranquillité absolue, ce qui est impossible, tant que son petit Jacques...

Lupin l'interrompit :

— Vous croyez que si son fils lui était rendu...

— Ah ! certes, il n'y aurait plus rien à craindre !

— Vous êtes sûre ?... Vous êtes sûre ?... Oui, n'est-ce pas, évidemment... Eh bien, quand Mme Mergy se réveillera, vous lui direz de ma part que ce soir, avant minuit, je lui ramènerai son fils. Ce soir, avant minuit, ma promesse est formelle.

Ayant achevé ces mots, Lupin sortit vivement de la maison et remonta dans son automobile, en criant au chauffeur :

— À Paris, square Lamartine, chez le député Daubrecq.

VI. — LA PEINE DE MORT

L'automobile de Lupin constituait, outre un cabinet de travail muni de livres, de papier, d'encre et de plumes, une véritable loge d'acteur, avec une boîte complète de maquillage, un coffre rempli de vêtements les plus divers, un autre bourré d'accessoires, parapluies, cannes, foulards, lorgnons, bref, tout un attirail qui lui permettait, en cours de route, de se transformer des pieds à la tête.

Ce fut un monsieur un peu gros, en redingote noire, en chapeau haut de forme, le visage flanqué de favoris, le nez surmonté de lunettes, qui sonna vers six heures du soir à la grille du député Daubrecq.

La concierge le conduisit au perron où Victoire, appelée par un coup de timbre, apparut.

Il lui demanda :

— M. Daubrecq peut-il recevoir le Dr Vernes ?

— Monsieur est dans sa chambre, et, à cette heure-là...

— Faites-lui passer ma carte.

Il inscrivit, en marge, ces mots : « De la part de Mme Mergy », et, insistant :

— Tenez, je ne doute pas qu'il ne me reçoive.

— Mais... objecta Victoire.

— Ah çà ! mais vas-tu te décider, la vieille ? En voilà du chichi !

Elle fut stupéfaite et bredouilla :

— Toi !... C'est toi !

— Non, c'est Louis XIV.

Et, la poussant dans un coin du vestibule :

— Écoute... Aussitôt que je serai seul avec lui, monte dans ta chambre, fais ton paquet à la six-quatre-deux, et décampe.

— Quoi !

— Fais ce que je te dis. Tu trouveras mon auto, plus loin sur l'avenue. Allons, ouste, annonce-moi, j'attends dans le bureau.

— Mais on n'y voit pas.

— Allume.

Elle tourna le bouton de l'électricité et laissa Lupin seul.

— C'est là, songeait-il en s'asseyant, c'est là que se trouve le bouchon de cristal. À moins que Daubrecq ne le garde toujours avec lui... Mais non, quand on a une bonne cachette, on s'en sert. Et celle-ci est excellente, puisque personne... jusqu'ici...

De toute son attention il scrutait les objets de la pièce et il se souvenait de la missive que Daubrecq avait écrite à Prasville : « À portée de ta main, mon bon ami... Tu l'as touché... Un peu plus... et ça y était... »

Rien ne semblait avoir bougé depuis ce jour. Les mêmes choses traînaient sur la table, des livres, des registres, une bouteille d'encre, une boîte à timbres, du tabac, des pipes, toutes choses qu'on avait fouillées et auscultées maintes et maintes fois.

— Ah ! le bougre, pensa Lupin, son affaire est rudement bien emmanchée ! Ça se tient comme un drame du bon faiseur.

Au fond, Lupin, tout en sachant exactement ce qu'il venait faire et comment il allait agir, n'ignorait pas ce que sa visite avait d'incertain et de hasardeux avec un adversaire d'une pareille force. Il se pouvait très bien que Daubrecq restât maître du champ de bataille et que la conversation prît une tournure absolument différente de celle que Lupin escomptait.

Et cette perspective n'était pas sans lui causer quelque irritation.

Il se raidit. Un bruit de pas approchait.

Daubrecq entra.

Il entra sans un mot, fit signe à Lupin qui s'était levé de se rasseoir, s'assit lui-même devant la table et, regardant la carte qu'il avait conservée :

— Le docteur Vernes ?

— Oui, monsieur le député, le docteur Vernes, de Saint-Germain.

— Et je vois que vous venez de la part de Mme Mergy... votre cliente, sans doute ?

— Ma cliente occasionnelle. Je ne la connaissais pas avant d'avoir été appelé auprès d'elle, tantôt, dans des circonstances particulièrement tragiques.

— Elle est malade ?

— Mme Mergy s'est empoisonnée.

— Hein !

Daubrecq avait eu un sursaut, et il reprit, sans dissimuler son trouble :

— Hein ! Que dites-vous ? Empoisonnée ! Morte, peut-être ?

— Non, la dose n'était pas suffisante. Sauf complications, j'estime que Mme Mergy est sauvée.

Daubrecq se tut, et il resta immobile, la tête tournée vers Lupin.

— Me regarde-t-il ? A-t-il les yeux fermés ? se demandait Lupin.

Cela le gênait terriblement de ne pas voir les yeux de son adversaire, ces yeux que cachait le double obstacle des lunettes et d'un lorgnon noir, des yeux malades, lui avait dit Mme Mergy, striés et bordés de sang. Comment suivre, sans voir l'expression d'un visage, la marche secrète des pensées ? C'était presque se battre contre un ennemi dont l'épée serait invisible.

Daubrecq reprit au bout d'un instant :

— Alors Mme Mergy est sauvée… Et elle vous envoie vers moi… Je ne comprends pas bien… Je connais à peine cette dame.

Voilà le moment délicat, pensa Lupin. Allons-y.

Et, d'un ton de bonhomie où perçait l'embarras de quelqu'un qui est timide, il prononça :

— Mon Dieu, monsieur le député, il y a des cas où le devoir d'un médecin est très compliqué… très obscur… et vous jugerez peut-être qu'en accomplissant auprès de vous cette démarche… Bref, voilà : Tandis que je la soignais, Mme Mergy a tenté une seconde fois de s'empoisonner… Oui, le flacon se trouvait, par malheur, à portée de sa main. Je le lui ai arraché. Il y a eu lutte entre nous. Et dans le délire de la fièvre, à mots entrecoupés, elle m'a dit :

— « C'est lui… c'est lui… Daubrecq… le député… Qu'il me rende mon fils… Dites-lui ça… Ou bien, je veux mourir… oui, tout de suite… cette nuit… je veux mourir ! »

» Voilà, monsieur le député… Alors j'ai pensé que je devais vous mettre au courant. Il est certain qu'en l'état d'exaspération où se trouve cette dame… Bien entendu, j'ignore le sens exact de ses paroles… Je n'ai interrogé personne… Je suis venu directement, sous une impulsion spontanée…

Daubrecq réfléchit assez longtemps et dit :

— Somme toute, docteur, vous êtes venu me demander si je savais où est cet enfant… que je suppose disparu, n'est-ce pas ?

— Oui.

— Et au cas où je le saurais, vous le ramèneriez à sa mère ?

— Oui.

Un long silence encore. Lupin se disait :

— Est-ce que, par hasard, il goberait cette histoire-là ? La menace de cette mort suffirait-elle ? Non, voyons… ce n'est pas possible… Et cependant… cependant… il a l'air d'hésiter.

— Vous permettez ? dit Daubrecq, en approchant de lui l'appareil téléphonique qui se dressait sur la table… C'est pour une communication urgente…

— Faites donc, monsieur le député.

Daubrecq appela :

— Allô… mademoiselle, voulez-vous me donner le 822.19 ?

Il répéta le numéro, et attendit sans bouger.

Lupin sourit :

— La Préfecture de Police, n'est-ce pas ? Secrétariat général…

— En effet, docteur… Vous savez donc ?

— Oui, comme médecin légiste, il m'a fallu quelquefois téléphoner…

Et, au fond de lui, Lupin se demandait :

— Que diable tout cela veut-il dire ? Le secrétaire général, c'est Prasville… Alors, quoi ?

Daubrecq plaça les deux récepteurs à ses oreilles et articula :

— Le 822.19 ?… Je voudrais le secrétaire général, M. Prasville… Il n'est pas là ?… Si, si, il est toujours dans son cabinet à cette heure-ci… Dites-lui que c'est de la part de M. Daubrecq… M. Daubrecq, député… une communication de la plus haute importance.

— Je suis peut-être indiscret ? fit Lupin.

— Nullement, nullement, docteur, assura Daubrecq… D'ailleurs cette communication n'est pas sans un certain rapport avec votre démarche…

Et, s'interrompant :

— Allo… M. Prasville ?… Ah ! c'est toi, mon vieux Prasville. Eh bien, quoi, tu sembles interloqué… Oui, c'est vrai, il y a longtemps qu'on ne s'est vus tous deux… Mais au fond, on ne s'est guère quittés par la pensée… Et j'ai même eu, très souvent, ta visite et celle de tes artistes… pendant mon absence, il est vrai… Mais, n'est-ce pas… Allô… Quoi ? Tu es pressé ? Ah ! je te demande pardon… Moi aussi, d'ailleurs. Donc, droit au but… C'est un petit service que je veux te rendre… Attends donc, animal… Tu ne le regretteras pas…

Il y va de ta gloire… Allô… Tu m'écoutes ? Eh bien ! prends une demi-douzaine d'hommes avec toi… Ceux de la Sûreté plutôt, que tu trouveras à la Permanence… Sautez dans des autos, et rappliquez ici en quatrième vitesse… Je t'offre un gibier de choix, mon vieux… un seigneur de la haute. Napoléon lui-même… Bref, Arsène Lupin.

Lupin bondit sur ses jambes. Il s'attendait à tout, sauf à ce dénouement. Mais quelque chose fut plus fort en lui que la surprise, un élan de toute sa nature qui lui fit dire en riant :

— Ah ! Bravo ! Bravo !

Daubrecq inclina la tête en signe de remerciement et murmura :

— Ce n'est pas fini… Un peu de patience encore, voulez-vous ?

Et il continua :

— Allô… Prasville… Quoi ?… Mais, mon vieux, ce n'est pas une fumisterie… Tu trouveras Lupin ici, en face de moi, dans mon bureau… Lupin qui me tracasse comme les autres… Oh ! un de plus, un de moins, je m'en moque. Mais, tout de même, celui-ci y met de l'indiscrétion. Et j'ai recours à ton amitié. Débarrasse-moi de cet individu, je t'en prie… Avec une demi-douzaine de tes sbires, et les deux qui font le pied de grue devant ma maison, ça suffira. Ah ! pendant que tu y seras, monte au troisième étage, tu cueilleras ma cuisinière… C'est la fameuse Victoire… Tu sais ?… La vieille nourrice du sieur Lupin. Et puis, tiens, encore un renseignement… Faut-il que je t'aime ? Envoie donc une escouade rue Chateaubriand, au coin de la rue Balzac… C'est là que demeure notre Lupin national, sous le nom de Michel Beaumont… Compris, vieux ? Et, maintenant, à la besogne. Secoue-toi…

Lorsque Daubrecq tourna la tête, Lupin se tenait debout, les poings crispés. Son élan d'admiration n'avait pas résisté à la suite du discours, et aux révélations faites par Daubrecq sur Victoire et sur le domicile de la rue Chateaubriand. L'humiliation était trop forte, et il ne songeait guère à jouer plus longtemps les médecins de petite ville. Il n'avait qu'une idée, ne pas s'abandonner à l'excès de rage formidable qui le poussait à foncer sur Daubrecq comme le taureau sur l'obstacle.

Daubrecq jeta une espèce de gloussement qui, chez lui, singeait le rire. Il avança en se dandinant, les mains aux poches de son pantalon, et scanda :

— N'est-ce pas, tout est pour le mieux de la sorte ? Un terrain déblayé, une situation nette… Au moins, l'on y voit clair. Lupin contre Daubrecq, un point c'est tout. Et puis, que de temps gagné ! Le docteur Vernes, médecin légiste, en aurait eu pour deux heures à dévider son écheveau ! Tandis que, comme ça, le sieur Lupin est obligé de dégoiser sa petite affaire en trente minutes… sous peine d'être saisi au collet et de laisser prendre ses complices… Quel coup de caillou dans la mare aux grenouilles ! Trente minutes, pas une de plus. D'ici trente minutes, il faudra vider les lieux, se sauver comme un lièvre, et ficher le camp à la débandade. Ah ! ah ! ce que c'est rigolo… Dis donc, Polonius, vrai, tu n'as pas de chance avec Bibi Daubrecq ! Car c'était bien toi qui te cachais derrière ce rideau, infortuné Polonius ?

Lupin ne bronchait pas. L'unique solution qui l'eût apaisé, c'est-à-dire l'étranglement de l'adversaire, était trop absurde pour qu'il ne préférât point subir sans riposter des sarcasmes qui, pourtant, le cinglaient comme des coups de cravache. C'était la seconde fois, dans la même pièce et dans des circonstances analogues, qu'il devait courber la tête devant ce Daubrecq de malheur et garder en silence la plus ridicule des postures… Aussi avait-il la conviction profonde que, s'il ouvrait la bouche, ce serait pour cracher au visage de son vainqueur des paroles de colère et des invectives. À quoi bon ? L'essentiel n'était-il pas d'agir de sang-froid et de faire les choses que commandait une situation nouvelle ?

— Eh bien ! eh bien ! monsieur Lupin ?… reprenait le député, vous avez l'air tout déconfit. Voyons, il faut se faire une raison et admettre qu'on peut rencontrer sur son chemin un bonhomme un peu moins andouille que ses contemporains… Alors vous vous imaginiez que, parce que je porte binocle et bésicles, j'étais aveugle ?

» Dame ! Je ne dis pas que j'aie deviné sur le champ Lupin derrière Polonius, et Polonius derrière le monsieur qui vint m'embêter dans la baignoire du Vaudeville, non, mais, tout de même, ça me tracassait. Je voyais bien qu'entre la police et Mme Mergy il y avait un troisième larron qui essayait de se faufiler… Alors, peu à peu, avec des mots échappés à la concierge, en observant les allées et venues de la cuisinière, en prenant sur elle des renseignements aux bonnes sources, j'ai commencé à comprendre. Et puis, l'autre nuit, ce fut le coup de lumière. Quoique endormi, j'entendais le tapage dans l'hôtel. J'ai pu reconstituer l'affaire, j'ai pu suivre la trace de Mme Mergy jusqu'à la rue Chateaubriand d'abord, ensuite jusqu'à Saint-Germain… Et puis… et puis, j'ai rapproché les faits… le cambriolage d'Enghien… l'arrestation de Gilbert… le traité d'alliance inévitable entre la mère éplorée et le chef de la bande… la vieille nourrice installée comme cuisinière, tout ce monde entrant chez moi par les portes ou par les fenêtres... J'étais fixé. Maître Lupin reniflait autour du pot aux roses. L'odeur des vingt-sept l'attirait. Il n'y avait plus qu'à attendre sa visite. L'heure est arrivée. Bonjour, maître Lupin.

Daubrecq fit une pause. Il avait débité son discours avec la satisfaction visible d'un homme qui a le droit de prétendre à l'estime des amateurs les plus difficiles. Lupin se taisant, il tira sa montre.

— Eh ! eh ! plus que vingt-trois minutes ! Comme le temps marche ! si ça continue, on n'aura pas le loisir de s'expliquer.

Et, s'approchant encore de Lupin :

— Tout de même, ça me fait de la peine. Je croyais Lupin un autre monsieur. Alors, au premier adversaire un peu sérieux, le colosse s'effondre ? Pauvre jeune homme... Un verre d'eau pour nous remettre ?...

Lupin n'eut pas un mot, pas un geste d'agacement. Avec un flegme parfait, avec une précision de mouvements qui indiquait sa maîtrise absolue et la netteté du plan de conduite qu'il avait adopté, il écarta doucement Daubrecq, s'avança vers la table et, à son tour, saisit le cornet du téléphone.

Il demanda :

— S'il vous plaît, mademoiselle, le 565-34.

Ayant obtenu le numéro, il dit d'une voix lente, en détachant chacune des syllabes :

— Allô... Je suis rue Chateaubriand... C'est toi, Achille ?... Oui, c'est moi, le patron... Écoute-moi bien Achille... Il faut quitter l'appartement. Allô... Oui ; tout de suite... La police doit venir d'ici quelques minutes... Mais non, mais non, ne t'effare pas... Tu as le temps. Seulement, fais ce que je te dis. Ta valise est toujours prête ?... Parfait. Et l'un des casiers est resté vide, comme je te l'ai dit ? Parfait. Eh bien, va dans ma chambre, mets-toi face à la cheminée. De la main gauche, appuie sur la petite rosace sculptée qui orne la plaque de marbre, sur le devant, au milieu ; et de la main droite, sur le dessus de la cheminée. Tu trouveras là comme un tiroir, et dans ce tiroir, deux cassettes. Fais attention. L'une d'elles contient tous nos papiers, l'autre des billets de banque et des bijoux. Tu les mettras toutes les deux dans le casier vide de la valise. Tu prendras la valise à la main, et tu viendras à pied, très vite, jusqu'au coin de l'avenue Victor-Hugo et de l'avenue de Montespan. L'auto est là, avec Victoire. Je vous y rejoindrai... Quoi ? mes vêtements ? mes bibelots ? Laisse donc tout ça, et file au plus vite. À tout à l'heure.

Tranquillement, Lupin repoussa le téléphone. Puis il saisit Daubrecq par le bras, le fit asseoir sur une chaise voisine de la sienne, et lui dit :

— Et maintenant, écoute-moi.

— Oh ! oh ! ricana le député, on se tutoie.

— Oui, je te le permets, déclara Lupin.

Et comme Daubrecq, dont il n'avait pas lâché le bras, se dégageait avec une certaine méfiance, il prononça :

— Non, n'aie pas peur. On ne se battra pas. Nous n'avons rien à gagner ni l'un ni l'autre à nous démolir. Un coup de couteau ? Pourquoi faire ? Non. Des mots, rien que des mots. Mais des mots qui portent. Voici les miens. Ils sont catégoriques. Réponds de même, sans réfléchir. Ça vaut mieux. L'enfant ?

— Je l'ai.

— Rends-le...

— Non.

— Mme Mergy se tuera.

— Non.

— Je te dis que si.

— J'affirme que non.

— Cependant elle l'a déjà tenté.

— C'est justement pour cela qu'elle ne le tentera plus.

— Alors ?

— Non.

Lupin reprit, après un instant :

— Je m'y attendais. De même, je pensais bien, en venant ici, que tu ne couperais pas dans l'histoire du docteur Vernes et qu'il me faudrait employer d'autres moyens.

— Ceux de Lupin.

— Tu l'as dit. J'étais résolu à me démasquer. Tu l'as fait toi-même. Bravo. Mais ça ne change rien à mes projets.

— Parle.

Lupin sortit d'un carnet une double feuille de papier ministre, qu'il déplia et tendit à Daubrecq en disant :

— Voici l'inventaire exact et détaillé, avec numéros d'ordre, des objets qui furent enlevés par mes amis et moi dans ta villa Marie-Thérèse, sise sur les bords du lac d'Enghien. Il y a, comme tu vois, cent treize numéros. Sur ces cent treize objets, il y en a soixante-huit, ceux dont les numéros sont marqués d'une croix rouge, qui ont été vendus et expédiés en Amérique. Les autres, au nombre, par conséquent, de quarante-cinq, restent en ma possession jusqu'à nouvel ordre. Ce sont d'ailleurs les plus beaux. Je te les offre contre la remise immédiate de l'enfant.

Daubrecq ne put retenir un mouvement de surprise.

— Oh ! oh ! fit-il, comme il faut que tu y tiennes !

— Infiniment, dit Lupin, car je suis persuadé qu'une absence plus longue de son fils, c'est la mort pour Mme Mergy.

— Et cela te bouleverse, Don Juan ?

— Quoi ?

Lupin se planta devant lui et répéta :

— Quoi ? Qu'est-ce que tu veux dire ?

— Rien... rien... une idée... Clarisse Mergy est encore jeune, jolie...

Lupin haussa les épaules.

— Brute, va ! mâchonna-t-il, tu t'imagines que tout le monde est comme toi, sans cœur et sans pitié ; ça te suffoque, hein, qu'un bandit de mon espèce perde son temps à jouer le Don Quichotte ? Et tu te demandes quel sale motif peut bien me pousser ? Cherche pas, c'est en dehors de ta compétence, mon bonhomme. Et réponds-moi, plutôt... Acceptes-tu ?

— C'est donc sérieux ? interrogea Daubrecq, que le mépris de Lupin ne semblait guère émouvoir.

— Absolument. Les quarante-cinq objets sont dans un hangar dont je te donnerai l'adresse, et ils te seront délivrés si tu t'y présentes ce soir, à neuf heures, avec l'enfant.

La réponse de Daubrecq ne faisait pas de doute. L'enlèvement du petit Jacques n'avait été pour lui qu'un moyen d'agir sur Clarisse Mergy, et peut-être aussi un avertissement qu'elle eût à cesser la guerre entreprise. Mais la menace d'un suicide devait nécessairement montrer à Daubrecq qu'il faisait fausse route. En ce cas, pourquoi refuser le marché si avantageux que lui proposait Arsène Lupin ?

— J'accepte, dit-il.

— Voici l'adresse de mon hangar : 95, rue Charles-Laffitte, à Neuilly. Tu n'auras qu'à sonner.

— Si j'envoie le secrétaire général Prasville à ma place ?

— Si tu envoies Prasville, déclara Lupin, l'endroit est disposé de telle façon que je le verrai venir et que j'aurai le temps de me sauver, non sans avoir mis le feu aux bottes de foin et de paille qui entourent et qui dissimulent tes consoles, tes pendules et tes vierges gothiques.

— Mais ton hangar sera brûlé...

— Cela m'est égal. La police le surveille déjà. En tout état de cause, je le quitte.

— Et qui m'assure que ce n'est pas un piège ?

— Commence par prendre livraison de la marchandise, et ne rends l'enfant qu'après. J'ai confiance, moi.

— Allons, dit Daubrecq, tu as tout prévu. Soit, tu auras le gosse, la belle Clarisse vivra et nous serons tous heureux. Maintenant si j'ai un conseil à te donner, c'est de déguerpir, et presto.

— Pas encore.

— Hein... ?

— J'ai dit : pas encore.

— Mais tu es fou, Prasville est en route.

— Il attendra, je n'ai pas fini.

— Comment ! comment ! Qu'est-ce qu'il te faut encore ? Clarisse aura son moutard. Ça ne te suffit pas ?

— Non.

— Pourquoi ?

— Il reste un autre fils.

— Gilbert ?

— Oui.

— Eh bien ?

— Je te demande de sauver Gilbert !

— Qu'est-ce que tu dis ? Moi, sauver Gilbert !

— Tu le peux, il te suffit de quelques démarches...

Daubrecq qui, jusqu'ici, avait gardé tout son calme, s'emporta brusquement, et frappant du poing :

— Non ! ça, non ! jamais ! ne compte pas sur moi... Ah ! non, ce serait trop idiot !

Il s'était mis à marcher avec une agitation extrême et de son pas si bizarre, qui le balançait de droite et de gauche sur chacune de ses jambes, comme une bête sauvage, un ours à l'allure inhabile et lourde.

Et la voix rauque, le masque convulsé, il s'écria :

— Qu'elle vienne ici ! Qu'elle vienne implorer la grâce de son fils ! Mais qu'elle vienne sans arme et sans dessein criminel, comme la dernière fois ! Qu'elle vienne en suppliante, en femme domptée, soumise, et qui comprend, qui accepte... Et alors on verra... Gilbert ? La condamnation de Gilbert ? l'échafaud ? mais toute ma force est là ! Quoi ! voilà plus de vingt années que j'attends mon heure, et c'est quand elle sonne, quand le hasard m'apporte cette chance inespérée, quand je vais connaître, enfin, la joie de la revanche complète... et quelle revanche !... c'est maintenant que je renoncerais à cela, à cette chose que je poursuis depuis vingt ans. Je sauverais Gilbert, moi, pour rien ! pour l'honneur ! moi, Daubrecq... Ah ! non, non, tu ne m'as pas regardé.

Il riait d'un rire abominable et féroce. Visiblement, il apercevait en face de lui, à portée de sa main, la proie qu'il pourchassait depuis si longtemps. Et Lupin aussi évoqua Clarisse, telle qu'il l'avait vue quelques jours auparavant, défaillante, vaincue déjà, fatalement conquise, puisque toutes les forces ennemies se liguaient contre elle.

Se contenant, il dit :

— Écoute-moi.

Et comme Daubrecq, impatienté, se dérobait, il le prit par les deux épaules avec cette puissance surhumaine que Daubrecq connaissait pour l'avoir éprouvée dans la baignoire du Vaudeville, et, l'immobilisant, il articula :

— Un dernier mot.

— Tu perds ton latin, bougonna le député.

— Un dernier mot. Écoute, Daubrecq, oublie Mme Mergy, renonce à toutes les bêtises et à toutes les imprudences que ton amour-propre et que tes passions te font commettre, écarte tout cela et ne pense qu'à ton intérêt...

— Mon intérêt ! plaisanta Daubrecq, il est toujours d'accord avec mon amour-propre et avec ce que tu appelles mes passions.

— Jusqu'ici peut-être, mais plus maintenant, plus maintenant que je suis dans l'affaire. Il y a là un élément nouveau que tu négliges. C'est un tort. Gilbert est mon complice. Gilbert est mon ami. Il faut que Gilbert soit sauvé de l'échafaud. Fais cela, use de ton influence. Et je te jure, tu entends, je te jure que nous te laisserons tranquille. Le salut de Gilbert, voilà tout. Plus de luttes à soutenir contre Mme Mergy, contre moi... plus de pièges. Tu seras maître de te conduire à ta guise. Le salut de Gilbert, Daubrecq. Sinon...

— Sinon ?

— Sinon, la guerre, la guerre implacable, c'est-à-dire, pour toi, la défaite certaine.

— Ce qui signifie ?

— Ce qui signifie que je te reprendrai la liste des vingt-sept.

— Ah bah ! tu crois ?

— Je le jure.

— Ce que Prasville et toute sa clique, ce que Clarisse Mergy, ce que personne n'a pu faire, tu le feras, toi ?

— Je le ferai.

— Et pourquoi ? En l'honneur de quel saint, réussiras-tu où tout le monde a échoué ? Il y a donc une raison ?

— Oui.

— Laquelle ?

— Je m'appelle Arsène Lupin.

Il avait lâché Daubrecq, mais il le maintint quelque temps sous son regard impérieux et sous la domination de sa volonté. À la fin, Daubrecq se redressa, lui tapota l'épaule à petits coups secs, et avec le même calme, la même obstination rageuse, prononça :

— Moi, je m'appelle Daubrecq. Toute ma vie n'est qu'une bataille acharnée, une suite de catastrophes et de débâcles où j'ai dépensé tant d'énergie que la victoire est venue, la victoire complète, définitive, insolente, irrémédiable. J'ai contre moi toute la police, tout le gouvernement, toute la France, le monde entier. Qu'est-ce que tu veux que ça me fiche d'avoir contre moi par-dessus le marché, M. Arsène Lupin ? J'irai plus loin : plus mes ennemis sont nombreux et habiles, et plus cela m'oblige à jouer serré. Et c'est pourquoi, mon excellent monsieur, au lieu de vous faire arrêter, comme je l'aurais pu… oui, comme je l'aurais pu, et en toute facilité… je vous laisse le champ libre, et vous rappelle charitablement qu'avant trois minutes il faut me débarrasser le plancher.

— Donc, c'est non ?
— C'est non.
— Tu ne feras rien pour Gilbert ?
— Si, je continuerai à faire ce que je fais depuis son arrestation, c'est-à-dire à peser indirectement sur le ministre de la Justice, pour que le procès soit mené le plus activement possible, et dans le sens que je désire.
— Comment ! cria Lupin, hors de lui, c'est à cause de toi, c'est pour toi…
— C'est pour moi, Daubrecq, mon Dieu, oui. J'ai un atout, la tête du fils : je le joue. Quand j'aurai obtenu une bonne petite condamnation à mort contre Gilbert, quand les jours passeront, et que la grâce du jeune homme sera, par mes bons offices, rejetée, tu peux être sûr, monsieur Lupin, que la maman ne verra plus du tout d'objections à s'appeler Mme Alexis Daubrecq, et à me donner des gages irrécusables et immédiats de sa bonne volonté. Cette heureuse issue est fatale, que tu le veuilles ou non. C'est couru d'avance. Tout ce que je peux faire pour toi, c'est de te prendre comme témoin le jour de mon mariage, et de t'inviter au lunch. Ça te va-t-il ? Non ? Tu persistes dans tes noirs desseins ? Eh bien, bonne chance, tends tes pièges, jette tes filets, fourbis tes armes et potasse le manuel du parfait cambrioleur de papier pelure. Tu en auras besoin. Sur ce, bonsoir. Les règles de l'hospitalité écossaise m'ordonnent de te mettre à la porte. File.

Lupin demeura silencieux assez longtemps. Les yeux fixés sur Daubrecq, il semblait mesurer la taille de son adversaire, jauger son poids, estimer sa force physique et discuter, en fin de compte, à quel endroit précis il allait l'attaquer. Daubrecq serra les poings et en lui-même prépara le système de défense qu'il opposerait à cette attaque.

Une demi-minute s'écoula. Lupin porta la main à son gousset. Daubrecq en fit autant et saisit la crosse de son revolver… Quelques secondes encore… Froidement, Lupin sortit une bonbonnière d'or, l'ouvrit et la tendit à Daubrecq :

— Une pastille ?
— Qu'est-ce que c'est ? demanda l'autre, étonné.
— Des pastilles Géraudel.
— Pourquoi faire ?
— Pour le rhume que tu vas prendre.

Et profitant du léger désarroi où cette boutade laissait Daubrecq, il saisit rapidement son chapeau et s'esquiva.

— Évidemment, se disait-il en traversant le vestibule, je suis battu à plate couture. Mais, tout de même, cette petite plaisanterie de commis voyageur avait, dans l'espèce, quelque chose de nouveau. S'attendre à un pruneau et recevoir une pastille Géraudel… il y a là comme une déception. Il en est resté baba, le vieux chimpanzé !

Comme il refermait la grille, une automobile s'arrêta, et un homme descendit rapidement, suivi de plusieurs autres. Lupin reconnut Prasville.

— Monsieur le secrétaire général, murmura-t-il, je vous salue. J'ai idée qu'un jour le destin nous mettra l'un en face de l'autre, et je le regrette pour vous, car vous ne m'inspirez qu'une médiocre estime, et vous passerez un sale quart d'heure. Aujourd'hui, si je n'étais pas si pressé, j'attendrais votre départ et je suivrais Daubrecq pour savoir à qui il a confié l'enfant qu'il va me rendre. Mais je suis pressé. En outre, rien ne m'assure que Daubrecq ne va pas agir par téléphone. Donc ne nous gaspillons pas en vains efforts, et rejoignons Victoire, Achille et notre précieuse valise.

Deux heures après, posté dans son hangar de Neuilly, toutes ses mesures prises, Lupin voyait Daubrecq qui débouchait d'une rue voisine et s'approchait avec méfiance.

Lupin ouvrit lui-même la grande porte.

— Vos affaires sont là, monsieur le député, dit-il. Vous pouvez vous rendre compte. Il y a un loueur de voitures à côté, vous n'avez qu'à demander un camion et des hommes. Où est l'enfant ?

Daubrecq examina d'abord les objets, puis il conduisit Lupin jusqu'à l'avenue de Neuilly, où deux vieilles dames, masquées par des voiles, stationnaient avec le petit Jacques.

À son tour, Lupin emmena l'enfant jusqu'à son automobile, où l'attendait Victoire.

Tout cela fut exécuté rapidement, sans paroles inutiles, et comme si les rôles eussent été appris, les allées et venues réglées d'avance, ainsi que des entrées et des sorties de théâtre.

À dix heures du soir, Lupin, selon sa promesse, rendait le petit Jacques à sa mère. Mais on dut appeler le docteur en hâte, tellement l'enfant, frappé par tous ces événements, montrait d'agitation et d'effroi.

Il lui fallut plus de deux semaines pour se rétablir et pour supporter les fatigues d'un déplacement que Lupin jugeait nécessaire. C'est à peine, d'ailleurs, si Mme Mergy, elle-même, fut rétablie au moment de ce départ, qui eut lieu la nuit, avec toutes les précautions possibles et sous la direction de Lupin.

Il conduisit la mère et le fils sur une petite plage bretonne et les confia aux soins et à la vigilance de Victoire.

— Enfin, se dit-il, quand il les eut installés, il n'y a plus personne entre le Daubrecq et moi ! Il ne peut plus rien contre Mme Mergy et contre le gosse, et elle-même ne risque plus, par son intervention, de faire dévier la lutte. Fichtre, nous avons commis assez de bêtises. 1° j'ai dû me découvrir vis-à-vis de Daubrecq ; 2° j'ai dû lâcher ma part du mobilier d'Enghien. Certes, je la reprendrai un jour ou l'autre, cela ne fait pas l'ombre d'un doute. Mais, tout de même, nous n'avançons pas, et, d'ici une huitaine, Gilbert et Vaucheray passent en cour d'assises.

Ce à quoi, dans l'aventure, Lupin était le plus sensible, c'était à la dénonciation de Daubrecq concernant son domicile de la rue Chateaubriand. La police avait envahi ce domicile. L'identité de Lupin et de Michel Beaumont avait été reconnue, certains papiers découverts, et, Lupin, tout en poursuivant son but, tout en menant de front certaines entreprises déjà commencées, tout en évitant les recherches, plus pressantes que jamais, de la police, devait procéder, sur d'autres bases, à une réorganisation complète de ses affaires.

Aussi sa rage contre Daubrecq croissait-elle en proportion des ennuis que lui causait le député. Il n'avait plus qu'un désir, l'empocher, comme il disait, le tenir à sa disposition et, de gré ou de force, lui extraire son secret. Il rêvait de tortures propres à délier la langue de l'homme le plus taciturne. Brodequins, chevalet, tenailles rougies au feu, planches hérissées de pointes… il lui semblait que l'ennemi était digne de tous les supplices, et que le but à atteindre excusait tous les moyens.

— Ah ! se disait-il, une bonne chambre ardente, avec quelques bourreaux qui n'auraient pas froid aux yeux… On ferait de la belle besogne.

Chaque après-midi, Grognard et Le Ballu étudiaient le parcours que Daubrecq suivait entre le square Lamartine, la Chambre des députés et le cercle dont il faisait partie. On devait choisir la rue la plus déserte, l'heure la plus propice et, un soir, le pousser dans une automobile.

De son côté, Lupin aménageait non loin de Paris, au milieu d'un grand jardin, une vieille bâtisse qui offrait toutes les conditions nécessaires de sécurité et d'isolement, et qu'il appelait la « Cage du Singe ».

Malheureusement, Daubrecq devait se méfier. Car chaque fois, pour ainsi dire, il changeait d'itinéraire, ou bien prenait le métro, ou bien montait en tramway, et la cage demeurait vide.

Lupin combina un autre plan. Il fit venir de Marseille un de ses affidés, le père Brindebois, honorable épicier en retraite, qui précisément habitait dans la circonscription électorale de Daubrecq et s'occupait de politique.

De Marseille, le père Brindebois annonça sa visite à Daubrecq qui reçut avec empressement cet électeur considérable. Un dîner fut projeté pour la semaine suivante.

L'électeur proposa un petit restaurant de la rive gauche, où, disait-il, on mangeait merveille. Daubrecq accepta.

C'est ce que voulait Lupin. Le propriétaire de ce restaurant comptait au nombre de ses amis. Dès lors, le coup, qui devait avoir lieu le jeudi suivant, ne pouvait manquer de réussir.

Sur ces entrefaites, le lundi de la même semaine, commença le procès de Gilbert et de Vaucheray.

On se le rappelle, et les débats sont trop récents pour que je remémore la façon vraiment incompréhensible et partiale dont le président des assises conduisit son interrogatoire à l'encontre de Gilbert. La chose fut remarquée et jugée sévèrement. Lupin reconnut là l'influence détestable de Daubrecq.

L'attitude des deux accusés fut très différente. Vaucheray, sombre, taciturne, l'expression âpre, avoua cyniquement, en phrases brèves, ironiques, presque provocantes, les crimes qu'il avait commis autrefois. Mais, par une contradiction inexplicable pour tout le monde, sauf pour Lupin, il se défendit de toute participation à l'assassinat du domestique Léonard et chargea violemment Gilbert. Il voulait ainsi, en liant son sort à celui de Gilbert, obliger Lupin à prendre pour ses deux complices les mêmes mesures de délivrance.

Quant à Gilbert, dont le visage franc, dont les yeux rêveurs et mélancoliques conquirent toutes les sympathies, il ne sut pas se garer des pièges du président, ni rétorquer les mensonges de Vaucheray. Il pleurait, parlait trop, ou ne parlait pas quand il l'eût fallu. En outre, son avocat, un des maîtres du barreau, malade au dernier moment (et là encore Lupin voulut voir la main de Daubrecq) fut remplacé par un secrétaire, lequel plaida mal, prit l'affaire à contresens, indisposa le jury, et ne put effacer l'impression qu'avaient produite le réquisitoire de l'avocat général et la plaidoirie de l'avocat de Vaucheray.

Lupin, qui eut l'audace inconcevable d'assister à la dernière journée des débats, le jeudi, ne douta pas du résultat. La double condamnation était certaine.

Elle était certaine, parce que tous les efforts de la justice, corroborant ainsi la tactique de Vaucheray, avaient tendu à solidariser étroitement les deux accusés. Elle était certaine, ensuite et surtout, parce qu'il s'agissait des deux complices de Lupin. Depuis l'ouverture de l'instruction jusqu'au prononcé du jugement, et bien que la justice, faute de preuves suffisantes, et aussi pour ne point disséminer ses efforts, n'eût pas voulu impliquer Lupin dans l'affaire, tout le procès fut dirigé contre Lupin. C'était lui l'adversaire que l'on voulait atteindre ; lui, le chef qu'il fallait punir en la personne de ses amis ; lui, le bandit célèbre et sympathique, dont on devait détruire le prestige aux yeux de la foule. Gilbert et Vaucheray exécutés, l'auréole de Lupin s'évanouissait. La légende prenait fin.

Lupin… Lupin… Arsène Lupin… on n'entendit que ce nom durant les quatre jours. L'avocat général, le président, les jurés, les avocats, les témoins, n'avaient pas d'autres mots à la bouche. À tout instant on invoquait Lupin pour le maudire, pour le bafouer, pour l'outrager, pour le rendre responsable de toutes les fautes commises. On eût dit que Gilbert et Vaucheray ne figuraient que comme comparses, et qu'on faisait son procès à lui, le sieur Lupin, Lupin cambrioleur, chef de bande, faussaire, incendiaire, récidiviste, ancien forçat ! Lupin assassin, Lupin souillé par le sang de sa victime, Lupin qui restait lâchement dans l'ombre après avoir poussé ses amis jusqu'au pied de l'échafaud !

— Ah ! ils savent bien ce qu'ils font ! murmura-t-il. C'est ma dette que va payer mon pauvre grand gamin de Gilbert. C'est moi le vrai coupable.

Et le drame se déroula, effrayant.

À sept heures du soir, après une longue délibération, les jurés revinrent en séance, et le président du jury donna lecture des réponses aux questions posées par la Cour. C'était « oui » sur tous les points. C'était la culpabilité et le rejet des circonstances atténuantes.

On fit rentrer les deux accusés.

Debout, chancelants et blêmes, ils écoutèrent la sentence de mort.

Et, dans le grand silence solennel, où l'anxiété du public se mêlait de pitié, le président des assises demanda :

— Vous n'avez rien à ajouter, Vaucheray ?

— Rien, monsieur le président ; du moment que mon camarade est condamné comme moi, je suis tranquille… Nous sommes sur le même pied tous les deux… Faudra donc que le patron trouve un truc pour nous sauver tous les deux.

— Le patron ?

— Oui, Arsène Lupin.

Il y eut un rire parmi la foule.

Le Président reprit :

— Et vous, Gilbert ?

Des larmes roulaient sur les joues du malheureux ; il balbutia quelques phrases inintelligibles. Mais, comme le Président répétait sa question, il parvint à se dominer et répondit d'une voix tremblante :

— J'ai à dire, monsieur le président, que je suis coupable de bien des choses, c'est vrai… J'ai fait beaucoup de mal et je m'en repens du fond du cœur… Mais, tout de même, pas ça… non, je n'ai pas tué… je n'ai jamais tué… Et je ne veux pas mourir… ce serait trop horrible…

Il vacilla, soutenu par les gardes, et on l'entendit proférer, comme un enfant qui appelle au secours :

— Patron… sauvez-moi !… sauvez-moi ! je ne veux pas mourir.

Alors, dans la foule, au milieu de l'émotion de tous, une voix s'éleva qui domina le bruit :

— Aie pas peur, petit, le patron est là.

Ce fut un tumulte. Il y eut des bousculades. Les gardes municipaux et les agents envahirent la salle, et l'on empoigna un gros homme au visage rubicond, que les assistants désignaient comme l'auteur de cette apostrophe et qui se débattait à coups de poing et à coups de pied.

Interrogé sur l'heure, il donna son nom, Philippe Banel, employé aux pompes funèbres, et déclara qu'un de ses voisins lui avait offert un billet de cent francs, s'il consentait à jeter, au moment voulu, une phrase que ce voisin inscrivit sur une page de carnet. Pouvait-il refuser ?

Comme preuve, il montra le billet de cent francs et la page de carnet.

On relâcha Philippe Banel.

Pendant ce temps, Lupin, qui, bien entendu, avait puissamment contribué à l'arrestation du personnage et l'avait remis entre les mains des gardes, Lupin sortait du Palais, le cœur étreint d'angoisse. Sur le quai, il trouva son automobile. Il s'y jeta, désespéré, assailli par un tel chagrin qu'il lui fallut un effort pour retenir ses larmes. L'appel de Gilbert, sa voix éperdue de détresse, sa figure décomposée, sa silhouette chancelante, tout cela hantait son cerveau, et il lui semblait que jamais plus il ne pourrait oublier, ne fût-ce qu'une seconde, de pareilles impressions.

Il rentra chez lui, au nouveau domicile qu'il avait choisi parmi ses différentes demeures, et qui occupait un des angles de la place Clichy. Il y attendit Grognard et Le Ballu avec lesquels il devait procéder, ce soir-là, à l'enlèvement de Daubrecq.

Mais il n'avait pas ouvert la porte de son appartement qu'un cri lui échappa : Clarisse était devant lui ; Clarisse revenue de Bretagne à l'heure même du verdict.

Tout de suite, à son attitude, à sa pâleur, il comprit qu'elle savait. Et tout de suite, en face d'elle, reprenant courage, sans lui laisser le temps de parler, il s'exclama :

— Eh bien, oui, oui… mais cela n'a pas d'importance. C'était prévu. Nous ne pouvions pas l'empêcher. Ce qu'il faut, c'est conjurer le mal. Et cette nuit, vous entendez, cette nuit, ce sera chose faite.

Immobile, effrayante de douleur, elle balbutia :

— Cette nuit ?

— Oui. J'ai tout préparé. Dans deux heures, Daubrecq sera en ma possession. Cette nuit, *quels que soient les moyens que je doive employer*, il parlera.

— Vous croyez ? dit-elle faiblement, et comme si déjà un peu d'espoir eût éclairé son visage.

— Il parlera. J'aurai son secret. Je lui arracherai la liste des *vingt-sept*. Et, cette liste, ce sera la délivrance de votre fils.

— Trop tard, murmura Clarisse.

— Trop tard ! Et pourquoi ? Pensez-vous qu'en échange d'un tel document, je n'obtiendrai pas l'évasion simulée de Gilbert ?… Mais, dans trois jours, Gilbert sera libre ! Dans trois jours…

Un coup de sonnette l'interrompit.

— Tenez, voilà nos amis. Ayez confiance. Rappelez-vous que je tiens mes promesses. Je vous ai rendu votre petit Jacques. Je vous rendrai Gilbert.

Il alla au-devant de Grognard et Le Ballu et leur dit :

— Tout est prêt ? Le père Brindebois est au restaurant ? Vite, dépêchons-nous.

— Pas la peine, patron, riposta Le Ballu.

— Comment ! Quoi ?

— Il y a du nouveau.

— Du nouveau ? Parle.

— Daubrecq a disparu.

— Hein ! Qu'est-ce que tu chantes ? Daubrecq, disparu ?

— Oui, enlevé de son hôtel, en plein jour !

— Tonnerre ! Et par qui ?

— On ne sait pas… quatre individus… Il y a eu des coups de feu. La police est sur place. Prasville dirige les recherches.

Lupin ne bougea pas. Il regarda Clarisse Mergy, écroulée sur un fauteuil.

Lui-même dut s'appuyer, Daubrecq enlevé, c'était la dernière chance qui s'évanouissait…

VII. — Le profil de Napoléon

Aussitôt que le préfet de Police, le chef de la Sûreté et les magistrats instructeurs eurent quitté l'hôtel de Daubrecq, après une première enquête dont le résultat, d'ailleurs, fut tout à fait négatif, Prasville reprit ses investigations personnelles.

Il examinait le cabinet de travail et les traces de la lutte qui s'y était déroulée, lorsque la concierge lui apporta une carte de visite, où des mots au crayon étaient griffonnés.

— Faites entrer cette dame, dit-il.

— Cette dame n'est pas seule, dit la concierge.

— Ah ! Et bien, faites entrer aussi l'autre personne.

Clarisse Mergy fut alors introduite, et tout de suite, présentant le monsieur qui l'accompagnait, un monsieur en redingote noire trop étroite, assez malpropre, aux allures timides, et qui avait l'air fort embarrassé de son vieux chapeau melon, de son parapluie de cotonnade, de son unique gant, de toute sa personne !

— Monsieur Nicole, dit-elle, professeur libre, et répétiteur de mon petit Jacques. M. Nicole m'a beaucoup aidée de ses conseils depuis un an. C'est lui, notamment, qui a reconstitué toute l'histoire du bouchon de cristal. Je voudrais qu'il connût comme moi, si vous ne voyez pas d'inconvénient à me le raconter, les détails de cet enlèvement... qui m'inquiète, qui dérange mes plans... les vôtres aussi, n'est-ce pas ?

Prasville avait toute confiance en Clarisse Mergy, dont il connaissait la haine implacable contre Daubrecq, et dont il appréciait le concours en cette affaire. Il ne fit donc aucune difficulté pour dire ce qu'il savait, grâce à certains indices et surtout à la déposition de la concierge.

La chose, du reste, était fort simple.

Daubrecq, qui avait assisté comme témoin au procès de Gilbert et de Vaucheray, et qu'on avait remarqué au Palais de Justice pendant les plaidoiries, était rentré chez lui vers six heures. La concierge affirmait qu'il était rentré seul et qu'il n'y avait personne, à ce moment, dans l'hôtel. Pourtant, quelques minutes plus tard, elle entendait des cris, puis le bruit d'une lutte, deux détonations, et, de sa loge, elle voyait quatre individus masqués qui dégringolaient les marches du perron, en portant le député Daubrecq, et qui se hâtaient vers la grille. Ils l'ouvrirent. Au même instant, une automobile arrivait devant l'hôtel. Les quatre hommes s'y engouffrèrent, et l'automobile, qui ne s'était pour ainsi dire pas arrêtée, partit à grande allure.

— N'y avait-il pas toujours deux agents en faction ? demanda Clarisse.

— Ils étaient là, affirma Prasville, mais à cent cinquante mètres de distance, et l'enlèvement fut si rapide que, malgré toute leur hâte, ils ne purent s'interposer.

— Et ils n'ont rien surpris ? rien trouvé ?

— Rien, ou presque rien... Ceci tout simplement.

— Qu'est-ce que c'est que cela ?

— Un petit morceau d'ivoire qu'ils ont ramassé à terre. Dans l'automobile, il y avait un cinquième individu, que la concierge, de la fenêtre de sa loge, vit descendre, pendant qu'on hissait Daubrecq. Au moment de remonter, il laissa tomber quelque chose qu'il ramassa aussitôt. Mais ce quelque chose dut se casser sur le pavé du trottoir, car voici le fragment d'ivoire qu'on a recueilli.

— Mais, dit Clarisse, ces quatre individus, comment purent-ils entrer ?

— Évidemment à l'aide de fausses clefs, et pendant que la concierge faisait ses provisions, au cours de l'après-midi, et il leur fut facile de se cacher, puisque Daubrecq n'avait pas d'autre domestique. Tout me porte à croire qu'ils se cachèrent dans cette pièce voisine, qui est la salle à manger, et qu'ensuite ils assaillirent Daubrecq dans son bureau. Le bouleversement des meubles et des objets prouve la violence de la lutte. Sur le tapis, nous avons trouvé ce revolver à gros calibre qui appartient à Daubrecq. des balles a même brisé la glace de la cheminée.

Clarisse se tourna vers son compagnon afin qu'il exprimât un avis. Mais M. Nicole, les yeux obstinément baissés, n'avait point bougé de sa chaise, et il pétrissait les bords de son chapeau, comme s'il n'eût pas encore découvert une place convenable pour l'y déposer.

Prasville eut un sourire. Évidemment, le conseiller de Clarisse ne lui semblait pas de première force.

— L'affaire est quelque peu obscure, dit-il, n'est-ce pas, monsieur ?

— Oui... oui... confessa M. Nicole, très obscure.

— Alors vous n'avez pas votre petite idée personnelle sur la question ?

— Dame, monsieur le secrétaire général, je pense que Daubrecq a beaucoup d'ennemis.

— Ah ! ah ! parfait.

— Et que plusieurs de ces ennemis, ayant intérêt à sa disparition, ont dû se liguer contre lui.

— Parfait, parfait, approuva Prasville, avec une complaisance ironique, parfait, tout s'éclaire. Il ne vous reste plus qu'à nous donner une petite indication qui nous permette d'orienter nos recherches.

— Ne croyez-vous pas, monsieur le secrétaire général, que ce fragment d'ivoire ramassé par terre…

— Non, monsieur Nicole, non. Ce fragment provient d'un objet quelconque que nous ne connaissons pas, et que son propriétaire s'empressera de cacher. Il faudrait, tout au moins, pour remonter à ce propriétaire, définir la nature même de cet objet.

M. Nicole réfléchit, puis commença :

— Monsieur le secrétaire général, lorsque Napoléon Ier tomba du pouvoir…

— Oh ! oh ! monsieur Nicole, un cours sur l'histoire de France !

— Une phrase, monsieur le secrétaire général, une simple phrase que je vous demande la permission d'achever. Lorsque Napoléon Ier tomba du pouvoir, la Restauration mit en demi-solde un certain nombre d'officiers qui, surveillés par la police, suspects aux autorités, mais fidèles au souvenir de l'Empereur, s'ingénièrent à reproduire l'image de leur idole dans tous les objets d'usage familier ; tabatières, bagues, épingles de cravate, couteaux, etc.

— Eh bien ?

— Eh bien, ce fragment provient d'une canne, ou plutôt d'une sorte de casse-tête en jonc dont la pomme est formée d'un bloc d'ivoire sculpté. En regardant ce bloc d'une certaine façon, on finit par découvrir que la ligne extérieure représente le profil du petit caporal. Vous avez entre les mains, monsieur le secrétaire général, un morceau de la pomme d'ivoire qui surmontait le casse-tête d'un demi-solde.

— En effet… dit Prasville qui examinait à la lumière la pièce à conviction… en effet, on distingue un profil… mais je ne vois pas la conclusion…

— La conclusion est simple. Parmi les victimes de Daubrecq, parmi ceux dont le nom est inscrit sur la fameuse liste, se trouve le descendant d'une famille corse au service de Napoléon, enrichie et anoblie par lui, ruinée plus tard sous la Restauration. Il y a neuf chances sur dix pour que ce descendant, qui fut, il y a quelques années, le chef du parti bonapartiste, soit le cinquième personnage qui se dissimulait dans l'automobile. Ai-je besoin de dire son nom ?

— Le marquis d'Albufex ? murmura Prasville.

— Le marquis d'Albufex, affirma M. Nicole.

Et, aussitôt, M. Nicole, qui n'avait plus son air embarrassé et ne semblait nullement gêné par son chapeau, son gant et son parapluie, se leva et dit à Prasville :

— Monsieur le secrétaire général, j'aurais pu garder ma découverte pour moi et ne vous en faire part qu'après la victoire définitive, c'est-à-dire après vous avoir apporté la liste des vingt-sept. Mais les événements pressent. La disparition de Daubrecq peut, contrairement à l'attente de ses ravisseurs, précipiter la crise que vous voulez conjurer. Il faut donc agir en toute hâte. M. le secrétaire général, je vous demande votre assistance immédiate et efficace.

— En quoi puis-je vous aider ? dit Prasville, impressionné par ce bizarre individu.

— En me donnant dès demain, sur le marquis d'Albufex, des renseignements que je mettrais, moi, plusieurs jours à réunir.

Prasville parut hésiter et il tourna la tête vers Mme Mergy. Clarisse lui dit :

— Je vous en conjure, acceptez les services de M. Nicole. C'est un auxiliaire précieux et dévoué. Je réponds de lui comme de moi-même.

— Sur quoi désirez-vous des renseignements, monsieur ? demanda Prasville.

— Sur tout ce qui touche le marquis d'Albufex, sur sa situation de famille, sur ses occupations, sur ses liens de parenté, sur les propriétés qu'il possède à Paris et en province.

Prasville objecta :

— Au fond, que ce soit le marquis ou un autre, le ravisseur de Daubrecq travaille pour nous, puisque, en reprenant la liste, il désarme Daubrecq.

— Et qui vous dit, monsieur le secrétaire général, qu'il ne travaille pas pour lui-même ?

— Impossible, puisque son nom est sur la liste.

— Et s'il l'efface ? et si vous vous trouvez alors en présence d'un second maître chanteur, plus âpre, encore plus puissant que le premier, et, comme adversaire politique, mieux placé que Daubrecq pour soutenir la lutte ?

L'argument frappa le secrétaire général. Après un instant de réflexion, il déclara :

— Venez me voir demain à quatre heures, dans mon bureau de la préfecture. Je vous donnerai tous les renseignements nécessaires. Quelle est votre adresse, en cas de besoin ?

— M. Nicole, 25, place Clichy. J'habite chez un de mes amis, qui m'a prêté son appartement pendant son absence.

L'entrevue était terminée. M. Nicole remercia, salua très bas le secrétaire général et sortit, accompagné de Mme Mergy.

— Voilà une excellente affaire, dit-il, une fois dehors, en se frottant les mains. J'ai mes entrées libres à la Préfecture, et tout ce monde-là va se mettre en campagne.

Mme Mergy, moins prompte à l'espoir, objecta :

— Hélas ! arriverons-nous à temps ? Ce qui me bouleverse, c'est l'idée que cette liste peut être détruite.

— Par qui, Seigneur ! Par Daubrecq ?

— Non, mais par le marquis quand il l'aura reprise.

— Mais il ne l'a pas encore reprise ! Daubrecq résistera… tout au moins assez longtemps pour que nous parvenions jusqu'à lui. Pensez donc : Prasville est à mes ordres.

— S'il vous démasque ? la plus petite enquête prouvera que le sieur Nicole n'existe pas.

— Mais elle ne prouvera pas que le sieur Nicole n'est autre qu'Arsène Lupin. Et puis, soyez tranquille, Prasville qui, d'ailleurs, est au-dessous de tout comme policier, Prasville n'a qu'un but, démolir son vieil ennemi Daubrecq. Pour cela, tous les moyens lui sont bons, et il ne perdra pas son temps à vérifier l'identité d'un M. Nicole qui lui promet la tête de Daubrecq. Sans compter que c'est vous qui m'avez amené et que, somme toute, mes petits talents n'ont pas été sans l'éblouir. Donc, allons de l'avant, et hardiment.

Malgré elle, Clarisse reprenait toujours confiance auprès de Lupin. L'avenir lui sembla moins effroyable et elle admit, elle s'efforça d'admettre que les chances de sauver Gilbert n'étaient pas diminuées par cette horrible condamnation à mort. Mais il ne put obtenir de Clarisse qu'elle repartît pour la Bretagne. Elle voulait être là et prendre sa part de tous les espoirs et de toutes les angoisses.

Le lendemain, les renseignements de la Préfecture confirmèrent ce que Lupin et Prasville savaient. Le marquis d'Albufex, très compromis dans l'affaire du canal, si compromis que le prince Napoléon avait dû lui retirer la direction de son bureau politique en France, le marquis d'Albufex ne soutenait le grand train de sa maison qu'à force d'expédients et d'emprunts. D'un autre côté, en ce qui concernait l'enlèvement de Daubrecq, il fut établi que, contrairement à son habitude quotidienne, le marquis n'avait pas paru au cercle de six à sept heures et n'avait pas dîné chez lui. Il ne rentra, ce soir-là, que vers minuit et à pied.

L'accusation de M. Nicole recevait ainsi un commencement de preuve. Malheureusement — et par ses moyens personnels, Lupin ne réussit pas davantage — il fut impossible de recueillir le moindre indice sur l'automobile, sur le chauffeur et sur les quatre personnages qui avaient pénétré dans l'hôtel de Daubrecq. Était-ce des associés du marquis compromis comme lui dans l'affaire ? Était-ce des hommes à sa solde ? On ne put le savoir.

Il fallait donc concentrer toutes les recherches sur le marquis et sur les châteaux et habitations qu'il possédait à une certaine distance de Paris, distance que, étant donné la vitesse moyenne d'une automobile et le temps d'arrêt nécessaire, on pouvait évaluer à cent cinquante kilomètres.

Or, d'Albufex, ayant tout vendu, ne possédait ni châteaux, ni habitations en province.

On se retourna vers les parents et les amis intimes du marquis. Pouvait-il disposer, de ce côté, de quelque retraite sûre où emprisonner Daubrecq ?

Le résultat fut négatif.

Et les journées passaient. Et quelles journées pour Clarisse Mergy ! Chacune d'elles rapprochait Gilbert de l'échéance terrible. Chacune d'elles était une fois de moins vingt-quatre heures avant la date qu'elle avait involontairement fixée dans son esprit. Et elle disait à Lupin, que la même anxiété obsédait :

— Encore cinquante-cinq jours… Encore cinquante… Que peut-on faire en si peu de jours ? Oh ! je vous en prie… je vous en prie…

Que pouvait-on faire, en effet ? Lupin ne s'en remettant à personne du soin de surveiller le marquis, ne dormait pour ainsi dire plus. Mais le marquis avait repris sa vie régulière, et, défiant sans doute, ne se hasardait à aucune absence.

Une seule fois, il alla, dans la journée, chez le duc de Montmaur, dont l'équipage chassait le sanglier en forêt de Durlaine, et avec lequel il n'entretenait que des relations sportives.

— Il n'y a pas à supposer, dit Prasville, que le richissime duc de Montmaur, qui ne s'occupe que de ses terres et de ses chasses, et ne fait pas de politique, se prête à la séquestration, dans son château, du député Daubrecq.

Lupin fut de cet avis, mais, comme il ne voulait rien laisser au hasard, la semaine suivante, un matin, apercevant d'Albufex qui partait en tenue de cavalier, il le suivit jusqu'à la gare du Nord et prit le train pour le suivre.

Il descendit à la station d'Aumale, où d'Albufex trouva une voiture qui le conduisit vers le château de Montmaur.

Lupin déjeuna tranquillement, loua une bicyclette, et parvint en vue du château au moment où les invités débouchaient du parc, en automobile, ou à cheval. Le marquis d'Albufex se trouvait au nombre des cavaliers.

Trois fois, au cours de la journée, Lupin le revit qui galopait, et il le retrouva le soir à la station où d'Albufex se rendit à cheval suivi d'un piqueur.

L'épreuve était donc décisive, et il n'y avait rien de suspect de ce côté. Pourquoi cependant Lupin résolut-il de ne pas s'en tenir aux apparences ? Et pourquoi, le lendemain, envoya-t-il Le Ballu faire une enquête aux environs de Montmaur ? Surcroît de précautions qui ne reposait sur aucun raisonnement, mais qui concordait avec sa manière d'agir méthodique et minutieuse.

Le surlendemain, il recevait de Le Ballu, outre des informations sans intérêt, la liste de tous les invités, de tous les domestiques et de tous les gardes de Montmaur.

Un nom le frappa, parmi ceux des piqueurs. Il télégraphia aussitôt :

« Se renseigner sur le piqueur Sébastiani. »

La réponse de Le Ballu ne tarda pas.

« Sébastiani (Corse) a été recommandé au duc de Montmaur par le marquis d'Albufex. Il habite, à une lieue du château, un pavillon de chasse élevé parmi les débris de la forteresse féodale qui fut le berceau de la famille de Montmaur. »

— Ça y est, dit Lupin à Clarisse Mergy, en lui montrant la lettre de Le Ballu. Tout de suite, ce nom de Sébastiani m'avait rappelé que d'Albufex est d'origine corse. Il y avait là un rapprochement...

— Alors, votre intention ?

— Mon intention est, si Daubrecq se trouve enfermé dans ces ruines, d'entrer en communication avec lui.

— Il se défiera de vous.

— Non. Ces jours-ci, sur les indications de la police, j'ai fini par découvrir les deux vieilles dames qui ont enlevé votre petit Jacques à Saint-Germain, et qui, le soir même, voilées, l'ont ramené à Neuilly. Ce sont deux vieilles filles, les cousines de Daubrecq, qui reçoivent de lui une petite rente mensuelle. J'ai rendu visite à ces demoiselles Rousselot (rappelez-vous leur nom et leur adresse, 134 bis, rue du Bac), je leur ai inspiré confiance, je leur ai promis de retrouver leur cousin et bienfaiteur, et l'aînée, Euphrasie Rousselot, m'a remis une lettre par quoi elle supplie Daubrecq s'en rapporter absolument au sieur Nicole. Vous voyez que toutes les précautions sont prises. Je pars cette nuit.

— Nous partons, dit Clarisse.

— Vous !

— Est-ce que je peux vivre ainsi dans l'inaction, dans la fièvre !

Et elle murmura :

— Ce n'est plus les jours que je compte... les trente-huit ou quarante jours au plus qui nous restent... ce sont les heures...

Lupin sentit en elle une résolution trop violente pour qu'il essayât de la combattre. À cinq heures du matin, ils s'en allaient tous deux en automobile. Grognard les accompagnait.

Afin de ne pas éveiller les soupçons, Lupin choisit comme quartier général une grande ville. D'Amiens, où il installa Clarisse, il n'était séparé de Montmaur que par une trentaine de kilomètres.

Vers huit heures, il retrouva Le Ballu non loin de l'ancienne forteresse, connue dans la région sous le nom de Mortepierre, et, dirigé par lui, il examina les lieux.

Sur les confins de la forêt, la petite rivière du Ligier qui s'est creusé, à cet endroit, une vallée très profonde, forme une boucle que domine l'énorme falaise de Mortepierre.

— Rien à faire de ce côté, dit Lupin. La falaise est abrupte, haute de soixante ou soixante-dix mètres, et la rivière l'enserre de toutes parts.

Ils trouvèrent plus loin un pont qui aboutissait au bas d'un sentier dont les lacets les conduisirent, parmi les sapins et les chênes, jusqu'à une petite esplanade, où se dressait une porte massive, bardée de fer, hérissée de clous et flanquée de deux grosses tours.

— C'est bien là, dit Lupin, que le piqueur Sébastiani habite ?

— Oui, fit Le Ballu, avec sa femme, dans un pavillon situé au milieu des ruines. J'ai appris, en outre, qu'il avait trois grands fils et que tous trois étaient soi-disant partis en voyage, et cela précisément le jour où l'on enlevait Daubrecq.

— Oh ! oh ! fit Lupin, la coïncidence vaut la peine d'être retenue. Il est bien probable que le coup fut exécuté par ces gaillards-là et par le père.

À la fin de l'après-midi, Lupin profita d'une brèche pour escalader la courtine, à droite des tours. De là il put voit le pavillon du garde et les quelques débris de la vieille forteresse — ici, un pan de mur où se devine le manteau d'une cheminée ; plus loin, une citerne ; de ce côté, l'arcade d'une chapelle ; de cet autre, un amoncellement de pierres éboulées.

Sur le devant, un chemin de ronde borde la falaise, et, à l'une des extrémités de ce chemin, il y a les vestiges d'un formidable donjon presque rasé au niveau du sol.

Le soir, Lupin retourna près de Clarisse Mergy. Et, dès lors, il fit la navette entre Amiens et Mortepierre, laissant Grognard et Le Ballu en observation permanente.

Et six jours passèrent... Les habitudes de Sébastiani semblaient uniquement soumises aux exigences de son emploi. Il allait au château de Montmaur, se promenait dans la forêt, relevait les passages des bêtes, faisait des rondes de nuit.

Mais le septième jour, ayant su qu'il y avait chasse, et qu'une voiture était partie le matin pour la station d'Aumale, Lupin se posta dans un groupe de lauriers et de buis qui entouraient la petite esplanade, devant la porte.

À deux heures, il entendit les aboiements de la meute. Ils se rapprochèrent, accompagnés de clameurs, puis s'éloignèrent. Il les entendit de nouveau vers le milieu de l'après-midi, moins distincts, et ce fut tout. Mais soudain, dans le silence, un galop de cheval parvint jusqu'à lui, et quelques minutes plus tard, il vit deux cavaliers qui escaladaient le sentier de la rivière.

Il reconnut le marquis d'Albufex et Sébastiani. Arrivés sur l'esplanade, tous deux mirent pied à terre, tandis qu'une femme, la femme du piqueur sans doute, ouvrait la porte. Sébastiani attacha les brides des montures à des anneaux scellés dans une borne qui se dressait à trois pas de Lupin, et, en courant, il rejoignit le marquis. La porte se ferma derrière eux.

Lupin n'hésita pas, et, bien que ce fût encore le plein jour, comptant sur la solitude de l'endroit, il se hissa au creux de la brèche. Passant la tête, il aperçut les deux hommes et la femme de Sébastiani qui se hâtaient vers les ruines du donjon.

Le garde souleva un rideau de lierre et découvrit l'entrée d'un escalier qu'il descendit, ainsi que d'Albufex, laissant sa femme en faction sur la terrasse.

Comme il ne fallait pas songer à s'introduire à leur suite, Lupin regagna sa cachette. Il n'attendit pas longtemps avant que la porte se rouvrît.

Le marquis d'Albufex semblait fort en courroux. Il frappait à coups de cravache la tige de ses bottes et mâchonnait des paroles de colère que Lupin discerna quand la distance fut moins grande.

— Ah ! le misérable, je l'y forcerai bien... Ce soir, tu entends, Sébastiani... ce soir, à dix heures, je reviendrai... Et nous agirons... Ah ! l'animal !...

Sébastiani détachait les chevaux. D'Albufex se tourna vers la femme :

— Que vos fils fassent bonne garde... Si on essayait de le délivrer, tant pis pour lui... La trappe est là... Je peux compter sur eux ?

— Comme sur leur père, monsieur le marquis, affirma le piqueur. Ils savent ce que monsieur le marquis a fait pour moi, et ce qu'il veut faire pour eux. Ils ne reculeront devant rien.

— À cheval, dit d'Albufex, et rejoignons la chasse.

Ainsi donc, les choses s'accomplissaient comme Lupin l'avait supposé. Au cours de ces parties de chasse, d'Albufex, galopant de son côté, poussait une pointe jusqu'à Mortepierre, sans que personne pût se douter de son manège. Sébastiani qui, pour des raisons anciennes, et d'ailleurs inutiles à connaître, lui était dévoué corps et âme, Sébastiani l'accompagnait, et ils allaient voir ensemble le captif, que les trois fils du piqueur et sa femme surveillaient étroitement.

— Voilà où nous en sommes, dit Lupin à Clarisse Mergy, lorsqu'il l'eut retrouvée dans une auberge des environs. Ce soir, à dix heures, le marquis fera subir à Daubrecq l'interrogatoire... un peu brutal, mais indispensable, auquel je devais procéder moi-même.

— Et Daubrecq livrera son secret... dit Clarisse, déjà bouleversée.

— J'en ai peur.

— Alors ?

— Alors, répondit Lupin, qui paraissait très calme, j'hésite entre deux plans. Ou bien empêcher cette entrevue...

— Mais comment ?

— En devançant d'Albufex. À neuf heures, Grognard, Le Ballu et moi, nous franchissons les remparts. Envahissement de la forteresse, assaut du donjon, désarmement de la garnison... le tour est joué. Daubrecq est à nous.

— Si toutefois les fils de Sébastiani ne l'ont pas jeté par cette trappe à laquelle le marquis a fait allusion...

— Aussi, dit Lupin, ai-je bien l'intention de ne risquer ce coup de force qu'en désespoir de cause, et au cas où mon autre plan ne serait pas réalisable.

— Et cet autre plan ?

— C'est d'assister à l'entrevue. Si Daubrecq ne parle pas, cela nous donne le loisir nécessaire pour préparer son enlèvement dans des conditions plus favorables. S'il parle, si on le contraint à révéler l'endroit où se trouve la liste des vingt-sept, je saurai la vérité en même temps que d'Albufex, et je jure Dieu que j'en tirerai parti avant lui.

— Oui... oui... prononça Clarisse... Mais par quel moyen comptez-vous assister...

— Je ne sais pas encore, avoua Lupin. Cela dépend de certains renseignements que doit m'apporter Le Ballu... et de ceux que je réunirai moi-même.

Il sortit de l'auberge et n'y revint qu'une heure plus tard, à la nuit tombante. Le Ballu l'y rejoignit.

— Tu as le bouquin ? dit-il à son complice.

— Oui, patron. C'était bien ce que j'avais vu chez le marchand de journaux d'Aumale. Je l'ai eu pour dix sous.

— Donne.

Le Ballu lui donna une vieille brochure usée, salie, sur laquelle on lisait :

Une visite à Mortepierre, 1824, *avec dessins et plans.*

Tout de suite, Lupin chercha le plan du donjon.

— C'est bien cela, dit-il... Il y avait, au-dessus du sol, trois étages qui ont été rasés, et, au-dessous, creusés dans le roc même, deux étages, dont l'un a été envahi par les décombres, et dont l'autre... Tenez, voilà où gît notre ami Daubrecq. Le nom est significatif... La salle des tortures... Pauvre ami !... Entre l'escalier et la salle, deux portes. Entre ces deux portes, un réduit, où se tiennent évidemment les trois frères, un fusil à la main.

— Donc, il vous est impossible de pénétrer là sans être vu.

— Impossible... à moins de passer par en haut, par l'étage écroulé, et de chercher une voie à travers le plafond... Mais c'est bien hasardeux...

Il continuait à feuilleter le livre. Clarisse lui demanda :

— Il n'y a pas de fenêtre à cette salle ?

— Si, dit-il. D'en bas, de la rivière — j'en arrive — on aperçoit une petite ouverture, qui, d'ailleurs, est marquée sur cette carte. Mais, n'est-ce pas, il y a cinquante mètres de hauteur, à pic... et même, la roche surplombe au-dessus de l'eau. Donc, impossible également.

Il parcourait certains passages du livre. Un chapitre le frappa, intitulé : « La Tour des Deux-Amants ». Il en lut les premières lignes.

« Jadis, le donjon était appelé par les gens du pays la Tour des Deux-Amants, en souvenir d'un drame qui l'ensanglanta au moyen âge. Le comte de Mortepierre, ayant eu la preuve de l'infidélité de sa femme, l'avait enfermée dans la chambre des tortures. Elle y passa vingt ans, paraît-il. Une nuit, son amant, le sire de Tancarville, eut l'audace folle de dresser une échelle dans la rivière et de grimper ensuite le long de la falaise, jusqu'à l'ouverture de sa chambre. Ayant scié les barreaux, il réussit à délivrer celle qu'il aimait, et il redescendit avec elle, à l'aide d'une corde. Ils parvinrent tous deux au sommet de l'échelle que des amis surveillaient, lorsqu'un coup de feu partit du chemin de ronde et atteignit l'homme à l'épaule. Les deux amants furent lancés dans le vide... »

Il y eut un silence après cette lecture, un long silence où chacun reconstituait la tragique évasion. Ainsi donc, trois ou quatre siècles auparavant, un homme, risquant sa vie pour sauver une femme, avait tenté ce tour de force inconcevable, et il serait parvenu à le réaliser sans la vigilance de quelque sentinelle attirée par le bruit. Un homme avait osé cela ! Un homme avait fait cela !

Lupin leva les yeux sur Clarisse. Elle le regardait, mais de quel regard éperdu et suppliant ! Regard de mère, qui exigeait l'impossible, et qui eût tout sacrifié pour le salut de son fils.

— Le Ballu, dit-il, cherche une corde solide, très fine, afin que je puisse l'enrouler à ma ceinture, et très longue, cinquante ou soixante mètres. Toi, Grognard, mets-toi en quête de trois ou quatre échelles que tu attacheras bout à bout.

— Hein ! qu'est-ce que vous dites, patron ? s'écrièrent les deux complices. Quoi ! vous voulez... Mais c'est de la folie.

— Une folie ? Pourquoi ? Ce qu'un autre a fait, je puis bien le faire.

— Mais il y a cent chances contre une pour que vous vous cassiez la tête.

— Tu vois bien, Le Ballu, qu'il y a une chance pour que je ne me la casse pas.

— Voyons, patron...

— Assez causé, les amis. Et rendez-vous dans une heure au bord de la rivière.

Les préparatifs furent longs. On trouva difficilement de quoi former l'échelle de quinze mètres qui pouvait atteindre le premier ressaut de la falaise, et il fallut beaucoup d'efforts et de soins pour en rejoindre les différentes parties les unes aux autres.

Enfin, un peu après neuf heures, elle fut dressée au milieu de la rivière, et calée par une barque, dont le devant était engagé entre deux barreaux et dont l'arrière s'enfonçait dans la berge.

La route qui suit le vallon étant peu fréquentée, personne ne dérangea les travaux. La nuit était obscure, le ciel lourd de nuages immobiles.

Lupin donna ses dernières recommandations à Le Ballu et à Grognard, et il dit en riant :

— On ne peut pas s'imaginer comme ça m'amuse de voir la tête de Daubrecq, pendant qu'on va le scalper et lui découper des lanières de peau. Vrai ! ça vaut le voyage.

Clarisse avait pris place également dans la barque. Il lui dit :

— À bientôt. Et surtout ne bougez pas. Quoi qu'il arrive, pas un geste, pas un cri.

— Il peut donc arriver quelque chose ? dit-elle.

— Dame ! souvenez-vous du sire de Tancarville. C'est au moment même où il arrivait au but, sa bien-aimée dans les bras, qu'un hasard le trahit. Mais soyez tranquille, tout se passera bien.

Elle ne fit aucune réponse. Elle lui saisit la main et la serra fortement entre les siennes.

Il mit le pied sur l'échelle et s'assura qu'elle ne remuait pas trop. Puis il monta.

Très vite, il parvint au dernier échelon.

Là seulement commençait l'ascension dangereuse, ascension pénible au début, à cause de la pente excessive, et qui devint, à mi-hauteur, la véritable escalade d'une muraille.

Par bonheur, il y avait, de place en place, de petits creux où ses pieds pouvaient se poser, et des cailloux en saillie où ses mains s'accrochaient. Mais, deux fois, ces cailloux cédèrent, il glissa, et, ces deux fois-là, il crut bien que tout était perdu.

Ayant rencontré un creux profond, il s'y reposa. Il était exténué, et, tout prêt à renoncer à l'entreprise, il se demanda si, réellement, elle valait la peine qu'il s'exposât à de tels dangers.

— Bigre ! pensa-t-il, m'est avis que tu flanches, mon vieux Lupin. Renoncer à l'entreprise ? Alors Daubrecq va susurrer son secret. Le marquis sera maître de la liste. Lupin s'en retournera bredouille, et Gilbert...

La longue corde, qu'il avait attachée autour de sa taille, lui imposant une gêne et une fatigue inutiles, Lupin en fixa simplement une des extrémités à la boucle de son pantalon. La corde se déroulerait ainsi, tout le long de la montée, et il s'en servirait au retour comme d'une rampe.

Puis il s'agrippa de nouveau aux aspérités de la falaise et continua l'escalade, les doigts en sang, les ongles meurtris. À chaque moment, il s'attendait à la chute inévitable. Et ce qui le décourageait, c'était de percevoir le murmure des voix qui s'élevait de la barque, murmure si distinct qu'il ne semblait pas que l'intervalle s'accrût entre ses compagnons et lui.

Et il se rappela le seigneur de Tancarville, seul aussi parmi les ténèbres, et qui devait frissonner au fracas des pierres détachées et bondissantes. Comme le moindre bruit se répercutait dans le silence profond ! Qu'un des gardes de Daubrecq épiât l'ombre du haut de la tour des Deux-Amants, et c'était le coup de feu, la mort...

Il grimpait… il grimpait… et il grimpait depuis si longtemps qu'il finit par s'imaginer que le but était dépassé. Sans aucun doute, il avait obliqué à son insu vers la droite, ou vers la gauche, et il allait aboutir au chemin de ronde. Dénouement stupide ! Aussi bien, est-ce qu'il pouvait en être autrement d'une tentative que l'enchaînement si rapide des faits ne lui avait pas permis d'étudier et de préparer ?

Furieux, il redoubla d'efforts, s'éleva de plusieurs mètres, glissa, reconquit le terrain perdu, empoigna une touffe de racines qui lui resta dans la main, glissa de nouveau, et, découragé, il abandonnait la partie, quand, soudain, se raidissant en une crispation de tout son être, de tous ses muscles et de toute sa volonté, il s'immobilisa ; un bruit de voix semblait sortir du roc qu'il étreignait.

Il écouta. Cela se produisait vers la droite. Ayant renversé la tête, il crut voir un rayon de clarté qui traversait les ténèbres de l'espace. Par quel sursaut d'énergie, par quels mouvements insensibles, réussit-il à se déplacer jusque-là, il ne s'en rendit pas un compte exact. Mais brusquement il se trouva sur le rebord d'un orifice assez large, profond de trois mètres au moins, qui creusait la paroi de la falaise comme un couloir, et dont l'autre extrémité, beaucoup plus étroite, était fermée par trois barreaux.

Lupin rampa. Sa tête parvint aux barreaux. Il vit…

VIII. — LA TOUR DES DEUX-AMANTS

La salle des tortures s'arrondissait au-dessous de lui, vaste, de forme irrégulière, distribuée en parties inégales par les quatre gros piliers massifs qui soutenaient ses voûtes. Une odeur de moisissure et d'humidité montait de ses murailles et de ses dalles mouillées par les infiltrations. L'aspect devait en être, à toute époque, sinistre. Mais, à cette heure-là, avec les hautes silhouettes de Sébastiani et de ses fils, avec les lueurs obliques qui jouaient sur les piliers, avec la vision du captif enchaîné sur un grabat, elle prenait une allure mystérieuse et barbare.

Il était au premier plan, Daubrecq, à cinq ou six mètres en contrebas de la lucarne où Lupin se tenait blotti. Outre les chaînes antiques dont on s'était servi pour l'attacher à son lit et pour attacher ce lit à un crochet de fer scellé dans le mur, des lanières de cuir entouraient ses chevilles et ses poignets, et un dispositif ingénieux faisait que le moindre de ses gestes mettait en mouvement une sonnette suspendue au pilier voisin.

Une lampe posée sur un escabeau l'éclairait en plein visage.

Debout près de lui, le marquis d'Albufex, dont Lupin voyait le pâle visage, la moustache grisonnante, la taille haute et mince, le marquis d'Albufex regardait son prisonnier avec une expression de contentement et de haine assouvie.

Il s'écoula quelques minutes dans un silence profond. Puis le marquis ordonna :

— Sébastiani, allume donc ces trois flambeaux, afin que je le voie mieux !

Et, lorsque les trois flambeaux furent allumés et qu'il eut bien contemplé Daubrecq, il se pencha et lui dit presque doucement :

— Je ne sais pas trop ce qu'il adviendra de nous deux. Mais, tout de même, j'aurai eu là, dans cette salle, de sacrées minutes de joie. Tu m'as fait tant de mal, brecq ! Ce que j'ai pleuré par toi !… Oui… de vraies larmes… de vrais sanglots de désespoir… M'en as-tu volé de l'argent ! Une fortune ! Et c'est la peur que j'avais de ta dénonciation !… Mon nom prononcé, c'était l'achèvement de ma ruine, le déshonneur. Ah ! gredin !…

Daubrecq ne bougeait pas. Démuni de son lorgnon, il gardait cependant ses lunettes où la clarté des lumières se reflétait. Il avait considérablement maigri, et les os de ses pommettes saillaient au-dessus de ses joues creuses.

— Allons, dit d'Albufex, il s'agit maintenant d'en finir. Il paraîtrait qu'il y a des coquins qui rôdent dans le pays. Dieu veuille que ce ne soit pas à ton intention et qu'ils n'essaient pas de te délivrer, car ce serait ta perte immédiate, comme tu le sais… Sébastiani, la trappe fonctionne toujours bien ?

Sebastiani s'approcha, mit un genou en terre, souleva et tourna un anneau que Lupin n'avait pas remarqué et qui se trouvait au pied même du lit. Une des dalles bascula, découvrant un trou noir.

— Tu vois, reprit le marquis, tout est prévu, et j'ai sous la main tout ce qu'il faut, même des oubliettes… et des oubliettes insondables, dit la légende du château. Donc, rien à espérer, aucun secours. Veux-tu parler ?

Daubrecq ne répondant pas, il continua :

— C'est la quatrième fois que je t'interroge, Daubrecq. C'est la quatrième fois que je me dérange pour te demander le document que tu possèdes et pour me soustraire ainsi à ton chantage. C'est la quatrième et dernière fois. Veux-tu parler ?

Même silence. D'Albufex fit un signe à Sébastiani. Le garde s'avança, suivi de deux de ses fils. L'un d'eux tenait un bâton à la main.

— Vas-y, ordonna d'Albufex, après quelques secondes d'attente.

Sébastiani relâcha les lanières qui serraient les poignets de Daubrecq, introduisit et fixa le bâton entre les lanières.

— Je tourne, monsieur le marquis ?

Un silence encore. Le marquis attendait. Daubrecq ne bronchant pas, il murmura :

— Parle donc ! À quoi bon t'exposer à souffrir ?

Aucune réponse.

— Tourne, Sébastiani.

Sébastiani fit accomplir au bâton une révolution complète. Les liens se tendirent. Daubrecq poussa un gémissement.

— Tu ne veux pas parler ? Tu sais bien pourtant que je ne céderai pas, qu'il m'est impossible de céder, que je te tiens, et que, s'il le faut, je te démolirai jusqu'à t'en faire mourir. Tu ne veux pas parler ? Non ?... Sébastiani, un tour de plus.

Le garde obéit. Daubrecq eut un soubresaut de douleur et retomba sur son lit en râlant.

— Imbécile ! cria le marquis tout frémissant. Parle donc ! Quoi ? Tu n'en as donc pas assez, de cette liste ? C'est bien le tour d'un autre, pourtant. Allons, parle... Où est-elle ? Un mot... un mot seulement... et on te laisse tranquille... Et demain, quand j'aurai la liste, tu seras libre. Libre... tu entends ? Mais pour Dieu, parle !... Ah ! la brute ! Sébastiani, encore un tour.

Sébastiani fit un nouvel effort. Les os craquèrent.

— Au secours ! au secours ! articula Daubrecq d'une voix rauque et en cherchant vainement à se dégager.

Et, tout bas, il bégaya :

— Grâce... grâce...

Spectacle horrible ! Les trois fils avaient des visages convulsés. Lupin, frissonnant, écœuré, et qui comprenait que jamais il n'aurait pu accomplir lui-même cette abominable chose, Lupin épiait les paroles inévitables. Il allait savoir. Le secret de Daubrecq allait s'exprimer en syllabes, en mots arrachés par la douleur. Et Lupin pensait déjà à la retraite, à l'automobile qui l'attendait, à la course éperdue vers Paris, à la victoire si proche !...

— Parle... murmurait d'Albufex... parle, et ce sera fini.

— Oui... oui... balbutia Daubrecq.

— Eh bien...

— Plus tard... demain...

— Ah ! ça, tu es fou ! Demain ! Qu'est-ce que tu chantes ? Sébastiani, encore un tour.

— Non, non, hurla Daubrecq, non, arrête.

— Parle !

— Eh bien, voilà... J'ai caché le papier...

Mais la souffrance était trop grande. Daubrecq releva sa tête dans un effort suprême, émit des sons incohérents, réussit deux fois à prononcer : « Marie... Marie... » et se renversa, épuisé, inerte.

— Lâche donc, ordonna d'Albufex à Sébastiani. Sacrebleu ! est-ce que nous aurions forcé la dose ?

Mais un examen rapide lui prouva que Daubrecq était simplement évanoui. Alors lui-même, exténué, il s'écroula sur le pied du lit en essuyant les gouttes de sueur qui mouillaient son front, et il bredouilla :

— Ah ! la sale besogne...

— C'est peut-être assez pour aujourd'hui, dit le garde, dont la rude figure trahissait l'émotion... On pourrait recommencer demain... après-demain.

Le marquis se taisait. Un des fils lui tendit une gourde de cognac. Il en remplit la moitié d'un verre et but d'un trait.

— Demain ? dit-il ; non, tout de suite. Encore un petit effort. Au point où il en est, ce ne sera pas difficile.

Et prenant le garde à part :

— Tu as entendu ? qu'a-t-il voulu dire par ce mot de « Marie » ? Deux fois il l'a répété.

— Oui, deux fois, dit le garde. Il a peut-être confié ce document que vous lui réclamez à une personne qui porte le nom de Marie.

— Jamais de la vie ! protesta d'Albufex. Il ne confie rien... Cela signifie autre chose.

— Mais quoi, monsieur le marquis ?

— Quoi ? Nous n'allons pas tarder à le savoir, je t'en réponds.

À ce moment, Daubrecq eut une longue aspiration et remua sur sa couche.

D'Albufex, qui maintenant avait recouvré tout son sang-froid, et qui ne quittait pas l'ennemi des yeux, s'approcha et lui dit :

— Tu vois bien, Daubrecq... c'est de la folie de résister... Quand on est vaincu, il n'y a qu'à subir la loi du vainqueur, au lieu de se faire torturer bêtement... Voyons, sois raisonnable.

Et s'adressant à Sébastiani :

— Tends la corde... qu'il la sente un peu... ça le réveillera... Il fait le mort...

Sébastiani reprit le bâton et tourna jusqu'à ce que la corde revînt en contact avec les chairs tuméfiées. Daubrecq sursauta.

— Arrête, Sébastiani, commanda le marquis. Notre ami me paraît avoir les meilleures dispositions du monde et comprendre la nécessité d'un accord. N'est-ce pas, Daubrecq ? Tu préfères en finir. Combien tu as raison !

Les deux hommes étaient inclinés au-dessus du patient, Sébastiani le bâton en main, d'Albufex tenant la lampe afin d'éclairer en plein le visage.

— Ses lèvres s'agitent... il va parler... Desserre un peu, Sébastiani, je ne veux pas que notre ami souffre... Et puis, non, serre davantage... je crois que notre ami hésite... Encore un tour... Halte !... nous y sommes... Ah ! mon cher Daubrecq, si tu n'articules pas mieux que ça, c'est du temps perdu. Quoi ? Qu'est-ce que tu dis ?

Arsène Lupin mâchonna un juron. Daubrecq parlait, et lui, Lupin, ne pouvait pas l'entendre ! Il avait beau prêter l'oreille, étouffer les battements de son cœur et le bourdonnement de ses tempes, aucun son ne parvenait jusqu'à lui.

— Crénom d'un nom, pensa-t-il, je n'avais pas prévu cela. Que faire ? »

Il fut sur le point de braquer son revolver et d'envoyer à Daubrecq une balle qui couperait court à toute explication. Mais il songea que lui non plus n'en saurait pas davantage, et qu'il valait mieux s'en remettre aux événements pour en tirer le meilleur parti.

En bas, cependant, la confession se poursuivait, indistincte, entrecoupée de silences et mêlée de plaintes. D'Albufex ne lâchait pas sa proie.

— Encore... Achève donc...

Et il ponctuait les phrases d'exclamations approbatives.

— Bien !... Parfait !... Pas possible ? Répète un peu, Daubrecq... Ah ! ça, c'est drôle... Et personne n'a eu l'idée ? Pas même Prasville ?... Quel idiot !... Desserre donc, Sébastiani... Tu vois bien que notre ami est tout essoufflé... Du calme, Daubrecq... ne te fatigue pas... Et alors, cher ami, tu disais...

C'était la fin. Il y eut un chuchotement assez long que d'Albufex écouta sans interruption et dont Arsène Lupin ne put saisir la moindre syllabe, puis le marquis se leva et s'exclama d'une voix joyeuse :

— Ça y est !... Merci, Daubrecq. Et crois bien que je n'oublierai jamais ce que tu viens de faire. Quand tu seras dans le besoin, tu n'auras qu'à frapper à ma porte, il y aura toujours un morceau de pain pour toi à la cuisine, et un verre d'eau filtrée. Sébastiani, soigne monsieur le député absolument comme si c'était un de tes fils. Et tout d'abord, débarrasse-le de ses liens. Il ne faut pas avoir de cœur pour attacher ainsi un de ses semblables, comme un poulet à la broche.

— Si on lui donnait à boire ? proposa le garde.

— C'est ça ! donne-lui donc à boire.

Sébastiani et ses fils défirent les courroies de cuir, frictionnèrent les poignets endoloris et les entourèrent de bandes de toile enduites d'un onguent. Puis Daubrecq avala quelques gorgées d'eau-de-vie.

— Ça va mieux ? dit le marquis. Bah ! ce ne sera rien. Dans quelques heures, il n'y paraîtra plus, et tu pourras te vanter d'avoir subi la torture, comme au bon temps de l'Inquisition. Veinard !

Il consulta sa montre.

— Assez bavardé, Sébastiani. Que tes fils le veillent à tour de rôle. Toi, conduis-moi jusqu'à la station, pour le dernier train.

— Alors, monsieur le marquis, nous le laissons comme ça, libre de ses mouvements ?

— Pourquoi pas ? T'imagines-tu que nous allons le tenir ici jusqu'à sa mort ? Non. Daubrecq, dors tranquille. Demain après-midi, j'irai chez toi... et si le document se trouve bien à la place que tu m'as dite, aussitôt un télégramme, et on te donne la clef des champs. Tu n'as pas menti, hein ?

Il était revenu vers Daubrecq, et, de nouveau courbé sur lui :

— Pas de blagues, n'est-ce pas ? Ce serait idiot de ta part. J'y perdrais un jour, voilà tout. Tandis que toi, tu y perdrais ce qui te reste de jours à vivre. Mais non, mais non, la cachette est trop bonne. On n'invente pas ça pour s'amuser. En route, Sébastiani. Demain, tu auras le télégramme.

— Et si on ne vous laisse pas entrer dans la maison, monsieur le marquis ?

— Pourquoi donc ?

— La maison du square Lamartine est occupée par des hommes de Prasville.

— Ne t'inquiète pas, Sébastiani, j'entrerai, et si on ne m'ouvre pas la porte, la fenêtre est là. Et si la fenêtre ne s'ouvre pas, je saurai bien m'arranger avec un des hommes de Prasville. C'est une question d'argent. Et, Dieu merci ! ce n'est pas ça qui manquera, désormais. Bonne nuit, Daubrecq.

Il sortit, accompagné de Sébastiani, et le lourd battant se referma.

Aussitôt, et d'après un plan conçu durant cette scène, Lupin opéra sa retraite.

Ce plan était simple : dégringoler à l'aide de sa corde jusqu'au bas de la falaise, emmener ses amis avec lui, sauter dans l'auto, et, sur la route déserte qui conduit à la gare d'Aumale, attaquer d'Albufex et Sébastiani. L'issue du combat ne faisait aucun doute. D'Albufex et Sébastiani prisonniers, on s'arrangerait bien pour que l'un d'eux parlât. D'Albufex avait montré comment on devait s'y prendre et, pour le salut de son fils, Clarisse Mergy saurait être inflexible.

Il tira la corde dont il s'était muni, et chercha à tâtons une aspérité du roc autour de laquelle il pût la passer, de manière à ce qu'il en pendît deux bouts égaux qu'il saisirait à pleines mains. Mais, lorsqu'il eut trouvé ce qu'il lui fallait, au lieu d'agir, et rapidement, car la besogne était pressée, il demeura immobile, à réfléchir. Au dernier moment, son projet ne le satisfaisait plus.

— Absurde, se disait-il, ce que je vais faire est absurde et illogique. Qu'est-ce qui me prouve que d'Albufex et Sébastiani ne m'échapperont pas ? Qu'est-ce qui me prouve même qu'une fois en mon pouvoir ils parleront ? Non, je reste. Il y a mieux à tenter... beaucoup mieux. Ce n'est pas à ces deux-là qu'il faut m'attaquer, mais à Daubrecq. Il est exténué, à bout de résistance. S'il a dit son secret au marquis, il n'y a aucune raison pour qu'il ne me le dise pas, quand Clarisse et moi nous emploierons les mêmes procédés. Adjugé ! Enlevons le Daubrecq.

Et il ajouta en lui-même :

— D'ailleurs, qu'est-ce que je risque ? Si je rate le coup, Clarisse Mergy et moi nous filons à Paris et, de concert avec Prasville, nous organisons dans la maison du square Lamartine une surveillance minutieuse pour que d'Albufex ne puisse profiter des révélations que Daubrecq lui a faites. L'essentiel c'est que Prasville soit prévenu du danger. Il le sera.

Minuit sonnait alors à l'église d'un village voisin. Cela donnait à Lupin six ou sept heures pour mettre à exécution son nouveau plan. Il commença aussitôt.

En s'écartant de l'orifice au fond duquel s'ouvrait la fenêtre, il s'était heurté, dans un des creux de la falaise, à un massif de petits arbustes. À l'aide de son couteau, il en coupa une douzaine qu'il réduisit tous à la même dimension. Puis, sur sa corde, il préleva deux longueurs égales. Ce furent les montants de l'échelle. Entre ces montants, il assujettit les douze bâtonnets et il confectionna ainsi une échelle de corde de six mètres environ.

Quand il revint à son poste, il n'y avait plus, dans la salle des tortures, auprès du lit de Daubrecq, qu'un seul des trois fils. Il fumait sa pipe auprès de la lampe. Daubrecq dormait.

— Fichtre ! pensa Lupin, ce garçon-là va-t-il veiller toute la nuit ? En ce cas, rien à faire qu'à m'esquiver...

L'idée qu'Albufex était maître du secret le tourmentait vivement. De l'entrevue à laquelle il avait assisté, il gardait l'impression très nette que le marquis « travaillait pour son compte » et qu'il ne voulait pas seulement, en dérobant la liste, se soustraire à l'action de Daubrecq, mais aussi conquérir la puissance de Daubrecq, et rebâtir sa fortune par les moyens mêmes que Daubrecq avait employés.

Dès lors, c'eût été, pour Lupin, une nouvelle bataille à livrer à un nouvel ennemi. La marche rapide des événements ne permettait pas d'envisager une pareille hypothèse. À tout prix il fallait barrer la route au marquis d'Albufex en prévenant Prasville.

Cependant Lupin restait, retenu par l'espoir tenace de quelque incident qui lui donnerait l'occasion d'agir.

La demie de minuit sonna. Puis, une heure. L'attente devenait terrible, d'autant qu'une brume glaciale montait de la vallée et que Lupin sentait le froid pénétrer en lui.

Il entendit le trot d'un cheval dans le lointain.

— Voilà Sébastiani qui rentre de la gare, pensa-t-il.

Mais le fils qui veillait dans la salle des tortures ayant vidé son paquet de tabac ouvrit la porte et demanda à ses frères s'ils n'avaient pas de quoi bourrer une dernière pipe. Sur leur réponse, il sortit pour aller jusqu'au pavillon.

Et Lupin fut stupéfait. La porte n'était pas refermée que Daubrecq, qui dormait si profondément, s'assit sur sa couche, écouta, mit un pied à terre, puis l'autre pied, et, debout, un peu vacillant, mais plus solide tout de même qu'on n'eût pu le croire, il essaya ses forces.

— Allons, se dit Lupin, le gaillard a du ressort. Il pourra très bien contribuer lui-même à son enlèvement. Un seul point me chiffonne... Se laissera-t-il convaincre ? Voudra-t-il me suivre ? Est-ce qu'il ne croira pas que ce miraculeux secours qui lui arrive par la voie des cieux est un piège du marquis ?

Mais tout à coup Lupin se rappela cette lettre qu'il avait fait écrire aux vieilles cousines de Daubrecq, cette lettre de recommandation, pour ainsi dire, que l'aînée des deux sœurs Rousselot avait signée de son prénom d'Euphrasie.

Elle était là, dans sa poche. Il la prit et prêta l'oreille. Aucun bruit, sinon le bruit léger des pas de Daubrecq sur les dalles. Lupin jugea l'instant propice. Vivement, il passa le bras entre les barreaux et jeta la lettre.

Daubrecq parut interdit.

L'enveloppe avait voltigé dans la salle, et elle gisait à terre, à trois pas de lui. D'où cela venait-il ? Il leva la tête vers la fenêtre et tâcha de percer l'obscurité qui lui cachait toute la partie haute de la salle. Puis il regarda l'enveloppe, sans oser y toucher encore, comme s'il eût redouté quelque embûche. Puis, soudain, après un coup d'œil du côté de la porte, il se baissa rapidement, saisit l'enveloppe et la décacheta.

— Ah ! fit-il avec un soupir de joie, en voyant la signature.

Il lut la lettre à demi-voix :

« *Il faut avoir toute confiance dans le porteur de ce mot. C'est lui qui, grâce à l'argent que nous lui avons remis, a su découvrir le secret du marquis et qui a conçu le plan de l'évasion. Tout est prêt pour la fuite.* — *Euphrasie Rousselot.* »

Il relut la lettre, répéta : « Euphrasie... Euphrasie... » et leva la tête de nouveau.

Lupin chuchota :

— Il me faut deux ou trois heures pour scier un des barreaux. Sébastiani et ses fils vont-ils revenir ?

— Oui, sans doute, répondit Daubrecq, aussi doucement que lui, mais je pense qu'ils me laisseront.

— Mais ils couchent à côté ?

— Oui.

— Ils n'entendront pas ?

— Non, la porte est trop massive.

— Bien. En ce cas, ce ne sera pas long. J'ai une échelle de corde. Pourrez-vous monter seul, sans mon aide ?

— Je crois... J'essaierai... Ce sont mes poignets qu'ils ont brisés... Ah ! les brutes ! C'est à peine si je peux remuer les mains... et j'ai bien peu de force ! Mais tout de même, j'essaierai... il faudra bien...

Il s'interrompit, écouta, et posant un doigt sur sa bouche, murmura :

— Chut !

Lorsque Sébastiani et ses fils entrèrent, Daubrecq, qui avait dissimulé la lettre et se trouvait sur son lit, feignit de se réveiller en sursaut.

Le garde apportait une bouteille de vin, un verre et quelques provisions.

— Ça va, monsieur le député ? s'écria-t-il. Dame ! on a peut-être serré un peu fort... C'est si brutal, ce tourniquet de bois ! Ça se faisait beaucoup du temps de la grande Révolution et de Bonaparte, qu'on m'a dit... du temps où il y avait des « chauffeurs ». Une jolie invention ! Et puis propre... pas de sang... Ah ! ça n'a pas été long ! Au bout de vingt minutes, vous crachiez le mot de l'énigme.

Sébastiani éclata de rire.

— À propos, monsieur le député, toutes mes félicitations ! Excellente, la cachette. Et qui se douterait jamais ?... Voyez-vous, ce qui nous trompait, M. le marquis et moi, c'était ce nom de Marie que vous aviez d'abord lâché. Vous n'aviez pas menti. Seulement, voilà... le mot est resté en route. Il fallait le finir. Non, mais tout de même, ce que c'est drôle ! Ainsi, sur la table même de votre cabinet ? Vrai, il y a de quoi rigoler.

Le garde s'était levé et arpentait la pièce en se frottant les mains.

— M. le marquis est rudement content, si content, même, qu'il reviendra demain soir en personne, pour vous donner la clef des champs. Oui, il a réfléchi, il y aura quelques formalités... Il vous faudra peut-être signer quelques chèques, rendre gorge, quoi ! et rembourser M. le marquis de son argent et de ses peines. Mais qu'est-ce que c'est que cela ? une misère pour vous ! Sans compter qu'à partir de maintenant plus de chaîne, plus de lanières de cuir autour des poignets, bref, un traitement de roi ! Et même, tenez, j'ai ordre de vous octroyer une bonne bouteille de vin vieux et un flacon de cognac.

Sébastiani lança encore quelques plaisanteries, puis il prit la lampe, fit une dernière inspection de la salle, et dit à ses fils :

— Laissons-le dormir. Vous aussi, reposez-vous tous les trois. Mais ne dormez que d'un œil... On ne peut jamais savoir...

Ils se retirèrent.

Lupin patienta et dit à voix basse :

— Je peux commencer ?

— Oui, mais attention !... Il n'y aurait rien d'impossible à ce qu'ils fassent une ronde d'ici une heure ou deux.

Lupin se mit à l'œuvre. Il avait une lime très puissante, et le fer des barreaux, rouillé et rongé par le temps, était, à certains endroits, presque friable. À deux reprises, Lupin s'arrêta, l'oreille aux aguets. Mais c'était le trottinement d'un rat dans les décombres de l'étage supérieur, ou le vol d'un oiseau nocturne, et il continuait sa besogne, encouragé par Daubrecq, qui écoutait près de la porte et qui l'eût prévenu à la moindre alerte.

— Ouf ! se dit-il, en donnant un dernier coup de lime, c'est pas dommage, car, vrai, on est un peu à l'étroit dans ce maudit tunnel... Sans compter le froid...

Il pesa de toutes ses forces sur le barreau qu'il avait scié par le bas, et réussit à l'écarter suffisamment pour qu'un homme pût se glisser entre les deux barreaux qui restaient. Il dut ensuite reculer jusqu'à l'extrémité du couloir, dans la partie, plus large, où il avait laissé l'échelle de corde. L'ayant fixée aux barreaux, il appela :

— Psst... Ça y est... Vous êtes prêt ?

— Oui... me voici... une seconde encore, que j'écoute... Bien... Ils dorment... Donnez-moi l'échelle.

Lupin la déroula et dit :

— Dois-je descendre ?

— Non... Je suis un peu faible... mais ça ira tout de même.

En effet, il parvint assez vite à l'orifice du couloir et s'y engagea à la suite de son sauveur. Le grand air, cependant, parut l'étourdir. En outre, pour se donner des forces, il avait bu la moitié de la bouteille de vin, et il eut une défaillance qui l'étendit sur la pierre du couloir durant une demi-heure. Lupin, perdant patience, l'attachait déjà à l'un des bouts du câble dont l'autre bout était noué autour des barreaux, et il se préparait à le faire glisser comme un colis, lorsque Daubrecq se réveilla, plus dispos.

— C'est fini, murmura-t-il, je me sens en bon état. Est-ce que ce sera long ?

— Assez long, nous sommes à cinquante mètres de hauteur.

— Comment d'Albufex n'a-t-il pas prévu qu'une évasion était possible par là ?

— La falaise est à pic.

— Et vous avez pu ?...

— Dame ! vos cousines ont insisté... Et puis, il faut vivre, n'est-ce pas ? et elles ont été généreuses.

— Les braves filles ! dit Daubrecq. Où sont-elles ?

— En bas, dans une barque.

— Il y a donc une rivière ?

— Oui, mais ne causons pas, voulez-vous ? c'est dangereux.

— Un mot encore. Il y avait longtemps que vous étiez là quand vous m'avez jeté la lettre ?

— Mais non, mais non... Un quart d'heure, au plus. Je vous expliquerai... Maintenant, il s'agit de se hâter.

Lupin passa le premier, en recommandant à Daubrecq de bien s'accrocher à la corde et de descendre à reculons. Il le soutiendrait d'ailleurs aux endroits plus difficiles.

Il leur fallut plus de quarante minutes pour arriver sur le terre-plein du ressaut que formait la falaise, et plusieurs fois Lupin dut aider son compagnon dont les poignets, encore meurtris par la torture, avaient perdu toute énergie et toute souplesse.

À plusieurs reprises, il gémit :

— Ah ! les canailles, ils m'ont démoli... Les canailles !... Ah ! d'Albufex, tu me la paieras cher, celle-là.

— Silence, fit Lupin.

— Quoi ?

— Là-haut... du bruit...

Immobiles sur le terre-plein, ils écoutèrent. Lupin pensa au sire de Tancarville et à la sentinelle qui l'avait tué d'un coup d'arquebuse. Il frémit, subissant l'angoisse du silence et des ténèbres.

— Non, dit-il... Je me suis trompé... D'ailleurs, c'est idiot... On ne peut pas nous atteindre d'ici.

— Qui nous atteindrait ?

— Rien... rien... une idée stupide...

À tâtons, il chercha et finit par trouver les montants de l'échelle, et il reprit :

— Tenez, voici l'échelle qui est dressée dans le lit de la rivière. Un de mes amis la garde, ainsi que vos cousines.

Il siffla.

— Me voici, fit-il à mi-voix. Tenez bien l'échelle.

Et il dit à Daubrecq :

— Je passe.

Daubrecq objecta :

— Il serait peut-être préférable que je passe avant vous.

— Pourquoi ?

— Je suis très las. Vous m'attacherez votre corde à la ceinture, et vous me tiendrez... Sans quoi, je risquerais...

— Oui, vous avez raison, dit Lupin. Approchez-vous.

Daubrecq s'approcha et se mit à genoux sur le roc. Lupin l'attacha, puis, courbé en deux, saisit l'un des montants à pleines mains pour que l'échelle n'oscillât pas.

— Allez-y, dit-il.

Au même moment, il sentit une violente douleur à l'épaule.

— Crénom ! fit-il, en s'affaissant.

Daubrecq l'avait frappé d'un coup de couteau au-dessous de la nuque, un peu à droite.

— Ah ! misérable... misérable...

Dans l'ombre, il devina Daubrecq qui se débarrassait de sa corde, et il l'entendit murmurer :

— Aussi, tu es trop bête ! Tu m'apportes une lettre de mes cousines Rousselot, où j'ai reconnu tout de suite l'écriture de l'aînée, Adélaïde, mais que cette vieille rouée d'Adélaïde, par méfiance et pour me mettre au besoin sur mes gardes, a eu soin de signer du nom de sa cadette, Euphrasie Rousselot. Tu vois ça, si j'ai tiqué !... Alors, avec un peu de réflexion... Tu es bien le sieur Arsène Lupin, n'est-ce pas ? le protecteur de Clarisse, le sauveur de Gilbert ?... Pauvre Lupin, je crois que ton affaire est mauvaise... Je ne frappe pas souvent, mais, quand je frappe, ça y est.

Il se pencha vers le blessé et fouilla ses poches.

— Donne-moi donc ton revolver. Tu comprends, tes amis vont presque aussitôt reconnaître que ce n'est pas leur patron, et vont essayer de me retenir. Et, comme je n'ai plus beaucoup de forces, une balle ou deux... Adieu, Lupin. On se retrouvera dans l'autre monde, hein ? Retiens-moi un appartement avec tout le confort moderne... Adieu, Lupin. Et tous mes remerciements... Car vraiment, sans toi, je ne sais pas trop ce que je serais devenu. Fichtre ! d'Albufex n'y allait pas de main morte. Le bougre... ça m'amuse de le retrouver !

Daubrecq avait fini ses préparatifs. Il siffla de nouveau. On lui répondit de la barque.

— Me voici, dit-il.

En un effort suprême, Lupin tendit les bras pour l'arrêter. Mais il ne rencontra que le vide. Il voulut crier, avertir ses complices : sa voix s'étrangla dans sa gorge.

Il éprouvait un engourdissement affreux de tout son être. Ses tempes bourdonnaient.

Soudain, des clameurs, en bas. Puis une détonation, puis une autre, que suivit un ricanement de triomphe. Et des plaintes de femme, des gémissements. Et, peu après, deux détonations encore...

Lupin pensa à Clarisse, blessée, morte peut-être ; à Daubrecq qui s'enfuyait victorieux ; à d'Albufex, au bouchon de cristal que l'un ou l'autre des deux adversaires allait reprendre sans que personne pût s'y opposer. Puis une vision brusque lui montra le sire de Tancarville, tombant avec sa bien-aimée. Puis il murmura plusieurs fois :

— Clarisse... Clarisse... Gilbert... »

Un grand silence se fit en lui, une paix infinie le pénétra, et, sans aucune révolte, il avait l'impression que son corps, épuisé, que rien ne retenait plus, roulait jusqu'au bord même du rocher, vers l'abîme...

IX. — DANS LES TENEBRES

Une chambre d'hôtel, à Amiens... Pour la première fois, Arsène Lupin reprend un peu conscience. Clarisse est à son chevet, ainsi que Le Ballu.

Tous deux, ils causent, et Lupin, sans ouvrir les yeux, écoute. Il apprend que l'on a craint pour ses jours, mais que tout péril est écarté. Ensuite, au cours de la conversation, il saisit certaines paroles qui lui révèlent ce qui s'est passé dans la nuit tragique de Mortepierre, la descente de Daubrecq, l'effarement des complices qui ne reconnaissent pas le patron, puis la lutte brève, Clarisse qui se jette sur Daubrecq et qui est blessée d'une balle à l'épaule, Daubrecq qui bondit sur la rive, Grognard qui tire deux coups de revolver et qui s'élance à sa poursuite, Le Ballu qui grimpe l'échelle et qui trouve le patron évanoui.

— Et vrai ! explique Le Ballu, je me demande encore comment il n'a pas roulé. Il y avait bien un creux à cet endroit, mais un creux en pente, et il fallait que, même à moitié mort, il s'accroche de ses dix doigts. Nom d'un chien, il était temps !

Lupin écoute, écoute désespérément. Il rassemble ses forces pour recueillir et comprendre les mots. Mais soudain une phrase terrible est prononcée : Clarisse, en pleurant, parle des dix-huit jours qui viennent de s'écouler, dix-huit jours nouveaux perdus pour le salut de Gilbert.

Dix-huit jours ! Ce chiffre épouvante Lupin. Il pense que tout est fini, que jamais il ne pourra se rétablir et continuer la lutte, et que Gilbert et Vaucheray mourront... Son cerveau lui échappe. C'est encore la fièvre, encore le délire.

Et d'autres jours vinrent. Peut-être est-ce l'époque de sa vie dont Lupin parle avec le plus d'effroi. Il gardait suffisamment de conscience, et il avait des minutes assez lucides pour se rendre un compte exact de la situation. Mais il ne pouvait coordonner ses idées, suivre un raisonnement, et indiquer à ses amis, ou leur défendre, telle ligne de conduite.

Quand il sortait de sa torpeur, il se trouvait souvent la main dans la main de Clarisse, et, en cet état de demi-sommeil où la fièvre vous maintient, il lui jetait des paroles étranges, des paroles de tendresse et de passion, l'implorant et la remerciant, et la bénissant de tout ce qu'elle apportait, dans les ténèbres, de lumière et de joie.

Puis, plus calme, et sans bien comprendre ce qu'il avait dit, il s'efforçait de plaisanter :

— J'ai eu le délire, n'est-ce pas ? Ce que j'ai dû raconter de bêtises !

Mais au silence de Clarisse, Lupin sentait qu'il pouvait dire toutes les bêtises que la fièvre lui inspirait. Elle ne les entendait pas. Les soins qu'elle prodiguait au malade, son dévouement, sa vigilance, son inquiétude à la moindre rechute, tout cela ne s'adressait pas à lui-même, mais au sauveur possible de Gilbert. Elle épiait anxieusement les progrès de la convalescence. Quand serait-il capable de se remettre en campagne ? N'était-ce pas une folie que de s'attarder auprès de lui alors que chaque jour emportait un peu d'espoir ?

Lupin ne cessait de se répéter, avec la croyance intime qu'il pouvait, par là, influer sur son mal :

— Je veux guérir... je veux guérir...

Et il ne bougeait pas durant des journées entières pour ne pas déranger son pansement, ou accroître, si peu que ce fût, la surexcitation de ses nerfs.

Il s'efforçait aussi de ne plus penser à Daubrecq. Mais l'image de son formidable adversaire le hantait, et il reconstituait les phases de l'évasion, la descente de la falaise... Un jour, frappé par un souvenir terrible, il s'écria :

— La liste ! la liste des *vingt-sept* ! Daubrecq a dû la reprendre... ou bien d'Albufex... Elle était sur la table !

Clarisse le rassura :

— Personne n'a pu la reprendre, affirma-t-elle. Le jour même, Grognard était à Paris avec un mot de moi pour Prasville, l'adjurant de redoubler de surveillance autour de la maison du square Lamartine, afin que personne n'y pût entrer, surtout d'Albufex…

— Mais Daubrecq ?

— Il est blessé. Il n'a pu rentrer chez lui.

— Ah ! bien, fit-il… c'est bien… Mais vous aussi, vous avez été blessée…

— Une simple égratignure, à l'épaule.

Lupin fut plus tranquille après ces révélations. Cependant des idées tenaces, qu'il ne pouvait ni chasser de son cerveau, ni exprimer en phrases, le poursuivaient. Surtout il pensait inlassablement à ce nom de « Marie » que la souffrance avait arraché à Daubrecq. À quoi se rapportait ce nom ? Était-ce le titre d'un des livres de la bibliothèque, ou une partie de ce titre ? Et le livre désigné fournirait-il la clef de ce mystère ? Était-ce mot d'un coffre-fort ? Était-ce un assemblage de lettres inscrites quelque part, sur un mur, sur un papier, sur un panneau de bois, sur le cartouche d'un tableau, sur une facture ?

Questions obsédantes, auxquelles il lui était impossible de donner de réponse, et qui l'épuisaient…

Un matin, Arsène Lupin se réveilla plus dispos. La plaie était fermée, la température presque normale. Un docteur de ses amis, qui venait quotidiennement de Paris, lui promit qu'il pourrait se lever le surlendemain. Et, dès ce jour-là, en l'absence de ses complices et de Mme Mergy, tous trois partis l'avant-veille en quête de renseignements, il se fit approcher de la fenêtre ouverte.

Il sentait la vie rentrer en lui, avec la clarté du soleil, avec un air plus tiède qui annonçait l'approche du printemps. Il retrouvait l'enchaînement de ses idées, et les faits se rangeaient dans son cerveau selon leur ordre logique et selon leurs rapports secrets.

Le soir, il reçut de Clarisse un télégramme lui annonçant que les choses allaient mal et qu'elle restait à Paris ainsi que Grognard et Le Ballu. Très tourmenté par cette dépêche, il passa une nuit moins bonne. Quelles pouvaient être les nouvelles qui avaient motivé la dépêche de Clarisse ?

Mais, le lendemain, elle arriva dans sa chambre, toute pâle, les yeux rougis de larmes, et elle tomba, à bout de forces.

— Le pourvoi en cassation est rejeté, balbutia-t-elle.

Il se domina et dit, d'une voix étonnée :

— Vous comptiez donc là-dessus ?

— Non, non, fit-elle, mais tout de même… on espère… malgré soi…

— C'est hier qu'il a été rejeté ?

— Il y a huit jours. Le Ballu me l'a caché, et moi, je n'osais pas lire les journaux.

Lupin insinua :

— Reste la grâce…

— La grâce ? Croyez-vous qu'on graciera les complices d'Arsène Lupin ?

Elle lança ces mots avec un emportement et une amertume dont il ne parut pas s'apercevoir, et il prononça :

— Vaucheray, non, peut-être… Mais on aura pitié de Gilbert, de sa jeunesse…

— On n'aura pas pitié de lui.

— Qu'en savez-vous ?

— J'ai vu son avocat.

— Vous avez vu son avocat ! Et vous lui avez dit…

— Je lui ai dit que j'étais la mère de Gilbert, et je lui ai demandé si, en proclamant l'identité de mon fils, cela ne pourrait pas influer sur le dénouement… ou tout au moins le retarder.

— Vous feriez cela ? murmura-t-il. Vous avoueriez…

— La vie de Gilbert avant tout. Que m'importe mon nom ? Que m'importe le nom de mon mari !

— Et celui de votre petit Jacques ? objecta Lupin. Avez-vous le droit de perdre Jacques et de faire de lui le frère d'un condamné à mort ?

Elle baissa la tête. Et il reprit :

— Que vous a répondu l'avocat ?

— Il m'a répondu qu'un pareil acte ne pouvait servir en rien Gilbert. Et, malgré toutes ses protestations, j'ai bien vu que, pour lui, il ne se faisait aucune illusion et que la commission des grâces conclurait à l'exécution.

— La commission, soit. Mais le Président de la République ?

— Le Président se conforme toujours à l'avis de la commission.

— Il ne s'y conformera pas cette fois.

— Et pourquoi ?

— Parce qu'on agira sur lui.

— Comment ?

— Par la remise conditionnelle du papier des *vingt-sept*.

— Vous l'avez donc ?

— Non.

— Alors ?

— Je l'aurai.

Sa certitude n'avait pas fléchi. Il affirmait avec autant de calme et avec autant de foi dans la puissance infinie de sa volonté.

Elle haussa légèrement les épaules, moins confiante en lui.

— Si d'Albufex ne lui a pas dérobé la liste, un seul homme pourrait agir, un seul, Daubrecq.

Elle dit ces mots d'une voix basse et distraite qui le fit tressaillir. Pensait-elle donc encore, comme souvent il avait cru le sentir, à revoir Daubrecq et à lui payer le salut de Gilbert ?

— Vous m'avez fait un serment, dit-il. Je vous le rappelle. Il fut convenu que la lutte contre Daubrecq serait dirigée par moi, sans qu'il y ait jamais possibilité d'accord entre vous et lui.

Elle répliqua :

— Je ne sais même pas où il est. Si je le savais, ne le sauriez-vous pas ?

La réponse était évasive. Mais il n'insista pas, se promettant de la surveiller au moment opportun, et il lui demanda — car bien des détails encore ne lui avaient pas été racontés :

— Alors, on ignore ce qu'est devenu Daubrecq ?

— On l'ignore. Évidemment, l'une des balles de Grognard l'atteignit, car le lendemain de son évasion nous avons recueilli dans un fourré un mouchoir plein de sang. En outre, on vit, paraît-il, à la station d'Aumale, un homme qui semblait très las et qui marchait avec beaucoup de peine. Il prit un billet pour Paris, monta dans le premier train qui passa... et c'est tout ce que nous savons...

— Il doit être blessé grièvement, prononça Lupin, et il se soigne dans une retraite sûre. Peut-être aussi juge-t-il prudent de se soustraire, durant quelques semaines, aux pièges possibles de la police, de d'Albufex, de vous, de moi, de tous ses ennemis.

Il réfléchit et continua :

— À Mortepierre, que s'est-il passé depuis l'évasion ? On n'a parlé de rien dans le pays ?

— Non. Dès l'aube, la corde était retirée, ce qui prouve que Sébastiani et ses fils se sont aperçus, la nuit même, de la fuite de Daubrecq. Toute cette journée-là, Sébastiani fut absent.

— Oui, il aura prévenu le marquis. Et celui-ci, où est-il ?

— Chez lui. Et, d'après l'enquête de Grognard, là non plus, il n'y a rien de suspect.

— Est-on certain qu'il n'a pas pénétré dans l'hôtel du square Lamartine ?

— Aussi certain qu'on peut l'être.

— Daubrecq non plus ?

— Daubrecq non plus.

— Vous avez vu Prasville ?

— Prasville est en congé. Il voyage. Mais l'inspecteur principal Blanchon qu'il a chargé de cette affaire et les agents qui gardent l'hôtel affirment que, conformément aux ordres de Prasville, leur surveillance ne se relâche pas un instant, même la nuit ; que, à tour de rôle, l'un d'eux reste de faction dans le bureau, et, par conséquent, que personne n'a pu s'introduire.

— Donc, en principe, conclut Arsène Lupin, le bouchon de cristal se trouverait encore dans le bureau de Daubrecq ?

— S'il s'y trouvait avant la disparition de Daubrecq, il doit se trouver encore dans ce bureau.

— Et sur la table de travail...

— Sur sa table de travail ? Pourquoi dites-vous cela ?

— Parce que je le sais, dit Lupin, qui n'avait pas oublié la phrase de Sébastiani.

— Mais vous ne savez pas l'objet où le bouchon est dissimulé ?

— Non. Mais une table de travail, c'est un espace restreint. En vingt minutes on l'explore. En dix minutes s'il le faut, on la démolit.

La conversation avait un peu fatigué Arsène Lupin. Comme il ne voulait commettre aucune imprudence, il dit à Clarisse :

— Écoutez, je vous demande encore deux ou trois jours. Nous sommes aujourd'hui le lundi 4 mars. Après-demain mercredi, jeudi au plus tard, je serai sur pied. Et soyez certaine que nous réussirons.

— D'ici là ?...

— D'ici là, retournez à Paris. Installez-vous avec Grognard et Le Ballu à l'hôtel Franklin, près du Trocadéro, et surveillez la maison de Daubrecq. Vous y avez vos entrées libres. Stimulez le zèle des agents.

— Si Daubrecq revient ?

— S'il revient, tant mieux, nous le tenons.

— Et s'il ne fait que passer ?

— En ce cas, Grognard et Le Ballu doivent le suivre.

— Et s'ils perdent sa trace ?

Lupin ne répondit pas. Nul ne sentait plus que lui tout ce qu'il y avait de funeste à demeurer inactif, dans une chambre d'hôtel, et combien sa présence eût été utile sur le champ de bataille ! Peut-être même cette idée confuse avait-elle prolongé son mal au-delà des limites ordinaires.

Il murmura :

— Allez-vous-en, je vous en supplie.

Il y avait entre eux une gêne qui croissait avec l'approche du jour épouvantable. Injuste, oubliant, ou voulant oublier, que c'était elle qui avait lancé son fils dans l'aventure d'Enghien, Mme Mergy n'oubliait pas que la justice poursuivait Gilbert avec tant de rigueur, non pas tant comme criminel que comme complice de Lupin. Et, puis, malgré tous ses efforts, malgré les prodiges de son énergie, à quel résultat, en fin de compte, Lupin avait-il abouti ? En quoi son intervention avait-elle profité à Gilbert ?

Après un silence, elle se leva et le laissa seul.

Le lendemain, il fut assez faible. Mais le surlendemain, qui était le mercredi, comme son docteur exigeait qu'il restât encore jusqu'à la fin de la semaine, il répondit :

— Sinon, qu'ai-je à craindre ?

— Que la fièvre ne revienne.

— Pas davantage ?

— Non. La blessure est suffisamment cicatrisée.

— Alors, advienne que pourra. Je monte avec vous dans votre auto. À midi, nous sommes à Paris.

Ce qui déterminait Lupin à partir sur-le-champ, c'était, d'abord, une lettre de Clarisse ainsi conçue : « J'ai retrouvé les traces de Daubrecq... » Et c'était aussi la lecture d'un télégramme annonçant l'arrestation du marquis d'Albufex, compromis dans l'affaire du Canal.

Daubrecq se vengeait.

Or, si Daubrecq pouvait se venger, c'est que le marquis n'avait pu, lui, prévenir cette vengeance en prenant le document qui se trouvait sur la table même du bureau. C'est que les agents et l'inspecteur principal Blanchon, établis par Prasville dans l'hôtel du square Lamartine, avaient fait bonne garde. Bref, c'est que le bouchon de cristal était encore là.

Il y était encore, et cela prouvait, ou bien que Daubrecq n'osait pas rentrer chez lui, ou bien que son état de santé l'en empêchait, ou bien encore qu'il avait assez de confiance dans la cachette pour ne pas prendre la peine de se déranger.

En tout cas, il n'y avait aucun doute sur la conduite à suivre : il fallait agir, et agir au plus vite. Il fallait devancer Daubrecq et s'emparer du bouchon de cristal.

Aussitôt le bois de Boulogne franchi, et l'automobile parvenue aux environs du square Lamartine, Lupin dit adieu au docteur et se fit arrêter. Grognard et Le Ballu, à qui il avait donné rendez-vous, le rejoignirent.

— Et Mme Mergy ? leur dit-il.

— Elle n'est pas rentrée depuis hier. Nous savons par un pneumatique qu'elle a vu Daubrecq sortant de chez ses cousines et montant en voiture. Elle a le numéro de la voiture et doit nous tenir au courant de ses recherches.

— Et depuis ?

— Depuis, rien.

— Pas d'autres nouvelles ?

— Si, d'après le *Paris-Midi*, cette nuit, dans sa cellule de la Santé, d'Albufex s'est ouvert les veines avec un éclat de verre. Il laisse, paraît-il, une longue lettre, lettre d'aveu et d'accusation en même temps, avouant sa faute, mais accusant Daubrecq de sa mort et exposant le rôle joué par Daubrecq dans l'affaire du Canal.

— C'est tout ?

— Non. Le même journal annonce que, selon toute vraisemblance, la commission des grâces, après examen du dossier, a rejeté la grâce de Vaucheray et de Gilbert, et que, vendredi, probablement, le Président de la République recevra leurs avocats.

Lupin eut un frisson.

— Ça ne traîne pas, dit-il. On voit que Daubrecq a donné, dès le premier jour, une impulsion vigoureuse à la vieille machine judiciaire. Une petite semaine encore, et le couperet tombe. Ah ! mon pauvre Gilbert, si, après-demain, le dossier que ton avocat apportera au Président de la République ne contient pas l'offre inconditionnelle de la liste des *vingt-sept*, mon pauvre Gilbert, tu es bien fichu.

— Voyons, voyons, patron, c'est vous qui perdez courage ?

— Moi ! Quelle bêtise ! Dans une heure, j'aurai le bouchon de cristal. Dans deux heures, je verrai l'avocat de Gilbert. Et le cauchemar sera fini.

— Bravo patron ! On vous retrouve. Nous vous attendons ici ?

— Non. Retournez à votre hôtel, je vous rejoins.

Ils se quittèrent. Lupin marcha droit vers la grille de l'hôtel et sonna.

Un agent lui ouvrit, qui le reconnut.

— Monsieur Nicole, n'est-ce pas ?

— Oui, c'est moi, dit-il. L'inspecteur principal Blanchon est là ?

— Il est là.

— Puis-je lui parler ?

On le conduisit dans le bureau où l'inspecteur principal Blanchon l'accueillit avec empressement.

— Monsieur Nicole, j'ai ordre de me mettre à votre entière disposition. Et je suis même fort heureux de vous voir aujourd'hui.

— Et pourquoi donc, monsieur l'inspecteur principal ?

— Parce qu'il y a du nouveau.

— Quelque chose de grave ?

— Très grave.

— Vite. Parlez.

— Daubrecq est revenu.

— Hein ! Quoi ! s'écria Lupin avec un sursaut. Daubrecq est revenu ? Il est là ?

— Non, il est reparti.

— Et il est entré ici, dans ce bureau ?

— Oui.

— Quand ?

— Ce matin.

— Et vous ne l'avez pas empêché ?

— De quel droit ?

— Et vous l'avez laissé seul ?

— Sur son ordre absolu, oui, nous l'avons laissé seul.

Lupin se sentit pâlir.

Daubrecq était revenu chercher le bouchon de cristal !

Il garda le silence assez longtemps, et il répétait en lui-même :

— Il est revenu le chercher... Il a eu peur qu'on ne le trouvât, et il l'a repris... Parbleu ! c'était inévitable... D'Albufex arrêté, d'Albufex accusé et accusant, il fallait bien que Daubrecq se défendît. La partie rude pour lui. Après des mois et des mois de mystère, le public apprend enfin que l'être infernal qui a combiné tout le drame des *vingt-sept*, et qui déshonore et qui tue, c'est lui Daubrecq. Que deviendrait-il, si, par miracle, son talisman ne le protégeait plus ? Il l'a repris.

Il dit d'une voix qu'il tâchait d'assurer :

— Il est resté longtemps ?

— Vingt secondes peut-être.

— Comment, vingt secondes ! Pas davantage ?

— Pas davantage.

— Quelle heure était-il ?
— Dix heures.
— Pouvait-il connaître alors le suicide du marquis d'Albufex ?
— Oui. J'ai vu dans sa poche l'édition spéciale que le *Paris-Midi* a publiée à ce propos.
— C'est bien cela... c'est bien cela, dit Lupin.

Et il demanda encore :

— M. Prasville ne vous avait pas donné d'instructions spéciales concernant le retour possible de Daubrecq ?
— Non. Aussi, en l'absence de M. Prasville, j'ai téléphoné à la Préfecture et j'attends. La disparition du député Daubrecq a fait, vous le savez, beaucoup de bruit, et notre présence ici est admissible aux yeux du public, tant que dure cette disparition. Mais puisque Daubrecq est revenu, puisque nous avons la preuve qu'il n'est ni séquestré, ni mort, pouvons-nous rester dans cette maison ?
— Qu'importe fit Lupin distraitement. Qu'importe que la maison soit gardée ou non ! Daubrecq est venu : donc le bouchon de cristal n'est plus là.

Il n'avait pas achevé cette phrase qu'une question s'imposa naturellement à son esprit. Si le bouchon de cristal n'était plus là, cela ne pouvait-il se voir à un signe matériel quelconque ? L'enlèvement de cet objet, contenu sans aucun doute dans un autre objet, avait-il laissé une trace, un vide ?

La constatation était aisée. Il s'agissait tout simplement d'examiner la table, puisque Lupin savait, par les plaisanteries de Sébastiani, que c'était là l'endroit de la cachette. Et cette cachette ne pouvait être compliquée, puisque Daubrecq n'était pas resté dans son bureau plus de vingt secondes, le temps, pour ainsi dire, d'entrer et de sortir.

Lupin regarda. Et ce fut immédiat. Sa mémoire avait enregistré si fidèlement l'image de la table avec la totalité des objets posés sur elle, que l'absence de l'un d'entre eux le frappa instantanément, comme si cet objet, et celui-là seul, eût été le signe caractéristique qui distinguât cette table de toutes les autres tables.

— Oh ! pensa-t-il avec un tremblement de joie, tout concorde... tout... jusqu'à ce commencement de mot que la torture arrachait à Daubrecq dans la tour de Mortepierre ! L'énigme est déchiffrée. Cette fois, il n'y a plus d'hésitation possible, plus de tâtonnements. Nous touchons au but.

Et, sans répondre aux interrogations de l'inspecteur, il songeait à la simplicité de la cachette, et il se rappelait la merveilleuse histoire d'Edgar Poe où la lettre volée, et recherchée si avidement, est, en quelque sorte, offerte aux yeux de tous. On ne soupçonne pas ce qui ne semble point se dissimuler.

— Allons, se dit Lupin en sortant, très surexcité par sa découverte, il est écrit que, dans cette sacrée aventure, je me heurterai jusqu'à la fin aux pires déceptions. Tout ce que je bâtis s'écroule aussitôt. Toute conquête s'achève en désastre.

Cependant, il ne se laissait pas abattre. D'une part, il connaissait la façon dont le député Daubrecq cachait le bouchon de cristal. D'autre part, il fallait savoir, par Clarisse Mergy, la retraite même de Daubrecq. Le reste, dès lors, ne serait plus qu'un enfantillage pour lui.

Grognard et Le Ballu l'attendaient dans le salon de l'hôtel Franklin, petit hôtel de famille situé près du Trocadéro. Mme Mergy ne leur avait pas encore écrit.

— Bah ! dit-il, j'ai confiance en elle ! Elle ne lâchera pas Daubrecq avant d'avoir une certitude.

Cependant, à la fin de l'après-midi, il commença à perdre patience et à s'inquiéter. Il livrait une de ces batailles — la dernière, espérait-il — où le moindre retard risquait de tout compromettre. Que Daubrecq dépistât Mme Mergy, comment le rattraper ? On ne disposait plus, pour réparer les fautes commises, de semaines ou de jours, mais plutôt de quelques heures, d'un nombre d'heures effroyablement restreint.

Apercevant le patron de l'hôtel, il l'interpella :

— Vous êtes sûr qu'il n'y a pas de pneumatique au nom de mes deux amis ?
— Absolument sûr, monsieur.
— Et à mon nom, au nom de M. Nicole ?
— Pas davantage.
— C'est curieux, dit Lupin. Nous comptions avoir des nouvelles de Mme Audran (c'était le nom sous lequel Clarisse était descendue).
— Mais cette dame est venue, s'écria le patron.
— Vous dites ?
— Elle est venue tantôt, et, comme ces messieurs n'étaient pas là, elle a laissé une lettre dans sa chambre.

Le domestique ne vous en a pas parlé ?

En hâte, Lupin et ses amis montèrent.

Il y avait, en effet, une lettre sur la table.

— Tiens, dit Lupin, elle est décachetée. Comment se fait-il ?... Et puis pourquoi ces coups de ciseau ?

La lettre contenait ces lignes :

Daubrecq a passé la semaine à l'hôtel Central. Ce matin il a fait porter ses bagages à la gare de et il a téléphoné qu'on lui réserve une place de sleeping-car pour .

Je ne sais pas l'heure du train. Mais je serai tout l'après-midi à la gare. Venez tous les trois aussitôt que possible. On préparera l'enlèvement.

— Eh bien quoi ! dit Le Ballu. À quelle gare ? Et pour quel endroit, le sleeping ? Elle a coupé juste l'emplacement des mots.

— Mais oui, fit Grognard. Deux coups de ciseau à chaque place, et les seuls mots utiles ont sauté. Elle est raide, celle-là ! Mme Mergy a donc perdu la tête ?

Lupin ne bougeait pas. Un tel afflux de sang battait ses tempes qu'il avait collé ses poings contre elles, et qu'il serrait de toutes ses forces. La fièvre remontait en lui, brûlante et tumultueuse, et sa volonté, exaspérée jusqu'à la souffrance, se contractait sur cette ennemie sournoise qu'il fallait étouffer instantanément, s'il ne voulait pas lui-même être vaincu sans retour.

Il murmura, très calme :

— Daubrecq est venu ici.

— Daubrecq !

— Pouvons-nous supposer que Mme Mergy se soit divertie à supprimer elle-même ces deux mots ? Daubrecq est venu ici. Mme Mergy croyait le surveiller. C'est lui qui la surveillait.

— Comment ?

— Sans doute par l'intermédiaire de ce domestique qui ne nous a pas avertis, nous, du passage à l'hôtel de Mme Mergy, mais qui aura averti Daubrecq. Il est venu. Il a lu la lettre. Et, par ironie, il s'est contenté de couper les mots essentiels.

— Nous pouvons le savoir... interroger...

— À quoi bon ! À quoi bon savoir comment il est venu, puisque nous savons *qu'il est venu* ?

Il examina la lettre assez longtemps, la tourna et la retourna, puis se leva et dit :

— Allons-nous-en.

— Mais où ?

— Gare de Lyon.

— Vous êtes sûr ?

— Je ne suis sûr de rien avec Daubrecq. Mais comme nous avons à choisir, selon la teneur même de la lettre, entre la gare de l'Est et la gare de Lyon, je suppose que ses affaires, ses plaisirs, sa santé conduisent plutôt Daubrecq vers Marseille et la Côte d'Azur que vers l'est de la France.

Il était plus de sept heures du soir lorsque Lupin et ses compagnons quittèrent l'hôtel Franklin. À toute allure, une automobile leur fit traverser Paris. Mais ils purent, en quelques minutes, constater que Clarisse Mergy n'était point à l'extérieur de la gare, ni dans les salles d'attente, ni sur les quais.

— Pourtant... pourtant... ronchonnait Lupin dont l'agitation croissait avec les obstacles, pourtant, si Daubrecq a retenu un sleeping, ce ne peut être que dans un train du soir. Et il n'est que sept heures et demie !

Un train partait, le rapide de nuit. Ils eurent le temps de galoper le long des couloirs. Personne... ni Mme Mergy, ni Daubrecq.

Mais, comme ils s'en allaient tous les trois, un homme de peine, un porteur, les accosta devant le buffet.

— Y a-t-il un de ces messieurs qui s'appelle M. Le Ballu ?

— Oui, oui, moi, fit Lupin... Vite... Que voulez-vous ?

— Ah ! c'est vous, monsieur ! La dame m'avait bien dit que vous seriez peut-être trois... peut-être deux... Et je ne savais pas trop...

— Mais, pour Dieu, parlez donc ! Quelle dame ?

— Une dame qui a passé la journée sur le trottoir, près des bagages, à attendre...

— Et puis ?... parlez donc ! elle a pris un train ?

— Oui, le train de luxe, à six heures trente... Au dernier moment, elle s'est décidée, qu'elle m'a dit de vous dire... Et elle m'a dit de vous dire aussi que le monsieur était dans ce train-là, et qu'on allait à Monte-Carlo.

— Ah crénom ! murmura Lupin, il eût fallu prendre le rapide, il y a un instant ! Maintenant, il ne reste plus que les trains du soir. Et ils n'avancent pas ! c'est plus de trois heures que nous perdons.

Le temps leur parut interminable. Ils retinrent leurs places. Ils téléphonèrent au patron de l'hôtel Franklin qu'on renvoyât leur correspondance à Monte-Carlo. Ils dînèrent. Ils lurent les journaux. Enfin, à neuf heures et demie le train s'ébranla.

Ainsi donc, par un concours de circonstances vraiment tragique, au moment le plus grave de la lutte, Lupin tournait le dos au champ de bataille, et s'en allait, à l'aventure, chercher il ne savait où, vaincre il ne savait comment, le plus redoutable et le plus insaisissable des ennemis qu'il eût jamais combattus.

Et cela se passait quatre jours, cinq jours au plus avant l'inévitable exécution de Gilbert et de Vaucheray.

Cette nuit-là fut rude et douloureuse pour Lupin. À mesure qu'il étudiait la situation, elle lui apparaissait plus terrible. De tous côtés, c'était l'incertitude, les ténèbres, le désarroi, l'impuissance.

Il connaissait bien le secret du bouchon de cristal. Mais comment savoir si Daubrecq ne changerait pas, ou n'avait pas changé déjà de tactique ? Comment savoir si la liste des *vingt-sept* se trouvait encore dans ce bouchon de cristal, et si le bouchon de cristal se trouvait encore dans l'objet où Daubrecq l'avait d'abord caché ?

Et quel autre motif d'inquiétude en ce fait que Clarisse Mergy croyait suivre et surveiller Daubrecq, alors que, au contraire, c'était Daubrecq qui la surveillait, qui se faisait suivre et qui l'entraînait, avec une habileté diabolique, vers les lieux choisis par lui, loin de tout secours et de toute espérance de secours.

Ah ! le jeu de Daubrecq était clair ! Lupin ne savait-il pas les hésitations de la malheureuse femme ? Ne savait-il pas — et Grognard et Le Ballu le lui confirmèrent de la façon la plus formelle — que Clarisse envisageait comme possible, comme acceptable, le marché infâme projeté par Daubrecq. En ce cas, comment pouvait-il réussir, lui ? La logique des événements, dirigés de si puissante manière par Daubrecq, aboutissait au dénouement fatal : la mère devait se sacrifier et, pour le salut de son fils, immoler ses scrupules, ses répugnances, son honneur même.

— Ah ! bandit, grinçait Lupin avec des élans de rage, si je t'empoigne au collet, tu danseras une gigue pas ordinaire ! Vrai, je ne voudrais pas être à ta place, ce jour-là.

Ils arrivèrent à trois heures de l'après-midi. Tout de suite Lupin eut une déception en n'apercevant pas Clarisse sur le quai de la gare, à Monte-Carlo.

Il attendit aucun messager ne l'accosta.

Il interrogea les hommes d'équipe et les contrôleurs ; ils n'avaient pas remarqué, dans la foule, des voyageurs dont le signalement correspondît à celui de Daubrecq et de Clarisse.

Il fallait donc se mettre en chasse et fouiller les hôtels et les pensions de la principauté. Que de temps perdu !

Le lendemain soir Lupin savait, à n'en pas douter, que Daubrecq et Clarisse n'étaient ni à Monte-Carlo, ni à Monaco, ni au Cap d'Ail, ni à la Turbie, ni au Cap Martin.

— Alors ? Alors, quoi ? disait-il, tout frémissant de colère.

Enfin le samedi, à la poste restante, on leur délivra une dépêche réexpédiée par le patron de l'hôtel Franklin, et qui disait :

« *Il est descendu à Cannes et repart pour* San-Remo, hôtel-palace des Ambassadeurs. — Clarisse. »

La dépêche portait la date de la veille.

— Crebleu ! s'exclama Lupin, ils ont passé par Monte-Carlo. Il fallait que l'un de nous restât de faction à la gare ! J'y ai pensé, mais, au milieu de cette bousculade...

Lupin et ses amis sautèrent dans le premier train qui s'en allait vers l'Italie.

À midi, ils traversèrent la frontière.

À midi quarante, ils entraient en gare de San-Remo.

Aussitôt ils apercevaient un portier dont la casquette galonnée offrait cette inscription : « *Ambassadeurs Palace* » et qui semblait chercher quelqu'un parmi les arrivants.

Lupin s'approcha de lui.

— Vous cherchez M. Le Ballu, n'est-ce pas ?

— Oui... M. Le Ballu et deux messieurs...

— De la part d'une dame, n'est-ce pas ?

— Oui, Mme Mergy.

— Elle est dans votre hôtel ?

— Non. Elle n'est pas descendue du train. Elle m'a fait signe de venir, m'a donné le signalement de ces trois messieurs et m'a dit « Vous les préviendrez que l'on va jusqu'à Gênes... Hôtel Continental. »

— Elle était seule ?

— Oui.

Lupin congédia cet homme après l'avoir rémunéré, puis, se tournant vers ses amis :

— Nous sommes aujourd'hui samedi. Si l'exécution a lieu lundi, rien à faire. Mais, le lundi, c'est peu probable... Donc il faut que cette nuit, j'aie mis la main sur Daubrecq, et que lundi je sois à Paris, avec le document. C'est notre dernière chance. Courons-la.

Grognard se rendit au guichet et pris trois billets pour Gênes.

Le train sifflait.

Lupin eut une hésitation suprême.

— Non, vraiment, c'est trop bête ! Quoi ! Qu'est-ce que nous faisons ? C'est à Paris que nous devrions être ! Voyons... Voyons... Réfléchissons...

Il fut sur le point d'ouvrir la portière et de sauter sur la voie... Mais ses compagnons le retinrent. Le train partait. Il se rassit.

Et ils continuèrent leur poursuite folle, s'en allèrent au hasard, vers l'inconnu...

Et cela se passait deux jours avant l'inévitable exécution de Gilbert et de Vaucheray.

X. — Extra-dry ?

Sur l'une de ces collines qui entourent Nice du plus beau décor qui soit, s'élève, entre le vallon de la Mantega et le vallon de Saint-Sylvestre, un hôtel colossal d'où l'on domine la ville et la baie merveilleuse des Anges. Un monde s'y presse, venu de toutes parts, et c'est la cohue de toutes les classes et de toutes les nations.

Le soir même de ce samedi où Lupin, Grognard et Le Ballu s'enfonçaient en Italie, Clarisse Mergy entrait dans cet hôtel, demandait une chambre au midi et choisissait, au second étage, le numéro 130, qui était libre depuis le matin.

Cette chambre était séparée du numéro 129 par une double porte. À peine seule, Clarisse écarta le rideau qui masquait le premier battant, tira sans bruit le verrou et colla son oreille contre le second battant.

— Il est ici, pensa-t-elle... Il s'habille pour aller au cercle... comme hier.

Lorsque son voisin fut sorti, elle passa dans le couloir, et, profitant d'une seconde où ce couloir était désert, elle s'approcha la porte du numéro 129. La porte était fermée à clef.

Toute la soirée, elle attendit le retour du voisin, et ne se coucha qu'à deux heures. Le dimanche matin, elle recommença d'écouter.

À onze heures, le voisin s'en alla. Cette fois il laissait la clef sur la porte du couloir.

En hâte, Clarisse tourna cette clef, entra résolument, se dirigea vers la porte de communication, puis, ayant soulevé le rideau et tiré le verrou, elle se trouva chez elle.

Au bout de quelques minutes, elle entendit deux bonnes qui faisaient la chambre du voisin.

Elle patienta jusqu'à ce qu'elles fussent parties. Alors, sûre de n'être pas dérangée, elle se glissa de nouveau dans l'autre chambre.

L'émotion la contraignit à s'appuyer sur un fauteuil. Après des jours et des nuits de poursuite acharnée, après des alternatives d'espoir ou d'angoisse, elle parvenait enfin à s'introduire dans une chambre habitée par Daubrecq. Elle allait pouvoir chercher à son aise, et, si elle ne découvrait pas le bouchon de cristal, elle pourrait tout au moins, cachée dans l'intervalle des deux portes de communication et derrière la tenture, voir Daubrecq, épier ses gestes et surprendre son secret.

Elle chercha. Un sac de voyage aussitôt l'attira, qu'elle réussit à ouvrir, mais où ses investigations furent inutiles.

Elle dérangea les casiers d'une malle et les poches d'une valise. Elle fouilla l'armoire, le secrétaire, la salle de bains, la penderie, toutes les tables et tous les meubles. Rien.

Elle tressaillit en apercevant sur le balcon un chiffon de papier, jeté là, comme au hasard.

— Est-ce que par une ruse de Daubrecq, pensa Clarisse, ce chiffon de papier ne contiendrait pas ?...

— Non, fit une voix derrière elle, au moment où elle posait la main sur l'espagnolette.

Se retournant, elle vit Daubrecq.

Elle n'eut point d'étonnement, ni d'effroi, ni même de gêne à se trouver en face de lui. Elle souffrait trop depuis quelques mois pour s'inquiéter de ce que Daubrecq pouvait penser d'elle ou dire en la surprenant ainsi en flagrant délit d'espionnage.

Elle s'assit avec accablement.

Il ricana :

— Non. Il y a erreur, chère amie. Comme disent les enfants, vous ne « brûlez » pas du tout. Ah ! mais pas du tout ! Et c'est si facile ! Dois-je vous aider ? À côté de vous, chère amie, sur ce petit guéridon... Que diable, il n'y a pourtant pas grand'chose sur ce guéridon ! De quoi lire, de quoi écrire, de quoi fumer, de quoi manger, et c'est tout... Voulez-vous un de ces fruits confits ? Sans doute vous réservez-vous pour le repas plus substantiel que j'ai commandé ?

Clarisse ne répondit point. Elle semblait ne pas même écouter ce qu'il disait, comme si elle eût attendu les autres paroles, plus graves celle-là, qu'il ne pouvait manquer de prononcer.

Il débarrassa le guéridon de tous les objets qui l'encombraient, et les mit sur la cheminée. Puis il sonna.

Un maître d'hôtel vint.

Il lui dit :

— Le déjeuner que j'ai commandé est prêt ?

— Oui, monsieur.

— Il y a deux couverts, n'est-ce pas ?

— Oui, monsieur.

— Et du champagne ?

— Oui, monsieur.

— De l'extra-dry ?

— Oui, monsieur.

Un autre domestique apporta un plateau et disposa en effet, sur le guéridon, deux couverts, un déjeuner froid, des fruits, et, dans un seau de glace, une bouteille de champagne.

Puis les deux domestiques se retirèrent.

— À table, chère madame. Comme vous le voyez, j'avais pensé à vous, et votre couvert était mis.

Et, sans paraître remarquer que Clarisse ne semblait nullement prête à faire honneur à son invitation, il s'assit et commença de manger, tout en continuant :

— Ma foi oui, j'espérais bien que vous finiriez pas me consentir à ce tête-à-tête. Depuis bientôt huit jours que vous m'entourez de votre surveillance assidue, je me disais : « Voyons... qu'est ce qu'elle préfère ? Le champagne doux ? Le champagne sec ? L'extra-dry ? Vraiment, j'étais perplexe. Depuis notre départ de Paris, surtout. J'avais perdu votre trace, c'est-à-dire que je craignais bien que vous n'eussiez perdu la mienne et renoncé à cette poursuite qui m'était si agréable. Vos jolis yeux noirs, si brillants de haine, sous vos cheveux un peu gris, me manquaient dans mes promenades. Mais, ce matin, j'ai compris : la chambre contiguë à celle-ci était enfin libre, et mon amie Clarisse avait pu s'installer, comment dirais-je ?... à mon chevet. Dès lors, j'étais tranquille. En rentrant ici, au lieu de déjeuner au restaurant selon mon habitude, je comptais bien vous trouver en train de ranger mes petites affaires à votre guise, et suivant vos goûts particuliers. D'où ma commande de deux couverts... un pour votre serviteur, l'autre pour sa belle amie.

Elle l'écoutait maintenant, et avec quelle terreur ! Ainsi donc Daubrecq se savait espionné ! Ainsi donc, depuis huit jours, il se jouait d'elle et de toutes ses manœuvres !

À voix basse, le regard anxieux, elle lui dit :

— C'est exprès, n'est-ce pas ? vous n'êtes parti que pour m'entraîner ?

— Oui, fit-il.

— Mais pourquoi, pourquoi ?

— Vous le demandez, chère amie ? dit Daubrecq avec son petit gloussement de joie.

Elle se leva de sa chaise à moitié et, penchée vers lui, elle pensa, comme elle y pensait chaque fois, au meurtre qu'elle pouvait commettre, qu'elle allait commettre. Un coup de revolver, et la bête odieuse serait abattue.

Elle glissa lentement sa main vers l'arme que contenait son corsage.

Daubrecq prononça :

— Une seconde, chère amie... Vous tirerez tout à l'heure, mais je vous supplie auparavant de lire cette dépêche que je viens de recevoir.

Elle hésitait, ne sachant quel piège il lui tendait, mais il précisa, en sortant de sa poche une feuille bleue.

— Cela concerne votre fils.

— Gilbert ? fit-elle bouleversée.

— Oui, Gilbert... Tenez, lisez.

Elle poussa un hurlement d'épouvante, elle avait lu :

« *Exécution aura lieu mardi matin.* »

Et, tout de suite, elle cria, en se jetant sur Daubrecq :

— Ce n'est pas vrai ! C'est un mensonge... pour m'affoler... Ah ! je vous connais... vous êtes capable de tout ! Mais avouez donc !... Ce n'est pas pour mardi, n'est-ce pas ? Dans deux jours ! Non, non... moi, je vous dis que nous avons encore quatre jours, cinq jours même, pour le sauver... Mais avouez-le donc !

Elle n'avait plus de forces, épuisée par cet accès de révolte, et sa voix n'émettait plus que des sons inarticulés.

Il la contempla un instant, puis il se versa une coupe de champagne qu'il avala d'un trait. Ayant fait quelques pas de droite à gauche, il revint auprès d'elle et lui dit :

— Écoute-moi, Clarisse...

L'insulte de ce tutoiement la fit tressaillir d'une énergie imprévue. Elle se redressa et, indignée, haletante :

— Je vous défends... je vous défends de me parler ainsi. C'est un outrage que je n'accepte pas... Ah ! quel misérable !

Il haussa les épaules et reprit :

— Allons, je vois que vous n'êtes pas encore tout à fait au point. Cela vient sans doute de ce qu'il vous reste l'espérance d'un secours. Prasville, peut-être ? cet excellent Prasville dont vous êtes le bras droit... Ma bonne amie, vous tombez mal. Figurez-vous que Prasville est compromis dans l'affaire du Canal ! Pas directement... C'est-à-dire que son nom n'est pas sur la liste des *vingt-sept*, mais il s'y trouve sous le nom d'un de ses amis, l'ancien député Vorenglade, Stanislas Vorenglade, son homme de paille, paraît-il, un pauvre diable que je laissais tranquille, et pour cause. J'ignorais tout cela, et puis voilà-t-il pas que l'on m'annonce ce matin, par lettre, l'existence d'un paquet de documents qui prouvent la complicité de notre sieur Prasville ! Et qu'est-ce qui m'annonce cela ? Vorenglade lui-même ! Vorenglade, qui, las de traîner sa misère, veut faire chanter Prasville, au risque d'être arrêté, lui aussi, et qui ne demande qu'à s'entendre avec moi. Et Prasville saute ! Ah ! ah ! elle est bonne celle-là... Et je vous jure qu'il va sauter, le brigand ! Crebleu ! depuis le temps qu'il m'embête ! Ah ! Prasville, mon vieux, tu ne l'as pas volé...

Il se frottait les mains, heureux de cette vengeance nouvelle qui s'annonçait. Et il reprit :

— Vous le voyez, ma chère Clarisse, de ce côté, rien à faire. Alors quoi ? à quelle racine vous raccrocher ? Mais j'oubliais... Monsieur Arsène Lupin ! Monsieur Grognard ! Monsieur Le Ballu !... Peuh ! vous avouerez que ces messieurs n'ont pas été brillants, et que toutes leurs prouesses ne m'ont pas empêché de suivre mon petit bonhomme de chemin. Que voulez-vous ? ces gens-là s'imaginent qu'ils n'ont pas leurs pareils. Quand ils rencontrent un adversaire qui ne s'épate pas, comme moi, ça les change, et ils entassent gaffes sur gaffes, tout en croyant qu'ils le roulent de la belle manière. Collégiens, va ! Enfin, tout de même, puisque vous avez encore quelque illusion sur le susdit Lupin, puisque vous comptez sur ce pauvre hère pour m'écraser et pour opérer un miracle en faveur de l'innocent Gilbert, allons-y, soufflons sur cette illusion. Ah ! Lupin ! Seigneur Dieu ! elle croit en Lupin ! Elle met en Lupin ses dernières espérances ! Lupin ! attends un peu que je te dégonfle, illustre fantoche !

Il saisit le récepteur du téléphone qui le reliait au poste principal de l'hôtel, et prononça :

— C'est de la part du numéro 129, mademoiselle. Je vous prierai de faire monter la personne qui est assise en face de votre bureau... Allo ?... Oui, mademoiselle, un monsieur, avec un chapeau mou de couleur grise. Il est prévenu... Je vous remercie, mademoiselle.

Ayant raccroché le récepteur, il se tourna vers Clarisse :

— Soyez sans crainte. Ce monsieur est la discrétion même. C'est d'ailleurs la devise de son emploi : « Célérité et discrétion ». Ancien agent de la Sûreté, il m'a rendu déjà plusieurs services, entre autres celui de vous suivre pendant que vous me suiviez. Si depuis notre arrivée dans le Midi, il s'est moins occupé de vous, c'est qu'il était plus occupé par ailleurs. Entrez, Jacob.

Lui-même il ouvrit la porte, et un monsieur mince, petit, à moustaches rousses, entra.

— Jacob, ayez l'obligeance de dire à madame, en quelques paroles brèves, ce que vous avez fait depuis mercredi soir, jour où, la laissant monter, gare de Lyon, dans le train de luxe qui m'emportait vers le Midi, vous êtes resté, vous, sur le quai de cette même gare. Bien entendu, je ne vous demande l'emploi de votre temps qu'en ce qui concerne madame et la mission dont je vous ai chargé.

Le sieur Jacob alla chercher dans la poche intérieure de son veston un petit carnet qu'il feuilleta, et dont il lut, du ton que l'on prend pour lire un rapport, les pages suivantes :

Mercredi soir. — Sept heures quinze. Gare de Lyon. J'attends ces messieurs Grognard et Le Ballu. Ils arrivent avec un troisième personnage que je ne connais pas encore, mais qui ne peut être que M. Nicole. Moyennant dix francs, ai emprunté la blouse et la casquette d'un homme d'équipe. Ai abordé ces messieurs et leur ai dit de la part d'une dame « qu'on s'en allait à Monte-Carlo ». Ai ensuite téléphoné au domestique de l'hôtel Franklin. Toutes les dépêches envoyées à son patron et renvoyées par ledit patron seront lues par ledit domestique et, au besoin, interceptées.

Jeudi. — Monte-Carlo. Ces trois messieurs fouillent les hôtels.

Vendredi. — Excursions rapides à la Turbie, au Cap d'Ail, au Cap Martin. M. Daubrecq me téléphone. Il juge plus prudent d'expédier ces messieurs en Italie. Leur fais donc adresser, par le domestique de l'hôtel Franklin, une dépêche leur donnant rendez-vous à San-Remo.

Samedi. — San-Remo, quai de la gare. Moyennant dix francs j'emprunte la casquette du portier de l'ambassadeur's Palace. Arrivée de ces trois messieurs. On s'aborde. Leur explique de la part d'une voyageuse, Mme Mergy, qu'on va jusqu'à Gênes, Hôtel Continental. Hésitation de ces messieurs. M. Nicole veut descendre. On le retient. Le train démarre. Bonne chance, messieurs. Une heure après, je reprends un train pour la France et m'arrête à Nice, où j'attends les ordres nouveaux.

Le sieur Jacob ferma son carnet et conclut :

— C'est tout. La journée d'aujourd'hui ne sera inscrite que ce soir.

— Vous pouvez l'inscrire dès maintenant, monsieur Jacob. « *Midi*. — M. Daubrecq m'envoie à la Compagnie des wagons-lits. Je retiens deux sleepings pour Paris, au train de deux heures quarante-huit, et les envoie à M. Daubrecq par un express. Ensuite, je prends le train de midi cinquante-huit pour Vintimille, station frontière où je passe la journée dans la gare, à surveiller tous les voyageurs entrant en France. Si MM. Nicole, Grognard et Le Ballu avaient l'idée de quitter l'Italie, de revenir par Nice et de retourner à Paris, j'ai ordre de télégraphier à la Préfecture de Police que le sieur Arsène Lupin et deux de ses complices sont dans le train numéro X. »

Tout en parlant, Daubrecq avait conduit le sieur Jacob jusqu'à la porte. Il la referma sur lui, tourna la clef, poussa le verrou, et, s'approchant de Clarisse, il lui dit :

— Maintenant, *écoute-moi*, Clarisse...

Cette fois elle ne protesta point. Que faire contre un tel ennemi, si puissant, si ingénieux, qui prévoyait jusqu'aux moindres détails et qui se jouait de ses adversaires avec tant de désinvolture ? Si elle avait encore pu espérer dans l'intervention de Lupin, le pouvait-elle à cette heure qu'il errait en Italie à la poursuite de fantômes ?

Elle comprenait enfin pourquoi trois télégrammes envoyés par elle à l'hôtel Franklin étaient restés sans réponse. Daubrecq était là, dans l'ombre, qui veillait, qui faisait le vide autour d'elle, qui la séparait de ses compagnons de lutte, qui l'amenait peu à peu, prisonnière et vaincue, entre les quatre murs de cette chambre.

Elle sentit sa faiblesse. Elle était à la merci du monstre. Il fallait se taire et se résigner.

Il répéta, avec une joie mauvaise :

— Écoute-moi, Clarisse. Écoute les paroles irrémédiables que je vais prononcer. Écoute-les bien. Il est midi. Or, c'est à deux heures quarante-huit que part le dernier train, tu entends, ce *dernier train* qui peut me conduire à Paris demain lundi, à temps pour que je sauve ton fils. Les trains de luxe sont complets. Donc, c'est à deux heures quarante-huit qu'il faut que je parte... Dois-je partir ?

— Oui.

— Nos sleepings sont retenus. Tu m'accompagnes ?

— Oui.

— Tu connais les conditions de mon intervention ?

— Oui !

— Tu acceptes ?

— Oui.

— Tu seras ma femme ?

— Oui.

Ah ! ces réponses horribles, La malheureuse les fit dans une sorte de torpeur affreuse, en refusant même de comprendre à quoi elle s'engageait. Qu'il partît d'abord, qu'il écartât de Gilbert la machine sanglante dont la vision la hantait jour et nuit... Et puis, et puis, il arriverait ce qui devrait arriver...

Il éclata de rire.

— Ah ! coquine, c'est bientôt dit... Tu es prête à tout promettre, hein ? L'essentiel, c'est de sauver Gilbert, n'est-ce pas ? Après, quand le naïf Daubrecq offrira sa bague de fiançailles, bernique, on se fichera de lui. Allons, voyons, assez de paroles vagues. Pas de promesses qu'on ne tient pas... des faits, des faits immédiats.

Et, nettement, assis tout près d'elle, il articula :

— Moi, voici ce que je propose... ce qui doit être... ce qui sera... Je demanderai, ou plutôt, j'exigerai, non pas encore la grâce de Gilbert, mais un délai, un sursis à l'exécution, un sursis de trois ou quatre semaines. On inventera n'importe quel prétexte, ça ne me regarde pas. Et quand Mme Mergy sera devenue Mme Daubrecq, alors seulement, je réclamerai la grâce, c'est-à-dire la substitution de peine. Et sois tranquille, on me l'accordera.

— J'accepte... J'accepte... balbutia-t-elle.

Il rit de nouveau.

— Oui, tu acceptes, parce que cela se passera dans un mois... et d'ici là tu comptes bien trouver quelque ruse, un secours quelconque... M. Arsène Lupin...

— Je jure sur la tête de mon fils...

— La tête de ton fils !... Mais, ma pauvre petite, tu te damnerais pour qu'elle ne tombe pas...

— Ah ! oui, murmura-t-elle en frissonnant, je vendrais mon âme avec joie !

Il se glissa contre elle et, la voix basse :

— Clarisse, ce n'est pas ton âme que je te demande... C'est autre chose... Voilà plus de vingt ans que toute ma vie tourne autour de ce désir. Tu es la seule femme que j'aie aimée... Déteste-moi... Exècre-moi, ça m'est indifférent... mais ne me repousse pas... Attendre ? attendre encore un mois ?... non, Clarisse, il y a trop d'années que j'attends...

Il osa lui toucher la main. Clarisse eut un tel geste de dégoût qu'il fut pris de rage et s'écria :

— Ah ! je te jure Dieu, la belle, que le bourreau n'y mettra pas tant de formes, quand il empoignera ton fils... Et tu fais des manières ! Mais pense donc, cela se passera dans quarante heures ! Quarante heures, pas davantage. Et tu hésites... et tu as des scrupules, alors qu'il s'agit de ton fils ! Allons, voyons, pas de pleurnicheries, pas de sentimentalité stupide... Regarde les choses bien en face. D'après ton serment, tu es ma femme, tu es ma fiancée, dès maintenant... Clarisse, Clarisse, donne-moi tes lèvres...

Elle le repoussait à peine, le bras tendu, mais défaillante. Et, avec un cynisme où se révélait sa nature abominable, Daubrecq, entremêlant les paroles cruelles et les mots de passion, continuait :

— Sauve ton fils... pense au dernier matin, à la toilette funèbre, à la chemise qu'on échancre, aux cheveux que l'on coupe... Clarisse, Clarisse, je le sauverai... Sois-en sûre... toute ma vie t'appartiendra... Clarisse.

Elle ne résistait plus. C'était fini. Les lèvres de l'homme immonde allaient toucher les siennes, et il fallait qu'il en fût ainsi, et rien ne pouvait faire que cela ne fût pas. C'était son devoir d'obéir aux ordres du destin. Elle le savait depuis longtemps. Elle comprit, et, en elle-même, les yeux fermés pour ne pas voir l'ignoble face qui se haussait vers la sienne, elle répétait : « Mon fils... mon pauvre fils... »

Quelques secondes s'écoulèrent, dix, vingt peut-être. Daubrecq ne bougeait plus. Daubrecq ne parlait plus. Et elle s'étonna de ce grand silence et de cet apaisement subit. Au dernier instant, le monstre avait-il quelque remords ?

Elle leva les paupières.

Le spectacle qui s'offrit à elle la frappa de stupeur. Au lieu de la face grimaçante qu'elle s'attendait à voir, elle aperçut un visage immobile, méconnaissable, tordu par une expression d'épouvante extrême, et dont les yeux, invisibles sous le double obstacle des lunettes, semblaient regarder plus haut qu'elle, plus haut que le fauteuil où elle était prostrée.

Clarisse se détourna. Deux canons de revolver, braqués sur Daubrecq, émergeaient à droite un peu au-dessus du fauteuil. Elle ne vit que cela, ces deux revolvers énormes et redoutables, que serraient deux poings crispés. Elle ne vit que cela, et aussi la figure de Daubrecq que la peur décolorait peu à peu, jusqu'à la rendre livide.

Et, presque en même temps, derrière lui, quelqu'un se glissa, qui surgit brutalement, lui jeta l'un de ses bras autour du cou, le renversa avec une violence incroyable et lui appliqua sur le visage un masque d'ouate et d'étoffe. Une odeur soudaine de chloroforme se dégagea.

Clarisse avait reconnu M. Nicole.

— À moi, Grognard ! cria-t-il. À moi, Le Ballu ! Lâchez vos revolvers, je le tiens ! Ce n'est plus qu'une loque… Attache-le !

Daubrecq, en effet, se repliait sur lui-même et tombait à genoux comme un pantin désarticulé. Sous l'action du chloroforme, la brute formidable s'effondrait, inoffensive et ridicule.

Grognard et Le Ballu le roulèrent dans une des couvertures du lit et le ficelèrent solidement.

— Ça y est ! ça y est ! clama Lupin en se relevant d'un bond.

Et, par un retour de joie brusque, il se mit à danser une gigue désordonnée au milieu de la pièce, une gigue où il y avait du cancan et des contorsions de matchiche, et des pirouettes de derviche tourneur, et des acrobaties de clown, et des zigzags d'ivrogne. Et il annonçait, comme des numéros de music-hall :

— La danse du prisonnier… Le chahut du captif… Fantaisie sur le cadavre d'un représentant du peuple !… La polka du chloroforme !… Le double boston des lunettes vaincues !… Ollé ! ollé ! le fandango du maître chanteur !… Et puis la danse de l'ours !… Et puis la tyrolienne ! Laïtou, laïtou, la, la !… Allons, enfants de la patrie !… Zimboumboum, Zimboumboum…

Toute sa nature de gavroche, tous ses instincts d'allégresse, étouffés depuis si longtemps par l'anxiété et par les défaites successives, tout cela faisait irruption, éclatait en accès de rire, en sursaut de verve, en un besoin pittoresque d'exubérance et de tumulte enfantin.

Il esquissa un dernier entrechat, tourna autour de la chambre en faisant la roue, et finalement se planta debout, les deux poings sur les hanches, et un pied sur le corps inerte de Daubrecq.

— Tableau allégorique ! annonça-t-il. L'archange de la Vertu écrasant l'hydre du Vice !

Et c'était d'autant plus comique que Lupin apparaissait sous les espèces de M. Nicole, avec son masque et ses vêtements de répétiteur étriqué, compassé, et comme gêné dans ses entournures.

Un triste sourire éclaira le visage de Mme Mergy, son premier sourire depuis des mois et des mois. Mais, tout de suite, reprise par la réalité, elle implora :

— Je vous en supplie… pensons à Gilbert.

Il courut à elle, la saisit à deux bras et, dans un mouvement spontané, si ingénu qu'elle ne pouvait qu'en rire, il lui appliqua sur les joues deux baisers sonores.

— Tiens, la dame, voilà le baiser d'un honnête homme. Au lieu de Daubrecq, c'est moi qui t'embrasse… Un mot de plus et je recommence, et puis je te tutoie… Fâche-toi si tu veux… Ah ! ce que je suis content…

Il mit un genou à terre devant elle, et, respectueusement :

— Je vous demande pardon, madame, la crise est finie.

Et, se relevant, de nouveau narquois, il continua, tandis que Clarisse se demandait où il voulait en venir :

— Madame désire la grâce de son fils, peut-être ? Adjugé ! Madame, j'ai l'honneur de vous accorder la grâce de votre fils, la commutation de sa peine en celle des travaux forcés à perpétuité et, comme dénouement, son évasion prochaine. C'est convenu, hein, Grognard ? Convenu, Le Ballu ? On s'embarque pour Nouméa avant le gosse, et on prépare tout. Ah ! respectable Daubrecq, nous t'en devons une fière chandelle ! et c'est bien mal te récompenser. Mais aussi avoue que tu en prenais par trop à ton aise. Comment ! traiter ce bon monsieur Lupin de collégien, de pauvre hère, et cela pendant qu'il écoute à la porte ! le traiter d'illustre fantoche ! Dis donc, il me semble que l'illustre fantoche n'a pas mal manœuvré, et que tu n'en mènes pas très large, représentant du peuple… Non ! mais quelle binette ! Quoi ? Qu'est-ce que tu demandes ? Une pastille de Vichy ? Non ? Une dernière pipe peut-être ! Voilà, voilà !

Il prit une des pipes sur la cheminée, s'inclina vers le captif, écarta son masque, et entre ses dents introduisit le bout d'ambre.

— Aspire, mon vieux, aspire. Vrai, ce que tu as une drôle de tête, avec ton tampon sur le nez et ton brûle-gueule au bec. Allons, aspire, crebleu, mais j'oubliais de la bourrer, ta pipe ! Où est ton tabac ? Ton maryland préféré ?… Ah ! voici…

Il saisit sur la cheminée un paquet jaune, non entamé, dont il déchira la bande.

— Le tabac de monsieur ! Attention ! l'heure est solennelle. Bourrer la pipe de monsieur, fichtre quel bonheur ! Qu'on suive bien mes gestes ! Rien dans les mains, rien dans les poches…

Il ouvrit le paquet, et, à l'aide de son index et de son pouce, lentement, délicatement, comme un prestidigitateur qui opère en présence d'un public ébahi, et qui, le sourire aux lèvres, les coudes arrondis, les manchettes relevées, achève son tour de passe-passe, en retira, d'entre les brins de tabac, un objet brillant qu'il offrit aux spectateurs.

Clarisse poussa un cri.

C'était le bouchon de cristal.

Elle se précipita sur Lupin et le lui arracha.

— C'est ça, c'est ça ! proféra-t-elle, toute fiévreuse. Celui-là n'a pas d'éraflure à la tige ! Et puis, tenez, cette ligne qui le scinde par le milieu, à l'endroit où se terminent les facettes d'or... C'est ça, il se dévisse... Ah ! mon Dieu, je n'ai plus de forces...

Elle tremblait tellement que Lupin lui reprit le bouchon et le dévissa lui-même.

L'intérieur de la tête était creux, et, dans ce creux, il y avait un morceau de papier roulé en forme de boulette.

— Le papier pelure, dit-il tout bas, ému lui aussi et les mains frémissantes.

Il y eut un grand silence. Tous les quatre, ils sentirent leur cœur prêt à se rompre, et ils avaient peur de ce qui allait se passer.

— Je vous en prie... je vous en prie... balbutia Clarisse.

Lupin déplia le papier.

Des noms étaient inscrits les uns sous les autres.

Il y en avait vingt-sept, les vingt-sept noms de la fameuse liste. Langeroux, Dechaumont, Vorenglade, d'Albufex, Laybach, Victorien Mergy, etc.

Et, en dessous, la signature du Président du Conseil d'administration du Canal français des Deux-Mers, la signature couleur du sang...

Lupin consulta sa montre.

— Une heure moins le quart, dit-il, nous avons vingt bonnes minutes... Mangeons.

— Mais, fit Clarisse qui s'affolait déjà, n'oubliez pas...

Il déclara simplement :

— Je meurs de faim.

Il s'assit devant le guéridon, se coupa une large tranche de pâté et dit à ses complices :

— Grognard ? Le Ballu ? on se restaure ?

— C'est pas de refus, patron.

— Alors, faites vite, les enfants. Et, par là-dessus, un verre de champagne. C'est le chloroformé qui régale. À ta santé, Daubrecq ! Champagne doux ? Champagne sec ? Extra-dry ?

XI. — LA CROIX DE LORRAINE

D'un coup, pour ainsi dire sans transition, Lupin, lorsque le repas fut fini, recouvra toute sa maîtrise et toute son autorité. L'heure n'était plus aux plaisanteries et il ne devait plus céder à ce besoin de surprendre les gens par des coups de théâtre et des tours de magie. Puisqu'il avait découvert le bouchon de cristal dans la cachette, prévue par lui en toute certitude, puisqu'il possédait la liste des *vingt-sept*, il s'agissait maintenant de jouer la fin de la partie sans retard.

Jeu d'enfant, certes, et ce qui restait à faire n'offrait aucune difficulté. Encore fallait-il apporter à ces actes définitifs de la promptitude, de la décision et une clairvoyance infaillible. La moindre faute était irrémédiable. Lupin le savait, mais son esprit, si étrangement lucide, avait examiné toutes les hypothèses. Et ce n'étaient plus que des gestes et des mots mûrement préparés, qu'il allait exécuter et prononcer.

— Grognard, le commissionnaire attend boulevard Gambetta avec sa charrette et la malle que nous avons achetée. Amène-le ici et fais monter la malle. Si on te demande quelque chose à l'hôtel, tu diras que c'est pour la dame qui habite au 130.

Puis, s'adressant à son autre compagnon :

— Le Ballu, retourne au garage et prends livraison de la limousine. Le prix est convenu, 10,000 francs. Tu achèteras une casquette et une lévite de chauffeur et tu amèneras l'auto devant la porte.

— L'argent, patron.

Lupin saisit un portefeuille qu'on avait retiré du veston de Daubrecq et trouva une liasse énorme de billets de banque. Il en détacha dix.

— Voici dix mille francs. Il paraît que notre ami a gagné la forte somme au Cercle. Va, Le Ballu.

Les deux hommes s'en allèrent par la chambre de Clarisse. Lupin profita d'un moment où Clarisse Mergy ne le regardait pas pour empocher le portefeuille, et cela avec une satisfaction profonde.

— L'affaire ne sera pas trop mauvaise, se dit-il. Tous frais payés, j'y retrouverai largement mon compte, et ce n'est pas fini.

S'adressant à Clarisse Mergy, il lui demanda :

— Vous avez une valise ?

— Oui, une valise que j'ai achetée en arrivant à Nice, ainsi qu'un peu de linge et des objets de toilette, puisque j'ai quitté Paris à l'improviste.

— Préparez tout cela. Puis descendez au bureau. Dites que vous attendez votre malle, qu'un commissionnaire l'apporte de la consigne et que vous êtes obligée de la défaire et de la refaire dans votre chambre. Puis annoncez votre départ.

Resté seul, Lupin examina Daubrecq attentivement, puis il fouilla dans toutes les poches et fit main basse sur tout ce qui lui parut présenter un intérêt quelconque.

Grognard revint le premier. La malle, une grande malle d'osier recouverte en moleskine noire, fut déposée dans la chambre de Clarisse. Aidé de Clarisse et de Grognard, Lupin transporta Daubrecq et le plaça dans cette malle, bien assis, mais la tête courbée pour qu'il fût possible de rabattre le couvercle.

— Je ne dis pas que ce soit aussi confortable qu'une couchette de wagon-lit, mon cher député, observa Lupin. Mais cela vaut tout de même mieux qu'un cercueil. Au moins il y a de l'air pour respirer. Trois petits trous sur chaque face. Plains-toi !

Puis débouchant un flacon :

— Encore un peu de chloroforme ? Tu as l'air d'adorer cela...

Il imbiba de nouveau le masque, tandis que, sur ses ordres, Clarisse et Grognard calaient le député avec du linge, des couvertures de voyage et des coussins, qu'on avait eu la précaution d'entasser dans la malle.

— Parfait ! dit Lupin. Voilà un colis qui ferait le tour du monde. Fermons et bouclons.

Le Ballu arrivait en chauffeur.

— L'auto est en bas, patron.

— Bien, dit-il. À vous deux, descendez la malle. Il serait dangereux de la confier aux garçons d'hôtel.

— Mais si on nous rencontre ?

— Eh bien, quoi, Le Ballu, n'es-tu pas chauffeur ? Tu portes la malle de ta patronne ici présente, la dame du 130, qui descend également, qui monte dans son auto... et qui m'attend deux cents mètres plus loin. Grognard, tu l'aideras à charger. Ah ! Auparavant, fermons la porte de communication.

Lupin passa dans l'autre chambre, ferma l'autre battant, mit le verrou, puis sortit et prit l'ascenseur.

Au bureau, il prévint :

— M. Daubrecq a été appelé en hâte à Monte-Carlo. Il me charge de vous avertir qu'il ne rentrera qu'après-demain. Qu'on lui garde sa chambre. D'ailleurs, toutes ses affaires y sont. Voici la clef.

Il s'en alla tranquillement et rejoignit l'automobile, où il trouva Clarisse qui se lamentait :

— Mais jamais nous ne serons à Paris demain matin ! C'est de la folie ! La moindre panne...

— Aussi, dit-il, vous et moi nous prenons le train... C'est plus sûr...

L'ayant fait monter dans un fiacre, il donna ses dernières instructions aux deux hommes.

— Cinquante kilomètres à l'heure en moyenne, n'est-ce pas ? Vous conduirez et vous vous reposerez chacun à son tour. De la sorte, il vous est possible d'être à Paris demain soir lundi vers les six ou sept heures du soir. Mais ne forcez pas l'allure. Si je garde Daubrecq, ce n'est pas que j'aie besoin de lui pour mes projets, c'est comme otage... et puis par précaution... Je tiens à l'avoir sous la main pendant quelques jours. Donc soignez-le, le cher homme... Quelques gouttes de chloroforme toutes les trois ou quatre heures. C'est sa passion. En route, Le Ballu... Et toi, Daubrecq, ne te fais pas trop de bile là-haut.

Le toit est solide... Si tu as mal au cœur, ne te gêne pas... En route, Le Ballu !

Il regarda l'auto qui s'éloignait, puis se fit conduire dans un bureau de poste où il rédigea une dépêche ainsi conçue :

Monsieur Prasville, préfecture
de police, Paris.

Individu retrouvé. Vous apporterai le document demain matin onze heures. Communication urgente. —
CLARISSE.

À deux heures et demie, Clarisse et Lupin arrivaient en gare.

— Pourvu qu'il y ait de la place ! dit Clarisse qui s'alarmait de tout.

— De la place ! Mais nos sleepings sont retenus.

— Par qui ?

— Par Jacob… par Daubrecq.

— Comment ?

— Dame !… Au bureau de l'hôtel on m'a remis une lettre qu'un exprès venait d'apporter pour Daubrecq. C'étaient les deux sleepings que Jacob lui envoyait. En outre j'ai sa carte de député. Nous voyagerons donc sous le nom de M. et Mme Daubrecq, et l'on aura pour nous tous les égards qui sont dus à notre rang. Vous voyez, chère madame, tout est prévu.

Le trajet, cette fois, sembla court à Lupin. Interrogée par lui, Clarisse raconta tout ce qu'elle avait fait durant ces derniers jours. Lui-même expliqua le miracle de son irruption dans la chambre de Daubrecq, au moment où son adversaire le croyait en Italie.

— Un miracle, non, dit-il. Mais cependant il y eut en moi, quand je quittai San Remo pour Gênes, un phénomène d'ordre spécial, une sorte d'intuition mystérieuse qui me poussa d'abord à sauter du train — et Le Ballu m'en empêcha — et ensuite à me précipiter vers la portière, à baisser la glace et à suivre des yeux le portier de l'Ambassadeur's Palace, qui m'avait transmis votre message. Or, à cette minute même, ledit portier se frottait les mains d'un air tellement satisfait que, sans autre motif, subitement, je compris tout : j'étais roulé, j'étais roulé par Daubrecq, comme vous l'étiez vous-même. Des tas de petits faits me vinrent à l'esprit. Le plan de l'adversaire m'apparut tout entier. Une minute de plus et le désastre était irrémédiable. J'eus, je l'avoue, quelques instants de véritable désespoir, à l'idée que je n'allais pas pouvoir réparer toutes les erreurs commises. Cela dépendait simplement de l'horaire des trains, qui me permettrait, ou ne me permettrait pas, de retrouver en gare de San-Remo l'émissaire de Daubrecq. Cette fois, enfin, le hasard nous fut favorable. Nous n'étions pas descendus à la première station qu'un train passa pour la France. Quand nous arrivâmes à San-Remo l'homme était là. J'avais bien deviné. Il n'avait plus sa casquette ni sa redingote de portier, mais un chapeau et un veston. Il monta dans un compartiment de seconde classe. Désormais la victoire ne faisait plus de doute.

— Mais… comment ?… dit Clarisse, qui, malgré les pensées qui l'obsédaient, s'intéressait au récit de Lupin.

— Comment je suis revenu jusqu'à vous ? Mon Dieu, en ne lâchant plus le sieur Jacob, tout en le laissant libre de ses actions, certain que j'étais qu'il rendrait compte de sa mission à Daubrecq. De fait, ce matin, après une nuit passée dans un petit hôtel de Nice, il rencontra Daubrecq sur la promenade des Anglais. Ils causèrent assez longtemps. Je les suis. Daubrecq regagne son hôtel, installe Jacob dans un des couloirs du rez-de-chaussée, en face du bureau téléphonique, et prend l'ascenseur. Dix minutes plus tard, je savais le numéro de sa chambre, et je savais qu'une dame habitait, depuis la veille, la chambre voisine, le numéro 130. « Je crois que nous y sommes, dis-je à Grognard et à Le Ballu. » Je frappe légèrement à votre porte. Aucune réponse. Et la porte était fermée à clef.

— Eh bien, dit Clarisse ?

— Eh bien, nous l'avons ouverte. Pensez-vous donc qu'il n'y ait qu'une seule clef au monde qui puisse faire fonctionner une serrure ? J'entre donc dans votre chambre, personne. Mais la porte de communication est entre-bâillée. Je me glisse par là. Dès lors un simple rideau me séparait de vous, de Daubrecq… et du paquet de tabac que j'apercevais sur le marbre de la cheminée.

— Vous connaissiez donc la cachette ?

— Une perquisition dans le cabinet de travail de Daubrecq à Paris m'avait fait constater la disparition de ce paquet de tabac. En outre…

— En outre ?

— Je savais, par certains aveux arrachés à Daubrecq dans la Tour des Deux-Amants, que le mot Marie détenait la clef de l'énigme. Or ce n'était que le début d'un autre mot que je devinai, pour ainsi dire, au moment même où me frappait l'absence du paquet de tabac.

— Quel mot ?

— Maryland… du tabac maryland, le seul que fume Daubrecq.

Et Lupin se mit à rire.

— Est-ce assez bête, hein ? Et, en même temps, comme c'est malin de la part de Daubrecq ! On cherche partout, on fouille partout ! N'ai-je pas dévissé les douilles de cuivre des ampoules électriques pour voir si elles n'abritaient pas un bouchon de cristal ! Mais comment aurais-je eu l'idée, comment un être quelconque, si perspicace qu'il fût, aurait-il eu l'idée de déchirer la bande d'un paquet de maryland, bande apposée, collée, cachetée, *timbrée*, datée par l'État, sous le contrôle des Contributions Indirectes ? Pensez donc ! l'État complice d'une telle infamie ! L'administration des Contributions Indirectes se prêtant à de pareilles manœuvres. Non ! mille fois non ! La Régie peut avoir des torts. Elle peut fabriquer des allumettes qui ne flambent pas, et des cigarettes où il y a des bûches de Noël. Mais de là à supposer qu'elle est de mèche avec Daubrecq pour soustraire la liste des vingt-sept à la curiosité légitime du gouvernement, ou aux entreprises d'Arsène Lupin, il y a un précipice ! Remarquez qu'il suffisait, pour introduire là-dedans le bouchon de cristal, de peser un peu sur la bande, comme l'a fait Daubrecq, de la rendre plus lâche, de l'enlever, de déplier le papier jaune, d'écarter le tabac, puis de remettre tout en ordre. Remarquez, de même, qu'il nous eût suffi, à Paris, de prendre ce paquet dans nos mains et de l'examiner pour découvrir la cachette. N'importe ! Le paquet en lui-même, le bloc de maryland confectionné, approuvé par l'État et par l'administration des contributions indirectes, cela c'était chose sacrée, intangible, insoupçonnable ! Et personne ne l'ouvrit.

Et Lupin conclut :

— C'est ainsi que ce démon de Daubrecq laisse traîner depuis des mois sur sa table, parmi ses pipes et parmi d'autres paquets de tabac non éventrés, ce paquet de tabac intact. Et nulle puissance au monde n'eût pu susciter dans aucun esprit l'idée même confuse d'interroger ce petit cube inoffensif. Je vous ferai observer en outre…

Lupin poursuivit assez longtemps ses considérations relatives au paquet de maryland et au bouchon de cristal, l'ingéniosité et la clairvoyance de son adversaire l'intéressant d'autant plus qu'il avait fini par avoir raison de lui. Mais Clarisse, à qui ces questions importaient beaucoup moins que le souci de actes qu'il fallait accomplir pour sauver son fils, l'écoutait à peine, tout entière à ses pensées.

— Êtes-vous sûr, répétait-elle sans cesse, que vous allez réussir ?

— Absolument sûr.

— Mais Prasville n'est pas à Paris.

— S'il n'y est pas, c'est qu'il est au Havre. J'ai lu cela dans un journal hier. En tout cas notre dépêche le rappellera immédiatement à Paris.

— Et vous croyez qu'il aura assez d'influence ?…

— Pour obtenir personnellement la grâce de Vaucheray et de Gilbert, non. Sans quoi, nous l'aurions déjà fait marcher. Mais il aura assez d'intelligence pour comprendre la valeur de ce que nous lui apportons… et pour agir sans une minute de retard.

— Mais, précisément, vous ne vous trompez pas sur cette valeur ?

— Et Daubrecq, se trompait-il donc ? Est-ce que Daubrecq n'était pas mieux placé que personne pour savoir la toute-puissance de ce papier ? N'en a-t-il pas eu vingt preuves plus décisives les unes que les autres ? Songez à tout ce qu'il a fait, par la seule raison qu'on le savait possesseur de la liste ? *On le savait*, voilà tout. Il ne se servait pas de cette liste, mais il l'avait. Et, l'ayant, il tua votre mari. Il échafauda sa fortune sur la ruine et le déshonneur des vingt-sept. Hier encore, un des plus intrépides, d'Albufex, se coupait la gorge dans sa prison. Non, soyez tranquille, contre la remise de cette liste, nous pourrions demander ce que nous voudrions. Or, nous demandons quoi ? Presque rien… moins que rien… la grâce d'un enfant de vingt ans. C'est-à-dire qu'on nous prendra pour des imbéciles. Comment ! nous avons entre les mains…

Il se tut, Clarisse, épuisée par tant d'émotions, s'endormait en face de lui.

À huit heures du matin, ils arrivaient à Paris.

Deux télégrammes attendaient Lupin à son domicile de la place Clichy.

L'un de Le Ballu, envoyé d'Avignon la veille, annonçait que tout allait pour le mieux, et que l'on espérait bien être exact au rendez-vous du soir. L'autre était de Prasville, daté du Havre, et adressé à Clarisse :

« Impossible revenir demain matin lundi. Venez à mon bureau cinq heures. Compte absolument sur vous. »

— Cinq heures, dit Clarisse, comme c'est tard !

— C'est une heure excellente, affirma Lupin.

— Cependant, si…

— Si l'exécution doit avoir lieu demain matin ? c'est ce que vous voulez dire ?… N'ayez donc pas peur des mots, puisque l'exécution n'aura pas lieu.

— Les journaux…

— Les journaux, vous ne les avez pas lus, et je vous défends de les lire. Tout ce qu'ils peuvent annoncer ne signifie rien. Une seule chose importe : notre entrevue avec Prasville. D'ailleurs…

Il tira d'une armoire un petit flacon et, posant sa main sur l'épaule de Clarisse, il lui dit :

— Étendez-vous sur ce canapé, et buvez quelques gorgées de cette potion.

— Qu'est-ce que c'est ?

— De quoi vous faire dormir quelques heures… et oublier. C'est toujours cela de moins.

— Non, non, protesta Clarisse, je ne veux pas. Gilbert ne dort pas, lui… Il n'oublie pas.

— Buvez, dit Lupin, en insistant avec douceur.

Elle céda tout d'un coup, par lâcheté, par excès de souffrance et docilement s'étendit sur le canapé et ferma les yeux. Au bout de quelques minutes elle dormait.

Lupin sonna son domestique.

— Les journaux… vite… tu les as achetés ?

— Voici, patron.

Lupin déplia l'un d'eux et aussitôt il vit ces lignes :

LES COMPLICES D'ARSÈNE LUPIN

Nous savons de source certaine que les complices d'Arsène Lupin, Gilbert et Vaucheray, seront exécutés demain matin mardi. M. Deibler a visité les bois de justice. Tout est prêt.

Il releva la tête avec une expression de défi.

— Les complices d'Arsène Lupin ! L'exécution des complices d'Arsène Lupin Quel beau spectacle ! Et comme il y aurait foule pour voir cela ! Désolé, messieurs, mais le rideau ne se lèvera pas. Relâche par ordre supérieur de l'autorité. Et l'autorité, c'est moi !

Il se frappa violemment la poitrine avec un geste d'orgueil.

— L'autorité, c'est moi.

À midi, Lupin reçut une dépêche que Le Ballu lui avait expédiée de Lyon.

« Tout va bien. Colis arrivera sans avaries. »

À trois heures, Clarisse se réveilla.

Sa première parole fut celle-ci :

— C'est pour demain.

Il ne répondit pas. Mais elle le vit si calme, si souriant, qu'elle se sentit pénétrée d'une paix immense et qu'elle eut l'impression que tout était fini, dénoué, arrangé selon la volonté de son compagnon.

À quatre heures dix ils partirent.

Le secrétaire de Prasville, prévenu téléphoniquement par son chef, les introduisit dans le bureau et les pria d'attendre.

Il était cinq heures moins le quart.

À cinq heures précises, Prasville entra en courant et, tout de suite, il s'écria :

— Vous avez la liste ?

— Oui.

— Donnez.

Il tendait la main. Clarisse, qui s'était levée, ne broncha pas.

Prasville la regarda un moment, hésita, puis s'assit. Il comprenait. En poursuivant Daubrecq, Clarisse Mergy n'avait pas agi seulement par haine et par désir de vengeance. Un autre motif la poussait. La remise du papier ne s'effectuerait que sous certaines conditions.

— Asseyez-vous, je vous prie, dit-il, montrant ainsi qu'il acceptait le débat.

Prasville était un homme maigre, de visage osseux, auquel un clignotement perpétuel des yeux et une certaine déformation de la bouche donnaient une expression de fausseté et d'inquiétude. On le supportait mal à la Préfecture, où il fallait, à tout instant, réparer ses gaffes et ses maladresses. Mais il était de ces êtres peu estimés que l'on emploie pour des besognes spéciales et que l'on congédie ensuite avec soulagement.

Cependant, Clarisse avait repris sa place. Comme elle se taisait, Prasville prononça :

— Parlez, chère amie, et parlez en toute franchise. Je n'ai aucun scrupule à déclarer que nous serions désireux d'avoir ce papier.

— Si ce n'est qu'un désir, observa Clarisse, à qui Lupin avait soufflé son rôle dans les moindres détails, si ce n'est qu'un désir, j'ai peur que nous ne puissions nous accorder.

Prasville sourit :

— Ce désir, évidemment, nous conduirait à certains sacrifices.

— À tous les sacrifices, rectifia Mme Mergy.

— À tous les sacrifices, pourvu, bien entendu, que nous restions dans la limite des désirs acceptables.

— Et même si nous sortions de ces limites ? prononça Clarisse, inflexible.

Prasville s'impatienta :

— Enfin, voyons, de quoi s'agit-il ? Expliquez-vous.

— Pardonnez-moi, cher ami. Je tenais, avant tout, à marquer l'importance considérable que vous attachez à ce papier, et, en vue de la transaction immédiate que nous allons conclure, à bien spécifier… comment dirais-je ?… la valeur de mon apport. Cette valeur n'ayant pas de limites, je le répète, doit être échangée contre une valeur illimitée.

— C'est entendu, articula Prasville, avec irritation.

— Il n'est donc pas utile que je fasse un historique complet de l'affaire et que j'énumère d'une part les désastres que la possession de ce papier vous aurait permis d'éviter, d'autre part, les avantages incalculables que vous pourrez tirer de cette possession ?

Prasville eut besoin d'un effort pour se contenir et pour répondre d'un ton à peu près poli :

— J'admets tout cela. Est-ce fini ?

— Je vous demande pardon, mais nous ne saurions nous expliquer avec trop de netteté. Or, il est un point qu'il nous faut encore éclaircir. Êtes-vous en mesure de traiter personnellement ?

— Comment cela ?

— Je vous demande, non pas évidemment si vous avez le pouvoir de régler cette affaire sur l'heure, mais si vous représentez en face de moi la pensée de ceux qui connaissent l'affaire et qui ont qualité pour la régler.

— Oui, affirma Prasville avec force.

— Donc, une heure après que je vous aurai communiqué mes conditions, je pourrai avoir votre réponse ?

— Oui.

— Cette réponse sera celle du gouvernement ?

— Oui.

Clarisse se pencha, et d'une voix plus sourde :

— Cette réponse sera celle de l'Élysée ?

Prasville parut surpris. Il réfléchit un instant, puis il prononça :

— Oui.

Alors Clarisse conclut.

— Il me reste à vous demander votre parole d'honneur, que, si incompréhensibles que vous paraissent mes conditions, vous n'exigerez pas que je vous en révèle le motif. Elles sont ce qu'elles sont. Votre réponse doit être un oui ou un non.

— Je vous donne ma parole d'honneur, scanda Prasville.

Clarisse eut un instant d'émotion qui la fit plus pâle encore qu'elle n'était. Puis, se maîtrisant, les yeux fixés sur les yeux de Prasville, elle dit :

— La liste des *vingt-sept* sera remise contre la grâce de Gilbert et de Vaucheray.

— Hein ! Quoi ?

Prasville s'était dressé, l'air absolument ahuri.

— La grâce de Gilbert et de Vaucheray ! les complices d'Arsène Lupin !

— Oui, dit-elle.

— Les assassins de la villa Marie-Thérèse ! Ceux qui doivent mourir demain !

— Oui, ceux-là mêmes, dit-elle, la voix haute. Je demande, j'exige leur grâce.

— Mais c'est insensé ! Pourquoi ? Pourquoi ?

— Je vous rappelle, Prasville, que vous m'avez donné votre parole…

— Oui… oui… en effet… mais la chose est tellement imprévue.

— Pourquoi ?

— Pourquoi ? Mais pour toutes sortes de raisons…

— Lesquelles ?

— Enfin… enfin… réfléchissez ! Gilbert et Vaucheray ont été condamnés à mort !

— On les enverra au bagne, voilà tout.

— Impossible ! L'affaire a fait un bruit énorme. Ce sont des complices d'Arsène Lupin. Le verdict est connu du monde entier.

— Eh bien ?

— Eh bien, nous ne pouvons pas, non, nous ne pouvons pas nous insurger contre les arrêts de la justice.

— On ne vous demande pas cela. On vous demande une commutation de la peine par le moyen de la grâce. La grâce est une chose légale.

— La commission des grâces s'est prononcée…

— Soit, mais il reste le Président de la République.

— Il a refusé.

— Qu'il revienne sur son refus.

— Impossible !

— Pourquoi ?

— Il n'y a pas de prétexte.

— Il n'est pas besoin de prétexte. Le droit de grâce est absolu. Il s'exerce sans contrôle, sans motif, sans prétexte, sans explication. C'est une prérogative *royale*. Que le Président de la République en use selon son bon plaisir, ou plutôt selon sa conscience, au mieux des intérêts de l'État.

— Mais il est trop tard ! Tout est prêt. L'exécution doit avoir lieu dans quelques heures.

— Une heure vous suffit pour avoir la réponse, vous venez de nous le dire.

— Mais c'est de la folie, sacrebleu ! Vos exigences se heurtent à des obstacles infranchissables. Je vous le répète, c'est impossible, matériellement impossible.

— Alors, c'est non ?

— Non, non, mille fois non !

— En ce cas nous n'avons plus qu'à nous retirer.

Elle esquissa un mouvement vers la porte. M. Nicole la suivit.

D'un bond, Prasville leur barra la route.

— Où allez-vous ?

— Mon Dieu, cher ami, il me semble que notre conversation est terminée. Puisque vous estimez, puisque vous êtes sûr que le Président de la République estimera que cette fameuse liste des *vingt-sept* ne vaut pas…

— Restez, dit Prasville.

Il ferma d'un tour de clef la porte de sortie, et se mit à marcher de long en large, les mains au dos, et la tête inclinée.

Et Lupin, qui n'avait pas soufflé mot durant toute la scène et s'était, par prudence, confiné dans un rôle effacé, Lupin se disait :

« Que d'histoires ! Que de manières pour arriver à l'inévitable dénouement ! Comment le sieur Prasville, lequel n'est pas un aigle, mais lequel n'est pas non plus une buse, renoncerait-il à se venger de son ennemi mortel ? Tiens, qu'est-ce que je disais ! l'idée de culbuter Daubrecq au fond de l'abîme le fait sourire. Allons, la partie est gagnée. »

À ce moment, Prasville ouvrait une petite porte intérieure qui donnait sur le bureau de son secrétaire particulier.

Il prescrivit à haute voix :

— Monsieur Lartigue, téléphonez à l'Élysée et dites que je sollicite une audience pour une communication de la plus haute gravité.

Fermant la porte, il revint vers Clarisse et lui dit :

— En tout cas mon intervention se borne à soumettre votre proposition.

— Soumise, elle est acceptée.

Il y eut un long silence. Le visage de Clarisse exprimait une joie si profonde que Prasville en fut frappé et qu'il la regarda avec une curiosité attentive. Pour quelle cause mystérieuse Clarisse voulait-elle le salut de Gilbert et de Vaucheray ? Quel lien inexplicable l'attachait à ces deux hommes ? Quel drame avait pu mêler ces trois existences, et sans doute aussi, à ces trois-là, celle de Daubrecq ?

— Va, mon bonhomme, pensait Lupin, creuse-toi la cervelle, tu ne trouveras pas. Ah ! si nous n'avions exigé que la grâce de Gilbert, comme le désirait Clarisse, peut-être aurais-tu découvert le pot aux roses. Mais Vaucheray, cette brute de Vaucheray, vraiment, il ne peut y avoir le moindre rapport entre Mme Mergy et lui… Ah ! ah ! bigre, c'est mon tour maintenant… On m'observe… Le monologue intérieur roule sur moi… Et ce M. Nicole, ce petit pion de province, qu'est-ce que ça peut bien être ? Pourquoi s'est-il dévoué corps et âme à Clarisse Mergy ? Quelle est la véritable personnalité de cet intrus ? J'ai eu tort de ne pas m'enquérir... Il faudra que je voie cela... que je dénoue les cordons de ce masque... Car, enfin, il n'est pas naturel qu'on se donne tant de mal pour accomplir un acte où l'on n'est pas intéressé directement. Pourquoi veut-il lui aussi sauver Gilbert et Vaucheray ? Pourquoi ?... »

Lupin détourna légèrement la tête.

— Aïe !... Aïe !... une idée traverse ce crâne de fonctionnaire... une idée confuse qui ne s'exprime point... Fichtre, il ne faudrait pas qu'il devinât M. Lupin sous M. Nicole. Assez de complications... »

Mais une diversion se produisit. Le secrétaire de Prasville vint annoncer que l'audience aurait lieu dans une heure.

— C'est bien. Je vous remercie, dit Prasville. Laissez-nous.

Et, reprenant l'entretien, sans plus de détours, en homme qui veut mener les choses rondement, il déclara :

— Je crois que nous pourrons nous arranger. Mais tout d'abord, et pour bien remplir la mission dont je me charge, il me faut des renseignements plus exacts, une documentation plus complète. Où se trouvait le papier ?

— Dans le bouchon de cristal, comme nous le supposions, répondit Mme Mergy.

— Et ce bouchon de cristal ?

— Dans un objet que Daubrecq est venu chercher, il y a quelques jours, sur la table de son bureau, en sa maison du square Lamartine, objet que, moi, je lui ai repris hier, dimanche.

— Et cet objet ?

— N'est autre qu'un paquet de tabac, de tabac maryland, qui traînait sur cette table.

Prasville fut pétrifié. Naïvement il murmura :

— Ah ! si j'avais su ! J'y ai touché dix fois à ce paquet de maryland. Est-ce bête !

— Qu'importe ! dit Clarisse. L'essentiel est que la découverte soit effectuée.

Prasville fit une moue qui signifiait que la découverte lui eût été beaucoup plus agréable si elle avait été effectuée par lui. Puis il demanda :

— De sorte que, cette liste, vous l'avez ?

— Oui.

— Ici ?

— Oui.

— Montrez-la-moi.

Et comme Clarisse hésitait, il lui dit :

— Oh ! je vous en prie, ne craignez rien. Cette liste vous appartient, et je vous la rendrai. Mais vous devez comprendre que je ne puis faire la démarche dont il s'agit sans une certitude.

Clarisse consulta M. Nicole d'un regard que Prasville surprit, puis elle déclara :

— Voici.

Il saisit la feuille avec un certain trouble, l'examina et, presque aussitôt, il dit :

— Oui... oui... l'écriture du caissier... je la reconnais. Et la signature du président de la compagnie... La signature rouge... D'ailleurs j'ai d'autres preuves... Par exemple, le morceau déchiré qui complétait le coin gauche supérieur de cette feuille.

Il ouvrit son coffre-fort, et, dans une cassette spéciale, il saisit un tout petit morceau de papier qu'il approcha du coin gauche supérieur.

— C'est bien cela, les deux coins déchirés se suivent exactement. La preuve est irrécusable. Il n'y a plus qu'à vérifier la nature même de ce papier pelure.

Clarisse rayonnait de joie. On n'aurait jamais cru que le supplice le plus effroyable la déchirait depuis des semaines et des semaines, et qu'elle en était encore toute saignante et pantelante.

Tandis que Prasville appliquait la feuille contre le carreau d'une fenêtre, elle dit à Lupin :

— Exigez que Gilbert soit prévenu dès ce soir. Il doit être si atrocement malheureux !

— Oui, dit Lupin. D'ailleurs, vous pouvez vous rendre chez son avocat et l'aviser.

Elle reprit :

— Et puis, je veux voir Gilbert dès demain. Prasville pensera ce qu'il voudra.

— C'est entendu. Mais il faut d'abord qu'il obtienne gain de cause à l'Élysée.

— Il ne peut pas y avoir de difficulté, n'est-ce pas ?

— Non. Vous voyez bien qu'il a cédé tout de suite.

Prasville continuait ses investigations à l'aide d'une loupe, puis en comparant la feuille au petit morceau de papier déchiré. Ensuite il la replaça contre la fenêtre. Ensuite il sortit de la cassette d'autres feuilles de papier à lettre, et il examina l'une d'elles en transparence.

— Voilà qui est fait, dit-il, ma conviction est établie. Vous me pardonnerez, chère amie, c'était un travail fort délicat... J'ai passé par plusieurs phases... car enfin, je me méfiais... et non sans raison...

— Que voulez-vous dire ? murmura Clarisse.

— Une seconde... Avant tout, il faut que je donne un ordre.

Il appela son secrétaire :

— Téléphonez immédiatement, je vous prie, à la présidence que je m'excuse, mais que, pour des motifs dont je rendrai compte ultérieurement, l'audience est devenue inutile.

Il referma la porte et revint vers son bureau.

Clarisse et Lupin, debout, suffoqués, le regardaient avec stupeur, sans comprendre ce revirement subit. Était-il fou ? Était-ce une manœuvre de sa part ? un manque de parole ? et refusait-il, maintenant qu'il possédait la liste, de tenir ses engagements ?

Il la tendit à Clarisse.

— Vous pouvez la reprendre.

— La reprendre ?...

— Et la renvoyer à Daubrecq.

— À Daubrecq ?

— À moins que vous ne préfériez la brûler.

— Qu'est-ce que vous dites ?

— Je dis qu'à votre place je la brûlerais.

— Pourquoi dites-vous cela ? C'est absurde.

— C'est au contraire fort raisonnable.

— Mais pourquoi ? pourquoi ?

— Pourquoi ? Je vais vous l'expliquer. La liste des *vingt-sept*, et cela nous en avons la preuve irrécusable, la liste fut écrite sur une feuille de papier à lettre qui appartenait au président de la société du Canal, et dont voici, dans cette cassette, quelques échantillons. Or, tous ces échantillons portent, comme marque de fabrique, une petite croix de Lorraine presque invisible, mais que vous pouvez voir en transparence dans l'épaisseur du papier. La feuille que vous m'apportez n'offre pas cette croix de Lorraine.

Lupin sentit qu'un tremblement nerveux l'agitait des pieds à la tête, et il n'osait tourner les yeux vers Clarisse, dont il devinait l'épouvantable détresse. Il l'entendit qui balbutiait :

— Il faudrait donc supposer... que Daubrecq a été roulé ?

— Jamais de la vie, s'exclama Prasville. C'est vous qui êtes roulée, ma pauvre amie. Daubrecq a la véritable liste, la liste qu'il a volée dans le coffre-fort du moribond.

— Mais celle-ci ?

— Celle-ci est fausse.

— Fausse ?

— Péremptoirement fausse. C'est une ruse admirable de Daubrecq. Hallucinée par le bouchon de cristal qu'il faisait miroiter vos yeux, vous ne cherchiez que ce bouchon de cristal, où il avait enfermé n'importe quoi... ce chiffon de papier. Tandis que lui, bien paisible, il conservait...

Prasville s'interrompit. Clarisse s'avançait, à petits pas, toute rigide, l'air d'un automate. Elle articula :

— Alors ?

— Alors, quoi, chère amie ?

— Vous refusez ?

— Certes, je suis dans l'obligation absolue...

— Vous refusez de faire cette démarche ?...

— Voyons, cette démarche est-elle possible ? Je ne puis pourtant pas, sur la foi d'un document sans valeur...

— Vous ne voulez pas ?... Vous ne voulez pas ?... Et, demain matin... dans quelques heures, Gilbert...

Elle était effrayante de pâleur, la figure toute creusée, pareille à une figure d'agonie. Ses yeux s'ouvraient démesurément, et ses mâchoires claquaient...

Lupin, redoutant les mots inutiles et dangereux qu'elle allait prononcer, la saisit aux épaules et tenta de l'entraîner. Mais elle le repoussa avec une force indomptable, fit encore deux ou trois pas, chancela comme si elle eût été sur le point de tomber, et tout à coup, secouée d'énergie et de désespoir, empoigna Prasville et proféra :

— Vous irez là-bas !... vous irez tout de suite !... il le faut !... il faut sauver Gilbert !...

— Je vous en prie, chère amie, calmez-vous...

Elle eut un rire strident :

— Me calmer !... alors que Gilbert, demain matin... Ah ! non, non, j'ai peur... c'est horrible... Mais courez là-bas, misérable ! Obtenez sa grâce !... Vous ne comprenez donc pas ? Gilbert... Gilbert... mais c'est mon fils ! mon fils ! mon fils !

Prasville poussa un cri. La lame d'un couteau brillait dans la main de Clarisse, et elle levait le bras pour se frapper elle-même. Mais le geste ne fut pas achevé. M. Nicole avait saisi le bras au passage, et, désarmant Clarisse, la réduisant à l'immobilité, il prononçait d'une voix ardente :

— C'est fou ce que vous faites !... Puisque je vous ai juré de le sauver... Vivez donc pour lui... Gilbert ne mourra pas... Est-il possible qu'il meure, alors que je vous ai juré...

— Gilbert... mon fils... gémissait Clarisse.

Il l'étreignit violemment, la renversa contre lui et lui appliqua la main sur la bouche.

— Assez ! Taisez-vous... Je vous supplie de vous taire... Gilbert ne mourra pas...

Avec une autorité irrésistible, il l'entraîna, comme une enfant domptée, soudain obéissante, mais, au moment d'ouvrir la porte, il se retourna vers Prasville :

— Attendez-moi, monsieur, commanda-t-il, d'un ton impérieux. Si vous tenez à cette liste des *vingt-sept*... à la véritable liste, attendez-moi. Dans une heure, dans deux heures au plus, je serai ici, et nous causerons.

Puis, brusquement, à Clarisse :

— Et vous, madame, un peu de courage encore. Je vous l'ordonne, au nom de Gilbert.

Par les couloirs, par les escaliers, tenant Clarisse sous le bras, comme il eût tenu un mannequin, la soulevant, la portant presque, il s'en alla d'un pas saccadé. Une cour, et puis une autre cour, et puis la rue...

Pendant ce temps, Prasville, surpris d'abord, étourdi par les événements, recouvrait peu à peu son sang-froid et réfléchissait. Il réfléchissait à l'attitude de ce M. Nicole, simple comparse d'abord, qui jouait auprès de Clarisse le rôle de ces conseillers auxquels on se raccroche dans les crises de la vie, et qui, subitement, sortant de sa torpeur, apparaissait en pleine clarté, résolu, autoritaire, plein de fougue, débordant d'audace, prêt à renverser tous les obstacles que le destin lui opposerait.

Qui donc pouvait agir ainsi ?

Prasville tressaillit. La question ne s'était pas offerte à son esprit que la réponse s'imposait, avec une certitude absolue. Toutes les preuves surgissaient, toutes plus précises les unes que les autres, toutes plus irrécusables.

Un seul point embarrassait Prasville. Le visage de M. Nicole, son apparence, n'avaient pas le plus petit rapport, si lointain fût-il, avec les photographies que Prasville connaissait de Lupin. C'était un homme entièrement nouveau, d'une autre taille, d'une autre corpulence, ayant une coupe de figure, une forme de bouche, une expression de regard, un teint, des cheveux, absolument différents de toutes les indications formulées sur le signalement de l'aventurier. Mais Prasville ne savait-il pas que toute la force de Lupin résidait précisément dans ce pouvoir prodigieux de transformation ? Allons ! il n'y avait pas de doute.

En hâte, Prasville sortit de son bureau. Rencontrant un brigadier de la Sûreté, il lui dit fébrilement :

— Vous arrivez ?

— Oui, M. le secrétaire général.

— Vous avez croisé un monsieur et une dame ?

— Oui, dans la cour, il y a quelques minutes.

— Vous reconnaîtriez cet individu ?

— Oui, je crois.

— Alors, pas une minute à perdre, brigadier... Prenez avec vous six inspecteurs. Rendez-vous place Clichy. Faites une enquête sur le sieur Nicole et surveillez la maison. Le sieur Nicole doit y rentrer.

— Et s'il n'y rentre pas, M. le secrétaire général ?

— Arrêtez-le. Voici un mandat.

Il revint dans son bureau, s'assit, et, sur une feuille spéciale, inscrivit un nom.

— Tenez, brigadier. Je vais prévenir le chef de la Sûreté.

Le brigadier parut ahuri.

— Mais, M. le secrétaire général m'a parlé d'un sieur Nicole.

— Eh bien ?

— Le mandat porte le nom d'Arsène Lupin.

— Arsène Lupin et le sieur Nicole ne sont qu'un seul et même personnage.

XII. — L'echafaud

— Je le sauverai, je le sauverai, répétait inlassablement Lupin, dans l'auto qui l'emmenait, ainsi que Clarisse. Je vous jure que je le sauverai.

Clarisse n'écoutait pas, comme engourdie, comme possédée par un grand cauchemar de mort qui la laissait étrangère à tout ce qui se passait en dehors d'elle. Et Lupin expliquait ses plans, plus encore peut-être pour se rassurer lui-même que pour convaincre Clarisse.

— Non, non, la partie n'est pas désespérée. Il reste un atout, un atout formidable, les lettres et les documents que l'ancien député Vorenglade offre à Daubrecq, et dont celui-ci vous a parlé hier matin à Nice. Ces lettres et ces documents, je vais les acheter à Stanislas Vorenglade... le prix qu'il veut. Puis nous retournons à la préfecture et je dis à Prasville : « Courez à la Présidence... Servez-vous de la liste comme si elle était authentique, et sauvez Gilbert de la mort... quitte à reconnaître demain, quand Gilbert sera sauvé, que cette liste est fausse... Allez, et au galop ! Sinon... Eh bien, sinon, les lettres et les documents Vorenglade paraissent demain mardi dans un grand journal. Vorenglade est arrêté. Le soir même on incarcère Prasville ! »

Lupin se frotta les mains.

— Il marchera !... Il marchera !... J'ai senti cela tout de suite en face de lui. L'affaire m'est apparue, certaine, infaillible. Et comme j'avais trouvé dans le portefeuille de Daubrecq l'adresse de Vorenglade... en route, chauffeur, boulevard Raspail !

Ils arrivaient à l'adresse indiquée. Lupin sauta de voiture, escalada trois étages.

La bonne lui répondit que M. Vorenglade était absent et ne rentrerait que le lendemain pour dîner.

— Et vous ne savez pas où il est ?

— Monsieur est à Londres.

En remontant dans l'auto, Lupin ne prononça pas une parole. De son côté, Clarisse ne l'interrogea même point, tellement tout lui était devenu indifférent, et tellement la mort de son fils lui semblait une chose accomplie.

Ils se firent conduire jusqu'à la place Clichy. Au moment où Lupin rentrait chez lui, il fut croisé par deux individus qui sortaient de la loge de la concierge. Très absorbé, il ne les remarqua pas. C'étaient deux des inspecteurs de Prasville qui cernaient la maison.

— Pas de télégramme ? demanda-t-il à son domestique.

— Non, patron, répondit Achille.

— Aucune nouvelle de Le Ballu et de Grognard ?

— Non, aucune, patron.

— C'est tout naturel, dit-il en s'adressant d'un ton dégagé à Clarisse. Il n'est que sept heures, et nous ne pouvons pas compter sur eux avant huit ou neuf heures. Prasville attendra, voilà tout. Je vais lui téléphoner d'attendre.

La communication finie, il raccrochait le récepteur lorsqu'il entendit derrière lui un gémissement. Debout près de la table, Clarisse lisait un journal du soir.

Elle porta la main à son cœur, vacilla et tomba.

— Achille, Achille, cria Lupin, appelant son domestique... Aidez-moi donc à la mettre sur ce lit... Et puis va chercher la fiole, dans le placard, la fiole numéro quatre, celle du narcotique.

Avec la pointe d'un couteau, il desserra les dents de Clarisse, et, de force, lui fit avaler la moitié du flacon.

— Bien, dit-il. Comme ça, la malheureuse ne se réveillera que demain... *après*.

Il parcourut le journal que Clarisse avait lu et qu'elle tenait encore dans sa main crispée, et il avisa ces lignes :

« Les mesures d'ordre les plus rigoureuses sont assurées en vue de l'exécution de Gilbert et de Vaucheray, et dans l'hypothèse toujours possible d'une tentative d'Arsène Lupin pour arracher ses complices au châtiment suprême. Dès minuit, toutes les rues qui entourent la prison de la Santé seront gardées militairement. On sait en effet que l'exécution aura lieu devant les murs de la prison, sur le terre-plein du boulevard Arago.

» Nous avons pu avoir des renseignements sur le moral des deux condamnés à mort. Vaucheray, toujours cynique, attend l'issue fatale avec beaucoup de courage. « Fichtre, dit-il, ça ne me réjouit pas, mais enfin, puisqu'il faut y passer, on se tiendra d'aplomb… » Et il ajoute : « La mort, je m'en fiche. Ce qui me tracasse, c'est l'idée qu'on va me couper la tête. Ah ! si le patron trouvait un truc pour m'envoyer dans l'autre monde, tout droit, sans que j'aie le temps de dire ouf ! Un peu de strychnine, patron, s'il vous plaît. »

» Le calme de Gilbert est encore plus impressionnant, surtout quand on se rappelle son effondrement en cour d'assises. Pour lui, il garde une confiance inébranlable dans la toute puissance d'Arsène Lupin. « Le patron m'a crié devant tout le monde de ne pas avoir peur, qu'il était là, qu'il répondrait de tout. Eh bien, je n'ai pas peur. Jusqu'au dernier jour, jusqu'à la dernière minute, au pied même de l'échafaud, je compte sur lui. C'est que je le connais, le patron ! Avec celui-là, rien à craindre. Il a promis, il tiendra. Ma tête sauterait qu'il arriverait à me la replanter sur les épaules, et solidement. Arsène Lupin, laisser mourir son petit Gilbert ? Ah ! non, permettez-moi de rigoler ! »

» Il y a dans cet enthousiasme quelque chose de touchant et d'ingénu qui n'est pas sans noblesse. Nous verrons si Arsène Lupin mérite une confiance aussi aveugle. »

C'est à peine si Lupin put achever cet article, tellement les larmes voilaient ses yeux, larmes d'attendrissement, larmes de pitié, larmes de détresse.

Non, il ne la méritait pas, la confiance de son petit Gilbert. Certes, il avait fait l'impossible, mais il est des circonstances où il faut faire plus que l'impossible, où il faut être plus fort que le destin, et, cette fois, le destin était plus fort que lui. Dès le premier jour et tout au long de cette lamentable aventure, les événements avaient marché dans un sens contraire à ses prévisions, contraire à la logique même. Clarisse et lui, bien que poursuivant un but identique, avaient perdu des semaines à se combattre. Puis, à l'instant même où ils unissaient leurs efforts, coup sur coup se produisaient les désastres effarants, l'enlèvement du petit Jacques, la disparition de Daubrecq, sa captivité dans la tour des Deux-Amants, la blessure de Lupin, son inaction, et puis les fausses manœuvres qui entraînaient Clarisse, et derrière elle, Lupin, vers le Midi, vers l'Italie. Et puis, catastrophe suprême, lorsque, après des prodiges de volonté, des miracles d'obstination, on pouvait croire que la Toison d'Or était conquise, tout s'effondrait. La liste des *vingt-sept* n'avait pas plus de valeur que le plus insignifiant des chiffons de papier.

— Bas les armes ! dit Lupin. La défaite est consommée. J'aurai beau me venger sur Daubrecq, le ruiner et l'anéantir… Le véritable vaincu c'est moi, puisque Gilbert va mourir…

Il pleura de nouveau, non pas de dépit ou de rage, mais de désespoir. Gilbert allait mourir ! Celui qu'il appelait son petit, le meilleur de ses compagnons, celui-là, dans quelques heures, allait disparaître à jamais. Il ne pouvait plus le sauver. Il était à bout de ressources. Il ne cherchait même plus un dernier expédient. À quoi bon ?

Tôt ou tard, ne le savait-il pas, la société prend sa revanche, l'heure de l'expiation sonne toujours, et il n'est pas de criminel qui puisse prétendre échapper au châtiment. Mais quel surcroît d'horreur dans ce fait que la victime choisie était ce malheureux Gilbert, innocent du crime pour lequel il allait mourir. N'y avait-il pas là quelque chose de tragique, qui marquait davantage l'impuissance de Lupin ?

Et la conviction de cette impuissance était si profonde, si définitive, que Lupin n'eut aucune révolte en recevant ce télégramme de Le Ballu : « *Accident de moteur. Une pièce cassée. Réparation assez longue. Arriverons demain matin.* »

Une dernière preuve lui venait ainsi que le destin avait prononcé la sentence. Il ne songea pas davantage à s'insurger contre cette décision du sort.

Il regarda Clarisse. Elle dormait d'un sommeil paisible, et cet oubli de tout, cette inconscience, lui parurent si enviables que, soudain, pris à son tour d'un accès de lâcheté, il saisit la fiole, à moitié pleine encore de narcotique, et but.

Puis il s'en alla dans sa chambre, s'étendit sur son lit et sonna son domestique :

— Va te coucher, Achille, et ne me réveille sous aucun prétexte.

— Alors, patron, lui dit Achille, pour Gilbert et Vaucheray, rien à faire ?

— Rien.

— Ils y passeront ?

— Ils y passeront.

Vingt minutes après Lupin s'assoupissait.

Il était dix heures du soir.

*
**

Cette nuit-là fut tumultueuse autour de la prison. À une heure du matin la rue de la Santé, le boulevard Arago et toutes les rues qui aboutissent autour de la prison, furent gardés par des agents qui ne laissaient passer qu'après un véritable interrogatoire.

D'ailleurs la pluie faisait rage, et il ne semblait pas que les amateurs de ces sortes de spectacles dussent être nombreux. Par ordre spécial, tous les cabarets furent fermés. Vers trois heures, deux compagnies d'infanterie vinrent camper sur les trottoirs, et, en cas d'alerte, un bataillon occupa le boulevard Arago. Parmi les troupes trottaient des gardes municipaux, allaient et venaient des officiers de paix, des fonctionnaires de la préfecture, tout un personnel mobilisé pour la circonstance et contrairement aux habitudes.

La guillotine fut montée dans le silence, au milieu du terre-plein qui s'ouvre à l'angle du boulevard et de la rue, et l'on entendait le bruit sinistre des marteaux.

Mais vers quatre heures la foule s'amassa, malgré la pluie, et des gens chantèrent. On réclama des lampions, et puis le lever du rideau, et l'on s'exaspérait de constater que, à cause de la distance où les barrages étaient établis, c'est à peine si l'on pouvait apercevoir les montants de la guillotine.

Plusieurs voitures défilèrent, amenant les personnages officiels vêtus de noir. Il y eut des applaudissements, des protestations, en suite de quoi un peloton de gardes municipaux à cheval dispersa les rassemblements et fit le vide jusqu'à plus de trois cents mètres du terre-plein. Deux nouvelles compagnies de soldats se déployèrent.

Et tout d'un coup ce fut le grand silence. Une blancheur confuse se dégageait des ténèbres de l'espace.

La pluie cessa brusquement.

À l'intérieur, au bout du couloir où se trouvent les cellules des condamnés à mort, les personnages vêtus de noir conversaient à voix basse.

Prasville s'entretenait avec le procureur de la République, qui lui manifestait ses craintes.

— Mais non, mais non, affirma Prasville, je vous assure que cela se passera sans incidents.

— Les rapports ne signalent rien d'équivoque, monsieur le secrétaire général ?

— Rien. Et ils ne peuvent rien signaler pour cette raison que nous tenons Lupin.

— Est-ce possible ?

— Oui, nous connaissons sa retraite. La maison qu'il habite place Clichy, et dans laquelle il est rentré hier à sept heures du soir, est cernée. En outre je connais le plan qu'il avait conçu pour sauver ses deux complices. Ce plan, au dernier moment, a avorté. Nous n'avons donc rien à craindre. La justice suivra son cours.

— Peut-être le regrettera-t-on un jour ou l'autre, dit l'avocat de Gilbert, qui avait entendu.

— Vous croyez donc, mon cher maître, à l'innocence de votre client ?

— Fermement, monsieur le procureur. C'est un innocent qui va mourir.

Le procureur se tut. Mais, après un instant, et comme s'il eût répondu à ses propres réflexions, il avoua :

— Cette affaire a été menée avec une rapidité surprenante.

Et l'avocat répéta d'une voix altérée :

— C'est un innocent qui va mourir.

L'heure était venue cependant.

On commença par Vaucheray, et le directeur de la prison fit ouvrir la porte de la cellule.

Vaucheray bondit de son lit, et regarda avec des yeux agrandis par la terreur les gens qui entraient.

— Vaucheray, nous venons vous annoncer...

— Taisez-vous, taisez-vous, murmura-t-il. Pas de mots. Je sais de quoi il retourne. Allons-y.

On eût dit qu'il avait hâte d'en finir le plus vite possible, tellement il se prêtait aux préparatifs habituels. Mais il n'admettait point qu'on lui parlât.

— Pas de mots, répétait-il... Quoi ? me confesser ? Pas la peine. J'ai tué. On me tue. C'est la règle. Nous sommes quittes.

Un moment, néanmoins, il s'arrêta net.

— Dites donc ? Est-ce que le camarade y passe aussi ?

Et quand il sut que Gilbert irait au supplice en même temps que lui, il eut deux ou trois secondes d'hésitation, observa les assistants, sembla prêt à dire quelque chose, haussa les épaules et enfin murmura :

— Ça vaut mieux... On a fait le coup ensemble... on « trinquera » ensemble.

Gilbert ne dormait pas non plus quand on entra dans sa cellule.

Assis sur son lit, il écouta les paroles terribles, essaya de se lever, se mit à trembler des pieds à la tête, comme un squelette que l'on secoue, et puis retomba en sanglotant.

— Ah ! ma pauvre maman... ma pauvre maman, bégaya-t-il.

On voulut l'interroger sur cette mère dont il n'avait jamais parlé, mais une révolte brusque avait interrompu ses pleurs, et il criait :

— Je n'ai pas tué... je ne veux pas mourir... je n'ai pas tué !

— Gilbert, lui dit-on, il faut avoir du courage.

— Oui... oui... mais puisque je n'ai pas tué, pourquoi me faire mourir ?... je n'ai pas tué... je vous le jure... je n'ai pas tué... Je ne veux pas mourir... je n'ai pas tué... on ne devrait pas...

Ses dents claquaient si fort que les mots devenaient inintelligibles. Il se laissa faire, se confessa, entendit la messe, puis, plus calme, presque docile, avec une voix de petit enfant qui se résigne, il gémit :

— Il faudra dire à ma mère que je lui demande pardon.

— Votre mère ?

— Oui... qu'on répète mes paroles dans les journaux... Elle comprendra... Elle sait que je n'ai pas tué, elle. Mais je lui demande pardon du mal que je lui fais, du mal que j'ai pu faire. Et puis...

— Et puis, Gilbert ?

— Eh bien, je veux que le « patron » sache que je n'ai pas perdu confiance...

Il examina les assistants les uns après les autres, comme s'il eût eu le fol espoir que le « patron » fût un de ceux-là, déguisé, méconnaissable, et prêt à l'emporter dans ses bras.

— Oui, dit-il doucement et avec une sorte de piété religieuse, oui, j'ai confiance encore, même en ce moment... Qu'il sache bien cela, n'est-ce pas ?... Je suis sûr qu'il ne me laissera pas mourir... j'en suis sûr.

On devinait, au regard de ses yeux fixes, qu'il « voyait » Lupin, qu'il sentait l'ombre de Lupin rôder aux alentours et chercher une issue pour pénétrer jusqu'à lui. Et rien n'était plus émouvant que le spectacle de cet enfant, vêtu de la camisole de force, dont les bras et les jambes étaient liés, que des milliers d'hommes gardaient, que le bourreau tenait déjà sous sa main inexorable « et qui, cependant, espérait encore ».

L'angoisse étreignait les cœurs. Les yeux se voilaient de larmes.

— Pauvre gosse, balbutia quelqu'un.

Prasville, ému comme les autres et qui songeait à Clarisse, répéta tout bas :

— Pauvre gosse...

L'avocat de Gilbert pleurait, et il ne cessait de dire aux personnes qui se trouvaient près de lui :

— C'est un innocent qui va mourir.

Mais l'heure avait sonné, les préparatifs étaient finis. On se mit en marche.

Les deux groupes se réunirent dans le couloir.

Vaucheray, apercevant Gilbert, ricana :

— Dis donc, petit, le patron nous a lâchés.

Et il ajouta cette phrase que personne ne pouvait comprendre, sauf Prasville :

— Sans doute qu'il aime mieux empocher les bénéfices du bouchon de cristal.

On descendit les escaliers. On s'arrêta au greffe pour les formalités d'usage. On traversa les cours.

Et tout à coup, dans l'encadrement de la grand'porte ouverte, le jour blême, la pluie, la rue, les silhouettes des maisons, et, au loin, des rumeurs qui frissonnent dans le silence effrayant...

Devant le vestibule de la prison, le fourgon était rangé, le fourgon de la mort qui porterait bientôt les deux têtes coupées.

Aidés par les aides, Vaucheray et Gilbert gravirent les marches de la voiture. Et l'on partit, le long des murs.

Étape interminable, affreuse... trop courte cependant ! car, à l'angle du boulevard, le fourgon stoppa.

C'était fini. On avait atteint le but. On touchait à l'enfer. Péniblement on les fit descendre tous deux.

Ils marchèrent.

Quelques pas encore... Vaucheray eut un recul. Il avait vu !

Gilbert rampait, la tête baissée, soutenu par un aide et par l'aumônier qui lui faisait baiser le crucifix.

La guillotine se dressa...

— Non, non, protesta Gilbert... je ne veux pas... je n'ai pas tué... je n'ai pas tué... Au secours ! Au secours !

Appel suprême qui se perdit dans l'espace.

Le bourreau eut un geste. On empoigna Vaucheray, on le souleva, on l'entraîna, au pas de course presque.

Et alors il se produisit cette chose stupéfiante : un coup de feu, un coup de feu qui partit d'en face, d'une maison opposée.

Les aides s'arrêtèrent net.

Entre leurs bras, le fardeau qu'ils traînaient avait fléchi.

— Qu'est-ce qu'il y a ? Qu'y a-t-il ? demandait-on.

— Il est blessé...

Du sang jaillissait au front de Vaucheray et lui couvrait le visage.

Il bredouilla :

— Ça y est... dans le mille ! Merci, patron, merci... Je n'aurai pas la tête coupée... Merci, patron !... Ah ! quel chic type !...

— Qu'on l'achève ! Qu'on le porte là-bas ! dit une voix, au milieu de l'affolement.

— Mais il est mort !...

— Allez-y... Qu'on l'achève !

Dans le petit groupe des magistrats, des fonctionnaires et des agents, le tumulte était à son comble. Chacun donnait des ordres.

— Qu'on l'exécute !... Que la justice suive son cours !...

— On n'a pas le droit de reculer !... Ce serait de la lâcheté...

— Qu'on l'exécute !

— Mais il est mort !

— Ça ne fait rien !... Il faut que les arrêts de justice soient accomplis !... Qu'on l'exécute !

L'aumônier protestait, tandis que deux gardes et que des agents surveillaient Gilbert. Cependant les aides avaient repris le cadavre et le portaient vers la guillotine.

— Allez-y ! criait l'exécuteur, effaré, la voix rauque... Allez-y... Et puis, l'autre après... Dépêchons...

Il n'acheva pas. Une seconde détonation retentissait. Il pirouetta sur lui-même et tomba, en gémissant :

— Ce n'est rien... une blessure à l'épaule... Continuez... Au tour de l'autre !...

Mais les aides s'enfuyaient en hurlant. Un vide se produisit autour de la guillotine. Et le préfet de police qui, seul, avait conservé tout son sang-froid, jeta un commandement d'une voix stridente, rallia ses hommes et refoula vers la prison, pêle-mêle, comme un troupeau désordonné, les magistrats, les fonctionnaires, le condamné à mort, l'aumônier, tous ceux qui avaient franchi la voûte deux ou trois minutes auparavant.

Pendant ce temps, insouciante du danger, une escouade d'agents, d'inspecteurs et de soldats se ruaient sur la maison, une petite maison à trois étages, de construction déjà ancienne, et dont le rez-de-chaussée était occupé par deux boutiques fermées à cette heure. Tout de suite, dès le premier coup de feu, on avait vu confusément, à l'une des fenêtres du deuxième étage, un homme qui tenait un fusil en main, et qu'un nuage de fumée entourait.

On tira, sans l'atteindre, des coups de revolver. Lui, tranquillement monté sur une table, épaula une seconde fois, visa, et la détonation claqua.

Puis il rentra dans la chambre.

En bas, comme personne ne répondait à l'appel de la sonnette, on démolissait la porte qui, en quelques instants, fut abattue.

On se précipita dans l'escalier, mais, aussitôt, un obstacle arrêta l'élan. C'était, au premier étage, un amoncellement de fauteuils, de lits et de meubles qui formaient une véritable barricade et qui s'enchevêtraient si bien les uns dans les autres qu'il fallut aux assaillants quatre ou cinq minutes pour se frayer un passage.

Ces quatre ou cinq minutes perdues suffirent à rendre vaine toute poursuite. Quand on parvint au deuxième, on entendit une voix qui criait d'en haut :

— Par ici, les amis ! encore dix-huit marches. Mille excuses pour tout le mal que je vous donne !

On les monta, ces dix-huit marches, et avec quelle agilité ! Mais, en haut, au-dessus du troisième étage, c'était le grenier, le grenier auquel on accédait par une échelle et par une trappe. Et le fugitif avait emporté l'échelle et refermé la trappe.

On n'a pas oublié le tumulte soulevé par cet acte inouï, les éditions des journaux se succédant, les camelots galopant et vociférant à travers les rues, toute la capitale secouée d'indignation, et, disons-le, de curiosité anxieuse.

Mais ce fut à la préfecture que l'agitation atteignit son paroxysme. De tous côtés, on s'agitait. Les messages, les dépêches, les coups de téléphone se succédaient.

Enfin, à onze heures du matin, il y eut un conciliabule dans le bureau du préfet de police. Prasville était là. Le chef de la Sûreté rendait compte de son enquête.

Elle se résumait ainsi :

La veille au soir, un peu avant minuit, on avait sonné à la maison du boulevard Arago. La concierge qui couchait dans un réduit, au rez-de-chaussée, derrière la boutique, la concierge tira le cordon.

Un homme vint frapper à sa porte. Il se disait envoyé par la police pour affaire urgente concernant l'exécution du lendemain. Ayant ouvert, elle fut assaillie, bâillonnée et attachée.

Dix minutes plus tard, un monsieur et une dame, qui habitaient au premier étage, et qui rentraient chez eux, furent également réduits à l'impuissance par le même individu et enfermés, chacun, dans une des deux boutiques vides. Le locataire du troisième étage subit un sort analogue, mais à domicile, dans sa propre chambre, où l'homme put s'introduire sans être entendu.

Le second étage n'étant pas occupé, l'homme s'y installa.

Il était maître de la maison.

— Et voilà, dit le préfet de police, qui se mit à rire avec une certaine amertume... voilà ! Ce n'est pas plus malin que ça ! Seulement, ce qui m'étonne, c'est qu'il ait pu s'enfuir si aisément.

— Je vous prie de noter, monsieur le préfet, qu'étant maître absolu de la maison à partir d'une heure du matin il a eu jusqu'à cinq heures pour préparer sa fuite.

— Et cette fuite a eu lieu ?...

— Par les toits. À cet endroit, les maisons de la rue voisine, la rue de la Glacière, ne sont pas éloignées et il ne se présente, entre les toits, qu'une seule solution de continuité, large de trois mètres environ, avec une différence de niveau d'un mètre.

— Eh bien ?

— Eh bien, notre homme avait emporté l'échelle du grenier, qui lui servit ainsi de passerelle. Ayant abordé l'autre îlot d'immeubles, il ne lui restait plus qu'à inspecter les lucarnes et à trouver une mansarde vide pour s'introduire dans une maison de la rue de la Glacière et pour s'en aller tranquillement les mains dans ses poches. C'est ainsi que sa fuite, dûment préparée, s'effectua le plus facilement du monde et sans le moindre obstacle.

— Cependant vous aviez pris les mesures nécessaires ?

— Celles que vous m'aviez prescrites, monsieur le préfet. Mes agents avaient passé trois heures hier soir à visiter chacune des maisons, afin d'être sûrs que personne d'étranger ne s'y cachait. Au moment où ils sortaient de la dernière maison, je faisais établir les barrages. C'est pendant cet intervalle de quelques minutes que notre homme a dû se glisser.

— Parfait, parfait. Et, bien entendu, pour vous, aucun doute. C'est Arsène Lupin ?

— Aucun doute. D'abord, il s'agissait de ses complices. Et puis... et puis... seul, Arsène Lupin pouvait combiner un pareil coup et l'exécuter avec cette audace inconcevable.

— Mais alors ?... murmura le préfet de police.

Et, se tournant vers Prasville, il reprit :

— Mais alors, monsieur Prasville, cet individu dont vous m'avez parlé et que, d'accord avec M. le chef de la Sûreté, vous faites surveiller, depuis hier soir, dans son appartement de la place Clichy... cet individu n'est pas Arsène Lupin ?

— Si, monsieur le préfet. Là-dessus, non plus, aucun doute.

— On ne l'a donc pas arrêté quand il est sorti cette nuit ?

— Il n'est pas sorti.

— Oh ! oh ! cela devient compliqué.

— Très simple, monsieur le préfet. Comme toutes les maisons où l'on retrouve les traces d'Arsène Lupin, celle de la place Clichy a deux issues.

— Et vous l'ignoriez ?

— Je l'ignorais. C'est tout à l'heure que je l'ai constaté en visitant l'appartement.

— Il n'y avait personne dans cet appartement ?

— Personne. Ce matin, le domestique, un nommé Achille, est parti, emmenant une dame qui demeurait chez Lupin.

— Le nom de cette dame ?

— Je ne sais pas,... répondit Prasville, après une imperceptible hésitation.

— Mais vous savez le nom sous lequel habitait Arsène Lupin.

— Oui. M. Nicole, professeur libre, licencié ès lettres. Voici sa carte.

Comme Prasville achevait sa phrase, un huissier vint annoncer au préfet de police qu'on le demandait en toute hâte à l'Élysée, où se trouvait déjà le président du conseil.

— J'y vais, dit-il.

Et il ajouta entre ses dents :

— C'est le sort de Gilbert qui va se décider.

Prasville hasarda :

— Croyez-vous qu'on le graciera, monsieur le préfet ?

— Jamais de la vie ! Après le coup de cette nuit, ce serait d'un effet déplorable. Dès demain matin, il faut que Gilbert paie sa dette.

En même temps, l'huissier avait remis une carte de visite à Prasville. Celui-ci, l'ayant regardée, tressauta et murmura :

— Crénom d'un chien ! il a du culot !...

— Qu'y a-t-il donc ? demanda le préfet de police.

— Rien, rien, monsieur le préfet, affirma Prasville, qui voulait avoir pour lui seul l'honneur de mener cette affaire jusqu'au bout. Rien... une visite un peu imprévue... dont j'aurai le plaisir de vous communiquer le résultat tantôt.

Il s'en alla, tout en mâchonnant d'un air ahuri :

— Eh bien ! vrai... Il en a du culot, celui-là, non, mais, quel culot !

Sur la carte de visite qu'il tenait en main, il y avait cette inscription :

Monsieur Nicole
Professeur libre, licencié ès lettres.

XIII. — LA DERNIÈRE BATAILLE.

En regagnant son cabinet, Prasville reconnut dans la salle d'attente, assis sur une banquette, le sieur Nicole, avec son dos voûté, son air souffreteux, son parapluie de cotonnade, son chapeau bossué et son unique gant.

— C'est bien lui, se dit Prasville, qui avait craint un instant que Lupin ne lui eût dépêché un autre sieur Nicole. Et s'il vient en personne, c'est qu'il ne se doute nullement qu'il est démasqué.

Et, pour la troisième fois, il prononça :

— Tout de même, quel culot !

Il referma la porte de son cabinet et fit venir son secrétaire.

— Monsieur Lartigue, je vais recevoir ici un personnage assez dangereux et qui, selon toute probabilité, ne devra sortir de mon cabinet que le cabriolet aux mains. Aussitôt qu'on l'aura introduit, veuillez prendre toutes les dispositions nécessaires, avertir une douzaine d'inspecteurs, et les poster dans l'antichambre et dans votre bureau. La consigne est formelle : au premier coup de sonnette, vous entrez tous, le revolver au poing, et vous entourez le personnage. C'est compris ?

— Oui, monsieur le secrétaire général.

— Surtout, pas d'hésitation. Une entrée brusque, en masse, et le browning au poing. « À la dure », n'est-ce pas ? Faites venir le sieur Nicole, je vous prie.

Dès qu'il fut seul, Prasville, à l'aide de quelques papiers, cacha le bouton de la sonnette électrique disposé sur son bureau et plaça derrière un rempart de livres deux revolvers de dimensions respectables.

— Maintenant, se dit-il, jouons serré. S'il a la liste, prenons-la. S'il ne l'a pas, prenons-le. Et, si c'est possible, prenons-les tous les deux. Lupin et la liste des *vingt-sept*, dans la même journée, et surtout après le scandale de ce matin, voilà qui me mettrait singulièrement en lumière.

On frappait. Il cria :

— Entrez !

Et, se levant :

— Entrez donc, monsieur Nicole.

M. Nicole s'aventura dans la pièce d'un pas timide, s'installa sur l'extrême bord de la chaise qu'on lui désignait, et articula :

— Je viens reprendre… notre conversation d'hier… Vous excuserez mon retard, monsieur.

— Une seconde, dit Prasville. Vous permettez ?

Il se dirigea vivement vers l'antichambre et, apercevant son secrétaire :

— J'oubliais, monsieur Lartigue. Qu'on inspecte les couloirs et les escaliers… au cas où il y aurait des complices.

Il revint, s'installa bien à son aise, comme pour une longue conversation à laquelle on s'intéresse fort, et il commença :

— Vous disiez donc, monsieur Nicole ?

— Je disais, monsieur le secrétaire général, que je m'excusais de vous avoir fait attendre hier soir. Divers empêchements m'ont retenu. Mme Mergy d'abord…

— Oui, Mme Mergy que vous avez dû reconduire.

— En effet, et que j'ai dû soigner. Vous comprenez son désespoir, à la malheureuse… Son fils Gilbert, si près de la mort !… Et quelle mort ! À cette heure-là, nous ne pouvions plus compter que sur un miracle… impossible… Moi-même je me résignais à l'inévitable… N'est-ce pas ? quand le sort s'acharne après vous, on finit par se décourager.

— Mais, remarqua Prasville, il m'avait semblé que votre dessein, en me quittant, était d'arracher à Daubrecq son secret coûte que coûte.

— Certes. Mais Daubrecq n'était pas à Paris.

— Ah !

— Non. Je le faisais voyager en automobile.

— Vous avez donc une automobile, monsieur Nicole ?

— À l'occasion, oui. Une vieille machine démodée, un vulgaire tacot. Il voyageait donc en automobile, ou plutôt sur le toit d'une automobile, au fond de la malle où je l'avais enfermé. Et l'automobile, hélas ! ne pouvait arriver qu'après l'exécution. Alors…

Prasville observa M. Nicole d'un air stupéfait, et, s'il avait pu conserver le moindre doute sur l'identité réelle du personnage, cette façon d'agir envers Daubrecq le lui eût enlevé. Bigre ! enfermer quelqu'un dans une malle et le jucher sur le haut d'une automobile !… Lupin seul se permettait ces fantaisies, et Lupin seul les confessait avec ce flegme ingénu !

— Alors, dit Prasville, qu'avez-vous décidé ?

— J'ai cherché un autre moyen.

— Lequel ?

— Mais, monsieur le secrétaire général, il me semble que vous le savez aussi bien que moi.

— Comment ?

— Dame ! n'assistiez-vous pas à l'exécution ?

— Oui.

— En ce cas, vous avez vu Vaucheray et le bourreau frappés tous les deux, l'un mortellement, l'autre, d'une blessure légère. Et vous devez bien penser…

— Ah ! fit Prasville, ahuri, vous avouez… C'est vous qui avez tiré… ce matin ?

— Voyons, monsieur le secrétaire général, réfléchissez. Pouvais-je choisir ? La liste des *vingt-sept*, examinée par vous, était fausse. Daubrecq, qui possédait la véritable, n'arrivait que quelques heures *après* l'exécution. Il ne me restait donc qu'un moyen de sauver Gilbert et d'obtenir sa grâce : c'était de retarder cette exécution de quelques heures.

— Évidemment…

— N'est-ce pas ? En abattant cette brute infâme, ce criminel endurci qui s'appelait Vaucheray, puis en blessant le bourreau, je semais le désordre et la panique. Je rendais matériellement et moralement impossible l'exécution de Gilbert, et je gagnais les quelques heures qui m'étaient indispensables.

— Évidemment… répéta Prasville.

Et Lupin reprit :

— N'est-ce pas ? Cela nous donne à tous, au gouvernement, au chef de l'État, et à moi, le temps de réfléchir et de voir un peu clair dans cette question. Non, mais songez à cela, l'exécution d'un innocent ! la tête d'un innocent qui tombe ! Pouvais-je permettre une telle abomination ? Non, à aucun prix. Il fallait agir. J'ai agi. Qu'en pensez-vous, monsieur le secrétaire général ?

Prasville pensait bien des choses, et surtout que le sieur Nicole faisait preuve, comme on dit, d'un toupet infernal, d'un tel toupet qu'il y avait lieu de se demander si vraiment on devait confondre Nicole avec Lupin, et Lupin avec Nicole.

— Je pense, monsieur Nicole, que, pour tuer, à la distance de cent cinquante pas, un individu que l'on veut tuer, et pour blesser un autre individu que l'on ne veut que blesser, il faut être rudement adroit.

— J'ai quelque entraînement, dit M. Nicole d'un air modeste.

— Et je pense aussi que votre plan ne peut être que le fruit d'une longue préparation.

— Mais pas du tout ! C'est ce qui vous trompe ! Il fut absolument spontané ! Si mon domestique, ou plutôt si le domestique de l'ami qui m'a prêté son appartement de la place Clichy ne m'avait pas réveillé de force pour me dire qu'il avait servi autrefois comme garçon de magasin dans cette petite maison du boulevard Arago, que les locataires étaient peu nombreux, et qu'il y avait peut-être quelque chose à tenter, à l'heure actuelle ce pauvre Gilbert aurait la tête coupée... et Mme Mergy serait morte, tout probablement.

— Ah !... Vous croyez ?...

— J'en suis sûr. Et c'est pourquoi j'ai sauté sur l'idée de ce fidèle domestique. Ah ! seulement, vous m'avez bien gêné, monsieur le secrétaire général !

— Moi ?

— Mais oui ! Voilà-t-il que vous aviez eu la précaution biscornue de poster douze hommes à la porte de ma maison ? Il m'a fallu remonter les cinq étages de l'escalier de service, et m'en aller par le couloir des domestiques et par la maison voisine. Fatigue inutile !

— Désolé, monsieur Nicole. Une autre fois...

— C'est comme ce matin, à huit heures, lorsque j'attendais l'auto qui m'amenait Daubrecq dans sa malle, j'ai dû faire le pied de grue sur la place de Clichy pour que cette auto ne s'arrêtât point devant la porte de mon domicile, et pour que vos agents n'intervinssent pas dans mes petites affaires. Sans quoi, de nouveau, Gilbert et Clarisse Mergy étaient perdus.

— Mais, dit Prasville, ces événements... douloureux ne sont, il me semble, que retardés d'un jour, de deux, de trois tout au plus. Pour les conjurer définitivement, il faudrait...

— La liste véritable, n'est-ce pas ?

— Justement et vous ne l'avez peut-être pas...

— Je l'ai.

— La liste authentique ?

— La liste authentique, irréfutablement authentique.

— Avec la croix de Lorraine ?

— Avec la croix de Lorraine.

Prasville se tut. Une émotion violente l'étreignait, maintenant que le duel s'engageait avec cet adversaire dont il connaissait l'effrayante supériorité, et il frissonnait à l'idée qu'Arsène Lupin, le formidable Arsène Lupin, était en face de lui, calme, paisible, poursuivant son but avec autant de sang-froid que s'il eût eu entre les mains toutes les armes, et qu'il se fût trouvé devant un ennemi désarmé.

N'osant encore l'attaquer de front, presque intimidé, Prasville dit :

— Ainsi, Daubrecq vous l'a livrée ?

— Daubrecq ne livre rien. Je l'ai prise.

— De force, par conséquent ?

— Mon Dieu, non, dit M. Nicole en riant. Ah ! certes, j'étais résolu à tout, et lorsque ce bon Daubrecq fut exhumé par mes soins de la malle où il voyageait en grande vitesse, avec, comme alimentation, quelques gouttes de chloroforme, j'avais préparé la chose pour que la danse commençât sur l'heure. Oh ! pas d'inutiles tortures... Pas de vaines souffrances... Non... La mort simplement... La pointe d'une longue aiguille qu'on place sur la poitrine, à l'endroit du cœur, et que l'on enfonce peu à peu, doucement, gentiment. Pas autre chose... Mais cette pointe, c'était Mme Mergy qui l'aurait dirigée... Vous comprenez... une mère, c'est impitoyable... une mère dont le fils va mourir !... « Parle, Daubrecq, ou j'enfonce... Tu ne veux pas parler ? Alors, je gagne un millimètre... et puis un autre encore... » Et le cœur du patient s'arrête de battre, ce cœur qui sent l'approche de l'aiguille... Et puis un millimètre encore... et puis un autre encore... Ah ! je vous jure Dieu qu'il eût parlé, le bandit ! Et, penchés sur lui, nous attendions son réveil en frémissant d'impatience, tellement nous avions hâte… Vous voyez ça d'ici, monsieur le secrétaire général ? Le bandit couché sur un divan, bien garrotté, la poitrine nue, et faisant des efforts pour se dégager des fumées de chloroforme qui l'étourdissent. Il respire plus vite… il souffle… Il reprend conscience… Ses lèvres s'agitent… Déjà Clarisse Mergy murmure :

« — C'est moi… c'est moi, Clarisse… tu veux répondre, misérable ? »

Elle a posé son doigt sur la poitrine de Daubrecq, à la place où le cœur remue comme une petite bête cachée sous la peau. Mais elle me dit :

« — Ses yeux… ses yeux… je ne les vois pas sous les lunettes… Je veux les voir… »

Et moi aussi, je veux les voir, ces yeux que j'ignore… Je veux voir leur angoisse et je veux lire en eux, avant même d'entendre une parole, le secret qui jaillira du fond de l'être épouvanté. Je veux voir. Je suis avide de voir. Déjà l'acte que je vais accomplir me surexcite. Il me semble que, quand j'aurai vu, le voile se déchirera. Je saurai. C'est un pressentiment. C'est l'intuition profonde de la vérité qui me bouleverse. Le lorgnon n'est plus là, mais les grosses lunettes opaques y sont encore. Et je les arrache brusquement. Et, brusquement, secoué par une vision déconcertante, ébloui par la clarté soudaine qui me frappe, et riant, mais riant à me décrocher la mâchoire, d'un coup de pouce, hop là ! je lui fais sauter l'œil gauche !

M. Nicole riait vraiment, et, comme il le disait, à s'en décrocher la mâchoire. Et ce n'était plus le timide petit pion de province onctueux et sournois, mais un gaillard bien d'aplomb, qui avait déclamé et mimé toute la scène avec une fougue impressionnante et qui, maintenant, riait d'un rire strident que Prasville ne pouvait écouter sans malaise.

— Hop là ! Saute, marquis ! Hors de la niche, Azor ! Deux yeux, pourquoi faire ? C'est un de trop. Hop là ! Non, mais, Clarisse, regardez celui-là qui roule sur le tapis. Attention, œil de Daubrecq ! Gare à la salamandre !

M. Nicole, qui s'était levé et qui simulait une chasse à travers la pièce, se rassit, sortit un objet de sa poche, le fit rouler dans le creux de sa main, comme une bille, le fit sauter en l'air comme une balle, le remit en son gousset et déclara froidement :

— L'œil gauche de Daubrecq.

Prasville était abasourdi. Où voulait donc en venir son étrange visiteur ? et que signifiait toute cette histoire ? Très pâle, il prononça :

— Expliquez-vous ?

— Mais c'est tout expliqué, il me semble. Et c'est tellement conforme à la réalité des choses ! tellement conforme à toutes les hypothèses que je faisais malgré moi, depuis quelque temps, et qui m'auraient conduit fatalement au but si ce satané Daubrecq ne m'en avait détourné si habilement. Eh oui, réfléchissez… suivez la marque de mes suppositions : « Puisqu'on ne découvre la liste nulle part en dehors de Daubrecq, me disais-je, c'est que cette liste ne se trouve pas en dehors de Daubrecq. Et puisqu'on ne la découvre point dans les vêtements qu'il porte, c'est qu'elle se trouve cachée plus profondément encore, en lui-même, pour parler plus clairement, à même sa chair… sous sa peau. »

— Dans son œil peut-être ? fit Prasville en plaisantant.

— Dans son œil, monsieur le secrétaire général, vous avez dit le mot juste.

— Quoi ?

— Dans son œil, je le répète. Et c'est une vérité qui aurait dû logiquement me venir à l'esprit, au lieu de m'être révélée par le hasard. Et voici pourquoi. Daubrecq, sachant que Clarisse Mergy avait surpris une lettre de lui par laquelle il demandait à un fabricant anglais « d'évider le cristal à l'intérieur de façon à laisser un vide qu'il fût impossible de soupçonner », Daubrecq devait, par prudence, détourner les recherches. Et c'est ainsi qu'il fit faire, sur un modèle fourni, un bouchon de cristal « évidé à l'intérieur ». Et c'est après ce bouchon de cristal que vous et moi nous courons depuis des mois, et c'est ce bouchon de cristal que j'ai déniché au fond d'un paquet de tabac… alors qu'il fallait…

— Alors qu'il fallait… ? questionna Prasville intrigué.

M. Nicole pouffa de rire.

— Alors qu'il fallait tout simplement s'en prendre à l'œil de Daubrecq, à cet œil « évidé à l'intérieur de façon à former une cachette invisible et impénétrable », à cet œil que voici.

Et M. Nicole, sortant de nouveau l'objet de sa poche, en frappa la table à diverses reprises, ce qui produisit le bruit d'un corps dur.

Prasville, confondu, murmura :

— Un œil de verre !

— Mon Dieu, oui, s'écria M. Nicole, qui riait de plus belle, un œil de verre ! un vulgaire bouchon de carafe que le brigand s'était introduit dans l'orbite à la place d'un œil mort, un bouchon de carafe, ou, si vous préférez, un bouchon de cristal, mais le véritable, cette fois, qu'il avait truqué, qu'il protégeait derrière le double rempart d'un binocle et de lunettes, et qui contenait et qui contient encore le talisman grâce auquel Daubrecq travaillait en toute sécurité.

Prasville baissa la tête et mit la main devant son front pour dissimuler la rougeur de son visage : il possédait presque la liste des *vingt-sept*. Elle était devant lui, sur la table.

Dominant son trouble, il dit d'un air dégagé :

— Elle y est donc encore ?

— Du moins je le suppose, affirma M. Nicole.

— Comment !... vous supposez...

— Je n'ai pas ouvert la cachette. C'est un honneur que je vous réservais, monsieur le secrétaire général.

Prasville avança le bras, saisit l'objet et le regarda. C'était un bloc de cristal, imitant la nature à s'y tromper, avec tous les détails du globe, de la prunelle, de la pupille, de la cornée.

Tout de suite il vit, par-derrière, une partie mobile qui glissait. Il fit un effort. L'œil était creux.

À l'intérieur, il y avait une boulette de papier.

Il la déplia, et, rapidement, sans s'attarder à un examen préalable des noms, de l'écriture, ou de la signature, il leva les bras et tourna le papier vers la clarté des fenêtres.

— La croix de Lorraine s'y trouve bien ? demanda M. Nicole.

— Elle s'y trouve, répondit Prasville. Cette liste est la liste authentique.

Il hésita quelques secondes, et demeura les bras levés, tout en réfléchissant à ce qu'il allait faire. Puis, il replia le papier, le rentra dans son petit écrin de cristal, et fit disparaître le tout dans sa poche.

M. Nicole, qui le regardait, lui dit :

— Vous êtes convaincu ?

— Absolument.

— Par conséquent, nous sommes d'accord ?

— Nous sommes d'accord.

Il y eut un silence, durant lequel les deux hommes s'observaient sans en avoir l'air. M. Nicole semblait attendre la suite de la conversation. Prasville qui, à l'abri des livres accumulés sur la table, tenait d'une main son revolver, et de l'autre touchait au bouton de la sonnerie électrique, Prasville sentait avec un âpre plaisir toute la force de sa position. Il était maître de la liste. Il était maître de Lupin !

— S'il bouge, pensait-il, je braque mon revolver sur lui et j'appelle. S'il m'attaque, je tire.

À la fin, M. Nicole reprit :

— Puisque nous sommes d'accord, monsieur le secrétaire général, je crois qu'il ne vous reste plus qu'à vous hâter. L'exécution doit avoir lieu demain ?

— Demain.

— En ce cas, j'attends ici.

— Vous attendez quoi ?

— La réponse de l'Élysée.

— Ah ! quelqu'un doit vous apporter cette réponse ?

— Oui.

— Et qui donc ?

— Vous, monsieur le secrétaire général.

Prasville hocha la tête.

— Il ne faut pas compter sur moi, monsieur Nicole.

— Vraiment ? fit M. Nicole d'un air étonné. Peut-on savoir la raison ?

— J'ai changé d'avis.

— Tout simplement ?

— Tout simplement. J'estime que, au point où en sont les choses, après le scandale de cette nuit, il est impossible de rien tenter en faveur de Gilbert. De plus, une démarche en ce sens à l'Élysée, dans les formes où elle se présente, constitue un véritable chantage, auquel, décidément, je refuse de me prêter.

— Libre à vous, monsieur. Ces scrupules, bien que tardifs, puisque vous ne les aviez pas hier, ces scrupules vous honorent. Mais alors, monsieur le secrétaire général, le pacte que nous avons conclu étant déchiré, rendez-moi la liste des *vingt-sept*.

— Pourquoi faire ?

— Pour m'adresser à un autre intermédiaire que vous.

— À quoi bon ? Gilbert est perdu.

— Mais non, mais non. J'estime au contraire qu'après l'incident de cette nuit, son complice étant mort, il est d'autant plus facile d'accorder cette grâce que tout le monde trouvera juste et humaine. Rendez-moi cette liste.

— Non.

— Bigre, monsieur, vous n'avez pas la mémoire longue, ni la conscience bien délicate. Vous ne vous rappelez donc pas vos engagements d'hier ?

— Hier, je me suis engagé vis-à-vis d'un monsieur Nicole.

— Eh bien ?

— Vous n'êtes pas monsieur Nicole.

— En vérité. Et qui suis-je donc ?

— Dois-je vous l'apprendre ?

M. Nicole ne répondit pas, mais il se mit à rire tout doucement, comme s'il eût jugé avec satisfaction le tour singulier que prenait l'entretien, et Prasville éprouva une inquiétude confuse en voyant cet accès de gaieté. Il serra la crosse de son arme et se demanda s'il ne devrait pas appeler du secours.

M. Nicole poussa sa chaise tout près du bureau, posa ses deux coudes sur les papiers, considéra son interlocuteur bien en face et ricana :

— Ainsi, monsieur Prasville, vous savez qui je suis, et vous avez l'aplomb de jouer ce jeu avec moi ?

— J'ai cet aplomb, dit Prasville qui soutint le choc sans broncher.

— Ce qui prouve que vous me croyez, moi, Arsène Lupin... prononçons le nom... oui, Arsène Lupin... ce qui prouve que vous me croyez assez idiot, assez poire, pour me livrer ainsi pieds et poings liés ?

— Mon Dieu ! plaisanta Prasville, en tapotant le gousset où il avait enfoui le globe de cristal, je ne vois pas trop ce que vous pouvez faire, monsieur Nicole, maintenant que l'œil de Daubrecq est là, et que, dans l'œil de Daubrecq, se trouve la liste des *vingt-sept*.

— Ce que je peux faire ? répéta M. Nicole avec ironie.

— Eh oui ! le talisman ne vous protégeant plus, vous ne valez plus que ce que peut valoir un homme tout seul qui s'est aventuré au cœur même de la préfecture de police, parmi quelques douzaines de gaillards qui se tiennent derrière chacune de ces portes, et quelques centaines d'autres qui accourront au premier signal.

M. Nicole eut un haussement d'épaules et il regarda Prasvile avec beaucoup de pitié.

— Savez-vous ce qui arrive, monsieur le secrétaire général ? Eh bien, vous aussi, toute cette histoire vous tourne la tête. Possesseur de la liste, vous voilà subitement, comme état d'âme, au niveau d'un Daubrecq ou d'un Albufex. Il n'est même plus question, dans votre esprit, de la porter à vos chefs afin que soit anéanti ce ferment de honte et de discorde. Non, non... une tentation soudaine vous grise, et, pris de vertige, vous vous dites : « Elle est là, dans ma poche. Avec cela, je suis tout-puissant. Avec cela, c'est la richesse, le pouvoir absolu, sans limites. Si j'en profitais ? Si je laissais mourir Gilbert, et mourir Clarisse Mergy ? Si je faisais coffrer cet imbécile de Lupin ? Si j'empoignais cette occasion unique de fortune ? »

Il s'inclina vers Prasville, et très doucement, d'un ton de confidence, amical, il lui dit :

— Faites pas ça, cher monsieur, faites pas ça.

— Et pourquoi donc ?

— Ce n'est pas votre intérêt, croyez-moi.

— En vérité !

— Non. Ou bien, si vous tenez absolument à le faire, veuillez auparavant consulter les vingt-sept noms de la liste que vous venez de me cambrioler, et méditez un instant sur le nom du troisième personnage.

— Ah ! Et le nom de ce troisième personnage ?

— C'est celui d'un de vos amis.

— Lequel ?

— L'ex-député Stanislas Vorenglade.

— Et après ? dit Prasville, qui parut perdre un peu de son assurance.

— Après ? Demandez-vous si, derrière ce Stanislas Vorenglade, une enquête, même sommaire, ne finirait pas par découvrir celui qui partageait avec lui certains petits bénéfices.

— Et qui s'appelle ?
— Louis Prasville.
— Qu'est-ce que vous chantez ? balbutia Prasville.
— Je ne chante pas, je parle. Et je dis que, si vous m'avez démasqué, votre masque à vous ne tient plus beaucoup, et que, là-dessous, ce qu'on aperçoit, n'est pas joli, joli.

Prasville s'était levé. M. Nicole donna sur la table un violent coup de poing, et s'écria :

— Assez de bêtises, monsieur ! Voilà vingt minutes qu'on tourne tous les deux autour du pot. Ça suffit. Concluons maintenant. Et, tout d'abord, lâchez vos pistolets. Si vous vous figurez que ces mécaniques-là me font peur ! Allons, et finissons-en, je suis pressé.

Il mit sa main sur l'épaule de Prasville et scanda :

— Si, dans une heure, vous n'êtes pas revenu de la présidence, porteur de quelques lignes affirmant que le décret de grâce est signé… Si, dans une heure dix minutes, moi, Arsène Lupin, je ne sors pas d'ici sain et sauf, entièrement libre, ce soir, quatre journaux de Paris recevront quatre lettres choisies dans la correspondance échangée entre Stanislas Vorenglade et vous, correspondance que Stanislas Vorenglade m'a vendue ce matin. Voici votre chapeau, votre canne et votre pardessus. Filez. J'attends.

Il se passa ce fait extraordinaire, et pourtant fort explicable, c'est que Prasville n'émit pas la plus légère protestation et n'entama pas le plus petit commencement de lutte. Il eut la sensation soudaine, profonde, totale, de ce qu'était, dans son ampleur et dans sa toute-puissance, ce personnage qu'on appelait Arsène Lupin. Il ne songea même pas à épiloguer, à prétendre — ce qu'il avait cru jusque-là — que les lettres avaient été détruites par le député Vorenglade, ou bien, en tout cas, que Vorenglade n'oserait pas les livrer, puisque, en agissant ainsi, c'eût été se perdre soi-même. Non. Il ne souffla pas mot. Il se sentait étreint dans un étau dont aucune force ne pouvait desserrer les branches. Il n'y avait rien à faire qu'à céder. Il céda.

— Dans une heure ici, répéta M. Nicole.
— Dans une heure, dit Prasville, avec une docilité parfaite.

Cependant il précisa :

— Cette correspondance me sera rendue contre la grâce de Gilbert ?
— Non.
— Comment non ? Alors il est inutile…
— Elle vous sera rendue intégralement deux mois après le jour où mes amis et moi aurons fait évader Gilbert — cela grâce à la surveillance très lâche, qui, conformément aux ordres donnés, sera exercée autour de lui.
— C'est tout ?
— Non. Il y a encore deux conditions.
— Lesquelles ?
— 1° La remise immédiate d'un chèque de quarante mille francs.
— Quarante mille francs !
— C'est le prix auquel Vorenglade m'a vendu les lettres. En toute justice…
— Après ?
— 2° Votre démission, dans les six mois, du poste que vous occupez.
— Ma démission ! mais pourquoi ?

M. Nicole eut un geste très digne.

— Parce qu'il est immoral qu'un des postes les plus élevés de la préfecture de police soit occupé par un homme dont la conscience n'est pas nette. Faites-vous octroyer une place de député, de ministre, ou de concierge, enfin toute situation que votre réussite vous permettra d'exiger. Mais secrétaire général de la préfecture, non, pas cela. Ça me dégoûte.

Prasville réfléchit un instant. L'anéantissement subit de son adversaire l'eût profondément réjoui, et, de tout son esprit, il chercha les moyens d'y parvenir. Mais que pouvait-il faire ?

Il se dirigea vers la porte et appela :

— Monsieur Lartigue ?

Et plus bas, mais de manière à ce que M. Nicole l'entendît :

— Monsieur Lartigue, congédiez vos agents. Il y a erreur. Et que personne n'entre dans mon bureau pendant mon absence. Monsieur m'y attendra.

Il prit le chapeau, la canne et le pardessus que M. Nicole lui tendait et sortit.

— Tous mes compliments, monsieur, murmura Lupin, quand la porte se fut refermée, vous vous êtes montré d'une correction parfaite... Moi aussi d'ailleurs... avec une pointe de mépris peut-être un peu trop apparente... et un peu trop de brutalité. Mais, bah ! ces affaires-là demandent à être menées tambour battant. Il faut étourdir l'ennemi. Et puis, quoi, quand on a la conscience d'une hermine, on ne saurait le prendre de trop haut avec ces sortes de gens. Relève la tête, Lupin. Tu fus le champion de la morale offensée. Sois fier de ton œuvre. Et maintenant, prends un siège, allonge-toi et dors. Tu l'as bien gagné.

Lorsque Prasville revint, il trouva Lupin endormi profondément et il dut lui frapper l'épaule pour le réveiller.

— C'est fait ? demanda Lupin.

— C'est fait. Le décret de grâce sera signé tantôt. En voici la promesse écrite.

— Les quarante mille francs ?

— Voici le chèque.

— Bien. Il ne me reste plus qu'à vous remercier, monsieur.

— Ainsi, la correspondance ?

— La correspondance de Stanislas Vorenglade vous sera remise aux conditions indiquées. Cependant, je suis heureux de pouvoir dès maintenant, et en signe de reconnaissance, vous donner les lettres que je devais envoyer aux journaux.

— Ah ! fit Prasville, vous les aviez donc sur vous ?

— J'étais tellement sûr, monsieur le secrétaire général, que nous finirions par nous entendre !

Il extirpa de son chapeau une enveloppe assez lourde, cachetée de cinq cachets rouges et qui était épinglée sous la coiffe, et il la tendit à Prasville, qui l'empocha vivement. Puis il dit encore :

— Monsieur le secrétaire général, je ne sais trop quand j'aurai le plaisir de vous revoir. Si vous avez la moindre communication à me faire, une simple ligne aux petites annonces du *Journal* suffira. Comme adresse : Monsieur Nicole. Je vous salue.

Il se retira.

À peine seul, Prasville eut l'impression qu'il s'éveillait d'un cauchemar pendant lequel il avait accompli des actes incohérents, et sur lesquels sa conscience n'avait eu aucun contrôle. Il fut près de sonner, de jeter l'émoi dans les couloirs ; mais en ce moment, on frappait à la porte, et l'un des huissiers entra vivement.

— Qu'est-ce qu'il y a ? demanda Prasville.

— Monsieur le secrétaire général, c'est M. le député Daubrecq qui désire être reçu... pour une affaire absolument urgente.

— Daubrecq ! s'écria Prasville stupéfait. Daubrecq ici ! Faites entrer.

Daubrecq n'avait pas attendu l'ordre. Il se précipitait vers Prasville, essoufflé, les vêtements en désordre, un bandeau sur l'œil gauche, sans cravate, sans faux col, l'air d'un fou qui vient de s'échapper, et la porte n'était pas close qu'il agrippait Prasville de ses deux mains énormes.

— Tu as la liste ?

— Oui.

— Tu l'as achetée ?

— Oui.

— Contre la grâce de Gilbert ?

— Oui.

— C'est signé ?

— Oui.

Daubrecq eut un mouvement de rage.

— Imbécile ! Imbécile ! tu t'es laissé faire ! Par haine contre moi, n'est-ce pas ? Et maintenant tu vas te venger ?

— Avec un certain plaisir, Daubrecq. Rappelle-toi ma petite amie de Nice, la danseuse de l'Opéra... C'est ton tour, maintenant, de danser.

— Alors, c'est la prison ?

— Pas la peine, dit Prasville. Tu es fichu. Privé de la liste, sans aucune défense, tu vas t'effondrer de toi-même. Et moi, j'assisterai à ta débâcle. Voilà ma vengeance.

— Et tu crois ça ! proféra Daubrecq exaspéré. Tu crois qu'on m'étrangle comme un poulet, et que je ne saurai pas me défendre, et que je n'ai plus de griffes, ni de crocs pour mordre. Eh bien, mon petit, si je reste sur le carreau, il y en aura toujours un qui tombera avec moi… ce sera le sieur Prasville, l'associé de Stanislas Vorenglade, lequel Stanislas Vorenglade va me remettre toutes les preuves possibles contre lui, de quoi te faire ficher en prison sur l'heure. Ah ! je te tiens, mon bonhomme. Avec ces lettres, tu marcheras droit, crebleu ! Et il y aura encore de beaux jours pour le député Daubrecq. Quoi ? Tu rigoles ? Ces lettres n'existent peut-être pas ?

Prasville haussa les épaules.

— Si, elles existent. Mais Vorenglade ne les a plus.

— Depuis quand ?

— Depuis ce matin. Vorenglade les a vendues, il y a deux heures, contre la somme de quarante mille francs. Et moi, je les ai rachetées, le même prix.

Daubrecq eut un rire formidable.

— Dieu que c'est drôle ! Quarante mille francs ! Tu as payé quarante mille francs ! À M. Nicole, n'est-ce pas, à celui qui t'a vendu la liste des *vingt-sept* ? Eh bien ! veux-tu que je te dise le vrai nom de ce M. Nicole ? C'est Arsène Lupin.

— Je le sais bien.

— Peut-être. Mais ce que tu ne sais pas, triple idiot, c'est que j'arrive de chez Stanislas Vorenglade, et que Stanislas Vorenglade a quitté Paris depuis quatre jours ! Ah ! ah ! ce qu'elle est bonne, celle-là ! On t'a vendu du vieux papier ! Et quarante mille francs ! Mais quel idiot !

Il partit en riant aux éclats, et laissant Prasville absolument effondré.

Ainsi Arsène Lupin ne possédait aucune preuve, et quand il menaçait, et quand il ordonnait, et quand il le traitait, lui, Prasville, avec cette désinvolture insolente, tout cela c'était de la comédie, du bluff !

— Mais non… mais non, ce n'est pas possible… répétait le secrétaire général… J'ai l'enveloppe cachetée… Elle est là… Je n'ai qu'à l'ouvrir.

Il n'osait pas l'ouvrir. Il la maniait, la soupesait, la scrutait… Et le doute pénétrait si rapidement en son esprit qu'il n'eut aucune surprise, l'ayant ouverte, de constater qu'elle contenait quatre feuilles de papier blanc.

— Allons, se dit-il, je ne suis pas de force avec ces gaillards-là. Mais tout n'est pas fini.

Tout n'était pas fini, en effet. Si Lupin avait agi avec autant d'audace, c'est que les lettres existaient et qu'il comptait bien les acheter à Stanislas Vorenglade. Mais puisque, d'autre part, Vorenglade ne se trouvait pas à Paris, la tâche de Prasville consistait simplement à devancer la démarche de Lupin auprès de Vorenglade, et à obtenir de Vorenglade, coûte que coûte, la restitution de ces lettres si dangereuses.

Le premier arrivé serait le vainqueur.

Prasville reprit son chapeau, son pardessus et sa canne, descendit, monta dans une auto et se fit conduire au domicile de Vorenglade.

Là, il lui fut répondu qu'on attendait l'ancien député, retour de Londres, à six heures du soir.

Il était deux heures de l'après-midi.

Prasville eut donc tout le loisir de préparer son plan.

À cinq heures, il arrivait à la gare du Nord et postait, de droite et de gauche, dans les salles d'attente et dans les bureaux du personnel, les trois ou quatre douzaines d'inspecteurs qu'il avait emmenés.

De la sorte il était tranquille.

Si M. Nicole tentait d'aborder Vorenglade, on arrêtait Lupin. Et, pour plus de sûreté, on arrêtait toute personne pouvant être soupçonnée, ou bien d'être Lupin, ou un émissaire de Lupin.

En outre, Prasville effectua une ronde minutieuse dans toute la gare. Il ne découvrit rien de suspect. Mais, à six heures moins dix, l'inspecteur principal Blanchon, qui l'accompagnait, lui dit :

— Tenez, voilà Daubrecq.

C'était Daubrecq, en effet, et la vue de son ennemi exaspéra tellement le secrétaire général qu'il fut sur le point de le faire arrêter. Mais pour quel motif ? De quel droit ? En vertu de quel mandat ?

D'ailleurs la présence de Daubrecq prouvait, avec plus de force encore, que tout dépendait maintenant de Vorenglade. Vorenglade possédait les lettres. Qui les aurait ? Daubrecq ? Lupin ? ou lui, Prasville ?

Lupin n'était pas là, et ne pouvait pas être là. Daubrecq n'était pas en mesure de combattre. Le dénouement ne faisait donc aucun doute : Prasville rentrerait en possession de ses lettres, et, par là même, échapperait aux menaces de Daubrecq et de Lupin et recouvrerait contre eux tous ses moyens d'action.

Le train arrivait.

Conformément aux ordres de Prasville, le commissaire de la gare avait donné l'ordre qu'on ne laissât passer personne sur le quai. Prasville s'avança donc seul, précédant un certain nombre de ses hommes que conduisait l'inspecteur principal Blanchon.

Le train stoppa.

Presque aussitôt Prasville aperçut, à la portière d'un compartiment de première classe situé vers le milieu, Vorenglade.

L'ancien député descendit, puis donna la main, pour l'aider à descendre, à un monsieur âgé qui voyageait avec lui.

Prasville se précipita et lui dit vivement :

— J'ai à te parler... Vorenglade.

Au même instant, Daubrecq, qui avait réussi à passer, surgissait et s'écria :

— Monsieur Vorenglade, j'ai reçu votre lettre. Je suis à votre disposition.

Vorenglade regarda les deux hommes, reconnut Prasville et Daubrecq, et sourit :

— Ah ! ah ! il paraît que mon retour était attendu avec impatience. De quoi donc s'agit-il ? D'une certaine correspondance, n'est-ce pas ?

— Mais oui... mais oui... répondirent les deux hommes, empressés autour de lui.

— Trop tard, déclara-t-il.

— Hein ? Quoi, qu'est-ce que vous dites ?

— Je dis qu'elle est vendue.

— Vendue ! Mais à qui ?

— À monsieur, répliqua Vorenglade, en désignant son compagnon de voyage, à monsieur, qui a jugé que l'affaire valait bien un petit dérangement, et qui est venu au-devant de moi jusqu'à Amiens.

Le monsieur âgé, un vieillard emmitouflé de fourrures et courbé sur une canne, salua.

— C'est Lupin, pensa Prasville, il est hors de doute que c'est Lupin.

Et il jeta un coup d'œil du côté des inspecteurs, prêt à les appeler. Mais le monsieur âgé expliqua :

— Oui, il m'a semblé que cette correspondance méritait quelques heures de chemin de fer, et la dépense de deux billets d'aller et retour.

— Deux billets ?

— Un pour moi, et le second pour un de mes amis.

— Un de vos amis ?

— Oui. Il nous a quittés, il y a quelques minutes, et, par les couloirs, il a gagné l'avant du train. Il était très pressé.

Prasville comprit : Lupin avait eu la précaution d'emmener un complice, et ce complice emportait la correspondance. Décidément la partie était perdue. Lupin tenait la proie solidement. Il n'y avait qu'à s'incliner et à subir les conditions du vainqueur.

— Soit, monsieur, dit-il. Quand l'heure sera venue, nous nous verrons. À bientôt, Daubrecq, tu entendras parler de moi.

Et il ajouta, entraînant Vorenglade :

— Quant à toi, Vorenglade, tu joues là un jeu dangereux.

— Et pourquoi donc, mon Dieu ? fit l'ancien député.

Ils s'en allèrent tous les deux. Daubrecq n'avait pas dit un mot, et il restait immobile, comme cloué au sol.

Le monsieur âgé s'approcha de lui et murmura :

— Dis donc, Daubrecq, il faut te réveiller, mon vieux... Le chloroforme, peut-être ?...

Daubrecq serra les poings et poussa un grognement sourd.

— Ah ! fit le monsieur âgé... je vois que tu me reconnais... Alors tu te rappelles cette entrevue, il y a plusieurs mois, quand je suis venu te demander, dans ta maison du square Lamartine, ton appui en faveur de Gilbert ? Je t'ai dit ce jour-là : « Bas les armes. Sauve Gilbert, et je te laisse tranquille. Sinon je te prends la liste des *vingt-sept*, et tu es fichu. » Eh bien, je crois que tu es fichu. Voilà ce que c'est de ne pas s'entendre avec ce bon monsieur Lupin. On est sûr un jour ou l'autre d'y perdre jusqu'à sa chemise. Enfin ! que cela te serve de leçon ! Ah ! ton portefeuille que j'oubliais de te rendre. Excuse-moi si tu le trouves un peu allégé. Il y avait dedans, outre un nombre respectable de billets, le reçu du garde-meuble où tu as mis en dépôt le mobilier d'Enghien que tu m'avais repris. J'ai cru devoir t'épargner la peine de le dégager toi-même. À l'heure qu'il est, ce doit être fait. Non, ne me remercie pas. Il n'y a pas de quoi. Adieu, Daubrecq. Et si tu as besoin d'un louis ou deux pour t'acheter un autre bouchon de carafe, je suis là. Adieu, Daubrecq.

Il s'éloigna.

Il n'avait pas fait cinquante pas que le bruit d'une détonation retentit.

Il se retourna.

Daubrecq s'était fait sauter la cervelle.

— *De profundis*, murmura Lupin, qui enleva son chapeau.

Un mois plus tard, Gilbert, dont la peine avait été commuée en celle des travaux forcés à perpétuité, s'évadait de l'île de Ré, la veille même du jour où on devait l'embarquer pour la Guyane.

Étrange évasion, dont les moindres détails demeurent inexplicables et qui, autant que le coup de fusil du boulevard Arago, contribua au prestige d'Arsène Lupin.

— Somme toute, me dit Lupin, après m'avoir raconté les diverses phases de l'histoire, somme toute, aucune entreprise ne m'a donné plus de mal, ne m'a coûté plus d'efforts, que cette sacrée aventure, que nous appellerons, si vous voulez bien : « *Le Bouchon de cristal, ou comme quoi il ne faut jamais perdre courage.* » En douze heures, de six heures du matin à six heures du soir, j'ai réparé six mois de malchances, d'erreurs, de tâtonnements et de défaites. Ces douze heures-là, je les compte certes parmi les plus belles et les plus glorieuses de ma vie !

— Et Gilbert, qu'est-il devenu ?

— Il cultive ses terres, au fond de l'Algérie, sous son vrai nom, sous son seul nom d'Antoine Mergy. Il a épousé une Anglaise, et ils ont un fils qu'il a voulu appeler Arsène. Je reçois souvent de lui de bonnes lettres enjouées et affectueuses. Tenez, encore une aujourd'hui. Lisez : « Patron, si vous saviez ce que c'est bon d'être un honnête homme, de se lever le matin avec une longue journée de travail devant soi, et de se coucher le soir harassé de fatigue. Mais vous le savez, n'est-ce pas ? Arsène Lupin a sa manière d'être un honnête homme, manière un peu spéciale, pas très catholique. Mais, bah ! au jugement dernier, le livre de ses bonnes actions sera tellement rempli qu'on passera l'éponge sur le reste. Je vous aime bien, patron. » Le brave enfant, ajouta Lupin, tout pensif.

— Et Mme Mergy ?

— Elle demeure avec son fils, ainsi que son petit Jacques.

— Vous l'avez revue ?

— Je ne l'ai pas revue.

— Tiens !

Lupin hésita quelques secondes, puis il me dit en souriant :

— Mon cher ami, je vais vous révéler un secret qui va me couvrir de ridicule à vos yeux. Mais vous savez que j'ai toujours été sentimental comme un collégien et naïf comme une oie blanche. Eh bien, le soir où je suis revenu vers Clarisse Mergy, et où je lui ai annoncé les nouvelles de la journée — dont une partie, d'ailleurs, lui était connue — j'ai senti deux choses, très profondément. D'abord, que j'éprouvais pour elle un sentiment beaucoup plus vif que je ne croyais ; ensuite, et par contre, qu'elle éprouvait, pour moi, un sentiment qui n'était dénué ni de mépris, ni de rancune, ni même d'une certaine aversion.

— Bah ! Et pourquoi donc ?

— Pourquoi ? Parce que Clarisse Mergy est une très honnête femme, et que je ne suis… qu'Arsène Lupin.

— Ah !

— Mon Dieu, oui, bandit sympathique, cambrioleur romanesque et chevaleresque, pas mauvais diable au fond… tout ce que vous voudrez… N'empêche que, pour une femme vraiment honnête, de caractère droit et de nature équilibrée, je ne suis… quoi… qu'une simple fripouille.

Je compris que la blessure était plus aiguë qu'il ne l'avouait, et je lui dis :

— Alors, comme ça, vous l'avez aimée ?

— Je crois même, dit-il d'un ton railleur, que je l'ai demandée en mariage. N'est-ce pas ? je venais de sauver son fils… Alors… je m'imaginais… Quelle douche !… cela a jeté un froid entre nous… Depuis…

— Mais depuis, vous l'avez oubliée ?

— Oh ! certes. Mais il m'a fallu les consolations d'une Italienne, de deux Américaines, de trois Russes, d'une grande-duchesse allemande et d'une Chinoise.

— Et avec cela ?

— Avec cela, et pour mettre entre elle et moi une barrière infranchissable, je me suis marié.

— Allons donc ! vous êtes marié, vous, Lupin ?

— Tout ce qu'il y a de plus marié, et le plus légitimement du monde. Un des plus grands noms de France.

Fille unique… Fortune colossale… Comment ! vous ne connaissez pas cette aventure-là ? Elle vaut pourtant la peine d'être connue.

Et, sans plus tarder, Lupin, qui était en veine de confidences, se mit à me raconter l'histoire de son mariage avec Angélique de Sarzeau-Vendôme, princesse de Bourbon-Condé, aujourd'hui sœur Marie-Auguste, humble religieuse cloîtrée au couvent des Dominicaines…

Mais, dès les premiers mots, il s'arrêta, comme si tout à coup son récit ne l'eût plus intéressé, et il demeura songeur.

— Qu'est-ce que vous avez, Lupin ?

— Moi ? Rien.

— Mais si… Et puis, tenez, voilà que vous souriez… C'est la cachette de Daubrecq, son œil de verre, qui vous fait rire ?

— Ma foi, non.

— En ce cas ?

— Rien, je vous dis… rien qu'un souvenir…

— Un souvenir agréable ?

— Oui !… oui… délicieux même. C'était la nuit, au large de l'île de Ré, sur la barque de pêche où Clarisse et moi nous emmenions Gilbert… Nous étions seuls, tous les deux, à l'arrière du bateau… Et je me rappelle… J'ai parlé, j'ai dit des mots et des mots encore… tout ce que j'avais sur le cœur… Et puis… et puis, ce fut le silence qui trouble et qui désarme…

— Eh bien ?

— Eh bien, je vous jure que la femme que j'ai serrée contre moi cette nuit-là, et que j'ai baisée sur les lèvres. Oh ! pas longtemps, quelques secondes… N'importe ! je vous jure Dieu que ce n'était pas seulement une mère reconnaissante, ni une amie qui se laisse attendrir, mais une femme aussi, une femme tremblante et bouleversée…

Il ricana :

— Et qui s'enfuyait le lendemain pour ne plus me revoir.

Il se tut de nouveau. Puis il murmura :

— Clarisse… Clarisse… le jour où je serai las et désabusé, j'irai vous retrouver là-bas, dans la petite maison arabe… dans la petite maison blanche… où vous m'attendez, Clarisse… où je suis sûr que vous m'attendez…

LES CONFIDENCES D'ARSÈNE LUPIN

LES JEUX DU SOLEIL

« Lupin, racontez-moi donc quelque chose.

— Eh ! que voulez-vous que je vous raconte ? On connaît toute ma vie ! » me répondit Lupin qui somnolait sur le divan de mon cabinet de travail.

« Personne ne la connaît ! m'écriai-je. On sait, par telle de vos lettres, publiée dans les journaux, que vous avez été mêlé à telle affaire, que vous avez donné le branle à telle autre... Mais votre rôle en tout cela, le fond même de l'histoire, le dénouement du drame, on l'ignore.

— Bah ! Un tas de potins qui n'ont aucun intérêt.

— Aucun intérêt, votre cadeau de cinquante mille francs à la femme de Nicolas Dugrival ! Aucun intérêt, la façon mystérieuse dont vous avez déchiffré l'énigme des Trois tableaux !

— Étrange énigme, en vérité, dit Lupin. Je vous propose un titre : Le signe de l'ombre.

— Et vos succès mondains ? ajoutai-je. Les intrigues du galant Arsène !... Et le secret de vos bonnes actions ? Toutes ces histoires auxquelles vous avez souvent fait allusion devant moi et que vous appeliez : L'anneau nuptial, La mort qui rôde ! etc. Que de confidences en retard, mon pauvre Lupin !... Allons, un peu de courage... »

C'était l'époque où Lupin, déjà célèbre, n'avait pourtant pas encore livré ses plus formidables batailles ; l'époque qui précède les grandes aventures de l'Aiguille Creuse et de 813. Sans songer à s'approprier le trésor séculaire des rois de France ou à cambrioler l'Europe au nez du kaiser, il se contentait des coups de main plus modestes et de bénéfices plus raisonnables, se dépensant en efforts quotidiens, faisant le mal au jour le jour, et faisant le bien aussi, par nature et par dilettantisme, en Don Quichotte qui s'amuse et qui s'attendrit.

Comme il se taisait, je répétai :

« Lupin, je vous en prie ! »

À ma stupéfaction, il répliqua :

« Prenez un crayon, mon cher, et une feuille de papier. »

J'obéis vivement, tout heureux à l'idée qu'il allait enfin me dicter quelques-unes de ces pages où il sait mettre tant de verve et de fantaisie, et que moi, hélas ! je suis obligé d'abîmer par de lourdes explications et de fastidieux développements.

« Vous y êtes ? dit-il.

— J'y suis.

— Inscrivez : 19 – 21 – 18 – 20 – 15 – 21 – 20

— Comment ?

— Inscrivez, vous dis-je.

Il était assis sur le divan, les yeux tournés vers la fenêtre ouverte, et ses doigts roulaient une cigarette de tabac oriental.

Il prononça :

« Inscrivez : 9 – 12 – 6 – 1... »

Il y eut un arrêt. Puis il reprit :

« — 21. »

Et, après un silence :

« 20 – 6... »

Était-il fou ? Je le regardai, et peu à peu je m'aperçus qu'il n'avait plus les mêmes yeux indifférents qu'aux minutes précédentes, mais que ses yeux étaient attentifs, et qu'ils semblaient suivre quelque part, dans l'espace, un spectacle qui devait le captiver.

Cependant, il dictait, avec des intervalles entre chacun des chiffres :

« 21 – 9 – 18 – 5... »

Par la fenêtre, on ne pouvait guère contempler qu'un morceau de ciel bleu vers la droite, et que la façade de la maison opposée, façade de vieil hôtel dont les volets étaient fermés comme à l'ordinaire. Il n'y avait là rien de particulier, aucun détail qui me parût nouveau parmi ceux que je considérais depuis des années...

« 12 – 5 – 4 – 1. »

Et soudain, je compris…, ou plutôt, je crus comprendre. Car comment admettre qu'un homme comme Lupin, si raisonnable au fond sous son masque d'ironie, pût perdre son temps à de telles puérilités ? Cependant il n'y avait pas de doute possible. C'était bien cela qu'il comptait, les reflets intermittents d'un rayon de soleil qui se jouait sur la façade noircie de la vieille maison, à la hauteur du second étage.

« — 14 – 7… » me dit Lupin.

Le reflet disparut pendant quelques secondes, puis, coup sur coup, à intervalles réguliers, frappa la façade, et disparut de nouveau.

Instinctivement, j'avais compté, et je dis à haute voix :

« — 5… »

— Vous avez saisi ? Pas dommage, » ricana Lupin.

Il se dirigea vers la fenêtre et se pencha comme pour se rendre compte du sens exact que suivait le rayon lumineux. Puis il alla se recoucher sur le canapé en me disant :

« — À votre tour, maintenant, comptez… »

J'obéis, tellement ce diable d'homme avait l'air de savoir où il voulait en venir. D'ailleurs, je ne pouvais m'empêcher d'avouer que c'était chose assez curieuse que cette régularité des coups de lumière sur la façade, que ces apparitions et ces disparitions qui se succédaient comme les signaux d'un phare.

Cela provenait évidemment d'une maison située sur le côté de la rue où nous nous trouvions, puisque le soleil pénétrait alors obliquement par mes fenêtres. On eût dit que quelqu'un ouvrait ou fermait alternativement une croisée, ou plutôt se divertissait à renvoyer des rayons de clarté à l'aide d'un petit miroir de poche.

« C'est un enfant qui s'amuse, » m'écriai-je au bout d'un instant, quelque peu agacé par l'occupation stupide qui m'était imposée.

— Allez toujours ! »

Et je comptais… Et j'alignais des chiffres… Et le soleil continuait à danser en face de moi, avec une précision vraiment mathématique.

« Et après ? » me dit Lupin, à la suite d'un silence plus long…

— Ma foi, cela me semble terminé… Voilà plusieurs minutes qu'il n'y a rien. »

Nous attendîmes, et, comme aucune lueur ne se jouait plus dans l'espace, je plaisantai :

« M'est avis que nous avons perdu notre temps. Quelques chiffres sur du papier, le butin est maigre. »

Sans bouger de son divan, Lupin reprit :

« Ayez l'obligeance, mon cher, de remplacer chacun de ces chiffres par la lettre de l'alphabet qui lui correspond en comptant, n'est-ce pas, A comme 1, B comme 2, etc.

— Mais c'est idiot.

— Absolument idiot, mais on fait tant de choses idiotes dans la vie… Une de plus… »

Je me résignai à cette besogne stupide, et je notai les premières lettres : S-U-R-T-O-U-T…

« Un mot ! m'écriai-je… Voici un mot qui se forme.

— Continuez donc, mon cher. »

Et je continuai, et les lettres suivantes composèrent d'autres mots que je séparais les uns des autres, au fur et à mesure. Et, à ma grande stupéfaction, une phrase entière s'aligna sous mes yeux.

« Ça y est ? me dit Lupin, au bout d'un instant.

— Ça y est !… Par exemple, il y a des fautes d'orthographe.

— Ne vous occupez pas de cela, je vous prie…, lisez lentement. »

Alors je lus cette phrase inachevée, que je donne ici telle qu'elle m'apparut :

« Surtout il faut fuire le danger, éviter les ataques, n'affronter les forces enemies qu'avec la plus grande prudance, et… »

Je me mis à rire.

« Et voilà ! La lumière se fit ! Hein nous sommes éblouis de clarté ! Mais vraiment, Lupin, confessez que ce chapelet de conseils, égrené par une cuisinière, ne vous avance pas beaucoup. »

Lupin se leva sans se départir de son mutisme dédaigneux, et saisit la feuille de papier.

Je me suis souvenu par la suite qu'un hasard, à ce moment, accrocha mes yeux à la pendule. Elle marquait cinq heures dix-huit.

Lupin cependant restait debout, la feuille à la main, et je pouvais constater à mon aise sur son visage si jeune, cette extraordinaire mobilité d'expression qui déroute les observateurs les plus habiles et qui est sa grande force, sa meilleure sauvegarde. À quels signes se rattacher pour identifier un visage qui se transforme à volonté, sans même les secours des fards, et dont chaque expression passagère semble être l'expression définitive ? À quels signes ? Il y en avait un que je connaissais, un signe immuable : deux petites rides en croix qui creusaient son front quand il donnait un violent effort d'attention. Et je la vis en cet instant, nette et profonde, la menue croix révélatrice.

Il reposa la feuille de papier et murmura :

« Enfantin ! »

Cinq heures et demie sonnaient.

« Comment ! m'écriai-je, vous avez réussi ?… en douze minutes ! »

Il fit quelques pas de droite et de gauche dans la pièce, puis alluma une cigarette, et me dit :

« Ayez l'obligeance d'appeler au téléphone le baron Repstein et de le prévenir que je serai chez lui à dix heures du soir.

— Le baron Repstein ? demandai-je, le mari de la fameuse baronne ?

— Oui.

— C'est sérieux ?

— Très sérieux. »

Absolument confondu, incapable de lui résister, j'ouvris l'annuaire du téléphone et décrochai l'appareil. Mais, à ce moment, Lupin m'arrêta d'un geste autoritaire, et il prononça, les yeux toujours fixés sur la feuille qu'il avait reprise :

« Non, taisez-vous… C'est inutile de le prévenir… Il y a quelque chose de plus urgent… quelque chose de bizarre et qui m'intrigue… Pourquoi diable cette phrase est-elle inachevée ? Pourquoi cette phrase est-elle… »

Rapidement, il empoigna sa canne et son chapeau.

« Partons. Si je ne me trompe pas, c'est une affaire qui demande une solution immédiate, et je ne crois pas me tromper.

— Vous savez quelque chose ?

— Jusqu'ici, rien du tout. »

Dans l'escalier, il passa son bras sous le mien et me dit :

« Je sais ce que tout le monde sait. Le baron Repstein, financier et sportsman, dont le cheval Etna a gagné cette année le Derby d'Epsom et le Grand-Prix de Longchamp, le baron Repstein a été la victime de sa femme, laquelle femme, très connue pour ses cheveux blonds, ses toilettes et son luxe, s'est enfuie voilà quinze jours, emportant avec elle une somme de trois millions, volée à son mari, et toute une collection de diamants, de perles et de bijoux, que la princesse de Berny lui avait confiée et qu'elle devait acheter. Depuis deux semaines, on poursuit la baronne à travers la France et l'Europe, ce qui est facile, la baronne semant l'or et les bijoux sur son chemin. À chaque instant, on croit l'arrêter. Avant-hier même, en Belgique, notre policier national, l'ineffable Ganimard, cueillait, dans un grand hôtel, une voyageuse contre qui les preuves les plus irréfutables s'accumulaient. Renseignements pris, c'était une théâtreuse notoire, Nelly Darbel. Quant à la baronne, introuvable. De son côté, le baron Repstein offre une prime de cent mille francs à qui fera retrouver sa femme. L'argent est entre les mains d'un notaire. En outre, pour désintéresser la princesse de Berny, il vient de vendre en bloc son écurie de courses, son hôtel du boulevard Haussmann et son château de Roquencourt.

— Et le prix de la vente, ajoutai-je, doit être touché tantôt. Demain, disent les journaux, la princesse de Berny aura l'argent. Seulement, je ne vois pas, en vérité, le rapport qui existe entre cette histoire, que vous avez résumée à merveille, et la phrase énigmatique… »

Lupin ne daigna pas me répondre.

Nous avions suivi la rue que j'habitais et nous avions marché pendant cent cinquante ou deux cents mètres, lorsqu'il descendit du trottoir et se mit à examiner un immeuble, de construction déjà ancienne, et où devaient loger de nombreux locataires.

« D'après mes calculs, me dit-il, c'est d'ici que partaient les signaux, sans doute de cette fenêtre encore ouverte.

— Au troisième étage ?

— Oui. »

Il se dirigea vers la concierge et lui demanda :

« Est-ce qu'un de vos locataires ne serait pas en relation avec le baron Repstein ?

— Comment donc ! Mais oui, s'écria la bonne femme, nous avons ce brave M. Lavernoux, qui est le secrétaire, l'intendant du baron. C'est moi qui fais son petit ménage.
— Et on peut le voir ?
— Le voir ? Il est bien malade, ce pauvre monsieur...
— Malade ?
— Depuis quinze jours... depuis l'aventure de la baronne... Il est rentré le lendemain avec la fièvre, et il s'est mis au lit.
— Mais il se lève ?
— Ah ! ça, j'sais pas.
— Comment, vous ne savez pas ?
— Non, son docteur défend qu'on entre dans sa chambre. Il m'a repris la clef.
— Qui ?
— Le docteur. C'est lui-même qui vient le soigner, deux ou trois fois par jour. Tenez, il sort de la maison, il n'y a pas vingt minutes..., un vieux à barbe grise et à lunettes, tout cassé... Mais où allez-vous, monsieur ?
— Je monte, conduisez-moi, dit Lupin, qui, déjà, avait couru jusqu'à l'escalier. C'est bien au troisième étage, à gauche ?
— Mais ça m'est défendu, gémissait la bonne femme en le poursuivant. Et puis, je n'ai plus la clef... puisque le docteur... »

L'un derrière l'autre, ils montèrent les trois étages. Sur le palier, Lupin tira de sa poche un instrument, et, malgré les protestations de la concierge, l'introduisit dans la serrure. La porte céda presque aussitôt. Nous entrâmes.

Au bout d'une pièce obscure, on apercevait de la clarté qui filtrait par une porte entrebâillée. Lupin se précipita, et, dès le seuil, il poussa un cri :

« Trop tard ! Ah ! crebleu ! »

La concierge tomba à genoux, comme évanouie.

Ayant pénétré à mon tour dans la chambre, je vis sur le tapis un homme à moitié nu qui gisait, les jambes recroquevillées, les bras tordus, et la face toute pâle, une face amaigrie, sans chair, dont les yeux gardaient une expression d'épouvante, et dont la bouche se convulsait en un rictus effroyable.

« Il est mort, fit Lupin, après un examen rapide.
— Mais comment ? m'écriai-je, il n'y a pas trace de sang.
— Si, si, répondit Lupin, en montrant sur la poitrine, par la chemise entrouverte, deux ou trois gouttes rouges... Tenez, on l'aura saisi d'une main à la gorge, et de l'autre on l'aura piqué au cœur. Je dis « piqué », car vraiment, la blessure est imperceptible. On croirait le trou d'une aiguille très longue. »

Il regarda par terre, autour du cadavre. Il n'y avait rien qui attirât l'attention, rien qu'un petit miroir de poche, le petit miroir avec lequel M. Lavernoux s'amusait à faire danser dans l'espace des rayons de soleil.

Mais, soudain, comme la concierge se lamentait et appelait au secours, Lupin se jeta sur elle et la bouscula :

« Taisez-vous !... Écoutez-moi... Vous appellerez tout à l'heure... Écoutez-moi et répondez. C'est d'une importance considérable. M. Lavernoux avait un ami dans cette rue, n'est-ce pas ? à droite et sur le même côté... un ami intime ?
— Oui.
— Un ami qu'il retrouvait tous les soirs au café, et avec lequel il échangeait des journaux illustrés ?
— Oui.
— Son nom ?
— Monsieur Dulâtre.
— Son adresse ?
— Au 92 de la rue.
— Un mot encore : ce vieux médecin, à barbe grise et à lunettes, dont vous m'avez parlé, venait depuis longtemps ?
— Non. Je ne le connaissais pas. Il est venu le soir même où M. Lavernoux est tombé malade. »

Sans en dire davantage, Lupin m'entraîna de nouveau, redescendit et, une fois dans la rue, tourna sur la droite, ce qui nous fit passer devant mon appartement. Quatre numéros plus loin, il s'arrêtait en face du 92, petite maison basse dont le rez-de-chaussée était occupé par un marchand de vins qui, justement, fumait sur le pas de sa porte, auprès du couloir d'entrée. Lupin s'informa si M. Dulâtre se trouvait chez lui.

« M. Dulâtre est parti, répondit le marchand... voilà peut-être une demi-heure... Il semblait très agité, et il a pris une automobile, ce qui n'est pas son habitude.

— Et vous ne savez pas...

— Où il se rendait ? Ma foi, il n'y a pas d'indiscrétion. Il a crié l'adresse assez fort ! « À la Préfecture de Police », qu'il a dit au chauffeur... »

Lupin allait lui-même héler un taxi-auto, quand il se ravisa, et je l'entendis murmurer :

« À quoi bon, il a trop d'avance ! »

Il demanda encore si personne n'était venu après le départ de M. Dulâtre.

« Si, un vieux monsieur à barbe grise et à lunettes qui est monté chez M. Dulâtre, qui a sonné et qui est reparti.

— Je vous remercie, monsieur, » dit Lupin en saluant.

Il se mit à marcher lentement, sans m'adresser la parole et d'un air soucieux. Il était hors de doute que le problème lui semblait fort difficile et qu'il ne voyait pas très clair dans les ténèbres où il paraissait se diriger avec tant de certitude.

D'ailleurs, lui-même m'avoua :

« Ce sont là des affaires qui nécessitent beaucoup plus d'intuition que de réflexion. Seulement, celle-ci vaut fichtre la peine qu'on s'en occupe... »

Nous étions arrivés sur les boulevards. Lupin entra dans un cabinet de lecture et consulta très longuement les journaux de la dernière quinzaine. De temps à autre, il marmottait :

« Oui... oui... Évidemment ce n'est qu'une hypothèse, mais elle explique tout. Or une hypothèse qui répond à toutes les questions n'est pas loin d'être une vérité. »

La nuit était venue, nous dînâmes dans un petit restaurant et je remarquai que le visage de Lupin s'animait peu à peu. Ses gestes avaient plus de décision. Il retrouvait de la gaieté, de la vie. Quand nous partîmes, et durant le trajet qu'il me fit faire sur le boulevard Haussmann, vers le domicile du baron Repstein, c'était vraiment le Lupin des grandes occasions, le Lupin qui a résolu d'agir et de gagner la bataille.

Un peu avant la rue de Courcelles, notre allure se ralentit. Le baron Repstein habitait à gauche, entre cette rue et le faubourg Saint-Honoré, un hôtel à trois étages dont nous pouvions apercevoir la façade enjolivée de colonnes et de cariatides.

« Halte dit Lupin tout à coup.

— Qu'y a-t-il ?

— Encore une preuve qui confirme mon hypothèse...

— Quelle preuve ? Je ne vois rien.

— Je vois... Cela suffit... »

Il releva le col de son vêtement, rabattit les bords de son chapeau mou, et prononça :

« Crebleu ! le combat sera rude. Allez vous coucher, mon bon ami. Demain, je vous raconterai mon expédition si toutefois elle ne me coûte pas la vie.

— Hein ?

— Eh, eh ! je risque gros. D'abord, mon arrestation, ce qui est peu. Ensuite, la mort, ce qui est pis ! Seulement...

Il me prit violemment par l'épaule :

« Il y a une troisième chose que je risque, c'est d'empocher deux millions... Et quand j'aurai une première mise de deux millions, on verra de quoi je suis capable. Bonne nuit, mon cher, et si vous ne me revoyez pas...»

Il déclama :

« Plantez un saule au cimetière,

J'aime son feuillage éploré... »

Je m'éloignai aussitôt. Trois minutes plus tard, – et je continue le récit d'après celui qu'il voulut bien me faire le lendemain – trois minutes plus tard, Lupin sonnait à la porte de l'hôtel Repstein.

« M. le baron est-il chez lui ?

— Oui, répondit le domestique, en examinant cet intrus d'un air étonné, mais M. le baron ne reçoit pas à cette heure-ci.

— M. le baron connaît l'assassinat de son intendant Lavernoux ?

— Certes.

— Eh bien, veuillez lui dire que je viens à propos de cet assassinat, et qu'il n'y a pas un instant à perdre. »

Une voix cria d'en haut :

« Faites monter, Antoine. »

Sur cet ordre émis de façon péremptoire, le domestique conduisit Lupin au premier étage.

Une porte était ouverte au seuil de laquelle attendait un monsieur que Lupin reconnut pour avoir vu sa photographie dans les journaux, le baron Repstein, le mari de la fameuse baronne, et le propriétaire d'Etna, le cheval le plus célèbre de l'année.

C'était un homme très grand, carré d'épaules, dont la figure, toute rasée, avait une expression aimable, presque souriante, que n'atténuait pas la tristesse des yeux. Il portait des vêtements de coupe élégante, un gilet de velours marron, et, à sa cravate, une perle que Lupin estima d'une valeur considérable.

Il introduisit Lupin dans son cabinet de travail, vaste pièce à trois fenêtres, meublée de bibliothèques, de casiers verts, d'un bureau américain et d'un coffre-fort. Et, tout de suite, avec un empressement visible, il demanda :

« Vous savez quelque chose ?

— Oui, monsieur le baron.

— Relativement à l'assassinat de ce pauvre Lavernoux ?

— Oui, monsieur le baron, et relativement aussi à Mme la baronne.

— Serait-ce possible ? Vite, je vous en supplie... »

Il avança une chaise. Lupin s'assit, et commença :

« Monsieur le baron, les circonstances sont graves. Je serai bref.

— Au fait ! Au fait !

— Eh bien, monsieur le baron, voici en quelques mots, et sans préambule. Tantôt, de sa chambre, Lavernoux, qui, depuis quinze jours, était tenu par son docteur en une sorte de réclusion, Lavernoux a... – comment dirais-je ? – a télégraphié certaines révélations à l'aide de signaux, que j'ai notés en partie, et qui m'ont mis sur la trace de cette affaire. Lui-même a été surpris au milieu de cette communication et assassiné.

— Mais par qui ? par qui ?

— Par son docteur ?

— Le nom de ce docteur ?

— Je l'ignore. Mais un des amis de M. Lavernoux, M. Dulâtre, celui-là précisément avec lequel il communiquait, doit le savoir, et il doit savoir également le sens exact et complet de la communication car, sans en attendre la fin, il a sauté dans une automobile et s'est fait conduire à la Préfecture de Police.

— Pourquoi ? Pourquoi ?... et quel est le résultat de cette démarche ?

— Le résultat, monsieur le baron, c'est que votre hôtel est cerné. Douze agents se promènent sous vos fenêtres. Dès que le soleil sera levé, ils entreront au nom de la loi, et ils arrêteront le coupable.

— L'assassin de Lavernoux se cache donc dans cet hôtel ? Un de mes domestiques ? Mais non, puisque vous parlez d'un docteur !...

— Je vous ferai remarquer, monsieur le baron, que, en allant transmettre à la Préfecture de Police les révélations de son ami Lavernoux, le sieur Dulâtre ignorait que son ami Lavernoux allait être assassiné. La démarche du sieur Dulâtre visait autre chose...

— Quelle chose ?

— La disparition de Mme la baronne, dont il connaissait le secret par la communication de Lavernoux.

— Quoi ! on sait enfin ! On a retrouvé la baronne ! Où est-elle ? Et l'argent qu'elle m'a extorqué ?»

Le baron Repstein parlait avec une surexcitation extraordinaire. Il se leva et, apostrophant Lupin :

« Allez jusqu'au bout, monsieur. Il m'est impossible d'attendre davantage. »

Lupin reprit d'une voix lente et qui hésitait :

« C'est que... voilà... l'explication devient difficile... étant donné que nous partons d'un point de vue tout à fait opposé.

— Je ne comprends pas.

— Il faut pourtant que vous compreniez, Monsieur le baron... Nous disons, n'est-ce pas, – je m'en rapporte aux journaux, – nous disons que la baronne Repstein partageait le secret de toutes vos affaires, et qu'elle pouvait non seulement ouvrir ce coffre-fort, mais aussi celui du Crédit Lyonnais où vous enfermiez toutes vos valeurs.

— Oui.

— Or, il y a quinze jours, un soir, tandis que vous étiez au cercle, la baronne Repstein, qui avait réalisé toutes ces valeurs à votre insu, est sortie d'ici avec un sac de voyage où se trouvait votre argent, ainsi que tous les bijoux de la princesse de Berny ?

— Oui.

— Et depuis on ne l'a pas revue ?

— Non.

— Eh bien, il y a une excellente raison pour qu'on ne l'ait pas revue.

— Laquelle ?

— C'est que la baronne Repstein a été assassinée...

— Assassinée !... la baronne !... mais vous êtes fou !

— Assassinée, et ce soir-là, tout probablement.

— Je vous répète que vous êtes fou ! Comment la baronne aurait-elle été assassinée, puisqu'on suit sa trace, pour ainsi dire, pas à pas ?...

— On suit la trace d'une autre femme.

— Quelle femme ?

— La complice de l'assassin.

— Et cet assassin ?

— Celui-là même qui, depuis quinze jours, sachant que Lavernoux, par la situation qu'il occupait dans cet hôtel, a découvert la vérité, le tient enfermé, l'oblige au silence, le menace, le terrorise ; celui-là même qui, surprenant Lavernoux en train de communiquer avec un de ses amis, le supprime froidement d'un coup de stylet au cœur.

— Le docteur, alors ?

— Oui.

— Mais qui est ce docteur ? Quel est ce génie malfaisant, cet être infernal qui apparaît et qui disparaît, qui tue dans l'ombre et que nul ne soupçonne ?

— Vous ne devinez pas ?

— Non.

— Et vous voulez savoir ?

— Si je le veux ! mais parlez ! parlez donc !... Vous savez où il se cache ?

— Oui.

— Dans cet hôtel ?

— Oui.

— C'est lui que la police recherche ?

— Oui.

— Et je le connais ?

— Oui.

— Qui est-ce ?

— Vous !

— Moi !... »

Il n'y avait certes pas dix minutes que Lupin se trouvait en face du baron, et le duel commençait. L'accusation était portée, précise, violente, implacable.

Il répéta :

« Vous-même, affublé d'une fausse barbe et d'une paire de lunettes, courbé en deux comme un vieillard. Bref, vous, le baron Repstein, et c'est vous, pour une bonne raison à laquelle personne n'a songé, c'est que si ce n'est pas vous qui avez combiné toute cette machination, l'affaire est inexplicable. Tandis que, vous coupable, vous assassinant la baronne pour vous débarrasser d'elle et manger les millions avec une autre femme, vous assassinant votre intendant Lavernoux pour supprimer un témoin irrécusable, – oh ! alors, tout s'explique. »

Le baron, qui, durant le début de l'entretien, demeurait incliné vers son interlocuteur, épiant chacune de ses paroles avec une avidité fiévreuse, le baron s'était redressé et il regardait Lupin comme si, décidément, il avait affaire à un fou. Lorsque Lupin eut terminé son discours, il recula de deux ou trois pas, parut prêt à dire des mots que, en fin de compte, il ne prononça point, puis il se dirigea vers la cheminée et sonna.

Lupin ne fit pas un geste. Il attendait en souriant.

Le domestique entra. Son maître lui dit :

« Vous pouvez vous coucher, Antoine. Je reconduirai Monsieur.

— Dois-je éteindre, Monsieur ?

— Laissez le vestibule allumé. »

Antoine se retira, et aussitôt, le baron ayant sorti de son bureau un revolver revint auprès de Lupin, mit l'arme dans sa poche, et dit très calmement :

« Vous excuserez, monsieur, cette petite précaution, que je suis obligé de prendre au cas, d'ailleurs invraisemblable, où vous seriez devenu fou. Non, vous n'êtes pas fou. Mais vous venez ici dans un but que je ne m'explique pas, et vous avez lancé contre moi une accusation si stupéfiante que je suis curieux d'en connaître la raison. »

Il avait une voix émue, et ses yeux tristes semblaient mouillés de larmes.

Lupin frissonna. S'était-il trompé ? L'hypothèse que son intuition lui avait suggérée et qui reposait sur une base fragile de petits faits, cette hypothèse était-elle fausse ? Un détail attira son attention : par l'échancrure du gilet, il aperçut la pointe de l'épingle fixée à la cravate du baron, et il constata ainsi la longueur insolite de cette épingle. De plus, la tige d'or en était triangulaire, et formait comme un menu poignard, très fin, très délicat, mais redoutable en des mains expertes.

Et Lupin ne douta pas que l'épingle, ornée de la perle magnifique, n'eût été l'arme qui avait perforé le cœur de ce pauvre M. Lavernoux.

Il murmura :

« Vous êtes rudement fort, Monsieur le baron. »

L'autre, toujours grave, garda le silence comme s'il ne comprenait pas, et comme s'il attendait les explications auxquelles il avait droit. Et malgré tout, cette attitude impassible troublait Arsène Lupin.

« Oui, rudement fort, car il est évident que la baronne n'a fait qu'obéir à vos ordres en réalisant vos valeurs, de même qu'en empruntant, pour les acheter, les bijoux de la princesse. Et il est évident que la personne qui est sortie de votre hôtel avec un sac de voyage, n'était pas votre femme, mais une complice, votre amie, probablement, et que c'est votre amie qui se fait pourchasser volontairement à travers l'Europe par notre bon Ganimard. Et je trouve la combinaison merveilleuse. Que risque cette femme puisque c'est la baronne que l'on cherche ? Et comment chercherait-on une autre femme que la baronne, puisque vous avez promis une prime de cent mille francs à qui retrouverait la baronne ? Oh ! les cent mille francs déposés chez un notaire, quel coup de génie ! Ils ont ébloui la police. Ils ont bouché les yeux des plus perspicaces. Un monsieur qui dépose cent mille francs chez un notaire dit la vérité. Et l'on poursuit la baronne ! Et on vous laisse mijoter tranquillement vos petites affaires, vendre au mieux votre écurie de courses et vos meubles, et préparer votre fuite ! Dieu ! que c'est drôle!

Le baron ne bronchait pas. Il s'avança vers Lupin et lui dit, toujours avec le même flegme :

« Qui êtes-vous ? »

Lupin éclata de rire :

« Quel intérêt cela peut-il avoir en l'occurrence ? Mettons que je sois l'envoyé du destin, et que je surgisse de l'ombre pour vous perdre !

Il se leva précipitamment, saisit le baron à l'épaule et lui jeta en mots saccadés :

« Ou pour te sauver, baron. Écoute-moi ! Les trois millions de la baronne, presque tous les bijoux de la princesse, l'argent que tu as touché aujourd'hui pour la vente de ton écurie et de tes immeubles, tout est là, dans ta poche ou dans ce coffre-fort. Ta fuite est prête. Tiens, derrière cette tenture, on aperçoit le cuir de ta valise. Les papiers de ton bureau sont en ordre. Cette nuit, bien déguisé, méconnaissable, toutes tes précautions prises, tu rejoignais ta maîtresse, celle pour qui tu as tué : Nelly Darbel, sans doute, que Ganimard arrêtait en Belgique. Un seul obstacle, soudain, imprévu, la police, les douze agents que les révélations de Lavernoux ont postés sous tes fenêtres. Tu es fichu ! Eh bien, je te sauve. Un coup de téléphone et, vers trois ou quatre heures du matin, vingt de mes amis suppriment l'obstacle, escamotent les douze agents et, sans tambours ni trompettes, on détale. Comme condition, presque rien, une bêtise pour toi, le partage des millions et des bijoux. Ça colle ? »

Il était penché sur le baron et l'apostrophait avec une énergie irrésistible. Le baron chuchota :

« Je commence à comprendre, c'est du chantage...

— Chantage ou non, appelle ça comme tu veux, mon bonhomme, mais il faut que tu en passes par où j'ai décidé. Et ne crois pas que je flanche au dernier moment. Ne te dis pas : « Voilà un gentleman que la crainte de la police fera réfléchir. Si je joue gros jeu en refusant, lui, il risque également les menottes, la cellule, tout le diable et son train, puisque nous sommes traqués tous deux comme des bêtes fauves. » Erreur, monsieur le baron. Moi, je m'en tire toujours. Il s'agit uniquement de toi... La bourse ou la vie, monseigneur. Part à deux, sinon..., sinon, l'échafaud ! Ça colle ?

Un geste brusque. Le baron se dégagea, empoigna son revolver et tira.

Mais Lupin prévoyait l'attaque, d'autant que le visage du baron avait perdu son assurance et pris peu à peu, sous une poussée lente de peur et de rage, une expression féroce, presque bestiale, qui annonçait la révolte, si longtemps contenue.

Deux fois il tira. Lupin se jeta de côté d'abord, puis s'abattit aux genoux du baron qu'il saisit par les jambes et fit basculer. D'un effort, le baron se dégagea. Les deux ennemis s'agrippèrent à bras-le-corps, et la lutte fut acharnée, sournoise, sauvage.

Tout à coup, Lupin sentit une douleur à la poitrine.

« Ah ! canaille hurla-t-il. C'est comme avec Lavernoux. L'épingle !... »

Il se raidit désespérément, maîtrisa le baron et l'étreignit à la gorge, vainqueur enfin, et tout-puissant.

« Imbécile ! Si tu n'avais pas abattu ton jeu, j'étais capable de lâcher la partie. T'as une telle figure d'honnête homme ! Mais quels muscles, monseigneur ! Un moment, j'ai bien cru... Seulement, cette fois, ça y est ! Allons, mon bon ami, donnez l'épingle et faites risette... Mais non, c'est une grimace, ça... Je serre trop fort, peut-être ? Monsieur va tourner de l'œil ? Alors, soyez sage... Bien, une toute petite ficelle autour des poignets... Vous permettez ? Mon Dieu, quel accord parfait entre nous ! C'est touchant !... Au fond, tu sais, j'ai de la sympathie pour toi... Et maintenant, petit frère, attention ! Et mille excuses !... »

Il se dressa à demi et, de toutes ses forces, lui assena au creux de l'estomac un coup de poing effroyable. L'autre râla, étourdi, sans connaissance :

« Voilà ce que c'est que de manquer de logique, mon bon ami, dit Lupin. Je t'offrais la moitié de tes richesses. Je ne t'accorde plus rien du tout... si tant est que je puisse avoir quelque chose. Car c'est là l'essentiel. Où le bougre a-t-il caché son magot ? Dans le coffre-fort ? Bigre, ça sera dur. Heureusement que j'ai toute la nuit... »

Il se mit à fouiller les poches du baron, prit un trousseau de clefs, s'assura d'abord que la valise, dissimulée derrière la tenture, ne contenait pas les papiers et les bijoux, et se dirigea vers le coffre-fort.

Mais à ce moment, il s'arrêta court ; il entendait du bruit quelque part. Les domestiques ? Impossible ! Leurs mansardes se trouvaient au troisième étage. Il écouta. Le bruit provenait d'en bas. Et subitement il comprit : les agents, ayant perçu les deux détonations, frappaient à la grande porte sans attendre le lever du jour.

« Crebleu ! dit-il, je suis dans de beaux draps. Voilà ces Messieurs maintenant... et à la minute même où nous allions recueillir le fruit de nos laborieux efforts. Voyons, voyons, Lupin, du sang-froid ! De quoi s'agit-il ? D'ouvrir en vingt secondes un coffre dont tu ignores le secret. Et tu perds la tête pour si peu ? Voyons, t'as qu'à le trouver, ce secret. Combien qu'il y a de lettres dans le mot ? Quatre ? »

Il continuait à réfléchir tout en parlant et tout en écoutant les allées et venues de l'extérieur. Il ferma à double tour la porte de l'antichambre, puis il revint au coffre.

« Quatre chiffres... Quatre lettres... Quatre lettres... Qui diable pourrait me donner un petit coup de main ... un petit bout de tuyau ?... Qui ? Mais Lavernoux, parbleu ! Ce bon Lavernoux, puisqu'il a pris la peine, au risque de ses jours, de faire de la télégraphie optique... Dieu ! que je suis bête. Mais oui, mais oui, nous y sommes ! Crénom ! ça m'émeut... Lupin, tu vas compter jusqu'à dix et comprimer les battements trop rapides de ton cœur. Sinon, c'est de la mauvaise ouvrage. »

Ayant compté jusqu'à dix, tout à fait calme, il s'agenouilla devant le coffre-fort. Il manœuvra les quatre boutons avec une attention minutieuse. Ensuite, il examina le trousseau de clefs, choisit l'une d'elles, puis une autre, et tenta vainement de les introduire.

« Au troisième coup l'on gagne, murmura-t-il, en essayant une troisième clef... Victoire ! Celle-ci marche ! Sésame, ouvre-toi !

La serrure fonctionna. Le battant fut ébranlé. Lupin l'entraîna vers lui en reprenant le trousseau.

« À nous les millions, dit-il. Sans rancune, baron Repstein. »

Mais, d'un bond, il sauta en arrière, avec un hoquet d'épouvante. Ses jambes vacillèrent sous lui. Les clefs s'entrechoquaient dans sa main fébrile avec un cliquetis sinistre. Et durant vingt, trente secondes, malgré le vacarme que l'on faisait en bas, et les sonneries électriques qui retentissaient à travers l'hôtel, il resta là, les yeux hagards, à contempler la plus horrible, la plus abominable vision : un corps de femme à moitié vêtu, courbé en deux dans le coffre, tassé comme un paquet trop gros et des cheveux blonds qui pendaient... et du sang...

« La baronne ! bégaya-t-il, la baronne !... Oh ! le monstre !... »

Il s'éveilla de sa torpeur, subitement, pour cracher à la figure de l'assassin et pour le marteler à coups de talon.

« Tiens, misérable !... Tiens, canaille ! Et avec ça, l'échafaud, le panier de son... »

Cependant, aux étages supérieurs, des cris répondaient à l'appel des agents. Lupin entendit des pas qui dégringolaient l'escalier. Il était temps de songer à la retraite.

En réalité cela l'embarrassait peu. Durant son entretien avec le baron Repstein, il avait eu l'impression, tellement l'ennemi montrait de sang-froid, qu'il devait exister une issue particulière. Pourquoi, d'ailleurs, le baron eût-il engagé la lutte, s'il n'avait été sûr d'échapper à la police ?

Lupin passa dans la chambre voisine. Elle donnait sur un jardin. À la minute même où les agents étaient introduits, il enjambait le balcon et se laissait glisser le long d'une gouttière. Il fit le tour des bâtiments. En face, il y avait un mur bordé d'arbustes. Il s'engagea entre ce mur et les arbustes, et trouva une petite porte qu'il lui fut facile d'ouvrir avec une des clefs du trousseau. Dès lors, il n'eut qu'à franchir une cour, à traverser les pièces vides d'un pavillon, et, quelques instants plus tard, il se trouvait dans la rue du Faubourg-Saint-Honoré. Bien entendu, et de cela il ne doutait point, la police n'avait pas prévu cette issue secrète.

« Eh bien, qu'en dites-vous, du baron Repstein ? » s'écria Lupin, après m'avoir raconté tous les détails de cette nuit tragique. Hein ! quel immonde personnage ! Et comme il faut parfois se méfier des apparences ! Je vous jure que celui-là avait l'air d'un véritable honnête homme !

Je lui demandai :

« Mais... les millions ? les bijoux de la princesse ?

— Ils étaient dans le coffre. Je me rappelle très bien avoir aperçu le paquet.

— Alors ?

— Ils y sont toujours.

— Pas possible...

— Ma foi, oui. Je pourrais vous dire que j'ai eu peur des agents, ou bien alléguer une délicatesse subite. La vérité est plus simple... et plus prosaïque... Ça sentait trop mauvais !...

— Quoi ?

— Oui, mon cher, l'odeur qui se dégageait de ce coffre, de ce cercueil... Non, je n'ai pas pu... la tête m'a tourné... Une seconde de plus, je me trouvais mal. Est-ce assez idiot ? Tenez, voilà tout ce que j'ai rapporté de mon expédition, l'épingle de cravate... La perle vaut au bas mot trente mille francs. Mais, tout de même, je vous l'avoue, je suis fichtrement vexé. Quelle gaffe !

— Encore une question, repris-je. Le mot du coffre-fort ?

— Eh bien ?

— Comment l'avez-vous deviné ?

— Oh ! très facilement. Je m'étonne même de n'y avoir pas songé plus tôt.

— Bref ?

— Il était contenu dans les révélations télégraphiées par ce pauvre Lavernoux.

— Hein ?

— Voyons, mon cher, les fautes d'orthographe...

— Les fautes d'orthographe ?

— Crebleu ! mais elles sont voulues. Serait-il admissible que le secrétaire, que l'intendant du baron, fît des fautes d'orthographe et qu'il écrivît fuire avec un e final, ataque avec un seul t, enemies avec un seul n et prudance avec un a ? Moi, cela m'a frappé aussitôt. J'ai réuni les quatre lettres, et j'ai obtenu le mot ETNA, le nom du fameux cheval.

— Et ce seul mot a suffi ?

— Parbleu ! Il a suffi, d'abord, pour me lancer sur la piste de l'affaire Repstein, dont tous les journaux parlaient, et, ensuite, pour faire naître en moi l'hypothèse que c'était là le mot du coffre-fort, puisque, d'une part, Lavernoux connaissait le contenu macabre du coffre-fort, et que, de l'autre, il dénonçait le baron. Et c'est ainsi, également, que j'ai été conduit à supposer que Lavernoux avait un ami dans la rue, qu'ils fréquentaient tous deux le même café, qu'ils s'amusaient à déchiffrer les problèmes et les devinettes cryptographiques des journaux illustrés, et qu'ils s'ingéniaient à correspondre télégraphiquement d'une fenêtre à l'autre.

— Et voilà, m'écriai-je, c'est tout simple !

— Très simple. Et l'aventure prouve une fois de plus qu'il y a, dans la découverte des crimes, quelque chose de bien supérieur à l'examen des faits, à l'observation, déduction, raisonnement et autres balivernes, c'est, je le répète, l'intuition... l'intuition et l'intelligence... Et Arsène Lupin, sans se vanter, ne manque ni de l'une ni de l'autre. »

L'ANNEAU NUPTIAL

Yvonne d'Origny embrassa son fils et lui recommanda d'être bien sage.

— Tu sais que ta grand-mère d'Origny n'aime pas beaucoup les enfants. Pour une fois qu'elle te fait venir chez elle, il faut lui montrer que tu es un petit garçon raisonnable.

Et s'adressant à la gouvernante :

« Surtout, fraulein, ramenez-le tout de suite après dîner... Monsieur est encore ici ?

— Oui, Madame, Monsieur le comte est dans son cabinet de travail. »

Aussitôt seule, Yvonne d'Origny marcha vers la fenêtre afin d'apercevoir son fils dès qu'il serait dehors. En effet, au bout d'un instant, il sortit de l'hôtel, leva la tête et lui envoya des baisers comme chaque jour. Puis sa gouvernante lui prit la main d'un geste dont Yvonne remarqua, avec étonnement, la brusquerie inaccoutumée. Elle se pencha davantage et, comme l'enfant gagnait l'angle du boulevard, elle vit soudain un homme qui descendait d'une automobile et qui s'approchait de lui. Cet homme – elle reconnut Bernard, le domestique de confiance de son mari – cet homme saisit l'enfant par le bras, le fit monter dans l'automobile ainsi que la gouvernante, et donna l'ordre au chauffeur de s'éloigner.

Tout cela n'avait pas duré dix secondes.

Yvonne, bouleversée, courut jusqu'à la chambre, empoigna un vêtement se dirigea vers la porte.

La porte était fermée à clef, et il n'y avait point de clef sur la serrure.

En hâte elle retourna dans son boudoir.

La porte de son boudoir était fermée également.

Tout de suite, l'image de son mari la heurta, cette figure sombre qu'aucun sourire n'éclairait jamais, ce regard impitoyable où, depuis des années, elle sentait tant de rancune et de haine.

— C'est lui !... c'est lui !... se dit-elle... il a pris l'enfant... Ah ! c'est horrible !

À coups de poing, à coups de pied, elle frappa la porte, puis bondit vers la cheminée et sonna, sonna éperdument.

Du haut en bas de l'hôtel, le timbre vibra. Les domestiques allaient venir. Des passants, peut-être, s'ameuteraient dans la rue. Et elle pressait le bouton avec un espoir forcené.

Un bruit de serrure... La porte s'ouvrit violemment. Le comte apparut au seuil du boudoir. Et l'expression de son visage était si terrible qu'Yvonne se mit à trembler.

Il avança. Cinq ou six pas le séparaient d'elle. Dans un effort suprême, elle tenta un mouvement, mais il lui fut impossible de bouger, et, comme elle cherchait à prononcer des paroles, elle ne put qu'agiter ses lèvres et qu'émettre des sons incohérents. Elle se sentit perdue. L'idée de la mort la bouleversa. Ses genoux fléchirent, et elle s'affaissa sur elle-même avec un gémissement.

Le comte se précipita et la saisit à la gorge.

« Tais-toi... n'appelle pas... disait-il d'une voix sourde, cela vaut mieux pour toi... »

Voyant qu'elle n'essayait pas de se défendre, il desserra son étreinte et sortit de sa poche des bandes de toile toutes prêtes et de longueurs différentes. En quelques minutes la jeune femme eut les poignets liés, les bras attachés le long du corps, et fut étendue sur un divan.

L'ombre avait envahi le boudoir. Le comte alluma l'électricité et se dirigea vers un petit secrétaire où Yvonne avait l'habitude de ranger ses lettres. Ne parvenant pas à l'ouvrir, il le fractura à l'aide d'un crochet de fer, vida les tiroirs, et, de tous les papiers, fit un monceau qu'il emporta dans un carton.

« Du temps perdu, n'est-ce pas ? ricana-t-il. Rien que des factures et des lettres insignifiantes... Aucune preuve contre toi... Bah ! N'empêche que je garde mon fils, et je jure Dieu que je ne le lâcherai pas... »

Comme il s'en allait, il fut rejoint près de la porte par son domestique Bernard. Ils conversèrent tous deux à voix basse, mais Yvonne entendit ces mots que prononçait le domestique :

« J'ai reçu la réponse de l'ouvrier bijoutier. Il est à ma disposition. »

Et le comte répliqua :

« La chose est remise à demain midi. Ma mère vient de me téléphoner qu'elle ne pouvait venir auparavant. »

Ensuite Yvonne perçut le cliquetis de la serrure et le bruit des pas qui descendaient jusqu'au rez-de-chaussée où se trouvait le cabinet de travail de son mari.

Elle demeura longtemps inerte, le cerveau en déroute, avec des idées vagues et rapides qui la brûlaient au passage, comme des flammes. Elle se rappelait la conduite indigne du comte d'Origny, ses procédés humiliants envers elle, ses menaces, ses projets de divorce, et elle comprenait peu à peu qu'elle était la victime d'une véritable conspiration, que les domestiques, sur l'ordre de leur maître, avaient congé jusqu'au lendemain soir, que la gouvernante, sur l'ordre du comte et avec la complicité de Bernard, avait emmené son fils, et que son fils ne reviendrait pas, et qu'elle ne le reverrait jamais.

« Mon fils ! cria-t-elle, mon fils !... »

Exaspérée par la douleur, de tous ses nerfs, de tous ses muscles, elle se raidit, en un effort brutal. Elle fut stupéfaite : sa main droite conservait une certaine liberté.

Alors un espoir fou la pénétra, et patiemment, lentement, elle commença l'œuvre de délivrance.

Ce fut long. Il lui fallut beaucoup de temps pour élargir le nœud suffisamment, et beaucoup de temps ensuite, quand sa main fut dégagée, pour défaire les liens qui nouaient le haut de ses bras à son buste, puis ceux qui emprisonnaient ses chevilles.

Cependant l'idée de son fils la soutenait, et, comme la pendule frappait huit coups, la dernière entrave tomba. Elle était libre !

À peine debout, elle se rua sur la fenêtre et tourna l'espagnolette avec l'intention d'appeler le premier passant venu. Justement, un agent de police se promenait sur le trottoir. Elle se pencha. Mais l'air vif de la nuit l'ayant frappée au visage, plus calme, elle songea au scandale, à l'enquête, aux interrogatoires, à son fils. Mon Dieu ! mon Dieu ! Que faire pour le reprendre ? Par quels moyens s'échapper ? Au moindre bruit, le comte pouvait survenir. Et qui sait si, dans un mouvement de rage...

Des pieds à la tête elle frissonna, prise d'une épouvante subite. L'horreur de la mort se mêlait, en son pauvre cerveau, à la pensée de son fils, et elle bégaya, la gorge étranglée :

« Au secours... Au secours... »

Elle s'arrêta net, et redit tout bas, à plusieurs reprises : « Au secours... au secours... » comme si ce mot éveillait en elle une idée, une réminiscence, et que l'attente d'un secours ne lui parût pas une chose impossible. Durant quelques minutes, elle resta absorbée en une méditation profonde, coupée de pleurs et de tressaillements. Puis, avec des gestes pour ainsi dire mécaniques, elle allongea le bras vers une petite bibliothèque suspendue au-dessus du secrétaire, saisit les uns après les autres quatre livres qu'elle feuilleta distraitement et remit en place, et finit par trouver entre les pages du cinquième une carte de visite où ses yeux épelèrent ces deux mots : Horace Velmont, et cette adresse écrite au crayon : Cercle de la rue Royale.

Et sa mémoire évoqua la phrase bizarre que cet homme lui avait dite quelques années auparavant en ce même hôtel, un jour de réception :

« Si jamais un péril vous menace, si vous avez besoin de secours, n'hésitez pas, jetez à la poste cette carte que je mets dans ce livre et quelle que soit l'heure, quels que soient les obstacles, je viendrai. »

Avec quel air étrange il avait prononcé une telle phrase, et comme il donnait l'impression de la certitude, de la force, de la puissance illimitée, de l'audace indomptable !

Brusquement, inconsciemment, sous la poussée d'une décision irrésistible et dont elle se refusait à prévoir les conséquences, Yvonne, avec ses mêmes gestes d'automate, prit une enveloppe pneumatique, introduisit la carte de visite, cacheta, inscrivit les deux lignes : Horace Velmont, Cercle de la rue Royale et s'approcha de la fenêtre entre-bâillée. Dehors l'agent de police déambulait. Elle lança l'enveloppe, la confiant au hasard. Peut-être ce chiffon de papier serait-il ramassé, et, comme une lettre égarée, mis à la poste.

Elle n'avait pas accompli cet acte qu'elle en saisit toute l'absurdité. Il était fou de supposer que le message irait à son adresse, et plus fou encore d'espérer que l'homme qu'elle appelait pourrait venir à son secours, quelle que fût l'heure et quels que fussent les obstacles.

Une réaction se produisit, d'autant plus vive, que l'effort avait été plus rapide et plus brutal. Yvonne chancela, s'appuya contre un fauteuil et se laissa tomber, à bout d'énergie.

Alors le temps s'écoula, le temps morne des soirées d'hiver où les voitures interrompent seules le silence de la rue. La pendule sonnait, implacable. Dans le demi-sommeil qui l'engourdissait, la jeune femme en comptait les tintements. Elle percevait aussi certains bruits à différents étages de la maison, et savait de la sorte que son mari avait dîné, qu'il montait jusqu'à sa chambre et redescendait dans son cabinet de travail. Mais tout cela lui semblait très vague, et sa torpeur était telle qu'elle ne songeait même pas à s'étendre sur le divan, pour le cas où il entrerait...

Les douze coups de minuit... Puis la demie... Puis une heure... Yvonne ne réfléchissait à rien, attendant les événements qui se préparaient et contre lesquels toute rébellion était inutile. Elle se représentait son fils et elle-même, comme on se représente ces êtres qui ont beaucoup souffert et qui ne souffrent plus, et qui s'enlacent de leurs bras affectueux. Mais un cauchemar la secoua. Voilà que, ces deux êtres, on voulait les arracher l'un à l'autre, et elle avait la sensation affreuse, en son délire, qu'elle pleurait, et qu'elle râlait...

D'un mouvement, elle se dressa. La clef venait de tourner dans la serrure. Attiré par ses cris, le comte allait apparaître. Du regard, Yvonne chercha une arme pour se défendre. Mais la porte fut poussée vivement, et, stupéfaite, comme si le spectacle qui s'offrait à ses yeux lui eût semblé le prodige le plus inexplicable, elle balbutia :

« Vous !... vous !... »

Un homme s'avançait vers elle, en habit, son macferlane et son claque sous le bras, et cet homme jeune, de taille mince, élégant, elle l'avait reconnu, c'était Horace Velmont.

« Vous ! » répéta-t-elle.

Il dit en la saluant :

« Je vous demande pardon, madame, votre lettre ne m'a été remise que tard.

— Est-ce possible ! Est-ce possible que ce soit vous !... que vous ayez pu !... »

Il parut très étonné.

« N'avais-je pas promis de me rendre à votre appel ?

— Oui... mais...

— Eh bien, me voici, » dit-il en souriant.

Il examina les bandes de toile dont Yvonne avait réussi à se délivrer et hocha la tête, tout en continuant son inspection.

« C'est donc là les moyens que l'on emploie ? Le comte d'Origny, n'est-ce pas ? J'ai vu également qu'il vous avait emprisonnée... Mais alors, le pneumatique... Ah ! par cette fenêtre... Quelle imprudence de ne pas l'avoir refermée ! »

Il poussa les deux battants. Yvonne s'effara.

« Si l'on entendait !

— Il n'y a personne dans l'hôtel. Je l'ai visité.

— Cependant...

— Votre mari est sorti depuis dix minutes.

— Où est-il ?

— Chez sa mère, la comtesse d'Origny.

— Comment le savez-vous ?

— Oh ! très simplement. Il a reçu un coup de téléphone pendant que, moi, j'en attendais le résultat au coin de cette rue et du boulevard. Comme je l'avais prévu, le comte est sorti précipitamment, suivi de son domestique. Aussitôt, à l'aide de clefs spéciales, je suis entré. »

Il racontait cela le plus naturellement du monde, de même que l'on raconte, dans un salon, une petite anecdote insignifiante. Mais Yvonne demanda, reprise d'une inquiétude soudaine :

« Alors, ce n'est pas vrai ?... Sa mère n'est pas malade ?... En ce cas, mon mari va revenir...

— Certes, le comte s'apercevra qu'on s'est joué de lui, et, d'ici trois quarts d'heure au plus...

— Partons... je ne veux pas qu'il me retrouve ici... je rejoins mon fils.

— Un instant...

— Un instant !... Mais vous ne savez donc pas qu'on me l'enlève ? qu'on lui fait du mal, peut-être ?... »

La figure contractée, les gestes fébriles, elle cherchait à repousser Velmont. Avec beaucoup de douceur, il la contraignit à s'asseoir, et, incliné sur elle, l'attitude respectueuse, il prononça d'un ton grave :

« Écoutez-moi, madame, et ne perdons pas un temps dont chaque minute est précieuse. Tout d'abord, rappelez-vous ceci : nous nous sommes rencontrés quatre fois, il y a six ans... Et la quatrième fois, dans les salons de cet hôtel, comme je vous parlais avec trop... comment dirais-je ? avec trop d'émotion, vous m'avez fait sentir que mes visites vous déplaisaient. Depuis, je ne vous ai pas revue. Et pourtant, malgré tout, votre confiance en moi était telle que vous avez conservé la carte que j'avais mise entre les pages de ce livre, et que, six ans après, c'est moi, et pas un autre, que vous avez appelé. Cette confiance, je vous la demande encore. Il faut m'obéir aveuglément. De même que je suis venu à travers tous les obstacles, de même je vous sauverai, quelle que soit la situation.

La tranquillité d'Horace Velmont, sa voix impérieuse aux intonations amicales, apaisaient peu à peu la jeune femme. Toute faible encore, elle éprouvait de nouveau, en face de cet homme, une impression de détente et de sécurité.

« N'ayez aucune peur, reprit-il. La comtesse d'Origny habite à l'extrémité du bois de Vincennes. En admettant que votre mari trouve une auto, il est impossible qu'il soit de retour avant trois heures et quart. Or il est deux heures trente-cinq. Je vous jure qu'à trois heures exactement nous partirons et que je vous conduirai vers votre fils. Mais je ne veux pas partir avant de tout savoir.

« Que dois-je faire ? dit-elle.
— Me répondre, et très nettement. Nous avons vingt minutes. C'est assez. Ce n'est pas trop.
— Interrogez-moi.
— Croyez-vous que le comte ait eu des projets… criminels ?
— Non.
— Il s'agit donc de votre fils ?
— Oui.
— Il vous l'enlève, n'est-ce pas, parce qu'il veut divorcer et épouser une autre femme, une de vos anciennes amies, que vous avez chassée de votre maison ?… Oh ! je vous en conjure, répondez-moi sans détours. Ce sont là des faits de notoriété publique, et votre hésitation, vos scrupules, tout doit cesser actuellement, puisqu'il s'agit de votre fils. Ainsi donc, votre mari veut épouser une autre femme ?
— Oui.
— Cette femme n'a pas d'argent. De son côté, votre mari, qui s'est ruiné, n'a d'autres ressources que la pension qui lui est servie par sa mère, la comtesse d'Origny, et les revenus de la grosse fortune que votre fils a héritée de deux de vos oncles. C'est cette fortune que votre mari convoite et qu'il s'approprierait plus facilement si l'enfant lui était confié. Un seul moyen le divorce. Je ne me trompe pas ?
— Non.
— Ce qui l'arrêtait jusqu'ici, c'était votre refus ?
— Oui, et celui de ma belle-mère dont les sentiments religieux s'opposent au divorce. La comtesse d'Origny ne céderait que dans le cas…
— Que dans le cas ?…
— Où l'on pourrait prouver que ma conduite est indigne. »
Velmont haussa les épaules.
« Donc il ne peut rien contre vous ni contre votre fils. Au point de vue légal, comme au point de vue de ses intérêts, il se heurte à un obstacle qui est le plus insurmontable de tous, la vertu d'une honnête femme. Et cependant voilà que, tout d'un coup, il engage la lutte.
— Que voulez-vous dire ?
— Je veux dire que, si un homme comme le comte, après tant d'hésitations et malgré tant d'impossibilités, se risque dans une aventure aussi incertaine, c'est qu'il a, ou qu'il croit avoir entre les mains, des armes.
— Quelles armes ?
— Je l'ignore. Mais elles existent… Sans quoi il n'eût pas commencé par prendre votre fils. »
Yvonne se désespéra.
« C'est horrible… Est-ce que je sais, moi, ce qu'il a pu faire ! ce qu'il a pu inventer !…
— Cherchez bien… Rappelez vos souvenirs… Tenez, dans ce secrétaire qu'il a fracturé, il n'y avait pas une lettre qu'il fût possible de retourner contre vous ?
— Aucune…
— Et dans les paroles qu'il vous a dites, dans ses menaces, il n'y a rien qui vous permette de deviner ?…
— Rien…
— Pourtant… pourtant… répéta Velmont, il doit y avoir quelque chose… »
Et il reprit :
« Le comte n'a pas un ami plus intime… auquel il se confie ?…
— Non.
— Personne n'est venu le voir hier ?
— Personne.
— Il était seul quand il vous a liée et enfermée ?

— À ce moment, oui.
— Mais après ?
— Après, son domestique l'a rejoint près de la porte, et j'ai entendu qu'ils parlaient d'un ouvrier bijoutier...
— C'est tout ?
— Et d'une chose qui aurait lieu le lendemain, c'est-à-dire aujourd'hui, à midi, parce que la comtesse d'Origny ne pouvait venir auparavant. »

Velmont réfléchit.

« Cette conversation a-t-elle un sens qui vous éclaire sur les projets de votre mari ?
— Je n'en vois pas...
— Où sont vos bijoux ?
— Mon mari les a vendus.
— Il ne vous en reste pas un seul ?
— Non.
— Pas même une bague ?
— Non, dit-elle en montrant ses mains, rien que cet anneau.
— Qui est votre anneau de mariage ?
— Qui est... mon anneau... »

Elle s'arrêta, interdite. Velmont nota qu'elle rougissait, et il l'entendit balbutier :

« Serait-ce possible ?... Mais non... Mais non. Il ignore... »

Velmont la pressa de questions aussitôt, et Yvonne se taisait, immobile, le visage anxieux. À la fin, elle répondit, à voix basse :

« Ce n'est pas mon anneau de mariage. Un jour, il y a longtemps, je l'ai fait tomber de la cheminée de ma chambre, où je l'avais mis une minute auparavant, et, malgré toutes mes recherches, je n'ai pu le retrouver. Sans rien dire, j'en ai commandé un autre... que voici à ma main.

« Le véritable anneau portait la date de votre mariage ?
— Oui... vingt-trois octobre.
— Et le second ?
— Celui-ci ne porte aucune date. »

Il sentit en elle une légère hésitation et un trouble qu'elle ne cherchait d'ailleurs pas à dissimuler.

« Je vous en supplie, s'écria-t-il, ne me cachez rien... Vous voyez le chemin que nous avons parcouru en quelques minutes, avec un peu de logique et de sang-froid. Continuons, je vous le demande en grâce.
— Êtes-vous sûr, dit-elle, qu'il soit nécessaire ?...
— Je suis sûr que le moindre détail a son importance et que nous sommes près d'atteindre le but. Mais il faut se hâter. L'heure est grave.
— Je n'ai rien à cacher, fit-elle en relevant la tête. C'était à l'époque la plus misérable et la plus dangereuse de ma vie. Humiliée chez moi, dans le monde j'étais entourée d'hommages, de tentations, de pièges, comme toute femme qu'on voit abandonnée de son mari. Alors, je me suis souvenue... Avant mon mariage, un homme m'avait aimée, dont j'avais deviné l'amour impossible et qui, depuis, est mort. J'ai fait graver le nom de cet homme, et j'ai porté cet anneau comme on porte un talisman. Il n'y avait pas d'amour en moi puisque j'étais la femme d'un autre. Mais dans le secret de mon cœur, il y eut un souvenir, un rêve meurtri, quelque chose de doux qui me protégeait... »

Elle s'était exprimée lentement, sans embarras, et Velmont ne douta pas une seconde qu'elle n'eût dit l'absolue vérité. Comme il se taisait, elle redevint anxieuse et lui demanda :

« Est-ce que vous supposez que mon mari... »

Il lui prit la main, et prononça, tout en examinant l'anneau d'or :

« L'énigme est là. Votre mari, je ne sais comment, connaît la substitution. À midi, sa mère viendra. Devant témoins, il vous obligera d'ôter votre bague, et de la sorte, il pourra, en même temps que l'approbation de sa mère, obtenir le divorce, puisqu'il aura la preuve qu'il cherchait.
— Je suis perdue, gémit-elle, je suis perdue !
— Vous êtes sauvée, au contraire ! Donnez-moi cette bague... et tantôt, c'est une autre qu'il trouvera, une autre que je vous ferai parvenir avant midi, et qui portera la date du vingt-trois octobre. Ainsi... »

Il s'interrompit brusquement. Tandis qu'il parlait, la main d'Yvonne s'était glacée dans la sienne, et, ayant levé les yeux, il vit que la jeune femme était pâle, affreusement pâle.

« Qu'y a-t-il ?... Je vous en prie... »

Elle eut un accès de désespoir fou.

« Il y a... il y a que je suis perdue !... Il y a que je ne peux l'ôter, cet anneau ! Il est devenu trop petit!... Comprenez-vous ?... Cela n'avait pas d'importance, et je n'y pensais pas... Mais aujourd'hui... Cette preuve... cette accusation... Ah ! quelle torture ! Regardez... Il fait partie de mon doigt... Il est incrusté dans ma chair... et je ne peux pas... je ne peux pas. »

Elle tirait vainement de toutes ses forces, au risque de se blesser. Mais la chair se gonflait autour de l'anneau, et l'anneau ne bougeait point.

« Ah ! balbutia-t-elle, étreinte par une idée qui la terrifia... je me souviens, l'autre nuit... un cauchemar que j'ai eu... Il me semblait que quelqu'un entrait dans ma chambre et s'emparait de ma main. Et je ne pouvais pas me réveiller... C'était lui ! c'était lui ! Il m'avait endormie, j'en suis sûre... et il regardait la bague... Et tantôt il me l'arrachera devant sa mère... Ah ! je comprends tout... cet ouvrier bijoutier... c'est lui qui me la coupera à même la main... Vous voyez... vous voyez... je suis perdue... »

Elle se cacha la tête et se mit à pleurer. Mais dans le silence, la pendule sonna une fois, et puis une autre fois, et une fois encore. Et Yvonne se redressa d'un bond.

« Le voilà cria-t-elle. Il va venir... il est trois heures... Allons-nous-en... »

Elle se jeta sur son manteau et courut vers la porte... Il lui barra le passage, et d'un ton impérieux :

« Vous ne partirez pas.

— Mon fils... Je veux le voir, le reprendre...

— Savez-vous seulement où il est ?

— Je veux partir !

— Vous ne partirez pas !... Ce serait de la folie. »

Il la saisit aux poignets. Elle voulut se dégager, et Velmont dut apporter une certaine brusquerie pour vaincre sa résistance. À la fin, il réussit à la ramener vers le divan, puis à l'étendre, et, tout de suite sans prêter attention à ses plaintes, il reprit les bandes de toile et lui attacha les bras et les chevilles.

« Oui, disait-il, ce serait de la folie. Qui vous aurait délivrée ? Qui vous aurait ouvert cette porte ? Un complice ? Quel argument contre vous, et comme votre mari s'en servirait auprès de sa mère ! Et puis, à quoi bon ? Vous enfuir, c'est accepter le divorce... et sait-on jamais le dénouement ?... Il faut rester ici. »

Elle sanglotait.

« J'ai peur... J'ai peur... Cet anneau me brûle... Brisez-le... Emportez-le... Qu'on ne le retrouve pas!...

— Et si l'on ne le retrouve pas à votre doigt, qui l'aurait brisé ? Toujours un complice... Non, il faut affronter la lutte, et vaillamment, puisque je réponds de tout... Croyez en moi... je réponds de tout... Dussé-je m'attaquer à la comtesse d'Origny et retarder ainsi l'entrevue... dussé-je venir moi-même avant midi, c'est l'anneau nuptial que l'on arrachera de votre doigt... je vous le jure... et votre fils vous sera rendu... »

Dominée, soumise, Yvonne, par instinct, s'offrait elle-même aux entraves. Quand il se releva, elle était liée comme auparavant.

Il inspecta la pièce pour s'assurer qu'aucune trace ne demeurait de son passage. Puis il s'inclina de nouveau sur la jeune femme et murmura :

« Pensez à votre fils, et, quoi qu'il arrive, ne craignez rien... je veille sur vous. »

Elle l'entendit ouvrir et refermer la porte du boudoir, puis, quelques minutes après, la porte de la rue.

À trois heures et demie, une automobile s'arrêtait. La porte, en bas, claqua de nouveau, et presque aussitôt Yvonne aperçut son mari qui entrait rapidement, l'air furieux. Il courut vers elle, s'assura qu'elle était toujours attachée, et, s'emparant de sa main, examina la bague. Yvonne s'évanouit...

Elle ne sut pas au juste, en se réveillant, combien de temps elle avait dormi. Mais la clarté du grand jour pénétrait dans le boudoir, et elle constata, au premier mouvement qu'elle fit, que les bandes étaient coupées. Alors elle tourna la tête et vit auprès d'elle son mari qui la regardait.

« Mon fils... mon fils... gémit-elle, je veux mon fils... »

Il répliqua, d'une voix dont elle sentit la raillerie :

« Notre fils est en lieu sûr. Et, pour l'instant, il ne s'agit pas de lui, mais de vous. Nous sommes l'un en face de l'autre sans doute pour la dernière fois, et l'explication que nous allons avoir est très grave. Je dois vous avertir qu'elle aura lieu devant ma mère. Vous n'y voyez pas d'inconvénient ? »

Yvonne s'efforça de cacher son trouble et répondit :

« Aucun.

— Je puis l'appeler ?

— Oui. Laissez-moi, en attendant. Je serai prête quand elle viendra.

— Ma mère est ici.

— Votre mère est ici ? s'écria Yvonne, éperdue et se rappelant la promesse d'Horace Velmont.

— Qu'y a-t-il d'étonnant ?

— Et c'est maintenant ?... C'est tout de suite que vous voulez...

— Oui.

— Pourquoi ?... Pourquoi pas ce soir ?... Demain ?

— Aujourd'hui, et maintenant, déclara le comte. Il s'est produit au cours de la nuit un incident assez bizarre et que je ne m'explique pas : on m'a fait venir chez ma mère dans le but évident de m'éloigner d'ici. Cela me détermine à devancer le moment de l'explication. Vous ne désirez pas prendre quelque nourriture auparavant ?

— Non... non...

— Je vais donc chercher ma mère. »

Il se dirigea vers la chambre d'Yvonne. Celle-ci jeta un coup d'œil sur la pendule. La pendule marquait dix heures trente-cinq !

« Ah ! » fit-elle avec un frisson d'épouvante.

Dix heures trente-cinq ! Horace Velmont ne la sauverait pas, et personne au monde, et rien au monde ne la sauverait, car il n'y avait point de miracle qui pût faire que l'anneau d'or ne fût pas à son doigt.

Le comte revint avec la comtesse d'Origny et la pria de s'asseoir. C'était une femme sèche, anguleuse, qui avait toujours manifesté contre Yvonne des sentiments hostiles. Elle ne salua même pas sa belle-fille, montrant ainsi qu'elle était gagnée à l'accusation.

« Je crois, dit-elle, qu'il est inutile de parler très longuement. En deux mots, mon fils prétend...

— Je ne prétends pas, ma mère, dit le comte, j'affirme. J'affirme sous serment que, il y a trois mois, durant les vacances, le tapissier, en reposant les tapis de ce boudoir et de la chambre, a trouvé, dans une rainure de parquet, l'anneau de mariage que j'avais donné à ma femme. Cet anneau, le voici. La date du vingt-trois octobre est gravée à l'intérieur.

— Alors, dit la comtesse, l'anneau que votre femme porte...

— Cet anneau a été commandé par elle en échange du véritable. Sur mes indications, Bernard, mon domestique, après de longues recherches, a fini par découvrir, aux environs de Paris, où il habite maintenant, le petit bijoutier à qui elle s'était adressée. Cet homme se souvient parfaitement, et il est prêt à en témoigner, que sa cliente ne lui a pas fait inscrire une date, mais un nom. Ce nom, il ne se le rappelle pas, mais peut-être l'ouvrier qui travaillait avec lui, dans son magasin, s'en souviendrait-il. Prévenu par lettre que j'avais besoin de ses services, cet homme a répondu hier qu'il était à ma disposition. Ce matin, dès neuf heures, Bernard allait le chercher. Tous deux attendent dans mon cabinet. »

Il se tourna vers sa femme.

« Voulez-vous, de votre plein gré, me donner cet anneau ? »

Elle articula :

« Vous savez bien, depuis la nuit où vous avez essayé de le prendre à mon insu, qu'il est impossible de l'ôter de mon doigt.

— En ce cas, puis-je donner l'ordre que cet homme monte ? Il a les instruments nécessaires.

— Oui, » dit-elle d'une voix faible comme un souffle.

Elle était résignée. En une sorte de vision elle évoquait l'avenir, le scandale, le divorce prononcé contre elle, l'enfant confié par jugement au père, et elle acceptait cela en pensant qu'elle enlèverait son fils, qu'elle partirait avec lui au bout du monde et qu'ils vivraient tous deux, seuls, heureux...

Sa belle-mère lui dit :

« Vous avez été bien légère, Yvonne. »

Yvonne fut sur le point de se confesser à elle et de lui demander sa protection. À quoi bon ? Comment admettre que la comtesse d'Origny pût la croire innocente ? Elle ne répliqua point.

Tout de suite, d'ailleurs, le comte rentrait, suivi de son domestique et d'un homme qui portait une trousse sous le bras.

Et le comte dit à cet homme :

« Vous savez de quoi il s'agit ?

— Oui, fit l'ouvrier. Une bague qui est devenue trop petite et qu'il faut trancher... C'est facile... Un coup de pince...

— Et vous examinerez ensuite, dit le comte, si l'inscription qui est à l'intérieur de cet anneau fut bien gravée par vous. »

Yvonne observa la pendule. Il était onze heures moins dix. Il lui sembla entendre quelque part dans l'hôtel un bruit de voix qui disputaient, et, malgré elle, un sursaut d'espoir la secoua. Peut-être Velmont avait-il réussi... Mais, le bruit s'étant renouvelé, elle se rendit compte que des marchands ambulants passaient sous ses fenêtres et s'éloignaient.

C'était fini. Horace Velmont n'avait pas pu la secourir. Et elle comprit que, pour retrouver son enfant, il lui faudrait agir par ses propres forces, car les promesses des autres sont vaines.

Elle eut un mouvement de recul. Elle avait vu sur sa main la main sale de l'ouvrier, et ce contact odieux la révoltait.

L'homme s'excusa, avec embarras. Le comte dit à sa femme :

« Il faut pourtant vous décider. »

Alors elle tendit sa main fragile et tremblante que l'ouvrier saisit de nouveau, qu'il retourna, et appuya sur la table, la paume découverte. Yvonne sentit le froid de l'acier. Elle souhaita mourir, d'un coup, et, s'attachant aussitôt à cette idée de mort, elle pensa à des poisons qu'elle achèterait et qui l'endormiraient presque à son insu.

L'opération fut rapide. De biais, les petites tenailles d'acier repoussèrent la chair, se firent une place, et mordirent la bague. Un effort brutal... la bague se brisa. Il n'y avait plus qu'à écarter les deux extrémités pour la sortir du doigt. C'est ce que fit l'ouvrier.

Le comte s'exclama, triomphant :

« Enfin nous allons savoir... la preuve est là ! Et nous sommes tous témoins... »

Il agrippa l'anneau et regarda l'inscription.

Un cri de stupeur lui échappa. L'anneau portait la date de son mariage avec Yvonne : « Vingt-trois octobre».

Nous étions assis sur la terrasse de Monte-Carlo. Son histoire terminée, Lupin alluma une cigarette et lança paisiblement des bouffées vers le ciel bleu.

Je lui dis :

« Eh bien ?

— Eh bien, quoi ?

— Comment, quoi ? mais la fin de l'aventure...

— La fin de l'aventure ? Mais il n'y en a pas d'autre.

— Voyons... vous plaisantez...

— Nullement. Celle-là ne vous suffit pas ? La comtesse est sauvée. Le mari, n'ayant pas la moindre preuve contre elle, est contraint par sa mère à renoncer au divorce et à rendre l'enfant. Voilà tout. Depuis il a quitté sa femme, et celle-ci vit heureuse, avec son fils, un garçon de seize ans.

— Oui... oui... mais la façon dont la comtesse a été sauvée ? »

Lupin éclata de rire.

« Mon cher ami...

(Lupin daigne parfois m'appeler de la sorte.)

— Mon cher ami, vous avez peut-être une certaine adresse pour raconter mes exploits, mais, fichtre, il faut mettre les points sur les i. Je vous jure que la comtesse n'a pas eu besoin d'explication.

— Je n'ai aucun amour-propre, lui répondis-je en riant. Mettez les points sur les i. »

Il prit une pièce de cinq francs et referma la main sur elle.

« Qu'y a-t-il dans cette main ?

— Une pièce de cinq francs. »

Il ouvrit la main. La pièce de cinq francs n'y était pas.

« Vous voyez comme c'est facile ! Un ouvrier bijoutier coupe avec des tenailles une bague sur laquelle est gravé un nom, mais il en présente une autre sur laquelle est gravée la date du vingt-trois octobre. C'est un simple tour d'escamotage, et j'ai celui-là dans le fond de mon sac, ainsi que beaucoup d'autres. Bigre ! J'ai travaillé six mois avec Pickmann.

— Mais alors...

— Allez-y donc !

— L'ouvrier bijoutier ?

— C'était Horace Velmont ! C'était ce brave Lupin ! En quittant la comtesse à trois heures du matin, j'ai profité des quelques minutes qui me restaient avant l'arrivée du mari pour inspecter son cabinet de travail. Sur la table, j'ai trouvé la lettre que l'ouvrier bijoutier avait écrite. Cette lettre me donnait l'adresse. Moyennant quelques louis j'ai pris la place de l'ouvrier, et je suis venu avec un anneau d'or coupé et gravé d'avance. Passez, muscade. Le comte n'y a vu que du feu.

— Parfait, » m'écriai-je.

Et j'ajoutai, un peu ironique à mon tour :

« Mais ne croyez-vous pas que vous-mêmes fûtes quelque peu dupé en l'occurrence ?

— Ah ! Et par qui ?

— Par la comtesse.

— En quoi donc ?

— Dame ! ce nom inscrit comme un talisman... ce beau ténébreux qui l'aima et souffrit pour elle... Tout cela me paraît fort invraisemblable, et je me demande si, tout Lupin que vous soyez, vous n'êtes pas tombé au milieu d'un joli roman d'amour bien réel... et pas trop innocent. »

Lupin me regarda de travers.

« Non, dit-il.

— Comment le savez-vous ?

— Si la comtesse altéra la vérité en me disant qu'elle avait connu cet homme avant son mariage et qu'il était mort, et si elle l'aima dans le secret de son cœur, j'ai du moins la preuve que cet amour fut idéal, et que, lui, ne le soupçonna pas.

— Et cette preuve ?

— Elle est inscrite au creux de la bague que j'ai brisée moi-même au doigt de la comtesse et que je porte. La voici. Vous pouvez lire le nom qu'elle avait fait graver. »

Il me donna la bague. Je lus « Horace Velmont ».

Il y eut entre Lupin et moi un instant de silence, et, l'ayant observé, je notai sur son visage une certaine émotion, un peu de mélancolie.

Je repris : « Pourquoi vous êtes-vous résolu à me raconter cette histoire... à laquelle vous avez fait souvent allusion devant moi ?

— Pourquoi ? »

Il me montra, d'un signe, une femme très belle encore qui passait devant nous, au bras d'un jeune homme.

Elle aperçut Lupin et le salua.

« C'est elle, fit-il, c'est elle avec son fils.

— Elle vous a donc reconnu ?

— Elle me reconnaît toujours, quel que soit mon déguisement.

— Mais, depuis le cambriolage du Château de Thibermesnil, la police a identifié les deux noms de Lupin et d'Horace Velmont.

— Oui.

— Elle sait par conséquent qui vous êtes ?

— Oui.

— Et elle vous salue ? m'écriai-je malgré moi.

Il m'empoigna le bras, et, violemment :

« Croyez-vous donc que je sois Lupin pour elle ? Croyez-vous que je sois à ses yeux un cambrioleur, un escroc, un gredin ?... Mais je serais le dernier des misérables, j'aurais tué, même, qu'elle me saluerait encore.

— Pourquoi ? Parce qu'elle vous a aimé ?

— Allons donc ! ce serait une raison de plus, au contraire, pour qu'elle me méprisât.

— Alors ?

— Je suis l'homme qui lui a rendu son fils !

LE SIGNE DE L'OMBRE

« J'ai reçu votre télégramme, me dit, en entrant chez moi, un monsieur à moustaches grises, vêtu d'une redingote marron, et coiffé d'un chapeau à larges bords. Et me voici. Qu'y a-t-il ? »

Si je n'avais pas attendu Arsène Lupin, je ne l'aurais certes pas reconnu sous cet aspect de vieux militaire en retraite.

« Qu'y a-t-il ? répliquai-je, oh ! pas grand-chose, une coïncidence assez bizarre. Et comme il vous plaît de démêler les affaires mystérieuses, au moins autant que de les combiner...

— Et alors ?

— Vous êtes bien pressé !

— Excessivement, si l'affaire en question ne vaut pas la peine que je me dérange. Par conséquent, droit au but.

— Droit au but, allons-y. Et commencez, je vous prie, par jeter un coup d'œil sur ce petit tableau que j'ai découvert, l'autre semaine, dans un magasin poudreux de la rive gauche, et que j'ai acheté pour son cadre Empire, à doubles palmettes... car la peinture est abominable.

— Abominable, en effet, dit Lupin, au bout d'un instant, mais le sujet lui-même ne manque pas de saveur... ce coin de vieille cour avec sa rotonde à colonnade grecque, son cadran solaire et son bassin, avec son puits délabré au toit Renaissance, avec ses marches et son banc de pierre, tout cela est pittoresque.

— Et authentique, ajoutai-je. La toile, bonne ou mauvaise, n'a jamais été enlevée de son cadre Empire. D'ailleurs, la date est là... Tenez, dans le bas, à gauche, ces chiffres rouges, 15-4-2, qui signifient évidemment 15 avril 1802.

— En effet... en effet... Mais vous parliez d'une coïncidence, et, jusqu'ici, je ne vois pas... »

J'allai prendre dans un coin une longue-vue que j'établis sur son trépied et que je braquai vers la fenêtre ouverte d'une petite chambre située en face de mon appartement, de l'autre côté de la rue. Et je priai Lupin de regarder.

Il se pencha. Le soleil, oblique à cette heure, éclairait la chambre où l'on apercevait des meubles d'acajou très simples, un grand lit d'enfant habillé de rideaux en cretonne.

« Ah ! dit Lupin tout à coup, le même tableau !

— Exactement le même ! affirmai-je. Et la date... vous voyez la date en rouge ? 15-4-2.

— Oui, je vois... Et qui demeure dans cette chambre ?

— Une dame ou plutôt une ouvrière, puisqu'elle est obligée de travailler pour vivre... des travaux de couture qui la nourrissent à peine, elle et son enfant.

— Comment s'appelle-t-elle ?

— Louise d'Ernemont... D'après mes renseignements, elle est l'arrière-petite-fille d'un fermier général qui fut guillotiné sous la Terreur.

— Le même jour qu'André Chénier, acheva Lupin. Cet Ernemont, selon les mémoires du temps, passait pour très riche. »

Il releva la tête et me demanda :

« L'histoire est intéressante... Pourquoi avez-vous attendu pour me la raconter ?

— Parce que c'est aujourd'hui le 15 avril.

— Eh bien ?

— Eh bien, depuis hier, je sais – un bavardage de concierge – que le 15 avril occupe une place importante dans la vie de Louise d'Ernemont.

— Pas possible !

— Contrairement à ses habitudes, elle qui travaille tous les jours, qui tient en ordre les deux pièces dont se compose son appartement, qui prépare le déjeuner que sa fille prendra au retour de l'école communale... le 15 avril, elle sort avec la petite vers dix heures, et ne rentre qu'à la nuit tombante. Cela, depuis des années, et quel que soit le temps. Avouez que c'est étrange, cette date que je trouve sur un vieux tableau analogue, et qui règle la sortie annuelle de la descendante du fermier général Ernemont.

— Étrange... Vous avez raison... prononça Lupin d'une voix lente. Et l'on ne sait pas où elle va ?

— On l'ignore. Elle ne s'est confiée à personne. D'ailleurs elle parle très peu.

— Vous êtes sûr de vos informations ?

— Tout à fait sûr. Et la preuve qu'elles sont exactes, tenez, la voici. »

Une porte s'était ouverte en face, livrant passage à une petite fille de sept à huit ans, qui vint se mettre à la fenêtre. Une dame apparut derrière elle, assez grande, encore jolie, l'air doux et mélancolique. Toutes deux étaient prêtes, habillées de vêtements simples, mais qui dénotaient chez la mère un souci d'élégance.

« Vous voyez, murmurai-je, elles vont sortir. »

De fait, après un moment, la mère prit l'enfant par la main, et elles quittèrent la chambre.

Lupin saisit son chapeau.

« Venez-vous ? »

Une curiosité trop vive me stimulait pour que je fisse la moindre objection. Je descendis avec Lupin.

En arrivant dans la rue, nous aperçûmes ma voisine qui entrait chez un boulanger. Elle acheta deux petits pains qu'elle plaça dans un menu panier que portait sa fille et qui semblait déjà contenir des provisions. Puis elles se dirigèrent du côté des boulevards extérieurs, qu'elles suivirent jusqu'à la place de l'Étoile. L'avenue Kléber les conduisit à l'entrée de Passy.

Lupin marchait silencieusement, avec une préoccupation visible que je me réjouissais d'avoir provoquée. De temps à autre, une phrase me montrait le fil de ses réflexions, et je pouvais constater que l'énigme demeurait entière pour lui comme pour moi.

Louise d'Ernemont cependant avait obliqué sur la gauche par la rue Raynouard, vieille rue paisible où Franklin et Balzac vécurent, et qui, bordée d'anciennes maisons et de jardins discrets, vous donne une impression de province. Au pied du coteau qu'elle domine, la Seine coule, et des ruelles descendent vers le fleuve.

C'est l'une de ces ruelles, étroite, tortueuse, déserte, que prit ma voisine. Il y avait d'abord à droite, une maison dont la façade donnait sur la rue Raynouard, puis un mur moisi, d'une hauteur peu commune, soutenu de contreforts, hérissé de tessons de bouteilles.

Vers le milieu, une porte basse en forme d'arcade le trouait, devant laquelle Louise d'Ernemont s'arrêta, et qu'elle ouvrit à l'aide d'une clef qui nous parut énorme. La mère et la fille entrèrent.

« En tout cas, me dit Lupin, elle n'a rien à cacher, car elle ne s'est pas retournée une seule fois... »

Il avait à peine achevé cette phrase qu'un bruit de pas retentit derrière nous. C'étaient deux vieux mendiants, un homme et une femme, déguenillés, sales, crasseux, couverts de haillons. Ils passèrent sans prêter attention à notre présence. L'homme sortit de sa besace une clef semblable à celle de ma voisine, et l'introduisit dans la serrure. La porte se referma sur eux.

Et tout de suite, au bout de la ruelle, un bruit d'automobile qui s'arrête... Lupin m'entraîna cinquante mètres plus bas, dans un renfoncement qui suffisait à nous dissimuler. Et nous vîmes descendre, un petit chien sous le bras, une jeune femme très élégante, parée de bijoux, les yeux trop noirs, les lèvres trop rouges, et les cheveux trop blonds. Devant la porte, même manœuvre, même clef... La demoiselle au petit chien disparut.

« Ça commence à devenir amusant, ricana Lupin. Quel rapport ces gens-là peuvent-ils avoir les uns avec les autres ? »

Successivement débouchèrent deux dames âgées, maigres, assez misérables d'aspect, et qui se ressemblaient comme deux sœurs ; puis un valet de chambre ; puis un caporal d'infanterie ; puis un gros monsieur vêtu d'une jaquette malpropre et rapiécée ; puis une famille d'ouvriers, tous les six pâles, maladifs, l'air de gens qui ne mangent pas à leur faim. Et chacun des nouveaux venus arrivait avec un panier ou un filet rempli de provisions.

« C'est un pique-nique, m'écriai-je.

— De plus en plus étonnant, articula Lupin, et je ne serai tranquille que quand je saurai ce qui se passe derrière ce mur. »

L'escalader, c'était impossible. En outre nous vîmes qu'il aboutissait, au bas de la ruelle comme en haut, à deux maisons dont aucune fenêtre ne donnait sur l'enclos.

Nous cherchions vainement un stratagème, quand, tout à coup, la petite porte se rouvrit et livra passage à l'un des enfants de l'ouvrier.

Le gamin monta en courant jusqu'à la rue Raynouard. Quelques minutes après, il rapportait deux bouteilles d'eau, qu'il déposa pour sortir de sa poche la grosse clef.

À ce moment, Lupin m'avait déjà quitté et longeait le mur d'un pas lent comme un promeneur qui flâne. Lorsque l'enfant, après avoir pénétré dans l'enclos, repoussa la porte, il fit un bond et planta la pointe de son couteau dans la gâche de la serrure. Le pêne n'étant pas engagé, un effort suffit pour que le battant s'entrebâillât.

« Nous y sommes, » dit Lupin.

Il passa la tête avec précaution, puis, à ma grande surprise, entra franchement. Mais, ayant suivi son exemple, je pus constater que, à dix mètres en arrière du mur, un massif de lauriers élevait comme un rideau qui nous permettait d'avancer sans être vus.

Lupin se posta au milieu du massif. Je m'approchai et, ainsi que lui, j'écartai les branches d'un arbuste.

Le spectacle qui s'offrit alors à mes yeux était si imprévu, que je ne pus retenir une exclamation, tandis que, de son côté, Lupin jurait entre ses dents :

« Crebleu ! celle-là est drôle ! »

Nous avions devant nous, dans l'espace restreint qui s'étendait entre les deux maisons sans fenêtres, le même décor que représentait le vieux tableau acheté par moi chez un brocanteur !

Le même décor ! Au fond, contre un second mur, la même rotonde grecque offrait sa colonnade légère. Au centre, les mêmes bancs de pierre dominaient un cercle de quatre marches qui descendaient vers un bassin aux dalles moisies. Sur la gauche, le même puits dressait son toit de fer ouvragé, et tout près, le même cadran solaire montrait la flèche de son style et sa table de marbre.

Le même décor ! Et ce qui ajoutait à l'étrangeté du spectacle, c'était le souvenir, obsédant pour Lupin et pour moi, de cette date du 15 avril inscrite à l'angle du tableau ! Et c'était l'idée que précisément ce jour-là, nous étions le 15 avril, et que seize à dix-huit personnes, si différentes d'âge, de condition et de manières, avaient choisi le 15 avril pour se rassembler en ce coin perdu de Paris.

Toutes, à la minute où nous les vîmes, assises par groupes isolés sur les bancs et les marches, elles mangeaient. Non loin de ma voisine et de sa fille, la famille d'ouvriers et le couple de mendiants fusionnaient, tandis que le valet de chambre, le monsieur à la jaquette malpropre, le caporal d'infanterie et les deux sœurs maigres, réunissaient leurs tranches de jambon, leurs boîtes de sardines et leur fromage de gruyère.

Il était alors une heure et demie. Le mendiant sortit sa pipe, ainsi que le gros monsieur. Les hommes se mirent à fumer près de la rotonde, et les femmes les rejoignirent. D'ailleurs, tous ces gens avaient l'air de se connaître.

Ils se trouvaient assez loin de nous, de sorte que nous n'entendions pas leurs paroles. Cependant, nous vîmes que la conversation devenait animée. La demoiselle au petit chien surtout, très entourée maintenant, pérorait et faisait de grands gestes qui incitaient le petit chien à des aboiements furieux.

Mais soudain il y eut une exclamation et, aussitôt, des cris de colère, et tous, hommes et femmes, ils s'élancèrent en désordre vers le puits.

Un des gamins de l'ouvrier en surgissait à ce moment, attaché par la ceinture au crochet de fer qui termine la corde, et les trois autres gamins le remontaient en tournant la manivelle.

Plus agile, le caporal se jeta sur lui, et, tout de suite, le valet de chambre et le gros monsieur l'agrippèrent, tandis que les mendiants et les sœurs maigres se battaient avec le ménage ouvrier.

En quelques secondes, il ne restait plus à l'enfant que sa chemise. Maître des vêtements, le valet de chambre se sauva, poursuivi par le caporal qui lui arracha la culotte, laquelle fut reprise au caporal par une des sœurs maigres.

« Ils sont fous ! murmurai-je, absolument ahuri.

— Mais non, mais non, dit Lupin.

— Comment ! vous y comprenez donc quelque chose ? »

À la fin, Louise d'Ernemont qui, dès le début, s'était posée en conciliatrice, réussit à apaiser le tumulte. On s'assit de nouveau, mais il y eut une réaction chez tous ces gens exaspérés, et ils demeurèrent immobiles et taciturnes, comme harassés de fatigue.

Et du temps s'écoula. Impatienté, et commençant à souffrir de la faim, j'allai chercher jusqu'à la rue Raynouard quelques provisions que nous nous partageâmes tout en surveillant les acteurs de la comédie incompréhensible qui se jouait sous nos yeux. Chaque minute semblait les accabler d'une tristesse croissante, et ils prenaient des attitudes découragées, courbaient le dos de plus en plus et s'absorbaient dans leurs méditations.

« Vont-ils coucher là ? » prononçai-je avec ennui.

Mais, vers cinq heures, le gros monsieur à la jaquette malpropre tira sa montre. On l'imita, et tous, leur montre à la main, ils parurent attendre avec anxiété un événement qui devait avoir pour eux une importance considérable. L'événement ne se produisit pas, car, au bout de quinze à vingt minutes, le gros monsieur eut un geste de désespoir, se leva et mit son chapeau.

Alors des lamentations retentirent. Les deux sœurs maigres et la femme de l'ouvrier se jetèrent à genoux et firent le signe de la croix. La demoiselle au petit chien et la mendiante s'embrassèrent en sanglotant, et nous surprîmes Louise d'Ernemont qui serrait sa fille contre elle, d'un mouvement triste.

« Allons-nous-en, dit Lupin.

— Vous croyez que la séance est finie ?

— Oui, et nous n'avons que le temps de filer. »

Nous partîmes sans encombre. Au haut de la rue Raynouard, Lupin tourna sur sa gauche et, me laissant dehors, entra dans la première maison, celle qui dominait l'enclos.

Après avoir conversé quelques instants avec le concierge, il me rejoignit et nous arrêtâmes une automobile.

« Rue de Turin, trente-quatre, » dit-il au chauffeur.

Au trente-quatre de cette rue, le rez-de-chaussée était occupé par une étude de notaire et, presque aussitôt, nous fûmes introduits dans le cabinet de Me Valandier, homme d'un certain âge, affable et souriant.

Lupin se présenta sous le nom du capitaine en retraite Janniot. Il voulait se faire bâtir une maison selon ses goûts, et on lui avait parlé d'un terrain sis auprès de la rue Raynouard.

« Mais ce terrain n'est pas à vendre ! s'écria Me Valandier.

— Ah ! on m'avait dit.

— Nullement... nullement... »

Le notaire se leva et prit dans une armoire un objet qu'il nous montra. Je fus confondu. C'était le même tableau que j'avais acheté, le même tableau qui se trouvait chez Louise d'Ernemont.

« Il s'agit du terrain que représente cette toile, le clos d'Ernemont, comme on l'appelle ?

— Précisément.

— Eh bien, reprit le notaire, ce clos faisait partie d'un grand jardin que possédait le fermier général d'Ernemont, exécuté sous la Terreur. Tout ce qui pouvait être vendu, les héritiers le vendirent peu à peu. Mais ce dernier morceau est resté et restera dans l'indivision... à moins que... »

Le notaire se mit à rire.

« À moins que ? interrogea Lupin.

— Oh ! c'est toute une histoire, assez curieuse d'ailleurs, et dont je m'amuse quelquefois à parcourir le dossier volumineux.

— Est-il indiscret ?...

— Pas du tout, » déclara Me Valandier qui semblait ravi, au contraire, de placer son récit.

Et sans se faire prier, il commença.

« Dès le début de la Révolution, Louis-Agrippa d'Ernemont, sous prétexte de rejoindre sa femme qui vivait à Genève avec leur fille Pauline, ferma son hôtel du faubourg Saint-Germain, congédia ses domestiques, et vint s'installer, ainsi que son fils, Charles, dans sa petite maison de Passy, où personne ne le connaissait, qu'une vieille servante dévouée. Il y resta caché durant trois ans, et il pouvait espérer que sa retraite ne serait pas découverte lorsque, un jour, après déjeuner, comme il faisait sa sieste, la vieille servante entra précipitamment dans sa chambre. Elle avait aperçu au bout de la rue une patrouille d'hommes armés qui semblait se diriger vers la maison. Louis d'Ernemont s'apprêta vivement, et, à l'instant où les hommes frappaient, disparut par la porte qui donnait sur le jardin, en criant à son fils d'une voix effacée :

« Retiens-les... cinq minutes seulement. »

Voulait-il s'enfuir ? Trouva-t-il gardées les issues du jardin ? Sept ou huit minutes plus tard, il revenait, répondait très calmement aux questions, et ne faisait aucune difficulté pour suivre les hommes. Son fils Charles, bien qu'il n'eût que dix-huit ans, fut également emmené.

— Cela se passait ?... demanda Lupin.

— Cela se passait le vingt-six germinal, an II, c'est-à-dire le... »

Me Valandier s'interrompit, les yeux tournés vers le calendrier qui pendait au mur, et il s'écria :

« Mais c'est justement aujourd'hui. Nous sommes le 15 avril, jour anniversaire de l'arrestation du fermier général.

— Coïncidence bizarre, dit Lupin. Et cette arrestation eut, sans doute, étant donné l'époque, des suites graves ?

— Oh ! fort graves, dit le notaire en riant. Trois mois après, au début de Thermidor, le fermier général montait sur l'échafaud. On oublia son fils Charles en prison, et leurs biens furent confisqués.

— Des biens immenses, n'est-ce pas ? fit Lupin.

— Eh voilà ! voilà précisément où les choses se compliquent. Ces biens qui, en effet, étaient immenses, demeurèrent introuvables. On constata que l'hôtel du faubourg Saint-Germain avait été, avant la Révolution, vendu à un Anglais, ainsi que tous les châteaux et terres de province, ainsi que tous les bijoux, valeurs et collections du fermier général. La Convention, puis le Directoire, ordonnèrent des enquêtes minutieuses. Elles n'aboutirent à aucun résultat.

— Il restait tout au moins, dit Lupin, la maison de Passy.

— La maison de Passy fut achetée à vil prix par le délégué même de la Commune qui avait arrêté d'Ernemont, le citoyen Broquet. Le citoyen Broquet s'y enferma, barricada les portes, fortifia les murs, et lorsque Charles d'Ernemont, enfin libéré, se présenta, il le reçut à coups de fusil. Charles intenta des procès, les perdit, promit de grosses sommes. Le citoyen Broquet fut intraitable. Il avait acheté la maison, il la garda, et il l'eût gardée jusqu'à sa mort, si Charles n'avait obtenu l'appui de Bonaparte. Le 12 février 1803, le citoyen Broquet vida les lieux, mais la joie de Charles fut si grande, et sans doute son cerveau avait été bouleversé si violemment par toutes ces épreuves, que, en arrivant au seuil de la maison enfin reconquise, avant même d'ouvrir la porte, il se mit à danser et à chanter. Il était fou !

— Bigre ! murmura Lupin. Et que devint-il ?

— Sa mère, et sa sœur Pauline (laquelle avait fini par se marier à Genève avec un de ses cousins) étant mortes toutes deux, la vieille servante prit soin de lui, et ils vécurent ensemble dans la maison de Passy. Des années se passèrent sans événement notable, mais soudain, en 1812, un coup de théâtre. À son lit de mort, devant deux témoins qu'elle appela, la vieille servante fit d'étranges révélations. Elle déclara que, au début de la Révolution, le fermier général avait transporté dans sa maison de Passy des sacs remplis d'or et d'argent, et que ces sacs avaient disparu quelques jours avant l'arrestation. D'après des confidences antérieures de Charles d'Ernemont, qui les tenait de son père, les trésors se trouvaient cachés dans le jardin, entre la rotonde, le cadran solaire et le puits. Comme preuve elle montra trois tableaux, ou plutôt, car ils n'étaient pas encadrés, trois toiles que le fermier général avait peintes durant sa captivité et qu'il avait réussi à lui faire passer avec l'ordre de les remettre à sa femme, à son fils et à sa fille. Tentés par l'appât des richesses, Charles et la vieille bonne avaient gardé le silence. Puis étaient venus les procès, la conquête de la maison, la folie de Charles, les recherches personnelles et inutiles de la servante, et les trésors étaient toujours là.

— Et ils y sont encore, ricana Lupin.

— Et ils y seront toujours, s'écria Me Valandier… à moins… à moins que le citoyen Broquet, qui, sans doute, avait flairé quelque chose, ne les ait dénichés. Hypothèse peu probable, car le citoyen Broquet mourut dans la misère.

— Alors ?

— Alors on chercha. Les enfants de Pauline, la sœur, accoururent de Genève. On découvrit que Charles s'était marié clandestinement et qu'il avait des fils. Tous ces héritiers se mirent à la besogne.

— Mais Charles ?

— Charles vivait dans la retraite la plus absolue. Il ne quittait pas sa chambre.

— Jamais ?

— Si, et c'est là vraiment ce qu'il y a d'extraordinaire, de prodigieux dans l'aventure. Une fois l'an, Charles d'Ernemont, mû par une sorte de volonté inconsciente, descendait, suivait exactement le chemin que son père avait suivi, traversait le jardin, et s'asseyait tantôt sur les marches de la rotonde, dont vous voyez ici le dessin, tantôt sur la margelle de ce puits. À cinq heures vingt-sept minutes, il se levait et rentrait, et, jusqu'à sa mort, survenue en 1820, il ne manqua pas une seule fois cet incompréhensible pèlerinage. Or ce jour-là, c'était le 15 avril, jour de l'anniversaire de l'arrestation. »

Me Valandier ne souriait plus, troublé lui-même par la déconcertante histoire qu'il nous racontait.

Après un instant de réflexion, Lupin demanda :

« Et depuis la mort de Charles ?

— Depuis cette époque, reprit le notaire avec une certaine solennité, depuis bientôt cent ans, les héritiers de Charles et de Pauline d'Ernemont continuent le pèlerinage le quinze avril. Les premières années, des fouilles minutieuses furent pratiquées. Pas un pouce du jardin que l'on ne scrutât, pas une motte de terre que l'on ne retournât. Maintenant, c'est fini. À peine si l'on cherche. À peine si, de temps à autre, sans motif, on soulève une pierre ou l'on explore le puits. Non, ils s'assoient sur les marches de la rotonde comme le pauvre fou, et comme lui, ils attendent. Et, voyez-vous, c'est la tristesse de leur destinée. Depuis cent ans, tous ceux qui se sont succédé, les fils après les pères, tous, ils ont perdu, comment dirais-je ?… le ressort de la vie. Ils n'ont plus de courage, plus d'initiative. Ils attendent. Ils attendent le quinze avril, et lorsque le quinze avril est arrivé, ils attendent qu'un miracle se produise. Tous, la misère a fini par les vaincre. Mes prédécesseurs et moi, peu à peu, nous avons vendu, d'abord la maison pour en construire une autre de rapport plus fructueux, ensuite des parcelles du jardin, et d'autres parcelles. Mais, ce coin-là, ils aimeraient mieux mourir que de l'aliéner. Là-dessus tout le monde est d'accord, aussi bien Louise d'Ernemont, l'héritière directe de Pauline, que les mendiants, les ouvriers, le valet de chambre, la danseuse de cirque, etc., qui représentent ce malheureux Charles.

Un nouveau silence, et Lupin reprit :

« Votre opinion, Maître Valandier ?

— Mon opinion est qu'il n'y a rien. Quel crédit accorder aux dires d'une vieille bonne, affaiblie par l'âge ? Quelle importance attacher aux lubies d'un fou ? En outre, si le fermier général avait réalisé sa fortune, ne croyez-vous point que cette fortune se serait trouvée ? Dans un espace restreint comme celui-là, on cache un papier, un joyau, non pas des trésors.

— Cependant les tableaux ?

— Oui, évidemment. Mais tout de même, est-ce une preuve suffisante ? »

Lupin se pencha sur celui que le notaire avait tiré de l'armoire, et après l'avoir examiné longuement :

« Vous avez parlé de trois tableaux ?

— Oui, l'un, que voici, fut remis à mon prédécesseur par les héritiers de Charles. Louise d'Ernemont en possède un autre. Quant au troisième, on ne sait ce qu'il est devenu.

Lupin me regarda et continua :

« Et chacun d'eux portait la même date ?

— Oui, inscrite par Charles d'Ernemont, lorsqu'il les fit encadrer peu de temps avant sa mort… La même date, 15-4-2, c'est-à-dire le 15 avril, an II, selon le calendrier révolutionnaire, puisque l'arrestation eut lieu en avril 1794.

— Ah ! bien, parfait… dit Lupin… le chiffre 2 signifie… »

Il demeura pensif durant quelques instants et reprit :

« Encore une question, voulez-vous ? Personne ne s'est jamais offert pour résoudre ce problème ?»

Me Valandier leva les bras.

« Que dites-vous là s'écria-t-il. Mais ce fut la plaie de l'étude. De 1820 à 1843, un de mes prédécesseurs, Me Turbon, a été convoqué dix-huit fois à Passy par le groupe des héritiers auxquels des imposteurs, des tireurs de cartes, des illuminés, avaient promis de découvrir les trésors du fermier général. À la fin, une règle fut établie : toute personne étrangère qui voulait opérer des recherches devait, au préalable, déposer une certaine somme.

— Quelle somme ?

— Cinq mille francs. En cas de réussite, le tiers des trésors revient à l'individu. En cas d'insuccès, le dépôt reste acquis aux héritiers. Comme ça, je suis tranquille.

— Voici les cinq mille francs. »

Le notaire sursauta.

« Hein ! que dites-vous ?

— Je dis, répéta Lupin en sortant cinq billets de sa poche, et en les étalant sur la table avec le plus grand calme, je dis que voici le dépôt de cinq mille francs. Veuillez m'en donner reçu, et convoquer tous les héritiers d'Ernemont pour le 15 avril de l'année prochaine, à Passy. »

Le notaire n'en revenait pas. Moi-même, quoique Lupin m'eût habitué à ces coups de théâtre, j'étais fort surpris.

« C'est sérieux ? articula Me Valandier.

— Absolument sérieux.

— Pourtant je ne vous ai pas caché mon opinion. Toutes ces histoires invraisemblables ne reposent sur aucune preuve.

— Je ne suis pas de votre avis, déclara Lupin ».

Le notaire le regarda comme on regarde un monsieur dont la raison n'est pas très saine. Puis, se décidant, il prit la plume et libella, sur papier timbré, un contrat qui mentionnait le dépôt du capitaine en retraite Janniot, et lui garantissait un tiers des sommes par lui découvertes.

« Si vous changez d'avis, ajouta-t-il, je vous prie de m'en avertir huit jours d'avance. Je ne préviendrai la famille d'Ernemont qu'au dernier moment, afin de ne pas donner à ces pauvres gens un espoir trop long.

— Vous pouvez les prévenir dès aujourd'hui, maître Valandier. Ils passeront, de la sorte, une année meilleure. »

On se quitta. Aussitôt dans la rue, je m'écriai :

« Vous savez donc quelque chose ?

— Moi ? répondit Lupin, rien du tout. Et c'est là, précisément, ce qui m'amuse.

— Mais il y a cent ans que l'on cherche !

— Il s'agit moins de chercher que de réfléchir. Or j'ai trois cent soixante-cinq jours pour réfléchir. C'est beaucoup trop, et je risque d'oublier cette affaire, si intéressante qu'elle soit. Cher ami, vous aurez l'obligeance de me la rappeler, n'est-ce pas ? »

Je la lui rappelai à diverses reprises pendant les mois qui suivirent, sans que, d'ailleurs, il parût y attacher beaucoup d'importance. Puis il y eut toute une période durant laquelle je n'eus pas l'occasion de le voir. C'était l'époque, je le sus depuis, du voyage qu'il fit en Arménie, et de la lutte effroyable qu'il entreprit contre le sultan rouge, lutte qui se termina par l'effondrement du despote.

Je lui écrivais toutefois à l'adresse qu'il m'avait donnée, et je pus ainsi lui communiquer que certains renseignements obtenus de droite et de gauche sur ma voisine, Louise d'Ernemont, m'avaient révélé l'amour qu'elle avait eu, quelques années auparavant, pour un jeune homme très riche, qui l'aimait encore, mais qui, contraint par sa famille, avait dû l'abandonner, le désespoir de la jeune femme, la vie courageuse qu'elle menait avec sa fille.

Lupin ne répondit à aucune de mes lettres. Les recevait-il ? La date approchait cependant, et je n'étais pas sans me demander si ses nombreuses entreprises ne l'empêcheraient pas de venir au rendez-vous fixé.

De fait, le matin du 15 avril arriva, et j'avais fini de déjeuner que Lupin n'était pas encore là. À midi un quart, je m'en allai et me fis conduire à Passy.

Tout de suite, dans la ruelle, j'avisai les quatre gamins de l'ouvrier qui stationnaient devant la porte. Averti par eux, Me Valandier accourut à ma rencontre.

« Eh bien, le capitaine Janniot ? s'écria-t-il.

— Il n'est pas ici ?

— Non, et je vous prie de croire qu'on l'attend avec impatience. »

Les groupes, en effet, se pressaient autour du notaire, et tous ces visages, que je reconnus, n'avaient plus leur expression morne et découragée de l'année précédente.

— Ils espèrent, me dit Me Valandier, et c'est ma faute. Que voulez-vous ! Votre ami m'a laissé un tel souvenir que j'ai parlé à ces braves gens avec une confiance… que je n'éprouve pas. Mais, tout de même, c'est un drôle de type que ce capitaine Janniot… »

Il m'interrogea, et je lui donnai, sur le capitaine, des indications quelque peu fantaisistes que les héritiers écoutaient en hochant la tête.

Louise d'Ernemont murmura :

« Et s'il ne vient pas ?

— Nous aurons toujours les cinq mille francs à nous partager, » dit le mendiant.

N'importe ! La parole de Louise d'Ernemont avait jeté un froid. Les visages se renfrognèrent, et je sentis comme une atmosphère d'angoisse qui pesait sur nous.

À une heure et demie, les deux sœurs maigres s'assirent, prises de défaillance. Puis le gros monsieur à la jaquette malpropre eut une révolte subite contre le notaire.

« Parfaitement, Maître Valandier, vous êtes responsable… Vous auriez dû amener le capitaine de gré ou de force. Un farceur, évidemment. »

Il me regarda d'un œil mauvais, et le valet de chambre, de son côté, maugréa des injures à mon adresse.

Mais l'aîné des gamins surgit à la porte en criant :

« Voilà quelqu'un !… Une motocyclette !… »

Le bruit d'un moteur grondait par-delà le mur. Au risque de se rompre les os, un homme à motocyclette dégringolait la ruelle. Brusquement, devant la porte, il bloqua ses freins et sauta de machine.

Sous la couche de poussière qui le recouvrait comme d'une enveloppe, on pouvait voir que ses vêtements gros bleu, que son pantalon au pli bien formé, n'étaient point ceux d'un touriste, pas plus que son chapeau de feutre noir ni que ses bottines vernies.

« Mais ce n'est pas le capitaine Janniot, » clama le notaire qui hésitait à le reconnaître.

— Si, affirma Lupin en nous tendant la main, c'est le capitaine Janniot, seulement j'ai fait couper ma moustache… Maître Valandier, voici le reçu que vous avez signé. »

Il saisit un des gamins par le bras et lui dit :

« Cours à la station de voitures et ramène une automobile jusqu'à la rue Raynouard. Galope, j'ai un rendez-vous urgent à deux heures et quart. »

Il y eut des gestes de protestation. Le capitaine Janniot tira sa montre.

« Eh quoi ! il n'est que deux heures moins douze. J'ai quinze bonnes minutes. Mais pour Dieu que je suis fatigué ! et surtout comme j'ai faim ! »

En hâte le caporal lui tendit son pain de munition qu'il mordit à pleines dents, et s'étant assis, il prononça :

« Vous m'excuserez. Le rapide de Marseille a déraillé entre Dijon et Laroche. Il y a une douzaine de morts, et des blessés que j'ai dû secourir. Alors, dans le fourgon des bagages, j'ai trouvé cette motocyclette… Maître Valandier, vous aurez l'obligeance de la faire remettre à qui de droit. L'étiquette est encore attachée au guidon. Ah ! te voici de retour, gamin. L'auto est là ? Au coin de la rue Raynouard ? À merveille. »

Il consulta sa montre.

« Eh ! Eh ! pas de temps à perdre. »

Je le regardais avec une curiosité ardente. Mais quelle devait être l'émotion des héritiers d'Ernemont ! Certes, ils n'avaient pas, dans le capitaine Janniot, la foi que j'avais en Lupin. Cependant leurs figures étaient blêmes et crispées.

Lentement le capitaine Janniot se dirigea vers la gauche et s'approcha du cadran solaire. Le piédestal en était formé par un homme au torse puissant, qui portait, sur les épaules, une table de marbre dont le temps avait tellement usé la surface qu'on distinguait à peine les lignes des heures gravées. Au-dessus un Amour, aux ailes déployées, tenait une longue flèche qui servait d'aiguille.

Le capitaine resta penché environ une minute, les yeux attentifs.

Puis il demanda :

« Un couteau, s'il vous plaît ? »

Deux heures sonnèrent quelque part. À cet instant précis, sur le cadran illuminé de soleil, l'ombre de la flèche se profilait suivant une cassure du marbre qui coupait le disque à peu près par le milieu.

Le capitaine saisit le couteau qu'on lui tendait. Il l'ouvrit. Et à l'aide de la pointe, très doucement, il commença à gratter le mélange de terre, de mousse et de lichen qui remplissait l'étroite cassure.

Tout de suite, à dix centimètres du bord, il s'arrêta, comme si son couteau eût rencontré un obstacle, enfonça l'index et le pouce, et retira un menu objet qu'il frotta entre les paumes de ses mains et offrit ensuite au notaire.

« Tenez, Maître Valandier, voici toujours quelque chose. »

C'était un diamant énorme, de la grosseur d'une noisette, et taillé de façon admirable.

Le capitaine se remit à la besogne. Presque aussitôt, nouvelle halte. Un second diamant, superbe et limpide comme le premier, apparut.

Puis il en vint un troisième, et un quatrième.

Une minute après, tout en suivant d'un bord à l'autre la fissure et sans creuser certes à plus d'un centimètre et demi de profondeur, le capitaine avait retiré dix-huit diamants de la même grosseur.

Durant cette minute il n'y eut pas, autour du cadran solaire, un seul cri, pas un seul geste. Une sorte de stupeur anéantissait les héritiers. Puis le gros monsieur murmura :

« Crénom de crénom… »

Et le caporal gémit :

« Ah ! mon capitaine… mon capitaine… »

Les deux sœurs tombèrent évanouies. La demoiselle au petit chien se mit à genoux et pria, tandis que le domestique titubant, l'air d'un homme ivre, se tenait la tête à deux mains, et que Louise d'Ernemont pleurait.

Lorsque le calme fut rétabli et qu'on voulut remercier le capitaine Janniot, on s'aperçut qu'il était parti.

Ce n'est qu'au bout de plusieurs années que l'occasion se présenta, pour moi, d'interroger Lupin, au sujet de cette affaire. Il me répondit :

« L'affaire des dix-huit diamants ? Mon Dieu, quand je songe que trois ou quatre générations de mes semblables en ont cherché la solution. Et les dix-huit diamants étaient là, sous un peu de poussière !

— Mais comment avez-vous deviné ?

— Je n'ai pas deviné. J'ai réfléchi. Ai-je eu même besoin de réfléchir ? Dès le début, je fus frappé par ce fait que toute l'aventure était dominée par une question primordiale : la question de temps. Lorsqu'il avait encore sa raison, Charles d'Ernemont inscrivait une date sur les trois tableaux. Plus tard, dans les ténèbres où il se débattait, une petite lueur d'intelligence le conduisait chaque année au centre du vieux jardin, et la même lueur l'en éloignait chaque année, au même instant, c'est-à-dire à cinq heures vingt-sept minutes. Qu'est-ce qui réglait de la sorte le mécanisme déréglé de ce cerveau ? Quelle force supérieure mettait en mouvement le pauvre fou ? Sans aucun doute, la notion instinctive du Temps que représentait, sur les tableaux du fermier général, le cadran solaire. C'était la révolution annuelle de la terre autour du soleil qui ramenait à date fixe Charles d'Ernemont dans le jardin de Passy. Et c'était la révolution diurne qui l'en chassait à heure fixe, c'est-à-dire à l'heure, probablement, où le soleil, caché par des obstacles différents de ceux d'aujourd'hui, n'éclairait plus le jardin de Passy. Or tout cela, le cadran solaire en était le symbole même. Et c'est pourquoi, tout de suite, je sus où il fallait chercher.

— Mais l'heure de la recherche, comme l'avez-vous établie ?

— Tout simplement d'après les tableaux. Un homme vivant à cette époque, comme Charles d'Ernemont, eût inscrit 26 germinal an II, ou bien 15 avril 1794, mais non 15 avril an II. Je suis stupéfait que personne n'y ait songé.

— Le chiffre 2 signifiait donc deux heures ?

— Évidemment. Et voici ce qui dut se passer. Le fermier général commença par convertir sa fortune en bonnes espèces d'or et d'argent. Puis, par surcroît de précaution, avec cet or et cet argent, il acheta dix-huit diamants merveilleux. Surpris par l'arrivée de la patrouille, il s'enfuit dans le jardin. Où cacher les diamants ? Le hasard fit que ses yeux tombèrent sur le cadran. Il était deux heures. L'ombre de la flèche suivait alors la cassure du marbre. Il obéit à ce signe de l'ombre, enfonça dans la poussière les dix-huit diamants, et revint se livrer aux soldats.

— Mais l'ombre de la flèche se rencontre tous les jours à deux heures avec la cassure du marbre, et non pas seulement le 15 avril.

— Vous oubliez, mon cher ami, qu'il s'agit d'un fou et que, lui, n'a retenu que cette date, le 15 avril.

— Soit, mais vous, du moment que vous aviez déchiffré l'énigme, il vous était facile, depuis un an, de vous introduire dans l'enclos, et de dérober les diamants.

— Très facile, et je n'eusse certes pas hésité, si j'avais eu affaire à d'autres gens. Mais vrai, ces malheureux m'ont fait pitié. Et puis, vous connaissez cet idiot de Lupin : l'idée d'apparaître tout d'un coup en génie bienfaisant et d'épater son semblable, lui ferait commettre toutes les bêtises.

— Bah ! m'écriai-je, la bêtise n'est pas si grande. Six beaux diamants ! Voilà un contrat que les héritiers d'Ernemont ont dû remplir avec joie. »

Lupin me regarda et, soudain, éclatant de rire :

— Vous ne savez donc pas ? Ah ! celle-là est bien bonne... La joie des héritiers d'Ernemont !... Mais, mon cher ami, le lendemain, ce brave capitaine Janniot avait autant d'ennemis mortels ! Le lendemain les deux sœurs maigres et le gros monsieur organisaient la résistance. Le contrat ? Aucune valeur, puisque, et c'était facile à le prouver, il n'y avait point de capitaine Janniot. « Le capitaine Janniot ! D'où sort cet aventurier ? Qu'il nous attaque et l'on verra ! »

— Louise d'Ernemont, elle-même ?...

— Non, Louise d'Ernemont protesta contre cette infamie. Mais que pouvait-elle ? D'ailleurs, devenue riche, elle retrouva son fiancé. Je n'entendis plus parler d'elle.

— Et alors ?

— Et alors, mon cher ami, pris au piège, légalement impuissant, j'ai dû transiger et accepter pour ma part un modeste diamant, le plus petit et le moins beau. Mettez-vous donc en quatre pour rendre service. » Et Lupin bougonna : « Ah ! la reconnaissance, quelle fumisterie ! Heureusement que les honnêtes gens ont pour eux leur conscience, et la satisfaction du devoir accompli. »

LE PIÈGE INFERNAL

Après la course, un flot de personnes qui s'écoulait vers la sortie de la tribune ayant passé contre lui, Nicolas Dugrival porta vivement la main à la poche intérieure de son veston. Sa femme lui dit :

« Qu'est-ce que tu as ?

— Je suis toujours inquiet... avec ton argent ! j'ai peur d'un mauvais coup. »

Elle murmura :

« Aussi je ne te comprends pas. Est-ce qu'on garde sur soi une pareille somme ! Toute notre fortune ! Nous avons eu pourtant assez de mal à la gagner.

— Bah ! dit-il, est-ce qu'on sait qu'elle est là, dans ce portefeuille ?

— Mais si, mais si, bougonna-t-elle. Tiens, le petit domestique que nous avons renvoyé la semaine dernière le savait parfaitement. N'est-ce pas, Gabriel ?

— Oui, ma tante, fit un jeune homme qui se tenait à ses côtés. »

Les époux Dugrival et leur neveu Gabriel étaient très connus sur les hippodromes, où les habitués les voyaient presque chaque jour. Dugrival, gros homme au teint rouge, l'aspect d'un bon vivant ; sa femme, lourde également, le masque vulgaire, toujours vêtue d'une robe de soie prune dont l'usure était trop visible ; le neveu, tout jeune, mince, la figure pâle, les yeux noirs, les cheveux blonds et un peu bouclés.

En général, le ménage restait assis pendant toute la réunion. C'était Gabriel qui jouait pour son oncle, surveillant les chevaux au paddock, recueillant des tuyaux de droite et de gauche parmi les groupes des jockeys et des lads, faisant la navette entre les tribunes et le pari mutuel.

La chance, ce jour-là, leur fut favorable, car, trois fois, les voisins de Dugrival virent le jeune homme qui lui rapportait de l'argent.

La cinquième course se terminait. Dugrival alluma un cigare. À ce moment, un monsieur sanglé dans une jaquette marron, et dont le visage se terminait par une barbiche grisonnante, s'approcha de lui et demanda d'un ton de confidence :

« Ce n'est pas à vous, monsieur, qu'on aurait volé ceci ? »

Il exhibait en même temps une montre en or, munie de sa chaîne.

Dugrival sursauta.

« Mais oui… mais oui… c'est à moi… Tenez, mes initiales sont gravées… N. D… Nicolas Dugrival. »

Et aussitôt il plaqua la main sur la poche de son veston avec un geste d'effroi. Le portefeuille s'y trouvait encore.

« Ah ! fit-il bouleversé, j'ai eu de la chance… Mais tout de même, comment a-t-on pu ?… Connaît-on le coquin ?

— Oui, nous le tenons, il est au poste. Veuillez avoir l'obligeance de me suivre, nous allons éclaircir cette affaire.

— À qui ai-je l'honneur…

— Monsieur Delangle, inspecteur de la Sûreté. J'ai déjà prévenu M. Marquenne, l'officier de paix. »

Nicolas Dugrival sortit avec l'inspecteur, et tous deux, contournant les tribunes, se dirigèrent vers le commissariat. Ils en étaient à une cinquantaine de pas, quand l'inspecteur fut abordé par quelqu'un qui lui dit en hâte :

« Le type à la montre a bavardé, nous sommes sur la piste de toute une bande. M. Marquenne vous prie d'aller l'attendre au pari mutuel et de surveiller les alentours de la quatrième baraque. »

Il y avait foule devant le pari mutuel, et l'inspecteur Delangle maugréa :

« C'est idiot, ce rendez-vous… Et puis qui dois-je surveiller ? M. Marquenne n'en fait jamais d'autres… »

Il écarta des gens qui le pressaient de trop près.

« Fichtre ! Il faut jouer des coudes et tenir son porte-monnaie. C'est comme cela que vous avez été pincé, monsieur Dugrival.

— Je ne m'explique pas…

— Oh ! si vous saviez comment ces messieurs opèrent… On n'y voit que du feu. L'un vous marche sur le pied, l'autre vous éborgne avec sa canne, et le troisième vous subtilise votre portefeuille. En trois gestes, c'est fini… Moi qui vous parle, j'y ai été pris. »

Il s'interrompit, et, d'un air furieux :

« Mais sacré nom, nous n'allons pas moisir ici ! Quelle cohue ! Ce n'est pas supportable… Ah ! M. Marquenne, là-bas, qui nous fait signe… Un moment, je vous prie… et surtout ne bougez pas. À coups d'épaule, il se fraya un passage dans la foule.

Nicolas Dugrival le suivit un instant des yeux. L'ayant perdu de vue, il se tint un peu à l'écart pour n'être point bousculé.

Quelques minutes s'écoulèrent. La sixième course allait commencer, lorsque Dugrival aperçut sa femme et son neveu qui le cherchaient. Il leur expliqua que l'inspecteur Delangle se concertait avec l'officier de paix.

« Tu as toujours ton argent ? lui demanda sa femme.

— Parbleu répondit-il, je te jure que l'inspecteur et moi, nous ne nous laissions pas serrer de trop près. »

Il tâta son veston, étouffa un cri, enfonça la main dans sa poche, et se mit à bredouiller des syllabes confuses, tandis que Mme Dugrival, épouvantée, bégayait :

« Quoi ! qu'est-ce qu'il y a ?

— Volé… gémit-il, le portefeuille… les cinquante billets…

— Pas vrai ! s'exclama-t-elle, pas vrai !

— Si, l'inspecteur, un escroc… c'est lui… »

Elle poussa de véritables hurlements.

« Au voleur ! on a volé mon mari !… Cinquante mille francs, nous sommes perdus… Au voleur!…»

Très vite, ils furent entourés d'agents et conduits au commissariat. Dugrival se laissait faire, absolument ahuri. Sa femme continuait à vociférer, accumulant des explications, poursuivant d'invectives le faux inspecteur.

« Qu'on le cherche !… Qu'on le trouve !… Une jaquette marron… La barbe en pointe… Ah ! le misérable, ce qu'il nous a roulés… Cinquante mille francs… Mais… oui… Qu'est-ce que tu fais, Dugrival»

D'un bond elle se jeta sur son mari. Trop tard ! Il avait appliqué contre sa tempe le canon d'un revolver. Une détonation retentit. Dugrival tomba. Il était mort.

On n'a pas oublié le bruit que firent les journaux à propos de cette affaire, et comment ils saisirent l'occasion pour accuser une fois de plus la police d'incurie et de maladresse. Était-il admissible qu'un pickpocket pût ainsi, en plein jour et dans un endroit public, jouer le rôle d'inspecteur et dévaliser impunément un honnête homme ?

La femme de Nicolas Dugrival entretenait les polémiques par ses lamentations et les interviews qu'elle accordait. Un reporter avait réussi à la photographier devant le cadavre de son mari tandis qu'elle étendait la main et qu'elle jurait de venger le mort. Debout, près d'elle, son neveu Gabriel montrait un visage haineux. Lui aussi, en quelques mots prononcés à voix basse et d'un ton de décision farouche, avait fait le serment de poursuivre et d'atteindre le meurtrier.

On dépeignait le modeste intérieur qu'ils occupaient aux Batignolles, et, comme ils étaient dénués de toutes ressources, un journal de sport ouvrit une souscription en leur faveur.

Quant au mystérieux Delangle, il demeurait introuvable. Deux individus furent arrêtés, que l'on dut relâcher aussitôt. On se lança sur plusieurs pistes, immédiatement abandonnées ; on mit en avant plusieurs noms, et, finalement, on accusa Arsène Lupin, qui provoqua la fameuse dépêche du célèbre cambrioleur, dépêche envoyée de New York six jours après l'incident :

« Proteste avec indignation contre calomnie inventée par une police aux abois. Envoie mes condoléances aux malheureuses victimes, et donne à mon banquier ordres nécessaires pour que cinquante mille francs leur soient remis. – Lupin ».

De fait, le lendemain même du jour où ce télégramme était publié, un inconnu sonnait à la porte de Mme Dugrival et déposait une enveloppe entre ses mains. L'enveloppe contenait cinquante billets de mille francs.

Ce coup de théâtre n'était point fait pour apaiser les commentaires. Mais un autre événement se produisit, qui suscita de nouveau une émotion considérable. Deux jours plus tard, les personnes qui habitaient la même maison que Mme Dugrival et que Gabriel, furent réveillées vers quatre heures du matin par des cris affreux. On se précipita. Le concierge réussit à ouvrir la porte. À la lueur d'une bougie dont un voisin s'était muni, il trouva, dans sa chambre, Gabriel, étendu, des liens aux poignets et aux chevilles, un bâillon sur la bouche, et, dans la chambre voisine, Mme Dugrival qui perdait tout son sang par une large blessure à la poitrine.

Elle murmura :

« L'argent… on m'a volée… tous les billets… »

Et elle s'évanouit.

Que s'était-il passé ?

Gabriel raconta – et dès qu'elle fut capable de parler, Mme Dugrival compléta le récit de son neveu – qu'il avait été réveillé par l'agression de deux hommes, dont l'un le bâillonnait, tandis que l'autre l'enveloppait de liens. Dans l'obscurité, il n'avait pu voir ces hommes, mais il avait entendu le bruit de la lutte que sa tante soutenait contre eux. Lutte effroyable, déclara Mme Dugrival. Connaissant évidemment les lieux, guidés par on ne sait quelle intuition, les bandits s'étaient dirigés aussitôt vers le petit meuble qui renfermait l'argent, et, malgré la résistance qu'elle avait opposée, malgré ses cris, faisaient main basse sur la liasse de billets. En partant, l'un d'eux, qu'elle mordait au bras, l'avait frappée d'un coup de couteau, puis ils s'étaient enfuis.

— Par où ? lui demanda-t-on.

— Par la porte de ma chambre, et ensuite, je suppose, par celle du vestibule.

— Impossible ! Le concierge les aurait surpris. »

Car tout le mystère résidait en ceci : comment les bandits avaient-ils pénétré dans la maison, et comment avaient-ils pu en sortir ? Aucune issue ne s'offrait à eux. Était-ce un des locataires ? Une enquête minutieuse prouva l'absurdité d'une telle supposition.

Alors ?

L'inspecteur principal Ganimard, qui fut chargé plus spécialement de cette affaire, avoua qu'il n'en connaissait pas de plus déconcertante.

« C'est fort comme du Lupin, disait-il, et cependant ce n'est pas du Lupin... Non, il y a autre chose là-dessous, quelque chose d'équivoque, de louche... D'ailleurs, si c'était du Lupin, pourquoi aurait-il repris les cinquante mille francs qu'il avait envoyés ? Autre question qui m'embarrasse : quel rapport y a-t-il entre ce second vol et le premier, celui du champ de courses ? Tout cela est incompréhensible, et j'ai l'impression, ce qui m'arrive rarement, qu'il est inutile de chercher. Pour ma part, j'y renonce.»

Le juge d'instruction s'acharna. Les reporters unirent leurs efforts à ceux de la justice. Un célèbre détective anglais passa le détroit. Un riche Américain, auquel les histoires policières tournaient la tête, offrit une prime importante à quiconque apporterait un premier élément de vérité. Six semaines après, on n'en savait pas davantage. Le public se rangeait à l'opinion de Ganimard, et le juge d'instruction lui-même était las de se débattre dans les ténèbres que le temps ne pouvait qu'épaissir.

Et la vie continua chez la veuve Dugrival. Soignée par son neveu, elle ne tarda pas à se remettre de sa blessure. Le matin, Gabriel l'installait dans un fauteuil de la salle à manger, près de la fenêtre, faisait le ménage, et se rendait ensuite aux provisions. Il préparait le déjeuner sans même accepter l'aide de la concierge.

Excédés par les enquêtes de la police et surtout par les demandes d'interviews, la tante et le neveu ne recevaient personne. La concierge elle-même, dont les bavardages inquiétaient et fatiguaient Mme Dugrival, ne fut plus admise. Elle se rejetait sur Gabriel, l'apostrophant chaque fois qu'il passait devant la loge.

« Faites attention, monsieur Gabriel, on vous espionne tous les deux. Il y a des gens qui vous guettent. Tenez, encore hier soir, mon mari a surpris un type qui lorgnait vos fenêtres.

— Bah ! répondit Gabriel, c'est la police qui nous garde. Tant mieux ! »

Or, un après-midi, vers quatre heures, il y eut, au bout de la rue, une violente altercation entre deux marchands des quatre-saisons. La concierge aussitôt s'éloigna de sa loge pour écouter les invectives que se lançaient les adversaires. Elle n'avait pas le dos tourné, qu'un homme, jeune, de taille moyenne, habillé de vêtements gris d'une coupe irréprochable, se glissa dans la maison et monta vivement l'escalier.

Au troisième étage, il sonna.

Son appel demeurant sans réponse, il sonna de nouveau.

À la troisième fois, la porte s'ouvrit.

« Mme Dugrival ? demanda-t-il en retirant son chapeau.

— Mme Dugrival est encore souffrante, et ne peut recevoir personne, riposta Gabriel qui se tenait dans l'antichambre.

— Il est de toute nécessité que je lui parle.

— Je suis son neveu, je pourrais peut-être lui communiquer...

— Soit, dit l'individu. Veuillez dire à Mme Dugrival que, le hasard m'ayant fourni des renseignements précieux sur le vol dont elle a été victime, je désire examiner l'appartement, et me rendre compte par moi-même de certains détails. Je suis très accoutumé à ces sortes d'enquêtes, et mon intervention lui sera sûrement profitable. »

Gabriel l'examina un moment, réfléchit et prononça :

« En ce cas, je suppose que ma tante consentira... Prenez la peine d'entrer. »

Après avoir ouvert la porte de la salle à manger, il s'effaça, livrant passage à l'inconnu. Celui-ci marcha jusqu'au seuil, mais, à l'instant même où il le franchissait, Gabriel leva le bras et, d'un geste brusque, le frappa d'un coup de poignard au-dessus de l'épaule droite.

Un éclat de rire jaillit dans la salle.

« Touché ! cria Mme Dugrival en s'élançant de son fauteuil. Bravo, Gabriel. Mais dis donc, tu ne l'as pas tué, le bandit ?

— Je ne crois pas, ma tante. La lame est fine, et j'ai retenu mon coup. »

L'homme chancelait, les mains en avant, le visage d'une pâleur mortelle.

« Imbécile ! ricana la veuve. Tu es tombé dans le piège... Pas malheureux ! il y a assez longtemps qu'on t'attendait ici. Allons, mon bonhomme, dégringole. Ça t'embête, hein ? Faut bien cependant. Parfait ! un genou à terre d'abord, devant la patronne et puis l'autre genou... Ce qu'on est bien éduqué !... Patatras ! voilà qu'on s'écroule ! Ah ! Jésus-Dieu, si mon pauvre Dugrival pouvait le voir ainsi !

Et maintenant, Gabriel, à la besogne ! »

Elle gagna sa chambre et ouvrit le battant d'une armoire à glace où des robes étaient pendues. Les ayant écartées, elle poussa un autre battant qui formait le fond de l'armoire et qui dégagea l'entrée d'une pièce située dans la maison voisine.

« Aide-moi à le porter, Gabriel. Et tu le soigneras de ton mieux, hein ? Pour l'instant, il vaut son pesant d'or, l'artiste. »

Un matin, le blessé reprit un peu conscience. Il souleva les paupières et regarda autour de lui.

Il était couché dans une pièce plus grande que celle où il avait été frappé, une pièce garnie de quelques meubles, et munie de rideaux épais qui voilaient les fenêtres du haut en bas.

Cependant il y avait assez de lumière pour qu'il pût voir près de lui, assis sur une chaise et l'observant, le jeune Gabriel Dugrival.

« Ah ! c'est toi, le gosse, murmura-t-il, tous mes compliments, mon petit. Tu as le poignard sûr et délicat. »

Et il se rendormit.

Ce jour-là et les jours qui suivirent, il se réveilla plusieurs fois, et chaque fois, il apercevait la figure pâle de l'adolescent, ses lèvres minces, ses yeux noirs d'une expression si dure.

« Tu me fais peur, disait-il. Si tu as juré de m'exécuter, ne te gêne pas. Mais rigole ! L'idée de la mort m'a toujours semblé la chose du monde la plus cocasse. Tandis qu'avec toi, mon vieux, ça devient macabre. Bonsoir, j'aime mieux faire dodo ! »

Pourtant Gabriel, obéissant aux ordres de Mme Dugrival, lui prodiguait des soins attentifs. Le malade n'avait presque plus de fièvre et commençait à s'alimenter de lait et de bouillon. Il reprenait quelque force et plaisantait.

« À quand la première sortie du convalescent ? La petite voiture est prête ? Mais rigole donc, animal ! Tu as l'air d'un saule-pleureur qui va commettre un crime. Allons, une risette à papa. »

Un jour, en s'éveillant, il eut une impression de gêne fort désagréable. Après quelques efforts, il s'aperçut que, pendant son sommeil, on lui avait attaché les jambes, le buste et les bras au fer du lit, et cela par de fines cordelettes d'acier qui lui entraient dans la chair au moindre mouvement.

« Ah ! dit-il à son gardien, cette fois, c'est le grand jeu. Le poulet va être saigné. Est-ce toi qui m'opères, l'ange Gabriel ? En ce cas, mon vieux, que ton rasoir soit bien propre ! Service antiseptique, s'il vous plaît. »

Mais il fut interrompu par le bruit d'une serrure qui grince. La porte en face de lui s'ouvrit, et Mme Dugrival apparut.

Lentement elle s'approcha, prit une chaise, et sortit de sa poche un revolver qu'elle arma et qu'elle déposa sur la table de nuit.

« Brrr, murmura le captif, on se croirait à l'Ambigu… Quatrième acte… le jugement du traître. Et c'est le beau sexe qui exécute… la main des Grâces !… Quel honneur !… Madame Dugrival, je compte sur vous pour ne pas me défigurer.

« Tais-toi, Lupin.

— Ah ! vous savez ?… Bigre, on a du flair.

— Tais-toi, Lupin. »

Il y avait, dans le son de sa voix, quelque chose de solennel qui impressionna le captif et le contraignit au silence.

Il observa l'un après l'autre ses deux geôliers. Les traits bouffis, le teint rouge de Mme Dugrival contrastaient avec le visage délicat de son neveu, mais tous deux avaient le même air de résolution implacable.

La veuve se pencha et lui dit :

« Es-tu prêt à répondre à mes questions ?

— Pourquoi pas ?

— Alors écoute-moi bien.

— Je suis tout oreilles.

— Comment as-tu su que Dugrival portait tout son argent dans sa poche ?

— Un bavardage de domestique…

— Un petit domestique qui a servi chez moi, n'est-ce pas ?

— Oui.

— Et c'est toi qui a d'abord volé la montre de Dugrival, pour la lui rendre ensuite et lui inspirer confiance ?

— Oui. »

Elle réprima un mouvement de rage.

« Imbécile ! Mais oui, imbécile ! Comment, tu dépouilles mon homme, tu l'accules à se tuer, et au lieu de ficher le camp à l'autre bout du monde et de te cacher, tu continues à faire le Lupin en plein Paris ! Tu ne te rappelais donc plus que j'avais juré, sur la tête même du mort, de retrouver l'assassin.

— C'est cela qui m'épate, dit Lupin. Pourquoi m'avoir soupçonné ?
— Pourquoi ? mais c'est toi-même qui t'es vendu.
— Moi ?
— Évidemment… Les cinquante mille francs…
— Eh ! bien quoi ! un cadeau…
— Oui, un cadeau, que tu donnes l'ordre, par télégramme, de m'envoyer pour faire croire que tu étais en Amérique le jour des courses. Un cadeau ! la bonne blague ! c'est-à-dire, n'est-ce pas, que ça te tracassait, l'idée de ce pauvre type que tu avais assassiné. Alors tu as restitué l'argent à la veuve, ouvertement, bien entendu, parce qu'il y a la galerie et qu'il faut toujours que tu fasses du battage, comme un cabotin que tu es. À merveille ! Seulement, mon bonhomme, dans ce cas, il ne fallait pas qu'on me remette les billets mêmes volés à Dugrival ! Oui, triple idiot, ceux-là mêmes, et pas d'autres ! Nous avions les numéros, Dugrival et moi. Et tu es assez stupide pour m'adresser le paquet ! Comprends-tu ta bêtise, maintenant ? »

Lupin se mit à rire.

« La gaffe est gentille. Je n'en suis pas responsable, j'avais donné d'autres ordres… Mais, tout de même, je ne peux m'en prendre qu'à moi.

— Hein, tu l'avoues. C'était signer ton vol, et c'était signer ta perte aussi. Il n'y avait plus qu'à te trouver. À te trouver ? Non, mieux que cela. On ne trouve pas Lupin, on le fait venir ! Ça, c'est une idée de maître. Elle est de mon gosse de neveu, qui t'exècre autant que moi, si possible, et qui te connaît à fond par tous les livres qui ont été écrits sur toi. Il connaît ta curiosité, ton besoin d'intrigue, ta manie de chercher dans les ténèbres, et de débrouiller ce que les autres n'ont pas réussi à débrouiller. Il connaît aussi cette espèce de fausse bonté qui est la tienne, la sensiblerie bébête qui te fait verser des larmes de crocodile sur tes victimes. Et il a organisé la comédie ! il a inventé l'histoire des deux cambrioleurs ! le second vol des cinquante mille francs ! Ah ! je te jure Dieu que le coup de couteau que je me suis fichu de mes propres mains ne m'a pas fait mal ! Et je te jure Dieu que nous avons passé de jolis moments à t'attendre, le petit et moi, à lorgner tes complices qui rôdaient sous nos fenêtres et qui étudiaient la place. Et pas d'erreur, tu devais venir ! Puisque tu avais rendu les cinquante mille francs à la veuve, il n'était pas possible que tu admettes que la veuve Dugrival soit dépouillée de ses cinquante mille francs ? Tu devais venir, attiré par l'odeur du mystère. Tu devais venir, par gloriole, par vanité ! Et tu es venu ! »

La veuve eut un rire strident.

« Hein ! est-ce bien joué, cela ? Le Lupin des Lupins ! le maître des maîtres ! l'inaccessible et l'invisible… Le voilà pris au piège par une femme et par un gamin !… Le voilà en chair et en os !… Le voilà pieds et poings liés, pas plus dangereux qu'une mauviette… Le voilà !… Le voilà… »

Elle tremblait de joie, et elle se mit à marcher à travers la chambre avec des allures de bête fauve qui ne lâche pas de l'œil sa victime. Et jamais Lupin n'avait senti dans un être plus de haine et de sauvagerie.

« Assez bavardé, » dit-elle.

Se contenant soudain, elle retourna près de lui, et, sur un ton tout différent, la voix sourde, elle scanda :

« Depuis douze jours, Lupin, et grâce aux papiers qui se trouvaient dans ta poche, j'ai mis le temps à profit. Je connais toutes tes affaires, toutes tes combinaisons, tous tes faux noms, toute l'organisation de ta bande, tous les logements que tu possèdes dans Paris et ailleurs. J'ai même visité l'un d'eux, le plus secret, celui où tu caches tes papiers, tes registres et l'histoire détaillée de tes opérations financières. Le résultat de mes recherches ? Pas mauvais. Voici quatre chèques détachés de quatre carnets, et qui correspondent à quatre comptes que tu as dans des banques sous quatre noms différents. Sur chacun d'eux j'ai inscrit la somme de dix mille francs. Davantage eût été périlleux. Maintenant, signe.

« Bigre ! dit Lupin avec ironie, c'est tout bonnement du chantage, honnête Madame Dugrival.
— Cela te suffoque, hein ?
— Cela me suffoque.
— Et tu trouves l'adversaire à ta hauteur ?
— L'adversaire me dépasse. Alors le piège, qualifions-le d'infernal. Le piège infernal où je suis tombé ne fut pas tendu seulement par une veuve altérée de vengeance, mais aussi par une excellente industrielle

désireuse d'augmenter ses capitaux ?

— Justement.

— Mes félicitations. Et j'y pense, est-ce que, par hasard, M. Dugrival ?...

— Tu l'as dit, Lupin. Après tout, pourquoi te le cacher ? Ça soulagera ta conscience. Oui, Lupin, Dugrival travaillait dans la même partie que toi. Oh ! pas en grand... Nous étions des modestes... une pièce d'or de-ci, de-là... un porte-monnaie que Gabriel, dressé par nous, chipait aux courses de droite et de gauche... Et, de la sorte, on avait fait sa petite fortune... de quoi planter des choux.

— J'aime mieux cela, dit Lupin.

— Tant mieux ! Si je t'en parle, moi, c'est pour que tu saches bien que je ne suis pas une débutante, et que tu n'as rien à espérer. Un secours ? non. L'appartement où nous sommes communique avec ma chambre. Il a une sortie particulière, et personne ne s'en doute. C'était l'appartement spécial de Dugrival. Il y recevait ses amis. Il y avait ses instruments de travail, ses déguisements... son téléphone même, comme tu peux voir. Donc, rien à espérer. Tes complices ont renoncé à te chercher par là. Je les ai lancés sur une autre piste. Tu es bien fichu. Commences-tu à comprendre la situation ?

— Oui.

— Alors, signe.

— Et, quand j'aurai signé, je serai libre ?

— Il faut que je touche d'abord.

— Et après ?

— Après, sur mon âme, sur mon salut éternel, tu seras libre.

— Je manque de confiance.

— As-tu le choix ?

— C'est vrai. Donne. »

Elle détacha la main droite de Lupin et lui présenta une plume en disant :

« N'oublie pas que les quatre chèques portent quatre noms différents et que, chaque fois, l'écriture change.

— Ne crains rien. »

Il signa.

« Gabriel, ajouta la veuve, il est dix heures. Si, à midi, je ne suis pas là, c'est que ce misérable m'aura joué un tour de sa façon. Alors casse-lui la tête. Je te laisse le revolver avec lequel ton oncle s'est tué. Sur six balles, il en reste cinq. Ça suffit. »

Elle partit en chantonnant.

Il y eut un assez long silence, et Lupin marmotta :

« Je ne donnerais pas deux sous de ma peau. »

Il ferma les yeux un instant, puis brusquement dit à Gabriel :

« Combien ? »

Et comme l'autre ne semblait pas entendre, il s'irrita.

« Eh ! oui, combien ? Réponds, quoi ! Nous avons le même métier, tous deux. Je vole, tu voles, nous volons. Alors on est faits pour s'accorder. Hein ? ça va ? nous décampons ? Je t'offre une place dans ma bande, une place de luxe. Combien veux-tu pour toi ? Dix mille ? vingt mille ? Fixe ton prix, et n'y regarde pas. Le coffre est plein. »

Il eut un frisson de colère en voyant le visage impassible de son gardien.

« Ah ! il ne répondra même pas ! Voyons, quoi, tu l'aimais tant que ça, le Dugrival ? Écoute, si tu veux me délivrer... Allons, réponds !... »

Mais il s'interrompit. Les yeux du jeune homme avaient cette expression cruelle qu'il connaissait si bien. Pouvait-il espérer le fléchir ?

« Crénom de crénom, grinça-t-il, je ne vais pourtant pas crever ici, comme un chien ! Ah ! si je pouvais... »

Se raidissant, il fit, pour rompre ses liens, un effort qui lui arracha un cri de douleur et il retomba sur son lit, exténué.

« Allons, murmura-t-il au bout d'un instant, la veuve l'a dit, je suis fichu. Rien à faire. De Profundis, Lupin »

Un quart d'heure s'écoula, une demi-heure...

Gabriel, s'étant approché de Lupin, vit qu'il tenait les yeux fermés et que sa respiration était égale comme celle d'un homme qui dort. Mais Lupin lui dit :

« Crois pas que je dorme, le gosse. Non, on ne dort pas à cette minute-là. Seulement je me fais une raison... Faut bien, n'est-ce pas ?... Et puis, je pense à ce qui va suivre... Parfaitement, j'ai ma petite théorie là-dessus. Tel que tu me vois, je suis partisan de la métempsycose et de la migration des âmes. Mais ce serait un peu long à t'expliquer... Dis donc, petit... avant de se séparer, si on se donnait la main ? Non ? Alors, adieu... Bonne santé et longue vie, Gabriel... »

Il baissa les paupières, se tut, et ne bougea plus jusqu'à l'arrivée de Mme Dugrival.

La veuve entra vivement, un peu avant midi. Elle semblait très surexcitée.

« J'ai l'argent, dit-elle à son neveu. File. Je te rejoins dans l'auto qui est en bas.

— Mais...

— Pas besoin de toi pour en finir avec lui. Je m'en charge à moi toute seule. Pourtant, si le cœur t'en dit, de voir la grimace d'un coquin... Passe-moi l'instrument. »

Gabriel lui donna le revolver, et la veuve reprit :

« Tu as bien brûlé nos papiers ?

— Oui.

— Allons-y. Et sitôt son compte réglé, au galop. Les coups de feu peuvent attirer les voisins. Il faut qu'on trouve les deux appartements vides. »

Elle s'avança vers le lit.

« Tu es prêt, Lupin ?

— C'est-à-dire que je brûle d'impatience.

— Tu n'as pas de recommandation à me faire ?

— Aucune...

— Alors...

— Un mot cependant.

— Parle.

— Si je rencontre Dugrival dans l'autre monde, qu'est-ce qu'il faut que je lui dise de ta part ? »

Elle haussa les épaules et appliqua le canon du revolver sur la tempe de Lupin.

« Parfait, dit-il, et surtout ne tremblez pas, ma bonne dame... Je vous jure que cela ne vous fera aucun mal. Vous y êtes ? Au commandement, n'est-ce pas ? une... deux... trois... »

La veuve appuya sur la détente. Une détonation retentit.

« C'est ça, la mort ? dit Lupin. Bizarre ! j'aurais cru que c'était plus différent de la vie. »

Il y eut une seconde détonation. Gabriel arracha l'arme des mains de sa tante et l'examina.

« Ah ! fit-il, on a enlevé les balles... Il ne reste plus que les capsules... »

Sa tante et lui demeurèrent un moment immobiles, confondus.

« Est-ce possible ? balbutia-t-elle... Qui aurait pu ?... Un inspecteur ?... Le juge d'instruction?...»

Elle s'arrêta, et, d'une voix étranglée :

« Écoute... du bruit... »

Ils écoutèrent, et la veuve alla jusqu'au vestibule. Elle revint, furieuse, exaspérée par l'échec et par la crainte qu'elle avait eue.

« Personne... Les voisins doivent être sortis... nous avons le temps... Ah ! Lupin, tu rigolais déjà... Le couteau, Gabriel.

— Il est dans ma chambre.

— Va le chercher. »

Gabriel s'éloigna en hâte. La veuve trépignait de rage.

« Je l'ai juré ! Tu y passeras, mon bonhomme !... Je l'ai juré à Dugrival, et chaque matin et chaque soir je refais le serment... je le refais à genoux, oui, à genoux devant Dieu qui m'écoute ! C'est mon droit de venger le mort !... Ah ! dis donc, Lupin, il me semble que tu ne rigoles plus... Bon sang ! mais on dirait même que tu as peur. Il a peur ! il a peur ! Je vois ça dans ses yeux ! Gabriel, arrive, mon petit... Regarde ses yeux ! Regarde ses lèvres... Il tremble... Donne le couteau, que je le lui plante dans le cœur, tandis qu'il a le frisson... Ah ! froussard ! Vite, vite, Gabriel, donne le couteau.

— Impossible de le trouver, déclara le jeune homme, qui revenait en courant, tout effaré, il a disparu de ma chambre ! Je n'y comprends rien !

— Tant mieux ! cria la veuve Dugrival à moitié folle, tant mieux ! je ferai la besogne moi-même. »

Elle saisit Lupin à la gorge et l'étreignit de ses dix doigts crispés, à pleines mains, à pleines griffes, et elle se mit à serrer désespérément. Lupin eut un râle et s'abandonna. Il était perdu.

Brusquement, un fracas du côté de la fenêtre. Une des vitres avait sauté en éclats.

« Quoi ? qu'y a-t-il ? » bégaya la veuve en se relevant, bouleversée.

Gabriel, plus pâle encore qu'à l'ordinaire, murmura :

« Je ne sais pas… je ne sais pas !

— Comment a-t-on pu ? » répéta la veuve.

Elle n'osait bouger, dans l'attente de ce qui allait se produire. Et quelque chose surtout l'épouvantait, c'est que par terre, autour d'eux, il n'y avait aucun projectile, et que la vitre pourtant, cela était visible, avait cédé au choc d'un objet lourd et assez gros, d'une pierre, sans doute.

Après un instant, elle chercha sous le lit, sous la commode.

« Rien, dit-elle.

— Non, » fit son neveu qui cherchait également.

Et elle reprit en s'asseyant à son tour :

« J'ai peur… les bras me manquent… achève-le…

— J'ai peur moi aussi.

— Pourtant… pourtant… bredouilla-t-elle, il faut bien… j'ai juré… »

Dans un effort suprême, elle retourna près de Lupin et lui entoura le cou de ses doigts raidis. Mais Lupin, qui scrutait son visage blême, avait la sensation très nette qu'elle n'aurait pas la force de le tuer. Pour elle, il devenait sacré, intangible. Une puissance mystérieuse le protégeait contre toutes les attaques, une puissance qui l'avait déjà sauvé trois fois par des moyens inexplicables, et qui trouverait d'autres moyens pour écarter de lui les embûches de la mort.

Elle lui dit à voix basse :

« Ce que tu dois te ficher de moi !

— Ma foi, pas du tout. À ta place j'aurais une venette !

— Fripouille, va ! Tu t'imagines qu'on te secourt… que tes amis sont là, hein ? Impossible, mon bonhomme.

— Je le sais. Ce n'est pas eux qui me défendent… Personne même ne me défend…

— Alors ?

— Alors, tout de même, il y a quelque chose d'étrange là-dessous, de fantastique, de miraculeux, qui te donne la chair de poule, ma bonne femme.

— Misérable !… Tu ne riras plus bientôt.

— Ça m'étonnerait.

— Patiente. »

Elle réfléchit encore et dit à son neveu :

« Qu'est-ce que tu ferais ?

— Rattache-lui le bras, et allons-nous-en, » répondit-il.

Conseil atroce ! C'était condamner Lupin à la mort la plus affreuse, la mort par la faim.

« Non, dit la veuve, il trouverait peut-être encore une planche de salut. J'ai mieux que cela. »

Elle décrocha le récepteur du téléphone. Ayant obtenu la communication, elle demanda :

« Le numéro 822.48, s'il vous plaît ? »

Et, après un instant :

« Allô… le service de la Sûreté… M. l'inspecteur principal Ganimard est-il ici ?… Pas avant vingt minutes ? Dommage !… Enfin !… Quand il sera là, vous lui direz ceci de la part de Mme Dugrival… Oui, Mme Nicolas Dugrival… Vous lui direz qu'il vienne chez moi. Il ouvrira la porte de mon armoire à glace, et, cette porte ouverte, il constatera que l'armoire cache une issue qui fait communiquer ma chambre avec deux pièces. Dans l'une d'elles, il y a un homme solidement ligoté. C'est le voleur, l'assassin de Dugrival. Vous ne me croyez pas ? Avertissez M. Ganimard. Il me croira, lui. Ah ! j'oubliais le nom de l'individu… Arsène Lupin ! »

Et, sans un mot de plus, elle raccrocha le récepteur.

« Voilà qui est fait, Lupin. Au fond, j'aime autant cette vengeance. Ce que je vais me tordre en suivant les débats de l'affaire Lupin ! Tu viens, Gabriel ?

— Oui, ma tante.

— Adieu, Lupin, on ne se reverra sans doute pas, car nous passons à l'étranger. Mais je te promets de t'envoyer des bonbons quand tu seras au bagne.

— Des chocolats, la mère ! Nous les mangerons ensemble.

— Adieu.

— Au revoir. »

La veuve sortit avec son neveu, laissant Lupin enchaîné sur le lit.

Tout de suite il remua son bras libre et tâcha de se dégager. Mais à la première tentative, il comprit qu'il n'aurait jamais la force de rompre les cordons d'acier qui le liaient. Épuisé par la fièvre et par l'angoisse, que pouvait-il faire durant les vingt ou trente minutes peut-être qui lui restaient avant l'arrivée de Ganimard ?

Il ne comptait pas davantage sur ses amis. Si, trois fois, il avait été sauvé de la mort, cela provenait évidemment de hasards prodigieux, mais non point d'une intervention de ses amis. Sans quoi, ils ne se fussent pas contentés de ces coups de théâtre invraisemblables. Ils l'eussent bel et bien délivré.

Non, il fallait renoncer à toute espérance. Ganimard venait, Ganimard le trouverait là. C'était inévitable. C'était un fait accompli.

Et la perspective de l'événement l'irritait d'une façon singulière. Il entendait déjà les sarcasmes de son vieil ennemi. Il devinait l'éclat de rire qui, le lendemain, accueillerait l'incroyable nouvelle. Qu'il fût arrêté en pleine action, sur le champ de bataille, pour ainsi dire, et par une escouade imposante d'adversaires, soit ! mais arrêté, cueilli plutôt, ramassé dans de telles conditions, c'était vraiment trop stupide. Et Lupin, qui tant de fois avait bafoué les autres, sentait tout ce qu'il y avait de ridicule pour lui dans le dénouement de l'affaire Dugrival, tout ce qu'il y avait de grotesque à s'être laissé prendre au piège infernal de la veuve, et, en fin de compte, à être « servi » à la police comme un plat de gibier, cuit à point et savamment assaisonné.

« Sacrée veuve ! bougonna-t-il. Elle aurait mieux fait de m'égorger tout simplement. »

Il prêta l'oreille. Quelqu'un marchait dans la pièce voisine. Ganimard ? Non. Quelle que fût sa hâte, l'inspecteur ne pouvait encore être là. Et puis Ganimard n'eût pas agi de cette manière, n'eût pas ouvert la porte aussi doucement que l'ouvrait cette autre personne ? Lupin se rappela les trois interventions miraculeuses auxquelles il devait la vie. Était-il possible que ce fût réellement quelqu'un qui l'eût protégé contre la veuve, et que ce quelqu'un entreprît maintenant de le secourir ? Mais qui, en ce cas ?...

Sans que Lupin réussît à le voir, l'inconnu se baissa derrière le lit. Lupin devina le bruit des tenailles qui s'attaquaient aux cordelettes d'acier et qui le délivraient peu à peu. Son buste d'abord fut dégagé, puis les bras, puis les jambes.

Et une voix lui dit :

« Il faut vous habiller. »

Très faible, il se souleva à demi, au moment où l'inconnu se redressait.

« Qui êtes-vous ? murmura-t-il. Qui êtes-vous ? »

Et une grande surprise l'envahit.

À côté de lui, il y avait une femme, une femme vêtue d'une robe noire et coiffée d'une dentelle qui recouvrait une partie de son visage. Et cette femme, autant qu'il pouvait en juger, était jeune, et de taille élégante et mince.

« Qui êtes-vous ? répéta-t-il.

— Il faut venir... dit la femme, le temps presse.

— Est-ce que je peux ! dit Lupin en faisant une tentative désespérée... Je n'ai pas la force...

— Buvez cela. »

Elle versa du lait dans une tasse, et, comme elle la lui tendait, sa dentelle s'écarta, laissant la figure à découvert.

« Toi ! C'est toi !... balbutia-t-il. C'est vous qui êtes ici ?... c'est vous qui étiez ?... »

Il regardait stupéfié cette femme dont les traits offraient avec ceux de Gabriel une si frappante analogie, dont le visage, délicat et régulier, avait la même pâleur, dont la bouche avait la même expression dure et antipathique. Une sœur n'eût pas présenté avec un frère une telle ressemblance. À n'en pas douter, c'était le même être. Et, sans croire un instant que Gabriel se cachât sous des vêtements de femme, Lupin au contraire eut l'impression profonde qu'une femme était auprès de lui, et que l'adolescent qui l'avait poursuivi de sa haine et qui l'avait frappé d'un coup de poignard était bien vraiment une femme. Pour l'exercice plus commode de leur métier, les époux Dugrival l'avaient accoutumée à ce déguisement de garçon.

« Vous... vous... répétait-il. Qui se serait douté ?... »

Elle vida dans la tasse le contenu d'une petite fiole.

« Buvez ce cordial, » dit-elle.

Il hésita, pensant à du poison.
Elle reprit :
« C'est moi qui vous ai sauvé.
— En effet, en effet, dit-il… C'est vous qui avez désarmé le revolver ?
— Oui.
— Et c'est vous qui avez dissimulé le couteau ?
— Le voici, dans ma poche.
— Et c'est vous qui avez brisé la vitre au moment où votre tante m'étranglait ?
— C'est moi, avec le presse-papier qui était sur cette table et que j'ai jeté dans la rue.
— Mais pourquoi ? pourquoi ? demanda-t-il, absolument interdit.
— Buvez. »
— Mais vous ne vouliez donc pas que je meure ? Mais alors pourquoi m'avez-vous frappé, au début ?
— Buvez.
Il vida la tasse d'un trait, sans trop savoir la raison de sa confiance subite.
« Habillez-vous… rapidement… » ordonna-t-elle, en se retirant du côté de la fenêtre.
Il obéit, et elle revint près de lui, car il était retombé sur une chaise, exténué.
« Il faut partir, il le faut, nous n'avons que le temps… Rassemblez toutes vos forces. »
Elle se courba un peu pour qu'il s'appuyât à son épaule, et elle le mena vers la porte et vers l'escalier.
Et Lupin marchait, marchait, comme on marche dans un rêve, dans un de ces rêves bizarres où il se passe les choses du monde les plus incohérentes, et qui était la suite heureuse du cauchemar épouvantable qu'il vivait depuis deux semaines.
Une idée cependant l'effleura. Il se mit à rire.
« Pauvre Ganimard ! Vraiment il n'a pas de veine. Je donnerais bien deux sous pour assister à mon arrestation. »
Après avoir descendu l'escalier, grâce à sa compagne qui le soutenait avec une énergie incroyable, il se trouva dans la rue, en face d'une automobile où elle le fit monter.
« Allez, » dit-elle au chauffeur.
Lupin, que le grand air et le mouvement étourdissaient, se rendit à peine compte du trajet et des incidents qui le marquaient. Il reprit toute sa connaissance chez lui, dans un des domiciles qu'il occupait, et gardé par un de ses domestiques auquel la jeune femme donnait des instructions.
« Va-t'en, » dit-il au domestique.
Et, comme elle s'éloignait également, il la retint par un pli de sa robe.
« Non… non… il faut m'expliquer d'abord… Pourquoi m'avez-vous sauvé ? C'est à l'insu de votre tante que vous êtes revenue ? Mais pourquoi m'avez-vous sauvé ? Par pitié ?
Elle se taisait, et, le buste droit, la tête un peu renversée, elle conservait son air énigmatique et dur. Pourtant il crut voir que le dessin de sa bouche offrait moins de cruauté que d'amertume. Ses yeux, ses beaux yeux noirs, révélaient de la mélancolie. Et Lupin, sans comprendre encore, avait l'intuition confuse de ce qui se passait en elle. Il lui saisit la main. Elle le repoussa, en un sursaut de révolte où il sentait de la haine, presque de la répulsion. Et comme il insistait, elle s'écria :
« Mais laissez-moi !… laissez-moi !… vous ne savez donc pas que je vous exècre ? »
Ils se regardèrent un moment, Lupin déconcerté, elle frémissante et pleine de trouble, son pâle visage tout coloré d'une rougeur insolite. Il lui dit doucement.
« Si vous m'exécrez, il fallait me laisser mourir… C'était facile. Pourquoi ne l'avez-vous pas fait ?
— Pourquoi ? Pourquoi ? Est-ce que je sais ?… »
Sa figure se contractait. Vivement, elle la cacha dans ses deux mains, et il vit deux larmes qui coulaient entre ses doigts.
Très ému, il fut sur le point de lui dire des mots affectueux, comme à une petite fille qu'on veut consoler, et de lui donner de bons conseils, et de la sauver à son tour, de l'arracher à la vie mauvaise qu'elle menait.
Mais de tels mots eussent été absurdes, prononcés par lui, et il ne savait plus que dire, maintenant qu'il comprenait toute l'aventure, et qu'il pouvait évoquer la jeune femme à son chevet de malade, soignant l'homme qu'elle avait blessé, admirant son courage et sa gaieté, s'attachant à lui, s'éprenant de lui, et, trois fois, malgré elle sans doute, en une sorte d'élan instinctif avec des accès de rancune et de rage, le sauvant de la mort.

Et tout cela était si étrange, si imprévu, un tel étonnement bouleversait Lupin, que, cette fois, il n'essaya pas de la retenir quand elle se dirigea vers la porte, à reculons et sans le quitter du regard.

Elle baissa la tête, sourit un peu, et disparut.

Il sonna d'un coup brusque.

« Suis cette femme, dit-il à un domestique… Et puis non, reste ici… Après tout, cela vaut mieux… »

Il demeura pensif assez longtemps. L'image de la jeune femme l'obsédait. Puis il repassa dans son esprit toute cette curieuse, émouvante et tragique histoire, où il avait été si près de succomber, et, prenant sur la table un miroir, il contempla longuement, avec une certaine complaisance, son visage que la maladie et l'angoisse n'avaient pas trop abîmé.

« Ce que c'est, pourtant, murmura-t-il, que d'être joli garçon !… »

L'ÉCHARPE DE SOIE ROUGE

Ce matin-là, en sortant de chez lui, à l'heure ordinaire où il se rendait au Palais de Justice, l'inspecteur principal Ganimard nota le manège assez curieux d'un individu qui marchait devant lui, le long de la rue Pergolèse.

Tous les cinquante ou soixante pas, cet homme, pauvrement vêtu, coiffé, bien qu'on fût en novembre, d'un chapeau de paille, se baissait, soit pour renouer les lacets de ses chaussures, soit pour ramasser sa canne, soit pour tout autre motif. Et, chaque fois, il tirait de sa poche, et déposait furtivement sur le bord même du trottoir, un petit morceau de peau d'orange.

Simple manie, sans doute, divertissement puéril auquel personne n'eût prêté attention ; mais Ganimard était un de ces observateurs perspicaces que rien ne laisse indifférents, et qui ne sont satisfaits que quand ils savent la raison secrète des choses. Il se mit donc à suivre l'individu.

Or, au moment où celui-ci tournait à droite par l'avenue de la Grande-Armée, l'inspecteur le surprit qui échangeait des signes avec un gamin d'une douzaine d'années, lequel gamin longeait les maisons de gauche.

Vingt mètres plus loin, l'individu se baissa et releva le bas de son pantalon. Une pelure d'orange marqua son passage. À cet instant même, le gamin s'arrêta, et, à l'aide d'un morceau de craie, traça sur la maison qu'il côtoyait, une croix blanche, entourée d'un cercle.

Les deux personnages continuèrent leur promenade. Une minute après, nouvelle halte. L'inconnu ramassa une épingle et laissa tomber une peau d'orange, et aussitôt le gamin dessina sur le mur une seconde croix qu'il inscrivit également dans un cercle blanc.

« Sapristi, pensa l'inspecteur principal avec un grognement d'aise, voilà qui promet… Que diable peuvent comploter ces deux clients-là ? »

Les deux « clients » descendirent par l'avenue Friedland et par le Faubourg Saint-Honoré, sans que, d'ailleurs, il se produisît un fait digne d'être retenu.

À intervalles presque réguliers, la double opération recommençait, pour ainsi dire mécaniquement. Cependant il était visible, d'une part, que l'homme aux pelures d'orange n'accomplissait sa besogne qu'après avoir choisi la maison qu'il fallait marquer, et, d'autre part, que le gamin ne marquait cette maison qu'après avoir observé le signal de son compagnon.

L'accord était donc certain, et la manœuvre surprise présentait un intérêt considérable aux yeux de l'inspecteur principal.

Place Beauvau, l'homme hésita. Puis, semblant se décider, il releva et rabattit deux fois le bas de son pantalon. Alors le gamin s'assit sur le bord du trottoir, en face du soldat qui montait la garde au ministère de l'Intérieur, et il marqua la pierre de deux petites croix et de deux cercles.

À hauteur de l'Élysée, même cérémonie. Seulement, sur le trottoir où cheminait le factionnaire de la Présidence, il y eut trois signes au lieu de deux.

« Qu'est-ce que ça veut dire ? » murmura Ganimard, pâle d'émotion, et qui, malgré lui, pensait à son éternel ennemi Lupin, comme il y pensait chaque fois que s'offrait une circonstance mystérieuse… qu'est-ce que ça veut dire ? »

Pour un peu, il eût empoigné et interrogé les deux « clients ». Mais il était trop habile pour commettre une pareille bêtise. D'ailleurs, l'homme aux peaux d'orange avait allumé une cigarette, et le gamin, muni également d'un bout de cigarette, s'était approché de lui dans le but apparent de lui demander du feu.

Ils échangèrent quelques paroles. Rapidement, le gamin tendit à son compagnon un objet qui avait, du moins l'inspecteur le crut, la forme d'un revolver dans sa gaine. Ils se penchèrent ensemble sur cet objet, et six fois, l'homme tourné vers le mur porta la main à sa poche et fit un geste comme s'il eût chargé une arme.

Sitôt ce travail achevé, ils revinrent sur leurs pas, gagnèrent la rue de Surène, et l'inspecteur, qui les suivait d'aussi près que possible, au risque d'éveiller leur attention, les vit pénétrer sous le porche d'une vieille maison dont tous les volets étaient clos, sauf ceux du troisième et dernier étage.

Il s'élança derrière eux. À l'extrémité de la porte cochère, il avisa, au fond d'une grande cour, l'enseigne d'un peintre en bâtiment et, sur la gauche, la cage d'un escalier.

Il monta, et dès le premier étage, sa hâte fut d'autant plus grande qu'il entendit, tout en haut, un vacarme, comme des coups que l'on frappe.

Quand il arriva au dernier palier, la porte était ouverte. Il entra, prêta l'oreille une seconde, perçut le bruit d'une lutte, courut jusqu'à la chambre d'où ce bruit semblait venir, et resta sur le seuil fort essoufflé et très surpris de voir l'homme aux peaux d'orange et le gamin qui tapaient le parquet avec des chaises.

À ce moment, un troisième personnage sortit d'une pièce voisine. C'était un jeune homme de vingt-huit à trente ans, qui portait des favoris coupés court, des lunettes, un veston d'appartement fourré d'astrakan, et qui avait l'air d'un étranger, d'un Russe.

« Bonjour, Ganimard, » dit-il.

Et s'adressant aux deux compagnons :

« Je vous remercie, mes amis, et tous mes compliments pour le résultat obtenu. Voici la récompense promise. »

Il leur donna un billet de cent francs, les poussa dehors, et referma sur lui les deux portes.

« Je te demande pardon, mon vieux, dit-il à Ganimard. J'avais besoin de te parler... un besoin urgent. »

Il lui offrit la main, et comme l'inspecteur restait abasourdi, la figure ravagée de colère, il s'exclama :

— Tu ne sembles pas comprendre... C'est pourtant clair... J'avais un besoin urgent de te voir... Alors, n'est-ce pas ?... »

Et affectant de répondre à une objection :

« Mais non, mon vieux, tu te trompes. Si je t'avais écrit ou téléphoné, tu ne serais pas venu... ou bien tu serais venu avec un régiment. Or je voulais te voir tout seul, et j'ai pensé qu'il n'y avait qu'à envoyer ces deux braves gens à ta rencontre, avec ordre de semer des peaux d'orange, de dessiner des croix et des cercles, bref, de te tracer un chemin jusqu'ici... Eh bien, quoi ? tu as l'air ahuri. Qu'y a-t-il ? Tu ne me reconnais pas, peut-être ? Lupin... Arsène Lupin... Fouille dans ta mémoire... Ce nom-là ne te rappelle pas quelque chose ?

— Animal, grinça Ganimard entre ses dents.

Lupin sembla désolé, et d'un ton affectueux :

« Tu es fâché ? Si, je vois ça à tes yeux... L'affaire Dugrival, n'est-ce pas ? J'aurais dû attendre que tu vinsses m'arrêter ?... Saperlipopette, l'idée ne m'en est pas venue ! Je te jure bien qu'une autre fois...

— Canaille, mâchonna Ganimard.

— Et moi qui croyais te faire plaisir ! Ma foi oui, je me suis dit : « Ce bon gros Ganimard, il y a longtemps qu'on ne s'est vus. Il va me sauter au cou. »

Ganimard, qui n'avait pas encore bougé, parut sortir de sa stupeur. Il regarda autour de lui, regarda Lupin, se demanda visiblement s'il n'allait pas, en effet, lui sauter au cou, puis, se dominant, il empoigna une chaise et s'installa, comme s'il eût pris subitement le parti d'écouter son adversaire.

« Parle, dit-il... et pas de balivernes. Je suis pressé.

— C'est ça, dit Lupin, causons. Impossible de rêver un endroit plus tranquille. C'est un vieil hôtel de province qui appartient au duc de Rochelaure, lequel, ne l'habitant jamais, m'a loué cette étage et a consenti la jouissance des communs à un entrepreneur de peinture. J'ai quelques logements analogues, fort pratiques. Ici, malgré mon apparence de grand seigneur russe, je suis M. Jean Daubreuil, ancien ministre... Tu comprends, j'ai choisi une profession un peu encombrée pour ne pas attirer l'attention...

— Qu'est-ce que tu veux que ça me fiche ? interrompit Ganimard.

— En effet, je bavarde et tu es pressé. Excuse-moi, ce ne sera pas long... Cinq minutes... Je commence... Un cigare ? Non. Parfait. Moi non plus. »

Il s'assit également, joua du piano sur la table tout en réfléchissant et s'exprima de la sorte :

« Le 17 octobre 1599, par une belle journée chaude et joyeuse... Tu me suis bien ?... Donc, le 17 octobre 1599... Au fait, est-il absolument nécessaire de remonter jusqu'au règne d'Henri IV et de te documenter sur la chronique du Pont-Neuf ? Non, tu ne dois pas être ferré en histoire de France, et je risque de te brouiller les idées. Qu'il te suffise donc de savoir que, cette nuit, vers une heure du matin, un batelier qui passait sous la dernière arche de ce même Pont-Neuf, côté rive gauche, entendit tomber, à l'avant de sa péniche, une chose qu'on avait lancée du haut du pont, et qui était visiblement destinée aux profondeurs de la Seine. Son chien se précipita en aboyant, et, quand le batelier parvint à l'extrémité de sa péniche, il vit que sa bête secouait avec sa gueule un morceau de journal qui avait servi à envelopper divers objets. Il recueillit ceux de ces objets qui n'étaient pas tombés à l'eau et, rentré dans sa cabine, les examina. L'examen lui parut intéressant, et, comme cet homme est en relations avec un de mes amis, il me fit prévenir. Et ce matin, on me réveillait pour me mettre au courant de l'affaire et en possession des objets recueillis. Les voici.

Il les montra, rangés sur une table. Il y avait d'abord les bribes déchirées d'un numéro de journal. Il y avait ensuite un gros encrier de cristal, au couvercle duquel était attaché un long bout de ficelle. Il y avait un petit éclat de verre, puis une sorte de cartonnage flexible, réduit en chiffon. Et il y avait enfin un morceau de soie rouge écarlate, terminé par un gland de même étoffe et de même couleur.

« Tu vois nos pièces à conviction, mon bon ami, reprit Lupin. Certes, le problème à résoudre serait plus facile si nous avions les autres objets que la stupidité du chien a dispersés. Mais il me semble cependant qu'on peut s'en tirer avec un peu de réflexion et d'intelligence. Et ce sont là précisément tes qualités maîtresses. Qu'en dis-tu ? »

Ganimard ne broncha pas. Il consentait à subir les bavardages de Lupin, mais sa dignité lui commandait de n'y répondre ni par un seul mot, ni même par un hochement de tête qui pût passer pour une approbation ou une critique.

« Je vois que nous sommes entièrement du même avis, continua Lupin, sans paraître remarquer le silence de l'inspecteur principal. Et je résume ainsi, en une phrase définitive, l'affaire telle que la racontent ces pièces à conviction : Hier soir, entre neuf heures et minuit, une demoiselle d'allures excentriques fut blessée à coups de couteau, puis serrée à la gorge jusqu'à ce que mort s'ensuivît, par un monsieur bien habillé, portant monocle, appartenant au monde des courses, et avec lequel ladite demoiselle venait de manger trois meringues et un éclair au café.

Lupin alluma une cigarette, et, saisissant la manche de Ganimard :

« Hein ! ça t'en bouche un coin, inspecteur principal ! Tu t'imaginais que, dans le domaine des déductions policières, de pareils tours de force étaient interdits au profane. Erreur, monsieur. Lupin jongle avec les déductions comme un détective de roman. Mes preuves ? Aveuglantes et enfantines. »

Et il reprit, en désignant les objets au fur et à mesure de sa démonstration :

« Ainsi, donc, hier soir après neuf heures (ce fragment de journal porte la date d'hier et la mention « journal du soir » ; en outre tu peux voir ici, collée au papier, une parcelle de ces bandes jaunes sous lesquelles on envoie les numéros d'abonnés, numéros qui n'arrivent à domicile qu'au courrier de neuf heures), — donc, après neuf heures, un monsieur bien habillé (veuille bien noter que ce petit éclat de verre présente sur un des bords le trou rond d'un monocle, et que le monocle est un ustensile essentiellement aristocratique), un monsieur bien habillé est entré dans une pâtisserie (voici le cartonnage très mince, en forme de boîte, où l'on voit encore un peu de la crème des meringues et de l'éclair qu'on y rangea selon l'habitude). Muni de son paquet, le monsieur au monocle rejoignit une jeune personne dont cette écharpe de soie rouge écarlate indique suffisamment les allures excentriques. L'ayant rejointe, et pour des motifs encore inconnus, il la frappa d'abord à coups de couteau, puis l'étrangla à l'aide de cette écharpe de soie. (Prend ta loupe, inspecteur principal, et tu verras, sur la soie, des marques d'un rouge plus foncé qui sont, ici, les marques d'un couteau que l'on essuie, et là, celles d'une main sanglante qui se cramponne à une étoffe). Son crime commis, et afin de ne laisser aucune trace derrière lui, il sort de sa poche : 1° le journal auquel il est abonné, et qui (parcours ce fragment) est un journal de courses dont il te sera facile de connaître le titre ; 2° une corde qui se trouve être une corde à fouet (et ces deux détails te prouvent, n'est-ce pas, que notre homme s'intéresse aux courses et s'occupe lui-même de cheval). Ensuite, il recueille les débris de son monocle dont le cordon s'est cassé pendant la lutte. Il coupe avec des ciseaux (examine les hachures des ciseaux), il coupe la partie maculée de l'écharpe, laissant l'autre sans doute aux mains crispées de la victime. Il fait une boule avec le cartonnage du pâtissier. Il dépose aussi certains objets dénonciateurs qui, depuis, ont dû glisser dans la Seine, comme le couteau. Il enveloppe le tout avec un journal, ficèle, et attache, pour faire poids, cet encrier de cristal. Puis il décampe. Un instant plus tard, le paquet tombe sur la péniche du marinier. Et voilà. Ouf ! j'en ai chaud. Que dis-tu de l'aventure ? »

Il observa Ganimard pour se rendre compte de l'effet que son discours avait produit sur l'inspecteur. Ganimard ne se départit pas de son mutisme.

Lupin se mit à rire.

« Au fond, tu es estomaqué. Mais tu te méfies. « Pourquoi ce diable de Lupin me passe-t-il cette affaire, au lieu de la garder pour lui, de courir après l'assassin, et de le dépouiller, s'il y a eu vol ? » Évidemment, la question est logique. Mais... il y a un mais : je n'ai pas le temps. À l'heure actuelle, je suis débordé de besogne. Un cambriolage à Londres, un autre à Lausanne, une substitution d'enfant à Marseille, le sauvetage d'une jeune fille autour de qui rôde la mort, tout me tombe à la fois sur les bras. Alors je me suis dit : « Si je passais l'affaire à ce bon Ganimard ? Maintenant qu'elle est à moitié débrouillée, il est bien capable de réussir. Et quel service je lui rends ! comme il va pouvoir se distinguer ! » Aussitôt dit, aussitôt fait. À huit heures du matin, j'expédiais à ta rencontre le type aux peaux d'orange. Tu mordais à l'hameçon, et, à neuf heures, tu arrivais ici tout frétillant. »

Lupin s'était levé. Il se baissa un peu vers l'inspecteur et lui dit, les yeux dans les yeux :

« Un point c'est tout. L'histoire est finie. Tantôt, probablement, tu connaîtras la victime... quelque danseuse de ballet, quelque chanteuse de café-concert. D'autre part, il y a des chances pour que le coupable habite aux environs du Pont-Neuf, et plutôt sur la rive gauche. Enfin, voici toutes les pièces à conviction. Je t'en fais cadeau. Travaille. Je ne garde que ce bout d'écharpe. Si tu as besoin de reconstituer l'écharpe tout entière, apporte-moi l'autre bout, celui que la justice recueillera au cou de la victime. Apporte-le moi dans un mois, jour pour jour, c'est-à-dire le vingt-huit décembre prochain, à 10 heures. Tu es sûr de me trouver. Et sois sans crainte : tout cela est sérieux, mon bon ami, je te le jure. Aucune fumisterie. Tu peux aller de l'avant. Ah ! à propos, un détail qui a son importance. Quand tu arrêteras le type au monocle, attention ! il est gaucher. Adieu, ma vieille, et bonne chance !

Lupin fit une pirouette, gagna la porte, l'ouvrit et disparut, avant même que Ganimard ne songeât à prendre une décision. D'un bond, l'inspecteur se précipita, mais il constata aussitôt que la poignée de la serrure, grâce à un mécanisme qu'il ignorait, ne tournait pas. Il lui fallut dix minutes pour dévisser cette serrure, dix autres pour dévisser celle de l'antichambre. Quand il eut dégringolé les trois étages, Ganimard n'avait plus le moindre espoir de rejoindre Arsène Lupin.

D'ailleurs, il n'y pensait pas. Lupin lui inspirait un sentiment bizarre et complexe où il y avait de la peur, de la rancune, une admiration involontaire et aussi l'intuition confuse que, malgré tous ses efforts, malgré la persistance de ses recherches, il n'arriverait jamais à bout d'un pareil adversaire. Il le poursuivait par devoir et par amour-propre, mais avec la crainte continuelle d'être dupé par ce redoutable mystificateur, et bafoué devant un public toujours prêt à rire de ses mésaventures.

En particulier, l'histoire de cette écharpe rouge lui sembla bien équivoque. Intéressante, certes, par plus d'un côté, mais combien invraisemblable ! Et combien aussi l'explication de Lupin, si logique en apparence, résistait peu à un examen sévère :

« Non, se dit Ganimard, tout cela c'est de la blague... un ramassis de suppositions et d'hypothèses qui ne repose sur rien. Je ne marche pas. »

Quand il parvint au 36 du quai des Orfèvres, il était absolument décidé à tenir l'incident pour nul et non avenu.

Il monta au service de la Sûreté. Là, un de ses camarades lui dit :

« Tu as vu le chef ?

— Non.

— Il te demandait tout à l'heure.

— Ah ?

— Oui, va le rejoindre.

— Où ?

— Rue de Berne... un assassinat qui a été commis cette nuit...

— Ah ! et la victime ?

— Je ne sais pas trop... une chanteuse de café-concert, je crois. »

Ganimard murmura simplement :

« Crebleu de crebleu... »

Vingt minutes après, il sortait du métro et se dirigeait vers la rue de Berne.

La victime, connue dans le monde des théâtres sous le sobriquet de Jenny Saphir, occupait un modeste appartement situé au second étage. Conduit par un agent de police, l'inspecteur principal traversa d'abord deux pièces, puis pénétra dans la chambre où se trouvaient déjà les magistrats chargés de l'enquête, le chef de la Sûreté, M. Dudouis, et un médecin légiste.

Au premier coup d'œil, Ganimard tressaillit. Il avait aperçu, couché sur un divan, le cadavre d'une jeune femme dont les mains se crispaient à un lambeau de soie rouge ! L'épaule, qui apparaissait hors du corsage échancré, portait la marque de deux blessures autour desquelles le sang s'était figé. La face, convulsée, presque noire, gardait une expression d'épouvante folle.

Le médecin légiste, qui venait de terminer son examen, prononça :

« Mes premières conclusions sont très nettes. La victime a d'abord été frappée de deux coups de poignard, puis étranglée. La mort par asphyxie est visible.

— Crebleu de crebleu, pensa de nouveau Ganimard qui se rappelait les paroles de Lupin, son évocation du crime… »

Le juge d'instruction objecta :

« Cependant, le cou n'offre point d'ecchymose.

— La strangulation, déclara le médecin, a pu être pratiquée à l'aide de cette écharpe de soie que la victime portait, et dont il reste le morceau auquel elle s'était cramponnée des deux mains pour se défendre.

— Mais pourquoi, dit le juge, ne reste-t-il que ce morceau ? Qu'est devenu l'autre ?

— L'autre, maculé de sang peut-être, aura été emporté par l'assassin. On distingue très bien le déchiquetage hâtif des ciseaux.

— Crebleu de crebleu, répéta Ganimard entre ses dents pour la troisième fois, cet animal de Lupin a tout vu sans être là !

— Et le motif du crime ? demanda le juge. Les serrures ont été fracturées, les armoires bouleversées. Avez-vous quelques renseignements, monsieur Dudouis ? »

Le chef de la Sûreté répliqua :

« Je puis tout au moins avancer une hypothèse, qui résulte des déclarations de la bonne. La victime, dont le talent de chanteuse était médiocre, mais que l'on connaissait pour sa beauté, a fait, il y a deux ans, un voyage en Russie, d'où elle est revenue avec un magnifique saphir que lui avait donné, paraît-il, un personnage de la cour. Jenny Saphir, comme on appelait la jeune femme depuis ce jour, était très fière de ce cadeau, bien que, par prudence, elle ne le portât pas. N'est-il pas à supposer que le vol du saphir fut la cause du crime ?

— Mais la femme de chambre connaissait l'endroit où se trouvait la pierre ?

— Non, personne ne le connaissait. Et le désordre de cette pièce tendrait à prouver que l'assassin l'ignorait également.

— Nous allons interroger la femme de chambre, prononça le juge d'instruction. »

M. Dudouis prit à part l'inspecteur principal, et lui dit :

« Vous avez l'air tout drôle, Ganimard. Qu'y a-t-il ? Est-ce que vous soupçonnez quelque chose ?

— Rien du tout, chef.

— Tant pis. Nous avons besoin d'un coup d'éclat à la Sûreté. Voilà plusieurs crimes de ce genre dont l'auteur n'a pu être découvert. Cette fois-ci, il nous faut le coupable, et rapidement.

— Difficile, chef.

— Il le faut. Écoutez-moi, Ganimard. D'après la femme de chambre, Jenny Saphir, qui avait une vie très régulière, recevait fréquemment, depuis un mois, à son retour du théâtre, c'est-à-dire vers dix heures et demie, un individu qui restait environ jusqu'à minuit. « C'est un homme du monde, prétendait Jenny Saphir : il veut m'épouser. » Cet homme du monde prenait d'ailleurs toutes les précautions pour n'être pas vu, relevant le col de son vêtement et rabattant les bords de son chapeau quand il passait devant la loge de la concierge. Et Jenny Saphir, avant même qu'il n'arrivât, éloignait toujours sa femme de chambre. C'est cet individu qu'il s'agit de retrouver.

— Il n'a laissé aucune trace ?

— Aucune. Il est évident que nous sommes en présence d'un gaillard très fort, qui a préparé son crime, et qui l'a exécuté avec toutes les chances possibles d'impunité. Son arrestation nous fera grand honneur. Je compte sur vous, Ganimard.

— Ah ! vous comptez sur moi, chef, répondit l'inspecteur. Eh bien, on verra… on verra… Je ne dis pas non… Seulement… »

Il semblait très nerveux et son agitation frappa M. Dudouis.

« Seulement, poursuivit Ganimard, seulement je vous jure… vous entendez, chef, je vous jure…
— Vous me jurez quoi ?
— Rien… on verra ça, chef… on verra… »

Ce n'est que dehors, une fois seul, que Ganimard acheva sa phrase. Et il l'acheva tout haut, en frappant du pied, et avec l'accent de la colère la plus vive :

« Seulement, je jure devant Dieu que l'arrestation se fera par mes propres moyens, et sans que j'emploie un seul des renseignements que m'a fournis ce misérable. Ah ! non, alors… »

Pestant contre Lupin, furieux d'être mêlé à cette affaire, et résolu cependant à la débrouiller, il se promena au hasard des rues. Le cerveau tumultueux, il cherchait à mettre un peu d'ordre dans ses idées et à découvrir, parmi les faits épars, un petit détail, inaperçu de tous, non soupçonné de Lupin, qui pût le conduire au succès.

Il déjeuna rapidement chez un marchand de vins, puis reprit sa promenade, et tout à coup s'arrêta, stupéfié, confondu. Il pénétrait sous le porche de la rue de Surène, dans la maison même où Lupin l'avait attiré quelques heures auparavant. Une force plus puissante que sa volonté l'y conduisait de nouveau. La solution du problème était là. Là se trouvaient tous les éléments de la vérité. Quoi qu'il fît, les assertions de Lupin étaient si exactes, ses calculs si justes, que, troublé jusqu'au fond de l'être par une divination aussi prodigieuse, il ne pouvait que reprendre l'œuvre au point où son ennemi l'avait laissée.

Sans plus de résistance, il monta les trois étages. L'appartement était ouvert. Personne n'avait touché aux pièces à conviction. Il les empocha.

Dès lors, il raisonna et il agit pour ainsi dire mécaniquement, sous les impulsions du maître auquel il ne pouvait pas ne pas obéir.

En admettant que l'inconnu habitât aux environs du Pont-Neuf, il fallait découvrir, sur le chemin qui mène de ce pont à la rue de Berne, l'importante pâtisserie ouverte le soir, où les gâteaux avaient été achetés. Les recherches ne furent pas longues. Près de la gare Saint-Lazare, un pâtissier lui montra de petites boîtes en carton, identiques, comme matière et comme forme, à celle que Ganimard possédait. En outre, une des vendeuses se rappelait avoir servi, la veille au soir, un monsieur engoncé dans son col de fourrure, mais dont elle avait aperçu le monocle.

« Voilà contrôlé, un premier indice, pensa l'inspecteur, notre homme porte bien un monocle. »

Il réunit ensuite les fragments du journal de courses, et les soumit à un marchand de journaux qui reconnut aisément le Turf illustré. Aussitôt, il se rendit aux bureaux du Turf et demanda la liste des abonnés. Sur cette liste, il releva les noms et adresses de tous ceux qui demeuraient dans les parages du Pont-Neuf, et principalement, puisque Lupin l'avait dit, sur la rive gauche du fleuve.

Il retourna ensuite à la Sûreté, recruta une demi-douzaine d'hommes, et les expédia avec les instructions nécessaires.

À sept heures du soir, le dernier de ces hommes revint et lui annonça la bonne nouvelle. Un monsieur Prévailles, abonné au Turf, habitait un entresol sur le quai des Augustins. La veille au soir, il sortait de chez lui, vêtu d'une pelisse de fourrure, recevait des mains de la concierge sa correspondance et son journal le Turf illustré, s'éloignait et rentrait vers minuit.

Ce M. Prévailles portait un monocle. C'était un habitué des courses, et lui-même possédait plusieurs chevaux qu'il montait ou mettait en location.

L'enquête avait été si rapide, les résultats étaient si conformes aux prédictions de Lupin que Ganimard se sentit bouleversé en écoutant le rapport de l'agent. Une fois de plus, il mesurait l'étendue prodigieuse des ressources dont Lupin disposait. Jamais, au cours de sa vie déjà longue, il n'avait rencontré une telle clairvoyance, un esprit aussi aigu et aussi prompt.

Il alla trouver M. Dudouis.

« Tout est prêt, chef. Vous avez un mandat ?
— Hein ?
— Je dis que tout est prêt pour l'arrestation, chef.
— Vous savez qui est l'assassin de Jenny Saphir ?
— Oui.
— Mais comment ? Expliquez-vous. »

Ganimard éprouva quelque scrupule, rougit un peu, et cependant répondit :

« Un hasard, chef. L'assassin a jeté dans la Seine tout ce qui pouvait le compromettre. Une partie du paquet a été recueillie et me fut remise.

— Par qui ?

— Un batelier qui n'a pas voulu dire son nom, craignant les représailles. Mais j'avais tous les indices nécessaires. La besogne était facile. »

Et l'inspecteur raconta comment il avait procédé.

« Et vous appelez cela un hasard ! s'écria M. Dudouis. Et vous dites que la besogne était facile ! Mais c'est une de vos plus belles campagnes. Menez-la jusqu'au bout vous-même, mon cher Ganimard, et soyez prudent. »

Ganimard avait hâte d'en finir. Il se rendit au quai des Augustins avec ses hommes qu'il répartit autour de la maison. La concierge, interrogée, déclara que son locataire prenait ses repas dehors, mais qu'il passait régulièrement chez lui après son dîner.

De fait, un peu avant neuf heures, penchée à sa fenêtre, elle avertit Ganimard, qui donna aussitôt un léger coup de sifflet. Un monsieur en chapeau haut-de-forme, enveloppé dans sa pelisse de fourrure, suivait le trottoir qui longe la Seine. Il traversa la chaussée et se dirigea vers la maison.

Ganimard s'avança :

« Vous êtes bien Monsieur Prévailles ?

— Oui, mais vous-même ?…

— Je suis chargé d'une mission… »

Il n'eut pas le temps d'achever sa phrase. À la vue des hommes qui surgissaient de l'ombre, Prévailles avait reculé vivement jusqu'au mur, et tout en faisant face à ses adversaires, il se tenait adossé contre la porte d'une boutique située au rez-de-chaussée et dont les volets étaient clos.

« Arrière, cria-t-il, je ne vous connais pas. »

Sa main droite brandissait une lourde canne, tandis que sa main gauche, glissée derrière lui, semblait chercher à ouvrir la porte.

Ganimard eut l'impression qu'il pouvait s'enfuir par là et par quelque issue secrète.

« Allons, pas de blague, dit-il en s'approchant… Tu es pris… Rends-toi. »

Mais au moment où il empoignait la canne de Prévailles, Ganimard se souvint de l'avertissement donné par Lupin : Prévailles était gaucher, et c'était son revolver qu'il cherchait de la main gauche.

L'inspecteur se baissa rapidement, il avait vu le geste subit de l'individu. Deux détonations retentirent. Personne ne fut touché.

Quelques secondes après, Prévailles recevait un coup de crosse au menton, qui l'abattait sur-le-champ. À neuf heures, on l'écrouait au Dépôt.

Ganimard, à cette époque, jouissait déjà d'une grande réputation. Cette capture opérée si brusquement, et par des moyens très simples que la police se hâta de divulguer, lui valut une célébrité soudaine. On chargea aussitôt Prévailles de tous les crimes demeurés impunis, et les journaux exaltèrent les prouesses de Ganimard.

L'affaire, au début, fut conduite vivement. Tout d'abord on constata que Prévailles, de son véritable nom Thomas Derocq, avait eu déjà maille à partir avec la justice. En outre, la perquisition que l'on fit chez lui, si elle ne provoqua pas de nouvelles preuves, amena cependant la découverte d'un peloton de corde semblable à la corde employée autour du paquet, et la découverte de poignards qui auraient produit une blessure analogue aux blessures de la victime.

Mais, le huitième jour, tout changea. Prévailles, qui, jusqu'ici, avait refusé de répondre, Prévailles, assisté de son avocat, opposa un alibi très net : le soir du crime, il était aux Folies-Bergère.

De fait on finit par trouver, dans la poche de son smoking, un coupon de fauteuil et un programme de spectacle qui tous deux portaient la date de ce soir-là.

« Alibi préparé, objecta le juge d'instruction.

— Prouvez-le, » répondit Prévailles.

Des confrontations eurent lieu. La demoiselle de la pâtisserie crut reconnaître le monsieur au monocle. Le concierge de la rue de Berne crut reconnaître le monsieur qui rendait visite à Jenny Saphir. Mais personne n'osait rien affirmer de plus.

Ainsi l'instruction ne rencontrait rien de précis, aucun terrain solide sur lequel on pût établir une accusation sérieuse.

Le juge fit venir Ganimard et lui confia son embarras.

« Il m'est impossible d'insister davantage, les charges manquent.

— Cependant, vous êtes convaincu, Monsieur le juge d'instruction ! Prévailles se serait laissé arrêter sans résistance s'il n'avait pas été coupable.

— Il prétend qu'il a cru à une attaque. De même il prétend qu'il n'a jamais vu Jenny Saphir, et, en vérité, nous ne trouvons personne pour le confondre. Et pas davantage, en admettant que le saphir ait été volé, nous n'avons pu le trouver chez lui.

— Ailleurs non plus, objecta Ganimard.

— Soit, mais ce n'est pas une charge contre lui, cela. Savez-vous ce qu'il nous faudrait, monsieur Ganimard, et avant peu ? L'autre bout de cette écharpe rouge.

— L'autre bout ?

— Oui, car il est évident que si l'assassin l'a emporté, c'est que les marques sanglantes de ses doigts sont sur l'étoffe.

Ganimard ne répondit pas. Depuis plusieurs jours il sentait bien que toute l'aventure tendait vers ce dénouement. Il n'y avait pas d'autre preuve possible. Avec l'écharpe de soie, et avec cela seulement, la culpabilité de Prévailles était certaine. Or la situation de Ganimard exigeait cette culpabilité. Responsable de l'arrestation, illustré par elle, prôné comme l'adversaire le plus redoutable des malfaiteurs, il devenait absolument ridicule si Prévailles était relâché.

Par malheur, l'unique et indispensable preuve était dans la poche de Lupin. Comment l'y reprendre ?

Ganimard chercha, il s'épuisa en nouvelles investigations, refit l'enquête, passa des nuits blanches à scruter le mystère de la rue de Berne, reconstitua l'existence de Prévailles, mobilisa dix hommes pour découvrir l'invisible saphir. Tout fut inutile.

Le vingt-sept décembre, le juge d'instruction l'interpella dans les couloirs du palais.

« Eh bien, monsieur Ganimard, du nouveau ?

— Non, monsieur le juge d'instruction.

— En ce cas, j'abandonne l'affaire.

— Attendez un jour encore.

— Pourquoi ? Il nous faudrait l'autre bout de l'écharpe l'avez-vous ?

— Je l'aurai demain.

— Demain ?

— Oui, mais confiez-moi le morceau qui est en votre possession.

— Moyennant quoi ?

— Moyennant quoi je vous promets de reconstituer l'écharpe complète.

— Entendu. »

Ganimard entra dans le cabinet du juge. Il en sortit avec le lambeau de soie.

« Crénom de bon sang, bougonnait-il, j'irai la chercher, la preuve, et je l'aurai… Si toutefois M. Lupin ose venir au rendez-vous.

Au fond, il ne doutait pas que M. Lupin n'eût cette audace, et c'était ce qui, précisément, l'agaçait. Pourquoi Lupin le voulait-il, ce rendez-vous ? Quel but poursuivait-il en l'occurrence ?

Inquiet, la rage au cœur, plein de haine, il résolut de prendre toutes les précautions nécessaires, non seulement pour ne pas tomber dans un guet-apens, mais même pour ne pas manquer, puisque l'occasion s'en présentait, de prendre son ennemi au piège. Et le lendemain, qui était le 28 décembre, jour fixé par Lupin, après avoir étudié, toute la nuit, le vieil hôtel de la rue de Surène, et s'être convaincu qu'il n'y avait d'autre issue que la grande porte, après avoir prévenu ses hommes qu'il allait accomplir une expédition dangereuse, c'est avec eux qu'il arriva sur le champ de bataille.

Il les posta dans un café. La consigne était formelle : s'il apparaissait à l'une des fenêtres du troisième étage, ou s'il ne revenait pas au bout d'une heure, les agents devaient envahir la maison et arrêter quiconque essaierait d'en sortir.

L'inspecteur principal s'assura que son revolver fonctionnait bien, et qu'il pourrait le tirer facilement de sa poche, et il monta.

Il fut assez surpris de revoir les choses comme il les avait laissées, c'est-à-dire les portes ouvertes et les serrures fracturées. Ayant constaté que les fenêtres de la chambre principale donnaient bien sur la rue, il visita les trois autres pièces qui constituaient l'appartement. Il n'y avait personne.

« M. Lupin a eu peur, murmura-t-il, non sans une certaine satisfaction.

— T'es bête, » dit une voix derrière lui.

S'étant retourné, il vit sur le seuil un vieil ouvrier en longue blouse de peintre.

« Cherche pas, dit l'homme. C'est moi, Lupin. Je travaille depuis ce matin chez l'entrepreneur de peinture.

En ce moment, c'est l'heure du repas. Alors je suis monté. »

Il observait Ganimard avec un sourire joyeux, et il s'écria :

« Vrai ! c'est une satanée minute que j't'dois là, mon vieux. J'la vendrais pas pour dix ans de ta vie, et cependant j't'aime bien ! Qu'en penses-tu, l'artiste ? Est-ce combiné, prévu ? prévu depuis A jusqu'à Z ? Je l'ai t'i comprise, l'affaire ? J'lai ti pénétré, le mystère de l'écharpe ? J'n'te dis pas qu'il n'y avait pas des trous dans mon argumentation, des mailles qui manquaient à la chaîne… Mais quel chef-d'œuvre d'intelligence ! Quelle reconstitution, Ganimard ! Quelle intuition de tout ce qui avait eu lieu, et de tout ce qui allait avoir lieu depuis la découverte du crime jusqu'à ton arrivée ici, en quête d'une preuve ! Quelle divination vraiment merveilleuse ! T'as l'écharpe ?

— La moitié, oui. Tu as l'autre ?

— La voici. Confrontons. »

Ils étalèrent les deux morceaux de soie sur la table. Les échancrures faites par les ciseaux correspondaient exactement. En outre les couleurs étaient identiques.

« Mais je suppose, dit Lupin, que tu n'es pas venu seulement pour cela. Ce qui t'intéresse, c'est de voir les marques du sang. Suis-moi, Ganimard, le jour n'est pas suffisant ici. »

Ils passèrent dans la pièce voisine, située du côté de la cour, et plus claire en effet, et Lupin appliqua son étoffe sur la vitre.

« Regarde, » dit-il, en laissant la place à Ganimard.

L'inspecteur tressaillit de joie. Distinctement on voyait les traces des cinq doigts et l'empreinte de la paume. La preuve était irrécusable. De sa main ensanglantée, de cette même main qui avait frappé Jenny Saphir, l'assassin avait empoigné l'étoffe et noué l'écharpe autour du cou.

« Et c'est l'empreinte d'une main gauche, nota Lupin… D'où mon avertissement, qui n'avait rien de miraculeux, comme tu vois. Car, si j'admets que tu me considères comme un esprit supérieur, mon bon ami, je ne veux pas cependant que tu me traites de sorcier. »

Ganimard avait empoché prestement le morceau de soie. Lupin l'approuva.

« Mais oui, mon gros, c'est pour toi. Ça me fait tant de plaisir de te faire plaisir ! Et tu vois, il n'y avait pas de piège dans tout cela… rien que de l'obligeance… un service de camarade à camarade, de copain à copain… Et aussi, je te l'avoue, un peu de curiosité… Oui, je voulais examiner l'autre morceau de soie… Celui de la police… N'aie pas peur, je vais te le rendre… Une seconde seulement. »

D'un geste nonchalant, et tandis que Ganimard l'écoutait malgré lui, il s'amusait avec le gland qui terminait la moitié de l'écharpe.

« Comme c'est ingénieux, ces petits ouvrages de femme ! As-tu remarqué ce détail de l'enquête ? Jenny Saphir était très adroite, et confectionnait elle-même ses chapeaux et ses robes. Il est évident que cette écharpe a été faite par elle… D'ailleurs, je m'en suis aperçu dès le premier jour. Curieux de ma nature, comme j'ai eu l'honneur de te le dire, j'avais étudié à fond le morceau de soie que tu viens d'empocher, et dans l'intérieur même du gland, j'avais découvert une petite médaille de sainteté que la pauvre fille avait mise là comme un porte-bonheur. Détail touchant, n'est-ce pas, Ganimard ? Une petite médaille de Notre-Dame-de-Bon-Secours. »

L'inspecteur ne le quittait pas des yeux, très intrigué. Et Lupin continuait :

« Alors, je me suis dit : « Comme il serait intéressant d'explorer l'autre moitié de l'écharpe, celle que la police trouvera au cou de la victime » Car cette autre moitié, que je tiens enfin, est terminée de la même façon… De sorte que je saurai si la même cachette existe et ce qu'elle renferme… Mais regarde donc, mon bon ami, est-ce habilement fait ! Et si peu compliqué ! Il suffit de prendre un écheveau de cordonnet rouge et de le tresser autour d'une olive de bois creuse, tout en réservant, au milieu, une petite retraite, un petit vide, étroit forcément, mais suffisant pour qu'on puisse y mettre une médaille de sainteté… ou tout autre chose… Un bijou, par exemple… Un saphir…

Au même instant, il achevait d'écarter les cordonnets de soie, et, au creux d'une olive, il saisissait entre le pouce et l'index une admirable pierre bleue, d'une pureté et d'une taille parfaites.

« Hein, que disais-je, mon bon ami ? »

Il leva la tête. L'inspecteur, livide, les yeux hagards, semblait ahuri, fasciné par la pierre qui miroitait devant lui. Il comprenait enfin toute la machination.

« Animal, » murmura-t-il, retrouvant son injure de la première entrevue.

Les deux hommes étaient dressés l'un contre l'autre.

« Rends-moi ça, » fit l'inspecteur.

Lupin tendit le morceau d'étoffe.

« Et le saphir ! ordonna Ganimard.

— T'es bête.

— Rends-moi ça, sinon...

— Sinon, quoi, espèce d'idiot ? s'écria Lupin. Ah çà ! mais, t'imagines-tu que c'est pour des prunes que je t'ai octroyé l'aventure ?

— Rends-moi ça !

— Tu m'as pas regardé ? Comment ! voilà quatre semaines que je te fais marcher comme un daim, et tu voudrais... Voyons, Ganimard, un petit effort, mon gros... Comprends que, depuis quatre semaines, tu n'es que le bon caniche... Ganimard, apporte... apporte au monsieur... Ah ! le bon toutou à son père... Faites le beau... Susucre ?

Contenant la colère qui bouillonnait en lui, Ganimard ne songeait qu'à une chose, appeler ses agents. Et comme la pièce où il se trouvait donnait sur la cour, peu à peu, par un mouvement tournant, il essayait de revenir à la porte de communication. D'un bond, il sauterait alors vers la fenêtre et casserait l'un des carreaux.

« Faut-il tout de même, continuait Lupin, faut-il que vous en ayez une couche, toi et les autres ! Depuis le temps que vous tenez l'étoffe, il n'y en a pas un qui ait eu l'idée de la palper, pas un qui se soit demandé la raison pour laquelle la pauvre fille s'accrochait à son écharpe. Pas un ! Vous agissez au hasard, sans réfléchir, sans rien prévoir. »

L'inspecteur avait atteint son but. Profitant d'une seconde où Lupin s'éloignait de lui, il fit volte-face soudain, et saisit la poignée de la porte. Mais un juron lui échappa : la poignée ne bougea pas.

Lupin s'esclaffa.

« Même pas ça ! tu n'avais même pas prévu ça ! Tu me tends un traquenard, et tu n'admets pas que je puisse flairer la chose d'avance... Et tu te laisses conduire dans cette chambre, sans te demander si je ne t'y conduis pas exprès, et sans te rappeler que les serrures sont munies de mécanismes spéciaux ! Voyons, en toute sincérité, qu'est-ce que tu dis de cela ?

— Ce que j'en dis ?... » proféra Ganimard hors de lui.

Rapidement, il avait tiré son revolver et visait l'ennemi en pleine figure.

« Haut les mains ! » cria-t-il.

Lupin se planta devant lui, en levant les épaules.

« Encore la gaffe.

— Haut les mains, je te répète !

— Encore la gaffe. Ton ustensile ne partira pas.

— Quoi

— Ta femme de ménage, la vieille Catherine, est à mon service. Elle a mouillé la poudre ce matin, pendant que tu prenais ton café au lait. »

Ganimard eut un mouvement de rage, empocha l'arme, et se jeta sur Lupin.

« Après ? » fit celui-ci, en l'arrêtant net d'un coup de pied sur la jambe.

Leurs vêtements se touchaient presque. Leurs regards se provoquaient, comme les regards de deux adversaires qui vont en venir aux mains.

Pourtant, il n'y eut pas de combat. Le souvenir des luttes précédentes rendait la lutte inutile. Et Ganimard, qui se rappelait toutes les défaites passées, ses vaines attaques, les ripostes foudroyantes de Lupin, ne bougeait pas. Il n'y avait rien à faire, il le sentait. Lupin disposait des forces contre lesquelles toute force individuelle se brisait. Alors, à quoi bon ?

« N'est-ce pas ? prononça Lupin, d'une voix amicale, il vaut mieux en rester là. D'ailleurs, mon bon ami, réfléchis bien à tout ce que l'aventure t'a rapporté : la gloire, la certitude d'un avancement prochain, et, grâce à cela, la perspective d'une heureuse vieillesse. Tu ne voudrais pas cependant y ajouter la découverte du saphir et la tête de ce pauvre Lupin ! Ce ne serait pas juste. Sans compter que ce pauvre Lupin t'a sauvé la vie... Mais oui, Monsieur ! Qui donc vous avertissait ici même que Prévailles était gaucher ?... Et c'est comme ça que tu me remercies ? Pas chic, Ganimard. Vrai, tu me fais de la peine. »

Tout en bavardant, Lupin avait accompli le même manège que Ganimard et s'était approché de la porte.

Ganimard comprit que l'ennemi allait lui échapper. Oubliant toute prudence, il voulut lui barrer la route et reçut dans l'estomac un formidable coup de tête qui l'envoya rouler jusqu'à l'autre mur.

En trois gestes, Lupin fit jouer un ressort, tourna la poignée, entr'ouvrit le battant et s'esquiva en éclatant de rire.

Lorsque Ganimard, vingt minutes après, réussit à rejoindre ses hommes, l'un de ceux-ci lui dit :

« Il y a un ouvrier peintre qui est sorti de la maison, comme ses camarades rentraient de déjeuner, et qui m'a remis une lettre. « Vous donnerez ça à votre patron », qu'il m'a dit. « À quel patron ? » que j'ai répondu. Il était loin déjà. Je suppose que c'est pour vous.

— Donne. »

Ganimard décacheta la lettre. Elle était griffonnée en hâte, au crayon, et contenait ces mots :

« Ceci, mon bon ami, pour te mettre en garde contre une excessive crédulité. Quand un quidam te dit que les cartouches de ton revolver sont mouillées, si grande que soit ta confiance en ce quidam, se nommât-il Arsène Lupin, ne te laisse pas monter le coup. Tire d'abord, et, si le quidam fait une pirouette dans l'éternité, tu auras la preuve : 1° que les cartouches n'étaient pas mouillées ; 2 ° que la vieille Catherine est la plus honnête des femmes de ménage.

« En attendant que j'aie l'honneur de la connaître, accepte, mon bon ami, les sentiments affectueux de ton fidèle

« Arsène Lupin. »

LA MORT QUI RÔDE

Après avoir contourné les murs du château, Arsène Lupin revint à son point de départ. Décidément aucune brèche n'existait, et l'on ne pouvait s'introduire dans le vaste domaine de Maupertuis que par une petite porte basse et solidement verrouillée à l'intérieur, ou par la grille principale auprès de laquelle veillait le pavillon du garde.

« Soit, dit-il, nous emploierons les grands moyens. »

Pénétrant au milieu des taillis où il avait caché sa motocyclette, il détacha un paquet de corde légère enroulé sous la selle, et se dirigea vers un endroit qu'il avait noté au cours de son examen. À cet endroit, situé loin de la route, à la lisière d'un bois, de grands arbres plantés dans le parc débordaient le mur.

Lupin fixa une pierre à l'extrémité de la corde, et, l'ayant lancée, attrapa une grosse branche, qu'il lui suffit dès lors d'attirer à lui et d'enjamber. La branche, en se redressant, le souleva de terre. Il franchit le mur, glissa le long de l'arbre, et sauta doucement sur l'herbe du parc.

C'était l'hiver. Entre les rameaux dépouillés, par-dessus le vallonnement des pelouses, il aperçut au loin le petit château de Maupertuis. Craignant d'être vu, il se dissimula derrière un groupe de sapins. Là, à l'aide d'une lorgnette, il étudia la façade mélancolique et sombre du château. Toutes les fenêtres étaient closes et comme défendues par des volets hermétiques. On eût dit un logis inhabité.

« Pristi, murmura Lupin, pas gai, le manoir ! Ce n'est pas ici que je finirai mes jours. »

Mais, comme trois heures sonnaient à l'horloge, une des portes du rez-de-chaussée s'ouvrit sur la terrasse, et une silhouette de femme, très mince, enveloppée dans un manteau noir, apparut.

La femme se promena de long en large durant quelques minutes, entourée aussitôt d'oiseaux auxquels elle jetait des miettes de pain. Puis elle descendit les marches de pierre qui conduisaient à la pelouse centrale, et elle la longea en prenant l'allée de droite.

Avec sa lorgnette, Lupin la voyait distinctement venir de son côté. Elle était grande, blonde, d'une tournure gracieuse, l'air d'une toute jeune fille. Elle avançait d'un pas allègre, regardant le pâle soleil de décembre, et s'amusant à briser les petites branches mortes aux arbustes du chemin.

Elle était arrivée à peu près aux deux tiers de la distance qui la séparait de Lupin, quand des aboiements furieux éclatèrent, et un chien énorme, un danois de taille colossale, surgit d'une cabane voisine et se dressa au bout de la chaîne qui le retenait.

La jeune fille s'écarta un peu et passa, sans prêter plus d'attention à un incident qui devait se reproduire chaque jour. Le chien redoubla de colère, debout sur ses pattes, et tirant sur son collier au risque de s'étrangler.

Trente ou quarante pas plus loin, impatientée sans doute, elle se retourna et fit un geste de la main. Le danois eut un sursaut de rage, recula jusqu'au fond de sa niche, et bondit de nouveau, irrésistible. La jeune fille poussa un cri de terreur folle. Le chien franchissait l'espace, en traînant derrière lui sa chaîne brisée.

Elle se mit à courir, à courir de toutes ses forces, et elle appelait au secours désespérément. Mais, en quelques sauts, le chien la rejoignait.

Elle tomba, tout de suite épuisée, perdue. La bête était déjà sur elle, la touchait presque.

À ce moment précis, il y eut une détonation. Le chien fit une cabriole en avant, se remit d'aplomb, gratta le sol à coups de patte, puis se coucha en hurlant à diverses reprises, un hurlement rauque, essoufflé, qui s'acheva en une plainte sourde et en râles indistincts. Et ce fut tout.

« Mort, » dit Lupin, qui était accouru aussitôt, prêt à décharger son revolver une seconde fois.

La jeune fille s'était relevée, toute pâle, chancelante encore. Elle examina, très surprise, cet homme qu'elle ne connaissait pas, et qui venait de lui sauver la vie, et elle murmura :

« Merci… J'ai eu bien peur… Il était temps… Je vous remercie, Monsieur. »

Lupin ôta son chapeau.

« Permettez-moi de me présenter, Mademoiselle… Jean Daubreuil… Mais, avant toute explication, je vous demande un instant… »

Il se baissa vers le cadavre du chien, et examina la chaîne à l'endroit où l'effort de la bête l'avait brisée.

« C'est bien ça ! fit-il entre ses dents… c'est bien ce que je supposais. Bigre ! les événements se précipitent… J'aurais dû arriver plus tôt. »

Revenant à la jeune fille, il lui dit vivement :

« Mademoiselle, nous n'avons pas une minute à perdre. Ma présence dans ce parc est tout à fait insolite. Je ne veux pas qu'on m'y surprenne, et cela, pour des raisons qui vous concernent uniquement. Pensez-vous qu'on ait pu, du château, entendre la détonation ? »

La jeune fille semblait remise déjà de son émotion, et elle répondit avec une assurance où se révélait toute sa nature courageuse :

« Je ne le pense pas.

— Monsieur votre père est au château, aujourd'hui ?

— Mon père est souffrant, couché depuis des mois. En outre, sa chambre donne sur l'autre façade.

— Et les domestiques ?

— Ils habitent également, et travaillent de l'autre côté. Personne ne vient jamais par ici. Moi seule m'y promène.

— Il est donc probable qu'on ne m'a pas vu non plus, d'autant que ces arbres nous cachent.

— C'est probable.

— Alors, je puis vous parler librement ?

— Certes, mais je ne m'explique pas…

— Vous allez comprendre. »

Il s'approcha d'elle un peu plus et lui dit :

— Permettez-moi d'être bref. Voici. Il y a quatre jours, Mlle Jeanne Darcieux…

— C'est moi, dit-elle en souriant.

— Mlle Jeanne Darcieux, continua Lupin, écrivait une lettre à l'une de ses amies du nom de Marceline, laquelle habite Versailles…

— Comment savez-vous tout cela ? dit la jeune fille stupéfaite, j'ai déchiré la lettre avant de l'achever.

— Et vous avez jeté les morceaux sur le bord de la route qui va du château à Vendôme.

— En effet… je me promenais…

— Ces morceaux furent recueillis, et j'en eus communication le lendemain même.

— Alors… vous avez lu… fit Jeanne Darcieux avec une certaine irritation.

— Oui, j'ai commis cette indiscrétion, et je ne le regrette pas, puisque je puis vous sauver.

— Me sauver… de quoi ?

— De la mort. »

Lupin prononça cette petite phrase d'une voix très nette. La jeune fille eut un frisson.

« Je ne suis pas menacée de mort.

— Si, mademoiselle. Vers la fin d'octobre, comme vous lisiez sur un banc de la terrasse où vous aviez coutume de vous asseoir chaque jour, à la même heure, un moellon de la corniche s'est détaché, et il s'en est fallu de quelques centimètres que vous ne fussiez écrasée.

— Un hasard…

— Par une belle soirée de novembre, vous traversiez le potager, au clair de la lune. Un coup de feu fut tiré, la balle siffla à vos oreilles.

— Du moins… je l'ai cru…

— Enfin, la semaine dernière, le petit pont de bois qui enjambe la rivière du parc, à deux mètres de la chute d'eau, s'écroula au moment où vous passiez. C'est par miracle que vous avez pu vous accrocher à une racine. »

Jeanne Darcieux essaya de sourire.

« Soit, mais il n'y a là, ainsi que je l'écrivais à Marceline, qu'une série de coïncidences, de hasards...

— Non, Mademoiselle, non. Un hasard de cette sorte est admissible... Deux le sont également... et encore !... Mais on n'a pas le droit de supposer que, trois fois, le hasard s'amuse et parvienne à répéter le même acte, dans des circonstances aussi extraordinaires. C'est pourquoi je me suis cru permis de venir à votre secours. Et, comme mon intervention ne peut être efficace que si elle demeure secrète, je n'ai pas hésité à m'introduire ici autrement que par la porte. Il était temps, ainsi que vous le disiez. L'ennemi vous attaquait une fois de plus.

— Comment !... Est-ce que vous pensez ?... Non, ce n'est pas possible... Je ne veux pas croire... »

Lupin ramassa la chaîne et, la montrant :

« Regardez le dernier anneau. Il est hors de doute qu'il a été limé. Sans quoi, une chaîne de cette force n'eût pas cédé. D'ailleurs la marque de la lime est visible. »

Jeanne avait pâli, et l'effroi contractait son joli visage.

« Mais qui donc m'en veut ainsi ? balbutia-t-elle. C'est terrible... Je n'ai fait de mal à personne... Et pourtant il est certain que vous avez raison... Bien plus... »

Elle acheva plus bas :

« Bien plus, je me demande si le même danger ne menace pas mon père.

— On l'a attaqué, lui aussi ?

— Non, car il ne bouge pas de sa chambre. Mais sa maladie est si mystérieuse !... Il n'a plus de forces... il ne peut plus marcher... En outre, il est sujet à des étouffements, comme si son cœur s'arrêtait. Ah ! quelle horreur ! »

Lupin sentit toute l'autorité qu'il pouvait prendre sur elle en un pareil moment, et il lui dit :

« Ne craignez rien, Mademoiselle. Si vous m'obéissez aveuglément, je ne doute pas du succès.

— Oui... oui... je veux bien... mais tout cela est si affreux...

— Ayez confiance, je vous en prie. Et veuillez m'écouter. J'aurais besoin de quelques renseignements.»

Coup sur coup, il lui posa des questions, auxquelles Jeanne Darcieux répondit hâtivement.

« Cette bête n'était jamais détachée, n'est-ce pas ?

— Jamais.

— Qui la nourrissait ?

— Le garde. À la tombée du jour il lui apportait sa pâtée.

— Il pouvait, par conséquent, s'approcher d'elle sans être mordu ?

— Oui, et lui seul, car elle était féroce.

— Vous ne soupçonnez pas cet homme ?

— Oh ! non... Baptiste !... Jamais...

— Et vous ne voyez personne ?

— Personne. Nos domestiques nous sont très dévoués. Ils m'aiment beaucoup.

— Vous n'avez pas d'amis au château ?

— Non.

— Pas de frère ?

— Non.

— Votre père est donc seul à vous protéger ?

— Oui, et je vous ai dit dans quel état il se trouvait.

— Vous lui avez raconté les diverses tentatives ?...

— Oui, et j'ai eu tort. Notre médecin, le vieux docteur Guéroult, m'a défendu de lui donner la moindre émotion.

— Votre mère ?...

— Je ne me souviens pas d'elle. Elle est morte, il y a seize ans... il y a juste seize ans.

— Vous aviez ?...

— Un peu moins de cinq ans.

— Et vous habitiez ici ?

— Nous habitions Paris. C'est l'année suivante seulement que mon père a acheté ce château. »

Lupin demeura quelques instants silencieux, puis il conclut :

« C'est bien, Mademoiselle, je vous remercie. Pour le moment, ces renseignements me suffisent. D'ailleurs, il ne serait pas prudent de rester plus longtemps ensemble.

— Mais, dit-elle, le garde, tout à l'heure, trouvera ce chien… Qui l'aura tué ?

— Vous, Mademoiselle, vous, pour vous défendre contre une attaque.

— Je ne porte jamais d'arme.

— Il faut croire que si, dit Lupin en souriant, puisque vous avez tué cette bête, et que vous seule pouvez l'avoir tuée. Et puis on croira ce qu'on voudra. L'essentiel est que, moi, je ne sois pas suspect, quand je viendrai au château.

— Au château ? Vous avez l'intention ?…

— Je ne sais pas encore comment… mais je viendrai. Et dès ce soir… Ainsi donc, je vous le répète, soyez tranquille, je réponds de tout. »

Jeanne le regarda et, dominée par lui, conquise par son air d'assurance et de bonne foi, elle dit simplement :

« Je suis tranquille.

— Alors, tout ira pour le mieux. À ce soir, Mademoiselle.

— À ce soir. »

Elle s'éloigna, et Lupin, qui la suivit des yeux, jusqu'au moment où elle disparut à l'angle du château, murmura :

« Jolie créature ! il serait dommage qu'il lui arrivât malheur. Heureusement, ce brave Arsène veille au grain. »

Peu soucieux qu'on le rencontrât, l'oreille aux aguets, il visita le parc en ses moindres recoins, chercha la petite porte basse qu'il avait notée à l'extérieur, et qui était celle du potager, ôta le verrou, prit la clef, puis longea les murs, et se retrouva près de l'arbre qu'il avait escaladé. Deux minutes plus tard, il remontait sur sa motocyclette.

Le village de Maupertuis était presque contigu au château. Lupin s'informa et apprit que le docteur Guéroult habitait à côté de l'église.

Il sonna, fut introduit dans le cabinet de consultation, et se présenta sous son nom de Paul Daubreuil, demeurant à Paris, rue de Surène, et entretenant avec le service de la Sûreté des relations officieuses sur lesquelles il réclamait le secret. Ayant eu connaissance, par une lettre déchirée, des incidents qui avaient mis en péril la vie de Mlle Darcieux, il venait au secours de la jeune fille.

Le docteur Guéroult, vieux médecin de campagne, qui chérissait Jeanne, admit aussitôt, sur les explications de Lupin, que ces incidents constituaient les preuves indéniables d'un complot. Très ému, il offrit l'hospitalité à son visiteur et le retint à dîner.

Les deux hommes causèrent longtemps. Le soir, ils se rendirent ensemble au château.

Le docteur monta dans la chambre du malade qui était située au premier étage, et demanda la permission d'amener un de ses jeunes confrères, auquel, désireux de repos, il avait l'intention de transmettre sa clientèle à bref délai.

En entrant, Lupin aperçut Jeanne Darcieux au chevet de son père. Elle réprima un geste d'étonnement, puis, sur un signe du docteur, sortit.

La consultation eut alors lieu en présence de Lupin. M. Darcieux avait une figure amaigrie par la souffrance et des yeux brûlés de fièvre. Ce jour-là, il se plaignit surtout de son cœur. Après l'auscultation, il interrogea le médecin avec une anxiété visible, et chaque réponse semblait un soulagement pour lui. Il parla aussi de Jeanne, persuadé qu'on le trompait et que sa fille avait échappé à d'autres accidents. Malgré les dénégations du docteur, il était inquiet. Il aurait voulu que la police fût avertie et qu'on fît des enquêtes.

Mais son agitation l'épuisa, et il s'assoupit peu à peu.

Dans le couloir, Lupin arrêta le docteur.

« Voyons, docteur, votre opinion exacte… Pensez-vous que la maladie de M. Darcieux puisse être attribuée à une cause étrangère ?

— Comment cela ?

— Oui, supposons qu'un même ennemi ait intérêt à faire disparaître le père et la fille… »

Le docteur Guéroult sembla frappé de l'hypothèse.

« En effet… en effet… cette maladie affecte parfois un caractère si anormal !… Ainsi, la paralysie des jambes, qui est presque complète, devrait avoir pour corollaire… »

Le docteur réfléchit un instant, puis il prononça, à voix basse :

« Le poison, alors… mais quel poison ?… Et d'ailleurs, je ne vois aucun symptôme d'intoxication… il faudrait supposer… Mais que faites-vous ? Qu'y a-t-il ? »

Les deux hommes causaient alors devant une petite salle du premier étage, où Jeanne, profitant de la présence du docteur chez son père, avait commencé son repas du soir. Lupin, qui la regardait par la porte ouverte, la vit porter à ses lèvres une tasse dont elle but quelques gorgées.

Soudain il se précipita sur elle et lui saisit le bras.

« Qu'est-ce que vous buvez là ?

— Mais, dit-elle, interloquée… une infusion… du thé.

— Vous avez fait une grimace de dégoût… pourquoi ?

— Je ne sais pas… il m'a semblé…

— Il vous a semblé ?…

« Qu'il y avait… une sorte d'amertume… Mais cela provient sans doute du médicament que j'y ai mêlé.

— Quel médicament ?

— Des gouttes que je prends à chaque dîner selon votre ordonnance, n'est-ce pas, docteur ?

— Oui, déclara le docteur Guéroult, mais ce médicament n'a aucun goût… Vous le savez bien, Jeanne, puisque vous en usez depuis quinze jours, et que c'est la première fois…

— En effet… murmura la jeune fille, et celui-là a un goût… Ah ! tenez, j'en ai encore la bouche qui me brûle. »

À son tour le docteur Guéroult avala une gorgée de la tasse :

« Ah ! pouah ! s'écria-t-il, en recrachant, l'erreur n'est pas possible ! »

De son côté, Lupin examinait le flacon qui contenait le médicament, et il demanda :

« Dans la journée, où range-t-on ce flacon ? »

Mais Jeanne ne put répondre. Elle avait porté la main à sa poitrine, et, le visage blême, les yeux convulsés, elle paraissait souffrir infiniment.

« Ça me fait mal… ça me fait mal, » bégaya-t-elle.

Les deux hommes la portèrent vivement dans sa chambre et l'étendirent sur le lit.

« Il faudrait un vomitif, dit Lupin.

— Ouvrez l'armoire, ordonna le docteur… Il y a une trousse de pharmacie… Vous l'avez ?… Sortez un des petits tubes… Oui, celui-là… Et de l'eau chaude maintenant… Vous en trouverez sur le plateau de la théière. »

Appelée par un coup de sonnette, la bonne, qui était plus spécialement au service de Jeanne, accourut. Lupin lui expliqua que Mlle Darcieux était prise d'un malaise inexplicable.

Il revint ensuite à la petite salle à manger, visita le buffet et les placards, descendit à la cuisine où il prétexta que le docteur l'avait dépêché pour étudier l'alimentation de M. Darcieux. Sans en avoir l'air, il fit causer la cuisinière, le domestique, et le garde Baptiste, lequel mangeait au château.

En remontant, il trouva le docteur.

« Eh bien ?

— Elle dort.

— Aucun danger ?

— Non. Heureusement elle n'avait bu que deux ou trois gorgées. Mais c'est la seconde fois aujourd'hui que vous lui sauvez la vie. L'analyse de ce flacon nous en donnera la preuve.

— Analyse inutile, docteur. La tentative d'empoisonnement est certaine.

— Mais qui ?

— Je ne sais pas. Mais le démon qui machine tout cela connaît évidemment les habitudes du château. Il va et vient à sa guise, se promène dans le parc, lime la chaîne du chien, mêle du poison aux aliments, bref se remue et agit comme s'il vivait de la vie même de celle ou plutôt de ceux qu'il veut supprimer.

— Ah ! vous pensez décidément que le même péril menace M. Darcieux ?

— Sans doute.

— Un des domestiques, alors ? Mais c'est inadmissible. Est-ce que vous croyez ?…

— Je ne crois rien. Je ne sais rien. Tout ce que je puis dire, c'est que la situation est tragique, et qu'il faut redouter les pires événements. La mort est ici, docteur, elle rôde dans ce château, et, avant peu, elle atteindra ceux qu'elle poursuit.

— Que faire ?

— Veiller, docteur. Prétextons que la santé de M. Darcieux nous inquiète, et couchons dans cette petite salle. Les deux chambres du père et de la fille sont proches. En cas d'alerte, nous sommes sûrs de tout entendre. »

Ils avaient un fauteuil à leur disposition. Il fut convenu qu'ils y dormiraient à tour de rôle.

En réalité, Lupin ne dormit que deux ou trois heures. Au milieu de la nuit, sans prévenir son compagnon, il quitta la chambre, fit une ronde minutieuse dans le château, et sortit par la grille principale.

Vers neuf heures, il arrivait à Paris avec sa motocyclette. Deux de ses amis, auxquels il avait téléphoné en cours de route, l'attendaient. Tous trois, chacun de son côté, passèrent la journée à faire les recherches que Lupin avait méditées.

À six heures, il repartit précipitamment, et jamais peut-être, ainsi qu'il me le raconta par la suite, il ne risqua sa vie avec plus de témérité qu'en effectuant ce retour à une vitesse folle, un soir brumeux de décembre, où la lumière de son phare trouait à peine les ténèbres.

Devant la grille, encore ouverte, il sauta de machine, et courut jusqu'au château dont il monta le premier étage en quelques bonds.

Dans la petite salle, personne.

Sans hésiter, sans frapper, il entra dans la chambre de Jeanne.

« Ah ! vous êtes là, dit-il avec un soupir de soulagement en apercevant Jeanne et le docteur, qui causaient, assis l'un près de l'autre.

— Quoi ? Du nouveau ? fit le docteur inquiet de voir dans un tel état d'agitation cet homme, dont il savait le sang-froid.

— Rien, répondit-il, rien de nouveau. Et ici ?

— Ici non plus. Nous venons de quitter M. Darcieux. Il mangeait de bon appétit, après une excellente journée. Quant à Jeanne, vous voyez, elle a déjà retrouvé ses belles couleurs.

— Alors il faut partir.

— Partir ! mais c'est impossible, protesta la jeune fille.

— Il le faut, » s'écria Lupin en frappant du pied et avec une véritable violence.

Tout de suite, il se maîtrisa, prononça quelques paroles d'excuse, puis il resta trois ou quatre minutes dans un silence profond que le docteur et Jeanne se gardèrent de troubler.

Enfin, il dit à la jeune fille :

« Vous partirez demain matin, Mademoiselle, et pour une semaine ou deux seulement. Je vous conduirai chez votre amie de Versailles, celle à qui vous écrivez. Je vous supplie de préparer tout, dès ce soir, et ouvertement. Avertissez les domestiques… De son côté, le docteur voudra bien prévenir M. Darcieux, et lui faire comprendre, avec toutes les précautions possibles, que ce voyage est indispensable pour votre sécurité. D'ailleurs il vous rejoindra aussitôt que ses forces le lui permettront. C'est convenu, n'est-ce pas ?

— Oui, dit-elle, absolument dominée par la voix impérieuse et douce de Lupin.

— En ce cas, dit-il, faites vite, et ne quittez plus votre chambre.

— Mais, objecta la jeune fille avec un frisson… cette nuit…

— Ne craignez rien. S'il y avait le moindre danger, nous reviendrions, le docteur et moi. N'ouvrez votre porte que si l'on frappe trois coups très légers. »

Jeanne sonna aussitôt la bonne. Le docteur passa chez M. Darcieux, tandis que Lupin se faisait servir quelques aliments dans la petite salle.

« Voilà qui est terminé, dit le docteur au bout de vingt minutes. M. Darcieux n'a pas trop protesté. Au fond, lui aussi, il trouve qu'il est bon d'éloigner Jeanne. »

Ils se retirèrent tous deux et sortirent du château.

Près de la grille, Lupin appela le garde.

« Vous pouvez fermer, mon ami. Si M. Darcieux avait besoin de nous, qu'on vienne nous chercher aussitôt. »

Dix heures sonnaient à l'église de Maupertuis. Des nuages noirs, entre lesquels la lune se glissait par moments, pesaient sur la campagne.

Les deux hommes firent une centaine de pas.

Ils approchaient du village quand Lupin empoigna le bras de son compagnon.

« Halte !

— Qu'y a-t-il donc ? s'écria le docteur.

— Il y a, prononça Lupin d'un ton saccadé, que, si mes calculs sont justes, si je ne me blouse pas du tout au tout dans cette affaire, il y a que, cette nuit, Mlle Darcieux sera assassinée.

— Hein ! que dites-vous ? balbutia le docteur épouvanté... Mais alors, pourquoi sommes-nous partis ?...

— Précisément pour que le criminel, qui suit tous nos gestes dans l'ombre, ne diffère pas son forfait, et qu'il l'accomplisse, non pas à l'heure choisie par lui, mais à l'heure que j'ai fixée.

— Nous retournons donc au château ?

— Certes, mais chacun de notre côté.

— Tout de suite, en ce cas.

— Écoutez-moi bien, docteur, dit Lupin d'une voix posée, et ne perdons pas notre temps en paroles inutiles. Avant tout, il faut déjouer toute surveillance. Pour cela, rentrez directement chez vous, et n'en repartez que quelques minutes après, lorsque vous aurez la certitude de n'avoir pas été suivi. Vous gagnerez alors les murs du château vers la gauche, jusqu'à la petite porte du potager. En voici la clef. Quand l'horloge de l'église sonnera onze coups, vous ouvrirez doucement, et vous marcherez droit vers la terrasse, derrière le château. La cinquième fenêtre ferme mal. Vous n'aurez qu'à enjamber le balcon. Une fois dans la chambre de Mlle Darcieux, poussez le verrou et ne bougez plus. Vous entendez, ne bougez plus, ni l'un ni l'autre, quoi qu'il arrive. J'ai remarqué que Mlle Darcieux laisse entr'ouverte la fenêtre de son cabinet de toilette, n'est-ce pas ?

— Oui, une habitude que je lui ai donnée.

— C'est par là que l'on viendra.

— Mais vous ?

— C'est aussi par là que je viendrai.

— Et vous savez qui est ce misérable ? »

Lupin hésita, puis répondit :

« Non... Je ne sais pas... Et justement, comme cela, nous le saurons. Mais, je vous en conjure, du sang-froid. Pas un mot, pas un geste, quoi qu'il arrive.

— Je vous le promets.

— Mieux que cela, docteur. Je vous demande votre parole.

— Je vous donne ma parole. »

Le docteur s'en alla. Aussitôt, Lupin monta sur un tertre voisin d'où l'on apercevait les fenêtres du premier et du second étage. Plusieurs d'entre elles étaient éclairées.

Il attendit assez longtemps. Une à une, les lueurs s'éteignirent. Alors, prenant une direction opposée à celle du docteur, il bifurqua sur la droite, et longea le mur jusqu'au groupe d'arbres, près duquel il avait caché sa motocyclette, la veille.

Onze heures sonnèrent. Il calcula le temps que le docteur pouvait mettre à traverser le potager et à s'introduire dans le château.

« Et d'un, murmura-t-il. De ce côté-là, tout est en règle. À la rescousse, Lupin. L'ennemi ne va pas tarder à jouer son dernier atout et fichtre, il faut que je sois là... »

Il exécuta la même manœuvre que la première fois, attira la branche et se hissa sur le bord du mur, d'où il put gagner les plus gros rameaux de l'arbre.

À ce moment, il dressa l'oreille. Il lui semblait entendre un frémissement de feuilles mortes. Et, de fait, il discerna une ombre, qui remuait au-dessous de lui, et trente mètres plus loin.

« Crebleu, se dit-il, je suis fichu, la canaille a flairé le coup. »

Un rayon de lune passa. Distinctement, Lupin vit que l'homme épaulait. Il voulut sauter à terre et se retourna. Mais il sentit un choc à la poitrine, perçut le bruit d'une détonation, poussa un juron de colère, et dégringola de branche en branche, comme un cadavre...

Cependant le docteur Guéroult, suivant les prescriptions d'Arsène Lupin, avait escaladé le rebord de la cinquième fenêtre, et s'était dirigé à tâtons vers le premier étage. Arrivé devant la chambre de Jeanne, il frappa trois coups légers, fut introduit, et poussa aussitôt le verrou.

« Étends-toi sur ton lit, dit-il tout bas à la jeune fille qui avait gardé ses vêtements du soir. Il faut que tu paraisses couchée. Brrrr, il ne fait pas chaud ici. La fenêtre de ton cabinet de toilette est ouverte ?

— Oui... Voulez-vous que...

— Non, laisse-la. On va venir.

— On va venir ! bredouilla Jeanne effarée.

— Oui, sans aucun doute.

— Mais qui est-ce que vous soupçonnez ?

— Je ne sais pas… Je suppose que quelqu'un est caché dans le château… ou dans le parc.
— Oh ! j'ai peur.
— N'aie pas peur. Le gaillard qui te protège semble rudement fort et ne joue qu'à coup sûr. Il doit être à l'affût quelque part dans la cour. »

Le docteur éteignit la veilleuse et s'approcha de la croisée, dont il souleva le rideau. Une corniche étroite, qui courait le long du premier étage, ne lui permettant de voir qu'une partie éloignée de la cour, il revint s'installer auprès du lit.

Il s'écoula des minutes très pénibles et qui leur parurent infiniment longues. L'horloge sonnait au village, mais, absorbés par tous les petits bruits nocturnes, c'est à peine s'ils en percevaient le tintement. Ils écoutaient, ils écoutaient de tous leurs nerfs exaspérés.

« Tu as entendu ?… souffla le docteur.
— Oui… oui, dit Jeanne qui s'était assise sur son lit.
— Couche-toi… couche-toi, reprit-il au bout d'un instant… On vient… »

Un petit claquement s'était produit dehors, contre la corniche. Puis il y eut une suite de bruits indiscrets, dont ils n'auraient su préciser la nature. Mais ils avaient l'impression que la fenêtre voisine s'ouvrait davantage, car des bouffées d'air froid les enveloppaient.

Soudain ce fut très net : il y avait quelqu'un à côté.

Le docteur, dont la main tremblait un peu, saisit son revolver. Il ne bougea pas néanmoins, se rappelant l'ordre formel qui lui avait été donné, et redoutant de prendre une décision contraire.

L'obscurité était absolue dans la chambre. Ils ne pouvaient donc voir où se trouvait l'ennemi. Mais ils devinaient sa présence.

Ils suivaient ses gestes invisibles, sa marche assourdie par le tapis, et ils ne doutaient point qu'il n'eût franchi le seuil de la chambre.

Et l'ennemi s'arrêta. Cela, ils en furent certains. Il était debout, à cinq pas du lit, immobile, indécis peut-être, cherchant à percer l'ombre de son regard aigu.

Dans la main du docteur, la main de Jeanne frissonnait, glacée et couverte de sueur…

De son autre main, le docteur serrait violemment son arme, le doigt sur la détente. Malgré sa parole, il n'hésitait pas : que l'ennemi touchât l'extrémité du lit, le coup partait, jeté au hasard.

L'ennemi fit un pas encore, puis s'arrêta de nouveau. Et c'était effrayant, ce silence, cette impassibilité, ces ténèbres où des êtres s'épiaient éperdument.

Qui donc surgissait ainsi dans la nuit profonde ? Qui était cet homme ? Quelle haine horrible le poussait contre la jeune fille, et quelle œuvre abominable poursuivait-il ?

Si terrifiés qu'ils fussent, Jeanne et le docteur ne pensaient qu'à cela : voir, connaître la vérité, contempler le masque de l'ennemi.

Il fit un pas encore et ne bougea plus. Il leur semblait que sa silhouette se détachait, plus noire sur l'espace noir, et que son bras se levait peu à peu.

Une minute passa, et puis une autre.

Et tout à coup, plus loin que l'homme, vers la droite, un bruit sec… Une lumière jaillit, ardente, fut projetée contre l'homme, l'éclaira en pleine face, brutalement.

Jeanne poussa un cri d'épouvante. Elle avait vu, dressé au-dessus d'elle, un poignard à la main, elle avait vu… son père !

En même temps presque, et, comme la lumière était éteinte, une détonation… Le docteur avait tiré.

« Crebleu… Ne tirez donc pas, » hurla Lupin.

À bras-le-corps, il empoigna le docteur, qui suffoquait :

« Vous avez vu… Vous avez vu… Écoutez… Il s'enfuit…
— Laissez-le s'enfuir… c'est ce qu'il y a de mieux. »

Lupin fit jouer de nouveau le ressort de sa lanterne électrique, courut dans le cabinet de toilette, constata que l'homme avait disparu et, revenant tranquillement vers la table, alluma la lampe.

Jeanne était couchée sur son lit, blême, évanouie.

Le docteur, accroupi dans un fauteuil, émettait des sons inarticulés.

« Voyons, dit Lupin en riant, reprenez-vous. Il n'y a pas à se frapper, puisque c'est fini.
— Son père… son père… gémissait le vieux médecin.
— Je vous en prie, docteur, Mlle Darcieux est malade. Soignez-la. »

Sans plus s'expliquer, Lupin regagna le cabinet de toilette et passa sur la corniche. Une échelle s'y trouvait appuyée. Il descendit rapidement. En longeant le mur, vingt pas plus loin, il se heurta aux barreaux d'une échelle de corde à laquelle il grimpa, et qui le conduisit dans la chambre de M. Darcieux. Cette chambre était vide.

« Parfait, se dit-il. Le client a jugé la situation mauvaise, et il a décampé. Bon voyage... Et, sans doute, la porte est-elle barricadée ? Justement... C'est ainsi que notre malade, roulant ce brave docteur, se relevait la nuit en toute sécurité, fixait au balcon son échelle de corde, et préparait ses petits coups. Pas si bête, le Darcieux ! »

Il ôta les verrous et revint à la chambre de Jeanne. Le docteur, qui en sortait, l'entraîna vers la petite salle.

« Elle dort, ne la dérangeons pas. La secousse a été rude, et il lui faudra du temps pour se remettre.»

Lupin prit une carafe et but un verre d'eau. Puis il s'assit et, paisiblement :

« Bah ! demain il n'y paraîtra plus.

— Que dites-vous ?

— Je dis que demain il n'y paraîtra plus.

— Et pourquoi ?

— D'abord parce qu'il ne m'a pas semblé que Mlle Darcieux éprouvât pour son père une affection très grande...

— Qu'importe ! Pensez à cela... un père qui veut tuer sa fille ! un père qui, pendant des mois, recommence quatre, cinq, six fois, sa tentative monstrueuse ?... Voyons, n'y a-t-il pas là de quoi flétrir à jamais une âme moins sensible que celle de Jeanne ? Quel souvenir odieux !

— Elle oubliera.

— On n'oublie pas cela.

— Elle oubliera, docteur, et pour une raison très simple...

— Mais parlez donc !

— Elle n'est pas la fille de M. Darcieux !

— Hein !

— Je vous répète qu'elle n'est pas la fille de ce misérable.

— Que dites-vous ? M. Darcieux...

— M. Darcieux n'est que son beau-père. Elle venait de naître quand son père, son vrai père est mort. La mère de Jeanne épousa alors un cousin de son mari, qui portait le même nom que lui, et elle mourut l'année même de ses secondes noces. Elle laissait Jeanne aux soins de M. Darcieux. Celui-ci l'emmena d'abord à l'étranger, puis acheta ce château, et, comme personne ne le connaissait dans le pays, il présenta l'enfant comme sa fille. Elle-même ignore la vérité sur sa naissance. »

Le docteur demeurait confondu. Il murmura :

« Vous êtes certain de ces détails ?

— J'ai passé ma journée dans les mairies de Paris. J'ai compulsé les états civils, j'ai interrogé deux notaires, j'ai vu tous les actes. Le doute n'est pas possible.

— Mais cela n'explique pas le crime, ou plutôt la série des crimes.

— Si, déclara Lupin, et, dès le début, dès la première heure où j'ai été mêlé à cette affaire, une phrase de Mlle Darcieux me fit pressentir la direction qu'il fallait donner à mes recherches. « J'avais presque cinq ans lorsque ma mère est morte, me dit-elle. Il y a de cela seize ans. » Donc Mlle Darcieux allait prendre vingt et un ans, c'est-à-dire qu'elle était sur le point de devenir majeure. Tout de suite, je vis là un détail important. La majorité, c'est l'âge où l'on vous rend des comptes. Quelle était la situation de fortune de Mlle Darcieux, héritière naturelle de sa mère ? Bien entendu, je ne songeai pas une seconde au père. D'abord on ne peut imaginer pareille chose, et puis la comédie que jouait Darcieux impotent, couché, malade...

— Réellement malade, interrompit le docteur.

— Tout cela écartait de lui les soupçons... d'autant plus que, lui-même, je le croyais en butte aux attaques criminelles. Mais n'y avait-il point dans leur famille quelque personne intéressée à leur disparition ? Mon voyage à Paris m'a révélé la vérité. Mlle Darcieux tient de sa mère une grosse fortune dont son beau-père a l'usufruit. Le mois prochain, il devait y avoir à Paris, sur convocation du notaire, une réunion du conseil de famille. La vérité éclatait, c'était la ruine pour Darcieux.

— Il n'a donc pas mis d'argent de côté ?

— Si, mais il a subi de grosses pertes par suite de spéculations malheureuses.

— Mais enfin, quoi ! Jeanne ne lui eût pas retiré la gestion de sa fortune.

— Il est un détail que vous ignorez, docteur, et que j'ai connu par la lecture de la lettre déchirée, c'est que Mlle Darcieux aime le frère de son amie de Versailles, Marceline, et que, M. Darcieux s'opposant au mariage, — vous en comprenez maintenant la raison, — elle attendait sa majorité pour se marier.

— En effet, dit le docteur, en effet… c'était la ruine.

— La ruine, je vous le répète. Une seule chance de salut lui restait, la mort de sa belle-fille, dont il est l'héritier le plus direct.

— Certes, mais à condition qu'on ne le soupçonnât point.

— Évidemment, et c'est pourquoi il a machiné la série des accidents, afin que la mort parût fortuite. Et c'est pourquoi, de mon côté, voulant précipiter les choses, je vous ai prié de lui apprendre le départ imminent de Mlle Darcieux. Dès lors, il ne suffisait plus que le soi-disant malade errât dans le parc ou dans les couloirs à la faveur de la nuit, et mît à exécution un coup longuement combiné. Non, il fallait agir, et agir tout de suite, sans préparation, brutalement, à main armée. Je ne doutais pas qu'il ne s'y déterminât. Il est venu.

— Il ne se méfiait donc pas ?

— De moi, si. Il a pressenti mon retour cette nuit, et il veillait à l'endroit même où j'avais déjà franchi le mur.

— Eh bien !

— Eh bien, dit Lupin en riant, j'ai reçu une balle en pleine poitrine… ou plutôt mon portefeuille a reçu une balle… Tenez, on peut voir le trou… Alors, j'ai dégringolé de l'arbre, comme un homme mort. Se croyant délivré de son seul adversaire, il est parti vers le château. Je l'ai vu rôder pendant deux heures. Puis, se décidant, il a pris dans la remise une échelle qu'il a appliquée contre la fenêtre. Je n'avais plus qu'à le suivre. »

Le docteur réfléchit et dit :

« Vous auriez pu lui mettre la main au collet, auparavant. Pourquoi l'avoir laissé monter ? L'épreuve était dure pour Jeanne… et inutile…

— Indispensable ! Jamais Mlle Darcieux n'aurait pu admettre la vérité. Il fallait qu'elle vît la face même de l'assassin. Dès son réveil, vous lui direz la situation. Elle guérira vite.

— Mais M. Darcieux…

— Vous expliquerez sa disparition comme bon vous semblera… un voyage subit… un coup de folie… On fera quelques recherches… Et soyez sûr qu'on n'entendra plus parler de lui… »

Le docteur hocha la tête.

« Oui… en effet… vous avez raison… Vous avez mené tout cela avec une habileté extraordinaire, et Jeanne vous doit la vie… Elle vous remerciera elle-même. Mais, de mon côté, ne puis-je vous être utile en quelque chose ? Vous m'avez dit que vous étiez en relations avec le service de la Sûreté… Me permettrez-vous d'écrire, de louer votre conduite, votre courage ? »

Lupin se mit à rire.

« Certainement ! une lettre de ce genre me sera profitable. Écrivez donc à mon chef direct, l'inspecteur principal Ganimard. Il sera enchanté de savoir que son protégé, Paul Daubreuil, de la rue de Surène, s'est encore signalé par une action d'éclat. Je viens précisément de mener une belle campagne sous ses ordres, dans une affaire dont vous avez dû entendre parler, l'affaire de l'Écharpe rouge… Ce brave M. Ganimard, ce qu'il va se réjouir ! »

ÉDITH AU COU-DE-CYGNE

Asène Lupin, que pensez-vous au juste de l'inspecteur Ganimard ?

— Beaucoup de bien, cher ami.

— Beaucoup de bien ? Mais alors pourquoi ne manquez-vous jamais l'occasion de le tourner en ridicule

— Mauvaise habitude, et dont je me repens. Mais que voulez-vous ? C'est la règle. Voici un brave homme de policier, voilà des tas de braves types qui sont chargés d'assurer l'ordre, qui nous défendent contre les apaches, qui se font tuer pour nous autres, honnêtes gens, et en revanche nous n'avons pour eux que sarcasmes et dédain. C'est idiot.

— À la bonne heure, Lupin, vous parlez comme un bon bourgeois.

— Qu'est-ce que je suis donc ? Si j'ai sur la propriété d'autrui des idées un peu spéciales, je vous jure que ça change du tout au tout quand il s'agit de ma propriété à moi. Fichtre, il ne faudrait pas s'aviser de toucher à ce qui m'appartient. Je deviens féroce alors. Oh ! Oh ! ma bourse, mon portefeuille, ma montre… à bas les pattes ! J'ai l'âme d'un conservateur, cher ami, les instincts d'un petit rentier, et le respect de toutes les traditions et de toutes les autorités. Et c'est pourquoi Ganimard m'inspire beaucoup d'estime et de gratitude.

— Mais peu d'admiration.

— Beaucoup d'admiration aussi. Outre le courage indomptable, qui est le propre de tous ces messieurs de la Sûreté, Ganimard possède des qualités très sérieuses, de la décision, de la clairvoyance, du jugement. Je l'ai vu à l'œuvre. C'est quelqu'un. Connaissez-vous ce qu'on a appelé l'histoire d'Édith au Cou de Cygne ?

— Comme tout le monde.

— C'est-à-dire pas du tout. Eh bien, cette affaire est peut-être celle que j'ai le mieux combinée, avec le plus de soins et le plus de précautions, celle où j'ai accumulé le plus de ténèbres et le plus de mystères, celle dont l'exécution demanda le plus de maîtrise. Une vraie partie d'échecs, savante, rigoureuse et mathématique. Pourtant, Ganimard finit par débrouiller l'écheveau. Actuellement, grâce à lui, on sait la vérité au quai des Orfèvres. Et je vous assure que c'est une vérité pas banale.

— Peut-on la connaître ?

— Certes… un jour ou l'autre… quand j'aurai le temps… Mais, ce soir, la Brunelli danse à l'Opéra, et si elle ne me voyait pas à mon fauteuil !… »

Mes rencontres avec Lupin sont rares. Il se confesse difficilement, quand cela lui plaît. Ce n'est que peu à peu, par bribes, par échappées de confidences, que j'ai pu noter les diverses phases de l'histoire, et la reconstituer dans son ensemble et dans ses détails.

L'origine, on s'en souvient, et je me contenterai de mentionner les faits.

Il y a trois ans, à l'arrivée, en gare de Rennes, du train qui venait de Brest, on trouva démolie la porte d'un fourgon loué pour le compte d'un riche Brésilien, le colonel Sparmiento, lequel voyageait avec sa femme dans le même train.

Le fourgon démoli transportait tout un lot de tapisseries. La caisse qui contenait l'une d'elles avait été brisée et la tapisserie avait disparu.

Le colonel Sparmiento déposa une plainte contre la Compagnie du chemin de fer, et réclama des dommages-intérêts considérables, à cause de la dépréciation que faisait subir ce vol à la collection des tapisseries.

La police chercha. La Compagnie promit une prime importante. Deux semaines plus tard, une lettre mal fermée ayant été ouverte par l'administration des postes, on apprit que le vol avait été effectué sous la direction d'Arsène Lupin, et qu'un colis devait partir le lendemain pour l'Amérique du Nord. Le soir même, on découvrait la tapisserie dans une malle laissée en consigne à la gare Saint-Lazare.

Ainsi donc le coup était manqué. Lupin en éprouva une telle déception qu'il exhala sa mauvaise humeur dans un message adressé au colonel Sparmiento, où il lui disait ces mots suffisamment clairs : « J'avais eu la délicatesse de n'en prendre qu'une. La prochaine fois, je prendrai les douze. À bon entendeur, salut. A. L. »

Le colonel Sparmiento habitait, depuis quelques mois, un hôtel situé au fond d'un petit jardin, à l'angle de la rue de la Faisanderie et de la rue Dufrénoy. C'était un homme un peu fort, large d'épaules, aux cheveux noirs, au teint basané, et qui s'habillait avec une élégante sobriété. Il avait épousé une jeune Anglaise extrêmement belle, mais de santé précaire et que l'aventure des tapisseries affecta profondément. Dès le premier jour, elle supplia son mari de les vendre à n'importe quel prix. Le colonel était d'une nature trop énergique et trop obstinée pour céder à ce qu'il avait le droit d'appeler un caprice de femme. Il ne vendit rien, mais il multiplia les précautions et s'entoura de tous les moyens propres à rendre impossible tout cambriolage.

Tout d'abord, pour n'avoir à surveiller que la façade donnant sur le jardin, il fit murer toutes les fenêtres du rez-de-chaussée et du premier étage qui ouvraient sur la rue Dufrénoy. Ensuite il demanda le concours d'une maison spéciale qui assurait la sécurité absolue des propriétés. On plaça chez lui, à chaque fenêtre de la galerie où furent pendues les tapisseries, des appareils à déclenchement invisibles, dont il connaissait seul la position et qui, au moindre contact, allumaient toutes les ampoules électriques de l'hôtel et faisaient fonctionner tout un système de timbres et de sonneries.

En outre, les compagnies d'assurances auxquelles il s'adressa, ne consentirent à s'engager de façon sérieuse, que s'il installait la nuit, au rez-de-chaussée de son hôtel, trois hommes fournis par elles et payés par lui. À cet effet, elles choisirent trois anciens inspecteurs, sûrs, éprouvés, et auxquels Lupin inspirait une haine vigoureuse.

Quant à ses domestiques, le colonel les connaissait de longue date. Il en répondait.

Toutes ces mesures prises, la défense de l'hôtel organisée comme celle d'une place forte, le colonel donna une grande fête d'inauguration, sorte de vernissage où furent conviés les membres des deux cercles dont il faisait partie, ainsi qu'un certain nombre de dames, de journalistes, d'amateurs et de critiques d'art.

Aussitôt franchie la grille du jardin, il semblait que l'on pénétrât dans une prison. Les trois inspecteurs, postés au bas de l'escalier, vous réclamaient votre carte d'invitation et vous dévisageaient d'un œil soupçonneux. On eût dit qu'ils allaient vous fouiller ou prendre les empreintes de vos doigts.

Le colonel, qui recevait au premier étage, s'excusait en riant, heureux d'expliquer les dispositions qu'il avait imaginées pour la sécurité de ses tapisseries.

Sa femme se tenait auprès de lui, charmante de jeunesse et de grâce, blonde, pâle, flexible, avec un air mélancolique et doux, cet air de résignation des êtres que le destin menace.

Lorsque tous les invités furent réunis, on ferma les grilles du jardin et les portes du vestibule. Puis on passa dans la galerie centrale, à laquelle on accédait par de doubles portes blindées, et dont les fenêtres, munies d'énormes volets, étaient protégées par des barreaux de fer. Là se trouvaient les douze tapisseries.

C'étaient des œuvres d'art incomparables, qui, s'inspirant de la fameuse tapisserie de Bayeux, attribuée à la reine Mathilde, représentaient l'histoire de la conquête de l'Angleterre. Commandées au xvie siècle par le descendant d'un homme d'armes qui accompagnait Guillaume le Conquérant, exécutées par un célèbre tisserand d'Arras, Jehan Gosset, elles avaient été retrouvées quatre cents ans après, au fond d'un vieux manoir de Bretagne. Prévenu, le colonel avait enlevé l'affaire au prix de cinquante mille francs. Elles en valaient dix fois autant.

Mais la plus belle des douze pièces de la série, la plus originale, bien que le sujet ne fût pas traité par la reine Mathilde, était précisément celle qu'Arsène Lupin avait cambriolée, et qu'on avait réussi à lui reprendre. Elle représentait Édith au Cou-de-Cygne, cherchant parmi les morts d'Hastings le cadavre de son bien-aimé Harold, le dernier roi saxon.

Devant celle-là, devant la beauté naïve du dessin, devant les couleurs éteintes, et le groupement animé des personnages, et la tristesse affreuse de la scène, les invités s'enthousiasmèrent. Édith au Cou-de-Cygne, la reine infortunée, ployait comme un lys trop lourd. Sa robe blanche révélait son corps alangui. Ses longues mains fines se tendaient en un geste d'effroi et de supplication. Et rien n'était plus douloureux que son profil qu'animait le plus mélancolique et le plus désespéré des sourires.

« Sourire poignant, nota l'un des critiques, que l'on écoutait avec déférence… un sourire plein de charme, d'ailleurs, et qui me fait penser, colonel, au sourire de Mme Sparmiento. »

Et, la remarque paraissant juste, il insista :

« Il y a d'autres points de ressemblance qui m'ont frappé tout de suite, comme la courbe très gracieuse de la nuque, comme la finesse des mains… et aussi quelque chose dans la silhouette, dans l'attitude habituelle…

— C'est tellement vrai, avoua le colonel, que cette ressemblance m'a décidé à l'achat des tapisseries. Et il y avait à cela une autre raison. C'est que, par une coïncidence véritablement curieuse, ma femme s'appelle précisément Édith… Édith au Cou-de-Cygne, l'ai-je appelée depuis. »

Et le colonel ajouta en riant :

« Je souhaite que les analogies s'arrêtent là et que ma chère Édith n'ait pas, comme la pauvre amante de l'histoire, à chercher le cadavre de son bien-aimé. Dieu merci ! je suis bien vivant, et n'ai pas envie de mourir. Il n'y a que le cas où les tapisseries disparaîtraient… Alors, ma foi, je ne répondrais pas d'un coup de tête. »

Il riait en prononçant ces paroles, mais son rire n'eut pas d'écho, et les jours suivants, dans tous les récits qui parurent au sujet de cette soirée, on retrouva la même impression de gêne et de silence. Les assistants ne savaient plus que dire.

Quelqu'un voulut plaisanter :

« Vous ne vous appelez pas Harold, colonel ?

— Ma foi, non, déclara-t-il, et sa gaieté ne se démentait pas. Non, je ne m'appelle pas ainsi, et je n'ai pas non plus la moindre ressemblance avec le roi saxon. »

Tout le monde, depuis, fut également d'accord pour affirmer que, à ce moment, comme le colonel terminait sa phrase, du côté des fenêtres (celle de droite ou celle du milieu, les opinions ont varié sur ce point), il y eut un premier coup de timbre, bref, aigu, sans modulations. Ce coup fut suivi d'un cri de terreur que poussa Mme Sparmiento, en saisissant le bras de son mari. Il s'exclama :

« Qu'est-ce que c'est ? Qu'est-ce que ça veut dire ? »

Immobiles, les invités regardaient vers les fenêtres. Le colonel répéta :

« Qu'est-ce que ça veut dire ? Je ne comprends pas. Personne que moi ne connaît l'emplacement de ce timbre… »

Et, au même instant — là-dessus encore unanimité des témoignages — au même instant, l'obscurité soudaine, absolue, et, tout de suite, du haut en bas de l'hôtel, dans tous les salons, dans toutes les chambres, à toutes les fenêtres, le vacarme étourdissant de tous les timbres et de toutes les sonneries.

Ce fut, durant quelques secondes, le désordre imbécile, l'épouvante folle. Les femmes vociféraient. Les hommes cognaient aux portes closes, à grands coups de poing. On se bousculait. On se battait. Des gens tombèrent, que l'on piétinait. On eût dit la panique d'une foule terrifiée par la menace des flammes, ou par la détonation d'obus. Et, dominant le tumulte, la voix du colonel qui hurlait :

« Silence !… ne bougez pas !… Je réponds de tout !… L'interrupteur est là… dans le coin… Voici !…»

De fait, s'étant frayé un passage à travers ses invités, il parvint à l'angle de la galerie et, subitement, la lumière électrique jaillit de nouveau, tandis que s'arrêtait le tourbillon des sonneries.

Alors, dans la clarté brusque, un étrange spectacle apparut. Deux dames étaient évanouies. Pendue au bras de son mari, agenouillée, livide, Mme Sparmiento semblait morte. Les hommes, pâles, la cravate défaite, avaient l'air de combattants.

« Les tapisseries sont là ! » cria quelqu'un.

On fut très étonné, comme si la disparition de ces tapisseries eût dû résulter naturellement de l'aventure et en donner la seule explication plausible.

Mais rien n'avait bougé. Quelques tableaux de prix, accrochés aux murs, s'y trouvaient encore. Et, bien que le même tapage se fût répercuté dans tout l'hôtel, bien que les ténèbres se fussent produites partout, les inspecteurs n'avaient vu personne entrer ni personne tenter de s'introduire…

« D'ailleurs, dit le colonel, il n'y a que les fenêtres de la galerie qui soient munies d'appareils à sonnerie, et ces appareils, dont je suis le seul à connaître le mécanisme, je ne les avais pas remontés. »

On rit bruyamment de l'alerte, mais on riait sans conviction, et avec une certaine honte, tellement chacun sentait l'absurdité de sa propre conduite. Et l'on n'eut qu'une hâte, ce fut de quitter cette maison où l'on respirait, malgré tout, une atmosphère d'inquiétude et d'angoisse.

Deux journalistes pourtant demeurèrent, que le colonel rejoignit, après avoir soigné Édith et l'avoir remise aux mains des femmes de chambre. À eux trois, ils firent, avec les détectives, une enquête qui n'amena pas d'ailleurs la découverte du plus petit détail intéressant. Puis le colonel déboucha une bouteille de champagne. Et ce n'est par conséquent qu'à une heure avancée de la nuit – exactement deux heures quarante-cinq — que les journalistes s'en allèrent, que le colonel regagna son appartement, et que les détectives se retirèrent dans la chambre du rez-de-chaussée qui leur était réservée.

À tour de rôle, ils prirent la garde, garde qui consistait d'abord à se tenir éveillé, puis à faire une ronde dans le jardin et à monter jusqu'à la galerie.

Cette consigne fut ponctuellement exécutée, sauf de cinq heures à sept heures du matin où, le sommeil l'emportant, ils ne firent point de ronde. Mais, dehors, c'était le grand jour. En outre, s'il y avait eu le moindre appel des sonneries, n'auraient-ils pas été réveillés ?

Cependant, à sept heures vingt, quand l'un d'eux eut ouvert la porte de la galerie et poussé les volets, il constata que les douze tapisseries avaient disparu.

Par la suite, on a reproché à cet homme et à ses camarades de n'avoir pas donné l'alarme immédiatement, et d'avoir commencé les investigations avant de prévenir le colonel et de téléphoner au commissariat. Mais en quoi ce retard, si excusable, a-t-il entravé l'action de la police ?

Quoi qu'il en soit, c'est à huit heures et demie seulement que le colonel fut averti. Il était tout habillé et se disposait à sortir. La nouvelle ne sembla pas l'émouvoir outre mesure, ou, du moins, il réussit à se dominer. Mais l'effort devait être trop grand, car, tout à coup, il tomba sur une chaise et s'abandonna quelques instants à un véritable accès de désespoir, très pénible à considérer chez cet homme d'une apparence si énergique.

Se reprenant, maître de lui, il passa dans la galerie, examina les murailles nues, puis s'assit devant une table et griffonna rapidement une lettre qu'il mit sous enveloppe et cacheta.

« Tenez, dit-il, je suis pressé… un rendez-vous urgent… voici une lettre pour le commissaire de police.»

Et comme les inspecteurs l'observaient, il ajouta :

« C'est mon impression que je donne au commissaire… un soupçon qui me vient… Qu'il se rende compte… De mon côté, je vais me mettre en campagne… »

Il partit, en courant, avec des gestes dont les inspecteurs devaient se rappeler l'agitation.

Quelques minutes après, le commissaire de police arrivait. On lui donna la lettre. Elle contenait ces mots :

« Que ma femme bien-aimée me pardonne le chagrin que je vais lui causer. Jusqu'au dernier moment, son nom sera sur mes lèvres. »

Ainsi, dans un moment de folie, à la suite de cette nuit où la tension nerveuse avait suscité en lui une sorte de fièvre, le colonel Sparmiento courait au suicide. Aurait-il le courage d'exécuter un tel acte ? ou bien, à la dernière minute, sa raison le retiendrait-elle ?

On prévint Mme Sparmiento.

Pendant qu'on faisait des recherches et qu'on essayait de retrouver la trace du colonel, elle attendit, toute pantelante d'horreur.

Vers la fin de l'après-midi, on reçut de Ville-d'Avray un coup de téléphone. Au sortir d'un tunnel, après le passage d'un train, des employés avaient trouvé le corps d'un homme affreusement mutilé, et dont le visage n'avait plus forme humaine. Les poches ne contenaient aucun papier. Mais le signalement correspondait à celui du colonel.

À sept heures du soir, Mme Sparmiento descendait d'automobile à Ville-d'Avray. On la conduisit dans une des chambres de la gare. Quand on eut écarté le drap qui le recouvrait, Édith, Édith au Cou-de-Cygne, reconnut le cadavre de son mari.

En cette circonstance, Lupin, selon l'expression habituelle, n'eut pas une bonne presse.

« Qu'il prenne garde ! écrivit un chroniqueur ironiste, lequel résumait bien l'opinion générale, il ne faudrait pas beaucoup d'histoires de ce genre pour lui faire perdre toute la sympathie que nous ne lui avons pas marchandée jusqu'alors. Lupin n'est acceptable que si ses coquineries sont commises au préjudice de banquiers véreux, de barons allemands, de rastaquouères équivoques, de sociétés financières et anonymes. Et surtout, qu'il ne tue pas ! Des mains de cambrioleur, soit, mais des mains d'assassin, non ! Or, s'il n'a pas tué, il est du moins responsable de cette mort. Il y a du sang sur lui. Les armes de son blason sont rouges… »

La colère, la révolte publique, s'aggravaient de toute la pitié qu'inspirait la pâle figure d'Édith. Les invités de la veille parlèrent. On sut les détails impressionnants de la soirée, et aussitôt une légende se forma autour de la blonde Anglaise, légende qui empruntait un caractère vraiment tragique à l'aventure populaire de la reine au Cou-de-Cygne.

Et pourtant on ne pouvait se retenir d'admirer l'extraordinaire virtuosité avec laquelle le vol avait été accompli. Tout de suite, la police l'expliqua de cette façon : les détectives ayant constaté, dès l'abord, et ayant affirmé par la suite, qu'une des trois fenêtres de la galerie était grande ouverte, comment douter que Lupin et ses complices ne se fussent introduits par cette fenêtre ?

Hypothèse fort plausible. Mais alors comment avaient-ils pu : 1° franchir la grille du jardin, à l'aller et au retour, sans que personne les aperçût ? 2° traverser le jardin et planter une échelle dans la plate-bande, sans laisser la moindre trace ? 3° ouvrir les volets et la fenêtre, sans faire jouer les sonneries et les lumières de l'hôtel ?

Le public, lui, accusa les trois détectives. Le juge d'instruction les interrogea longuement, fit une enquête minutieuse sur leur vie privée, et déclara de la manière la plus formelle qu'ils étaient au-dessus de tout soupçon.

Quant aux tapisseries, rien ne permettait de croire qu'on pût les retrouver.

C'est à ce moment que l'inspecteur principal Ganimard revint du fond des Indes, où, après l'aventure du diadème et la disparition de Sonia Krichnoff[1], et sur la foi d'un ensemble de preuves irréfutables qui lui avaient été fournies par d'anciens complices de Lupin, il suivait la piste de Lupin. Roulé une fois de plus par son éternel adversaire, et supposant que celui-ci l'avait envoyé en Extrême-Orient pour se débarrasser de lui pendant l'affaire des tapisseries, il demanda à ses chefs un congé de quinze jours, se présenta chez Mme Sparmiento, et lui promit de venger son mari.

Édith en était à ce point où l'idée de la vengeance n'apporte même pas de soulagement à la douleur qui vous torture. Le soir même de l'enterrement, elle avait congédié les trois inspecteurs, et remplacé, par un seul domestique et par une vieille femme de ménage, tout un personnel dont la vue lui rappelait trop cruellement le passé. Indifférente à tout, enfermée dans sa chambre, elle laissa Ganimard libre d'agir comme il l'entendait.

Il s'installa donc au rez-de-chaussée et, tout de suite, se livra aux investigations les plus minutieuses. Il recommença l'enquête, se renseigna dans le quartier, étudia la disposition de l'hôtel, fit jouer vingt fois, trente fois, chacune des sonneries.

Au bout de quinze jours, il demanda une prolongation de son congé. Le chef de la Sûreté, qui était alors M.

Dudouis, vint le voir, et le surprit au haut d'une échelle dans la galerie.

Ce jour-là, l'inspecteur principal avoua l'inutilité de ses recherches.

Mais le surlendemain, M. Dudouis, repassant par là, trouva Ganimard fort soucieux. Un paquet de journaux s'étalait devant lui. À la fin, pressé de questions, l'inspecteur principal murmura :

— Je ne sais rien, chef, absolument rien, mais il y a une diable d'idée qui me tracasse… Seulement, c'est tellement fou !… Et puis ça n'explique pas… Au contraire, ça embrouille les choses plutôt…

— Alors ?

— Alors, chef, je vous supplie d'avoir un peu de patience… de me laisser faire. Mais si, tout à coup, un jour ou l'autre, je vous téléphonais, il faudrait sauter dans une auto et ne pas perdre une minute… C'est que le pot aux roses serait découvert.

Il se passa encore quarante-huit heures. Un matin, M. Dudouis reçut un petit bleu :

« Je vais à Lille ». Signé : Ganimard.

— Que diable, se dit le chef de la Sûreté, peut-il aller faire là-bas ? »

La journée s'écoula sans nouvelles, et puis une autre encore.

Mais M. Dudouis avait confiance. Il connaissait son Ganimard, et n'ignorait pas que le vieux policier n'était point de ces gens qui s'emballent sans raison. Si Ganimard « marchait », c'est qu'il avait des motifs sérieux pour marcher.

De fait, le soir de cette seconde journée, M. Dudouis fut appelé au téléphone.

« C'est vous, chef ?

— Est-ce vous, Ganimard ? »

Hommes de précaution tous deux, ils s'assurèrent qu'ils ne se trompaient pas l'un et l'autre sur leur identité. Et, tranquillisé, Ganimard reprit hâtivement :

« Dix hommes tout de suite, chef. Et venez vous-même, je vous en prie.

— Où êtes-vous ?

— Dans la maison, au rez-de-chaussée. Mais je vous attendrai derrière la grille du jardin.

— J'arrive. En auto, bien entendu ?

— Oui, chef. Faites arrêter l'auto à cent pas. Un léger coup de sifflet, et j'ouvrirai. »

Les choses s'exécutèrent selon les prescriptions de Ganimard. Un peu avant minuit, comme toutes les lumières étaient éteintes aux étages supérieurs, il se glissa dans la rue et alla au-devant de M. Dudouis. Il y eut un rapide conciliabule. Les agents obéirent aux ordres de Ganimard. Puis le chef et l'inspecteur principal revinrent ensemble, traversèrent sans bruit le jardin, et s'enfermèrent avec les plus grandes précautions.

« Eh bien quoi ? dit M. Dudouis. Qu'est-ce que tout cela signifie ? Vraiment, nous avons l'air de conspirateurs. »

Mais Ganimard ne riait pas. Jamais son chef ne l'avait vu dans un tel état d'agitation et ne l'avait entendu parler d'une voix aussi bouleversée.

« Du nouveau, Ganimard ?

— Oui, chef, et cette fois !… Mais c'est à peine si je peux y croire… Pourtant je ne me trompe pas… je tiens toute la vérité… Et elle a beau être invraisemblable, c'est la vraie vérité… Il n'y en a pas d'autre… C'est ça et pas autre chose…

Il essuya les gouttes de sueur qui découlaient de son front, et, M. Dudouis l'interrogeant, il se domina, avala un verre d'eau, et commença :

« Lupin m'a souvent roulé…

— Dites donc, Ganimard ? interrompit M. Dudouis, si vous alliez droit au but ? En deux mots, qu'y a-t-il ?

— Non, chef, objecta l'inspecteur principal, il faut que vous sachiez les différentes phases par où j'ai passé. Excusez-moi, mais je crois cela indispensable. »

Et il répéta :

« Je disais donc, chef, que Lupin m'a souvent roulé, et qu'il m'en a fait voir de toutes les couleurs. Mais dans ce duel où j'ai toujours eu le dessous… jusqu'ici… j'ai du moins gagné l'expérience de son jeu, la connaissance de sa tactique. Or, en ce qui concerne l'affaire des tapisseries, j'ai été presque aussitôt conduit à me poser ces deux questions :

« 1° Lupin ne faisant jamais rien sans savoir où il va, devait envisager le suicide de M. Sparmiento comme une conséquence possible de la disparition des tapisseries. Cependant Lupin, qui a horreur du sang, a tout de même volé les tapisseries.

— L'appât des cinq ou six cent mille francs qu'elles valent, observa M. Dudouis.

— Non, chef, je vous répète, quelle que soit l'occasion, pour rien au monde, même pour des millions et des millions, Lupin ne tuerait, ni même ne voudrait être la cause d'un mort. Voilà un premier point.

« 2° Pourquoi ce vacarme, la veille au soir, pendant la fête d'inauguration ? Évidemment pour effrayer, n'est-ce pas, pour créer autour de l'affaire, et en quelques minutes, une atmosphère d'inquiétude et de terreur, et finalement pour détourner les soupçons d'une vérité qu'on eût peut-être soupçonnée sans cela...
Vous ne comprenez pas, chef ?

— Ma foi, non.

— En effet... dit Ganimard, en effet ce n'est pas clair. Et moi-même, tout en me posant le problème en ces termes, je ne comprenais pas bien... Pourtant, j'avais l'impression d'être sur la bonne voie... Oui, il était hors de doute que Lupin voulait détourner les soupçons, les détourner sur lui, Lupin, entendons-nous... afin que la personne même qui dirigeait l'affaire demeurât inconnue...

— Un complice ? insinua M. Dudouis, un complice qui, mêlé aux invités, a fait fonctionner les sonneries... et qui, après le départ, a pu se dissimuler dans l'hôtel ?

— Voilà... Voilà... Vous brûlez, chef. Il est certain que les tapisseries, n'ayant pu être volées par quelqu'un qui s'est introduit subrepticement dans l'hôtel, l'ont été par quelqu'un qui est resté dans l'hôtel, et non moins certain qu'en examinant la liste des invités, et qu'en procédant à une enquête sur chacun d'eux, on pourrait...

— Eh bien ?

— Eh bien, chef, il y a un mais... c'est que les trois détectives tenaient cette liste en main quand les invités sont arrivés, et qu'ils la tenaient encore au départ. Or soixante-trois invités sont entrés, et soixante-trois sont partis. Donc...

— Alors un domestique ?

— Non.

— Les détectives ?

— Non.

— Cependant... Cependant... dit le chef avec impatience, si le vol a été commis de l'intérieur...

— C'est un point indiscutable, affirma l'inspecteur, dont la fièvre semblait croître. Là-dessus, pas d'hésitation. Toutes mes recherches aboutissaient à la même certitude. Et ma conviction devenait peu à peu si grande que j'en arrivai un jour à formuler cet axiome ahurissant :

« En théorie et en fait, le vol n'a pu être commis qu'avec l'aide d'un complice habitant l'hôtel. Or, il n'y a pas eu de complice.

— Absurde, dit M. Dudouis.

— Absurde, en effet, dit Ganimard, mais à l'instant même où je prononçais cette phrase absurde, la vérité surgissait en moi.

— Hein ?

— Oh ! une vérité bien obscure, bien incomplète, mais suffisante. Avec ce fil conducteur, je devais aller jusqu'au bout. Comprenez-vous, chef ? »

M. Dudouis demeurait silencieux. Le même phénomène devait se produire en lui, qui s'était produit en Ganimard. Il murmura :

« Si ce n'est aucun des invités, ni les domestiques, ni les détectives, il ne reste plus personne...

— Si chef, il reste quelqu'un... »

M. Dudouis tressaillit comme s'il eût reçu un choc, et, d'une voix qui trahissait son émotion :

« Mais non, voyons, c'est inadmissible.

— Pourquoi ?

— Voyons, réfléchissez...

— Parlez donc, chef... Allez-y.

— Quoi !... Non, n'est-ce pas ?

— Allez-y, chef.

— Impossible ! Quoi ! Sparmiento aurait été le complice de Lupin ! »

Ganimard eut un ricanement :

« Parfait... le complice d'Arsène Lupin... De la sorte tout s'explique. Pendant la nuit, et tandis que les trois détectives veillaient en bas, ou plutôt qu'ils dormaient, car le colonel Sparmiento leur avait fait boire du champagne peut-être pas très catholique, ledit colonel a décroché les tapisseries et les a fait passer par les fenêtres de sa chambre, laquelle chambre, située au deuxième étage, donne sur une autre rue, que l'on ne surveillait pas, puisque les fenêtres inférieures sont murées.

M. Dudouis réfléchit, puis haussa les épaules :

« Inadmissible !

— Et pourquoi donc ?

— Pourquoi ? Parce que si le colonel avait été le complice d'Arsène Lupin, il ne se serait pas tué après avoir réussi son coup.

— Et qui vous dit qu'il s'est tué ?

— Comment ! Mais on l'a retrouvé, mort.

— Avec Lupin, je vous l'ai dit, il n'y a pas de mort.

— Cependant celui-ci fut réel. En outre, Mme Sparmiento l'a reconnu.

— Je vous attendais là, chef. Moi aussi, l'argument me tracassait. Voilà que, tout à coup, au lieu d'un individu, j'en avais trois en face de moi : 1° Arsène Lupin, cambrioleur ; 2° Son complice, le colonel Sparmiento ; 3° Un mort. Trop de richesses : Seigneur Dieu ! N'en jetez plus.

Ganimard saisit une liasse de journaux, la déficela et présenta l'un d'eux à M. Dudouis.

« Vous vous rappelez, chef… Quand vous êtes venu, je feuilletais les journaux… Je cherchais si, à cette époque, il n'y avait pas eu un incident qui pût se rapporter à votre histoire et confirmer mon hypothèse. Veuillez lire cet entrefilet. »

M. Dudouis prit le journal et, à haute voix, il lut :

« Un fait bizarre nous est signalé par notre correspondant de Lille. À la Morgue de cette ville, on a constaté hier matin la disparition d'un cadavre, le cadavre d'un inconnu qui s'était jeté la veille sous les roues d'un tramway à vapeur… On se perd en conjectures sur cette disparition. »

M. Dudouis demeura pensif, puis demanda :

« Alors… vous croyez ?…

— J'arrive de Lille, répondit Ganimard et mon enquête ne laisse subsister aucun doute à ce propos. Le cadavre a été enlevé la nuit même où le colonel Sparmiento donnait sa fête d'inauguration. Transporté dans une automobile, il a été conduit directement à Ville-d'Avray où l'automobile resta jusqu'au soir près de la ligne de chemin de fer.

— Par conséquent, acheva M. Dudouis, près du tunnel.

— À côté, chef.

— De sorte que le cadavre que l'on a retrouvé n'est autre que ce cadavre-là, habillé des vêtements du colonel Sparmiento.

— Précisément, chef.

— De sorte que le colonel Sparmiento est vivant ?

— Comme vous et moi, chef.

— Mais alors, pourquoi toutes ces aventures ? Pourquoi ce vol d'une seule tapisserie, puis sa restitution, puis le vol des douze ? Pourquoi cette fête d'inauguration ? et ce vacarme ? et tout enfin ? Votre histoire ne tient pas debout, Ganimard.

— Elle ne tient pas de debout, chef, parce que vous vous êtes, comme moi, arrêté en chemin, parce que, si cette aventure est déjà étrange, il fallait cependant aller encore plus loin, beaucoup plus loin vers l'invraisemblable et le stupéfiant. Et pourquoi pas, après tout ? Est-ce qu'il ne s'agit pas d'Arsène Lupin ? Est-ce que nous ne devons pas, avec lui, nous attendre justement à ce qui est invraisemblable et stupéfiant ? Ne devons-nous pas nous orienter vers l'hypothèse la plus folle ? Et quand je dis la plus folle, le mot n'est pas exact. Tout cela, au contraire, est d'une logique admirable et d'une simplicité enfantine. Des complices ? Ils vous trahissent. Des complices ? À quoi bon ! quand il est si commode et si naturel d'agir soi-même, en personne, avec ses propres mains, et par ses seuls moyens !

— Qu'est-ce que vous dites ? Qu'est-ce que vous dites ! Qu'est-ce que vous dites ? scanda M. Dudouis, avec un effarement qui croissait à chaque exclamation. »

Ganimard eut un nouveau ricanement.

« Ça vous suffoque, n'est-ce pas, chef ? C'est comme moi le jour où vous êtes venu me voir ici et que l'idée me travaillait. J'étais abruti de surprise. Et pourtant, je l'ai pratiqué, le client. Je sais de quoi il est capable… Mais celle-là, non, elle est trop roide !

— Impossible ! impossible ! répétait M. Dudouis, à voix basse.

— Très possible au contraire, chef, et très logique, et très normal, aussi limpide que le mystère de la Sainte-Trinité. C'est la triple incarnation d'un seul et même individu ! Un enfant résoudrait ce problème en une minute, par simple élimination. Supprimons le mort, il nous reste Sparmiento et Lupin. Supprimons Sparmiento…

— Il nous reste Lupin, murmura le chef de la Sûreté.

— Oui, chef, Lupin tout court, Lupin en deux syllabes et en cinq lettres. Lupin décortiqué de son enveloppe brésilienne. Lupin ressuscité d'entre les morts, Lupin qui, transformé depuis six mois en colonel Sparmiento, et voyageant en Bretagne, apprend la découverte de douze tapisseries, les achète, combine le vol de la plus belle, pour attirer l'attention sur lui, Lupin, et pour la détourner de lui, Sparmiento, organise à grand fracas, devant le public ébahi, le duel de Lupin contre Sparmiento et de Sparmiento contre Lupin, projette et réalise la fête d'inauguration, épouvante ses invités, et, lorsque tout est prêt, se décide, en tant que Lupin vole les tapisseries de Sparmiento, en tant que Sparmiento disparaît victime de Lupin et meurt insoupçonné, insoupçonnable, regretté par ses amis, plaint par la foule et laissant derrière lui, pour empocher les bénéfices de l'affaire… »

Ici, Ganimard s'arrêta, regarda le chef dans les yeux, et, d'un ton qui soulignait l'importance de ses paroles, il acheva :

« Laissant derrière lui une veuve inconsolable.

— Mme Sparmiento ! Vous croyez vraiment…

— Dame, fit l'inspecteur principal, on n'échafaude pas toute une histoire comme celle-ci sans qu'il y ait quelque chose au bout… des bénéfices sérieux.

— Mais les bénéfices, il me semble qu'ils sont constitués par la vente que Lupin fera des tapisseries… en Amérique ou ailleurs.

— D'accord, mais cette vente, le colonel Sparmiento pouvait aussi bien l'effectuer. Et même mieux. Donc il y a autre chose.

— Autre chose ?

— Voyons, chef, vous oubliez que le colonel Sparmiento a été victime d'un vol important, et que, s'il est mort, du moins sa veuve demeure. C'est donc sa veuve qui touchera.

— Qui touchera quoi ?

— Comment, quoi ? Mais ce qu'on lui doit… le montant des assurances. »

M. Dudouis fut stupéfait. Toute l'aventure lui apparaissait d'un coup, avec sa véritable signification. Il murmura :

« C'est vrai… c'est vrai… le colonel avait assuré ses tapisseries…

— Parbleu ! Et pas pour rien.

— Pour combien ?

— Huit cent mille francs.

— Huit cent mille francs !

— Comme je vous le dis. À cinq compagnies différentes.

— Et Mme Sparmiento les a touchés ?

— Elle a touché cent cinquante mille francs hier, deux cent mille francs aujourd'hui, pendant mon absence. Les autres paiements s'échelonneront cette semaine.

— Mais c'est effrayant ! Il eût fallu…

— Quoi, chef ? D'abord, ils ont profité de mon absence pour les règlements de compte. C'est à mon retour, par la rencontre imprévue d'un directeur de compagnie d'assurances que je connais et que j'ai fait parler, que j'ai appris la chose. »

Le chef de la Sûreté se tut assez longtemps, abasourdi, puis il marmotta :

« Quel homme, tout de même ! »

Ganimard hocha la tête.

« Oui, chef, une canaille, mais on doit l'avouer, un rude homme. Pour que son plan réussît, il fallait avoir manœuvré de telle sorte que, pendant quatre ou cinq semaines, personne ne pût émettre ou même concevoir le moindre doute sur le colonel Sparmiento. Il fallait que toutes les colères et toutes les recherches fussent concentrées sur le seul Lupin. Il fallait que, en dernier ressort, on se trouvât simplement en face d'une veuve douloureuse, pitoyable, la pauvre Édith au Cou-de-Cygne, vision de grâce et de légende, créature si touchante que ces messieurs des Assurances étaient presque heureux de déposer entre ses mains de quoi atténuer son chagrin. Voilà ce qui fut. »

Les deux hommes étaient tout près l'un de l'autre et leurs yeux ne se quittaient pas.

Le chef dit :

« Qu'est-ce que c'est que cette femme.

— Sonia Krichnoff !

— Oui, cette Russe que j'avais arrêtée l'année dernière, lors de l'affaire du diadème, et que Lupin a fait fuir.

— Vous êtes sûr ?

— Absolument. Dérouté comme tout le monde par les machinations de Lupin, je n'avais pas porté mon attention sur elle. Mais, quand j'ai su le rôle qu'elle jouait, je me suis souvenu. C'est bien Sonia, métamorphosée en Anglaise… Sonia la plus rouée et la plus naïve des comédiennes… Sonia, qui, par amour pour Lupin, n'hésiterait pas à se faire tuer. »

M. Dudouis approuva :

« Bonne prise, Ganimard.

— J'ai mieux à vous offrir, chef.

— Ah ! et quoi donc ?

— La vieille nourrice de Lupin.

— Victoire ?

— Elle est ici depuis que Mme Sparmiento joue les veuves : c'est la cuisinière.

— Oh ! Oh ! fit M. Dudouis, mes compliments, Ganimard !

— J'ai encore mieux à vous offrir, chef ! »

M. Dudouis tressauta. La main de l'inspecteur, de nouveau accrochée à la sienne, tremblait.

« Que voulez-vous dire, Ganimard ?

— Pensez-vous, chef, que je vous aurais dérangé à cette heure, s'il ne s'agissait que de ce gibier-là ? Sonia et Victoire. Peuh ! Elles auraient bien attendu.

— Alors ? murmura M. Dudouis qui comprenait enfin l'agitation de l'inspecteur principal.

— Alors, vous avez deviné, chef !

— Il est là ?

— Il est là.

— Caché ?

— Pas du tout, camouflé, simplement. C'est le domestique. »

Cette fois, M. Dudouis n'eut pas un geste, pas une parole. L'audace de Lupin le confondait.

Ganimard ricana :

« La Sainte-Trinité s'est accrue d'un quatrième personnage, Édith au Cou-de-Cygne aurait pu faire des gaffes. La présence du maître était nécessaire ; il a eu le culot de revenir. Depuis trois semaines, il assiste à mon enquête et en surveille tranquillement les progrès.

— Vous l'avez reconnu ?

— On ne reconnaît pas Lupin. Il a une science du maquillage et de la transformation qui le rend méconnaissable. Et puis j'étais à mille lieues de penser… Mais ce soir, comme j'épiais Sonia dans l'ombre de l'escalier, j'ai entendu Victoire qui parlait au domestique et l'appelait « mon petit ». La lumière s'est faite en moi ; « mon petit », c'est ainsi qu'elle l'a toujours désigné : j'étais fixé. »

À son tour, M. Dudouis semblait bouleversé par la présence de l'ennemi, si souvent poursuivi et toujours insaisissable.

« Nous le tenons, cette fois… nous le tenons, dit-il sourdement. Il ne peut plus nous échapper.

— Non, chef, il ne le peut plus, ni lui ni les deux femmes…

— Où sont-ils ?

— Sonia et Victoire sont au second étage, Lupin au troisième.

— Mais, observa M. Dudouis avec une inquiétude soudaine, n'est-ce pas précisément par les fenêtres de ces chambres que les tapisseries ont été passées, lors de leur disparition ?

— Oui.

— En ce cas, Lupin peut s'enfuir par là également, puisque ces fenêtres donnent dans la rue Dufrénoy ?

— Évidemment, chef, mais j'ai pris mes précautions. Dès votre arrivée, j'ai envoyé quatre de nos hommes sous la fenêtre, dans la rue Dufrénoy. La consigne est formelle ; si quelqu'un apparaît aux fenêtres et fait mine de descendre, qu'on tire. Le premier coup à blanc, le deuxième à balle.

— Allons, Ganimard, vous avez pensé à tout, et, dès le petit matin…

— Attendre, chef ! Prendre des gants avec ce coquin-là ! s'occuper des règlements et de l'heure légale et de toutes ces bêtises ! Et s'il nous brûle la politesse pendant ce temps ? S'il a recours à l'un de ses trucs à la Lupin ? Ah non, pas de blagues. Nous le tenons, sautons dessus, et tout de suite ! »

Et Ganimard, indigné, tout frémissant d'impatience, sortit, traversa le jardin et fit entrer une demi-douzaine d'hommes.

« Ça y est, chef ! j'ai fait donner l'ordre, rue Dufrénoy, de mettre le revolver au point et de viser les fenêtres. Allons-y. »

Ces allées et venues avaient fait un certain bruit, qui certainement n'avait pas échappé aux habitants de l'hôtel. M. Dudouis sentait qu'il avait la main forcée. Il se décida.

« Allons-y. »

L'opération fut rapide.

À huit, armés de leurs brownings, ils montèrent l'escalier sans trop de précautions, avec la hâte de surprendre Lupin avant qu'il n'eût le temps d'organiser sa défense.

— Ouvrez, hurla Ganimard, en se ruant sur une porte qui était celle de la chambre occupée par Mme Sparmiento. »

D'un coup d'épaule, un agent la démolit.

Dans la chambre, personne et dans la chambre de Victoire, personne non plus.

« Elles sont en haut ! s'écria Ganimard. Elles ont rejoint Lupin dans sa mansarde. Attention ! »

Tous les huit, ils escaladèrent le troisième étage. À sa grande surprise, Ganimard trouva la porte de la mansarde ouverte et la mansarde vide. Et les autres pièces étaient vides aussi.

« Crénom de crénom ! proféra-t-il, que sont-ils devenus ? »

Mais le chef l'appela. M. Dudouis, qui venait de redescendre au second étage, constatait que l'une des fenêtres était, non point fermée, mais simplement poussée.

« Tenez, dit-il à Ganimard, voilà le chemin qu'ils ont pris : le chemin des tapisseries. Je vous l'avais dit… la rue Dufrénoy.

— Mais, on aurait tiré dessus, protesta Ganimard qui grinçait de rage, la rue est gardée.

— Ils seront partis avant que la rue ne soit gardée.

— Ils étaient tous les trois dans leur chambre quand je vous ai téléphoné, chef !

— Ils seront partis pendant que vous m'attendiez du côté du jardin.

— Mais pourquoi ? Pourquoi ? Il n'y avait aucune raison pour qu'ils partent aujourd'hui plutôt que demain, ou que la semaine prochaine, après avoir empoché toutes les assurances. »

Si, il y avait une raison, et Ganimard la connut lorsqu'il eut avisé sur la table une lettre à son nom, lorsqu'il l'eut décachetée et qu'il en eut pris connaissance. Elle était formulée en ces mêmes termes de certificat que l'on délivre aux serviteurs dont on est satisfait :

« Je soussigné, Arsène Lupin, gentleman-cambrioleur, ex-colonel, ex-larbin, ex-cadavre, certifie que le nommé Ganimard a fait preuve, durant son séjour en cet hôtel, des qualités les plus remarquables. D'une conduite exemplaire, dévoué, attentif, il a, sans le secours d'aucun indice, déjoué une partie de mes plans et sauvé quatre cent cinquante mille francs aux Compagnies d'assurances. Je l'en félicite et l'excuse bien volontiers de n'avoir pas prévu que le téléphone d'en bas communique avec le téléphone installé dans la chambre de Sonia Krichnoff et que, en téléphonant à M. le chef de la Sûreté, il me téléphonait en même temps d'avoir à déguerpir au plus vite. Faute vénielle, qui ne saurait obscurcir l'éclat de ses services ni diminuer le mérite de sa victoire.

« En suite de quoi, je lui demande de bien vouloir accepter l'hommage de mon admiration et de ma vive sympathie. »

Arsène Lupin

LE FÉTU DE PAILLE

Ce jour-là, vers quatre heures, comme le soir approchait, maître Goussot s'en revint de la chasse avec ses quatre fils. C'étaient de rudes hommes, tous les cinq, haut sur jambes, le torse puissant, le visage tanné par le soleil et par le grand air.

Et tous les cinq exhibaient, plantée sur une encolure énorme, la même petite tête au front bas, aux lèvres minces, au nez recourbé comme un bec d'oiseau, à l'expression dure et peu sympathique. On les craignait, autour d'eux. Ils étaient âpres au gain, retors, et d'assez mauvaise foi.

Arrivé devant le vieux rempart qui entoure le domaine d'Héberville, maître Goussot ouvrit une porte étroite et massive, dont il remit, lorsque ses fils eurent passé, la lourde clef dans sa poche. Et il marcha derrière eux, le long du chemin qui traverse les vergers. De place en place il y avait de grands arbres, dépouillés par l'automne, et des groupes de sapins, vestiges de l'ancien parc où s'étend aujourd'hui la ferme de maître Goussot.

Un des fils prononça :
« Pourvu que la mère ait allumé quelques bûches !
— Sûrement, dit le père. Tiens, il y a même de la fumée. »

On voyait, au bout d'une pelouse, les communs et le logis principal, et, par-dessus, l'église du village dont le clocher semblait trouer les nuages qui traînaient au ciel.

« Les fusils sont déchargés ? demanda maître Goussot.
— Pas le mien, dit l'aîné. J'y avais glissé une balle pour casser la tête d'un émouchet... Et puis... »

Il tirait vanité de son adresse, celui-là. Et il dit à ses frères :
« Regardez la petite branche, au haut du cerisier. Je vous la casse net.

Cette petite branche portait un épouvantail, resté là depuis le printemps, et qui protégeait de ses bras éperdus les rameaux sans feuilles.

Il épaula. Le coup partit.

Le mannequin dégringola avec de grands gestes comiques et tomba sur une grosse branche inférieure où il demeura rigide, à plat ventre, sa tête en linge coiffée d'un vaste chapeau haut de forme, et ses jambes en foin ballottant de droite et de gauche, au-dessus d'une fontaine qui coulait, près du cerisier, dans une auge de bois.

On se mit à rire. Le père applaudit :
« Joli coup, mon garçon. Aussi bien, il commençait à m'agacer le bonhomme. Je ne pouvais pas lever les yeux de mon assiette, quand je mangeais, sans voir cet idiot-là... »

Ils avancèrent encore de quelques pas. Une vingtaine de mètres, tout au plus, les séparaient de la maison, quand le père fit une halte brusque et dit :
« Hein ? Qu'y a-t-il ? »

Les frères aussi s'étaient arrêtés, et ils écoutaient.

L'un d'eux murmura :
« Ça vient de la maison... du côté de la lingerie... »

Et un autre balbutia :
« On dirait des plaintes... Et la mère qui est seule ! »

Soudain un cri jaillit, terrible. Tous les cinq, ils s'élancèrent. Un nouveau cri retentit, puis des appels désespérés.

« Nous voilà ! nous voilà ! » proféra l'aîné qui courait en avant.

Et, comme il fallait faire un détour pour gagner la porte, d'un coup de poing il démolit une fenêtre et il sauta dans la chambre de ses parents. La pièce voisine était la lingerie où la mère Goussot se tenait presque toujours.

« Ah ! crebleu, dit-il, en la voyant sur le parquet, étendue, le visage couvert de sang. Papa ! Papa !
— Quoi ! où est-elle ? hurla maître Goussot qui survenait... Ah ! crebleu, c'est-i possible ? Qu'est-ce qu'on t'a fait, la mère ? »

Elle se raidit et, le bras tendu, bégaya :
— Courez dessus !... Par ici !... Par ici !... Moi, c'est rien... des égratignures... Mais courez donc ! il a pris l'argent ! »

Le père et les fils bondirent.

« Il a pris l'argent ! » vociféra maître Goussot, en se ruant vers la porte que sa femme désignait... Il a pris l'argent ! Au voleur ! »

Mais un tumulte de voix s'élevait à l'extrémité du couloir par où venaient les trois autres fils.

« Je l'ai vu ! Je l'ai vu !
— Moi aussi ! Il a monté l'escalier.
— Non, le voilà, il redescend ! »

Une galopade effrénée secouait les planchers. Subitement maître Goussot, qui arrivait au bout du couloir, aperçut un homme contre la porte du vestibule, essayant d'ouvrir. S'il y parvenait, c'était le salut, la fuite par la place de l'Église et par les ruelles du village.

Surpris dans sa besogne, l'homme, stupidement, perdit la tête, fonça sur maître Goussot qu'il fit pirouetter, évita le frère aîné et, poursuivi par les quatre fils, reprit le long couloir, entra dans la chambre des parents, enjamba la fenêtre qu'on avait démolie et disparut.

Les fils se jetèrent à sa poursuite au travers des pelouses et des vergers, que l'ombre de la nuit envahissait.

« Il est fichu le bandit, ricana maître Goussot. Pas d'issue possible pour lui. Les murs sont trop hauts. Il est fichu. Ah ! la canaille ! »

Et comme ses deux valets revenaient du village, il les mit au courant et leur donna des fusils.

« Si ce gredin-là fait seulement mine d'approcher de la maison, crevez-lui la peau. Pas de pitié ! »

Il leur désigna leurs postes, s'assura que la grande grille, réservée aux charrettes, était bien fermée, et, seulement alors, se souvint que sa femme avait peut-être besoin de secours.

« Eh bien, la mère ?

— Où est-il ? est-ce qu'on l'a ? demanda-t-elle aussitôt.

— Oui, on est dessus. Les gars doivent le tenir déjà. »

Cette nouvelle acheva de la remettre, et un petit coup de rhum lui rendit la force de s'étendre sur son lit, avec l'aide de maître Goussot, et de raconter son histoire.

Ce ne fut pas long, d'ailleurs. Elle venait d'allumer le feu dans la grande salle, et elle tricotait paisiblement à la fenêtre de sa chambre en attendant le retour des hommes, quand elle crut apercevoir, dans la lingerie voisine, un grincement léger.

« Sans doute, se dit-elle, que c'est la chatte que j'aurai laissée là. »

Elle s'y rendit en toute sécurité et fut stupéfaite de voir que les deux battants de celle des armoires à linge où l'on cachait l'argent étaient ouverts. Elle s'avança, toujours sans méfiance. Un homme était là, qui se dissimulait, le dos aux rayons.

« Mais par où avait-il passé ? demanda maître Goussot.

— Par où ? Mais par le vestibule, je suppose. On ne ferme jamais la porte.

— Et alors, il a sauté sur toi ?

— Non, c'est moi qui ai sauté. Lui, il voulait s'enfuir.

— Il fallait le laisser.

— Comment ! Et l'argent !

— Il l'avait donc déjà ?

— S'il l'avait ! Je voyais la liasse des billets dans ses mains, la canaille ! Je me serais plutôt fait tuer... Ah ! on s'est battu, va.

— Il n'était donc pas armé ?

— Pas plus que moi. On avait ses doigts, ses ongles, ses dents. Tiens, regarde, il m'a mordue, là. Et je criais ! et j'appelais. Seulement, voilà, je suis vieille... il m'a fallu lâcher...

— Tu le connais, l'homme ?

— Je crois bien que c'est le père Traînard.

— Le chemineau ? Eh ! parbleu, oui, s'écria le fermier, c'est le père Traînard... Il m'avait semblé aussi le reconnaître... Et puis, depuis trois jours, il rôde autour de la maison. Ah ! le vieux bougre, il aura senti l'odeur de l'argent... Ah ! mon père Traînard, ce qu'on va rigoler ! Une raclée numéro un d'abord, et puis la justice. Dis donc, la mère, tu peux bien te lever maintenant ? Appelle donc les voisins. Qu'on coure à la gendarmerie... Tiens, il y a le gosse du notaire qui a une bicyclette... Sacré père Traînard, ce qu'il détalait ! Ah ! il a encore des jambes, pour son âge. Un vrai lapin ! »

Il se tenait les côtes, ravi de l'aventure. Que risquait-il ? Aucune puissance au monde ne pouvait faire que le chemineau s'échappât, qu'il ne reçût l'énergique correction qu'il méritait, et ne s'en allât, sous bonne escorte, à la prison de la ville.

Le fermier prit un fusil et rejoignit ses deux valets.

« Rien de nouveau ?

— Non, maître Goussot, pas encore.

— Ça ne va pas tarder. À moins que le diable ne l'enlève par-dessus les murs... »

De temps à autre, on entendait les appels que se lançaient au loin les quatre frères. Évidemment le bonhomme se défendait, plus agile qu'on ne l'eût cru. Mais, avec des gaillards comme les frères Goussot... »

Cependant l'un d'eux revint, assez découragé, et il ne cacha pas son opinion.

« Pas la peine de s'entêter pour l'instant. Il fait nuit noire. Le bonhomme se sera niché dans quelque trou.

On verra ça demain.

— Demain ! mais tu es fou, mon garçon, » protesta maître Goussot.

L'aîné parut à son tour, essoufflé, et fut du même avis que son frère. Pourquoi ne pas attendre au lendemain, puisque le bandit était dans le domaine comme entre les murs d'une prison ?

« Eh bien, j'y vais, s'écria maître Goussot. Qu'on m'allume une lanterne. »

Mais, à ce moment, trois gendarmes arrivèrent, et il affluait aussi des gars du village qui s'en venaient aux nouvelles.

Le brigadier de gendarmerie était un homme méthodique. Il se fit d'abord raconter toute l'histoire, bien en détail, puis il réfléchit, puis il interrogea les quatre frères, séparément, et en méditant après chacune des dépositions. Lorsqu'il eut appris d'eux que le chemineau s'était enfui vers le fond du domaine, qu'on l'avait perdu de vue plusieurs fois, et qu'il avait disparu définitivement aux environs d'un endroit appelé « La Butte-aux-Corbeaux », il réfléchit encore, et conclut :

« Faut mieux attendre. Dans tout le fourbi d'une poursuite, la nuit, le père Traînard peut se faufiler au milieu de nous... Et, bonsoir la compagnie. »

Le fermier haussa les épaules et se rendit, en maugréant, aux raisons du brigadier. Celui-ci organisa la surveillance, répartit les frères Goussot et les gars du village sous la surveillance de ses hommes, s'assura que les échelles étaient enfermées, et installa son quartier général dans la salle à manger où maître Goussot et lui somnolèrent devant un carafon de vieille eau-de-vie.

La nuit fut tranquille. Toutes les deux heures, le brigadier faisait une ronde et relevait les postes. Il n'y eut aucune alerte. Le père Traînard ne bougea pas de son trou.

Au petit matin la battue commença.

Elle dura quatre heures.

En quatre heures, les cinq hectares du domaine furent visités, fouillés, arpentés en tous sens par une vingtaine d'hommes qui frappaient les buissons à coups de canne, piétinaient les touffes d'herbe, scrutaient le creux des arbres, soulevaient les amas de feuilles sèches. Et le père Traînard demeura invisible.

« Ah ! bien, elle est raide, celle-là, grinçait maître Goussot.

— C'est à n'y rien comprendre, répliquait le brigadier. »

Phénomène inexplicable, en effet. Car enfin, à part quelques anciens massifs de lauriers et de fusains, que l'on battit consciencieusement, tous les arbres étaient dénudés. Il n'y avait aucun bâtiment, aucun hangar, aucune meule, bref, rien qui pût servir de cachette.

Quant au mur, un examen attentif convainquit le brigadier lui-même : l'escalade en était matériellement impossible.

L'après-midi on recommença les investigations en présence du juge d'instruction et du substitut. Les résultats ne furent pas plus heureux. Bien plus, cette affaire parut aux magistrats tellement suspecte, qu'ils manifestèrent leur mauvaise humeur et ne purent s'empêcher de dire :

« Êtes-vous bien sûr, maître Goussot, que vos fils et vous n'avez pas eu la berlue ?

— Et ma femme, cria maître Goussot, rouge de colère, est-ce qu'elle avait la berlue quand le chenapan lui serrait la gorge ? Regardez voir les marques !

— Soit, mais alors, où est-il, le chenapan ?

— Ici, entre ces quatre murs.

— Soit. Alors cherchez-le. Pour nous, nous y renonçons. Il est trop évident que, si un homme était caché dans l'enceinte de ce domaine, nous l'aurions déjà découvert.

— Eh bien, je mettrai la main dessus, moi qui vous parle, gueula maître Goussot. Il ne sera pas dit qu'on m'aura volé six mille francs. Oui, six mille ! il y avait trois vaches que j'avais vendues, et puis la récolte de blé, et puis les pommes. Six billets de mille que j'allais porter à la Caisse. Eh bien, je vous jure Dieu que c'est comme si je les avais dans ma poche.

— Tant mieux, je vous le souhaite, » fit le juge d'instruction en se retirant, ainsi que le substitut et les gendarmes.

Les voisins s'en allèrent également, quelque peu goguenards. Et il ne resta plus, à la fin de l'après-midi, que les Goussot et les deux valets de ferme.

Tout de suite maître Goussot expliqua son plan. Le jour, les recherches. La nuit, une surveillance de toutes les minutes. Ça durerait ce que ça durerait. Mais quoi ! le père Traînard était un homme comme les autres, et, les hommes, ça mange et ça boit. Il faudrait donc bien que le père Traînard sortît de sa tanière pour manger et pour boire.

« À la rigueur, dit maître Goussot, il peut avoir dans sa poche quelques croûtes de pain, ou encore ramasser la nuit quelques racines. Mais pour ce qui est de la boisson, rien à faire. Il n'y a que la fontaine. Bien malin, s'il en approche. »

Lui-même, ce soir-là, il prit la garde auprès de la fontaine. Trois heures plus tard l'aîné de ses fils le relaya. Les autres frères et les domestiques couchèrent dans la maison, chacun veillant à son tour, et toutes bougies, toutes lampes allumées, pour qu'il n'y eût pas de surprise.

Quinze nuits consécutives, il en fut de même. Et quinze jours durant, tandis que deux hommes et que la mère Goussot restaient de faction, les cinq autres inspectaient le clos d'Héberville.

Au bout de ces deux semaines, rien.

Le fermier ne dérageait pas.

Il fit venir un ancien inspecteur de la Sûreté qui habitait la ville voisine.

L'inspecteur demeura chez lui toute une semaine. Il ne trouva ni le père Traînard ni le moindre indice qui pût donner l'espérance que l'on trouverait le père Trainard.

« Elle est raide, répétait maître Goussot. Car il est là, le vaurien ! Pour la question d'y être, il y est. Alors… »

Se plantant sur le seuil de la porte, il invectivait l'ennemi à pleine gueule :

« Bougre d'idiot, t'aimes donc mieux crever au fond de ton trou que de cracher l'argent ? Crève donc, saligaud ! »

Et la mère Goussot, à son tour, glapissait de sa voix pointue :

« C'est-i la prison qui te fait peur ? Lâche les billets et tu pourras déguerpir. »

Mais le père Traînard ne soufflait mot, et le mari et la femme s'époumonaient en vain.

Des jours affreux passèrent. Maître Goussot ne dormait plus, tout frissonnant de fièvre. Les fils devenaient hargneux, querelleurs, et ils ne quittaient pas leurs fusils, n'ayant d'autre idée que de tuer le chemineau.

Au village on ne parlait que de cela, et l'affaire Goussot, locale d'abord, ne tarda pas à occuper la presse. Du chef-lieu, de la capitale, il vint des journalistes, que maître Goussot éconduisit avec des sottises.

« Chacun chez soi, leur disait-il. Mêlez-vous de vos occupations. J'ai les miennes. Personne n'a rien à y voir.

— Cependant, maître Goussot…

— Fichez-moi la paix. »

Et il leur fermait sa porte au nez.

Il y avait maintenant quatre semaines que le père Traînard se cachait entre les murs d'Héberville. Les Goussot continuaient leurs recherches par entêtement et avec autant de conviction, mais avec un espoir qui s'atténuait de jour en jour, et comme s'ils se fussent heurtés à un de ces obstacles mystérieux qui découragent les efforts. Et l'idée qu'ils ne reverraient pas leur argent commençait à s'implanter en eux.

Or, un matin, vers dix heures, une automobile, qui traversait la place du village à toute allure, s'arrêta net, par suite d'une panne.

Le mécanicien ayant déclaré, après examen, que la réparation exigerait un bon bout de temps, le propriétaire de l'automobile résolut d'attendre à l'auberge et de déjeuner.

C'était un monsieur encore jeune, à favoris coupés court, au visage sympathique, et qui ne tarda pas à lier conversation avec les gens de l'auberge.

Bien entendu, on lui raconta l'histoire des Goussot. Il ne la connaissait pas, arrivant de voyage, mais il parut s'y intéresser vivement. Il se la fit expliquer en détail, formula des objections, discuta des hypothèses avec plusieurs personnes qui mangeaient à la même table, et finalement s'écria :

« Bah ! cela ne doit pas être si compliqué. J'ai un peu l'habitude de ces sortes d'affaires. Et si j'étais sur place…

— Facile, dit l'aubergiste. Je connais maître Goussot… Il ne refusera pas… »

Les négociations furent brèves, maître Goussot se trouvait dans un de ces états d'esprit où l'on proteste moins brutalement contre l'intervention des autres. En tout cas sa femme n'hésita pas.

« Qu'il vienne donc, ce monsieur. »

Le monsieur régla son repas et donna l'ordre à son mécanicien d'essayer la voiture sur la grand'route, aussitôt que la réparation serait terminée.

« Il me faut une heure, dit-il, pas davantage. Dans une heure, soyez prêt. »

Puis il se rendit chez maître Goussot.

À la ferme il parla peu. Maître Goussot, repris d'espérance malgré lui, multiplia les renseignements, conduisit son visiteur le long des murs et jusqu'à la petite porte des champs, montra la clef qui l'ouvrait, et fit le récit minutieux de toutes les recherches que l'on avait opérées.

Chose bizarre : l'inconnu, s'il ne parlait point, semblait ne pas écouter davantage. Il regardait, tout simplement, et avec des yeux plutôt distraits. Quand la tournée fut finie, maître Goussot dit anxieusement:

« Eh bien ?
— Quoi ?
— Vous savez ? »

L'étranger resta un moment sans répondre. Puis il déclara :

« Non, rien du tout.
— Parbleu ! s'écria le fermier, en levant les bras au ciel… est-ce que vous pouvez savoir ? Tout ça, c'est de la frime. Voulez-vous que je vous dise, moi ? Eh bien, le père Traînard a si bien fait qu'il est mort au fond de son trou et que les billets pourriront avec lui. Vous entendez ? C'est moi qui vous le dis. »

Le monsieur, très calme, prononça :

« Un seul point m'intéresse. Le chemineau, somme toute, étant libre, la nuit a pu se nourrir tant bien que mal. Mais comment pouvait-il boire ?
— Impossible ! s'écria le fermier, impossible ! il n'y a que cette fontaine, et nous avons monté la garde contre, toutes les nuits.
— C'est une source. Où jaillit-elle ?
— Ici même.
— Il y a donc une pression suffisante pour qu'elle monte seule dans le bassin ?
— Oui.
— Et l'eau, où s'en va-t-elle, quand elle sort du bassin ?
— Dans ce tuyau que vous voyez, qui passe sous terre, et qui la conduit jusqu'à la maison, où elle sert à la cuisine. Donc, pas moyen d'en boire, puisque nous étions là et que la fontaine est à vingt mètres de la maison.
— Il n'a pas plu durant ces quatre semaines ?
— Pas une fois, je vous l'ai déjà dit. »

L'inconnu s'approcha de la fontaine et l'examina. L'auge était formée par quelques planches de bois assemblées au-dessus même du sol, et où l'eau s'écoulait, lente et claire.

« Il n'y a pas plus de trente centimètres d'eau en profondeur, n'est ce pas ? » dit-il.

Pour mesurer il ramassa sur l'herbe un fétu de paille qu'il dressa dans le bassin. Mais, comme il était penché, il s'interrompit soudain au milieu de sa besogne, et regarda autour de lui.

« Ah ! que c'est drôle, dit-il en partant d'un éclat de rire.
— Quoi ! Qu'est-ce que c'est ? » balbutia maître Goussot qui se précipita sur le bassin, comme si un homme eût pu se tenir couché entre ces planches exiguës. »

Et la mère Goussot supplia :

« Quoi ? Vous l'avez vu ? Où est-il ?
« Ni dedans, ni dessous, » répondit l'étranger, qui riait toujours.

Il se dirigea vers la maison, pressé par le fermier, par la femme et par les quatre fils. L'aubergiste était là également, ainsi que les gens de l'auberge qui avaient suivi les allées et venues de l'étranger. Et on se tut, dans l'attente de l'extraordinaire révélation.

« C'est bien ce que je pensais, dit-il, d'un air amusé, il a fallu que le bonhomme se désaltérât, et comme il n'y avait que la source…
— Voyons, voyons, bougonna maître Goussot, nous l'aurions bien vu.
— C'était la nuit.
— Nous l'aurions entendu, et même vu, puisque nous étions à côté.
— Lui aussi.
— Et il a bu de l'eau du bassin ?
— Oui.
— Comment ?
— De loin.
— Avec quoi ?

— Avec ceci. »

L'inconnu montra la paille qu'il avait ramassée.

« Tenez ! voilà le chalumeau du consommateur. Et vous remarquerez la longueur insolite de ce chalumeau, lequel, en réalité, est composé de trois fétus de paille, mis bout à bout. C'est cela que j'ai remarqué aussitôt, l'assemblage de ces trois fétus. La preuve était évidente.

— Mais sacrédieu, la preuve de quoi ? » cria maître Goussot, exaspéré.

L'inconnu décrocha du râtelier une petite carabine.

« Elle est chargée ? demanda-t-il.

— Oui, dit le plus jeune des frères, je m'amuse avec contre les moineaux. C'est du menu plomb.

— Parfait. Quelques grains dans le derrière suffiront. »

Son visage devint subitement autoritaire. Il empoigna le fermier par le bras, et scanda, d'un ton impérieux :

— Écoutez, maître Goussot, je ne suis pas de la police, moi, et je ne veux pas, à aucun prix, livrer ce pauvre diable. Quatre semaines de diète et de frayeur... C'est assez. Donc, vous allez me jurer, vous et vos fils, qu'on lui donnera la clef des champs, sans lui faire aucun mal.

— Qu'il rende l'argent !

— Bien entendu. C'est juré ?

— C'est juré. »

Le monsieur se tenait de nouveau sur le pas de la porte, à l'entrée du verger. Vivement il épaula, un peu en l'air et dans la direction du cerisier qui dominait la fontaine. Le coup partit. Un cri rauque jaillit là-bas, et l'épouvantail que l'on voyait, depuis un mois, à califourchon sur la branche-maîtresse, dégringola jusqu'au sol pour se relever aussitôt et se sauver à toutes jambes.

Il y eut une seconde de stupeur, puis des exclamations. Les fils se précipitèrent et ne tardèrent pas à rattraper le fuyard, empêtré qu'il était dans ses loques et affaibli par les privations. Mais l'inconnu déjà le protégeait contre leur colère.

« Bas les pattes ! Cet homme m'appartient. Je défends qu'on y touche... Je ne t'ai pas trop salé les fesses, père Traînard ? »

Planté sur ses jambes de paille qu'enveloppaient des lambeaux d'étoffe effiloqués, les bras et tout le corps habillés de même, la tête bandée de linge, ligoté, serré, boudiné, le bonhomme avait encore l'apparence rigide d'un mannequin. Et c'était si comique, si imprévu, que les assistants pouffaient de rire.

L'étranger lui dégagea la tête, et l'on aperçut un masque de barbe grise ébouriffée, rabattue de tous côtés sur un visage de squelette où luisaient des yeux de fièvre.

Les rires redoublèrent.

« L'argent ! Les six billets ! » ordonna le fermier.

L'étranger le tint à distance.

« Un moment... on va vous rendre cela. N'est-ce pas, père Traînard ? »

Et, tout en coupant avec son couteau les liens de paille et d'étoffe, il plaisantait :

« Mon pauvre bonhomme, t'en as une touche. Mais comment as-tu réussi ce coup-là ? Il faut que tu sois diantrement habile, ou plutôt que tu aies eu une sacrée venette !... Alors, comme ça, la première nuit, tu as profité du répit qu'on te laissait pour t'introduire dans cette défroque ? Pas bête. Un épouvantail, comment aurait-on pu avoir l'idée ?... On avait tellement l'habitude de le voir accroché à son arbre. Mais, mon pauvre vieux, ce que tu devais être mal ! à plat ventre ! les jambes et les bras pendants ! toute la journée comme ça ! Fichue position ! Et quelles manœuvres pour risquer un mouvement, hein ? Quelle frousse quand tu t'endormais ! Et il fallait manger ! Et il fallait boire ! Et tu entendais la sentinelle ! et tu devinais le canon de son fusil à un mètre de ta frimousse ! Brrr... Mais le plus chouette, vois-tu, c'est ton fétu de paille ! Vrai, quand on pense que, sans bruit, sans geste pour ainsi dire, tu devais extirper des brins de paille de ta défroque, les ajuster bout à bout, projeter ton appareil jusqu'au bassin, et biberonner, goutte à goutte, un peu de l'eau bienfaisante... Vrai, c'est à hurler d'admiration... Bravo, père Traînard ! »

Et il ajouta entre ses dents :

« Seulement, tu sens trop mauvais, mon bonhomme. Tu ne t'es donc pas lavé depuis un mois, saligaud? Tu avais pourtant de l'eau à discrétion. Tenez, vous autres, je vous le passe. Moi, je vais me laver les mains. »

Maître Goussot et ses quatre fils s'emparèrent vivement de la proie qu'on leur abandonnait.

« Allons, ouste, donne l'argent. »

Si abruti qu'il fût, le chemineau trouva encore la force de jouer l'étonnement.

« Prends donc pas cet air idiot, grogna le fermier. Les six billets... Donne.

— Quoi ?... Qu'è qu'on me veut ? balbutia le père Traînard.

— L'argent... et tout de suite...

— Quel argent ?

— Les billets !

— Les billets ?

— Ah ! Tu commences à m'embêter. À moi, les gars... »

On renversa le bonhomme, on lui arracha la loque qui lui servait de vêtement, on chercha, on fouilla.

Il n'y avait rien.

« Brigand de voleur, cria maître Goussot, qu'est-ce que t'en as fait ?

Le vieux mendiant semblait encore plus ahuri. Trop malin pour avouer, il continuait à gémir :

« Qu'è qu'on m'veut ?... D'largent ? J'ai pas seulement trois sous à moi... »

Mais ses yeux écarquillés ne quittaient pas son vêtement, et il paraissait n'y rien comprendre, lui non plus.

La fureur des Goussot ne put se contenir davantage. On le roua de coups, ce qui n'avança pas les choses. Mais le fermier était convaincu qu'il avait caché l'argent, avant de s'introduire dans l'épouvantail.

« Où l'as-tu mis, canaille ? Dis ! Dans quel coin du verger ?

— L'argent ? répétait le chemineau d'un air niais.

— Oui, l'argent, l'argent que tu as enterré quelque part... Ah ! si on ne le trouve pas, ton compte est bon... Il y a des témoins, n'est-ce pas ?... Vous tous, les amis. Et puis, le monsieur... »

Il se retourna, pour interpeller l'inconnu qui devait être du côté de la fontaine, à trente ou quarante pas sur la gauche. Et il fut tout surpris de ne pas l'y voir en train de se laver les mains.

« Est-ce qu'il est parti ? » demanda-t-il.

Quelqu'un répondit :

« Non... non... il a allumé une cigarette, et il s'est enfoncé dans le verger, en se promenant.

— Ah ! tant mieux, dit maître Goussot, c'est un type à nous retrouver les billets, comme il a retrouvé l'homme.

— À moins que... fit une voix.

— À moins que... qu'est-ce que tu veux dire, toi ? interrogea le fermier. Tu as une idée ? Donne-la donc... Quoi ? »

Mais il s'interrompit brusquement, assailli d'un doute, et il y eut un instant de silence. Une même pensée s'imposait à tous les paysans. Le passage de l'étranger à Héberville, la panne de son automobile, sa manière de questionner les gens à l'auberge, et de se faire conduire dans le domaine, tout cela n'était-ce pas un coup préparé d'avance, un truc de cambrioleur qui connaît l'histoire par les journaux, et qui vient sur place tenter la bonne affaire ?...

« Rudement fort, prononça l'aubergiste. Il aura pris l'argent dans la poche du père Traînard, sous nos yeux, en le fouillant.

— Impossible, balbutia maître Goussot... on l'aurait vu sortir par là... du côté de la maison... Or il se promène dans le verger. »

La mère Goussot, toute défaillante, risqua :

« La petite porte du fond... là-bas ?...

— La clef ne me quitte point.

— Mais tu la lui as fait voir.

— Oui, mais je l'ai reprise... Tiens, la voilà. »

Il mit la main dans sa poche et poussa un cri.

« Ah ! cré bon Dieu, elle n'y est pas... il me l'a barbotée...

Aussitôt, il s'élança, suivi, escorté de ses fils et de plusieurs paysans.

À moitié chemin on perçut le ronflement d'une automobile, sans aucun doute celle de l'inconnu, qui avait donné ses instructions à son chauffeur pour qu'il l'attendît à cette issue lointaine.

Quand les Goussot arrivèrent à la porte, ils virent, sur le battant de bois vermoulu, inscrits à l'aide d'un morceau de brique rouge, ces deux mots : « Arsène Lupin ».

Malgré l'acharnement et la rage des Goussot, il fut impossible de prouver que le père Traînard avait dérobé de l'argent. Vingt personnes en effet durent attester que, somme toute, on n'avait rien découvert sur lui. Il s'en tira avec quelques mois de prison.

Il ne les regretta point. Dès sa libération, il fut avisé secrètement que, tous les trimestres, à telle date, à telle heure, sous telle borne de telle route, il trouverait trois louis d'or.

Pour le père Traînard, c'est la fortune.

LE MARIAGE D'ARSÈNE LUPIN

Monsieur Arsène Lupin a l'honneur de vous faire part de son mariage avec Mademoiselle Angélique de Sarzeau-Vendôme, princesse de Bourbon-Condé, et vous prie d'assister à la bénédiction nuptiale qui aura lieu en l'église Sainte-Clothilde.

Le duc de Sarzeau-Vendôme a l'honneur de vous faire part du mariage de sa fille Angélique, princesse de Bourbon-Condé, avec Monsieur Arsène Lupin, et vous prie…

Le duc Jean de Sarzeau-Vendôme ne put achever la lecture des lettres qu'il tenait dans sa main tremblante. Pâle de colère, son long corps maigre agité de frissons, il suffoquait.

« Voilà ! dit-il à sa fille en lui tendant les deux papiers. Voilà ce que nos amis ont reçu ! Voilà ce qui court les rues depuis hier. Hein ! Que pensez-vous de cette infamie, Angélique ? Qu'en penserait votre pauvre mère, si elle vivait encore ? »

Angélique était longue et maigre comme son père, osseuse et sèche comme lui. Âgée de trente-trois ans, toujours vêtue de laine noire, timide, effacée, elle avait une tête trop petite, comprimée à droite et à gauche, et d'où le nez jaillissait comme une protestation contre une pareille exiguïté. Pourtant, on ne pouvait dire qu'elle fût laide, tellement ses yeux étaient beaux, tendres et graves, d'une fierté un peu triste, de ces yeux troublants qu'on n'oublie pas quand on les a vus.

Elle avait rougi de honte d'abord en entendant son père, et en apprenant par lui l'offense dont elle était victime. Mais comme elle le chérissait, bien qu'il se montrât dur avec elle, injuste et despotique, elle lui dit :

« Oh ! je pense que c'est une plaisanterie, mon père, et qu'il n'y faut pas prêter attention.

— Une plaisanterie ? Mais tout le monde en jase ! Dix journaux, ce matin, reproduisent cette lettre abominable, en l'accompagnant de commentaires ironiques ! On rappelle notre généalogie, nos ancêtres, les morts illustres de notre famille. On feint de prendre la chose au sérieux.

— Cependant personne ne peut croire…

— Évidemment, personne. Il n'empêche que nous sommes la fable de Paris.

— Demain, on n'y pensera plus.

— Demain, ma fille, on se souviendra que le nom d'Angélique de Sarzeau-Vendôme a été prononcé plus qu'il ne devait l'être. Ah ! si je pouvais savoir quel est le misérable qui s'est permis…»

À ce moment, Hyacinthe, son valet de chambre particulier, entra et prévint M. le duc qu'on le demandait au téléphone. Toujours furieux, il décrocha l'appareil et bougonna :

« Eh bien ? Qu'y a-t-il ? Oui, c'est moi, le duc de Sarzeau-Vendôme.

On lui répondit :

« J'ai des excuses à vous faire, monsieur le duc, ainsi qu'à Mlle Angélique. C'est la faute de mon secrétaire.

— Votre secrétaire ?

— Oui, les lettres de faire part n'étaient qu'un projet dont je voulais vous soumettre la rédaction. Par malheur, mon secrétaire a cru…

— Mais enfin, Monsieur, qui êtes-vous ?

— Comment, Monsieur le duc, vous ne reconnaissez pas ma voix ? la voix de votre futur gendre ?

— Quoi ?

— Arsène Lupin. »

Le duc tomba sur une chaise. Il était livide.

« Arsène Lupin… C'est lui… Arsène Lupin… »

Angélique eut un sourire.

« Vous voyez, mon père, qu'il n'y a là qu'une plaisanterie, une mystification… »

Mais le duc, soulevé d'une nouvelle colère, se mit à marcher en gesticulant :

« Je vais déposer une plainte !… Il est inadmissible que cet individu se moque de moi !… S'il y a encore une justice, elle doit agir !… »

Une seconde fois Hyacinthe entra. Il apporta deux cartes.

« Chotois ? Lepetit ? Connais pas.

— Ce sont deux journalistes, Monsieur le duc.

— Qu'est-ce qu'ils me veulent ?

— Ils voudraient parler à Monsieur le duc au sujet… du mariage…

— Qu'on les fiche à la porte ! s'exclama le duc. Et dites au concierge que mon hôtel est fermé aux paltoquets de cette espèce.

— Je vous en prie, mon père… risqua Angélique.

— Toi, ma fille, laisse-nous la paix. Si tu avais consenti autrefois à épouser un de tes cousins, nous n'en serions pas là. »

Le soir même de cette scène, un des deux reporters publiait, en première page de son journal, un récit quelque peu fantaisiste de son expédition rue de Varenne, dans l'antique demeure des Sarzeau-Vendôme, et s'étendait complaisamment sur le courroux et sur les protestations du vieux gentilhomme.

Le lendemain, un autre journal insérait une interview d'Arsène Lupin, soi-disant prise dans un couloir de l'Opéra. Arsène Lupin ripostait :

« Je partage entièrement l'indignation de mon futur beau-père. L'envoi de ces lettres constitue une incorrection dont je ne suis pas responsable, mais dont je tiens à m'excuser publiquement. Pensez donc ! la date de notre mariage n'est pas encore fixée ! Mon beau-père propose le début de mai. Ma fiancée et moi trouvons cela bien tard ! Six semaines d'attente !… »

Ce qui donnait à l'affaire une saveur toute spéciale et que les amis de la maison goûtaient particulièrement, c'était le caractère même du duc, son orgueil, l'intransigeance de ses idées et de ses principes. Dernier descendant des barons de Sarzeau, la plus noble famille de Bretagne, arrière-petit-fils de ce Sarzeau qui, ayant épousé une Vendôme, ne consentit qu'après dix ans de Bastille à porter le nouveau titre que Louis XV lui imposait, le duc Jean n'avait renoncé à aucun des préjugés de l'ancien régime. Dans sa jeunesse, il avait suivi le comte de Chambord en exil. Devenu vieux, il refusait un siège au Palais-Bourbon sous prétexte qu'un Sarzeau ne peut s'asseoir qu'entre ses pairs.

L'aventure le toucha au vif. Il ne décolérait pas, invectivant Lupin à coups d'épithètes sonores, le menaçant de tous les supplices possibles, s'en prenant à sa fille.

« Voilà ! si tu t'étais mariée !… Ce ne sont pourtant pas les partis qui manquaient ! Tes trois cousins, Mussy, d'Emboise et Caorches sont de bonne noblesse, bien apparentés, suffisamment riches, et ils ne demandent encore qu'à t'épouser. Pourquoi les refuses-tu ? Ah ! c'est que Mademoiselle est une rêveuse, une sentimentale, et ses cousins sont trop gros, ou trop maigres, ou trop vulgaires !… »

C'était une rêveuse, en effet. Livrée à elle-même depuis son enfance, elle avait lu tous les livres de chevalerie, tous les fades romans d'autrefois qui traînaient dans les armoires de ses aïeules, et elle voyait la vie comme un conte de fées où les jeunes filles très belles sont toujours heureuses, tandis que les autres attendent jusqu'à la mort le fiancé qui ne vient pas. Pourquoi eût-elle épousé l'un de ses cousins, puisqu'ils n'en voulaient qu'à sa dot, aux millions que sa mère lui avait laissés ? Autant rester vieille fille et rêver…

Elle répondit doucement :

« Vous allez vous rendre malade, mon père. Oubliez cette histoire ridicule. »

Mais comment aurait-il oublié ? Chaque matin un coup d'épingle ravivait sa blessure. Trois jours de suite, Angélique reçut une merveilleuse gerbe de fleurs où se dissimulait la carte d'Arsène Lupin. Il ne pouvait aller à son cercle, sans qu'un ami l'abordât :

« Elle est drôle celle d'aujourd'hui.

— Quoi ?

— Mais la nouvelle fumisterie de votre gendre ! Ah ! vous ne savez pas ? Tenez, lisez… « M. Arsène Lupin demandera au Conseil d'État d'ajouter à son nom le nom de sa femme et de s'appeler désormais : Lupin de Sarzeau-Vendôme. »

Et le lendemain on lisait :

« La jeune fiancée portant en vertu d'une ordonnance, non abrogée, de Charles X, le titre et les armes de Bourbon-Condé, dont elle est la dernière héritière, le fils aîné des Lupin de Sarzeau-Vendôme aura nom prince Arsène de Bourbon-Condé. »

Et le jour suivant une réclame annonçait :

« La Grande Maison de linge expose le trousseau de Mlle de Sarzeau-Vendôme. Comme initiales : L. S. V. »

Puis une feuille d'illustrations publia une scène photographiée : le duc, son gendre et sa fille, assis autour d'une table, et jouant au piquet voleur.

Et la date aussi fut annoncée à grand fracas : le 4 mai.

Et des détails furent donnés sur le contrat. Lupin se montrait d'un désintéressement admirable. Il signerait, disait-on, les yeux fermés, sans connaître le chiffre de la dot.

Tout cela mettait le vieux gentilhomme hors de lui. Sa haine contre Lupin prenait des proportions maladives. Bien que la démarche lui coûtât, il se rendit chez le Préfet de police qui lui conseilla de se méfier.

« Nous avons l'habitude du personnage, il emploie contre vous un de ses trucs favoris. Passez-moi l'expression, Monsieur le duc, il vous « cuisine », ne tombez pas dans le piège.

— Quel truc, quel piège ? demanda-t-il anxieusement.

— Il cherche à vous affoler et à vous faire accomplir, par intimidation, tel acte auquel, de sang-froid, vous vous refuseriez.

— Monsieur Arsène Lupin n'espère pourtant pas que je vais lui offrir la main de ma fille !

— Non, mais il espère que vous allez commettre… comment dirai-je ? une gaffe.

— Laquelle ?

— Celle qu'il veut précisément que vous commettiez.

— Alors, votre conclusion, Monsieur le préfet ?

— C'est de rentrer chez vous, Monsieur le duc, ou, si tout ce bruit vous agace, de partir pour la campagne, et d'y rester bien tranquillement, sans vous émouvoir. »

Cette conversation ne fit qu'aviver les craintes du vieux gentilhomme. Lupin lui parut un personnage terrible, usant de procédés diaboliques, et entretenant des complices dans tous les mondes. Il fallait se méfier.

Dès lors la vie ne fut point tolérable.

Il devint de plus en plus hargneux et taciturne, et ferma la porte à tous ses anciens amis, même aux trois prétendants d'Angélique, les cousins Mussy, d'Emboise et Caorches, qui, fâchés tous les trois les uns avec les autres, par suite de leur rivalité, venaient alternativement toutes les semaines.

Sans le moindre motif, il chassa son maître d'hôtel et son cocher. Mais il n'osa les remplacer de peur d'introduire chez lui des créatures d'Arsène Lupin, et son valet de chambre particulier, Hyacinthe, en qui, l'ayant à son service depuis quarante ans, il avait toute confiance, dut s'astreindre aux corvées de l'écurie et de l'office.

« Voyons, mon père, disait Angélique, s'efforçant de lui faire entendre raison, je ne vois vraiment pas ce que vous redoutez. Personne au monde ne peut me contraindre à ce mariage absurde.

— Parbleu ! Ce n'est pas cela que je redoute.

— Alors quoi, mon père ?

— Est-ce que je sais ! un enlèvement ! un cambriolage ! un coup de force ! Il est hors de doute que ce misérable prépare quelque chose, et hors de doute aussi que nous sommes environnés d'espions. »

Un après-midi, il reçut un journal où cet article était souligné au crayon rouge :

« La soirée du contrat a lieu aujourd'hui à l'hôtel Sarzeau-Vendôme. Cérémonie tout intime, où quelques privilégiés seulement seront admis à complimenter les heureux fiancés. Aux futurs témoins de Mlle Sarzeau-Vendôme, le prince de la Rochefoucault-Limours et le comte de Chartres, M. Arsène Lupin présentera les personnalités qui ont tenu à honneur de lui assurer leur concours, M. le Préfet de police et M. le Directeur de la prison de la Santé. »

C'était trop. Dix minutes plus tard, le duc envoyait son domestique Hyacinthe porter trois pneumatiques. À quatre heures, en présence d'Angélique, il recevait les trois cousins : Paul de Mussy, gros, lourd, et d'une pâleur extrême ; Jacques d'Emboise, mince, rouge de figure et timide ; Anatole de Caorches, petit, maigre et maladif ; tous trois de vieux garçons déjà, sans élégance et sans allure.

La réunion fut brève. Le duc avait préparé tout un plan de campagne, de campagne défensive, dont il dévoila, en termes catégoriques, la première partie.

« Angélique et moi, nous quittons Paris cette nuit, et nous nous retirons dans nos terres de Bretagne. Je compte sur vous trois, mes neveux, pour coopérer à ce départ. Toi, d'Emboise, tu viendras nous chercher avec ta limousine. Vous, Mussy, vous amènerez votre automobile, et vous voudrez bien vous occuper des bagages avec mon valet de chambre Hyacinthe. Toi, Caorches, tu seras à la gare d'Orléans, et tu prendras des sleepings pour Vannes au train de dix heures quarante. C'est compris ? »

La fin de la journée s'écoula sans incidents. Après le dîner seulement, afin d'éviter toutes chances d'indiscrétion, le duc prévint Hyacinthe d'avoir à remplir une malle et une valise. Hyacinthe était du voyage, ainsi que la femme de chambre d'Angélique.

À neuf heures, tous les domestiques, sur l'ordre de leur maître, étaient couchés. À dix heures moins dix, le duc, qui terminait ses préparatifs, entendit la trompe d'une automobile. Le concierge ouvrit la porte de la cour d'honneur. De la fenêtre, le duc reconnut le landaulet de Paul d'Emboise.

« Allez lui dire que je descends, ordonna-t-il à Hyacinthe, et prévenez Mademoiselle. »

Au bout de quelques minutes, comme Hyacinthe n'était pas de retour, il sortit de sa chambre. Mais, sur le palier, il fut assailli par deux hommes masqués, qui le bâillonnèrent et l'attachèrent avant qu'il eût pu pousser un seul cri. Et l'un de ces hommes lui dit à voix basse :

« Premier avertissement, Monsieur le duc. Si vous persistez à quitter Paris, et à me refuser votre consentement, ce sera plus grave. »

Et le même individu enjoignit à son compagnon :

« Garde-le. Je m'occupe de la demoiselle. »

À ce moment, deux autres complices s'étaient déjà emparés de la femme de chambre, et Angélique, également bâillonnée, évanouie, gisait sur un fauteuil de son boudoir.

Elle se réveilla presque aussitôt sous l'action des sels qu'on lui faisait respirer, et, quand elle ouvrit les yeux, elle vit penché au-dessus d'elle, un homme jeune, en tenue de soirée, la figure souriante et sympathique, qui lui dit :

« Je vous demande pardon, Mademoiselle. Tous ces incidents sont un peu brusques, et cette façon d'agir plutôt anormale. Mais les circonstances nous entraînent souvent à des actes que notre conscience n'approuve pas. Excusez-moi. »

Il lui prit la main très doucement, et passa un large anneau d'or au doigt de la jeune fille, en prononçant :

« Voici. Nous sommes fiancés. N'oubliez jamais celui qui vous offre cet anneau… Il vous supplie de ne pas fuir… et d'attendre à Paris les marques de son dévouement. Ayez confiance en lui. »

Il disait tout cela d'une voix si grave et si respectueuse, avec tant d'autorité et de déférence, qu'elle n'avait pas la force de résister. Leurs yeux se rencontrèrent. Il murmura :

« Les beaux yeux purs que vous avez ! Ce sera bon de vivre sous le regard de ces yeux. Fermez-les maintenant… »

Il se retira. Ses complices le suivirent. L'automobile repartit, et l'hôtel de la rue de Varenne demeura silencieux jusqu'à l'instant où Angélique, reprenant toute sa connaissance, appela les domestiques.

Ils trouvèrent le duc, Hyacinthe, la femme de chambre, et le ménage des concierges, tous solidement ligotés. Quelques bibelots de grande valeur avaient disparu, ainsi que le portefeuille du duc et tous ses bijoux, épingles et cravate, boutons en perles fines, montre, etc.

La police fut aussitôt prévenue. Dès le matin on apprenait que la veille au soir, comme il sortait de chez lui en automobile, d'Emboise avait été frappé d'un coup de couteau par son propre chauffeur, et jeté, à moitié mort, dans une rue déserte. Quant à Mussy et à Caorches, ils avaient reçu un message téléphonique soi-disant envoyé par le duc et qui les contremandait.

La semaine suivante, sans plus se soucier de l'enquête, sans répondre aux convocations du juge d'instruction, sans même lire les communications d'Arsène Lupin à la presse sur « la fuite de Varennes », le duc, sa fille et son valet de chambre prenaient sournoisement un train omnibus pour Vannes, et descendaient un soir dans l'antique château féodal qui domine la presqu'île de Sarzeau. Tout de suite, avec l'aide de paysans bretons, véritables vassaux du moyen âge, on organisait la résistance. Le quatrième jour Mussy arrivait, le cinquième Caorches, et le septième d'Emboise, dont la blessure n'était pas aussi grave qu'on le craignait.

Le duc attendit deux jours encore avant de signifier à son entourage ce qu'il appelait, puisque son évasion avait réussi malgré Lupin, la seconde moitié de son plan. Il le fit en présence des trois cousins, par un ordre péremptoire dicté à Angélique, et qu'il voulut bien expliquer ainsi :

« Toutes ces histoires me font le plus grand mal. J'ai entrepris contre cet homme, dont nous avons pu juger l'audace, une lutte qui m'épuise. Je veux en finir, coûte que coûte. Pour cela il n'est qu'un moyen, Angélique, c'est que vous me déchargiez de toute responsabilité en acceptant la protection d'un de vos cousins. Avant un mois, il faut que vous soyez la femme de Mussy, de Caorches ou d'Emboise. Votre choix est libre. Décidez-vous.

Durant quatre jours, Angélique pleura, supplia son père. À quoi bon ? Elle sentait bien qu'il serait inflexible et qu'elle devrait, en fin de compte, se soumettre à sa volonté. Elle accepta.

« Celui que voudrez, mon père, je n'aime aucun d'eux. Alors, que m'importe d'être malheureuse avec l'un plutôt qu'avec l'autre ! »

Sur quoi, nouvelle discussion, le duc voulant la contraindre à un choix personnel. Elle ne céda point. De guerre lasse, et pour des raisons de fortune, il désigna d'Emboise.

Aussitôt les bans furent publiés.

Dès lors, la surveillance redoubla autour du château, d'autant que le silence de Lupin et la cessation brusque de la campagne menée par lui dans les journaux, ne laissaient pas d'inquiéter le duc de Sarzeau-Vendôme. Il était évident que l'ennemi préparait un coup et qu'il tenterait de s'opposer au mariage par quelques-unes de ces manœuvres qui lui étaient familières.

Pourtant il ne se passa rien. L'avant-veille, la veille, le matin de la cérémonie, rien. Le mariage eut lieu à la mairie, puis il y eut la bénédiction nuptiale à l'église. C'était fini.

Seulement alors, le duc respira. Malgré la tristesse de sa fille, malgré le silence embarrassé de son gendre que la situation semblait gêner quelque peu, il se frottait les mains d'un air heureux, comme après la victoire la plus éclatante.

« Qu'on baisse le pont-levis ! dit-il à Hyacinthe, qu'on laisse entrer tout le monde ! Nous n'avons plus rien à craindre de ce misérable. »

Après le déjeuner, il fit distribuer du vin aux paysans et trinqua avec eux. Ils chantèrent et ils dansèrent.

Vers trois heures, il rentra dans les salons du rez-de-chaussée.

C'était le moment de sa sieste. Il gagna, tout au bout des pièces, la salle des gardes. Mais il n'en avait pas franchi le seuil qu'il s'arrêta brusquement et s'écria :

« Qu'est-ce que tu fais donc là, d'Emboise ? En voilà une plaisanterie ! »

D'Emboise était debout, en vêtements de pêcheur breton, culotte et veston sales, déchirés, rapiécés, trop larges et trop grands pour lui.

Le duc semblait stupéfait. Il examina longtemps, avec des yeux ahuris, ce visage qu'il connaissait, et qui, en même temps, éveillait en lui des souvenirs vagues d'un passé très lointain. Puis, tout à coup, il marcha vers l'une des fenêtres qui donnaient sur l'esplanade et appela :

— Angélique !

— Qu'y a-t-il, mon père ? répondit-elle en s'avançant.

— Ton mari ?

— Il est là, mon père, fit Angélique en montrant d'Emboise qui fumait une cigarette et lisait à quelque distance.

Le duc trébucha et tomba assis sur un fauteuil, avec un grand frisson d'épouvante.

« Ah ! Je deviens fou ! »

Mais l'homme qui portait des habits de pêcheur s'agenouilla devant lui en disant :

« Regardez-moi, mon oncle ! Vous me reconnaissez, n'est-ce pas, c'est moi votre neveu, celui qui jouait ici autrefois, celui que vous appeliez Jacquot… Rappelez-vous… Tenez, voyez cette cicatrice…

— Oui… oui, balbutia le duc, je te reconnais… C'est toi, Jacques. Mais l'autre…

Il se pressa la tête entre les mains.

« Et pourtant non, ce n'est pas possible… Explique-toi… Je ne comprends pas… Je ne veux pas comprendre… »

Il y eut un silence pendant lequel le nouveau venu ferma la fenêtre et ferma la porte qui communiquait avec le salon voisin. Puis il s'approcha du vieux gentilhomme, lui toucha doucement l'épaule, pour le réveiller de sa torpeur, et sans préambule, comme s'il eût voulu couper court à toute explication qui ne fût pas strictement nécessaire, il commença en ces termes :

« Vous vous rappelez, mon oncle, que j'ai quitté la France depuis quinze ans, après le refus qu'Angélique opposa à ma demande en mariage. Or, il y a quatre ans, c'est-à-dire la onzième année de mon exil volontaire et de mon établissement dans l'extrême-Sud de l'Algérie, je fis la connaissance, au cours d'une partie de chasse organisée par un grand chef arabe, d'un individu dont la bonne humeur, le charme, l'adresse inouïe, le courage indomptable, l'esprit à la fois ironique et profond, me séduisirent au plus haut point.

« Le comte d'Andrésy passa six semaines chez moi. Quand il fut parti, nous correspondîmes l'un avec l'autre de façon régulière. En outre, je lisais souvent son nom dans les journaux, aux rubriques mondaines ou sportives. Il devait revenir et je me préparais à le recevoir, il y a trois mois, lorsqu'un soir, comme je me promenais à cheval, les deux serviteurs arabes qui m'accompagnaient se jetèrent sur moi, m'attachèrent, me bandèrent les yeux, et me conduisirent, en sept nuits et sept jours, par des chemins déserts, jusqu'à une baie de la côte, où cinq hommes les attendaient. Aussitôt, je fus embarqué sur un petit yacht à vapeur qui leva l'ancre sans plus tarder.

« Qui étaient ces hommes ? Quel était leur but en m'enlevant. Aucun indice ne put me renseigner. Ils m'avaient enfermé dans une cabine étroite percée d'un hublot que traversaient deux barres de fer en croix. Chaque matin, par un guichet qui s'ouvrait entre la cabine voisine et la mienne, on plaçait sur ma couchette deux ou trois livres de pain, une gamelle abondante et un flacon de vin, et on reprenait les restes de la veille que j'y avais disposés.

« De temps à autre, la nuit, le yacht stoppait, et j'entendais le bruit du canot qui s'en allait vers quelque havre, puis qui revenait, chargé de provisions sans doute. Et l'on repartait, sans se presser, comme pour une croisière de gens du monde qui flânent et n'ont pas hâte d'arriver. Quelquefois, monté sur une chaise, j'apercevais par mon hublot la ligne des côtes, mais si indistincte que je ne pouvais rien préciser.

« Et cela dura des semaines. Un des matins de la neuvième, m'étant avisé que le guichet de communication n'avait pas été refermé, je le poussai. La cabine était vide à ce moment. Avec un effort, je réussis à prendre une lime à ongles sur une toilette.

« Deux semaines après, à force de patience, j'avais limé les barres de mon hublot, et j'aurais pu m'évader par là ; mais, si je suis bon nageur, je me fatigue assez vite. Il me fallait donc choisir un moment où le yacht ne serait pas trop éloigné de la terre. C'est seulement avant-hier que, juché à mon poste, je discernai les côtes, et que, le soir, au coucher du soleil, je reconnus, à ma stupéfaction, la silhouette du château de Sarzeau, avec ses tourelles pointues et la masse de son donjon. Était-ce donc là le terme de mon voyage mystérieux ?

« Toute la nuit, nous croisâmes au large. Et toute la journée d'hier également. Enfin ce matin, on se rapprocha à une distance que je jugeai propice, d'autant plus que nous naviguions entre des roches derrière lesquelles je pouvais nager en toute sécurité. Mais, à la minute même, où j'allais m'enfuir, je m'avisai que, une fois encore, le guichet de communication que l'on avait cru fermer, s'était rouvert de lui-même, et qu'il battait contre la cloison. Je l'entre-bâillai de nouveau par curiosité. À portée de mon bras, il y avait une petite armoire que je pus ouvrir, et où ma main, à tâtons, au hasard, saisit une liasse de papiers.

« C'était des lettres, des lettres qui contenaient les instructions adressées aux bandits dont j'étais prisonnier. Une heure après, lorsque j'enjambai le hublot et que je me laissai glisser dans la mer, je savais tout, les raisons de mon enlèvement, les moyens employés, le but poursuivi, et la machination abominable ourdie, depuis trois mois, contre le duc de Sarzeau-Vendôme et contre sa fille. Malheureusement, il était trop tard. Obligé, pour n'être pas vu du bateau, de me blottir dans le creux d'un récif, je n'abordai la côte qu'à midi. Le temps de gagner la cabane d'un pêcheur, de troquer mes vêtements contre les siens, de venir ici. Il était trois heures. En arrivant j'appris que le mariage avait été célébré le matin même. »

Le vieux gentilhomme n'avait pas prononcé une parole. Les yeux rivés aux yeux de l'étranger, il écoutait avec un effroi grandissant.

Parfois le souvenir des avertissements que lui avait donnés le Préfet de police revenait à son esprit :

« On vous cuisine, Monsieur le duc, on vous cuisine. »

Il dit, la voix sourde :

« Parle... achève... Tout cela m'oppresse... Je ne comprends pas encore... et j'ai peur. »

L'étranger reprit :

« Hélas ! L'histoire est facile à reconstituer et se résume en quelques phrases. Voici : lors de sa visite chez moi, et des confidences que j'eus le tort de lui faire, le comte d'Andrésy retint plusieurs choses : d'abord que j'étais votre neveu, et que, cependant, vous me connaissiez relativement peu, puisque j'avais quitté Sarzeau tout enfant et que, depuis, nos relations s'étaient bornées au séjour de quelques semaines que je fis ici, il y a quinze ans, et durant lesquelles je demandai la main de ma cousine Angélique ; ensuite, que, ayant rompu avec tout mon passé, je ne recevais plus aucune correspondance ; et enfin, qu'il y avait, entre lui d'Andrésy et moi, une certaine ressemblance physique que l'on pouvait accentuer jusqu'à la rendre frappante. Son plan fut échafaudé sur trois points. Il soudoya mes deux serviteurs arabes, qui devaient l'avertir au cas où j'aurais quitté l'Algérie. Puis il revint à Paris avec mon nom et mon apparence exacte, se fit connaître de vous, chez qui il fut invité chaque quinzaine, et vécut sous mon nom, qui devint ainsi l'une des nombreuses étiquettes sous lesquelles il cache sa véritable personnalité. Il y a trois mois, « la poire étant mûre », comme il dit dans ses lettres, il commença l'attaque par une série de communications à la presse, et, en même temps, craignant sans doute qu'un journal ne révélât en Algérie le rôle que l'on jouait sous mon nom à Paris, il me faisait frapper par mes serviteurs, puis enlever par ses complices. Dois-je vous en dire davantage en ce qui vous concerne, mon oncle ? »

Un tremblement nerveux agitait le duc de Sarzeau-Vendôme. L'épouvantable vérité à laquelle il refusait d'ouvrir les yeux, lui apparaissait tout entière, et prenait le visage odieux de l'ennemi. Il agrippa les mains de son interlocuteur et lui dit âprement, désespérément :

« C'est Lupin, n'est-ce pas ?

— Oui, mon oncle.

— Et c'est à lui… c'est à lui que j'ai donné ma fille en mariage !

— Oui, mon oncle, à lui qui m'a volé mon nom de Jacques d'Emboise, et qui vous a volé votre fille. Angélique est la femme légitime d'Arsène Lupin et cela conformément à vos ordres. Une lettre de lui que voici en fait foi. Il a bouleversé votre existence, troublé votre esprit, assiégé « les pensées de vos veilles et les rêves de vos nuits », cambriolé votre hôtel, jusqu'à l'instant où, pris de peur, vous vous êtes réfugié ici, et où, croyant échapper à ses manœuvres et à son chantage, vous avez dit à votre fille de désigner comme époux l'un de ses trois cousins, Mussy, d'Emboise ou Caorches.

— Mais pourquoi a-t-elle choisi celui-là plutôt que les deux autres ?

— C'est vous, mon oncle, qui l'avez choisi.

— Au hasard… parce qu'il était plus riche…

— Non, pas au hasard, mais sur les conseils sournois, obsédants et très habiles de votre domestique Hyacinthe. »

Le duc sursauta.

« Hein ! quoi ! Hyacinthe serait complice ?

— D'Arsène Lupin, non, mais de l'homme qu'il croit être d'Emboise et qui a promis de lui verser cent mille francs, huit jours après le mariage.

— Ah ! le bandit !… il a tout combiné, tout prévu.

— Tout prévu, mon oncle, jusqu'à simuler un attentat contre lui-même, afin de détourner les soupçons, jusqu'à simuler une blessure reçue à votre service.

— Mais dans quelle intention ? Pourquoi toutes ces infamies ?

— Angélique possède onze millions, mon oncle. Votre notaire à Paris devait en remettre les titres la semaine prochaine au pseudo d'Emboise, lequel les réalisait aussitôt et disparaissait. Mais, dès ce matin, vous lui avez remis, comme cadeau personnel, cinq cent mille francs d'obligations au porteur que ce soir, à neuf heures, hors du château, près du Grand-Chêne, il doit passer à l'un de ses complices, qui les négociera demain matin à Paris. »

Le duc de Sarzeau-Vendôme s'était levé, et il marchait rageusement en frappant des pieds.

« Ce soir à neuf heures, dit-il… nous verrons… nous verrons… D'ici là… je vais prévenir la gendarmerie…

— Arsène Lupin se moque bien des gendarmes.

— Télégraphions à Paris.

— Oui, mais les cinq cent mille francs… Et puis le scandale surtout, mon oncle… Pensez à ceci : votre fille, Angélique de Sarzeau-Vendôme, mariée à cet escroc, à ce brigand… Non, non à aucun prix…

— Alors quoi ?

— Quoi ? »

À son tour, le neveu se leva et, marchant vers un râtelier où des armes de toutes sortes étaient suspendues, il décrocha un fusil qu'il posa sur la table près du vieux gentilhomme.

« Là-bas, mon oncle, aux confins du désert, quand nous nous trouvons en face d'une bête fauve, nous ne prévenons pas les gendarmes, nous prenons notre carabine et nous l'abattons, la bête fauve, sans quoi c'est elle qui nous écrase sous sa griffe.

— Qu'est-ce que tu dis ?

— Je dis que j'ai pris là-bas l'habitude de me passer des gendarmes. C'est une façon de rendre la justice un peu sommaire, mais c'est la bonne, croyez-moi, et, aujourd'hui, dans le cas qui nous occupe, c'est la seule. La bête morte, vous et moi l'enterrons dans quelque coin… ni vu ni connu.

— Angélique ?…

— Nous l'avertirons après.

— Que deviendra-t-elle ?

— Elle restera… ce qu'elle est légalement, ma femme, la femme du véritable d'Emboise. Demain, je l'abandonne et je retourne en Algérie. Dans deux mois le divorce est prononcé. »

Le duc écoutait, pâle, les yeux fixes, la mâchoire crispée. Il murmura :

« Es-tu sûr que ses complices du bateau ne le préviendront pas de ton évasion ?

— Pas avant demain.

— De sorte que ?

— De sorte que, à neuf heures, ce soir, Arsène Lupin prendra inévitablement, pour aller au Grand-Chêne, le chemin de ronde qui suit les anciens remparts et qui contourne les ruines de la chapelle. J'y serai, moi, dans les ruines.

— J'y serai, moi aussi, dit simplement le duc de Sarzeau-Vendôme en décrochant un fusil de chasse.

Il était à ce moment cinq heures du soir. Le duc s'entretint longtemps encore avec son neveu, vérifia les armes, les rechargea. Puis, dès que la nuit fut venue, par des couloirs obscurs, il le conduisit jusqu'à sa chambre, et le cacha dans un réduit contigu.

La fin de l'après-midi s'écoula sans incident. Le dîner eut lieu. Le duc s'efforça de rester calme. De temps en temps, à la dérobée, il regardait son gendre et s'étonnait de la ressemblance qu'il offrait avec le véritable d'Emboise. C'était le même teint, la même forme de figure, la même coupe de cheveux. Pourtant le regard différait, plus vif chez celui-là, plus lumineux, et, à la longue, le duc découvrit de petits détails inaperçus jusqu'ici, et qui prouvaient l'imposture du personnage.

Après le dîner on se sépara. La pendule marquait huit heures. Le duc passa dans sa chambre et délivra son neveu. Dix minutes plus tard, à la faveur de la nuit, ils se glissaient au milieu des ruines, le fusil en main.

Angélique cependant avait gagné, en compagnie de son mari, l'appartement qu'elle occupait au rez-de-chaussée d'une tour qui flanquait l'aile gauche du château. Au seuil de l'appartement, son mari lui dit :

« Je vais me promener un peu, Angélique. À mon retour consentirez-vous à me recevoir ?

— Certes, dit-elle. »

Il la quitta et monta au premier étage, qui lui était réservé. Aussitôt seul, il ferma la porte à clef, ouvrit doucement une fenêtre qui donnait sur la campagne et se pencha. Au pied de la tour, à quarante mètres au-dessous de lui, il distingua une ombre. Il siffla. Un léger coup de sifflet lui répondit.

Alors il tira d'une armoire une grosse serviette en cuir, bourrée de papiers, qu'il enveloppa d'une étoffe noire et ficela. Puis il s'assit à sa table et écrivit :

« Content que tu aies reçu mon message, car je trouve dangereux de sortir du château avec le gros paquet des titres. Les voici. Avec ta motocyclette, tu arriveras à Paris pour le train de Bruxelles du matin. Là-bas, tu remettras les valeurs à Z… qui les négociera aussitôt.

« A. L. »

« Post-scriptum. – En passant au Grand-Chêne, dis aux camarades que je les rejoins. J'ai des instructions à leur donner. D'ailleurs, tout va bien. Personne ici n'a le moindre soupçon. »

Il attacha la lettre sur le paquet, et descendit le tout par la fenêtre, à l'aide d'une ficelle.

« Bien, se dit-il, ça y est. Je suis tranquille. »

Il patienta quelques minutes encore, en déambulant à travers la pièce, et en souriant à deux portraits de gentilshommes suspendus à la muraille :

« Horace de Sarzeau-Vendôme, maréchal de France… Le grand Condé… Je vous salue, mes aïeux. Lupin de Sarzeau-Vendôme sera digne de vous. »

À la fin, le moment étant venu, il prit son chapeau et descendit.

Mais, au rez-de-chaussée, Angélique surgit de son appartement, et s'exclama, l'air égaré :

« Écoutez… je vous en prie… il serait préférable… »

Et tout de suite, sans en dire davantage, elle rentra chez elle, laissant à son mari une vision d'effroi et de délire.

« Elle est malade, se dit-il. Le mariage ne lui réussit pas. »

Il alluma une cigarette et conclut, sans attacher d'importance à cet incident qui eût dû le frapper :

« Pauvre Angélique ! tout ça finira par un divorce… »

Dehors la nuit était obscure, le ciel voilé de nuages.

Les domestiques fermaient les volets du château. Il n'y avait point de lumière aux fenêtres, le duc ayant l'habitude de se coucher après le repas.

En passant devant le logis du garde, et en s'engageant sur le pont-levis :

« Laissez la porte ouverte, dit-il, je fais un tour et je reviens. »

Le chemin de ronde se trouvait à droite, et conduisait, le long des anciens remparts qui jadis ceignaient le château d'une seconde enceinte beaucoup plus vaste, jusqu'à une poterne aujourd'hui presque démolie.

Ce chemin, qui contournait une colline et suivait ensuite le flanc d'un vallon escarpé, était bordé à gauche de taillis épais.

« Quel merveilleux endroit pour un guet-apens, dit-il. C'est un vrai coupe-gorge. »

Il s'arrêta, croyant entendre du bruit. Mais non, c'était un froissement de feuilles. Pourtant une pierre dégringola le long des pentes, rebondissant aux aspérités du roc. Mais, chose bizarre, rien ne l'inquiétait, il se remit à marcher. L'air vif de la mer arrivait jusqu'à lui par-dessus les plaines de la presqu'île, il s'en remplissait les poumons avec joie.

« Comme c'est bon de vivre ! se dit-il. Jeune encore, de vieille noblesse, multimillionnaire, qu'est-ce qu'on peut rêver de mieux, Lupin de Sarzeau-Vendôme ? »

À une petite distance, il aperçut, dans l'obscurité, la silhouette plus noire de la chapelle dont les ruines dominaient le chemin de quelques mètres. Des gouttes de pluie commençaient à tomber, et il entendit une horloge frapper neuf coups. Il hâta le pas. Il y eut une courte descente, puis une montée. Et, brusquement, il s'arrêta de nouveau.

Une main saisit la sienne.

Il recula, voulut se dégager.

Mais quelqu'un émergeait d'un groupe d'arbres qu'il frôlait, et une voix lui dit :

« Taisez-vous... Pas un mot... »

Il reconnut sa femme, Angélique.

« Qu'est-ce qu'il y a donc ? » demanda-t-il.

Elle murmura, si bas que les mots étaient à peine intelligibles :

« On vous guette... ils sont là, dans les ruines, avec des fusils...

— Qui ?

— Silence... Écoutez... »

Ils restèrent immobiles un instant, puis elle dit :

« Ils ne bougent pas... Peut-être ne m'ont-ils pas entendue. Retournons...

— Mais...

— Suivez-moi ! »

L'accent était si impérieux qu'il obéit sans l'interroger davantage. Mais soudain elle s'effara.

« Courons... Ils viennent... J'en suis sûre... »

De fait on percevait un bruit de pas.

Alors, rapidement, lui tenant toujours la main, avec une force irrésistible elle l'entraîna par un raccourci, dont elle suivait les sinuosités sans hésitations, malgré les ténèbres et les ronces. Et, très vite, ils arrivèrent au pont-levis.

Elle passa son bras sous le sien. Le garde les salua. Ils traversèrent la grande cour, pénétrèrent dans le château, et elle le conduisit jusqu'à la tour d'angle où ils demeuraient tous deux.

« Entrez, dit-elle.

— Chez vous ?

— Oui. »

Deux femmes de chambre attendaient. Sur l'ordre de leur maîtresse, elles se retirèrent dans les pièces qu'elles occupaient au troisième étage.

Presque aussitôt on frappait à la porte du vestibule qui commandait l'appartement, et quelqu'un appela.

« Angélique !

— C'est vous, mon père ? dit-elle en dominant son émotion.

— Oui, ton mari est ici ?

— Nous venons de rentrer.

— Dis-lui donc que j'aurais besoin de lui parler. Qu'il me rejoigne chez moi... C'est urgent. »

— Bien, mon père, je vais vous l'envoyer. »

Elle prêta l'oreille durant quelques secondes, puis revint dans le boudoir où se tenait son mari, et elle affirma :

« J'ai tout lieu de croire que mon père ne s'est pas éloigné. »

Il fit un geste pour sortir.

« En ce cas, s'il désire me parler...

— Mon père n'est pas seul, dit-elle vivement, en lui barrant la route.

— Qui donc l'accompagne ?
— Son neveu, Jacques d'Emboise. »
Il y eut un silence. Il la regarda avec une certaine surprise, ne comprenant pas bien la conduite de sa femme. Mais, sans s'attarder à l'examen de cette question, il ricana :
« Ah ! cet excellent d'Emboise est là ? Alors tout le pot aux roses est découvert ? À moins que...
— Mon père sait tout, dit-elle... J'ai entendu une conversation tantôt, entre eux. Son neveu a lu des lettres... J'ai hésité d'abord à vous prévenir... Et puis j'ai cru que mon devoir...
Il l'observa de nouveau. Mais aussitôt repris par l'étrangeté de la situation, il éclata de rire :
« Comment ? mes amis du bateau ne brûlent pas mes lettres ? Et ils ont laissé échapper leur captif ? Les imbéciles ! Ah ! Quand on ne fait pas tout soi-même !... N'importe, c'est cocasse... d'Emboise contre d'Emboise... Eh ! mais, si l'on ne me reconnaissait plus, maintenant ? Si d'Emboise lui-même me confondait avec lui-même ? »
Il se retourna vers une table de toilette, saisit une serviette qu'il mouilla et frotta de savon, et, en un tour de main, s'essuya la figure, se démaquilla et changea le mouvement de ses cheveux.
« Ça y est, dit-il apparaissant à Angélique tel qu'elle l'avait vu le soir du cambriolage, à Paris, ça y est. Je suis plus à mon aise pour discuter avec mon beau-père.
— Où allez-vous ? dit-elle en se jetant devant la porte.
— Dame ! rejoindre ces messieurs.
— Vous ne passerez pas.
— Pourquoi ?
— Et s'ils vous tuent ?
— Me tuer ?
— C'est cela qu'ils veulent, vous tuer... cacher votre cadavre quelque part... Qui le saurait ?
— Soit, dit-il, à leur point de vue ils ont raison. Mais si je ne vais pas au-devant d'eux, c'est eux qui viendront. Ce n'est pas cette porte qui les arrêtera... Ni vous, je pense. Par conséquent il vaut mieux en finir.
— Suivez-moi, » ordonna Angélique.
Elle souleva la lampe qui les éclairait, entra dans sa chambre, poussa l'armoire à glace, qui roula sur des roulettes dissimulées, écarta une vieille tapisserie et dit :
« Voici une autre porte qui n'a pas servi depuis longtemps. Mon père en croit la clef perdue. La voici. Ouvrez. Un escalier pratiqué dans les murailles vous mènera tout au bas de la tour. Vous n'aurez qu'à tirer les verrous d'une seconde porte. Vous serez libre. »
Il fut stupéfait, et il comprit soudain toute la conduite d'Angélique. Devant ce visage mélancolique, disgracieux, mais d'une telle douceur, il resta un moment décontenancé, presque confus. Il ne pensait plus à rire. Un sentiment de respect, où il y avait des remords et de la bonté, pénétrait en lui.
« Pourquoi me sauvez-vous ? murmura-t-il.
— Vous êtes mon mari. »
Il protesta :
« Mais non... Mais non... C'est un titre que j'ai volé. La loi ne reconnaîtra pas ce mariage.
— Mon père ne veut pas de scandale, dit-elle.
— Justement, fit-il avec vivacité, justement j'avais envisagé tout cela, et c'est pourquoi j'avais emmené votre cousin d'Emboise à proximité. Moi disparu, c'est lui votre mari. C'est lui que vous avez épousé devant les hommes.
— C'est vous que j'ai épousé devant l'Église.
— L'Église ! l'Église ! il y a des accommodements avec elle... On fera casser votre mariage.
— Sous quel prétexte avouable ?
Il se tut, réfléchit à toutes ces choses insignifiantes pour lui et ridicules, mais si graves pour elle, et il répéta plusieurs fois :
— C'est terrible... c'est terrible... j'aurais dû prévoir... »
Et tout à coup, envahi par une idée, il s'écria, en frappant dans ses mains :
— Voilà ! j'ai trouvé. Je suis au mieux avec un des principaux personnages du Vatican. Le Pape fait ce que je veux... J'obtiendrai une audience et je ne doute pas que le Saint-Père, ému par mes supplications...»
Son plan était si comique, sa joie si naïve qu'Angélique ne put s'empêcher de sourire, et elle lui dit:
« Je suis votre femme devant Dieu. »

Elle le regardait avec un regard où il n'y avait ni mépris ni hostilité, et point même de colère, et il se rendit compte qu'elle oubliait de considérer en lui le bandit et le malfaiteur, pour ne penser qu'à l'homme qui était son mari et auquel le prêtre l'avait liée jusqu'à l'heure suprême de la mort.

Il fit un pas vers elle et l'observa plus profondément. Elle ne baissa pas les yeux d'abord. Mais elle rougit. Et jamais il n'avait vu un visage plus touchant, empreint d'une telle dignité. Il lui dit, comme au premier soir de Paris :

« Oh ! vos yeux… vos yeux calmes et tristes… et si beaux ! »

Elle baissa la tête et balbutia :

« Allez-vous en… allez-vous en, »

Devant son trouble, il eut l'intuition subite des sentiments plus obscurs qui la remuaient et qu'elle ignorait elle-même. Dans cette âme de vieille fille dont il connaissait l'imagination romanesque, les rêves inassouvis, les lectures surannées, ne représentait-il pas soudain, en cette minute exceptionnelle, et par suite des circonstances anormales de leurs rencontres, quelque chose de spécial, le héros à la Byron, le bandit romantique et chevaleresque ? Un soir, malgré les obstacles, aventurier fameux, ennobli déjà par la légende, grandi par son audace, un soir, il était entré chez elle, et il lui avait passé au doigt l'anneau nuptial. Fiançailles mystiques et passionnées, telles qu'on en voyait au temps du Corsaire et d'Hernani…

Ému, attendri, il fut sur le point de céder à un élan d'exaltation et de s'écrier :

« Partons !… Fuyons !… Vous êtes mon épouse… ma compagne… Partagez mes périls, mes joies et mes angoisses… C'est une existence étrange et forte, superbe et magnifique… »

Mais les yeux d'Angélique s'étaient relevés vers lui, et ils étaient si purs et si fiers qu'il rougit à son tour. Ce n'était pas là une femme à qui l'on pût parler ainsi. Il murmura :

« Je vous demande pardon… J'ai commis beaucoup de mauvaises actions, mais aucune dont le souvenir me sera plus amer. Je suis un misérable… J'ai perdu votre vie.

— Non, dit-elle doucement, vous m'avez au contraire indiqué ma voie véritable. »

Il fut près de l'interroger. Mais elle avait ouvert la porte et lui montrait le chemin. Aucune parole ne pouvait plus être prononcée entre eux. Sans dire un mot, il sortit en s'inclinant très bas devant elle.

Un mois après, Angélique de Sarzeau-Vendôme, princesse de Bourbon-Condé, épouse légitime d'Arsène Lupin, prenait le voile, et, sous le nom de sœur Marie-Auguste, s'enterrait au couvent des religieuses dominicaines.

Le jour même de cette cérémonie, la mère supérieure du couvent recevait une lourde enveloppe cachetée et une lettre…

La lettre contenait ces mots : « Pour les pauvres de sœur Marie-Auguste. »

Dans l'enveloppe, il y avait cinq cents billets de mille francs.

Printed in France by Amazon
Brétigny-sur-Orge, FR